元代馆阁文人活动系年

The Annals of Central Government Literati's
Activities in the Yuan Dynasty

邱江宁　著

人民出版社

责任编辑:夏　青

图书在版编目(CIP)数据

元代馆阁文人活动系年/邱江宁 著. -北京:人民出版社,2015.5
(国家社科基金后期资助项目)
ISBN 978－7－01－014712－3

Ⅰ.①元…　Ⅱ.①邱…　Ⅲ.①中国文学-古典文学研究-元代
　Ⅳ.①I206.2

中国版本图书馆 CIP 数据核字(2015)第 062223 号

元代馆阁文人活动系年
YUANDAI GUANGE WENREN HUODONG XINIAN

邱江宁　著

人民出版社 出版发行
(100706　北京市东城区隆福寺街 99 号)

北京新魏印刷厂印刷　　新华书店经销

2015 年 5 月第 1 版　2015 年 5 月北京第 1 次印刷
开本:710 毫米×1000 毫米 1/16　印张:49.5
字数:880 千字　印数:0,001－1,000 册

ISBN 978－7－01－014712－3　定价:120.00 元

邮购地址 100706　北京市东城区隆福寺街 99 号
人民东方图书销售中心　电话 (010)65250042　65289539

国家社科基金后期资助项目
出版说明

后期资助项目是国家社科基金项目主要类别之一，旨在鼓励广大人文社会科学工作者潜心治学，扎实研究，多出优秀成果，进一步发挥国家社科基金在繁荣发展哲学社会科学中的示范引导作用。后期资助项目主要资助已基本完成且尚未出版的人文社会科学基础研究的优秀学术成果，以资助学术专著为主，也资助少量学术价值较高的资料汇编和学术含量较高的工具书。为扩大后期资助项目的学术影响，促进成果转化，全国哲学社会科学规划办公室按照"统一设计、统一标识、统一版式、形成系列"的总体要求，组织出版国家社科基金后期资助项目成果。

全国哲学社会科学规划办公室

2014 年 7 月

目　录

绪　言

　　对于元代主流文学研究而言,本著《元代馆阁文人活动系年》是一件必须进行的基础性工作。如果不能了解馆阁文人活动的国家社会文化背景,不知道馆阁文人的仕履作为,不理解馆阁文人包括国家著述和个人著述中所寄寓的意义,不熟悉馆阁文人活动交游的圈子,不掌握馆阁文人的生平基本情况,很难获得较为原生态的元代主流文学发展的基本面貌,也不可能走进元代主流文学的发展现场。而如果没有对元代主流文学发展基本面的把握,缺乏元代主流文学发展现场的文献支撑,那么也很难对元代文学进行综合的、中肯的考量。

　　治元代文学最为重要也是最为基础性的问题,就是元代文学的断代应该从何时开始,这是本著《元代馆阁文人活动系年》首先想要解决的问题。在以往以汉族本位为中心的编年史、文学史中,往往以至元十六年(1279)陆秀夫背小皇帝跳海自杀,南宋彻底灭亡,才算元朝开始。而明馆臣所修《元史》,将元朝的起讫期定为从成吉思汗建立大蒙古国(1206)到元惠宗退出中原(1368)这段时间。但是,1260年,忽必烈在以刘秉忠为首的一批中原儒士谋臣的辅助下,获得大汗之位,即位开平。即位之际,忽必烈改变蒙古大汗不立年号的做法,定年号为"中统",所谓中朝正统的意思,并发布即位诏书,向中原百姓和士大夫正式宣告,自己不再仅仅只是蒙古大汗,同时还是中国新王朝的皇帝。① 中统五年(1264),与忽必烈争夺大汗地位的阿里不哥归降之后,忽必烈改年号为"至元",取《易经》"至哉坤元"之意,至元八年(1271),又取《易经》"大哉乾元"之意,定国号为"大元",理论意义上的元王朝从这一年正式开始。不过,《元史·百官志一》在官制叙述的开端认为:"元太祖起自朔土,统有其众,部落野处,非有城郭之制,国俗淳厚,非有庶事之繁,惟以万户统军旅,以断事官治政刑,任用者不过一二亲贵重臣耳。"② 在明人看来,蒙古国势力逐步挺进中原之前,成吉思汗统治下的蒙古国实行全民军事化,以千户为单位进行军事管理,将掠夺和征服视为最光荣的事业,国家处于随时战备状态。在灭金之前,蒙古游牧民族没有定居的习

---

① 陈高华、张帆、刘晓:《元代文化史》,广东教育出版社 2009 年版,第 152、153 页。

② 宋濂等:《元史》卷八五"百官志一",中华书局 1976 年版,第七册,第 2119 页。

惯,文字载记也少,直至蒙古国势力逐步挺进中原,灭金之后,由于金朝文人的努力与渗透,蒙元王朝才逐渐由野蛮走向文明,吸纳中原定居民族的管理经验,逐渐定居、安邦。真正意义上的元代文学也就即此开始。明清人研究元代文学,则大抵从金亡(1235),直至明王朝建立(1368),几乎约定俗成。①本著认同明清时期人们对元代文学起讫时间的界定,即从公元1235年、窝阔台汗七年、金朝灭亡这一年开始系年。

一、系年显示:与元代文化关系更密切的
创作者是馆阁文人

　　元代文学的创作主体到底是哪些人群? 据现今的文献整理情况来看,《全元文》共收录三千余位作者三万余篇文章;而《全元诗》共收录五千余名作者近十四万篇诗作。再有词作、曲作等其他体裁的大量作品,元代文学并不像人们想象的那样贫乏得只有杂剧。元杂剧兴起、繁荣于汉地世侯统治时期,繁兴至至元初没几年,而且地域范围也只局限于北方部分区域,在百余年元代文学发展的时空范围中,只占有其中的一小部分,真正与元代游牧民族统治下,多种文明、文化的主体特征,起伏浮沉,关系最密切的创作者一直是元代馆臣。从蒙元到元末,元代文学的创作主体一直是馆阁文人。

　　由于文化发展的极度不平衡,元代文学创作主体在不同时期由不同地域的人群掌控,因此,关于元代文学的分期,学界迄今并没有定论。依据本著的馆阁文人系年,可以看到,1286年,忽必烈令程钜夫下江南访贤,此后,元代文坛成为南北馆阁共同主持的文坛,在此之前,元代文坛的主导地位基本由金朝过来的北方文人所把持。同时,本系年还显示,1286年之后,一直到1332年元文宗去世,是南北多族馆阁文人酬唱密集、统领元代文坛的巅峰时期;次年,元代文坛盟主虞集以眼病退归江西,从此元代文学进入晚期,文坛成为北方京师馆阁与南方民间文士共同活跃的文坛。根据本系年,我们大致可将元代文学的发展划分为三个时期:蒙元时期(1235—1286)、元中期(1287—1332)、元晚期(1333—1368)。

　　根据系年的"背景"栏知道,1250年,蒙哥命令忽必烈主持漠南汉地事务,直到中统元年(1260)忽必烈获得大汗地位为止,这个时期是元代文化发展的重要时期,史称忽必烈潜邸时期。由于忽必烈潜邸于开平金莲川一

---

① 邓绍基、杨镰:《中国文学家大辞典·辽金远卷》,中华书局2006年版,"前言"第7页。

带,思大有为于天下,努力招募四方才能之士,当时,以刘秉忠为首,张文谦、郝经、姚枢、许衡、魏璠、窦默、王恂、宋子贞、商挺、赵良弼、王磐、王鹗等人聚于金莲川,这群人被称作金莲川幕府群,这群人多来自邢州、东平、真定、保定等地域。根据系年中"背景"栏内容可以看到金莲川幕府文人对忽必烈推行汉法,实现元代文化由游牧文明向农耕文明的转型影响深远,他们也是元初国家制度的建设者和元初文学的主要创作者。例如,元代典型馆阁机构翰林国史院的建立。中统初,忽必烈刚建年号,推行汉法,只以王鹗为翰林学士,却未立官署,之后,在这个群体的推动下,至元元年(1264)始置翰林国史院,至元六年(1269)开始配置相应人员,而任职者以及所有国家著述活动基本是金莲川文人的子弟、门生。从至元八年(1271)的"仕履"栏可以看到,许衡这年拜集贤大学士兼国子监祭酒,借助这一条的按语知道,许衡任国子监祭酒的职责是教授蒙古世胄子弟学习汉典,而为了很好地熏陶这些蒙古子弟,许衡又奏请门生王梓、刘季伟、韩思永、耶律有尚、吕端善、姚燧、高凝、白栋、苏郁、姚燉、孙安、刘安中十二人为伴读,这十二人中诸如耶律有尚、吕端善、姚燧、高凝等人都在许衡之后成为馆阁重臣。袁桷曾感慨元初的馆阁基本为北人所据,认为造成这种情形的原因在于"士上有以挽之,下有以承之","势使之然也"①,由许衡及其弟子的任职情况就能理解袁桷的感慨。

根据本系年的"仕履"栏可以看到,到元代中叶,随着国家文化政策的调整,不仅南方大批优秀士子进入京师馆阁,更有西北子弟舍弓马而事诗书,逐渐进入文化阶层,于是北方金朝文臣独据文坛的情形大为改观,而国家承平的社会背景也为南北多族士人提供了广泛的交游空间,集结成元代中叶笼据最多文化资源、掌握绝对文化权力、规模相当齐整的馆阁文人群,他们也是促成大元文学特色形成的创作主力。从系年中我们可以看到,至元二十三年(1286),在南方馆臣程钜夫的多方斡旋与进谏下,忽必烈终于特命用蒙古字、汉字书写访贤诏,令程钜夫江南访贤。这一年,赵孟頫以程钜夫江南访贤之举而入仕元廷。赵孟頫出仕北廷的意义在于,真正掀起南方士子北上大都的热潮,此后张伯淳、吴澄、袁桷、虞集、贡奎、杨载、范梈、揭傒斯等南方世家子弟和优秀士子纷至北廷。忽必烈之后,其孙元成宗在文化政策上颇有动作,这在系年的"背景"栏清晰地反映出来。而成宗时期(1294—1307)馆阁文人的"仕履"、"著述"、"生平"等栏条目及按

---

① 袁桷:《送程士安官南康序》,李军、施贤明、张欣校点:《袁桷集》,吉林出版集团·吉林文史出版社2012年版,第380页。

语信息也综合地反映出成宗时期的文治成效,对于元代文学而言,一个南北多族馆阁创作群正慢慢形成:像色目官员不忽木;北方文臣阎复、姚燧、王约、高道凝、胡祇遹、王恽、王构、雷膺、陈天祥、畅师文、刘致、卢挚、刘敏中;南方馆臣程钜夫、赵孟頫、袁桷、张伯淳、吴澄、邓文原等,已然颇具规模。根据系年"背景"栏,还可以看到,延祐元年(1314),在以李孟、程钜夫等文臣的推动下,开始实行科举考试,直至1368年,科考断断续续共进行了16次,选拔出一大批优秀士人,他们基本成为元代中、晚叶的文坛中坚和文化主导力量。再据系年"背景"栏,泰定元年(1324)泰定帝接受江浙行省左丞赵简建议将经筵进讲形式制度化,这是元代文化建设中非常具有标志性的进步,张珪、忽都鲁都儿迷失、吴澄、邓文原、虞集、王结、张珪、许师敬、买驴、曹元用、赵简、赵世延、阿鲁威、吴秉道、段辅、马祖常、燕赤、孛术鲁翀等南北重要馆臣和官员都曾参与进讲①,经筵进讲虽然多数情况下流于虚文,但它的存在对于南北多族文人的融合颇有意义。此外,天历二年(1329),元文宗成立奎章阁学士院对元代文坛是件大事。据此条按语知道,由于元文宗对奎章阁学士院的重视,该机构"非尝任省、台、翰林及名进士不得居是官"②。从系年可以知道,奎章阁学士院兴于1329年,亡于1340年,这期间,由馆阁仕履情况可以知道,奎章阁学士院除了有跟脚的蒙古、色目人之外,拢聚了以虞集、揭傒斯、宋本、李泂、康里巎巎、赵世延、忽都鲁都儿迷失、阿邻帖木儿、欧阳玄、苏天爵、许有壬、柯九思、杨瑀、王守诚、阿荣等一批绝对堪称元代南北一统后成长起来的最优秀的各族、各界文化精英。而借助1329年—1340年间馆阁著述情况以及相关条目的按语文献,还能发现,由于奎章阁文人群体在创作上的积极推动,不仅极大地推动了元代诗文创作的繁荣,而且消除了馆阁文人间的南北文化隔阂,打通了馆阁与山林之间的消息,大一统的元代文学创作展示出不容忽略的独特魅力。

元代晚叶,杨维桢崛起于东南。借助系年背景可知,杨维桢是泰定四年(1327)、李黼榜的进士,他的同年诸如萨都剌、黄清老、刘沂、燮理溥化、郭嘉、张以宁、李黼、蒲理翰、观音奴、索元岱等多在朝中担任过馆臣,而由系年中馆阁文人的著述与交游情况可以知道,大都文坛馆阁文人在当时的全国文坛依旧具有相当的影响,杨维桢为首的南方民间文人圈也与京师馆阁

① 魏静:《泰定初年扈从上都经筵官虞集之官职考释》,《西北民族研究》2010年第3期。

② 揭傒斯:《送张都事序》,李修生主编:《全元文》第二十八册,凤凰出版社2005年版,第380页。

文人保持密切关系。再根据系年可以知道,元末著名诗人迺贤在至正间被召为翰林编修,不过在至正初,他的诗集试图获得巨大影响还是借助了馆阁文人的推誉,其时,危素、欧阳玄、揭傒斯、张起岩等都不遗余力地推重其《金台集》,使得迺贤在元末文坛影响非凡。总之,由馆阁文人的活动系年,综合考量他们的仕履作为、著述情形以及交游圈子则能知道,元代晚期的文坛,馆阁力量与民间力量虽有持衡的趋势,但究其关联,馆阁文人的主导力量依旧相当大。

系年显示,元代中叶,由于国家文化政策的调整以及天下治平的社会背景,由北方金源文人把持的文坛格局大为改观,一大批来自南北多族、优秀的馆阁作家,扛起元代文学创新的大旗,借助系年中大量条目按语的文献信息可以看到,最具元代文学特色的创作、题材、审美倾向、表达方式是这个时期的馆阁文人贡献的,他们中诸如赵孟頫、袁桷、虞集、揭傒斯、杨载、范梈、贯云石、张养浩、黄溍、柳贯、马祖常、欧阳玄、宋本、苏天爵、康里巙巙、许有壬、泰不华、萨都剌等人尤其活跃,是了解和研究元代文学绝不能绕开的人物。元代晚期,随着大都北廷统治力量的衰弱,以杨维桢为首的江南地域文人群异军突起,大有取代京师馆阁文人领导地位的趋势,但包括杨维桢本人也不承认他与京师馆阁关系的疏离,更何况,杨维桢本人就是元代中叶、泰定四年的进士,这个时期的文坛是南北文坛共相发展、馆阁与山林保持密切往来的文坛。通过馆阁文人活动系年,借助精细、丰富、系统的文献呈现,文人群体的南北传递时间、各个文人的出道时间、文人群的交游圈子、创作繁荣时期以及主要创作倾向、创作题材了然。

二、根据系年:元代文学的特色是多民族、多文化形态的混融

元代文学最主要的特色是什么,研究界尚无定论。研究界曾经认为元朝统治时间短暂,统治者不懂汉文化,文明程度相对高的汉人、南人地位低下,所以元朝社会黑暗,文化事业衰微,文学创作成绩不尽人意。但通过馆阁文人活动系年,借着多元且丰富的文献资料的支撑,可以知道,以往对元朝的许多认知可能包含着汉族本位思想的理解,也可能只是站在农耕文化、文字文明等单维向度思考问题。元王朝的特点在于它是蒙古游牧民族统治的南北一统、疆域空前辽阔的大一统王朝。与这一王朝文化背景相呼应的元代文学主要特点可以用"多元混融"四个字来概括。"多元"特征是显而易见的,无论是就疆域范围、人口种群,还是物种特色以及信仰差异而言,元

代的多元特征都是"旷古所未有"①。"混融"特征也是必然而然的,作为游牧民族统治的大一统王朝,元王朝在统治方针与政策制定理念上都体现出草原文化与中原文明,游牧特质与农耕文化交错共存的特征,而且北方游牧民族不善生成、管理的本性,使其对南方农耕地域的粮食有深刻的依赖性。为拓通南北运输渠道,元代海运相当发达,号称"一代之良法"②,海运的盛衰甚至最终决定了元王朝的存亡,某种程度而言,元王朝社会文明表现出草原游牧文明与中原农耕文明以及海洋文明多维共生,但糅合不是很完美,从而呈现出多种文明胶着混融的特点。元代文学在三种文明形态的基础上发展,自然也具有多元混融的特色;而且,不仅是多文明形态对元代文学多元混融特征的形成综合影响深远,每一种文明也在整个元代社会多元混融的文化背景中促使元代文学多元混融特征的形成。

根据系年我们可以看到,首先,游牧文明对元代文学多元混融特征形成有深刻影响。元王朝作为从草原本位过渡到汉地本位的大一统王朝,草原本位的意识在国家政策的制定中一直都具有决定性影响,这直接导致了元王朝大都、上都两都巡幸制度的确立。上都是忽必烈发迹之处,从政治、军事的角度而言,"世祖皇帝建上都于滦水之阳,控引西北,东际辽海,南面而临制天下,形势尤重于大都",但大都对于中原内地的控制又极为有利,基于这样的情况,从世祖中统四年(1263)开始,"大驾岁巡幸"③,直到至正十八年(1358),红巾军攻陷上都,"因上都宫阙尽废,大驾不复时巡"④为止,元王朝的两都巡幸制共持续九十五年。由于皇帝每年必须巡幸上都,而且一待就是四个月乃至半年以上⑤,"宰执大臣下至百司庶府,各以其职分官扈从";⑥以此,从1263年的系年开始,就能看到百司在上都逐渐设立分院的进程,而馆阁文臣们也在职事生涯中,需要到上都任职。借助系年中馆臣们的著述、唱和以及相关条目的按语内容知道,两都巡幸制这一国策的制定与执行在深刻影响元代政治格局,迫使大批馆臣、僧侣往来于向来游牧民族

---

① 戴良:《皇元风雅序》,《全元文》第二十九册,第293页。
② 宋濂等:《元史》卷九三"食货志一",第八册,第2364页。
③ 虞集:《贺忠贞公墓志铭》,《全元文》第二十七册,第510页。
④ 王祎:《上京大宴诗序》,《全元文》第五十五册,第292页。
⑤ 按:忽必烈开始巡幸制那年(中统四年,1263)乃二月十三日由大都启程,八月二十五日返回大都,以后则多于二月出发,九月返回,武宗海山时将时间定为三月至九月,但习惯汉地生活的仁宗、文宗、顺宗则尽量缩短在上都的时间,往往四月甚至五月由大都出发,八月回到大都。陈高华、史卫民:《元上都》,吉林教育出版社1988年版,第59—60页。
⑥ 黄溍:《上都翰林国史院题名记》,王颋点校:《黄溍全集》上册,天津古籍出版社2008年版,第289页。

活动的腹心地域的同时,也深刻地影响到了元代文学创作上的多元混融特征形成。

　　应该指出的是,上都作为游牧民族活动的草原极北地域,完全保留蒙古旧俗,以此当内阁馆臣作为扈从人群来到上都之后,上都所具有的北地风情、蒙古游牧特色,成为极具创作空间的对象。例如,从著名馆臣袁桷的"仕履"活动知道,袁桷"在词林几三十年,扈从于上京凡五"①,而袁桷也将自己从延祐元年(1314)到至治二年(1322)四次扈从上京之行咏之于诗,遂有《开平集》四集,并每每与同僚唱和,以此,虞集、马祖常、揭傒斯、欧阳玄、王士熙、许有壬、胡助、黄溍、柳贯、周伯琦等馆阁重臣都有不少有关上京纪行的吟咏。值得一提的是,据1330年系年中"交游"栏知道,胡助作《上京纪行诗》五十首,在京师录为一卷,然后送给同道者删题。又据这条的按语文献知道,当时有吕思诚、王士点题诗,虞集、王守诚、王士熙、苏天爵、王理、黄溍、孛术鲁翀、吕思诚、陈旅、曹鉴、吴师道、王沂、揭傒斯等题跋,几乎将其时著名的馆阁文臣一网览尽。再根据系年综观延祐、天历时期的馆臣交游情形,知道其时品题风气甚浓,正是这种馆阁间同题唱和的酬答风气非常顺理成章地将以"上京"为主题的创作题材推向高潮。在元代,由于馆阁文臣们对上京纪行诗的热咏,引发了几乎整个元代文人都曾参与到上京纪行诗的写作、赋和、阅读、评价和传诵过程中。值得注意的是,上都纪行诗创作的热兴,不仅意味着一个新的创作增长点的形成,它更昭示着元代文学创作南北多元混融特色的形成。

　　通过系年,我们还可以看到,元王朝典型的游牧文明特色不仅在政体上改变和影响着元代文学的创作特色,而且在精神意识层面上也深刻地影响着元代文学多元混融特色的形成。游牧民族居无定所,对文字文明缺乏兴趣,宗教是他们精神生活的主要内容。②元蒙统治者对于宗教的亲近态度使得一些有识的宗教人士借助宗教外衣推动元王朝的文明进程和文化发展。像耶律楚材对于大蒙古国的文明开化意义;刘秉忠之于元王朝的建邦立制意义。再如属于大元王朝的蒙古新字是由藏传佛教的高僧八思巴创立的;而南宋著名学者马端临的大型类书《文献通考》是延祐六年(1319)通过玄教高层王寿衍的举荐而得到元廷的重视,从而以官资、官刻的方式出版,进而产生重要影响;等等。宗教在推动元王朝文明进程的同时,也凭借自己的

---

①　苏天爵:《元故翰林侍讲学士知制诰同修国史赠江浙行中书省参知政事袁文清公墓志铭》,《全元文》第四十册,第389页。

②　陈高华等:《元代文化史》,广东教育出版社2009年版,"绪论"第8页。

政治优势在社会各个领域包括文学、艺术在内的精神文化领域发挥影响。

　　借助系年中丰富的按语内容，我们知道蒙古族在侵入中原之前，主要信奉萨满教，蒙元统治者对其他宗教的理解都是萨满教化的，以此，元王朝在官制设立上对于宗教的偏重，宗教人士与馆阁文臣被统治者以同等而稍高的待遇存在，儒家也被蒙古统治者视为一种宗教。据1238年系年"背景"栏知道，这年举行戊戌选试，而该条目的按语告诉人们，此次选试实质是大蒙古国为确定当时儒、释、道三教的人数与待遇进行的"汰三教"行动的重要一环①，儒生与僧道一起以宗教人士的身份参加考试。②由1288年系年"背景"中宣政院改名原因的按语，我们还看到，在元代，被奉为国教的藏传佛教享有至高无上的地位，其领袖被奉为帝师，元廷特设宣政院主管藏传佛教事务。而1284年"背景"栏中集贤院的职能还告诉我们，在元朝统治者看来，学校教育、玄门道教、占卜问卦等事情的地位与性质相当，集贤院便是主管国子监、玄门道教、阴阳祭祀、占卜祭遁等事的典型馆阁机构。元代统治者对待宗教人员和儒学文士的态度使得元代的宗教人士与馆阁士人关系混杂而密切。而综观系年中南北馆阁文人的著述、交游情形，更能感到宗教人员对于在南北馆阁文人中所起到的斡旋、捏合意义。例如，在元初至元代中叶，临济宗主持雪堂上人的禅院天庆寺，一直都是馆阁高层聚会、唱和的场所。借助系年的按语，我们知道元初著名的"雪堂雅集"，不仅唱和多篇，推动了南北馆阁文人的融合，而且即此带动元代自馆阁高层到民间文士的雅集热情。根据系年中的人物生平介绍栏知道，由于宗教人士与馆阁人员的混融，元代许多重要作家来自宗教界人士或信徒，在佛教界，除了元初两位重臣耶律楚材、刘秉忠外，像早期的中峰明本、中叶的释大訢、晚期的宗泐；道教中，早期如全真教的丘处机、李志常、尹志平等，中叶玄教的吴全节、朱思本、薛玄曦等，茅山派的张雨等；还有许多奉信伊斯兰教的回鹘士子，诸如高克恭、不忽木，信奉基督教的马祖常、丁鹤年，等等。

　　最有意味的是，元代主流文学由于宗教力量的强大而不可避免地大量羼入宗教方面的内容。这其中最直观的便是，馆阁文人无论是职业著述还是个人著述活动中，都有大量的宗教寺庙碑和塔铭、碑记等。出于对宗教的迷信心理，蒙古皇室、蒙古贵族在寺庙建筑上挥金如土，即使是汉化程度最高的元文宗，由于害死兄长而获得皇位的阴影使他在位的五年几乎都在修

---

① 陈高华等：《元代文化史》，广东教育出版社2009年版，第25页。
② 安部健夫：《元朝的知识人与科举》，参见涂冰：《从〈庙学典礼·丁酉诏令〉看戊戌选试》，《图书馆研究与工作》2008年第2期。

建寺庙,而与宗教享有的社会特权相媲美的是,元代越是著名馆臣,他们职业著述行为中创作塔铭、寺碑记的频率就越高,像姚燧、阎复、程钜夫、袁桷、虞集、揭傒斯、欧阳玄、黄溍等著名馆臣的著述活动便每每体现为做寺庙碑、写僧人传等。在这些出于命令、出于情面或者出于真诚的信仰而写就的塔铭、碑记中,杂糅着元王朝的文明进程、宗教势力的蔓延渗透、宗教斗争以及宗教理念与信仰,还有作为儒家子弟出于自身教育背景所作出的微弱的价值判断等内容混融一处,令那些看来庄严郑重的文字中又平实地折射出那个多元融合的现实世界。

其次,根据系年,我们还可以发现,在元代,游牧文明统治下的农耕文明在努力调适的进程中,以融汇整合的气势对元代文学多元混融特征产生重要影响。在过去的研究中,我们很介意元朝游牧统治者对农耕文明的歧视与打压,认为崇尚杀伐武略的元蒙贵族,他们对农耕社会孕育出来的文字文明缺少兴趣,也不能理解其中所包含的精致意蕴。但借助馆阁文人活动系年,我们可能会意识到,在元代,农耕文明已然改变姿态,用更直观的方式来吸引统治者,并推动元代文学以别样的特色呈现。借助系年中人物生平栏内容知道,像赵孟頫,作为农耕文明培养出来的最优秀的文人,他在元代“人知其书画而不知其文章,知其文章而不知其经济之学”①。赵孟頫没能用他满腹的经纶实现治世经邦的理想,也没能用他的文字穿透世人的灵魂,但却凭借他超凡绝伦的书画才华,令整个元王朝从皇宫贵族到平常士子都无不倾倒。而借由系年综观元代汉人、南人馆臣的仕履作为,可以发现他们中获得重视、跻身高阶的往往是依靠直观的书画艺术,像恩荣一品的李衎、赵孟頫,他们是那个时代最优秀的画家;再像以画艺超赐从二品的何澄、藉雕塑而获从二品的刘元;还有凭白身而进阶五品的南人王振鹏、柯九思,他们一个以界画著名当时,一个凭借墨竹画艺获宠;等等。在依恃金戈铁马而占据中原大地的元朝,统治者中像元英宗、元文宗、元顺帝父子等书法技艺不凡;而仁宗之姊、文宗岳母鲁国大长公主成为元蒙贵族阶层最著名的书画收藏者和赞助者;爱好文艺的元文宗还在天历二年(1329)创建奎章阁学士院,专以赏鉴、品题书画为事。通过馆阁文人的交游、唱和情形以及他们的生平按语内容可以明白,面对统治者务实、直观的审美趣味,元代文学的主体创作主体人员,包括南北多族,儒、释、道三教在内的元代优秀馆阁人员:八思巴、姚枢、姚燧、程钜夫、张仲寿、阿尼哥、张与材、庆童、赵孟頫、

①　杨载:《大元故翰林学士承旨、荣禄大夫、知制诰兼修国史赵公行状》,《全元文》第二十五册,第587页。

袁桷、邓文原、贯云石、元明善、任仁发、王士熙、王士点、郭贯、卢挚、康里巎巎、虞集、吴全节、薛玄曦、释溥光、释至温、刘致、范梈、揭傒斯、李洄、朵而直班、达识帖木儿、余阙、周驰、苏天爵、柳贯、泰不华、斡玉伦徒、张起岩、欧阳玄、傅若金、周伯琦、萨都剌、沙剌班、脱脱、盛熙明、杨彝、甘立、张雨、张翥、赵期颐、陈旅、杜本、危素、陈绎曾、揭汯、贡师泰、释宗泐、释来复辈也大多书画才艺超群，冠绝一时。① 而有了馆阁文人活动系年作文献基础，就能明白，元代文学为何以题画诗、书画题跋小品作为创作主要内容而令后世侧目的原因。单就题画诗而言，据康熙时期陈邦彦所编辑的《御定历代题画诗》所统计，元代有题画诗三千六百三十九首，② 而唐有题画诗一百六十二首，宋有九百七十六首，明有三千六百九十八首，③ 就元代不到百年的历史而言，这个数据非常令人震撼。事实上，陈邦彦的编辑、统计还非常不完善。例如，据陈邦彦的统计，虞集只有一百五十一首题画诗，而据今人整理的《虞集全集》统计至少有四百首；揭傒斯只有十三首作品，而据《揭傒斯全集》统计至少有一百二十五首题画诗；马祖常七十首，据《石田先生文集》统计有七十五首；柳贯二十九首，而据《柳贯诗文集》统计有六十七首；黄溍三十二首，而据《黄溍全集》统计有六十五首；程钜夫一百零五首，而据《程钜夫集》统计有一百六十三首；袁桷一百二十六首，而据《袁桷集》统计有一百三十九首；吴师道五十五首，而据《吴师道集》统计有一百零三首；欧阳玄没有作品，而据《欧阳玄全集》统计有五十二首，这些数据意味着陈邦彦编辑的三千六百余首题画诗的数字还有非常大的增补空间。今人陈传席曾对此感慨道："元代几乎所有的画家都有诗文集存世；几乎所有的作家都有题画、议画的诗文存世，没有任何一个时代像元代这样，诗人和画家关系那样亲密"，"画上题诗、题文在元代空前高涨"④。而元代文学由此不仅题画诗数量激增，而且创作特色上强烈地彰显出意象明晰，文字如画的特色。某种程度而言，元诗努力学唐，而唐诗明丽鲜活、重形容、重意象刻画的特征，既是元诗努力学习以去除宋诗之弊的利器，又是元代诗、书、画前所未有的结合紧密而形成的一种必然创作趋势。而综观元代馆阁文人的活动情形以及他们在著述过程中，借助各类序言题跋所表达的思考，我们不禁会想，元代题画诗的兴盛到底算农耕文明在元代的自我救赎还是算革新求变呢？ 对于

---

① 参见陶宗仪：《书史会要》卷七，浙江出版联合集团·浙江人民美术出版社 2012 年版，第 198—221 页。

② 按：这个数据还不包括元好问等一些大蒙古国统治时期金朝文人的作品。

③ 按：据陈邦彦《御定历代题画诗》目录整理，《四库全书》第一千四百三十六册。

④ 陈传席：《中国山水画史》，江苏美术出版社 1996 年版，第 409—410 页。

元代文学而言,如何摒除前金、旧宋久滞于农耕文明而形成的创作弊习,是身处大一统王朝,努力造大元之新的主流文化阶层一直思考的问题。而游牧民族统治中原的元朝对于传统农耕文明所造成的冲击以及中原农耕文明为迎合适应新时代需求而调整姿态、整合自身文明特征与游牧文化特质相一致,使得元代的文学改革只能胶合着书画艺术改革汇流成文艺复古思潮来产生影响。非常有意思的是,元代文艺复古思潮在推动文学创作以经史为根本,以百家学问为涵养,形成气势充沛、务实有效风格的同时,更将元代的书画艺术推向高潮,并从此奠定中国文人画诗、书、画、印糅合一体,风格古雅、意韵丰沛的基本格局。

　　再次,根据系年,我们可以发现,元代海洋文明的萌芽对于元代文学的多元混融特色也颇有影响。在传统的文学研究中,包括对元代文学的探讨,我们很少注意到海洋文明之于文学的意义与影响,但馆阁文人活动系年的进展,却给人很不一样的启发。元代政治、军事、文化重心位于大都、上都,但"百司庶府之繁,卫士编民之众",却"无不仰给于江南"①。在至元十九年(1282)的"背景"栏中,伯颜回忆起自己至元十三年(1276)平定江南之际,曾命张瑄、朱清等,以宋库藏图籍,自崇明州从海道载入京师,遂向忽必烈建议通过海运来减少道途的周折,从至元三十年(1293)开始,元廷便主要依靠海运来解决东南粮食对京师的供给。而海道的拓通,确如《元史》所评价:诚为一代之良法,从此"民无挽输之劳,国有储蓄之富"②。

　　经济基础决定上层建筑。元代海运在解决元代其经济问题的同时,也影响和改变着元代的意识形态,这其中也包括文学创作。元代文学由此围绕海祭、海事、海叙等几方面不断羼入海洋的叙事单元。首先是海祭。崇信萨满教的元蒙统治者,他们对于其他宗教或者神秘的事物都是萨满教化的,以此,名山大川、忠臣义士在祀典者,都有专门部门主持祭祀。对于海神的祭祀,据《元史》载:"惟南海女神灵惠夫人,至元中,以护海运有奇应,加封天妃神号",由于海运意义的明显,元廷不仅在所有海港处建筑海神庙,而且对于天妃的加封越来越重。除建庙、加封外,"皇庆以来,岁遣使赍香遍祭"③,而据祭祀的使者基本都是翰林院和集贤院的馆臣,④这大大增加了

---

①　宋濂等:《元史》卷九三"食货志一",第八册,第2364页。

②　宋濂等:《元史》卷九三"食货志一",第八册,第2364页。

③　宋濂等:《元史》卷七六"祭祀志五",第六册,第1904页。

④　按:《元史·祭祀志》载:至元二十八年(1291),忽必烈对中书省臣说:"五岳四渎祠事,朕宜亲往,道远不可。大臣如卿等又有国务,宜遣重臣代朕祠,汉人选名儒及道士主祀事者"。宋濂等:《元史》第六册,第1900页。

元代馆臣们有关海洋方面的印象。在系年中，1329年馆臣们的一次较为隆重的饯行唱和活动印证了元代统治者宗教信仰的影响力。这年，元朝海运五十年，但也是海运记录最糟糕的一年，船一出海就遭遇飓风而船翻人没，最终约定时间而未到的船只有七十万。这对于八月份用毒死兄长再次即位的元文宗来说是一件非常不吉利的事，于是海神天妃庙食海上且有神奇应验的说法被郑重提出。元文宗遂郑重其事，派两位得力馆臣翰林直学士本雅实理、艺文大监宋本前往祭祀。宋本等人在前往代祀之前，包括宋本本人，还有虞集、马祖常、许有壬、宋沂等馆阁重臣纷纷题咏，虞集还作诗序，是元代中叶非常著名的一次馆阁同题集咏活动。

其次是海事。海事包括海上战事、海上工程等内容。借助系年，还是能看到海洋对元代文人的影响虽然不明显，但已然是一种切近的叙述而非想象。像海洋战争，元蒙王朝以征伐、攻掠为事，对于陆地战役，他们所向披靡，对于海上攻伐，他们也不是没有野心。至元十七年（1280），忽必烈发动对日战争，元初著名馆臣王恽曾亲自参加这种海上战事，目睹飓风的威力以及元军的失败，作《泛海小录》以记述。元廷对于海运的依赖，使得稍有见识的官员便知道海上工程的重要。至元元年（1335），国子生叶恒释褐之后授余姚州判官。至元五年（1339），叶恒重修海堤，以御海潮，至正元年（1341）二月，海堤修成。至正末，录记筑堤功报朝廷，诏追封仁功侯，立庙余姚祀之。叶恒余姚修海堤之事上报到朝廷之后，在元代中晚叶馆阁间引起不小震动，叶恒的国子学老师、其时馆阁领袖欧阳玄作《余姚海堤诗有序》对叶恒备加赞赏，而另一位馆阁名臣柳贯亲为叶恒之子叶晋所作《海堤录》作后序。此外还有许多馆臣、文士参与集咏，叶氏子孙叶翼曾将这些吟咏收入《余姚海堤集》，共有四卷，足见其时社会反响程度。

最后是海叙，即有关海洋的叙述、吟咏、思考，这在元代馆阁文人的仕履、著述活动中颇为不少。大德间曾任都水少监的馆臣任仁发，以职务之变，著成《浙西水利议答录》十卷，对拓通吴松江一带的海道作详细叙录。至顺元年（1330）完成的大型政书《经世大典》，曾专设《海运门》，对元代海运情形作最为系统、完整的叙录，而《经世大典·海运门》便出自揭傒斯等馆臣的手笔。还有贯云石、张翥、黄溍、柳贯等馆臣都有不少关于海洋的吟咏。最值得一提的是元代中晚叶著名馆臣黄溍有关海洋的文章。[1] 黄溍在

---

① 张如安：《元代浙东海洋文学初窥——以宁波、舟山地区为中心》，《浙江海洋学院学报》2006年第3期。

延祐二年（1315）首科举进士后，以将仕郎授任台州宁海县丞，任职期间，黄潜曾创作《秋至宁海》、《题大瀛海道院》、《题观海图》等多首咏海诗，而升任馆阁重臣的黄潜在至正元年（1341）任浙江儒学官员时，在浙江乡试作主考官策试蒙古色目人的题目中，黄潜要求考生针对吴淞江来讨论东南的水利问题。吴淞江是东南物质运抵京师的最重要航道，题目问道："方今言东南之水利，莫大于吴松江，视古之河渠与沟洫，其为力孰难而孰易？其为利孰少而孰多？诸君子习为先儒之学，必夙讲而深知之矣。幸试陈之，以裨有司之余议。"[1] 海运作为元代经济的重要命脉，它最终必然以它的意义和力量进入元人的思维，汇集到元代主流文学的创作中。

通过馆阁文人活动系年，在不可或缺的政策背景中，具体排列阁臣们参与的活动，展示他们交游唱和的对象，陈述他们的生平作为，可以明白，处于多元文明形态中的元代文学必须用更综合、更多元的视角进行探究。我们长久以来都把注意力放在元曲的创作上，却较少意识到大元王朝以游牧文明统治农耕文明，又借助海洋文明来接通二者的关联，这样三维文明背景对于元代文学所产生的混合影响。这与其说是元曲所取得的成绩过大，还不如说是我们的评价视角较为单一，总以农耕文明的审美视角来评价元代文学，以至于忽略了元代文学最根本的特征：多元混融。

三、系年还显示：馆阁文人有意识地主导着元代文学的审美倾向

在现有研究中，元代馆阁文人很少被作为文学的正面力量而受到研究界的重视，这对元代文学而言，与史实殊不相符。根据系年，可以看到，元王朝对文化的稀松态度使得它的文化资源较为稀缺，这种稀缺又更加导致了文化资源的集中，国家少数的文化资源资基本为馆阁文臣所把控。另一方面，由于馆阁文臣在政治格局中，基本被边缘化，这使得元朝的馆臣们相对较为自觉地抱团发出声音，而这两方面的因素都致使元代馆阁文人主导了文化、文学的审美倾向。

通过系年，可以明显地看到馆阁文人们往往借助密切的聚会、唱和以及序跋等形式来以抱团的方式来巩固关系、吸收新生力量，形成集团效应。延祐初年（1314），揭傒斯刚到京师，当时馆阁中已聚集了邓文原、袁桷、虞集等一批东南文章钜公，而揭傒斯与范梈、杨载几个也相继到来，大家"以

① 黄潜：《江浙乡试蒙古色目人策问》，《全元文》第二十九册，第234—235页。

文墨议论与相颉颃"①,由此人们知道那些京师馆阁中的南方文人相与成群。元代馆阁文人们颇为注意内部默契,注意行动上的协调一致。像国子生苏天爵,因为成绩优异,袁桷、马祖常、王士熙几个都深知其才,袁桷明明已准备致仕,还"手疏荐公馆阁",而马祖常则对苏天爵许"文章之柄于十年后",王士熙与苏天爵"相与为忘年友"②,由于集团的力量,苏天爵这样的才俊之士很快被吸纳其中。再比如布衣才士陈旅,先是马祖常以京官出使福建泉南,接触过陈旅后,认为是馆阁之才,于是陈旅来到京师。而虞集见过他的文章后,决定将陈旅列为自己的衣钵传人,将他延至馆中,"朝夕以道义学问相讲习",赵世延则极力荐举陈旅于朝廷,苏天爵对陈旅信任备至,他所辑录的《国朝文类》,"其时作者林立,而不以序属诸他人,独以属旅"③,正因为群体效应,陈旅以布衣而直入馆阁。事实上,这个群体也明白自己的集团优势,他们也注意根据形势,呼和酬应,集结成群,提倡和总结出较为共同的创作倾向,令天下人争慕效仿。苏天爵曾就马祖常、袁桷、虞集、王士熙几个的文坛活动与影响总结说,因为仁宗皇帝即位后"慨然悯习俗之于文法",希望寻得儒臣实现文治,所以"诏兴贡举,网罗英彦",于是马祖常等人入选翰林,遂"以学问相淬砺,更唱迭和",终于在自身"金石相宣而文日益奇矣"的基础上令天下"后生争慕效之",从而导致天下文章"为之一变"。④

　　从系年中可以看出,馆阁文人们不仅仅只将关系网结纳于馆阁上层,他们同时也注意他们影响的辐射程度。作为身处高位的馆臣,他们都对文官的选拔与荐举有相当大的权力,若为他们所赏眄,不仅有可能被荐举入馆阁,而且会引起天下士子的关注与推崇。据至正四年(1344)京师馆臣领袖危素的东南访书活动描述,地方士子相携而来,与危素结交,盛况感人。危素写道:"至正四年,素奉使购求故翰林侍讲学士袁文清公所藏书于鄞……鄞之士君子闻素至,甚喜,无贵贱长少,日候素于寓馆,所以慰藉奖予,无所不至。其退处山谷间者亦褒衣博带,相携来见。"(危素《鄞江送别

---

① 黄溍:《翰林侍讲学士中奉揭大夫知制诰同修国史同知经筵事追封豫章郡公谥文安揭公神道碑》,《全元文》第三十册,第 178 页。

② 赵汸:《滋溪文稿序》,苏天爵撰,陈高华、孟繁华点校:《滋溪文稿》,中华书局 2007 年版,第 2页。

③ 纪昀等撰:《四库全书·安雅堂集提要》,文渊阁影印本,台湾商务印书馆 1986 年版,第一千二百一十三册,第 2 页。

④ 苏天爵:《石田文集序》,马祖常撰,李叔毅、傅瑛点校:《石田先生文集》,中州古籍出版社 1991 年版,第 2 页。

图序（丙戌）》）借由地方士子对于京师馆阁重臣危素的拥重，可以见出元代馆臣的重大影响力。再如元末诗文大家杨维桢。杨维桢本来就是泰定四年（1327）李黼榜进士，与朝中馆臣诸如揭傒斯、黄溍、李孝光、胡助、张雨等人的唱和往来也非常密切，而杨维桢也曾试图通过馆臣的门路获得仕途上的发展。元统二年（1334），杨维桢转官清盐场司令，因性情狷直，为官不甚开心，又在父亲的教导下上诉省府，指斥上官逼索盐民逋赋，竟将自己逼致弃官相争的境地。弃官后，杨维桢以教书撰文为业，曾上书时任平章的康里巎巎，期望能予以补官，而杨维桢的《三史正统辩》，还被康里巎巎具表举荐。杨维桢为文霸气直逼虞集等人，而杨维桢也以承继元代中叶著名馆阁文人群奎章阁文人群体未竟的文章事业为己任。再如开明初诗文风气的宋濂。他本来就与黄溍、柳贯、胡助、吴师道等人是同乡，又深得黄溍、柳贯亲炙。而宋濂自云，他从少年时期起就"知诵"欧阳玄之文，[1] 后来宋濂通过同乡、时任经筵检讨的郑涛将自己的《潜溪后集》送给欧阳玄，请为序言。欧阳玄在序言中对宋濂及其文章大为称颂，认为如果宋濂得掌制作之任，一定能黼黻一代。[2] 宋濂最终成为明代开国文臣，一方面既印证了欧阳玄的见识；另一方面可能也表明由于欧阳玄以及黄溍、柳贯等人的关系，宋濂顺利地在元末文坛名声显扬，明初不过是承其余绪，并得到最好的机遇展示而已。

通过系年中馆阁文人们大量的序跋文献可以知道，作为国家著作干臣，元代馆阁文人们群体非常清醒也非常有意识地借助序跋、传记等体裁将他们这个群体的复古思想主张一轮一轮地贯穿至整个元朝，从而影响巨大。比如虞集在给刘诜的文集写序时，就旗帜鲜明、议论充分地反思自北宋以来的古文创作成绩与成败得失，对前金、旧宋和本朝的古文创作情形进行综合估定，认为真正好的古文应该是在"义精理明，德盛仁熟"的基础上完成，这样才能"出诸其口，无所择而无不当，本治而末修，领挈而裔委"[3]。而虞集对同道中人曹伯启创作的评价也正是围绕他的复古理论主张来进行估定的，他认为曹伯启由于起自儒学，又宦游东南，扬历台省，见识胸襟不同俗流，因此他的文章才意气宏达、议论慷慨而文物雍容。[4] 至于虞集本人的文章，欧阳玄认为由经史而来，才情勃发，见识广博，因此临文时节就能做到"随事

---

① 宋濂：《欧阳公文集原序》，欧阳玄撰，汤锐点校：《欧阳玄全集》，四川大学出版社2010年版，第918页。

② 欧阳玄：《潜溪后集序》，《欧阳玄全集》，第148—149页。

③ 虞集：《刘桂隐存稿序》，《全元文》第二十六册，第110页。

④ 虞集：《曹文贞公汉泉漫稿序》，《全元文》第二十六册，第106页。

酬酢,造次天成",既无一丝效仿他人的意思,也没有拘泥步趋古人之态度,"机用自熟,境趣自生,左右逢源",实在是汪洋澹泊,莫测根柢,① 代表了当时古文的最高典范。欧阳玄认为揭傒斯的文章由古人蹊径而来,"正大简洁,体制严整"②。陈旅评价黄溍的文章说"清圆切密,动中法度,如孙、吴用兵,神出鬼没,不可正视,而部伍整然不乱"③。苏天爵评价柳贯的文章"本诸圣贤之经,考求汉唐之史",又对百家诸氏学问,"莫不稽其沿袭,究其异同,参谬误以质诸文",所以文章汪洋博洽,辩论宏伟。④ 借助元代馆阁文人们的各类著述活动以及相关条目按语,我们也终于明白馆阁文人们的创作审美倾向:以经史为本,涵容百家,讲究考据核实,叙事规矩中寻求辞章表意的正大、宏肆,不刻意文辞而文辞自胜,而这种审美倾向不仅在馆阁文人群体间风生气习,也借助馆阁们的序言而影响波及海宇四境。

　　系年还显示,除了序跋,传记这一体裁更是被元代馆臣熟练地运用以传达他们的审美倾向。在系年的生平介绍栏以及相关的按语中,作为至元、大德时期的宗匠姚燧,姚燧的祭文是时任集贤学士的张养浩写的,在祭文中,张养浩认为姚燧"维斯文之宗伯,旷百祀而一人",张养浩评价姚燧在文章复古运动中的贡献是"文由天得,不踵故蹊,纵横操舍,举自己为,笔未及落而气已驰","豪放抗衡于坡老,正大并辔乎昌黎"⑤。姚燧之后,元明善是人们公认的姚燧复古创作接续者,他们同为一代文宗,而这种地位的确认也是由张养浩、马祖常给元明善的神道碑来估定的,张养浩认为古文风气自从韩愈、柳宗元开启之后,一直到宋朝欧阳修出现,才振衰起弊,其时又有曾巩、苏氏父子左右辅佐,古文写作风气蔚然。而之后的金朝以来则"荡然无复古意矣",大元开启之后,没有了科举时文的诱惑,士子由于姚燧的倡导,多专心于古文,"骎骎乎与韩、柳抗衡矣",元明善是"踵牧庵而奋者"⑥,马祖常认为元明善的古文:"出入秦汉之间,本之于六经以涵泳、以膏泽,参之于诸子百家以骋其辨,刻而不见其迹,新而必自己出。蔚乎其华敷,锵乎其古

① 欧阳玄:《雍虞公文序》,《欧阳玄全集》,第618页。

② 欧阳玄:《元翰林侍讲学士中奉大夫知制诰同修国史同知经筵事豫章揭公墓志铭》,《欧阳玄全集》,第300页。

③ 陈旅:《宋景濂文集序》,黄溍撰,王珽点校:《黄溍全集》,天津古籍出版社2008年版,第851页。

④ 苏天爵:《柳待制文集叙》,《全元文》第四十册,第79页。

⑤ 张养浩:《祭姚牧庵先生文》,姚燧撰,查洪德点校:《姚燧集》,人民文学出版社2011年版,第677、678页。

⑥ 张养浩:《故翰林学士资善大夫知制诰同修国史赠某官谥文敏元公神道碑铭》,《全元文》第二十四册,第661页。

声,倡古学于当世,为一代之文宗者,柳城姚燧暨公而已"①。张养浩死后,孛术鲁翀定位他的创作认为,他是追随姚燧古文创作而起的杰出者,孛术鲁翀写道:"圣朝牧庵姚文公以古文雄天下,天下英才振奋而宗之,卓然有成","张公其魁杰也"②。孛术鲁翀,苏天爵在给他的神道碑中定位认为,他从姚燧学古文,立言垂训,简易明白"不蹈故常以徇人,不求新奇以惊世",对圣贤旨意多有所阐发,③ 以此而与南方文人邓文原、虞集、谢端等融为一处。而马祖常作为文坛北人代表,虞集、许有壬、苏天爵等人认为他诗文务去陈言,自成一家,自他之后,后生效慕,文章为之一变。系年中馆阁文臣们的生平介绍以及人们对他们的死后评价,清晰地传达着元代正统文坛的秩序以及盟主身份,明白地表达着元代文坛的复古创作风格与审美倾向。

借助馆阁文人活动系年的综合文献信息还可以看到,随着元朝逐渐步入正轨,元代馆阁文人更多地通过荐举、担任科考主考官员、出考卷的方式来影响天下士子。像宋本,在其馆阁生涯中曾主持一次乡试、一次会试、一次贡举、一次读卷官,无论是怎样的大小考试,宋本都秉持奎章阁文人群体的复古作文理论来考校参试者的文章,在评价标准上,往往取录朴实、淳雅的作品,拒绝那些滑辞讨巧之作。宋褧在任职期间,曾两次任山东乡试,一次担任廷试读卷官,在人才选拔上,宋褧往往以那些能够立足经史、造语博约精审的文章为选拔对象。再像宋本的同学像谢端,在他任职国子学时,"讲说经义,能明圣贤之旨",而对于诸生文风的考量取舍往往以平实为尚,不取"浮华浅薄之说",在他多次任职乡举、会试、廷对及国子积分的考官过程中,所取与者"多博学有闻"④。事实上,元代文坛已然"以士人文化为经,同乡、姻戚、师生、座主门生、同年、同僚等关系为纬"⑤,交织形成一张巨大的关系网,元代文学的主体审美倾向也借助这张网向全国传播、渗透。

总体而言,本书通过元代馆阁活动的系年以及他们生平仕途作为和重要著述活动的介绍,力图以文献的方式揭示,元代馆阁文人作为那个时代获得最多文化资源、掌握最大文化权力的群体,他们在创作上追求复古的理念很理所当然地由于他们对文化权力的控制而影响巨大,成为影响一个时代创作的风气和思潮。

---

① 马祖常:《敕翰林学士元文敏公神道碑》,《石田先生文集》,第 208 页。
② 孛术鲁翀:《张文忠公归田类稿序》,《全元文》第三十二册,第 292 页。
③ 苏天爵:《元故中奉大夫江浙行中书省参知政事孛术鲁公神道碑铭并序》,《滋溪文稿》,第 132 页。
④ 苏天爵:《元故翰林直学士赠国子祭酒谥文安谢公神道碑并序》,《滋溪文稿》,第 200 页。
⑤ 萧启庆:《元代多族士人网络中的师生关系》,《历史研究》2005 年第 1 期。

四、关于本书的体例

本书的内容主要分三块:时间、条目、按语。

时间栏:本书从窝阔台汗七年(1235),金朝灭亡这一年开始,截至元顺帝二十八年(1368),元蒙统治者退出中原,明朝正式建立这一年为止。在时间的表达上,以元蒙王朝的国号、年号为首;其次是在元朝南北统一之前同时附出其时共存的宋朝年号;再是天干地支纪年;最后是公元纪年。例如,元朝南北一统之前,宋朝尚存之际的纪年格式是:"元太宗窝阔台汗七年　宋理宗端平二年　乙未　1235年";元朝大一统之后的纪年格式是:"元世祖至元二十三年　丙戌　1286年"。

条目栏:本书条目出具的内容分成"国家文化背景,仕履作为,交游活动,著述情况,生平介绍,生卒年简列"六块。值得一提的是,由于元代统治者各派对宗教的尊奉与扶持,宗教人士在国家文化政策和馆阁事务中发挥的作用非凡,所以本系年中包含有大量宗教著名人物的活动。

关于"背景",设立此栏的目的在于较为清晰地铺设出馆阁文人活动文化空间,具列的内容有:元蒙王朝出台的重要文化政策、官制建设情形、重要大型著述以及对文化产生深刻影响的其他相关事件。就重要文化政策而言,例如,窝阔台九年(1237)诏令,次年(1238)执行的"戊戌选试",此次选试既为儒学在蒙古族中的传播铺垫了基础,而且元代儒户制度的确立也大体发轫于此。再如元代的科考。有元一代,科举废行,直至延祐元年(1314),在南北多族士人的争取下,空缺近八十年的科考终于举行,而由于元代政治格局的复杂、宫廷政变的频繁,从1315年至1368年五十余年间,元廷16次科考,所以每次科举考试对于元代文化界来说都是大事。就官制建设而言,作为一个草原本位过渡到汉地本位的一统王朝,每一个文化机构的设立都代表着元代文明制度的进展,而元代官制的逐步建设与完善,也标明元代汉法的推行与进步。例如,1260年,争得大汗地位的忽必烈颁布即位诏,确立国家年号为"中统",对于中原王朝而言,这是一个无须赘述的过场,而对于元蒙王朝而言,这个信息意味着蒙古国向元王朝的本质转变,对中原士大夫而言,一个新的王朝诞生。再如,天历二年(1329),奎章阁学士院的设立。由于元文宗对奎章阁学士院所给予的特殊愿望以及赋予他的特殊地位,这个机构下辖群玉内司、艺文监等机构,人员数量由最初的六名扩充到八十余名,并领修大型政书《皇元经世大典》,在元文宗时期扮演了极其重要的角色,是元文宗时期的执政标志。关于国家大型著述,是指由朝廷下令，馆臣撰修的大型著作，诸如至元二十三（1286）至至元二十九年（1292）修撰的大型志书《大一统志》、1329—1330年有奎章阁学士院领修的《皇朝经世大典》，再如从元初就开始提议撰修直至至正三年（1343）才开始进行的《辽》、《金》、《宋》三史的修撰，等等。国家大型著述行为不仅是馆阁群策群力完成的大型书籍，而且会间接影响到国家文化气象、文坛创作风气。像元初《大一统志》的撰修极大地推动了元代文士撰写地方志的热情；而《经世大典》的修撰意义在于，它作为元代典章制度的集大成者，不仅是较为全面的概括和总结了元代近百年的典章制度、山川地理、文物礼乐等方面的成绩，而且也由于元文宗本人的积极参与和褒扬，一种讲究朴雅、言必有据、叙事严整、语简而当的审美倾向逐渐形成，并通过主持撰修的奎章阁文人群体的时代影响力推广到天下。

关于馆阁文人的仕履作为，主要是着眼于馆阁文人的政治作为和文化作为，以便暗示其可能具有的影响力。借助馆阁群体仕履情形的有序排列，也能反映出元代馆阁群体由北而南，逐渐南北融合的特征。可以看到，至元二十三年（1286）程钜夫下江南访贤之前，馆阁成员几乎是北人的天下，而此后南方文人逐渐进入馆阁。例如，至元二十九年（1292），姚燧携家寓于武昌，而赵孟頫在大都的影响力逐渐增强；大德五年（1301）虞集到达大都这年，姚燧、王恽两位北方馆阁重臣都以老病求退；皇庆元年（1312）北方又一大馆阁重臣阎复去世，为他作神道碑的是他当年举荐的南人袁桷，预示着南北文人在馆阁中地位的兴替；到延祐、天历时候，虞集、揭傒斯、杨载、范梈等一批南人在馆阁中渐成声势，其时北方馆阁文人张养浩、孛术鲁翀、马祖常、王士熙等也十分活跃，南北馆阁文人融合的情形就相当明显了。在这部分的编排中，先是文人的在朝仕履行为，其次是任职地方的行为，再是国外出使行为，最后是方外人士的行为。

关于馆阁文人的交游行为。主要内容是文人们进入馆阁之后的应酬、唱和行为，这其中更倾向于有影响力的馆阁雅集行为。像元初著名的雪堂雅集、元中叶的天庆寺雅集、奎章阁雅集以及至正年间馆臣们奉命进行的"天马赋"行为。一些私人友谊的馆阁交游唱和也在条目之列。

关于馆阁文人的著述行为，主要分成职业著述与个人著述两种情形而列。馆阁文人的职业主要便是从事著述，一些他们日常进行的贺词、祝语等活动固然无须赘述，但他们受特旨而进行的著述行为往往喻示着某种文化动向或朝廷态度倾向。例如，像姚燧、阎复、程钜夫、袁桷、虞集、揭傒斯、欧阳玄等翰苑名流总是披命为寺庙、塔院建成作记，为高僧名释写传，借助这些应制著述行为，不仅更切近地了解到馆阁文人的职业生活，而且也可侧面了解到元廷对于佛教的佞信。馆阁文人的个人著述行为主要是指他们的主要著作完成刊行及较重要的序跋写作。例如天历二年(1329),苏天爵《国朝名臣事略》十五卷刊行,这对馆臣们来说是件不小的事,许有壬、欧阳玄、王守诚、王理等名臣纷纷题序作跋以示捧场。而馆臣们写的序跋同样也正面或侧面地表达和宣扬他们的政治态度、审美倾向,非常值得注意。

关于生平介绍栏,主要是以馆臣以及在朝廷享有较高级别的僧道为主。所介绍内容主要以人物的仕履作为、著述成绩为主。"生卒年简列"这一块主要是附出主要馆阁文人的生卒时间。

按语栏:按语是本书的灵魂。尽管每个条目的具出都体现着一定的意义,但条目都很简略、该要,有文献索引的作用却很难呈现出历史现场的丰富性与生动性,只有按语才真正表达出每个条目背后的人文现场与历史实景。更重要的是,按语体现着作者的思想见识和学术判断、作者条目编撰的意图、作者对文献的掌控与把握以及文学史构架的设想,是彰显本书思想性、资料性、文学性和历史性四个特征最重要的部分。

本书从时间的起始终结、到内容的条块设计、再到每个条目的具出都体现着作者的思想见识和学术判断,而按语是这种思想见识和学术判断的集中体现。例如,至元二十三年(1286)"馆阁仕履"栏中,"程钜夫三月己巳以集贤直学士再拜侍御史,行御史台事,往江南博采知名之士"。程钜夫江南访贤之事,是元代政界、艺术界、文坛以及元代文化史都值得浓墨重彩地书写的事件。程钜夫此举不仅帮助元廷打开对南方的心结,就此掀起南士大举进入北廷,开启元代馆阁南北融合的新时期,而且还将赵孟頫请至北都,令整个元代的艺术水准、文化品位都提升了许多。又如,大德元年(1297)"馆阁仕履"栏中一条,"李孟从这年起一直陪侍于留在东宫的王子爱育黎力八达身边"。李孟对于元代科举考试的推动、元代馆阁制度的完善、文治盛业的缔造具有不可磨灭的功劳,元代士林往往有这样的认识:"皇庆、延祐之世,每一政之缪,人必以为铁木迭儿所为;一令之善,必归之于孟焉";而仁宗时代,"端拱以成太平之功,文物典章,号为极盛"①,人们也每每以为得自李孟的推动。李孟之所以能在仁宗时代取得这样的政绩,某种程度而言,与李孟这个时间段一直陪在仁宗身边的经历密切相关,黄溍认为正是这段经历,仁宗对他"信任益专"②,而仁宗本人也认为李孟对自己的教

---

① 宋濂等:《元史》卷一七五"李孟传",第十三册,第4090、4085页。

② 黄溍:《元故翰林学士承旨中书平章政事赠旧学同德翊戴辅治功臣太保仪同三司上柱国追封魏国公谥文忠李公行状》,《全元文》第三十册,第41页。

育辅导意义重大，"道复（按：李孟字）以道德相朕，致天下蒙泽"①。

　　在本书中，按语对条目都起到了说明和揭示条目具出的意义。例如，至元三十一年（1294）"背景栏"中一条"改皇太后所居旧太子府为隆福宫，詹事院为徽政院"，如果不了解这条中所包含的丰富历史内容，则很容易忽略它。实际上"徽政院"是元代特有的官署，它与蒙古游牧民族女性地位颇高，元代政局的变换每每有皇后或者祖母的参与有关。徽政院从元朝第二代皇帝成宗时期开始，一直延续到元朝结束。至元三十一年（1294）正月，忽必烈去世。四月，蒙古诸王贵族在上都召开选举皇帝的忽里台大会。会上，真金之子铁穆耳与长兄晋王甘麻刺为继承皇位竞争激烈。由于真金皇后、铁穆耳母亲阔阔真与权臣伯颜、玉昔帖木儿等的支持，铁穆耳继帝位。成宗即位后，尊阔阔真为皇太后，改詹事院（原东宫官署）为徽政院以奉之。而之后，武宗、仁宗兄弟的即位又与其母答己的介入密切相关，顺帝的即位则是在文宗皇后、元顺帝的婶母卜答失里的一再坚持下得以成功，故而几位皇帝都依照故事设立徽政院。

　　本书之所以编撰的目的在于为元代文学研究提供更广泛、更细致、更精密的文献支撑，书中所有条块的设计、条目的编撰，都在试图为元代文学的发展、变化提供更切实、精准、全面的时空文献支撑，同时也借助这种文献支撑来实现对元代文学史发展框架的立体思考。关于元代文学，有许多值得多元思考的问题，例如，元代文学为何以馆阁文人为创作主体、形成注重经史的特征，元代文学为何与艺术的关系密切，元代馆阁文人与民间文士何以关系密切、审美倾向一致，元代文学的南北多元特质等。通过馆阁文人活动系年中许多条目的背景按语或者原始文献，往往能有许多启发。例如，皇庆元年（1313）"背景"栏中，十月、十一月中书台有关科考内容的讨论，李孟认为科考的人才选拔"必先德行经术而后文辞"，认为"取士之法，经学实修己治人之道。词赋乃摘章绘句之学，自隋、唐以来，取人专尚词赋，故士习浮华。今臣等所拟，将律赋、省题诗、小义皆不用。专立德行明经科，以此取士，庶可得人。"因为仁宗非常赞同李孟的建议，依从而行，而此后的八次科考内容没有多少变化。李孟的这些议论对元代文学经史为本特点的形成非常有影响，对于元代士人来说，文化资源的稀缺且高度集中的元代科考的决策者以及被取录者，其中的大多数人又成为馆阁文臣主体，不仅是元代文坛的主要创作群体，而且极大程度地决定着元代文化资源的流向，这很便利地推动了元代文学以经史为本特色的形成。在馆臣的著述活动中可以看到，

---

① 　宋濂等：《元史》卷一七五"李孟传"，第十三册，第4088页。

元代中晚期,馆阁大佬马祖常去世,苏天爵、许有壬等纷纷以同僚、好友的身份为之撰写墓志铭、神道碑,而作为由他一手栽培的馆阁重臣苏天爵、陈旅、王守诚等人还积极地促成马祖常文集的收集、刊行,并郑重序跋。类似文坛事件,在元代中晚叶频繁地进行,既让人看到元代中晚叶馆阁文人对于文学繁荣的推动,还让人看到馆阁文人是怎样借助文集编撰的方式宣传他们的审美倾向和文学评价体系。

借助馆臣们频繁的序跋活动,可以看到元代馆臣与民间文士的关系较为亲近,审美倾向趋于一致。例如,元代中叶至元年间,民间文士傅习编的《皇元风雅》、蒋易编的《国朝风雅》,他们不仅请致仕回乡的馆阁重臣虞集参与编辑、作序引荐,而且非常自觉、系统地编辑以馆阁文人为中心的诗歌集,以馆臣所推重的雅正审美倾向作为审美倾向。再像元代晚叶,至正时期的著名民间诗人迺贤的诗文集即由其时馆臣翘楚危素编撰完成,之后危素、欧阳玄、李好文、贡师泰、黄溍、揭傒斯、程文、杨彝、泰不华、张起岩、虞集等著名馆臣纷纷作序、题跋、作诗、题字,用各种形式表达对此书的重视与赞誉。借助馆臣们给迺贤集子的序跋,人们不仅可以切近地感知元代馆臣与民间文士间亲密的关系,也可以明白元代馆阁审美倾向何以影响巨大。通过馆阁文人活动的系年,会发现武道当国的元朝,馆臣们竟然频繁地雅集唱和,而由他们的唱和时间与地点还能看到,他们那些于公于私、在朝在野的雅集唱和,不仅推动了推动了元代文人的文艺才能的培养,更推动了元代题画诗的繁荣,促进了元诗意象明晰,审美倾向上宗唐特色的形成。而更有意思的是,通过"背景"、"仕履"、"著述"、"生平"等多元板块的拼叠,再综合考察条目之下按语所揭示的现实,可以深切地触摸到那个多元政体、多种文化、多派宗教影响下,馆臣们所面对的创作现实以及他们创作特色、审美倾向形成的原因。

作为一部系年著作,毫无疑问,文献的征实可信十分重要。本书条目以及按语的具出,首先以原始文献为据,其次以最近时代的文献为据,最后只在一些按语评价中以现今研究作为参考。为了使本书的条目征信可采,本书在每条之后都注明其出处。例如,关于馆臣们的仕履作为,本书先以时人的神道碑、墓志铭、行状或者时人诗文作品为据;如果没有时人的作品为据,再参考《元史》、《新元史》、《四库全书》等次级文献;一般情况下宁愿不具出条目,也不以今人的研究作为出条依据。而按语内容也基本以馆臣们的传记、序跋、诗文为依据,在解读、概括之后,附录其原始文献,注明其采集出处,以便读者察考。例如,至元二十二年(1285)"赵孟頫作《阁帖跋》"条。在该条按语中,本书不仅解释了赵孟頫所指"阁帖"即书法界著名的"淳化阁帖"的简称,更揭示了赵孟頫在此跋中提出了书法古法的创作宗旨,对元代书法创作意义重大,而且也是元代文艺复古思潮的重要宗旨。为给读者更综合的理解,本条按语之后还附录了赵孟頫《阁帖跋》的原文。需要特别说明的是,为研究和辨析的方便,本书往往将相关程度较高的文献原文排列在一起,以增强本书的资料性和历史感。例如,天历二年(1329)宋本奉旨祭祀天妃,一众馆臣题诗送行,最后虞集还为诗卷作序。在按语中,作为元代中叶馆臣同题集咏的著名案例,本书不仅附出虞集、马祖常、许有壬、宋沂、宋本几位的诗作,而且,由于虞集在诗序中非常全面严肃地讨论到元代海运问题,是元代有关海洋书写的重要篇章,再附出虞集序言原文。这种相关文献排比罗列的情形是本书较为突出的一个特征。

另外,为避烦琐,本书中的人物事迹系年并不系到每年,主要系出重要的仕履时间、较有影响力的著述、交游时间,一些平常、琐细的职业迁转、交游过程便不列出,或者借助按语内容表达。

元太宗窝阔台汗七年　宋理宗端平二年
乙未　1235 年

春,城和林,作万安宫。(《元史·太宗本纪》卷二)

四方征伐。

按:《元史·太宗本纪》"遣诸王拔都及皇子贵由、皇侄蒙哥征西域,皇子阔端征秦、巩,皇子曲出及胡土虎伐宋,唐古征高丽。"(《元史》卷二)

中书省臣请契勘《大明历》,从之。(《元史·太宗本纪》卷二)

是年,蒙古军分三路征四川、荆襄和淮南,民众纷纷迁入长江以南避乱。

宋子贞任东平行台右司郎中。

按:《元史·宋子贞传》"七年,太宗命子贞为行台右司郎中。中原略定,事多草创……子贞仿前代观察采访之制,命官分三道纠察官吏,立为程式,与为期会,黜贪惰,奖廉勤,官府始有纪纲,民得苏息。"(《元史》卷一五八)

姚枢在德安救下名儒赵复,程朱理学以此北传。

按:姚枢与杨惟中即军中求儒、道、释、医、卜、酒工、乐人,并在德安救下名儒赵复。姚燧《中书左丞姚文献公神道碑》载,大军"继拔德安,得江汉先生赵复仁甫",赵复以九族殚残,"与公决,蕲死。公留宿帐中。既觉,月皓而盈,惟寝衣存,乃鞍马号积尸间,求至水裔,脱履被发,仰天而号,欲投溺而未入也。公晓以徒死无益:'汝存,则子孙或可传绪百世。吾保而北,无他也。'"最终,赵复与姚枢一道还,并"尽出程、朱二子性理之书付公。江汉至燕,学徒从者百人,北方经学自兹始"。(《牧庵集》卷一五)由于赵复,程朱理学遂行于北方,而姚枢、许衡、窦默、刘因等人作为赵复的学生,大力推广程朱理学,北方之学也由此成为以程、朱之学为代表的学问。清代皮锡瑞《经学历史》云:"朱学统一,惟南方最早。金、元时,程学盛于南,苏学盛于北。北人虽知有朱夫子,未能尽见其书。元兵下江、汉,得赵复,朱子之书始传于北。姚枢、许衡、窦默、刘因辈翕然从之。"《鲁斋学案》曰:"百家谨案:自石晋燕、云十六州之割,北方之为异域也久矣,虽有宋诸儒迭出,声教不通。自赵江汉以南冠之囚,吾道入北,而姚枢、窦默、许衡、刘因之徒,得闻程、朱之学以广其传,由是北方之学郁起,如吴澄之经学,姚燧之文学,指不

胜屈,皆彬彬郁郁矣。"(《宋元学案》卷九〇)

元太宗窝阔台汗八年　宋理宗端平三年 丙申　1236 年

正月,万安宫落成。(《元史·太宗本纪》卷二)

诏印造交钞行之。(《元史·太宗本纪》卷二)

三月,复修孔子庙及司天台。(《元史·太宗本纪》卷二)

定科征之法。

按:《元史·食货志一》"至丙申年,乃定科征之法,令诸路验民户成丁之数,每丁岁科粟一石,驱丁五升,新户丁驱各半之,老幼不与。其间有耕种者,或验其牛具之数,或验其土地之等征焉。丁税少而地税多者纳地税,地税少而丁税多者纳丁税。工匠僧道验地,官吏商贾验丁。"(《元史》卷九三)

蜀学大家以蒙古军攻进四川而流徙东南。

按:九月至十一月,蒙古军攻破南宋兴元、大安、会州、文州、成都、淮西、江陵等州县。其时,四川诸如井研李心传、李道传、牟子才、青神杨栋、杨文仲、蒲江魏了翁、高定子、高斯得、仁寿虞汲、潼川吴泳、绵阳文及翁、成都宇文挺祖、宜宾程公许等,皆离寓东南。蜀学由此流入东南。

耶律楚材请立编修所于燕京、经籍所于平阳。

按:据《元史·耶律楚材传》载:"楚材又请遣人入城,求孔子后,得五十一代孙元措,奏袭封衍圣公,付以林庙地。命收太常礼乐生,及召名儒梁陟、王万庆、赵著等,使直释九经,进讲东宫。又率大臣子孙执经解义,俾知圣人之道。置编修所于燕京,经籍所于平阳,由是文治兴焉。"(《元史》卷一四六)

元好问作《东坡乐府集选引》。

按:元好问所编《东坡乐府集选》是在金朝绛州人孙镇所编《注东坡乐府》中选出录取七十五首而成,集引针对孙安常所编《注坡词》稍以摘误、辨析。元好问《东坡乐府集选引》云:"绛人孙安常注坡词,参以汝南文伯起《小雪堂诗话》,删去他人所作《无愁可解》之类五十六首,其所是正亦无虑数十百处,坡词遂为完本,不可谓无功,然尚有可论者。……就孙集录取七十五首,遇语句两出者择而从之。自余《玉龟山》一篇,予谓非东坡不能作。孙以为古词,删去之,当自别有所据。姑存卷末,以俟更考。丙申九月朔,书于阳平寓居之东斋。元某引。"(《全辽金文》,第3229—3230页)孙安常,名镇,字安常,曾编撰《注东坡乐府》三卷。

王好古著《阴证略例》一卷成书。

按:是书论伤寒而"独专阴例",这在中国医学史上并不多见。其关于"伤寒内感阴证"的理论和相应的方药运用,为丰富伤寒学作出很大贡献。

元太宗窝阔台汗九年　宋理宗嘉熙元年
丁酉　1237年

八月,用耶律楚材议,以儒术选士。

按:《元史·太宗本纪》"秋八月,命术虎乃、刘中试诸路儒士,中选者除本贯议事官,得四千三十人。"(《元史》卷二)《元史·选举志》"九年秋八月,下诏命断事官术忽剌与山西东路课税所长官刘中,历诸路考试。以论及经义、词赋分为三科,作三日程,专治一科,能兼者听,但以不失文义为中选。其中选者,复其赋役,令与各处长官同署公事,得东平杨奂等凡若干人,皆一时名士,而当世或以为非便,事复中止。"(《元史》卷八一)此为蒙古科举的最初尝试,它为儒学在蒙古族中的传播铺垫了基础。而元代儒户制度的确立大体发轫于此。由于考试是在次年进行,故史称"戊戌试"或"戊戌选"(《元代文化史》,第25页)

十月,修缮曲阜孔庙成,命孔元措主祭祀事。

按:《元史·祭祀志五》"阙里之庙,始自太宗九年,令先圣五十一代孙袭封衍圣公元措修之,官给其费。"(《元史》卷七六)

于燕京等十路置惠民药局。

按:《元史·食货志四》"初,太宗九年,始于燕京等十路置局,以奉御田阔阔、太医王璧、齐楫等为局官,给银五百锭为规运之本。"(《元史》卷九六)

耶律楚材上陈《时务十策》。

按:耶律楚材所进十策为:信赏罚、正名分、给俸禄、官功臣、考殿最、均科差、选工匠、务农桑、定土贡、制漕运,大都为窝阔台所采纳。

耶律楚材为子耶律铸作《为子铸作诗三十韵》。

按：耶律楚材这首长诗乃为庆祝耶律铸十五岁生日所作，"乙未为子铸寿作是诗以遗之，铸方年十有五也"，该诗是了解耶律楚材家族来历的重要文献。耶律楚材出身于契丹辽宗室，为辽东丹王突欲（辽义宗耶律倍）八世孙。到耶律楚材父亲耶律履，其父耶律聿鲁早亡，耶律履寄养于兴平军节度使耶律德元，并随耶律德元归于金朝。耶律履"以学行事金世宗，特见亲任，终尚书右丞"。（《元史》卷一四六）

附诗："皇祖辽太祖，奕世功德积。弯弓三百钧，天威威万国。一旦义旗举，中原如卷席。东鄙收句丽，西南穷九译。古器获轩鼎，神宝得和璧。南陬称子孙，皇业几三百。赫赫东丹王，让位如夷伯。藏书万卷堂，丹青成画癖。四世皆太师，名德超今昔。我祖建四节，功勋冠黄阁。先考文献公，弱冠已卓立。学业饱典坟，创作乙未历。入仕三十年，庙堂为柱石。重义而疏财，后世遗清白。我受先人体，兢兢常业业。十三学诗书，二十应制策。禅理穷毕竟，方年二十七。万里渡流沙，十霜泊西域。自愧无才术，忝位人臣极。未能扶颠危，虚名徒伴食。汝方志学年，寸阴真可惜。孜孜进仁义，不可为无益。经史宜勉旃，慎毋耽博奕。深思识言行，每戒迷声色。德业时乾乾，自强当不息。幼岁侍皇储，且作春宫客。一旦冲青天，翱翔腾六翮。儒术勿疏废，祖道宜薰炙。汝父不足学，汝祖真宜式。酌酒寿汝年，五福自天锡。"（《湛然居士集》卷一二）

元好问著《外家别业上梁文》。

按：该文是元好问极为重要的一篇文章，文章并非仅为安居祈福，更为辩白自己在汴梁围城中与金朝叛将崔立建功德碑一事的关涉。与元好问同时的刘祁有《录崔立碑事》、郝经有《辨磨甘露碑》作为旁证，之后，明人储瓘为《遗山先生文集》所作后序、《归潜志》李北苑、鲍廷博、四库馆臣的题跋、清人汤运泰《金源纪事诗》、全祖望《鲒琦亭集·外编》之《读〈归潜志〉》、《跋遗山集》，赵翼《瓯北诗话》卷八、《二十二史札记》卷二十七等，以及清人凌廷堪、翁方纲、施国祁、李光廷各自为元好问所作的《年谱》，对元好问在崔立建功德碑事件中的态度与表现都有讨论、辨析，成为一桩公案。有关事件的历史背景须作简要交代：金哀宗天兴元年（1232）正月，蒙古军南攻，蒙古大将速不台围攻金国的汴京（时称南京）。哀宗以侄儿曹王完颜讹可，出为人质求和。四月，蒙古退军河洛。十二月，汴京粮尽援绝，哀宗出奔河北，速不台再围汴京。天兴二年（1233）正月，哀宗渡黄河攻卫州惨败，复走归德。此时汴京原留守有完颜奴申、完颜习捏阿不二丞相及诸将。月底，诸将之一崔立发动叛变，杀二丞相，立卫王之子完颜从恪为梁王，监国，以汴京献于蒙古投降。四月二十日，蒙古军入汴京，大掠。二十二日，元好问在城中有书上蒙古中书令耶律楚材。二十九日,元好问同金室官员被蒙古军押送出城,羁管于山东聊城。天兴三年(1234)正月,金哀宗自缢于归德,金亡。六月崔立被刺身亡。崔立建碑事发生在天兴二年正月底崔立发动政变初期,其时,元好问正在围城中。崔立的党羽翟奕等召集城中著名文士,以崔立降蒙古拯救一城生命为词,命他们撰写功德碑,并拟将旧存宋徽宗所书甘露碑磨掉,重刻碑文,为崔立歌功颂德。撰碑一事牵涉的人物,除元好问外,还有张信之、王若虚、刘祁、麻革等。两年后(1236),刘祁作《录崔立碑事》一文指说元好问是撰碑主谋,而元好问在聊城脱离羁管之后,流寓山东数年,于元太宗九年(1237)回到故乡忻州,营建外家别业,遂借撰写《外家别业上梁文》之题,写下了这篇极重要的申辩文章,对纷纷士议作出答复。(降大任《〈外家别业上梁文〉释考——重评元遗山的气节问题(之一)》)

元太宗窝阔台汗十年　宋理宗嘉熙二年戊戌　1238年

十一月,诏知礼乐之士集于东平。

按:据姚燧《中书左丞姚文献公神道碑》载,太宗窝阔台诏"学士十八人,即长春宫教之,俾杨中书惟中监督",姚枢遂前往依之。(《牧庵集》卷一五)关于元朝的礼乐,在元太祖成吉思汗时代,采纳高智耀的建议,用西夏旧乐。这年十一月,孔子第五十一代孙孔元措来朝,向元太宗窝阔台建议说"今礼乐散失,燕京、南京等处,亡金太常故臣及礼册、乐器多存者,乞降旨收录",于是,窝阔台降旨,"令各处管民官,如有亡金知礼乐旧人,可并其家属徙赴东平,令元措领之,于本路税课所给其食。"即此,孔元措着手搜集、整理礼乐,直至十二年,基本粗具规模。据《元史·礼乐志二·制乐始末》载:"十一年(1239),元措奉旨至燕京,得金掌乐许政、掌礼王节及乐工翟刚等九十二人。十二年(1240)夏四月,始命制登歌乐,肄习于曲阜宣圣庙。十六年,太常用许政所举大乐令苗兰诣东平,指授工人,造琴十张,一弦、三弦、五弦、七弦、九弦者各二。"(《元史》卷六八)

杨惟中与姚枢在苏门山复建太极书院,以赵复为师。

按:太极书院创建于五代末的河南辉县苏门山,书院创办宗旨就是讲明"太极之理",讲论内容以《易》为主。北宋时期,由于邵雍讲学其间,并邀约其他儒学大师周敦颐、程颢、程颐等人"加盟"讲学,太极书院遂成理学渊薮,并由此跃升为其时著名书院。金军进犯中原,太极书院损毁。到元代,周敦颐之名尚未传至河朔,而杨惟中用师于蜀、湖、京、汉之际所得名士数十人,乃收集伊洛诸书,载送燕京。及还,与姚枢谋建太极书院及周子祠,以程颢、程颐、张载、杨时、游酢、朱熹配食,请赵复为师,王粹佐之,选俊秀有识度者为道学生。由是河朔始知道学,而太极书院由此成为元代第一座书院。由于姚枢、杨惟中等政治家的参与,全国各地士子慕名而来,太极书院再度兴盛,成为理学讲论中心,故后人在评说理学发展时有"宋兴伊洛,元大苏门"之说(意思是,理学兴起于宋代的洛阳,发扬光大在元朝的辉县苏门山)。元代太极书院自筹建到建成,时间比较长,郝经有《太极书院记》,详记书院建设始末。

刘祁应试中选,充山西东路考试官。(王恽《浑源刘氏世德碑铭并序》)

元太宗窝阔台汗十一年　宋理宗嘉熙三年　己亥　1239 年

是年,程试故金遗士。

按:苏天爵《陕西乡贡进士题名记》"昔我太宗皇帝平金之四年,干戈甫定,朝廷草创,即遣断事官术虎乃(珠格纳)宣差山西东路,征收课税所刘中巡行郡国,程试故金遗士,中选者复其家。盖兴文以为治,储材以待用,已造端于斯焉。"(《滋溪文稿》卷三)

八思巴(1239—1279)生。

元太宗窝阔台汗十二年　宋理宗嘉熙四年　庚子　1240 年

正月,皇子贵由克西域未下诸部,遣使奏捷。(《元史·太宗本纪》卷二)

宋子贞任东平路参议。

按:《元史·宋子贞传》载,"实(按:严实)卒,子忠济袭爵,尤敬子贞。请于朝,授参议东平路事,兼提举太常礼乐。"据史载,严实卒于1240年,故按子贞任东平路参议在此年。在参议东平路事之际,《元史》载,"子贞作新庙学,延前进士康晔、王磐为教官,招致生徒几百人,出粟赡之,俾习经艺。每季程试,必亲临之。齐鲁儒风,为之一变。"(《元史》卷一五八)

《蒙古秘史》约成书于是年。

按:"蒙古秘史"之名是蒙文的汉译名称,古代译为《忙豁仑·纽察·脱卜察安》,又称《元朝秘史》,简称《秘史》。原书以畏吾体蒙古文即古蒙文写成的,成书于蒙古高原克鲁伦河(今蒙古国克鲁伦河)流域,作者佚名。13世纪,蒙古在漠北兴起,并用畏兀儿字母书写蒙古语,形成了畏兀儿蒙古文。鼠儿年(1240庚子)七月(也有1228戊子、1252壬子、1264甲子等说),大聚会,在客鲁涟河畔的行宫里,产生了《蒙古秘史》。其时,蒙古史官把记载成吉思汗黄金家族的历史书一般称为"金册"、"简册",或称"脱卜赤颜"。《蒙古秘史》是经过文人、史官多次增修而成的一种"脱卜赤颜",它主要记载了成吉思汗历代祖先的事迹和家谱档册,还有当时的社会状况,军事、经济、文化政治、教育、医疗等内容。元世祖忽必烈时期,曾对《蒙古秘史》做过一番修动,称之《金册》,即《阿勒坛·帖卜迭儿》,颁发于金帐汗国等宗藩。《蒙古秘史》,是蒙古"三大圣典"之首,比成书于1664年的《蒙古源流》、《蒙古黄金史纲》要早四百余年,并形成祖、父辈遗传、照引之关系。

元太宗窝阔台汗十三年　宋理宗淳祐元年
辛丑　1241年

十一月辛卯,元太宗窝阔台汗卒,庙号太宗。

按:《元史·太宗本纪》载,"辛卯迟明,帝崩于行殿。在位十三年,寿五十有六。葬起辇谷。追谥英文皇帝,庙号太宗。帝有宽弘之量,忠恕之心,量时度力,举无过事,华夏富庶,羊马成群,旅不赍粮,时称治平。"(《元史》卷二)在窝阔台时代,蒙元王朝始建立较完善的驿站系统。《元史》云"太宗元年十一月,敕:'诸牛铺马站,每一百户置汉车一十具。各站俱置米仓,站户每年一牌内纳米一石,令百户一人掌之。北使臣每日支肉一斤、面一斤、米一升、酒一瓶。'"《元史》评述元朝站赤制度云:"元制站赤者,驿传之译名也。盖以通达边情,布宣号令,古人所谓置邮而传命,未有重于此者焉。凡站,陆则以马以牛,或以驴,或以车,而水则以舟。其给驿传玺书,谓之铺马圣旨。遇军务之急,则又以金字圆符为信,银字者次之;内则掌之天府,外则国人之为长官者主之。其官有驿令,有提领,又置脱脱禾孙于关会之地,以司辨诘,皆总之于通政院及中书兵部。而站户阙乏逃亡,则又以时签补,且加赈恤焉。于是四方往来之使,止则有馆舍,顿则有供帐,饥渴则有饮食,而梯航毕达,海宇会同,元之天下,视前代所以为极盛也。"(《元史》卷一〇一)

是年,蒙古分四路进攻欧洲。

按:是年,蒙古军队继续扩张版图,攻陷波兰,并加强对匈牙利的控制。与此同时,制定入侵意大利、奥地利和德意志的计划。但当大军行至维也纳境内时,窝阔台汗因为酗酒暴毙身亡,使得西征大军不得不停止前进。

郑思肖(1241—1318)、萧蜝(1241—1318)、梁曾(1241—1322)生。

乃马真皇后称制元年　宋理宗淳祐二年 壬寅　1242 年

七月,万户张柔率军自五河口渡淮,攻扬、滁、和、巢等州县。

是年,蒙古第二次西征结束。

姚枢四月辞官,隐居辉县之苏门山,所谓"元大苏门"即此开始。

按:姚燧《中书左丞姚文献公神道碑》载,姚枢携家至河南辉县后,"垦荒苏门,粪田数百亩,修二水轮,诛茅为堂,城中置私庙,奉祀四世。堂庑鲁司寇容,傍垂周、两程、张、邵、司马六君子像,读书其间,衣冠庄肃,以道学自鸣。佳时则鸣琴百泉之上,遁世而乐天,若将终身。后生薄夫,或造庭除,出语人曰:'几衊吾魄。'"在苏门山,姚枢"又汲汲以化民成俗为心",努力扩大理学的影响,于是"自版《小学》、《书》、《语孟或问》、《家礼》,俾杨中书版《四书》、田和卿版《尚书》、《诗折衷》、《易程传》、《书蔡传》、《春秋胡传》,皆于燕。又以《小学》、《书》流布未广,教弟子杨古为沈氏活版,与《近思录》、《东莱经史说》诸书散之四方。"由于姚枢的努力以及影响,苏门山逐渐成为元初北方理学研习和传播基地。(《牧庵集》卷一五)

许衡从姚枢处得伊洛性理诸书,遂尽弃北方金儒的章句之学。

按:据姚燧给姚枢所作神道碑记载,姚枢隐居苏门山之际,许衡在魏,其时许衡的学问"出入经传子史,泛滥释、老,下至医、卜筮、兵刑、货殖、水利、算数,靡所不究"。姚枢到魏地,与窦默相聚茅斋,而许衡听过姚枢的言论,"义正粹","遂造苏门,尽录是数书以归"。自苏门山归来之后,许衡对其生徒说:"曩所授受皆非,今始闻进学之序。若必欲相从,当尽弃前习,以从事于《小学》、《四书》,为进德基。不然,当求他师。"许衡生徒都惟愿追随许衡,北方理学研讨的队伍又为之一大。姚燧认为许衡"由穷理致知、反躬践实,为世大儒者",实际是姚枢一脉"所梯接"。(姚燧《中书左丞姚文献公神道碑》,《牧庵集》卷一五)

王若虚将所著述"手书四帙",交付弟子王鹗。

按:王若虚交付王鹗的这些书稿内容日后成为王鹗等人所编《滹南遗老集》的基本部分。王若虚在将著述交付王鹗之后,次年离世。此后,王鹗又将书稿交与王若虚之子王恕。再后来董彦明将家藏王若虚作品与王鹗存稿合集出版,题为《滹南遗老集》,共计四十五卷,王鹗、李冶等人有集引。1249 年,王鹗在书稿即将付刻之际作《滹南集引》,即载述《滹南遗老集》成书经过以及自己与王若虚的交游过从情形:"予以剽窃之学,由白衣入翰林,……玉堂东观侧耳高论,日夕获益实多,然爱予最深,诲予最切,愈久愈亲者,滹南先生一人而已。……壬寅之春,先生归自范阳,道顺天,为予作数日留,以手书四帙见示,曰:'吾平生颇好议论,向所杂著,往往为人窃去。今记忆止此,子其为我去取之。'予再拜谢不敏。明年春,先生亡矣。越四年,其子恕见予于燕京,予尽以其书付之。又二年,稿城令董君彦明,益以所藏厘为四十五卷,与其丞赵君寿卿倡义募工,将镂其板,以寿其传,嘱为引子。谓先生之学之大本诸天理,质诸人情,不为孤僻、崖异之论,如《三老》、《三宥》、《五诛》、《七出》之说,前贤不敢訾议,而先生断之不疑。学者当于孔孟而下求之,不然殆为不知先生也。先生讳若虚,慵夫其自号云。岁屠维作噩闰月初吉日,后进东明王鹗裣衽书。"(王鹗《滹南集引》)《四库全书·滹南遗老集提要》认为:"盖若虚诗文不尚劚削、锻炼之格,故其论如是也。统观全集,偏驳在所不免,然金元之间学有根柢,实无能出若虚右者。吴澄称其博学卓识,见之所到,不苟同于众,亦可谓不虚美矣。"

叶李(1242—1292)、魏新之(1242—1293)、滕安上(1242—1295)、梁栋(1242—1305)、赵秉正(1242—1308)、林景熙(1242—1310)、王和卿

（1242—1320）生。

乃马真皇后称制二年　宋理宗淳祐三年
癸卯　1243 年

五月，乃马真皇后宠信奥都剌合蛮，给以御宝空纸，使自行填写。

按：乃马真将"御宝空纸"给予奥都剌合蛮，凡奏准之事，辄令必阇赤书旨行下，若不肯书写则断其手。耶律楚材以宣旨事属必阇赤长掌管，有责任审其宜否，乃据理力争，不能止，抑郁而死。（《中国通史》第八卷第三节）

七月，蒙古军征四川，当地民众再次大举东迁。

王若虚卒于泰山黄岘峰。

按：王若虚与其子王忠、王恕以及刘郁等人东游泰山，四月至黄岘峰，死于山上。元好问撰碑铭，曹之谦、金全、耶律铸、李庭有诗吊之。

刘祁应军前行中书省事黏合南合之邀，为其幕宾。（王恽《浑源刘氏世德碑铭并序》）

王若虚卒。

按：王若虚（1174—1243），字从之，号慵夫、滹南遗老，真定藁城人。金承安二年经义进士，调鄜州录事，历管城、门山二县令。用荐入为国史院编修官，迁应奉翰林文字。奉使夏国，还授同知泗州军州事，留为著作佐郎。正大初，《宣宗实录》成，迁平凉府判官。未几，召为左司谏，后转延州刺史，入为直学士。官至翰林直学士，金亡不仕。所著《五经辨惑》、《论语辨惑》、《孟子辨惑》、《史记辨惑》、《谬误杂辨》等十余种，对汉、宋儒者解经之附会迁谬及史书、古文的字句疵病，颇有批评。著有《滹南遗老集》四十五卷、《滹南诗话》。事迹见《金史》卷一二六本传。

僧万安广恩卒。

按：广恩（1195—1243），俗姓贾，洺水（今河北威县北）张华里人，曹洞宗第廿八世传人，大开元一宗创始人。1231 年，广恩至顺德（今河北邢台）建开元寺，遂草创大开元一宗，因广恩俗姓贾，后人又称大开元一宗为"贾菩萨宗"。大开元一宗是以净土信仰为主、禅净结合，宣扬"由念佛三昧祈生安养为趋道之捷径"的佛教派别。著有《白莲集》。事迹见王恽《顺德府大开元寺重建普门塔碑铭》(《秋涧集》卷六七)、《顺德府大开元寺弘慈博化大士万安恩公碑》(《(民国)威县志》卷一五)广恩一系法脉在元朝受到朝廷的扶植与保护,得赐号"大开元",广恩塔赐号"普门",广恩赐号"弘慈博化大士"。成宗即位后,又规定大开元一宗"直隶宣政院,释教都总统所毋得官领"。有元一代,大开元一宗"典司诸方及本宗者,几半天下"。(《元代文化史》,第70页)

张之翰(1243—1296)、杨清一(1243—1299)、黎立武(1243—1303)、张伯淳(1243—1303)、高克恭(1243—1310)、刘敏中(1243—1318)生。

乃马真皇后称制三年　宋理宗淳祐四年
甲辰　1244年

八月,阔端信邀藏传佛教教主萨斯伽班智达晤谈。

按:在阔端软硬兼施的要求下,萨斯伽班智达带着两个侄子10岁的八思巴和6岁的恰那多吉从吐蕃出发,1246年8月抵达西凉。此次会晤历史意义重大,除为藏传佛教在蒙古社会的传播打下坚实基础,也对蒙古国统一吐蕃藏区,修好蒙藏关系影响巨大。萨斯伽班智达就此留在凉州幻化寺,阔端奉其为上师,并皈依藏传佛教。八思巴作为萨斯迦派教主继承人,继续随萨斯伽班智达学习佛法,而恰那多吉作为萨斯迦派世俗继承人,由蒙古统治者加以培养,习蒙古语,着蒙古服,并与蒙古汗室联姻,娶阔端之女为妻。(《元代文化史》,第75—77页)

王鹗十二月为时在潜邸的忽必烈讲论齐家治国之道。

按:《元史》载,忽必烈在潜邸中访求遗逸之士,遣使聘鹗。及至,使者数辈迎劳,召对。进讲《孝经》、《书》、《易》,及齐家治国之道,古今事物之变,每夜分乃罢。世祖曰:"我虽未能即行汝言,安知异日不能行之耶!"岁余,乞还,赐以马,仍命近侍阔阔、柴桢等五人从之学。之后,忽必烈又命王鹗徙居大都,赐宅一所。王鹗曾向忽必烈请曰:"天兵克蔡,金主自缢,其奉御绛山焚葬汝水之傍,礼为旧君有服,愿往葬祭。"忽必烈义而许之,而王鹗至汝水之后,金主坟已为河水所没,乃"设具牲酒,为位而哭"。(《元史》卷一六〇)

郝经著《唐宋近体诗选序》。

按：郝经在序言中认为诗必"至简而至精粹"。他认为："所谓至简而至精粹者也。故必平帖精当，切至清新，理不晦而语不滞，庶几其至矣。五言难于七言，四句难于八句，何者？言愈简而义愈精也。譬如观山，诸山掩映，中有奇峰一二，则诸山皆美矣。若一二奇峰，平地而立，便有峭拔秀润气，非楼石、剑门、少华则不能此。绝句全篇，诗人所尤重也。今集唐宋诸贤绝句全篇之可为矜式者，与夫杰辞丽句之可以警动精神者，条例而次第之，为订愚发蒙之具。虽末学，亦穷理之一事也。学者其无忽。岁甲辰八月二十五日，陵川郝经题。"（《陵川集》卷三〇）

道士宋德方等校刻成《大元玄都宝藏》七千八百卷。

按：道士宋德方及弟子秦志安等历时八年，校刻成《大元玄都宝藏》七千八百卷。此为蒙元时代刊刻的唯一道教全藏。以历经兵火和元代的焚经，这些道藏早已不存。早在金朝时期，全真教曾修《大金玄都宝藏》六千四百五十五卷，经版藏于燕京天长观，泰和二年，天长观遭火灾，经版毁于火。丘处机有意重修，遂将此事交付弟子宋德方。宋德方于窝阔台汗九年（1237）开始筹备。先向蒙古统治者申言宝藏经文"具系历代帝王安镇国祚，保天长存者也"，奏请"合于诸路置局雕印《玄都宝藏》三洞四辅真经"，获得支持，遂于山西、陕西、河南等地成立专门机构，共设二十七局，负责收集、校勘、整理经文工作，以平阳玄都观为总局，宋德方弟子秦志安为具体负责者，以管州所藏《大金玄都宝藏》为底本，再从各地搜集遗经，加以补缺、校勘、编辑而成，共计七千八百余卷，"役功者无虑三千人"。修纂工作结束之后，宋德方"又厘为六局，以为印造之所"，首次刊印三十部，以后各地附印者又陆续有百余家。（《济源十方龙祥万寿宫记》）此项浩大的经文修撰、刊印工作，全由全真教独立承担，足见其当时影响之大，实力之厚。（《元代文化史》，第 49—50 页）

耶律楚材卒。

按：耶律楚材（1190—1244），字晋卿，道号湛然居士，契丹族人。在蒙古成吉思汗、窝阔台两大汗时期任事近三十年，官至中书令，元代立国规模多由其奠定。卒后追封为广宁王，谥文正。曾从僧人万松行秀学佛，自起法名"从源"。耶律楚材自幼饱览儒家经典、文史之学，旁通释、老、医卜、天文、地理、律历、术数之说，信服乃师万松行秀"以儒治国，以佛治心"之教，自谓"以吾夫子之道治天下，以吾佛之教治一心，天下之能事毕矣"。著有《庚午元历》、《皇极经世义》、《五星秘语》、《先知大数》、《湛然居士集》。事迹见宋子贞《中书令耶律公神道碑》(《国朝文类》卷五七)、《元史》卷一四六本传。王国维编有《耶律文正公年谱》、张相文编有《湛然居士年谱》。

又按:麻革《中书大丞相耶律公挽词(甲辰五月十四日)》"砥柱中流折,藏舟半夜移。世贤高允相,人叹叔孙仪。未拜荆州面,尝蒙国士知。无阶陪引绋,万里望灵轜。文献群公表,东丹八叶传。珪璋贻嗣德,兰藻蔼遗编。禁籍虚青琐,仲游定玉泉。太常千字诔,谁有笔如椽。"(《全元诗》第二册,第388页)

金正韶(1244—1290)、安童(1244—1293)、戴表元(1244—1310)、陈普(1244—1315)、丘葵(1244—1333)生。

乃马真皇后称制四年　　宋理宗淳祐五年
乙巳　　1245年

是年,欧洲使团到达和林。

按:教皇英诺森四世派遣一个和平使团从欧洲来蒙古都城哈拉和林。教皇英诺森四世派天主教方济各会会士普兰·伽儿宾到蒙古,教皇在信中恳求他们不要再攻击其他民族,希望他们皈依基督教。

元好问八月至曲阜拜谒孔林、孔庙。

赵必豫(1245—1294)、郭陛(1245—1306)、阿尼哥(1245—1306)、王构(1245—1310)、杨奂(1245—1315)、李衎(1245—1320)、张留孙(1245—1321)生。

乃马真皇后称制五年　　元定宗贵由汗元年
宋理宗淳祐六年　　丙午　　1246年

七月,蒙古贵族推窝阔台长子贵由为大汗,是为元定宗。

按:《元史·太宗本纪》载,"太宗尝有旨以皇孙失烈门为嗣。太宗崩,皇后临朝,会诸王百官于答兰答八思之地,遂议立帝。"(《元史》卷二)

耶律铸八月领中书省事。

按：耶律铸上言宜宽禁网，乃采前代德政合于时宜者有八十一章以奏进。（《元史·耶律楚材（子耶律铸）》卷一四六）

僧万松行秀卒。

按：行秀（1166—1246），俗姓蔡，河中府解川解县（今山西运城西南）人。金、蒙古帝国时期佛教曹洞宗代表人物。行秀对诸子百家之学无不会通，于《华严经》用功最多。行秀精通曹洞宗的禅说，又长于机辩，深受金章宗器重，赐居燕京（今北京）西郊的栖隐寺。世人尊称为万松老人。耶律楚材曾拜在他门下学佛三年，行秀"以儒治国，以佛治心"的思想对耶律楚材影响很大。行秀著述甚丰，"编《祖灯录》六十二卷，又《净土》、《仰山》、《洪济》、《万寿》、《从容》（《评唱天童觉和尚颂古从容庵录》）、《请益》等录，及文集、偈、颂、《释氏新闻》、《药师金轮》、《观音道场》三本，《鸣道集辩》、《（宗）说心经》、《凤鸣》、《禅悦》、《法喜集》并行于世"，其中《从容录》、《碧严录》为文字禅典范之作。事迹见于《万松舍利塔铭》（《（嘉庆）邢台县志》卷七）。

鲜于枢（1246—1302）、孛罗（1246—1313）、熊朋来（1246—1323）生。

元定宗贵由汗二年　宋理宗淳祐七年
丁未　1247 年

是年，阔端与班智达达成凉州会盟。

按：1246 年 8 月，西藏宗教领袖萨迦·班智达班智达等到达凉州。是年，在白塔寺与与蒙元代表、西路军统帅阔端达成"凉州会盟"，凉州会盟的达成致使西藏从此纳入中国版图。而班智达此后留居凉州，白塔寺成为其传播藏传佛教的主要地点，最辉煌之际有三万多僧侣居住在白塔寺。

忽必烈受邢州封地。

按：忽必烈在潜邸期间，以僧子聪（刘侃，后更名为刘秉忠）为谋士，礼遇理学家姚枢、窦默，召用儒者张文谦、张德辉等。诸人劝以尊孔子，用儒生，重农桑。（《元史·张德辉传》卷一六二）

元定宗贵由汗赐太一道第四祖萧辅道"中和仁靖真人"号。（王恽《清晔殿记》）

张德辉应忽必烈之邀北上,此行张德辉向忽必烈阐述政见颇多,得到忽必烈肯定。

按:据《元史》载:忽必烈在潜邸召见张德辉,问道:"孔子殁已久,今其性安在?"对曰:"圣人与天地终始,无往不在。殿下能行圣人之道,性即在是矣。"又问:"或云,辽以释废,金以儒亡,有诸?"对曰:"辽事臣未周知,金季乃所亲睹。宰执中虽用一二儒臣,余皆武弁世爵,及论军国大事,又不使预闻,大抵以儒进者三十之一,国之存亡,自有任其责者,儒何咎焉!"世祖然之。因问德辉曰:"祖宗法度具在,而未尽设施者甚多,将如之何?"德辉指银盘,喻曰:"创业之主,如制此器,精选白金良匠,规而成之,畀付后人,传之无穷。当求谨厚者司掌,乃永为宝用。否则不惟缺坏,亦恐有窃而去之者矣。"世祖良久曰:"此正吾心所不忘也。"又访中国人材,德辉举魏璠、元裕(按:乃元好问。元好问,字裕之,此处《元史》记载有误)、李冶等二十余人。又问:"农家作劳,何衣食之不赡?"德辉对曰:"农桑天下之本,衣食之所从出者也。男耕女织,终岁勤苦,择其精者输之官,余粗恶者将以仰事俯育。而亲民之吏复横敛以尽之,则民鲜有不冻馁者矣。"(《元史》卷一六三)

张文谦为刘秉忠推荐成为忽必烈潜邸重要谋士,自张文谦开始,忽必烈对儒士之信赖开始倍增。

按:张文谦曾与刘秉忠、张易、王恂、郭守敬等人一起在邢州城西紫金山共同研习天文、历法、算学等,时称邢州五杰,乃金元之际邢州学派的杰出代表。《元史》载,忽必烈"居潜邸,受邢州分地,秉忠荐文谦可用。岁丁未,召见,应对称旨,命掌王府书记,日见信任。"文谦被任用之际,曾与刘秉忠向忽必烈进言:"今民生困弊,莫邢为甚。盍择人往治之,责其成效,使四方取法,则天下均受赐矣。"于是忽必烈乃选近侍脱兀脱、尚书刘肃、侍郎李简前往邢州。三人在邢地任职期间,"协心为治,洗涤蠹敝,革去贪暴,流亡复归,不期月,户增十倍"。《元史》认为忽必烈对儒士的信赖由邢州大治开始,而此事则又由张文谦启发之:"由是世祖益重儒士,任之以政,皆自文谦发之。"(《元史·张德辉传》卷一六二)

李冶等人经张德辉推荐给忽必烈。(《元史·张德辉传》卷一六二)

邓牧(1247—1306)、史蒙卿(1247—1306)、郝天挺(1247—1313)、畅师文(1247—1317)、僧一宁(1247—1317)、仇远(1247—1331)、胡一桂(1247—约1333)生。

元定宗贵由汗三年　宋理宗淳祐八年
戊申　1248 年

二月,释奠孔子庙,致胙于忽必烈。

按:《元史·张德辉传》载,忽必烈问张德辉曰:"孔子庙食之礼何如?"对曰:"孔子为万代王者师,有国者尊之,则严其庙貌,修其时祀。其崇与否,于圣人无所损益,但以此见时君崇儒重道之意何如耳!"世祖曰:"今而后,此礼勿废。"(《元史》卷一六二)

三月,元定宗贵由汗卒。

按:《元史·太宗本纪》载,"(定宗)在位三年,寿四十有三。葬起辇谷。追谥简平皇帝,庙号定宗。是岁大旱,河水尽涸,野草自焚,牛马十死八九,人不聊生。诸王及各部又遣使于燕京迤南诸郡,征求货财、弓矢、鞍辔之物,或于西域回鹘索取珠玑,或于海东楼取鹰鹘,驲骑络绎,昼夜不绝,民力益困。然自壬寅以来,法度不一,内外离心,而太宗之政衰矣。"(《元史》卷二)

忽必烈被誉为儒教大宗师。

按:《元史·张德辉传》载,"(德辉)陈先务七事:敦孝友,择人才,察下情,贵兼听,亲君子,信赏罚,节财用。世祖以字呼之,赐坐,锡赉优渥。有顷,奉旨教胄子孛罗等。壬子,德辉与元裕北觐,请世祖为儒教大宗师,世祖悦而受之。因启:'累朝有旨蠲儒户兵赋,乞令有司遵行。'从之。仍命德辉提调真定学校。"(《元史》卷一六二)

张德辉向忽必烈多次举荐中原人才。

按:据《元史》载,(岁丁未,1247),忽必烈又访中国人材,"德辉举魏璠、元裕、李冶等二十余人。"是年夏,德辉更荐"白文举(白朴父亲白华)、郑显之、赵元德、李进之、高鸣、李盘、李涛数人。"(《元史》卷一六二)

李冶著《测海圆镜》十二卷成书。

按:是书又名《测圆海镜》,主要论述勾股容圆问题,同时在论述中系统地总结和介绍了当时的最新数学成就天元术。李冶自序云:"予自幼喜算数,恒病夫考圆之术,例出于牵强,殊乖于自然。如古率、徽率、密率之不同,截弧、截矢、截背之互见,内外诸角,析剖支条,莫不各自名家,与世作法,及反覆研究,卒无以当吾心焉。老大以来,得洞渊九容之说,日夕玩绎,而向之病我者,使爆然落去而无遗余。山中多暇,客有从余求其说者,于是乎又为衍之,遂累一百七十问,既成编,客复目之《测圆海镜》,盖取夫天临海镜之义也。"(苏天爵《国朝文类》卷三二)

张炎(1248—1320)、白珽(1248—1328)、刘友益(1248—1332)生。

海迷失皇后称制元年　宋理宗淳祐九年
己酉　1249 年

刘秉忠遇见王恂,奇之。

按:《元史·王恂传》载,"岁己酉,太保刘秉忠北上,途经中山,见而奇之,及南还,从秉忠学于磁之紫金山。"(《元史》卷一六四)

元好问编《中州集》成书。

按:《中州集》乃元好问所编定的金朝诗歌总集,以金朝立国后长期据有中原,中州(今河南一带)乃金朝政治、经济和文化中心,时人常以中州人物之盛自豪,故此集取名《翰苑英华中州集》,又名《中州鼓吹翰苑英华集》,通称《中州集》。共十卷,辑录作家二百五十一人,作品二千零六十二首。其中除"南冠"类收入忠于宋王朝的留金使节或官吏朱弁、滕茂实等五人八十四首作品外,其余皆金人诗作。《四库全书总目》评价《中州集》云,"大致主于藉诗以存史,故旁见侧出,不主一格",故此书不特为金诗之渊薮,而且也是冶金史者所必备。张德辉作序,真定提举赵国宝刊刻。

李杲著《脾胃论》三卷成书。

按:本书是一部杰出的脾胃理论专著,它同《内外伤辨惑论》一起奠定了我国古代脾胃学说的基础,对后世医学发生了重大而深远的影响。

王沂孙(1249—1290)、刘因(1249—1293)、谢翱(1249—1295)、岳铉(1249—1312)、程钜夫(1249—1318)、胡长孺(1249—1324)、吴澄(1249—1333)生。

海迷失皇后称制二年　宋理宗淳祐十年 庚戌　1250年

姚枢出山辅佐时在潜邸的忽必烈。

按：姚燧《中书左丞姚文献公神道碑》载，姚枢庚戌年"尽室来辉，相依以居"。元世祖时在潜邸，"遣托克托、故平章赵璧驿至彰德，恐公避，托克托留，璧独至辉，以过客见。审其为公，始致见征之旨。公曰：'天下之人，同是姓名何限？恐使者误征，不敢妄应。'璧曰：'汝非弃伊鲁斡斋隐此者乎？'公曰：'是则然矣。'璧曰：'良是。'乃偕往彰德，受命遂行。"从此姚枢开始了他的金莲川幕僚生涯，开始他对蒙古统治者灌输中原农耕文明统治管理经验的历史进程，并为元世祖最终统一南北，建立元王朝立下卓著功业。忽必烈对姚枢十分重视，"时召与语，随问而言，久之，询及治道"。而姚枢见忽必烈"聪明神圣，才不世出"，且肯于"虚己受言"，是个"可大有为"的君王，于是"许捐身驰驱宣力，尽其平生所学，敷心沥胆，为书数千百言"，将他的治国理念汇为八目："修身、力学、尊贤、亲亲、畏天、爱民、好善、远佞"。然后又论及救时之弊，提出三十条建议："曰立省部，则庶政出一，纲举纪张，令不行于朝而变于夕；辟才行，举逸遗，慎铨选，汰职员，则不专世爵而人才出；班俸禄，则藏秽塞而公道开；定法律，审刑狱，则收生杀之权于朝，诸侯不得而专，丘山之罪不致苟免，毫发之过免罹极法，而冤抑有伸；设监司，明黜陟，则善良、奸窳可得而举刺；阁征敛，则部族不横于诛求；简驿传，则州郡不困于需索；修学校，崇经术，旌节孝，以为育人才、厚风俗、美教化之基，使士不娱于文华；重农桑，宽赋税，省徭役，禁游惰，则民力纾，不趋于浮伪，且免习工技者岁加富溢，勤耕织者日就饥寒；肃军政，使田里不知行营往复之扰攘；赒匮乏，恤鳏寡，使颠连无告者有养；布屯田，以实边戍；通漕运，以廪京都；倚债负，则贾胡不得以子为母，如牸生牸牛、十年千头之法，破称贷之家；广储蓄，复常平，以待凶荒；立平准，以权物估；却利便，以塞倖途；杜告讦，以绝讼源"，等等，"各疏弛张之方其下，本末兼该，细大不遗"。忽必烈在听过姚枢的治国理念与时弊分析之后，对姚枢的才华深感惊奇，从此"动必见询"。并让姚枢教授太子，让"太师、淇阳王之兄、故丞相图们恪尔、故右丞布哈济达、今司徒玛努勒为之伴读，日以三纲五常、先哲格言，熏陶德性"。(《牧庵集》卷一五)

郝经从元好问学。(阎复《元故翰林侍读学士国信使郝公墓志铭》)

刘祁卒。

按:刘祁(1203—1250),字京叔,号神川遁士,应州浑源人。为太学生,有文名。举进士不第,遂回乡隐居,潜心著述。入元,曾为山西东路考试官。卒,王磐为撰墓志,王恽、杨宏道有诗凭吊。事迹见王恽《浑源刘氏世德碑铭并序》(《秋涧集》卷三八)著有《归潜志》十四卷及《神川遁士集》等。

王恽《追挽归潜刘先生》"我自髫髦屡拜公,执经亲为发颛蒙。道从伊洛传心学,文擅韩欧振古风。四海南山青未了,一丘洹水出无穷。泫然不为山阳笛,老屋吟看落月空。"(《全元诗》,第253页)

胡柄文(1250—1333)、胡琪(1250—1322)、马致远(1250—约1323)生。

元宪宗蒙哥汗元年　宋理宗淳祐十一年 辛亥　1251年

六月,蒙古拖雷子蒙哥正式即位为大汗,是为元宪宗。(《元史·本纪三》卷三)

七月,蒙哥使皇弟忽必烈总治漠南,开府于金莲川。(《元史·本纪三》卷三)

十月,蒙哥召见全真教李志常等。

按:李志常以此被受命掌理天下道教事务。而全真教教徒令狐獐、史志经等是年前后著成《老子八十一化图》,李志常派"金波王先生"、"道士温的罕"将《老子八十一化图》一书广为散发,于是引起释道大辩论。

十一月,蒙古以西域竺乾国僧那摩为国师,总天下释教。(《元史·本纪三》卷三)

西夏人高智耀入见蒙哥。

按:高智耀言:"儒者所学,尧、舜、禹、汤、文、武之道。自古有国家者,用之则治,不用则否。养成其材,将以资其用也,宜蠲免徭役以教育之。"蒙哥问:"儒家何如巫、医?"高智耀对曰:"儒以纲常治天下,岂方技所得比。"

蒙哥曰："善。前此未有以是告朕者。"遂诏复海内儒士徭役，无有所与。（《元史·高智耀传》卷一二五）。

姚枢敦教忽必烈总兵屯田之策，此举为忽必烈龙兴于金莲川，并定鼎中原奠定坚实基础。

按：据姚燧记载，宪宗蒙哥即位后，下诏让忽必烈总领赤老温【按，赤老温，又名齐拉衮，在少年成吉思汗被泰亦赤兀族追击之际掩护其脱险，骁勇善战，与博尔术、木华黎、博尔忽并称"掇里班·曲律"（蒙古语，意为四杰）。蒙古国建立时（1206），与父同掌一千户，代父领军，统领薛凉格河（色楞格河）地区】封地山南，应是漠南一带军民事务。忽必烈大为张宴，在群下罢酒之后，姚枢将出，忽必烈让人止住说："顷者诸人皆贺，汝独默然，岂有意耶？"姚枢遂对答说："臣欲陈之他日，不谓遽问"。于是向忽必烈详述自己的一套韬光养晦之策道："且今天下土地之广，人民之殷，财赋之阜，有加汉地者乎？军民吾尽有之，天子何为？异时庭臣间之，必悔见夺。不若惟持兵权，供亿之须，取之有司，则势顺理安"。忽必烈曰："虑所不及"，于是立即让人向蒙哥推辞说："愿总兵与国戮力。"蒙哥准予。姚枢又向忽必烈进献屯田养兵之策说："太祖承天大命，兵取天下，功未及竟而遂陟遐。太宗平金，遣二太子总大军南伐，降唐、邓、均、德安四地，拔枣阳、光化，留军戍边。襄、樊、寿、泗，继亦来归。而寿、泗之民，尽于军官分有，由是降附路绝。虽岁加兵淮、蜀，军将惟利剽杀，子女玉帛悉归其家。城无居民，野皆榛莽。何若以是秋去春来之兵，分屯要地，寇至则战，寇去则耕，积谷高廪。边备既实，俟时大举，则宋可平。"忽必烈非常赞同姚枢的屯田策略，由此开始"置屯田经略司于汴，西起穰、邓，宿重兵，与襄阳制阃犄角，东边陈、亳、清口、桃源，列障守之。又置都运司于卫，转粟于河，继馈诸州。陕西则移陇右汪义武公戍利州，刘忠惠公黑马于城都。割河东解之盐池归陕西，置从宜所中粮兴元，犹惧不继，置行部秦州，顺嘉陵，漕潼关、沔地，转粟入利。其年大封同姓，敕上于南京、关中自择其一。公曰："南京河徙无常，土薄水浅，舄卤生之，不若关中，厥田上上，古名天府陆海。"上愿有关中。帝曰："是地户寡，河南怀孟地狭民夥，可取自益。"遂兼有河内。（姚燧《中书左丞姚文献公神道碑》）

许衡任国子祭酒，未任职。

按：欧阳玄《元中书左丞集贤大学士国子祭酒赠正学垂宪佐理功臣太傅开府仪同三司上柱国追封魏国公谥文正许先生神道碑》载，忽必烈在上京召见许衡，许衡每有敷对。其时，忽必烈信用王文统，拜其为相，而许衡、姚枢、窦默等每日被顾问。窦默在忽必烈面前屡斥王文统"学术不正"，而姚枢更以才华见识被王文统所嫉妒。欧阳玄神道碑记载："盖窦言本出于先生(许衡),文统亦颇疑之,乃奏姚为太子太保,外示尊礼,内欲摈使疏远。姚、窦拜命,将入谢,先生独毅然辞,谓二公曰:'礼,师傅见太子,位东西向,师傅坐,太子乃坐。今能遽复此乎?否则,师道自我废也。'二公怀制阙下,辞。文统闻斯言,遂寝其命,改授先生为国子祭酒,窦为翰林侍讲学士,姚为大司农。先生亟辞以疾,久乃予告还内。既而上京使狎至,应命至燕,病弗能往。"(《圭斋文集》卷九)

尹志平卒。

按:尹志平(1169—1251),字大和,号清和子,世称清和真人,莱州人。先后师事马钰、丘处机、郝大通,兼有数人之长,继丘处机主全真教,令宋德方等修《道藏》,以示全真教继道教之正统。修缮道宫,进讲道性,使道教之风得以盛行。后传衣钵于李志常。著有《葆光集》三卷、《北游语录》四卷。事迹见《清和妙道广化真人尹宗师碑铭》(《甘水仙源录》卷三)。

李杲卒。

按:李杲(1180—1251),字明之,号东垣老人,真定人。与刘完素、张从正、朱震亨并称"金元四大家",后人称温补派。著有《用药法象》、《内外伤辨惑论》、《兰室秘藏》、《伤寒会要》、《医学发明》等。事迹见《元史》卷二〇三本传。

按:"金元四大家"是指金元时期(1115—1368)的刘完素、张从正、李杲、朱震亨四位著名的医学家。在学术上,他们各有特点,代表了四个不同学派。刘完素主张"火热致病",善用寒凉药物,故称作"主火学派"或"寒凉学派";张从正主张"病由邪生",善用"汗"、"吐"、"下"攻邪法,故称作"攻下学派";李杲主张"内伤脾胃,百病由生",善用"益气升阳",故称作"脾胃学派"或"补土学派";朱震亨主张"阳有余阴不足论"和"相火论",善用养阴降火,故称作"养阴学派"。

萨班·贡噶坚赞卒。

按:萨班·贡噶坚赞(1182—1251),原名贝丹敦珠,萨迦派创始人衮乔杰波之孙,"萨迦五祖"中的四祖。蒙古乃马真后三年曾应成吉思汗之孙阔端邀请赴凉州弘法,为西藏统一于中国版图作出了重要贡献。所著《正理藏论》为藏传因明的代表作之一。另著有《萨迦格言》。

邹次陈(1251—1324)、程直方(1251—1325)生。

元宪宗蒙哥汗二年　宋理宗淳祐十二年
壬子　1252年

三月五日,令东平万户设局制礼乐用具。

按:《元史·礼乐志二》"宪宗二年三月五日,命东平万户严忠济立局,制冠冕、法服、钟磬、笋虡、仪物肄习。五月十三日,召太常礼乐人赴日月山。八月七日,学士魏祥卿、徐世隆,郎中姚枢等,以乐工李明昌、许政、吴德、段楫、寇忠、杜延年、赵德等五十余人,见于行宫。帝问制作礼乐之始,世隆对曰:'尧、舜之世,礼乐兴焉。'时明昌等各执钟、磬、笛、箫、麾、埙、巢笙,于帝前奏之,曲终,复合奏之,凡三终。十一日,始用登歌乐祀昊天上帝于日月山。祭毕,命驿送乐工还东平。"(《元史》卷六八)

夏,蒙哥召见僧海云,令其领天下宗教事。

按:金贞祐五年(1217)木华黎攻陷宁远之际,与师父中观被蒙古人所执。后海云接受了成吉思汗所赐"寂照英悟大师"封号,归附。此后,窝阔台汗赐以"称心自在行"封号;贵由汗颁诏,命海云统领天下僧,由此海云成为蒙元帝国命僧官主持全国佛教事务之首位长官;蒙哥汗即位后,壬子夏,海云被授以银章,领天下宗教事。海云乃临济宗宗师,对复兴临济宗祖庭临济寺起巨大作用。而海云与大元王朝更密切的关联在于,对忽必烈最终建立元朝产生过重要的政治作用,而且忽必烈最信赖的中原士子刘秉忠即由海云携以引荐的。(程钜夫《海云印简和尚塔铭》)

八月八日,帝冕服拜天于日月山。

按:《元史·祭祀志一》"元兴朔漠,代有拜天之礼,衣冠尚质,祭器尚纯,帝后亲之,宗戚助祭。其意幽深玄远,报本反始,出于自然,而非强为之也。宪宗即位之二年秋八月八日,始以冕服拜天于日月山。其十二日,又用孔氏子孙元措言,合祭昊天后土,始大合乐作牌位,以太祖、睿宗配享。岁甲寅,会诸王于颗颗脑儿之西,丁巳秋,驻跸于军脑儿,皆祭天于其地。世祖中统二年,亲征北方。夏四月己亥,躬祀天于旧桓州之西北,洒马湩以为礼,皇族之外,无得而与,皆如其初。岁甲寅,会诸王于颗颗脑儿之西,丁巳秋,驻跸于军脑儿,皆祭天于其地。"(《元史》卷七二)

《元史·祭祀志》"元之五礼,皆以国俗行之,惟祭祀稍稽诸古。其郊庙之仪,礼官所考日益详慎,而旧礼初未尝废,岂亦所谓不忘其初者欤?然自世祖以来，每难于亲其事。英宗始有意亲郊，而志弗克遂。久之，其礼乃成于文宗。至大间，大臣议立北郊而中辍，遂废不讲。然武宗亲享于庙者三，英宗亲享五。晋王在帝位四年矣，未尝一庙见。文宗以后，乃复享。岂以道释祷祠荐禳之盛，竭生民之力以营寺宇者，前代所未有，有所重则有所轻欤。或曰，北陲之俗，敬天而畏鬼，其巫祝每以为能亲见所祭者，而知其喜怒，故天子非有察于幽明之故、礼俗之辨，则未能亲格，岂其然欤？自宪宗祭天日月山，追崇所生与太祖并配，世祖所建太庙，皇伯术赤、察合带皆以家人礼袝于列室。既而太宗、定宗以世天下之君俱不获庙享，而宪宗亦以不祀。则其因袭之弊，盖有非礼官之议所能及者。而况乎不祢所受国之君，而兄弟共为一世，乃有征于前代者欤？夫郊庙，国之大祀也，本原之际既已如此，则中祀以下，虽有阔略，无足言者。其天子亲遣使致祭者三：曰社稷，曰先农，曰宣圣。而岳镇海渎，使者奉玺书即其处行事，称代祀。其有司常祀者五：曰社稷，曰宣圣，曰三皇，曰岳镇海渎，曰风师雨师。其非通祀者五：曰武成王，曰古帝王庙，曰周公庙，曰名山大川、忠臣义士之祠，曰功臣之祠，而大臣家庙不与焉。其仪皆礼官所拟，而议定于中书。日星始祭于司天台，而回回司天台遂以翔星为职事。

五福太乙有坛畤，以道流主之，皆所未详。凡祭祀之事，其书为《太常集礼》，而《经世大典》之《礼典篇》尤备。参以累朝《实录》与《六条政类》，序其因革，录其成制，作《祭祀志》。(《元史》卷七二)

姚枢在忽必烈出征大理之际教谕其曹彬不杀之论，忽必烈接受并实施。

按：姚燧《中书左丞姚文献公神道碑》载，这年夏，忽必烈受命出征大理。部队到达曲先脑后，忽必烈夜宴群下，姚枢遂向忽必烈讲陈说，宋太祖派曹彬功取南唐之际，特意敕令曹彬"无效潘美伐蜀嗜杀"。到曹彬攻克金陵，"未尝戮一人，市不易肆，以其主归"。明日早行，忽必烈"据鞍"向姚枢大呼道："汝昨夕言曹彬不杀者，吾能为之！"姚枢"马上贺曰：'圣人之心，仁明如此，生民之幸，有国福也。'"忽必烈接受姚枢的曹彬不杀对于忽必烈改变蒙古游牧民族征伐嗜杀的习性影响至大，也深刻影响了中原民众对忽必烈的态度，为其一统天下奠定良好思想基础。(《牧庵集》卷一五)

元好问与张德辉北上见忽必烈，请其保护儒生。

按：据载，元好问与张德辉"请世祖为儒教大宗师，世祖悦而受之"。而元、张二人向忽必烈请求说："累朝有旨递蠲儒户兵赋，乞令有司遵行。"忽必烈同意，并命张德辉提调真定学校。(《元朝名臣事略·宣慰张公德辉》)

元好问著《续夷坚志》四卷约成书于本年左右。

按：是书记事上起宋仁宗时期，下讫蒙古宪宗蒙哥元年（1251），书名承南宋洪迈《夷坚志》而来，但写作目的与洪迈不同。荣誉在《续夷坚志序》中说：金元好问先生"初尝以国史为己任，不幸未与纂修，乃筑野史亭于家，采摭故君臣遗言往行，以自论撰。为藏山传人计，又以其余绪作为此书。其名虽续洪氏，而所记皆中原陆沉时事，耳闻目见，纤细毕录。可使善者劝而恶者惩。非齐谐志怪比也。"

僧普济编《五灯会元》二十卷成书。

按：本书是禅宗列传的集大成之作。普济将法眼宗道原的《景德传灯录》、临济宗李遵勖的《天圣广灯录》、云门宗惟白的《建中靖国续灯录》、临济宗悟明的《联灯会要》、云门宗正受的《嘉泰普灯录》删繁就简，合五为一，编成《五灯会元》二十卷。此五种灯录，分别于北宋景德元年至南宋嘉泰二年的近二百年间成书。版本在南宋灭亡时为元兵所毁，会稽韩庄节与大尉康里重刻。明净柱撰有《五灯会元续略》八卷，道容撰有《五灯严统》二十五卷，文琇撰有《五灯会元补遗》一卷等。

萧辅道卒。

按：萧辅道（？—1252年），字公弼，号东瀛子，金元之际卫州（今河南汲县）人。太一道第四代教主。在住持河南柘城延祥观期间，曾"以一言活万家于锋镝之下"。后忽必烈诏至潜邸，萧氏应对称旨，被留住宫邸。萧辅道凭借与元帝室的特殊关系，而辅道"人品峻洁，博学富才智，士论有山中宰相之目"（王恽《大都宛平县京西乡建太一集仙观记》），广交上层官僚、士大夫及文人雅士，以是，太一教派力量渗透于各阶层。元定宗二年（1247）赐号"中和仁靖真人"。宪宗二年（1252）病逝。由于辅道的努力，太一教在元初获得极大巩固和发展。事迹见于《太清观懿旨碑》。

欧阳龙（1252—1308）、张仲寿（1252—约1323）、王炎午（1252—1324）、韩信同（1252—1332）、王约（1252—1333）、陈栎（1252—1334）、董守简（1252—1346）生。

元宪宗蒙哥汗三年　宋理宗宝祐元年
癸丑　1253 年

六月,蒙古军开始第三次西征。

按:以蒙哥汗弟旭烈兀为帅,至 1260 年结束,西南亚部分人民迁入中原。此后,广大西域地区处于蒙古统辖之下,东西方交通空前畅通,西域人以经商、任官、传教来中原者渐多。

十二月,蒙古忽必烈军入云南大理,以刘时中为云南宣抚使。

刘秉忠随忽必烈征大理、云南,之后又随伐宋,一路劝忽必烈好生止杀。(《元史·刘秉忠传》)

按:《元史》载:癸丑(1253),从世祖征大理。明年(1254),征云南。每赞以天地之好生,王者之神武不杀,故克城之日,不妄戮一人。已未(1259),从伐宋,复以云南所言力赞于上,所至全活不可胜计。(《元史》卷一五七)

姚枢随蒙古军进入六盘山、大理,大军一路奉行不杀之旨。

按:这年夏,忽必烈军队祃牙(古时出兵行祭旗之礼)六盘,姚枢随之大张教条,忽必烈令姚枢以王府尚书身至京兆,置宣抚司,"旬月之间,民大和浃,道不拾遗"。师行之际,忽必烈留太子真金在后,谓曰:"姚公茂吾不能离,恐废汝学。今遣窦汉卿(窦默)教汝。"在攻打大理一带,忽必烈先派三名使者入大理谕招,许不杀掠。大理军民不信,杀三使,而忽必烈大军布列于大理城下,忽必烈令姚枢等"尽裂橐帛为帜,书止杀之令,分号街陌。军队",最终攻打大理城之际,"民父子完保,军士无一人敢取一钱直者。惟急求三使之首",忽必烈军队此次攻战再次履行姚枢的不杀之教。(姚燧《中书左丞姚文献公神道碑》)

宋周臣领大乐礼官、乐工等常肄习礼乐。

按:《元史·礼乐志二》"三年,时世祖居潜邸,命勾当东平府公事宋周臣兼领大乐礼官、乐工人等,常令肄习,仍令万户严忠济依已降旨存恤。六年夏五月,世祖以潜邸次滦州,下教命严忠济督宋周臣以所得礼乐旧人肄习,宜如故事勉行之,毋忽。冬十有一月,敕乐工老不堪任事者,以子孙代之,不足者,以他户补之。"(《元史》卷六八)

郝经馆于张柔家,为忽必烈所闻,并被召见。(《元史·郝经传》卷一五七)

王恂任太子伴读。

按:《元史·王恂传》"癸丑,秉忠荐之世祖,召见于六盘山,命辅导裕宗,为太子伴读。"(《元史》卷一六四)

八思巴至忽必烈潜邸,忽必烈特加尊礼。

按:王磐《帝师发(八)思八(巴)行状》载,其时,八思巴年十五,虽忽必烈尚"龙德渊潜",而八思巴知"真命有归,驰驿径诣王府,世祖宫闱东宫皆秉受戒法,特加尊礼"。(《全元文》第二册,第 260 页)

僧祖咏编《大慧普觉禅师年谱》一卷刊行。

僧普济卒。

按:普济(1179—1253),字大川,俗姓张,四明奉化人。临济宗杨岐派僧人。嗣法于经山如琰。嘉定十年住持妙胜禅院。寻又历住岳林大中寺、大慈报国寺、临安净慈光孝寺,最后住景德灵隐寺。著有《五灯会元》二十卷、《灵隐大川济禅师语录》一卷。事迹见大观《灵隐大川禅师行状》(《灵隐大川济禅师语录》附)。

又按:《四库全书总目提要》谓《五灯会元》"是书删撰精英,去其冗杂,叙录较为简要,其考论宗系,分篇胪列。于释氏之源流本末,指掌了然。固可与僧宝诸传同资释门之典故,非诸方语录掉弄口舌者比也。"

任士林(1253—1309)、熊禾(1253—1312)、王炎泽(1253—1332)、僧行端(1253—1341)生。

元宪宗蒙哥汗四年　宋理宗宝祐二年 甲寅　1254 年

是年,元宪宗赐大道教改名"真大道"。

蒙古征高丽,掳众二十余万,多被迁入中国。

按:据虞集记载:高丽之于蒙元王朝,"有甥舅之好,是以王国得建官,拟于天朝,他属国莫之敢也。"而高丽亦由此与元王朝往来频繁,涌现一大批与元朝士大夫往来唱酬的高层文士。(虞集《送宪部张乐明大夫使还海东

诗序》,《道园学古录》卷五)

《元史·外夷一》"高丽本箕子所封之地,又扶余别种尝居之。其地东至新罗,南至百济,皆跨大海,西北度辽水接营州,而靺鞨在其北。其国都曰平壤城,即汉乐浪郡。水有出靺鞨之白山者,号鸭渌江,而平壤在其东南,因恃以为险。后辟地益广,并古新罗、百济、高句丽三国而为一。其主姓高氏,自初立国至唐乾封初而国亡。垂拱以来,子孙复封其地,后稍能自立。至五代时,代主其国迁都松岳者,姓王氏,名建。自建至焘凡二十七王,历四百余年未始易姓。"(《元史》卷二〇八)

廉希宪奉忽必烈之命宣抚关西,下令释放被俘儒士,编入儒籍。(《元史·廉希宪传》卷一二六)

许衡为京兆提学。

按:欧阳玄《许先生神道碑》载,忽必烈授命主持漠南汉地事务,"世祖受地秦中,闻先生名,遣使者征赴京兆教授。先生避之魏,使者物色偕行。"其时,廉希宪宣抚陕右,遂"传教令授以京兆提学"。在秦地,许衡"卜居雁塔之东,与同志讲井田之制,买园为义桑。"(《圭斋文集》卷九)

天主教奉法兰西国王路易九世的委派,派教士鲁布鲁克来蒙古和林谒见蒙哥,欲在蒙古传教。

冯志亨卒。

按:冯志亨(1180—1254),字伯通,号寂照,同州冯翊人。师从丘处机。曾辅助尹志平、李志常袭掌全真教,为教门都道录。

赵孟頫(1254—1322)、马端临(1254—1340)、徐瑞(1254—1324)、任仁发(1254—1327)、同恕(1254—1331)生。

元宪宗蒙哥汗五年　宋理宗宝祐三年
乙卯　1255 年

七月,释、道两派在元宪宗面前展开小辩论,道教败诉,烧毁伪经经板,退还佛寺三十七处。(《至元辨伪录》)

按:少林长老福裕认为道教徒所编《老子八十一化图》一书对佛门有所谤讪,遂将其书呈送给蒙古亲王阿里不哥,力陈其伪妄。阿里不哥支持福裕,并把此事呈奏皇帝,于是蒙哥可汗决定举行释道辩论。辩论双方是全真教主李志常和少林长老福裕,基督徒、伊斯兰教徒、佛僧各一做裁判。辩论的结果,道教方面失利。

忽必烈在京兆兴学,以理学家许衡为提举。

按:《续资治通鉴》卷一七四载:"蒙古皇弟呼必赉征河内许衡为京兆提学。衡从姚枢,得程颐、朱熹之书,慨然以道自任,尝语人曰:'纲常不可亡于天下,苟在上者无以任之,则在下之任也。'凡丧祭嫁娶,必征于礼,以倡其乡,学者浸盛。是时秦人新脱于兵,欲学无师,闻衡来,人人莫不喜幸,于是郡县皆建学。"

是年,科差包银法行。

按:《元史·食货志一》"科差之名有二,曰丝料,曰包银,其法各验其户之上下而科焉。丝料之法,太宗丙申年始行之。每二户出丝一斤,并随路丝线、颜色输于官;五户出丝一斤,并随路丝线、颜色输于本位。包银之法,宪宗乙卯年始定之。初汉民科纳包银六两,至是止征四两,二两输银,二两折收丝绢、颜色等物。逮及世祖,而其制益详。"(《元史》卷九三)

杨奂卒。

按:杨奂(1186—1255),字焕然,陕西奉天人。金末应试不中,隐居为教授,学者称紫阳先生。元太宗十年(1238),参与戊戌选试,赋论第一,由耶律楚材荐,为河南路征收课税所长官兼廉访使。高才博学,作文务去陈言,以蹈袭古人为耻,留心经学,与人言不离名教,时有"关西夫子"之称,是金、元时期重要的理学家。卒谥文宪。著有《还山前集》八十一卷、《还山后集》二十卷、《天兴近鉴》三十卷、《韩子》十卷、《概言》二十五篇、《砚纂》八卷、《北见记》三卷、《正统书》六十卷。今仅存《还山遗稿》上下两卷。《宋元学案》列其入《鲁斋学案》。事迹见元好问《杨府君(杨振)墓碑铭》、《杨公(杨奂)神道碑》、赵复《程夫人墓碑》(三者均见《还山遗稿》附录)、《元史》卷一五三本传、宋廷佐《杨文宪公考岁略》(《还山遗稿》卷首)、《元诗选》二集《还山遗稿》等。

又按:《宋史》本传曰:"奂博览强记,作文务去陈言,以蹈袭古人为耻。朝廷诸老,皆折行辈与之交。关中虽号多士,名未有出奂右者。奂不治生产,家无十金之业,而喜周人之急,虽力不赡,犹勉强为之。人有片善,则委曲称奖,唯恐其名不闻;或小过失,必尽言劝止,不计其怨也。所著有《还山集》六十卷、《天兴近鉴》三卷、《正统书》六十卷,行于世。"《四库全书总目提要》评《还山集》曰:"奂诗文皆光明俊伟,有中原文献之遗,非南宋江湖诸人气含蔬笋者可及。其《汴故宫记》述北宋大内遗迹。《与姚公茂书》论《朱子家礼》神主之式,举所见唐杜衍家庙及汴京宋太庙为证。《东游记》述孔林古迹尤悉,皆可以备文献之征也。陶宗仪《辍耕录》称尝尝读《通鉴》,至论汉魏正闰,大不平之,遂修《汉书》驳正其事,因作诗云:'风烟惨淡控三巴,汉烬将燃蜀妇髽,欲起温公问书法,武侯入寇寇谁家?'后攻宋军回,始见《通鉴纲目》,其书乃寝云云。是郝经以外,又有斯人,亦具是卓识矣。"

　　陈义高(1255—1299)、不忽木(1255—1300)、李孟(1255—1321)、曹伯启(1255—1333)生。

元宪宗蒙哥汗六年　宋理宗宝祐四年
丙辰　1256年

　　姚枢在关中拜见忽必烈,教谕忽必烈韬光养晦之计。

　　按:这年蒙哥对忽必烈产生怀疑,派"阿弥达尔大为勾考,置局关中,推究经略、宣抚官吏,及征商无遗,罗以百四十二条",忽必烈非常不高兴。姚枢遂入见忽必烈,劝以忽必烈韬光养晦之策,说:"帝,君也,兄也。吾,弟且臣,事难与较,远将受祸。未若尽是邸妃主以行,为久居谋,疑将自释,复初好矣。"忽必烈对姚枢的计谋较为疑惑,次日,姚枢再次劝谕,并说:"臣过是无策。"忽必烈思谋良久,说:"从汝,从汝。"于是先派使者告诉宪宗蒙哥。其时,蒙哥在河西,对忽必烈携妃前来之事表示怀疑,说:"是心异矣,曰来,诈也。"忽必烈再派使者来告,蒙哥遂"诏许驰二百乘传,弃辎重先"。兄弟果真见面后,蒙哥也非常高兴。于是"大会之次,上立酒尊前,帝酌之,拜,退复坐;及再至,又酌之;三至,帝法然,上亦泣下,竟不令有所白而止"。最终蒙哥"敕罢关西钩考,废行部安抚、经略、宣抚、都漕诸司"。即此,在姚枢计策安排下,忽必烈打消蒙哥疑虑,得以在关中一带继续积聚实力。(姚燧《中书左丞姚文献公神道碑》)

　　郝经应召而北,为忽必烈潜邸顾问。

　　按:其时,忽必烈在潜邸,以太弟之贵,开府朔庭,招集四方贤士,讲明当世之务。郝经入于忽必烈潜邸之后,首陈唐虞三代治道,又条分缕析地讲明国家发展宏图以及民间利病,约有数十事,都为忽必烈所嘉纳。(阎复《元故翰林侍读学士国信使郝公墓志铭》)

姚燧始受学于许衡。(刘致《牧庵年谱》)

李志常等全真教教徒四月由和林返回燕京。

按:当时权主全真教事务的张志敬不仅没有按照蒙古可汗的旨意将所侵占的寺院归还佛门,而且还不断上书朝廷,进行申辩。

李志常卒。

按:李志常(1193—1256),字浩然,号真常子、真常道人,观城人。元太宗十年(1238),代尹志平主持全真道,为全真道教第七代掌教者。后曾执掌全国道教事。著有《又玄集》二十卷、《长春真人西游记》二卷。事迹见王鹗《玄门掌教大宗师真常真人道行碑铭》(《甘水仙源录》卷三)。

杨惟中卒。

按:杨惟中(1205—1256),字彦诚,弘州人。金末,以童子事元太宗。弱冠,奉使西域三十余国,数年而归。元太宗七年,皇子阔出攻宋,命于军前行中书省事。征战行军中,收伊洛诸书送燕都,建太极书院,延儒士赵复等讲授其间。拜中书令。元宪宗即位,立河南道经略司于汴梁,杨惟中为经略使。迁陕右四川宣抚使。元宪宗九年,进江淮京湖南北路宣抚使。中统二年,追谥忠肃。事迹见郝经所撰神道碑(《陵川集》卷三五)、《国朝名臣事略》卷五、《元史》卷一四六、《元诗选癸集》乙集。

僧圆至(1256—1298)、范忠(1256—1325)、李伟(1256—1337)、陆文圭(1256—1338)生。

元宪宗蒙哥汗七年　宋理宗宝祐五年
丁巳　　1257年

八月,少林寺金灯长老再赴蒙古朝廷,欲与全真教辩论。

元好问卒。

按:元好问(1190—1257),字裕之,号遗山,秀容人。金宣宗兴定五年进士,金哀宗正大元年中博学鸿词科,授儒林郎、权国史院编修。曾任行尚书省左司员外郎等职。金亡不仕。忽必烈潜邸期间,闻其名,欲以馆阁处之,但未用而卒。工诗文。著有《遗山先生集》四十卷、《遗山乐府》五卷,编有金代诗词集《中州集》十卷、《中州乐府》一卷。另有《杜诗学》一卷、《东坡诗雅》三卷、《锦机》一卷、《诗文自警》十卷、《南冠录》、《壬辰杂编》、《金源君臣言行录》等。事迹见郝经《遗山先生墓志铭》(《元好问集》卷五三附录一)、《金史》卷一二六本传。清李光廷编有《广元遗山年谱》、翁方纲《元遗山年谱》,今人缪钺《元遗山年谱汇集》。

又按:王恽《追挽元遗山先生》"文奎胜彩忆光临,孺子何知喜嗣音。党赵正传公固在,阳秋当笔我奚任? 天机翻锦余官样,月户量工更苦心。野史亭空遗事坠,荒烟埋恨九原深。"(《元诗选》初集卷一六)

僧印简卒。

按:印简(1202—1257),俗姓宋,号海云,岚谷宁远人,临济宗第十六代祖师。八岁出家,居广惠寺,金宣宗赐号通玄广惠大师。元太祖九年(1214),海云见成吉思汗于宁远。太祖十四年(1219),史天泽将海云推荐给木华黎,蒙古赐号寂照英悟大师,成吉思汗程之为称小长老。累号佑圣安国大禅师,历主永庆、庆寿等寺,一生历仕太祖、太宗、宪宗、世祖,为天下禅门之首。著有语录体《杂毒海》。事迹见王万庆《海云禅师碑》、程钜夫《海云印简和尚塔铭》(《雪楼集》卷六)。

冯子振(1257—约1314)、熊召予(1257—1339)、吴存(1257—1339)、程复心(1257—1340)生。

元宪宗蒙哥汗八年　宋理宗宝祐六年
戊午　1258 年

是年,元宪宗蒙哥汗委托忽必烈在开平主持佛道辩论。

按:这场论辩召集僧徒三百余人,道士二百余人,儒生二百余人辩论佛道两派的优劣,最终以全真道论败而结束,部分全真教道士被勒令削发为僧,令焚毁伪经四十五部,归还佛寺二百三十七所。此后佛居道前成为元朝制度。《元史·世祖本纪十四》载:"张易等言:'参校道书,惟《道德经》系老子亲著,余皆后人伪撰,宜悉焚毁。'从之,仍诏谕天下。"《新元史》卷二四三《释老》曰:"都功德使司脱因小演赤奏:'曩者所毁道家伪经板本化图,多隐匿未毁,其书皆底毁释教之言,宜甄别。'于是命前中书右丞张文廉等诣长春宫无极殿,著,余悉汉张道陵、后魏寇廉之等伪作。文廉等奏:'自《道德经》外,宜悉焚毁。'帝曰:'道家经文,传讹踵廖非一日矣。若焚之,其徒未必心服。彼言水火不能焚溺,可以是端试之。候不验,焚之未晚也。'遂谕宗演等,俾推择人入火试其术。宗演等奏:'此皆诞妄之说,臣等入火,必皆为灰烬,实不敢试。但乞焚去《道藏》伪书,庶几澡雪臣等。'帝可其奏。遂诏天下道家诸经,可留道德二施篇,其余一切焚毁,匿藏者罪之。十月,集百官于悯忠寺,焚毁《老子化胡经》、《犹龙传》等书。"

吴澄始得《朱子大全》等书读之。(危素《吴澄年谱》)

八思巴作为佛道论辩中佛教一方为首者。

按:其时,八思巴虽年仅二十三岁,但已担任萨斯迦派教主六年,在论辩中充分展示其博学与雄辩的口才,最终辩赢在场多年修习道教的道士。

僧志磐始著《佛祖统纪》。

按:是书乃在吴克己《释门正统》、释景迁《宗源录》二书的基础上,加以改编,并扩大范围,依仿《史记》和《资治通鉴》体例,编成本书。内分本纪、世家、列传、表、志五科。组织严密,且广泛涉及佛教各方面,而不限天台一宗。作者自宝祐六年(1258)着笔,到咸淳五年(1269)八月,凡阅十年,五次改易其稿而成,共五十四卷,其中本纪八卷、世家二卷、列传十二卷、表二卷、志三十卷,于至元八年(1271)堪成行世。(志槃《佛祖统纪通例》)

俞琰(1258—1314)、邓文原(1258—1328)、陈恕可(1258—1339)生。

元宪宗蒙哥汗九年　宋理宗开庆元年 己未　1259年

正月乙巳朔,驻跸重贵山北,置酒大会,欲攻宋。

按:《元史·本纪三》"因问诸王、驸马、百官曰:'今在宋境,夏暑且至,汝等其谓可居否乎?'札剌亦儿部人脱欢曰:'南土瘴疠,上宜北还,所获人民,委吏治之便。'阿儿剌部人八里赤曰:'脱欢怯,臣愿往居焉。'帝善之。"(《元史》卷三)

七月癸亥,蒙哥汗卒,蒙古兵撤退,合州解围。

按:《元史·本纪三》载"癸亥,帝崩于钓鱼山,寿五十有二,在位九年。追谥桓肃皇帝,庙号宪宗。帝刚明雄毅,沉断而寡言,不乐燕饮,不好侈靡,虽后妃不许之过制。初,太宗朝,群臣擅权,政出多门。至是,凡有诏旨,帝必亲起草，更易数四，然后行之。御群臣甚严，尝谕旨曰：'尔辈若得朕奖谕之言，即志气骄逸，志气骄逸，而灾祸有不随至者乎？尔辈其戒之。'性喜畋猎，自谓遵祖宗之法，不蹈袭他国所为。然酷信巫觋卜筮之术，凡行事必谨叩之，殆无虚日，终不自厌也。"（《元史》卷三）

八月，忽必烈遣杨惟中、郝经宣抚京湖、江淮，自率军分道进攻宋，师次黄陂。（《元史·世祖本纪一》卷四）

刘秉忠随忽必烈征南宋。（《元史·刘秉忠传》卷一五七）

宋子贞劝忽必烈以止杀。

按：《元史·宋子贞传》载，岁己未，忽必烈南伐，召子贞至濮，问以方略。子贞对曰："本朝威武有余，仁德未洽。所以拒命者，特畏死尔，若投降者不杀，胁从者勿治，则宋之郡邑可传檄而定也。"忽必烈甚善其言。（《元史》卷一五九）

郝经奉忽必烈之命宣抚江淮。

按：阎复《元故翰林侍读学士国信使郝公墓志铭》载，蒙哥九年，蒙古军大举伐宋，蒙哥率军由巴蜀而进，忽必烈统兵由东道直趋鄂岳，郝经跟随忽必烈前行。在行进中，郝经向忽必烈谏议说："王者之师，有征无战。巴蜀地险，宋人边围孔固。万恐銮舆西迈，非万全之举也。我师未可轻进，宜修德以应天心，布泽以系民望，敦族以固根本，警备以防未然，蓄锐以养兵力，相时而动，江左不足图也"，忽必烈听从郝经建议，其时正好设立江淮宣抚司，于是授郝经为宣抚副使，以先启行，布宣威德。而郝经也藉此招纳降附者，所活不可胜记。这年秋天，忽必烈军已渡江围鄂，而蒙哥军驻扎巴蜀的合州，锐意进攻，遭到宋军的坚决抵抗，死于钓鱼山，而宋人正好请和，于是忽必烈军队班师北还。（《全元文》第九册，第 293 页）

李冶著《益古演段》三卷成书。

按：该著乃普及天元术的数学著作。据至元壬午年，砚坚序称，冶《测圆海镜》已刻梓，其亲旧省掾李师徵，复命其弟师珪请冶是编刊。砚坚序称其书"学者之指南"，"披而览之，如登坦途，前无滞碍。旁蹊曲径，自可纵横而通，嘉惠后来"。（《李冶益古演段序》）

陈孚（1259—1309）、僧沙罗巴（1259—1314）、张思明（1259—1337）生。

元世祖中统元年　宋理宗景定元年
庚申　1260 年

立开平府。

按：《元史·地理志一》"上都路，唐为奚、契丹地。金平契丹，置桓州。元初为札剌儿部、兀鲁郡王营幕地。宪宗五年，命世祖居其地，为巨镇。明年，世祖命刘秉忠相宅于桓州东、滦水北之龙冈。中统元年，为开平府。五年，以阙庭所在，加号上都，岁一幸焉。"（《元史》卷五八）

忽必烈还至开平，诸王劝进，遂即位于开平，是为元世祖。

按：蒙古从此不再由贵族会议推举嗣君。忽必烈在刘秉忠等人的主持起草下，颁发此道即位诏书，该诏书的意义在于，它向汉地士民尤其是士大夫表明，他不再仅是蒙古大汗，也是中国新王朝的皇帝。对于蒙元王朝而言，这道诏书的颁发标志着蒙古政权的国家本位和统治政策的重大变化，草原本位的大蒙古国开始转变为汉地本位的元王朝。（《元代文化史》，第 152、153 页）

四月，忽必烈令刘秉忠及许衡定内外官制。（《元史·世祖本纪一》卷四）

三月，平高丽。

按：借助元世祖安排高丽王以及宣谕宗旨可知《元史·外夷传一》载："世祖中统元年三月，（王）𫞩卒，命（王）倎归国为高丽国王，以兵卫送之，仍敕其境内。"自此年始，高丽臣服于元廷。"自是终世祖三十一年，其国入贡者凡三十有六。"

《元史·外夷传一》载："制曰：'我太祖皇帝肇开大业，圣圣相承，代有鸿勋，芟夷群雄，奄有四海，未尝专嗜杀也。凡属国列侯，分茅锡土，传祚子孙者，不啻万里，孰非向之勍敌哉。观乎此，则祖宗之法不待言而章章矣。今也，普天之下未臣服者，惟尔国与宋耳。宋所恃者长江，而长江失险；所藉者川、广，而川、广不支。边戍自彻其藩篱，大军已驻乎心腹，鼎鱼幕燕，亡在旦夕。尔初以世子奉币纳款，束身归朝，含哀请命，良可矜悯，故遣归国，完复旧疆，安尔田畴，保尔室家，弘好生之大德，捐宿构之细故也。……世子其趣装命驾，归国知政，解仇释憾，布德施恩。缅惟疮痍之民，正在抚绥之日，出彼沧溟，宅于平壤。卖刀剑而买牛犊，舍干戈而操耒耜，凡可援济，毋惮勤劳。苟富庶之有征，冀礼义之可复，亟正疆界，以定民心，我师不得逾限矣。

大号一出,朕不食言。复有敢踵乱犯上者,非干尔主,乃乱我典刑,国有常宪,人得诛之。於戏!世子其王矣,往钦哉,恭承丕训,永为东籓,以扬我休命。'四月,复降旨谕俊曰:'朕祇若天命,获承祖宗休烈,仰惟覆焘,一视同仁,无退迩小大之间也。以尔归款,既册为王还国,今得尔与边将之书,因知其上下之情,朕甚悯焉。'俊求出水就陆,免军马侵扰,还被虏及逃民,皆从之。诏班师,乃赦其境内。"(《元史》卷二〇八)

五月丙戌,定年号中统,从此始用年号。

按:在诏书中,忽必烈一再重点强调自己改行汉法、实施文治的政治方针。《中统建元诏》写道:"祖宗以神武定四方,淳德御群下。朝廷草创,未遑润色之文;政事变通,渐有纲维之目。朕获缵旧服,载扩丕图,稽列圣之洪规,讲前代之定制。建元表岁,示人君万世之传;纪时书王,见天下一家之义。法《春秋》之正始,体大《易》之乾元。炳焕皇猷,权舆治道。可自庚申年五月十九日,建元为中统元年。惟即位体元之始,必立经陈纪为先。故内立都省,以总宏纲;外设总司,以平庶政。仍以兴利除害之事、补偏救弊之方,随诏以颁。於戏!秉箓握枢,必因时而建号;施仁发政,期与物以更新。敷宣恳恻之辞,表著忧劳之意。凡在臣庶,体予至怀!"(《元史》卷四"世祖本纪一")中统建元对于中原士民来说,极有意义。他们饱尝战乱之苦,渴望安定。现在只要新主:"今日能用士,而能行中国之道,则中国之主也。"(郝经《与宋国两淮制置使书》)(《元代文化史》,第153页)

七月十一日,享祖宗于中书省。

按:《元史·礼乐志二》"中统元年春正月,命宣抚廉希宪等,召太常礼乐人至燕京。夏六月,命许唐臣等制乐器、公服、法服,秋七月七日,工毕。十一日,用新制雅乐,享祖宗于中书省。礼毕,赐预祭官及礼乐人百四十九人钞有差。"(《元史》卷六八)

十二月,始制祭享太庙祭器、法服。

按:《元史·世祖本纪一》"帝至自和林,驻跸燕京近郊。始制祭享太庙祭器、法服。"(《元史》卷四)

立仙音院,复改为玉宸院,括乐工。(《元史·世祖本纪一》卷四)

立仪凤司,又立符宝局及御酒库、群牧所。(《元史·世祖本纪一》卷四)

是年,立十路宣抚司,定户籍科差条例。

按:《元史·食货志一》"中统元年,立十路宣抚司,定户籍科差条例。然其户大抵不一,有元管户、交参户、漏籍户、协济户。于诸户之中,又有丝银全科户、减半科户、止纳丝户、止纳钞户;外又有摊丝户、储也速刺儿所管纳丝户、复业户,并渐成丁户。户既不等,数亦不同。"(《元史》卷九三)

定禄秩之制。

按：《元史·食货志四》"元初未置禄秩，世祖既位之初，首命给之。内而朝臣百司，外而路府州县，微而府史胥徒，莫不有禄。……禄秩之制，凡朝廷职官，中统元年定之。"（《元史》卷九六）

设劝农官。

按：《元史·食货志一》"中统元年，命各路宣抚司择通晓农事者，充随处劝农官。"（《元史》卷九三）

设中书省。

按：《元史·地理志一》"中书省统山东西、河北之地，谓之腹里，为路二十九，州八，属府三，属州九十一，属县三百四十六。各路立站，总计一百九十八处。"（《元史》卷五八）

设立吏、户、礼为左三部。

按：《元史·百官志一》"吏部，尚书三员，正三品；侍郎二员，正四品；郎中二员，从五品；员外郎二员，从六品，掌天下官吏选授之政令。凡职官铨综之典，吏员调补之格，封勋爵邑之制，考课殿最之法，悉以任之。世祖中统元年，以吏、户、礼为左三部，尚书二员，侍郎二员，郎中四员，员外郎六员。"（《元史》卷八五）

立太常寺于中都。

按：《元史·百官志四》"太常礼仪院，秩正二品，掌大礼乐、祭享宗庙社稷、封赠谥号等事。中统元年，中都立太常寺，设寺丞一员。"（《元史》卷八八）

因金人旧制，立司天台。

按：《元史·百官志四》"司天监，秩正四品，掌凡历象之事。……中统元年，因金人旧制，立司天台，设官属。"（《元史》卷九〇）

置宣差，提点太医院事。

按：《元史·百官志四》"太医院，秩正二品，掌医事，制奉御药物，领各属医职。中统元年，置宣差，提点太医院事，给银印。"（《元史》卷八八）

立祗应司。

按：《元史·百官志六》"祗应司，秩从五品，掌内府诸王邸第异巧工作，修禳应办寺观营缮，领工匠七百户。……中统二年置。"（《元史》卷九〇）

始立铨调法。

按：胡祗遹《送冯寿卿之官无极令序》"中统改元，始立铨调法，六品以下官，咸诣中书省受勑命。"此举意义甚大，此前"中统前四十年，诸侯承制拜官，率以私门走卒健儿、黠胥奸吏为县长，以应己之呼召指使，供己之掊克聚敛。府帖下县，星火奔命，不知有朝廷之尊，而惟府帖是惧。进退俯仰，死生祸福，甘以奴隶自处。"铨调法之确立，遂"一洗私自署注之弊政"。(《紫山大全集》卷八)

各地皆立孔子庙。

按：胡祗遹《泗水县重建庙学记》"中统建元，遐荒异域奉表上章，皆成文理。朝廷始重儒学，列位杂以儒者，荒域小邑皆立孔子庙，兴举学校，尊师重道，人材辈出。"(《紫山大全集》卷一〇)

始造交钞。

按：《元史·食货志一》"钞始于唐之飞钱、宋之交会、金之交钞。其法以物为母，钞为子，子母相权而行，即《周官》质剂之意也。元初仿唐、宋、金之法，有行用钞，其制无文籍可考。世祖中统元年，始造交钞，以丝为本。每银五十两易丝钞一千两，诸物之直，并从丝例。是年十月，又造中统元宝钞。其文以十计者四：曰一十文、二十文、三十文、五十文。以百计者三：曰一百文、二百文、五百文。以贯计者二：曰一贯文、二贯文。每一贯同交钞一两，两贯同白银一两。又以文绫织为中统银货。其等有五：曰一两、二两、三两、五两、十两。每一两同白银一两，而银货盖未及行云。"(《元史》卷九三)

刘秉忠辅助忽必烈推行汉法。(《元史·刘秉忠传》)

按：《元史》载：这年忽必烈即位，即向刘秉忠问以治天下之大经、养民之良法，秉忠乃"采祖宗旧典，参以古制之宜于今者，条列以闻。于是下诏建元纪岁，立中书省、宣抚司。朝廷旧臣、山林遗逸之士，咸见录用，文物粲然一新"。(《元史》卷一五七)

张文谦为中书左丞，建立纲纪，天下有太平之望。

按：《元史》载，忽必烈即位之后，立中书省，首命王文统为平章政事，张文谦为左丞。而张文谦建立纲纪，讲明利病，以安国便民为务。诏令一出，天下有太平之望。不过王文统与张文谦意见每每相左，文统素忌克文谦，谟谋之际，张文谦遽求出，乃诏以本官行大名等路宣抚司事。临行前，文谦语文统曰："民困日久，况当大旱，不量减税赋，何以慰来苏之望？"文统曰："上新即位，国家经费止仰税赋，苟复减损，何以供给？"文谦曰："百姓足，君孰与不足！俟时和岁丰，取之未晚也。"于是蠲常赋什之四，商酒税什之二。(《元史》卷一五七)

赵璧拜燕京宣慰使。

按：《元史》载：赵璧任燕京宣慰使之际，"时供给蜀军，府库已竭，及用兵北边，璧经画馈运，相继不绝。"这年，"中书省立，欲授璧平章政事，议加

答剌罕之号,力辞不受。"(《元史》卷一五九)

王鹗首授翰林学士承旨,制诰典章,皆所裁定。(《元史·王鹗传》卷一六〇)

宋子贞授益都路宣抚使。不久,入觐,拜右三部尚书。

按:《元史·宋子贞传》载,宋子贞在任期间,时新立省部,典章制度,多子贞裁定。并在平定李璮叛乱之后,建议忽必烈削除汉地世侯职权。李璮叛,据济南,诏子贞参议军前行中书省事。子贞单骑至济南,观璮形势,因说丞相史天泽曰:"璮拥众东来,坐守孤城,宜增筑外城,防其奔突,彼粮尽援绝,不攻自破矣。"议与天泽合,遂擒璮。子贞还,上书陈便宜十事,大略谓:"官爵,人主之柄,选法宜尽归吏部。律令,国之纪纲,宜早刊定。监司总统一路,用非其材,不厌人望,乞选公廉有才德者为之。今州县官相传以世,非法赋敛,民穷无告,宜迁转以革其弊。"之后,宋子贞又请建国学教胄子,敕州郡提学课试诸生,三年一贡举。有旨命中书次第施行之。(《元史》卷一五九)

王恽在姚枢宣抚东平时辟为详议官,旋即选至京师,在中书省任职。(《元史·王恽传》卷一六七)

姚枢任东平宣抚使。

按:姚燧《中书左丞姚文献公神道碑》载,忽必烈即位后,立十道宣抚使,全由当日金莲川幕府臣僚担任,而汉地世侯中以东平严忠济势力最大,"为强横难制,乃以公为东平"。姚枢在居庸北,"制下,受命即南"。有人劝姚枢不必前往东平,而应该入见忽必烈推辞此事。其时,忽必烈任命王文统为平章,姚枢认为:"文统新当国,彼将以我为夺其位。"于是前往东平治郡,在东平,姚枢"置劝农、检察二人以监之,推物力以均赋役,罢铁官"。(《牧庵集》卷一五)

许衡应元世祖诏,至上京。

按:欧阳玄《元中书左丞集贤大学士国子祭酒赠正学垂宪佐理功臣太傅开府仪同三司上柱国追封魏国公谥文正许先生神道碑》载,忽必烈建元中统,即召先生于家。许衡既至,谒归,复召至上京,入见。忽必烈问许衡所学,许衡以学孔子对。忽必烈留许衡于住所,不久,许衡以疾还燕。(《圭斋文集》卷九)

杜瑛提举大名六郡学校事。

按:胡祗遹《缑山先生杜君墓志铭》"中统建元,立十道宣抚司。左丞张公首奏先生,提举大名六郡学校事。传道余暇,著《皇极疑事》、《皇极引用》、《极学》等书。"(《紫山大全集》卷一八)

郝经以翰林侍读学士身份任信使出使宋。

按:《元史·世祖本纪一》"丁未,以翰林侍读学士郝经为国信使,翰林待制何源、礼部郎中刘人杰副之,使于宋。"郝经一行到至宋都后,贾似道恐郝经至则谋泄,乃命两淮制置使李庭芝拘郝经于真州忠勇军营。从此,郝经被宋朝扣留长达十六年之久,直至元兵压境,始放归。

王磐召拜益都等路宣慰副使,以疾免。(《元史·王磐传》卷一六〇)

礼部郎中孟甲、礼部员外郎李文俊十二月丙申出使安南、大理。

按:《元史·外夷传二》载:"世祖中统元年十二月,以孟甲为礼部郎中,充南谕使,李文俊为礼部员外郎,充副使,持诏往谕之。其略曰:'祖宗以武功创业,文化未修。朕缵承丕绪,鼎新革故,务一万方。适大理国守臣安抚聂只陌丁驰驿表闻,尔邦有向风慕义之诚。念卿昔在先朝,已尝臣服,远贡方物,故颁诏旨,谕尔国官僚士庶:凡衣冠典礼风俗,一依本国旧制。已戒边将不得擅兴兵甲,侵尔疆场,乱尔人民。卿国官僚士庶,各宜安治如故。'复谕甲等,如交趾遣子弟入觐,当善视之,毋致寒暑失节,重劳苦之也。二年,孟甲等还,光昺遣其族人通侍大夫陈奉公、员外郎诸卫寄班阮琛、员外郎阮演诣阙献书,乞三年一贡。帝从其请,遂封光昺为安南国王。""安南国,古交趾也。秦并天下,置桂林、南海、象郡。秦亡,南海尉赵佗击并之。汉置九郡,交趾居其一。后女子征侧叛,遣马援平之,立铜柱为汉界。唐始分岭南为东、西二道,置节度,立五筦,安南隶焉。宋封丁部领为交趾郡王,其子琏亦为王,传三世为李公蕴所夺,即封公蕴为王。李氏传八世至昊旵,陈日煚为昊旵婿,遂有其国。"(《元史》卷二〇九)

八思巴十二月被授为国师,统率释教。

按:这年八思巴二十二岁,被忽必烈尊为国师,授以玉印,任中原法主,统天下教门。八思巴这年辞却忽必烈西归吐蕃,不满一月,即被召回。(王磐《帝师发(八)思八(巴)行状》)

阿尼哥率尼波罗(今尼泊尔)国人八十人前往吐蕃修黄金塔。

按:程钜夫《凉国敏慧公神道碑》,这年,忽必烈让八思巴于西藏建金塔,从尼波罗国征召八十名良工,年仅十七岁的阿尼哥在其中,并自请任领队。次年塔成,八思巴奇其才,收为弟子,并荐之元廷。其时,世祖命阿尼哥修葺针灸铜人像,像成,关鬲脉络齐备,工匠皆叹服,由此留居中原,受到重用,任元朝匠人总管,办理重要工程事项。(《雪楼集》卷七)

郑光祖(约1260—约1320)、于清渊(1260—1335)、曾瑞(约1260—1335)、蒲道源(1260—1336)、宋无(1260—1340)、陈深(1260—1344)、王

与（1260—1346）、黄泽（1260—1346）生。

元世祖中统二年　宋理宗景定二年
辛酉　1261 年

四月己亥,世祖祭天于桓州西北。

按:《元史·祭祀志一》"世祖中统二年,亲征北方。夏四月己亥,躬祀天于旧桓州之西北,洒马湩以为礼,皇族之外,无得而与,皆如其初。"(《元史》卷七二)

诏军中所俘儒士,听赎为民。

按:时淮、蜀之士遭俘虏者,皆没为奴。翰林学士高智耀言:"以儒为驱役,古无有也。陛下方以古道为治,宜除之以风天下。"蒙古主从之,命循行郡县区别之,得数千人(《元史·高智耀传》)。

五月,令诸路设立医学。

按:《元史·选举志一》"世祖中统二年夏五月,太医院使王猷言:'医学久废,后进无所师授。窃恐朝廷一时取人,学非其传,为害甚大。'乃遣副使王安仁授以金牌,往诸路设立医学。其生员拟免本身检医差占等役,俟其学有所成,每月试以疑难,视其所对优劣,量加劝惩。后又定医学之制,设诸路提举纲维之。凡官壶所需,省台所用,转入常调,可任亲民,其从太医院自迁转者,不得视此例,又以示仕途不可以杂进也。然太医院官既受宣命,皆同文武正官五品以上迁叙,余以旧品职递升,子孙荫用同正班叙。其掌药,充都监直长,充御药院副使,升至大使,考满依旧例于流官铨注。诸教授皆从太医院定拟,而各路主善亦拟同教授皆从九品。凡随朝太医,及医官子弟,及路府州县学官,并须试验。其各处名医所述医经文字,悉从考校。其诸药所产性味真伪,悉从辨验。其随路学校,每岁出降十三科疑难题目,具呈太医院,发下诸路医学,令生员依式习课医义,年终置簿解纳送本司,以定其优劣焉。"(《元史》卷八一)

六月乙卯,诏宣圣庙及所在书院,岁时致祭。

按:《元史·祭祀志五》"中统二年夏六月,诏宣圣庙及所在书院有司,岁时致祭,月朔释奠。八月丁酉,命开平守臣释奠于宣圣庙。成宗即位,诏曲阜林庙,上都、大都诸路府州县邑庙学、书院,赡学土地及贡士庄田,以供春秋二丁、朔望祭祀,修完庙宇。自是天下郡邑庙学,无不完葺,释奠悉如旧

仪。"(《元史》卷七六)

七月癸亥,初设翰林国史院,王鹗请修辽、金二史。

按:《元史·世祖本纪一》"癸亥,初立翰林国史院。王鹗请修辽、金二史,又言:'唐太宗置弘文馆,宋太宗设内外学士院。今宜除拜学士院官,作养人才。乞以右丞相史天泽监修国史,左丞相耶律铸、平章政事王文统监修《辽》、《金史》,仍采访遗事。'并从之。"(《元史》卷四)此为蒙古承汉制以宰相监修史书之始。

九月癸未,用王鹗言,设立各路提学校官。

按:《元史·选举志一》"太宗始定中原,即议建学,设科取士。世祖中统二年,始命置诸路学校官,凡诸生进修者,严加训诲,务使成材,以备选用。"(《元史》卷八一)许有壬《庆州书院记》"我元统一海宇,学制尤备,郡若州邑,莫不有学,学莫不有官,尚虑其濬导未溥,而渐被未洽也。凡先贤过化之地,达尊之所居,德善之所荏,及于人而不能忘,好义者出,规为学官,以广教育,则为之署额,为之设官,秩视下州之正。天下之大,远州下邑,深山穷谷,增设者不知其几区也。夫以增设之广,视宋有加。"(《至正集》卷三六)

是年,定纳输之法。

按:《元史·食货志一》"中统二年,远仓之粮,命止于沿河近仓输纳,每石带收脚钱中统钞三钱,或民户赴河仓输纳者,每石折输轻赍中统钞七钱。"(《元史》卷九三)

立劝农司。

按:《元史·百官志八》"二年,立劝农司,以陈邃、崔斌等八人为使。"(《元史》卷九三)

定岳镇海渎代祀制。

按:《元史·祭祀志五》载,"岳镇海渎代祀,自中统二年始。凡十有九处,分五道。后乃以东岳、东海、东镇、北镇为东道,中岳、淮渎、济渎、北海、南岳、南海、南镇为南道,北岳、西岳、后土、河渎、中镇、西海、西镇、江渎为西道。既而又以驿骑迁远,复为五道,道遣使二人,集贤院奏遣汉官,翰林院奏遣蒙古官,出玺书给驿以行。中统初,遣道士,或副以汉官。至元二十八年(1291)正月,帝谓中书省臣言曰:'五岳四渎祠事,朕宜亲往,道远不可。大臣如卿等又有国务,宜遣重臣代朕祠之,汉人选名儒及道士习祀事者。'"(《元史》卷七六)

设教坊司。

按:秩从五品,掌承应乐人及管领兴和等署五百户。中统二年(1261)始置。(《元史·百官志一》卷八五)

赵璧任平章政事。

按：这年赵璧随从忽必烈北征，"命还燕，以平章政事兼大都督领诸军。"据《元史》载，"是年，始制太庙雅乐。乐工党仲和、郭伯达，以知音律在选中，为造伪钞者连坐，系狱。璧曰：'太庙雅乐，大飨用之，圣上所以昭孝报本也，岂可系及无辜，而废雅乐之成哉！'奏请原之。"（《元史》卷一五九）

姚枢任大司农。

按：姚燧《中书左丞姚文献公神道碑》载，初，拜姚枢为太子太师，姚枢辞曰："皇太子未立，安可先有太师？"于是改大司农。在任上，姚枢开始以儒家期许的治道规划忽必烈王朝的文治。（《牧庵集》卷一五）

窦默任翰林侍讲学士。

按：《元史·世祖本纪一》（卷四）"（六月）己酉，命窦默仍翰林侍讲学士。"（《元史》卷四）

王恂擢太子赞善，时年二十八。（《元史·王恂传》卷一六四）

许衡任国子监祭酒，元初学规多由其制定。

按：全祖望曰："道园《送李彦方诗序》曰：许文正公（衡）表彰程、朱之学，天下人心风俗之所系，不可诬也。近日晚学小子，不肯细心读书穷理，妄引陆子静之说以自欺自弃，至若移易《论语章句》，直斥程朱之说为非。此亦非有见于陆氏者也，特以文其猖狂不学以欺人而已。"（《宋元学案·鲁斋学案》）

王恽转翰林修撰，同知制诰，兼国史院编修官，寻兼中书省左右司都事。（《元史·王恽传》卷一六七）

杨果入拜参知政事。（《元史·杨果传》卷一六四）

刘芳三月辛酉以礼部郎中出使大理等国。（《元史·世祖本纪一》卷四）

故金翰林修撰魏璠被赐谥靖肃。（《元史·世祖本纪一》卷四）

李希安掌管大道教。（《元史·世祖本纪一》卷四）

世祖七月命炼师王道妇于真定筑道观，赐名玉华。（《元史·世祖本纪一》卷四）

世祖八月赐庆寿寺、海云寺陆地五百顷。（《元史·世祖本纪一》卷四）

王恽以事亲见大驾北行狩猎，作《飞豹行》。

按：王恽《飞豹行》序言载，"中统二年冬十有一月，大驾北狩（时在鱼儿泊），诏平章塔察（四库作'塔齐尔'）以虎符发兵于燕。既集，取道居庸，合围于汤山之东，逐飞豹取兽获焉。时予以事东走幕府，驻马顾盼，亦有一嚼之快。因作此歌,以见从兽无荒之乐也。(予时为左司都事)。"(《秋涧集》卷六)此诗书写元蒙贵族以飞豹合从军兵狩猎的场景,迥异中原之事,颇奇异独特。

王恽客上都,馆于太医使王宜之家。

按:王恽《中秋吟》序言载"中统二年,予客上都,馆于太医使王宜之家。中秋夜,伯禄宣慰携酒相过,同会者馆主王丈,泊省郎宋庭秀。近人来索旧赋乱道,今亡之矣。因追作是诗(《中秋吟》)以寄以寄。"(《秋涧集》卷一〇)

陈庚卒。

按:陈庚(1193—1261),字子京,洛阳人。与陈定、刘缯、张澄同学,号为四秀,又与兄陈赓、弟陈膺被元好问谓号为三凤,又号三凤陈氏。河东平,居洛西。应平阳高雄飞之招,署郡教授。耶律铸奏置经籍所平阳,令陈庚校雠,领所事。后世祖征至六盘山,与语,大悦。中统初,以宣抚张德辉荐,授平阳路提举学校官。著有《经史要论》三十卷、《三代治本》五卷、《唐编年》二十卷、《澹轩文集》三十卷、《春秋解》(未成)。事迹见程钜夫《故平阳路提举学校官陈先生墓碑》。(《雪楼集》卷二一)

陆正(1261—1323)、许熙载(1261—1327)、汪炎昶(1261—1338)、陈澔(1261—1341)生。

元世祖中统三年　宋理宗景定三年
壬戌　1262年

正月癸亥,修孔子庙成。

按:《元史·世祖本纪二》"三年春正月癸亥,修宣圣庙成。"(《元史》卷五)

庚午,罢高丽互市。

按:《元史·世祖本纪二》(三年春)"赐高丽国历"、"高丽遣使奉表来谢,优诏答之"。(《元史》卷五)

备宫悬钟磬、乐舞、籥翟,凡用三百六十二人。(《元史·世祖本纪二》卷五)

二月辛卯,命大司农姚枢至中书省商议及讲定中外官俸条格,并与尚书刘肃商讨此事。(《元史·世祖本纪二》卷五)

三月壬午,始以畏吾字书给驿玺书。(《元史·世祖本纪二》卷五)

调枢密院人立屯开耕。

按:《元史·兵志三》载,枢密院所辖屯田有左卫屯田、右卫屯田、中卫屯田、前卫屯田、后卫屯田、武卫屯田、左翼屯田万户府、右翼屯田万户府、忠翊侍卫屯田左、右钦察卫屯田、左卫率府屯田、宗仁卫屯田、宣忠扈卫屯田,共为田一万五千八百九顷十三亩。(《元史》卷一百)

八月丙午,立诸路医学教授。(《元史·世祖本纪二》卷五)

九月己未,安南国陈光昺遣使贡方物。(《元史·世祖本纪二》卷五)

按:《元史·外夷传二》载,"三年九月,以西锦三、金熟锦六赐之,复降诏曰:'卿既委质为臣,其自中统四年为始,每三年一贡,可选儒士、医人及通阴阳卜筮、诸色人匠各三人,及苏合油、光香、金、银、朱砂、沉香、檀香、犀角、玳瑁、珍珠、象牙、绵、白磁盏等物同至。'仍以讷剌丁充达鲁花赤,佩虎符,往来安南国中。"(《元史》卷二〇九)

十一月丁亥,敕圣安寺作佛顶金轮会,长春宫设金箓周天醮。(《元史·世祖本纪二》卷五)

董文炳兼山东东路经略使,共领武卫军事。

按:《元史·兵志二》"中统三年(1262),以侍卫亲军都指挥使董文炳兼山东东路经略使,共领武卫军事。"(《元史》卷九九)

赵璧佐王师平李璮之乱。

按:据《元史》载,"三年(1262),李璮反益都,从亲王合必赤讨之。璮已据济南,诸军乏食,璧从济河得粟及羊豕以馈军,军复大振。"(《元史》卷一五九)

姚枢建议任用商挺、赵良弼。

按:姚燧《中书左丞姚文献公神道碑》载,这年,王文统伏诛,而王文统拜相之际参知政事商挺曾赞誉过他,费寅认为商挺是王文统在西南时期朋党,且"引陕西郎中、行宣抚使赵良弼为征"。于是幽禁商挺于上都,又认为赵良弼多智略,是王文统一类的人,于是将赵良弼械系于狱。其时,遣鄂托克行院成都,无人辅佐,姚枢即奏言:"惟商挺可。陛下宽其前罪,责成斯行。"于是放出商挺令其佐治成都。之后,姚枢又入奏:"方践阼之初,非良弼调事关中,恐后事会。宁身负矫擅诛东西川两帅之罪,以宽陛下西顾之忧,推是为心,忠纯皎然,安得与文统蓄异志者比?臣请质阖门百口,必其无他。"忽必烈明白,放出赵良弼。(《牧庵集》卷一五)

王鹗等八月乞以先朝事迹录付史馆。(《元史·世祖本纪二》卷五)

郭守敬提举诸路河渠。(齐履谦《知太史院郭公行状》)

按:这年(1262)七月,张文谦荐举郭守敬习熟水利,遂以郭守敬提举诸路河渠,从此,元代颇重视兴修水利。

严忠杰刊刻元好问《遗山先生文集》。

按:严忠杰乃东平路行台严忠济的弟弟,搜得元好问全集加以刊刻,请李冶作序。李冶认为元好问以文章鸣世,影响如唐代李邕、李白,并遗憾元好问早死,不能等到元世祖即位以大展才华于馆阁。李冶《元遗山集序》写道:"始龀能诗,甫冠时,名已大振。寻登进士上第。兴定、正大中,殆与杨、赵齐驱。壬辰北还,老手浑成,又脱去前日畦珍矣。君尝言:人品实居才学气识之上。吾因君言,亦尝谓天下之事皆有品,绘事、围棋,技之末也,或一笔之奇,一著之妙,固有终身北面而不能寸进者,彼非志之不笃,习之不专也,直其品不同耳。如君之品,今代几人?方希刷羽天池,扬光紫薇,不幸遘疾而殁。其遗文数百千篇,藏于家,虽有副墨,而洛诵者,率不过得什一二,其所谓大全者,曾莫见焉。是以天下之大夫、士,歉焉若怀宿负而未之偿也。……中统三年阳月,封龙山人李冶序。"(《全元文》第二册,第20—21页)徐世隆《遗山先生文集序》"窃尝评金百年以来,得文派之正而主盟一时者,大定、明昌,则承旨党公;贞祐、正大,则礼部赵公;北渡则遗山先生一人而已。自中州断丧,文气奄奄几绝。起衰救坏,众望在遗山。遗山虽无位柄,亦自知天之所以畀付者为不轻,故力以斯文为己任。周流乎齐、鲁、燕、赵、晋、魏之间,几三十年。其迹益穷,其文益富,(而)其声名益大以肆。且性乐易,好奖进后学,春风和气,隐然眉睫间,未尝以行辈自尊。故所在士子从之如市。然号为泛爱,至于品题人物,商订古今,则丝毫不少贷,必归之公是而后已。是以学者知所指归,作为诗文,皆有法度可观。文体粹然为之一变。大较遗山诗祖李、杜,律切精深,而有豪放迈往之气;文宗韩、欧,正大明达而无奇纤晦涩之语;乐府则清雄顿挫,闲婉浏亮,体制最备,又能用俗为雅,变故作新,得前辈不传之妙,东坡、稼轩而下不论也。"(《御订全金诗增补中州集》附录)

袁易(1262—1306)、管道升(1262—1319)生。

元世祖中统四年　宋理宗景定四年
癸亥　1263年

二月,诘问南宋羁留郝经之故。

按:以王德素为国信使,刘公谅为副使,致书信于宋理宗,诘问羁留郝经已四年之故。(《元史·世祖本纪二》卷五)

五月乙酉,始立枢密院。

按:《元史·百官志二》"枢密院,秩从一品,掌天下兵甲机密之务。凡宫禁宿卫,边庭军翼,征讨戍守,简阅差遣,举功转官,节制调度,无不由之。世祖中统四年,置枢密副使二员,金书枢密事一员。"(《元史》卷八六)

又以开平为上都。(《元史·世祖本纪二》卷五)

七月,令诸色人户下子弟读书策、通文字者,免本身杂役。(《元史·世祖本纪二》卷五)

八月壬申,车驾至自上都。(《元史·世祖本纪二》卷五)

是年,中书省定乘坐驿马等例。(《元史·世祖本纪二》卷五)

按:《元史·兵志四》"世祖中统四年三月,中书省定议乘坐驿马,长行马使臣、从人及下文字曳剌、解子人等分例。乘驿使臣换马处,正使臣支粥食、解渴酒,从人支粥。宿顿处,正使臣白米一升,面一斤,酒一升,油盐杂支钞一十文,冬月一行日支炭五斤,十月一日为始,正月三十日终住支;从人白米一升,面一斤。长行马使臣赍圣旨、令旨及省部文字,干当官事者,其一二居长人员,支宿顿分例,次人与粥饭,仍支给马一匹、草一十二斤、料五升,十月为始,至三月三十日终止,白米一升,面一斤,油盐杂用钞一十文。投呈公文曳剌、解字,依部拟宿顿处批支。五月,云州设站户,取迤南州城站户籍内,选堪中上户应当。马站户,马一匹,牛站户,牛二双,于各户选堪当站役之人,不问亲躯,每户取二丁,及家属于立站去处安置。五年八月,诏:'站户贫富不等,每户限四顷,除免税石,以供铺马祗应;已上地亩,全纳地税。'"(《元史》卷一百)

立御用器物局。

按:《元史·百官志六》"器物局,秩从五品,掌内府宫殿、京城门户、寺观公廨营缮,及御用各位下鞍辔、忽哥轿子、帐房车辆、金宝器物,凡精巧之艺,杂作匠户,无不隶焉。大使一员,从五品;副使一员,正七品;直长二员,正八

品;吏目一员,司吏二人。中统四年,始立御用器物局,受省札。"(《元史》卷九○)

置犀象牙局。

按:《元史·百官志六》"犀象牙局,秩从六品,大使、副使、直长各一员,司吏一人,掌两都宫殿营缮犀象龙床卓器系腰等事。中统四年置,设官一员。"(《元史》卷九○)

置太府监。

按:太府监,秩正三品,领左、右藏等库,掌钱帛出纳之数。(《元史》卷九○)

置群牧所,隶太府监。

按:《元史·兵志三》"世祖中统四年,设群牧所,隶太府监。寻升尚牧监,又升太仆院,改卫尉院。院废,立太仆寺,属之宣徽院。后隶中书省,典掌御位下、大斡耳朵马。其牧地,东越耽罗,北逾火里秃麻,西至甘肃,南暨云南等地,凡一十四处,自上都、大都以至玉你伯牙、折连怯呆儿,周回万里,无非牧地。"(《元史》卷一百)

制定商税。

按:《元史·食货志二》"商贾之有税,本以抑末,而国用亦资焉。元初,未有定制。太宗甲午年,始立征收课税所,凡仓库院务官并合干人等,命各处官司选有产有行之人充之。"(《元史》卷九四)

王鹗四月请延访太祖事迹付史馆。(《元史·世祖本纪二》)

徐之纲卒。

按:徐之纲(1188—1263),字汉臣,世家单州(属山东),后徙济州。太宗窝阔台戊戌岁(1238)选试,以明经选益都。李璮以诸侯兵分省,之纲以府学教授佐省事,以言语简直,黜为滕州滕县尉。徐之纲乃金末有辞赋之学转为以程朱理学为圭臬者,但其言论当时士子疑之,袁桷评述徐氏事迹云:"当是时,南北盖未混也,意识卓绝,尚友于千载。其言论金士疑之,宋号以儒立国,论亦如君言。其所为书,《东斋默志》三卷,皆经说也;《通融赋说》三卷,举子学也;《麟台杂著》七卷,其所为诗文也。"事迹见袁桷《滕县尉徐君墓志铭》。(《清容居士集》卷二九)

僧明本(1263—1323)、齐履谦(1263—1329)、孙景真(1263—1339)、方澜(1263—1339)生。

元世祖中统五年　至元元年
宋理宗景定五年　甲子　1264 年

正月丁丑朔,高丽国王王禃遣使奉表来贺。

按:四月乙卯,诏高丽国王王禃来朝上都,修世见之礼。(《元史·世祖本纪二》卷五)

调整赋役。

按:《元史·世祖本纪二》载,"癸卯,命诸王位下工匠已籍为民者,并征差赋;儒、释、道、也里可温、达失蛮等户,旧免租税,今并征之;其蒙古、汉军站户所输租减半。西北诸王率部民来归。敕北京、西京宣慰司、隆兴总管府和籴以备粮饷。"(《元史》卷五)

二月辛亥,敕选儒士编修国史,译写经书,起馆舍,给俸以赡之。(《元史·世祖本纪二》)

癸酉,车驾幸上都。(《元史·世祖本纪二》卷五)

八月乙巳,立诸路为行中书省,此后遂以行省为地方行政区域名称。

按:《元史·百官志七》"行中书省,凡十一,秩从一品,掌国庶务,统郡县,镇边鄙,与都省为表里。国初,有征伐之役,分任军民之事,皆称行省,未有定制。中统、至元间,始分立行中书省,因事设官,官不必备,皆以省官出领其事。其丞相,皆以宰执行某处省事系衔。其后嫌于外重,改为某处行中书省。凡钱粮、兵甲、屯种、漕运、军国重事,无不领之。"(《元史》卷九一)

诏立新条格。

按:这一条格规定,非常明显地体现出忽必烈推行汉法,立经陈纪的决心:"省并州县,定官吏员数,分品从官职,给俸禄、颁公田,计月日以考殿最;均赋役,招流移;禁勿擅用官物,勿以官物进献,物借易官钱,勿擅科差役;凡军马不得停泊村坊,词讼不得隔越陈诉;恤鳏寡,劝农桑,验雨泽,平物价;具盗贼,囚徒起数,月申省部。"(《元史·世祖本纪二》卷五)

丁巳,用刘秉忠议,定都燕京,改称中都,改元至元。(《元史·世祖本纪二》卷五)

九月壬申朔,设立翰林国史院。

按:翰林国史院在中统初未设官署,只以王鹗为翰林学士承旨,此年开始设立。《元史·百官志三》载:"翰林兼国史院,秩正二品。中统初,以王鹗

为翰林学士承旨,未立官署。至元元年始置,秩正三品。"(《元史》卷八七)

辛巳,车驾至自上都。(《元史·世祖本纪二》卷五)

十一月,括金乐器。

按:《元史·礼乐志二》"至元元年冬十有一月,括金乐器散在寺观民家者。"(《元史》卷六八)

十二月,罢世侯制。

按:蒙元崛起西北,开国以来一直沿用诸侯世守之制,是年元世祖用廉希宪议,罢此制。至此,黄河以北地区实行近半个世纪的汉人世侯制度废除,而汉人世侯对于元代社会对元代文化史、文学发展的意义,极不容忽视。

是年,国子监初具。

按:《元史·百官志三》"国子监。至元初,以许衡为集贤馆大学士、国子祭酒,教国子与蒙古大姓四怯薛人员。选七品以上朝官子孙为国子生,随朝三品以上官得举凡民之俊秀者入学,为陪堂生伴读。"(《元史》卷八七)

制《大成之乐》。

按:大成之乐乃颂帝王功成之乐。《元史·礼乐志二》"五年,太常寺言:'自古帝王功成作乐,乐各有名,盛德形容,于是乎在。伏睹皇上践阼以来,留心至治,声名文物,思复承平之旧,首敕有司,修完登歌、宫县、八佾乐舞,以备郊庙之用。"(《元史》卷六八)

始置断事官。

按:《元史·百官志二》"断事官,秩正三品,掌处决军府之狱讼。至元元年,始置断事官二员。"(《元史》卷八六)

始置行枢密院。

按:据《元史·百官志二》载,行枢密院。国初有征伐之事,则置行枢密院。大征伐,则止曰行院。为一方一事而设,则称某处行枢密院,或与行省代设,事已则罢。以西川行枢密院始置于中统四年,故拟行枢密院之设定自此年开始。"(《元史》卷八六)

置大乐署。

按:据《元史·百官志四》载,"大乐署,秩从六品。中统五年始置。令二员,从六品;丞一员,从七品。掌管礼生乐工四百七十九户。"(《元史》卷八八)

设各路平准库。

按:《元史·食货志一》"五年,设各路平准库,主平物价,使相依准,不至低昂,仍给钞一万二千锭,以为钞本。"(《元史》卷九三)

刘秉忠任金光禄大夫，参预中书省事。

按：《元史·刘秉忠传》载，其时，秉忠虽居左右，而犹不改旧服，时人称之为聪书记。这年，翰林学士承旨王鹗奏言："秉忠久侍藩邸，积有岁年，参帷幄之密谋，定社稷之大计，忠勤劳绩，宜被褒崇。圣明御极，万物惟新，而秉忠犹仍其野服散号，深所未安，宜正其衣冠，崇以显秩。"忽必烈览奏之后，即日拜秉忠为光禄大夫，位太保，参领中书省事。且下诏以翰林侍读学士窦默之女妻之，赐第奉先坊，且以少府宫籍监户给之。《元史》载："秉忠既受命，以天下为己任，事无巨细，凡有关于国家大体者，知无不言，言无不听，帝宠任愈隆。燕闲顾问，辄推荐人物可备器使者，凡所甄拔，后悉为名臣。"（《元史》卷一五七）

宋子贞任右三部尚书，条陈时事。

按：《元史·宋子贞传》"中统元年，授益都路宣抚使。未几，入觐，拜右三部尚书。时新立省部，典章制度，多子贞裁定。李璮叛，据济南，诏子贞参议军前行中书省事。子贞单骑至济南，观璮形势，因说丞相史天泽曰：'璮拥众东来，坐守孤城，宜增筑外城，防其奔突，彼粮尽援绝，不攻自破矣。'议与天泽合，遂擒璮。子贞还，上书陈便宜十事，大略谓：'官爵，人主之柄，选法宜尽归吏部。律令，国之纪纲，宜早刊定。监司总统一路，用非其材，不厌人望，乞选公廉有才德者为之。今州县官相传以世，非法赋敛，民穷无告，宜迁转以革其弊。'又请建国学教胄子，敕州郡提学课试诸生，三年一贡举。有旨命中书次第施行之。"（《元史》卷一五九）

张文谦以中书左丞行省西夏中兴等路。

按：李谦《中书左丞张公神道碑》记载"中兴羌俗素鄙野，事无统纪，公求蜀士为人仆隶者，得五六人，援恩例理而出之，俾通明吏教以案牍，旬月之间，枢机品式，粗若可观。羌人始遣子弟读书，土俗为之一变。又疏唐来、汉延二渠，溉田十数万顷，民迄今赖之。"（《国朝文类》卷五八）

赵璧加封荣禄大夫，后改枢密副使。

按：其时，忽必烈欲作文檄宋，"执笔者数人，不称旨，乃召璧为之。文成，帝大喜曰：'惟秀才曲尽我意。'改枢密副使。"据《元史》载，忽必烈为亲王之际，"闻其名，召见，呼秀才而不名，赐三僮，给薪水，命后亲制衣赐之，视其试服不称，辄为损益，宠遇无与为比。命驰驿四方，聘名士王鹗等。又令蒙古生十人从璧受儒书。敕璧习国语，译《大学衍义》，时从马上听璧陈说，辞旨明贯，世祖嘉之。"（《元史》卷一五九）

姚枢任中书左丞。

按：姚燧《中书左丞姚文献公神道碑》载姚枢中统四年（1263），拜中书左丞。到至元之元(1264),在任期间政绩卓著:"出省臣三,罢世侯,置牧守。迁转河东、山西、河南、山东官吏。"(《牧庵集》卷一五)

许衡由燕地回到上京,参与国家议事。

按:欧阳玄《元中书左丞集贤大学士国子祭酒赠正学垂宪佐理功臣太傅开府仪同三司上柱国追封魏国公谥文正许先生神道碑》载,"自是预大议,时至都堂,扈行上京,咨访日广。宿卫之士见先生入对,举手加额相庆曰:'是欲泽被生民者。'上疏陈五事:曰立国规模,曰中书大要,曰为君难,曰农桑学校,曰慎微,累数千百言。读奏未彻,上久听,微有倦色,先生即敛卷求退。上肃然正襟危坐,先生乃再读。读讫,上嘉纳之。"之后,忽必烈又继召许衡与太保刘秉忠、左丞相张文谦议朝仪官制,而许衡对之多所详定。(《圭斋文集》卷九)

王好古约卒于此年。

按:王好古(1200—约1264),字进之,号海藏老人,赵州人。以进士官本州教授,兼提举管内医学。先师从张元素,后受业于李杲,尽得其传。所著有《医垒元戎》、《汤液本草》、《此事难知》、《伊尹汤液仲景广为大法》、《活人节要歌括》等。

张珪(1264—1327)、张希文(1264—1337)生。

元世祖至元二年　宋度宗咸淳元年
乙丑　1265年

正月,诏于河南行省荒闲地土立屯耕种。

按:《元史·兵志三》"世祖至元二年正月,诏孟州之东,黄河之北,南至八柳树、枯河、徐州等处,凡荒闲地土,可令阿术、阿剌罕等所领士卒,立屯耕种,并摘各万户所管汉军屯田。"(《元史》卷一百)

二月丁巳,车驾幸上都。(《元史·世祖本纪三》卷六)

癸亥,并六部为吏礼部、户部、兵刑部和工部。又以蒙古人充各路达鲁花赤,汉人充总管,回回人充同知,永为定制。(《元史·世祖本纪三》卷六)

诏谕总统所:僧人于各路设三学讲。

按:《元史·世祖本纪三》"诏谕总统所:'僧人通五大部经者为中选,以有德业者为州郡僧录、判、正副都纲等官,仍于各路设三学讲、三禅会。'"三

学指禅、教、律。(《元史》卷六)

七月癸亥,安南国王陈光昞遣使奉表来贡。(《元史·世祖本纪三》卷六)

八月戊寅,高丽国王王禃遣使来贡方物。(《元史·世祖本纪三》卷六)

戊子,车驾至自上都。(《元史·世祖本纪三》卷六)

九月戊戌,以将有事太庙,取大乐工于东平,预习仪礼。(《元史·世祖本纪三》卷六)

耶律铸任左丞相。

按:《元史·宋子贞传》"至元二年,始罢州县官世袭。遣子贞与左丞相耶律铸行山东。"(《元史》卷一五九)《元史·世祖本纪三》载,八月己卯,罢诸宰职,以安童为中书右丞相,伯颜为中书左丞相。(《元史》卷六)

宋子贞授翰林学士,参议中书省事。

按:《元史·宋子贞传》"至元二年,始罢州县官世袭。遣子贞与左丞相耶律铸行山东,迁调所部官。还,授翰林学士,参议中书省事。奏请班俸禄,定职田,从之。俄拜中书平章政事。复陈时务之切要者十二策。帝颇悔用子贞晚。"十二月庚午,宋子贞言:"'朝省之政,不宜数行数改。又刑部所掌,事干人命,尚书严忠范年少,宜选老于刑名者为之。'又请罢北京行中书省,别立宣慰司以控制东北州郡。并从之。"(《元史·世祖本纪三》卷六)

许衡向忽必烈上陈时务五条。

按:所陈时务,一曰"北方之有中夏者,必行汉法乃可长久";二曰中书之务,"大要在用人、立法";三曰为君之道,在于"修德、用贤、爱民";四曰圣君之责,在于"优重农民,勿扰勿害";"自都邑而至州县,皆设学校";五曰民志定则天下安定。书奏,忽必烈嘉纳之(《元史·许衡传》)。黄百家曰:"有元之学者,鲁斋(许衡)、静修(刘因)、草庐(吴澄)三人耳。草庐后至鲁斋、静修,盖元之所藉以立国者也。二子之中,鲁斋之功甚大,数十年彬彬号称名卿材大夫者,皆其门人,于是国人始知有圣贤之学。"(《宋元学案》卷九一"静修学案")

王镛任太常少卿。

按:《元史·礼乐志二》"二年秋九月,敕太常少卿王镛领东平乐工,常加督视肄习,以备朝廷之用。"(《元史》卷六八)

李昶十一月丙申由东平起召。(《元史·世祖本纪三》卷六)

张德辉迁东平路宣慰使。

按:《元史·张德辉传》载,"二年,考绩为十路最。陛见,帝劳之,命疏所急务,条四事:一曰严保举以取人材;二曰给俸禄以养廉能;三曰易世官而

迁都邑；四曰正刑罚而勿屡赦。帝嘉纳焉。迁东平路宣慰使。"（《元史》卷一六三）

王磐为《大定治续》作序。

按：忽必烈受刘秉忠、姚枢等为代表的汉儒影响，更兼统一天下的雄心，令翰林国史院编撰金朝世宗时期的统治经验以观览学习。于是翰林院王磐、徐世隆、王鹗等摭取《世宗实录》中一百八十余件事情编辑成册，以供世祖观览学习中原统治经验。王磐序云："金有天下，凡九帝，共一百二十年。其守成之善者，莫如世宗，故大定三十年间，时和岁丰，民物阜庶，鸣鸡吠犬，烟火万里，有周成康、汉文景之风。夫有以致之，必有所以致之者，盖不徒然也。谨就《实录》中摭其行事一百八十余件，名曰《大定治续》，以备乙夜之览，其于圣天子稽古之方，不无万分之一助云。至元二年春二月十一日，翰林直学士朝请大夫知制诰同修国史臣王磐、翰林侍讲学士太中大夫知制诰同修国史兼太常卿臣徐世隆、翰林学士承旨资善大夫知制诰兼修国史臣王鹗等上进。"（苏天爵《国朝文类》卷三二）

何中（1265—1332）、无见先睹（1265—1334）、倪渊（1265—1345）、杨朝英（约1265—约1352）生。

元世祖至元三年　宋度宗咸淳二年
丙寅　1266年

二月，初制太常礼乐工冠服。（《元史·世祖本纪三》卷六）

癸未，车驾幸上都。（《元史·世祖本纪三》卷六）

四月，定岳镇海渎常祀之制。

按：《元史·祭祀志五》"至元三年夏四月，定岁祀岳镇海渎之制。正月东岳、镇、海渎，土王日祀泰山于泰安州，沂山于益都府界，立春日祀东海于莱州界，大淮于唐州界。三月南岳、镇、海渎，立夏日遥祭衡山，土王日遥祭会稽山，皆于河南府界，立夏日遥祭南海、大江于莱州界。六月中岳、镇，土王日祀嵩山于河南府界，霍山于平阳府界。七月西岳、镇、海渎，土王日祀华山于华州界，吴山于陇县界，立秋日遥祭西海、大河于河中府界。十月北岳、镇、海渎，土王日祀恒山于曲阳县界，医巫闾于辽阳广宁路界，立冬日遥祭北

海于登州界,济渎于济源县。祀官,以所在守土官为之。既有江南,乃罢遥祭。"(《元史》卷七六)

五月庚子,敕太医院领诸路医户、惠民药局。(《元史·世祖本纪三》卷六)

七月壬寅,诏上都路总管府遇车驾巡幸,行留守司事,车驾还,即复旧。(《元史·世祖本纪三》卷六)

九月戊午,车驾至自上都。(《元史·世祖本纪三》卷六)

十月丁丑,始制神主,始建太庙。

按:《元史·祭祀志三》"至元元年冬十月,奉安神主于太庙,初定太庙七室之制。皇祖、皇祖妣第一室,皇伯考、伯妣第二室,皇考、皇妣第三室,皇伯考、伯妣第四室,皇伯考、伯妣第五室,皇兄、皇后第六室,皇兄、皇后第七室。凡室以西为上,以次而东。"(《元史》卷七四)

用宫县、登歌乐、文武二舞于太庙。

按:鉴于元初战乱初平,国家草创背景及游牧统治者与中原礼仪之隔阂,太庙能于此年用宫县、登歌乐、文武二舞,实为元代礼乐史上之大事。《元史·礼乐志二》"三年,初用宫县、登歌乐、文武二舞于太庙。先是,东平万户严忠范奏:'太常登歌乐器乐工已完,宫县乐、文武二舞未备,凡用人四百一十二,请以东平漏籍户充之,合用乐器,官为置备。'制可,命中书省臣议行。于是中书命左三部、太常寺、少府监,于兴禅寺置局,委官杨天祐、太祝郭敏董其事,大乐正翟刚辨验音律,充收受乐器官。丞相耶律铸又言:'今制宫县大乐,内编磬十有二虞,宜于诸处选石材为之。'太常寺以新拨宫县乐工、文武二舞四百一十二人,未习其艺,遣大乐令许政往东平教之。大乐署言:'堂上下乐舞官员及乐工,合用衣服、冠冕、靴履等物,乞行制造。'中书礼部移准太常博士,议定制度,下所属制造。宫县乐器既成,大乐署郭敏开坐名数以上:编钟、磬三十有六虞,树鼓四,(建鞞、应同一座。)晋鼓一,路鼓二,鼗鼓二,相鼓二,雅鼓二,柷一,敔一,笙二十有七,(巢和竽)。埙八,篪、箫、篴、笛各十,琴二十有七,瑟十有四,单铎、双铎、铙、錞、钲、麾、旌、纛各二,补铸编钟百九十有二,灵璧石磬如其数。省臣言:'太庙殿室向成,宫县乐器咸备,请征东平乐工,赴京师肄习,以俟享庙。'制可。秋七月,新乐服成,乐工至自东平,敕翰林院定撰八室乐章,大乐署编运舞节,俾肄习之。冬十有一月,有事于太庙,宫县、登歌乐、文武二舞咸备。其迎送神曲曰《来成之曲》,烈祖曰《开成之曲》,太祖曰《武成之曲》,太宗曰《文成之曲》,皇伯考术赤曰《弼成之曲》,皇伯考察合带曰《协成之曲》,睿宗曰《明成之曲》,定宗曰《熙成之曲》,宪宗曰《威成之曲》。初献、升降曰《肃成之曲》,司徒奉俎曰《嘉成之曲》，文舞退、武舞进曰《和成之曲》，亚终献、酌献曰《顺成之曲》，彻豆曰《丰成之曲》。文舞曰《武定文绥之舞》，武舞曰《内平外成之舞》。第一成象灭王罕，二成破西夏，三成克金，四成收西域、定河南，五成取西蜀、平南诏，六成臣高丽、服交趾。"（《元史》卷六八）

十一月辛亥，诏禁天文、图谶等书。（《元史·世祖本纪三》卷六）

十二月，建大安阁于上都。（《元史·世祖本纪三》卷六）

籍近畿儒户为乐工。

按：《元史·礼乐志》"十有二月，籍近畿儒户三百八十四人为乐工。先是，召用东平乐工凡四百一十二人。中书以东平地远，惟留其户九十有二，余尽遣还，复入民籍。……十三年，以近畿乐户多逃亡，仅得四十有二，复征用东平乐工。"（《元史》卷六八）

是年，诏省、院、台、部、宣慰司、廉访司及部府幕官之长均用蒙古、色目人。（《元史·世祖本纪三》卷六）

始置拱卫直都指挥使司。

按：拱卫直都指挥使司隶属礼部，秩从四品，掌控鹤六百余户，及仪卫之事。至元三年（1266）始置。（《元史·百官志一》卷八五）

始置太庙署。

按：太庙署隶属于太常礼仪院。《元史·百官志四》"太庙署，秩从六品，掌宗庙行礼，兼廪牺署事。至元三年始置。"（《元史》卷八八）

刘秉忠奉命建设新城，即元大都。

按：刘秉忠受命在原燕京城东北设计建造新都城，命名新都，即元大都。刘秉忠以《周礼·考工纪》有关都城建设为指导思想进行规划，令郭守敬负责都城水系以及建筑材料的运输问题。大都从1267年开始修建，直至1285年完工，历时十八年。都城的平面设计，皆以汉统治者建都思想为主导，即前朝、后市、左祖、右社之制。新建之城城墙周长二十八公里多，城内宫殿巍峨，寺庙雄伟，园圃美丽，街道宽敞，街巷规划极有规律，大街宽二十四步，小街宽十二步。除了大小街之外，还有三百八十四火巷、二十九弄通，规模宏大，规划整齐。元大都是历代都城中最接近周礼之制的都城，它奠立了近代北京城的雏形，乃当时世界最大的都市之一。马可波罗在其《行纪》中对元大都有详细描述，并引起西方人对东方帝国的无限神往。

廉希宪、宋子贞二月丙寅任命为平章政事，张文谦复为中书左丞，史天泽为枢密副使。（《元史·世祖本纪三》卷六）

忽都于思一直任太常卿。

按:《元史·礼乐志二》"十六年冬十月,命太常卿忽都于思召太常乐工。""二十二年冬闰十有一月,太常卿忽都于思奏:'大乐见用石磬,声律不协。稽诸古典,磬石莫善于泗滨,女直未尝得此。今泗在封疆之内,宜取其石以制磬。'从之。"(《元史》卷六八)

完颜椿任大乐令。

按:《元史·礼乐志》"十六年冬十月,命太常卿忽都于思召太常乐工。是月十一日,大乐令完颜椿等以乐工见于香阁。"(《元史》卷六八)

许衡以病告,忽必烈命其五日一赴省议事。(《元史·许衡传》卷一五八)

国信使兵部侍郎黑的、礼部侍郎殷弘、计议官伯德孝先等八月丁卯使日本并赐书。

按:《元史·外夷传一》"元世祖之至元二年,以高丽人赵彝等言日本国可通,择可奉使者。""至元三年二月,立沈州,以处高丽降民。帝欲通好日本,以高丽与日本邻国,可为乡导,八月,遣国信使兵部侍郎黑的、礼部侍郎殷弘、计议官伯德孝先等使日本,先至高丽谕旨。十二月,禃遣其枢密院副使宋君斐、借礼部侍郎金赞等导诏使黑的、殷弘等往日本,不至而还。"(《元史》卷二〇八)《元史·世祖本纪三》载赐书曰:"'皇帝奉书日本国王:朕惟自古小国之君,境土相接,尚务讲信修睦,况我祖宗受天明命,奄有区夏,遐方异域畏威怀德者,不可悉数。朕即位之初,以高丽无辜之民,久瘁锋镝,即令罢兵,还其疆场,反其旄倪。高丽君臣,感戴来朝,义虽君臣,而欢若父子。计王之君臣,亦已知之。高丽,朕之东藩也。日本密迩高丽,开国以来,时通中国,至于朕躬,而无一乘之使以通和好。尚恐王国知之未审,故特遣使持书布告朕心,冀自今以往,通问结好,以相亲睦。且圣人以四海为家,不相通好,岂一家之理哉?以至用兵,夫孰所好,王其图之。'又诏高丽导去使至其国。"(《元史》卷六)

王恽编《文府英华》。

按:王恽作《文府英华叙》交代著作撰写原委,文章写道:"仆自弱冠时,从永年先生问学。先生以科举既废,士之特立者,当以有用之学为心。于是日就《通鉴》中命题,或有其义而亡其辞,或存其辞而意不至者,课之以为日业。虽云此何时也,然观多事之际,斯文有不可废焉者,小子其勉旃。及长年以来,绵立世故,愈知先生之言为有征。至元三年,予自鲁返卫,居闲痛悼堕窭,日以书史振励厥志。因观古人临大节,处大事,征伐号令,涣汗云为之际,含章时发,以之功业成而声名白者,良窃慨慕焉。遂断自战国以上迄于金,取其文字粲然适用于当世,观法于后来者,得若干首,题曰《文府英华》。

非敢妄意去取,第类集以广怡悦。其或从事力列,属辞比事,庶有效于时,实自先生之教之中来也,是不可不序。四年丁卯秋孟三日引。"(《秋涧集》卷四一)

王恽九月九日作《汲郡图志引》。

按:王恽序言尾署"时至元丙寅秋九月重阳日引"。王恽乃河南卫辉汲县人,其父亲苦于汲郡作为望郡,北渡以来,百访而不一见,疏于记述,相关记载则又讹舛误谬,曾努力载记,未成而卒。王恽继承父志"访诸耆宿,杂采传记碑刻","特取其人物、政教、风俗关于治乱,为后世之法者,群分而类聚之,复著辩论等篇",成就《汲郡志》若干卷。(《秋涧集》卷四一)

袁桷(1266—1327)、龚璛(1266—1331)、韩性(1266—1341)生。

元世祖至元四年　宋度宗咸淳三年
丁卯　1267 年

正月癸卯,敕修曲阜孔庙。(《元史·世祖本纪三》卷六)

乙巳,禁僧官侵理民讼。(《元史·世祖本纪三》卷六)

三月乙未,敕中都路建习乐堂,使乐工隶业其中。(《元史·世祖本纪三》卷六)

己丑,改设二丞相。

按:《元史·世祖本纪三》"(三月)壬寅,安童言:'比者省官员数,平章、左丞各一员,今丞相五人,素无此例。臣等议拟设二丞相,臣等蒙古人三员,惟陛下所命。'诏以安童为长,史天泽次之,其余蒙古、汉人参用,勿令员数过多;又诏宜用老成人如姚枢等一二员同议省事。"(《元史》卷六)

辛未,遣使祀岳渎。(《元史·世祖本纪三》卷六)

五月丁丑,敕上都重建孔子庙。(《元史·世祖本纪三》卷六)

刘秉忠奉命扩建燕京为中都。(《元史·刘秉忠传》卷一五七)

王鹗等请行科举法。

按:《元史·选举志一》"四年九月,翰林学士承旨王鹗等,请行选举法,远述周制,次及汉、隋、唐取士科目,近举辽、金选举用人,与本朝太宗得人之效,以为:'贡举法废,士无入仕之阶,或习刀笔以为吏胥,或执仆役以事官僚，或作技巧贩鬻以为工匠商贾。以今论之，惟科举取士，最为切务，矧先朝故典，尤宜追述。'奏上，帝曰：'此良法也，其行之。'中书左三部与翰林学士议立程式，又请：'依前代立国学，选蒙古人诸职官子孙百人，专命师儒教习经书，俟其艺成，然后试用，庶几勋旧之家，人材辈出，以备超擢。'"（《元史》卷八一第七册，第 2017 页）《元史·世祖本纪三》载："鹗请立选举法，有旨令议举行，有司难之，事遂寝。"（《元史》卷六）

耶律铸三月丁巳，制宫县乐成，赐名《大成》。（《元史·世祖本纪三》卷六）

许衡九月戊申为蒙古国子监祭酒。（《元史·许衡传》卷一五八）

马天昭二月丁卯，知弘文院院事。

按：《元史·世祖本纪三》"二月丁卯，改经籍所为弘文院，以马天昭为知院事。"（《元史》卷六）

不忽木从许衡就读于国子学。

按：赵孟𫖯《故昭文馆大学士荣禄大夫平章军国事行御史中丞领侍仪司事赠纯诚佐理功臣太傅开府仪同三司上柱国追封鲁国公谥文贞康里公碑》载，其时，不忽木十二岁，本师从太子赞善王恂，因王恂北归，其父燕真见其"进退详雅，已如成人"，遂请求朝廷，令少年不忽木就读国子学。不忽木"性强记，日颂千余言，有问必及纲领"。许衡十分赞赏，认为他"必大用于世，名之曰时用，字之曰用臣"。（《松雪斋集》卷七）

札马鲁丁任职司天台，进《万年历》，颁行全国。

按：是年，札马鲁丁又在大都设观象台，并创制浑天仪等 7 种天文仪器，用来观测天象和昼夜时刻，确定季节，此举早于德国地理学家马丁·贝海姆 225 年。

高丽遣使至日本。

按：《元史·外夷传一》"四年正月，（高丽王）禃遣君斐等奉表从黑的等入朝。六月，帝以禃饰辞，令去使徒还，复遣黑的与君斐等以诏谕禃，委以日本事，以必得其要领为期。九月，禃遣其起居舍人潘阜、书状官李挺充国信使，持书诣日本。"（《元史》卷二〇八）

又按：《元史·外夷传》载："日本国在东海之东，古称倭奴国，或云恶其旧名，故改名日本，以其国近日所出也。其土疆所至与国王世系及物产风俗，见《宋史》本传。日本为国，去中土殊远，又隔大海，自后汉历魏、晋、宋、隋皆来贡。唐永徽、显庆、长安、开元、天宝、上元、贞元、元和、开成中，并遣使入朝。宋雍熙元年，日本僧䄵然与其徒五六人浮海而至，奉职贡，并献铜器十余事。䄵然善隶书，不通华言。问其风土，但书以对，云其国中有五经书及佛经、《白居易集》七十卷。暐然还后,以国人来者日滕木吉,以僧来者曰寂照。寂照识文字,缮写甚妙。至熙宁以后,连贡方物,其来者皆僧也。"(《元史》卷二〇八)

畅师文弱冠时拜谒许衡。

按:许有壬《大元故翰林学士资善大夫知制诰同修国史赐推忠守正亮节功臣资政大夫河南江北等处行中书省左丞上护军追封魏郡公谥文肃畅公神道碑铭》载,许衡对畅师文"宾遇之",而许衡弟子姚燧、高道凝"皆相推友善"。(《至正集》卷四九)

元世祖至元五年　宋度宗咸淳四年
戊辰　1268 年

三月丁丑,罢诸路女真、契丹、汉人为达鲁花赤者,其回回、畏吾儿、乃蛮、唐兀人仍旧供职。(《元史·世祖本纪三》卷六)

七月癸丑,设立御史台、殿中司、察院,以右丞相塔察儿为御史大夫。

按:《元史·百官志二》"御史台,秩从一品。大夫二员,从一品;中丞二员,正二品;侍御史二员,从二品;治书侍御史二员,正三品,掌纠察百官善恶、政治得失。至元五年,始立台建官,设官七员。"(《元史》卷八六)胡祗遹《送焦侯序》"至元五年,内立御史台,外设按察司,分天下为四道。"(《紫山大全集》卷八)

九月庚申,赐安南国王陈光昺锦绣,及其诸臣有差。

按:《元史·世祖本纪三》载,"诏谕安南国陈光昺:'来奏称占城、真腊二寇侵扰,已命卿调兵与不干并力征讨,今复命云南王忽哥赤统兵南下,卿可遵前诏,遇有叛乱不庭为边寇者,发兵一同进讨,降服者善为抚绥。'"(《元史》卷六)

己丑,命兵部侍郎黑的、礼部侍郎殷弘赍国书复使日本。

按:《元史·世祖本纪三》载,"命兵部侍郎黑的、礼部侍郎殷弘赍国书复使日本,仍诏高丽国遣人导送,期于必达,毋致如前稽阻。"(《元史》卷六)

十月己卯,敕中书省、枢密院,凡有事与御史台官同奏。

庚寅,命从臣录《毛诗》、《论语》、《孟子》。(《元史·世祖本纪三》卷六)

乙未,享于太庙。

按:《元史·世祖本纪三》载:"中书省臣言:'前代朝廷必有起居注,故善政嘉谟不致遗失。'即以和礼霍孙、独胡剌充翰林待制兼起居注。"(《元史》卷六)

十一月,始定朝仪。(《元史·世祖本纪三》卷六)

是年,始置铸印局。

按:铸印局隶属于礼部。《元史·百官志一》载,"铸印局,秩正八品,掌凡刻印销印之事。大使一员,副使一员,直长一员。至元五年始置。"(《元史》卷八五)

定榷茶法。

按:《元史·食货志二》"榷茶始于唐德宗,至宋遂为国赋,额与盐等矣。元之茶课,由约而博,大率因宋之旧而为之制焉。世祖至元五年,用运使白赓言,榷成都茶,于京兆、巩昌置局发卖,私自采卖者,其罪与私盐法同。"(《元史》卷九四)

高鸣等赴上都。

按:《元史·世祖本纪三》"秋七月辛亥,召翰林直学士高鸣,顺州知州刘瑜,中都郝谦、李天辅、韩彦文、李祐赴上都。"(《元史》卷六)

胡祗遹任职翰苑。

按:胡祗遹有相关诗题《至元五年五月望积雨新霁凉月初上玉堂独步》、《至元五年九月五日晓步翰苑蔬圃感怀而作》。

王恽为监察御史。(《元史·王恽传》卷一七六)

张文谦决淄川胡王案,存活百人。

按:李谦《中书左丞张公神道碑》载,这年春,淄川有名叫胡王的,作乱惑众,事被发觉,逮系百余人。忽必烈知道后,命中书省议。张文谦认为愚民无知,为所诳诱,杀其首恶三数人足矣。右丞相安童很认可张文谦之论,遂命张文谦与断事官普化,莅决于济南。文谦到后,只尸三人于市,余并释去,人以为死而复生。(《国朝文类》卷五八)

姚枢为河南行省佥省。

按:姚燧《中书左丞姚文献公神道碑》载,这年,忽必烈用兵襄阳,立河南行省,经理屯田,以姚枢任佥省。至至元八年,姚枢才入觐。(《牧庵集》卷一五)

孟甲等往谕高丽。

按:《元史·世祖本纪三》"高丽国王王禃遣其弟淐来朝。诏以禃饰辞见欺,面数其事于淐,切责之。复遣北京路总管于也孙脱、礼部郎中孟甲持诏

往谕,令具表遣海阳公金俊、侍郎李藏用与去使同来以闻。庚戌,赐高丽国新历。"(《元史》卷六)

殷献臣奉使日本,馆臣纷纷有诗赠行。

按:胡祗遹《送殷献臣奉使日本序》"岁戊辰秋,殷子献臣再当日本之行,京师诸公皆有诗,故特举往昔不辱君命者以告之,壮其气而为诸什之序。"(《紫山大全集》卷八)

真大道六祖孙德福被赐"通玄真人"号,统辖诸路真大道。(《元史·世祖本纪三》卷六)

宋子贞为耶律楚材作神道碑。

按:宋子贞《中书令耶律公神道碑》载,耶律楚材中统二年葬于玉泉东瓮山之阳,下葬七年后,左丞相耶律铸以进士赵衍所作耶律楚材行状请求宋子贞做神道碑铭。宋子贞在神道碑中高度评价耶律楚材的才华和历史影响道:"蒙古诸人哭之如丧其亲戚。和琳为之罢市,绝音乐者数日。天下士大夫莫不茹泣相吊。以中统二年十月二十日葬于玉泉东瓮山之阳,从遗命也。……公天姿英迈,迥出人表。虽案牍满前,左酬右答,咸适其当。又能以忠勤自将,尝会计天下九年之赋,毫厘有差,则通宵不寐。平居不妄言笑,疑若简傲,及一被接纳,则和气温温,令人不能忘。平生不治生产,家财未尝问其出入。及其薨也,人有谮之者曰:'公为相二十年,天下贡奉皆入私门。'后使卫士视之,唯名琴数张,金石遗文数百卷而已。笃于好学,不舍昼夜。尝诫诸子曰:'公务虽多,昼则属官,夜则属私,亦可学也。'其学吾为该洽。凡星历、医卜、杂算、内算、音律、儒释、异国之书,无不通究。尝言西域历五星密于中国,乃作《麻答肥历》,盖回鹘历名也。又以日食躔度与中国不同,以《大明历》浸差故也,乃定文献公所著《乙未元历》行于世。既葬公七年,左丞相持进士赵衍状以铭见属。国家承大乱之后,天纲绝,地轴折,人理灭,所谓更造夫妇、肇有父子者,信有之矣。加以南北之政,每每相戾,其出入用事者,又皆诸国之人,言语之不通,趣向之不同,当是之时,而公以一书生孤立于庙堂之上,而欲行其所学,戛戛乎其难哉!幸赖明天子在上,谏行言听,故奋袂直前,力行而不顾。然而其见于设施者十不能二三,而天下之人固已钧受其赐矣!若此时非公,则人之类又不知其何如耳!"(《国朝文类》卷五七)

郝经著《易外传》八卷、《太极演》二十卷。

高智耀卒。

按：高智耀（？—1268），字显道。以丞相子举西夏进士第二人，其曾大父为西夏进士第一人，父亲高惠德乃西夏右丞相。智耀曾力劝宪宗蒙哥籍儒为兵之举，在忽必烈中统时期，专领汉、夏诸儒之事，以官资赎西北之儒在俘虏者数千人，对忽必烈制定儒户政策，忽必烈平宋之际不毁弦诵之习意义深远。至元五年（1268），特赠西夏中兴等路提刑按察使，卒后，特赠崇文赞治功臣、金紫光禄大夫、司徒、柱国、宁国公，谥文忠。事迹见于虞集《（龙兴路东湖书院）重建高文忠公祠记》、高若凤《高文忠公专祠碑》（明·钱谷《吴都文粹续集》卷三）、《元史·高智耀传》卷一二五等。

张柔卒。

按：张柔（1190—1268），字德刚，易州定兴河内人。"少倜傥不羁，读书略通大义，工骑射，尚气节，喜游侠"。1233 年正月，金帝奔归德（今河南商丘），崔立以汴京降，张柔入城，于金帛一无所取，唯独进入史馆，取走《金实录》并秘府图书，并访求耆德及燕赵故族十余人卫送北归。接着，他参与进攻归德，金帝又奔蔡州（今河南汝南）。攻破蔡州城时他的军队率先攻入。金亡后，张柔入朝，窝阔台大汗表彰了他的战功，授以金虎符。元元初汉人勋臣中，张柔与史天泽一样，都被称为"拔都"（英雄）。据载，后来忽必烈曾说："史徒以筹议，不如张氏百战之立功也。"后赠太师，谥武康。延祐五年（1318），加封汝南王，谥忠武。事迹见《元史》卷一四七本传。

又按：张柔作为蒙金对峙中出现的著名汉地世侯，他与真定史氏、东平严氏等世侯对于一方安定以及文化事业的发展具有一定的积极意义。魏初曾云："壬辰北渡后，诸侯各有分邑。开府忠武史公之于真定，鲁国武惠严公之于东平，蔡国武康张公之于保定，地方二三千里，胜兵合数万，如异时齐、晋、燕、赵、吴、楚之国。竞收纳贤俊，以系民望，以为雄夸。"张柔在在驻守保定之际，曾搜罗保存了大量金史实录及图籍、文书，为金朝大批著名文士提供安定的生活环境："蔡国武康张公自满城移治于保，时河朔未平，群雄蜂起，蔡用兵以奇以正，有闼与右合者，威棱所至，人莫敢当。然亦喜收养士类。癸巳，河南平，如前状元王鹗、监察御史乐蘷、进士敬铉皆在其门下，馆客则陵川郝经、掌经书记则公（王汝明）也。"（魏初《故总管王公神道碑铭》）

刘诜（1268—1350）生。

元世祖至元六年　宋度宗咸淳五年
己巳　1269年

正月，访前代知礼仪者，修定朝仪，肄习之。

按：《元史·礼乐志一》"至元六年春正月甲寅，太保刘秉忠、大司农孛罗奉旨，命赵秉温、史杠访前代知礼仪者肄习朝仪。既而秉忠奏曰：'二人习之，虽知之，莫能行也。'得旨，许用十人。遂征儒生周铎、刘允中、尚文、岳忱、关思义、侯祐贤、萧琬、徐汝嘉，从亡金故老乌古伦居贞、完颜复昭、完颜从愈、葛从亮、于伯仪及国子祭酒许衡、太常卿徐世隆，稽诸古典，参以时宜，沿情定制，而肄习之，百日而毕。秉忠复奏曰：'无乐以相须，则礼不备。'奉旨，搜访旧教坊乐工，得杖鼓色杨皓、笛色曹楫、前行色刘进、教师郑忠，依律运谱，被诸乐歌，六月而成，音声克谐，陈于万寿山便殿，帝听而善之。秉忠及翰林太常奏曰：'今朝仪既定，请备执礼员。'有旨，命丞相安童、大司农孛罗择蒙古宿卫士可习容止者二百余人，肄之期月。"（《元史》卷六七）

二月己丑，蒙古命国师八思巴创蒙古新字，颁行天下。

按：其字凡千余，大要以谐声为宗。书写格式一般直行从右到左，主要用于官方公文，偶尔也有于钱币、碑刻、书籍。元代曾用八思巴蒙文刻印《蒙古字孝经》、《大学衍义择文》、《忠经》、《蒙古字百家姓》、《蒙古字训》等书籍。（《元史·世祖本纪三》卷六）

四月辛巳，制玉玺大小十纽。（《元史·世祖本纪三》卷六）

甲午，遣使祀岳渎。（《元史·世祖本纪三》卷六）

七月癸酉，立诸路蒙古字学。

按：蒙古字学，实际是为推行八思巴文字而设立的学校。元初，为实现推广目的，元蒙统治者给予了相当的优惠政策，《元史·选举志一·学校》记载，"至元六年秋七月，置诸路蒙古字学。十二月，中书省定学制颁行之，命诸路府官子弟入学，上路二人，下路二人，府一人，州一人。余民间子弟，上路三十人，下路二十五人。愿充生徒者，与免一身杂役。以译写《通鉴节要》颁行各路，俾肄习之。"（《元史》卷八一）

十月己卯，刘秉忠等奏朝仪已定，诏择蒙古宿卫士、可习容止者百余人肄之。复定朝仪服色。

十一月己丑，作佛事于太庙七昼夜。（《元史·世祖本纪三》卷六）

是年,元世祖诏赠封全真教。

按:王玄甫封"东华紫府少阳帝君",钟离权、吕洞宾、刘海蟾、王重阳"真君"之名;马钰、谭处端、刘处玄、丘处机、王处一、郝大通、孙不二"真人"号。

蒙古再次出兵高丽,大批高丽人被掳入中国。

按:《元史·地理志二》"东宁路,本高句骊平壤城,亦曰长安城。汉灭朝鲜,置乐浪、玄菟郡,此乐浪地也。晋义熙后,其王高琏始居平壤城。唐征高丽,拔平壤,其国东徙,在鸭绿水之东南千余里,非平壤之旧。至王建,以平壤为西京。元至元六年,李延龄、崔垣、玄元烈等以府州县镇六十城来归。八年,改西京为东宁府。十三年,升东宁路总管府,设录事司,割静州、义州、麟州、威远镇隶婆娑府。本路领司一,余城堙废,不设司存,今姑存旧名。"(《元史》卷五九)《元史·世祖本纪三》"高丽国世子愖奏,其国臣僚擅废国王王禛,立其弟安庆公淐。诏遣斡朵思不花、李谔等往其国详问,条具以闻。……己未,授高丽世子王愖特进上柱国、东安公。……戊辰,敕高丽世子愖率兵三千赴其国难,愖辞东安公,乃授特进上柱国。辛未,敕管军万户宋仲义征高丽。……斡朵思不花、李谔以高丽刑部尚书金方庆至,奉权国王淐表,诉国王禛遘疾,令弟淐权国事。……诏遣兵部侍郎黑的、淄莱路总管府判官徐世雄,召高丽国王王禛、王弟淐及权臣林衍俱赴阙。命国王头辇哥以兵压其境,赵璧行中书省于东京,仍降诏谕高丽国军民。……十一月癸卯,高丽都统领崔坦等,以林衍作乱,挈西京五十余城来附。丁未,签王绰、洪茶丘军三千人往定高丽。高丽西京都统李延龄乞益兵,遣忙哥都率兵二千赴之。……高丽国王王禛遣其尚书礼部侍郎朴烋从黑的入朝,表称受诏已复位,寻当入觐。"(《元史》卷六)

是年,置御药院。

按:《元史·百官志四》"御药院,秩从五品,掌受各路乡贡、诸蕃进献珍贵药品,修造汤煎。至元六年始置。"(《元史》卷八八)

置怯怜口皮局人匠提举司

按:《元史·百官志六》"怯怜口皮局人匠提举司,秩正五品,提举二员,同提举一员,提控案牍一员。中统元年置局。至元六年,改提举司。"(《元史》卷九〇)

始立常平义仓。

按:《元史·食货志四》"常平起于汉之耿寿昌,义仓起于唐之戴胄,皆救荒之良法也。元立义仓于乡社,又置常平于路府,使饥不损民,丰不伤农,粟直不低昂,而民无菜色,可谓善法汉、唐者矣。今考其制,常平仓世祖至元六

年始立。其法：丰年米贱，官为增价籴之；歉年米贵，官为减价粜之。于是八年以和籴粮及诸河仓所拨粮贮焉。"(《元史》卷九六)

北方蝗灾，朝廷遣使四处掩捕。

按：胡祗遹《捕蝗行并序》"至元六年，北自幽蓟，南抵淮汉，右太行，左东海，皆蝗。朝廷遣使四出掩捕，仆奉命来济南，前后凡百日而绝。"胡祗遹以文臣而出使山东灭蝗，并作《捕蝗行》、《后捕蝗行》以记其事。(《紫山大全集》卷四，《胡祗遹集》，第66—67页)

刘秉忠奉忽必烈命筹建开平城。

按：《元史·刘秉忠传》载，忽必烈命秉忠相地于桓州东滦水北，建城郭于龙冈，三年(至元八年，1271)而毕，名曰开平。继升为上都，而以燕为中都。四年(1272)，又命秉忠筑中都城，始建宗庙宫室。(《元史》卷一五七)

许衡奉命与徐世隆定朝仪，同刘秉忠、张文谦定官制。(《元史·许衡传》卷一五八)

胡祗遹、周砥任太常博士。

按：胡祗遹《太常博士厅壁记》"敕宰相立太常，寺官毕备，仍分隶甸民户四百七十，以供祀事。有司请议以翰林侍读学士徐某为司官长，少卿则翰林直学士高某，寺丞则翰林待制杨某兼之。又设两博士，以应奉翰林文字周砥、胡祗遹摄其事。博士有印章，有厅宇。"(《紫山大全集》卷一○)

赵璧协助攻宋元帅阿术败夏贵军于襄阳，定高丽废立之变。

按：《元史》载，"宋守臣有遣间使约降者，帝命璧诣鹿门山都元帅阿术营密议。命璧同行汉军都元帅府事。宋将夏贵，率兵五万，馈粮三千艘，自武昌溯流，入援襄阳。时汉水暴涨，璧据险设伏待之。贵果中夜潜上，璧策马出鹿门，行二十余里，发伏兵，夺其五舟，大呼曰：'南船已败，我水军宜速进。'贵慑不敢动。明旦，阿术至，领诸将渡江西追贵骑兵，璧率水军万户解汝楫等追贵舟师。遂合战于虎尾洲，贵大败走，士卒溺死甚众，夺战舰五十，擒将士三百余人。"这年，据《元史》载："高丽王禃为其臣林衍所逐，帝召璧还，改中书左丞，同国王头辇哥行东京等路中书省事，聚兵平壤。时衍已死，璧与王议曰：'高丽迁居江华岛有年矣，外虽卑辞臣贡，内恃其险，故使权臣无所畏忌，擅逐其主。今衍虽死，王实无罪，若朝廷遣兵护归，使复国于古京，可以安兵息民，策之上者也。'因遣使以闻，帝从之。时同行者分高丽美人，璧得三人，皆还之。师还，迁中书右丞。"(《元史》卷一五九)

赵良弼出使日本。

按：据《元史·赵良弼》记载："至元七年，以良弼为经略使，领高丽屯田。良弼言屯田不便,固辞,遂以良弼奉使日本。"《元史·外夷传》载"(至元七年)十二月,诏谕禔送使通好日本,曰:'朕惟日本自昔通好中国,实相密迩,故尝诏卿导达去使,讲信修睦,为其疆吏所梗,竟不获明谕朕心。后以林衍之乱,故不暇及。今既辑宁尔家,遣少中大夫、秘书监赵良弼充国信使,期于必达。仍以忽林赤、王国昌、洪茶丘将兵送抵海上。比国信使还,姑令金州等处屯驻。所需粮饷,卿专委官赴彼,逐近供给,并鸠集金州旁左船舰,于金州需待,无致稽缓匮乏。'"(《元史》卷二〇八)而虞集《跋赵樊川与张侯手书》记载,赵良弼至元十五年由日本归来后,曾与张侯通信七封,而张侯自己著明岁月,"实记至元六年,朝廷遣赵公使日本,张侯在行中",《元史》或者叙录有些误差。

杨果出为怀孟路总管。(《元史·杨果传》卷一六四)

僧志磐著成《佛祖统纪》五十四卷,奉天台宗为正统。

按:本书乃在南宋僧景迁《宗源录》、宗鉴《释门正统》两部天台史书基础上,仿照史书纪传体、编年体增补改编而成,是一部体例完备、内容丰富的百科全书式的佛教通史。有单刻本流行,现行流通本已经后人增补。《四库全书总目提要》谓此书"详载天台一宗源流……大旨以教门为正脉,而莲社、净土及达摩、贤首、慈恩、灌顶、南山诸宗,仅附见于志。断断然分门别户,不减儒家朱、陆之争"。

杨果卒。

按:杨果(1195—1269),字正卿,号西庵,祁州蒲阴人。金哀宗正大元年进士,曾为偃师令,历任金朝蒲城、陕县县令。金亡,流寓河朔。元世祖中统二年(1261)拜参知政事。至元六年(1269)出为怀孟路总管。卒谥文献。著有《西庵集》。事迹见《国朝名臣事略》卷十、《元史》卷一六四本传、《大明一统志》卷二、《元诗选》二集"西庵集"、《元诗纪事》卷三。

宋子贞卒。

按:宋子贞(1189—1269),字周臣,潞州长子人。二十岁时与族兄宋知柔在太学读书,名于当世,被人称为"大小二宋"。元朝初创行省制,宋子贞为主要参与建置者。著有《鸠水野人集》,《元诗选》中保存其少量诗作,事迹见于元好问《鸠水集引》(《遗山集》卷三六)、《国朝名臣事略》卷十、《元史》一九五本传、《元诗选癸集》乙集。

元明善(1269—1322)、李伯瞻(1269—1328)、刘文瑞(1269—1329)、贡奎(1269—1329)、唐元(1269—1349)、吴全节(1269—1350)、黄公望

（1269—1354）生。

元世祖至元七年　宋度宗咸淳六年
庚午　1270 年

正月辛丑朔,高丽国王王禃遣使来贺。(《元史·世祖本纪四》卷七)

立尚书省,罢制国用使司。(《元史·世祖本纪四》卷七)

按:立尚书省后,即罢制国用使司;立司农司,设四道巡行劝农司;又建立村社制度,五十家为一社,设社长一人,以便统治。每社设义仓和学校,社学择通晓经书者为学师,农闲时令社众子弟入学,习《孝经》、《小学》、《四书》等。

二月丙子,忽必烈观刘秉忠等所制朝仪。

按:《元史·世祖本纪四》"丙子,帝御行宫,观刘秉忠、孛罗、许衡及太常卿徐世隆所起朝仪,大悦,举酒赐之。"(《元史》卷七)《元史·礼乐志一》"七年春二月,奏以丙子观礼。前期一日,布绵蕝金帐殿前,帝及皇后临观于露阶,礼文乐节,悉无遗失。冬十有一月戊寅,秉忠等奏请建官典朝仪,帝命与尚书省论定以闻。"(《元史》卷六七)

二月十五日,启建白伞盖佛事。

按:《元史·祭祀志六》"世祖至元七年,以帝师八思巴之言,于大明殿御座上置白伞盖一,顶用素段,泥金书梵字于其上,谓镇伏邪魔获安国刹。自后每岁二月十五日,于大明殿启建白伞盖佛事,用诸色仪仗社直,迎引伞盖,周游皇城内外,云与众生祓除不祥,导迎福祉。"(《元史》卷七七)

三月庚子朔,改诸行中书省为行尚书省。(《元史·世祖本纪四》卷七)

甲寅,车驾幸上都。(《元史·世祖本纪四》卷七)

四月,设诸路蒙古字学教授。(《元史·世祖本纪四》卷七)

九月,敕僧、道、也里可温有家室不持戒律者,占籍为民。(《元史·世祖本纪四》卷七)

十月癸酉,敕宗庙祭祀祝文,书以国字。(《元史·世祖本纪四》卷七)

己丑,车驾至自上都。(《元史·世祖本纪四》卷七)

十二月丁未,金齿、骠国三部酋长阿匿福、勒丁、阿匿爪来内附,献驯象三、马十九匹。(《元史·世祖本纪四》卷七)

诏岁祭社稷。

按:《元史·祭祀志五》"至元七年十二月,有诏岁祀太社太稷。"(《元史》卷七六)

是年,令侍臣子弟入国子学。

按:《元史·选举志一》"太宗六年癸巳,以冯志常为国子学总教,命侍臣子弟十八人入学。世祖至元七年,命侍臣子弟十有一人入学,以长者四人从许衡,童子七人从王恂。"(《元史》卷八一)

别立礼部。

按:礼部,尚书三员,秩正三品;侍郎二员,正四品;郎中二员,从五品;员外郎二员,从六品。礼部职"掌天下礼乐、祭祀、朝会、燕享、贡举之政令。凡仪制损益之文,符印简册之信,神人封谥之法,忠孝贞义之褒,送迎聘好之节,文学僧道之事,婚姻继续之辨,音艺膳供之物,悉以任之。"(《元史》卷八五)

始置大司农司,并置籍田署。

按:《元史·食货志一》"至元七年,立司农司,以左丞张文谦为卿。司农司之设,专掌农桑水利。仍分布劝农官及知水利者,巡行郡邑,察举勤惰。所在牧民长官提点农事,岁终第其成否,转申司农司及户部,秩满之日,注于解由,户部照之,以为殿最。又命提刑按察司加体察焉。其法可谓至矣。"(《元史》卷九三)

立广惠司。

按:《元史·百官志四》"广惠司,秩正三品,掌修制御用回回药物及和剂,以疗诸宿卫士及在京孤寒者。至元七年,始置提举二员。"(《元史》卷八八) 程钜夫《拂林忠献王神道碑》载,初,世祖登万岁山,"瞻望四郊恻然,纍纍欲迁之,及将尽徙南城居民实大都,皆弗果。赐宿卫士庐舍,禁杀胎夭,虞置西域星历、医药之署,立广惠司,给在京疲癃残疾穷而无告者,皆以公言罢行之。"(《雪楼集》卷五)

创立高丽屯田。

按:《元史·世祖本纪四》"丁巳,敕益兵二千,合前所发军为六千,屯田高丽,以忻都及前左壁总帅史枢,并为高丽金州等处经略使,佩虎符,领屯田事。仍诏谕高丽国王立侍仪司。"(《元史》卷七)《元史·兵志三》"高丽屯田:世祖至元七年创立,是时东征日本,欲积粮饷,为进取之计,遂以王绰、洪茶丘等所管高丽户二千人,及发中卫军二千人,合婆娑府、咸平府军各一千人,于王京东宁府、凤州等一十处,置立屯田,设经略司以领其事,每屯用军五百人。"(《元史》卷一百)

张文谦拜大司农卿。

按：李谦《中书左丞张公神道碑》载，在任上，张文谦为元王朝由游牧文明形态向农耕文明形态转型，为其时社会安定、文化建设贡献颇多。李谦记载：张文谦任大司农卿后，"立诸道劝农司，巡行劝课，敦本业，抑游末，设庠序，崇孝悌，不数年功效昭著，野无旷土，栽植之利遍天下"，而"奏开籍田，祭先农先蚕，皆自公始"。不久，张文谦又请求立国子学，建议以许衡为祭酒，选贵胄子弟教养之。国子学"所成就人材为多，已而分布省寺台阁，往往蔚为时望，达于从政"，而这"皆出公始终左右之力"。（《国朝文类》卷五八）

许衡为集贤殿大学士兼国子祭酒，用程朱理学教育蒙古贵族子弟。

按：许衡任职期间，与阿合马等政见不一，遂辞职还乡。（《元史·许衡传》卷一五八）

线真为光禄使。

按：《元史·世祖本纪四》"（五月）改宣徽院为光禄司，秩正三品，以宣徽使线真为光禄使。"（《元史》卷七）

赵良弼出使日本。

按：《元史·世祖本纪四》"命陕西等路宣抚使赵良弼为秘书监，充国信使，使日本。"（《元史》卷七）

八思巴奉旨制蒙古新字。

按：据《元史》载，至元六年二月颁行蒙古新字，而王磐行状载八思巴三十一岁，奉旨创制大元国字，此处取王磐之记载。八思巴字依仿藏文字母变化而成，共有42个字母（母音10个，子音32个），方体，直书。此前，蒙古通用塔塔统阿所创行的畏兀儿蒙文。八思巴创制蒙古新字后，立即获得颁行，用于"译写一切文字，期于顺合达事"，"凡有玺书颁降，并用蒙古新字，仍以其国字副之"，成为元代官方文字，"郡县遵用，迄为一代典章"。（王磐《帝师发（八）思八（巴）行状》）

王恽与僚属聚会吟诗。

按：王恽有诗题《奉陪左丞张公尚书李公王学士徒单待制赴禹卿观稼之会偶得五十六字奉林下一笑（至元七年四月三日）》、《至元七年庚午奉陪宪台诸公阙下贺正口号》。（《秋涧集》卷一六）

僧本觉编《历代编年释氏通鉴》成书。

按：《历代编年释氏通鉴》又称《释氏通鉴》，共十二卷。模仿《资治通鉴》体例记载自西周周昭王甲寅,终止于后周恭帝柴宗训庚申(960)佛教事迹,采用佛书五十九种,儒书四十四种,道书三种,此外还有不少宋人笔记。

冯渭卒。

按:冯渭(1189—1270),字清父,真定人。中统元年(1260),与真定刘郁、邢州郝子明、彰德胡祗遹等同应召,乘传赴阙。仕至中书右三部郎中。事迹见姚燧神道碑(《牧庵集》卷二〇)、《元诗选癸集》戊集上。

张可久(1270—?)、安熙(1270—1311)、黄元吉(1270—1324)、张养浩(1270—1329)、许谦(1270—1337)、柳贯(1270—1342)、潘音(1270—1355)生。

元世祖至元八年　宋度宗咸淳七年
辛未　1271年

正月,在京师设立蒙古国子学。

按:《元史·选举志一·学校》载元代蒙古国子学由草创到渐成规模的过程:“世祖至元八年春正月,始下诏立京师蒙古国子学,教习诸生,于随朝蒙古、汉人百官及怯薛歹官员,选子弟俊秀者入学,然未有员数。以《通鉴节要》用蒙古语言译写教之,俟生员习学成效,出题试问,观其所对精通者,量授官职。”(《元史》卷八一)《元史·百官志三》“蒙古国子学,秩正七品,博士二员,助教二员,教授二员,学正、学录各二员,掌教习诸生。于随朝百官、怯薛台、蒙古、汉儿官员家,选子弟俊秀者入学。至元八年,置官五员。后以每岁从驾上都,教习事繁,设官员少,增学正二员、学录二员。三十一年,增助教一员、典给一人。后定置博士二员,正七品;助教二员,教授二员,并正八品;学正、学录各二员,典书一人,典给一人。”(《元史》卷八七)

二月,立侍仪司。

按:《元史·礼乐志一》载:“八年春二月,立侍仪司。以忽都于思、也先乃为左右侍仪,奉御赵秉温为礼部侍郎兼侍仪司事,周铎、刘允中为左右侍仪使,尚文、岳忱为左右直侍仪事,关思义、侯祐贤为左右侍仪副使,萧琬、徐汝嘉为金左右侍仪事,乌古伦居贞为承奉班都知,完颜复昭为引进副使,葛从亮为侍仪署令,于伯仪为尚衣局大使。夏四月,侍仪司奏请制内外仗,如历代故事。从之。秋七月,内外仗成。遇八月帝生日,号曰天寿圣节,用朝仪自此始。"(《元史》卷六七)《元史·百官志一》载:"侍仪司隶属于礼部,秩正四品,掌凡朝会、即位、册后、建储、奉上尊号及外国朝觐之礼。至元八年始置。"(《元史》卷八五)

又按:元朝作为游牧民族统治的王朝,在一代雄主忽必烈的开拓下,汉儒们坚韧的"用夏变夷"理念的支撑下,礼乐制度的推行与礼乐研究得到空前发展,颇令人叹异,明儒在撰写"礼乐志"一节时亦慨叹再三,以至于《元史·礼乐志》之篇幅在煌煌二十四史称作巨制。总体而言,元代礼乐在多民族文化交融背景中,既尊重中原传统礼乐制度,又不废蒙古游牧民族祭祀礼仪,同时也参合他国礼仪,多元融合,雅俗并重,《元史》写道:"元之有国,肇兴朔漠,朝会燕飨之礼,多从本俗。太祖元年,大会诸侯王于阿难河,即皇帝位,始建九斿白旗。世祖至元八年,命刘秉忠、许衡始制朝仪。自是,皇帝即位、元正、天寿节,及诸王、外国来朝,册立皇后、皇太子,群臣上尊号,进太皇太后、皇太后册宝,暨郊庙礼成、群臣朝贺,皆如朝会之仪;而大飨宗亲、锡宴大臣,犹用本俗之礼为多。若其为乐,则自太祖征用旧乐于西夏,太宗征金太常遗乐于燕京,及宪宗始用登歌乐,祀天于日月山,而世祖命宋周臣典领乐工,又用登歌乐享祖宗于中书省。既又命王镛作《大成乐》,诏括民间所藏金之乐器。至元三年,初用宫县、登歌,文武二舞于太庙,烈祖至宪宗八室,皆有乐章。三十年,又撰社稷乐章。成宗大德间,制郊庙曲舞,复撰宣圣庙乐章。仁宗皇庆初,命太常补拨乐工,而乐制日备。大抵其于祭祀,率用雅乐,朝会飨燕,则用燕乐,盖雅俗兼用者也。"(《元史》卷六七)

三月甲戌,敕:"元正、圣节、朝会,凡百官表章、外国进献、使臣陛见、朝辞礼仪,皆隶侍仪司。"(《元史·世祖本纪四》卷七)

甲申,车驾幸上都。(《元史·世祖本纪四》卷七)

乙酉,命设国子学,增置司业、博士、助教各一员,选随朝百官近侍蒙古、汉人子孙及俊秀者充生徒。(《元史·世祖本纪四》卷七)

八月壬子,车驾至自上都。(《元史·世祖本纪四》卷七)

是年,定西夏中兴路、西宁州、兀剌海三处之税。

按:《元史·食货志一》"八年,又定西夏中兴路、西宁州、兀剌海三处之税,其数与前僧道同。"而至元五年,"诏僧、道、也里可温、答失蛮、儒人凡种田者,白地每亩输税三升,水地每亩五升。"(《元史》卷九三)

以重臣领度支监。

按:《元史·百官志六》"度支监,秩正三品,掌给马驼刍粟。……国初,置孛可孙。至元八年,以重臣领之。十三年,省孛可孙,以宣徽兼其任。至大二年,改立度支院。四年,改为监。"(《元史》卷九〇)

立玉宸院。

按:仪凤司,秩正四品,掌乐工、供奉、祭飨之事。至元八年(1271),立玉宸院,隶属礼部。(《元史·百官志一》卷八五)

是月,命蒙古官子弟好学者兼习算术。(《元史·世祖本纪四》卷七)

七月壬戌朔,设回回司天台官属。

按:《元史·世祖本纪四》"设回回司天台官属,以札马剌丁为提点。"(《元史》卷七)

十一月乙亥,诏"元正、朝会、圣节、诏赦及百官宣敕,具公服迎拜行礼"。

按:《元史·世祖本纪四》"刘秉忠及王磐、徒单公履等言:'元正、朝会、圣节、诏赦及百官宣敕,具公服迎拜行礼。'从之。"(《元史》卷七)

忽必烈用刘秉忠议,取《易》"大哉乾元"之意,改国号为大元。

按:《易经》"大哉乾元"之义谓"元也者,大也。大不以尽之,而谓之元也,大之至者也"。这年以中都为大都。而刘秉忠在帮助忽必烈建立国号之后,又确立一系列制度,如"颁章服,举朝仪,给俸禄,定官制",为"一代成宪"。(《元史·刘秉忠传》卷一五七)

禁止金旧地继续实行金章宗时制定的《泰和律义》。(《元史·世祖本纪四》卷七)

丙戌,上都万安阁成。(《元史·世祖本纪四》卷七)

十二月,正式设立国子学,下诏全国兴办。

按:虞集在《送夏成善北学胄监序》评价此举认为:"世祖皇帝天纵聪明,成均之举实出独断,而列圣守之。"虽然忽必烈开设国子学的目的在于"立胄监以教贵臣、禁近之才俊,以其学成而进用之易也",但"天下秀士,亦从而兴焉。是以一时宰辅、卿、大夫沛然济济于朝矣"。所以虞集认为开设国子学对于培养合格的行政官员、对国家文治建设而言非常切当,所谓"其所以为天下国家之虑者至切也"。而忽必烈在整个元朝的威信使得其子孙后世基本都能沿用其成法,一直到元朝最后一任皇帝顺帝,甚至有过而无不及,虞集叙述顺帝一朝国子学的意义写道:"今上皇帝嘉惠斯文,命一相以自辅,又择丞弼以佐之,而皆自成均出。世皇之意,益彰著作于今日矣。四方万国,有一民不与被其泽乎?"

辛亥,并太常寺入翰林院,宫殿府入少府监。(《元史·世祖本纪四》卷七)

是年,刘秉忠议事省中,敦促忽必烈敦节申义。

按:袁桷《侯母王夫人墓志铭》载,由于刘秉忠的作为,"由是郡县旌表,绰楔槐柳,光于往史"(《清容居士集》卷三一)。元人热衷收集家谱、族谱的整理,既有大乱之后衣冠家族整束归置的意思,更有国家鼓励的因素。

　　补录儒户。

　　按:起初,蒙古统治者征略之地,皆征其民为兵,儒家亦在行,以高智耀反复争取,罢之。之后,又有议籍儒为兵者,高智耀再力言而罢。忽必烈建元之后,命高智耀专领汉、夏诸儒之事。当时军旅未息,"西北之儒,多在俘虏中,公请于朝,皆遣为良民。"这年(1271),忽必烈再下旨,曰:"凡儒人壬子年在别籍,中统四年(1263)未附籍及漏籍者,并高智耀赎诸驱虏者,尽使阅实,有文学者复其家,凡民家子通文学者,复其身,著为令甲。"将壬子年(1252)以及中统四年(1263)登记儒户过程中或未录、或漏录者载补录,而普通民家子若通文学者,可以恢复其俘虏之身。蒙元统治者由于高智耀等人的建议而制定的儒户政策为元平宋,不断南宋弦诵之习奠定深厚基础,意义深远。虞集曾感慨赞曰:"及天兵灭宋,时鼙鼓之声未绝于城邑,而弦诵之习不辍于户庭,章甫逢掖,于于然、彬彬然,得以修其专门名家之学者,则又公赐之所及也。"(《(龙兴路东湖书院)重建高文忠公祠记》)

　　刘秉忠向忽必烈上书数百千言,讨论立国之道,促进忽必烈汉法推行的深入。

　　按:刘秉忠奏疏讨论的内容涉及国家政治、经济、教化等多方面的问题。具体事宜上,在百官设立上,刘秉忠认为:"当择开国功臣之子孙,分为京府州郡监守,督责旧官,以遵王法;仍差按察官守,治者升,否者黜";官员数量"宜比旧减半,或三分去一,就见在之民以定差税,招逃者复业,再行定夺";官员爵次"可比附古例,定百官爵禄仪仗,使家足身贵"。在刑罚方面,刘秉忠认为应该先将见在囚人赦免,之后明施教令,使之知畏,而且教令不宜过繁应该根据"大朝旧例,增益民间所宜设者十数条足矣"。国家资用方面,刘秉忠认为当"置府库,设仓廪"。而具体到国家经济建设,刘秉忠又有一系列建议,他认为"今宜打算官民所欠债负,若实为应当差发所借,宜依合罕皇帝圣旨,一本一利,官司归还。凡陪偿无名,虚契所负,及还过元本者,并行赦免。纳粮就远仓,有一废十者,宜从近仓以输为便。当驿路州城,饮食祗待偏重,宜计所费以准差发。关市津梁正税十五分取一,宜从旧制。禁横取,减税法,以利百姓。仓库加耗甚重,宜令权量度均为一法,使锱铢圭撮尺寸皆平,以存信去诈。珍贝金银之所出,淘沙炼石,实不易为,一旦以缠丝缕,饰皮革,涂木石,妆器仗,取一时之华丽,废为尘而无济,甚可惜也,宜从禁治。除帝胄功臣大官以下章服有制外,无职之人不得僭越。今地广民微,赋敛繁重,民不聊生,何力耕耨以厚产业? 宜差劝农官一员,率天下百姓务农桑,营产业,实国之大益。"元朝疆域辽阔,治理上颇有难度,刘秉忠认为"虽朝省有法,县宰宜择,县宰正,民自安矣",至于关西、河南那样的地广土沃,军民蓄养之地,刘秉忠认为当"设官招抚",这样不仅"民归土辟",且能资国家军马之用,是国家大事。之后是教化方面:刘秉忠认为"宜从旧制,修建三学,设教授,开选择才,以经义为上,词赋论策次之。兼科举之设,已奉合罕皇帝圣旨,因而言之,易行也。开设学校,宜择开国功臣子孙受教,选达才任用之。"刘秉忠还认为礼教"实太平之基,王道之本",必须有所恢复。当令州郡祭奠孔庙如旧仪。而由战争所导致的礼乐器具靡散情况,"宜令刷会,征太常旧人教引后学,使器备人存,渐以修之","宜访名儒,循旧礼,尊祭上下神祇"。此外,新确立的国家还须修改新历,进行修史工作,刘秉忠认为:"见行辽历,日月交食颇差,闻司天台改成新历,未见施行。宜因新君即位,颁历改元。令京府州郡更漏,使民知时。国灭史存,古之常道,宜撰修《金史》,令一代君臣事业不坠于后世,甚有励也。"对于儒士人才,刘秉忠认为当从国家赋税中"万中取一,以养天下名士宿儒之无营运产业者,使不致困穷",而"或有营运产业者,会前圣旨种养应输差税,其余大小杂泛并行蠲免,使自给养,实国家养才励人之大也"。(《元史》卷一五七) 刘秉忠的这些建议从方方面面为大元王朝由草原帝国向农耕帝国转型进行规划,且大部分得到忽必烈的支持和采纳,从而使元王朝逐步过渡成型。

许衡六月拜集贤大学士兼国子监祭酒。

按:《元史·世祖本纪四》"乙酉,许衡以老疾辞中书机务,除集贤大学士、国子祭酒,衡纳还旧俸,诏别以新俸给之。命设国子学,增置司业、博士、助教各一员,选随朝百官近侍蒙古、汉人子孙及俊秀者充生徒。"(《元史》卷七) 这年(1271),许衡由中书左丞屡请谢政,忽必烈乃擢拜许衡为集贤大学士兼国子祭酒。据欧阳玄神道碑记载,忽必烈乃下旨"以国人世胄子弟就学",于是,许衡"遂笃意教事",另外又奏请门生王梓、刘季伟、韩思永、耶律有尚、吕端善、姚燧、高凝、白栋、苏郁、姚燉、孙安、刘安中十二人为伴读,此十二人遂"被旨咸驿致之",以许衡为集贤大学士兼国子祭酒。许衡为教"精粗有序,张弛有宜,而必本诸圣贤启后学之方。逾年,诸生涵养薰陶,周旋中礼,讲贯通适。上喜其业成,时自程之"。(欧阳玄《元中书左丞集贤大学士国子祭酒赠正学垂宪佐理功臣太傅开府仪同三司上柱国追封魏国公谥文正许先生神道碑》)

侍讲学士徒单公履三月欲奏行科举,未成。

按:徒单公履知忽必烈等主于释氏,崇教而轻禅,乃言儒亦有,曰:"儒亦有是科，书生类教，道学类禅。"忽必烈很不高兴，已召少师姚枢、司徒许衡与宰臣廷辨。最终以董文忠的介入而化解忽必烈之怒。据载董文忠自外入，忽必烈曰："汝日诵《四书》，亦道学者？"董文忠曰："陛下每言：'士不治经究心孔孟，而为赋诗，何关修身？何益于国？'由是海内之士稍知从事实学。臣今所诵，皆孔孟言，乌知所谓道学哉？而俗儒守亡国余习，求售己能，欲锢其说，恐非陛下上建皇极，下修人纪之赖也。'"最终辩论以董文忠之言而结束，"君子以为善于羽翼斯文"，对董文忠评价颇善。(姚燧《金书枢密院事董公神道碑》，《牧庵集》卷一五) 徒单公履，字云甫，号颐轩，金末登经义进士第。入元，官至侍讲学士。性纯孝，学问该贯，长于持论。元世祖将南下伐宋，曾驿召徒单公履、姚枢、许衡等问计，生平见《宋元学案补遗》卷七八、《元诗选癸集》乙集。这场辩论中，徒单代表的是金源传统学派，以饰章绘句相高，而姚枢、许衡代表的是北方新兴理学派，注重理论方面的深层次探讨，两股力量虽然以汉法治理中原的政治主张大致相同，且参与实施了元初的汉法改革，最终不免发生冲突。徒单公履为贬低姚枢、许衡等为代表的理学派，试图借忽必烈尊崇佛教贬抑禅宗的倾向，来推动以辞赋为考试内容的科举，却不仅令忽必烈非常不快，还遭到许衡等人的坚决反对，最终发生庭辩，以董文忠化解而告结束。(《元代文化史》，第 112 页)

郑元七月领祠祭岳渎，授司禋大夫。(《元史·世祖本纪四》卷七)

阎复始入翰林。

按：袁桷《翰林学士承旨荣禄大夫遥授平章政事赠光禄大夫大司徒上柱国永国公谥文康阎公神道碑铭》载，阎复弱冠入东平府学，师事康晔，其时，东平行台御史严实迎请元好问校试诸子之文，预选四人，阎复为其中魁首。宪宗九年(1259)始入仕东平行台书记，后又擢升御史台掾。此年，以王磐举荐入翰林，为应奉文字，至元十二年(1275)升为翰林修撰，出任金河北河南道提刑按察司事。(《清容居士集》卷二七)

郝经作和陶诗百余首。(郝经《和陶集序》)

刘因以宰相不忽木推荐，擢承德郎、右赞善大夫，继王恂之后，在学宫督教近侍子弟。(《元史·刘因传》卷一七一)

赵良弼等由高丽导送至日本。

按：《元史·外夷传一》载："七年十二月，诏谕高丽王禃送国信使赵良弼通好日本，期于必达。仍以忽林失、王国昌、洪茶丘将兵送抵海上，比国信使还，姑令金州等处屯驻。八年六月，日本通事曹介升等上言：'高丽迂路导引国使，外有捷径，倘得便风，半日可到。若使臣去，则不敢同往；若大军进征，则愿为乡导。'帝曰：'如此则当思之。'九月，高丽王禃遣其通事别

将徐称导送良弼使日本,日本始遣弥四郎者入朝,帝宴劳遣之。"(《元史》卷二〇八)

薛玄卒。

按:薛玄(? —1271),字微之,号庸斋,洛阳人,薛友谅父亲。曾任应州教授,迁中储转运使。与学者姚枢、元好问等交游。卒追赠集贤直学士、亚中大夫,谥文靖。著有《皇极经世图说》、《圣经心学篇》、《易解》、《中庸注》、《道德经解》、《适意集》等。事迹见《新元史》卷二三四本传。

杨载(1271—1323)、程端礼(1271—1345)、曹知白(1271—1355)生。

元世祖至元九年　宋度宗咸淳八年
壬申　1272年

正月甲子,并尚书省入中书省。改北京、中兴、四川、河南四路行尚书省为行中书省。京兆复立行省。(《元史·世祖本纪四》卷七)

辛巳,敕燕王遣使持香幡,祠岳渎、后土、五台兴国寺。(《元史·世祖本纪四》卷七)

乙酉,定受宣敕官礼仪。(《元史·世祖本纪四》卷七)

二月壬辰,改中都为大都(今北京)。

按:《元史·地理志一》"大都路,唐幽州范阳郡。辽改燕京。金迁都,为大兴府。元太祖十年,克燕,初为燕京路,总管大兴府。太宗七年,置版籍。世祖至元元年,中书省臣言:'开平府阙庭所在,加号上都,燕京分立省部,亦乞正名。'遂改中都,其大兴府仍旧。四年,始于中都之东北置今城而迁都焉。(京城右拥太行,左挹沧海,枕居庸,莫朔方。城方六十里,十一门:正南曰丽正,南之右曰顺承,南之左曰文明,北之东曰安贞,北之西曰健德,正东曰崇仁,东之右曰齐化,东之左曰光熙,正西曰和义,西之右曰肃清,西之左曰平则。海子在皇城之北、万寿山之阴,旧名积水潭,聚西北诸泉之水,流入都城而汇于此,汪洋如海,都人因名焉。恣民渔采无禁,拟周之灵沼云。)九年,改大都。十九年,置留守司。二十一年,置大都路总管府。户一十四万七千五百九十,口四十万一千三百五十。(用至元七年抄籍数。)领院二、县六、州十。州领十六县。"(《元史》卷五八)

建中书省署于大都。(《元史·世祖本纪四》卷七)

戊申,始祭先农如祭社之仪。(《元史·世祖本纪四》卷七)

是月,始置诸路医学提举司。

按:《元史·百官志四》"医学提举司,秩从五品。至元九年始置。十三年罢,十四年复置。掌考校诸路医生课义,试验太医教官,校勘名医撰述文字,辨验药材,训诲太医子弟,领各处医学。"(《元史》卷八八)

三月乙丑,谕旨中书省,日本使人速议遣还。

按:《元史·世祖本纪四》载"安童言:'良弼请移金州戍兵,勿使日本妄生疑惧。臣等以为金州戍兵,彼国所知,若复移戍,恐非所宜。但开谕来使,此戍乃为耽罗暂设,尔等不须疑畏也。'帝称善。"(《元史》卷七)

甲戌,元焚民间《四教经》。(《元史·世祖本纪四》卷七)

七月,禁私鬻《回回历》。(《元史·世祖本纪四》卷七)

戊寅,集都城僧诵《大藏经》九会。(《元史·世祖本纪四》卷七)

壬午,诏令并以蒙古字行,仍遣百官子弟入学。

按:和礼霍孙奏:"蒙古字设国子学,而汉官子弟未有学者,及官府文移犹有畏吾字。"诏自今凡诏令并以蒙古字行,仍遣百官子弟入学。(《元史·世祖本纪四》卷七)

是年,置秘书监。

按:《元史·百官志六》"秘书监,秩正三品,掌历代图籍并阴阳禁书。"(《元史》卷九〇)

始置白纸坊。

按:隶属礼部。《元史·百官志一》"白纸坊,秩从八品,掌造诏旨宣敕纸劄。大使一员,副使一员。至元九年始置。"(《元史》卷八五)

命劝农官举察勤惰。

按:《元史·食货志一》"九年,命劝农官举察勤惰。于是高唐州官以勤升秩,河南陕县尹王仔以惰降职。自是每岁申明其制。十年,令探马赤随处入社,与编民等。"(《元史》卷九三)

建大圣寿万安寺。(《元史·世祖本纪四》卷七)

王构为翰林国史院编修。

按:袁桷《翰林学士承旨赠大司徒鲁国王文肃公墓志铭》及事状都没有系年,但事状中有语曰,"时太保刘文正公(刘秉忠)、王文康公(王鹗)、王文忠公(王磐)持荐士权,即辟为权国史院编修官"(袁桷《翰林承旨王公请谥事状》),而王鹗卒于至元十年(1273),则王构至迟在至元九年(1272)入翰林院为编修,故系于此年。从此,王构由翰林院"叙迁应奉、修撰,升侍讲,进翰林学士,迄承旨"。王构在翰林院任职期间"辞命诏令,多所撰述。其最传于朝者,曰《世祖皇帝谥册》、《追谥太祖册》、《武宗皇后册》。于实录,预修世祖、成宗两皇帝。定武宗上尊号,亲享太庙仪。"(《清容居士集》卷二九)

王恽授承直郎、平阳路总管府判官。(《元史·王恽传》卷一六七)

赵良弼率日本二十六人至京师求见。

按:《元史·世祖本纪四》"(二月)庚寅朔,奉使日本赵良弼遣书状官张铎同日本二十六人,至京师求见。"(《元史》卷七)《元史·外夷传一》载:"九年二月,枢密院臣言:'奉使日本赵良弼遣书状官张铎来言,去岁九月,与日本国人弥四郎等至太宰府西守护所。守者云,曩为高丽所绐,屡言上国来伐;岂期皇帝好生恶杀,先遣行人下示玺书。然王京去此尚远,愿先遣人从奉使回报。'良弼乃遣铎同其使二十六人至京师求见。帝疑其国主使之来,云守护所者诈也。诏翰林承旨和礼霍孙以问姚枢、许衡等,皆对曰:'诚如圣算。彼惧我加兵,故发此辈伺吾强弱耳。宜示之宽仁,且不宜听其入见。'从之。是月,高丽王禃致书日本。五月,又以书往,令必通好大朝,皆不报。十年六月,赵良弼复使日本,至太宰府而还。"(《元史·外夷传》卷二〇八)

刘因以母病为由,辞官归家。(《元史·刘因传》卷一七一)

吾丘衍(1272—1311)、李直夫(1272—约1321)、范梈(1272—1330)、叶审言(1272—1346)、虞集(1272—1348)、僧清珙(1272—1352)生。

元世祖至元十年　宋度宗咸淳九年
癸酉　1273年

正月戊午,敕自今并以国字书宣命。(《元史·世祖本纪五》卷八)

安南使者还,言陈光昺受诏不拜。中书移文责问,光昺称从本俗。

按:十二月,安南国王陈光昺遣使来贡方物。(《元史·世祖本纪五》卷八)

改回回爱薛所立京师医药院名广惠司。(《元史·世祖本纪五》卷八)

己未,禁鹰坊扰民及阴阳图谶等书。(《元史·世祖本纪五》卷八)

丁卯,立秘书监。(《元史·世祖本纪五》卷八)

三月癸酉,车驾幸上都。(《元史·世祖本纪五》卷八)

四月,敕南儒被人掠卖者,官赎为民。(《元史·世祖本纪五》卷八)

六月辛未,敕翰林院纂修国史,采录累朝事实,以备编集。(《元史·世祖本纪五》卷八)

九月壬寅,敕会同馆专居降附之入觐者。

按:《元史·世祖本纪五》"壬寅,敕会同馆专居降附之入觐者。以翰林学士承旨和礼霍孙兼会同馆事,以主朝廷咨访,及降臣奏请。"(《元史》卷八)

丙午,车驾至自上都。(《元史·世祖本纪五》卷八)

十月,敕伯颜、和礼霍孙以史天泽、姚枢所定新格,参考行之。(《元史·世祖本纪五》卷八)

置荆湖等路行枢密院。

按:《元史·百官志二》"江南行枢密院。至元十年,罢河南省统军司、汉军都元帅、山东行院,置荆湖等路行院,设官三员;淮西行院,设官二员。掌调度军马之事。十二年,罢行院。十九年,诏于扬州、岳州俱立行院,各设官五员。二十一年,立沿江行院。二十二年,立江西行院,马军戍江州,步军戍抚州。二十八年,徙岳州行院于鄂州,徙江淮行院于建康,其后行院悉并归行省。"(《元史》卷八五)

置御药局。

按:"御药局,秩从五品,掌两都行箧药饵。至元十年始置。"(《元史》卷八八)

置利用监。

按:《元史·百官志六》"利用监,秩正三品,掌出纳皮货衣物之事。……至元十年置。"(《元史》卷九〇)

布只儿十一月受命修起居注。(《元史·世祖本纪五》卷八)

姚枢拜昭文馆大学士。

按:姚燧《中书左丞姚文献公神道碑》"十年,拜昭文馆大学士,详定礼仪事。其年襄阳被攻下,(忽必烈)问其事宜,公对曰:'吕文焕以江淮一使兼上路总管,生券军纵还,熟券徙之河北。'皆可。"(《牧庵集》卷一五)

王恂摄国子学事。

按:《元史·世祖本纪五》"丙戌,刘秉忠、姚枢、王磐、窦默、徒单公履等上言:'许衡疾归,若以太子赞善王恂主国学,庶几衡之规模不致废坠。'又请增置生员,并从之。"(《元史》卷八)许衡弟子耶律有尚、苏郁、白栋为助教。

许衡辞国子监祭酒。

按:苏天爵《皇元故昭文馆大学士兼国子祭酒赠河南行省右丞相耶律

文正公神道碑铭有序》载,这年,许衡南归,诸生祖饯于国都门外,许衡对在场之人都嘱咐说:"他日能令师道尊严,惟耶律某能之,汝等当以事我之礼事之可也。"之后,耶律有尚开始出任国子助教,而诸生多昔时与耶律有尚同门之人,都对耶律有尚"帖然敬服"。苏天爵认为,耶律有尚以许衡"之为教者教诸生,诸生亦以事文正者事公",所以"人两贤之"。(滋溪文稿》卷七)

赵良弼由日本归国。

按:《元史·世祖本纪五》"(六月) 使日本赵良弼,至太宰府而还,具以日本君臣爵号、州郡名数、风俗土宜来上。"(《元史》卷八)

王志坦是年召掌全真教,加号"真人"。(《元史·世祖本纪五》卷八)

袁桷从戴表元游。

按:《四库全书总目提要》评袁桷《清容居士集》曰:"桷少从戴表元、王应麟、舒岳祥诸遗老游,学问渊源具有所自。其在朝践历清华,再入集贤,八登翰苑,凡朝廷制册、勋臣碑版,多出其手。故其文章博硕伟丽,有盛世之音。尤练习掌故,长于考据,集中如《南郊十议》、《明堂郊天异制议》、《祭天无闲岁议》、《郊不当立从祀议》、《郊非辛日议》诸篇,皆成宗初所上,其援引经训,元元本本,非空谈聚讼者所能。当时以其精博,皆采用之。其诗格俊迈高华,造语亦多任务炼,卓然能自成一家。盖桷本旧家文献之遗,又当大德、延祐闲为元治极盛之际,故其著作宏富,气象光昌,蔚为承平雅颂之声。文采风流,遂为虞、杨、范、揭等先路之导,其承前启后,称一代文章之巨公,良无愧矣。"

翰林学士王磐为《农桑辑要》七卷撰序。

按:《农桑辑要》是书系我国古代现存最早官方颁行的农书。王磐序云"圣天子临御天下,欲使斯民生业富乐而求,无饥寒之忧,诏立大司农司,不治他事,而专以劝课农桑为务。行之五六年,功效大著民间,垦辟种艺之业,增前数倍。农司诸公又虑夫田里之人,虽能勤身从事,而播殖之宜、蚕缫之节,或未得其术,则力劳而功寡,获约而不丰矣。于是遍求古今所有农家之书,披阅参考,删其繁重,撷其切要,纂成一书曰《农桑辑要》,凡七卷,镂为版本,进呈毕,将以颁布天下,属余题其卷首。"(《全元文》第二册,第 246—247 页)《元史·食货志一》云:"农桑,王政之本也。太祖起朔方,其俗不待蚕而衣,不待耕而食,初无所事焉。世祖即位之初,首诏天下,国以民为本,民以衣食为本,衣食以农桑为本。于是颁《农桑辑要》之书于民,俾民崇本抑末。其睿见英识,与古先帝王无异,岂辽、金所能比哉?"(《元史》卷九三)

《四库总目提要》赞述该书认为"盖有元一代,以是书为经国要务也。书凡分典训、耕垦、播种、栽桑、养蚕、瓜菜、果实、竹木、药草、孳畜十门,大致以《齐民要术》为蓝本,芟除其浮文琐事,而杂采他书以附益之,详而不芜,简而有要,于农家之中,最为善本。当时著为功令,亦非漫然矣。"

　　王鹗卒。

　　按:王鹗(1190—1273),字百一,曹州东明人。金正大元年中进士一甲第一人,授应奉翰林文字。曾为忽必烈讲《孝经》、《尚书》、《周易》与治国之道。忽必烈即位,中统元年授翰林学士承旨,参与制定典章制度。至元五年致仕。著有《论语集议》、《应物集》四十卷、《汝南遗事》。事迹见《元朝名臣事略》卷一二"内翰王康公传"、《元史》卷一六〇本传、《元诗选·癸集》乙集小传。

　　杜瑛卒。

　　按:杜瑛(1204—1273),字文玉,霸州信安人,寓居缑山。金亡,教授汾晋间。元世祖南伐,召见问计。卒追赠资政大夫、翰林学士,谥文献。胡祗遹《缑山先生杜君墓志铭》以先生之才学,老于衡门,不得掌帝制、润皇猷、谋王体、断国论,赍志以殁,穷理者不能无惑。著有《皇极疑事》、《皇极引用》、《极学》、《春秋地理源委》二卷、《经子说》一卷、《律历律吕礼乐杂志》七卷、《典故》三卷,《史说》一卷、《语孟旁通》二卷等。事迹见胡祗遹《缑山先生杜君墓志铭》(《紫山大全集》卷一八)、《元史》卷一九九本传。

　　朱思本(1273—1333)、汪泽民(1273—1355)生。

元世祖至元十一年　宋度宗咸淳十年
甲戌　1274年

　　正月丁酉,长春宫设周天金箓醮七昼夜。(《元史·世祖本纪五》卷八)

　　立栎阳、泾阳、终年、渭南等处屯田。

　　按:《元史·兵志三》"世祖至元十一年正月,以安西王府所管编民二千户,立栎阳、泾阳、终南、渭南屯田。"(《元史》卷一百)

　　二月,车驾幸上都。(《元史·世祖本纪五》卷八)

　　三月庚寅,征伐日本。

　　按:《元史·世祖本纪五》"敕凤州经略使忻都、高丽军民总管洪茶丘等

将屯田军及女直军,并水军,合万五千人,战船大小合九百艘,征日本。"(《元史》卷八)

辛卯,立荆湖、淮西行中书省。

按:《元史·世祖本纪五》"辛卯,改荆湖、淮西二行枢密院为二行中书省,伯颜、史天泽并为左丞相,阿术为平章政事,阿里海牙为右丞,吕文焕为参知政事,行中书省于荆湖;合答为左丞相,刘整为左丞,塔出、董文炳为参知政事,行中书省于淮西。"(《元史》卷八)

遣使代祀岳渎后土。(《元史·世祖本纪五》卷八)

遣要速木、咱兴憨失招谕八鲁国。(《元史·世祖本纪五》卷八)

建大护国仁王寺成。(《元史·世祖本纪五》卷八)

五月丙申,以皇女忽都鲁揭里迷失下嫁高丽世子王愖。(《元史·世祖本纪五》卷八)

按:五月癸巳,"高丽国王王禃薨,遣使以遗表来上,且言世子搔孝谨,可付后事。敕同知上都留守司事张焕册愖为高丽国王。"(《元史·世祖本纪五》卷八)

乙未,伯颜等征南宋,陛辞,帝谕之为曹彬。

按:《元史·世祖本纪五》"乙未,伯颜等陛辞,帝谕之曰:'古之善取江南者,唯曹彬一人。汝能不杀,是吾曹彬也。'"(《元史》卷八)

九月,车驾至自上都。(《元史·世祖本纪五》卷八)

十二月癸亥,赐太一真人李居素第一区,仍赐额曰太一广福万寿宫。

按:建太一宫于两京,命太一道五祖萧居寿居之,领祠事。(《元史·世祖本纪五》卷八)

是年,讨论贡举条则。

按:苏天爵《陕西乡贡进士题名记》"至元十有一年,乃命儒臣文正窦公黙、文献姚公枢、文正许公衡、文康杨公恭懿集议贡举,条目之详,具载于策书。"(《滋溪文稿》卷三)《元史·选举志一》"十一年十一月,裕宗在东宫时,省臣复启,谓'去年奉旨行科举,今将翰林老臣等所议程式以闻'。奉令旨,准蒙古进士科及汉人进士科,参酌时宜,以立制度,事未施行。"(《元史》卷八一)

初置畏吾儿断事官。

按:《元史·百官志五》"都护府,秩从二品,掌领旧州城及畏吾儿之居汉地者,有词讼则听之。"(《元史》卷八九)

置云南等处行中书省。

按：《元史·百官志七》"云南等处行中书省，即古南诏之地。初，世祖征取以为郡县，尝封建宗王镇抚其军民。"（《元史》卷九一）

置仪鸾局。

按：《元史·百官志六》"仪鸾局，秩正五品，掌殿庭灯烛张设之事，及殿阁浴室门户锁钥，苑中龙舟，圈槛珍异禽兽，给用内府诸宫太庙等处祭祀庭燎，缝制帘帷，洒扫披庭，领烛剌赤、水手、乐人、禁蛇人等二百三十余户。"（《元史》卷九○）

姚枢建议大举攻宋只能用伯颜与安童。

按：姚燧《中书左丞姚文献公神道碑》载，这年，忽必烈初议大举，姚枢奏："如求大将，非中书右丞相安童、同知枢密院事伯颜不可。"（《牧庵集》卷一五）

陈天祥辟为招讨司经历。

按：张养浩《资德大夫中书右丞议枢密院事陈公神道碑铭》载，是年，忽必烈命左丞相伯颜将兵伐宋，濒江立招讨司，且括民间兵械，招讨司以陈天祥世隶兵籍，辟为经历。陈天祥任职期间，"顺民所欲，利者兴而逆者以除，曾未期年，遂成乐土。"（《归田类稿》卷一○）

刘敏中由中书掾擢兵部主事，拜承直郎、监察御史。

按：曹元用《敕赐故翰林学士承旨赠光禄大夫柱国追封齐国公刘文简公神道碑铭并序》其时，桑哥主政，中外畏之如虎，刘敏中劾其奸邪，不报，遂赋诗辞归。其诗曰："溶溶野水淡双鸥，闲杀斜阳影外秋。忽见沙边有人立，贴云飞去不回头。"不久，又起刘敏中为御史台都事，其时，同官王约以言去，于是刘敏中杜门称疾，不赴该职。御史台臣请视事，刘敏中曰："使约无罪而被劾，吾固不当出；诚有罪耶，则我既为同僚，又为交友，不能谏止，亦不无过也。"之后，刘敏中出为燕南肃政廉访副使，入为国子司业，在职期间，立规以迪后进，举代者而归。后又召为翰林直学士，转国子祭酒。（《元史》卷一七八）

王可与任奉训大夫、佥江东建康道提刑按察司司事。

按：王可与，自号濯缨，有《濯缨集》，许有壬有《王濯缨集序》，称"若濯缨王先生，颖悟力学，声华充溢，拜南台御史、佥江东道按察司事，投绂而归，读书讲道，发为文章，盖资之有源者也……诗之雄浑而清健，长短句之婉丽而飘逸，皆可传者也。"（《至正集》卷三二）

王构授将仕郎。

按：于时，集议时政，必使公预会裁酌之。（袁桷《翰林承旨王公请谥

事状》)

八思巴至京,王公宰辅士庶罗拜迎之。

按:王磐《帝师发(八)思巴(八)行状》,这年八思巴由忽必烈使召,由西藏返京,据王磐行状记载,其时"王公宰辅士庶离城一舍,结大香坛,设大净寺,香华幢盖,大乐仙音,罗拜迎之,所经衢陌皆结五彩翼其两旁,万众瞻礼,若一佛出世。"(《全元文》第二册,第 260 页)

八思巴归土番国,以其弟亦邻真袭位。(《元史·世祖本纪五》卷八)

陈赓卒。

按:陈赓(1190—1274),字子飏,猗氏今山西临猗人。陈赓风仪秀整,器量闳大,言论必本于理,喜怒不形于色,时称长者,与其弟陈庚、陈膺齐名,元好问称之三凤。陈赓初入仕金朝,以父泽起家监蓝田子午酒,改陕盐场管勾。入元后,由于解梁仪总帅荐为帅府经历,辟解场司判官。张德辉宣抚河东、张仲一建行省,皆署参议。又由于张仲一建议而授河东两路宣慰司参议。陈赓之学"闳肆演迤,以力行为本,不棘棘章句,不矜矜自道。其为文,雄健雅丽,务极其意。"著有《默轩集》二十卷、《坞西漫录》十二卷、《嵩隐谈露》五卷、《弊帚集》十卷,尤工行草书,得笔外意。事迹见程钜夫《故河东两路宣慰司参议陈公墓碑》(《雪楼集》卷二一)。

王柏卒。

按:王柏(1197—1274),字会之,号鲁斋,金华人。祖父王师愈为杨时弟子,与朱熹、张栻、吕祖谦相交往。父王瀚为吕祖谦弟子,并曾向朱熹问学。其本人从学于何基。无功名官职,一生尽力于研讨性命之学。于《论语》、《大学》、《中庸》、《孟子》、《通鉴纲目》标注点校,尤为精密。曾受聘主丽泽、上蔡等书院,从学者众。为金华四先生之一。著作繁多,有《读易记》、《读春秋记》、《论语衍义》、《伊洛精义》、《濂洛文统》、《周子太极衍义》、《朱子指要》、《拟道学志》、《天文考》、《地理考》等,计八百余卷,现存《书疑》、《诗疑》等。后人编有《鲁斋要语》。《宋元学案》列其入《北山四先生学案》。事迹见《宋史》卷四三八本传。

高鸣卒。

按:高鸣(1209—1274),字雄飞,真定人。元宪宗时,授彰德路总管。元世祖即位,召为翰林学士,至元五年拜侍御史,至元九年迁吏部尚书。卒谥文献。事迹见鲜于枢《困学斋杂录》,《大明一统志》卷三、卷二八,《元诗纪事》卷四。

刘秉忠卒。

按:刘秉忠(1216—1274),字仲敏,初名侃,少时为僧,名子聪,自号藏春散人,邢州人。忽必烈为亲王,召入藩邸,参与机密。他向忽必烈倡导创建大元国号和皇帝年号,营建元大都(北京城前身)作为国都,创建元朝的官制,制定朝廷礼仪、章服和俸禄制度,参与选拔官吏和推荐人才,使不少汉族知识分子参加到元朝政权机构之中,对元朝政体设计作出很大的贡献,对元朝政权的建设和巩固发挥了重要作用。一生在天文、卜筮、算术、文学上著述甚丰,计有《藏春诗集》六卷、《藏春乐府》一卷、《藏春散人集》(又名《刘文贞公全集》)三十二卷、《平沙玉尺》四卷、《玉尺新镜》二卷等。事迹见张文谦《故光禄大夫太保赠太傅仪同三司谥文贞刘公行状》、王磐《刘太保碑铭并序》、《元史》卷一五七本传。

李泂(1274—1332)、揭傒斯(1274—1344)、欧阳玄(1274—1357)生。

元世祖至元十二年　宋恭帝德祐元年
乙亥　1275 年

正月丁亥,元枢密院言宋边郡如嘉定、重庆、江陵、郢、涟、海皆阻兵自守,宜降玺书招谕,从之。(《元史·世祖本纪五》卷八)

安南国使者还,敕以旧制籍户、设达鲁花赤、签军、立站、输租及岁贡等事谕之。(《元史·世祖本纪五》卷八)

三月庚子,从王磐、窦默请,分立蒙古翰林院。

按:《元史·世祖本纪五》"庚子,从王磐、窦默等请,分置翰林院,专掌蒙古文字,以翰林学士承旨撒的迷底里主之。其翰林兼国史院,仍旧纂修国史、典制诰、备顾问,以翰林学士承旨兼修《起居注》和礼霍孙主之。"(《元史》卷八)蒙古翰林院独立于翰林国史院,专掌蒙文字诏敕文书,兼领蒙古国子监。早在至元八年(1271),始立蒙古字学于国史院,此年别立蒙古翰林院,以示重视。秩从二品,掌译写一切文字,及颁降玺书,并用蒙古新字,仍各以其国字副之。蒙古新字是指八思巴文字,至元六年二月正式颁行;之前蒙古人多习塔塔统阿创制的畏兀儿蒙文。(《元史》卷八七)

下诏遣使江南,搜访儒、医、僧、道、阴阳人等。(《元史·世祖本纪五》卷八)

括江南诸郡书版及临安秘书省《乾坤宝典》等书。(《元史·世祖本纪五》卷八)

十二月,受尊号于南郊。

按:《元史·祭祀一》"至元十二年十二月,以受尊号,遣使豫告天地,下太常检讨唐、宋、金旧仪,于国阳丽正门东南七里建祭台,设昊天上帝、皇地祇位二,行一献礼。自后国有大典礼,皆即南郊告谢焉。"(《元史》卷七二)

是年,进攻潭州,岳麓书院诸生据城共守,死者十之八九,书院亦被毁。(《元史·世祖本纪五》卷八)

升高丽东宁府为路,割江东南康路隶江西省,置马湖路总管府。(《元史·世祖本纪五》卷八)

始置云和署。

按:隶属于礼部。《元史·百官志三》载:"云和署,秩正七品,掌乐工调音律及部籍更番之事。至元十二年始置。"(《元史》八五)

姚枢再次向忽必烈申言大军攻城不杀意义。

按:姚燧《中书左丞姚文献公神道碑》载,姚枢进言:"由陛下降不杀虏之诏,伯颜济江,兵不逾时,西起蜀川,东薄海隅,降城三十,户逾百万。自古平南,未若有此之神捷者。然自夏徂秋,一城不降,皆有军官不思国之大计,不体陛下之深仁,利财剽杀是致。降城四壁之外,县邑丘虚,旷土无民,国将安用? 比闻扬州、焦山、淮安,人殊死战,我虽克胜,所伤亦多。宋之不能为国审矣,而临安未肯轻下。好生恶死,人之常情,盖不敢也,惟惧吾招俫止杀之信不实,诈其来耳,是用力拒。宜申遣公干官,专辅伯颜,宣布止杀之诏,有犯令者,必诛无赦。若此则赏罚必立,恩信必行,圣虑不劳,军力不费。老氏有曰:'大兵之后,必有凶年,疾疫随之。军虽不试,而民止其半。况今民去南亩,来岁之食,将安何仰? 帕手腰刀,必倡为乱。袒背一呼,数十万众,不难集也,虽非劲军,壁山栅水,卒未易平。是一宋未亡,复生一宋。"(《牧庵集》卷一五)

申屠致远任太祝兼奉礼郎。

按:《元史·祭祀志三》"十二年五月……十月己未,迁金牌位于八室内。太祝兼奉礼郎申屠致远言:'窃见木主既成,又有金牌位,其日月山神主及中统初中书设祭神主,安奉无所。'"(《元史》卷七四)

郝经归元。

按:时,郝经尚留仪真,元主复使礼部尚书中都哈雅及经弟行枢密院事都事郝庸等来问执行人之罪;贾似道大恐,乃遣总管段佑以礼送郝经归。(《阎复《元故翰林侍读学士国信使郝公墓志铭》)

王构与李盘随伯颜出师江南。

　　按:据袁桷《翰林承旨王公请谥事状》载,"丞相伯颜出师谕江南,公实草诏。是岁渡江,世祖命翰林直学士李盘与公偕行,俾蒐择儒艺之士。"(《清容居士集》卷三二)

　　怯薛丹察罕不花、侍仪副使关思义、真人李德和,代祀岳渎后土。(《元史·世祖本纪五》卷八)

　　礼部侍郎二月庚戌杜世忠与兵部郎中何文著,赍书使日本国。(《元史·世祖本纪五》卷八)

　　江南正一教教主张宗演四月受召赴阙。

　　按:《元史·世祖本纪五》"遣兵部郎中王世英、刑部郎中萧郁,持诏召嗣汉四十代天师张宗演赴阙。"(《元史》卷八)

　　列班·扫马等游访耶路撒冷。

　　按:列班·扫马,大都人,出身于信奉基督教聂思脱里派的突厥族(当是畏兀儿)富家。父昔班,任教会视察员。扫马自幼受宗教教育,二十多岁时弃家修行,居于大都附近山中,成为著名教士。东胜州(今内蒙古托克托)人马忽思(Marcus)来向他学习。约在至元十二年(1275),两人决意赴耶路撒冷朝圣,得到朝廷颁发的铺马圣旨(见站赤),从大都出发,随商队西行。沿途经过东胜、宁夏(今宁夏银川)、斡端(今新疆和田)、可失哈耳(今新疆喀什),答剌速河、徒思(今伊朗马什哈德附近)等地,抵伊利汗国蔑剌哈城,谒见了聂思脱里派教长马儿·腆合(Mar Denha)。随后历访波斯西部、亚美尼亚、谷儿只等地,参观基督教遗迹,但因当时叙利亚北部常有战乱,去耶路撒冷朝圣的计划未能实现,便寓居毛夕里(今伊拉克摩苏尔)附近教堂。马儿·腆合召两人至报达(今伊拉克巴格达),任命马忽思为大都和汪古部主教,改其名为雅八·阿罗诃;扫马为教会巡视总监,遣返东方,因伊利汗国与察合台汗国在阿母河一带发生战争,道路不通,还居寓所。【1887年发现的叙利亚文《教长马儿·雅八·阿罗诃和巡视总监列班·扫马传》(作者不明)】

　　意大利旅行家马可·波罗至元上都,谒见元世祖。

　　按:马可·波罗从此仕元17年,足迹遍中国大地,以后回国口述东方见闻,由鲁恩梯笔录成《马可波罗行纪》(又称《东方闻见录》)。

　　张文谦以中书左丞身份正月为刘秉忠作行状,翰林学士王磐奉旨撰碑铭。

　　按:张文谦《故光禄大夫太保赠太傅仪同三司谥文贞刘公行状》评价刘秉忠学行道:"公博学无方,明通而溥,其勋业之著见于世,昭昭然不可掩也。论艺业,则字画出鲁公笔法,草书二王三昧,发邵氏皇极之奥旨,改前代

已差之历法,得琴阮徽外之遗音。至天文、卜筮、算数,皆有成书,无一不极其至。诗章乐府,又皆脍炙人口。"(《藏春集》卷六)

张德辉卒。

按:张德辉(1195—1275),字耀卿,号颐斋,交城人。金贞佑间,供职御史台衙门。金亡,投蒙古大将史天泽为经历官。蒙古太宗七年(1235),从史南征,筹划调发,多出其谋。蒙古定宗二年(1247),受忽必烈召见,应对方略。元世祖忽必烈登基后,授河南北路宣抚使。下车伊始,惩办豪强恶吏,深得民心。至元二年(1265)考绩为十路第一。至元三年(1266),参议中书省事。五年春,擢侍御史,辞不拜。晚年与元好问、李冶游历封龙山,时人号为龙山三老,卒年八十。德辉"天资刚直,博学有经济器,毅然不可犯,望之知为端人,然性不喜嬉笑。"(《元史·张德辉传》)著有《塞北记行》、《元遗山诗笺注》十四卷、《边堠记行》。事迹见《元史》卷一六三"张德辉传"。

僧雪庭福裕卒。

按:福裕(1203—1275),字好问,号雪庭,太原府文水县(今山西省文水县)人,俗姓张氏。1223 年,二十一岁的福裕削发受具,成为比丘。起初他从休林白叟七年,学有所成,后投万松行秀学禅法,计十年之久(1231—1241),万松为耶律楚材老师。忽必烈即位后,命福裕"总教门事,赐号光宗正法",至元八年(1271),忽必烈诏天下释子大集于京师,而福裕弟子居其中三分之一,全是福裕功劳所致。皇庆元年(1312),追封福裕为晋国公。福裕平生最大的事迹是发动佛教辩论,在佛道辩论中取得胜利,致使少林寺从此得到元廷的支持。事迹见程钜夫《嵩山少林寺裕和尚碑》(《雪楼集》卷八)

王结(1275—1336)生。

元世祖至元十三年　宋德祐二年
端宗景炎元年　丙子　1276 年

正月,陷南宋首都临安。

按:张弘范陷临安,俘获五岁的宋恭帝和谢太后、全太后、众官僚和太学生,三月,伯颜入临安,将宋恭帝等押送到大都,宋恭帝被元世祖废为瀛国公。《元史·世祖本纪六》载:"宋主遣其保康军承宣使尹甫、和州防御使吉甫等,赍传国玉玺及降表诣军前。其辞曰:'大宋国主<ruby>㬎<rt></rt></ruby>,谨百拜奉表于大元仁明神武皇帝陛下:臣昨尝遣侍郎柳岳、正言洪雷震捧表驰诣阙庭,敬伸卑恫,伏计已彻圣听。臣眇焉幼冲,遭家多难,权奸似道,背盟误国,臣不及知,至于兴师问罪,宗社阽危,生灵可念。臣与太皇日夕忧惧,非不欲迁辟以求两全,实以百万生民之命寄臣之身,今天命有归,臣将焉往?惟是世传之镇宝,不敢爱惜,谨奉太皇命戒,痛自贬损,削帝号,以两浙、福建、江东西、湖南北、二广、四川见在州郡,谨悉奉上圣朝,为宗社生灵祈哀请命。欲望圣慈垂哀,祖母太后耄及,卧病数载,臣茕茕在疚,情有足矜,不忍臣祖宗三百年宗社遽至殒绝,曲赐裁处,特与存全,大元皇帝再生之德,则赵氏子孙世世有赖,不敢弭忘。臣无任感天望圣,激切屏营之至。'伯颜既受降表、玉玺,复遣囊加带以赵尹甫、贾余庆等还临安,召宰相出议降事。"(《元史》卷九)汪元量有诗叙及瀛国公、全太后事。

二月,行中书省右丞相伯颜等,以宋主<ruby>㬎<rt></rt></ruby>举国内附,具表称贺。

按:《元史·世祖本纪六》载"行中书省右丞相伯颜等,以宋主<ruby>㬎<rt></rt></ruby>举国内附,具表称贺。两浙路得府八、州六、军一、县八十一,户二百九十八万三千六百七十二,口五百六十九万二千六百五十。"(《元史》卷九)

丁未,伯颜出帖安抚临安军民。

按:《元史·世祖本纪六》载"丁未,诏谕临安新附府州司县官吏士民军卒人等曰:'间者行中书省右丞相伯颜遣使来奏,宋母后、幼主暨诸大臣百官,已于正月十八日赍玺绶奉表降附。朕惟自古降王必有朝觐之礼,已遣使特往迎致。尔等各守职业,其勿妄生疑畏。凡归附前犯罪,悉从原免;公私逋欠,不得征理。应抗拒王师及逃亡啸聚者,并赦其罪。百官有司、诸王邸第、三学、寺、监、秘省、史馆及禁卫诸司,各宜安居。所在山林河泊,除巨木花果外,余物权免征税。秘书省图书,太常寺祭器、乐器、法服、乐工、卤簿、仪卫,宗正谱牒,天文地理图册,凡典故文字,并户口版籍,尽仰收拾。前代圣贤之后,高尚儒、医、僧、道、卜筮,通晓天文历数,并山林隐逸名士,仰所在官司,具以名闻。名山大川,寺观庙宇,并前代名人遗迹,不许拆毁。鳏寡孤独不能自存之人,量加赡给。'伯颜就遣宋内侍王野入宫,收宋国衮冕、圭璧、符玺及宫中图籍、宝玩、车辂、辇乘、卤簿、麾仗等物。"(《元史》卷九)

辛酉,车驾幸上都。(《元史·世祖本纪六》卷九)

三月,元世祖命使者奉舍利宝塔至开平龙光华严寺,不久又迁至大都圣寿万安寺。

按:据宋濂《四明阿育王山广利禅寺塔铭》记载,舍利塔本藏于四明阿育王山广利禅寺,被请至京师之际,世祖"集僧尼十万于禁庭、太庙、青宫及诸官署,建置十六坛场,香镫华旛之奉,备极尊崇。世祖亲幸临之,夜有瑞光从坛发现,贯烛寺塔相轮之表,又自相轮分金色光,东射禁中,晃耀夺目。世祖大悦,命僧录怜占加送塔南还,更赐名香金缯,诏江浙省臣、郡长吏增治舍利殿宇。"

庚寅,修太庙。(《元史·世祖本纪六》卷九)

五月,以平宋祭告天地。

按:《元史·祭祀志一》"十三年五月,以平宋,遣使告天地,中书下太常议定仪物以闻。制若曰:'其以国礼行事。'"(《元史》卷七二)

六月己巳,以孔子五十三世孙曲阜县尹孔治兼权主祀事。(《元史·世祖本纪六》卷九)

庚午,敕西京僧、道、也里可温、答失蛮等有室家者,与民一体输赋。(《元史·世祖本纪六》卷九)

甲戌,治新历。

按:苏天爵《元故太史院使赠翰林学士齐文懿公神道碑铭》载,"国家袭金用《大明历》,岁久弗与天合。至元十三年,诏立太史局,改治新历,寻升局为院。"(《滋溪文稿》卷九)《元史·世祖本纪六》"甲戌,以《大明历》浸差,命太子赞善王恂与江南日官置局更造新历,以枢密副使张易董其事。易、恂奏:'今之历家,徒知历术,罕明历理,宜得耆儒如许衡者商订。'诏衡赴京师。"(《元史》卷九)

戊寅,诏作《平金》、《平宋录》及《诸国臣服传记》,命耶律铸监修国史。(《元史·世祖本纪六》卷九)

八月庚辰,车驾至自上都。(《元史·世祖本纪六》卷九)

九月壬辰朔,命国师作佛事于太庙。

按:《元史·世祖本纪六》"九月壬辰朔,命国师亦怜真作佛事于太庙。己亥,享于太庙,常馔外,益野、豕、鹿、羊、蒲萄酒。"(《元史》卷九)《元史·祭祀志三》"十三年九月丙申,荐佛事于太庙,命即佛事处便大祭。己亥,享于太庙,加荐羊鹿野豕。是岁,改作金主,太祖主题曰'成吉思皇帝',睿宗题曰'太上皇也可那颜',皇后皆题名讳。"(《元史》卷七四)

庚子,命姚枢、王磐选宋三学生之有实学者留京师,余听还家。(《元史·世祖本纪六》卷九)

阿术入觐,告江淮及浙东西、湖南北等路所括。

按:《元史·世祖本纪六》载"得府三十七、州一百二十八、关一、监一、县七百三十三,户九百三十七万四百七十二,口千九百七十二万一千一十五。"(《元史》卷九)

置尚供总管府。

按：《元史·百官志六》"尚供总管府，秩正三品，掌守护东凉亭行宫，及游猎供需之事。达鲁花赤一员，总管一员，并正三品；同知一员，从四品；副总管一员，从五品；判官一员，正六品；经历、知事、提控案牍各一员，令史、译史、知印、奏差有差。至元十三年，置只哈赤八剌哈孙达鲁花赤。延祐二年，改总管府。其属附见。香河等处巡检司，巡检一员，司吏一人。景运仓，秩从五品，提点一员，从五品；大使一员，正六品；副使一员，正七品。至元二十一年置。法物库，秩从九品，大使、副使各一员。至元二十九年置。"（《元史》卷九〇）

置通政院。

按：《元史·百官志四》"通政院，秩从二品。国初，置驿以给使传，设脱脱禾孙以辨奸伪。至元七年，初立诸站都统领使司以总之，设官六员。十三年，改通政院。十四年，分置大都、上都两院；二十九年，又置江南分院；大德七年罢。至大元年，升正二品。四年罢，以其事归兵部。是年，两都仍置，止管达达站赤。延祐七年，复从二品，仍兼领汉人站赤。大都院使四员，从二品；同知二员，正三品；副使二员，从三品；佥院一员，正四品；同佥一员，从四品；院判一员，正五品；经历一员，从五品；都事一员，从七品；照磨兼管勾承发架阁一员，正八品；令史十三人，通事一人，知印二人，宣使十人。上都院使、同知、副使、佥院、判官各一员，经历、都事各一员，品秩并同大都；令史四人，译史三人，通事一人，知印一人，宣使十人。廪给司，秩从七品，掌诸王诸蕃各省四方边远使客饮食供张等事。至元十九年置，提领、司令、司丞各一员。"（《元史》卷八八）

始置安和署。

按：《元史·百官志一》载："安和署，秩正七品，职掌与云和同。至元十三年始置。皇庆二年，升从五品。署令二员，署丞二员，管勾二员，协音一员，协律一员，书史二人，书吏四人，教师二人，提控四人。"（《元史》卷八五）

立会同馆。

按：《元史·百官志一》"会同馆，秩从四品。掌接伴引见诸番、蛮夷、峒官之来朝贡者。至元十三年始置。二十五年（1288）罢之。二十九年（1289）复置。元贞元年（1295）以礼部尚书领馆事，遂为定制。礼部尚书领会同馆事一员，正三品；大使二员，正四品；副使二员，从六品。提控案牍一员，掌书四人，蒙古必阇赤一人，典给官八人。其属有收支诸物库，秩从九品。大使一员，副使一员。至元二十九年（1292）以四宾库改置。"（《元史》卷八五）又据袁桷《翰林学士承旨荣禄大夫遥授平章政事赠光禄大夫大司徒上柱国永国公谥文康闾公神道碑铭》载,会同馆由翰林院、集贤院领馆事,闾复自至元八年(1271)任翰林应奉起至至元二十年(1283)任集贤侍讲学士,"皆兼会同"。(《清容居士集》卷二七)

是年,伯颜平定江南,命张瑄、朱清等,以宋库藏图籍,自崇明州从海道载入京师。

按:伯颜此次由海道运图籍的方式给他留下深刻印象,至元十九年(1282),伯颜向忽必烈建议拓通海道将江南粮食运抵京师,从而减少其路途损耗。忽必烈同意,从此开启元代海运新纪元。元史有评曰:"元都于燕,去江南极远,而百司庶府之繁,卫士编民之众,无不仰给于江南。自丞相伯颜献海运之言,而江南之粮分为春夏二运。盖至于京师者一岁多至三百万余石,民无挽输之劳,国有储蓄之富,岂非一代之良法欤!"(《元史》卷九三"食货志一")

设提举学校官为六品。

按:《元史·选举志一》"国初,燕京始平,宣抚王楫请以金枢密院为宣圣庙。太宗六年,设国子总教及提举官,命贵臣子弟入学受业。宪宗四年,世祖在潜邸,特命修理殿廷;及即位,赐以玉斝,俾永为祭器。至元十三年,授提举学校官六品印,遂改为大都路学,署曰提举学校所。二十四年,既迁都北城,立国子学于国城之东,乃以南城国子学为大都路学,自提举以下,设官有差。"(《元史》卷八一)

立都转运司于扬州。

按:许有壬《谨正堂记》"圣朝既平宋,山海之藏,举入内帑。而两淮盐赋寔甲天下,乃立都转运使司于扬,即宋江都县旧治为廨以总其政。"(《至正集》卷三六)

立云南行中书省。

按:《元史·地理志四》"云南诸路行中书省,为路三十七、府二,属府三,属州五十四,属县四十七。其余甸寨军民等府不在此数。马站七十四处,水站四处。云南诸路道肃政廉访司(大德三年,罢云南行御史台,立肃政廉访司)。中庆路,上。唐姚州。阁罗凤叛,取姚州,其子凤伽异增筑城曰柘东,六世孙券丰祐改曰善阐,历五代迄宋,羁縻而已。元世祖征大理,凡收府八,善阐其一也,郡四,部三十有七。其地东至普安路之横山,西至缅地址江头城,凡三千九百里而远;南至临安路之鹿沧江,北至罗罗斯之大渡河,凡四千里而近。宪宗五年,立万户府十有九,分善阐为万户府四。至元七年,改为路。(八年,分大理国三十七部为南北中三路,路设达鲁花赤并总管。)十三年,立云南行中书省,初置郡县,遂改善阐为中庆路。领司一、县三、州四。

州领八县。(本路军民屯田二万二千四百双有奇。)(《元史》卷六一)

张文谦拜御史中丞。

按:李谦《中书左丞张公神道碑》载,其时,阿合马当政,威权日炽,恣为不法,"虑台宪发其奸,奏罢诸道提刑按察司,以撼内台",张文谦奏请恢复提刑按察司,而亦自知为阿合马所忌,"不辞去未已也",遂"亟请避位"。(《国朝文类》卷五八)

姚枢拜翰林院学士承旨,继拜大礼使。

按:姚燧《中书左丞姚文献公神道碑》,这年,罢昭文馆,姚枢遂任此职,但任继续详定礼仪。其时,南宋初平,"凡其侍从之臣以士子入见者,必令见公,询其学行而官之"。九月,享庙,拜大礼使。(《牧庵集》卷一五)

昭文馆大学士姚枢等四月乙酉受召赴上都。

按:四月乙酉,召昭文馆大学士姚枢、翰林学士王磐、翰林侍讲学士徒单公履赴上都。(《元史·世祖本纪六》卷九)

许衡奉召赴京师参与修订《大明历》。(《元史·许衡传》卷一五八)

郭守敬等编制成星表。

按:郭守敬此际与同僚进行大规模恒星测量工作,编制星表的同时,使记录的星数从传统的 1464 颗增至 2500 颗。

王约被翰林学士王磐荐为从事。(《元史·王约传》卷一七八)

王构随伯颜下江南,建言保护南宋图籍礼器辇归于朝。

按:袁桷《翰林承旨王公请谥事状》"十二年,丞相伯颜出师谕江南,公实草诏。是岁渡江,世祖命翰林直学士李槃与公偕行,俾搜择儒艺之士。明年春,次杭州。公见董寿公某,曰:'故宋图籍礼器具在,宜收其秘书省、天章阁、翰林、太常,考集目录,宋史异日必修纂。'遂悉辇归于朝。"(《清容居士集》卷三二)袁桷《翰林学士承旨赠大司徒鲁国王文肃公墓志铭》又记:"始天兵平宋,诏征贤能,李学士槃同受旨。公至杭,首言宋三馆图籍、太常天章礼器舆仗仪注,当悉辇归于朝,董赵公文炳从其言。今宋实录、正史藏史院,由公以完。"(《清容居士集》卷二九)

程钜夫初入翰林,得王磐颇多汲引之力。

按:程钜夫《跋商季显所藏王鹿庵先生诗》"至元丙子,余至京师,拜承旨鹿庵王公于玉堂之署。苍然而古雅,凝然而敦庞,望之肃如也。既而获近清光,蒙圣眷,实维公奖进汲引之力。"(《雪楼集》卷二四)

国子生不忽木等上疏请于灭宋之后,遍立学校,尤须选蒙古子弟入学,使通习汉法。(《元史·不忽木传》卷一三〇)

齐履谦年十七,补为太史院星历生。

按:苏天爵《元故太史院使赠翰林学士齐文懿公神道碑铭》"至元十三年,诏立太史局,改治新历,寻升局为院。公年十七,补星历生。同辈多司天世家子,忌公才能。太史王公恂召问算数。皆不能对,独公随问随答,王公称之。许文正公、杨文康公俱应诏治历,公侍左右,数请益焉。历成,与修《历经》、《历议》。"(《滋溪文稿》卷九)

郑梦得等隶秘书监。

按:《元史·世祖本纪六》"(四月)辛未,行江西都元帅宋都带以应诏儒生医卜士郑梦得等六人进,敕隶秘书监。"(《元史》卷九)

徐琰任陕西行省左司员外郎。

按:虞集《奉元路重修宣圣庙学记》"时东平徐公琰方为行省左司员外郎,实记而刻诸石,则至元十三年丙子之岁也。"(《道园学古录》卷三五)

王恽奉命试儒人于河南。

按:王恽有诗题《题开封府后堂壁》记载"至元十三年被省院檄,同开封尹陈侯试河南儒士。四月十九日抵京,授馆开封后署,相与握手话旧,且及包范二公事业。时予耳疾止酒,谈喙间暮雨大作连明。因述鄙语,奉一笑云。"(《秋涧集》卷一五)

焦友直二月丁巳奉命括宋秘书省禁书图籍。(《元史·世祖本纪六》卷九)

孟祺三月奉命籍南宋图书祭器。

按:《元史·世祖本纪六》"伯颜入临安,遣郎中孟祺籍宋太庙四祖殿,景灵宫礼乐器、册宝暨郊天仪仗,及秘书省、国子监、国史院、学士院、太常寺图书祭器乐器等物。""秋七月乙未,行中书省左右司郎中孟祺,以亡宋金玉宝及牌印来上,命太府监收之。"(《元史》卷九)

申屠致远任江浙宣阃都司。

按:黄溍《博古堂记》"国兵南伐,赵氏纳土,既封其府库以入于有司,而一代之仪章物器,皆公为江浙宣阃都司时亲受于其主者,以上于朝廷,武夫俗吏莫敢坏伤,断简残编亦靡亡失,其有功于斯文甚大。"(《文献集》卷七上)

张留孙随正一教第三十六代宗师张宗演入朝,受到忽必烈注意。

按:《元史·世祖本纪六》"(四月)壬午,召嗣汉天师张宗演赴阙。"(《元史》卷九)其时,忽必烈对张留孙"见而异之,召与语,称旨。留侍左右,给廪饩供帐,从行幸。"从此,由于张留孙等人在蒙古统治者中的斡旋,江南正一教的地位陡升。据虞集记载,忽必烈祭祀幄殿,真金以皇太子身份陪侍旁边,突然风雨大作,众人都十分惊骇恐惧,诏张留孙祈祷之后,风雨立止。忽必烈祭拜日月山，昭睿顺圣皇后突然发病，十分严重，又诏张留孙祈祷，"即有奇征，病良愈"，从此，"自宫禁邸第，大臣之家，皆事之如神明"。(虞集《张宗师墓志铭》)袁桷记载，忽必烈由于张留孙的法术，命之为上卿，铸宝剑，镂其文曰"大元赐张上卿"，敕两都各建崇真宫，朝夕从驾。(袁桷《有元开府仪同三司上卿辅成赞化保运玄教大宗师张公家传》)

道教太一教五祖萧居寿受封为太一掌教大宗师。

王恽与僚属听滕仲礼讲《周书·吕刑》、《论》、《孟》诸篇。

按：王恽《听讲吕刑诸篇》序言载："至元十六年己卯岁冬十二月十七日，中山府明新堂雪夜会府尹史子华、贰政朱信卿，洎诸吏属听教官滕仲礼讲《周书·吕刑》、《论》、《孟》诸篇。(《秋涧集》卷三)

山西昊天观有群鹤翔舞，河东士大夫赋诗成巨轴。

按：胡祇遹《昊天观群鹤图歌并序》"晋祠之北五里，山曰龙山，山巅有观曰昊天……至元十三年，清明后三日，群鹤自西南来，翔舞于坛墠，飞鸣于殿墀，前后颉颃，各有行列，移时方相率冲云表，入碧虚，由东北而去。河东士大夫赋诗成巨轴。道士以为瑞应，绘图请序其端。仍随例韵语以歌之。"(《紫山大全集》卷四)

王恽作《书画目录序》。

按：这年江左平定，南宋内府所藏图书礼器一并被送至京师，由张易、史杠兼领其事，不久，又下诏允许京师朝士假观。其时，王恽正好调官京城，遂与商挺尽日扣阁披阅，得以尽见南宋内府所藏，作此目录序。序云："圣天子御极十有八年，当至元丙子春正月，江左平，冬十二月，图书礼器并送京师，敕平章太原张公兼领监事，仍以故左丞相忠武史公子杠为之贰。寻诏许京朝士假观。予适调官都下，日饱食无事，遂与左山商台符叩阁披阅者竟日，凡得二百余幅(书字一百四十七幅，画八十一幅)。怡然有所得，冲然释所愿，精爽洞达，滞思为一撼，所谓升昆巅而见洪荒之大，俯溟渤而骇光怪之多也。"(《秋涧集》卷四一)

赵璧卒。

按：赵璧(1220—1276)，字宝臣，云中怀仁人(今山西省朔州市)。赵璧为世祖潜邸之际重臣，其一生行藏实乃其时大者。大德三年，赵璧被成宗朝追谥"忠亮"，究核赵璧一生"若佐河南之治，使王之师与平济南李璮之乱，败襄阳夏贵之兵，定高丽废立之变。而谓之忠亮，善矣"。(虞集《中书平章政事赵璧改谥文忠议》)张之翰叙赵璧为人云："公天资英爽,风棱孤峻,美须髯,正衣冠,望之似不敢近,迹其心至坦夷。平居寡言语,遇论政事,必反复诘难,乃少休玉音,有'秀才舌'之称。人善则扬,负已无愠。或托之事,初若不经意,审当理合义,入奏必朝,语缕悉之,又有出人望外者,既可见其人不求知。生平喜诗什,尤刻意吏学,以经济为已任。"(张之翰《大元故荣禄大夫中书平章政事赵公神道碑》)延祐三年五月,仁宗认为赵璧之于本朝在文治方面的启沃意义未被发明,"有旨加赠定谥"。于是"国史、礼部、太常会议,改谥曰文忠"。(虞集《中书平章政事赵璧改谥文忠议》)事迹见张之翰神道碑、虞集谥议、《元史·赵璧传》卷一五九。

郝经卒。

按:郝经(1224—1276),字伯常,泽州陵川人。幼时遭金末兵乱,金亡后迁河北,居张柔家,得读其藏书。后入忽必烈王府,甚得信任。中统元年,以翰林侍读学士充国信使赴宋,被贾似道扣留于真州16年。至元十二年(1275)获释北还,不久即死。著有《易春秋外传》、《续后汉书》九十卷、《原古录》、《陵川集》三十九卷等。"经为人尚气节,为学务有用。及被留,思托言垂后,撰《续后汉书》、《易春秋外传》、《太极演》、《原古录》、《通鉴书法》、《玉衡贞观》等书及文集,凡数百卷。其文丰蔚豪宕,善议论。诗多奇崛。拘宋十六年,从者皆通于学。"(《元史·郝经传》)事迹见阎复《元故翰林侍读学士国信使郝公墓志铭》(《郝文忠公陵川文集》附)、卢挚所撰神道碑(《国朝文类》卷五八)、《国朝名臣事略》卷一五、《元史》卷一五七本传、《元诗选》初集"陵川集"、《元诗纪事》卷四。

僧玄鉴(1276—1312)、杜本(1276—1350)、干文传(1276—1353)生。

元世祖至元十四年　宋景炎二年
丁丑　1277 年

二月,车驾幸上都。(《元史·世祖本纪六》卷九)

三月庚寅朔,问便民事于翰林国史院。

按:《元史·世祖本纪六》"三月庚寅朔,以冬无雨雪,春泽未继,遣使问便民之事于翰林国史院,耶律铸、姚枢、王磐、窦默等对曰:'足食之道,唯节浮费,靡谷之多,无逾醪醴曲糵。况自周、汉以来,尝有明禁。祈赛神社,费亦不赀,宜一切禁止。'从之。"(《元史》卷九)

八月乙丑,诏建太庙于大都。

按:《元史·祭祀志三》"十四年八月乙丑,诏建太庙于大都。博士言:'古者庙制率都官别殿,西汉亦各立庙,东都以中兴崇俭,故七室同堂,后世遂不能革。'"(《元史》卷七四)

元始置江南行御史台于扬州。

按:《元史·百官志二》"江南诸道行御史台,设官品秩同内台。至元十四年,始置江南行御史台于扬州,寻徙杭州,又徙江州。"(《元史》卷八六)

车驾畋于上都之北。(《元史·世祖本纪六》卷九)

九月,元遣兵海陆追击宋帝。(《元史·世祖本纪六》卷九)

十月甲申,播州安抚使杨邦宪来降。

按:《元史·世祖本纪六》载"甲申,播州安抚使杨邦宪言:'本族自唐至宋,世守此土,将五百年。昨奉旨许令仍旧,乞降玺书。'从之。"(《元史》卷九)

是年,设蒙古国子监。

按:《元史·百官志三》"蒙古国子监,秩从三品。至元十四年始立,置司业一员。二十九年,准汉人国学例,置祭酒、司业、监丞。延祐四年,升正三品。"(《元史》卷八七)

是年,立江西等处行中书省。

按:《元史·百官志七》"江西等处行中书省,至元十四年置。十五年,并入福建行省。十七年,仍置省于龙兴府,而福建自为行省,治泉州。"(《元史》卷六二)

于泉州设市舶司。

按:泉州乃元朝设立的第一个市舶司,"至元十四年,立市舶司一于泉州,令忙古刺领之。立市舶司三于庆元、上海、澉浦,令福建安抚使杨发督之。每岁招集舶商,于蕃邦博易珠翠香货等物。及次年回帆,依例抽解,然后听其货卖。"(《元史》卷九四"食货志·市舶")之后又在广州、温州、杭州三处增设,共七处市舶司。而泉州作为元朝第一个市舶司,其海上丝绸之路的出口意义极其明显,"泉,七闽之都会也。蕃货远物、异宝珍玩之渊薮,富商巨贾之所窟宅,号天下最"(吴澄《送姜曼卿赴泉州路录事序》),到至正九年(1349)与泉州进行海上贸易的国家和地区已经达到99个。宋元时期,泉州海外交通的航线主要有:泉州至占城;泉州至三佛齐、阇婆、渤泥等国;泉州至印度蓝无里、故临及阿拉伯半岛;泉州至西亚丁湾和东非沿岸的弼琶罗、层拔;泉州至菲律宾等航线,其中尤其是泉州至印度及阿拉伯半岛航线最为繁荣。(巫大健《海上丝绸之路时期泉州多宗教文化共存现象的原因及

特征探析》)

置福建等处都转运盐使司。

按:《元史·百官志七》"福建等处都转运盐使司,秩正三品,使二员,同知二员,运判二员,经历、知事各一员,照磨一员。至元十四年,始置市舶司,领煎盐征课之事。"(《元史》卷九一)

置两淮都转运盐使司。

按:《元史·百官志七》"两淮都转运盐使司,秩正三品。国初,两淮内附,以提举马里范章专掌盐课之事。至元十四年,始置司于扬州。"(《元史》卷九一)

置两浙都转运盐使司。

按:《元史·百官志七》"两浙都转运盐使司,秩正三品,使二员,同知二员,运判二员,经历、知事各一员,照磨一员。至元十四年,置司杭州。"(《元史》卷九一)

颁正朔之制。

按:傅若金《书邓敬渊所藏大明历后》"右邓君敬渊所藏至元十四年丁丑岁所藏《大明具注历》一本,盖国朝混一天下,始颁正朔之制也。其十二月下所注与今《授时历》小异而加详焉,有长星、短星、往亡、公、辟、侯、大夫、卿、六十四卦、七十二爻。自金正隆戊寅迄大元至元丁丑,百二十年咸属,而建国革命之始,改元置闰之次,灿然具见。"(《傅与砺文集》卷七)

日蚀。

按:王恽《日蚀诗》载:"至元十四载,维龙集丁丑。孟冬丙辰朔,诘旦阴风吼。朝家有移告,日蚀百司守。"(《秋涧集》卷八)

张文谦拜昭文馆大学士,领太史院事。

按:李谦《中书左丞张公神道碑》载,"初世祖以大明历岁久寝差,诏鲁斋许公、太史令王恂、同知太史院事郭守敬,测验改正,命公董其事,故有是拜。""历成,赐名授时,颁行天下。"(《国朝文类》卷五八)

许衡教领太史院事。

按:这年,召议改历法,其时许衡仍拜集贤大学士兼国子祭酒,遂再教领太史院事。(欧阳玄《许先生神道碑》)

王恽除翰林待制,拜朝列大夫、河南北道提刑按察副使。(《元史·王恽传》卷一六七)

赵与票至上京见元世祖。

按:袁桷《翰林学士嘉议大夫知制诰兼修国史赵公墓志铭代院长作》

载,至元十四年(1277)间,"公以驿来朝,深衣幅巾,见世祖于上京,冰澄玉莹,词气整朗,言宋亡根本所在,亲切感动,世祖倾属。自是入翰林为待制,为直学士,累迁为真学士。"而据袁桷为赵与票所作行状记载,赵与票任翰林待制在至元十六年(1279),至元十五年(1278),赵与票还上奏言江南事务。(《清容居士集》卷二八)

袁桷父亲袁洪随从赵孟传至大都觐见忽必烈。

按:据袁桷《先大夫行述》载:其时,忽必烈命"班秩宜高","从行者一等将授总管",而袁洪以"子幼辞,乃授朝列大夫同知邵武路总管府事,以疾不赴。至元二十年授温州路同知,疾作复辞。"(《清容居士集》卷三三)

吕端善擢从仕郎、四川行枢密院都事。

按:苏天爵《元故翰林侍读学士赠陕西行省参政知事吕文穆公神道碑铭奉敕撰》载,初,蒙古与南宋交战之际,有南宋投降者认为:"襄、汉新附之民,缓之则畔散不属,急之则危兀危臬弗安。吕子开者,向为襄阳制阃参谋,今退居鄂。其人悉知宋事,可徵用之。"而吕子开乃吕端善因战乱失散的堂叔,虽然其时江、淮战事尚未平息,但吕端善仍慨然请行,吕端善"至鄂,即谕天子德意,子开入觐,为陈抚安襄、样便宜。诏拜(吕子开)翰林直学士,坚辞不就。时人或高子开之节,而多公之功"。吕端善的开解行为对于减少战争所带来的杀戮功劳非小,以此,江南平定之后,拜吕端善为擢从仕郎、四川行枢密院都事。(《滋溪文稿》卷九)

白恪任江南行台掾史。

按:袁桷《朝列大夫同佥太常礼仪院事白公神道碑铭》载,是年,元廷在江南建行台,御史大夫相威任白恪为该职。一任职,白恪即"条不便事凡二十",御史大夫见世祖之际"力陈之",允十有八。而最著令者,"大辟成谳,上刑部,听报可"。(《清容居士集》卷二七)

天师张宗演正月召至大都,赐号演道灵应冲和真人,领江西诸路道教。

按:《元史·世祖本纪六》"命嗣汉天师张宗演修周天醮于长春宫,宗演还江南,以其弟子张留孙留京师。"(《元史》卷九)

蕃僧杨琏真伽二月为江南释教总统。

按:《元史·世祖本纪六》"诏以僧亢吉益、怜真加加瓦并为江南总摄,掌释教,除僧租赋,禁扰寺宇者。"(《元史》卷九)

张之翰与魏初、霍国瑞走巴蜀,与魏初有《东川唱和》百余首。

按:张之翰与魏初、霍国瑞走巴蜀期间唱和百授,有好事整理其作外,又作《川行图》以述其事,颇可见其时风雅及风气。张之翰《求复斋川行图书》载"至元丁丑，某为宪台属掾，同监察御史霍君国瑞被命刷两川行院卷。冬十一月，至汉中。时陕西按察佥事魏君太初，亦有分巡巴蜀诸郡之行，遂成同途。越二十有六日，过利州，渡嘉陵，上三重岭，才数里许，雪作望天，梯石磴滑，莫可上。不肖辄舍马徒行，魏、霍乃力驱其前，不半驿，皆连坠梯磴间，其险有不可胜言者。盖五者魏，而二者霍也。侵黑入葭萌驿，酒再行，太初举杯相属曰：'吾书生虽知有蜀道难，何曾梦寐一见？今亲履其处，亦平生奇绝之冠。适与君同行，君当以诗形容，使为将来行役故实。'故作长句一篇，曰'坠马前若俯且伏'者，霍御史也；'后如醉相扶'者魏签司也；曰'徒步更在百步余'者，不肖自谓也。由此，不肖每有鄙语，魏必次韵，魏作，不肖亦如之。后蜀中有录为《东川唱和》，凡诗词余百篇。窃读之，中间固工拙不同，皆太初与不肖数千里往返纪行之所作也。明年春，别太初于兴元，偕国瑞入秦。闻秦中有《川行图》，及观，乃好事者取不肖前诗语句'此诗便是川行图'三字绘之也。其摹写甚妙，因索图呈参政左山公，公慨然题其后。后还燕，士夫传玩累月，竟失图于王仲谋内翰家，仅存其诗。到郓，尝语及孟郎中德卿，已许别作一轴。顷，又得左山侄台元所画后图，仍录参老诗于左。乞阁下一摇笔，书三数百字于卷首，使作者知图之所以，不惟不肖幸，亦庶乎少补他日《东轩全集》中附载事迹之万一。阁下其谅之。某再拜。"（《西岩集》卷一九）

　　王应麟著《通鉴地理通释》十四卷成书。

　　按：是书完全有感于宋濒亡而作，为一部系统论述我国历代疆域政区沿革与军事地理的专著。其中心思想有四点：一是谋国者须知天下大势，且"规画先定，无言不酬"；二是"地利不如人和，在德不在险"；三是"东南地非偏也，兵非弱也"，关键是用人得当与否，"有人焉，进取则有余；无人焉，自保而不足"；四是"小人勿用，必乱邦也"。可见名为论地理，实为论人事。《四库全书总目提要》谓此书"征引浩博，考核明确，而叙列朝分据战攻，尤一一得其要，于史学最为有功。"

元世祖至元十五年　宋景炎三年
帝赵昰祥兴元年　戊寅　1278 年

二月壬午，置太史院。

按：《元史·世祖本纪七》载，太史院由太子赞善王恂掌院事，工部郎中郭守敬副之，集贤大学士兼国子祭酒许衡领焉。（《元史》卷十）《元史·百官志四》"太史院，秩正二品，掌天文历数之事。至元十五年，始立院，置太史令等官一员。"（《元史》卷八八）

四月庚辰，从许衡言，遣官至杭州等处取在官书籍版刻至京师。（《元史·世祖本纪七》卷十）

辛未，置光禄寺，以同知宣徽院事秃剌铁木儿为光禄卿。（《元史·世祖本纪七》卷十）

五月癸未朔，诏谕翰林学士和礼霍孙，今后进用宰执及主兵重臣，其与儒臣老者同议。（《元史·世祖本纪七》卷十）

六月，帝谕昂吉儿国事。

按：《元史·世祖本纪七》曰："'宰相明天道、察地理、尽人事，能兼此三者，乃为称职。尔纵有功，宰相非可觊者。回回人中阿合马才任宰相，阿里年少亦精敏，南人如吕文焕、范文虎率众来归，或可以相位处之。'又顾谓左右曰：'汝可谕姚枢等，江南官吏太冗，此卿辈所知，而皆未尝言，昂吉儿乃为朕言之。'近侍刘铁木儿因言：'阿里海牙属吏张鼎，今亦参知政事。'诏即罢去。遂命平章政事哈伯等谕中书省、枢密院、御史台：'翰林院及诸南儒今为宰相、宣慰，及各路达鲁花赤佩虎符者，俱多谬滥，其议所以减汰之者。凡小大政事，顺民之心所欲者行之，所不欲者罢之。'"（《元史》卷十）

乙亥，敕省、院、台诸司应闻奏事，必由起居注。（《元史·世祖本纪七》卷十）

七月，诏虎符旧用畏吾字，今易以蒙古字。（《元史·世祖本纪七》卷十）

八月壬子朔，追毁宋故官所受告身。（《元史·世祖本纪七》卷十）

谕诸蕃国来朝互市。

按：《元史·世祖本纪七》"诏行中书省唆都、蒲寿庚等曰：'诸蕃国列居东南岛寨者，皆有慕义之心，可因蕃舶诸人宣布朕意，诚能来朝，朕将宠礼之。其往来互市，各从所欲。'"（《元史》卷十）

十月庚申，车驾至自上都。（《元史·世祖本纪七》卷十）

十二月庚子，敕长春宫修金箓大醮七昼夜。（《元史·世祖本纪七》卷十）

是年，设置江宪经历司。

按：据虞集《江宪经历司题名记》记载："江右在平荆、扬之交，湖、江之表，控接闽、广、岭、峤界焉，风气内宽而外固，民物繁阜，郡县罗络。文法出入，实有劳于聪明，视他道为重矣，而经历司之设，自置司至于今五十余年，名士相望。"该文尾署"仍改至元之四年（1338），岁纪戊寅三月吉日，具官虞集记。"

置尚用监。

按:《元史·百官志六》"中尚监,秩正三品,掌大斡耳朵位下怯怜口诸务,及领资成库毡作,供内府陈设帐房帘幕车舆雨衣之用。"(《元史》卷九〇)

翰林承旨和礼霍孙奉旨写太祖御容。

按:《元史·祭祀志四》"其太祖、太宗、睿宗御容在翰林者,至元十五年(1278)十一月,命承旨和礼霍孙写太祖御容。十六年(1279)二月,复命写太上皇御容,与太宗旧御容,俱置翰林院,院官春秋致祭。"(《元史》卷七四)

董文炳八月以中书左丞签书枢密院事。(《元史·世祖本纪七》卷十)

阿失帖木儿以从征有功授从仕郎、枢密院都事。

按:程钜夫《武都忠简王神道碑》载,这年,阿失帖木儿被召入内廷,以字学训成宗、晋王。据程钜夫记载,成吉思汗时尚未有蒙古字,"凡诏诰典祀、军国期会皆袭用畏兀儿书。阿失帖木儿父亲孟速思,年十五,尽通其学,冠诸部,名动京师。乃征诣阙,召对称旨,诏侍睿宗。世祖南征,以为断事官。及即位,有翼戴之勤,再命为丞相,不拜。然内外尊礼,咸视丞相。凡与上谋议,未尝出以语人,推毂天下贤俊,未尝有德色,故位列卿佐而名出宰相上。"(《雪楼集》卷七)

赵与票上奏忽必烈,论江南事务,且以存活赵氏宗族为请。

按:袁桷《翰林学学士嘉议大夫知制诰同修国史赵公行状》载,赵与票乃"宋燕懿王德昭九世孙。高祖子英,宗正少卿,避地南徙"。与票生长江南,悉习利害,奏书中言"江南郡县户口繁黟,当以简易治。近岁有司急切兴利,殊失安辑新定之意""条类为十六事以进,大较以择守令、释征敛、厚风俗为急,而末复以存活赵宗为请"。(《清容居士集》卷三二)

王构充应奉翰林文字。

按:袁桷《翰林承旨王公请谥事状》载,至元十四年(1277),令王构充应奉翰林文字,王构不愿受职,"公辞曰:'少尝受学于李先生谦,今先生犹教授东平,实不敢先。'遂以其官召李",明年始受该职。(《清容居士集》卷三二)

李天麟以太常博士前往上都。

按:《元史·祭祀志三》"十五年五月九日,太常卿还自上都,为议庙制,据博士言同堂异室非礼,以古今庙制画图贴说,令博士李天麟赍往上都,分议可否以闻。"(《元史》卷七四第六册,第1833页)

礼部尚书柴椿等受遣使安南国,诏切责之,仍俾其来朝。(《元史·世祖

本纪七》卷十)

张留孙授号玄教宗师,赐银印。

按:虞集《张宗师墓志铭》载,张留孙在宫中以法事斡旋,"自宫禁邸第,大臣之家,皆事之如神明",于是忽必烈欲称张留孙为天师,张留孙则说:"天师嗣汉张陵,有世系,非臣所当为",遂号为上卿,命尚方铸宝剑,刻文曰大元皇帝赐张上卿。此外,在大都、上都皆作崇真宫,并赐园田令张留孙居之,号玄教宗师,佩银印。忽必烈还接受张留孙的建议,封天师张宗演为真人,掌教江南,且将集贤院与翰林院分为两院,命道教隶属于集贤,"郡置道官,用五品印,宫观各置主掌"。(《道园学古录》卷五〇)袁桷的记载与虞集的稍异而简略,曰:"加玄教宗师,授道教都提点,管领江北淮东淮西荆襄道教事,佩银印。"(袁桷《有元开府仪同三司上卿辅成赞化保运玄教大宗师张公家传》,《清容居士集》卷三四)

何荣祖约卒于本年前后。

按:何荣祖(1270—约1278),字继先,其先太原人,徙居广平。累迁中书省掾,擢御史台都事。官至参知政事。卒追封赵国公,谥文宪。著有《学易记》、《载道集》、《大畜十集》等。事迹见《元史》卷一六八本传。

又按:虞集有《中书平章政事何荣祖议》综合评述何荣祖德行与历史意义道:"议曰:尝闻善相天下者,盖必本忠厚之心,廓容受之量,明理事之识,周经营之材,极久远之虑,躬负荷之责者,而后可庶几焉。是故待事有先几,应变有余智,持久有定力,处物有成谋,其功业始可得而论矣。若夫以狭薄之资,险忍为术,污陋为习,巧佞为伎,命与时遇,位以幸致者,充位之辱,欺世之祸,彼且无逃于天地之间,生民何赖焉?观于至元、大德之间,以大臣赞国论,不为近利细故所动摇,本之以祖宗之旧典,定之以礼律之微意,以成天下之务者,平章政事何公荣祖,何可少耶?公为御史中丞时,权臣用事,数为所危陷,公守职不为之变,终以是去位。天下之望,固已在公矣。成宗皇帝在位,完泽公之威重沈毅,答剌罕公之仁明正大,实相左右,朝多正人君子。而公独以耆老精练,弥缝条理于其间,岂漫焉尝试者哉?卒能成太平之盛,非偶然也。然于是时,好功兴利之徒间出其间,侦国家财用之急,积虑密谋,将有所作为。议数上,公必正坐堂上,奋仁者之勇,明目张胆,论民命国体之所以然,发言折其谋,使不得行。耕田凿井之民,晏然无所顾虑,以遂其生理。于当时者,公存心之最著者也。扬历台、省数十年,皆要官重任,然衣服饮食之奉,俭约不异于儒素。身死之日,赐金给用之外,略无余赀。此其立志,非常人所及,宜其所成就如此。谨按谥法:廉方公正曰忠,执心决断曰

肃。请易公名,不亦宜乎?"(《道园学古录》卷一二)

程端学(1278—1334)、项炯(1278—1338)、胡助(1278—1362)、钱良右(1278—1344)、王艮(1278—1348)、贍思(1278—1351)、陈樵(1278—1365)生。

元世祖至元十六年　宋祥兴二年
己卯　1279 年

正月丙子,禁中书省文册检奏检用畏吾字书。(《元史·世祖本纪七》卷十)

敕高丽国置大灰艾州、东京、柳石、字落四驿。(《元史·世祖本纪七》卷十)

是月,张弘范大败宋军于崖山,宋以此亡。

按:张弘范率兵至崖山,宋元海军在崖山决战,宋军大败。陆秀夫负幼帝投海死。宋朝灭亡。幸存十万将士大多隐匿广东各地或北归江南。

乙巳,命同知太史院事郭守敬访求精天文历数者。(《元史·世祖本纪七》卷十)

二月甲辰,车驾幸上都。(《元史·世祖本纪七》卷十)

戊寅朔,祭先农于籍田。(《元史·世祖本纪七》卷十)

丙午,遣使代祀岳渎后土。(《元史·世祖本纪七》卷十)

三月甲戌,礼官上《至元州县社稷通礼》。

按:《元史·世祖本纪七》"中书省下太常寺讲究州郡社稷制度,礼官折衷前代,参酌《仪礼》,定拟祭祀仪式及坛壝祭器制度,图写成书,名曰《至元州县社稷通礼》,上之。"(《元史》卷十)《元史·祭祀志五》"至元十(一)年八月甲辰朔,颁诸路立社稷坛壝仪式。十六年春三月,中书省下太常礼官,定郡县社稷坛壝、祭器制度、祀祭仪式,图写成书,名《至元州郡通礼》。元贞二年冬,复下太常,议置坛于城西南二坛,方广视太社、太稷,杀其半。壶尊二,笾豆皆八,而无乐。牲用羊豕,余皆与太社、太稷同。三献官以州长贰为之。"(《元史》卷七六)

四月,从唆都请,令泉州僧依宋例输税,以给军饷。(《元史·世祖本纪七》卷十)

五月丙寅,敕江南僧司文移毋辄入递。(《元史·世祖本纪七》卷十)

辛亥,蒲寿庚请下诏招海外诸蕃,不允。

按:《元史·世祖本纪七》"辛亥,蒲寿庚请下诏招海外诸蕃,不允。诏谕漳、泉、汀、邵武等处暨八十四寨官吏军民,若能举众来降,官吏例加迁赏,军民按堵如故。以泉州经张世杰兵,减今年租赋之半。"(《元史》卷十)

丙辰,以五台僧多匿逃奴及逋赋之民,敕西京宣慰司、按察司搜索之。(《元史·世祖本纪七》卷十)

命宗师张留孙即行宫作醮事,奏赤章于天,凡五昼夜。(《元史·世祖本纪七》卷十)

六月,敕造战船征日本,以高丽材用所出,即其地制之,令高丽王议其便以闻。(《元史·世祖本纪七》卷十)

占城、马八儿诸国遣使以珍物及象犀各一来献。(《元史·世祖本纪七》卷十)

五台山作佛事。(《元史·世祖本纪七》卷十)

七月,元世祖命御史中丞崔彧至江南访求艺术之人。(《元史·世祖本纪七》卷十)

丁巳,交趾国遣使来贡驯象。(《元史·世祖本纪七》卷十)

罢潭州行省造征日本及交趾战船。(《元史·世祖本纪七》卷十)

癸酉,西南八番、罗氏等国来附。

按:洞寨凡千六百二十有六,户凡十万一千一百六十有八。(《元史·世祖本纪七》卷十)

命散都修佛事十有五日。(《元史·世祖本纪七》卷十)

八月丁丑,车驾至自上都。(《元史·世祖本纪七》卷十)

丁酉,以江南所获玉爵及坫凡四十九事纳于太庙。(《元史·世祖本纪七》卷十)

十月己卯,飨于太庙。(《元史·世祖本纪七》卷十)

十二月庚辰,安南国贡药材。(《元史·世祖本纪七》卷十)

丙申,敕枢密、翰林院官,就中书省与唆都议招收海外诸番事。(《元史·世祖本纪七》卷十)

丁酉,八里灰贡海青。(《元史·世祖本纪七》卷十)

敕自明年正月朔,建醮于长春宫,凡七日,岁以为例。命李居寿告祭新岁。(《元史·世祖本纪七》卷十)

诏谕占城国主,使亲自来朝。(《元史·世祖本纪七》卷十)

建圣寿万安寺于京城。(《元史·世祖本纪七》卷十)

帝师亦怜吉(按,当为"真")卒。(《元史·世祖本纪七》卷十)

按:《元史·世祖本纪七》"敕诸国教师禅师百有八人,即大都万安寺设斋圆戒,赐衣。"(《元史》卷十)

赵良弼四月以同签书枢密院事身份进谏忽必烈,要求进用儒士。

按:赵良弼曰:"宋亡,江南士人多废学,宜设经史科,以育人材,定律令,以戢奸吏。"卒皆用其议。帝尝从容问曰:"高丽,小国也,匠工弈技,皆胜汉人,至于儒人,皆通经书,学孔、孟。汉人惟务课赋吟诗,将何用焉!"良弼对曰:"此非学者之病,在国家所尚何如耳。尚诗赋,则人必从之,尚经学,则人亦从之。"(《元史·赵良弼传》卷一五八)

许衡被召进京师,与郭守敬等制造新历。(《元史·许衡传》卷一五八)

廉希宪被赐钞万贯,诏复入中书。

按:希宪称疾笃,皇太子遣侍臣问疾,因问治道,希宪曰:君天下在用人,用君子则治,用小人则乱。臣病虽剧,委之于天。所甚忧者,大奸专政,群小阿附,误国害民,病之大者。殿下宜开圣意,急为屏除,不然,日就沈疴,不可药矣(《元史·廉希宪传》卷一二六)。

太史令王恂请建司天台于大都,又请于上都、洛阳等五处分置仪表,从之。(《元史·世祖本纪七》卷十)

杨恭懿复征至京,入太史院,与郭守敬、许衡等同预改历事。(《元史·杨恭懿传》卷一六四)

耶律有尚迁秘书丞。

按:苏天爵《皇元故昭文馆大学士兼国子祭酒赠河南行省右丞相耶律文正公神道碑铭有序》载,至元十五年(1278),本来擢耶律有尚为监察御史,但他以叔父耶律铸居相位,遂推辞不拜,故而这一年耶律有尚当由国子助教迁拜秘书丞。(《滋溪文稿》卷七)

王构升翰林修撰。

按:袁桷《翰林承旨王公请谥事状》载"凡制诰、撰述,文康公(阎复)必以命公。丞相齐鲁国公和礼霍孙领翰林,开司徒府,授府司直。世祖诏大臣议道藏可焚弃者,公与议,完救之。"(《清容居士集》卷三二)

赵与票入翰林为待制。

按:袁桷《翰林学士嘉议大夫知制诰同修国史赵公行状》载,赵与票入翰林。先为待制,后升直学士,之后又兼集贤。至元十九年,迁侍讲学士,预纂实录,加太中大夫。直至成宗即位,元贞二年(1296)任侍讲十四年,之后多次请归,"虽未得旨,而不入翰林者几二年,久之,拜翰林学士。"(《清容居士集》卷三二)

赵思恭自此年任职宣徽院约十年。

按：傅若金《故朝列大夫佥燕南河北道肃政廉访司事赠中议大夫上骑都尉礼部侍郎追封天水郡伯赵公行状》载"未几，入为刑部令史、选大司农掾，转宣徽院。至元十六年，授承事郎、宣徽院照磨，兼管勾承发架阁。明年，迁主事阶承直郎。廿年，院升二品，改经历阶承德郎。宣徽掌共天子储后以及侯王卿士食饮膳羞飧锡百用之需，素号丛剧，任难其人。公在幕府十年，出内必当，奸弊无所乘入。"（《傅与砺文集》卷一〇）

陈义高扈从晋王入京朝觐。

按：陈义高元贞二年十月随晋王领降兵入京朝觐，有诗题《元贞丙申十月扈从晋王领降兵入京朝觐》，这年秋，又随锡喇平章重过和林城，有诗题《丙申秋同锡喇平章重过和林城故宫》。次年再随驾北行，作诗《庚辰春再随驾北行二首》。

王龙泽为行御史台监察御史。

按：黄溍《义乌先达题名记》"昔我世祖皇帝既定天下于一，万邦黎献，共惟帝臣，特旨以宋咸淳甲戌进士第一王公龙泽为行御史台监察御史。"（《金华黄先生文集》卷八）

礼部尚书柴椿十一月壬子，偕安南国使村中赞赍诏往谕安南。

按：柴椿此行意在谕安南国世子陈日烜，责其来朝。十二月庚辰，安南国贡药材。（《元史·世祖本纪七》卷十）

董文用归田，筑茅茨数椽，读书其间。（《元史》卷一四八）

玄教宗师张留孙五月丙子即行宫作醮事。

按：据袁桷记载张留孙保护道家经藏事云："有献言者道藏经多肴杂，宜焚去不录。遂密启裕宗：'黄老书，汉帝遵守清净，尝以治天下。非臣敢私言，愿殿下敷奏。'后上大悟，召翰林集贤议定上章祠祭等仪注，讫行于世。"（袁桷《有元开府仪同三司上卿辅成赞化保运玄教大宗师张公家传》）

五祖真人李居寿借醮事机会进言忽必烈，请求让太子真金多参与朝政。

按：十月辛丑，李居寿以月直元辰，作醮事凡五昼夜。醮事完毕，居寿请间言："皇太子春秋鼎盛，宜预国政。"帝喜曰："寻将及之。"明日，下诏："皇太子燕王参决朝政，凡中书省、枢密院、御史台及百司之事，皆先启后闻。"（《元史·世祖本纪七》卷十）

刘敏中约于是年著《平宋录》三卷成书。

按：旧题杭州路司狱燕山平庆安撰，一名《大元混一平实录》。有邓錡大德八年(1304)序、方回大德八年(1304)序、杜道坚序、周明大德八年(1304)序。《四库全书总目提要》曰:"皆《元史》所遗"。

李冶卒。

按:李冶(1192—1279),字仁卿,号敬斋,河北栾城人。登金正大七年进士。师事杨文献、赵秉文,与元好问并称"小元李"。忽必烈在潜邸之际,闻其贤,召见询政。晚年买田封龙山下,与元好问、张德辉并称封龙山三老。至元二年(1265)召为翰林学士,卒谥文正。数学家,主要贡献为天元术(代数)。著有《敬斋文集》四十卷、《壁书丛削》十二卷、《泛说》四十卷、《敬斋古今注》(原四十卷,原书久佚,《四库全书》从《永乐大典》中辑出八卷)、《古今难》四十卷、《测圆镜海》十二卷、《益古演段》三卷、《益故衍疑》三十卷等。事迹见《国朝名臣事略》卷一三、《元史》卷一六〇、《元诗选癸集》乙集、《元诗纪事》卷三、《新元史》卷一七一本传。

段成己卒。

按:段成己(1199—1279),字诚之,号菊轩,绛州稷山人。段克己之弟。金末正大间登进士第,授宜阳主簿。元初,起为平阳府儒提举,不赴,与兄避地龙门山,时人誉为"儒林标榜",后人汇集其兄弟诗词为《二妙集》八卷,成己另著有《药轩乐府》一卷。

陈泰(1279—1320)、马祖常(1279—1338)、孛术鲁翀(1279—1338)、陈柏(1279—1339)、谢端(1279—1340)、顾信(1279—1353)、孟梦恂(1279—1353)、吴镇(1279—1354)、钟嗣成(1279—约1360)生。

元世祖至元十七年　宋祥兴三年
庚辰　1280年

正月,升张瑄为沿海招讨使,罗璧为管军总管。

按:《元史·世祖本纪八》"以总管张瑄、千户罗璧收宋二王有功,升瑄沿海招讨使,虎符;璧管军总管,金符。"(《元史》卷十一)

二月乙亥,和礼霍孙将兵与高和尚同赴北边。

按:《元史·世祖本纪八》"张易言:'高和尚有秘术,能役鬼为兵,遥制敌人。'命和礼霍孙将兵与高和尚同赴北边。"(《元史》卷十一)

诏纳速剌丁将精兵万人征缅国。(《元史·世祖本纪八》卷十一)

告迁太庙。

按:《元史·祭祀志三》"十七年十二月甲申,告迁于太庙。癸巳,承旨和礼霍孙,太常卿太出、秃忽思等,以祫室内栗主八位并日月山版位、圣安寺木主俱迁。甲午,和礼霍孙、太常卿撒里蛮率百官奉太祖、睿宗二室金主于新庙安奉,遂大享焉。乙未,毁旧庙。"(《元史》卷七四)

三月甲辰,车驾幸上都。(《元史·世祖本纪八》卷十一)

立功德使司,从二品,掌奏帝师所统僧人并吐蕃军民等事。(《元史·世祖本纪八》卷十一)

己未,诏讨罗氏鬼国。

按:《元史·世祖本纪八》"己未,诏讨罗氏鬼国。命以蒙古军六千,哈剌章军一万,西川药剌海、万家奴军万人,阿里海牙军万人,三道并进。"(《元史·世祖本纪八》卷十一)

四月乙酉,以宋太常乐付太常寺。(《元史·世祖本纪八》卷十一)

六月己巳,遣中使历江南名山,访求高士。

按:《元史·世祖本纪八》"己巳,遣中使咬难历江南名山访求高士,且命持香币诣信州龙虎山、临江阁皂山、建康三茅山,皆设醮。"(《元史》卷十一)

敕亦来等率万人入罗氏鬼国,如其不附,则入讨之。(《元史·世祖本纪八》卷十一)

丁丑,唆都请招三佛齐等八国,不从。(《元史·世祖本纪八》卷十一)

戊寅,占城、马八儿国皆遣使奉表称臣,贡宝物犀象。(《元史·世祖本纪八》卷十一)

征日本。(《元史·世祖本纪八》卷十一)

九月壬子,车驾至自上都。(《元史·世祖本纪八》卷十一)

十月,遣使谕爪哇国及交趾国。始制象轿。(《元史·世祖本纪八》卷十一)

十一月己亥朔,俱蓝、马八、阇婆、交趾等国俱遣使进表。

按:《元史·世祖本纪八》"翰林学士承旨和礼霍孙等言:'俱蓝、马八、阇婆、交趾等国俱遣使进表,乞答诏。'从之,仍赐交趾使人职名及弓矢鞍勒。降诏招谕爪哇国。"(《元史》卷十一)

甲子,诏颁《授时历》。

按:先是,至元初,刘秉忠言《大明历》自辽、金承用二百余年,浸以后天,宜在所立改,未及用其议,而秉忠没。至十三年,江南略平,天下混一,上思其言,遂议改修新历,立局以庀事。诏郭守敬与王恂率南北日官分掌测验,而张文谦、张易领其事,前中书左丞许衡亦参预焉。(《元史纪事本末》

卷三)《授时历》乃当时最先进的历法,以365.2425日为一岁,距近代观测值365.2422仅差26秒,精度与现通用之公历即《格列高里历》相当,但却早了300多年。元世祖忽必烈取古语"敬授民时"之意,定名为《授时历》。

十二月甲午,大都重建太庙成,自旧庙奉迁神主于祐室,遂行大祫之礼。(《元史·世祖本纪八》卷十一)

丙申,敕镂版印造帝师八思巴所译《戒书》五百部,颁降诸路僧人。(《元史·世祖本纪八》卷十一)

修桐柏山淮渎祠。(《元史·世祖本纪八》卷十一)

安南国来贡驯象。(《元史·世祖本纪八》卷十一)

阿难答(忽必烈孙)承袭安西王爵位,领其部众皈依伊斯兰教。

按:阿难答幼受一穆斯林抚养,归依伊斯兰教,信之颇笃,因传布伊斯兰教于唐兀之地。所部士卒十五万人,闻从而信教者居其大半。

是年,命都实往求河源。

按:《元史·地理志六》"河源古无所见。……汉、唐之时,外夷未尽臣服,而道未尽通,故其所往,每迂回艰阻,不能直抵其处而究其极也。元有天下,薄海内外,人迹所及,皆置驿传,使驿往来,如行国中。至元十七年,命都实为招讨使,佩金虎符,往求河源。都实既受命,是岁至河州。州之东六十里,有宁河驿。驿西南六十里,有山曰杀马关,林麓穿隘,举足浸高,行一日至巅。西去愈高,四阅月,始抵河源。是冬还报,并图其城传位置以闻。其后翰林学士潘昂霄从都实之弟阔阔出得其说,撰为《河源志》。临川朱思本又从八里吉思家得帝师所藏梵字图书,而以华文译之,与昂霄所志,互有详略。"(《元史》卷六三)

立江西等处榷茶都转运使司。

按:据虞集《榷茶运司记》记载榷茶都转运使司设立及变迁曰:忽必烈平定江南,至元十二年(1275),江州之人即献茶利。次年,收其征入中统钞数千余锭。"其设官,则十七年(1280)始立江西等处榷茶都转运使司,二十五年(1288),去榷茶字,兼领宣课。二十八年(1291),复榷茶名,官所统出茶之地,则江西、湖广、河南、江浙四行省之所部。而其治在江州,分布提举官。"(《道园学古录》卷三七)

始置昭和署。

按:《元史·百官志一》"天乐署,初名昭和署,秩从六品,管领河西乐人。至元十七年始置。"(《元史》卷八五)

霍礼和孙任翰林承旨。

按:《元史·祭祀志三》"十七年十二月甲申,告迁于太庙。癸巳,承旨和礼霍孙……"(《元史》卷七四)

太出、秃忽思、撒里蛮任太常卿。

按:《元史·祭祀志三》"十六年八月丁酉,以江南所获玉爵及坫,凡四十九事,纳于太庙。十七年十二月甲申,告迁于太庙。癸巳,承旨和礼霍孙,太常卿太出、秃忽思等,以祫室内栗主八位并日月山板位、圣安寺木主俱迁。甲午,和礼霍孙、太常卿撒里蛮率百官奉太祖、睿宗二室金主于新庙安奉,遂大享焉。"(《元史》卷七四)

王希贤除承事郎、太常博士。

按:王希贤乃正议大夫、御史中丞王博文之长子。胡祇遹《奉训大夫知泗州事王伯潜墓志铭》"朝士以名父贤子,同辞交荐,释褐翰林,擢编修官。以干局,转充大司农司令史。不逾年,改授应奉翰林文字,爵从仕郎,兼会同馆副使、接伴使。至元十七年,除承事郎、太常博士。"又按:干局,胡祇遹《从仕郎真定阜平县尹蔡君墓志铭》"中统建元,首辟中书省掾,以干局称。"(《紫山大全集》卷一八)

姚燧为陕西汉中道提刑按察司副使。(刘致《牧庵年谱》)

赵孟頫由集贤出知济南。

按:赵孟頫《初到济南》"自笑平生少宦情,龙钟四十二专城。青山历历空怀古,流水泠泠尽著名。官府簿书何日了,田园归计有时成。道逢黄发惊相问,只恐斯人是伏生。"(《松雪斋集》卷四)

徐世隆召为翰林学士,又召为集贤学士,皆以疾辞。(《元史·徐世隆传》卷一六〇)

许衡由集贤院大学士兼国子祭酒致仕。

按:欧阳玄《许先生神道碑》载,许衡至元十四年领太史院事修《授时历》,至此,《授时历》修成,许衡屡以病辞,而忽必烈"礼貌隆至,路朝锡杖,内殿赐坐",但许衡病灶已深,太子真金在东宫知晓此事,遂为许衡请辞,于是任命许衡之子许师可为怀孟路总管,以便侍养,且遣使对许衡说:"先生幸医药自辅,无以道不行为忧。"(《圭斋文集》卷九)

粤屯希鲁创建绍文书院(即双溪书院)于江西浮梁。

按:粤屯希鲁其时为按察副使。赵介如尝任山长,从游者甚众。介如,字元道,浮梁人,宋宝祐进士。(《江西通志》卷二三)

鲜于枢至元间,以选材为浙东宣慰司经历,改浙江行省都事。(《新元史》卷二三七)

杨庭璧出使俱蓝国。

按:《元史·外夷传三》"十六年十二月,遣广东招讨司达鲁花赤杨庭璧招俱蓝。十七年三月,至其国。国主必纳的令其弟肯那却不剌木省书回回字降表,附庭璧以进,言来岁遣使入贡。十月,授哈撒儿海牙俱蓝国宣慰使,偕庭璧再往招谕。"(《元史》卷二一○)

梁曾使安南。(《元史·外夷传二》卷二○九)

张留孙奉诏祠名山川。

按:袁桷记载,张留孙出行,"朝廷给驿马五十",且"令访遗逸以进。敕辅臣设宴崇真宫,复饯于国南门外"。张留孙祭祀回朝,"以所见闻剡于上,上悉用之"。(袁桷《有元开府仪同三司上卿辅成赞化保运玄教大宗师张公家传》)

真人祁志诚等受命焚毁《道藏》伪妄经文及板。

按:此事对于道教来说是个沉重打击,其时,张留孙通过真金太子向忽必烈通融,于是忽必烈召集廷臣讨论,最终决定"存其不当焚者,而醮祈禁祝亦不废"。可以说,由于张留孙等人的活动,道教势力得以不隳坠。(虞集《张宗师墓志铭》,《道园学古录》卷五○)

以三茅山上清四十三代宗师许道杞祈祷有验,命别主道教。(《元史·世祖本纪八》卷十一)

陈孚约于是年前后以布衣上《大一统赋》。(《元史·儒学传》卷一九○)

郭守敬等著《授时历》二卷成。(齐履谦《知太史院郭公行状》,《国朝文类》卷五○)

按:新历法推算之精确,较过去为准确,为当时之最,施行达四百年之久。为明末西方先进天文历法知识传入前最优秀之历法。

窦默卒。

按:窦默(1196—1280),字子声,初名杰,字汉卿,河北广平肥乡人。与姚枢、许衡等讲求理学。忽必烈时,使皇子从其学习。位为翰林侍讲,晚年加至昭文馆大学士,累赐太师,谥文正。又从名医李洁学铜人针法。著有《疮疡经验全书》十二卷、《针经指南》、《标幽赋》二卷、《流注指要赋》及《六十六穴流注秘诀》。事迹见苏天爵《元故尚医窦君墓铭》(《滋溪文稿》卷二一)、《国朝名臣事略》卷八、《元史》卷一五八、《宋元学案》卷九○等。

姚枢卒。

按：姚枢（1203—1280），字公茂，号敬斋，又号雪斋，柳城人，徙洛阳。金亡居辉州，以道学名。忽必烈潜邸金莲川时，追随其十年，建言无数，对忽必烈平宋、建元立下巨大功勋。卒谥文献。死后声名日著，成宗元贞二年（1296），姚枢死后十九年，赠谥荣禄大夫、少师、文献公。武宗至大三年（1310），追号嘉猷程世旧学功臣、太师、开府仪同三司、鲁国公，谥仍其旧，又推恩再世。姚枢从蒙古攻宋时，受命访求儒道释臣卜者，于德安得见名儒赵复，始见程朱之书，随后为理学信徒。辞官后移家辉州，作家庙，别为一室奉孔子及宋儒周敦颐、程颢、程颐、张载、邵雍、司马光六君子像，刊印《小学》、《四书》诸经传注以惠后学。时人誉之为"有志卓卓，倡道苏门，上溯泗沂，下探关洛"（宋濂《名臣颂》），对理学在黄河以北地区之发展有重要作用。事迹见姚燧《中书左丞姚文献公神道碑》（《牧庵集》卷一五）、《元史》卷一五八、《宋元学案》卷九〇、《新元史》卷七、卷一五。

李居寿卒。

按：李居寿（1221—1280），字伯仁，号淳然子，汲县人。太一教道士，继萧道辅掌教事，元世祖即位，赐号太一演化贞常真人。王恽称其所谈"率以忠信孝慈为行身之本"，谓"虽方外士，其至诚上感，有君臣庆会之契"。事迹见王恽《太一五祖演化贞常真人行状》（《秋涧集》卷四七）

廉希宪卒。

按：廉希宪（1231—1280），一名忻都，字善甫，号野云，畏吾儿人。由父官廉访使氏焉。因熟悉儒书，人称廉孟子。主张汉法，录用汉官、兴学校、修水利，后追封魏国公，卒谥文正，后又追封恒阳王。《国朝名臣事略》卷七载"丞相淮安忠武王曰：'廉公，宰相中真宰相，男子中真男子'"。事迹见《国朝名臣事略》卷七、《元史》卷一二六。

姚燧《平章廉公挽章》对廉希宪个性、风采有较详细的描述："呜呼平章公，懿质天所性。气锺三光粹，量包九泽净。加以资学问，寸晷如与竞。不有斯人徒，孰佐天子圣。山立当轩陛，侃侃言议正。搜贤及耕钓，岩薮沾币聘。十年泰阶平，四海弓不檠。奇才管萧匹，余子非季孟。事随乃来毁，辇毂奉朝请。名园平泉比，若石不可姓。门前施行马，外物轩冕盛。相过尽慈伯，闻至倒屣迎。清风佳月夕，剧谈杂觞咏。绝口温室树，肯干兰省政。屡典千金裘，好客远慕郑。焉如灵台上，忧世常炳炳。天下尚可为，惜哉司马病。何期龙蛇岁，寿仅满知命。忆昨讣下初，远近声泪并。胡禾陋巷仁，反福东陵横。巫阳不可作，百载生不更。岂其黔嬴游，默运元化柄。其栖景星凤，出为斯世庆。将遂为神明，山川主雩荣。苍苍高在上，此理幽莫镜。优孟效叔敖，犹足楚人敬。况公自有子，毓德宜尔令。不见提刑君，气岸殊豪

劲。秋风鹰隼厉,肝胆裂枭獍。他日霜澜平,动业未可竟。一门周司徒,竹帛看辉映。"(《牧庵集》卷三二)

胡祗遹《哭廉相平章》"间气何所寓,感之生异人。卓越趋向高,举足踏青云。汪洋器宇阔,沧海无涯津。一命领方伯,再命当大钧。许身不轻浅,要接伊傅邻。心为知己尽,仰答尧舜君。读书知圣学,不染章句尘。执政履王道,功利奚足云。志不在一时,树业垂千春。爱士慎许可,门满王佐宾。誉望星斗重,饮食寒士贫。屡空常晏如,所念忧饥民。深严后乐堂,寤寐思经纶。济海横巨航,苏旱霏甘霖。礼乐统刑政,咳唾期一新。奋乎百世下,再复唐虞淳。二竖何许来,医和术无神。沈绵竟不起,天意谁能询。生之岂无故? 夺去良有因。九原不可作,怆我泪沾巾。我车匪徒出,沙路日荆榛。"(《紫山大全集》卷一)

滕安上《中相廉公挽章二首》"噩噩诗书府,岩岩柱石姿。苍生仰威凤,清庙失元龟。事业今千古,风流彼一时。旋闻林甫败,惜不九龄知。翊赞真王运,贤闻贞观初。胸中九云梦,身后五车书。往事遽如此,斯人今有诸。惟天不容伪,子舍尽金鱼。(《东庵集》卷二)

僧八思巴卒。

按:八思巴(1235—1280),吐蕃萨斯伽人,族款氏也。八思巴(又译八合思巴、发思巴),意为"圣者",是尊称,萨斯迦班智达弟桑察索南坚赞之子,本名罗追坚赞,"萨斯迦五祖"中的五祖。八思巴"幼而颖悟,长博闻思,学富五明,淹贯三藏",十七岁时,被临终的萨迦班智达任命为自己的法位继承人,即萨迦寺主持和萨迦派教主。蒙哥汗三年(1253),忽必烈从受佛戒。中统元年(1260),被尊为国师,使统天下佛教徒。至元元年(1264),使领总制院事,统辖藏区事务。至元六年(1269),制成蒙古新字,加号大宝法王。八思巴与忽必烈的合作,使藏传佛教成为元朝统治者所信奉的国教,在元代历史产生深远影响。事迹见王磐《帝师发(八)思八(巴)行状》、《元史·释老传》卷二〇二、《新元史》卷二四三本传、《西藏王臣记》。

又按:《元史·释老传》载:"中统元年,世祖即位,尊为国师,授以玉印。命制蒙古新字,字成上之。其字仅千余,其母凡四十有一。其相关纽而成字者,则有韵关之法;其以二合三合四合而成字者,则有语韵之法;而大要则以谐声为宗也。至元六年,诏颁行于天下。诏曰:'朕惟字以书言,言以纪事,此古今之通制。我国家肇基朔方,俗尚简古,未遑制作,凡施用文字,因用汉楷及畏吾字,以达本朝之言。考诸辽、金,以及遐方诸国,例各有字,今文治寖兴,而字书有阙,于一代制度,实为未备。故特命国师八思巴创为蒙古新字,译写一切文字,期于顺言达事而已。自今以往,凡有玺书颁降者,并用蒙古新字,仍各以其国字副之"(《元史》卷二〇二)。今传元代圣旨碑上所刻汉字,有八思巴字母拼写对音,为研究当时音韵重要资料。

张弘范卒。

按:张弘范(1238—1280),字仲畴,易州定兴人。元初汉人世侯张柔第九子。曾参加过襄樊之战,后跟随元帅伯颜灭宋。至元十四年(1277)授予镇国上将军,任命为江东道宣慰使。至元十五年(1278)使弟张弘正为前锋,俘获南宋丞相文天祥于五坡岭(今广东海丰北)。从学于郝经,能为歌诗。卒谥武略,改谥忠武,再改献武。著有《淮阳集》、《淮阳乐府》。其散曲内容主要是以铁骑征战自矜。明·朱权《太和正音谱》将其列于"词林英杰"一百五十人之中。事迹见苏天爵《国朝名臣事略》卷六、《元史》卷一五六、《新元史》卷一三九、《元诗选·二集》小传。

刘致(1280—1334)、郭畀(1280—1335)、乔吉(1280—1345)生。

元世祖至元十八年　宋祥兴四年
辛巳　1281年

正月,征日本。

按:袁桷《宣武将军寿春副万户吴侯墓志铭》载:"十八年,大治兵,伐日本,拜疏请行,授宣武将军、征东副万户,领淮东西兵以先舟师抵其国。八月,飓风大作,器械君士,沈溺物故,衲破舟乱流以经海岛。高丽、日本二国,常不相能,遇高丽逻人,问所以,载与还,而先帝亦厌兵罢征矣。"(《清容居士集》卷三〇)

敕江南州郡兼用蒙古、回回人。(《元史·世祖本纪八》卷十一)

辛亥,遣使代祀岳渎后土。(《元史·世祖本纪八》卷十一)

福建省左丞蒲寿庚言:"诏造海船二百艘,今成者五十,民实艰苦。"诏止之。(《元史·世祖本纪八》卷十一)

三月丙午,车驾幸上都。(《元史·世祖本纪八》卷十一)

禁一切左道惑众之书。

按:《大元圣政国朝典章》卷三二载,三月,"中书省咨刑部呈奉省判御史台呈行台咨,都昌县贼首杜万一等指白莲会为名作乱。诏,得江南见有白莲会等名目,《五公符》、《推背图》、《血盆》及应合禁断天文图书,一切左道惑众之术,拟合钦依禁断。仰与秘书监一同拟议,连呈事奉此移准秘书监关议得拟合照依圣旨禁断拘收外,据前项图画封记发来事,本部议得若依秘书监所拟,将《五公符》、《推背图》等天文图书,并左道乱政之术,依上禁断拘收,到官封记,发下秘书监收顿。相应都省天下禁断拘收,发来施行"。

五月癸卯,禁西北边回回诸人越境为商。(《元史·世祖本纪八》卷十一)

七月,占城国来贡象犀。(《元史·世祖本纪八》卷十一)

海南诸国来贡象犀方物。(《元史·世祖本纪八》卷十一)

八月闰月丙午,车驾幸上都。(《元史·世祖本纪八》卷十一)

九月癸酉,商贾市舶物货已经泉州抽分者,诸处贸易,止令输税。(《元史·世祖本纪八》卷十一)

壬辰,占城国来贡方物。(《元史·世祖本纪八》卷十一)

十月乙未(三日),祫于太庙。(《元史·世祖本纪八》卷十一)

己亥,议封安南王号。

按:《元史·世祖本纪八》"己亥,议封安南王号,易所赐安南国畏吾字虎符,以国字书之;仍降诏谕安南国,立日烜之叔遗爱为安南国王。"(《元史》卷十一)

己酉,焚毁道书。

按:其时,元世祖方信桑门之教,诏枢密副使张易等参校道书,"己酉,张易等言:'参校道书,惟《道德经》系老子亲著,余皆后人伪撰,宜悉焚毁。'从之,仍诏谕天下"。(《元史·世祖本纪八》卷十一)元初,蒙古王室对各种宗教均采取保护利用政策,唯中原地区以全真教发展尤为迅猛。佛道论争即发生于藏传佛教与全真教间之论争。有元一代,此论争自 1255 年,以《八十一化图》之刊行开始。《八十一化图》本全真教为扩大影响由《老子化胡经》所编而成之连环画。少林寺僧福裕将其交与大学士安藏,安藏本落发僧人,遂斥其妄伪。又经阿里不哥上呈蒙哥,引发第一次佛、道之争。蒙哥于大内万安阁摆御案,亲主辩论。少林僧福裕与全真教首领李志常等"对面穷考,按图征诘"。佛教群僧引经据典,李志常则"拱默无言,面䞝汗出",一无所对。全真教遂大败。九月底,蒙哥颁旨,由北印度迦湿弥罗国(今克什米尔)名僧那摩大师秉公而断,基本仅限于澄清假经是否新造,改正道士所毁佛像,追究当事者。当然"若和尚每坏了老子,塑著佛像,亦依前体例要罪过者"。是为"和林之争",亦为第一次佛道论争。佛教界并不罢休,又寻由找忽必烈状告道士。忽必烈大怒,全真教掌门张志敬遭辱打"头面流血"。翌年五月,佛教界又北上和林拜见蒙哥,意欲再开论战。恰李志常病逝,论战暂休。宪宗八年(1258),蒙哥令皇弟忽必烈主持处理中原地区佛、道纠纷。忽必烈于开平府王邸,召集儒、释、道三教名流以及手下官吏七百余人。其中,佛教界除印僧那摩国师外,藏传和南传佛教两系的代表人物有八思巴国师(后升帝师)、西蕃国师、河西国僧、外五路僧、大理国僧等;中原各地的名僧有从超、德亨、祥迈、明津、至温、道玄、从伦、道寿、善朗等,共三百余僧。以全真教一派为代表的道教界人物有燕京道士张志敬、樊志应、魏志阳、堆志融、周志立、申志贞、马志宁、张志柔以及中原各地道士赵志修、李志全、于志申等二百余道人。忽必烈手下重要官吏则有:丞相蒙速速、丞相没鲁花赤、平章政事廉希宪等以及著名儒家代表窦默、姚枢等亦二百余众。其规模远过之前"和林之争",所聚人物皆三教头面人物及一时名流宿儒。所争论内容与第一次大致相同。其一:《老子化胡经》诸碑石经版出处年月;其二,庙宇侵夺及毁改塑像原因;其三,房舍田产归属。道、佛各派出十七名代表,且拟约定,"但僧家无据,留发戴冠;道士义负,剃头为释",尚书姚枢诸人任裁判,以示两不偏袒。《至元辨伪录》记载了八思巴与群道辩论片段。道士引《史记》诸书为其"化胡"依据,八思巴曰:"此谓何书?"道士云:"前代帝王之书"。忽必烈疑道:"今持论教法,何用攀援前代帝王?"八思巴曰:"我天竺亦有史记,汝闻之乎?"道士称:"未也"。八思巴曰:"我为汝说天竺《频婆娑罗王赞佛功德》。有曰:天上天下无如佛,十方世界亦无比,世间所有我尽见,一切无有如佛者。当其说时,老子安在?"道士不能答。八思巴问:"汝《史记》有化胡之说否?"道士曰:"无"。八思巴曰:"然则老子所传何经?"道士称:"《道德经》。""此外更有何经?"曰:"无"。八思巴遂道:"《史记》中既无,《道德经》中又不载,其伪妄明矣。"(见《至元辨伪录》卷五)最终,全真教士理屈辞穷,姚枢当庭宣布,佛胜道败。于是,忽必烈如约下令:"上件《八十一化》等伪经及有雕底板木,并令烧却。并天下碑刻之文、塑画之像,道家无底,尽与铲除。"并明确开列出应立即查禁焚毁"伪经"之目,计有《化胡经》、《犹龙经》、《太上实录》、《三破论》、《十异九迷论》、《钦道明证论》、《明真辩伪论》、《辅正除邪论》、《谤道释论》、《赤书经》、《三教根源图》等三十九种。又令天下道士将所列之伪经及经版,"如圣旨到日,拘刷前来,于燕京稠人广众之前,并皆焚毁,杜绝邪源。若私畜者,准制科罪。"至于寺宇及财产、塑像诸事,佛教被全真教等所占夺和各地寺宇、山林、水土共四百八十二处,限令悉数归还。寺中改塑、增绘老子像,"塑者碎之,画者洗之,所有乖戾,并与迁革"。同时,代表全真教出场者,樊志应、魏志阳、张志柔凡道人十七名,均由使臣脱欢押至龙光寺削发为僧。这些人押回燕京后,"遍散诸寺,无一逃失。若去了者,与贼同罪"。全真教以此一蹶不振,亦失去其在蒙古王室之尊宠地位。忽必烈即位后,为示怀柔,曾对全真教示以安抚,以趋利用。全真教道众以此而试图报复,遂诱发第三次佛道之争。至元十七年（1280），元大都城中长春宫众道士，受提点甘志泉、知宫王志真指使，"自焚廪舍"，反声称为僧录广渊所为。后经中书省、枢密院诸官审理，众道难圆其谎，遂判全真教诬陷佛家。忽必烈怒，于六月颁下圣旨，命枢密副使孛罗等严加惩处。圣旨云："这先生每明白招来了上头，为头儿底杀了两个也。别个的割了耳朵，鼻子的割了也。别个的打了也。其余的交做了军也。这般断了也，钦此。"（《至元辨伪录》卷五）于是为首两个被杀头，其他群道割耳、挖鼻、充军。佛家诸僧官趁势上奏忽必烈，称"往年所焚道家伪经板本化图，多隐匿未毁，其《道藏》诸书，类皆诋毁释教，剽窃佛语，宜加甄别。"忽必烈遂又命枢密副使孛罗、前中书省左丞张文谦、秘书监焦友直、释教总统合台萨哩、太常卿忽都于思、中书省客省使都鲁，以及在大都的各寺住持、方丈等共往长春宫，会同道教各派领袖张宗演、祁志诚、李德和、杜福春等，进一步辨论《道藏》各经真伪。到至元十八年（1281）十月告成，元朝诸官"张易等言：参校道书，惟《道德经》系老子亲著，余皆后人伪撰，宜悉焚毁。从之，仍诏谕天下"。令下之后第三天，"集百官于悯忠寺，尽焚道藏伪经杂书。遣使诸路，俾遵行之"。

元初道教优势地位由此改变。从论争肇兴，有李志常被骂为"畜类"，张志敬遭辱打"头面流血"在前；有17道士被迫落发为僧，而至割耳剜鼻，焚毁巨典《道藏》于后，全真教劫难遍及于全国，再也无力与佛教争锋。而藏传佛教从此开始在内地弘传，历元、明、清三代。（邓丁三《藏传佛教的东渐及在北方地区的弘传》）

用和礼霍孙言，于扬州、隆兴、鄂州、泉州四省置蒙古提举学校官各二员。（《元史·世祖本纪八》卷十一）

十一月壬午，诏谕爪哇国主，使亲来觐。（《元史·世祖本纪八》卷十一）

赐礼部尚书留梦炎及出使马八国俺都剌等钞各有差。（《元史·世祖本纪八》卷十一）

是年，平阳府永乐镇东祖庭所藏七千八百余帙藏经遭焚禁。

按：先是披云子、宋真子收索藏经七千八百余帙，镂梓于平阳府永乐镇东祖庭藏之。世祖信佛排道，令销毁道藏经板，《玄都宝藏》付之一炬。

诏求前代圣贤之后，儒医卜筮，通晓天文历数，并山林隐逸之士。（《元史·世祖本纪八》卷十一）

十二月丁未，议选侍卫军万人练习，以备扈从。（《元史·世祖本纪八》卷十一）

升太常寺为正三品。（《元史·世祖本纪八》卷十一）

是年，立甘肃等处行中书省。

按：《元史·百官志七》"甘肃等处行中书省。中统二年,立行省于中兴。至元十年,罢之。十八年复立,二十二年复罢,改立宣慰司。二十三年,徙置中兴省于甘州,立甘肃行省。三十一年,分省按治宁夏,寻并归之。本省治甘州路,统有七路、二州。"(《元史》卷九一)甘肃等处行中书省,为路七、州二,属州五。本省马站六处。河西陇北道肃政廉访司。甘州路,上。唐为甘州,又为张掖郡,宋初为西夏所据,改镇夷郡,又立宣化府。元初仍称甘州。至元元年,置甘州路总管府。八年,改甘州路总管府。十八年,立行中书省,以控制河西诸郡。户一千五百五十,口二万三千九百八十七。至元二十七年数。本路黑山、满峪、泉水渠、鸭子翅等处屯田,计一千一百六十余顷。"(《元史》卷六〇)

置蒙古提举学校官。

按：《元史·百官志七》"蒙古提举学校官,秩从五品。提举一员,从五品;同提举一员,从七品。至元十八年置。惟江浙、湖广、江西三省有之,余省不置。"(《元史》卷九一)

董文忠除典瑞监卿,未几又拜金书枢密院事。(《元史·董俊传(附传董文用传)》卷一四八)

翰林学士承旨撒里蛮兼领会同馆、集贤院事。(《元史·世祖本纪八》卷十一)

平章政事、枢密副使张易兼领秘书监、太史院、司天台事。(《元史·世祖本纪八》卷十一)

翰林学士承旨和礼霍孙守司徒。(《元史·世祖本纪八》卷十一)

李时衍任太常博士。

按：《元史·祭祀志三》"十八年二月,博士李时衍等议:'历代庙制,俱各不同。欲尊祖宗,当从都宫别殿之制;欲崇俭约,当从同堂异室之制。'"(《元史》卷七四)

王恽以按察副使向太子真金进献《承华事略》。(《元史·裕宗》卷一一五)

姚燧为秦宪副。(刘致《牧庵年谱》)

孟祺擢浙东海右道提刑按察使,以病不赴。(《元史·孟祺传》卷一六〇)

白恪授从仕郎、江东建康道提刑按察司经历。

按：白恪接着被改任荆湖占城等处行省都事。其时,荆湖省臣括财,恣威福,白恪"度不可与共事,辞不拜",后来,省臣果受诛。(袁桷《朝列大夫同金太常礼仪院事白公神道碑铭》,《清容居士集》卷二七)

王伯潜升奉训大夫、陕西行中书省左右司员外郎。

按：胡祇遹《奉训大夫知泗州事王伯潜墓志铭》"明年，升奉训大夫、陕西行中书省左右司员外郎。"（《紫山大全集》卷一八）

杨恭懿辞归。

按：杨恭懿十六年以修历召，历成，授集贤学士兼太史院事，十八年辞归。（《国朝名臣事略·太史杨文康公》卷一三）

王恂为嘉议大夫、太史令时，居父丧哀毁，日饮勺水，帝遣内侍慰谕之，未几卒。（《元史·王恂传》卷一六四）

文天祥之囚室五月被暴雨淹，雨后又烈日晒，文安之若素，作《正气歌》。

按：辽阳儒学副提举刘岳申曾作《文丞相传》，湖广省检校官孙富为之刊刻，许有壬有序。许有壬《文丞相传序》"宋养士三百年，得人之盛，轶汉唐而过之远矣。盛时忠贤杂沓，人有余力，及天命已去，人心已离，有挺然独出于百万亿生灵之上，而欲举其已坠，续其已绝，使一时天下之人，后乎百世之下，洞知君臣大义之不可废，人心天理之未尝泯，其有功于名教为何如哉！……孙富为湖广省检校官，始出辽阳儒学副提举刘岳申所为传，将刻之梓，俾有壬序之。有壬早读《吟啸集》、《指南录》，见公自述甚明。三十年前游京师，故老能言公者尚多，而讶其传之未见于世也。伏读感慨，惜京师故老之不及见也。公之事业在天地间，炳如日星，自不容泯，而史之取信，世之取法，则有待于是焉。若富也，可谓能后者已。"（《至正集》卷三〇）

杨庭璧再使俱蓝。

按：杨庭璧此行最终到达马八儿国，并促使两国往来。《元史·外夷传三》载："十八年正月，自泉州入海，行三月，抵僧伽耶山，舟人郑震等以阻风乏粮，劝往马八儿国，或可假陆路以达俱蓝国，从之。四月，至马八儿国新村马头，登岸。其国宰相马因的谓：'官人此来甚善，本国船到泉州时官司亦尝慰劳，无以为报。今以何事至此？'庭璧等告其故，因及假道之事，马因的乃托以不通为辞。与其宰相不阿里相见，又言假道。不阿里亦以它事辞。五月，二人蚤至馆，屏人，令其官者为通情实：'乞为达朝廷，我一心愿为皇帝奴。我使札马里丁入朝，我大必阇赤赴算弹华言国主也告变，算弹籍我金银田产妻孥，又欲杀我，我诡辞得免。今算弹兄弟五人皆聚加一之地，议与俱蓝交兵；及闻天使来，对众称本国贫陋。此是妄言。凡回回国金珠宝贝尽出本国，其余回回尽来商贾。此间诸国皆有降心，若马八儿既下，我使人持书招之，可使尽降。'时哈撒儿海牙与庭璧以阻风不至俱蓝，遂还。哈撒儿海牙入朝计事，期以十一月俟北风再举。至期，朝廷遣使令庭璧独往。"（《元

史》卷二一○)

天师张宗演三月于宫中奏赤章于天七昼夜。

按:《元史·世祖本纪八》载,七月又命天师张宗演等即寿宁宫奏赤章于天,凡五昼夜。八月,又设醮于上都寿宁宫。(《元史》卷十一)

张留孙为武宗取名。

按:"七月,皇曾孙生,是为武宗,上命择嘉名以进。""二十二年,仁宗生,复召命名。今二帝庙讳虽用国语,皆以公名义释之。"袁桷又记:"是岁,分翰林、集贤院为两,道教专掌集贤,始自公议。"(袁桷《有元开府仪同三司上卿辅成赞化保运玄教大宗师张公家传》)

六祖李全祐丁巳嗣五祖李居寿祭斗。(《元史·世祖本纪八》卷十一)

法师刘道真乙亥被召问祠太乙法。(《元史·世祖本纪八》卷十一)

刘思敬征入朝,进六甲飞雄丹,治愈世祖足疾。

按:元帝甚眷刘思敬,居八年,思敬乞还。(《江西通志》卷一百○四)

三茅山三十八代宗师蒋宗瑛受召赴阙。(《元史·世祖本纪八》卷十一)

丹八八合赤等诣东海及济源庙修佛事。(《元史·世祖本纪八》卷十一)

印度泰米尔商人于泉州起一印度教寺院——番佛寺。

《许文正公遗书》十四卷编成。

按:许文正公乃许衡。许衡平生宗旨颇赖此编以存。该书既为许氏著作合集,亦为反映元代理学状况之要著。虽发明不多,亦足以反映元代理学水平。此书最早由许衡七世孙婿郝亚卿收辑,郝未竟而卒,转由河内教谕宰廷俊继成之。以后又有各种刊本行世,内容相同,仅编次卷数各异而已。《四库全书》"鲁斋遗书"提要云:"初,衡七世孙婿郝亚卿辑其遗文,未竟,河内教谕宰廷俊继成之。嘉靖乙酉,山阴萧鸣凤校刊于汴,后复有题识云:'鸣凤方校是书,适应内翰元忠奉使过汴,谓旧本次第似有未当,乃重编如左,续得《内法》及《大学中庸直解》俱以增入旧本,名《鲁斋全书》,窃谓先生之书尚多散佚,未敢谓之全也,故更名《遗书》',盖此本为应良所重编,而鸣凤更名者也。首二卷为《语录》;第三卷为《小学大义直说》、《大学要略》、《大学直解》;第四卷分上、下,上为《中庸直解》,下为《读易私言》、《读文献公撰著说》及《阴阳消长》一篇;第五卷为奏疏;第六卷亦分上、下,上为杂著,下为书状;第七第八卷为诗、乐府;附录二卷则像赞、诰、敕之类及后人题识之文。其书为后人所裒辑,无所别择,如《大学中庸直解》皆课蒙之书,词求通俗,无所发明,其编年歌括尤不宜列之集内,一概刊行,非衡本意。然衡平生议论宗旨亦颇赖此编以存,弃其芜杂,取其精英,在读者别择之耳。其文章无意修词，而自然明白醇正，诸体诗亦具有风格，尤讲学家所难得也。"其学说影响甚广，后人尊之为一代理学宗师。

建安虞氏务本堂刊行《赵子昂诗集》七卷。

按：是书现藏于日本静嘉堂文库。卷首有"赵子昂诗集目录"，目录末页尾题之前有一行阴文刊记"至元辛巳春和建安虞氏务本堂编刊"。各卷头题"赵子昂诗集卷之几"，署"宜黄后学谭润伯玉编集"。

吴澄留布水谷著《诸经注释孝经》成。（危素《吴澄年谱》）

周密始著《癸辛杂识》。

王恽作《泛海小录》。

按：至元十七年，忽必烈发动对日战争，由于遭遇台风，征服日本计划失败，而王恽这篇《泛海小录》对这场海战以及日本印象颇有叙录，非常有价值。文章写道："日本盖倭之别种，恶其名不雅，乃改今号。其国在洋海之东，所属州六十有八，居近日出，故曰日本。国王一姓，宋雍熙初，已传六十四世，中多女主，今所立某氏云。大元至元九年，上遣秘监赵良弼通好两国，次对马岛，拒而不纳。十七年己卯冬十一月，我师东伐，明年夏四月，次合浦县西岸，入海东行约二百里，过拒济岛，又千三三里，至吐剌忽苦，倭俗呼岛为苦。又二千七里抵对马岛，又六百里逾一岐岛，又四百里入容甫口，西又二百七十里至三神山，其山峻削，群峰环绕，海心望之，郁然为碧芙蓉也。上无杂木，惟梅竹、灵药、松桧、杪罗等树。其俗多徐姓者，自云皆君房之后。海中诸屿，此最秀丽方广。《十洲记》所谓海东北岸，扶桑蓬丘瀛州，周方千里者也。又说洋中之物，莫钜于鱼，其背鬣矗然山立，弥亘不尽，所经海波，两坼不合者数日。又东行二百里舣志贺岛下，与日本兵遇，彼大势结阵不动，旋出千人逆战数十合者，凡两月。我师既捷，转战而前，呼声勇气，海山震荡，所杀获十余万人，擒太宰滕原，少卿弟宗资，盖前宋时朝献僧奋然后也。兵仗有弓刀甲，而无戈矛，骑兵结束殊精，甲往往以黄金为之，络珠琲者甚众。刀制长，极犀锐，洞物而过。但弓以木为之，矢虽长，不能远。人则勇敢，视死不畏。自志贺东岸前去太宰府三百里，捷则一舍而近，自此皆陆地，无事舟楫，若大兵长驱，足成破竹之举。惜哉！志贺西岸不百里，有岛曰'毗兰'，俗呼为髑髅，即我大军连泊遇风处也。时大小船舰多为波浪揗触而碎，惟勾丽船坚得全，遂班师西还，是年八月五日也。往返凡十月，省大帅欣、都副察仄、次李都帅牢山、次宋降将范殿帅文虎，总二十三，南一十三，隋唐以来，出师之盛，未之见也。"（《秋涧集》卷四〇）

胡祗遹作《石砚屏》。

按：胡祗遹《石砚屏》序言云"至元十一年，客太原得石砚屏，高不咫，广不尺,粗见文秀如山形树影。以谓不足珍玩,置之箧笥。又七年,家居无事,整缉编简之散落者,复得是石于其中。"元代文人玩石之风,于此一见之。(《紫山大全集》卷二)

　　许衡卒。

　　按:许衡(1209—1281),字仲平,号鲁斋,怀州河内人。学者称鲁斋先生。忽必烈即位后,为集贤大学士兼国子祭酒,累拜中书左丞,封魏国公。至元二年(1265),即上书《时务五事》,《时务五事》与郝经的《立政议》以及姚枢上书互为呼应,促使了元蒙的汉化政策最终得以确立。卒追谥文正。与姚枢、窦默等讲习程朱理学。乃元代唯一从祀孔庙者。著有《大学鲁斋直解》一卷、《鲁斋许先生直说大学要略》一卷、《小学大义》、《读易私言》、《孝经直说》一卷、《孟子标题》、《四箴说》、《中庸说》、《语录》、《鲁斋心法》等合为《鲁斋遗书》八卷、附录二卷、《揲蓍说》一卷、《阴阳消长论》、《鲁斋词》一卷。事迹见耶律有尚(字伯强)《公考岁略续》、苏天爵《左丞许文正公》(《国朝名臣事略》卷八)、欧阳玄《元中书左丞集贤大学士国子祭酒赠正学垂宪佐理功臣太傅开府仪同三司上柱国追封魏国公谥文正许先生神道碑》(《圭斋文集》卷九)、《元史》卷一五八、《宋元学案》卷九〇、冯从吾《元儒考略》。另外,清郑士范编有《许鲁斋先生年谱》等。

　　又按:据耶律有尚云:"文正著述,惟《小学大义》、《孟子标题》、《读易私言》,而《中庸四箴》等说,乃门人所记,他则不足征也。"耶律有尚曾受学于许衡,对许衡言行"言行默而识之,其后考次年谱,笔之于书,凡日用纤悉取以为师法焉。而文正德业学术之微,因以表见于世",由此可见,耶律有尚的论断是较可依据的。(苏天爵《皇元故昭文馆大学士兼国子祭酒赠河南行省右丞相耶律文正公神道碑铭有序》,《滋溪文稿》卷七)

　　又按:苏天爵《左丞许文正公》载:"自关、洛大儒倡绝学于数千载之后,门人诵传之,未能遍江左也。伊川殁二十余年而文公生焉,继程氏之学,集厥大成,未能遍中州也。文公殁十年而鲁斋先生生焉,圣朝道学一脉,乃自先生发之。至今学术正,人心一,不为邪论曲学所胜,先生力也。所以继往圣开来学,功不在文公下。"(苏天爵《国朝名臣事略》卷八)《元故翰林侍读学士赠陕西行省参政知事吕文穆公神道碑铭》中评价许衡的教育意义认为:"当是时,风气浑厚,人材质朴,俗无骄矜华靡之习,故言易入而教易从。世祖皇帝以天纵之圣,思有以作新贤才,丕变风俗。而贵游之子言语不通,视听专一,文正公躬行以表帅之,设法以教养之,因其气质之淳,就乎规矩之正,本诸国朝之宪章,协于古先之典礼。其后成德达才,布列中外,大而宰辅卿士,小则郡牧邑令,辅成国家之政治者,大抵多成均之弟子也。是则文正兴学作人之功,顾不大欤!"又评论说:"臣闻古之君子莫不亲师友以修其学,博典礼以肃其家,措诸于用则教化兴而风俗美。然自秦、汉以降,士之于学则以文章记诵为工,施之于政则以功利权谋为上。至程、朱大儒,始本洙、泗遗书发明圣贤修己治人之道,许文正公得其书于南北未通之日,心领神会,躬行实践。及遇世祖皇帝,其学大行,迄今海内家习其书,义理赖以不泯。"(苏天爵《滋溪文稿》卷七)

欧阳玄在为许衡所作神道碑中评价其作为写道:"先生之道统,非徒托诸言语文字之间而已,盖自谨独之功,充而至于天德王道之蕴。故告世祖治天下之要,惟曰'王道'。及问其功,则曰:'三十年有成矣。'是以启沃之际,务以尧舜其君、尧舜其民为己任。由其真积力久,至诚交孚,言虽剀切,终无以忤。至于其身之进退,则凛若万夫之勇,何可以利禄诱而威武屈也?晚年义精仁熟,躬萃四时之和,道出万物之表,无事而静,则太空晴云,卷舒自如;遇物而动,则雷雨满盈,草木甲拆。事至而不凝,事过而无迹。四方之人,闻之而知敬,望之而知畏,亲之而知爱,远之而知慕。求其所以然,则惟见其胸中磅礴浩大,人欲净尽,天理流行,动静语默,无往而非斯道之著形也。又尝窃论之:先生天资高出,固得不传之妙于圣贤之遗经。然纯笃似司马君实,刚果似张子厚,光霁似周茂叔,英迈似邵尧夫,穷理致知、择善固执似程叔子、朱元晦。至于体用兼该,表里洞彻,超然自得于不动而敬、不言而信之域,又有濂、洛数君子所未发者。宜夫抗万钧之势而道不危,擅四海之名而行无毁。近代元丰之异论,熙宁之纷争,先生处之,岂有是哉!"(《圭斋文集》卷九)

《元史》云:"从柳城姚枢得伊洛程氏及新安朱氏书,益大有得。寻居苏门,与枢及窦默相讲习。凡经传、子史、礼乐、名物、兵刑、食货、水利之类,无所不讲,而慨然以道为己任。尝语人曰:'纲常不可一日而亡于天下,苟在上者无以任之,则在下之任也'。"许衡随姚枢学习理学义旨,入元曾主持国学。曾向忽必烈力陈"汉法",忽必烈为亲王时,任京兆提学,于关中大兴学校,以儒家六艺教授蒙古子弟,推行汉化,推重理学,人誉之"朱子之后一人"。许衡教授蒙古、色目"贵游之子","躬行以表帅之,设法以教养之,因其气质之淳,就乎规知之正,本诸国朝之宪章,协于古先之典礼",因此"其后成德达才,布列中外,大而宰辅卿士,小则郡牧邑令,辅成国家之政治者,大抵多成均之弟子也。是则文正兴学作人之功,顾不大欤!"(《元史·许衡传》卷一五八)

孟祺卒。

按：孟祺（1231—1281），字德卿，宿州人。从父迁居东平，辟掌书记，为廉希宪等所器重，以荐擢国史院编修官，迁应奉翰林文字。一时典册，多出其手。从伯颜攻宋，时军书填塞，祺酬应剖决，略无疑滞。宋亡，授嘉兴路总管。卒谥文襄。事迹见《元史》卷一六〇。

董文忠卒。

按：董文忠（1231—1281），字彦诚，藁城人。董俊第八子。1252年，他入侍忽必烈潜邸，次年从征云南。1259年，从忽必烈伐宋，渡长江，围鄂州。1260年忽必烈即位后，置符宝局，董文忠受命为郎，自此随事献纳，备受亲信。忽必烈称他为董八而不呼其名。追谥忠贞，改谥正献。事迹见姚燧《金书枢密院事董公神道碑》（《牧庵集》卷一五）、苏天爵《枢密董正献公》（《国朝名臣事略》卷一四）、《稿城董氏家传》、《元史》卷一四八。

王恂卒。

按：王恂（1235—1281），字敬甫，中山唐县人。元天文学家。幼从刘秉忠学习数学、天文，后与郭守敬一道从刘秉忠学习数学和天文历法，精通历算之学。至元十六年，授太史令，与郭守敬、许衡等修订历法。王恂任太史令之际，分掌天文观测和推算方面的工作，遍考历书四十余家。卒谥文肃。事迹见《元史》卷一六四。

蒋宗瑛卒。

按：蒋宗瑛（？—1281），字大玉，号玉海，毗陵人。号冲妙先生，正一道教茅山宗第三十八代宗师。宋景定初谢事，浪游山水。元世祖至元十八年（1281），诏令入京师大都，未几而卒。宗瑛于上清经法戒研探尤深，曾注《大洞玉经》十六卷传行于世，又校勘《上清大洞真经》。尝传大洞经法于杜道坚。著《三洞赞颂灵章》三卷。事迹见《元史》卷六一。

宋本（1281—1334）、李存（1281—1354）、朱震亨（1281—1358）生。

元世祖至元十九年　宋祥兴五年
壬午　1282年

二月辛卯朔，车驾幸柳林。（《元史·世祖本纪九》卷一二）

遣使代祀岳渎后土。（《元史·世祖本纪九》卷一二）

命司徒阿你哥、行工部尚书纳怀制饰铜轮仪表刻漏。（《元史·世祖本纪九》卷一二）

修官城、太庙、司天台。(《元史·世祖本纪九》卷一二)

议征缅国,以大卜为右丞,也罕的斤为参政,领兵以行。(《元史·世祖本纪九》卷一二)

甲寅,车驾幸上都。(《元史·世祖本纪九》卷一二)

三月壬午,诛王著等人。

按:《元史·世祖本纪九》"益都千户王著,以阿合马蠹国害民,与高和尚合谋杀之。壬午,诛王著、张易、高和尚于市,皆醢之,余党悉伏诛。"(《元史·世祖本纪九》卷一二)

四月二十日,刊行蒙古畏吾儿字所译《资治通鉴》。(《元史·世祖本纪九》卷一二)

按:其时,古畏吾儿乃官方主要文字,译文《通鉴》专供蒙古官僚贵族、色目人中上层人士及其子弟阅读。

六月戊戌,再攻占城。(《元史·世祖本纪九》卷一二)

七月,高丽国王请自造船一百五十艘,助征日本。(《元史·世祖本纪九》卷一二)

阇婆国贡金佛塔。(《元史·世祖本纪九》卷一二)

八月辛亥,大驾驻跸龙虎台。(《元史·世祖本纪九》卷一二)

庚寅,忙古带征罗氏鬼国还,仍佩虎符,为管军万户。(《元史·世祖本纪九》卷一二)

九月,南番多国进贡。

按:《元史·世祖本纪九》"招讨使杨庭坚招抚海外,南番皆遣使来贡。俱蓝国主遣使奉表,进宝货、黑猿一。那旺国主忙昂,以其国无识字者,遣使四人,不奉表。苏木都速国主土汉八的亦遣使二人。苏木达国相臣那里八合剌摊赤,因事在俱蓝国,闻诏,代其主打古儿遣使奉表,进指环、印花绮段及锦衾二十合。寓俱蓝国也里可温主兀咱儿撒里马亦遣使奉表,进七宝项牌一、药物二瓶。又管领木速蛮马合马亦遣使奉表,同日赴阙。……丁卯,安南国进贡犀兕、金银器、香药等物。"(《元史》卷一二)

壬申,诏"诸路岁贡儒、吏各一人"。(《元史》卷一二)

十月己丑,敕河西僧、道、也里可温有妻室者,同民纳税。(《元史·世祖本纪九》卷一二)

甲辰,占城国纳款使回,赐以衣服。(《元史·世祖本纪九》卷一二)

十一月戊午,赐太常礼乐、籍田等二百六十户钞千二百锭。(《元史·世祖本纪九》卷一二)

十二月乙未,令宋宗室居上都。

按:"中书省臣言:'平原郡公赵与芮、瀛国公赵㬎、翰林直学士赵与票,宜并居上都。'帝曰:'与芮老矣,当留大都,余如所言。'继有旨,给瀛国公衣粮发遣之,唯与票勿行。"(《元史》卷一二)

从御使中丞崔彧言,选用台察官宜汉人、蒙人相参巡历。(《元史·世祖本纪九》卷一二)

是年,伯颜请以海运粮食。

按:《元史·食货志一》"元都于燕,去江南极远,而百司庶府之繁,卫士编民之众,无不仰给于江南。自丞相伯颜献海运之言,而江南之粮分为春夏二运。盖至于京师者一岁多至三百万余石,民无挽输之劳,国有储蓄之富,岂非一代之良法欤!初,伯颜平江南时,尝命张瑄、朱清等,以宋库藏图籍,自崇明州从海道载入京师。而运粮则自浙西涉江入淮,由黄河逆水至中滦旱站,陆运至淇门,入御河,以达于京。后又开济州泗河,自淮至新开河,由大清河至利津,河入海,因海口沙壅,又从东阿旱站运至临清,入御河。又开胶、莱河道通海,劳费不赀,卒无成效。至元十九年,伯颜追忆海道载宋图籍之事,以为海运可行,于是请于朝廷,命上海总管罗璧、朱清、张瑄等,造平底海船六十艘,运粮四万六千余石,从海道至京师。然创行海洋,沿山求嶴,风信失时,明年始至直沽。时朝廷未知其利,是年十二月立京畿、江淮都漕运司二,仍各置分司,以督纲运。每岁令江淮漕运司运粮至中滦,京畿漕运司自中滦运至大都。"(《元史》卷九三)

上都留守司兼并本路都总管府职责。

按:《元史·百官志六》"上都留守司兼本路都总管府,品秩职掌如大都留守司,而兼治民事。车驾还大都,则领上都诸仓库之事。"(《元史》卷九〇)

令免差儒户选子弟入府、州学。

按:中书省文书云:"诸州、府直隶者,有受敕教授,仰本路官将管下免差儒户内,选拣有余闲年少子弟之家,须要一名入府、州学。量其有无,自备束修,从教授读书,修习儒业。"(《庙学典礼》卷一)

立詹事院(又名储政院)。

按:《元史·百官志五》"储政院,秩正二品。至元十九年,立詹事院,备左右辅翼皇太子之任,置左、右詹事各一员,副詹事、詹事丞、院判各二员,吏属六十有二人,别置宫臣宾客二员,左右谕德、左右赞善各一员,校书郎二员,中庶子、中允各一员。三十一年,太子裕宗既薨,乃以院之钱粮选法工役,悉归太后位下,改为徽政院以掌之。"(《元史》卷八九)

置大都留守司。

按:《元史·百官志六》"大都留守司,秩正二品,掌守卫宫阙都城,调度本路供亿诸务,兼理营缮内府诸邸、都官原庙、尚方车服、殿庑供帐、内苑花木,及行幸汤沐宴游之所,门禁关钥启闭之事。"(《元史》卷九〇)

置大都内藏库。

按:《元史·百官志六》"内藏库,秩从五品,掌出纳御用诸王段匹纳失失纱罗绒锦南绵香货诸物。"(《元史》卷九〇)

耶律铸十月辛卯以平章军国重事、监修国史为中书左丞相。(《元史·世祖本纪九》卷一二)

张文谦拜枢密副使。

按:李谦《中书左丞张公神道碑》载,在任上,张文谦首议肃兵政,汰冗员,选练将士忧恤其家,可惜这些建议未及实施而张文谦一病不起,次年三月卒于家。(《国朝文类》卷五八)

程钜夫上吏事五事。

按:此五事多针对江南官吏任职现状而论的,曰:取会江南仕籍、通南北之选、立考功历、置贪赃籍、给江南官吏俸等五事,极中时弊。朝廷多采纳行之。程钜夫针对江南问题所提的建议,令元世祖深感江南问题的严重性,多予采用。而元廷对江南问题的重视,为接下来程钜夫的奉旨江南访贤以及南方士绅大举北进风潮打下基础。(邱江宁《程钜夫与元代文坛的南北融合》)

王构授吏部郎中。

按:袁桷《翰林承旨王公请谥事状》载:"十九年,丞相阿合马败,齐公(当指和礼霍孙)入相,议选举更定法,皆公手定。遂授吏部郎中,未几,改礼部,后复吏部,而翰林制诰,犹委公参详焉。"(《清容居士集》卷三二)

王恽授中议大夫,治书侍御史,未到扬州上任。(王恽《义侠行并题解》、《留别镇阳诸公》)

董文用以朝廷选用旧臣,召为兵部尚书。自是,朝廷有大议,未尝不与闻。(《元史》卷一四八)

赵良弼以签枢密院事之职,屡以疾辞,终令居怀孟。

按:良弼别业在温县,故有地三千亩,乃析为二,六与怀州,四与孟州,皆永隶庙学以赡生徒,自以出身儒素,示不忘本也。(《元史》卷一五九)

张思明由侍仪司舍人辟御史台掾,又辟尚书省掾。(《元史·张思明传》卷一七七)

李衎转江浙行省左右司员外郎。

按:李衎以将仕佐郎、太常太祝兼奉礼郎起家,之后,又被任命兼检讨。

后来又"迁承务郎、淮东道宣慰使司都事"。这年，宣慰司罢，李衍转任江浙行省左右司员外郎。(苏天爵《故集贤大学士光禄大夫李文简公神道碑》)

李孟束书入京，真金太子召见于东宫。

按：这年，李孟父亲留四川。而藩阃听闻李孟之名，"将辟置幕下，辞不就。改辟主晋原县簿，又辞。台府交章举之，亦不起"。"一日幡然曰：'大丈夫固不能倪首州县。方今朝廷更化，政治聿新，招徕众正，材俊林立，独不可与之并游乎？'乃束书如京师。行中书右丞杨公吉丁一见，辄加器重，荐之裕宗皇帝，得召见于东宫。"可惜，未及登用，真金病死。(黄溍《元故翰林学士承旨中书平章政事赠旧学同德翊戴辅治功臣太保仪同三司上柱国追封魏国公谥文忠李公行状》)

江南袭封衍圣公孔洙入觐。

按：孔子后，自宋南渡初，其四十八代孙孔端友子孔玠寓衢州。元既灭宋，疑所立，或言孔氏后寓衢者，乃其宗子。洙赴阙，逊于居曲阜者。帝曰："宁违荣而不违亲，真圣人也。"十一月丁卯(十一日)，以为国子祭酒，兼提举浙东道学校。就给禄与护持林庙。(《元史·世祖本纪四》卷一二)

杨庭璧到达俱蓝。

按：《元史·外夷传三》"十九年二月，抵俱蓝国。国主及其相马合麻等迎拜玺书。三月，遣其臣祝阿里沙忙里告愿纳岁币，遣使入觐。会苏木达国亦遣人因俱蓝主乞降，庭璧皆从其请。四月，还至那旺国。庭璧复说下其主忙昂比。至苏木都剌国，国主土汉八的迎使者。庭璧因喻以大意，土汉八的即日纳款称籓，遣其臣哈散、速里蛮二人入朝。"(《元史》卷二一〇)杨庭璧随同哈撒儿海牙自泉州入海出使俱蓝国。杨庭璧在俱蓝会见当地基督教、伊斯兰教首领，此二教首领又随同杨回访元朝。且，杨庭璧此次出访，又促成其他南亚、东南亚国家遣使访元。

答耳麻八剌剌吉塔诏立帝师，掌玉印，统领诸国释教。(《元史·世祖本纪四》卷一二)

吴澄留布水谷校《易》、《诗》、《书》、《春秋修正》、《仪礼》、《大小戴记》成。(危素《吴澄年谱》)

赵孟頫为吴郡藏家石民瞻作小楷《过秦论》，此后直至元末，赵孟頫此字屡被诸名家题跋。

按：赵孟頫有题跋交代："至元辛卯秋，民瞻自江左来谒选，时时相过，慰余寂寥风雨中。持黄素四幅求作小楷，适案上有贾生《过秦论》三篇，乃为书之。八月晦日，集贤滥直赵孟頫书。"此后被鲜于枢、郭天锡、卢克柔、李衎、姚式、张谦、张雨、仇远、姚安道、钱良右、虞集、宋无、刘致、李瓒、倪瓒、甘立、李衎等人题跋，借助题跋既可概见元季文人雅士的雅人深致，更可想见赵孟頫书法之精妙。张丑《清河书画舫》云，"昔人谓书绝于元，赖子昂承旨振起之，斯道不至大寂寞，然子昂好迹传者，十不得一。余录其目，睹其精美者而品第之，自当以《过秦论》为小楷之冠云。"（《清河书画舫》卷一〇下）

张文谦卒。

按：张文谦（1215—1282），字仲谦，顺德沙河人。幼聪敏，善记诵，与刘秉忠同学。尝召居潜邸。曾与窦默请立国子学。累赠推诚同德佐运功臣、太师、开府仪同三司、上柱国，追封魏国公，谥忠宣。文谦于元朝统一、元初经济恢复发展、制订《授时历》诸方面有巨大贡献。事迹见李谦《中书左丞张公神道碑》、苏天爵撰《左丞张忠宣公》（《国朝名臣事略》卷七）、《元史》卷一五七。

又按：李谦在神道碑中高度评价张文谦乃忽必烈潜邸官员中最爱君忧国者，文章道："世祖皇帝始居潜邸，招集天下英俊，访问治道。一时贤士大夫，云合辐辏，争进所闻。迨中统至元之间，布列台阁，分任岳牧，蔚为一代名臣者，不可胜纪。至其爱君忧国，忠勤匪懈，好善疾恶，始终不挠。若时政之臧否，生民之利病，知之无不言，言之无不尽，曾不以用舍进退累其心者，公一人而已。"又述评其行事、为人道："公为人谦恭笃实，外和内刚。其好贤乐善，出于天性，人有寸美，必极口称道，遭际以来，每以荐达士类为己任。或曰人心不同，岂能尽识，一有失当，得无累乎？公曰：'人才何尝累己，第患鉴裁未明，有遗才耳！且人臣以荐贤为职，岂得避纤芥之嫌而负国蔽善。'一时闻人扬历中外者，多公所举，然未尝有德色。平居慈祥乐易，与人交不立崖岸，及当官论事，守正不倚，毅然有不可犯之色。又勇于为，苟一事可行，一善可举，如梗茹在胸，必欲快吐而后已。若农事，若钞法，谓生民之重本，有国之大计，尤拳拳焉。乐闻己过，僚属或相规劝，虽其言甚切，自敌以下，宜若不能堪者，公每优容之，过亦随改不少吝。晚岁笃于义理之学，抠衣鲁斋，求是正之，有自得之趣。无他嗜好，惟聚书数万卷而已。身居宠贵，自奉若寒士，门无阍隶，客至，倒屣出迎，惟恐不及，人以是多之。谦晚至京师，朝廷时有会议，尝忝从先生长者后，及见，直言正色，不畏强御。今已矣，若公者岂可复得哉！"（《国朝文类》卷五八）

又按：苏天爵曰："中统建元以来，政术与时高下，独成均之教彝伦，大农之兴稼穑，历象之授人时，凡出公之所为者，皆隐然而有不可变者。诗云'乐只君子'，'邦家之基'，其公之谓乎！"（《国朝名臣事略》卷七）

又按：《元史》评价张文谦学行、政绩道："早从刘秉忠，洞究术数；晚交许衡，尤粹于义理之学。为人刚明简重，凡所陈于上前，莫非尧、舜仁义之道。数忤权倖，而是非得丧，一不以经意。家惟藏书数万卷。尤以引荐人材为己任，时论益以是多之。"（《元史》卷一五七）

张易卒。

按：张易（？—1282），字仲一，太原交城，一作忻州人。侍世祖于潜邸。中统初，拜燕京行中书省参知政事。至元三年，授同知制国用使司事。至元七年立尚书省，罢制国用使司，改同平章尚书省事。至元九年，并尚书省入中书省，迁中书平章政事，进枢密副使。至元十年知秘书监事。至元十三年，总更造新历事。至元十八年，兼领太史院司天台事。至元十九年三月，元世祖赴上都，太子从驾，丞相阿合马留守。益都千户王著与高和尚合谋杀阿合马，矫太子令使张易发兵会东宫，张易不察，遽以兵往。乱平，王著、高和尚与张易皆弃市。事迹见王恽《中堂事记》（《秋涧集》卷八〇、八一）、《元诗选癸集》乙集。

李士行（1282—1328）、曾巽（1282—1330）、洪希文（1282—1366）生。

元世祖至元二十年　癸未　1283 年

正月癸亥，敕药剌海领军征缅国。（《元史·世祖本纪九》卷一二）

乙丑，高丽国王王睶遣使兀剌带贡氎布线绸等物四百段。（《元史·世祖本纪九》卷一二）

禁匿名书信。（《元史·世祖本纪九》卷一二）

欲征日本。（《元史·世祖本纪九》卷一二）

马八儿国僧使至上都。

按：《元史·外夷传三》"马八儿国遣僧撮及班入朝；五月，将至上京，帝即遣使迓诸途。"（《元史》卷二一〇）

三月丙寅，车驾幸上都。（《元史·世祖本纪九》卷一二）

六月，江南迁转官不之任者杖之，追夺所受宣敕。（《元史·世祖本纪九》卷一二）

庚寅，定市舶抽分例，舶货精者取十之一，粗者十五之一。（《元史·世祖本纪九》卷一二）

七月，立总教院，秩正三品。（《元史·世祖本纪九》卷一二）

八月,安南国遣使以方物入贡。(《元史·世祖本纪九》卷一二)

九月丙寅,古答奴国因商人阿剌畏等来言,自愿效顺。(《元史·世祖本纪九》卷一二)

壬辰,车驾由古北口路至自上都。(《元史·世祖本纪九》卷一二)

十一月丁巳,命各省印《授时历》。(《元史·世祖本纪九》卷一二)

是年,元政府规定各类学田收入。

按:公文云:"江南赡学田产所收钱粮,合令所在官司明置文簿,另行收贮。如遇修理庙宇,春秋释奠,朔望祭祀,学官请俸,住学生员食供,申覆有司,照勘端的,依公支用,若有耆宿名儒、实无依倚者,亦于上项钱内约量给付,毋令不应人员中间作弊。除贡士庄钱粮系开选用度,合听官为拘收外,赡学钱粮,合令学官收贮,依公支用。"(《庙学典礼》卷三)

拟封赠之制。

按:《元史·选举志四》"凡封赠之制:至元初,唯一二勋旧之家以特恩见褒,虽略有成法,未悉行之。至元二十年,制:'考课虽以五事责办管民官,为无激劝之方,徒示虚文,竟无实效。自今每岁终考课,管民官五事备具,内外诸司官职任内各有成效者,为中考。第一考,对官品加妻封号。第二考,令子弟承荫叙仕。第三考,封赠祖父母、父母。品格不及封赠者,量迁官品,其有政绩殊异者,不次升擢,仰中书参酌旧制,出给诰命。'"(《元史》卷八四)

罢开新河,颇事海运。

按:《元史·食货志一》"二十年,又用王积翁议,命阿八赤等广开新河。然新河候潮以入,船多损坏,民亦苦之。而忙兀剌言海运之舟悉皆至焉。于是罢新开河,颇事海运,立万户府二,以朱清为中万户,张瑄为千户,忙兀剌为万户府达鲁花赤。未几,又分新河军士水手及船,于扬州、平滦两处运粮,命三省造船三千艘于济州河运粮,犹未专于海道也。"(《元史》卷九三)

置征东等处行中书省。

按:《元史·百官志七》"征东等处行中书省。至元二十年,以征日本国,命高丽王置省,典军兴之务,师还而罢。"(《元史》卷九一)

阎复改集贤侍讲学士,同领会同馆事。(袁桷《翰林学士承旨荣禄大夫遥授平章政事赠光禄大夫大司徒上柱国永国公谥号文康阎公神道碑铭》)

王恽改山东东西道按察副使,在官约一年。

按:王恽《中堂事记上》载"是年冬十月至燕,以三书投献相府,大率陈为学行己,逢辰致用之意,颇蒙慰奖,令随省通知计籍,使综练众务,日熟闻

见焉。"（《秋涧集》卷八〇）

董文用以议论不和转礼部尚书，迁翰林、集贤学士，知秘书监。（《元史》卷一四八）

崔彧言时政十八事。

按：所奏诸如开言路、清吏治、正典刑、定律令、省冗官、薄赋役等，命中书省行其数事，余则与御史大夫玉速帖木儿议行。（《元史·世祖本纪九》卷一二）

程钜夫三月加翰林集贤直学士，同领会同馆事。（程世京《程钜夫年谱》）

周驰任秘书监校书郎。

按：周驰，字景远，号如是翁，山东聊城人。由秘书监校书郎迁为翰林应奉，至大三年累迁南台御史，官终燕南宪佥。事迹见《至正金陵新志》卷六、《书史会要》卷七、《元诗选》三集《如是翁集》。（《全元诗》第十二册，第313页）

刘因被召为右赞善大夫，未几辞归。后又召为集贤学士，刘以疾辞。

按：苏天爵《静修先生刘公墓表》载，"初，裕皇建学宫中，命赞善王公恂教近侍子弟。及恂卒，继者难其人，乃以先生嗣其教事。"刘因因母亲生病归去后，又由耶律有尚接任。而刘因治理过母丧事宜之后，已是至元二十八年（1291），真金也于至元二十二年（1285）去世，朝政有所更新，再遣使者以集贤学士、嘉议大夫职位征刘因，刘因终以疾辞。（《滋溪文稿》卷八）

姚燧为山南湖北道提刑按察司副使。（刘致《牧庵年谱》）

申屠致远拜江南行台监察御史。（《元史·申屠致远传》卷一七〇）

张之翰任南台御史。

按：张之翰《送王君朋益燕南宪台司序》"自余任南台御史，中间走七闽，历两浙，未尝少安……至元癸未重阳日，邯郸张某书。"（《西岩集》卷一四）

耶律有尚以承直郎知蓟州事。

按：苏天爵《皇元故昭文馆大学士兼国子祭酒赠河南行省右丞相耶律文正公神道碑铭有序》载，蓟州靠近京师，鹰师春秋纵猎，横有需求，唯独耶律有尚能做到坚决不允，而州无职田，每年都是向民间征收，唯独耶律有尚能坚决不取，于是当地百姓"深德之"。（《滋溪文稿》卷七）

刘赓调承务郎、同知德州事。（虞集《翰林学士承旨刘公神道碑》）

杨庭璧正月丁丑以招讨为宣慰使，赐弓矢鞍勒，使谕俱蓝等国。（《元史·世祖本纪九》卷一二）

按：此为杨氏第四次出使印度半岛地区国家,促成元与南亚地区之文化交流。二月,赐俱蓝国王瓦你金符。(《元史·世祖本纪九》卷一二)

孛罗与爱薛出使伊利汗国。

按：据程钜夫《拂林忠献王神道碑》记载,四月,"择可使西北诸王所者",以爱薛曾多次出使绝域,遂"介丞相孛罗以行"。在归来途中,"遇乱,使介相失"。最终,孛罗留在当地,而爱薛"冒矢石,出死地,两岁始达京师,以阿鲁浑王所赠宝装、束带进见"。世祖令爱薛"陈往复状",听后"大悦,顾廷臣叹曰:'孛罗生吾土,食吾禄,而安于彼;爱薛生于彼,家于彼,而忠于我,相去何远耶?'"欲拜爱薛为平章政事,爱薛固辞。(《雪楼集》卷五)

王恽作《颜鲁公书谱》序。

按：序云:"古人以书学名家者甚众,今独取鲁公而谱之者,重其人以有关于风教故也。鲁公之书,上则窥三苍之余烈,中则造二王之微妙,下则极古今书法之变,复济之以文章气节之美,故后人作之,终莫能及。"(《秋涧集》卷四一)

吴师道(1283—1344)、于广(1283—1348)、张雨(1283—1350)生。

元世祖至元二十一年　甲申　1284 年

正月丁卯,建都王、乌蒙及金齿一十二处俱降。

按：《元史·世祖本纪十》载"建都先为缅所制,欲降未能。时诸王相吾答儿及行省右丞太卜、参知政事也罕的斤分道征缅,于阿昔、阿禾两江造船二百艘,顺流攻之,拔江头城,令都元帅袁世安成之。遂遣使招谕缅王,不应。建都太公城乃其巢穴,遂水陆并进,攻太公城,拔之,故至是皆降。"(《元史》卷一三)

辛未,相吾答儿遣使进缅国所贡珍珠、珊瑚、异彩及七宝束带。(《元史·世祖本纪十》卷一三)

甲戌,遣蒙古官及翰林院官各一人祠岳渎后土。(《元史·世祖本纪十》卷一三)

己卯,马八儿国遣使贡珍珠、异宝、缣段。(《元史·世祖本纪十》卷一三)

二月辛巳,以福建宣慰使管如德为泉州行省参知政事,征缅。(《元

史·世祖本纪十》卷一三)

罢高丽造征日本船。

甲午,罢阿八赤开河之役,以其军及水手各万人运海道粮。(《元史·世祖本纪十》卷一三)

命阿塔海发兵万五千人、船二百艘助征占城,船不足,命江西省益之。

立法轮竿于大内万寿山,高百尺。(《元史·世祖本纪十》卷一三)

迁故宋宗室及其大臣之仕者于内地。(《元史·世祖本纪十》卷一三)

三月丙寅,乘舆幸上都。(《元史·世祖本纪十》卷一三)

五月戊午,敕中书省"奏目文册及宣命劄付,并用蒙古书,不许用畏吾字"。(《元史·世祖本纪十》卷一三)

庚午,括天下私藏天文、图谶。

按:《元史·世祖本纪十》载,"《太乙雷公式》、《七曜历》、《推背图》、《苗太监历》有私习及收匿者罪之。"(《元史·世祖本纪十》卷一三)

闰五月理算江南诸行省造征日本船隐币,诏按察司毋得沮挠。(《元史·世祖本纪十》卷一三)

甲辰,安南国进贡。(《元史·世祖本纪十》卷一三)

六月壬子,遣使分道寻访测验晷景、日月交食、历法。(《元史·世祖本纪十》卷一三)

七月,以高丽军驻耽罗。(《元史·世祖本纪十》卷一三)

八月,定拟军官格例。

按:"以河西、回回、畏吾儿等依各官品充万户府达鲁花齿,同蒙古人;若女真、契丹生西北不通汉语者,同蒙古人;女真生长汉地,同汉人。"(《元史·世祖本纪十》卷一三)

庚午,车驾至自上都。(《元史·世祖本纪十》卷一三)

九月丙申,籍江南总管杨琏真枷发宋陵冢所收金银宝器修天衣寺,其饮器则赐帝师。(《元史·世祖本纪十》卷一三)

以阿鲁浑萨理劝谕,立集贤院。

按:《元史·百官志三》"集贤院,秩从二品。掌提调学校、征求隐逸、召集贤良,凡国子监、玄门道教、阴阳祭祀、占卜祭遁之事,悉隶焉。国初,集贤与翰林国史院同一官署。至元二十二年(1285),分置两院,置大学士三员、学士一员、直学士二员、典籍一员、吏属七人。"(《元史》卷八七)

戊申,欲攻金齿。(《元史·世祖本纪十》卷一三)

十一月丁卯,和礼霍孙请设科举,诏中书省议,会和礼霍孙罢,事遂寝。(《元史·世祖本纪十》卷一三)

按：至元初，丞相史天泽、学士承旨王鹗等屡请以科举取士，诏中书议定程式，未及施行。是岁和礼霍孙与留梦炎等复言天下习儒者少，而由刀笔吏得官者多。帝曰："将若之何？"对曰："惟贡举取士为便。凡蒙古之士及儒吏、阴阳、医、术，皆令试举，则用心为学矣。"此事方下中书省议，而和礼霍孙罢，事遂寝"。(《元史·选举志一》卷八一)

癸卯，南巫里、别里剌、理伦、大力等四国，各遣其相奉表以方物来贡。(《元史·世祖本纪十》卷一三)

十二月丙寅，八番来降。(《元史·世祖本纪十》卷一三)

癸酉，命增修《本草》。

按：《元史·世祖本纪十》"(十二月)癸酉，命翰林承旨撒里蛮、翰林集贤大学士许国桢，集诸路医学教授增修《本草》"。(《元史》卷一三)许有壬《大元本草序》"开辟以来，幅员之广，莫若我朝，东极三韩，南尽交趾，药贡不虚岁。西逾于阗，北逾阴山，不知各几万里，驿传往来，不异内地，非与前代虚名羁縻，而异方物产邈不可知者比。西北之药，治疾皆良；而西域医术号精，药产寔繁，朝廷为设官司之，广惠司是也。"(《至正集》卷三一)

是年，设市舶都转运司于杭、泉二州。

按：《元史·食货志二》"二十一年，设市舶都转运司于杭、泉二州，官自具船、给本，选人入蕃，贸易诸货。其所获之息，以十分为率，官取其七，所易人得其三。凡权势之家，皆不得用己钱入蕃为贾，犯者罪之，仍籍其家产之半。其诸蕃客旅就官船卖买者，依例抽之。"(《元史》卷九四)

征南宋雅乐器至京师。

按：《元史·礼乐志二》"十九年，王积翁奏请征亡宋雅乐器至京师，置于八作司。二十一年，大乐署言'宜付本署收掌'，中书命八作司与之。镈钟二十有七，编钟七百二十有三，持磬二十有二，编磬二十有八，铙六、单铎、双铎各五，钲、镦各八。"(《元史》卷六八)

置江浙等处行中书省。

按：《元史·百官志七》"江浙等处行中书省。至元十三年，初置江淮行省，治扬州。二十一年，以地理民事非便，迁于杭州。"(《元史》卷九一)

翰林学士承旨撒里蛮二月丁亥奉命祀先农于藉田。(《元史·世祖本纪十》卷一三)

陈天祥拜监察御史。

按：张养浩《资德大夫中书右丞议枢密院事陈公神道碑铭》载，起初，中书右丞卢世荣以掊克柄政，中外病之。陈天祥上章抨击卢世荣说，他先为江西运使，入贿与自盗钞以锭计如干，金银以斤计如干，茶以引计如干。又说卢世荣："今乃拟一岁之期，营数十年储积，非白取下，厥计无从。苟行其言，必贾怨天下。况宰相重任，非彼所堪。臣非不知言出祸随，以事关国家，有所不避。"忽必烈看其奏章，遣近臣谕旨说："汝尽乃职为朕，朕其忍以言罪汝。言出祸随，讵必云而也。"后卢世荣诛，天下想望天祥风采矣。(《归田类稿》卷一〇)

阿鲁浑萨理以笔札宿卫擢朝列大夫、左侍仪奉御。

按：赵孟頫《大元敕赐故荣禄大夫中书平章政事守司徒集贤院使领太史院事赠推忠佐理翊亮功臣太师开府仪同三司上柱国追封赵国公谥文定全公神道碑铭》载，阿鲁浑萨理受学于帝师八思巴，及言归去，八思巴曰："以汝之学，非为我佛弟子者，我敢受汝拜耶？勉事圣君。"待阿鲁浑萨理至京师，八思巴已上书荐之裕宗(真金太子)，遂得召入宿卫，日以笔札侍左右。至元二十年(1283)冬，有两位西僧来，自言知天象，而朝臣脱烈荐阿鲁浑萨理与之对，二僧乃屈，谢不如。忽必烈大悦，遂于此年夏擢拜阿鲁浑萨理任现职。而阿鲁浑萨理则借机劝谕忽必烈治天下必用儒术，宜招致山泽道艺之士以备任使，帝嘉纳之，遣使求贤，置集贤馆以待之，然后令阿鲁浑萨理领集贤院事，而阿鲁浑萨理请求让司徒撒里蛮领集贤院事，于是，乃任命阿鲁浑萨理为中顺大夫、集贤馆学士兼太史院事。(《松雪斋集》卷七)

不忽木召为参议中书省事。

按：此后不久，不忽木拜翰林学士，承旨知讨诰命，兼修国史，累官平章政事。(《元史·不忽木传》卷一三〇)

姚燧甲申为湖北宪副使。(刘致《牧庵年谱》)

梁曾除湖南宣慰司副使。(《元史·梁曾传》卷一七八)

虞集随家人侨居临川崇仁。

按：据虞集《送黄敬则赴太平文学序》载："至元甲申之岁，集从先人始来侨临川之崇仁。"

吴澄父卒，吴澄遵循古制并加以书仪家礼行葬。(危素《吴澄年谱》)

王积翁出使日本，为舟人所害。

按：《元史·世祖本纪十》载"(正月)，遣王积翁赍诏使日本，赐锦衣、玉环、鞍辔。积翁由庆元航海至日本近境，为舟人所害。"(《元史》卷十三)

亦黑迷失出使僧伽剌国(今斯里兰卡)，此行既访问又礼巡佛迹。(《元史·亦黑迷失传》卷一三一)

翰林院学士王磐等撰《焚毁伪道藏经碑》。

按:《焚毁伪道藏经碑》记载元廷两次焚全真教道经始末,颁布诸路刻石。全真教与佛教之争持续近三十年,全真教惨败。直至至元二十八(1291)后,朝廷对道教口径渐变,而此后,全真教则更强调三教归一、三教一家,以期缓和三教矛盾,提高本教地位。

王磐碑文曰:"十八年九月,都功德使司脱因小演赤奏言:'往年所焚道家伪经板本化图,多隐匿未毁。其《道藏》诸书类,皆诋毁释教剽窃佛语,宜皆甄别。'……遂诏谕天下:道家诸经可留《道》、《德》二篇,其余文字及板本化图,一切焚毁,隐匿者罪之。民间刊布诸子医药等书,不在禁限。今后道家者流,其一遵老子之法。如嗜佛者削发为僧,不愿为僧者听其为民。乃以十月壬子集百官于悯忠寺,焚《道藏》伪经杂书。遣使诸路俾遵行之。"(僧念常《佛祖通载》卷二一)

于钦(1284—1333)、彭南起(1284—1335)、僧大訢(1284—1344)、朱隐老(1284—1357)生。

元世祖至元二十二年　乙酉　1285 年

正月,诸处站赤饮食,官为支给。(《元史·世祖本纪十》卷一三)

戊寅,诏毁宋郊天台,并建寺于其址。

按:《元史·世祖本纪十》载:"桑哥言:'杨琏真加云,会稽有泰宁寺,宋毁之以建宁宗等攒宫;钱唐有龙华寺,宋毁之以为南郊。皆胜地也,宜复为寺,以为皇上、东宫祈寿。'时宁宗等攒宫已毁建寺,敕毁郊天台,亦建寺焉。"(《元史》卷一三)

壬午,诏立市舶都转运司。(《元史·世祖本纪十》卷一三)

甲申,遣使代祀五岳、四渎、东海、后土。(《元史·世祖本纪十》卷一三)

辛卯,发卫士六千八百人,给护国寺修造。(《元史·世祖本纪十》卷一三)

丙申,礼部领会同馆。

按:《元史·世祖本纪十》载:"初,外国使至,常令翰林院主之,至是,命礼部领会同馆。"(《元史》卷一三)

是月壬午,征安南。(《元史·世祖本纪十》卷一三)

二月乙巳,增济州漕舟三千艘,役夫万二千人。

按:《元史·世祖本纪十》载:"初,江淮岁漕米百万石于京师,海运十万石,胶、莱六十万石,而济之所运三十万石,水浅舟大,恒不能达,更以百石之舟,舟用四人,故夫数增多。塞浑河堤决,役夫四千人。……(二月)丙辰,诏罢胶、莱所凿新河,以军万人隶江浙行省习水战,万人载江淮米泛海由利津达于京师。"(《元史》卷一三)

戊辰,车驾幸上都。(《元史·世祖本纪十》卷一三)

四月丙午,以征日本船运粮江淮及教军水战。(《元史·世祖本纪十》卷一三)

辛酉,以耽罗所造征日本船百艘赐高丽。(《元史·世祖本纪十》卷一三)

六月庚戌,命女直、水达达造船二百艘及造征日本迎风船。(《元史·世祖本纪十》卷一三)

丙辰,遣马速忽、阿里赍钞千锭往马八图求奇宝,赐马速忽虎符,阿里金符。(《元史·世祖本纪十》卷一三)

高丽遣使来贡方物。(《元史·世祖本纪十》卷一三)

罢牙行,省市舶司入转运司。(《元史·世祖本纪十》卷一三)

左丞吕师夔乞假五日,省母江州,帝许之。

按:《元史·世祖本纪十》载:"左丞吕师夔乞假五月,省母江州,帝许之,帝因谕安童曰:'此事汝蒙古人不知,朕左右复无汉人,可否皆自朕决。汝当尽心善治百姓,无使重困致乱,以为朕羞。'"(《元史》卷一三)

七月甲戌,敕秘书监修地理志。(《元史·世祖本纪十》卷一三)

八月丙辰,车驾至自上都。(《元史·世祖本纪十》卷一三)

戊辰,罢禁海商。(《元史·世祖本纪十》卷一三)

九月丙子,真蜡、占城贡乐工十人及药材、鳄鱼皮诸物。(《元史·世祖本纪十》卷一三)

十月癸丑,立征东行省,征日本。(《元史·世祖本纪十》卷一三)

马法国入贡。(《元史·世祖本纪十》卷一三)

十二月丁未,皇太子真金薨。

按:真金至元十年立为皇太子,卒赐庙号裕宗。太子初从姚枢、窦默学,仁孝恭俭,尤优礼大臣,一时在师友之列者,非朝廷名德,则布衣节行之士。又中庶子巴拜,以其子阿巴齐入见,谕之以"毋读蒙古书,须习汉人文字"。(《续资治通鉴》卷一八七)

朝议以太子薨,欲罢詹事院,院丞张九思阻之。

按:张九思抗言曰:"皇孙,宗社人心所属,詹事所以辅成道德者也,奈

何罪之!"(《元史》卷一六九)

戊午,以中卫军四千人伐木五万八千六百,给万安寺修造。(《元史·世祖本纪十》卷一三)

是年,集贤院与翰林院分置。

按:"国初,集贤与翰林国史院同一官署"。直到次年,集贤院才与翰林国史院分置为两院,并确定学士员。从这一年开始,集贤院置大学士三员、学士一员、直学士二员、典籍一员、吏属七人。(《元史·百官志三》卷八七)

命帝师也怜八合失甲自罗二思八等递藏佛事于万安、兴教、庆寿等寺,凡一十九会。(《元史·世祖本纪十》卷一三)

置四川茶盐转运司。

按:《元史·百官志七》"四川茶盐转运司。成都盐井九十五处,散在诸郡山中。至元二年,置兴元四川转运司,专掌煎熬办课之事。"(《元史》卷九一)

置章佩监。

按:《元史·百官志六》"章佩监,秩正三品,掌宦者速古儿赤所收御服宝带。监卿五员,正三品;太监四员,从三品;少监二员,从四品;监丞二员,正五品;经历、知事、照磨各一员,令史七人,译史二人,通事二人,奏差四人。至元二十二年置。"(《元史》卷九〇)

置高丽提举司。

按:《元史·百官志四》"高丽提举司,秩从五品,至元二十二年置,提举一员。"(《元史》卷八八)

重设兴文署。

按:兴文署原本分设于翰林国史院下之专门出版机构,以后又废而不设。

福建置都转运司。

按:《元史·食货志二》"二十二年,并福建市舶司入盐运司,改日都转运司,领福建漳、泉盐货市舶。"(《元史》卷九四)

定百官俸例。

按:《元史·食货志四》"至元二十二年百官俸例,各品分上中下三等:从一品,六锭,五锭;正二品,四锭二十五两,四锭一十五两;从二品,四锭,三锭三十五两,三锭二十五两;正三品,三锭二十五两,三锭一十五两,三锭;从三品,三锭,二锭三十五两,二锭二十五两;正四品,二锭二十五两,二锭一十五两,二锭;从四品,二锭,一锭四十五两,一锭四十两;正五品,一锭四十两,一锭三十两;从五品,一锭三十两,一锭二十两;正六品,一锭二十两,一锭一十五两;从六品,一锭一十五两,一锭一十两;正七品,一锭一十两,一锭五两;从七品,一锭五两,一锭;正八品,一锭四十五两;从八品,四十五两,四十两;正九品,四十两,三十五两;从九品,三十五两。"(《元史》卷九六)

札里蛮领集贤院事。

按:《元史·世祖本纪十》"乙酉,立集贤院,以札里蛮领之。"(《元史》卷一三)

太史监侯张公礼、彭质等三月丙子(四日),被遣往占城测候人晷。(《元史·世祖本纪十》卷一三)

郭守敬升太史令,上其书。

按:《元史纪事本末》卷三载,(《授时历》成)守敬乃比次篇类,整齐分秒,裁为《推步》七卷,《立成》二卷,《历议拟稿》三卷,《转神选择》二卷,《上中下三历注式》十二卷。二十二年升太史令,遂奏上其书,又为《时候笺注》二卷,《修改源流》一卷,《仪象法式》二卷,《二至晷景》二十卷,《五行细行考》四十卷,《古今交食考》一卷,《新测二十八舍杂坐诸星八宿去极》一卷,《新测无名诸星》一卷,《月离考》一卷,并藏之官。

王构迁太常少卿。

按:据袁桷《翰林承旨王公请谥事状》载:其时,"上方定宗庙,修礼乐,而公昔从故宋所辇还者,皆得补缺。"(《清容居士集》卷三二)

徐世隆被安童征召,以老病辞不能行,附奏便宜九事,赐田十顷。

按:《续资治通鉴》卷一八七载此事云:"安童曰:'前召徐世隆为集贤殿学士未赴。世隆明习前代典故,善决疑狱,虽老尚可用。'遣使召之,以老疾辞,附奏便宜九事;复遣使征李昶,亦以老疾辞,诏并赐以田。"

燕公楠是年夏被召至上都,奏对称旨,赐名赛音囊加带。

按:程钜夫《资德大夫湖广等处行中书省右丞燕公神道碑铭》载,其时,忽必烈希望燕公楠入朝"参大政",但燕公楠推辞,恳乞补外,于是佥江浙行中书省事,不久又移为江淮行中省事。其时,朝廷设置尚书省,于是又佥江淮行尚书省事。而任职江浙时,燕公楠曾请求置两淮屯田,此事颇有益于国计民生。(《雪楼集》卷二一)

不忽木擢吏部尚书,历改工部、刑部,拜翰林承旨,桑哥诛,授中书平章。(《元史·不忽木传》卷一三〇)

赵思恭擢授奉训大夫燕南河北道提刑按察司判官。

按:傅若金《故朝列大夫佥燕南河北道肃政廉访司事赠中议大夫上骑都尉礼部侍郎追封天水郡伯赵公行状》载"台臣荐公能。廿二年擢授奉训

大夫、燕南河北道提刑按察司判官,治办最诸道。"(《傅与砺文集》卷一〇)

合撒儿海牙使安南。(《元史·世祖本纪十》卷一三)

萨南屹啰于此年任曲龙部堪钦。

按:萨南屹啰约于八思巴在世或去世不久,汇集翻译《大乘要道密集》。该书研究元代藏传佛教之重要资料,更为研究藏传佛教在西夏王朝传播之重要资料。

袁桷在杭州见到赵孟頫,相交颇洽。

按:袁桷《书李巽伯小楷梦归赋(赵子固有跋)》载:"乙酉岁,余见今翰林承旨赵公子昂于杭。于时,爱尧章书谱,手之不释。"(《清容居士集》卷五〇)袁桷后在延祐四年(1317)九月所作《书牟端明脱韡图黄鲁直返棹图赞后(子昂画,时守当涂所赞)》再详记当日与赵孟頫交流的情景。"念昔至元乙酉,尝从子昂承旨公于钱塘。于时年少气锐,各欲以文墨自见,此图之作,实在是岁。鳌头之兆,殆表于是。桷也学不加进,而志日益懦,肃容斯图,其亦有所感也夫!"(《清容居士集》卷四七)

虞集见吴澄。

按:吴澄见十四岁虞集其所作文,以为"他日当有文名于当世"。(欧阳玄《虞雍公神道碑》,《圭斋文集》卷九)

赵孟頫作《阁帖跋》。

按:"阁帖",是"淳化阁帖"的简称。《淳化阁帖》是乃最早汇集各家书法墨迹之法帖,共十卷,收录中国先秦至隋唐一千多年的书法墨迹,包括帝王、臣子和著名书法家等一百零三人的四百二十篇作品,被后世誉为中国法帖之冠和"丛帖始祖"。赵孟頫在至元甲申(1284)五月由书铺购得其中的第二、第五、第八三卷;次年(1285)五月又得七卷,但多第八卷,缺第九卷;六月,又以多出的第八卷再家柳公权帖一卷,从钱塘康自修处交换得第九卷,从而凑齐《淳化阁帖》十卷,遂作此篇《阁帖跋》。在题跋中,赵孟頫追溯书法发展、变化的历史,指出王羲之父子的书法"总百家之功,极众体之妙",代表了古法的一切表达方式和一切奥妙所在,后世书法必须学习古法,而且必须从王氏父子书法的学习开始。《阁帖跋》不仅是赵孟頫书法批评理论的代表文章,而且篇中详述《淳化阁帖》的来历、变迁,更是一篇相当精彩的书法题跋小品文。

又按:《阁帖跋》原文:"书契以来远矣,中古以六艺为教,次五曰书。书有六义:象形、指事、谐声、会意、转注、假借。书由文兴,文以义起,学者世习之,四海之内罔不同也。秦灭典籍,废先王之教,李斯变古篆,程邈创隶书。隶之为言,徒隶之谓也,言贱者所用也。汉承秦弊,舍繁趋简,四百年间六义存者无几。汉之末年,蔡邕以隶古定五经,洛阳辟邕,以为复古,观者车日数百辆。其后隶法又变,而真行章草之说兴,言楷法则王次仲、师宜官、梁鹄、邯郸淳、毛宏,行书则刘德升、钟氏、胡氏,草则崔瑗、崔实、张芝、张文舒、姜孟颖、梁孔达、田彦和、韦仲将、张超之徒,咸精其能。至晋而大盛,渡江后,右将军王羲之总百家之功,极众体之妙,传子献之,超轶特甚。故历代称善书者,必以王氏父子为称首,虽有善者,蔑以加矣。当是时,江左号礼乐衣冠之国,而北朝尚用武,其遗风流俗,接于耳目,故江左人士以书名者,传记相望。历隋而唐,文皇尚之。终唐之世,善书者辈出,其大者各自名家,逸其名者不可胜数,亦可谓盛矣。宋兴,太宗皇帝以文治,制诏有司,捐善贾购法书,聚之御府,甚者或赏以官。时五代丧乱之余,视唐所藏,存者百一,古迹散落,帝甚悯焉。淳化中,诏翰林侍书王著,以所购书,由三代至唐,厘为十卷,摹刻秘阁,题曰上石,其实木也。既成,赐宗室、大臣人一本,自此遇大臣进二府,辄墨本赐焉。後乃止不赐,故世尤贵之。黄太史曰:'禁中板刻古帖皆用歙州贡墨,墨本赐群臣。今都下用钱万二千便可购得。元祐中,亲贤宅借板墨百本,分遗宫僚,用潘谷墨,光辉有余,而不甚黝黑,又多木横裂文,士大夫或不能尽别。'由此观之,刻同而墨殊,亦有以也。甲申岁五月,余书铺中得古帖三卷:第二、第五、第八。明年五月,又得七卷,多第八,缺第九。六月以其多者加公权帖一卷,于钱塘康自修许易得第九卷,始为全书。虽墨有燥湿轻重,造有工苦,皆为淳化旧刻无疑,是可宝也。自太宗刻此帖,转相传刻,遂遍天下,有二王府帖、大观太清楼帖、绍兴监帖、淳熙修内司帖、临江戏鱼堂帖、利州帖、黔江帖,卷帙悉同。又有庆历长沙刘丞相私第帖、碑工帖、尚书郎潘师旦绛州帖、绛公库帖,稍加损益,卷帙亦异。其他琐琐者又数十家,不可悉记,而长沙、绛州最知名,要皆本此帖。书法之不丧,此帖之泽也。予因记得帖之由,遂摭其本末著于篇。"(《松雪斋集》卷一○)

袁桷拜胡三省为师,胡三省在袁家完成《资治通鉴音注》。

按:胡三省(1230—1302),字景参,改字身之,号梅涧,台州宁海人。与文天祥、陆秀夫同为宝祐进士。入元退居鄞,性喜聚书,为避兵乱,筑窖藏书。师从王应麟,承父遗命为《资治通鉴》作疏证。宋亡后,隐居不仕,先前所著《资治通鉴广注》九十七卷及论十篇,于临安陷落流亡新昌时遗失。之后,发愤重著,于至元二十二年(1285)完成《资治通鉴音注》,校勘、解释、考证旧《通鉴》作;辩误旧《释文》,著《通鉴释文辨误》十二卷,以身遭宋亡之祸,注中讥责降元士人,联系时事发为议论。全祖望《胡梅涧藏书窖记》所记颇详。事迹见《宋元学案》卷八五等。胡三省宝祐四年(1256)着手《资治通鉴音注》的撰述,至至元二十三(1285)完成,首尾30年。《四库全书总目提》评价认为:"《通鉴》文繁义博,贯穿最难。三省所释,于象纬推测、地形建置、制度沿革诸大端,极为赅备。……至于礼乐历数、天文地理尤致其详。读者如饮河之鼠,各充其量。盖本其命意所在,而于此特发其凡,至于《通鉴》中或小有抵牾,亦必明著其故。……能参证明确,而不附会以求其合,深得注书之体。"

徐世隆卒。

按:徐世隆(1206—1285),字威卿,河南陈州人。金哀宗正大四年(1227)进士。金亡,严实开府东平,徐氏为东平行台幕僚。中统元年(1260)拜燕京宣抚使,中统三年(1262),除太常卿。至元元年迁翰林侍讲学士,兼太常卿、户部侍郎。至元七年(1270),拜吏部尚书,出为东昌路总管,擢山东道按察使,移江北淮东道按察使。至元十七年(1280)召为翰林学士,又召为集贤学士,皆因病未就。徐氏明习前代律典故,尤精于律令。著有《朝仪》,与许衡合著《瀛州集》百卷、文集若干卷,均不传。文天祥被执入狱时,作诗哭之,有"当今不杀文丞相,君义臣忠两得之"之句。事迹见王恽《大卿徐先生挽章》(《秋涧集》卷一九)、《元史》卷一六〇、《元诗选》二集"威卿集"。

周允和卒。

按:周允和(1220—1285),字谦甫,号清溪,杭州仁和人。年十八,入大涤山学道师冲妙先生。宋末主太一宫观。至元戊寅,授崇道冲应清真大师,洞霄主席。事迹见《浙江通志》卷一九八。

耶律铸卒。

按:耶律铸(1221—1285),字成仲,号双溪,宜州弘政(今辽宁义县)人契丹人。父耶律楚材,由金入元。父卒,嗣领中书省事,后应诏监修国史,并多次出任中书左丞相。后赠太师,谥文忠。耶律铸自幼继承家风,有出将入相之才,诗文亦擅长。与元好问、李冶等交往。十三岁即有诗名,"下笔便入唐人闻奥","兴寄情趣前人间有所不到者",所作"大传燕市"。二十岁余结诗集为《双溪小稿》。著有《双溪小稿》、《双溪醉隐集》(按:据明人钱溥《内阁书目》记载,有十九册之多,已不传。乾隆间《四库全书》从《永乐大典》中辑录耶律铸诗,重编为《双溪醉隐集》六卷(《四库全书总目提要》提作八卷)。另有散曲集《双溪醉隐乐府》、《双溪醉隐诗余》一卷。事迹见《元史》卷一四六、《新元史》卷一二七、《蒙兀儿史记》卷四八、《元诗纪事》卷三。

张起岩（1285—1353）、杨瑀（1285—1361）生。

元世祖至元二十三年　丙戌　1286 年

正月甲戌，罢征日本。

按：《元史·世祖本纪十一》"甲戌，帝以日本孤远岛夷，重困民力，罢征日本，召阿八赤赴阙，仍散所顾民船。"（《元史》卷一四）

甲戌，以江南废寺土田为人占据者，悉付总统杨琏真珈修寺，自是僧徒益横。（《元史·世祖本纪十一》卷一四）

庚辰，马八国遣使进铜盾。（《元史·世祖本纪十一》卷一四）

遣使代祀岳渎东海。（《元史·世祖本纪十一》卷一四）

从桑哥请，命杨琏真加遣宋宗戚谢仪孙、全允坚、赵沂、赵太一人质。（《元史·世祖本纪十一》卷一四）

丁亥，焚阴阳伪书、《显明历》。（《元史·世祖本纪十一》卷一四）

辛卯，命阿里海牙等议征安南事宜。

按：《元史·世祖本纪十一》"（二月甲辰）以阿里海牙仍安南行中书省左丞相，奥鲁赤平章政事，都元帅乌马儿、亦里迷失、阿里、答顺、樊楫并参知政事。……（二月戊午）封陈益稷为安南王，陈秀嵈为辅义公，仍下诏谕安南吏民。"（《元史》卷一四）

征交趾。（《元史·世祖本纪十一》卷一四）

二月八日，复立大司农司，专掌农桑。（《元史·世祖本纪十一》卷一四）

江南诸路学田昔皆隶官，诏复给本学，以便教养。（《元史·世祖本纪十一》卷一四）

癸亥，太史院上《授时历经》、《历议》。（《元史·世祖本纪十一》卷一四）

三月丙子，大驾幸上都。（《元史·世祖本纪十一》卷一四）

四月，令就食江南者北还。

按：《元史·世祖本纪十一》载"以汉民就食江南者多，又从官南方者秩满多不还，遣使尽徙北还。仍设脱脱禾孙于黄河、江、淮诸津渡，凡汉民非赍公文适南者止之，为商者听。中书省臣言：'比奉旨，凡为盗者毋释。今窃钞数贯及佩刀微物，与童幼窃物者，悉令配役。臣等议，一犯者杖释，再犯依法配役为宜。'帝曰：'朕以汉人徇私，用《泰和律》处事，致盗贼滋众，故有是言。人命至重，今后非详谳者，勿辄杀人。'"（《元史》卷一四）

六月,遣镇西平缅等路招讨使怯烈招谕缅国。(《元史·世祖本纪十一》卷一四)

高丽国遣使来贡。(《元史·世祖本纪十一》卷一四)

八月己亥,敕枢密院遣侍卫军千人扈从北征。(《元史·世祖本纪十一》卷一四)

九月乙丑朔,马八儿等国各遣子弟上表来觐,仍贡方物。

按:《元史·世祖本纪十一》"马八儿、须门那、僧急里、南无力、马兰丹、那旺、丁呵儿、来来、急阑亦带、苏木都剌十国,各遣子弟上表来觐,仍贡方物。"(《元史》卷一四)

十月己亥,车驾至自上都。(《元史·世祖本纪十一》卷一四)

己酉,遣塔塔儿带、杨兀鲁带以兵万人、船千艘征骨嵬。(《元史·世祖本纪十一》卷一四)

征缅甸。(《元史·世祖本纪十一》卷一四)

按:《元史·外夷传三》载:"缅国为西南夷,不知何种。其地有接大理及去成都不远者,又不知其方几里也。其人有城郭屋庐以居,有象马以乘,舟筏以济。其文字进上者,用金叶写之,次用纸,又次用槟榔叶,盖腾译而后通。"(《元史》卷二一〇)

马法国进鞍勒、氈甲。(《元史·世祖本纪十一》卷一四)

十二月,复置泉州市舶提举司。(《元史·世祖本纪十一》卷一四)

戊午,诏以畏吾尔字翻译太祖实录。

按:《元史·世祖本纪十一》"戊午,翰林承旨撒里蛮言:'国史院纂修太祖累朝实录,请以畏吾字翻译,俟奏读然后纂定。'从之。"(《元史》卷一四)撒里蛮之意乃是将《太祖实录》初稿译成畏兀体蒙古文供世祖审查定夺。元代累朝实录均有汉文版本的初修稿,但此一版本却常常被以整部或者节文译成蒙古语的形式奏读,接受审查,然后定稿。(见李淑华《蒙古国书与蒙元史学》)

是年,以亦摄思怜真为帝师。(《元史·世祖本纪十一》卷一四)

命西僧递作佛事于万寿山、玉塔殿、万安寺,凡三十会。(《元史·世祖本纪十一》卷一四)

广东置市舶提举司。

按:《元史·百官志七》"广东盐课提举司。……二十三年,置市舶提举司。""市舶提举司。至元二十三年,立盐课市舶提举司,隶广东宣慰司。三十年,立海南博易提举司。至大四年罢之,禁下番船只。延祐元年,弛其禁,改立泉州、广东、庆元三市舶提举司。每司提举二员,从五品;同提举二

员,从六品;副提举二员,从七品;知事一员。"(《元史》卷九一)

置四川等处行中书省。

按:《元史·百官志七》"四川等处行中书省。国初,其地总于陕西。至元十八年,以陕西行中书分省四川。二十三年,始置四川行省,署成都,统有九路、五府。"(《元史》卷九一)

置陕西等处行中书省。

按:《元史·百官志七》"陕西等处行中书省。中统元年,以商挺领秦蜀五路四川行省事。三年,改立陕西四川行中书省,治京兆。至元三年,移治利州。十七年,复还京兆。十八年,分省四川,寻改立四川宣慰司。二十一年,仍合为陕西四川行省。"(《元史》卷六〇)

大司农司上诸路学校凡二万一百六十六所。

诸蕃来朝。

按:《元史·外夷传三》:"二十三年,海外诸蕃国以杨庭璧奉诏招谕,至是皆来降。诸国凡十:曰马八儿,曰须门那,曰僧急里,曰南无力,曰马兰丹,曰那旺,曰丁呵儿,曰来来,曰急兰亦瞳,曰苏木都剌,皆遣使贡方物。"(《元史》卷二一〇)

阎复升翰林学士。(《元史·阎复传》卷一六〇)

焦养直举茂才异等,除将仕郎、真定路儒学教授,后又除承务郎、典瑞少监。(虞集《焦文靖公彝斋存稿序》)

虞应龙等赴召修地理志。

按:《元史·世祖本纪十一》"(二月)丙寅,以编地理书,召曲阜教授陈俨、京兆萧斠、蜀人虞应龙,唯应龙赴京师。(《元史》卷一四)

程钜夫三月己巳以集贤直学士再拜侍御史,行御史台事,往江南博采知名之士。

按:初,"立尚书省,诏以为参知政事,钜夫固辞。又命为御史中丞,台臣言:'钜夫南人,且年少。'帝大怒曰:'汝未用南人,何以知南人不可用!自今省部台院,必参用南人。'"(《元史》卷一七二)遂拜文海少中大夫。《元史·世祖本纪十一》又载,"三月己巳,御史台臣言:'近奉旨按察司参用南人,非臣等所知,宜令侍御史、行御史台事程文海与行台官博采公洁知名之士,具以名闻。'帝命赍诏以往。"(《元史》卷一四)江南访贤之事乃程钜夫等人奋力促成,是元王朝南北统一后的重大事件,也是提升南方士人政治地位的关键事件,对南方士人影响最为深远。程钜夫上疏曰:"国家既已混一南北,南北人才,视同一体。……南北人情风俗不同,若欲谙悉各处利害,须参用各处之人。况江南归附已十余年，而偏远险恶之处，盗贼时时窃发，虽由官吏贪残所激，亦由台宪按问失职致然。按察司官名为巡察，其实未尝遍历止于安静之地迁延翱翔，至于偏远之处，旷数年未尝一到。小民被官吏苛虐，无所控诉，激而为盗，官吏反欲并为虏掠，民之被害，何可胜言？行台按察司之设，正欲察访利病。中丞、察使以下，并宜公选南方耆德清望之人，与北方官员讲论区画，庶几谙悉江南事体，周知远人情伪，内台中丞至监察御史，亦宜参用南官，以备采访。"事下中书集议。集贤大学士阿鲁浑萨理等请如程钜夫所言，遂拜嘉议大夫、侍御史行御史台事，仍诏求贤江南。初，诏令皆用国字，至是特命以汉字书之。"至是，遣其往江南博采知名之士。帝素闻赵孟适、叶李名，乃密谕文海，必致此二人。文海复荐赵孟頫、万一鹗、余恁、张伯淳、凌时中、胡梦魁、包铸、曾冲之、孔洙等二十余人，帝皆擢用之。而赵孟頫作为宋宗室子弟，其被征招，于南方士子之影响尤大。(危素《程公神道碑铭》)

赵孟頫以程钜夫江南访贤，为其时所选二十余人中"居首选"者。

按：这年十一月，赵孟頫等到达京城，忽必烈对赵孟頫非常注意，单独引见，其时，赵孟頫"神采秀异，珠明玉润，照耀殿庭"，忽必烈一见称之，以为神仙中人，使坐于叶李之上，似乎忘记他之前令程钜夫下江南务必访得叶李的叮嘱。其时，中丞耶律铸进言认为"赵某乃故宋宗室子，不宜荐之，使近之左右"，程钜夫则在一旁启奏说："立贤无方，陛下盛德，今耶律乃以此劾臣，将陷臣于不测"，而元世祖则回答说："彼竖子何知，顾遣侍臣传旨，立逐使出台，毋过今日"，立尚书省，命赵孟頫起草诏书。(杨载《大元故翰林学士承旨荣禄大夫知制诰兼修国史赵公行状》)

吴澄以母老辞却程钜夫出仕之邀，但许作中原览胜之游。(危素《吴澄年谱)

袁洪程钜夫入仕之请。

按：袁桷《先大夫行述》："至元丙戌岁，侍御史程公奉诏征士，首寄声起公。公逊谢不敢当。"袁桷认为其父此时已安于居家研读，文章写道："幼从王先生鑐学问，戒以躬行为持身本。每授以言行，编诸书，公守而行之。至是书陶靖节诗、《颜氏家训》为一编以寄意。"袁桷又记，"大德二年，改授处州路同知，命下而公已捐馆，实是岁二月十有八日，享年五十有四"，则袁洪终未授元朝职务。(《清容居士集》卷三三)

陈天祥四月拜治书侍御史，出核湖广省出纳。

按：张养浩《资德大夫中书右丞议枢密院事陈公神道碑铭》载，陈天祥到任后，闻知行省臣约苏穆尔倚中有援，横无所忌，于是发其奸利十书。奏未下，约苏穆尔将陈天祥私系于狱，摧胁百至，而陈天祥恬不为动。在幽禁的四百余日里，陈天祥"惟取《四书》环披遍考，心究而身体之，有所疑，即著论以辨，略不以死生祸福纤介"。(《归田类稿》卷一〇)

姚燧以湖北宪副使奉檄趋京，谓为直学士，以病留襄阳。

按：其间与张梦卿交往甚笃。据刘致《牧庵年谱》载：张梦卿工诗，喜读书，蓄书画，襟怀洒落，无尘俗气。居潭之西城，引流种树，甚有清致，武弁中如梦卿者世不一二数。

必剌蛮等秋七月丙寅朔使爪哇。(《元史·世祖本纪十一》卷一四)

塔乂儿、忽难十一月丁丑使阿儿浑。(《元史·世祖本纪十一》卷一四)

畅师文上所纂《农桑辑要》书。(《元史·世祖本纪》十一)

按：这年，立大司农司，"乃诏参辑古今农书，芟其烦而撮其要，类萃成书"(蔡文渊《农桑辑要序》，《全元文》第四十六册，第29页)《农桑辑要》的编纂刊行是元统治者从重游牧到重农转变的产物。上书之后，畅师文迁陕西汉中道巡行劝农副使。到任后"置义仓，教栽植，辟荒田，农事以兴"。不久，又"佥陕西道按察司事"。其时，"按察改廉访司，精汰旧官"，只有按察副使卢挚与畅师文的按察司事仍官旧职。任上"兴元监军怗势肆虐，得其脏，奏决之。移佥山南道，枝江岁防水，役众往返四百里，供给尤苦，公以江水安流，悉罢其役。"(许有壬《大元故翰林学士资善大夫知制诰同修国史赐推忠守正亮节功臣资政大夫河南江北等处行中书省左丞上护军追封魏郡公谥文肃畅公神道碑铭》)

王磐《农桑辑要原序》云："圣天子临御天下，欲使斯民生业富乐，而永无饥寒之忧，诏立'大司农'，不治他事，而专以劝课农桑为务……于是，遍求古今所有农家之书，披阅参考，删其繁重，撮其切要，纂成一书，曰《农桑辑要》，凡七卷。"是书最初刊行于至元二十三年(1286)，孟祺、张文谦、畅师文、苗好谦等参与编撰、修订、补充工作。(《农桑辑要》卷首)

札马剌丁议修《大一统志》。

按：许有壬《大一统志序》"至元二十三岁丙戌，江南平而四海一者十年矣。集贤大学士、中奉大夫、行秘书监事扎马剌丁言：'方今尺地一民，尽入版籍，宜为书以明一统。'世皇嘉纳，命扎马剌丁暨奉直大夫、秘书少监虞应龙等蒐集为志。二十八年辛卯，书成，凡七百五十五卷，名曰《大一统志》，藏之秘府。"据许有壬之序，《大一统志》完成之后，参与甚多的虞应龙认为"比前代地理书似为详备"，但虞应龙也认为"得失是非，安敢自断，尚欲网罗遗逸，证其同异焉"。(许有壬《至正集》卷三五) 元初各郡邑图志因战乱已残缺不全,且元以前中国地图就西北来讲也仅绘到今新疆地区,以此,迫切需要编辑、绘制一部符合元帝国实际疆域的、全国性的地理志和天下总图,以备国用。故世皇嘉纳,命札马剌丁暨奉直大夫、秘书监少监虞应龙等搜集为志。札马剌丁遂与虞应龙奉旨开始负责修纂事宜,定志名曰《元大一统志》。《大一统志》乃我国古代官修的一部规模较大的全国地理总志。此书按例在每一路卷首绘有彩色地理小图,并绘制一幅彩色"天下地理总图",分卷各路地图内,还兼有西域回回等地之图,其内容翔实,规模毕具,在分量上比以前私家撰集要大得多,卷帙之富,是以前中国地理志所不能比拟的。(见马建春《元代东传之回回地理学——兼论札马剌丁对中国地理学的历史贡献》)扎马剌丁,又作扎马鲁丁,波斯人,来自伊利汗国,乃元初伊斯兰地理学东传的一位重要人物,以制造天文仪器及编纂历法闻名于世。在中国地理学史上,有着举足轻重的地位。(见马建春《蒙·元时期的波斯与中国》)

黎崱于此年后著《安南志略》二十卷成。

按:是书记述安南国情。描写安南文字与中国相通,且安南开科取士之体制亦与中国略同。《四库全书总目提要》评曰:"所叙述彬彬然具有条理,不在高丽史下云。"黎崱,字景高,号东山,安南人。九岁试童科,累官侍郎,迁佐静海军节度使陈键幕,至元二十一年元师入安南,明年键率黎崱等出降,后键为安南人袭杀,黎崱入居汉阳以终。还著有《庐山游记》三卷(又名《游庐山记》)。黎崱虽为安南人,但浸淫中原文化颇久,不仅能文能诗,而且颇染古君子风度,对此,馆臣都颇为钦敬,故《安南志略》完成后,程钜夫、揭傒斯、范梈、吴元德、欧阳玄、许有壬等皆有题跋。

宋衜卒。

按:宋衜(?—1286),字宏道,潞州长子人。初入赵璧幕,中统三年擢翰林修撰。后追随赵璧征战,参谋军事。至元十三年授太常少卿兼领籍田署事秘书监等职。著有《秬山集》,已佚。事迹见《元史》卷一七八。

赵良弼卒。

按:赵良弼(1216—1286),字辅之,赵州(今河北赞皇)人。元代女真族,本姓术要甲,音讹为赵家,因以赵为氏。初举进士,教授赵州。世祖时,任邢州安抚司幕长、陕西等路宣抚使、江淮安抚使、经略使、少中大夫秘书监等职。事迹见《元史》卷一五九本传。

贯云石(1286—1324)、鄂多里克(1286—1331)、陈绎曾(约1286—1345)、祝蕃(1286—1346)、僧觉岸(1286—约1354)生。

元世祖至元二十四年　丁亥　1287年

正月癸酉,俱蓝国遣使不六温乃等来朝。(《元史·世祖本纪十一》卷一四)

庚寅,遣使代祀岳渎、后土、东海。(《元史·世祖本纪十一》卷一四)

征交趾。(《元史·世祖本纪十一》卷一四)

十七日,中书省咨核学官职俸。(《元史·世祖本纪十一》卷一四)

二月丙辰,马八儿国贡方物。(《元史·世祖本纪十一》卷一四)

闰二月癸亥,敕:"春秋二仲月上丙日,祀帝尧祠。"(《元史·世祖本纪十一》卷一四)

设国子监。

按:《元史·世祖本纪十一》载"设国子监,立国学监官:祭酒一员,司业二员,监丞一员,学官博士二员,助教四员,生员百二十人,蒙古、汉人各半,官给纸札、饮食,仍隶集贤院。"(《元史》卷一四)

立国子学。

按:《元史·百官志六》载,"大都路提举学校所,秩正六品。提举一员,教授二员,学正二员,学录一员。至元二十四年,既立国学,以故孔子庙为京学,而提举学事者,仍以国子祭酒系衔。"(《元史》卷九〇)

设江南各道儒学提举司。

按:诸县各置教谕二人,诸道设儒学提举二人统诸路府州县学事。

庚寅,大驾幸上都。(《元史·世祖本纪十一》卷一四)

改福建市舶都漕运司为都转运盐使司。(《元史·世祖本纪十一》卷一四)

三月丙辰,马八儿国遣使进奇兽。

按:《元史·世祖本纪十一》"丙辰,马八儿国遣使进奇兽一,类骡而巨,毛黑白间错,名阿塔必即。"(《元史》卷一四)杨志玖《啰哩回回——元代的吉普赛人》证补疑为斑马,元人目为花驴儿。曹伯启有《海外贡花驴过市》、王冕有《花驴儿》诗叙录其事。

五月,裁江南各省南官。

按:沙不丁言:"江南各省南官多,每省宜用一二人。"帝曰:"除陈岩、吕夔、管如德、范文虎四人,余从卿议。"(《元史》卷一四)叶子奇《草木子》卷三《克谨篇》曰:"天下治平之时,台省要官皆北人为之,汉人、南人万中无一二。其得为者不过州县卑秩,盖亦仅有而绝无者也。后有纳粟、获功二途,富者往往以此求进。令之初行,尚犹与之;及后求之者众,亦绝不与南人。在都求仕者,北人目为腊鸡,至以相訾诟,盖腊鸡为南方馈北人之物也,故云。"

七月,征缅甸。(《元史·世祖本纪十一》卷一四)

庚戌,云南行省爱鲁言,金齿酋打奔等兄弟求内附,且乞入觐。(《元史·世祖本纪十一》卷一四)

八月乙丑,车驾还上都。(《元史·世祖本纪十一》卷一四)

谕镇南王脱欢毋纵军士焚掠。

按:《元史·世祖本纪十一》"谕镇南王脱欢,禁戢从征诸王及省官奥鲁赤等,毋纵军士焚掠,毋以交趾小国而易之。"(《元史》卷一四)

女人国贡海人。(《元史·世祖本纪十一》卷一四)

九月丁未,安南国遣其中大夫阮文彦、通侍大夫黎仲谦贡方物。(《元史·世祖本纪十一》卷一四)

是年,翰林院(时兴文署已于至元十三年并入翰林院)与国子监皆属集贤院。

国子监置生员二百人。

是岁,立行泉府司,专掌海运。

按:《元史·食货志一》"二十四年,始立行泉府司,专掌海运,增置万户府二,总为四府。是年遂罢东平河运粮。二十五年,内外分置漕运司二。其在外者于河西务置司,领接运海道粮事。二十八年,又用朱清、张瑄之请,并四府为都漕运万户府二,止令清、瑄二人掌之。其属有千户、百户等官,分为各翼,以督岁运。"(《元史》卷九三)

立辽阳等处行中书省。

按:《元史·百官志七》"辽阳等处行中书省,至元二十四年置,治辽阳路,统有七路、一府。"(《元史》卷九一)

立上林署。

按:《元史·百官志六》"上林署,秩从七品,署令、署丞各一员,直长一员,掌宫苑栽植花卉,供进蔬果,种苜蓿以饲驼马,备煤炭以给营缮。至元二十四年置。"(《元史》卷九〇)

立太仆寺。

按:《元史·百官志六》"太仆寺,秩从二品,掌阿塔思马匹,受给造作鞍辔之事。中统四年,设群牧所。至元十六年,改尚牧监。十九年,又改太仆

院。二十年,改卫尉院。二十四年,罢院,立太仆寺。"(《元史》卷九〇)

立尚乘寺。

按:《元史·百官志六》"尚乘寺,秩正三品,掌上御鞍辔舆辇。阿塔思群牧骟马驴骡,及领随路局院鞍辔等造作,收支行省岁造鞍辔,理四怯薛阿塔赤词讼,起取南北远方马匹等事。"(《元史》卷九〇)

造至元宝钞。

按:《元史·食货志一》"然元宝、交钞行之既久,物重钞轻。二十四年,遂改造至元钞,自二贯至五文,凡十有一等,与中统钞通行。"(《元史》卷九三)

集贤大学士阿鲁浑撒里与论钞法。

按:《元史·世祖本纪十一》"(二月)召麦术丁、铁木儿、杨居宽等与集贤大学士阿鲁浑撒里及叶李、程文海、赵孟頫论钞法。……三月甲午,更造至元宝钞颁行天下,中统钞通行如故。以至元宝钞一贯文当中统交钞五贯文,子母相权,要在新者无冗,旧者无废。凡岁赐、周乏、饷军,皆以中统钞为准。"(《元史》卷一四)

周砥由太常卿而被任命为国子监祭酒。

按:这年二月二十日,集贤院南北诸儒并众官依旨讨论兴学之事。会议到下项事理具呈中书省:一、国学。前件议得:监管四员:祭酒一员,周正平;司业二员,耶律伯强、砚伯固;监丞一员,王嗣能(监察御史)。学官六员:博士二员,张仲安、滕仲礼;助教四员,谢奕(教授)、周鼎(童科)、靳泰亨(刑部令史)、王载(建宁教授);监令史二名。学生:元议二百人,先设一百二十人。蒙古五十人,诸色目、汉人五十人(十岁以上);伴读二十人(公选通文学人充,十五以上)。学舍:比及标拨官地兴盖以来,拟拨官房一所安置,创建房舍讲堂五间,东西学官厅二座(各三间)。斋房三十间(东西各十五间)。厨房六间(分左右)。仓库房五间,门楼一间。生员饮膳每人日支(面一斤、米一升),油、盐、醋、酱、菜蔬、柴炭,照例斟酌应付;床、桌、什物、锅、笼、碗、碟等物,验人数多寡,逐旋应付。厨子二名,仆夫一十人。生员各用纸札笔墨,官为应付。本学各用经、史、子、集诸书,于官书内关。学产:比及别行措置以来,生员饮食并一切所需之物,官为应付,候置讫学田,然后住支。(《庙学典礼》卷二)

姚燧为翰林直学士。(刘致《牧庵年谱》)

耶律有尚任国子司业。

按:苏天爵《皇元故昭文馆大学士兼国子祭酒赠河南行省右丞相耶律

文正公神道碑铭有序》载，这年，朝廷初置国子监学，"设祭酒、司业、博士、助教员，始给印章，分官署以典教"，而当日真金太子的春坊学徒都跟随耶律有尚到国子监学。(《滋溪文稿》卷七)

赵孟頫授奉训大夫、兵部郎中。

按：其时，赵孟頫职责所在，总天下驿置使客饮食之费，而国家所拨费用"一岁之中，不过中统钞二千锭。此数乃至元十三年(1276)所定，计今物直高下，与是时相去几十余倍。使者征发，有司请事，及外国贡献，非时往来，亦日以加多，吏无以给之，强取于民，僻县小市，卖衔殆绝，旦暮喧争，不胜其扰。"赵孟頫遂请于中书，增至二万锭。杨载行状又载，其时，颁行至元钞法，但滞涩不行，于是中书遣尚书刘宣与赵孟頫奉命出使江南，责问行省丞相慢令之罪，至于左右司及诸路官，则径怠之。赵孟頫"深以为衣冠之辱，力辞。桑哥以威逼公，不得已受命。虽遍历诸郡，未尝笞一人。还朝，桑哥大以谴公，然士大夫莫不诵公之厚德。"其时，桑哥为丞相，钟初鸣，即坐尚书听事，六曹官后至者笞。而赵孟頫偶尔后至，"断事官引公受笞，公突入都堂诉之。叶右丞大怒，责桑哥曰：'古者，刑不上大夫，所以养之以廉耻，教之以节义，且辱士大夫，是辱朝廷也。'桑哥惭，慰遣公使出，自是所笞者，唯曹史以下。"(杨载《大元故翰林学士承旨荣禄大夫知制诰兼修国史赵公行状》)

王构出为江北淮东道提刑按察副使。

按：袁桷《翰林承旨王公请谥事状》载，其时，御史大夫率王构同到朝廷"阶辞"，但"上赐酒慰遣"。在任上，据袁桷载，王构"击奸惠民，淮民犹能言其事"。(《清容居士集》卷三二)

李衎由浙江行省左右司员外郎改江淮行省员外郎。

按：苏天爵《故集贤大学士光禄大夫李文简公神道碑铭》载其时，朝廷遣官稽核郡县钱粮，李衎分到江浙省稽核，而"人不以为苛"。成均既立，朝廷下诏"征江淮学廪之余以给师生"，李衎又承命前往，而"士不以为扰"。(《滋溪文稿》卷一〇)

王约拜监察御史，授承务郎。(《元史·王约传》卷一七八)

札马剌丁官集贤院大学士中奉大夫行秘书监事。(王士点《秘书监志》卷四)

岳铉擢知秘书监。屡以天象示警，劝世祖诛桑哥。(郑元祐撰《元故昭文馆大学士荣禄大夫知秘书监镇太史院司天台事赠推诚赞治功臣银青荣禄大夫大司徒上柱国追封申国公谥文懿汤阴岳铉字周臣第二行状》)

爱薛担任秘书监。(程钜夫《拂林忠献王神道碑》)

宋超由太原医学转将仕佐郎、大都医学教授。(程钜夫《太原宋氏先德之碑》)

按：宋超于至元十四年辞京至京师，至此，"距辞亲时十载，既而名闻禁中"。(《雪楼集》卷八)

虞应龙征入秘书监，与修《大一统志》。

按：有《统同志》一书，《秘书志·纂修》云："虞应龙状呈：……将古今书史传记所载天下地理建置、郡县沿事、事迹源泉、山川人物及圣贤赋词咏等，分类编述，自成一书……名其书曰《统同志》。《秘书志·纂修·彩绘地理总图》云："即令兵部见奉中书省判送，行移秘书监，纂录《天下地理总图》。"

张伯淳由杭州路儒学教授，迁浙东道按察司知事。

按：据程钜夫《翰林侍讲学士张公墓志铭》载，至元二十三年，他以侍御史而受诏下江南访贤，未行之前，即闻廷绅言伯淳之贤。"至杭，伯淳为博士。其时，尚未识伯淳，而旧识识公者人人言公，与所闻同也；暨识而心察之，又同也，乃荐之。明年，报命。"(《雪楼集》卷一七)

白恪改任浙西提刑按察司经历，迁平江。

按：袁桷《朝列大夫同佥太常礼仪院事白公神道碑铭》载，其时，白恪丁母忧，以其母丧葬于吴，打算终老于吴。"会诏举不附权臣自晦者，有以君辞荆湖事荐于上，除福建宣慰司经历"。(《清容居士集》卷二七)

亦黑迷失再出使马八儿国，并于该国得良医善药。(《元史·亦黑迷失传》卷一三一)

张宗演赴阙。

按：《元史·世祖本纪十一》"二月壬辰朔，遣使持香币诣龙虎、閤皁、三茅设醮，召天师张宗演赴阙。"(《元史》卷一四)

西僧监臧宛卜卜思哥等作佛事坐静于大殿、寝殿、万寿山、五台山等寺，凡三十三会。(《元史·世祖本纪十一》卷一四)

元景教徒列马·扫马为伊利汗阿鲁浑所遣出使欧洲。

按：列马·扫马先后拜访法、英国王及教皇尼古拉四世。其成功出使致使罗马教廷及西欧君主更为相信元廷信奉基督教，故纷纷遣教士及使节来华，促进了中西之文化交流。(无名氏《教长马儿·雅八·阿罗诃和巡视总监列班·扫马传》)

张梦符、赵孟頫、张之翰等齐聚许师敬宅邸庆中秋。

按：张之翰《中秋会饮》序言云"昨岁中秋，陪右丞马公、张礼部梦符、夹谷侍御士常饮。右辖公寓第时，公病新起。临风对月，浮锺举白。诸公虽不敢尽其欢，亦皆被酒而散。越明年，是夕，公以旧约又会马、张二公，洎不肖于其家，酒光月色，俱不减前席，唯士常侍御南去。复有唐工部寿卿、赵兵曹子昂、李司业两山数佳客在座"，赵孟𫖯是年任兵部郎中，故聚会当在此年或之后。据序言知道，聚会在右辖公许师敬家，参与者有马煦、张梦符、唐寿卿、赵孟𫖯、李两山以及张之翰等一时馆阁高层，堪称一时佳会。(《西岩集》卷六)

　　吴澄自京师归，赵孟𫖯等作诗赠别，吴澄亦有诗回复。

　　按：这年，吴澄终不肯应程钜夫之邀出仕，是春启程南归。时宋遗士之留燕者纷纷赋诗，赵孟𫖯书朱子《与其师刘先生屏山所赓》三诗为赠。十二月吴澄还家，于舟中赋感兴诗二十五章。(《吴文正集》卷二五)

　　程钜夫筑室"远斋"，吴澄、阎复等题诗。

　　按：据吴澄题记知道，程钜夫是年为行台侍御史，得旨南归，而吴澄曾应程钜夫之邀观光大都，此时南归，与程钜夫同行。而据程钜夫《远斋记》记其斋之来由及题名缘故又可知程钜夫心胸之阔朗。

　　《远斋记》云："余来京师十年，始筑室。室之东偏敞一斋为游息之所，名曰远。客疑焉。解之曰：'余生长东，南望燕山在天上。四海一家，得以薄技，出入周卫。违亲数千里，非远乎？余之始至也，栖于南城之南，凡八迁而宅于兹。国中阛阓之地，余不得有，乃僻在城隅，距旧栖又一舍而赢，非远乎？客何疑？'客曰：'子之言则然。大鹏九万里一息，二城相望咫尺，日三数往复，腹犹果然。白云舍虽数千里外，以志养志，如在膝下，子以为远，未之思也。'客去，遂记于斋壁。至元二十四年夏五甲寅，广平程某记。"(《雪楼集》卷一一)

　　阎复四月作《刘太傅藏春集序》。

　　按：《藏春集》是元初著名辅政大臣刘秉忠的诗文集，刘秉忠自号藏春散人，每以吟咏自适。一生著述甚丰，有《藏春集》六卷、《藏春词》一卷、《诗集》二十二卷、《文集》十卷、《平沙玉尺》四卷、《玉尺新镜》二卷等。据阎复该序介绍，在刘秉忠死后十四年才刊行于世，刘秉忠卒于至元十一年(1274)，故阎复之序作于集子刊行当年。《藏春集》据四库馆臣介绍，"原书十卷，今佚其杂文四卷，惟诗仅存"，而留存的诗作多为刘秉忠在金莲川藩府以及进攻大理之际的作品，颇有价值。阎复序云："太傅文贞公，学参天人，思周变通；早慕空寂，脱弃世务。一旦遭际圣主，运应风云，契同鱼水，有若留侯规画以兴汉业，召公相宅以营都邑，叔孙奉常绵蕝以定朝仪，陆贾诗书之语，贾生仁义之说，当云霾草昧之世，天开地辟，赞成文明之治。其谥曰文,不亦宜乎。至于裁云镂月之章,阳春白雪之曲,在公乃为余事。公殁后十有四年,是集始行于世。夫人窦氏,暨其子璋,介翰林待制王之纲,求为叙引。晚生愚陋,诚不足知公万一,姑以时论所同然者,附诸编末云。至元丁亥四月初吉,翰林学士、太中大夫、知制诰、同修国史阎复序。"(《藏春集原序》)

　　王恽作《编年纪事序》。

　　按:王恽乐衷载记,《编年纪事》那他与韩弘在至元二十一年(1284)到至元二十四(1287)年间编撰而成,所记载内容,据其序言所云,"世主之御天接统,辅相之登庸宅揆,前后系属,一不敢阙"。"时则二十四年丁亥岁,夏仲日序。"(《秋涧集》卷四二)

　　姚燧作《送畅纯甫序》。

　　按:姚氏乃元初复古派著名大家,其创作理论于此序中显见,其创作理论在当时呼应者稍少。序云:"纯甫实善文,其不轻以出者,将以今为未积,积而至于他日,以《骚》、《雅》末流《典》、《谟》一致乎将恃。夫位民既而循吏,持宪既为才御史,富民又将为良大农,道行一时,无暇于为言乎。岂以世莫己知有之,而退藏于密也。由积而为书,至于他日,与道行一时,无暇于为言,则可由莫己知而不出。若余也,虽不善文,而善知文,则纯甫为失人矣。今以农副行田陇右,于其别也,叙以问之。至元丁亥七夕。"《牧庵集》卷四)

　　许有壬(1287—1364)、李齐贤(1287—1367)、张翥(1287—1368)生。

元世祖至元二十五年　戊子　1288年

　　正月庚寅,祭日于司天台。(《元史·世祖本纪十二》卷一五)

　　丁酉,遣使代祀岳渎、东海、后土。(《元史·世祖本纪十二》卷一五)

　　三月戊子,车驾还宫。(《元史·世祖本纪十二》卷一五)

　　庚寅,大驾幸上都。(《元史·世祖本纪十二》卷一五)

　　壬寅(十八日),礼部建言修外国职贡志。

　　按:《元史·世祖本纪十二》"壬寅,礼部言:'会同馆蕃夷使者时至,宜令有司仿古《职贡图》,绘而为图,及询其风俗、土产、去国里程,籍而录之,实一代之盛事。'从之。"(《元史》卷一五)

　　四月甲戌,万安寺成。

按：《元史·世祖本纪十二》"四月甲戌，万安寺成，佛像及窗壁皆金饰之，凡费金五百四十两有奇、水银二百四十斤。"（《元史》卷一五）此寺始建于至元八年，是年建成。即北京白塔寺。

庚辰，安南国王陈日烜多次遣使来贡方物。（《元史·世祖本纪十二》卷一五）

六月癸酉，诏加封南海明著天妃为广祐明著天妃。（《元史·世祖本纪十二》卷一五）

七月，敕征交趾兵官还家休息一岁。（《元史·世祖本纪十二》卷一五）

改会同馆为四宾库。（《元史·世祖本纪十二》卷一五）

九月，大驾次野狐岭。（《元史·世祖本纪十二》卷一五）

庚戌，太医院新编《本草》成。（《元史·世祖本纪十二》卷一五）

十月，桑哥请增漕运江南米。（《元史·世祖本纪十二》卷一五）

宋度宗子赵显出家为僧，学佛法于吐蕃。（《元史·世祖本纪十二》卷一五）

诏免儒户杂徭。（《元史·世祖本纪十二》卷一五）

尚书省请钩考江南郡学田所入。

按：《元史·世祖本纪十二》"尚书省臣请令集贤院诸司，分道钩考江南郡学田所入羡余，贮之集贤院，以给多才艺者，从之。给仓官俸。"（《元史》卷一五）

十一月丁亥，金齿遣使贡方物。（《元史·世祖本纪十二》卷一五）

丁亥，修国子监以居胄子。（《元史·世祖本纪十二》卷一五）

辛丑，马八儿国遣使来朝。（《元史·世祖本纪十二》卷一五）

甲辰，改释教总制院为宣政院。

按：《元史》卷八七《志·百官三》"宣政院，秩从一品。掌释教僧徒及吐蕃之境而隶治之。其为选则军民通摄，僧俗并用。至元初，立宗制院，而领以国师。二十五年，因唐制吐番来朝见于宣政殿之故，更名宣政院。"《元史·释老》云："元起朔方，固已崇尚释教。及得西域，世祖以其地广而险远，民犷而好斗，思有以因其俗而柔其人，乃郡县土番之地，设官分职，而领之于帝师。乃立宣政院，其为使位居第二者，必以僧为之，出帝师所辟举，而总其政于内外者，帅臣以下，亦必僧俗并用，而军民通摄。于是帝师之命，与诏敕并行于西土。百年之间，朝廷所以敬礼而尊信之者，无所不用其至。虽帝后妃主，皆因受戒而为之膜拜。正衙朝会，百官班列，而帝师亦或专席于坐隅。且每帝即位之始，降诏褒护，必敕章佩监络珠为字以赐，盖其重之如此。"（《元史》卷二〇二）

是年,高丽国王多次遣使来贡方物。(《元史·世祖本纪十二》卷一五)

立学校二万四千四百余所。(《元史·世祖本纪十二》卷一五)

尚书省颁布"文庙禁约骚扰"。

按:尚书省,至元二十五年月日,据枢密院呈准中奉大夫同签枢密院事咨,照得:至元二十三年,钦奉圣旨差往江南等处寻访行艺高上人员,所至时有教官士人告称,诸官吏及诸管军官吏等,多于路、府、州、县学舍命妓张乐,喧嚣亵慢,习以为常,无敢谁何,甚失国家崇学重道之体。(《庙学典礼》卷二)

司徒撒里蛮等二月庚申进读《祖宗实录》。

按:《元史·世祖本纪十二》载,"帝曰:'太宗事则然,睿宗少有可易者,定宗固日不暇给,宪宗汝独不能忆之耶?犹当询诸知者。'"(《元史》卷一五)

耶律有尚接任国子祭酒。(苏天爵《皇元故昭文馆大学士兼国子祭酒赠河南行省右丞相耶律文正公神道碑铭有序》)

高克恭入为监察御史。(邓文原《故大中大夫刑部尚书高公行状》)

郭守敬五月壬寅铸成浑天仪。(《元史·世祖本纪十二》卷一五)

叶李被赐平江、嘉兴田四顷。(《元史·世祖本纪十二》卷一五)

董文用以江淮行省参政召为御史中丞。

按:董文用至则曰:"中丞不当理细务,吾当荐贤才",乃举胡祗遹、王恽、雷膺、荆幼纪、许楫、孔从道等十余人为按察使,又举徐琰、魏初为行台中丞。当时以为极选。(《资治通鉴后编》卷一五六)

程钜夫请以吴澄所校考《易》等经书入国子监。

按:程钜夫认为,吴澄所考《易》、《诗》、《书》、《春秋》、《仪礼》、《大戴记》、《小戴记》有益,应置之国子监,令诸生习之以传天下,朝廷从之,并命有司当优礼吴澄。

周砥离开国子监。(《庙学典礼》卷二)

刘赓拜承直郎、太常博士。(虞集《翰林学士承旨刘公神道碑》)

杨桓累迁秘书监丞。(《元史·杨桓传》卷一六四)

胡长孺为有司强至京师,待诏集贤院。

按:既而召见于内殿,拜集贤修撰,与宰相议不和,改教授扬州。(《元史·儒学传》卷一九〇)

李思衍为礼部侍郎,充国信使赴安南,谕陈日烜入朝。

按:《元史·世祖本纪十二》载"己亥,命李思衍为礼部侍郎,充国信使,以万奴为兵部郎中副之,同使安南,诏谕陈日烜亲身入朝,否则必再加兵。"(《元史》卷一五) 黎崱《安南志略·至元二十五年十二月谕安南世子诏》"遣辽东道提刑按察司刘廷直、礼部侍郎李思衍、兵部郎中鄂诺,同唐古特哈萨鸿吉哩特等引前差……"(《安南志略》卷二。李思衍,字两山。)

张留孙预议集贤院。

按:袁桷《有元开府仪同三司上卿辅成赞化保运玄教大宗师张公家传》载,是年,张留孙被赐七宝冠金锦衣玉珮珠履。(《清容居士集》卷三四)

亦思麻等七百余人作佛事坐静于玉塔殿、寝殿、万寿山、护国仁王等寺凡五十四会,天师张宗演设醮三日。(《元史·世祖本纪十二》卷一五)

吴澄校定《易》、《诗》、《书》、《春秋》、《仪礼》、《大戴记》、《小戴记》等书。

按:朱熹曾为"四书"作注,其门人及其本人又为"五经"中《礼》之外四经作注。《礼》之整理注解乃吴澄完成。

王恽作《玉堂嘉话序》。

按:据序载,《玉堂嘉话》八卷。篇中所记为王恽自中统二年辛酉至至元三十一年(1294)甲午官翰林前后三十四年之事。玉堂,官署名,本为侍中所居,自宋以来,习以专属翰林,故有是称。书中所记当时之文诰礼仪等,足以显示有元一代之典制。书中所记唐宋以来文诰掌故、轶闻遗事及书画等,亦多有可采。序云:"中统建元之明年辛酉夏五月,诏立翰林院于上都,故状元文康王公授翰林学士承旨。已而,公谓不肖恽曰:'翰苑载言之职,莫国史为重。'遂复以建立本院为言,允焉,仍命公兼领其事。时不肖侍笔中书两院,故事凡百草创,经营署置,略皆与知。其年秋七月,授翰林修撰同知制诰兼国史院编修官。方帝泽鸿庞,赉及四海,诰命宣辞,颇与定撰。再阅月,蒙二府交辟,不妨供职兼左司都事。自后,由御史里行调官晋府,秩满,复入为翰林待制。时则有若左丞相修国史耶律公、承旨霍鲁忽孙安藏、前左辖姚公、大学士鹿庵王公、侍讲学士徒单公、河南李公、待制杨恕、修撰赵庸、应奉李谦,不肖虽承乏几于一考,其获从容侍接,仰其祖宗对天之鸿休,圣训无穷之睿思,皆闻所未闻。至于文章高下,典制沿革,朝夕餍饫,所得亦云多矣。今也年衰气耄,尽负初心,因紬绎所记忆者凡若干言,辑为八卷,题之曰《玉堂嘉话》。其成灯火茆堂之夜,尊罍心赏之间,吐嘉话于目前,想玉堂于天上,鸣息有时,盛年不再,良可叹也!然昔人有宅位钧衡,不得预天子私人为恨。顾惟此生不为未遇,用藏家柜,以贻将来。至元戊子冬季二日,前行台侍御史秋涧老人谨序。"(《秋涧集》卷九三)。

《四库全书总目提要》曰:"所记当时制诰特详,足以见一朝之制。如船落至祭文、太常新乐祭文之类,皆他书所未见他如记。……皆足以资考证。

而《宋》、《辽》、《金》三史之议,尤侃侃中理。……大致该洽,不以瑕掩。全书已收入《秋涧集》中,此乃其别行之本也。"

王恽撰写《清跸殿记》。

按:清跸殿的建造起因与太一教四祖萧辅道交好忽必烈之事颇有渊源。忽必烈尚在潜邸之际,闻知太一教主萧辅道"弘衍博大",遂"安车来聘",萧氏到后,以"爱民立制,润色鸿业,用隆至孝"数条来回答忽必烈有关治道的询问,忽必烈"喜甚,锡之重宝",萧氏坚辞不受,忽必烈赞曰:"真有道士也",于是赐号"中和仁靖真人,冠帔尊崇之禮,前後有加"。己未(1259)春,忽必烈"銮辂南驾,次牧之野",特意枉驾来拜望萧辅道,而萧氏已卒。忽必烈即位之后,再降玺书,有"清而能容,光而不曜,富文学,知变通,向朕在潜与之同处,何音容乍远,冠履遽遗,殊用怅然"之叹。而后,六世祖萧全祐于至元二十三年十一月始建太一广福宫,并以当初世祖下榻长室建成行殿,以"迩天威而贮崇光",事迹上闻,行殿被赐名"清跸"。至元二十五年(1288),萧全祐欲刻文于碑石,其时王恽在国史院,奉命具其始末作《清跸殿记》。(《秋涧集》卷三八)

又按:太一教又称太乙道、太一道,创教于金熙宗天眷(1138—1140)初,创始人萧抱珍(?—1166),河南卫州(今河南汲县)人。萧抱珍早年"以仙圣所授秘箓济人,祈禳诃禁,罔不立验。天眷初,其法遂大行,因名之曰太一教"。太一教为金初中国北方兴起的三道派之一。流传至元代,后并入正一道。

李道谦撰成《甘水仙源录》。

按:李氏《甘水仙源录》又称《甘泉仙源录》。据传,王重阳遇真仙于终南山甘河镇,自断尘缘,开创全真道派。全书收录王重阳以下全真派著名道士行迹碑铭,故称"仙源录"。《甘水仙源录》所载金石碑文,不少出自名家之手,如元好问、姚燧、王鹗等。该书记载全真道派传承历史,向为研究全真道历史之要籍。其序言称:"道谦爰从弱冠,寓迹于终南刘蒋之祖庭,迄今甫五十载。每因教事,历览多方,所在福地名山,仙宫道观,竖立各师真之道行及建作胜缘之碑铭者,往往多鸿儒钜笔。所作之文,虽荆金赵璧,未易轻比。道谦既纪所见,随即经录,集为一书,目之曰《甘水仙源》,锓梓以传。……至元戊子岁重九日,夷门天乐道人李道谦序。"(《甘水仙源录》卷一)

商挺卒。

按:商挺(1209—1288),字孟卿,号左山,曹州济阴人。其先本姓殷氏,避宋讳改焉。商挺曾受知于在潜邸的元世祖,后佐廉希宪治理关中,为宣抚副使，又与廉希宪共同帮助元世祖顺利登基。至元九年为安西王相。曾与元好问、杨奂游。卒，追封鲁国公，谥文定。善隶书，有诗千余篇，多散佚。《全元散曲》录存其名作《步步娇》十九首。事迹见《国朝名臣事略》卷一一、《元史》卷一五九、《元诗选·癸集》乙集小传。

王博文卒。

按：王博文（1223—1288），字子晃（子勉），号西溪，东鲁人，徙居彰德，少与王恽、王旭齐名，人称"三王"。至元十八年（1281）历官燕南按察使，任礼部尚书、大名路总管，至元二十三年（1286）迁南御史台中丞。赠鲁国公，谥文定。王博文对至元间文学政事影响均大，主持南台期间，颇得江南文人好评。事迹见《天下同文集》卷二九、《江南通志》卷六九、《元明事类钞》卷一六。

张炤卒。

按：张炤（1225—1288），字彦明，济南人。以灭宋功累迁扬州路达鲁花赤，尝出家藏书二千余卷，置东平庙学，使学徒讲肄之。

陈旅（1288—1342）生。

元世祖至元二十六年　己丑　1289年

正月辛丑，遣使代祀岳渎、后土、东南海。（《元史·世祖本纪十二》卷一五）

壬寅，议海运改道。（《元史·世祖本纪十二》卷一五）

癸卯，高丽遣使来贡方物。（《元史·世祖本纪十二》卷一五）

二月辛亥朔，诏籍江南户口，凡北方诸色人寓居者亦就籍之。（《元史·世祖本纪十二》卷一五）

议由泉州至杭州立海站。

按：《元史·世祖本纪十二》"丙寅，尚书省臣言：'行泉府所统海船万五千艘，以新附人驾之，缓急殊不可用。宜招集乃颜及胜纳合儿流散户为军，自泉州至杭州立海站十五，站置船五艘、水军二百，专运番夷贡物及商贩奇货，且防御海道为便。'从之。"（《元史》卷一五）

丁卯，幸上都。（《元史·世祖本纪十二》卷一五）

三月癸巳，金齿人塞完以其民二十万一千户有奇来归，仍进象三。（《元史·世祖本纪十二》卷一五）

四月戊辰,安南国王陈日烜多次遣使来贡方物。(《元史·世祖本纪十二》卷一五)

癸酉,以高丽国多产银,遣工即其地,发旁近民冶以输官。(《元史·世祖本纪十二》卷一五)

以乃颜叛军入江南海船水军。

按:《元史·世祖本纪十二》"尚书省臣言:'乃颜以反诛,其人户月给米万七千五百二十三石,父母妻子俱在北方,恐生它志,请徙置江南,充沙不丁所请海船水军。'从之。"(《元史》卷一五)

五月己亥,设回回国子学。

按:此举与其时主政者乃色目人桑哥有关。至元二十四年正月初八,朝议亦思替非文书。据《通制条格》载:总制院使桑哥、帖木儿左丞等奏:"前者麦术丁说有来,'亦思替非文书学的人少有。这里一两个人好生的理会得有,我则些少理会得。咱每后底这文书莫不则那般断绝了去也么?教学呵,怎生?'道有来。么道。奏呵,麦术丁根底说者,交教者。么道圣旨了也。钦此。"(《通制条格》卷五)

《元史·选举志一·学校》载:"世祖至元二十六年夏五月,尚书省臣言:'亦思替非文字宜施于用,今翰林院益福的哈鲁丁能通其字学,乞授以学士之职,凡公卿大夫与夫富民之子,皆依汉人入学之制,日肄习之。'帝可其奏。是岁八月,始置回回国子学。至仁宗延祐元年(1314)四月,复置回回国子监,设监官,以其文字便于关防取会数目,令依旧制,笃意领教。泰定二年(1325)春闰正月,以近岁公卿大夫子弟与夫凡民之子入学者众,其学官及生员五十余人,已给饮膳者二十七人外,助教一人、生员二十四人廪膳,并令给之。学之建置在于国都,凡百司庶府所设译史,皆从本学取以充焉。"(《元史》卷八一)

所谓"亦思替非",穆扎法尔·巴赫蒂亚尔在论文《亦思替非考》中指出,亦思替非是阿拉伯语的意译词,它的创制者是古代伊朗人,其渊源是古波斯语或巴列维语,在伊朗历史著作中,可以找到萨珊王朝(226—652)时期使用亦思替非文字的准确记载。亦思替非不是一种语言,而是一种专门的技术,以此推测,回回国子学就是一所技术性学校。回回国子学的教学主要是书写一些财务方面的诏书,清算单据,书写税务,记账等。由于蒙、汉生员不懂得波斯语,所以回回国子学至少也开设了波斯语言方面的课程。(王校寒《元朝回回国子学发展始末》)

六月己未,西番进黑豹。(《元史·世祖本纪十二》卷一五)

甲戌,西南夷中下烂土等处洞长忽带等以洞三百、寨百一十来归,得户

三千余。(《元史·世祖本纪十二》卷一五)

六月辛亥,开会通河。(《元史·世祖本纪十二》卷一五)

八月癸酉,以八番罗甸宣慰使司隶四川省。(《元史·世祖本纪十二》卷一五)

九月己卯,置高丽国儒学提举司,从五品。(《元史·世祖本纪十二》卷一五)

闰十月戊寅,车驾还大都。(《元史·世祖本纪十二》卷一五)

辛丑,罗斛、女人二国遣使来贡方物。(《元史·世祖本纪十二》卷一五)

丙午,缅国遣委马刺菩提班的等来贡方物。(《元史·世祖本纪十二》卷一五)

是岁,马八儿国进花驴二。(《元史·世祖本纪十二》卷一五)

诏:"天下梵寺所贮藏经,集僧看诵,仍给所费,俾为岁例。"

按:《元史·世祖本纪十二》"帝幸大圣万安寺,并诏天下梵寺所贮藏经,集僧诵之,仍给所费,俾为岁例。"(《元史》卷一五)

朝廷以中原民转徙江南,令有司遣还,蒙古岱谏止。

立崇福司,专管也里可温事务。

按:此司品级仅次于掌管佛教的宣政院,与掌道教的集贤院相同,由爱薛任崇福使,掌领崇福司事务。也里可温为阿拉伯语之音译,意为上帝,即唐代景教碑上之阿罗诃。元时之也里可温既指景教,又指罗马天主教及基督教等其他教派。元廷对也里可温同和尚、道士、答失蛮(伊斯兰教师)待遇一样。自此,中国基督教有了专门的管理机构。《元史·百官志五》"崇福司,秩二品,掌领马儿哈昔列班也里可温十字寺祭享等事。"(《元史》卷八九)

王恽授少中大夫、升福建闽海道提刑按察使。(《元史·王恽传》卷一六七)

董文用迁大司农,时欲夺民田为屯田,公固执不可,又迁翰林学士承旨。(《元史·董俊传附录》卷一四八)

魏天祐以福建行省参政职,执宋谢枋得至燕。

按:枋得临行以卒自誓,不食二十余日。不卒,乃复食。四月至燕,闻太后攒所及瀛国公所在,再拜恸哭。后迁悯忠寺,见壁间曹娥碑泣曰:"小女子犹尔,吾岂不汝若哉!"留梦炎持药米至,枋得掷之于地,不食,五日卒。(《续资治通鉴》卷一八九)谢枋得(1226—1289),字君直,号叠山,宋信州弋阳人。建东山书院,并讲学于弋阳,提出"学孔孟者必读'四书',始意之诚,家国天下与吾心为一"。后元朝廷迫其出仕,地方官强制送往大都,乃绝食而卒。门人私谥"文节"。著有《文章轨范》。其著述后人纂为《叠山集》。事迹见揭傒斯撰《故宋文节先生谢公神道碑》(《揭文安公集》补遗)、《贵溪县志》(清乾隆十六年刊) 卷一五、《弋阳县志》(清同治十年刊) 卷一二。

　　耶律有尚以父老辞职归养。

　　按:苏天爵《皇元故昭文馆大学士兼国子祭酒赠河南行省右丞相耶律文正公神道碑铭有序》载,至元二十五年(1288),耶律拜国子祭酒,并进阶奉议,这年(1289),耶律有尚又以父亲年老,辞职归养。(《滋溪文稿》卷七)

　　砚弥坚辞国子司业官职,归故里。(苏天爵《元故国子司业砚公墓碑并序》)

　　李思衍出使安南。

　　按:李思衍以礼部侍郎出使安南,徐明善佐行,并撰《安南纪行》一卷。(《全元诗》第十五册,第 393 页)

　　翰林直学士李天英与参知政事张守智被遣出使高丽,督助征日本粮。(《元史·世祖本纪十二》卷一五)

　　吴澄呈《易经》等著作于朝廷。

　　按:吴澄呈《易》、《诗》、《书》、《春秋》、《仪礼》、《大戴记》、《小戴记》诸经于朝廷,朝廷令藏国子监崇文阁。(危素《吴澄年谱》)

　　徐明善佐李思衍出使安南,著《安南行记》一卷成。

　　按:是书见于《说郛》五十一卷。徐明善(1250—?),字志友,号芳谷,德兴人。随礼部侍郎李思衍出使,在安南,即席为安南王子赋诗一首,声名大振。使归,任龙兴路儒学教授,后入湖北宪使幕,迁江西提举。主持江浙、湖广等省考试时,以善于擢拔人才而知名,黄溍即为他从弃卷中发现而后录取的。著有《芳谷集》二卷,《安南行记》一卷(存于《说郛》中)。

　　僧净伏作《至元法宝勘同总录序》。

　　按:《至元法宝勘同总录》,庆吉祥等纂,简称《至元录》。该书收录上起东汉永平十一年(68),迄至元二十二年(1285),凡一千二百余年间、一百九十四人所译、著佛典一千六百四十四部(姚名达称为一千四百四十部五千五百八十六卷),并附有各新录所载之新译著,改变各录汇编之笼统作法。是一部综括唐代至元代之藏经对勘目录。净伏序云:"大元天子,佛身现世间,佛心治天下。万机暇余,讨论教典,与帝师语,诏诸讲主,以西蕃大教目录,对勘东土经藏部帙之有无、卷轴之多寡,然文词少异,而义理攸同。大矣哉! 会万物为己者,其唯圣人乎? 于是宣授江淮都总统永福大师,见之叹曰:'虽前古兴崇谛信,未有盛于此者。可谓是法遍在一切处,一切处无不是法,一切处无不具足.'遂乃开大藏金经,损者完之,无者书之……至元二十六年三月日,杭州灵隐禅寺住持沙门净伏谨序."(《大正新修大藏经》本《至元法宝勘同总录》卷一)

王恽作《大元国大都创建天庆寺碑铭并序》。

按:天庆寺乃临济派寺庙,由于主持雪堂上人与蒙古王室的密切关系,曾一度是元初馆阁高层往来聚会的据点,元初著名的"雪堂雅集"即产生于此。据王恽文章记载,天庆寺前身乃至元壬申(1272)释雪堂开始结庵居住之址,之后,驸马高唐郡主、皇孙甘麻剌为雪堂所点化,不断赐币,从己酉之春开始增建,于丙戌年(1286)仲秋建成天庆寺,由大都留守段祯、詹事丞张九思主持建造,有三大士正殿,丈室七巨楹等,屋宇精华,藏经富著。据载,"凡得经四藏,计二万八千余卷,分贮大都之开泰、天庆,汴洛之惠安、法祥,及永丰法藏院,仍以法物付之,使人无南北,通畅玄风。"由于主持雪堂上人喜好儒学,颇有器识,"所交皆藩维大臣、文武豪士,缓急于士大夫,周旋不荣悴间,解纷振乏,要有实效"。王恽记载,当时馆臣"尝即寺雅集,自鹿庵、左山二大老已下,至野斋、东林,凡一十九人,作为文字,道其不凡。时方之庐阜莲社云"。雪堂上人,王恽在文中记述其生平来历道:"师讳普仁,字仲山,姓张氏,雪堂其道号也。世为许昌人,父世荣,官至丰州司录参军,母夹谷氏。师生有祯祥,甫毁龀,不荤酒斋。初祝发于寿峰湛老,再具戒于竹林云和尚,及参永泰赟公,一见器异,即蒙印可,至有机锋洒落,莹彻冰轮,头角峥嵘,光腾星纬之喻。赟派出临济,第而上之,师乃慧照十九代孙也。过镇阳,树碑表行,濬源接派,以昭其本。於尊祖追远,光又赫焉。余尝论天下之事,虽小大有殊,醻酢注措,皆有本末。就释氏教论之,佛法者本也,塔庙者末也,崇其末而遗其本,求进于道,亦已难矣。若师也,可谓持用有方,审所先后者哉。"(刘昌《中州名贤文表》卷二七)

李昶卒。

按:李昶(1202—1289),字士都,东平须城人。李世弼之子。释褐,授孟州温县丞。蒙古兵下河南,奉亲还乡里。行台严实辟授都事,迁经历。亲老求罢,不许。寻以父忧去,杜门教授,一时名士李谦、马绍、吴衍辈皆出其门。世祖伐宋,次濮州,闻先生名,召见,问治国用兵之要。先生论治国则以用贤、立法、务本、清源为对,论用兵则以伐罪、救民、不嗜杀为对,深见嘉纳。及即位,召至开平,访以国事,先生知无不言。时征需烦重,行省科征税赋,虽逋户不贷,先生移书时相云:"止验见户应输,犹或不逮。复令包补逃故,必致艰难。"省府从其言,得蠲逋户赋。中统二年春,内难平,先生上表贺,因进讽谏,帝称善久之。尝燕处,望见先生,辄敛容曰:"李秀才至矣。"特授翰林侍讲学士,行东平路总管军民同议官。先生条十二事,革除宿弊。至元二年,罢官家居。五年,起为吏、礼二部尚书,旋请老归。丞相安童奏征之,不赴。八年,起山东东西道按察使,旋致仕。卒,年八十七。尝集《春秋》诸家之说折中之,曰《春秋左氏遗意》二十卷,取孟子旧说新说矛盾者,参考归一,附以己见,为《孟子权衡遗说》五卷。事迹见《元史》卷一六〇、《宋元学案》卷二"泰山学案"。

砚弥坚卒。

按:砚弥坚(1210—1289),字伯固,应城人。年十六,从乡先生王景宋学习;后又从学于袁州刘仁卿。元军攻占汉水沿岸诸郡县,途经应城时。因其为名儒,被招北上,安置于真定(今河北正定南)。他通诸经,善讲说,执经就学者日盛。容城刘因、中山滕安上皆就学于其门下。燕南宣慰使及学部使者闻其名,荐为学部教授。在任十余年,循循善诱,诲人不倦。后召为国子司业。著有《郧城集》十卷。事迹见苏天爵撰《元故国子司业砚公墓碑并序》(《滋溪文稿》卷七)。

郭昂卒。

按:郭昂(1229—1289),字彦高,彰德林州人。习刀槊,能挽强,历官山东统军司知事、广东宣慰使。稍通经史,尤工于咏。著有诗集《野斋集》。事迹见《元史》卷一六五、《蒙兀儿史记》卷九二、《元诗选·二集》小传。

白栋卒。

按:白栋(1243—1289),许衡弟子。许衡卒后,白栋以国史院编修、从仕郎仍国子助教,后擢奉训大夫、监察御史、陕西汉中道提刑按察司。事迹见姚燧《河南道劝农副使白公墓碣》(《牧庵集》卷二六)。

又按:白栋乃许衡弟子集团中人,对于许衡在元初推进儒治进程,健全国子学体制具有意义。许衡受命国子学,"乃奏召旧弟子散居四方者,以故王梓自汴,韩思永、苏郁自大名,耶律有尚自东平,孙安与凝(高凝)、燧(姚燧)、燉(燧弟姚燉)自河内,刘季伟、吕端善、刘安中自秦,独公自太原,皆驿致馆下……乃奏有尚与公从仕郎、国子助教"。(《河南道劝农副使白公墓碣》)作"为伴读,欲其夹辅匡弼,熏陶浸润而自得之也",蒙古贵族子弟在许衡的教诲下,"日渐月渍,不自知其变也;日新月盛,不自知其化也。其言谈举止,望而知为先生弟子,卒皆为世用也。"(《左丞许文正公》,苏天爵《国朝名臣事略》)

夹谷之奇卒。

按:夹谷之奇(?—1289),字士常,号书隐,女真加古(夹谷)部人,居滕州(山东滕县)。早年到东平,受业于康晔,初授济宁教授,辟中书省掾。从蒙古攻宋,授行省都事,除浙江宪佥,移淮东。至元十九年入为吏部郎中,迁左赞善大夫,历翰林直学士、吏部侍郎,拜侍御史、吏部尚书。夹谷之奇为随伯颜大军南下"北人",宋亡后,长期任职江南,在江南文坛有名,诗文受推许,然不传。事迹见《元史》卷一七四、《大明一统志》卷二三、《元诗选·癸集》小传。

薛玄曦(1289—1345)、程文(1289—1359)生。

元世祖至元二十七年　庚寅　　1290 年

正月癸丑,敕从臣子弟入国子学。(《元史·世祖本纪十三》卷一六)

安南国王陈日烜遣其中大夫陈克用来贡方物。(《元史·世祖本纪十三》卷一六)

高丽国王王睶遣使来贡方物。(《元史·世祖本纪十三》卷一六)

丁巳,遣使代祀岳渎、海神、后土。(《元史·世祖本纪十三》卷一六)

丙寅,合丹余寇未平,命高丽国发耽罗戍兵千人讨之。(《元史·世祖本纪十三》卷一六)

癸酉,复立兴文署,掌经籍板及江南学田钱谷。

按:据《天禄琳琅书目》卷五载,"朝廷于京师创立兴文署,署置令丞并校理四员,厚给禄廪,召集良工刻刻经、子、史版本,流布天下,以《资治通鉴》为起端之首"。

二月,播州安抚使杨汉英进雨氈千,驸马铁别赤进罗罗斯雨氈六十、刀五十、弓二十。(《元史·世祖本纪十三》卷一六)

三月庚申,立江南营田提举司,掌僧寺资产。(《元史·世祖本纪十三》卷一六)

四月癸酉朔,大驾幸上都。(《元史·世祖本纪十三》卷一六)

六月庚辰,缮写金字《藏经》,凡糜金三千二百四十四两。(《元史·世祖本纪十三》卷一六)

七月壬申,驻跸老鼠山西。(《元史·世祖本纪十三》卷一六)

兴文署刊行胡三省《音注资治通鉴》二百九十四卷,《通鉴释文辨误》十三卷,是为元代刻书质量最好之图籍。

十月乙酉,门答占自行御史台入觐。梁洞梁宫朝、吴曲洞吴汤暖等凡

二十洞,以二千余户内附。(《元史·世祖本纪十三》卷一六)

大司徒撒里蛮、翰林学士承旨兀鲁带六月丁酉、十一月壬戌分别进《定宗实录》、《太宗实录》。(《元史·世祖本纪十三》卷一六)

赵孟頫迁集贤直学士、奉议大夫。

按:在这一职任上,赵孟頫颇有作为,终于假手忽必烈宠近之臣阿鲁浑萨里、彻理将权臣桑哥扳除。赵孟頫对忽必烈近侍彻理奉御曰:"上论贾似道误国之罪责留梦炎不能言之。桑哥误国之罪甚于似道,我辈不能言,他日何以色责。第我疏远之臣,言必不听,观侍臣中,读书知义理,慷慨有大节,又为上所亲信,无逾公者。夫捐一旦之命,为万姓除去残贼,此仁人之事也,公必勉之。"彻理信用赵孟頫之言,遂每于忽必烈面前极言桑哥之恶,务请诛之。以后,桑哥被诛除,彻理与赵孟頫论及此事,叹曰:"使我有万世名,公之力也。"(杨载《大元故翰林学士承旨荣禄大夫知制诰兼修国史赵公行状》)

姚燧授大司农丞。(刘致《牧庵年谱》)

燕公楠拜江淮行中书省参知政事。

按:程钜夫《资德大夫湖广等处行中书省右丞燕公神道碑铭》载,其时,桑哥新败,蠹政未去,民不堪命,燕公楠"赴阙极陈,请更张以固国本",元世祖颇悦。正逢朝廷更换政府大臣,元世祖以此询问燕公楠的意见,燕公楠推荐了伯颜帖哥、不忽木、阎里、阔里吉思、史弼、徐琰、赵琪、陈天祥等十余人。元世祖又问谁能任相,燕公楠对答:"天下人望所属,莫若安童。"又问其次,说:"伯颜可以。"又问再次,说:"完泽可以。"第二天,元世祖拜完泽为丞相,让燕公楠与不忽木担任平章政事,燕公楠坚决辞让,遂改任江浙行省参知政事,赐弓刀及卫士十人。(《雪楼集》卷二一)

不忽木任平章政事。

按:赵孟頫《故昭文馆大学士荣禄大夫平章军国事行御史中丞领侍仪司事赠纯诚佐理功臣太傅开府仪同三司上柱国追封鲁国公谥文贞康里公碑》记载,不忽木"起家为利用少监,出为燕南河北道提刑按察副使,寻升提刑按察使。"不忽木曾出使河东,途中见饥民"死徙相属,因便宜发廪,所活数万人。岁旱行部,所至辄雨,入为吏、工、刑三部尚书"。其时,桑哥得政,不忽木多次与之在忽必烈面前争论。于是桑哥暗命"西域贾人诈为讼冤者,遗公美珠一箧,公却之。已而知其谋出于桑哥,因谢病免。"之后,拜为翰林学士承旨,奉使燕南。而不忽木之弟野理审班与彻里等间劾奏桑哥,桑哥被抓捕,不忽木被召还。及入见,"语连日夜,卒诛桑哥。桑哥诛,命公为

丞相,公让太子詹事完泽",于是不忽木任现职。(《松雪斋集》卷七)

王构任治书侍御史。

按:袁桷《翰林承旨王公请谥事状》载:其时桑哥主政,"桑哥嫉公,命与故平章鲁公不忽木检责燕南逋负。公先驰驿,会计簿领,迄无所迎合。谓鲁公曰:'公近臣,某复在言路,相若苛责,当受罪,不以累公也。'"所幸不久,桑哥伏罪。(《清容居士集》卷三二)

张养浩以不忽木赏睐而辟掾礼部。

按:张起岩《大元敕赐故西台御史中丞赠摅诚宣惠功臣荣禄大夫陕西等处行中书省平章政事柱国追封滨国公谥文忠张公神道碑铭》载,张养浩年十七八,以才隽闻。甫逾冠,部使者荐之,遂计偕入京。其时,不忽木任平章政事,正汲引多士。张养浩"裒书往谒",不忽木一见许以国士。辟掾礼部,一时名人如陈俨、姚燧、刘敏中等都引为知己。(《张养浩集》,第 254 页)

邓文原召为国子司业,至官首建白更学校之政。(吴澄《元故中奉大夫岭北湖南道肃政廉访使邓公神道碑》)

张留孙与忽必烈密议择相之事。

按:虞集《张宗师墓志铭》载,其时,忽必烈年事已高,自知大限,多方征问宰相的合适人选。于是召请张留孙以《周易》筮来预测完泽的合适程度,"结果得《同人》之豫",张留孙解释说:"同人,柔得位而应乎乾,君臣之合也。豫,利建侯,命相之事也,愿陛下勿疑。"于是任用完泽为相,而完泽"受遗辅立身,系天下之托者十有余年",虞集就此事认为"诚由世祖之圣,宗社之福。然与闻赞决之密事,亦重矣。"(《道园学古录》卷五〇)

桑节喇实等四月丙戌诣马八儿国访求方伎。(《元史·世祖本纪十三》卷一六)

帝师西僧十二月递作佛事,坐静于万寿山厚载门、茶罕脑儿、圣寿万安寺、桓州南屏庵、双泉等所,凡七十二会。(《元史·世祖本纪十三》卷一六)

曾遇等南人以写经之役,由杭至京,于灵隐遇见温日观。

按:据曾遇大德元年(1297)所作《温日观葡萄并序》云:"至元庚寅,以写经之役,自杭起驿入京。滨行之际,先一日过灵隐,别虎岩长老。出至廊庑,一老僧素昧平生,闻余华亭乡音,迎揖而笑,握手归房,叱其使,令于方丈索酒果款洽。执缣素者填咽于其门,皆拒而不纳。问之,甫知其为温日观也。以遇将有行役,引墨作蒲萄二纸,一寄子昂学士,一以见赠,且以荣名相期,此意厚甚。"(《全元诗》第二十四册,第 322 页)此后,曾遇进京,携画见赵孟𫖯,赵亦题跋。而邓文原、虞集等翰苑名流也曾观览题跋,此外,诸如释晞远有元贞丁酉年所作《奉题心传征君所藏墨葡萄画卷》、释正印有皇庆元年所作《题温日观葡萄》。据《珊瑚网》载:"子温,字仲言,号日观,又号知非子,华亭人。宋季元初,萍海四方,止杭之玛瑙寺。善草书,喜画葡萄,须梗枝叶,皆草书法也,世号温葡萄。"(汪砢玉《珊瑚网》卷三一)曾遇,字心传,华亭人。博学敏文辞,尤邃七书,工笔札,与王昭大、詹润、徐顺孙等被称作"云间四俊"。至元二十七年,被选入京,书泥金字藏经,讫事南还,后以荐授湖州路安吉县丞致仕。事迹见《书史会要》补遗、《元诗选癸集》甲集。(《全元诗》第二十四册,第322页)

蒲寿庚卒。

按:蒲寿庚(1205—1290),又称蒲受畊,号海云,蒲开宗之子。蒲家先辈系10世纪之前定居占城(越南)的西域(阿拉伯)海商。约11世纪移居广州,经营商舶,初为宋代官员,《元史》载蒲寿庚事云,至元十三年,元军攻宋,伯颜遣不伯、周青招降泉州蒲寿庚、寿晟兄弟,而董文炳曾向忽必烈建议重用蒲寿庚云:"昔者泉州蒲寿庚以城降,寿庚素主市舶,谓宜重其事权,使为我扞海寇,诱诸蛮臣服,因解所佩金虎符佩寿庚矣,惟陛下恕其专擅之罪。"(《元史·董文炳传》)忽必烈至元十四年(1277)"进(蒲寿庚)昭勇大将军,闽广都提举福建广东市舶事,改镇国上将军,参知政事。并行江西省事。"至元十五年,令诏蒙古带、唆都、蒲寿庚行中书省事于福州,镇抚濒海诸郡。至元二十一年(1284)任江淮等处行省中书左丞兼泉州分省平章政事。寿庚乃宋元时期"蕃客回回"代表人物,其以泉州城降元,既使泉州港免遭战火毁灭,更使其时海外贸易得以继续发展,并为泉州港在元代成为世界最大的商港之一奠定了基础,也为泉州伊斯兰教黄金时代的到来创造了有利条件,是为宋元之际穆斯林海商、政治家、军事家。事迹见《元史》、《泉州人名录·蒲开宗》。

柯九思(1290—1343)、黄清老(1290—1348)、布顿(1290—1364)、僧大同(1290—1370)生。

元世祖至元二十八年　辛卯　1291年

正月癸丑,高丽国遣使来贡方物。(《元史·世祖本纪十三》卷一六)

辛酉,罢江淮漕运司,并于海船万户府,由海道漕运。(《元史·世祖本

纪十三》卷一六)

立五岳四渎代祀制。

按:《元史·祭祀志五》"至元二十八年正月,帝谓中书省臣言曰:'五岳四渎祠事,朕宜亲往,道远不可。大臣如卿等又有国务,宜遣重臣代朕祠之,汉人选名儒及道士习祠事者。'"(《元史》卷七六)

癸未,大驾幸上都。

按:《元史·世祖本纪十三》载:"是日次大口,复召御史台及中书、尚书两省官辨论桑哥之罪。……(七月)丁巳,桑哥伏诛。"(《元史》卷一六)

四月,增置钦察卫经历一员,用汉人为之,余不得为例。(《元史·世祖本纪十三》卷一六)

庚寅,并总制院入宣政院。(《元史·世祖本纪十三》卷一六)

五月丁巳,建白塔二,各高一丈一尺,以居咒师。(《元史·世祖本纪十三》卷一六)

御史台、中书省、集贤院主张江南学田之钱粮,由学官管领,并规定"官司不为理问相应"。(《庙学典礼》卷三、四)

丁卯朔,禁蒙古人往回回地为商贾者。(《元史·世祖本纪十三》卷一六)

乙酉,洮国王洞主、市备什王弟同来朝。(《元史·世祖本纪十三》卷一六)

七月,增置各卫经历一员,俾汉人为之。(《元史·世祖本纪十三》卷一六)

始置诸路阴阳学。

按:《元史·选举志一》载:"其在腹里、江南,若有通晓阴阳之人,各路官司详加取勘,依儒学、医学之例,每路设教授以训诲之。其有术数精通者,每岁录呈省府,赴都试验,果有异能,则于司天台内许令近侍。"(《元史》卷八一)

八月,罢泉州至杭州海中水站十五所。(《元史·世祖本纪十三》卷一六)

马八儿国遣使进花牛二、水牛土彪各一。(《元史·世祖本纪十三》卷一六)

咀喃藩邦遣马不剌罕丁进金书、宝塔及黑狮子、番布、药物。(《元史·世祖本纪十三》卷一六)

九月辛亥,安南王陈日烜遣使上表贡方物,且谢不朝之罪。(《元史·世祖本纪十三》卷一六)

征琉球。

按:《元史·世祖本纪十三》"命海船副万户杨祥、合迷、张文虎并为都元

帅,将兵征琉求。"(《元史》卷一六)

十二月六日,从宣政院议,宋全太后、瀛国公母子为僧尼,有地三百六十顷,免征其田租。(《元史·世祖本纪十三》卷一六)

丙戌,八番洞官吴金叔等以所部二百五十寨民二万有奇内附,诣阙贡方物。(《元史·世祖本纪十三》卷一六)

是年,宣政院上天下寺宇四万二千三百一十八区,僧、尼共二十一万三千一百四十八人。(《元史·世祖本纪十三》卷一六)

司农司上诸路所设学校二万一千三百余,垦地千九百八十三顷有奇,植桑枣诸树二千二百五十二万七千七百余株,义粮九万九千九百六十石。(《元史·世祖本纪十三》卷一六)

颁农桑杂令。

按:《元史·食货志一》"二十八年,颁农桑杂令。是年,又以江南长吏劝课扰民,罢其亲行之制,命止移文谕之。"(《元史》卷九三,第八册,第2356页)

诏令江南路兴学。

按:《元史·选举志一》载:"二十三年(1286)二月,帝御德兴府行宫,诏江南学校旧有学田,复给之以养士。二十八年(1291),令江南诸路学及各县学内,设立小学,选老成之士教之,或自愿招师,或自受家学于父兄者,亦从其便。其它先儒过化之地,名贤经行之所,与好事之家出钱粟赡学者,并立为书院。凡师儒之命于朝廷者,曰教授,路府上中州置之。命于礼部及行省及宣慰司者,曰学正、山长、学录、教谕,路州县及书院置之。"(《元史》卷八一)

置河南江北等处行中书省。

按:《元史·百官志七》"河南江北等处行中书省。至元五年(1268),罢随路奥鲁官,诏参政阿里金行省事,于河南等路立省。二十八年(1291),以河南、江北系要冲之地,又新入版图,宜于汴梁立省以控治之,遂署其地,统有河南十二路、七府。"(《元史》卷九一)

翰林承旨不忽木任平章政事。

按:《元史·世祖本纪十三》"二月丁丑,以太子右詹事完泽为尚书右丞相,翰林学士承旨不忽木平章政事,诏告天下。"(《元史》卷一六)

集贤大学士何荣祖为尚书右丞。

按:《元史·世祖本纪十三》"(二月丙戌)以集贤大学士何荣祖为尚书右丞,集贤学士贺胜为尚书省参知政事。"(《元史》卷一六)

都水监郭守敬奉诏举水利。

按:《元史·河渠志一》"世祖至元二十八年(1291),都水监郭守敬奉诏兴举水利,因建言:'疏凿通州至大都河,改引浑水溉田,于旧闸河踪迹导清水,上自昌平县白浮村引神山泉,西折南转,过双塔、榆河、一亩、玉泉诸水,至西水门入都城,南汇为积水潭,东南出文明门,东至通州高丽庄入白河,总长一百六十四里一百四步。塞清水口一十二处,共长三百一十步。坝闸一十处,共二十座,节水以通漕运,诚为便益。'从之。""元有天下,内立都水监,外设各处河渠司,以兴举水利、修理河堤为务。决双塔、白浮诸水为通惠河,以济漕运,而京师无转饷之劳;导浑河,疏滦水,而武清、平滦无垫溺之虞;浚冶河,障滹沱,而真定免决啮之患。开会通河于临清,以通南北之货;疏陕西之三白,以溉关中之田;泄江湖之淫潦,立捍海之横塘,而浙右之民得免于水患。当时之善言水利,如太史郭守敬等,盖亦未尝无其人焉。一代之事功,所以为不可泯也。"(《元史》卷七六)

焦养直常入侍帷幄,向世祖陈说古先帝王政治。

按:据《元史》本传载,忽必烈听之,每忘倦。尝语及汉高帝起自侧微,诵所旧闻,养直从容论辨,帝即开纳,由是不薄高帝。(《元史》卷一六四)

齐履谦因郭守敬之荐成为星历教授。

按:苏天爵《元故太史院使赠翰林学士齐文懿公神道碑铭》载,这年,郭守敬奉命修通惠通河,于是荐举齐履谦为星历教授,请求将当时正在进行制作的刻漏仪表器具工作交付齐履道"凡仪象未完者命公完之"。据苏天爵记载"都城刻漏以木为之,其形如碑,中设曲筒,范铜为丸,自碑首传行而下,系铙以为节,既久废坏,晨昏愆度。公按图考订莲花、宝山漏制,俾工改为,迄今用之",计时刻漏修完之后,齐履谦升为"平秩郎、保章正,始掌历官之政"。(《滋溪文稿》卷九)

赵思恭入拜监察御史。

按:傅若金《故朝列大夫佥燕南河北道肃政廉访司事赠中议大夫上骑都尉礼部侍郎追封天水郡伯赵公行状》载"廿八年,入拜监察御史……时相桑哥擅政恣暴,恒沮抑台宪所论劾,少迕意辄构害之……公与赵世延治工部。世延私谓曰:'工部掌营造吏多为奸,费用滋不法。吾侪置弗问,即不职;大(太)察必中时忌,召祸。亦少纵之,可免耶。'公曰:'不然,与不职而幸免。吾宁尽职而被无辜之谴。苟文牍有可求衅,而悔之则无及矣。'于是纤悉必究,心不为苟简率,一牍反复数四。"(《傅与砺文集》卷一〇)

张维为国子博士。

按:张之翰至元辛卯六月《张澹然先生文集序》云:"子维仲安任国子博

士,集为若干卷,请序",故张维此年任国子博士。(《西岩集》卷一四)

王恽奉召至京师。(《元史·王恽传》卷一六七)

刘因三月被征为太子赞善。

按:刘因之前以继母病而离开京城。这年朝廷又以集贤学士征,刘因又以疾辞,且上书宰相,乞俯加矜悯,曲为保全。成宗听闻刘因之事曰:"古有所谓不召之臣,其斯人之徒与?"遂不强致之。(《续资治通鉴》卷一五九)

陈天祥起为南台侍御史,历燕南、山东两道廉访使。(张养浩《资德大夫中书右丞议枢密院事陈公神道碑铭》)

阎复为浙西道肃政廉访使,寻坐事免官。

按:张之翰《送翰林学士阎公浙西道廉访使序》载"更化后,制度一新,尤注意风宪,改提刑按察为肃政廉访使,责任愈重,选人益精,否者汰而能者举。静斋阎公,以翰林学士除浙西道廉访使。"(《西岩集》卷一四)

徐琬以翰林学士承旨迁江南浙西肃政廉访使。

按:黄溍《西湖书院记》"至元二十有八年,故翰林学士承旨徐文贞公,持部使者节,莅治于行。"(《文献集》卷七上)

畅师文累迁陕西宪佥。(《元史·畅师文传》卷一七〇)

张伯淳擢为福建廉访司知事。(程钜夫《翰林侍讲学士张公墓志铭》)

铁里九月以礼部尚书出使俱蓝。

按:《元史·世祖本纪十三》载,"庚申,以铁里为礼部尚书,佩虎符,阿老瓦丁、不剌并为侍郎,遣使俱蓝。"(《元史》卷一六)

别铁木儿、亦列失金为礼部侍郎,使马八儿国。(《元史·世祖本纪十三》卷一六)

陕西脱西为礼部侍郎,佩金符,使于马都。(《元史·世祖本纪十三》卷一六)

张留孙奉命置醮祠星三日,为忽必烈占卜相位嗣承者。

按:袁桷《有元开府仪同三司上卿辅成赞化保运玄教大宗师张公家传》载,其时丞相桑哥败,忽必烈欲拜完泽为相,令张留孙占卜,得《同人》之《豫》卦,张留孙解释曰:"《同人》柔,得位而应乎《乾》,《豫》利建侯。《同人》为得位,《豫》为建侯,《象》、《传》之辞也。陛下所拟为无疑。"忽必烈"未几,拜完泽公为相",之后还命完泽"受遗辅政"。(《清容居士集》卷三四)

陇西四川总摄辇真术纳思二月癸酉为诸路释教都总统。(《元史·世祖本纪十三》卷一六)

僧罗藏等递作佛事坐静于圣寿万安、涿州寺等所,凡五十度。(《元史·世祖本纪十三》卷一六)

张志仙受命持香诣东北海岳、济渎致祷。(《元史·世祖本纪十三》卷一六)

吃刺思八斡节儿十二月庚寅,授为帝师,统领诸国僧尼释教事。(《元史·世祖本纪十三》卷一六)

僧官杨琏真珈以重赂桑哥、发宋诸陵、盗用官物等下狱。

按:杨琏真珈所侵占学舍、书院等所有产业,"照依归附时为主,尽行给还元主",行省并"出榜晓谕",以警效尤。(《庙学典礼》卷三)

马可·波罗一家从泉州乘船离开中国,于 1295 年回到威尼斯。

中书省六月奏准《至元新格》。

按:右丞相何荣祖始以公规、民治、御盗、理财等十事辑为一书,名曰《至元新格》,刻版颁行,使百司遵守并以此定科差法。《元史·食货志一》载:"至元二十八年(1291),以《至元新格》定科差法,诸差税皆司县正官监视人吏置局均科。诸夫役皆先富强,后贫弱;贫富等者,先多丁,后少丁。"(《元史》卷九三) 苏天爵《至元新格序》云:"惟其练达老成,故立言至切;惟其思虑周密,故制事合宜。虽宏纲大法,不数千言,扩而充之,举今日为治之事,不越乎是矣。盖昔者先王慎于任人,严于立法,议事以制,不专刑书,是以讼简政平,海宇清谧,其皆以是为则欤!"(《滋溪文稿》卷六)

僧祥迈奉敕著《辩伪录》五卷成。

按:该书全称《至元辩伪录》,辩或作辨。《辩伪录》为元代佛道斗争史实叙录,在中国佛教护法类著述中,其辑存史料之多仅次于唐法琳《辩正论》。且《辩伪录》叙说元世祖成吉思汗时,全真教兴起;元宪宗蒙哥时,全真教对佛教寺庙与其他产业的侵占,以及佛教的反措施;元世祖忽必烈时,焚毁道藏始末等事甚详,为研究元代佛道斗争之重要史料。张伯淳至元间奉旨撰写《至元辩伪录序》,序文载:"乙卯间,道士丘处机、李志常等毁西京天城夫子庙为文城观,毁灭释伽佛像、白玉观、舍利宝塔,谋占梵刹四百八十二所,传袭王浮伪语《老子八十一化图》,惑乱臣佐。时少林裕长老率师德诣阙陈奏,先朝蒙哥皇帝玉音宣谕,登殿辩对'化胡'真伪,圣躬临朝亲证,李志常等义堕词穷。奉旨焚伪经,罢道为僧者十七人,还佛寺三十七所。党占余寺,流弊益甚。丁巳(1257)秋,少林复奏,续奉纶旨,伪经再焚,僧复其业者二百三十七所。由乙卯而辛酉凡九春,而其徒窜匿未悛,邪说謟行,屏处犹妄,惊渎圣情。由是,至元十八年(1281)冬,钦奉玉音颁降天下,除《道德经》外,其余说谎经文尽行烧毁。道士爱佛经者为僧,不为僧者娶妻为民。当是时也,江南释教都总统永福杨大师真珈大弘圣化,自至元二十二

(1285)春至二十四(1287)春凡三载,恢复佛寺三十余所,如四圣观者,昔孤山寺也,道士胡提点等舍邪归正、罢道为僧者,奚啻七八百人。挂冠于上永福帝师殿之梁拱间,故典如南岳山之券,为事伪者戒。试尝考之,自大教西来,汉明帝迎摩腾、竺法兰二师于洛阳,五岳道士褚善信等上表讥毁佛法,当时筑坛以佛道二经焚之,道经悉为灰烬,佛经放光无损。尊者踊身作十八变,有'狐非狮子类,灯非日月明'之至言。道士为僧者不可胜数,如寇谦之矫妄,崔浩惑魏太武,而崔浩卒以族诛,昙谟最之挫屈姜斌,斌流于马邑,齐曇显之愧,陆修静唐总章元年法,明辨化胡之伪敕,搜聚天下《化胡经》,抑尝火其书矣。……斯《辩伪录》之正名教,造理渊奥,排难精明,凛乎抗凌云之劲操,坦然履王道之正涂,而堤备后世之溺于巨浸者,其为言也至矣。盖有伪则辩,无伪则无辩,岂好辩哉! 弘四无碍之辩者,迈公之德钦。"(《佛祖历代通载》卷二一)

僧文珦卒。

按:文珦(1210—1291),字叔向,号潜山,于潜(今浙江临安)人。早年在杭州出家为僧,南宋时曾受诋毁而下狱,此后出入江湖。以游方僧身份数十年间足迹遍及两浙。其诗将江湖诗派风格引入,然诗风则表达释子生活情趣志向,对宋元之际及元代诗僧影响甚广。以其人其诗隐而不现,故使宋元僧诗衔接出现缺环。其《潜山集》(或作《潜山稿》)乃《四库全书》从《永乐大典》中辑录,近九百首,重编成《潜山集》十二卷,《全宋诗》(第六十三册)另据《诗渊》又辑出数百首佚诗,故文珦乃宋元存诗最多者。事迹见《四库全书·潜山集提要》。

刘思敬卒。

按:刘思敬(1211—1291),吉州青原人,长游蜀中,从灵宝陈君受丹砂诀,年五十,始入龙虎山为道士,自号真空子。后主郁和道院。炼铅汞为丹砂。至元十八年(1281),奉诏赴阙,并进六甲飞雄丹治世祖足疾。居八年,乞还山,结八卦庵于琵琶峰之右。至正间,玄教宗师董公上其事,制赠凝妙灵应真人。事迹见宋濂《刘真人传》(《銮坡后集卷》一〇)、《江西通志》卷一四〇。

王思诚(1291—1357)、徐世良(1291—1373)生。

元世祖至元二十九年　壬辰　1292 年

正月丙申,罗甸归云南行省。

按:《元史·世祖本纪十四》"丙申,云南行中书省言:'罗甸归附后改普定府,隶云南省三十余年。今创罗甸宣慰安抚司,隶湖南省,不便,乞罢之,仍以其地隶云南省。'制曰:'可。'"(《元史》卷一七)

己亥,郭守敬领都水监事。

按:《元史·世祖本纪十四》"己亥,命太史令郭守敬兼领都水监事,仍置都水监少监、丞、经历、知事凡八员。"(《元史》卷一七)

禁商贾私以金银航海。(《元史·世祖本纪十四》卷一七)

复会同馆。(《元史·世祖本纪十四》卷一七)

甲辰(十一日),令江南州县学田听其自掌。

按:《元史·世祖本纪十四》"甲辰,诏:'江南州县学田,其岁入听其自掌,春秋释奠外,以廪师生及士之无告者。贡士庄田,则令核数入官。'"(《元史》卷一七)

丙午,河南、福建行中书省臣请诏用汉语,有旨以蒙古语谕河南,以汉语谕福建。(《元史·世祖本纪十四》卷一七)

二月甲子朔,金竹酉长骚驴贡马、氈各二十有七,从其请减所部贡马,降诏招谕之。(《元史·世祖本纪十四》卷一七)

遣使代祀岳渎、后土、四海。(《元史·世祖本纪十四》卷一七)

庚午,斡罗思招附桑州生猫、罗甸国古州等峒酉长三十一,所部民十二万九千三百二十六户,诣阙贡献。(《元史·世祖本纪十四》卷一七)

乙亥,立总管高丽女直汉军万户府,颁银印,总军六千人。(《元史·世祖本纪十四》卷一七)

征爪哇。(《元史·世祖本纪十四》卷一七)

按:《元史·外夷传三》载:"爪哇在海外,视占城益远。自泉南登舟海行者,先至占城而后至其国。其风俗土产不可考,大率海外诸蕃国多出奇宝,取贵于中国,而其人则丑怪,情性语言与中国不能相通。世祖抚有四夷,其出师海外诸蕃者,惟爪哇之役为大。"(《元史》卷二一〇)

乞台不花等使缅国,诏令遥授左丞。(《元史·世祖本纪十四》卷一七)

三月,以安南国王陈益稷遥授湖广等处行中书省平章政事,佩虎符,居

鄂州。(《元史·世祖本纪十四》卷一七)

庚戌,车驾幸上都。(《元史·世祖本纪十四》卷一七)

赐速哥、斡罗思、赛因不花蛮夷之长五十六人金纹绫绢各七十九匹,及弓矢、鞍辔。(《元史·世祖本纪十四》卷一七)

壬子,敕都水监分视黄河堤堰,罢河渡司。(《元史·世祖本纪十四》卷一七)

壬戌,给还杨琏真加土田、人口之隶僧坊者。

按:《元史·世祖本纪十四》"初,琏真加重赂桑哥,擅发宋诸陵,取其宝玉,凡发冢一百有一所,戕人命四,攘盗诈掠诸赃为钞十一万六千二百锭,田二万三千亩,金银、珠玉、宝器称是。"(《元史》卷一七)

四月辛卯,设云南诸路学校,其教官以蜀士充。(《元史·世祖本纪十四》卷一七)

六月戊辰,诏听僧食盐不输课。(《元史·世祖本纪十四》卷一七)

己巳,日本来互市,风坏三舟,惟一舟达庆元路。(《元史·世祖本纪十四》卷一七)

闰六月庚戌,回回人忽不木思售大珠,帝以无用却之。(《元史·世祖本纪十四》卷一七)

高丽饥,其王遣使来请粟,诏赐米十万石。(《元史·世祖本纪十四》卷一七)

江南海运粮数正常。

按:《元史·世祖本纪十四》"中书省臣言:'今岁江南海运粮至京师者一百五万石,至辽阳者十三万石,比往岁无耗折不足者。'"(《元史》卷一七)

七月癸亥,完大都城。(《元史·世祖本纪十四》卷一七)

壬申(十三日),建社稷坛于和义门内。

按:《元史·世祖本纪十四》载"坛各方五丈,高五尺,白石为主,饰以五方色土,坛南植松一株,北墉塞坎墉垣,悉仿古制,别为斋庐,门庑三十三楹。(《元史》卷一七)

八月壬辰,敕礼乐户仍与军站、民户均输赋。(《元史·世祖本纪十四》卷一七)

甲辰,车驾至自上都。(《元史·世祖本纪十四》卷一七)

高丽、女直界首双城告饥,敕高丽王于海运内以粟赈之。(《元史·世祖本纪十四》卷一七)

丙午,用郭守敬言,浚通州至大都漕河十有四,役军匠二万人,又凿六渠灌昌平诸水。(《元史·世祖本纪十四》卷一七)

诏不敦、忙兀鲁迷失以军征八百媳妇国。(《元史·世祖本纪十四》卷一七)

劝农司并入各道肃政廉访司。

按:《元史·食货志一》"二十九年,以劝农司并入各道肃政廉访司,增佥事二员,兼察农事。是年八月,又命提调农桑官帐册有差者,验数罚俸。故终世祖之世,家给人足。天下为户凡一千一百六十三万三千二百八十一,为口凡五千三百六十五万四千三百三十七,此其敦本之明效可睹也已。"(《元史》卷九三)

九月辛酉,诏谕安南国陈日燇使亲入朝。(《元史·世祖本纪十四》卷一七)

十月,日本舟至求互市。

按:《元史·世祖本纪》载"日本舟至四明,求互市,舟中甲仗皆具,恐有异图,诏立都元帅府,令哈剌带将之,以防海道。"(《元史》卷一七)

壬寅,高德诚管领海船万户。

按:《元史·世祖本纪》载"从朱清、张瑄请,授高德诚管领海船万户,佩双珠虎符,复以殷实、陶大明副之,令将出征水手。"(《元史》卷一七)

甲辰,信合纳帖音国遣使入觐。(《元史·世祖本纪十四》卷一七)

广东道宣慰司遣人以暹国主所上金册诣京师。(《元史·世祖本纪十四》卷一七)

十二月己酉,金齿贡方物。(《元史·世祖本纪十四》卷一七)

命国师、诸僧、咒师修佛事七十二会。(《元史·世祖本纪十四》卷一七)

西僧请以金银帛币祠其神,世祖终弗与。(《元史·世祖本纪十四》卷一七)

于大都、上都两地设置回回药物院。

按:《元史·百官志四》"大都、上都回回药物院二,秩从五品,掌回回药事。至元二十九年始置。至治二年,拨隶广惠司,定置达鲁花赤一员、大使二员、副使一员。"(《元史》卷八八)

或言京师蒙古人宜与汉人间出以制不虞,不忽木遂图写国中贵人第宅及民居犬牙相制之状上之而止。

定各处儒学教授俸禄与蒙古医学同。

按:《元史·食货志·俸秩》曰:"(至元)二十九年(1292),定各处儒学教授俸,与蒙古医学同。"(《元史》卷九六)

命市舶验货抽分。

按:《元史·食货志二》"二十九年,命市舶验货抽分。是年十一月,中书省定抽分之数及漏税之法。凡商旅贩泉、福等处已抽之物,于本省有市舶司之地卖者,细色于二十五分之中取一,粗色于三十分之中取一,免其输税。其就市舶司买者,止于卖处收税,而不再抽。漏舶物货,依例断没。三十年,又定市舶抽分杂禁,凡二十二条,条多不能尽载,择其要者录焉。泉州、上海、澉浦、温州、广东、杭州、庆元市舶司凡七所,独泉州于抽分之外,又取三十分之一以为税。自今诸处,悉依泉州例取之,仍以温州市舶司并入庆元,杭州市舶司并入税务。凡金银铜铁男女,并不许私贩入蕃。行省行泉府司、市舶司官,每年于回帆之时,皆前期至抽解之所,以待舶船之至,先封其堵,以次抽分,违期及作弊者罪之。"(《元史》卷九四)

刺真任翰林学士承旨、通政院使兼知尚乘寺事,并为中书平章政事。(《元史·世祖本纪一四》卷一七)

王构改翰林侍讲学士。

按:袁桷《翰林承旨王公请谥事状》载,至元二十八年(1291),王构选调江西,是年改翰林侍讲。(《清容居士集》卷三二)

焦养直升奉议大夫。(虞集《焦文靖公彝斋存稿序》)

王恽起为翰林学士,是春见帝于柳林行宫,遂上万言书,极陈时政。

按:恽上陈时政十四事,并请以立法定制为论治之始。王恽政论十四事颇有汉法模式:一曰议宪章以一政体;二曰定制度以抑奢僭;三曰节浮费以丰财用;四曰重名爵以揽威权;五曰议廉司以励庶官;六曰议保举以核名实;七曰设科举以收人才;八曰试吏员以清政务;九曰恤军民以固邦本;十曰复常平以广蓄积;十一曰广屯田以息远饷;十二曰息远略以抚已有;十三曰感和气以消水旱;十四曰崇教化以厚风俗;世祖嘉纳其言,并授予翰林学士。(《秋涧集》卷三五)

张伯淳入见世祖,授为翰林直学士。

按:《元史·世祖本纪》载"冬十月戊子朔,诏福建廉访司知事张师道赴阙;师道至,乞汰内外官府之冗滥者。诏麦术丁、何荣祖、马绍、燕公楠等与师道同区别之。数月,授师道翰林直学士。"(《元史》卷一七)

程钜夫与胡祗遹、姚燧等十人赴阙赐对。

按:据《元史》载,三月壬寅,"御史大夫阿尔娄等奏,'比监察御史商琥举昔任词垣风宪,时望所属。而在外者如胡祗遹、姚燧、王恽、雷膺、陈天祥、杨恭懿、高道、程文海、陈俨、赵居信十人,宜令召置翰林,备顾问。'帝曰:'朕未深知,俟召至以闻。'"(《元史·世祖本纪十四》卷一七)

又按:陈俨《秋涧王公七十寿诗》中云"癸巳之秋皆赴召,晚生何堪从

诸老",则程钜夫一行人当是次年秋天才应召前往上都。(《全元诗》第十八册,第 169 页)

亦黑迷失受召入朝。(《元史·亦黑迷失传》卷一三一)

冯子振被免罪。

按:这年五月十六日,中书省臣言:"佞人冯子振,尝为诗誉桑哥,及桑哥败,即告词臣撰碑引喻失当,国史编修陈孚发其奸状,乞免所坐遣还家。"帝曰:"词臣何罪! 使以誉桑哥为罪,则在廷诸臣,谁不誉之! 朕亦尝誉之矣。"(《元史》卷一七)

陈天祥再授中顺大夫、山东廉访使。(张养浩《资德大夫中书右丞议枢密院事陈公神道碑铭》)

张珪拜镇国上将军、江淮等处行枢密院副使。(虞集《中书平章政事蔡国张公墓志铭》)

赵孟頫进朝列大夫、同知济南路总管府事,兼管本路诸军奥鲁。

按:赵孟頫所任济南路,以总管阙官,所以独署府事。而由杨载《大元故翰林学士承旨荣禄大夫知制诰兼修国史赵公行状》所记,可知赵孟頫确实有任世独挡的才能。在职任上,赵孟頫"随事决遣,轻则谕解。讼者稀少,府事清简,或经月无系囚"。为政期间,赵孟頫"夜出巡逻,闻读书声,辄削其柱以记之。翼日使人馈酒,以劳其勤。能为辞章者,必加褒美,与之声誉。或授以法度,使慕高古"。(杨载《大元故翰林学士承旨荣禄大夫知制诰兼修国史赵公行状》)

张之翰由翰林任松江府知府。

按:张之翰《爱菊堂记》"至元壬辰,余由翰林知松江。"(《西岩集》卷一四)

姚燧挈家寓武昌。(刘致《牧庵年谱》)

叶李南还,至临清,帝遣使召之,俾为平章政事。李上表力辞,未几卒。(《元史·叶李传》卷一七三)

礼部尚书张立道等闰六月使安南回。

按:《元史·世祖本纪十四》载,"礼部尚书张立道、郎中歪头使安南回,以其使臣阮代乏、何维岩至阙。陈日燇拜表笺,修岁贡。"(《元史》卷一七)

梁曾等九月再使安南,改授淮安路总管而行。

按:《元史·世祖本纪十四》载"选湖南道宣慰副使梁曾,授吏部尚书,佩三珠虎符,翰林国史院编修官陈孚,授礼部郎中,佩金符,同使安南。""(至元三十年八月)庚寅,奉使安南国梁曾、陈孚以安南使人陶子奇、梁文藻偕来。"(《元史》卷一七)

这年,陈孚有疏上翰林院请补外,其诗《至元壬辰呈翰林院请补外》可证。由其诗意看,应是祈求补江南地域官职。但终未达成愿望,又出使安南。

张与棣嗣天师张宗演教职。

按:(正月壬戌)召嗣汉天师张与棣赴阙。(《元史·世祖本纪十四》卷一七)

辇真术纳思为太中大夫、土蕃等处宣慰使都元帅。

按:庚寅,宣政院臣言,授诸路释教都总统辇真术纳思为太中大夫、土蕃等处宣慰使都元帅。(《元史·世祖本纪十四》卷一七)

赵秉温进呈《国朝集礼》于世祖。

按:元世祖定都大都,其时,公卿皆军功之臣,不究礼节,四方朝贡者各行其礼。赵秉温遂奉命制定朝仪。此朝仪参考古制及金朝礼法,又结合蒙古礼仪,颇合实际。世祖赞赏,并下诏成立侍仪司,拜赵秉温为中顺大夫、礼部侍郎,专管侍仪事。至元八年(1271)秋,世祖生日之际,始实行此套朝仪,此后元旦受朝贺、冬至进历日、册立皇后、皇太子、建国号、上徽号、宣大诏令、诸国来朝,皆延续此套朝仪。是年,赵秉温将此套礼仪写成《国朝集礼》呈送给元世祖。(苏天爵《故昭文馆大学士中奉大夫知太史院侍仪事赵文昭公行状》,《滋溪文稿》卷二二)

程钜夫与虞子及、吴澄等赏观赵千里《义鹘行图》。

按:杜甫有《义鹘行》诗,宋代画家赵千里将杜甫诗作成《义鹘行图》,而虞子及藏有赵千里此图,这年夏天,程钜夫即将前往京师,子及以及吴澄、邓闻诗等人饯别,赏观此画,程钜夫作题跋《跋虞子及家藏赵千里义鹘行图》。

陈孚著《交州稿》一卷成。

按:《交州稿》一书书多描摹当地土著风俗。

魏初卒。

按:魏初(1232—1292),字太初,号青崖,弘州顺圣人。魏璠从孙,璠无子,以初为后嗣。中统元年辟为中书省掾史,兼掌书记。后辞官隐居乡里教授子弟。后荐授国史院编修官,拜监察御史。后又任陕西四川按察司金事,历陕西河东按察副使,入为治书侍御史,又以侍御史于扬州行南御史台事。升江西按察使。行御史台移建康,以魏初为中丞。卒于官,皇庆元年,魏初卒后二十年,仁宗封赠魏初为通奉大夫、河南行中书省参知政事,追封钜鹿郡公,谥忠肃。魏初早年受教于元好问,长于《春秋》之学,为文简约有法。明人著录有《青崖集》十卷(或七册),亡佚不存,今《青崖集》五卷,乃《四库全书》从《永乐大典》中辑出。《全元散曲》录其小令一首。事迹见《元史》卷一六四、《新元史》卷一九一、《宋元学案补遗》卷一四、《(至正)金陵新志》卷六、王恽《中堂事记》(《秋涧大全集》卷八〇)。

叶李卒。

按:叶李(1242—1292),字太白,一字舜玉,杭州人。宋末补京学生,与同舍生上书攻贾似道,窜漳州。宋亡,隐富春山。至元十四年(1277),征为浙西道儒学提举。二十三年(1286),应征至京,受世祖召见,陈历代帝王成败得失之故。后授尚书左丞,始定至元钞法,又请免儒户徭役,立太学,劝阻迁徙江南宋宗室、大姓至北方等事,多被采纳。升右丞。卒谥文简。事迹见黄溍《跋右丞叶公上书副本》(《文献集》卷四)、《元史》卷一七三、《大明一统志》卷三八。

张宗演卒。

按:张宗演(1244—1292),字世传。性渊静,少颖敏,年十九嗣教。正一教派领袖。元世祖至元十三年(1276)平定江南,即遣使召见天师,待以客礼。命主领江南道教。赐号"演道灵应充和真君",给二品银印。世祖至元十五年(1278)秋,建汉天师正一祠于京城。卒后加赠"演道灵应充和玄静真君"之号。事迹见《元史》卷二〇二。

又按:元代正一教兴盛,天师之号亦自元代起用。正一教与北方的全真、真大等清修派别不同,正一诸派都持符箓念咒作法,大概因与蒙古贵族熟悉的萨满仪式更近,故加剧了蒙古贵族对正一教的信从。(蔡凤林《古代蒙古族传统宗教文化心理对元朝政治的影响》)

宋褧(1292—1344)、张枢(1292—1348)、郑元祐(1292—1364)、朱玉(1292—1365)、永宁(1292—1369)、周霆震(1292—1379)生。

元世祖至元三十年　癸巳　1293 年

正月丁亥,遣使代祀岳渎、东海及后土。(《元史·世祖本纪十四》卷一七)

二月,征西番。(《元史·世祖本纪十四》卷一七)

四月己亥,以泉州市舶司取值为准。

　　按：《元史·世祖本纪十四》"行大司农燕公楠、翰林学士承旨留梦炎言：'杭州、上海、澉浦、温州、庆元、广东、泉州置市舶司凡七所，唯泉州物货三十取一，余皆十五抽一，乞以泉州为定制。'从之。仍并温州舶司入庆元，杭州舶司入税务。"（《元史》卷一七）

　　甲寅，诏遣使招谕暹国。（《元史·世祖本纪十四》卷一七）

　　敕江南毁诸道观圣祖天尊祠。（《元史·世祖本纪十四》卷一七）

　　五月辛未（十六日），命僧寺之邸店、商贾舍止，其货物依例征税。（《元史·世祖本纪十四》卷一七）

　　六月乙巳，以皇太子宝授皇孙铁穆耳，总兵北边。（《元史·世祖本纪十四》卷一七）

　　初立社稷。（《元史·礼乐志》卷六八）

　　秋七月丁巳，敕中书省官一员监修国史。（《元史·世祖本纪十四》卷一七）

　　九月癸丑朔，大驾至自上都。（《元史·世祖本纪十四》卷一七）

　　丙寅，遣金齿人还归。（《元史·世祖本纪十四》卷一七）

　　十二月，遣使督思、播二州及镇远、黄平，发宋旧军八千人，从征安南。（《元史·世祖本纪十四》卷一七）

　　作佛事祈福五十一。（《元史·世祖本纪十四》卷一七）

　　十二月，翰林国史院下文中书省云："江南学校，皆有养士钱粮，学官俸给，就内支破，即不支费国家正俸。"（《庙学典礼》卷四）

　　是年，海运之道全通。

　　按：《元史·食货志一》"初，海运之道，自平江刘家港入海，经扬州路通州海门县黄连沙头、万里长滩开洋，沿山㠗而行，抵淮安路盐城县，历西海州、海宁府东海县、密州、胶州界，放灵山洋投东北，路多浅沙，行月余始抵成山。计其水程，自上海至杨村马头，凡一万三千三百五十里。至元二十九年，朱清等言其路险恶，复开生道。自刘家港开洋，至撑脚沙转沙觜，至三沙、洋子江，过匾担沙、大洪，又过万里长滩，放大洋至青水洋，又经黑水洋至成山，过刘岛，至芝罘、沙门二岛，放莱州大洋，抵界河口，其道差为径直。明年，千户殷明略又开新道，从刘家港入海，至崇明三沙放洋，向东行，入黑水大洋，取成山转西至刘家岛，又至登州沙门岛，于莱州大洋入界河。当舟行风信有时，自浙西至京师，不过旬日而已，视前二道为最便云。然风涛不测，粮船漂溺者无岁无之，间亦有船坏而弃其米者。至元二十三年始责偿于运官，人船俱溺者乃免。然视河漕之费，则其所得盖多矣。"（《元史》卷九三）

编修所并入翰林院。

按：编修所的职能主要是用蒙古文刊行汉人经典《孝经》、《贞观政要》、《大学衍义》等书。

开通惠河。

按：通惠河由郭守敬主持修建，《元史·河渠志一》载"（通惠河）首事于至元二十九年之春，告成于三十年之秋，赐名曰通惠。凡役军一万九千一百二十九，工匠五百四十二，水手三百一十九，没官囚隶百七十二，计二百八十五万工，用楮币百五十二万锭，粮三万八千七百石，木石等物称是。役兴之日，命丞相以下皆亲操畚锸为之倡。置闸之处，往往于地中得旧时砖木，时人为之感服。船既通行，公私两便。先时通州至大都五十里，陆挽官粮，岁若干万，民不胜其悴，至是皆罢之。"（《元史》卷六四）通惠河最初线路自昌平县白浮村神山泉经瓮山泊（今昆明湖）至积水潭、中南海，自文明门（今崇文门）外向东，在今天的朝阳区杨闸村向东南折，至通州高丽庄（今张家湾村）入潞河（今北运河故道），全长82千米。其中从瓮山泊至积水潭这一段河道在元代称为高梁河。通惠河开挖后，行船漕运可以到达积水潭，因此积水潭，包括现今的什刹海、后海一带，成为大运河的终点，从此每年最高有二三百万石粮食从南方经通惠河运到大都。

招诱三屿国。

按：《元史·外夷传三》载："三屿国，近琉求。世祖至元三十年，命选人招诱之。平章政事伯颜等言：'臣等与识者议，此国之民不及二百户，时有至泉州为商贾者。去年入琉求，军船过其国，国人饷以粮食，馆我将校，无它志也。乞不遣使。'帝从之。"（《元史》卷二一〇）

阿鲁浑萨理以集贤大学士，加领太史院事。

按：赵孟頫《大元敕赐故荣禄大夫中书平章政事守司徒集贤院使领太史院事赠推忠佐理翊亮功臣太师开府仪同三司上柱国追封赵国公谥文定全公神道碑铭》载，自至元二十二年（1285）秋，元世祖接受阿鲁浑萨理建议设置集贤馆后，阿鲁浑萨理便屡以是职迁转。二十三年（1286）夏，他由中顺大夫、集贤馆学士兼太史院事迁嘉议大夫；二十四年（1287）春，升集贤大学士、中奉大夫；二十五（1288）春，进资德大夫、尚书右丞，并兼太史院事，这年冬，拜荣禄大夫、平章政事，兼集贤大学士、太史院使；二十八年（1291），他请求解除机务，遂只担任集贤大学士。是年又加领现职。而从阿鲁浑萨理初次授官到这一年，"凡八迁，并兼左侍仪奉御"。《松雪斋集》卷七）

崔彧任御史中丞。

按：《元史·祭祀志五》"三十年正月，始用御史中丞崔或言"。（《元史》卷七六）

王恽被召二月至上都，入见，世祖慰谕良久。（《元史·王恽传》卷一六七）

郑滁孙荐授集贤直学士。（《元史·儒学传》卷一九〇）

吕端善家居十余年后，除华州知州。

按：苏天爵《元故翰林侍读学士赠陕西行省参政知事吕文穆公神道碑铭奉敕撰》载，在任期间，吕端善蔼然有古循吏之风。他认为："听讼决狱，治之末也，当惇本以训民"，于是，劝农兴学，以至于当地之人，"士知明于经术，民知勤于稼穑"，端善在官三年，继任者将至，当地百姓数百人到行省请求让他再任，"其德化感人若此"。（《滋溪文稿》卷七）

陈孚正月至安南国，安南主不由阳明中门使入，孚与梁曾致书诘之，辞直气壮，皆出孚手笔。八月，陈孚偕梁曾归。（《元史·儒学传二》卷一九〇）

杨梓为宣慰司官，奉命赴爪哇等处招谕。（《元史·外夷传三》卷二一〇）

兵部侍郎忽鲁秃花等九月己丑出使阁蓝、可儿纳答、信合纳帖音三国，仍赐信合纳帖音酋长三珠虎符。（《元史·世祖本纪十四》卷一七）

程钜夫作《跋静恭杨文安公庭杰遗事》。

按：程钜夫叔父程飞卿与杨庭杰同事，曾非常欣赏杨氏文章，吟赏不已。程钜夫后与杨氏弟子唐静卿成为翰林同僚，得知杨庭杰事迹，后又从好友吴澄藏书处见杨氏后裔叙其事迹之文，感慨而作题跋。（《雪楼集》卷二四）

王恽十一月作《雪庭裕公和尚语录序》。

按：雪庭和尚即著名僧人福裕。王氏尝于至元甲子（1264）十月作《雪庭裕和尚诗集》序。序云："至元丙子夏，予考试河南，由汝抵洛，嵩前胜概，尽在目中，只欠少林一游耳。东行拟取道轘辕，庶罄宿愿，竟以事夺不果，耿耿在抱。至神游洞阁，两花缤纷，悦与真遇。今年甲午冬，万寿主僧圆让，偕少林惠山来谒，因及山中物色，与向梦不少异。相顾一笑，乃有是耶？遂袖出一编，曰：'先师《雪庭语录》也。'……雪庭初参万松秀公。万松得法雪岩上人，纵横理窟，深入佛海。至于游戏翰墨，与闲闲、屏山二居士互相赞叹，为方外师友，其器业概可知已。师参礼阅十寒暑，独能秀拔丛林，得根据为奥。遂出世，主奉福精蓝，继应少林，敦请招提禅刹，号中天名胜。板荡后增崇起废，顿还旧观，缁徒具瞻，翕若海会。于是款龙庭而振举宗风，敞五林而宏阐家教，因缘会合，倾动一时。以无碍妙辨，现当机应身，处统堂第一位

者,盖有年于兹。……是岁仲冬开局前三日书。"(《秋涧集》卷四三)

　　王磐卒。

　　按:王磐(1202—1293),字文柄,号鹿庵,广平永年人,徙汝州鲁山。家世务农,岁产麦万石,乡人称为"万石王家"。早年师从金学者麻九畴,金正大四年进士,不就官,一度南奔投宋。北归后,受东平总管严实礼遇,中统间拜益都宣抚副使、翰林直学士,迁太常少卿,仕至翰林学士承旨。八十二岁以资德大夫致仕,仍给半俸终身,离京时,皇太子赐宴圣安寺,百官送出丽泽门,卒谥文忠。王磐为元初元老重臣,魏初、徐琰、胡祗遹等皆由之举荐。为文宏放,顾嗣立评其诗"述事遣情,闲逸豪迈,不拘一律"。(《元诗选》小传)著有《王文忠公集》。事迹见《国朝名臣事略》卷一二、《元史》卷一六〇、《元诗选·二集》小传。

　　又按:王磐十分尊崇理学,虽少有许可,却极尊重许衡,每每与许衡交流,则曰:"先生神明也,磐老矣,徒增愧缩尔。"许衡去世,王磐建议认为,"设若朝廷赐谥先生,非文正不可。"(《鲁斋遗书》卷一三《考岁略》)苏天爵《国朝名臣事略》中综合评价王磐道:"公性刚方,凡议国政,必正言不讳,虽上前奏对,未始将顺苟容。上尝以古直称之。凤有重名,持文柄、主盟吾道余二十年,天下学士大夫想望风采,得被容接者,终身为荣。言论清简,义理精谙,世之号辨博者,方其辞语纵横,援引征据,众莫可屈,公徐开一言,即语塞不敢出声。为文冲粹典雅,得体裁之正,不取纤新以为奇,不取隐僻以为高;诗则入事遣情,闲逸豪迈,不拘一律。程朱理学之书,日夕玩味,手不释卷,老而弥笃,燕居则瞑目端坐,以义理养其心,世俗纷华略不寓目。惟喜作书,晚年益造精妙,笔意简远,神气超迈,自名一家,持缣索书者继踵于门,应之不少拒,世得遗墨,争宝藏之。"(《元朝名臣事略》卷一二《内翰王文忠公》引《墓志》)

　　僧妙高卒。

　　按:妙高(1219—1293),字云峰,临济宗杨歧派法系中人。少嗜书力学,尤耽内典,通达妙解,义学不胜。弱冠出家,心仪禅道,首拜痴绝、无准等为师,均不能契合。后之育王见偃溪闻,有所省悟,受到偃溪闻的首肯。宋景定年末,敕主蒋山。至元十七年,迁径山。至元二十五年,元世祖召集禅、道、律各派代表人物进京"廷辩",无胜,赐食而退,晚年书偈而逝。有语录集传世。

　　赵秉温卒。

　　按:赵秉温(1222—1293),字行直,元蔚州(今张家口蔚县)人。其父赵瑨专请冯巽亨教授秉温,时人云:"当是时,世禄之家以侈靡相高,独公能敬让以礼,侃侃自持,滋久逾谨,华问弥著。"(《滋溪文稿》)后忽必烈又令秉温问学于刘秉忠。元上都与大都城市规划,图纸最后定稿者为秉温。尝制定朝贺礼仪一套,实施一时。遂编著成《国朝集礼》进呈。事迹见《钦定续通志》卷四六二、苏天爵撰《故昭文馆大学士中奉大夫知太史院侍仪事赵文昭公行状》(《滋溪文稿》卷二二)。

刘因卒。

按:刘因(1249—1293),初名骃,字梦骥,后改名因,字梦吉,爱诸葛亮"静以修身"之语,故号静修,保定容城人。元时曾被荐为德郎右赞善大夫,未几辞归。后以集贤学士、嘉议大夫征,固辞不起。延祐中赠翰林学士谥文靖。主调和朱陆两派,尤为推崇邵雍、朱熹,与许衡同有"北方两大儒"之称。诗歌风格豪放,多兴亡之感。从《皇元风雅》开始,元诗选本即以刘因作为元诗第一家。著有《易系辞说》、《椟著记》一卷、《四书集义精要》二十八卷、《四书语录》、《小学语录》、《樵庵词》一卷、《静修集》三十卷。事迹见《元史》卷一七一、《新元史》卷一七〇、苏天爵《静修先生刘公墓表》(《滋溪文稿》卷八)、《宋元学案》卷九一等。另外,苏天爵有《刘文靖公遗事》一卷,《元史·刘因本传》多采用苏氏资料。

又按:《元史》本传载"(刘因)及得周(敦颐)、程(颢、颐)、张(载)、邵(雍)、朱(熹)、吕(祖谦)之书,一见能发其微,曰:'我固谓当有是也。'及评其学之所长,而曰:'邵,至大也;周,至精也;程,至正也;朱子,极其大,尽其精,而贯之以正也。'其高见远识率类此。"(《元史》卷一七一)

按:欧阳玄赞刘因曰:"麒麟凤凰,固宇内之不可常有也,然而一鸣而六典作,一出而春秋成。则其志不欲遗世而独往也,明矣,亦将从周公、孔子之后,为往圣继绝学,为来世开太平者耶!"《宋元学案·静修学案》黄百家评曰:"有元之学者,鲁斋、静修、草庐三人耳。草庐后至,鲁斋(许衡)、静修(刘因),盖元之所藉以立国者也。二子之中,鲁斋之功甚大,数十年彬彬号称名卿材大夫者,皆其门人,于是国人始知有圣贤之学。静修享年不永,所及不远,然……天分尽高,居然曾点气象,固未可以功效轻优劣也。"刘因《静修集》,张纶《林泉随笔》中认为刘因之诗,"古选不减陶柳,其歌行律诗直溯盛唐,无一字作今人语。其为文章,动循法度,从容有余味。……其诗风格高迈,而比兴深微,闯然升作者之堂。讲学诸儒未有能及之者。"胡应麟评其诗云:"刘梦吉古、选学陶冲淡,有句无篇;歌行学杜,《龙兴寺》、《明远堂》等作,老笔纵横,虽间涉宋人,然不露儒生生脚色。元七言苍劲,仅此一家。至律绝种种头巾,殊可厌也。"(《诗薮·外编》)清人顾嗣立评其诗曰:"静修诗才超卓,多豪迈不羁之气。"(《元诗选·甲集·丁亥集》)刘因卒后,时论云:"刘梦吉之高明,许鲁斋之践履,未易优劣",且"四海传诵,以为名言",明人崔铣则说:"许鲁斋实行之儒,刘静修志道之儒",意谓,作为"高明"的"志道之儒"刘因视己之进退出处颇重,与强调"践履"的"实行之儒"许衡有明显区别。(张帆《〈退斋记〉与许衡刘因的出处进退——元代儒士境遇心态之一斑》)

安藏卒。

按:安藏(?—1293),字国宝,畏兀儿人,世家别石八里,自号龙官老人。九岁始从师。力学,一目十行俱下,日记万言,十三能默诵《俱舍论》三十卷,十五孔释之书,皆贯穿矣。世祖即位,遂译《尚书·无逸篇》、《贞观政要》、《申鉴》各一通以献。阿里不哥反,世祖始以骨肉之情劝,而安藏以"任贤勿贰,去邪勿疑"、"与治同道罔不兴,与乱同事罔不亡"、"有言逆于汝志,必求诸道;有言逊于汝志,必求诸非道"等儒家训典,敷绎详暇以谏,世祖大悦,特授安藏翰林学士、嘉议大夫,知制诰、同修国史。后不久,又商议中书省事,并奉诏译《尚书》、《资治通鉴》、《难经》、《本草》,事成,进翰林承旨,加正奉大夫,领集贤院、会同馆、道教事。至元三十一年五月二十二日丁丑时卒,延祐二年,赠推忠赞翊协德钦臣、太师、开府仪同三司,追封秦国公,谥文靖。延祐三年以集贤大学士臣陈颢请,刻石表墓,程钜夫作碑文。著有歌、诗、偈、赞、颂、杂文数十卷。事迹见程钜夫《秦国文靖公神道碑》(《雪楼集》卷九)。

严忠济卒。

按:严忠济(?—1293),一名忠翰,字紫芝,长清人。仪表堂堂,善骑射。曾袭父爵官东平行台。世祖至元二十三年(1286),起授资政大夫、中书左丞衔,任命为江浙行省左丞,以年老辞。至元三十年(1293)卒于京邸。后谥"庄孝"。擅作散曲,现存小令《落梅风》、《天净沙》等。事迹见《元史》卷一四八。

吕思诚(1293—1357)、陈植(1293—1362)生。

元世祖至元三十一年　甲午　1294 年

正月癸酉,元世祖忽必烈病逝,乙亥,葬于起辇谷。

按:《元史》"世祖本纪十四"载,这年五月戊午,"遣摄太尉臣兀都带奉册上尊谥曰圣德神功文武皇帝,庙号世祖,国语尊称曰薛禅皇帝。是日,完泽等议同上先皇后弘吉剌氏尊谥曰昭睿顺圣皇后"。《元史》评价忽必烈认为:"世祖度量弘广,知人善任使,信用儒术,用能以夏变夷,立经陈纪,所以为一代之制者,规模宏远矣。"(《元史·世祖本纪十四》卷一七)

御史中丞崔彧得传国玺,献之。

按:时木华黎曾孙索多,已卒而贫,其妻出玉玺一鬻之,或以告玉。召御史杨桓辨其文,曰:"'受命于天,既寿永昌',此历代传国玺也。"贺之,乃遣右丞张九思赍授之。(《续资治通鉴》卷一九一)

四月,皇孙铁穆耳至上都,即皇帝位,是为元成宗,颁即位诏。

按:《元史·祭祀志一》"三十一年,成宗即位。夏四月壬寅,始为坛于都城南七里。甲辰,遣司徒兀都带率百官为大行皇帝请谥南郊,为告天请谥之始。"(《元史》卷七二)

诏存恤征黎蛮、爪哇等军。

按:《元史·成宗本纪一》又载,"八月癸丑,诏有司存恤征爪哇军士死事之家。"(《元史》卷一八)

五月,改皇太后所居旧太子府为隆福宫,詹事院为徽政院。(《元史》卷一八"成宗纪一")

按:至元三十一年(1294)正月,忽必烈去世。四月,蒙古诸王贵族在上都召开选举皇帝的忽里台大会。会上,真金之子铁穆耳与长兄晋王甘麻剌为继承皇位竞争激烈。由于真金皇后、铁穆耳母亲阔阔真与权臣伯颜、玉昔帖木儿等的支持,铁穆耳继帝位。成宗即位后,尊阔阔真为皇太后,改詹事院(原东宫官署)为徽政院以奉之。而之后,武宗、仁宗兄弟的即位又与其母答己的介入密切相关,顺帝的即位则是在文宗皇后、元顺帝的婶母卜答失里的一再坚持下得以成功,故而几位皇帝都依照故事设立徽政院。

七月壬子,诏御史大夫月儿鲁振台纲,禁内外诸司减官吏俸为宴饮费。(《元史·成宗本纪一》卷一八)

壬戌,诏中外崇奉孔子。

按:政府告谕中外百司官吏等曰:"孔子之道,垂宪万世,有国家者,所当崇奉。曲阜林庙,上都、大都、诸路府、州、县邑应设庙学、书院,照依世祖皇帝圣旨,禁约诸官员、使臣、军马,毋得于内安下,或聚集理问词讼、亵渎饮宴、工役造作、收贮官物。其赡学地土产业及贡士庄田,外人毋得侵夺。所出钱粮,以供春秋二丁朔望祭祀及师生廪膳。贫寒老病之士、为众所尊敬者,月支米粮,优恤养赡,庙宇损坏,随即修完。"(《昌国州图志》卷二)

诏招谕暹国王敢木丁来朝,或有故,则令其子弟及陪臣入质。(《元

史·成宗本纪一》卷一八)

八月十日,初祀社稷,用堂上乐,岁以为常。

冬十月戊寅,车驾还大都。(《元史·成宗本纪一》卷一八)

乙未,金齿新附孟爱甸酋长遣其子来朝,即其地立军民总管府。(《元史·成宗本纪一》卷一八)

朱清、张瑄从海道岁运粮百万石,以京畿所储充足,诏止运三十万石。(《元史·成宗本纪一》卷一八)

壬寅,缅国遣使贡驯象十。(《元史·成宗本纪一》卷一八)

十一月,罢宣政院所刻河西《藏经》板。(《元史·成宗本纪一》卷一八)

是年,政府拨付学田,供学校办学。

按:令曰:"其无学田去处,量拨荒闲田土,给赡生徒,所在官司常与存恤。"(《庙学典礼》卷四)

开海禁。

按:至元二十二年起,海上船舶商贸颇多禁忌,三十年禁令多至二十二条。《元史·食货志二》"三十年,又定市舶抽分杂禁,凡二十二条,条多不能尽载,择其要者录焉。泉州、上海、澉浦、温州、广东、杭州、庆元市舶司凡七所,独泉州于抽分之外,又取三十分之一以为税。自今诸处,悉依泉州例取之,仍以温州市舶司并入庆元,杭州市舶司并入税务。凡金银铜铁男女,并不许私贩入蕃。行省行泉府司、市舶司官,每年于回帆之时,皆前期至抽解之所,以待舶船之至,先封其堵,以次抽分,违期及作弊者罪之。三十一年,成宗诏有司勿拘海舶,听其自便。"(《元史》卷九四)

妥善处理道州濂溪书院碑匾事件。

按:事情原委是,全、永、道州肃政廉访分司向岭北湖南道肃政廉访司报:"道州濂溪书院收藏亡宋御史'道州濂溪书院'六字,及楼阁内有金篆牌匾该写'宸奎阁'三字,又有收顿御书小阁子一个,并亡宋省札一道。"末了,(御史台、察院处理)本台看详:"诸处寺观收顿古今书画、墨迹、碑铭、牌面,处处有之,中间别无禁制。此系动众扰人事理,难议施行,理合钦依圣旨事意,条理学校,岁时致祭圣帝明王、忠臣烈士。"(《庙学典礼》卷四)神像终归濂溪书院,元官方态度颇通达。(参考杨镰《元代文学编年史》)

将耽罗复归高丽。

按:《元史·外夷传一》"耽罗,高丽与国也。世祖既臣服高丽,以耽罗为南宋、日本冲要,亦注意焉。至元六年七月,遣明威将军都统领脱脱儿、武德将军统领王国昌、武略将军副统领刘杰往视耽罗等处道路,诏高丽国王王禃选官导送。时高丽叛贼林衍者,有余党金通精遁入耽罗。九年,中书省臣及枢密院臣议曰：'若先有事日本，未见其逆顺之情。恐有后辞，可先平耽罗，然后观日本后否，徐议其事。且耽罗国王尝来朝觐，今叛贼逐其主，据其城以乱，举兵讨之，义所先也。'十年正月，命经略使忻都、史枢及洪茶丘等率捕船大小百有八艘，讨耽罗贼党。六月，平之，于其地立耽罗国招讨司，屯镇边军千七百人。其贡赋岁进毛施布百匹。招讨司后改为军民都达鲁花赤总管府，又改为军民安抚司。三十一年，高丽王上言，耽罗之地，自祖宗以来臣属其国；林衍逆党既平之后，尹邦宝充招讨副使，以计求径隶朝廷，乞仍旧。帝曰：'此小事，可使还属高丽。'自是遂复隶高丽。"（《元史》卷二八）

翰林国史院六月甲辰奉诏修《世祖实录》，以完泽监修国史。（《元史·成宗本纪一》卷一八）

焦养直升奉政大夫，仍为典瑞少监。（虞集《焦文靖公彝斋存稿序》）

赵孟頫以修《世祖皇帝实录》回京，未几归里。（杨载《大元故翰林学士承旨荣禄大夫知制诰兼修国史赵公行状》）

阎复在成宗即位后以旧臣奉召入朝，赐重锦、玉环、白金，除集贤学士，改翰林学士。（袁桷《翰林学士承旨荣禄大夫遥授平章政事赠光禄大夫大司徒上柱国永国公谥号文康阎公神道碑铭》）

王约四月二十六日上疏言二十二事，元成宗嘉纳之，调兵部郎中，改礼部郎中。（《元史·王约传》卷一七八）

王构任职翰林上都分院。

按：袁桷《翰林承旨王公请谥事状》载，三十一年（1294）世祖去世，成宗即位，王构"分院上都，制诰多公次定。徽仁裕圣皇太后知之，特赐楮币七千五百，复命撰世祖祔庙谥册，摄司徒，以导礼"。（《清容居士集》卷三二）

杨桓拜监察御史，寻升秘书少监，与修《大一统志》，秩满归。（《元史·杨桓传》卷一六四）

李衎擢拜朝请大夫、礼部侍郎，往谕安南国，赐金虎符佩之。

按：苏天爵《故集贤大学士光禄大夫李文简公神道碑铭》载，李衎至元二十八年由江淮行省员外郎，迁承直郎、都功德使司经历。这年元世祖去世，元成宗即位，下诏罢征安南兵，并释放其陪臣陶子奇等，命李衎以朝请大夫、礼部侍郎身份往谕安南国，令兵部郎中萧泰登为其副使。其时安南与元廷交战甚恶，人惮其行，而李衎略无难色。"命有司置骑传，万夫长部兵从行。安南闻有诏使，且疑且惧。公至，宣圣天子休兵息民一视同仁之德意，国王及其臣民拜服以听，感戴欢呼，大喜过望。归所盗边地二百里，遣其臣奉表谢罪。遗公等橐中装甚厚，皆辞不受，益之再三，终让却之，愈大感服。

元贞改元九月，公偕使者入觐，赐赉蕃渥。"(《滋溪文稿》卷一〇)

爱薛升任翰林学士承旨，兼修国史。(程钜夫《拂林忠献王神道碑》)

张伯淳进阶奉训大夫。

按：程钜夫《翰林侍讲学士张公墓志铭》载，"今上龙飞，诏命多出其手。进阶奉训大夫，仍先职，知制诰，同修国史，史成，既进，无觊幸心，即请急以归。"

李孟被选为武宗、仁宗师傅。

按：成宗皇帝刚登基之际，"首命询访先朝圣政，以备史臣之纪述"，其时，李孟路过关中，陕西行省官员请李孟与诸儒讨论，并将讨论的内容"汇次成编，驰乘传以进"。而"武宗、仁宗俱未出阁，徽仁裕圣皇后求名儒职辅导"，李孟藉其前所讨论，"首当其选"。(黄溍《元故翰林学士承旨中书平章政事赠旧学同德翊戴辅治功臣太保仪同三司上柱国追封魏国公谥文忠李公行状》)

白恪任湖广都事。

按：袁桷《朝列大夫同金太常礼仪院事白公神道碑铭》记载白恪贤能事曰："有省臣献广西地，肥沃可为田，徙湖南居民往耕之，当调户五千。君力言不可，平章公是其议，奏止之。献田者复调兵征思明，发运粟，入贼境，道远雨淖，荷担者各持去志，君忧有他变，出直募民，民乐受以往。峡州岁饥，请粟于官，有欲核验始发，君言：'饥民朝不及夕，使核验，死当过半矣。'"(《清容居士集》卷二七)

李思衍与萧泰登出使安南。

按：黎崱《安南志略》"至元三十一年正月，上崩。成宗皇帝即位，诏罢兵。遣礼部侍郎李思衍、兵部侍郎萧泰登使安南，赍诏赦世子罪，放来使陶子奇还国。"(《安南志略》卷三) 又按：《元史·外夷传二》载："六月，遣礼部侍郎李衍、兵部郎中萧泰登持诏往抚绥之，其略曰：'先皇帝新弃天下，朕嗣守大统，践祚之始，大肆赦宥，无间远近。惟尔安南，亦从宽宥，已敕有司罢兵，遣陪臣陶子奇归国。自今以往，所以畏天事大者，其审思之。'"(《元史》卷二〇九)

《江西通志》载："李思衍，字克昌，余干人。丞相伯颜渡江，遣武良弼下饶，以思衍权乐平，寻授袁州治中。入为国子司业。世祖以安南未附，屡遣将攻之，不克，召拜礼部侍郎，副参议图噜奉使招谕。及至思衍，曰：'大国之臣，不拜小国之君，礼也'。王笑曰：'敬其主以及其使，亦礼也'。遂抗礼。思衍宣谕威德，辞语简切，王大敬之。明日奉表款附，赆使甚厚。时图噜受，思衍不受。既还，上劳慰问所赆，怒图噜受，思衍曰：'图噜受安小国之心，

臣不受,全大国之体。'上贤之。"按,思衍所著有《两山诗集》。(《江西通志》卷八八)

遣秃古铁木儿等使阁蓝。(《元史·成宗本纪一》卷一八)

南巫里、速木答剌,继没剌矛、毯阳使者被遣各还其国。

按:《元史·成宗本纪一》"赐以二珠虎符及金银符,金、币、衣服有差。初,也黑迷失征爪哇时,尝招其濒海诸国,于是南巫里等遣人来附,以禁商泛海留京师,至是弛商禁,故皆遣之。"(《元史》卷一八)

合剌思八斡节而六月拜为帝师,赐玉印。(《元史·成宗本纪一》卷一八)

张留孙在成宗朝始终倍受重视,加号玄教大宗师。

按:袁桷有记曰:"三十一年,上不豫,遣内侍谕隆福太后曰:'张上卿,朕旧臣,必能善事太子。'太子由军中归,即帝位,是为成宗皇帝。成宗慕道家说,蕆祀弥盛。在宥十年,岁辄祠上帝侈甚,秘祝御名,皆上所自署。后有白鹤翔云中,命词臣叙纪,付史馆。"(袁桷《有元开府仪同三司上卿辅成赞化保运玄教大宗师张公家传》)

邠州大开元寺主持赐号圆融洪辨大师。

按:邠州大开元寺主持名法喜(1260—1313),俗姓王,邠之新平人。从当州洪福寺讲主受戒具,成宗即位时,赐号圆融洪辨大师,主当州洪福寺。次年,改平江双塔寺讲主。后披旨居开元,于开元寺度弟子三十年。(程钜夫《邠州大开元寺喜和尚塔铭》)

意大利教士孟特·戈维诺来中国。

按:此人为意大利圣方济各会会士,是罗马教廷派驻元朝的第一任大主教。是年抵达大都后,留居大都至逝世。他先后在大都兴建教堂二所,在泉州建立分教区,曾用鞑靼文字翻译《新约全书》和《旧约》诗篇。大德十一年(1307)升为大都大主教。

程钜夫为王构遂慵轩作记。

按:王构此时为翰林侍讲学士,买宅于京师,取名曰"遂慵",请程钜夫作文叙赞。程钜夫《王肯堂遂慵轩说》文中,一直表示不甚明白王构"以文学被眷遇,有列于朝,正黾勉从事",何以名宅曰"遂慵"的意思,最终释然认为"君能慵于其所可慵,则必能不慵于其所不可慵。不慵于其所不可慵,则必能如韩子所言之匠氏,如柳子所言之梓人,以经营于斯世,而天下皆将在广厦骈幪之中矣。"程钜夫作文主张务实,反对驰骋文辞,这篇文章虽说教意味较浓却文意缠绕,一味务虚,很可作为程钜夫文章研究之特例。(《雪楼集》卷二三)

程钜夫跋朱熹手迹。

按：程钜夫认为，宋代道学家"于字画盖不数数然也，独朱子少尝学书，而其字画奇伟卓绝，片纸流落，人之好之宝之也殊尤"。故见其手迹欣然题跋。(程钜夫《跋朱文公通鉴纲目稿》)

王恽与翰林院学士们同至东城甲第之北堂谒拜太傅伯颜祠像。(《秋涧集》卷二二"大贤诗三首"序)

鲜于枢与龚璛、盛元仁共仿马臻于其紫霞小隐，不遇，联句而去。

按：据马臻二十年后再见联句，感慨题跋云："至元甲午，龚圣予、鲜于伯机、盛元仁访予于王子由紫霞小隐，不值，联句而去。二十年间，相继长往，惟予与元仁在焉。因感存殁，书于卷尾。"(《全元诗》第十七册，第 103—104 页)

张之翰为卫宗武《秋声集》作序。

按：《秋声集序》"始余为行台御史，道松江，会九山衞公洎其子谦，纔一杯而别。后十年来牧是郡，访九山墓，宿草已六白矣。谦出公《秋声集》，求序，许而未作。又旬岁，属者暇愈少，请愈力。因思古今骚人，多寓意秋声中，由宋玉《九辨》而下，如李太白有《紫极宫何处闻秋声》诗，刘禹锡、欧阳永叔有《秋声赋》，率皆悲时之易失，嗟老之将至，状其凄清萧瑟而已。今九山之集，取名虽同，而实又有所不同者。昔在淳祐间，公起乔木世臣，后班省闼，镇藩辅，无施不可，此时不独无此作，亦未尝有此声也。及时移物换，以故侯退处于家，不求闻达，舍大篇短章何以自遣，盖心非言不宣，言非声不传。是知声之秋，即心之秋，即江山之秋。江山之秋，即天地之秋也。声无穷，秋亦无穷。彼观是集，读是序，见山谷所云'末世诗似候虫声'，便为诚然。正所谓痴人前不得说梦，岂真知公者乎？九原有灵，或闻斯言。公讳宗武，字淇父，官至朝请大夫，九山其自号云。至元甲午重九日序。"(《西岩集》卷一四)

程钜夫作《王寅夫诗序》。

按：该序是程钜夫的一篇重要文学理论作品，文中，程钜夫主张诗歌创作复古，具有"观民风"的作用，他认为"诗所以观民风。凡五方、九州、十二野，如《禹贡》、《职方》、司马迁《货殖》、班固《地理》之所载，其风不一也，而一于诗见之。"与"观民风"创作思想相呼应的是，程钜夫要求作文应该务实，以事功为主，反对清谈、虚文，在《送黄济川序》中，程钜夫对这逞一己之才而滔滔奋个人之智的文采之文很反感，曾尖锐批评说："数十年来士大夫以标致自高，以文雅相尚，无意乎事功之实……滔滔晋清谈之风，颓靡坏烂，至于宋之季,极矣",程钜夫认为文章必须有实用意义,儒家经典之书,"《六典》之经邦国,《大学》之平天下,于理财一事甚谆悉也","士大夫顾不屑为,直度其不能而不敢耳,诡曰清流,以掩其不才之羞"。程钜夫曾在《李仲渊御史〈行斋漫稿〉序》中清晰表达他的文章复古理念认为"学足绍先圣之道,言足垂将来之法而已","其文精凿沉郁,不假议论而理自见,不托迂怪而格自奇。其本则六经,其辞则杂出西汉而下"。程钜夫在文中明确指出他要努力鼓吹复古革新,此乃朝廷、时代所需:"我朝之盛,自古所未有,独于文若未及者。岂倡之者未至,而学之者未力耶?今天子方以复古为己任于上;弘其风,浚其流,懔焉而任于其下者,非我辈之责耶?"程钜夫务实观风、倡导古文的创作理念与元代社会创作需要十分吻合,同时又以程钜夫之力推而影响深远,成为大元诗文革新的重要基石。

列马·扫马卒。

按:列马·扫马(1220—1294),全称列班·巴·扫马(Rabban Bar Sauma),出生大都信奉基督教聂思脱里派的突厥族富家。父昔班,任教会视察员。扫马自幼受宗教教育,二十多岁时弃家修行,居于大都附近山中,成为著名教士。基督教聂思脱里派教士、外交家,最早访问欧洲各国的中国旅行家。列班(Rabban),叙利亚语"教师"之意,聂思脱里派教士的称号;扫马(Sauma),他的本名。事迹见1887年发现的叙利亚文《教长马儿·雅八·阿罗诃和巡视总监列班·扫马传》(作者不明)。

杨恭懿卒。

按:杨恭懿(1225—1294),字元甫,号潜斋,奉元高陵人。力学强记,日数千言,虽从亲逃乱,未尝废业。尤深于《易》、《礼》、《春秋》。至元十二年召入大都,上设科举奏。追谥文康。纂《授时历》,著有《合朔议》、《潜斋遗稿》成。事迹见姚燧《领太史院事杨公神道碑》(《牧庵集》卷一八)、苏天爵《太史杨文康公》(《元名臣事略》卷一三)、《元史》卷一六四。

又按:萧斠志其墓云:"朱文公集周、程夫子之大成,其学盛于江左,北方之士闻而知者,固有其人,求能究圣贤精微之蕴,笃志于学,真知实践,主乎敬义,表里一致,以躬行心得之余,私淑诸人,继前修而开后觉,粹然一出乎正者,维司徒暨公。"(《元名臣事略》卷一三)

杨伯起卒。

按:杨伯起(1226—1294),人称中斋先生。少孤,能自力于学。宋际知台州,积阶朝散大夫,官兵部郎中。至元十三年,献州归元,为台州安抚使。至元十九年入朝,授中顺大夫、浙东道宣慰副使。至元二十六年,同知宁国路总管府事。著有《中津集》(亦名《中斋集》)。事迹见程钜夫《故同知宁国路总管府事杨君墓志铭》(《雪楼集》卷一七)。

苏天爵(1294—1352)、朱德润(1294—1365)生。

元成宗元贞元年　乙未　1295 年

正月壬戌，以国忌，即大圣寿万安寺饭僧七万。(《元史·成宗本纪一》卷一八)

癸亥，诏道家复行《金箓》、《科范》。(《元史·成宗本纪一》卷一八)

二月丁亥，欲征金齿。(《元史·成宗本纪一》卷一八)

缅国阿剌扎高微班的来献舍利、宝玩。(《元史·成宗本纪一》卷一八)

三月乙巳朔，安南世子陈日燇遣使上表慰国哀，又上书谢宽贳恩，并献方物。(《元史·成宗本纪一》卷一八)

增置蒙古学正，以各道肃政廉访司领之。(《元史·成宗本纪一》卷一八)

翰林院颁布加强蒙古字学诏令。

按：此诏既表明统治者欲推行蒙古字学的强硬态度，亦反映出其坚持文治的态度。诏令强调，欢迎各民族、各出身的人学习蒙古文字；各地官府须切实过问蒙古字学的情况，各学校教官要负责起教学责任；地方官府有失职处，可上报朝廷。(王建军《元代国子监研究》)诏令云："在先薛禅皇帝，'蒙古文字，不拣那里文字根底为上交宽行者，各路分官人每，与按察司官人每一处提调者，好生的交学者。各路里教授，各衙门里必阇赤委付呵，翰林院官人每委付者。'"(《通制条格》卷五)

五月，令各路书院、儒学装备《四书》、《九经》、《通鉴》等书之外，刊印院中书版，充实书藏。

按：《庙学典礼》卷五曰："各处学校见有书版，令教官检校，全者，整顿成帙，置库封锁，析类架阁，毋致失散，仍仰各印一部。及置买《四书》、《九经》、《通鉴》各一部，装备完整，以备检阅，不许借出学。如有书版但有欠缺，教官随即点勘无差，于本学钱粮内刊补成集。"

七月乙卯，申饬中外新政。

按：《元史·成宗本纪一》载，"诏申饬中外："乙卯，诏申饬中外：'有儒吏兼通者，各路举之，廉访司每道岁贡二人，省台委官立法考试，中程者用之，所贡不公，罪其举者。职官坐赃论断，再犯者加二等。仓库官吏盗所守钱粮,一贯以下笞之,至十贯杖之,二十贯加十等,一百二十贯徒一年,每三十贯加半年,二百四十贯徒三年,满三百百贯者死。计赃以至元钞为则。'"(《元史》卷一八)

戊戌,札鲁忽赤依旧用蒙古文,敕改从汉字。(《元史·成宗本纪一》卷一八)

壬寅,诏改江南诸路天庆观为玄妙观,毁所奉宋太祖神主。(《元史·成宗本纪一》卷一八)

八月辛酉,缅国进驯象三。(《元史·成宗本纪一》卷一八)

九月甲戌,帝至自上都。(《元史·成宗本纪一》卷一八)

丁亥,爪哇遣使来献方物。(《元史·成宗本纪一》卷一八)

十月戊辰,遣安南朝贡使陈利用等还其国,降诏谕陈日燇。(《元史·成宗本纪一》卷一八)

十一月丙戌,毯阳酋长之兄脱杭捧于、法而剌酋长之弟密剌八都、阿鲁酋长之弟脱杭忽先等,各奉金表来觐。(《元史·成宗本纪一》卷一八)

是年,申严海关查验。(《元史·食货志二》卷九四)

初命郡县通祀三皇,如宣圣释奠礼。(《元史·祭祀志五》卷七六)

中书左丞、议中书省事何荣祖为昭文馆大学士,与中书省事。(《元史·成宗本纪一》卷一八)

翰林承旨董文用等六月甲寅进《世祖实录》。(《元史·成宗本纪一》卷一八)

集贤院使阿里浑撒里等十二月庚子朔,受命祭星于司天台。(《元史·成宗本纪一》卷一八)

姚燧以大司农丞迁为翰林学士。与侍读高道凝、礼部郎中王约纂修《世祖实录》。(刘致《牧庵年谱》)

按:时高道凝为总裁,王约被授与翰林直学士。

王构由侍讲为学士,纂修实录,书成,参议中书省事。(《元史·王构传》卷一六四)

王恽献《守成事鉴》,列敬天、法祖、爱民、恤民等凡十五篇。至是命同修国史,纂修《世祖实录》。恽又集《世祖圣训》六卷上呈。(《元史·王恽传》卷一六七)

阎复以集贤学士上疏认为京师宜首建孔庙。

按:阎复进言:"京师宜首建宣圣庙、学,定用释奠雅乐",从之。又言曲阜守家户,昨有司并入民籍,宜复之。其后诏赐孔林洒扫二十八户,祀田

五千亩,皆复之请。(《元史·阎复传》卷一六〇)

张思明召为中书省检校。(《元史·张思明传》卷一七七)

张晏被特授集贤侍讲学士,参议枢密院事,升集贤学士、嘉议大夫、枢密院判官。

按:李谦《中书左丞张公神道碑》载,张晏乃张文谦长子,初侍真金太子于东宫,为府正司丞。世祖念其为功臣子孙,选充刑部郎中,迁吏部郎中,大司农丞。这年,元贞改元,元成宗时时召见张晏,命讲经史,遂特授现职。(《国朝文类》卷五八)

普兰奚擢任胙之廉访使。

按:普兰奚出自蒙古怯薛氏,以祖功,世封户于胙。父死,袭封万户侯。是年为廉访使,睹胙之庙学五十年狼藉萧条之景,令县尹张孔铸修葺。又出所藏经史数千卷资籍讲诵,庙学始克完具。

张伯淳进奉议大夫,除庆元路总管府治中。(程钜夫《翰林侍讲学士张公墓志铭》)

刘赓拜奉训大夫、监察御史。(虞集《翰林学士承旨刘公神道碑》)

杨桓以监察御史曾疏陈时务。

按:杨桓在上疏中进言,请亲飨太庙,复四时之祭。又请正礼仪以肃宫廷,定官制以省冗员,禁父子骨肉奴婢相告讦者,罢行用官钱营什一之利,等等,成宗称善,却一时不能行。(《元史·杨桓传》卷一六四)

李铨为翰林待制。(袁桷《李司徒行述(代作)》)

留梦炎二月以翰林学士承旨告老,

按:《元史·成宗本纪一》"丁丑,翰林学士承旨留梦炎告老,帝以其在先朝言无所隐,厚赐遣之。"(《元史》卷一八)

元明善任广东韶州从事。(虞集《韶州路重修宣圣庙学记》)

胡长孺移建昌,适录事阙官,檄长孺摄之。(《元史·儒学传二》卷一九〇)

袁桷到丽泽书院赴任。(袁桷《龙兴路司狱潘君墓志铭》)

李衎任礼部侍郎,出使安南。

按:袁桷《萧御史家传》记载:"元贞改元,成宗即位,罢兵安南,释陪臣陶子奇归,命李衎为礼部侍郎,奉诏往使之,(萧御史泰登)遂拜兵部郎中介其事。"(《清容居士集》卷三四)

帝师被赐制宝玉五方佛冠。(《元史·成宗本纪一》卷一八)

张与棣等被赐玉圭。

按:《元史·成宗本纪一》载,(二月)以醮延春阁,赐天师张与棣、宗师张留孙、真人张志仙等十三人玉圭各一。(《元史》卷一八)袁桷《有元开府仪同三司上卿辅成赞化保运玄教大宗师张公家传》载,张留孙是年同知集贤院道教事。

僧沙啰巴选为江浙释教总统。

按:程钜夫有《送司徒沙罗巴法师归秦州》诗,由之可知沙罗巴其人。他长相颇异中原人"秦州法师沙罗巴,前身恐是鸠摩罗",精通佛法,善于雄辩,汉化程度较高"读书诵经逾五车,洞视孔释为一家。帝闻其人征自退,辩勇精进世莫加。视人言言若空花,我自翼善刊淫侉。雄文大章烂如霞,又如黄河发崑阿","青天荡荡日月赊,何时能来煮春茶?"(《雪楼集》卷二九)

荆南僧普照寺伪撰佛书,有不道语,十二月伏诛。(《元史·成宗本纪一》卷一八)

按:"中书省咨准河南行省陕州路远安县太平山无量寺僧人袁普照,自号无碍祖师,伪造论世秘密经文,虚谬凶险,刊报印教,扇惑人心,取讫招状"。(《续资治通鉴》卷一九二)

王桢设计木活字刻书。

按:王桢请匠人花两年余刻三万多木活字,不及一月,用木活字印出六万余字之《旌德县志》一百部。

又按:王桢,字伯善,东平人,官丰城县尹。

张之翰在松江建西湖书院。

按:松江西湖书院乃张之翰任松江知府第三年,即元贞元年四月至八月间建成,书院位于松江西湖。(《西岩集》卷一六)

王恽作《送忠翁南归并序》。

按:据王恽《送忠翁南归》序言载:"元贞乙未春,翰长忠翁年七十七,致仕南归。行有日,平章侯同诸僚寀祖道于遂初亭馆,予亦忝陪席次。明日赋律诗廿四韵,非敢以为诗,庶几表吾皇元崇儒重道,跨越前人。相府(四库作'府相')睠怀,始终尽礼。张大续鹿庵之贶,咏歌见杨尹之荣,岂惟上国之光华,永作翰林之故事。"(《秋涧集》卷一二)

赵孟頫十二月自济南赴史馆,作《鹊华秋色图卷》赠周密。

按:该画所绘乃济南的鹊山和华不注山。张雨有记,曰:"吴兴公自序云:'公谨父齐人也。余通守齐州,罢官来归,为公谨说齐之山川,独华不注最知名,见于《左氏》,而其状又峻峭特立,有足奇者。其东则鹊山也,乃为作《鹊华秋色图》。'张雨赋诗于左:弁阳老人公谨父,周之孙子犹怀土。南来寄食弁山阳,梦作齐东野人语。济南别驾平原君,为貌家山入囊楮。鹊华秋色翠可餐,耕稼陶渔在其下。吴侬白头不归去,不如掩卷听春雨。"(《贞居先生诗集》卷三)

黄溍学为诗,尝手抄刘因《丁亥集》,悉能成诵,与同郡柳贯等以能诗称。(黄溍《跋静修先生遗墨》,《文献集》卷四)

赵孟頫为宋无《翠寒集》作序。

按:宋无,字子虚,号翠寒道人,本名名世,字晞颜,尝冒朱姓,吴郡人。工诗,为元代诗坛力主宗晚唐的诗人。著有《翠寒集》一卷、《啽呓集》一卷、《蔿迤集》、《鲸背吟集》一卷、《寒斋冷语》等。事迹见《元诗选》初集卷三六。而宋无《翠寒集》还有元代才华横溢的冯子振延祐年间所作序,也可看出宋无在其时所受到的关注程度。

序言写道:"辛卯秋,客燕,子虚与予游,甚稔。每话具区山水之胜,出所为诗,风流蕴藉,脍炙可喜,皆不经人道。……子虚姓宋,旧以晞颜字行世,居晋陵,家值兵难迁吴,冒朱姓云。元贞乙未中秋,吴兴赵孟頫子昂父序。"(《翠寒集》卷首)

夏希贤著《全史提要编》成。

按:据虞集《夏氏全史提要编序》记载,夏希贤以著名道士、玄教侍中夏文泳的政治影响而被封为昭文馆大学士,延祐戊午(1318)去世。据虞集序言交代,夏希贤此书"取诸史而阅之,去其繁而举其要,以成此编。千数百年之间,治道之得失、人物之臧否,欲观其详于某朝某事者,即此而知其所在。则无汗漫之忧矣。"书成之五十三年,1348 年,夏希贤之子、太常夏文济命其子国子生夏成善携其集至于临川虞集家中,请序。虞集认为夏希贤《全史提要编》与绍雍《皇极经世篇》相比,"《皇极经世篇》,以元经会,以会经运,以运经世,而十二万五千之数具焉。天道之运行,人事之迁变,消息盈虚之几微,因革损益之大故,可得而观矣。自帝尧甲辰之后,始有事可书者。盖已前伏羲、神农、黄帝、仲尼之所尝言者,其事可得而知,其岁月不可得而纪也。邵氏得伏羲之学,而有事可纪,自尧始者,以其岁月可知也。公之书,自伏羲以来,傍取诸书而备载,其年数则亦详矣。邵氏书,事止于宋熙宁,而公之书,讫于宋灭,诚有良史之志耶!"

胡祗遹卒。

按:胡祗遹(1227—1295),字绍开,号紫山,又号少凯,磁州武安人。王恽称之"诚经济之良材,时务之俊杰。"中统初辟为员外郎。至元元年

（1264）授应奉翰林文字，兼太常博士。后出为河东山西道提刑按察副使。宋亡后，转任湖北道宣慰副使。至元十九年（1282）任济宁路总管，后升任山东东西道提刑按察使，治绩显著。后召拜翰林学士，未赴，改任江南浙西按察使，不久以疾辞归。延祐五年（1318），追赠礼部尚书，谥文靖。著有《紫山大全集》。有曲见于杨朝英所辑《乐府新编阳春白雪》中。《全元散曲》存其小令十一首。事迹见《元史》卷一七〇、《元史类编》卷二七、《元诗选·癸集》乙集小传、王恽《举明宣慰胡祗遹事状》（秋涧集）卷九一）。

又按：胡祗遹《紫山大全集》，为其子太常博士胡持所编。其门人翰林学士承旨刘赓序称，原本六十七卷。全集或如随笔记劄、或似短章小品，体例不一。其中有关杂剧、戏曲类理论，颇有理论价值。《四库全书总目》卷一六六曰："……祗遹一生所学具见于斯，然体例最为冗琐，有似随笔札记者，有似短章小品者，有似莅官条约者，有似公移案牍者，层见错出，殆不可名以一格。……今观其集大抵学问出于宋儒，以笃实为宗而务求明体达用，不屑为空虚之谈。诗文自抒胸臆无所依仿，亦无所雕饰，惟以理明词达为主，元代词人往往以风华相尚，得兹布帛菽粟之文，亦未始非中流一柱矣。惟编录之时，意取繁富，遂多收应俗之作，颇为冗杂，甚至如《黄氏诗卷序》、《优伶赵文益诗序》、《赠宋氏序》诸篇，以阐明道学之人作媒狎倡优之语，其为白璧之瑕，有不止萧统之讥陶潜者。陶宗仪《辍耕录》载其钟爱歌儿珠帘秀，赠以'沉醉东风'小曲，殆非诬词矣，以原本所有，姑仍其旧录之而附纠其谬于此，亦足为操觚之炯戒也。"

程钜夫有《胡紫山挽词三首》"一尊淮海话相逢，抵掌扬眉四海空。落日远山依旧紫，眼前回首但霜风。召节曾趋供奉班，许教孤鹤缀鹓鸾。鹓鸾不肯寻常出，孤鹤无端自往还。太息何人似此公，未输天下颂中庸。何时絮酒平生足，蒿里三章一梦通。"（《雪楼集》卷二八）

张之翰《挽胡紫山绍开二首》"一杯泪溅酒光寒，落日江南醉紫山。累召不行今绝少，急流勇退古犹难。文章勋业乘除里，太白渊明伯仲间。拟续吾乡耆旧传，清名流与后人看。

吾道衰微吾辈少，闻公不起即长呼。追还天上群仙籍，零落人间九老图。自视功名真土苴，人藏翰墨重金珠。醉中便跨鲸鱼去，万里天风酒醒无。"（《西岩集》卷八）

僧高峰原妙卒。

按：高峰原妙（1238—1295），原妙号高峰，吴江人，俗姓徐。十五岁出家，十八岁习天台教观，二十岁弃教参禅。至元十六年，上杭州天目山西峰狮子岩营建小室,题名"死关",居其中十五年,直至示寂。元贞元年(1295)十二月一日,焚香说偈坐化而逝,世寿五十八,法腊四十三,谥号"普明广济禅师",为南岳第二十二世、临济宗第十八世。原妙曾明确提出"参须实参,悟须实悟,动转施为,辉今跃古"。原妙参禅"死关"之际,四方参学者云集,僧俗随其受戒者达数万,形成巨大丛林规模。

滕安上卒。

按:滕安上(1242—1295),字仲礼,号退斋,中山安喜人。初,荐为中山府教授,后历任禹城主簿、国子博士、太常丞、监察御史等职。死后赠昭文馆大学士,谥文穆。工诗,著有《东庵类稿》十五卷,《易解洗心管见》。事迹见姚燧《国子司业滕君墓碣》(《牧庵集》卷二六)、《宋元学案》卷九一。

又按:姚燧在墓碣中评价滕安上认为:"为文一本理义,辞旨畅达,不为险谲,非有裨世教者不言。有《东庵类稿》十五卷,故江西廉访使赵秉政板之行世矣。又有《易解洗心管见》,藏之家。亦多乎哉! 其不年者,世同哀之,而文渊犹以不待经筵、职丝纶、谋庙堂为恨。呜呼! 夫既师成均,官奉常,历台谏,而又有德有言,足矣,奚必兼彼数者始为至耶!"(《牧庵集》卷二六)

刘锷(1295—1352)、康里巙巙(1295—1345)、伯颜(1295—1358)生。

元成宗元贞二年　丙申　1296 年

二月丙辰,诏江南道士贸易、田者,输田、商税。(《元史·成宗本纪二》卷一九)

丙寅,遣使代祀岳渎。(《元史·成宗本纪二》卷一九)

三月丙子,车驾幸上都。(《元史·成宗本纪二》卷一九)

三月,编写《云南地理文学》。

按:《秘书志·纂修》云:元贞二年三月十六日,准中书兵部关来文编写《云南地理文学》。

授特进上柱国高丽王世子王璟为仪同三司、领都佥议司事。(《元史·成宗本纪二》卷一九)

八月丁酉朔,禁舶商毋以金银过海,诸使海外国者不得为商。(《元史·成宗本纪二》卷一九)

辛未,圣诞节,帝驻跸安同泊,受诸王百官贺。(《元史·成宗本纪二》卷

一九)

辛未,以洪泽、芍陂屯田军万人修大都城。(《元史·成宗本纪二》卷一九)

壬辰,缅王遣其子僧伽巴叔撒邦巴来贡方物。(《元史·成宗本纪二》卷一九)

十二月丁未,复司天台观星户。(《元史·成宗本纪二》卷一九)

兀都带等十一月己巳,进所译太宗、宪宗、世祖实录。

按:《元史·成宗本纪二》载,"己巳,兀都带等进所译《太宗》、《宪宗》、《世祖实录》,帝曰:'忽都鲁迷失非昭睿顺圣太后所生,何为亦曰公主?顺圣太后崩时,裕宗已还自军中,所计月日先后差错。又别马里思丹炮手亦思马因、泉府司,皆小事,何足书耶?'"(《元史》卷一九)

王颙为集贤大学士。(王恽《王氏拜庆诗并引》)

中书平章政事不忽木三月壬申为昭文馆大学士,平章军国事。(《元史·成宗本纪二》卷一九)

李衎请补外,除同知嘉兴路总管府事。

按:苏天爵《故集贤大学士光禄大夫李文简公神道碑铭》载,之后,李衎又"再迁婺州,佐两郡凡十年"。其时天下无事,年谷丰穰,法制宽简,士大夫亦多乐外官。而李衎"操韵高洁,又喜吴、越风土,所在兴学训士,暇则自放山水间,盖隐然承平官府之旧,民亦悦其安静之化焉"。(《滋溪文稿》卷一〇)

高克恭迁山西河北道廉访副使。(邓文原《故大中大夫刑部尚书高公行状》)

张与材授为"太素凝神广道真人"。

按:《元史·成宗本纪二》"正月甲午(二十五日),授嗣汉三十八代天师张与材"太素凝神广道真人"称号,官领江南诸路道教。"(《元史》卷一八)

赵孟頫二月跋《保母志》于浩然斋。

按:《保母志》为王献之著名书法作品。

王恽七十寿,陈俨作《秋涧王公七十寿辞》。

按:在陈俨的寿辞中,对王恽的文采、书法、学识、气度高度赞赏,还对两人之间的忘年交谊往事颇为缅怀。陈俨认为王恽在文采上"秋涧仙翁年七十,五色笔头百钧力。应龙渊潜忽天飞,白日涌云轰霹雳。须臾雨止风亦霁,万顷沧漪舞秋碧",气质沉厚却不失变化;书法上"真书透纸锥画沙,行草入神绾惊蛇"，擅长楷书与行草。陈俨认为王恽热爱学习、关注当下的态度决定了他的不凡成绩："胸中政有不平事，搦管一扫无边涯。平生六籍不去手，刊落枝叶收菁华。世无公是有神器，跳出百家成一家。"陈俨，字公望，号北山，鲁人。生卒年不详。从诗作表达的语气来看，当是王恽的晚辈，两人相知结交的时间是在癸巳（1293）之际，应世祖之召，共同前往上都应对，期间多有交流，故成忘年之交："癸巳之秋皆赴召，晚生何堪从诸老。长杨馆里共瞻天，承明庐中同视草。"（《全元诗》第十八册，第 169 页）

李道谦卒。

按：李道谦（1219—1296），字和甫，自号天乐道人，夷门人。七岁时，以经童贡礼部。二十四岁时，拜全真道士于志道为师，于志道乃全真七子马钰弟子。李道谦先后任提点领重阳宫事，京兆道门提点，提点陕西五路西蜀四川道教兼领重阳万寿宫事，居终南山重阳宫达五十余年，赐号"玄明文靖天乐真人"。著有《终南山祖庭仙真内传》三卷、《七真年谱》七卷、《甘水仙源录》十卷。事迹见宋渤《玄明文靖天乐真人李公道行铭并序》（陈垣《道家金石略》）。

王应麟卒。

按：王应麟（1223—1296），字伯厚，号深宁居士，浙江庆元人。理宗淳祐元年（1241）进士，调西安主簿。宝祐四年（1256）中博学宏词科，累迁太常寺主簿。景定元年（1260）召为太常博士，迁著作佐郎。度宗咸淳元年（1265）兼礼部郎官、兼直学士院，恭宗德祐元年（1275），授中书舍人兼直学士院。官至礼部尚书兼给事中。精于经史、地理，善长考证，著作极多。著有《深宁集》一百卷、《玉堂类稿》二十三卷、《掖垣类稿》、《词学指南》四卷、《词学题苑》四十卷、《笔海》四十卷、《姓氏急就篇》六卷、《汉制考》四卷、《六经天文篇》六卷、《困学纪闻》二十卷、《玉海》二百卷、《汉艺文志考证》十卷、《诗考》五卷、《诗地理考》五卷、《通鉴地理考》一百卷、《通鉴地理通释》十六卷、《蒙训》七十卷、《通鉴答问》四卷、《小学绀珠》十卷、《小学讽咏》四卷等二十余种，约六百卷。事迹见《宋史》卷四三八、《宋元学案》、谢山《宋王尚书画像记》（《宋元学案》卷八五）钱大昕《深宁先生年谱》等。

王道卒。

按：王道（1227—1296），字之问，先世京兆终南人，后迁潍州北海县。以窦默荐，入侍经筵进读。官福建行省左右司郎中、中顺大夫。"姿魁伟勇而多力，幼读儒书，长喜武事，飞笺走檄，尤翩翩也。""自负器局，挟艺能，不肯碌碌居人后，间出大言，捭阖时事，及作为歌诗，藻思甚壮，激昂顿挫以惊动一世。"著有《云门老人集》，殆千余篇，已佚。事迹见王恽《大元故中顺大夫徽州路总管兼管内劝农事王公神道碑铭并序》(《秋涧集》卷五五)。

赵思恭卒。

按：赵思恭(1238—1296)，字仲敬，彰德安阳人。才识通敏，年十九，彰德守高鸣辟任府史，官至佥燕南河北道肃政廉访司事。"乐于从善，士有行能，转举扬之。其所荐引，若保定郭贯、张仲宝，滏阳安祐，洛水刘赓，后皆为闻人，显于朝矣。而公未尝以为言。居官不殖货产，屋庐仅取蔽风雨，旁无侍妾自奉，泊如也。"事迹见傅若金《故朝列大夫佥燕南河北道肃政廉访司事赠中议大夫上骑都尉礼部侍郎追封天水郡伯赵公行状》(《傅与砺文集》卷一〇)

张之翰卒。

按：张之翰(1243—1296)，字周卿，号西岩，邯郸人。至元十三年除真定路知事，以行台监察御史按临福建，因病侨居高酉，专一读书、教授学生。后又任户部郎中、翰林侍讲学士。以《镜灯诗》流传广泛，被称为"张镜灯"。著有《西岩集》二十卷。(按：《西岩集》原本三十卷，已不传，《四库全书》从《永乐大典》中辑出二十卷)事迹见《大明一统志》卷九、《元诗选·癸集》乙集小传、《江南通志》卷九〇、《南畿志》卷一八。

王守诚(1296—1349)、康棣(1296—约1364)、苏大年(1296—1365)、杨维桢(1296—1370)、僧梵琦(1296—1370)生。

元成宗元贞三年　大德元年
丁酉　1297 年

正月，建五福太乙神坛畴。(《元史·成宗本纪二》卷一九)

按：时初建南郊。翰林国史院检阅官袁桷进十议，礼官推其博多，采用之。

二月己未，改福建省为福建平海等处行中书省，徙治泉州。

按：《元史·成宗本纪二》载，"平章政事高兴言泉州与琉求相近，或招或取，易得其情，故徙之。减福建提举司岁织段三千匹，其所织者加文绣，增其岁输衲服二百，其车渠带工别立提举司掌之。"(《元史》卷一九)

封的立普哇拿阿迪提牙为缅国王。(《元史·成宗本纪二》卷一九)

三月丙子，车驾幸上都。(《元史·成宗本纪二》卷一九)

四月丙申,讨论官吏选拔制。

按:《元史·成宗本纪二》载,"丙申,中书省、御史台臣言:'阿老瓦丁及崔彧条陈台宪诸事,臣等议,乞依旧例。御史台不立选,其用人则于常调官选之,惟监察御史首领官,令御史台自选。各道廉访司必择蒙古人为使,或阙,则以色目世臣子孙为之,其次参以色目、汉人。又合刺赤、阿速各举监察御史非便,亦宜止于常选择人。各省文案,行台差官检核。宿卫近侍,奉特旨令台宪擢用者,必须明奏,然后任之。行台御史秩满而有效绩者,或迁内台,或呈中书省迁调,廉访司亦如之;其不称职者,省、台择人代之。未历有司者,授以牧民之职;经省、台同选者,听御史台自调。中书省或用台察之人,亦宜与御史台同议,各官府宪司官,毋得辄入体察。今拟除转运盐使司外,其余官府悉依旧例。'制曰:'可。'"(《元史》卷一九)

壬寅,赐暹国、罗斛来朝者衣服有差。(《元史·成宗本纪二》卷一九)

五月戊辰,安南国遣使来朝。(《元史·成宗本纪二》卷一九)

追收诸位下为商者制书、驿券。命回回人在内郡输商税。(《元史·成宗本纪二》卷一九)

甲寅,罢亦奚不薛岁贡马及氈衣。(《元史·成宗本纪二》卷一九)

六月,诏:"僧道犯奸盗重罪者,听有司鞫问"。(《元史·成宗本纪二》卷一九)

七月,赐马八儿国塔喜二珠虎符。(《元史·成宗本纪二》卷一九)

十一月壬戌,禁权豪、僧、道及各位下擅据矿炭山场。(《元史·成宗本纪二》卷一九)

高丽王王昛告老,乞以爵与其子謜。(《元史·成宗本纪二》卷一九)

福建行省遣人觇琉求国,俘其傍近百人以归。(《元史·成宗本纪二》卷一九)

按:《元史·外夷传三》"琉求,在南海之东。漳、泉、兴、福四州界内彭湖诸岛,与琉求相对,亦素不通。天气清明时,望之隐约若烟若雾,其远不知几千里也。西南北岸皆水,至彭湖渐低,近琉求则谓之落漈,漈者,水趋下而不回也。凡西岸渔舟到彭湖已下,遇飓风发作,漂流落漈,回者百一。琉求,在外夷最小而险者也。汉、唐以来,史所不载,近代诸蕃市舶不闻至其国。""成宗元贞三年,福建省平章政事高兴言,今立省泉州,距琉求为近,可伺其消息,或宜招宜伐,不必它调兵力,兴请就近试之。九月,高兴遣省都镇抚张浩、福州新军万户张进赴琉求国,禽生口一百三十余人。"(《元史》卷二一〇)

大德年间(1297—1307),有公文称:江南书院,始因前贤而置。其训诲

生徒,作养人材,与夫地产钱粮,不在府州学校之下。(《庙学典礼》卷五)

设立小学书塾。

按:官设小学以推广程朱理学,肇始于元。(《庙学典礼》卷三)

置社稷署。

按:《元史·百官志四》"社稷署,秩从六品。大德元年始置。令二员,从六品;丞一员,从七品。"(《元史》卷八八)

李孟此年起一直陪侍于东宫。

按:黄溍《元故翰林学士承旨中书平章政事赠旧学同德翊戴辅治功臣太保仪同三司上柱国追封魏国公谥文忠李公行状》记载,"大德元年,武宗抚军北边,仁宗特留宫中,公日陈善言正道,从容启沃,多所裨益。受知于成宗,特旨除太常少卿,当国者以公不及其门,沮格不行,改礼部侍郎,命亦中寝。昭献元圣皇后幸覃怀,公以宫僚从,戢卫卒无敢侵夺民居。在覃怀四年,夷险一节,信任益专。"(《文献集》卷三)由于李孟对元仁宗执着、专注的教育与影响,不仅元仁宗在即位之后,热心推行儒治,便是仁宗身边的人都被濡染得"皆有儒雅风",仁宗也以此常对身边近臣说:"道复以道德相朕,致天下蒙泽。"(《元史·李孟传》卷一七五)

爱薛任平章政事。(程钜夫《拂林忠献王神道碑》)

阎复仍迁翰林学士。(《元史·阎复传》卷一六〇)

王构升翰林学士。(袁桷《翰林承旨王公请谥事状》)

赵孟頫受召金书藏经。

按:这年,赵孟頫本除太原路汾州知州,兼管本周诸军奥鲁劝农事。未及上任,召金书藏经,并允许赵孟頫举荐能书者自随。金书藏经事结束后,赵孟頫所举廿余人,皆受赐得官。(杨载《大元故翰林学士承旨荣禄大夫知制诰兼修国史赵公行状》)

焦养直向成宗进讲《资治通鉴》。(虞集《焦文靖公彝斋存稿序》)

耶律有尚仍任职国子祭酒。(苏天爵《皇元故昭文馆大学士兼国子祭酒赠河南行省右丞相耶律文正公神道碑铭有序》)

王恽进中奉大夫。(《元史·王恽传》卷一六七)

卢挚授集贤学士,持宪湖南。

按:吴澄作《送卢廉使还朝为翰林学士序》云:"往年北行,徵中州文献,东人往往称李、徐、阎,众推能文辞、有风致者曰姚、曰卢……卢公由集贤出持宪湖南,由湖南复入为翰林学士。"(《吴文正集》卷二五)

袁桷约在此年被举荐为翰林国史院检阅官。(苏天爵《元故翰林侍讲学

士知制诰同修国史赠江浙行中书省参知政事袁文清公墓志铭》,《滋溪文稿》卷九)

李侗以集贤直学士授任临江。(虞集《临江路重修宣圣庙学记》)

梁曾除杭州路总管。(《元史·梁曾传》卷一七八)

张思明大德初,擢左司都事。(《元史·张思明传》卷一七七)

李凤大德间为国子助教。(程钜夫《杨汉卿墓志铭》)

许衡被赠授大司徒,谥文正。(欧阳玄《元中书左丞集贤大学士国子祭酒赠正学垂宪佐理功臣太傅开府仪同三司上柱国追封魏国公谥文正许先生神道碑》)

杨志诚获降玺书,赐号静照妙行大禅师、诸路头陀教门都提点。

按:程钜夫《诸路头陀教门都提点诚公塔铭》载,头陀教,讲究苦修。程钜夫在文中议论云:"头陀为学佛者众行之本。自迦叶启教,弥勒受托,得其道必离贪远痴,少欲知足,守十二行,炼磨三境,精进坚固,卓然出于世者。故曰:若有苦行人,我法即存;若无,我法即不存,然行愈坚而传愈寡矣。"杨志诚(1242—1305),年十四从清凉寺头陀师翟公受五戒六斋之法,为在家弟子。十九,入京,祀七代宗师,受大戒,从迁曲河院。宗师没,始主常乐院。至元十四年,为大都路禅录。二十四年,主九代宗师之清安寺。至元二十五年,建广化寺。大德元年,获降玺书,赐号静照妙行大禅师、诸路头陀教门都提点。(《雪楼集》卷二一)

高克恭为仇远作《山村隐居图》,仇远题诗。

按:据仇远《题高彦敬山村隐居图》序言载:"大德初元九月十九日,清河张渊甫贰车会高彦敬御史于泉月精舍。酒半,为余作《山村隐居图》,顷刻而成。元气淋漓,天真烂熳,脱去画工笔墨畦町。予方栖迟尘土,无山可耕,展玩此图,为之怅然而已。"(《全元诗》第十三册,第 261 页)张翥、仇远、宋濂等有题跋。

程钜夫跋黄庭坚、苏东坡、陆九渊墨迹。

按:程钜夫《跋山谷草书徐禧送灵源上人二诗》写道:"涪翁书徐德占赠灵源二诗,岂亦喜其清新耶?德占永乐之举,欲因熏腐之余以立功名。此岂足以语方外之学者。想其捋须扬壶,丧身覆众之状已历历在源公目中矣。大德元年四月二十日,白雪道人观。"(《雪楼集》卷二四)

程钜夫跋王磐诗稿。

按:程钜夫至元十三年入翰林,其时王磐为翰林首,对程钜夫颇多荐引,故程钜夫与之关系颇洽。大德初,程钜夫于商季显处见王磐诗稿,慨而题跋。在跋文中，程钜夫颇叙王磐其人其文。《跋商季显所藏王鹿庵先生诗》"至元丙子，余至京师，拜承旨鹿庵王公于玉堂之署。苍然而古雅，凝然而敦庞，望之肃如也。既而获近清光，蒙圣眷，实维公奖进汲引之力。……惟公之趣与香山同，故其诗不期而同。惟商公之趣与公同，故所好亦不期而同。余虽不知诗，而知商公与公之所以同者又有出于诗之外也。泛滥烟云，俛仰今古，不知同余心者又何人哉？大德丁酉畅月既望，谨书。"（《雪楼集》卷二四）

袁桷观宋季刘元城、李庄简书法，作题跋。

按：袁桷对于史学的热情极高，"悉究前朝典故，人扣之，亹亹谈不倦"（《(至正)四明续志·袁桷传》），在他的大量观览宋人题跋作品中，都包含着翻检史料的努力。这篇题跋所提到的刘元城、李庄简（李光），乃司马光一系，皆北宋元祐党争中的著名人物。

袁桷作《崔公去思之碑》。

按：据袁桷文章，崔公名杰，字彦才，"家世登封嵩山之下居焉"。至元甲午（1294），由省掾历筦库，敕授长葛尹。作为基层官吏，崔杰做了许多实事，袁桷这篇去思碑文颇有反映，而通过袁桷这篇反映基层县令的文字，既可侧面看到元代作为多民族糅合的社会，在管理过程中的复杂性以及元代社会基层官吏工作推进的不易，也可侧知元代民众之苦楚，袁桷对崔杰的作为深为感慨，认为唐太宗"重县令之选"非常有道理。

周达观著《真腊风土记》一卷成。

按：真腊（kmir），又名占腊，为中南半岛古国，其境在今柬埔寨境内，是中国古代史书对中南半岛吉蔑王国的称呼。真腊国很早就出现在中国古代史书的记载之中，远及秦汉，《后汉书》便有记载，当时称为究不事，后至隋唐，始称真腊（音译自暹粒 Siem Reap），《唐书》改称为吉蔑、阁蔑（音译自 Khmer），宋承隋代亦称真腊（又作真里富），元朝则又称"甘勃智"，明前期称"甘武者"，明万历后称"柬埔寨"。周达观于元贞元年（1295）随使臣赴真腊（柬埔寨），三年（1297）回国，以所见所闻著成此书。该书记载真腊地理、风俗、历史及中国商人在真腊的活动等事颇详，可补史阙。且元史不立真腊传，故此书价值尤大。该书乃唯一记载吴哥时代柬埔寨文明之书。周达观在完成《真腊风土记》后，将此书送与吾丘衍看，吾丘衍作诗对周达观此行、此记推崇备至。其诗题曰《周达可随奉使过真腊国作书纪风俗因赠三首》。周达观（约 1266—1346），字草庭，号草庭逸民，元朝浙江温州永嘉人。《四库全书总目提要》曰："真腊本南海中小国，为扶南之属，其后渐以强盛。自

《隋书》始见于'外国传',唐、宋二史并皆纪录,而朝贡不常至,故所载风土、方物往往疏略不备。元成宗元贞元年乙未遣使招谕其国,达观随行,至大德元年丁酉乃归,首尾三年,谙悉其俗,因记所闻见为此书,凡四十则,文义颇为赅赡。惟第三十六则内记'渎伦神谴'一事,不以为天道之常,而归功于佛,则所见殊陋。然《元史》不立真腊传,得此而本末详具,犹可以补其佚阙,是固宜存备参订作职方之外纪者矣。达观作是书既成以示吾衍,衍为题诗推挹甚至,见衍所作《竹素山房诗集》中。盖衍亦服其叙述之工云。"

马臻约于此年前后著《霞外诗集》十卷成。

按:马臻,字志道,号虚中,钱唐人。自少学道,受业于褚伯秀之门,以诗画著名于时。天师命为佑圣观虚白斋高士,亦不就。有《霞外诗集》十卷。生平见《武林玄妙观志》卷二、《元书》卷九一。

宁国路儒学刊行《后汉书》一百二十卷。

瑞州路儒学刊行《隋书》八十五卷。

信州路儒学刊行《北史》一百卷。

建康路儒学刊行《新唐书》二百二十五卷。

杭州路儒学刊行《宋史》四百九十六卷。

杭州路儒学大德间还尝刻《晋书》、《晋书音义》三卷。

董文用卒。

按:董文用(1223—1297),字彦材,董俊三子。年十岁亡父,受兄长文炳之教,学问早成。二十岁词赋考试中选,侍世祖于潜邸。阿合玛执政时,商贾贱役,告行贿人官,以结私党,百姓怨愤。文用力主加强御史台,以振朝纲,并劾去阿党,使官吏有所惧,民怨有处诉。又转官礼部尚书,迁翰林、集贤二院学士,知秘书监。中书有丞卢士荣提出"立法治财",搜刮百姓以增国赋。文用痛斥其法如同天天剪羊毛进献,曰:"民财亦有限,取之以时,犹惧其伤残也。今尽刻剥无遗,犹有百姓平!"(《元史》卷一四八)继迁御史中丞、大司农,开资德大夫,知制诰,兼修国史。卒赠银青光禄大夫、少保、赵国公,谥"忠穆"。事见《元史》卷一四八、虞集《翰林学士承旨董公行状》(《道园学古录》卷二〇)。

雷膺卒。

按:雷膺(1225—1297),字彦正,号苦斋,浑源(今属山西)人。中统元年授大名宣抚司员外郎,累迁恩州同知,入为监察御史,历山西宪佥、湖北宪副。至元二十一年除南台侍御史,迁浙西按察使,寻致仕。至元二十九年起为集贤学士,卒谥"文穆"。事迹见《至正金陵新志》卷六、《元史》卷一七〇、《大明一统志》卷二一、《元诗选癸集》癸集上。

　　李孝光(1297—1348)、贾鲁(1297—1353)、吴当(1297—1361)生。

元成宗大德二年　戊戌　1298 年

　　正月,于赣州路屯田五百二十四顷六十八亩。

　　按:《元史·兵志三》"赣州路南安寨兵万户府屯田:成宗大德二年正月,以赣州路所辖信丰、会昌、龙南、安远等处,贼人出没,发寨兵及宋旧役弓手,与抄数漏籍人户,立屯耕守,以镇遏之,为户三千二百六十五,为田五百二十四顷六十八亩。"(《元史》卷一百)

　　二月丙子,罢中外土木之役。(《元史·成宗本纪二》卷一九)

　　癸未,诏诸王、驸马毋擅祀岳镇海渎;申禁诸路军及豪右人等,毋纵畜牧损农。(《元史·成宗本纪二》卷一九)

　　乙酉,车驾幸上都。(《元史·成宗本纪二》卷一九)

　　诏廉访司作成人材以备选举。(《元史·成宗本纪二》卷一九)

　　三月壬子,加封岳镇海渎。

　　按:诏加封东镇沂山为元德东安王,南镇会稽山为昭德顺应王,西镇吴山为成德永靖王,北镇医巫间山为贞德广宁王,岁时与岳渎同祀,著为令式。(《元史·成宗本纪二》卷一九)

　　四月,造浑天漏仪。(《元史·成宗本纪二》卷一九)

　　按:郭守敬造灵台水运浑天漏等表演天象之仪器,机轮皆以木刻为牙。

　　五月己酉,耽罗国以方物来贡。(《元史·成宗本纪二》卷一九)

　　九月己丑,圣诞节,驻跸阻奶之地,受诸王百官贺。交趾、爪哇、金齿国各贡方物。(《元史·成宗本纪二》卷一九)

　　丙申,车驾还大都。(《元史·成宗本纪二》卷一九)

　　十一月庚寅,安南贡方物。(《元史·成宗本纪二》卷一九)

　　哈剌哈孙奏建庙学。

　　按:哈剌哈孙认为,"京师久阙孔子庙,而国学寓他署,乃奏建庙学。选名儒为学官,采近臣子弟入学"。(《元史·哈剌哈孙传》卷一三六)。

　　王构参议中书省事。(袁桷《翰林承旨王公请谥事状》)

　　按:袁桷记载:其时,右丞相引见王构于柳林见帝,"上问:'昔从何人?'

丞相奏:'是和礼霍孙官属,真儒者。昔奉旨参用儒生,今故用之。'时上初即位,励精文治,年谷屡熟,海内熙洽。"而王构亦趁间进谏请求"以荐士安静为急务"。袁桷又记"后数年来,执政希合生事,将检括增羡,首以其策行东南,公卒不肯附,称疾纳禄几一年",此亦可见王构期望国家安静少事为急务的理念表现。(《清容居士集》卷三二)

王恽等被翰林特赐。

按:《元史·成宗本纪二》载:"(正月)以翰林王恽、阎复、王构、赵与□、王之纲、杨文郁、王德渊,集贤王颙、宋渤、卢挚、耶律有尚、李泰、郝采、杨麟,皆耆德旧臣,清贫守职,特赐钞二千一百余锭。"(《元史》卷一九)

刘赓除翰林直学士、朝列大夫、知制诰、同修国史。(虞集《翰林学士承旨刘公神道碑》)

刘致为翰林学士,为姚燧所赏识,荐为湖南宪府史。(刘致《牧庵年谱》)

焦养直加封中顺大夫。(虞集《焦文靖公彝斋存稿序》)

齐履谦迁保章正,始专历官之政。(苏天爵《元故太史院使赠翰林学士齐文懿公神道碑铭》)

董忠宣公以江南行台御史中丞力荐吴澄于朝,以人事变换,不及用公。(危素《吴澄年谱》)

张立道拜云南行省参政,曾前后三使安南,于云南为官最久,"颇得士人之心,为之立祠"。(《元史》卷一六七)

李铨由翰林待制转广平等处铁冶提举。(袁桷《李司徒行述(代作)》)

邓文原调崇德州教授。(吴澄《元故中奉大夫岭北湖南道肃政廉访使邓公神道碑》)

白恪进湖广省理问官。(袁桷《朝列大夫同佥太常礼仪院事白公神道碑铭》)

李洧孙至京师,献《大都赋》。

按:据宋濂《题李霁峰先生墓铭后》云:"濂儿时,伏读霁峰先生所撰《大都赋》,已慕艳其人",可知《大都赋》在其时流传极广,宋濂儿时所处婺州郡县亦有流布。1327年宋濂曾拟拜访李洧孙,未及谋面,李洧孙1329年去世,黄溍为之作《霁峰先生墓志铭》。1377年,宋濂与李洧孙曾孙李象贤在南京见面,得见黄溍所作墓志铭以及李洧孙文集,遂题跋言及少年心情。

程钜夫为闽士谢无疑《梅花集》作跋。

按:程钜夫在跋中云"余归自闽,得闽士谢君无疑《百咏》,读之,于梅不可谓无意者"。据程钜夫年谱,他自至元三十年任福建闽海道肃政廉访使,大德元年冬,闽海代归,故为谢无疑《梅花集》作跋当在大德二年左右。据程钜夫言,梅花诗在他任职馆阁二十余年几乎未见,"诸公间不惟无一字及梅花,且未睹",而观元诗诸篇,咏梅花者甚多,堪为盛事,则元诗咏梅之盛可能在大德之后。(《雪楼集》卷二四)

赵孟頫、邓文原等二月二十三日于鲜于枢家池上,观王右军《思想帖》真迹。

按:到场者还有周密、霍肃、郭天锡、张伯淳、廉希贡、马昫、乔簣成、杨肯堂、李衎、王芝等,皆集于鲜于枢家池上,观王右军《思想帖》真迹。据赵孟頫题跋记载,"大德二年二月二十三日,霍肃清臣、周密公谨、郭天锡佑之、张伯淳师道、廉希贡端甫、马昫德昌、乔簣成仲山、杨肯堂子构、李衎仲宾、王芝子庆、赵孟頫子昂、邓文原善之集鲜于伯机池上,佑之出右军《思想帖》真迹,有龙跳天门,虎卧凤阁之势,观者无不咨嗟,叹赏神物之难遇也。孟頫书。"(郁逢庆《书画题跋记》卷一)

邓文原以才名被征至京师,袁桷等有序。

按:戴表元《送邓善之序》中交代,"大德戊戌春,巴西邓善之以材名被征,将祗役于京师"(《剡源文集》卷一四)。袁桷有《送邓善之应聘序》。在袁桷序言中,以当日邓文原不曾北上前的生活场景展示出南宋治下区域的士绅当北方元廷冷落之际的寂寥情景,也较好地暗示了一旦北廷对南人态度转暖,南方士绅慨然北上的心理基础。序言写道:"近世先达之士,类言求进于京师者,多羁困不偶,煦煦道途间,麻衣弊冠,柔声媚色,无以动上意,其言若谆切恳款。后进之士,怀疑而不进,百以十数。然遇不遇,命也。而言若是,则抱道自足者,益无忌于世,而或者亦得以窥其介且固焉。夫道成于同而弊于孤,云龙之相从,风水之相应,其理然也。往岁,余与巴西邓君道所以,尝以为今世无是决矣,吾徒当力学为己,闭门息心,耕六籍之圃,溉根以茂实,若古逸民高士,退静自乐,其于道也无害。方是时,君家钱塘嚣尘五达之冲。意寂而体舒,无造门嗫嚅之劳,下帷授书,衿佩森立。公卿贵人,皆倾下爱慕,独君无少矜喜。而去来朋徒,各尽恩意,以相周奉。其有不可强,犹谦挹慰藉,人咸以为其未遇也,已异夫褊心者之伦,则其遇,当不止若是。今年春,承徵将如京师,告余以行。余固喜夫人之所期者有验,而其行也,复将有说焉。君子之出也,大言以行道者,夸诩之流也。相时而行,守身于不辱,谨德避难,贞白而无愧,斯近之矣。"(《清容居士集》卷二三)

黄溍西游钱塘,谒见龚开、周密、仇远、白珽、刘濩等遗老名士。

按:黄溍作《刘声之炉亭夜话》。过桐庐,作《过谢皋羽墓》。

赵孟頫诗文集成,请戴表元作序。

按：赵孟𫖯诗文集直至赵孟𫖯逝世尚未及刊行，文稿由其子赵雍收藏。后至元五年（1339），湖州总管何贞立应赵雍之请再为《松雪斋集》作序，由乡人沈伯玉辑为《松雪斋文集》十卷、《外集》一卷（实为诗文集）付梓，此本流传颇广，明清时候多次翻刻。《四库全书总目提要》曰："《松雪斋集》十卷、外集一卷，元赵孟𫖯撰。孟𫖯字子昂，宋太祖之后，以秀王伯圭赐第湖州，故为湖州人。年十四以父荫入仕，宋亡家居，会程钜夫访遗逸于江南，以孟𫖯入见，即授兵部郎中，累官翰林学士承旨，卒追封魏国公，谥文敏。事迹具《元史》本传。杨载作孟𫖯行状称所著有《松雪斋诗集》不详卷数。明万历间有江元禧所编《松雪斋集》，寥寥数篇，实非足本。惟焦竑《经籍志》载孟集十卷，与此本合。孟𫖯改节事元，故不谐于物论。观其《和姚子敬韵》诗有'同学故人今已稀，重嗟出处寸心违'句，是晚年亦不免于自悔然。然论其才艺，则风流文采，冠绝当时。不但翰墨为元代第一，即其文章亦揖让于虞、杨、范、揭之间，不甚出其后也。集前有戴表元序，见《剡源文集》中，末题大德戊戌岁，盖孟𫖯自汾州知州谒告归里时，裒集所作，请表元序之者。表元不妄许与，而此序推挹甚至，其有所以取之矣。后人编录全集，仍录此序以为冠，非无意也。"

又按：戴表元序言云："吴兴赵子昂与余友十五年，凡五见，必有诗文相振激。子昂才极高，气极爽，余跂之不能及，然而未尝不为余尽也。最后又见于杭，始大出其平生之作，曰《松雪斋集》者若干卷，属余评之。余惟人之各以其才自致于世，必能相及也而后相知，必相知也而后能相为言。余于子昂不相及而何以知？何以言乎？子昂曰：'虽然，必言之。'余曰：'必言之，则就吾二人之今所历者请以杭喻。'浙东西之山水莫美于杭，虽儿童妇女未尝至杭者，知其美也。使之言杭，亦不敢不以为美也。而不如吾二人之能言。何者？吾二人身历而知之，而彼未尝至故也。他日试以其说问居杭之人，则言之不能以皆一。彼所取于杭者，异也。今人之于诗、之于文，未尝身历而知之，而欲言者皆是也。幸尝历而知之而言之同者，亦未之有也。子昂未弱冠时，出语已惊其里中儒先，稍长大而四方万里重购以求其文，车马所至，填门倾郭，得片纸只字，人人心惬意满而去，此非可以声色致也，而子昂岂谓其皆知我哉？故古之相知必若韩、孟、欧、梅，同声一迹，绸缪倾吐，而后为遇，而后世乃欲望此于道途邂逅之间则又过矣。余评子昂古赋凌历顿迅，在楚汉之间；古诗沈潜鲍谢自余诸作犹傲睨高适、李翱。云子昂自知之，以为何如？大德戊戌仲春既望。"（《剡源文集》卷七）

冯福京、郭荐等纂《大德昌国州图志》七卷成。

按：此书编修始于大德元年，是年八月初一修成。原名《昌国州图志》

和《昌国州志》。《四库全书总目提要》评曰："其书简而有要，不在康海《武功志》、韩邦靖《朝邑志》下。"冯福京为此书倡修者、主编及刊行者，非撰写者及《四库全书总目提要》所说"审定者"，郭荐，虽位居众作者之首，但未必为此书主笔，此书出自昌国州之"乡儒"、"耆儒"、"学官"之手。陆心源《皕宋楼藏书志》所引《郭荐等缴申文牒》载列郭荐等作者衔名，其人为："前岱山书院山长俞、州学宾正许、前乡贡进士州学举事陶椿卿、前免解进士州学应天定、前从事郎州学训导官孙唐卿、前太学进士州学教授应季挺、前童科进士翁洲书院山长应翔孙、前乡贡进士鄞县教谕郭荐。"冯福京，四川潼川人。还著有《乐清县志》。应翔孙，字子翱，号全轩，嘉熙（1237—1240）间中童子科。著有《经传蒙求》、《类书蒙求》等。

马可·波罗著《马可波罗游记》成。

按：是书为马可·波罗与其同一牢狱者、小说家鲁思梯切共同完成，以中古法—意混合语写就。之后成为1375年编绘的喀塔兰大地图中亚与东亚之主要依据。后世欧洲航海家、探险家皆受此书影响，该书涉及中世纪亚洲尤其元代中国地理、动物、植物、民族、民俗、社会、经济、政治、宗教和文化诸方面资料。

又按：中世纪的欧洲，《马可·波罗游记》长期被当作"天方夜谭"。时人评价马可·波罗云："马可·波罗与其父亲及叔居鞑靼多年，闻见颇广，富有资财，心甚巧敏。在基奴亚狱间时，将其所见世间奇异，著为一书。其中荒诞不经之事甚多，盖非彼亲见，乃据之造谣说谎者之口传。此辈散布流言，以欺他人，而其心中则自亦不解不信也。波罗氏乃亦轻率据之以笔于书，其难取信于当代博雅君子，亦宜矣。故于其将死时，友朋亲临床侧，乞其将书中不合理之记载，难于取信者，删除之，而马可＃波罗则执迷不悟，谓其友曰，书中所记，尚不及吾所亲见者一半之数也。"（张星煜《欧化东渐史》）马可·波罗成为元代中国与西方欧洲国家文化交流的一个具有时代特征的代表人物，一是因为长期以来东西双方强烈的了解对方的迫切感，为马可·波罗的成名创造了不可或缺的机遇；二是强大、辽阔的元帝国使得中国与西方欧洲国家长期以来要求直接接触的梦想终于成为现实；三是马可·波罗以一个世俗的普通人的亲历，满足了西方欧洲人对东方中国的好奇心，第一次让西方欧洲国家有机会了解到真正的东方中国；四是欧洲人长期视《马可·波罗游记》为怪诞神话并肆意增删其内容，反使得马可·波罗的名气越来越大。（申友良《马可·波罗独享盛名之原因分析》）

王恽十月八日作《紫山先生易直解序》。

按：紫山先生乃胡祇遹。《序》云："紫山胡公年未强仕，应奉翰林，洁居官舍者几十载。致力读书,究明义理,期于远大,取《易》卦辞,遍书屋壁。……初不知其有所著述,嗣子伯驰(胡伯驰)携所著《易解》恳题其端。公与仆自弱冠定交,气义契合,互为知己,今虽衰懒,抚其遗书,忍无一言发越潜辉夫?……学者复能考公平昔操履,得其端倪,以之寻绎隐赜奥妙之旨,则思过半矣。大德二年冬十月八日谨序。"(《秋涧集》卷四三)

王利用作《类编长安志序》。

按:《类编长安志》,骆天骧著,十卷。天骧字飞卿,号藏斋遗老,长安人,官京兆路儒学教授。是编还有当年贾有或序。王氏序云:"京兆教授骆飞卿,长安故家也。尝集先儒旧志,并古人诗文,从游前辈,周访乡老,其所得者,具载无遗,目曰《类编长安志》。而废殿荒陵,离宫别馆,城郭之损益,州郡之变更,脱遗者增补,讹舛者订定,骆公自序已详之矣,兹不必云。较之旧志,一完书尔。长安,古都会也。是编一出,或平居暇日,披玩于几砚之间,其周、秦、汉、唐遗踪故实,弗待咨访,一一可知,足迹未及,如在目前,使居是邦者,胸中了然,问无不知,亦士君子之一快也……大德戊戌夏四月中浣日,前翰林直学士太中大夫安西路总管兼府尹诸军奥鲁管内劝农事山木老人王利用序。"(《类编长安志》卷首)

王恽作《兑斋曹先生文集序》。

按:兑斋曹先生乃曹之谦。序云:"北渡后,斯文命脉,主盟而不绝者,赖遗老数公而已。夤缘蒙元、李诸公与进亲承指授,惟贻溪兑斋未之见也。及调官平阳,私窃喜幸,虽不获瞻拜履綦,而遗文得遂观览。迨识公仲子軏,首为询及,谢以纂录未就,然征文献,论家世,而私淑诸人者,固以昭昭矣。先生父清轩公资豪迈,以文学起家,受知荣国高公、雷、李诸贤,交游甚款。先生接迹词林,幼知力学,早擢巍科。既而与遗山同掾东曹,机务倥偬间,商订文字,未尝少辍,至以正脉与之。其奖藉如此。后居汾晋,闭户读书,屏去外物,嚅哜道真,及与诸生讲学,一以伊洛为宗,众翕然从之,文风为一变。后二十年,予在翰林,前长葛薄子辖持遗编来谒,属予序其端,方得伏读者再四,不去手者累日。因为之说曰:文章天下公器,造物者不私所畀,然非渊源有自,讲习有素,力为之任者,未易与议。若先生之作,其析理知言,择之精,语之详,浑涵经旨,深尚体之工,刊落陈言,极自得之趣,而又抑扬有法,丰约得所,可谓常而知变,醇而不杂者也。所可惜者,古文杂诗仅三百首。盖先生年方不惑,暝废于家,又为人慎许可,片言只字,不轻付人。向使展尽底蕴,大开文窦,极其所到,肆波澜而侈光艳,则与元、李、麻、刘并驱为不难矣。异时版本一出,学者争先快睹,俾中和之气冲融粹盎,裕四体而适独坐,如太羹玄酒,寄至味于淡泊者,庶几先生之所尚云。不肖衰老,懒于笔研,敢直言

所闻见而知者,以塞其请焉。大德二年人日谨序。"(《秋涧集》卷四二)

周密卒。

按:(1232—1298),字公谨,号草窗、苹州、萧斋、四水潜夫、弁阳萧翁,济南籍,家居吴兴。人称草窗先生,宋亡不仕,隐居湖州。其家三世藏书,累积四万二千余卷,金石一千五百余种,日事校雠。其藏书处为书种堂、志雅堂,其藏书约于宋末元初散失殆尽。著有《志雅堂杂钞》二卷、《草窗韵语》六卷、《草窗词》、《蜡屐集》、《蘋州渔笛谱》二卷、《云烟过眼录》二卷、《澄怀录》(周密著)二卷、《武林旧事》十卷、《癸辛杂识》六卷、《齐东野语》二十卷、《浩然斋雅谈》三卷,又选编南宋词一百三十二家为《绝妙好词》。事迹见《宋诗纪事》卷八〇。

又按:清人顾文彬纂《草窗年谱》一卷中以为周密卒于大德三年(1299);冯沅君纂《草窗年谱拟稿》一卷认为周密卒于至大元年(1308);夏承焘纂《唐宋词人年谱本》认为周密卒于大德二年(1298)卒。

僧圆至卒。

按:圆至(1256—1298),俗姓姚,字天隐,号牧潜,又号筠溪老衲,高安人,俗姓姚。少习举子业,年十九为僧,于禅理外专于古文,著有《牧潜集》七卷及《唐诗说》二十一卷。事迹见《吴中人物志》卷一二、《元诗选·初集》小传等。

张立道卒。

按:张立道(?—1298),字显卿,大名人。初为宿卫,至元四年(1267)奉命使西夏。后为云南王忽哥赤王府文学,"劝王务农以厚民",迁劝农官。十五年,除中庆路总管,建孔庙,置学舍,劝士人子弟以学。著有《效古集》、《平蜀论》一卷、《安南录》等。事迹见《元史》卷一六七、《元史纪事本末》卷一、《滇考》卷下、《钦定续通志》卷四八一。

申屠致远卒。

按:申屠致远(?—1298),字大用,寿张(今山东东平)人。元世祖忽必烈南征时,被经略使乞实力台蒋为经略司知事。当时元军中机务,多为所申屠致远谋划。累官至淮西江北道肃政廉访司事。所至有风裁。以忍名斋,人称忍斋先生。聚书万卷,名曰墨庄。著有《释奠通礼》三卷、《忍斋行稿》四十卷、《杜诗纂例》十卷、《集验方》(申屠致远)十二卷、《集古印章》二卷。事迹见《元史》卷一七〇、《万姓统考》卷一二八。

拜住(1298—1323)、蒋玄(1298—1344)、李黼(1298—1352)、吴睿(1298—1355)、郑玉(1298—1358)、贡师泰(1298—1362)、周伯琦(1298—

1369)、施耐庵(1298—约 1370)、夏鉴(1298—1372)生。

元成宗大德三年　己亥　1299 年

正月癸未朔,暹番、没剌由、罗斛诸国各以方物来贡,赐暹番世子虎符。(《元史·成宗本纪三》卷二〇)

按:《元史·外夷传》"大德三年,暹国主上言,其父在位时,朝廷尝赐鞍辔、白马及金缕衣,乞循旧例以赐。帝以丞相完泽答剌罕言'彼小国而赐以马,恐其邻忻都辈讥议朝廷',仍赐金缕衣,不赐以马。"(《元史》二〇九)

庚寅,置各路惠民局,择良医主之。(《元史·成宗本纪三》卷二〇)

处置高丽事宜。

按:《元史·成宗本纪三》载,"壬辰,安置高丽陪臣赵仁规于安西、崔冲绍于巩昌,并笞而遣之,以正其附王擅命安杀之罪,复以王昛为高丽王,遣工部尚书也先铁木而、翰林待制贾汝舟赍诏往谕之。追收别铁木而、脱脱合儿鲁行军印。"(《元史》卷二〇)

二月癸丑朔,车驾幸柳林。(《元史·成宗本纪三》卷二〇)

壬申,加封泉州海神等。

按:《元史·成宗本纪三》载,"加解州盐池神惠康王曰广济,资宝王曰永泽;泉州海神曰护国庇民明著天妃;浙西盐官州海神曰灵感弘祐公;吴大夫伍员曰忠孝威惠显圣王。"(《元史》卷二〇)

金齿国遣使来贡方物。(《元史·成宗本纪三》卷二〇)

庚辰,车驾幸上都。(《元史·成宗本纪三》卷二〇)

三月癸巳,缅国世子信合八的奉表来谢赐衣,遣还。(《元史·成宗本纪三》卷二〇)

甲午,命何荣祖更定律令。(《元史·成宗本纪三》卷二〇)

按:所释者凡三百八十条,帝以古今异宜,不必相沿,但取宜于今者施行。然未及颁行而何荣祖卒。

五月壬午,罢江南诸路释教总统所。(《元史·成宗本纪三》卷二〇)

戊午,申禁海商以人马兵仗往诸番贸易者。(《元史·成宗本纪三》卷二〇)

以福建州县官类多色目、南人,命自今以汉人参用。(《元史·成宗本纪三》卷二〇)

是年，朝廷重申"上自国学，下及州县，举生员高等，从翰林考试，凡学官译史，取以充焉"。(《元史·选举志一》)

按：据《元史》卷八一《志》三一载，"世祖至元八年春正月，始下诏立京师蒙古国子学，教习诸生，于随朝蒙古、汉人百官及怯薛歹官员，选子弟俊秀者入学，然未有员数。以《通鉴节要》用蒙古语言译写教之，俟生员习学成效，出题试问，观其所对精通者，量授官职。"元统治者曾为蒙古字发展提供诸多特权与便利，苏天爵曾云："世祖皇帝始制国字，以通语言，中国之民亦皆使之尽学焉，故人材率多由是而显。"(《周侯神道碑铭》，《滋溪文稿》卷一七)

守司徒、集贤院使、领太史院事阿鲁浑撒里为平章政事。(《元史·成宗本纪三》卷二〇)

赵孟𫖯八月改授集贤直学士行江浙等处儒学提举，直至秩满。(杨载《大元故翰林学士承旨荣禄大夫知制诰兼修国史赵公行状》)

焦养直拜嘉议大夫、集贤学士，仍奉典瑞少监。(虞集《焦文靖公彝斋存稿序》)

齐履谦大德年间掌星官之政，见识卓越。

按：苏天爵《元故太史院使赠翰林学士齐文懿公神道碑铭》载，任职期间，齐履谦对于星历所表现出来的专业、敬业以及借天象来讽喻时政的儒士操守，令人印象深刻。据苏天爵记载"大德三年八月，时加巳，依历日食二分六十六秒，已而不食。众惧，公曰：'当食不食，在古有之，矧时近午阳盛阴微。'列唐开元以来日当食不食者以闻。六年六月朔，时加戌，依历日食五十七秒，众以涉交既浅，且复近浊，欲不以闻。公曰：'吾所掌者常数也，其食与否则系于天。'及时果食。日官争没日术，弗能决。公曰：'气本十五日，间有十六日者，余分之积也。故历法以所积之日命为没日。则没日不出本气者为是。'众从其议。七年八月二十三日夜，地大震。诏问致灾之由，弭灾之道。公按《春秋》言：'地者为阴而主静，妻道、臣道、子道也。三者失其道，则地为之弗宁。'是时成庙寝疾，宰执有作威福者，故公言及之。九年冬，初立南郊，祀昊天上帝，公摄司天。故事，司天虽掌时刻而无钟漏，往往将旦行事。公请自今用钟漏，俾早宴有节，则人咸知起敬，从之。"(《滋溪文稿》卷九)

文矩为湖南廉访司书史。

按：吴澄《故太常礼仪院判官文君墓志铭》载，"湖南道廉访司辟署书吏，时翰林卢公挚实廉访湖南，敬其才辨，遇之殊常人。君以卢公为知己，乐

从之",则文矩为湖南廉访司书吏,与卢挚相知在这个时间。(《吴文正集》卷八〇)

陈天祥移使河北,辞疾家居,远近以讼求直者云簇其门,至徙避他所。(张养浩《资德大夫中书右丞议枢密院事陈公神道碑铭》)

张留孙加封大宗师。(袁桷《有元开府仪同三司上卿辅成赞化保运玄教大宗师张公家传》)

普陀山观音寺主持一山一宁以使节身份出使日本。

按:《元史·成宗本纪三》载,"(三月癸巳)命妙慈弘济大师、江浙释教总统补陀僧一山赍诏使日本,诏曰:'有司奏陈:向者世祖皇帝尝遣补陀禅僧如智及王积翁等两奉玺书通好日本,咸以中途有阻而还。爰自朕临御以来,绥怀诸国,薄海内外,靡有退遗,日本之好,宜复通问。今如智已老,补陀僧一山道行素高,可令往谕,附商舶以行,庶可必达。朕特从其请,盖欲成先帝遗意耳。至于惇好息民之事,王其审图之。'"(《元史》卷二〇)一山一宁因此留居日本,成为日本一山派禅宗开山祖,使日本禅风由"武家禅"向"皇家禅"扩展。一山一宁又向日本弟子传授朱子学,且对日本学术、文学、书法、绘画等皆有一定影响。

孟特·戈维诺于大都起一天主教堂。

按:此后,孟特·戈维诺曾将《拉丁文日课经》、《新约》及《圣咏》译成蒙文。

王子爱育黎拔力八达(元仁宗)为老师李孟书写"秋谷"赐之。

按:姚燧《李平章画像序》载,在元仁宗尚未出阁之际,李孟"日侍讲读",元仁宗对老师"亲而敬之"。曾请画工为李孟画像,并赐号"秋谷",之后,又命"集贤大学士王颙大书之,手刻为扁,而署其上,又侧注曰'大德三年四月吉日为山人李道复制'"。至大四年(1311),元仁宗即位,遂将此画像加以装潢,"填金刻扁,而摹赐号与御署,卷加标轴",并令词臣作赞,由时任集贤大学士、荣禄大夫、翰林学士承旨、知制诰兼修国史的姚燧作序。(《牧庵集》卷四)

高克恭为李衎画《春山晴雨图》,李衎题跋。

按:据李衎《题高克恭青山晴雨图》序言云:"彦敬侍御为予作此幅,乃作诗云:'青山半晴雨,色现行云底。佛髻欲争妍,政公勤梳洗。'"落款"大德己亥夏四月,息斋道人书"。(《全元诗》第十二册,第327页)

赵孟頫为鲜于枢图画支离叟,鲜于枢等作文题诗。

按:据鲜于枢《支离叟序并诗》在序言末交代时间是"大德己亥八月

辛丑"。

黄溍与杨载缔结文字交。

按：据黄溍《杨仲弘墓志铭》载，"初，溍与仲弘不相识，辄以书缔文字交，凡五年，始识仲弘。后十有一年，乃与仲弘同举进士"。黄溍与杨载同登延祐首科（延祐乙卯，1315 年），则两人缔结文字交当在此年。（《文献集》卷八上）

李衎著《竹谱》十卷成，有自序。

按：《竹谱》原名《竹谱详录》，又名《息斋竹谱》、《李息斋画竹谱》。李衎著写并绘图。赵孟頫序评之曰："吾友仲宾为此君写真，冥搜极讨，盖欲尽得竹之情状。二百年来以画竹称者，皆未必能用意精深如仲宾也。此《野竹图》尤诡怪奇崛，穷竹之变，枝叶繁而不乱，可谓毫发无遗恨矣。然观其所题语，则若悲此竹之托根不得其地，故有屈抑盘躄之叹。夫羲尊青黄，木之灾也，拥肿拳曲乃不夭于斧斤。由是观之，安知其非福耶！因赋小诗以寄意云'偃蹇高人意，萧疏旷士风。无心上霄汉，混迹向蒿蓬。'"（《松雪斋集》卷五）。《四库全书总目提要》评曰："其书广引繁徵，颇称淹雅。而存之非惟游艺之一端，抑亦博物之一助矣。"

张退公约于此年后著《墨竹记》一卷成。

按：该书又名《张退公墨竹记》，其书通篇以骈文形式写成，其主旨在于传授墨竹技法，文辞精炼，多经验之谈。因长期湮没，世人罕睹，清代藏书家钱曾《读书敏求记》中不曾涉及此书。

普宁寺比丘如莹为普宁寺《大藏经》纂目录四卷成。

按：刘惟永作《道德真经集义大旨序跋》。文章写道："昔吾老子流传《道德经》于世，玄理幽深，非特启教度人而已。累代明君鸿儒，莫不笺注研穷其妙，亘古今传之无穷。凡道家者，流诵其正经，犹恐未明其旨，非参合诸家之注，岂能深造玄微哉。惟永抑尝探其秘蕴，莫尽其要，每专心致志，搜罗百家之注，究诸妙义，欲编为集义，而与同志者共。今得石潭丁编修，以其家藏名贤之注，与惟永所藏之书合而为一，乃总八十一章为三十一卷。第绣梓之费浩大，非独力所能为，遂与徒弟赵以庄、刘以盐，持疏遍往各路，叩诸仕宦君子及知音黄冠捐金，共成其美。今经一十余年，凡寝食之间，未尝忘焉。经之营之，今已告成。每自披阅玩味，允谓精妙，玄之又玄者也。若帝王公侯遵之，则国治天下平；卿大夫守之，则忠君孝亲；士庶人佩之，则复归于淳朴；吾道体之，则超凡入圣。曰道曰德，先天地不见其始，后天地不见其终，其此经之谓乎。凡我同志受持者，幸毋忽。大德三年岁次己亥上元日，晚褐

刘惟永谨跋。"（《道德真经集义大旨》卷下）

方回之虚谷书院刊行僧圆至《筠溪牧潜集》一卷。

按：《筠溪牧潜集》前有大德三年（1299）方回序，后有大德三年天目云松子洪乔祖跋。书不分卷，以类各为起讫：诗一、铭二、碑三、序四、书五、杂着六、榜疏七，故乔祖跋只云一卷，明刻始分为七卷。《四库全书总目提要》云："《牧潜集》七卷，元释圆至撰。至字牧潜，号天隐，高安人，至元以来，遍历荆、襄、吴、越，禅理外颇能读书，又刻意为古文，高自位置，笔力崭然，多可观者。"

何荣祖卒。

按：何荣祖（1220—1299），字继先，其先太原人，金亡，徙家广平。定《至元新格》，尝奉旨定《大德律令》，书成久之，乃得请于上，未及颁行而卒。卒赠光禄大夫、大司徒、柱国，追封赵国公，谥文宪。所著有《学易记》、《载道集》、《观物外篇》、《大畜》十集等。事迹见《元史》卷一六八。

杨桓卒。

按：杨桓（1234—1299），字武子，号辛泉，兖州人。三十岁时任济宁路教授，后应召入京，任太史院校书郎。曾参修《大元一统志》，后又召任国子监司业，未赴召而卒。精篆籀之学，著有《六书统》二十卷、《六书溯源》十二卷、《书学正韵》三十六卷，"大抵推明许慎之说，而意加深"（《元史》）。事迹见《元史》卷一六四、《新元史》卷一九一。

杨清一卒。

按：杨清一（1243—1299），字元洁，号逸峰，临安人。洞霄宫主席郎如山弟子。元贞二年（1296）入观，宣授冲真洞玄葆光法师，归领杭州路道录。

陈义高卒。

按：陈义高（1255—1299），字宜甫，号秋岩，闽人。玄教道士。元世祖至元间，两次随驾北行，至元二十五年提点洪州玉隆宫。曾住龙虎山道院。工诗，多与姚燧、卢挚、赵孟頫、程钜夫、留梦炎等倡和。其诗大抵源出元稹、白居易，在元前期道教诗人中占一席地位。著有《沙漠稿》、《秋岩稿》、《西游稿》、《朔方稿》。四库全书著录有《陈秋岩诗集》二卷。事迹见四库全书总目"秋岩诗集提要"、《崇正灵悟凝和法师提点文学秋岩先生陈尊师墓志铭》（《养蒙文集》卷四）。

朱升（1299—1354）、林泉生（1299—1361）、徐舫（1299—1366）、唐桂芳（1299—1371）、韩準（1299—1371）、李祁（1299—？）、钱宰（1299—1394）生。

元成宗大德四年　庚子　1300 年

二月乙卯,遣使祠东岳。(《元史·成宗本纪三》卷二〇)

四月,缅国遣使进白象。(《元史·成宗本纪三》卷二〇)

按:"(五月癸未)增云南至缅国十五驿,驿给圆符四、驿券十二。""六月己酉,诏立缅国王子窟麻剌哥撒八为缅国王,赐以银印及金银器皿衣服等物。""七月乙酉,缅国阿散哥也弟者苏等九十一人各奉方物来朝,诏命余人留安庆,遣者苏来上都。""庚申,缅国阿散吉牙等昆弟赴阙,自言杀主之罪;罢征缅兵。"(《元史·成宗本纪三》卷二〇)

五月癸未,谕集贤大学士阿鲁浑萨理里等曰:"集贤、翰林,乃养老之地,自今诸老满秩者升之,勿令辄去,或有去者,罪将及汝。其谕中书知之。"(《元史》卷二〇)

六月甲子,吊吉而、爪哇、暹国、蘸八等国二十二人来朝,赐衣遣之。(《元史·成宗本纪三》卷二〇)

八月癸卯,更定荫叙格。(《元史·成宗本纪三》卷二〇)

按:中书省奏奉圣旨节该:"上位知识有根脚的蒙古人每子孙承荫父职兄职呵,皇帝识也者。除那的已外,一品子荫正五品。从一品子荫从五品,正二品子荫正六品,挨次至七品。色目比汉儿人高一等定夺。"(《通制条格》卷六)

是年,添设学正一员,上自国学,下及州县,举生员高等,从翰林考试,凡学官译史,取以充焉。(《元史》卷八一)

太傅月赤察六月丙辰,为太师,完泽为太傅,皆赐之印。(《元史·成宗本纪三》卷二〇)

翰林承旨僧家正月被赐钞五百锭,以养其母。(《元史·成宗本纪三》卷二〇)

阎复拜翰林学士承旨。

按:袁桷《翰林学士承旨荣禄大夫遥授平章政事赠光禄大夫大司徒上柱国永国公谥文康阎公神道碑铭》载,阎复至元八年(1271)入翰林为应奉文字,至元十二年(1275)进修撰。至元十六年(1279),升翰林直学士,至元十九年(1282),升翰林侍讲,至元二十年(1283),任翰林国史院兼集贤院侍讲学士。，至元二十三年（1286），升翰林学士，改集贤学士。大德元年（1297），复除翰林学士。至此，三十年间，升至翰林学士首领，而"知制诰、修国史皆视其职以进"。（《清容居士集》卷二七）

张伯淳即家，拜翰林侍讲学士。（程钜夫《翰林侍讲学士张公墓志铭》）

卢挚任湖南道肃政廉访使，因水土不服，后改江东道廉访使。（《新元史》卷二三七）

白恪改江西省理问官，后改任翰林待制。

按：《朝列大夫同佥太常礼仪院事白公神道碑铭》载，任职期间，白恪"究伪楮狱，得直"。其时，"翰林承旨阎公复持士论贤否，有言曰：'白文举父子兄弟俱有文名，敬甫幼负俊声，老不入翰林，咎将谁执？'奏为翰林待制，复同佥太常礼仪院事。仪度闲整，赞道禋祀，动不逾矩，苍颜玉立，真善为颂者也。"（《清容居士集》卷二七）

詹士龙擢南台御史。

按：詹士龙任南台御史不久，即迁广西廉访司佥事，又移疾归。詹士龙（1256—1313），字云卿，光州固始（今属河南），其父为宋都统，元军破鄂州，父殁，詹士龙甫三岁，为董文炳收养。及长，以荐为兴化尹，转两淮盐运司判，改淮安路总管府推官。事迹见《至正金陵新志》卷六、《大明一统志》卷一二、《元诗选癸集》乙集。（《全元诗》第十八册，第82页）

宋超改承事郎，掌医署丞。（程钜夫《太原宋氏先德之碑》）

柳贯荐为江山县教谕。（宋濂《柳先生行状》）

察罕（白云老人）除武昌路治中，擢河南行省郎中，累迁太子家令。（《续通志》卷四八八）

吴澄六月作正中堂于咸口之原，长子吴文治其役堂成，程钜夫作记，赵孟頫篆写额匾。八月，吴澄释服。（危素《吴澄年谱》）

赵孟頫写陶渊明像，并书《归去来辞卷》。

郭畀为赵孟頫《人马图》题诗。

按：诗云："平生我亦有马癖，曾向画图求象龙。曹韩已化伯时远，昂翁笔底写追风。"（《式古堂书画汇考》卷四六）

程钜夫为御史郝仲明自叙题跋。

按：至元丙戌（1286），程钜夫为侍御史之际，与郝仲明相识共事。大德二年（1298），程钜夫自福建闽海代归，由吴澄处知道郝仲明精于《易》，知其学有渊源。大德四年，程钜夫拜江南湖北道肃政廉访使，郝仲明为监察御史，再得郝仲明所叙《易》学见解，慨为题跋。（程钜夫《跋郝仲明御史

自叙》)

程钜夫七月作《南丰县志序》。

按：南丰位于江西南城盱江上游，本隶属于抚州，宋季割抚州南城而驻军，名为建昌军，南丰遂归南城，元朝又以建昌为总管府，南丰遂成为建昌属县，建昌升为州后，南丰在江右的地位更加重要。程钜夫朋友李彝任职建昌，修订建昌州志，命南丰名儒刘壎修订《南丰县志》。程钜夫与刘壎关系亲近，遂为《南丰县志序》。序云："南丰，盱水之上游。初隶抚，宋割抚之南城县，置建昌军，遂隶建昌。壮哉县也，称为江右最。人物有曾子固，文章名天下，而南丰益以重。国朝以建昌为总管俯，南丰仍为属县。未几，升为州，事达于行省，而南丰又益以重。李侯彝由司宪事来为州，暇日得县志于煨烬之余，命余友人刘君壎于已纪者订之，于未纪者增之，成《州志》十五卷。……大德四年岁在庚子秋七月，正议大夫、江南湖北道肃政廉访使程钜夫。"(《南丰县志》卷首)

刘敏中二月奉旨为不阿里作神道碑铭。

按：刘敏中《敕赐资德大夫中书右丞商议福建等处行中书省事赠荣禄大夫司空景义公不阿里神道碑铭》载，大德三年(1299)十月，不阿里以资德大夫、中书右丞、商议福建等处行中书省事职薨于京师，诏赐中统宝钞二万五千缗，以驿传负其榇归葬泉州，刘敏中奉命撰写墓碑。不阿里(1250—1299)，本名撒亦的，西域人，其先世居西域哈剌哈底城，远祖徙西洋。其父与马八儿国(Maabar，元代南印度半岛东部伊斯兰王国)国王结拜，排序第六，称六弟，总领诸部。不阿里去世后，撒亦的继承父业，更得马八儿国王宠眛，"凡召命惟以父名，故其名不行，而但以父名称焉"。世祖平宋之后，不阿里"独遣使以方物入贡，极诸环异。自是踵岁不绝。复通好亲王阿八哈、哈散二邸，凡朝廷二邸之使涉海道，恒预为具舟桅，必济乃已。"世祖看出不阿里的款诚，再兼不阿里在马八儿国受到排挤，至元二十八年(1291)，元世祖"赐玺书，命某部尚书阿里伯、侍郎别帖木儿列石往谕，且召之"，不阿里也更加感激元世祖，"乃尽捐其妻孥、宗戚、故业，独以百人自随，偕使入觐"，定居于泉州。成宗朝时，不阿里被特授资德大夫、中书右丞、商议福建等处行中书省事，不阿里死后，元成宗颇为感悼，于是有葬赠谥碑之命。作为马八儿国宰相，不阿里为沟通元朝与伊儿汗国之间的政治、经济交往做出过积极贡献。(《中庵集》卷一六)

袁桷作《书汤西楼诗后》。

按：这是袁桷的一篇非常有见地的诗论。袁桷认为，诗于中唐之后即开始变化,李商隐学杜甫,力不能逮,只能别为一体,但"命意深切,用事精远,非止于浮声切响而己也"。宋人学李商隐,但西崑只得其声响之巧,故而有梅圣俞、欧阳修等发为自然之声以求变西崑之弊。此后,宋诗有三宗,宗临川王安石者、宗眉山苏轼者、宗江西黄庭坚者,袁桷所谓"诗有三宗焉:夫律正不拘,语腴意赡者,为临川之宗;气盛而力夸,穷抉变化,浩浩焉沧海之夹碣石也,为眉山之宗;神清骨爽,声振金石,有穿云裂竹之势,为江西之宗。"袁桷认为,宋人多宗眉山、江西,"惟临川莫有继者,于是唐声绝矣。"而于淳之后,人们以道德性命为诗,便"眉山、江西之宗亦绝",于是有永嘉之江湖诗派,但末流"力屏气消,规规晚唐之音调",于是"三宗泯然无余矣"。由袁桷的理论逻辑可见,他之欣赏李商隐之根由在于诗须追踪唐风雅之正声(这个观点在其另一篇题跋《书郑潜庵李商隐诗选》中体现得更清晰、明白),创作主体活跃的理念,他之批评南宋诗之弊端,在于其只流于"极凄切于风云花月之摹写,力屏气消",失去创作活力。

《元大一统志》基本完成。

按:该书分两阶段进行,至此完成第一阶段编修工作。共七百五十五卷、四百八十三册。后因继续得到云南、辽阳等处材料,又进行增补,大德七年(1303),书成,前后共计十八年,计一千三百卷、六百册。

太医院刊行《圣济总录》二百卷,目录一卷。

吾丘衍著《学古编》一卷成。

按:《学古编》乃印学史上首部印论专著。时印章承唐宋九叠文人之习气,篆文大都谬误,吾丘衍力矫积弊,一以玉筋小篆入印,印学为之一变。尤以其中《三十五举》,初创印论体例,为最早研究印章艺术之专论,后世篆刻理论发展及篆刻实践深受其影响。

不忽木卒。

按:不忽木(1255—1300),一名时用,字用臣,号静得,康里氏。幼年因侍卫真金太子,遂随太子师从赞善王恂,十二岁之后入国子学,师从许衡。官至昭文馆大学士、平章军国事,行御史中丞,领侍仪司事。为政期间,天下视其身进退为朝堂重轻。卒后十年,武宗追念其忠,赠纯诚佐理功臣、开府仪同三司、太傅、上柱国,追封鲁国公,卒谥文贞。"喜剂量人才,闻人有善,汲汲然求之,唯恐不及。今之朝士,凡知名天下者,皆其客也。"(《松雪斋集》卷七)其套曲[仙吕·点绛唇]《辞朝》为元曲名篇。其子回回、巙巙在元中期文坛影响颇大。事迹见赵孟頫所撰碑《故昭文馆大学士荣禄大夫平章军国事行御史中丞领侍仪司事赠纯诚佐理功臣太傅开府仪同三司上柱国追封鲁国公谥文贞喀喇公碑》(《松雪斋集》卷七)、《元史》卷一三〇"不忽木传"、《元名臣事略》卷四、《蒙兀儿史记》卷一一四。

元成宗大德五年　辛丑　1301 年

二月丁亥,立征八百媳妇。

按:(二月丁亥),立征八百媳妇万户府二,设万户四员,发四川、云南囚徒从军。(四月壬午)调云南军征八百媳妇。(五月)丙寅,诏云南行省自愿征八百媳妇者二千人,人给贝子六十索。(八月)甲戌,遣薛超兀而等将兵征金齿诸国,时征缅师还,为金齿所遮,士多战死。又接连八百媳妇诸蛮,相效不输税赋,贼杀官吏,故皆征之。(《元史·成宗本纪三》卷二〇)

丁酉,车驾幸上都。(《元史·成宗本纪三》卷二〇)

大赐寺庙。

按:《元史·成宗本纪三》载,"戊戌,赐昭应宫、兴教寺地各百顷,兴教仍赐钞万五千锭;上都乾元寺地九十顷,钞皆如兴教之数;万安寺地六百顷,钞万锭;南寺地百二十顷,钞如万安之数。"(《元史》卷二〇)

四月,秘书监设有分监。

按:王士点《秘书监志》卷三载,"车驾岁清署上京,丞相率百官各奉职分司扈从。秘府亦佩分监印,辇图籍在行间,所以供考文备御览者,视他职为毕要。"

五月己丑,缅王遣使献驯象九。

按:(八月)征缅万户曳剌福山等进驯象六。(十月己巳)缅王遣使入贡。(《元史·成宗本纪三》卷二〇)

七月丁未,命御史大夫秃忽赤整饬台事。

按:《元史·成宗本纪三》载,"诏军官受赃者与民官同例,量罪大小殿黜。命监察御史审覆札鲁忽赤罪囚,检照蒙古翰林院案牍。"(《元史》卷二〇)

癸丑,诏禁畏吾儿僧、阴阳、巫觋、道人、咒师,自今有大祠祷必请而行,违者罪之。(《元史·成宗本纪三》卷二〇)

十月丙寅朔,以畿内岁饥,增明年海运粮为百二十万石。(《元史·成宗本纪三》卷二〇)

壬午,车驾还大都。(《元史·成宗本纪三》卷二〇)

十一月，置长信寺。

按：《元史·百官志六》"长信寺，秩正三品，领大斡耳朵怯怜口诸事。"（《元史》卷九〇）

又定生员，散府二十人，上、中州十五人，下州十人。（《元史·选举志一》卷八一）

曲阜修文宣王庙成。

按：其时，衍圣公孔治遣子孔思诚入朝。朝廷敕中书赐庙田五千亩，供祭祀，复户二十人，供洒扫之役。（阎复《曲阜孔子庙碑》）

耶律有尚加为太中，集贤学士、国子祭酒职位如故。（苏天爵《皇元故昭文馆大学士兼国子祭酒赠河南行省右丞相耶律文正公神道碑铭有序》）

张伯淳造朝，扈从上都。（程钜夫《翰林侍讲学士张公墓志铭》）

邓文原擢应奉翰林文字。（《元史·邓文原传》卷一七二）

袁桷被正式命为翰林国史院检阅官。（《元史·袁桷传》卷一七二）

虞集初至京师，客授稿城董公（董士选）之馆，后范椁亦客董家。

按：虞集《题范德机书手卷》云："清江范德机氏与予同生前壬申三十，后同游京师，先后客稿城董忠宣公之馆"。（《虞文靖公年谱》）

黄溍举教官。（宋濂《故翰林侍讲学士、中奉大夫、知制诰同修国史、同知经筵事金华黄先生行状》，《宋文宪公集》卷四一）

吴师道观真德秀读书记，悔先前之所学。

按：张枢《元故礼部郎中吴君墓表》云："年十九，观西山真先生读书记，慨然叹曰：'义礼之学，圣贤之道，岂不在于此乎？吾前日之自以为适者，今则深可悔尔。'"（《礼部集》附录）

姚燧授中宪大夫、江东廉访使，移病太平。（《元史·姚燧传》卷一七四）

王恽再上章求退，得归。（《元史·王恽传》卷一六七）

礼部尚书马合马、礼部侍郎乔宗亮持诏谕安南王。

按：《元史·外夷传二》载"大德五年二月，太傅完泽等奏安南来使邓汝霖窃画宫苑图本，私买舆地图及禁书等物，又抄写陈言征收交趾文书，及私记北边军情及山陵等事宜，遣使持诏责以大义。三月，遣礼部尚书马合马、礼部侍郎乔宗亮持诏谕日燇，大意以'汝霖等所为不法，所宜穷治，朕以天下为度，敕有司放还。自今使价必须选择；有所陈请，必尽情愊。向以虚文见绐，曾何益于事哉，勿惮改图以贻后悔'。中书省复移牒取万户张荣实等二人，与去使偕还。"（《元史》卷二〇九）

程钜夫与姚燧、卢挚等岁寒亭唱和。

按：据卢挚词后题"大德辛丑五月廿又二日,书于长沙肃政字之澄清堂",知时间在此年前后,而由姚燧词序题"捧读雪楼宪使《岁寒亭记》,击节之余,扳疏斋例,亦赋乐章",可知姚燧岁寒亭唱酬故事乃由程钜夫《岁寒亭记》而起,寄与卢挚后,卢挚以词赋和,而再寄姚燧,姚燧亦以词和,而程钜夫再又和卢挚、姚燧词。后程钜夫孙集贤程伯崇再将诸人诗作拿出,有韩准题和。

袁桷三月作《郊祀十议序》。

按：袁桷在序言中大致溯源郊祀的始末以及自己的看法,所谓"多闻阙疑,先圣有训,私不自量,撰妄为之说,实有恧焉。鸿藻硕儒,洽通上下,其必有以折而深证之。大德五年春三月具官袁桷序"。(《清容居士集》卷四一)

姚燧奉旨撰《董文忠神道碑》。(《牧庵集》卷一五)

王恽八月三日作《紫山胡公哀挽诗卷小序》。

按：紫山先生胡祇遹与王恽三世交游,知契甚深,以王恽在士林的地位与影响,他在序言中对胡祇遹评价甚高,也可概见胡祇遹在当时的影响。王恽在序言中写道："予于紫山,既哀之而复有以惜焉。紫山起诸生,进擢馆阁,扬历省台,官至三品,寿几七秩,顺受委正,略无慊愧,于何嗟惜? 所惜者,材超卓而不凡,气正大而有养,可以挺公论而励衰俗,激清风而作士气。一旦天柱峰摧,少微彩晦,士林憔悴,失所景仰,不知乾坤纯粹之精,山川英秀之蕴,几世几年,氤氲感会,复生斯人,此《黄鸟》之诗,《薤露》之歌,有不容己者。乔与紫山三世交游,气合情款,故其子典簿特屡征鄙作,既序夫《易解》,复记其祠堂,今又以斯文为念,孝心追远,诚宜嘉尚,顾笔力衰薾,奚能发潜德之幽光,倡作者之端绪? 然眷怀畴昔,重以陈太常北山之请,敢摅平生所得于公而可深惜者,冠之篇首云。大德辛丑岁秋仲哉生明,秋涧书。"(《秋涧集》卷四三)

赵孟頫过会稽,作《高逸图》,又作《十八罗汉卷》。(汪砢玉《珊瑚网》卷三二)

程钜夫重修武昌南阳书院藏经阁。(程钜夫《重修南阳书院记》,《雪楼集》卷一一)

周之翰纂《朝仪备录》成。

按：周之翰,据钱大昕《元史艺文志》注:字申甫,华亭人。还著有《易象管见》、《易四图赞》、《朝仪祀原》三卷等书。王恽《朝仪备录叙》云:"至元辛未岁,大内肇建,始议讲行朝会礼仪,盖所以尊严宸极,辨上下而示等威也。然事出草创,不过会集故老,参考典故,审其可行者而用之,其后遇有大典礼,准例为式,祗取严办,一时执事,首各司品节,其礼之全体,亦不能究其详而通贯焉。逮侍仪舍人周之翰供职,乃纂述物色仪制之品,班次度数之则,曰朝贺,曰策立,曰开读,皆具已行而可验,复图注以致其详。皇仪缛典,粲然明白,目之曰《朝仪备录》。大德辛丑岁立春前五日,秋涧退叟题。"(《秋涧集》卷四三)

房祺纂《河汾诸老诗集》八卷成。

按:所谓"河汾诸老"乃金遗民诗人群体。是书收麻革、张宇、陈赓、陈庾、房皞、段克己、段成己、曹之谦八人之诗,皆金之遗民。亦旧从元好问游者也。房祺,临汾人。历河中、大同两府教授,以潞州判官致仕。房祺作序云:"往年吾友杨君仲德议成此集,不幸早世。仲德有云:'不观遗山之诗,无以知河汾之学。不观河汾之诗,无以知遗山之大。不观遗山、河汾之作,不知唐人诸作者之妙。不观唐人之作,不知三百篇六义之深意。'"(《河汾诸老诗集》后序)

朱文清刊造《大藏经》版一千卷。

按:其时,朱文清任河南、江北等处行中书省左丞,朱文清施财刊造《大藏经》版一千卷,舍入平江路碛砂延圣寺,永远流通。

僧雄辩卒。

按:雄辩(1229—1301),俗姓李,今昆明人。年幼追随国师杨子云,"为上足弟子"。1254年自云南至中原,师从其时四名高僧25年,"最后登班集之坛,嗣坛主之法。其道大备,喟然叹曰:'佛法种子,不绝于世;矫矫龙蛇,岂择地而行?吾其南归。'"后云南回,以少数民族语讲说《法华经》、《华严经》、《维摩诘经》、《圆觉经》等。"晚岁精进行道,化人及物……四众归之达数万。"著名弟子有僧玄坚、僧玄峰、僧玄鉴、僧玄妙、僧定林、僧云林等。事迹见《大元洪镜雄辩法师大寂塔铭》。

又按:雄辩为元代最先将汉地佛教传入云南者。故元代云南汉地佛教既有雄辩从中原内地学来之东西,亦有南诏大理传承下来之内容。

陈思济卒。

按:陈思济(1232—1301),字济民、子善,号秋冈,河南柘城人。早年以才器见称,元世祖在潜邸时,以为顾问,即位后,为廉希宪僚属,受姚枢、许衡等器重。后拜监察御史。病故,追封颖川郡侯,谥文肃。工诗,著有《秋冈先生集》。事迹见虞集《通议大夫签河南江北等处行中书省事赠正议大夫吏部尚书上轻车都尉追封颖川郡侯谥文肃陈公神道碑》(《道园学古录》卷四二)、《元史》卷一六八、《元诗选·二集》小传。

又按:虞集在《秋冈先生集》序中评价其诗云:"公文章之出,沛如泉源之发挥,而波澜之无津,譬如风云之变化,而舒卷之无迹。"(《道园学古录》卷三三,再见于至正元年"虞集为陈思济《秋冈诗集》作序"条)

徐琰卒。

按:徐琰(? —1301),字子方,号容斋,又号养斋,又自号汶叟,东平人。少为元好问所识拔。与阎复、李谦、孟祺四人号称"四杰"。至元、大德间,此四人又并称"四大老"。至元初,因王磐荐,为陕西行省郎中,累官至翰林承旨。琰有文学重望,东南文人学士,翕然宗之,与姚燧、侯克中、王恽等交游。著有《爱兰轩诗集》。《全元散曲》存其小令十二首。事迹见《(至正)金陵新志》卷六、《元诗选·癸集》乙集小传。

雷思齐卒。

按:雷思齐(1229—1301),字齐贤,号空山,临川人。幼弃家居乌石观,晚讲授广信山中。著有《易图通变》九卷、《易筮通变》三卷、《老子本义》、《庄子旨义》。《空山漫稿》、《雷思齐诗文》二十卷、《和陶诗》三卷存目。事迹见袁桷《空山雷道士墓志铭》(《清容居士集》卷三一)、《四库全书总目提要》。

萨都剌(1301—约1348)、张以宁(1301—1370)生。

元成宗大德六年　壬寅　1302年

正月庚戌,海道漕运船,令探马赤军与江南水手相参教习,以防海寇。(《元史·成宗本纪三》卷二○)

三月甲寅,太阴犯钩钤。合祭昊天上帝、皇地祇于南郊,遣中书左丞相答剌罕哈剌哈孙摄事。(《元史·成宗本纪三》卷二○)

按:左丞相哈剌哈孙祭祀于南郊之事,开遣官摄祀天下之端。元帝对于中原儒家极其看重的祭天仪式,采取遣官代祀的行为,已见敷衍之端,亦能侧见元蒙统治者对于中原儒教认知的膈膜。《元史·祭祀志一》"大德六年春三月庚戌,合祭昊天上帝、皇地祇、五方帝于南郊,遣左丞相哈剌哈孙摄事,为摄祀天地之始。"(《元史》卷七二)

四月戊子,车驾幸上都。(《元史·成宗本纪三》卷二○)

六月甲子,建文宣王庙于京师。(《元史·成宗本纪三》卷二○)

　　癸亥朔，日有食之。太史院失于推策，诏中书议罪以闻。(《元史·成宗本纪三》卷二〇)

　　安南国以驯象二及硃砂来献。(《元史·成宗本纪三》卷二〇)

　　十月丙子，车驾还大都。(《元史·成宗本纪三》卷二〇)

　　十一月辛亥，诏江南寺观凡续置民田及民以施入为名者，并输租充役。(《元史·成宗本纪三》卷二〇)

　　陈天祥拜嘉议大夫、江南诸道行御史台中丞。(张养浩《资德大夫中书右丞议枢密院事陈公神道碑铭》)

　　刘赓加少中大夫，以学士奉使宣抚陕西。(虞集《翰林学士承旨刘公神道碑》，《道园学古录》卷一七)

　　高克恭授吏部侍郎。(邓文原《故大中大夫刑部尚书高公行状》，《巴西文集》)

　　宋超升承务郎。(程钜夫《太原宋氏先德之碑》)

　　吴澄以朝廷授应奉翰林文字，登仕郎同知制诰兼国史院编修官，八月戒行，十月至京师。(危素《吴澄年谱》)

　　按：其时，董士选为御史中丞，以私信勉励吴澄应召，吴澄作《复董中丞书》表达自己的感激之情和入仕态度。吴澄到达之后，知道已有人代任吴澄之职。吴澄欲归，恰逢河冻不可行，元明善朝夕奉陪，而朝中大夫士亦多来问学于吴澄。待吴澄出发，元明善作诗序，叙述自己对吴澄的欣赏，以及吴澄所以来去的始末。吴澄此次京师之行，虽未能达成仕进之果，却促成了他与京师南北馆阁的频繁唱和交往，打开了他在京师的影响。

　　潘昂霄转南台都事，累官翰林侍讲学士。

　　按：潘昂霄，字景梁，号苍崖，济南人。历官昆山县尹，卒谥文僖。著有《河源志》一卷(收入《说郛》卷三七)、《金石例》十卷、《苍崖类稿》等。

　　贡奎由中书奏为太常奉礼郎兼检讨。

　　按：李黼《故集贤直学士奉训大夫贡公行状》"谒选京师。时大德六年，朝廷方议行郊祀礼，诸老大臣见其识鉴清远，论议详明，咸曰：'是子年富而学强，置之礼属，必能备讨论，有所裨益。'于是中书奏授太常奉礼郎兼检讨。公就职，即讨论历代礼制沿革，上书言：'郊礼宜斟酌古今，为圆坛，三成四陛，略去繁文，以质为贵。'朝廷集议，多采其说。已而集贤、翰林交章辟举。"(《贡文靖公云林稿·附录》)马祖常《集贤直学士贡文靖公神道碑铭》载，贡奎任职期间，曾上书言："先王之制礼，虽节文有经，而本诚贵质。惟不蔽于礼之文而得礼之意，则可以对越而无愧。不然，烦为之节，无益也。"

朝廷多采其议。(《石田文集》卷一一)

　　虞集以大臣荐授大都路儒学教授。(赵汸《邵庵先生虞公行状》)

　　徐懋昭制授主常州路通真观。

　　按:袁桷《通真观徐君墓志铭》载,为拓展玄教势力的影响,玄教宫观分布的范围颇广,徐懋昭主常州路宜兴州通真观,又曾积数十年,在信州龙虎山建仙源观、神翁观。皇庆元年,徐懋昭制加保和通妙崇正真人,其所建道观亦以玺书尉镇。(《清容居士集》卷三一)徐懋昭(1239—1321),字德明,江西饶余干州人,张留孙弟子中之最长者。徐懋昭"游衡庐名山,遇真人授异书,能役鬼神致雷雨,祭星斗,弭灾沴,所至,人迎候之唯恐不及",至治元年卒于仙源宫。

　　赵孟頫为钱德均作《水村图》,众人题画。

　　按:赵孟頫在图上题:"大德六年十一月望日为钱德钧作",又有序言题:"后一月,德钧持此图见示,则已装成轴矣。一时信手涂抹,乃过辱珍重如此,极令人惭愧。"有姚式、邓椿、吴延寿、顾天祥、林宏、叶齐贤、陆桂、束从大、黄肖翁、束南仲、孙桂、俞日华、黄介翁、陆祖凯、束巽之、赵骏声、赵由祚、束复之、赵承孙、束同之等人题诗。

　　姚燧作《读史管见序》。

　　按:《读史管见》,宋人胡寅所撰,共三十卷,是书乃读司马光《资治通鉴》而作,《四库全书总目提要》曰:"大抵其论人也,人人责以孔、颜、思、孟;其论事也,事事绳以虞、夏、商、周。名为存天理、遏人欲、崇王道、贱霸功,而不近人情,不揆事势,卒至于窒碍而难行。王应麟《通鉴答问》谓但就一事诋斥,不究其事之始终,诚笃论也。又多假借论端,自申己说,凡所论是非,往往枝蔓于本事之外。"南宋初亡,南宋内府所藏大量图籍都被运往大都京师,交付兴文署,《读史管见》也在其中,自此普通士子罕见该书。大德辛丑(1301)姚燧任江东廉访使,四处物色此书,次年在江东吕氏书塾寻获,于是姚燧着官资翻刊,序言即为翻刻本而作。

　　阎复作《风科集验名方》序。(《静轩集》卷四)

　　按:据阎复的序言记载,《风科集验名方》为虚白处士赵公从荆湖间获得,据考,虚白处士即大元特赐虚白处士赵素。赵素字才卿,道号心庵,乃元代医家,道士,河中(今山西永济)人。宋宝祐元年(1253)将《风科经验名方》进行增补,补入应验之方,撰成《风科集验名方》二十八卷,今佚。阎复所见到的《风科集验名方》是其时湖广官医提举刘君卿得到后,交付庐陵左辰校雠增定而刊刻的,《风科集验名方》今已佚失。

杭州路大万寿寺奉敕雕刊河西字大藏(即《西夏文大藏经》三千六百二十卷) 毕工。

张頠卒。

按:张頠(1235—1302),字达善,蜀人寓浙。十六岁父死,奉母居海滨。业进士诗赋,试不中,改试春秋义。平舟杨栋勉之学义理之学,年二十七师从王栢。以授徒自给,初以浙西按察佥事夹谷之奇荐授将仕佐郎建康路教授,再以行台御史中丞徐公荐授登仕佐郎。有以国子监官荐者授文林郎东平路教授,引疾不赴,归于仪真,依江东宣慰使沙卜珠公以处。著述有《四经归极》、《孝经口义》、《丧服总类》、《冕弁冠服考》、《引彀训蒙》、《经史入门》、《阙里通载》、《淮阴课稿》等书,及文集若干卷。事迹见吴澄《故文林郎东平路儒学教授张君墓碣铭》(《吴文正集》卷七三)。

燕公楠卒。

按:燕公楠(1240—1302),字国材,号芝庵,南康人。颇具才干,至元十三年(1276) 投靠元廷之后,奋然以当世之务为己任,曾举荐伯颜帖哥、不忽木、阇里、阔里吉思、史弼、徐琰、赵琪、陈天祥等十余人,皆为当时才能卓越者。程钜夫评价燕公楠道,"公于当世之务,奋然以为己任,大者陞陈,小者驿闻,未尝不称善,可谓千载一时者矣。"燕公楠有深通音律,著有《唱论》(《阳春白雪》卷一),吴昧称他多当行语。善组织作南词,著有《五峰集》十五卷。事迹见程钜夫所撰《资德大夫湖广等处行中书省右丞燕公神道碑铭》(《雪楼集》卷二一)、《元史》卷一七三、《元诗选·癸集》乙集小传。

释文才卒。

按:文才(1241—1302),字仲华,清水人,俗姓杨。元成宗之际加封为"真觉国师"、"总释源宗,兼佑国(寺) 住持事"、"为五台山佑国寺开山第一代住持",是元代华严宗名僧。著有《华严悬谈详略》五卷、《肇论新疏》三卷、《慧灯集》三卷。事迹见《佛祖历代通载》卷二二。

鲜于枢卒。

按:鲜于枢(1246—1302),字伯机,号困学民、又号西溪子、直寄老人、虎林隐吏,渔阳人,后徙汴梁。能诗文,工书法,善行草悬腕作书。笔力清劲道健,姿态横生,与赵孟頫齐名。著有《困学斋诗集》二卷、《困学斋杂录》一卷、《相学斋杂钞》一卷,存世书法有《渔父词》等。事迹见《新元史》卷二三七、《两浙名贤录》卷五四、《元诗选·初集》小传。

方从义(1302—1393) 生。

元成宗大德七年　癸卯　1303 年

正月乙卯,诏凡为匿名书,辞语重者诛之,轻者流配,首告人赏钞有差,皆籍没其妻子充赏。(《元史·成宗本纪四》卷二一)

处理朱清、张瑄案。

按:《元史·成宗本纪四》载:"(七年正月),命御史台、宗正府委官遣发朱清、张瑄妻子来京师,仍封籍其家赀,拘收其军器、海舶等。三月江浙行省平章脱脱遣发朱清、张瑄家属,其家以金、珠重赂之,脱脱以闻。帝谕之曰:'朕以江南任卿,果能尔,真男子事也。其益恪勤乃事。'赐以黄金五十两。中书平章伯颜、梁德珪、段真、阿里浑撒里,右丞八都马辛,左丞月古不花,参政迷而火者、张斯立等,受朱清、张瑄贿赂,治罪有差,诏皆罢之。癸丑,枢密院臣及监察御史言:'中丞董士选贷朱清、张瑄钞,非义。'四月辛未,流朱清、张瑄子孙于远方,仍给行费。闰五月,命江浙行省右丞董士选发所籍朱清、张瑄货财赴京师,其海外未还商舶,至则依例籍没。大德八年正月癸亥,禁锢朱清、张瑄族属。赐秃赤及塔剌海以所籍朱清、张瑄田,人六十顷。五月辛酉,以所籍朱清、张瑄江南财产隶中政院。"(《元史》卷二一)对朱清、张瑄的查处,昭示元代海运事业稍有退减趋势。

三月庚寅,诏遣奉使宣抚循行诸道。

按:《元史·成宗本纪四》"以郝天挺、塔出往江南、江北,石珪往燕南、山东,耶律希逸、刘赓往河东、陕西,铁里脱欢、戎益往两浙、江东,赵仁荣、岳叔谟往江南、湖广,木八剌、陈英往江西、福建,塔赤海牙、刘敏中往山北、辽东,并给二品银印,仍降诏戒饬之。"(《元史》卷二一)

乙巳,以征八百媳妇丧师,诛刘深,答合剌带、郑祐,罢云南征缅分省。(《元史·成宗本纪四》卷二一)

戊申,卜兰禧、岳铉等进《大一统志》,赐赉有差。(《元史·成宗本纪四》卷二一)

甲寅,车驾幸上都。(《元史·成宗本纪四》卷二一)

四月庚辰,蛇节降,令海剌孙将兵五千守之,余众悉遣还各戍。(《元史·成宗本纪四》卷二一)

拨碉门四川军人一千人镇罗罗斯,其土军修治道路者,悉令放还。(《元史·成宗本纪四》卷二一)

五月丙申，遣征缅回军万四千人还各戍。(《元史·成宗本纪四》卷二一)

丁未，床兀儿来朝，以战功赐金五十两、银四百两，仍给其万户所隶贫乏军钞六十九万余锭。(《元史·成宗本纪四》卷二一)

闰五月壬戌，诏禁犯曲阜林庙者。(《元史·成宗本纪四》卷二一)

七月，禁僧人以修建寺宇为名，赍诸王令旨乘传扰民。(《元史·成宗本纪四》卷二一)

罢江南白云宗摄所，其田令依例输入租。(《元史·成宗本纪四》卷二一)

按：白云宗至此年"众数十万"。(《元史·仁宗纪》)

八月庚戌，缅王遣使献驯象四。(《元史·成宗本纪四》卷二一)

颁布志书凡例《四至八到坊郭凡例》。

按：凡例云："某路某县、州同。里至：某方至上都几里，某方至大都几里，某方至本路几里，某方至本州(并依上开里数，如直隶本路者，去此一行)。东至某处几里(至是至各处界)，西至、南至、北至。东到(到是到各处城)、西到、南到、北到。东南到、西南到、东北到、西北到(并依上开里数)。坊郭乡镇：领几乡。"(《大元大一统志考证》)

九月戊午，车驾还大都。(《元史·成宗本纪四》卷二一)

十月戊戌，处理高丽国相。

按：《元史·成宗本纪四》载："命省、台、院官鞫高丽国相吴祈及千户石天辅等，以祈离间王父子，天辅谋归日本，皆笞之，徙安西。"(《元史》卷二一)

十月二十六日，翰林国史院进太祖、太宗、定宗、睿宗、宪宗五朝实录。(《元史·成宗本纪四》卷二一)

按：袁桷有《进五朝实录表》。文章写道："皇祖有训，聿成四系之书；大历无疆，允缵五朝之治。凤陈载笔，上彻凝旒。钦以邦启治平，运符熙洽。礼乐刑政教化之具，炳若丹青；典谟训诰誓命之文，昭如日月。维累圣继承之述作，实皇家混一之谟猷。官谨具寮，书严信史。虽编摩之匪一，幸闻见之悉同。钦惟陛下，祗奉鸿图，光膺龙御。惟天佑于一德，咸曰汤孙；受命丕若历年，悉循尧道。仁宣孝治，学广文明。臣某等职忝汗青，官惭尸素。帝王之制可举，今已萃于钜编；诗书所称何加，愿有光于亿载。"(《清容居士集》卷三八)

增蒙古国子生百员。(《元史·成宗本纪四》卷二一)

加封真武为元圣仁威玄天上帝。(《元史·成宗本纪四》卷二一)

是年，京师建孔子庙成，并于其侧建国学。(《元史·成宗本纪四》卷二一)

拟定翰林院、国子学官迁调不同常职。

按:《元史·选举志三》"凡翰林院、国子学官:大德七年议:'文翰师儒难同常调,翰林院宜选通经史、能文辞者,国子学宜选年高德邵、能文辞者,须求资格相应之人,不得预保布衣之士。若果才德素著,必合不次超擢者,别行具闻。'"(《元史》卷八三)

陈天祥拜集贤大学士。(张养浩《资德大夫中书右丞议枢密院事陈公神道碑铭》)

按:《元史·成宗本纪四》载:"征藩臣陈天祥、张孔孙、郭筠至京师,以天祥、孔孙为集贤大学士,筠为昭文馆大学士,皆同议中书省事。"(《元史》卷二一)

焦养直受诏,作为太子师傅。(《元史·焦养直传》卷一八一)

刘敏中奉诏巡行辽东、山北诸郡,是岁秋,调东平路总管,改西台治书侍御史。(曹元用《敕赐故翰林学士承旨赠光禄大夫柱国追封齐国公刘文简公神道碑铭并序》)

畅师文除陕西行省理问,历太常少卿、翰林侍读。(许有壬《大元故翰林学士资善大夫知制诰同修国史赠推忠守正亮节功臣资政大夫河南江北等处行中书省左丞上护军追封魏郡公谥文肃畅公神道碑铭》)

袁桷十月升应奉翰林文字,同知制诰,兼国史院编修官。

按:袁桷《李庆长御史饯行序》载:"大德癸卯,桷以太史属事承旨阎先生于翰林,先生色庄,慎许可,待院属必面质其长,质之而犹以为疑也,卒询于尝往还,以考其词学焉。桷入院五日,先生召堂上,曰:'子能为制诰乎?'桷谢不敏。顷之,出片纸,令试制草,即具稿以进。阅一月,将登车,辄命撰庙学诏,如汉诏今体。冬十月,大会院属,令拟进《五朝实录表》,桷得预拟焉。先生始察而奖之,即署为应奉文字,间以事诣门下,甥婿却立,奉唯诺,不敢仰视,庭肃然也。"(《清容居士集》卷二四)

刘敏中奉使宣抚山北辽阳东道。(刘敏中《题叶国瑞辽阳诸公诗卷后》)

黄潜举宪使,不久退隐于家。(宋濂《黄先生行状》)

吴澄春治归,五月至扬州。

按:吴澄到达扬州后,江北淮东道肃政廉访使赵完泽以暑热强留吴澄于郡学,元末余阙的老师张恒即于其时受业于吴澄。(危素《吴澄年谱》)

王约九月出使高丽,以其国相吴祁专权,征诣阙问罪。

按:《元史·成宗本纪四》载,九月遣刑部尚书塔察而、翰林直学士王约使高丽,以其国相吴祈专权,征诣阙问罪。(《元史》卷二一)

制用院使忽邻、翰林直学士林元十一月奉旨抚慰高丽。(《元史·成宗

本纪四》卷二一)

张留孙婉拒成宗祠祝之请。

按：这年，上京旱，两京、山西地震，成宗复命张留孙祠祝，留孙谢曰："祠祝实臣职，祭不欲数。地道主静，厥罚惟旸，见于五行传。灾由人兴，愿应天以资，布德赈惠。臣敢稽首以请"，成宗"深领之"。(袁桷《有元开府仪同三司上卿辅成赞化保运玄教大宗师张公家传》)

袁桷与虞集结交。

按：袁桷《同知乐平州事许世茂墓志铭》载"大德七年，桷备史属选，与虞忠肃公孙集交。"虞集之五世祖虞允文，死后赐谥忠肃，故云。

虞集得见田师孟所辑《先友翰墨录》，感慨作序。

按：田师孟所辑《先友翰墨录》乃是金元之际风云一时的著名文人，诚如虞集在序中所云："余所谓豪杰者多在是"，据虞集序言，师孟所录之人有：杨弘道、王磐、姚枢、徒单公履、高鸣、张㧑、赵复、杨云鹏、橄举、刘百熙、平玄、郭可昪、杨果、薛玄、曹居一、杜仁杰、赵著、张朴、田文鼎(田师孟父亲)、史甹等二十余人，共辑录诗文八十五篇。金元之战，士人死于战乱者前所未有的多，虞集在文中感慨道："女真入中州，是为金国，凡百年。国朝发迹大漠，取之，士大夫死以千百数。自古国亡，慷慨杀身之士未有若此其多者也。吁乎！中州礼乐文献所在，伏节死谊，固出于性情也哉。彼其人固知天命所在，宁轻一死而不顾，吾知其感于中者深矣。"以此，金朝文献散佚情况极为严重，虞集自云："及余来中州，追其哀愤之遗意，将次序其事以待来世。已七八十年，故老莫有存者，简册无所于征，未尝不为之流涕而太息也。"以此，虞集对于田衍师孟能记录师友翰墨的行为非常赞赏，慨然为序。(《道园学古录》卷五)

虞集、阎复为董文用撰写行状、神道碑。

按：其时，虞集任大都路儒学教授，三月为董文用撰写行状《翰林承旨董公行状》，阎复以翰林学士职参照虞集行状撰写神道碑。(《道园类稿》卷五〇、吴澄《有元翰林学士承旨、资德大夫、知制诰兼修国史、加赠宣献佐理功臣、银青荣禄大夫、少保、赵国董忠穆公墓表》)

姚燧奉旨作《平章政事忙兀公神道碑》。(《牧庵集》卷一四)

岳铉、卜兰禧(字兰昐)等三月进《大元一统志》，赐赏有差。

按：简称《元一统志》，顺帝至正六年(1346)刊刻。许有壬为作序。序中云："载籍之所未闻，振古之所未属，莫不涣其群而混于一。则是古之一统，皆名浮于实，而我则实协于名矣。"《大元大一统志》一千三百卷，其规模之巨、卷帙之繁、内容之详，为我国总志之首。《四库全书总目》卷六八"明一统志"云："……考舆志之书出自官撰者，自唐《元和郡县志》、宋《元丰九域志》外，惟岳璘（按：当为铉）等所修《大元一统志》最称繁博。国史《经籍志》载其目共为一千卷，今已散佚无传。虽《永乐大典》各韵中颇见其文，而割裂丛碎又多，漏脱不能复排比成帙。惟浙江汪氏所献书内尚存原刊本二卷，颇可以考见其体制。知明代修是书时，其义例一仍元志之旧，故书名亦沿用之……"至明代中叶，元刻本亡佚。钱大昕《元史艺文志》载乃《大一统志》名，与至元进本同。《四库简明目录标注》注：《元大一统志》一千卷，首无"大"字。今人以为，编纂元一统志之际，除大量取材《元和郡县图志》、《元丰九域志》、《太平寰宇记》、《舆地胜纪》等全国性区域志及唐、宋、金旧志外，又明文规定各行省必须先编纂本地图志，以备一统志编纂之需。此规定首开编修省志之先河，意义重大，乃地方志史上之大事。《大一统志》成书后，以得《辽阳图志》、《甘肃图志》和《云南图志》诸省志后成书送到，故大德年间又重修。由规定推之，各行省编纂图志时，亦可能要求各道要先修图志，而各道亦将提出类似要求，如此一来，下及路、府、州、县，都将纂修地方志书。则此规定即标志着修志制度之初步建立，亦将推动全国性修志行动。《大一统志》乃我国古代官方主持编纂的第一部规模较大的全国地理总志。

吴澄约于是年前后著《孝经定本》一卷成。（危素《吴澄年谱》）

按：《四库全书总目提要》评曰："所定篇第虽多分裂旧文，而诠解简明，亦秩然成理。朱子刊误既不可废，则澄此书亦不能不存。盖至是而《孝经》有二改本矣。"

忽公泰《忽先生金兰循经取穴图解》一卷刊于吴门。

按：公泰字吉甫，官翰林直学士。

郝天廷注《唐诗鼓吹》十卷成。

按：元刊《唐诗鼓吹》前有至大元年（1308）赵孟頫序及同年西蜀武乙昌序，后有大德七年（1303）卢挚后序。姚燧亦作《唐诗鼓吹注序》。

金履祥卒。

按：金履祥（1232—1303），字吉甫，浙江婺州兰溪人。元初名儒。事同郡王柏，从登何基之门。宋德祐初以史馆编修召，未及任用而宋亡。入元不仕，隐居著书，晚年讲学于丽泽书院，因旧居仁山之下，学者多称其仁山先生。著有《尚书表注》四卷、《尚书注》十二卷、《尚书杂论》一卷、《深衣小传》一卷、《大学章句疏义》一卷、《大学指义》一卷、《论语集注考证》十卷、《孟子集注考证》七卷、《中庸标注》、《通鉴前编》十八卷举要三卷、《仁山文集》六卷、又纂有《濂洛风雅》六卷。事迹具见柳贯《故宋迪功郎史馆编校仁山先生金公行状》（《待制集》卷二〇）、《元史》卷一八九、《宋元学案》"北山四先生学案"。

又按：婺之学风蔚然，及金华得"小邹鲁"之称，与金履祥之力甚为相关。《元史·金履祥传》云："凡天文、地形、礼乐、田乘、兵谋、阴阳、律历之书，靡不毕究。及壮，知向濂、洛之学，事同郡王柏，从登何基之门。基则学于黄榦，而榦亲承朱熹之传者也"、"当时议者以为基之清介纯实似尹和静，柏之高明刚正似谢上蔡，履祥则亲得之二氏，而并充于己者也"。（《元史》卷一八九）

钱选约卒于此年。

按：钱选（1235—约 1303），字舜举，号玉潭，又号巽峰，家有习懒斋，因号习懒翁，又号霅川翁，吴兴人。南宋景定年间乡贡进士，为"吴兴八俊"之一。入元，"八俊"中赵孟頫等皆为官显贵，独选不仕。工书，能诗，深于音律之学，善画人物、花鸟、山水，摆脱南宋"院体"，取法唐和北宋，别具一种宁静雅秀风格。赵孟頫曾从其习画。存世作品有《西湖吟趣》、《梨花双鸠》、《四明桃源》、《浮玉山居》等图。诗有《习懒斋稿》。事迹见《大明一统志》卷四〇、《书史会要》卷三。

赵与𥲅卒。

按：赵与𥲅（1241—1303），字晦叔，宋燕懿王德昭九世孙，绍兴间，避地台州黄岩，家于县之西桥，号西桥赵氏。少美仪观，音吐清彻，读经史大义，必本家训。弱冠以《易》入宗学，登咸淳辛未进士，第用积舍法教授鄂州。至元十六年（1279）始为元翰林待制，后累迁直学士、侍讲学士，积官至嘉议大夫。事迹见袁桷《翰林学士嘉议大夫知制诰兼修国史赵公墓志铭代院长作》（《清容居士集》卷二八）、《翰林学士嘉议大夫知制诰同修国史赵公行状》（《清容居士集》卷三二）。

张伯淳卒。

按：张伯淳（1243—1303），字师道，嘉兴崇德人。宋末应童子科，中选，不久又举进士，仕为太学录。至元二十三年以荐授杭州路儒学教授，迁浙东道按察司知事，后擢福建廉访司知事。后授翰林直学士，大德五年扈从上都，卒。谥文穆。与赵孟頫、邓文原交往密切，与程钜夫、鲜于枢亦为文友，为元前期颇有影响的江南文士。著有《养蒙文集》十卷、《养蒙先生词》一卷。事迹见《延祐四明志》卷二、《元诗选·二集》小传、程钜夫撰《翰林侍讲学士张公墓志铭》（《雪楼集》卷一七）。

傅若金(1303—1342)、余阙(1303—1358)、危素(1303—1372)生。

元成宗大德八年　甲辰　1304 年

二月丙戌,增置国子生二百员,选宿卫大臣子孙充之。(《元史·成宗本纪四》卷二一)

丙午,车驾幸上都。(《元史·成宗本纪四》卷二一)

四月丙戌,命僧道为商者输税。(《元史·成宗本纪四》卷二一)

丁未,以国子生分教于上都。(《元史·成宗本纪四》卷二一)

按:此举乃尚野提出,旨在保证护驾北上国子生学习不受影响,于上都设国子监分部,分教国子生于上都。

九月癸丑,车驾至自上都。(《元史·成宗本纪四》卷二一)

十一月壬子,诏:"内郡、江南人凡为盗黥三次者,谪戍辽阳;诸色人及高丽三次免黥,谪戍湖广;盗禁騑马者,初犯谪戍,再犯者死。"(《元史·成宗本纪四》卷二一)

十二月,始定国子生额。(《元史·成宗本纪四》卷二一)

按:从至元二十四年开设国子学,至此方确立由国子学选拔官员的人数。《元史·选举志一》载,"成宗大德八年冬十二月,始定国子生,蒙古、色目、汉人三岁各贡一人。十年冬闰十月,国子学定蒙古、色目、汉人生员二百人,三年各贡二人。"(《元史》卷八一)

是年,元政府对也里可温在江南传教作限制。(《元史·成宗本纪四》卷二一)

按:《禁也里可温挽先祝赞》曰:"大德八年,江浙行省准中书省咨,礼部呈奉省判集贤院呈,江南诸路道教所呈,温州路有也里可温,创立掌教司衙门,招收民户,充本教户计;及行将法箓先生诱化,侵夺管领;及于祝圣处祈祷去处,必欲班立于先生之上,动致争竞,将先生人等殴打,深为不便,申乞转呈上司禁约事。得此,照得江南自前至今,止有僧道二教,各令管领,别无也里可温教门。近年以来,因随路有一等规避差役之人,投充本教户计,遂于各处再设衙门,又将道教法箓先生侵夺管领,实为不应,呈迄照验。得此,奉都堂钧旨,送礼部照拟。议得即目随庆贺班次,和尚、先生祝赞之后,方至也里可温人等。拟合依例照会外,据擅自招收户计,并挽管法箓先生事理,移咨本道行省,严加禁治,相应具呈照详,得此,都省咨请照验,依上禁治施

行外,行移合属并僧道录司、也里可温掌教司,依上施行。"(《元典章·大元圣政国朝典章》卷三三《礼部》六)

翰林学士撒里蛮二月甲辰进金书《世祖实录节文》一册,《汉字实录》十册。(《元史·成宗本纪四》卷二一)

焦养直奉诏代祀南海。(虞集《焦文靖公蓼斋存稿序》)

程钜夫拜翰林学士。

按:程世京《程钜夫年谱》"冬十一月,召拜翰林学士、知制诰、同修国史。"《年谱》又载"是年秋,公筑室盱江城西麻源第三谷,建书阁藏书数千卷,匾曰:程氏山房。复作三贤祠于左,祠孝肃、宣慰、侍读三公。其地即晋人所谓华子冈者。有自作藏室铭并陵阳车巘记文、临川郑松图志。"

刘赓升中大夫,为侍讲。(虞集《刘公神道碑》)

高克恭改刑部侍郎,擢尚书。(邓文原《高公行状》)

耶律有尚任国子祭酒。

按:耶律有尚以集贤学士兼国子祭酒,因葬父而还乡。已而朝廷思用老儒,以安车召之。累辞,不允,复起为昭文馆大学士兼国子祭酒。(苏天爵《耶律文正公神道碑》)

赵孟頫以集贤直学士领儒台。

按:黄溍《南山题名记》"大德八年春三月癸亥,……魏国赵文敏公时方以集贤直学士领儒台。"(《金华黄先生文集》一〇)

姚燧拜中奉大夫江西行省参知政事。

按:这年,姚燧自宣城移病居太平之潢池。是岁冬十月至龙兴,奉安西王教撰《延厘寺碑》。(刘致《牧庵年谱》)

吴澄授将仕郎江西等处儒学副提举,不赴,十月还家。(危素《吴澄年谱》)

辇真监藏正月为帝师。(《元史·成宗本纪四》卷二一)

夏文泳授元道文德中和法师、崇真万寿宫提点。

阿诺德(日耳曼人)修士至大都,协助孟特·戈维诺在华传教。

袁桷在大都与虞集、贡奎等同游长春宫,诗文唱和。

按:忽必烈在燕京北、东方向建都,名大都,尽管"燕城废","惟浮屠老子之宫得不毁,亦其侈丽瑰伟,有足以凭依而自久。"而"长春宫者,压城西北隅,幽迥亢爽,游者或未必穷其趣。而幽人奇士,乐于临眺,往往得意乎其间"。于是,大德八年春,袁桷与虞集、贡奎、周仪之、刘自谦、曾益初六人登楼游赏，以"蓬莱山在何处为韵，以齿叙而赋之"，得"古诗六首"、"律诗十有三首"，萃为一卷，虞集作序，而袁桷、虞集、贡奎三位元代中叶文坛著名者的友谊自此开启。(虞集《游长春宫诗序》)

黄溍参与杭州南山同乡会，得见赵孟頫。

按：黄溍《南山题名记》"婺之官学于杭者，每岁暮春，必相率之南山，展谒乡先达故宋兵部侍郎胡公墓，仍即其庙食之所致祭焉。竣事，遂饮于西湖舟中，以叙州里之好。大德八年春三月癸亥，会者四十有四人，魏国赵文敏公时方以集贤直学士领儒台，溍幸获从先生长者之后，而趋走于公履屐之末。"(《金华黄先生文集》一○)

张留孙被成宗赐玉冠祝寿。(袁桷《有元开府仪同三司上卿辅成赞化保运玄教大宗师张公家传》)

刘敏中奉旨撰写伯颜碑，题曰《敕赐淮安忠武王庙碑》。

按：伯颜于至元三十一年(1294)薨于大都甘棠里第，大德八年正月，制赠宣忠佐命开济功臣、太师、开府仪同三司，追封淮安王，谥曰忠武王，刘敏中奉旨撰写碑文。伯颜攻宋乃战争史上值得大书特写的战事，所难者在于伯颜"效仿曹彬以不杀平江南"，以此南宋汪元量有诗赞曰："衣冠不改只如先，关会通行满尘廛。北客南人成买卖，京师依旧使铜钱。伯颜丞相吕将军，收了江南不杀人。昨日太皇请茶饭，满朝朱紫尽降臣。"伯颜攻宋的过程，史书详有载记。而刘敏中在文中认为，伯颜乃"天生王以祚国家，而世皇能识之。世皇以大任付王，而王亦自任之"的杰出宰辅。在刘敏中的记载中，伯颜"凝峻寡言"，往往能"一语而破其归要"。在具体行事时，伯颜善取舍：阳逻堡一战，宋军拥堡自蔽以控大江北壖，而伯颜用捣虚之计，先攻取南岸，最终兵分三道，掎角以进；善驾驭："诸文武将佐，皆密悉其才用，临事遣授，各尽其当，故能所向无前，动必有成"；善用兵："纪律外严而中宽，以圣训不杀为主，威慑德怀，款附日至"；善注措：攻城之后，人请他"入视降城府藏簿帐，以知金谷户口多寡"，而伯颜却下令"诸将士敢有肆暴掠及入城者，以军法论"，于是所至犬鸡不惊，四民晏然；有礼节：江左子女玉帛，伯颜一不挂目，宋幼主与母后请见，则辞曰："但俟拜天子"，而世祖嘉赏其功，则谢曰："惟陛下神圣，阿术勤劳所致，臣何功！"对于大元王朝而言，伯颜平宋之外，"靖东藩之乱，勤北征之役"，的确是"世皇升遐，成宗未立"之际，朝廷仰赖的伊、霍重臣。(《中庵集》卷一五)

姚燧约于是年奉旨作《皇元高昌忠惠王神道碑铭》。(《牧庵集》卷一三)

王恽六月卒，陈俨作诗序。

　　按：王恽死后，京师馆臣多有哀诔之文，王恽之子王公孺请陈俨为这些哀诔诗文作引序，陈俨在引序饱蘸情感地回顾王恽生平，既真实又可感，并且还可借以看到其时馆阁重臣对于王恽的评价。又按：陈俨《故翰林学士秋涧王公哀挽诗序》写道："内翰秋涧公谢事之明年，终命于家，春秋七十八，实大德甲辰六月辛丑也。俨闻之，悼心失图弥日。曩自幼把公盛名，知卫有三王，与吾鲁有四杰并。尝求其所为文讽诵之，爱其气格雄拔，不窘近世绳尺，每以不获抠衣趋隅一问津焉为畴昔恨。既而公提宪山东，按部过郓，始遂一拜履絇，辄辱折行辈以待。听其论说古今文字，渊渊浩浩，有源有委，如法家议狱，丝发不少贷，一归公是而止，使人胸中之滓都尽，向来瓣香，于是为赠。……惟公嗜古力学，凡所未见书，访求百至，必手为誊写，老大尤笃，视盛孝章为无让。平生诗文几四千篇，杂志总八十卷。方易箦，始停笔，其勤可谓至矣！其振耀来世，宜矣！"（《全元文》第二十八册，第89—90页）

　　辛文房是春著《唐才子传》八卷成。

　　按：《唐才子传》原本十卷，所载三百九十七人，久已散佚，尚存二百七十八人，釐为八卷。辛文房，字良史，西域人，入居中原后占籍豫章。早年求学江南，到大都后与王伯益、杨载交往密切。皇庆、延祐间，为翰林编修。泰定元年（1324）前后任省郎。著有诗集《披沙集》。《四库全书总目提要》评价《唐才子传》曰："（辛文房）其始末不见于史传，惟陆友仁《研北杂志》称其能诗，与王执谦齐名，苏天爵《元文类》中载其《苏小小歌》一篇耳。是书原本凡十卷，总三百九十七人，下至妓女女道士之类，亦皆加载，其见于新旧唐书者，仅百人余，皆传记说部各书采葺。其体例因诗系人，故有唐名人非卓有诗名者不录，即所载之人亦多详其逸事及著作之传否，而于功业行谊则只撮其梗概，盖以论文为主，不以记事为主也。大抵于初、盛稍略，中、晚以后渐详……然幸其各韵之内尚杂引其文，今随条撷拾，裒辑编次，共得二百三十四人，又附传者四十四人，共二百七十八人，谨依次订正厘为八卷。按杨士奇跋称是书凡行事不关大体，不足为劝戒者不录，又称杂以臆说，不尽可据。……盖文房抄撮繁实，或未暇检详，故谬误抵牾，往往杂见。然计有功《唐诗纪事》，叙述差有条理，文笔亦秀润可观。传后间缀以论，多掎摘诗家利病，亦足以津逮艺林，于学诗考订之助固不为无补焉。"

　　刘将孙为周南瑞《天下同文集》作序。

　　按：是集乃古文选集。序言云："方今文治方张，混一之盛，又开辟所未尝有，唐盖不足为盛，缙绅先生创自为家，述各为体，功德编摩，与诗书相表里，下逮衢谣，亦各有烝民立极之学问。南瑞此编又得之钜公大笔，选精刻妙,则观于此者,岂可以寻行数墨之心胸耳目为足以领此哉！自《文选》来,唐称《文粹》、宋称《文鉴》皆类萃成书,他日考一代文章者,当于此取焉。时大德甲辰第一甲子日叙,庐陵刘将孙撰。"(《天下同文集》卷首)

冯福京作《乐清县志序》。

按:冯福京尝作《大德昌国州志》,又编辑《乐清县志》。其序言云:"……余尝佐州昌国,即以是为第一事,亦既编摩鋟梓,以补是邦之阙文矣。揭来兹邑,首访图经,无复存者。顾于僧司得一摹本,乃淳熙己亥所作,距今百二十馀年。章既漫漶,卷亦残缺,亟为暇日,整葺所存,搜访其逸。事不关于风教,物不系于钱谷,诗不发于性情,文不根于义理,皆一切不取。定为传信之书,庶非无益之作。境内山川图诸卷首,抑亦观民风者之所望于下邑者也。因惟区区迂腐,平生所学,志在有用,幸获备牛马走于穷山远海之乡,濡毫操简,仅能施诸州县之乘,以为官常。吁！固可陋已,亦可念已。大德甲辰正月癸丑朔。"(《乐清县志》卷一一)

程钜夫为《重刊元丰类稿》作序。

按:由程钜夫序言知道,曾巩《元丰类稿》在大德八年由郡守丁德谦以黄令君所藏本子由乡校重刊,在序言中,程钜夫认为曾巩之文"先生之文,天下之文也,而于乡校顾无之。"对丁德谦能主持刊刻之事,颇为欣赏、肯定。《大德重刊元丰类稿序》"南丰先生之故里,本邑也。异时,邑于盱,民犹以汲汲告进而郡焉,汲汲可知已。故长于斯者,循簿书期会之文而无害已谓之能,已足以获乎下。今郡犹故也,簿书期会未之有改也,而能刊先生之文于校官,此其于民必有裕之者矣。……大德八年岁在甲辰夏五,广平程某序。"(《雪楼集》卷一四)

《南海志》刊成。

按:《南海志》乃陈大震、吕桂孙共同编撰而成,因其成书于元成宗大德八年(1304),故今又名《大德南海志》,乃目前可见的广州(含当时所领七县)旧志的最早刻本。原书二十卷,已散佚,现残存元大德刻本五卷(卷六至十),涉及元代广州地区赋税、物产、教育及海上贸易等诸多领域,极具史学价值,是了解宋元时期珠江三角洲的重要文献。特别是卷七之舶货后附"诸蕃国"名,更是研究当时海外交通的珍贵史料。陈大震,字希声,晚年号蘧觉,番禺(今广东广州)人。理宗宝祐元年(一二五三)进士,授博罗簿。历知长乐县、广济县。度宗咸淳七年(一二七一)权知雷州,转知全州。元兵陷城,自劾罢。元世祖至元十八年(一二八一),授广东儒学提举,以疾力辞。卒年八十。

道士徐志根卒。

按：徐志根（1213—1304），金朝梁之扶沟人。父亲仕金，至昭武将军。志根弱冠为道士，后为朝元宫真人。至元间，制授本宗掌教真人，至元二十三年（1286）赐号崇玄诚德洞阳真人，以弘道济物自任。事迹见程钜夫《徐真人道行碑》（《雪楼集》卷一八）

王恽卒。

按：王恽（1226—1304），字仲谋，别号秋涧，河南卫州汲县人。元好问弟子，与东鲁王博文、渤海王旭齐名，并称三王。擅长文学，有史才。卒后追封太原郡公，谥文定。著有《相鉴》五十卷、《汲郡志》十五卷、《承华事略》二卷、《中堂事纪》三卷、《守成事鉴》十五篇、《博古要览》、《乌台笔补》十卷、《书画目录》一卷、《玉堂嘉话》八卷，并杂著诗文合为《秋涧先生大全集》一百卷。事迹见王秉彝《大元故翰林学士中奉大夫知制诰同修国史赠学士承旨资善大夫追封太原郡公谥文定王公神道碑铭》（《秋涧先生大全集》卷首）、《元史》卷一六七、《新元史》卷一八八。

程钜夫有《王秋涧先生挽词二首》"六艺流名旧，诸生属意深。雄文探虎穴，妙墨过鸡林。不朽丝纶重，无端齿发侵。故应持斧日，早有挂冠心。解瑟清王度，驰环聚老臣。江关声气合，辇路笑言亲。去住犹如梦，存亡已隔尘。独余秋涧水，顾影一伤神。"（《雪楼集》卷二八）

畅师文《故翰林学士秋涧王公哀挽诗》"纵横笔阵知无敌，如将升坛拜韩白。先登陷垒特勇夫，投石翘关乏风格。黄金端可铸鸱夷，坐困强吴霸全越。文场自有万人英，岂尚虚浮弃真实。唐兴继代重词科，往往篇章见家集。世衰鼠尾竞喧啾，天下几人能事毕。王公才敌异彻侯，悄焉夜壑藏虚舟。倏焉有力负之去，不让横槊刘并州。势如偃屋建瓴水，熟如平地驰清軥。味如调羹夏鼎鬺，温如器琢昆山璆。平生无意修边幅，丈室凝尘胜华屋。诗肠耿耿少陵心，经笥便便孝先腹。豸冠绣虎涤源清，视草判花随意足。南归乡里未挥金，寂寞荒阡竟埋玉。独存秋涧大全文，来者相传诵芬馥。（至大改元春三月望日洛客畅师文再拜）"（《全元诗》第十三册，第338—339页）

刘赓《故翰林学士秋涧公哀挽诗》"儒林宜有传，汗竹蔼余清。笔陈如飞电，词源若建瓴。方登群玉府，遽忆涌金亭。欲扣平生学，撞钟愧寸莛。畴昔闻淇上，三王藉有声。共拥天下士，独擅斗南名。吾道光昭代，斯文属老成。玉堂佳话在，一读一伤情。中统文明治，都司政事堂。宠分鳌禁烛，名重柏台霜。空谷藏遗稿，余哀寄挽章。凤毛今有子，染翰侍君王。（刘赓瓣香书上）"（《全元诗》第十四册，第178—179页）

王德渊《故翰林学士秋涧公哀挽诗》"文章字画世争传,四海飞声自早年。冠豸一方骢马使,腰犀二品玉堂仙。承家素学儿孙贵,谢事清朝寿福全。零落山丘怀谢传,西州门道独潸然。"(王德渊载拜)(《全元诗》第十四册,第189页)

王约《故翰林学士秋涧王公哀挽诗》"嗟哉秋涧公,立志恒矫矫。文章尤苦心,杰出千仞表。公之筮仕初,庶务犹草草。每以正自期,临事无大小。闽中宪节回,淇上风烟好。征书下九天,峦坡须故老。一旦幡然归,群情惜其早。余庆及后裔,心事粗能了。生平英灵气,因风入冥杳。明月太行颠,诗名同皎皎。"(王约顿首)(《全元诗》第十六册,第5页)

刘瑮《故翰林学士秋涧王公哀挽诗》"司马凌云气逼真,广川精学道为邻。文章馆阁三朝旧,富贵儿孙八十春。醴酒常存沾讲巾舌,内帑特赐表词臣。归来勘破浮生梦,白玉楼成笔愈神。(刘瑮顿首上)"(《全元诗》第二十四册,第147页)

张养浩《王内翰哀挽》"束发躭经晚益勤,平生精力尽斯文。前朝十老今余几,当代三王独数君。李贺屡烦韩愈驾,羊昙空阻谢安坟。玉堂寥索人何在,落日溪窗满白云。"(《归田类稿》卷二一)

韩从益《故翰林学士秋涧王公哀挽诗》"德业中朝望,文章盖代名。诲人循善诱,接物极推诚。春露传家记,洄溪别墅铭。殁宁无少恨,三世荷恩荣。"(表弟韩从益)(《全元诗》第三十二册,第191页)

李庭卒。

按:李庭(?—1304),字显卿,小字劳山,号寓庵,本金人蒲察氏,名李忽喇济金末来中原,改称李氏。赐号"拔都儿"。至大二年(1309)赠推忠翊卫功臣、仪同三司太保柱国、追封益国公,谥武毅。著有《寓庵集》、《寓庵词》一卷、《疆村丛书》。事迹见《元史》卷一六二、《钦定续通志》卷四七六、《四六法海》卷一。

元文宗图帖睦儿(1304—1332)、萨都剌(1304—1348)、泰不华(1304—1352)、汪克宽(1304—1372)、揭汯(1304—1373)、舒頔(1304—1377)生。

元成宗大德九年　乙巳　1305年

二月,再增蒙古国子生员廪膳,并将蒙古国子学三十人的定额增为六十人。(《元史》卷八一《选举志》一)

甲午,免天下道士赋税。(《元史·成宗本纪四》卷二一)

乙未,建大天寿万宁寺。(《元史·成宗本纪四》卷二一)

庚子,令中书议行郊祀礼。(《元史·成宗本纪四》卷二一)

按:此次讨论由中书省组织,翰林、集贤、太常多部参与讨论,自二月一直讨论至八月,讨论结果在武宗即位礼上终有体现。中书省臣最终报告集议结果,据《元史·祭祀志一》"于是中书省臣奏曰:'自古汉人有天下,其祖宗皆配天享祭,臣等与平章何荣祖议,宗庙已依时祭享,今郊祀止祭天。'制曰:'可。'是岁南郊,配位遂省。"(《元史》卷七二)

二月丁酉,升翰林国史院为正二品。(《元史·成宗本纪四》卷二一)

三月丁未朔,车驾幸上都。(《元史·成宗本纪四》卷二一)

四月壬辰,始定郊祀礼。(《元史·成宗本纪四》卷二一)

按:元初,用国俗,拜天于日月山。郊祀之事,自平宋后犹未举行。是年,中书省臣言:"'前代郊祀,以祖宗配享。臣等议:今始行郊礼,专祀昊天为宜。'诏依所议行之。"(《元史·成宗本纪四》卷二一)

五月,诏求山林间有德行、文学、识治道者。(《元史·成宗本纪四》卷二一)

按:《元史·选举志一》"九年,诏求山林间有德行文学、识治道者,遣使征萧𣂏,且曰:'或不乐于仕,可试一来,与朕语而遣归。'"(《元史》卷八一)

六月丙子朔,以立皇太子,遣中书右丞相答剌罕哈剌哈孙告昊天上帝,御史大夫铁古迭而告太庙。(《元史·成宗本纪四》卷二一)

七月(辛亥),筑郊坛于丽正、文明门之南丙位。(《元史·成宗本纪四》卷二一)

按:设郊祀署,令、丞各一员,太祝三员,奉礼郎二员,法物库官二员。(《元史·成宗本纪四》卷二一)

癸丑,升秘书监正三品。(《元史·成宗本纪四》卷二一)

按:《秘书志》卷五《秘书库》曰:"自昔秘奥之室曰府曰库,盖言富其藏也。世皇既命官以职其局鐍缄縢之事,而后列圣之宸翰纂述之说,志天下坟籍、古今载记,所以供万机之暇者,靡不具备,虽图像、碑志、方技、术数之流,毕部分类,别而录云。"

九月戊申,圣诞节,帝驻跸于寿宁宫,受朝贺。(《元史·成宗本纪四》卷二一)

庚申,车驾至自上都。(《元史·成宗本纪四》卷二一)

冬十月丁丑朔,升都水监正三品。(《元史·成宗本纪四》卷二一)

十一月庚午,祀昊天上帝于南郊。(《元史·成宗本纪四》卷二一)

按:《元史·成宗本纪三》载:"牲用马一、苍犊一、羊豕鹿各九,其文舞曰《崇德之舞》,武舞曰《定功之舞》。以摄太尉、右丞相哈剌哈孙、左丞相阿忽台、御史大夫铁古迭而为三献官。"(《元史》卷二一)

是年,高丽向元廷赠送自刻《大藏经》。

按:大德乙巳,高丽国王王璋"乃施经一藏入大庆寿寺,归美以报于上。"程钜夫《大庆寿寺大藏经碑》叙录此事。

耶律有尚拜昭文馆学士,迁正议,兼国子祭酒。(苏天爵《皇元故昭文馆大学士兼国子祭酒赠河南行省右丞相耶律文正公神道碑铭有序》)

程钜夫于夏六月加议中书省事,专使驿召赴阙。秋八月,拜命,作晋锡堂于家,吴澄记之。冬至京师。(程世京《程钜夫年谱》)

焦养直加正议大夫,升大监,仍在集贤。

按:据虞集记载,成宗分集贤书画、宝砚赐诸学士,而焦养直得砚一,书画十有五种。(虞集《焦文靖公蓺斋存稿序》)

刘敏中召为集贤学士,商议中书省事,进阶嘉议大夫。

按:曹元用《敕赐故翰林学士承旨赠光禄大夫柱国追封齐国公刘文简公神道碑铭并序》载,刘敏中任职期间,首陈十事,曰整朝纲,省庶政,进善良,剔奸蠹,显公道,杜私门,广恩泽,实钞法,严武备,举封赠。一一切中时弊,皆可举行。(《刘敏中集》,第457页)

太常卿丑闾、昭文馆大学士靳德进八月祭星于司天台。

贡奎除翰林国史院编修官。

按:李黼《故集贤直学士奉训大夫贡公行状》载:"大德九年十一月,除翰林国史院编修官。承旨阎公、徐公为国元老,待僚属少许可,独礼敬公,每朝廷大议,必引与参决。"(《贡文靖公云林稿·附录》)

王构授济南总管。(袁桷《翰林承旨王公请谥事状》)

畅师文被召为陕西汉中道廉访副使,仍以疾不赴。(《元史·畅师文传》卷一七○)

邓文原授修撰,谒告还江南。(吴澄《元故中奉大夫岭北湖南道肃政廉访使邓公神道碑》,《吴文正集》卷六四)

萧斠以原陕西儒学提举被征赴阙。

按:元成宗对于征召萧斠一事甚至说:"或不乐于仕,可试一来与朕语,当即遣归",令有司给以安车。(《元史》卷八一"选举志")

陈天祥召为中书中丞。(张养浩《资德大夫中书右丞议枢密院事陈公神道碑铭》)

姚燧居龙兴,九月移疾北归。

按:姚燧是年与金宪郝子明、检校阎子济、儒学副提举祝静得、刘致多有游览唱和。九月,程钜夫以学士赴召,亦与此一众人相与留连南康累日。程氏北上,姚燧解舟至江州。(刘致《牧庵年谱》,《牧庵集》附录)

吃剌思八斡节儿之侄相加班三月为帝师。(《元史·成宗本纪三》卷二一)

孟特·戈维诺以侨居中国之意大利商人彼德·鲁卡龙戈资助,于大都建第二座天主教堂。

袁桷作《书黄彦章诗编后》。

按:袁桷对于江西诗派的态度在这篇诗序中可以较清晰地看出,虽比较客观,但不欣赏,只是对其巨大的影响力表明态度,"元祐之学鸣绍兴,豫章太史诗行于天下。方是时,纷立角进,漫不知统绪。谨懦者循音节,宕跌者择险固。独东莱吕舍人,悯而忧之,定其派系,限截数百辈无以议,而宗豫章为江西焉。豫章之诗,夫岂惟江西哉? 解之者曰:'诗至于是,蔑有能继者矣。'数十年来,诗益废。"在袁桷另一篇题跋(《书余国辅诗后》)中即对黄庭坚所开启的江西诗派之弊有所点明,袁桷认为"声诗述作之盛,四方语谚若不相侣,考其音节,则未有不同焉者。何也? 诗盛于周,稍变于建安、黄初,下于唐,其声犹同也。豫章黄太史出,感比物联事之冗,于是谓声由心生,因声以求,几逐于外。清浊高下,语必先之,于声何病焉? 法立则弊生,骤相模仿,豪宕怪奇,而诗益浸淫矣。"袁桷诗论主张复古,认为黄初、建安之诗最得古风之正,复黄初、建安之风,是救旧宋诗弊的法器,他在《跋吴子高诗》中写道"诗本性情,能知之矣;本于法度,知之不能详矣。风雅颂,体有三焉。释雅颂,复有异焉。夫子之别明矣。黄初而降,能知风之为风,若雅颂,则杂然不知其要领。至于盛唐,犹守其遗法而不变,而雅颂之作,得之者十无二三焉。故夫绮心者流丽而莫返,抗志者豪宕而莫拘,卒至夭其天年,而世之年盛意满者犹不悟,何也? 杨刘弊绝,欧梅与焉。于六义经纬,得之而有遗者也。江西大行,诗之法度,益不能以振。陵夷渡南,糜烂而不可救。入于浮屠、老氏证道之言,弊孰能以救哉?"袁桷也认为"音与政通,因之以复古,则必于盛明平治之时。"在他本人所处的元代中叶,"仪文日兴,弦歌金石,迭奏合响",袁桷认为"淡而和,简而正,不激以为高,春容怡愉,将以鸣太平之盛。其不遇之意,发乎心而未始以为怨也"(《书程君贞诗后》)的创作才是时代所需要的正声。

张与材十一月作《道德玄经原旨序》。

按:《道德玄经原旨》,杜道坚作,是书还有徐天祐、黎立武序。张《序》云:"《道德》八十一章,注者三千余家。南谷(即杜道坚)著《原旨》,首曰:'玄经之旨,本为君上'。《告》又曰:'老圣作玄经,所以明皇道帝德也'。大纲大领,开卷甚明。是经之在人间世,舒之弥六合,卷之入微尘,中固不可局一方。《原旨》能识其大者,则小者不能达也。吾闻南谷,尝陪洞明入对,怀其耿耿者,而未及吐。是书之作,殆其素蕴不得陈于当年,遂欲托之后世。得之者,当不止汉文。之治也。南谷亦奇矣哉! 大德乙巳小雪,嗣天师张与材序。"(《道藏》卷一二)

吴澄校定《邵子》、《葬书》。(危素《吴澄年谱》)

按:吴氏尝谓邵子著书,一本于《易》,直可上接羲文周孔之传,非术类之比。考校详审,布置精密,并有意义。

葛乾孙(1305—1353)、郭翼(1305—1364)、高明(约1305—约1359)生。

元成宗大德十年　丙午　1306年

正月壬寅朔,高丽王王昛遣使来献方物。(《元史·成宗本纪四》卷二一)

戊午,罢江南白云宗都僧录司,汰其民归州县,僧归各寺,田悉输租。

按:此令之出与大德七年(1303)斥罢白云宗传教事有关。

营国子学于文宣王庙西。(《元史·成宗本纪四》卷二一)

二月戊辰,车驾幸上都。(《元史·成宗本纪四》卷二一)

三月己卯,崆古王遣使来贡方物。(《元史·成宗本纪四》卷二一)

四月甲子,倭商有庆等抵庆元贸易。

按:倭商以金铠甲为献,命江浙行省平章阿老瓦丁等备之。(《元史·成宗本纪四》卷二一)

五月癸未,诏西番僧往还者不许驰驿,给以舟车。(《元史·成宗本纪四》卷二一)

八月丁巳,京师文宣王庙成。(《元史·成宗本纪四》卷二一)

按:《元史·成宗本纪四》载"行释奠礼,牲用太牢,乐用登歌,制法服三袭。命翰林院定乐名、乐章。"《元史·祭祀志五》"宣圣庙,太祖始置于燕京。至元十年三月,中书省命春秋释奠,执事官各公服如其品,陪位诸儒襕带唐巾行礼。成宗始命建宣圣庙于京师。大德十年秋,庙成。"(《元史》卷七六)

十月丁卯,安南国遣黎亢宗来贡方物。(《元史·成宗本纪四》卷二一)

青山叛蛮红犵獠等来附,仍贡方物,赐金币各一。(《元史·成宗本纪四》卷二一)

十一月己巳,车驾还大都。(《元史·成宗本纪四》卷二一)

元廷建圜丘祀天。

按:据虞集记载,"先王之礼,莫严于事天矣。国朝大德十年,始杂采周、汉、唐、宋儒者之说,为坛于国南门外,曰圜丘,以祀天。"(虞集《送集贤周南翁使天坛济源序》)

阎复为翰林学士承旨。(程钜夫《书张炼师诗后》)

李绳之为翰林直学士。(程钜夫《书张炼师诗后》)

靳德进八月以太常卿丑问、昭文馆大学士祭星于司天台。(《元史·成宗本纪四》卷二一)

吴澄四月到袁州。其时,吴澄游南岳至袁州,袁州儒学提举郑陶孙遣使致书追请吴澄赴任。十月朔,吴澄上官。(危素《吴澄年谱》)

浦源任翰林国史馆馆员。(袁桷《浦经历墓志铭》)

孟特·戈维诺为罗马教廷任命为大都暨东方全境总教主。

按:罗马教廷又派七位方济各会修士来华协助孟特·戈维诺传教。

程钜夫春撰《世祖平云南碑》,文成,赐其省臣也速答儿刻石点苍山。

按:《世祖平云南碑》详述忽必烈从宪宗二年(1252)一直到宪宗四年(1254)征服云南的过程。据碑文记载,忽必烈 1252 年九月出师,十二月渡河,次年(1253)即出萧关,驻扎六盘山。八月,穿越吐蕃,分军三道进攻。1254 年春,在大理只剩善阐未被攻破的情况下,忽必烈留下大将兀良合觯经略云南,自己班师回漠南。"未几,拔善阐,得兴智以献,释不杀。进军,平乌蛮部落三十七。攻交趾,破其都。收特磨溪洞三十六。金齿、白衣、罗鬼缅中诸蛮相继纳款,云南平,列为郡县,凡总府三十七、散府八、州六十、县五十、甸部寨六十一,见户百二十八万七千七百五十三,分隶诸道,立行中书省于中庆以统之。"(《雪楼集》卷五)大德八年,在云南平章政事也速答儿的建言下,忽必烈平云南事迹由程钜夫撰文,并以刻碑。

程钜夫作《郭德基阡表》。

按:郭德基指郭隆。郭隆(1245—1306),字德基,福建长乐人。天资赢溢,弱冠已为人师,进而鼓箧声喧太学中。曾任教莆田、吴江。为人疏通慷慨,与人交,弥久而孚。于书无所不见,为诗文下笔立就,杂汉唐间邃难别。

于经又粹《易》与《四书》,皆有述。其杂著有《梅西先生集》凡若干卷。(《雪楼集》卷一七)

郑滁孙作《大易法象通赞自序》。

按:郑滁孙,字景欧,处州人。宋景定三年进士,累迁礼部郎官。入元后历升侍讲、学士,致仕归。著有《周易记玩》、《大易法象通赞》。其《中天述考》、《述衍》二种,雒竹筠经眼,即《大易法象通纂》本,此序证之。序云:"时方辑《周易记玩》,韵语入其大概,后十年,北方馆下无事,得以贯穿源委,为《述考》等篇……归老旧隐,疾病有间,自河图洛书,伏羲始画先天图以及后天图,重加掇拾,为《大易法象通赞》,颇觉简明。回首旧作,呻毕可愧……大德十年长至日。"(《全元文》第二十八册,第31—32页)弟郑陶孙,字景潜,宋进士。与滁孙以博洽称,为儒士所推重,有文集若干卷。观郑氏序言可知,该书著作之意虽在于明《易》所谓中天之玄旨,而实际目的还在于阐明事君、事父、诚意、正心、修身的儒家伦理道德。

邓文原为史蒙卿文集作序。

按:邓文原在"大德、延祐之世","独以词林耆旧,主持风气,袁桷、贡奎左右之,操觚之士响附景从,元之文章于是时为极盛,文原实有倡导之功。"(《四库全书》"巴西集提要")而观邓文原在序言中赞赏史蒙卿之为学与为文态度:"先生早知,覃思六经,长益隽永,关洛之绪言,以推穷化几,探索理奥。故其言精核雅赡,可规古作者之林",则可知邓文原所看重的文章是在经学修养基础上的言语精核雅赡,能上追于古作者风气,这种创作理念和之后虞集为代表的一批馆阁的创作思想是一致的,可谓元代古文创作的基本理念。史蒙卿以及元代中叶著名文人程端礼皆"四明"学者。宋末元初,四明学者普遍传陆学。全祖望《宋元学案·静清学案》曰:"四明史氏皆陆学,至静清始改而宗朱。"《静清学案》曰:"四明之学,祖陆氏而宗袁杨。其言朱子之学,自黄东发与先生始。黄氏主于躬行,而先生务明体以达用。著书立言一以朱子为法。"黄百家《宋元学案·深宁学案》曰:"四明之学,以朱而变陆者,同时凡三人矣,史果斋(史蒙卿)也,黄东发(黄震)也,王伯厚(王应麟)也。"史蒙卿(1247—1306),字景正,号静清,鄞县人。宋度宗咸淳元年进士,授景陵县主簿。入元不复仕,侨居天台,讲学不辍。著有《易说》十卷、《静清集》。事迹见《大明一统志》卷四七、《万姓统谱》卷七四、袁桷《静清处士史君墓志铭》(《清容居士集》卷二八)。袁桷在《静清处士史君墓志铭》评价史蒙卿道:"于诸经穷探微旨,证坠辑缺,不溺于谀闻,剖释正大而折衷,一归于前哲。论古今得失,必探情伪以暴其罪。正色愤悱,若造庭而受其责也。为文邃古,不杂异说。手抄口讲,更仆不能以尽。"(《清容居士

集》卷二八)

西夏文《大藏经》完成。

按：该经为元世祖下令由江南浙西道杭州路大万寿寺雕印，共三千六百二十余卷。管主八谓"钦此胜缘，印造三十余藏，及《大华严经》、《梁皇宝忏》、《华严道场忏仪》各百余部，《焰口施食仪轨》千有余部，施于宁夏永昌等路寺寺院，永远流通。"

何中著《通鉴纲目测海》三卷成。

池州路儒学刊行《三国志》六十五卷。

绍兴路儒学刊行《越绝书》十五卷、《吴越春秋》十卷、徐天祐《吴越春秋音注》十卷。

信州路儒学刊行《北史》一百卷、《南史》八十卷。

意大利人马里努·萨努图采用中国网格制图法绘地图。

松江府僧录广福大师管主八因碛砂延圣寺《大藏经》版未完，施中统钞二百锭，又募刻雕刊一千余卷。

赵复卒。

按：赵复(约 1215—1306)，字仁甫，宋荆湖北路德安府人。南宋乡贡进士。端平二年(1235)蒙古军破德安，被俘，以国破家残，欲弃生。得姚枢相救，礼送至燕京，以所学教授。从学者甚众，名大著。时"南北绝道，载籍不相通"，便"以所记程朱诸经传尽录以付枢"。十二年，姚枢与杨惟中于燕京建太极书院，延为主讲。由是许衡、郝经、刘因等皆得其书而尊信之。复常有江汉之思，学者称"江汉先生"。著有《传道图》、《伊洛发挥》、《希贤录》、《朱子门人师友图》。事迹见《元史》卷一八九。

又按：黄宗羲《宋元学案》赞曰："自石晋燕、云十六州之割，北方之为异域也久矣，虽有宋儒迭出，声教不通。自赵江汉以南冠之囚，吾道入北，而姚枢、窦默、许衡、刘因之徒得闻程朱之学以广其传，由是北方之学郁起。"孙奇逢《元儒赵江汉太极书院考》曰："北人知有学，则枢得复之力也。呜呼！江汉之学不独有造于姚、许，而开北方之草昧。"

阿尼哥卒。

按：阿尼哥(1245—1306)，尼波罗国王后裔。至元十年(1273)，设诸色人匠总管府，阿尼哥担任总管，统管十八个四品以下司局。至元十五年(1278)，忽必烈命阿尼哥还俗，授光禄大夫、大司徒、兼领将作院，印、秩皆视同丞相。元人推其技术为"每有所成，巧妙臻极"、"金纫玉切，土木生辉"。事迹见程钜夫《凉国敏慧公神道碑》(《雪楼集》卷七)、《元史》卷二〇三《方伎传》、《新元史》卷二四二《方伎传》。

又按：阿尼哥是元代最伟大的建筑家、雕塑家，至今闻名于世的北海白塔寺即阿尼哥主持建成。阿尼哥等在吐蕃建成黄金塔后，便一直留在中国，先后领建大寺庙九座、塔三座、祠二座、道宫一座；大都、上都各大寺、祠、观塑像多出其手；大都圣寿万安寺(今北京白塔寺)白塔仿自尼波罗塔式，最有名。

方回卒。

按：方回(1227—1306)，字万里，号虚谷，别号紫阳山人，安徽歙县人。景定三年(1262)进士，知建德府。元兵至建德，出降，改授建德路总管兼府尹，为郡人所耻。以诗游食元新贵间二十余年，也与宋遗民往还，长期寓居钱塘。方回诗初学张耒，晚慕陈师道、黄庭坚，鄙弃晚唐，自比陆游，是江西诗派最后一位重要代表作家，主张"一祖三承继宗"说。既继承江西诗派理论，又发展之，当时及以后皆有影响。著有《读易析疑》、《鹿鸣》二十二篇、《乐歌考》一篇、《彤□考》一篇、《仪礼考》、《先觉年谱》、《宋季杂传》、《历代经世详说》六卷、《附录》一卷、《建德府节要图经》、《虚谷闲抄》一卷、《文选颜鲍谢诗评》十卷、《桐江集》、《桐江续集》、《续古今考》三十七卷、《虚谷集》等，并编选唐、宋以来律诗为《瀛奎律髓》。事迹见本集有关诗文，明弘治《徽州府志》卷七有传。

元成宗大德十一年　丁未　1307年

正月癸酉，元成宗崩于玉德殿。

按：成宗在位十有三年，寿四十有二。这年九月乙丑，谥曰钦明广孝皇帝，庙号成宗，国语曰完泽笃皇帝。《元史》评价成宗认为："承天下混一之后，垂拱而治，可谓善于守成者矣。惟其末年，连岁寝疾，凡国家政事，内则决于宫壹，外则委于宰臣；然其不致于废坠者，则以去世祖为未远，成宪具在故也。"(《元史·成宗本纪四》卷二一)

甲寅，敕内郡、江南、高丽、四川、云南诸寺僧诵藏经，为三宫祈福。(《元史·武宗本纪一》卷二二)

六月癸巳，遣使四方访求经籍，识以玉刻印章，命近侍掌之。(《元史·仁宗本纪一》卷二四)

按：《元史·仁宗本纪一》载："癸巳，诏立帝为皇太子，受金宝。遣使四方,旁求经籍,识以玉刻印章,命近侍掌之。时有进《大学衍义》者,命詹事王约等节而译之。帝曰:'治天下,此一书足矣。'因命与《图象孝经》、《列女传》并刊行,赐臣下。"(《元史》卷二四)

七月己巳,置宫师府。(《元史·武宗本纪一》卷二二)

按:《元史·武宗本纪一》"置宫师府,设太子太师、少师、太傅、少傅、太保、少保,宾客,左、右谕德,赞善,庶子,洗马,率更令、丞,司经令、丞,中允,文学,通事舍人,校书,正字等官。"(《元史》卷二二)

七月,铁木迭儿至南郊告武宗即位事。(《元史·武宗本纪一》卷二二)

按:《元史·武宗本纪一》载,"壬申,命御史大夫铁古迭儿、中书平章政事床兀儿、枢密副使孛兰奚,以即位祗谢太庙。"武宗即位,只遣权臣至南郊告谢即了,亦见元蒙统治者对于祭祀告天礼仪之简省与轻慢。《元史·祭祀一》"十一年,武宗即位。秋七月甲子,命御史大夫铁木(古)迭儿即南郊告谢天地,主用柏素,质玄书,为即位告谢之始。""至大二年冬十月乙酉,尚书省臣及太常礼官言:'郊祀者国之大礼,今南郊之礼已行而未备,北郊之礼尚未举行。今年冬至南郊,请以太祖圣武皇帝配享;明年夏至北郊,以世祖皇帝配。'帝皆是之。十二月甲辰朔,尚书太尉右丞相、太保左丞相、田司徒、郝参政等复奏曰:'南郊祭天于圜丘,大礼已举。其北郊祭皇地祇于方泽,并神州地祇、五岳四渎、山林川泽及朝日夕月,此有国家所当崇礼者也。当圣明御极而弗举行,恐遂废弛。'制若曰:'卿议甚是,其即行焉。'"(《元史》卷七二)

九月甲子,车驾至自上都。(《元史·武宗本纪一》卷二二)

乙丑,请谥皇考皇帝、大行皇帝于南郊,命中书右丞相塔剌海摄太尉行事。(《元史·武宗本纪一》卷二二)

甲戌,改太常寺为太常礼仪院,秩正二品。升侍仪司秩正三品。(《元史·武宗本纪一》卷二二)

辛巳,加封孔子。

按:辛巳,加封至圣文宣王为大成至圣文宣王,并立碑。(阎复作《加封孔子制》)

十月甲寅,升集贤院秩从一品,将作院秩从二品。(《元史·武宗本纪一》卷二二)

增海漕运粮。

按:"中书省奏:'常岁海漕粮百四十五万石,今江浙岁俭,不能如数,请仍旧例,湖广、江西各输五十万石,并由海道达京师。'从之。"(《元史·武宗本纪一》卷二二)

十一月,更钞法。(《元史·武宗本纪一》卷二二)

按:《元史·武宗本纪一》"阔儿伯牙里言:'更用银钞、铜钱便。'命中书与枢密院、御史台、集贤、翰林诸老臣集议以闻。"(《元史》卷二二)

十二月壬辰朔,申金银符之掌。(《元史·武宗本纪一》卷二二)

按:《元史·武宗本纪一》"中书省臣言:'旧制,金虎符及金银符典瑞院掌之,给则由中书,事已则复归典瑞院。今出入多不由中书,下至商人,结托近侍奏请,以致泛滥,出而无归。臣等请核之,自后除官及奉使应给者,非由中书省勿给。'从之。"(《元史》卷二二)

从中书省臣言,将世祖即位以来所行条格,校雠归一,遵而行之。(《元史·武宗本纪一》卷二二)

按:《元史·武宗本纪一》"世祖已有定制,自元真以来,以作佛事之故,放释有罪,失于太宽,故有司无所遵守。今请凡内外犯法之人,悉归有司依法裁决。又,各处民饥,除行宫外,工役请悉停罢。'皆从之。又言:'律令者治国之急务,当以时损益。世祖尝有旨,金《泰和律》勿用,令老臣通法律者,参酌古今,从新定制,至今尚未行。臣等谓律令重事,未可轻议,请自世祖即位以来所行条格,校雠归一,遵而行之。'制可。"(《元史》卷二二)

是年,立和林等处行中书省。

按:《元史·百官志七》"岭北等处行中书省。国初,太祖定都于哈剌和林河之西,因名其城曰和林,立元昌路。中统元年,世祖迁都中兴,始置宣慰司都元帅府。大德十一年,改立和林等处行中书省,右丞相、左丞相各一员。至大四年,省右丞相。皇庆元年,改岭北等处行中书省,设官如上,治和宁路,统有北边等处。"(《元史》卷九一)

中书左丞(数日后为中书右丞)孛罗铁木儿八月十九日,以国字译《孝经》进。

按:武宗诏曰:"此乃孔子之微言,自三公达于庶民,皆当由是而行",命中书省刻版摹印,诸王以下皆赐之。(《元史·武宗本纪四》卷二二)

三宝奴任翰林承旨。

按:"(六月己亥),御史大夫脱脱、翰林学士承旨三宝奴言:'旧制,皇太子官属,省、台参用,请以罗罗斯宣慰使斡罗思任之中书。'诏以为中书右丞。"(《元史·武宗本纪四》卷二二)

集贤院使别不花七月己卯,为中书平章政事。(《元史·武宗本纪四》卷二二)

焦养直加中奉大夫、太子左谕德。(虞集《焦文靖公彝斋存稿序》)

曹元用建言皇后上谥。

按:初,累朝皇后既崩者,犹以名称,未有谥号。礼部主事曹元用言:"后为天下母,岂可直称其名! 宜加徽号,以彰懿德。"(《续资治通鉴》卷一九五)

畅师文当庭慨然言政事。

按:许有壬《大元故翰林学士资善大夫知制诰同修国史赐推忠守正亮节功臣资政大夫河南江北等处行中书省左丞上护军追封魏郡公谥文肃畅公神道碑铭》载,其时,畅师文当是任太常少卿,转翰林侍读学士、知制诰、同修国史。大德十一年正月,元成宗宾天,其时"武宗抚军朔方,仁宗渊潜覃怀,而中宫属意安西(安西王阿难答)",政局非常不安定之际,"宰相(哈剌哈孙)知其不可,乃集馆阁议,以察向背",畅师文也参与了集议,当场"飏言曰:'此宗社重事,讵宜苟且!'众皆默然。又曰:'余病矣,请归调治。'遂拂衣而起。"此后直到二月,仁宗入京,畅师文"始出视事,草《至大改元诏》,修《成宗实录》,赐中统楮币为定一百,加少中大夫。请郡,除太平路总管兼劝农事。"(《圭塘小稿》卷九)

耶律有尚进拜公昭文馆大学士,仍兼国子祭酒。

按:苏天爵《皇元故昭文馆大学士兼国子祭酒赠河南行省右丞相耶律文正公神道碑铭有序》"武宗即位,大臣奏请:'许文正公典教胄子,耶律某继之,自助教致位祭酒,匡辅造就功名。久列三王,宜优爵秩。'上曰:'是儒学旧臣。'进拜公昭文馆大学士,仍兼祭酒。"(《滋溪文稿》卷七)

阎复进阶荣禄大夫,遥授平章政事。

按:袁桷《翰林学士承旨荣禄大夫遥授平章政事赠光禄大夫大司徒上柱国永国公谥文康阎公神道碑铭》"武宗即位,首上疏曰:'惜名器,明赏罚,择人材。'朝论韪之,赐金锦、白金以彰其直。顾公老矣,愿致事以归,乃进阶荣禄大夫,遥授平章政事,给半俸以佚其老,且命婿李嗣宗,特授承直郎、同知高唐州以侍养。仁宗在东宫时,知公归,特遣使赐币,命公卿设祖帐于都门外。桷尝以院属侍公入议事堂,鹄峙山立,中外各改容以奉,语简意足,不屑屑持辩争,丞相而下皆倾动。一日,草诏书,其语意难以入国语,大臣疑之,有集贤学士亦出微语。公召掾史具纸笔,请学士改撰,学士大愧却立。会食毕,公改为之,而前诏一字不复用,一坐大惊。公以文墨自任,不肯为紧要官。"(《清容居士集》卷二七)

王构拜翰林学士承旨。

按:袁桷《翰林承旨王公请谥事状》"(大德)十一年,太师沈阳王等奏:

'俾乘驿造朝,拜翰林学士承旨。复修两朝实录,特命赠公二代。'公言:'臣本儒家,遭逢四朝,先世皆潜德里士,大国美谥,惧无以称。以臣所居官授之,诚以为过,今群臣封谥下太常,必由翰林议官品,臣首逾越,将无以服众。'今上时为皇太子,尝询翰林老成,必首姚燧、王构,手以酒赐之。是岁尊谥祖宗,公撰太祖睿宗皇后谥册,赐楮币万缗。正月,撰皇后册文,摄侍中,读册。"(《清容居士集》卷三二)

王约迁礼部尚书。(《元史》卷一七八"王约传")

王结为典牧太监,阶太中大夫。

按:苏天爵《元故资政大夫中书左丞知经筵事王公行状》"武宗皇帝即位,仁宗为皇太子,命公为典牧太监,官太中大夫。仁宗清燕,屡召见焉。近侍以俳优进,公言:'昔唐庄宗好此,卒致祸乱,殿下方育德春宫,视听尤宜防慎。'"(《滋溪文稿》卷二三)

宋超升本署令,迁奉训大夫。(程钜夫《太原宋氏先德之碑》)

萧斠拜太子右谕德,扶病至京师,入觐东宫,书《酒诰》为献,以朝廷时尚酒故也。

按:萧氏寻以病请解职,或问之,则曰:"在礼,东宫东面,师傅西面,此礼今可行乎?"俄擢集贤学士、国子祭酒,依前右谕德。疾作,固辞而归。(《元史》卷一八九)

袁桷预修《成宗实录》。(《书姚牧庵赠播州杨安抚汉英乐府》,《清容居士集》卷四九)

程钜夫冬十月拜山南江北道肃政廉访使。

按:这年十一月,武宗即位,素熟程钜夫名,留之为翰林学士、知制诰、同修国史,商议中书省事特加正奉大夫。自这年起,程钜夫避武宗海山名,以字"钜夫"称呼行世。(程世京《程钜夫年谱》)

李孟被武宗遣使征于阙下。

按:黄溍《元故翰林学士承旨中书平章政事赠旧学同德翊戴辅治功臣太保仪同三司上柱国追封魏国公谥文忠李公行状》,大德九年(1305)元成宗病,立皇后卜鲁罕所生皇子德寿为皇太子。十月,出于卜鲁罕之谋,下诏令元仁宗与其母出居覃怀,而李孟作为仁宗老师以官僚身份跟随,一路上"戢卫卒无敢侵夺民居"。也正是在覃怀的四年,李孟与仁宗之间培养出深厚的师生情谊,仁宗对李孟极为信任。大德十一年(1307)春,成宗去世,帝位空虚,当时"宗王大臣密谋构变,国势危疑,人情汹汹"。李孟回到京师,"遂与丞相哈喇哈逊、达尔罕等,力赞仁宗,削平内难,中外晏然",最终"定策迎武宗入正大统"。在武宗尚未即位,仁宗便宜行事期间,仁宗任命李孟为中书参知政事。而李孟"久在民间,于闾阎之幽隐,靡不究知,损益庶务,悉中其利病,远近无不悦服。然以抑绝侥幸,群小多不乐,公不为之少自挠也"。但出于各种原因的考虑,李孟觉得不便于任职官中,于是请辞,对仁宗说:"执政大臣,宜出于嗣,天子亲擢。今銮舆在道,臣未见颜色,诚不敢冒当重寄。"仁宗不肯,而李孟便逃到许昌,"筑室于陉山溪水间,若将终身焉"。大德十一年"夏五月,武宗即皇帝位,仁宗为皇太子"。于是仁宗再次找寻李孟,并向武宗请求,于是,武宗"遣使徵诣阙下"。(《文献集》卷三)

张养浩被时处东宫的仁宗召为司经,未至,改太子文学,拜监察御史。(《元史·张养浩传》卷一七五)

文矩授荆湖北道宣慰司照磨,兼承发架阁。(吴澄《故太常礼仪院判官文君墓志铭》)

虞集擢国子助教。

按:据赵汸《邵庵先生虞公行状》载,任国子助教期间,虞集"以师道自任,申国学之成法,以严正大之规;本圣贤之遗书,以发精微之蕴;明事理之非二,通雅俗于性情。修辞者陈义必精,辨惑者无微不显,学者资质不齐,俱获其益。有志者待公之退,多挟策趋门下,以卒其业。他馆之士,靡然宗尚,多相率诣门下请益,为之师者,一无间言。"(《东山存稿》卷六)

范椁始客京师,即有声名诸公间。

按:中丞董士选延之家塾,后以朝臣荐,为翰林院编修官。(《元史·虞集传》卷一八一附传"范椁传")

吴澄正月以病谒告而归。

按:吴澄这年二月就医于富州,寓于清都观。期间,有司多次遣使催请吴澄复职。(危素《吴澄年谱》)

张留孙加大真人,知集贤事。(袁桷《有元开府仪同三司上卿辅成赞化保运玄教大宗师张公家传》)

按:《元史·武宗本纪一》"(九月)命张留孙知集贤院事,领诸路道教事。"(《元史》卷二二)

叙利亚景教徒爱薛封秦国公。(程钜夫《拂林忠献王神道碑》)

程钜夫扈从上都,与安仁倪仲宝有交往。(程钜夫《安仁县新公署记》)

张养浩得奇石凝云石,馆臣们纷纷作诗赋咏该石。

按:揭傒斯有诗题曰《寄题太子文学张希孟凝云石》,而张养浩这年被时处东宫的仁宗召为太子宾客,故按系于此年。为张养浩凝云石赋诗的馆臣以袁桷为最多,除作《凝云石赋》外,还作《次韵张希孟凝云石十咏》;王结作二赋:《凝云石为省郎张希孟赋》《重赋凝云石》;虞集作《题张希孟凝云石》。元朝馆臣上朝之余,多爱聚集题咏唱和,张养浩性情刚毅质朴,"四方求铭文序记者踵至,贽献一不受也"(张起岩),但犹然热爱收藏奇石,常与同僚观赏题记,可见其时馆阁风气之闲雅。张养浩曾在《待凤石》序言中写道:"余近得奇石一,田兵部师孟同台掾杜孝先过而观之,遂名曰'待凤',以其一峰横出,若待物来栖者,因而名之。余嘉其词雅而意深,故为之赋。"(《归田类稿》卷一七)

赵孟頫作《哀鲜于伯机》。

按:鲜于枢卒于大德六年(1302),赵孟頫诗中云"君死已五年",故诗作于此年。据赵孟頫诗可以知道二人兴趣相投、相互学习、交情深契:"我生大江南,君长淮水北。忆昨闻令名,官舍始相识。我方二十余,君发黑如漆。契合无间言,一见同宿昔。""春游每挐舟,夜坐常促席。气豪声若钟,意愤髯屡戟。谈谐杂叫啸,议论造精核。"而此诗也是人们了解鲜于枢作为书法家、收藏家的性情、爱好以及创作经历、鉴赏功力的重要材料。

阿鲁浑萨理以元成宗二月晏驾,哀恸成疾,八月十七日去世。

按:赵孟頫《大元敕赐荣禄大夫、中书平章政事守、司徒集贤院使、领太史院事、赠推忠佐理翊亮功臣、太师、开府仪同三司、上柱国、追封赵国公、谥文定、全公神道碑铭》载,阿鲁浑萨理在成宗朝得到了远过于常人的优遇。至元三十一年(1294),忽必烈去世后,是由阿鲁浑萨理率领翰林、集贤、太常礼官主持成宗的即位大礼。1295年春,阿鲁浑萨理以翊戴功加守司徒。大德三年(1299),又拜为平章政事。阿鲁浑萨理与成宗间情感颇深,所以成宗去世才令阿鲁浑萨理哀恸以死,赵孟頫记载:"初,成宗在潜,世祖圣意已有所属,成宗屡遣使召公,公托疾不往。及成宗储位既定,索棋具于公,公始一至其邸。成宗曰:'人谁不求知于我,汝独不一来。我非为棋具,正欲一见汝耳。汝可谓得大臣体矣。'元贞、大德间,得赐坐视诸侯王者才五六人,公必与焉。上尝谓近臣曰:'若全平章者,可谓全才矣,于今殆无其比。'左右或呼其名,上必怒责之曰:'汝何人,敢称其名耶?'"(《松雪斋集》卷七)

拉施德丁著《蒙古史》成。

按:是书记录蒙古人及其征战史事,为拉施德丁之名著《史集》第一部分。大德四、五年间(1300—1301),拉施德丁受合赞汗委托始著此书。至本年完成期间,其时孛罗在伊利汗,提供大量资料。

吴澄约于此年前后著《道德真经注》四卷成,吴澄订定老子、庄子太元

章句。(危素《吴澄年谱》)

无锡儒学刊行《风俗通义》十卷,附录一卷。

临汝书院刊行唐杜佑《通典》二百卷。

胡梦魁卒。

按:胡梦魁(1233—1307),字景明,江西建昌新城人。幼已颖异,未冠即以明经贡于乡,长等进士第。入元后,程钜夫至元二十三年访贤江南,列在其中,擢金广西宪事,后又至岭海整顿吏治。平生谦勤委曲,性强记。著有诗文集《偶然集》。事迹见程钜夫《金广西提刑按察司事胡公墓碣》(《雪楼集》卷二二)。

阿鲁浑萨理卒。

按:阿鲁浑萨理(1244—1307),回鹘北庭人,以父字为全氏。师从国师八思巴学习佛法,不数月尽通其书,旁达诸国及汉语。以此,忽必烈令其学习汉文,不久即通诸经史百家,而诸如阴阳、历数、图纬、方技之说,无不精通。阿鲁浑萨理历仕世祖、成宗两朝,历任集贤大学士、资德大夫、尚书右丞、太史院事、荣禄大夫、平章政事等职,对元廷设置集贤院、国子监建议甚多,为元朝实施儒治立下不小功绩。死后被追封为赵国公,谥文定。赵孟頫认为,"至元、大德间,在位之臣非有攻城野战之功,斩将搴旗之勇,而道包儒释,学际天人,寄天子之腹心,系生民之休戚者,惟赵国文定而已"。事迹见于赵孟頫《大元敕赐故荣禄大夫中书平章政事守司徒集贤院使领太史院事赠推忠佐理翊亮功臣太师开府仪同三司上柱国追封赵国公谥文定全公神道碑铭》(《松雪斋集》卷七)、《元史》卷一三〇"阿鲁浑萨理传"。

欧阳懋卒。

按:欧阳懋(1244—1307),字勉翁,新定人,家世以医闻。成宗为太子之际,北上和林,欧阳懋随之。成宗即位,视欧阳懋愈加亲厚,岁时尝从成宗至上都。历官成全郎、御药局使,升集贤直学士、奉训大夫,加朝列大夫、太医副使,又加太中大夫,以直学士同金太医院。事迹见程钜夫《集贤直学士同金太医院事欧阳君墓志铭》(《雪楼集》卷一七)。

郑进元卒。

按:郑进元(1267—1307),永嘉人,大道教道士。幼年以离乱,至于辉州,为大道教悟真大师党君收为徒弟,遂通孔、老二氏言。大德八年,曾奉旨设金箓大斋于天宝宫,事后,赐号曰演教大宗师明真慧照观复真人。大德九年,又奉旨设大斋于玉虚宫。大德十年,再奉旨命设大斋于天宝宫。事迹见程钜夫《郑真人碑》(《雪楼集》卷一七)。

元武宗至大元年　戊申　1308 年

正月丙午,定制大成至圣文宣王春秋二丁释奠用太牢。(《元史·武宗本纪一》卷二二)

按:《元史·祭祀志五》云,阙里之庙用代祠之礼,始于武宗。"牲用太牢,礼物别给白金一百五十两,彩币表里各十有三匹。"(《元史》卷七六)

三月丁卯,建兴圣宫,给钞五万锭、丝二万斤。(《元史·武宗本纪一》卷二二)

遣使祀五岳、四渎、名山、大川。(《元史·武宗本纪一》卷二二)

复立白云宗摄所,秩从一品,设官三员。(《元史·武宗本纪一》卷二二)

戊寅,车驾幸上都。(《元史·武宗本纪一》卷二二)

建佛寺于大都城南。(《元史·武宗本纪一》卷二二)

乙卯,命翰林国史院纂修《顺宗》、《成宗实录》。(《元史·武宗本纪一》卷二二)

五月丁卯,"御史台臣言:'成宗朝建国子监学,迄今未成,皇太子请毕其功。'制可。"(《元史·武宗本纪一》卷二二)

己巳,缅国进驯象六。(《元史·武宗本纪一》卷二二)

丙子,以诸王及西番僧从驾上都,途中扰民,禁之。(《元史·武宗本纪一》卷二二)

禁白莲社,毁其祠宇,以其人还隶民籍。(《元史·武宗本纪一》卷二二)

十一月乙巳,禁回回商佩虎符。

按:《元史·武宗本纪》载:"中书言:'回回商人,持玺书,佩虎符,乘驿马,各求珍异,既而以一豹上献,复邀回赐,似此甚众。虎符,国之信器,驿马,使臣所需,今以畀诸商人,诚非所宜,请一概追之。'制可。"(《元史》卷二二)

十二月,始建立以职官转充通事、译史制度。

按:此乃武宗朝进行吏制改革,全面提升中上层胥吏素质之举,改革要求各该职官须"识会蒙古、回回文字,通晓译语"(《元典章》卷一二《吏部》卷之六),此规定为通晓蒙古文字、回回文字的官员提供快捷升迁机会。(王建军《元代国子监研究》)

置长秋寺。

按:《元史·百官志六》"长秋寺,秩正三品,掌武宗五斡耳朵户口钱粮营缮诸事。"(《元史》卷九〇)

置御香局。

按:《元史·百官志四》"御香局,秩从五品,提点一员,司令一员,掌修合御用诸香。至大元年始置。"(《元代》卷八八)

阿失帖木儿加拜金紫光禄大夫,领太常礼仪院事。(程钜夫《武都忠简王神道碑》)

西番僧教瓦班为翰林承旨。(《元史·武宗本纪一》卷二二)

焦养直授集贤大学士、正奉大夫。(虞集《焦文靖公彝斋存稿序》)

宋超进正议大夫,掌医太监。

按:据程钜夫记载,宋超医术高明,曾治愈世祖、世祖爱将哈剌出拔都、鲁国大长公主及驸马、太子阔阔出、寿宁公主、亦里海牙公主、小太子等皇亲贵戚之病,而仁宗又潜邸到即位,"小不安,即往视",故仁宗极为倚重。(程钜夫《太原宋氏先德之碑》)

姚燧入为太子宾客;未几,进承旨学士,后又拜太子少傅,不拜,武宗面谕燧,燧拜辞。

按:据刘致《牧庵年谱》载:姚燧曰:"昔先伯父尝除是官,亦辞不拜,臣何敢受。"

程钜夫奉诏修《成宗实录》,选《追尊顺宗谥册》文成。

按:这年秋,朝廷特制赠程钜夫父程翔卿正奉大夫、参知政事、郢国公,谥孝肃,母李氏郢国夫人。仍授长子程大年承事郎、同知南丰州事。(程世京《程钜夫年谱》)

赵世延除绍兴路总管,改四川肃政廉访使。(《元史·赵世延传》卷一八〇)

王构以纂修国史,趣召赴阙,拜翰林学士承旨。(《元史》卷一六四"王构传")

贯云石进《孝经直解》,称旨,进为英宗潜邸说书秀才,宿卫御位下。

按:据贯云石《孝经直解序》载,其《孝经直解》完成于至大改元年二月。(《全元文》第三十六册,第190页)而欧阳玄神道碑记载,在贯云石进书之前,其让爵位于弟之事被仁宗得知,仁宗曾对身边宫臣说:"将相家子弟有如是贤者,诚不易得!",而姚燧其时入侍仁宗,每每向仁宗举荐贯云石,至此,云石进书,深得仁宗心思,遂令作为英宗的老师,宿卫御前。(欧阳玄《元

故翰林学士中奉大夫知制诰同修国史贯公神道碑》)

刘敏中在武宗即位后即被召至上京,授集贤学士、皇太子赞善,仍商议中书省事。(曹元用《敕赐故翰林学士承旨赠光禄大夫柱国追封齐国公刘文简公神道碑铭并序》)

邓文原三月复为国史院修撰,预修《成宗实录》。(《元史·邓文原传》卷一七二)

贡奎转应奉翰林文字,阶将仕郎,预修《成庙实录》。(李黼《故集贤直学士奉训大夫贡公行状》)

吴澄诏授从仕郎国子监丞。(危素《吴澄年谱》)

按:国学自许衡后,渐失其旧法,澄至,旦燃炬堂上,诸生以次受业。日昃,退燕居之室,执经问难者接踵而至。澄各因其材质,反复训诱之,每至夜分,虽寒暑不易。(见《吴文正集》附录·列传)

曾益初超拜翰林直学士。

按:据虞集记载,曾益初因至大时期的政治改革而"自逢掖朝拜翰林直学士,而专任考功一司于天官",但也立刻因改革中断而去职,任期一年不到。虞集写道,至大时期,"立尚书,以出朝廷之政,治天下之事,中书之署,仅同闲局,居其职者,俯焉食禄而已。于是,新任事执政者,各献其能,以佐君相,不次超擢,以建事功,政令日出,震耀奇伟。其大者,如作中都,改楮币,复泉布,责郡县吏,以九载黜陟之法,而考功之职兴焉。武公曾君盖初自逢掖超拜翰林直学士,而专任考功一司于天官矣。明年,政归中书,考功随罢。益初竟归庐陵。"(虞集《翰林直学士曾君小轩集序》)

畅师文至大元年,修《成宗实录》。(许有壬《畅公神道碑铭》)

虞集丁内艰。(赵汸《邵庵先生虞公行状》)

胡助举茂才,授建康路儒学学录,兼太学斋训导。(《纯白先生自传》,《纯白斋类稿》卷一八)

爱薛卒,三宫悼惜不已。

按:程钜夫记载,爱薛"至大改元六月癸卯薨于上都之私第,年八十二",而爱薛"前后以功以言被赏赉,及卒葬赐赠,黄金为两者四百有奇,白金七百有五十,楮币十五万,水晶、金玉器、珠衣帽、宝带、锦衣、白马不可胜计"。(程钜夫《拂林忠献王神道碑》)

管祝思监为礼部侍郎、朵儿只为兵部侍郎使缅国。(《元史·武宗本纪一》卷二二)

脱里不花等二十人使诸王合儿班答。(《元史·武宗本纪一》卷二二)

释教都总管朵儿只八十月甲辰兼领囊八地产钱物,为都总管府达鲁花

赤总其财赋。(《元史·武宗本纪一》卷二二)

张留孙在武宗备受尊崇,被加封为大真人。(虞集《张宗师墓志铭》)

按:《元史·武宗本纪》载:"壬午,嗣汉天师张与材来朝,加金紫光禄大夫,封留国公。"(《元史》卷二二)

程钜夫观黄庭坚墨迹,作题跋。

按:《跋山谷帖》写道:"涪翁尝云,作字贵指实掌虚,臂不着纸。今寻此卷笔势,知其真迹不疑。卞和之笥,岂有燕石子文之谓也。至大元年清明日观。"(程钜夫《跋山谷帖》)

袁桷观柳公权墨迹,作题跋。

按:题跋写道:"韩氏阅古堂《清静经》,乃越石氏家藏旧物。石居新昌,庆历时刻此帖,后入复古。方韩贵盛时,遂得此帖,悉有绍兴图玺。此签摽光皇手题:'石氏墨本失之拘,绍兴本失之瘠,韩本失之弱。今睹真迹,硬黄古纸,松煤老色,无纤粟缪安。视昔三本,真碔砆也。'龙集戊申大改元甲子日,桷谨审证于后。"韩氏阅古堂,是指宋代丞相韩琦在定州所建,阅古堂建成之际,诸如欧阳修、宋祁、范仲淹等名人皆有诗文赞述。阅古堂本在河北定州,韩侂胄南渡后继续沿用阅古堂旧名。越州石氏,乃指浙江新昌著名藏家石家,绍兴图玺指赵构图玺。由袁桷所引赵构赏鉴柳公权墨宝真迹的文字,既能确见赵构对于书法之喜爱与见识,也可隐约见袁桷的物是人非、世事沧桑之慨。(袁桷《跋柳公权书清静经》)

李京以吏部侍郎奉使出使安南,程钜夫、袁桷等有饯别诗作。

按:程钜夫《送李景山侍郎使安南》、袁桷《安南行送李景山侍郎出使》、《送李景山使交趾》。李京后又作为宣慰使出使云南,并作《云南志》,虞集有《云南志序》、《李景山诗集序》,刘敏中《送李景山赴云南宣慰》等。

范梈始客京师,馆于董士选家。

按:吴澄在其墓志铭中交代,范梈三十六岁始客京师,为勋旧故家延为私塾教师。(吴澄《故承务郎湖南岭北道肃政廉访司经历范亨父墓志铭》)而据虞集《题范德机为黄士一书一窗手卷》云:"清江范德机氏与予同生前壬申三十,后同游京师,先后客稿城董忠宣公之馆"(《全元文》第二十六册,第369页),则范梈到京后馆于董士选家。

吴师道约于是年欲师事许谦,许谦以友待之。

按:张枢《元故礼部郎中吴君墓表》云:"至大初,闻白云许先生谦从仁山金先生履祥得何、王二公之学,而上溯朱子之传,乃述所得于己者,以持敬致知之说质之先生。先生味绎其言深加敬叹,以延平李先生所以告朱子

'理一分殊'之言为复,遂定交焉。"(《礼部集》附录)

王振鹏临摹金代马云卿《维摩不二图》进奉时在东宫的仁宗。

按:据王振鹏《题画维摩不二图》云:"至大戊申(1308)二月,仁宗皇帝在春官,出张子有平章所进故金子云卿茧纸画《维摩不二图》,俾臣某归于东绢,更叙说不二之图。"(王士祯《池北偶谈》卷一五)王振鹏所作《画维摩不二图》为绢本,水墨,现藏美国大都会美术馆。

姚燧奉旨撰《普庆寺碑》文。(《牧庵集》卷一一)

赵孟頫以左丞郝天挺所请,为其《唐诗鼓吹集》作序。

按:赵孟頫《左丞郝公唐诗鼓吹序》云:"鼓吹者何? 军乐也。选唐诗而以是名之者何? 譬之于乐,其犹鼓吹乎! 遗山之意则深矣。中书左丞郝公,当遗山先生无恙时,尝学于其门,其亲得于指授者,盖不止于诗而已。公以经济之才坐庙堂,以韦布之学研文字,出其博洽之余,探隐发奥,人为之传,句为之释,或意在言外,或事出异书,公悉取而附见之。使诵其诗者知其人,识其事物者达其义,览其辞者见其指归,然后唐人之精神情性,始无所隐遁焉。嗟夫! 唐人之于诗美矣,非遗山不能尽去取之工;遗山之意深矣,非公不能发比兴之蕴。世之学诗者,于是而绅之绎之、厌之沃之,则其为诗,将见隐如宫商,锵如金石,进而为诗中之《韶濩》矣。此政公惠后学之心,而亦遗山哀集是编之初意也耶? 公命为序,不敢辞,谨序其大意云。至大元年九月十二日,吴兴赵孟頫序。"(《唐诗鼓吹原序》)

姚燧奉旨为伊札吉台氏·撒尔撰《平章政事徐国公神道碑》。(《牧庵集》卷一四)

袁桷作《资德大夫大都留守领少府监事兼武卫亲君都指挥使知大都屯田事赠推忠赞治功臣银青荣禄大夫平章政事泽国公谥忠宣郑公行状》。

按:传主郑制宜(1258—1306),字扶威,泽州阳城人,潞国公郑鼎之子。性聪敏,庄重有器局,通习国语。至元十四年(1277),袭父职太原、平阳万户,仍戍鄂州。时鄂阙守,俾摄府事。十九年(1282),朝廷将征日本,造楼船何家洲。二十四年(1287),扈驾东征乃颜,从月儿吕那颜别为一军,以战功授怀远大将军、枢密院判官。明年(1288),车驾幸上都。(按,此前旧制规定:枢府官从行,岁留一员司本院事,汉人不得与。)至是,以属制宜。制宜逊辞,帝曰:"汝岂汉人比耶!"竟留之。二十八年(1291),迁湖广行省参知政事,未几,征拜内台侍御史。三十年(1293),除湖广行枢密副使。元贞元年,特授大都留守,领少府监,兼武卫亲军都指挥使,知屯田事。大德十年(1306),以疾终,年四十有七。卒赠推忠赞治功臣、银青荣禄大夫、平章政事，追封泽国公，谥忠宣。子阿儿思兰嗣。事迹见袁桷所作行状，《元史》卷一五四本传。

释普度进献《莲宗宝鉴》。

按：《莲宗宝鉴》又名《庐山莲宗宝鉴》、《庐山莲宗宝鉴念佛正因》、《念佛宝鉴》十卷，乃阐述宋元净土宗支派白莲宗正统思想之著作。是叙述白莲宗宗义最详尽的资料，亦为研究宋元净土宗思想之重要资料。释普度，字优昙，丹阳人，俗姓蒋。住妙果寺。白莲教于南宋末年，被正统佛教人士视为邪教。入元后，白莲教与其他民间宗教同为朝廷禁断。普度感于当时口称莲宗者多，却昧于初祖惠远之意，更有托名白莲教而有种种谬说邪行流行，为阐明白莲宗的真义，以救时弊，遂集诸书之善言而编成此书，并于至大元年（1308）进呈于朝廷。翰林学士承旨张仲寿是年十月作《莲宗宝鉴序》。序云："莲教自东晋庐山尊者启其端，当时名流如刘、雷诸贤，皆在社中，其盛集概可想见矣。逮至宋末，群不逞辈指莲宗而聚众，不知本旨，有玷前贤，为世所嗤久矣。东林祖堂优昙大师悯斯教之湮微，救流俗之邪舛，搜集善言，纂成一编，目曰《莲宗宝鉴》，使佛祖之道复还旧贯，确然正论，皎如日星。……至大改元良月立冬日，翰林学士承旨、资善大夫、知制诰兼修国史畴斋张仲寿书。"（《大藏经》）

爱薛卒。

按：爱薛（1227—1308），生于叙利亚，景教徒。1246年抵达蒙古。通晓西域诸部语言，擅长星历医药。长期掌管回回司天台及广惠司（回回医药）事务，乃首次在中国医政机构中担任主要负责人之外域人士，历仕光禄大夫、平章政事、韩林学士承旨、秘书监领崇福司事，被封为秦国公，卒后赠官"推诚协力赞治功臣太师开府仪同三司上柱国"，并追封拂林王，谥号忠献（程钜夫《故金紫光禄大夫平章政事翰林学士承旨秘书监领崇福司事秦国公爱薛赠推诚协力赞治臣太师开府仪同三司上柱国追封拂林王谥忠献制》），据程钜夫神道碑记载，爱薛"刚明忠信，能自致身立节。于西域诸国语、星历、医药无不研习"。为中国传播回回星历、医药起过重要作用。事迹见程钜夫《拂林忠献王神道碑》（《雪楼集》卷五）、《万姓统谱》卷九九。

赵秉正卒。

按：赵秉正（1242—1308），字公亮，安喜人。从伯颜灭宋，官拜少中大夫、江西湖东道肃政廉访使。性喜书法，嗜读书，军中相谓"赵生"。宋亡，出囊中金购书万卷辇致于家，以其副分遣顺德、怀孟、许三郡学官。

哈剌哈孙卒。

按：哈剌哈孙（1246—1308），斡剌纳儿氏，父囊加台，从宪宗伐蜀，卒于军。至元九年（1272），袭号答剌罕。威重，不妄言笑，善骑射，工国书，又雅重儒术。为政斥言利之徒，一以节用爱民为务。有大政事，必引儒臣杂议。京师庙学以哈剌哈孙奏建而成。卒追赠推诚履政佐运功臣、太师、开府仪同三司、上柱国，追封顺德王，谥忠献。事迹见《元史》卷一三六。

王蒙（1308—1385）生。

元武宗至大二年　己酉　1309 年

正月己丑，从皇太子请，罢宫师府，设宾客、谕德、赞善如故。（《元史·武宗本纪二》卷二三）

禁日者、方士出入诸王、公主、近侍及诸宫之门。（《元史·武宗本纪二》卷二三）

丙午，定制大成至圣文宣王春秋二丁释奠用太牢。（《元史·武宗本纪二》卷二三）

罢行泉府院，以市舶归之行省。（《元史·武宗本纪二》卷二三）

三月庚寅，车驾幸上都。（《元史·武宗本纪二》卷二三）

辛卯，罢杭州白云宗摄所，立湖广头陀禅录司。（《元史·武宗本纪二》卷二三）

五月，以大都隶儒籍者四十户充文庙乐工。（《元史·武宗本纪二》卷二三）

八月，颁行至大银钞。（《元史·武宗本纪二》卷二三）

按：《元史·武宗本纪二》载：“诏曰：‘昔我世祖皇帝既登大宝，始造中统交钞，以便民用，岁久法隳，亦既更张，印造至元宝钞。逮今又复二十三年，物重钞轻，不能无弊，乃循旧典，改造至大银钞，颁行天下。至大银钞一两，准至元钞五贯、白银一两、赤金一钱。随路立平准行用库，买卖金银，倒换昏钞。或民间丝绵布帛，赴库回易，依验时估给价。随处路府州县，设立常平仓以权物价，丰年收籴粟麦米谷，值青黄不接之时，比附时估，减价出粜，以遏沸涌。金银私相买卖及海舶兴贩金、银、铜钱、绵丝、布帛下海者，并禁之。平准行用库、常平仓设官，皆于流官内铨注，以二年为满。中统交钞，诏书到日，限一百日尽数赴库倒换。茶、盐、酒、醋、商税诸色课程，如收至大银钞，以一当五。颁行至大银钞二两至一厘，定为一十三等，以便民用。’”

（《元史》卷二三）

　　立尚书省。

　　按：《元史·仁宗本纪一》载："二年八月，立尚书省，诏太子兼尚书令，戒饬百官有司，振纪纲，重名器，夙夜以赴事功。"（《元史》卷二四）

　　癸未，着行省便宜行事，法规一致。（《元史·武宗本纪二》卷二三）

　　按：《元史·武宗本纪二》载："尚书省臣言：'古者设官分职，各有攸司，方今地大民众，事益繁冗，若使省臣总挈纲领，庶官各尽厥职，其事岂有不治？顷岁省务壅塞，朝夕惟署押文案，事皆废弛。天灾民困，职此之由。自今以始，省部一切，皆令从宜处置，大事或须上请，得旨即行，用成至治，上顺天道，下安民心。'又言：'国家地广民众，古所未有。累朝格例前后不一，执法之吏轻重任意，请自太祖以来所行政令九千余条，删除繁冗，使归于一，编为定制。'并从之。"（《元史》卷二二）

　　以大都城南建佛寺，立行工部，领行工部事三人，行工部尚书二人，仍令尚书右丞相脱虎脱兼领之。（《元史·武宗本纪二》卷二三）

　　丙戌，车驾至大都。（《元史·武宗本纪二》卷二三）

　　戊子，"尚书省臣言：'翰林国史院，先朝御容、实录皆在其中，乡置之南省。今尚书省复立，仓卒不及营建，请买大第徙之。'制可。"（《元史·武宗本纪二》卷二三）

　　十一月乙酉，准尚书省所请郊祀礼。（《元史·武宗本纪二》卷二三）

　　按：《元史·武宗本纪二》"尚书省及太常礼仪院言：'郊祀者，国之大礼。今南郊之礼已行而未备，北郊之礼尚未举行，今年冬至祀天南郊，请以太祖皇帝配；明年夏至祀地北郊，请以世祖皇帝配。'制可。"（《元史》卷二三）

　　十一月丁未，择卫士子弟充国子学生。（《元史·武宗本纪二》卷二三）

　　十二月己卯，帝亲飨太庙。（《元史·武宗本纪二》卷二三）

　　按：上太祖圣武皇帝尊谥、庙号及光献皇后尊谥，又上睿宗景襄皇帝尊谥、庙号及庄圣皇后尊谥，执事者人升散阶一等，赐太庙礼乐户钞帛有差。（《元史》卷二三）

　　是年，定蒙古国子学伴读员四十人，以在籍上名生员学问优长者补之。（《元史·选举志一》卷八一）

　　云和署拨隶玉宸乐院。（《元史·百官志一》卷八五）

　　按：云和署，秩正七品。掌乐工调音律及部籍更番之事。至元十二年（1275）始置。

　　完善官员封赠制。

　　按：《元史·选举志四》"至大二年，诏：'流官五品以上父母、正妻，七品以上正妻,令尚书省议行封赠之制。'礼部集吏部、翰林国史院、集贤院、太常等官,议封赠谥号等第,制以封赠非世祖所行,其令罢之。"(《元史》卷八四)

造至大银钞。

按:《元史·食货志一》"至大二年,武宗复以物重钞轻,改造至大银钞,自二两至二厘定为一十三等。每一两准至元钞五贯,白银一两,赤金一钱。元之钞法,至是盖三变矣。大抵至元钞五倍于中统,至大钞又五倍于至元。然未及期年,仁宗即位,以倍数太多,轻重失宜,遂有罢银钞之诏。而中统、至元二钞,终元之世,盖常行焉。"(《元史》卷九三)

耶律希亮(耶律铸子)九月以朝廷诏访求先朝旧臣,特除翰林学士承旨、资善大夫,寻改授翰林学士承旨、知制诰兼修国史。(《元史·耶律希亮传》卷一八〇)

翰林学士承旨不里牙敦十月癸亥为御史大夫。(《元史·武宗本纪二》卷二三)

姚燧授荣禄大夫、集贤大学士、翰林学士承旨、知制诰同修国史。(刘致《牧庵年谱》)

程钜夫任翰林学士。(程世京《程钜夫年谱》)

刘赓拜正议大夫、礼部尚书,仍兼翰林学士。(虞集《刘公神道碑》)

王约擢为太子詹事丞。(《元史·王约传》卷一七八)

赵孟𫖯七月升中顺大夫、扬州路泰州尹兼劝农事,未上。(杨载《大元故翰林学士承旨荣禄大夫知制诰兼修国史赵公行状》)

苗好谦献种苎之法。

按:《元史·食货志》"武宗至大二年,淮西廉访佥事苗好谦献种苎之法。其说分农民为三等,上户地一十亩,中户五亩,下户二亩或一亩,皆筑垣墙围之,以时收采桑椹,依法种植。武宗善而行之。其法出《齐民要术》等书,兹不备录。"《元史·食货志》又载,"延祐三年,以好谦所至,植桑皆有成效,于是风示诸道,命以为式。是年十一月,令各社出地,共苎桑苗,以社长领之,分给各社。"(《元史》卷九三)

宋超充昭文馆大学士。(程钜夫《太原宋氏先德之碑》)

吴澄为国子监丞。(危素《吴澄年谱》)

按:吴澄三月从江西戒行,五月至京,六月上官。吴澄到任后,其立身、教学非平坦而外于政治,实深有可慨处,危素记曰:"初许文正公为国子祭酒,始以朱子之书训授诸生,厥后监官不复身任教事,唯委之博士助教。公至就位，六馆翕然归向。公清晨举烛堂上，各举所疑以质问，日暮退就寓舍，则执经以从公。公因其才质之高下而开导诱掖之。讲论不倦，每至夜分；寒暑不废，一时观感而兴起者甚众。时未设典簿，廪膳出内，监丞主之。公会其羡余，以增养赡而旧弊悉革。中书省政多循习故常，好大喜功，乘间而起，立尚书省以夺其政权。其丞辖尝通《洪范》、《易经》之义，近进者多言儒术以迎合之类，欲引公以为之重，公严重不可屈致。有辩士自谓能致之，踵门曰：'先生负治平之学，生民之涂炭，国家之困敝甚矣，今在朝廷，宁能不一副执政者之求乎？'公以疾辞。明日又至，则避之。辩士遂知终不可致，归绐其人曰：'老儒未尝骑乘，堕马折臂，不能来矣'，乃止。"（《临川吴文正公年谱》）

　　虞集服阕再为国子助教。（虞集《书堂邑张令去思碑后》）

　　曾巽初以进献《卤簿图》等著而为太乐署丞。

　　按：据虞集记载，至大初，"曾巽初著《卤簿图》五卷、《书》五卷，《郊祀礼乐图》五卷、《书》三十卷，上之江西行省。行省丞相乌哲善之，二年（1309）以其书上闻，中书省下其事太常礼部，会议皆以其书为然。太常礼仪使田忠良等以告中书丞相，丞相以告天子，有诏太常以图书与著书人入见，而巽初得对玉德殿。上曰：'礼乐之盛如此，皇帝之所以尊也，而儒士之用心亦劳矣。太常其命以官。'于是太常奏为太乐署丞。未几，议立圆丘方泽，奉太祖皇帝以配天，凡从祀坛壝、玉帛、牺牲、乐，与博士杂议，巽初引援考据，沛然有余，有司习于礼者咸推让焉。是年（1309），郊于圆丘，天大寒雪，执事者多不胜，而巽初在坛上领群工登歌作乐，音节谐亮，世其艺者不能及也。"（虞集《曾巽初墓志铭》）

　　胡助在金陵任教官。（《纯白先生自传》）

　　耶律有尚以疾辞归。（苏天爵《皇元故昭文馆大学士兼国子祭酒赠河南行省右丞相耶律文正公神道碑铭有序》）

　　按：至大元年（1308），耶律有尚进阶中奉，但不久及以疾病辞，但朝廷"逾年始允"，当其归家之际，朝廷"诏赐楮泉五千缗，使者护送归乡里"，此后，到延祐六年（1319），耶律归养多年，而仁宗清燕时节，语及先朝故老，仍"遣近臣赐公酒醴"，一时"缙绅荣之"。（《滋溪文稿》卷七）

　　吴全节父母受封赠。（《饶州安仁县柳侯庙碑》）

　　赵孟頫九月奉命图绘禾穗图。

　　按：《元史·仁宗本纪一》"九月，河间等路献嘉禾，有异亩同颖及一茎数穗者，命集贤学士赵孟頫绘图，藏诸秘书。"（《元史》卷二四）

许有壬旅食京师。

按：许有壬《题旧寄高元用小诗》"至大己酉，予旅食京师，与洛阳高君元用共爨以食。天大寒，尝复衾而寝，有'两鬓烟尘朝共爨，一窗风雪夜同衾'之句，君笑曰：'此他日话柄也。'俄皆用茂异，调校职，元用钱予北而后南焉。予赴辽州倅，遇便邮，继以'为君拈起当时语，应见相思万里心'为四句寄之。"（《至正集》卷七二）元廷未兴科举之际，士人奔走京师，或为吏事南北碌碌之境况，于许有壬此记中颇可见诸。

姚燧奉旨为上都留守贺仁杰撰神道碑。

按：贺仁杰（1233—1307），字宽甫，京兆人。自父亲贺贲开始追随忽必烈，而贺仁杰更是征战南北，深得忽必烈欣赏、信重。大德十一年（1307），成宗去世，武宗即将即位，贺仁杰承命由上都赶往大都，中途得病，武宗遂以贺仁杰之子贺胜由参知政事、上都留守，进拜平章政事为庆，贺仁杰"抚膺感极而薨"。贺氏家族历任上都留守，承担元廷贵族宗王每年一度的上都巡幸事宜，事无巨细，妥帖备至，并无差错，以此，姚燧在神道碑中评价贺仁杰曰："然计始入臣，以及丏老，实五十四年，掌留钥者居半，仓廪府库，一俟启闭，衢士衣食，亦仰均赋。乘舆岁至，比其南也，少乃数月，顿舍宴享，诸生百司，送往劳来，细而米盐、灯烛，大内之中，奔走征呼，一日数至，其所受委，不怠下忘，克当圣心，未尝取其逆怒。以故资身百备，皆出赐予，最其多者，楮缗五万，玉带、珠衣、宴服、貂裘、华饰，可等国人贵臣，他珍玩不计。人则置之曰：'不过受也。'斯其君臣之际交孚然也。"（姚燧《光禄大夫平章政事商议陕西等处行中书省事赠恭勤竭力功臣仪同三司太保封雍国公谥忠贞贺公神道碑》）

赵孟頫奉旨撰《临济正宗之碑》。（《松雪斋集》卷九）

焦养直卒。

按：焦养直（1239—1309），字无咎，东昌堂邑人。父亲为金朝进士。三岁能画地象楼观，十岁，日记千言，善属文，又善写竹木，得文与可、王子端之法，夙以才器称。至元十八年，以董文忠举荐，得见忽必烈，敷对称旨，以真定路儒学教授超拜典瑞少监。至元二十四年，随忽必烈从征乃颜。之后历任奉议大夫、奉政大夫、集贤学士，教授太子及诸皇子，辅导得老臣体。至大二年告老归而卒，赠资德大夫、河南等处行中书省右丞，谥文靖。平生为诗文甚多，"其诗文有优游宽厚之风，无忧患愤怨之思。笃实以见其德，不以矜扬为华，平易以尽其情，不以险绝为异。激昂清风，陶冶和气，蔼然仁义之言,所以成一时之盛者也。"(《焦文靖公彝斋存稿序》)著有《彝斋存稿》。事迹见虞集《焦文靖公彝斋存稿序》(《道园类稿》卷一八)、《元史》卷一六四本传。

白恪卒。

按:白恪(1246—1309),字敬甫,白华第三子,白朴弟。少警敏,三岁善作字,书八卦八字,元好问甚为器重。在元廷任官,积阶至朝列大夫。晚自号竹梧。其为文不事雕饰。有诗文若干卷藏于家。事迹见袁桷《朝列大夫同佥太常礼仪院事白公神道碑铭》(《清容居士集》卷二七)。

阿失帖木儿卒。

按:阿失帖木儿(1248—1309),畏兀儿人,世居别失八里,入元后,徙燕。生有异质,强敏过人,以为裕宗(真金)宿卫起家。曾以字学教授成宗、晋王(泰定帝),又曾辅迪武宗。卒后,赠推诚保德济美功臣、太师、开府仪同三司、上柱国,追封武都王,谥号忠简。事迹见程钜夫《武都忠简王神道碑》(《雪楼集》卷七)。

任士林卒。

按:任士林(1253—1309),字叔实,号松乡,原籍四川绵竹,后徙浙江鄞县。宗南宋理学,讲道会稽,授徒钱塘。至大元年(1308),中书左丞郝天挺以事至杭,闻士林名,举之行省,任安定书院山长。著有《中庸论语指要》、《松乡文集》十卷。《元诗选》二集丙集收其诗。其事迹见于《新元史》卷二三五、《宋元学案》卷六四、《万历绍兴府志》卷二九。

陈孚卒。

按:陈孚(1259—1309),字刚中,号勿斋,临海人。曾以布衣献《大一统赋》。赋署为上蔡书院山长。调翰林国史院编修官,摄礼部郎中副梁。出使安南,讫不辱命,归来除翰林待制。卒后追封海陵郡公,谥文惠。《元史》称他,"天才过人,性任侠不羁,其为诗文,大抵任意即成,不事雕琢"。著有《观光稿》、《交州稿》、《玉堂稿》、《天游稿》、《桐江稿》、《柯山稿》各一卷。事迹见《元史·儒学传》、《台州府志》、《临海县志》。

梁寅(1309—1389)、邵亨贞(1309—1401)生。

元武宗至大三年　庚戌　1310 年

正月辛丑,降诏招谕大彻里、小彻里。(《元史·武宗本纪二》卷二三)

四月,赐高丽国王王章功臣号,改封沈王。(《元史·武宗本纪二》卷二三)

丙子,增国子生为三百员。(《元史·武宗本纪二》卷二三)

八月丙戌,车驾至大都。(《元史·武宗本纪二》卷二三)

十一月,敕城中都,以牛车运土,令各部卫士助之,限以来岁四月十五日毕集,失期者罪其部长,自愿以车牛输运者别赏之。(《元史·武宗本纪二》卷二三)

是年,申命大司农总挈天下农政。

按:《元史·食货志一》"申命大司农总挈天下农政,修明劝课之令,除牧养之地,其余听民秋耕。"(《元史》卷九三)

李孟特授,荣禄大夫、平章政事、集贤大学士、同知徽政院事。

按:《元史·武宗本纪二》载,"(三年)乙酉,特授李孟荣禄大夫、平章政事、集贤大学士、同知徽政院事。"(《元史》卷二三)

黄溍《元故翰林学士承旨中书平章政事赠旧学同德翊戴辅治功臣太保仪同三司上柱国追封魏国公谥文忠李公行状》载,至大三年春正月,李孟终于出山入觐武宗于玉德殿。而武宗指着李孟对身边宰执大臣曰:"此先太母命为朕宾师者,宜亟任用之。"遂特授李孟现职。(《文献集》卷三)

太子詹事斡赤五月甲子为中书左丞、集贤使,领典医监事。(《元史·武宗本纪二》卷二三)

察罕任昭文馆大学士、正奉大夫、太子府正。(程钜夫《大元河东郡公伯德公神道碑铭》)

赵孟頫拜翰林侍读学士、知制诰、同修国史。(杨载《大元故翰林学士承旨荣禄大夫知制诰兼修国史赵公行状》)

刘赓拜中奉大夫、侍御史。岁中,拜翰林学士承旨、资善大夫、知制诰、兼修国史。(虞集《刘公神道碑》)

张养浩以监察使身份上书言十害。

按:张养浩所疏内容主要是:赏赐太侈;刑禁太疏;名爵太轻;台纲太弱;土木太盛;号令太浮;幸门太多;风俗太靡;异端太横;取相之术太宽。(张养浩《时政书(庚戌年上)》,《归田类稿》卷二)

齐履谦升授时郎,秋官正,兼领冬官正事。

按:苏天爵《元故太史院使赠翰林学士齐文懿公神道碑铭》载,武宗期间,齐履谦恪尽职守,不为时论势力所动。大德十一年春,武宗自北藩入继大统,太后命令星官卜即位日期。齐履谦认为:"帝王即位俱有典礼。汉文帝至自代邸,以其日日夕即位,岂宜拘以禁忌误大计耶!"至大二年,奉常请求修社稷坛以及浚通太庙庭中井,有人认为犯太岁,想阻挠此事,齐履谦认为:"国家以四海为家,岁君宁专在是乎?"诸如此类事宜,足见齐履谦之正气。(《滋溪文稿》卷九)

李之绍、蒋汝砺任太常博士。

按:《元史·祭祀一》"至大三年春正月,中书礼部移太常礼仪院,下博士拟定北郊从祀、朝日夕月礼仪。博士李之绍、蒋汝砺疏曰……"(《元史》卷七二)

宋超以昭文馆大学士迁中奉大夫,任职昭文。(程钜夫《太原宋氏先德之碑》)

程钜夫九月拜山南江北道肃政廉访使。(程世京《程钜夫年谱》)

畅师文出为太平路总管。(《元史·畅师文传》卷一七〇)

邓文原授江西儒学提举。(《元史·邓文原传》)

姚燧荐举刘致为汴省掾。(刘致《牧庵年谱》)

吴全节父亲吴克己被特授荣禄大夫、大司徒,封饶国公。(袁桷《荣禄大夫大司徒特进饶国吴公饶国夫人舒氏墓志铭》)

大乘都由翰林学士、嘉议大夫赠荣禄大夫、柱国、蓟国公。

按:大乘都(1227—1299),别石拔里人,皇庆元年(1312)加赠为推诚宣义功臣、太傅、开府仪同三司、上柱国、秦国公,谥文敏。据程钜夫载,世祖知大乘多家世甚盛,又知其学问有源,随问随对,大为器重,"即命通籍禁门,恒侍左右,诵说经典,益久益亲。且令大乘都作为皇孙阿难答老师。后阿难答出镇安西,为安西王,请以大乘都随行。世祖曰:'大乘都,我所须也,余人则可。'后以阿难答面请,世祖不得已许之。大乘多随阿难答西行,抵开城,按滩、布哈(不华)、阿都直(阿多展)三皇孙皆师之。后阿难答将远征,大乘多请回大都见世祖,遂自平凉归京师。"其时,"世祖上宾,成宗即政",遂以三品禄之,拜翰林学士、嘉议大夫。大德三年庚子,大乘都薨于赐第,年七十有二。延祐三年,仁宗诏树碑于其先墓,程钜夫为之作《秦国先墓碑》。

许衡被加赠太傅,追封魏国公。(欧阳玄《元中书左丞集贤大学士国子祭酒赠正学垂宪佐理功臣太傅开府仪同三司上柱国追封魏国公谥文正许先生神道碑》)

黄溍正月于杭州与邓文原、黄石翁都游,作《次韵答儒公上人》。春,与叶谨翁、张枢等游金华北山,作《金华山赠同游者三十韵》。

黄溍寄诗一卷与吴师道,吴师道作《和黄晋卿客杭见寄》。

国子监师生僚佐于国子监后圃赏梨花。

按：据虞集《国子监后圃赏梨花乐府序》记载，这年仲春，国子监完成大成殿登歌乐，其时春雨适至，国子司业赋喜雨诗。三月辛巳，国子监后圃梨花盛开，国子司业遂率僚吏携酒赏花，席间，琴音缭绕。次日，国子监僚友再酌酒而赓之，再次日，诸生之长酌酒而赓之。于是虞集提议赋乐府诗，之后又命弟子辑录为卷，虞集作序。

赵孟頫由运河取道前往上都途中，作《定武兰亭十三跋》。

按：至大三年（1310），赵孟頫受其时尚在东宫的皇太子爱育黎拔力八达之征召，取道运河北上大都。离杭之际，赵孟頫好友吴森决定陪他同行。吴森乃嘉兴藏家，随身携带家藏《定武兰亭》（五字损本）。九月五日，船行至湖州南浔时，前来送别的僧人独孤长老也带了一本《定武兰亭》（五字不损本），并将它送给了赵孟頫：赵孟頫即此也有交代，他在题跋中写道："《兰亭》墨本最多，惟定武刻独全右军笔意。此旧所刻者，不待聚讼，知为正本也。至元己丑三月，三衢舟中书。""《兰亭帖》自定武石刻既亡，在人间者有数，有日减，无日增，故博古之士以为至宝。然极难辨，有纔损五字者，又有五字未损者。独孤长老送余北行，携以自随，至南浔北，出以见示，因从独孤乞得携入都。他日来归，与独孤结一重翰墨缘也。独孤名淳朋，天台人。（一本云：时静心吴义士联舟与余北上，出此卷相校，即一刻也，但五字损耳。静心名森，嘉兴人。至大三年九月五日，孟頫跋于舟中。）至大三年九月五日，孟頫跋于舟中。"在得到独孤本《定武兰亭帖》之后 32 天的行程中，赵孟頫对照《定武兰亭》（五字不损本，即独孤本）与吴森本，时时展读、临习，颇有心得，先后写下十三段跋文，这些题跋既堪称书法名品，又可看作是书法创作的理论心得，在书法界极为著名。

姚燧作《跋雪堂雅集后》。

按："雪堂雅集"以参与者层次高而著称，大德时期的馆阁高层几乎囊括其中，诸如商挺、张九思、马绍、燕公楠、杨镇、张斯立、王磐、董文用、徐琰、李谦、阎复、王构、徐世隆、李盘、王恽、雷膺、周砥、宋渤、张孔孙、赵孟頫、王博文、刘宣、夹谷之奇、刘好礼、张之翰、宋道、胡祗遹、崔瑄等共二十八人，皆有咏歌。"雪堂"乃大都天庆寺住持僧普仁居室，至元二十二年（1285）至二十三年（1286）间建成，为文坛著名活动场所。姚氏序云："释统仁公见示《雪堂雅集》二帙，因最其目：序四、诗十有九、跋一、真赞十七、《送丰州行》诗九，凡五十篇。有一人再三作者，去其繁复，得二十有七人：副枢左山商公讳挺，中书则平章张九思，右丞马绍、燕公楠，左丞杨镇，参政张斯立，翰林承旨则麓庵王公讳磐、董文用、徐琰、李谦、阎复、王构，学士则东轩徐公讳世隆、李盘、王恽，集贤学士则苦斋雷君膺、周砥、宋渤、张孔孙、赵孟頫，御史中丞王博文、刘宣，吏曹尚书则夹谷之奇、刘好礼，郎中张之翰，太子宾客宋道，提刑使胡祇遹，廉访使崔瑄，皆咏歌其所志，喜与缙绅游者。……然此中予未有识四人，镇、琰、好礼、瑄，然已皆物故。其存者，阎、季两承旨而已。可为人物眇然之叹。至大庚戌秋八月下弦日跋。"(《牧庵集》卷三一)

虞集作《书堂邑张令去思碑后》。

按：据虞集文章知道，张令即张养浩，《张令去思碑》乃元明善所作。由虞集所记可知，张养浩作为地方官吏之际，节用而爱民，不强取民物，不滋扰民生，对待民众态度温和，与后来继任者形成鲜明对比，民众在其去后非常怀思。"官有征买，皆亲载钱至市若乡，悉召父老大家，甲乙立告以县官所须与物贾，使自推择当卖所有者，指名即受贾书牒，期某日以某物诣某所，吏无所出入，是以事集而民不知。且令行县中无忤，视民甚畏爱之。市井妇稚无恶言，强壮无狠斗，即有讼，令亲诘谕，往往悔悟去。或有当问，即摄牒置案上，一不以示吏，手书当问者乡里、姓名、县门，其人如约至，亦知令得实，不烦鞫治，即承罪谢去以为常。"不像现任，弄得民不聊生，"官买物，数月不予直，民宁不愿待？愿归治生，而县益亟追以来，终不得直。部使者以责吏，而又征我曹。今道路府史之费且十倍，吾安用得直？""吾赋为乡正里长征去随用之，不以入官。期既迫，官疏不入赋者逮治之。我等奔走失业，家且破矣。"

姚燧为姚枢撰神道碑。

按：在神道碑中，姚燧交代，姚枢死后十九年，元贞二年(1296)，裕圣太后由于姚枢曾给真金太子讲诵，向成宗进言，于是成宗"赠谥荣禄大夫、少师、文献公"，"至大三年，武宗追号嘉猷程世旧学功臣、太师、开府仪同三司、鲁国公，谥仍其旧。又推恩再世：考仲宏，赠太保、仪同三司、鲁国康懿公；祖骑，银青荣禄大夫、大司徒、鲁国惠靖公；妣张氏，祖妣李氏，皆鲁国夫人。"姚燧奉旨撰神道碑。(姚燧《中书左丞姚文献公神道碑》)

袁桷三月二十四日拜祭戴表元，作墓志铭。

按：戴表元(1244—1310)，字帅初，一字曾伯，浙江奉化人。南宋末中进士，授建康府教授，以兵乱归剡。元大德八年(1304)六十一岁时，被人推荐为信州教授，再调婺州，因病辞职。戴表元曾从王应麟、舒岳祥等游，学问渊源俱有授受。律诗雅秀，力变宋诗积习，静细清新，风致近晚唐。散文清深雅洁，多伤时悯乱之作。著有《论语讲义》一卷、《急就篇注释补遗》(有自序)、诗文若干卷，以所居乡名曰《剡源集》，有三十卷。事迹见袁桷《戴先生墓志铭》(《清容居士集》卷二八)、《元史》卷一九〇、《新元史》卷二三七、《宋元学案》卷八五、近人孙莿侯有《戴剡源年谱》。

碛砂延圣寺僧慧联等施其先师遗财,雕刊《大藏尊经》一千卷。

按:该部《大藏经》历时九十一年始克成功。全藏共五百九十一函,
一千五百三十二部,六千三百六十二卷。

龙山赵国宝刊行《翰苑英华》、元好问《中州集》十卷。

高克恭卒。

按:高克恭(1243—1310),字彦敬,号房山道人,其先为西域人,籍贯大
同,居大都。元前期主要画家之一,也是有影响的诗人。工画山水,也善画
竹,初学米芾,晚年师法董源、巨然,笔墨苍润,元气淋漓,很为赵孟頫推重。
有"南有赵魏北有高"之称。有作品《云横秀岭图》、《墨竹坡石图》等存世。
是第一位称作诗人的以汉语写作的西域色目人。著有诗集《房山集》。事
迹见《元诗纪事》卷一〇、《元诗选·二集》小传、邓文原撰《故大中大夫刑
部尚书高公行状》(《巴西集》卷下)。

王构卒。

按:王构(1245—1310),字肯堂,号安野,东平人。少师杜仁杰,为其深
器重。弱冠以词赋中选,至元间授翰林国史院编修官。宋亡,被旨至杭,取
宋三馆图籍、太常天章礼器舆仗仪注,悉輦归于朝,宋朝实录、正史赖王构
而得全藏于元廷史院。武宗时为翰林学士承旨。熟悉朝廷中诸事之变迁,
谥议册文,多出其手,最传于朝者如《世祖皇帝谥册》、《追谥太祖册》、《武宗
皇后册》。参修世祖、成宗两帝实录。卒谥文肃。王构著有《王文肃公集》
三十卷;又曾采宋人诗话及杂记著《修辞鉴衡》二卷,上卷论诗,下卷论文。
事迹见袁桷《翰林学士承旨赠大司徒鲁国王文肃公墓志铭》(《清容居士集》
卷二九)、袁桷《翰林承旨王公请谥事状》(《清容居士集》卷三二)、《元史》卷
一六四、《元诗选·癸集》乙集小传。

迺贤(1310—1368)、顾瑛(1310—1369)、宋濂(1310—1381)、袁凯(约
1310—?)生。

元武宗至大四年　辛亥　1311 年

正月庚辰,武宗崩于玉德殿。

按:武宗在位五年,寿三十一。夏四月乙未,文武百官也先铁木儿等上

尊谥曰仁惠宣孝皇帝,庙号武宗,国语曰曲律皇帝。

虞集评价武宗时期政治云:"昔在至元、大德之间,天下大定,天子方与民休息,中外晏然,可谓熙洽之治矣。武皇帝入纂大统,当富有之大业,圣明于赫,盛莫加焉。方是时,国家丰裕,府库充斥。封爵并建于公,孤而不摄;锡赏下逮于衮,御而不匮。而秉钧轴者,多练事而袭故,安常而厌动,慢弛之习见焉。于是,有智力过人者,欲见于有为,以功名自许,招徕才俊,采拾论议,一言悟主,风采震动。立尚书,以出朝廷之政,治天下之事,中书之署,仅同闲局,居其职者,俯焉食禄而已。于是,新任事执政者,各献其能以佐君相,不次超擢,以建事功,政令日出,震耀奇伟。其大者,如作中都,改楮币,复泉布,责郡县吏以九载黜陟之法,而考功之职兴焉。"(《翰林直学士曾君小轩集序》)《元史》评价武宗:"当富有之大业,慨然欲创治改法而有为,故其封爵太盛,而遥授之官众,锡赉太隆,而泛赏之恩溥,至元、大德之政,于是稍有变更云。"(《元史·武宗本纪二》)

壬子,罢城中都。(《元史·仁宗本纪一》卷二四)

乙未,禁百官役军人营造及守护私第。(《元史·仁宗本纪一》卷二四)

大朝会,调三万人备围宿。

按:《元史·兵志二》"武宗至大四年正月,省臣等传皇太子命,以大朝会调蒙古、汉军三万人备围宿,仍遣使发山东、河北、河南、淮北诸路军至京师。复命都府、左右翼、右都威卫整器仗车骑。六月,以诸侯王、驸马等来朝,命发各卫色目、汉军八百二十六人至上京,复命指挥使也干不花领之。"(《元史》卷九九)

二月戊申,罢运江南所印《佛经》。(《元史·仁宗本纪一》卷二四)

禁宣政院违制度僧。(《元史·仁宗本纪一》卷二四)

丁卯,命西番僧非奉玺书驿券及无西番宣慰司文牒者,勿辄至京师,仍戒黄河津吏验问禁止。(《元史·仁宗本纪一》卷二四)

罢总统所及各处僧录、僧正、都纲司,凡僧人诉讼,悉归有司。(《元史·仁宗本纪一》卷二四)

禁白云宗。

按:"御史台臣言:'白云宗总摄所统江南为僧之有发者,不养父母,避役损民,乞追收所受玺书银印,勒还民籍。'从之。"(《元史·仁宗本纪一》卷二四)

立淮安忠武王伯颜祠于杭州,仍给田以供祀事。(《元史·仁宗本纪一》卷二四)

三月庚寅,即皇帝位于大明殿,受诸王百官朝贺。(《元史·仁宗本纪一》

卷二四)

四月壬寅,诏分汰宿卫士,汉人、高丽、南人冒入者,还其元籍。(《元史·仁宗本纪一》卷二四)

以即位告于南郊、太庙。(《元史·仁宗本纪一》卷二四)

辛酉,"敕:'国子监师儒之职有才德者,不拘品级,虽布衣亦选用。'"(《元史·仁宗本纪一》卷二四)

革罢各路、府、州、县所立之统摄和尚、先生、也里可温、答失蛮、白云宗、头陀教衙门,并拘收印信。(《元史·仁宗本纪一》卷二四)

五月癸酉,征八百媳妇等国。(《元史·仁宗本纪一》卷二四)

按:《元史》载:"八百媳妇蛮与大、小彻里蛮寇边,命云南王及右丞阿忽台以兵讨之。"(《元史·仁宗本纪一》卷二四)

丙子,命翰林国史院纂修先帝实录及累朝皇后、功臣列传。(《元史·仁宗本纪一》卷二四)

壬午,制定翰林国史院承旨五员,学士、侍读、侍讲、直学士各二员。(《元史·仁宗本纪一》卷二四)

金齿诸国献驯象。(《元史·仁宗本纪一》卷二四)

戊子,罗鬼蛮来献方物。(《元史·仁宗本纪一》卷二四)

甲午,复太常礼仪院为太常寺。(《元史·仁宗本纪一》卷二四)

六月癸卯,"敕宣政院:'凡西番军务,必移文枢密院同议以闻。'吐蕃犯永福镇,敕宣政院与枢密院遣兵讨之。"(《元史·仁宗本纪一》卷二四)

丁巳,敕翰林国史院春秋致祭太祖、太宗、睿宗御容,岁以为常。(《元史·仁宗本纪一》卷二四)

六月,敕蒙古、色目人习诵《贞观政要》。

按:《元史》载:"仁宗览《贞观政要》,谕翰林侍讲阿铁木儿曰:'此书有益于国家,其译以国语刊行,俾蒙古、色目人诵习之。'"(《元史·仁宗本纪一》卷二四)

七月甲辰,车驾将还大都。

按:《元史》载:"太后以秋稼方盛,勿令鹰坊、驼人、卫士先往,庶免害稼扰民,敕禁止之。"(《元史·仁宗本纪一》卷二四)

丁卯,敕不拘资级进用人才。(《元史·仁宗本纪一》卷二四)

按:《元史·仁宗本纪一》载:"完泽、李孟等言:'方今进用儒者,而老成日以凋谢,四方儒士成才者,请擢任国学、翰林、秘书、太常或儒学提举等职,俾学者有所激劝。'帝曰:'卿言是也。自今勿限资级,果才而贤,虽白身亦用之。'"

定国子生额为三百人,仍增陪堂生二十人。

按:《元史·选举志一》载,"武宗至大四年秋闰七月,定生员额二百人。冬十二月,复立国子学试贡法,蒙古授官六品,色目正七品,汉人从七品。试蒙古生之法宜从宽,色目生宜稍加密,汉人生则全科场之制。"《元史纪事本末》述此事云,初帝命李孟领国子学,谕之曰:"国学人材所自出,卿宜课诸生勉其德业。"至是又谕省臣曰:"昔世祖注意国学,如不忽木等皆蒙古人,而教以成材。朕今亲定国子生为三百人,仍增陪堂生二十人,通一经者,以次补伴读,著为定式。"既而孟等言,方今进用儒者,而老成日已凋谢,四方儒士有成材者,请擢任国学翰林秘书、太常或儒学提举等职,俾学者有所激劝,帝从之,诏今勿限资级,果材而贤,虽白身亦任用之。(《元史纪事本末》卷二)蒙古国子监生员由三部分人组成。朝廷所定额数为正式生员,一般由朝廷官僚子弟充任。无此资格者也可旁听,但须自费,称作陪堂生。伴读生在陪堂生中择学问优长者产生。伴读生虽在身份上与正式生员有区别,但享受待遇相同。(王建军《元代国子监研究》)

禁医人非选试及著籍者,毋行医药。(《元史·仁宗本纪一》卷二四)

恢复白莲教合法地位。

按:此旨之宣布与普度等人之活动有关,乃白莲教复教之标志。仁宗下诏允许复兴白莲教,并封普度为白莲教主,赐号"虎溪尊者",普度一时号称莲宗中兴之祖,普度著作《莲宗宝鉴》也因此获准行布天下。袁桷《妙果寺记》载,"庐山东林寺,以远法师为祖庭,其教行乎海寓。阅年滋多,庞幻杂糅,坏官夷址,将绝其遗教。寺僧普度慨然兴复,率弟子十人,芒屦草服诣京上书,演为万言。师又集历代经社缘起作《莲宗宝鉴》十卷,仁宗在东宫阅其书,尽初帙,问曰:'得无欲布施乎?'合指谢不敢。又问曰:'得无欲补僧职乎?'复谢:'无是想。惟莲教坠绝,愿殿下振复。'时武宗皇帝在御,近臣以其事奏,即以诏旨慰抚,如律令。至大四年,始播告中外,而度俾职其教,为优昙主。"(《清容居士集》卷二〇)

八月丙戌,安南世子陈日烜奉表以方物来贡。(《元史·仁宗本纪一》卷二四)

九月壬子,诏至大五年改元皇庆。(《元史·仁宗本纪一》卷二四)

十月,寓居大都之高丽国王益智礼普化开宗念佛,且发布疏文,令高丽国内创建寿光寺白莲堂。(《元史·仁宗本纪一》卷二四)

十一月戊午,禁汉人、回回术者出入诸王、附马及大臣家。(《元史·仁宗本纪一》卷二四)

十二月,复立国子学试贡法。(《元史·仁宗本纪一》卷二四)

按:据《元史·选举志一·学校》载:"蒙古授官六品,色目正七品,汉人从七品。试蒙古生之法宜从宽,色目生宜稍加密,汉人生则全科场之制。"(《元史》卷八一)

占城遣使奉表贡方物。(《元史·仁宗本纪一》卷二四)

是年,遣官至江浙议海运事。(《元史·仁宗本纪一》卷二四)

按:《元史·食货志一》"至大四年,遣官至江浙议海运事。时江东宁国、池、饶、建康等处运粮,率令海船从扬子江逆流而上。江水湍急,又多石矶,走沙涨浅,粮船俱坏,岁岁有之。又湖广、江西之粮运至真州泊入海船,船大底小,亦非江中所宜。于是以嘉兴、松江秋粮,并江淮、江浙财赋府岁办粮充运。海漕之利,盖至是博矣。"(《元史》卷九三)

始置甘肃行枢密院于甘州。(《元史·仁宗本纪一》卷二四)

按:《元史·百官志二》"甘肃行枢密院。至大四年,置行院于甘州,为甘肃等处行枢密院,设官四员,提调西路军马。后以甘肃省丞相提调,遂罢行院。"(《元史》卷八六)

大护国仁王寺建成。(《元史·仁宗本纪一》卷二四)

按:程钜夫在《奉圣州法云寺柔和尚塔铭》中指出元代佛教极盛:"佛法之行,其来远矣。至皇元而益盛,山林空寂之士,一旦乘时际运,左右人主,倾动王侯,奔走天下,生被显宠,没享荣名者不知其几。"(《雪楼集》卷二一)据程钜夫《大护国仁王寺恒产之碑》可知,大护国仁王寺乃世祖皇后于至元七年开始兴建,三年而成,后以武宗、仁宗之母再增赐其寺产于至大元年扩建,四年而成。至于大护国仁王寺之恒产,据程钜夫记载,"凡径隶本院若大都等处者,得水地二万八千六百六十三顷五十一亩有奇,陆地三万四千四百一十四顷二十三亩有奇,山林、河泊、湖渡、陂塘、柴苇、鱼竹等场二十九,玉石、银铁、铜盐、硝鹻、白土、煤炭之地十有五,栗为株万九千六十一,酒馆一。隶河间、襄阳、江淮等处提举司、提领所者,得水地万三千六百五十一顷,陆地二万九千八百五顷六十八亩有奇。江淮、酒馆百有四十,湖泊、津渡六十有一,税务闸坝各一。内外人户总三万七千五十九,实赋役者万七千九百八十八,殿宇为间百七十五,棂星门十,房舍为间二千六十五,牛具六百二十八。江淮牛之隶官者百三十有三。"经界既正,版籍既一,皇帝以为能称孝养意,进封按普安秦国公。程钜夫在文中曰:"祖宗受命为天下主,所以尊崇佛法,休惠僧徒,惟恐不备焉者,岂有他哉?诚以其道足以安利国家,泽润生民,期底于至治也。"(《雪楼集》卷九)

李孟拜中书平章政事,进阶光禄大夫,推恩其先三世。

按:这年春,仁宗皇帝即位,立即拜李孟任现职,并对李孟说:"卿,朕之旧学。其悉心以辅朕之不逮。"李孟感于仁宗之知遇,"毅然以国事为己任",在任期间,大刀阔斧进行吏治改革"慎赐予,重名爵,核太官之滥费,汰卫士之冗员,贵戚近臣恶其不利于已,而莫敢言也。前所建新法有未便者,奏请革去。百司庶政,一遵世祖皇帝成宪而行焉"。李孟辅政仁宗期间,"朝野乂安,民康物阜,号称极治。公歉然不自以为功。士大夫或誉之,辄谢曰:'此圣天子之德也,吾何力之有焉?'"而出于对政治险恶的认知,李孟请求解除"机务"。但仁宗说:"朕在位,必卿在中书。朕与卿君臣当相为终始。自今其勿复言。"于是不久就赐爵秦国公。且"亲授印章,仍锡书命,以褒宠之"。据黄溍行状记载仁宗对于李孟的尊崇和礼遇说,当初仁宗在覃怀流放之际,知道李孟自号秋谷,曾命集贤大学士王顒书"秋谷"两大字,"御署以赐公"。即位之后,"又命绘公象,敕词臣为之赞"。而李孟每每入宫观见仁宗,仁宗"必赐坐,与语移时而退。惟以字呼之曰道复,而不名,其见尊礼如此"。(黄溍《元故翰林学士承旨中书平章政事赠旧学同德翊戴辅治功臣太保仪同三司上柱国追封魏国公谥文忠李公行状》)

李孟二月奉命领国子监学,七月封奉国公,十二月奉命整饬国子监学。(《元史·仁宗本纪一》卷二四)

按:李孟以平章政事领国子监学,此举乃仁宗朝促进国子监发展之特别举措,意乃朝廷中书权力机构委派一位或数位官员主管国子监事宜,此法前代未见,明清则沿袭成例。其时仁宗谕李孟曰:"学校人才所自出,卿等宜数诣国学课试诸生,勉其德业。"完泽、李孟等言:"方今进用儒者,而老成日以凋谢,四方儒士成才者,请擢任国学、翰林、秘书、太常或儒学提举等职,俾学者有所激劝。"仁宗曰:"卿言是也。自今勿限资格,果才而贤,虽白身亦任之。(《续资治通鉴》卷一九七)

李孟七月戊申封秦国公,命亦怜真乞剌思为司徒。(《元史·仁宗本纪一》卷二四)

张珪以尚书台中丞促成仁宗即位大明殿事。

按:据虞集记载,仁宗将即位,廷臣根据皇太后的意旨,将行即位大礼于隆福宫,天子法驾以准备就列了,唯独张珪坚持大礼不能执行。"台长止之曰:'议已定,虽百奏无益。'公曰:'未始一奏,讵知无益哉?且大位,太祖、世祖之位也。隆福,太后之宫也,舍大明弗御,天子果即何位乎?'"上悟,移仗大明,遂即位。赐济孙衣二十袭,上金五十两,使自为带,受衣而辞金,不允,制带以赐之。"(虞集《中书平章政事蔡国张公墓志铭》)

郝天挺等老臣诣朝议事。

按：《元史》载，"召世祖朝谙知政务素有声望老臣平章程鹏飞、董士选、太子少傅李谦，少保张驴，右丞陈天祥、尚文、刘正，左丞郝天挺，中丞董士珍，太子宾客萧斛，参政刘敏中、王思廉、韩从益，侍御赵君信，谦访使程钜夫，杭州路达鲁花赤阿合马，给传诣阙，同议庶务。"（《元史·仁宗本纪一》卷二四）

忽都鲁都儿迷失奉旨译老臣议政言。

按：《元史》载，"帝谕集贤学士忽都鲁都儿迷失曰：'向召老臣十人，所言治政，汝其详译以进，仍谕中书悉心举行。'"（《元史·仁宗本纪一》卷二四）

杨光祖等授弘文馆学士。

按：六月丙午，以内侍杨光祖为秘书卿，谭振宗为武备卿，关居仁为尚乘卿，并授弘文馆学士。（《元史·仁宗本纪一》卷二四）

国子祭酒刘赓七月闰月诣曲阜，以太牢祠孔子。（《元史·仁宗本纪一》卷二四）

李谦任集贤大学士。（程钜夫《杨氏先茔记》）

辛文房为翰林编修官。

按：据程钜夫至大四年所作《大元河东郡公布都公神道碑铭》记载，该铭乃"谨按国史院编修官辛良史所为行状"记述，良史，辛文房之字。

陈颢以荣禄大夫官集贤。

按：据程钜夫记载，陈颢本追随翰林学士承旨安藏，事徽仁裕圣皇后（仁宗母），安藏深于释教，命陈颢祝发受戒。乃跟随仁宗潜邸覃怀，入侍春坊。武宗时期，命以资德大夫为释教都总统。仁宗即位后，授为集贤大学士，恩宠甚渥。（程钜夫《陈氏先德之碑》）

刘敏中出为淮西肃政廉访使，转通奉大夫、山东宣慰使，征为翰林学士承旨、荣禄大夫、知制诰，兼修国史。（曹元用《敕赐故翰林学士承旨赠光禄大夫柱国追封齐国公刘文简公神道碑铭并序》）

程钜夫夏四月，赐对元仁宗于便殿。六月，授浙东海右肃政廉访使。秋九月，拜翰林学士承旨、资善大夫、知制诰、兼修国史。（程世京《程钜夫年谱》）

赵孟頫五月升集贤侍讲学士、中奉大夫，用从二品例，推恩二代。（杨载《大元故翰林学士承旨荣禄大夫知制诰兼修国史赵公行状》）

张养浩首拜中书右司都事，后擢翰林直学士，不久奏代秘书少监。

按：至大时候，方立尚书省，设立之后，变更法度，于是"易置官府"，"将厉天下"，张养浩遂到肃政堂扬言说："台察，所以制治也。今尚书省横恣，御史言之,抑而不闻,何哉? 昔桑哥事败,世祖皇帝切责台臣不先事言。今若复尔,将恐他日无以辞责矣。"不久,尚书省奏除御史大夫、中丞、侍御史,张养浩喟然而叹曰:"是尚可为哉!"于是称疾不出,但仍然上疏几万言论时政之弊,于是执政者非常忌恨,奏改为翰林待制,不数日又"诬以罪黜,且谕台院永不录用",犹为释怀,还欲以他事来对付张养浩。"人皆为公忧,密告之,故趣使辟之。公乃诡服亡去。数十日,朝士大夫过其门,不敢正视。"直至尚书省罢,张养浩才回家。仁宗即位后,首拜张养浩中书右司都事,"一时发号施令,更革庶务",张养浩遂"知无不言,言复无所顾忌,人亮其诚,所言皆见之行",遂擢翰林直学士。(张起岩《大元敕赐故西台御史中丞赠摅诚宣惠功臣荣禄大夫陕西等处行中书省平章政事柱国追封滨国公谥文忠张公神道碑铭》)

元明善在仁宗居东宫时首擢为太子文学,入翰林,任翰林直学士。

按:据马祖常神道碑记载,"仁宗皇帝养德东宫,左右文化,选天下髦俊之士,列在官臣",元明善"首被简拔,授承直郎、太子文学"。仁宗即皇帝位后,元明善迁翰林待制、承直郎兼国史院编修官,与修成庙实录,加奉议大夫。同年,元明善升任翰林直学士、朝列大夫、知制诰、同修国史。元明善任直学士期间,曾奉命出京为山东、河南诸县赈饥,其时,"彭城、下邳诸州连数十驿,保马民饥,官无文书"(马祖常《翰林学士元文敏公神道碑》),而元明善在赈济过山东、河南等地饥饿事后,还剩"楮锭四万缗","同使欲持归",但元明善见路上的百姓食物匮乏,准备赈济,同行之使认为这些人都是流民,并非驿民也。元明善认为:"驿与民有分乎? 且大夫出疆许专,《春秋》义也。余虽无似,幸忝大夫之列。"最终赈济路上百姓而归京。"及复命,执政皆多其明决。"(张养浩《故翰林学士资善大夫知制诰同修国史赠某官谥文敏元公神道碑铭》)

刘赓除资政大夫、国子祭酒。(虞集《刘公神道碑》)

按:刘赓至国子监,特语诸生曰:"朝廷徒以吾旧臣故,自台臣来领学士,主上作新斯文之意甚重,吾岂敢当。司业,大儒。吾犹有所质问,时不可失,师不易遇,诸生其勉之。"(危素《临川吴文正公年谱》)

贯云石被仁宗特旨拜翰林侍读学士、中奉大夫、知制诰、同修国史。

按:贯云石初入翰苑,"一时馆阁之士,素闻公名,为之争先快睹"。(欧阳玄《元故翰林侍读学士、中奉大夫、知制诰、同修国史贯公神道碑》,《圭斋文集》卷九)

虞集授将仕郎、国子博士。

按:任职期间,虞集曾言于国子祭酒曰:"惟学务修德,诱以利禄使之进,虽勉弗善也。圣天子加惠监学,使得岁贡士,以次授官,盍求其足以为劝者而激厉之?"其时,李孟主管国子学,听闻虞集之言,非常肯定,"趣以名士,当言之于上",于是虞集由诸生中得"端静有守、尝试以事二人,并牍上之",但最终以事情"委于吏议不得达,而李孟又不再主管国子学,事情遂寝"。(赵汸《邵庵先生虞公行状》)

王德渊为集贤学士。(程钜夫《清州高氏先德之碑》)

吴澄诏授文林郎国子司业,癸酉上官。

按:吴澄任职间,欲对国子监教学内容予以改革,其改革综合程颢、胡安国、朱熹学校改革思路并加以发展,以经学、行实、文艺、治事四块组成教改内容,在古代官学模式中,确有创意。然方案甫一出台,却引发积分法与教养法之论争,吴澄改革遂告失败。"公为取程淳公《学校奏疏》,胡文公'六学教法',朱文公《贡举私议》三者,斟酌去取。一曰经学。《易》、《诗》、《书》、《仪礼》、《周礼》、《礼记》、《大戴记》附《春秋三传》。附右诸经,各专一经,并须熟读经文,旁通诸家讲说义理、度数,明白分晓。凡治经者,要兼通小学书及四书。二曰行实。孝于父母弟。在家弟于兄,在外弟于长。睦和于宗族,姻和于外姓之亲,任厚于朋友,恤仁于乡里以及众人。三曰文艺。学古文、诗。四曰治事。选举、食货、礼义、乐律、算法、吏文、星历、水利,各依所习。读通典、刑统、算经诸书,是为拟定教法。同列欲改课为试行大学积分法,公谓教之以争,非良法也,议论不合,遂有去意。"(《临川吴文正公年谱》)

赵世延升中奉大夫、陕西行台侍御史。(《元史·赵世延传》卷一八〇)

王约特拜河南行省右丞,约辞,帝赐厄酒及弓矢。(《元史·王约传》卷一七八)

王结以集贤直学士出守广东顺德。(虞集《顺德路魏文贞公、宋文贞公祠堂记》)

朱思本奉诏代祀海岳。

按:朱思本有诗题《至大四年辛亥予年卅九承应中朝奉诏代祀海岳冬十二月还京师与欧阳翰林同舍守岁赋诗和东坡龙钟卅九劳生已强半韵至治元年辛酉又与欧阳偕留京师除夕用韵述怀迩来十年春秋五十有九矣感今怀昔追和前韵呈秦古闲喻山雨诸友》。

释大訢受请住湖州乌回。(虞集《大元广智全悟大禅师太中大夫住大龙翔集庆寺、释教宗主兼领五山寺笑隐訢公行道碑》)

姚燧得告南归,中书以承旨召,燧以病不赴。(刘致《牧庵年谱》)

萨德弥实除南台御史,入为监察御史。

按:程钜夫有《萨德弥实谦斋御史瑞竹》诗:"江南御史弹琴处,插竹为榱竹自成。不见稚丛缘节上，浑疑邻笋过墙生。清阴已比甘棠爱，直气先占衣绣荣。迴首荆台旧亭下，高枝应有凤凰鸣。"

礼部尚书乃马台等赍诏往谕安南。

按：《元史·仁宗本纪一》载："诏谕安南国世子陈日㷆曰：'惟我祖宗，受天明命，抚有万方，威德所加，柔远能迩。乃者先皇帝龙驭上宾，朕以王侯臣民不释之故，于至大四年三月十八日即皇帝位，遵逾年改元之制，以至大五年为皇庆元年。今遣礼部尚书乃马台等赍诏往谕，仍颁皇庆元年历日一本。卿其敬授人时，益修臣职，毋替尔祖事大之诚，以副朕不忘柔远之意。'"（《元史》卷二四）

西僧藏不班八七月辛亥为国师，赐玉印。（《元史·仁宗本纪一》卷二四）

夏文泳被尚在储宫的元仁宗授之为本宫承应法师，有司岁给车马，出入禁卫无间。

周应极出使天坛济源，虞集有序。

按：据虞集记载，元廷虽然迫于汉儒的建议，终于在大德十年（1306）杂采周、汉、唐、宋儒者之说，在大都南门外建圜丘祀天，但并不像汉礼那么重视，皇帝与皇后并不严服亲祀，而是令道士在宫中祭祀。据虞集记载，周南翁在仁宗为太子时，任太子身边的文学侍臣，因此，仁宗刚即位，即令周南翁出使济源参与祭天仪式，足见皇帝之重视，虞集认为"于戏！礼乐之制作大备，极太平之盛典，将在今日矣。"（虞集《送集贤周南翁使天坛济源序》）

范梈南归，袁桷饯别作序。

按：吴澄在范梈墓志铭中交代，范梈三十六岁始客京师，在至大元年（1308）。而袁桷在这篇《送范德机序》中说，"临江范德机，游于兹三年矣"。文中袁桷对范梈的不俗人品深为赞赏，综观元代中叶文坛，范梈位不高，寿不永，在京师的时间也不长，但却得到了袁桷、虞集、揭傒斯、杨载、吴澄等一大批南方著名馆臣的欣赏和认可，其文章、其人品则固有深可赏者，袁桷此篇可称得上一篇较好的交代之作。文章写道："四方士游京师，则必囊笔楮，饰赋咏，以侦候于王公之门，当不当，良不论也。审焉以求售，若乘必骏，食必稻，足蹈而腹果，介然莫有所遭。夫争艺以自进，宜有不择焉者。心诚知之，孰惭其非？故幸得之，则归于能；其不得之，则归于人。惕然而自治，吾未之见也。临江范德机，游于兹三年矣。语焉简然，行焉恂然，啬其菁华，韬焉以深，视世之言文辞、位贵重者，靳靳不自表。夫子曰：'道不同，不相为谋。'范君诚审焉，抑不可知。使不可知，则凡辱与游者，责莫能以辞也。君所为诗文，幽洁而静深，怨与不怨，皆存乎天。慨然南归，善治其学，弥谨所徇。使果择士耶,无以易矣! 譬之璞焉,蓄极而光,遇宁有不遂者乎? 惜其行,解以俟之。"

　　姚燧奉旨作《崇恩福元寺碑》文。(《牧庵集》卷一〇)

　　赵孟頫奉旨为僧定演作《大元大崇国寺佛性圆明大师演公塔铭》。(《松雪斋集》卷九)

　　赵孟頫十月奉敕撰《御集百本经序》。

　　按:《御集百本经》为僧明仁刊版流行,所集乃各大名山所藏经卷,共百卷十帙,"广大悉备,翻阅者不难于寓目,诵读者亦易于铭心",赵孟頫奉旨作序于篇端认为,此集"可谓设纲而提纲,挈裘而知领"。序言写道:"盖闻沧海之大,一勺可以知其味;玄天之高,土圭可以测其景。所谓闻一而知十,执简以御繁,殊途而同归,分殊而理一者也。佛以一音,演说妙法,细无不入,大无不包,广博渊深,莫知涯涘;圆融权实,未易概量,散于大藏之中,敛于无言之内。皆所以敷扬至理,究竟真空,括万法而靡遗,历旷劫而恒在,施群生之药石,作彼岸之津梁。兼体用而并行,故列叙于三藏;忧性资之异等,故分别于三乘。非圣哲莫究其宗,非英才莫烛厥义。顿悟者以言语为末,泥象者起文字之。徒使幽玄,悉归汗漫;况于愚昧,益堕渺茫。非资上圣之照临,孰悯迷途而开导? 弘通无碍,利益有情。皇上法天聪明,齐佛知见,爰以万几之暇,深参内典之微,乃取诸经,共成百卷,厘为十帙,归于一乘。隐奥兼明,广大悉备,翻阅者不难于寓目,诵读者亦易于铭心,可谓设纲而提纲,挈裘而知领。以因因而证果果,由本本以达原原。警人欲之横流,契佛心之正觉。乃命臣僧明仁刊板流布,仍俾微臣孟頫制叙篇端。臣闻命震兢,深惭浅陋,莫尽标题之意,敢抒赞叹之诚,谨粹《御集百本经》总目列之卷首云。至大四年十月序。"(《松雪斋集》卷九)

　　程钜夫应察罕之请,为其父作神道碑铭。

　　按:察罕父亲伯德那(1207—1280),西域班勒纥人,世为大家。庚辰年(1220),班勒纥为元军征服,伯德那率族归元。戊戌(1238)南征,安丰战役中伯德那以勇冠全军而为窝阔台知,名以拔都。至元庚午(1270)归老。伯德那虽不解中国书,但言必中义,曾切切以教子为务,戒察罕曰:"我不幸,少年百罹,不得学。尔等安居暇食,宜勉读圣人书,行中国礼。他日面墙,悔之无及。"至元十四年,忠宣公奥鲁赤开省湖广,闻察罕通经义、练军务,辟置幕府,察罕以亲老辞。伯德那劝曰:"吾素教汝读书知礼义者,将以有为也。食其禄,办其事,是亦为孝,不当以我为念。诸弟足养也。"于是察罕始出仕。至大三年(1310),以察罕而赠正议大夫、轻车都尉,追封河东郡侯。

(《大元河东郡公伯德公神道碑铭》)

吴澄为张翌(马祖常老师)作墓志铭。(吴澄《故文林郎东平路儒学教授张君墓碣铭》)

苏天爵为老师安熙作行状。

按:安熙五月十五日卒于家,苏天爵作行状。安熙(1270—1311),字敬仲,号默庵,稿城人。早年慕刘因之名,欲从之学,不果。乃从其门人,不屑仕进,家居教授弟子近数十年,著名者有苏天爵,教授必尊朱氏,人以为得刘因真传。(苏天爵《默庵先生安君行状》)著有《诗传精要》、《春秋左氏纲目》、《四书精(类)要考异》、《续皇极经世书》、《默庵集》五卷。事迹见《元史》卷一八九、苏天爵撰《默庵先生安君行状》(《滋溪文稿》卷二二)。

又按:虞集《安敬仲文集序》云:"敬仲得于朱子之端绪,平实切密,何可及也!诚使得见静修,廓之以高明,厉之以奋发,则刘氏之学,不既昌大于时矣乎?惜乎!静修既不见朱子,而敬仲又不获亲于静修。二君子者皆未中寿而卒,岂非天乎?予与敬仲,年相若也。少则持未成之学以出,及粗闻用力之要,而气向衰,凛然有不及之叹。视敬仲之早有誉于当世,宁无慨然者乎?若苏生之拳拳于其师之遗书如此,益可见其取友之端矣。是皆予之所敬畏而感发者,故题以为序。"(《道园学古录》卷六)

吴澄作《贾侯修庙学颂》。(《元文类》卷一八)

按:此文为称颂贾训监督致使国子监终于落成之事。元代国子监至元二十四年(1287)成立,至成宗朝讨论兴建学府,迄于 1308 年尚未成功,以其时身为皇太子身份的爱育黎拔力八达"请毕其功",遂命工部郎中贾训董其事,此年终于落成。吴澄深为振奋,作文记之,此文对国子监建成前后以及最终规模描述详尽,深有裨益。文云:"世祖皇帝既一天下,作京城于大兴府之北,其祖社朝市之位,经纬涂轨之制,宏规远谋,前代所未有也。至元二十四年,设国子监,命立孔子庙。暨顺德忠献王哈喇哈逊相成宗,始克继先志,成其事,而工部郎中贾侯董其役。庙在东北纬涂之南、北东经涂之东。殿四阿,崇十有七仞,南北五寻,东西十筵者三,左右翼之,广亦如之,衡达于两庑。两庑自北而南七十步,中门崇九仞有四尺,修半之,广十有一步。门东、门南之庑各广五十有二步,外门左右为斋宿之室,以间计各十有五。神厨、神库南直殿之左右翼,以间计各七。殿而庑,庑而门,外至于外门,内至于厨库,凡四百七十有八楹。肇谋于大德三年之春,讫功于大德十年之秋。于时设官教国子已二十年矣,寄寓官舍,不正其名。丞相以为未称兴崇文教之实也,乃营国学于庙之西。中之堂为监,前以公聚,后以燕处,旁有东西夹,夹之东西各一堂,以居博士,东堂之东、西堂之西有室,东室之东、西室之西有库,库之前为六馆,东西向,以居弟子员。一馆七室,助教居中以莅之。馆南而东,而西为两塾,以属于门。屋四周通百间,逾年而成,不独圣师之宫巍然为天下之极,而首善之学亦伟然耸天下之望。远迩来观,靡不惊骇叹羡其高壮宏敞。盖微丞相,其孰能赞承圣天子之德意;而微贾侯,亦孰能阐张贤宰相之盛心哉!侯之董役也,晨夕督视,不避风雨寒暑,措置分画,一一心计指授,工师莫能违焉。升本部侍郎,又升本部尚书,出领他处营造事。身虽在外,心未能忘庙学也。至大二年还朝,拜户部尚书,首诣庙学,环匝顾瞻,如其家然。呜呼!世之居官者,大率簿书期会、刀笔筐箧是务,知政治之有原、名教之可宗者,几何人哉?人咸以为迂,而侯拳拳汲汲,惟恐或后,盖其资识卓矣……至大四年三月朔国子监丞吴澄叙。"(《畿辅通志》卷一一四)

蒙古文《大藏经》约刊行于此年前后。

按:据传是经为十四世纪初,西藏喇嘛乔依奥爱尔与西藏、蒙古、汉人及畏吾尔学者,共同译出。

李谦卒。

按:李谦(1233—1311),字受益,号野斋,恽州东阿人。初任东平府学教授,召为翰林应奉,历翰林侍读,至元二十六年(1289)以足疾归。元成宗即位,召为翰林学士,再次引疾归,大德六年复以翰林承旨召,大德七年(1303)致仕。卒谥文正。李谦生前在北方特别是山东影响颇大,文集不传,作品主要保存于地方志中。事迹见《元史》卷一六〇。

勖实带卒。

按:勖实带(1257—1311),蒙古怯烈氏,世为炮手军总管,居河南鸣皋镇。早年从平宋,所至唯取图书,归后建立学校。为屋五十楹,割田千亩,以为学产。其子慕颜铁木复建稽古阁,贮书达万卷。延祐间,奉敕赐名"伊川书院"。勖实带大肆于学,手不释卷,与中书右丞陈天祥,翰林学士承旨姚燧、卢挚,侍御史赵简等交游甚密,诸人欲荐之入翰林,会卒。勖实带善诗,有诗五百余篇曰《伊东拙稿》。事迹见程钜夫《故砲手军管克烈君碑铭》(《雪楼集》卷二二)、薛友谅《敕赐伊川书院碑》(《崇县志》卷八)。

吾丘衍卒。

按:吾丘衍(1272—1311),一作吾衍,字子行,号竹素、竹房、贞白,别署贞白居士、布衣道士,浙江衢州人,侨寓杭州。投身金石学,对推动印学发展颇有贡献,力矫唐宋六文八体失真之弊,以玉筋篆入印,精六书,工篆、隶书,他比赵孟頫小十八岁,为密友,篆印与赵齐名。吾丘衍提倡"学古",崇尚汉印"平正"、"浑厚"之风,乃元代最早站在印学高峰上倡导汉印印风的大家之一。且古书读得多，通晓经史百家，熟懂音律，写得一手好篆书和隶书，能篆印，时人誉之"小篆精妙，当代独步，不止秦唐二李（指李斯、李阳冰）间"。（《道园学古录》卷一〇），著有《重正卦气》、《尚书要略》、《春秋说》、《十二月乐午谱》（《辍耕录》作《十二月乐谱辞》）、《说文续解》二卷、《竹素山房诗集》三卷、《续古篆韵》六卷、《闲居录》一卷、《极元造化集》、《闲中漫稿》二卷、《周秦刻石释音》一卷、《钟鼎韵》一卷、《石鼓诅楚文音释》一卷、《学古编》一卷、《晋文春秋》一卷（又作《晋史乘》）、《楚史梼杌》一卷《学古编续笺》一卷、《古印式》二卷（又作《古印文》）、《山中新语》等。事迹见《万历杭州府志》卷六六、《两浙名贤录》卷四四、宋濂撰《吾衍传》（《宋文宪公全集》卷四〇）。

刘基（1311—1375）生。

元仁宗皇庆元年　壬子　1312 年

正月壬戌，升国史院秩从一品。

按：帝谕省臣曰："翰林、集贤儒臣，朕自选用，汝等毋辄拟进。人言御史台任重，朕谓国史院尤重；御史台是一时公论，国史院实万世公论也。"（《元史·仁宗本纪一》卷二四）

二月丁卯朔，徙大都路学所置周宣王石鼓于国子监。（《元史·仁宗本纪一》卷二四）

按：燕京始平也，宣抚使王楫以金枢密院为宣圣庙，春秋率诸生行释菜礼，仍取石鼓列庑下。及国子监立，以其庙为大都路学。至是复徙石鼓于国子监。据虞集记载"今京师国子监有石鼓十枚，余为学官时，自南城移置。"（虞集《篆刻说赠张纯》）

八百媳妇来献驯象二。（《元史·仁宗本纪一》卷二四）

三月，改翰林国史院司直司为经历司，置经历、都事各一员。（《元史·仁宗本纪一》卷二四）

四月癸酉，车驾幸上都。（《元史·仁宗本纪一》卷二四）

七月，特颁圣旨，命江浙行省白云宗开板印刷白云宗和尚（僧清觉）《初学记》，并列入《大藏经》。

按：白云宗主即于大慈隐寺"命工锓梓印造，钦依入藏流通"。（僧沈明仁《新纂续藏经》）

八月辛卯,敕云南省右丞阿忽台等,领蒙古军从云南王讨八百媳妇蛮。

按:戊戌,罢征八百媳妇蛮、大、小彻里蛮,以玺书招谕之。八百媳妇、大、小彻里蛮献驯象及方物。(《元史·仁宗本纪一》卷二四)

十一月,占城国进犀象,缅国主遣其婿及云南不农蛮酋长岑福来朝。(《元史·仁宗本纪一》卷二四)

十二月丁亥,遣官祈雪于社稷、岳镇、海渎。(《元史·仁宗本纪一》卷二四)

是年,始置常和署。

按:《元史·百官志一》"常和署,初名管勾司,秩正九品,管领回回乐人。皇庆元年初置。"(《元史》卷八五)

始置广乐库。

按:《元史·百官志一》"广乐库,秩从九品,掌乐器等物。大使一员,副使一员。皇庆元年始置。"(《元史》卷八五)

翰林学士承旨玉莲赤不花等十月九日进《顺宗实录》一卷、《成宗实录》五十六卷《事目》十卷、《武宗实录》五十卷《事目》七卷。(《元史·仁宗本纪一》卷二四)

李孟被特授翰林学士承旨、知制诰、兼修国史,并继任平章政事。

按:其时,李孟常有归隐致仕之意,曾请归葬其父母,仁宗亲为"劳饯",且说:"卿襄事毕,宜亟还,毋久留,孤朕所望。"这年十二月,李孟入朝,仁宗大悦。李孟还是请求"谢事",仁宗"优诏不允";且重违其意,命"以平章政事议中书省事,依前翰林学士承旨、知制诰、秦国公"。当时,"大诏令皆公视草,史册所记,亦公手自刊定,辟置官属,多时之闻人"。(黄溍《元故翰林学士承旨中书平章政事赠旧学同德翊戴辅治功臣太保仪同三司上柱国追封魏国公谥文忠李公行状》)

李孟六月奉旨博选中外才学之士任翰林。(《元史·仁宗本纪一》卷二四)

吏部尚书许师敬八月己卯为中书参知政事。(《元史·仁宗本纪一》卷二四)

中书平章政事李孟十二月癸亥致仕,以枢密副使张珪为中书平章政事。(《元史·仁宗本纪一》卷二四)

赵孟頫封为集贤侍讲学士,官中奉大夫,封赠二代,十二月,赵孟頫作《大元封赠吴兴郡公赵公碑》。(《松雪斋集》卷九)

李衎八月以中大夫、常州路总管而授任为吏部尚书。(苏天爵《故集贤

大学士光禄大夫李文简公神道碑铭》)

吕端善任翰林侍读学士、中奉大夫、知制诰、同修国史。

按：其时，仁宗皇帝欲兴文治，正征求各方意见准备推行科举考试，吕端善认为："经明行修，质而少华，非惟士有实学，国家当得真才，以登治平。"元代科考最终以经为本，摒弃浮华，注重实学，则吕端善虽未在次年辞归，未参与实际讨论，却有建议之功。(苏天爵《元故翰林侍读学士赠陕西行省参政知事吕文穆公神道碑铭奉敕撰》)

齐履谦改佥太史院事。

按：苏天爵《元故太史院使赠翰林学士齐文懿公神道碑铭》载，仁宗嘉尚儒术，即位之后，学校、贡举制度颇兴。于是，台臣每每荐举齐履谦出任胄子师，而宰相李孟承仁宗之意擢拔名士，齐履谦遂被擢为国子监丞，易阶奉直大夫。任职期间，齐履谦"严条约，以身先之，诸生惴惴畏服。说经精明，质疑请问，殆无虚日。诸生斋居者休旬无所于食，公积学廪之赢典之，夜给膏油继之。公每五鼓入学，风雨寒暑未尝懈也"，即此齐履谦被改佥太史院事。(《滋溪文稿》卷九)

程钜夫奉诏修《武宗实录》成。翰林院升为一品，程钜夫有谢表及《进三朝实录表》。冬十一月，升为荣禄大夫。(程世京《程钜夫年谱》)

赵世延拜浙江行省参知政事，寻召还拜侍御史。(《元史·赵世延传》卷一八〇)

刘赓除集贤大学士、荣禄大夫，兼国子祭酒。(虞集《刘公神道碑》)

王约特拜集贤大学士，推恩三世，赐谥树碑。(《元史·王约传》卷一七八)

邓文原入为国子司业。(吴澄《邓公神道碑》)

元明善与修成宗实录后，升翰林直学士。诏节《尚书》经文，译其关政要者为蒙古文以进。

按：马祖常《翰林学士元文敏公神道碑》载，这年，元明善"升翰林直学士、朝列大夫、知制诰、同修国史"。有诏命节书文，译其关政要者以进。于是元明善请求与"宋忠臣子、集贤直学士文升同译润"，"书成，每奏读一篇"，元仁宗必"善之曰：'二帝三王之道，非卿莫闻也'"。(《石田文集》卷一一)

王结迁集贤直学士。(《元史·王结传》卷一七八)

薛友谅直翰林，为学士。

按：薛友谅，早以文学记事事安西王。家本下邽，自父亲薛玄微，始定居洛西。父薛玄微，其时名士，人称庸斋先生。与洛西一时英俊"若中山杨果、缙云李微、虞乡麻革、云中孟攀鳞、蒲城郭镐、李廷、河中窦献卿、洛阳宰沂皆友也"。王文统掌政之际,征聘不起,"日与女几辛愿、柳城姚枢、稷山张德直、太原元好问、南阳吴杰、洛西刘绘、缁川李国维、济南杜仁杰、解梁刘好谦,讲贯古学,且以淑人,伊洛之间复蔚然矣。"薛玄微至元八年卒,以薛友谅而赠集贤直学士、亚中大夫、轻车都尉,追封河南郡侯,谥文靖。著有《易解》、《中庸注》、《圣贤心学编》、《皇极经世图说》、《道德经解》、《阴符经论说》,诗集《适意集》。(程钜夫《薛庸斋先生墓碑》)

袁桷入翰林。(袁桷《壬子岁除告祖祢祝文》)

周应极为翰林待制。(程钜夫《致乐堂记》)

同恕拜国子司业,阶儒林郎,使三召,不起,后经中书奏,于奉先得鲁斋书院领教事。(《元史》卷一八九"儒学传一")

虞集二月以国子监学官言于朝廷,擢监丞吴澄为司业,与齐履谦同日并命,时号得人。(《资治通鉴后编》卷一六四)

范梈被荐举为翰林国史院编修官。

按:吴澄墓志铭记载范梈被荐举充翰林编修官,而据范梈《杨仲宏集原序》载"皇庆初,仲弘与余同为史官"(《杨仲弘集》),吴澄又记载说:范梈天资颖敏,所读诵辄记忆。他与范梈相识于"其乡里富者之门",范梈"虽介然清寒,茕然孤独,而熟察其微,有树立志,无苟贱意。越数年,渐渐著声称"。"其处也,苦节困穷,竭力奉母;其出也,假阴阳之伎,以给旅食。其耽嗜于书,钻研于文,用功数十倍于人,人鲜或知也。"至此,终于被荐任词翰,也是名至实归。(吴澄《故承务郎湖南岭北道肃政廉访司经历范亨父墓志铭》)

吴澄二月以疾病辞归。三月至真州,旧学者强留讲学,七月至建康,冬还家。

按:此事实由南北学者争端、吴澄教改失败,愤而离职所致。监学命属吏及诸生类十人追至通州河上,恳留,不从。朝廷特遣使请,终去。《元史》即此事评曰:"吴澄升为司业,用程纯公《学校奏疏》、胡文定公《六学教法》、朱文公《学校贡举私议》,约之为教法四条:一曰经学,二曰行实,三曰文艺,四曰治事,未及行。"吴澄"又尝为学者言,朱子于'道问学'之功居多,而陆子静以'尊德性'为主。问学不本于德性,则其弊必偏于言语训释之末,故学必以德性为本,庶几得之",此说遭致许多非议,"议者遂以澄为陆氏之学,非许氏尊信朱子本意,然亦莫知朱、陆之为何如也",吴澄莫辩,只得"一夕谢去","诸生有不谒告而从之南者"(《元史》卷一七一本传)。此事始末,虞集《送李扩序》多有所载。

杨载与修《武宗实录》,书成不久,调管领系官海船万户府照磨兼提控案牍。

按：据载，杨载"年几四十不仕，田理问用之得其文，荐之行中书，举茂材异等。不行，周御史景远强之至京师，俄以母丧去。贾户部国英数言其材能于朝，遂以布衣召入，擢翰林国史院编修官。与修《武宗实录》，书成，褒赐甚厚。"不久，遂任现职。(黄溍《杨仲弘墓志铭》)

梁曾特授昭文馆大学士、资德大夫，又起为集贤侍讲学士。

按：其时，国有大政，必命梁曾与诸老议。(《元史·梁曾传》卷一七八)

李衍擢吏部尚书集贤殿大学士。(苏天爵《故集贤大学士光禄大夫李文简公神道碑铭》)

赵克敬为集贤司直。(程钜夫《承庆堂记》)

廉充以国子生选赴江南浙西道肃政廉访司照磨兼承發架閣。(吴澄《送廉充赴浙西照磨序》)

姚燧居庐山。(刘致《牧庵年谱》)

张留孙被赐辅成赞化玄教大宗师。(袁桷《有元开府仪同三司上卿辅成赞化保运玄教大宗师张公家传》)

夏文泳特授为元成文正中和真人、江淮荆襄等处道教都提点，赐银印，秩二品。(虞集《河图仙坛之碑》)

郭务玄被朝廷特降玺书，授宏道通真崇教法师、洞阳万寿宫住持提点。(程钜夫《洞阳万寿宫碑》)

搠思吉斡节儿为国师。

按：云南行省右丞算只儿威有罪，国师搠思吉斡节儿奏请释之，帝斥之曰："僧人宜诵佛书，官事岂当与耶？"(《元史·仁宗本纪一》卷二四)

杜道坚皇庆改元之际授隆道冲真崇正真人，住持宗阳宫及报国观。(《元史·仁宗本纪一》卷二四)

仁宗赐帖木儿海东青，众翰林歌咏颂赞，程钜夫作诗序。

按：程钜夫《上赐帖木儿参政海东青诗序》载"圣天子嗣位之二年，诏以丞相东平公之子万户公参福建等处行中书省政事，赐海东青二，劝忠也。七闽为东平公赐履之地，锡命象贤，缵戎南服，报功也。钦惟世祖皇帝英明神武，混一六合，时则有若先正左右宅师。帝嘉乃绩，开省江淮，赐海东青四，翰苑诸公播之歌颂，亦越参政公追配于前人，光以今所赐，佽上恩，昭世美，旷代之荣也。在昔诸侯宣力王室，彤弓卢矢，锡盾珥戈，以旌宠赉，未有以精刚击搏之禽比德而况功者。少皞氏以爽鸠名官，方斯劣焉。惟世祖皇帝嘉惠勋臣，惟大德天子祗遹先志，亦惟东平公一家父子之懿，实

当是赐。天地贞观,明良相逢,猗欤盛哉! 小臣程某谨拜手稽首而作诗曰:
煌煌先正殿南邦,有子重来憩旧棠。铁券丹书藏汉府,介圭赤舄启韩疆。鸷
禽轩鹜归图画,好爵骈蕃拜宠光。却笑磻溪悭遇合,馘黄项槁始鹰扬。"

程钜夫观安南国王诗集,作题跋。

按:据程钜夫题跋记载,安南国王诗集一卷共有"诗二百三十、乐府十,
皆至元中归朝后作。皇庆元年入觐,间以视余。"程钜夫认为其诗"本以忠
孝仁智之道,博以诗书六艺之文,更以艰难险阻之变,袭以忧欢离合之情。
其居既殊,所遇亦异。故其落笔如大将治军旅,贤辅立朝廷,纪律严明,条令
整肃,而不失春容闲暇之意,过人远矣。"《跋安南国王陈平章诗集》

吴全节正月十一日生日,朝廷诏宣徽院、光禄寺在崇真宫张宴,令勋旧
大臣前往祝寿。

按:据袁桷《题赵承旨度人经墨刻》记载:吴全节这年七十寿辰,仁宗不
仅诏宣徽院、光禄寺在崇真宫张宴,令勋旧大臣前往祝寿,且令宫廷画师为
其画像,诏时任翰林学士承旨的赵孟𫖯为画像作赞,"际遇之隆,未有若是
之盛者也。"而赵孟𫖯作为吴全节朋友,自写小楷《度人经》一卷祝寿,虞集
有《寄贺吴宗师七十寿旦》二首为寿。据袁桷认为,赵孟𫖯小楷得钟繇、王
羲之之妙,"吴兴公书真得元常、逸少之妙,举止清楚,笔力遒劲,诚一代之
模式也。"赵孟𫖯作小楷祝寿,袁桷认为"其不致他物而以此者,意亦重矣。"
泰定元年(1324),吴全节之徒薛玄卿将赵孟𫖯《度人经》刻石,请袁桷作记,
袁桷认为这"非特可广其传,而又见当时为寿之好也",确为盛事。

黄溍北上京师,拜谒李孟、赵孟𫖯。

按:赵孟𫖯为黄溍文集跋云:"东阳黄君晋卿博学而善属文,示予文稿。
读之使人不能去手,其用意深切而立言雅健,杂之古书中未易辨也。予爱之
敬之,适有以吉日,癸巳石鼓二周刻见遗者,欣然曰:'是可与晋卿之文并观
者邪?'"(《金华黄先生文集》卷三附录)(《四部丛刊》本)

程钜夫与李肖岩相识。

按:据宋人许棐《送写神李肖岩入道》诗知道,李肖岩在宋代即为著名
人物写生者,曾学道山中。而又据蒲道源《赠传神李肖岩》"遂为当代顾陆
手,足配向来褒鄂雄。明窗副本得寓目,起敬毛发森寒风。祇今声价愈增
重,姓字已彻明光宫"、程钜夫《赠李肖岩》诗也说,"海内画手如云起,写真
近说中山李","京华出入四十载",可知李肖岩藉其卓越的写生才华在元朝
依旧声名显赫,即使是程钜夫这样的馆阁名臣也未必能轻易得李肖岩写生
"皇庆元年秋九月,退食词林方徙倚。黄花绕屋白日寒,风罢天高雁如蚁。
忽从集贤赵司直,剥啄叩门到阶阯。"卓越的写生才华令他在元朝依旧声名

显赫。所以当蒲道源得到李肖岩亲为写生,感动异常,慨然作诗为赠。

何澄进献界画三幅,程钜夫作诗并题跋。

按:据程钜夫题跋记载,二月,何澄进界画三幅,题曰《姑苏台》、《阿房宫》、《昆明池》,其时何澄任昭文馆大学士、中奉大夫,年九十。程钜夫作《题何澄界画三首》,并作跋。

张雨入朝,结识雪庵李溥光。

按:张雨诗《李雪庵学士写竹枝》云:"昔我入朝皇庆初,及识此老苍眉须。"(《全元诗》第三十一册,第318页)

程钜夫奉敕撰《嵩山少林寺裕和尚碑》。

按:嵩山少林寺住持福裕福裕卒后,按制,赠少林开山住持光宗正法大禅师裕司空、开府仪同三司,追封晋国公,并命词臣撰文入碑。程钜夫奉旨作《嵩山少林寺裕和尚碑》。

赵孟頫奉敕为僧万山行满撰《仰山栖隐寺满禅师道行碑》。(《松雪斋集》外集)

刘敏中奉旨为李孟父亲撰写神道碑。

按:李孟是元仁宗的老师,对元仁宗的成长影响重大,而元仁宗为表达对老师的感激,一登基便要求翰林学士为李孟父亲撰写神道碑。据刘敏中记载撰写情形曰:"皇庆元年十一月二十九日,集贤大学士荣禄大夫臣陈颢奉圣旨:李道复父母既葬,碑石未立,其令翰林承旨刘敏中撰文,集贤大学士刘赓书,翰林侍讲学士郭贯篆额。"(刘敏中《敕赐推忠保德佐运功臣太傅开府仪同三司上柱国韩国公谥忠献李公神道碑铭》)

阎复三月卒,袁桷作神道碑。(袁桷《翰林学士承旨、荣禄大夫、遥授平章政事、赠光禄大夫、大司徒、上柱国、永国公、谥号文康阎公神道碑铭》)

程钜夫奉旨作《南阳书院碑》文,刘赓书额。

按:南阳书院位于诸葛亮隐居的卧龙岗。至大元年,河南行省平章政事何玮行农至南阳郡,令守臣史炬建书院以纪年诸葛亮,史炬令邑主簿赵守训董其役,至大二年春开始动工兴建,至皇庆元年秋建成。乃"大修侯祠(武侯祠)而加广焉。祠之东为孔子庙,庙之后为学。凡堂序门庑、庖湢库庾、肄业之斋、庋书之阁、官守之舍咸备。屋以间计,祠十有二,庙学四十有六,皆端壮广直,不务侈丽。皇庆元年秋,落成,割官之废地四十顷,籍于学。置山长一人,掌其教。"皇庆二年十二月,集贤大学士陈颢进言认为诸葛亮"能推尊圣人之道,表章大贤之业,作兴民俗,敷宏治化者",恪尽"真人臣之职",建南阳书院正可以"教天下知为君臣之道",于是令中书平章政事秦国公李孟与翰林集议,遂命名为南阳书院,并命翰林学士承旨刘赓书篆,翰林学士承旨程钜夫撰写碑文。而史烜,后守饶州,董建书院的邑主簿赵守训,进职翰林供奉。(《雪楼集》卷七)

王振鹏作《避暑图卷》。

按:王振鹏此画题款曰:"大元皇庆壬子春孤云处士王振鹏画",有陈宗敬跋云:"图意精密,运笔神巧,设施布置无毫发渗漏,信非孤云不能为矣。"

赵世延撰"风宪宏纲"二十册颁行。(《元史·赵世延传》卷一八〇)

按:《元史·刑法志一》"仁宗之时,又以格例条画有关于风纪者,类集成书,号曰《风宪宏纲》。"(《元史》卷一百〇二)

察罕著《帝王纪年纂要》一卷成。(《雪楼集》卷一五)

白朴约卒于此年。

按:白朴(1226—约1312),字仁甫,又字太素,号兰谷,祖籍粤州,后居真定。金亡之际,其父白华从金哀宗出奔,又进入南宋境内。白朴幼年历经战乱,曾寄寓元好问家。早年漫游中原,南宋亡,长期游历江南。与卢挚、王恽、胡祗通等交往,尤与王博文相知甚深。为"元曲四大家"之一。以文采见长。金亡后,不仕,致力于杂剧创作。所作今知有十六种,现存《裴少俊墙头马上》、《董秀英花月东墙记》、《唐明皇秋夜梧桐雨》三种,《韩翠萍御水流红叶》、《箭射双雕》二种,各存曲词一折,散见于《雍熙乐府》等书。另有《十六曲崔护谒浆》、《秋江风月凤凰船》、《高祖归庄》、《唐明皇游月宫》、《祝英台死嫁梁山伯》、《楚庄王夜宴绝缨会》、《汉高祖泽中斩白蛇》、《闾师道赶江》、《薛琼琼月夜银筝怨》、《萧翼智赚兰亭记》、《苏小小月夜钱塘梦》等皆失传。《全元散曲》收其小令三十七首,套数十三套。另有词集《天籁集》,乃元人罕见之词别集,存词一百零四阙,小令三十七支,套曲四套。清初人掇其散曲附于集后,名《摭遗》。事迹见《四库全书》"天籁集提要"。

阎复卒。

按:阎复(1236—1312),字子静,号静轩,又号静斋、静山,高唐人。早以文章名。弱冠入东平府学,师事名儒康晔。元好问来东平校文,选中四名学生,第一即阎复。长于文辞,并有诗名。阎复在元初久居翰林,以文学自任,甚至不肯作执政官,其文被视作词林典范。卒谥文康。著有《静轩集》五十卷、《内外制集》若干卷。事迹见袁桷《翰林学士承旨荣禄大夫遥授平章政事赠光禄大夫大司徒上柱国永国公谥号文康阎公神道碑铭》(《清容居士集》卷二七)、《元史》卷一六〇、《元诗选·癸集》乙集小传。

又按:阎复是元初东平文人圈的代表人物,他"幼入东平府学,蜚声炳著,操笔缀词赋,音节和畅,融液事理,率占为举首。幼从赠翰林学士康公,康大器之。太常徐公道隆,年长有闻誉,不敢以后进待。"袁桷在其神道碑的开篇介绍元初东平文人圈的发祥及影响道:"世祖皇帝应期握图,肇函诸夏,文经武纬,各当厥职。粤惟东平,地接邹鲁,时则有严忠武公,披荆翦芜,扶植儒学,作成逢掖,卒能敷文帝庭,风动八表。郓之得人,号称至盛,而阎、徐、李、孟,世名以'四杰'焉。"阎复在元初的馆阁也影响至大,"自至元至于大德,更进迭用,诰令典册,则皆阎公所独擅","公在翰林最久,赞书积几,高下轻重,拟议精切,传诵以为楷则。其待僚寀,择敏秀者自近,不满意者,不复强以文墨。任满不调,虽请托亦不得以叙迁。故事,表笺自待制而下分撰,公命各为一通,辑其精良,融为一家,而别拟以示其属。"作为元初翰苑臣首,阎复甘于制作,无意任实职,为元初的文治建设贡献绵薄之力,他以文墨自任,不肯为紧要官。罢尚书省时,世祖召入便殿,谕以"卿为执政官,何如",公谢不能。世祖曰:"知让诚美事,宜勿强。"成宗择相,召公密问曰:"左丞相缺,孰可任?"以江浙行省左丞相某对,益称上意。其陈于上者,大较若是。定孔子主祀,赐孔林洒扫及祀田,皆所建明。兴国学,论庙乐,所助为多。而其在宪府,以敦本崇化为先务。"(《清容居士集》卷二七)

　　岳铉卒。

　　按:岳铉(1249—1312),字周臣,燕人。家世为司天官。由刘秉忠荐举而得到元世祖赏识,至元十三年(1276)授司天台提点。参修《授时历》、主持监修《大元大一统志》。精通天象,故能身历世祖、成宗、武宗、仁宗四朝,出入宫禁四十余年。卒谥文懿。事迹见郑元祐撰《元故昭文馆大学士荣禄大夫知秘书监镇太史院司天台事赠推诚赞治功臣银青荣禄大夫大司徒上柱国追封申国公谥文懿汤阴岳铉字周臣第二行状》(《侨吴集》卷一二)。

　　熊禾卒。

　　按:熊禾(1253—1312),字去非,一字位辛,号勿轩,又号退斋,建阳人。宋咸淳十年(1274)进士,授宁武州司户参车。宋亡后,"遂束书入武夷山",卜居"洪源书室"讲学。当时名流如胡庭芳、詹君履、谢枋得等都来访学,求学者甚多,遂改为书院。治学宗朱熹,纂有《文公要语》、著有《易经讲义》、《尚书集疏》、《毛诗集疏》、《大学广义》二卷、《春秋议考》、《春秋通义》、《诗选正宗》、《小学正宗》、《小学句解》、《诗说》、《熊禾勿轩集》八卷等。事迹见《新元史》卷二三四、《宋季忠义录》卷六四、《宋元学案》卷六四、《元诗选·初集》小传、《识熊勿轩先生传后》(《闽中理学渊源考》卷三七)。

　　僧玄鉴卒。

　　按:玄鉴(1276—1312),字无照,曲靖普鲁吉人。六岁时依虎邱云岩净公出家,又随雄辩法师学习教观。此后离开云南,历经荆楚、吴越,到处参访善知识,于中峰明本处得契心印,为"第一座"(即首座)。后返回云南,于太华山开法,大弘禅宗。临济一系在云南之传播,玄鉴为第一人。事迹见《滇释纪》"元释编"、《玄鉴行业记》。

又按:宋本《道行碑》记载:南诏僧玄鉴……由其国来,一闻师言便悟昔非,洞法源底。方图归以倡道,而殁于中吴。鉴之徒画师(按:明本禅师)像归国,像出神光烛天,南诏遂易教为禅,奉师为禅宗第一祖。

再按:玄鉴等人所传的禅教一致思想和看话禅等禅法,奠定了云南禅宗的基础,对后世也产生了很大影响,明清时期的云南禅宗,基本上延续了元代禅宗的禅法特质。(纪华传《玄鉴与元代云南禅宗》)

元仁宗皇庆二年 癸丑 1313 年

正月己未,置辽阳行省儒学提举司。(《元史·仁宗本纪一》卷二四)

各寺修佛事日用羊九千四百四十,敕遵旧制,易以蔬食。(《元史·仁宗本纪一》卷二四)

四月乙亥,车驾幸上都。(《元史·仁宗本纪一》卷二四)

甲申,诏遴选贤士,纂修国史。(《元史·仁宗本纪一》卷二四)

安南国遣使来贡方物。(《元史·仁宗本纪一》卷二四)

五月壬午,命监察御史检察监学官,考其殿最。(《元史·仁宗本纪一》卷二四)

甲申,建崇文阁于国子监。(《元史·仁宗本纪一》卷二四)

以宋儒周敦颐、程颢、程颐、张载、邵雍、司马光、朱熹、张栻、吕祖谦及故中书左丞许衡从祀孔子庙廷。(程钜夫《大元国学先圣庙碑》)

七月,敕守令劝课农桑,勤者升迁,怠者黜降,著为令。(《元史·仁宗本纪一》卷二四)

八月丁卯,车驾至自上都。(《元史·仁宗本纪一》卷二四)

敕院使也讷,大圣寿万安寺内,五间殿八角楼四座,令阿僧哥(按:阿尼哥之子)提调,其佛像计并禀搠思哥斡节儿八合失塑之。(《元代画塑记》,第15页)

按:此次塑像为祭祀摩诃葛剌神。摩诃葛剌,"梵语也,唐云大黑天神也。"(慧琳《一切经音义》卷十)摩诃葛剌为藏传佛教密宗护法神之一,为萨逝派高僧顶礼膜拜之"内属神"。元代蒙古统治阶层笃信藏传佛教,极力崇奉萨迦派,蒙古诸帝皆以萨迦派高僧喇嘛为"国师"或"帝师",摩诃葛剌神便成为他们的保护神。遂于他们在全国各地,尤其在京城周边和江南地区广建寺庙、雕塑,供养摩诃葛剌神。掇思哥斡节儿,曾任国师,曾用蒙古语作著名《摩诃葛剌颂》。(那木吉拉《元明清时期蒙古人的摩诃葛剌神崇拜及相关文学作品研究》)

十月己卯,敕中书省议行科举。(《元史·仁宗本纪一》卷二四)

按:初,世祖、成宗皆尝议定科举制而未及行,至是帝与李孟论用人之方,孟曰:"人材所出,固非一途。然汉、唐、宋、金,科举得人为盛。今欲兴天下之贤能,如以科举取之,犹胜于多门而进。然必先德行经术而后文辞,乃可得真材也。"帝深然其言,决意行之。又议曰:"夫取士之法,经学实修己治人之道。词赋乃摘章绘句之学,自隋、唐以来,取人专尚词赋,故士习浮华。今臣等所拟,将律赋、省题诗、小义皆不用。专立德行明经科,以此取士,庶可得人。"(《元史·选举志》卷八一)

关于科举所考内容,据虞集云:"我国家始置进士举,必欲学者深通朱氏、论语、大学、中庸、孟子之说,而五经之传一有定论,盖将使其人专心竭力于此焉。苟有以深唢其味,而极造其旨,必幡然而悟、惕然而恐,思有以静存动,察如所问所知而用工焉,则其人有不为圣贤之归,而足为世用者乎?"(虞集《瑞昌县蔡氏义学记》)

十一月壬寅,敕汉人、南人、高丽人宿卫,分司上都,勿给弓矢。(《元史·仁宗本纪一》卷二四)

甲辰,诏行科举。(《元史·仁宗本纪一》卷二四)

按:《元史·仁宗本纪一》载:"诏天下以皇庆三年八月,天下郡县兴其贤者、能者,充贡有司,次年二月,会试京师,中选者亲试于廷,赐及第出身有差。帝谓侍臣曰:'朕所愿者,安百姓以图至治,然匪用儒士,何以致此。设科取士,庶几得真儒之用,而治道可兴也。'"(《元史》卷二四)

帝使程钜夫及李孟、许师敬议其事。程钜夫代作《科举诏》曰:"惟我祖宗以神武定天下,世祖皇帝设官分职,征用儒雅。崇学校为育才之地,议科举为取士之方,规模宏远矣。朕以眇躬,获承丕祚,继志述事,祖训是式。若稽三代以来取士,各有科目。要其本末,举人宜以德行为首,试艺则以经术为先,词章次之。浮华过实,朕所不取。爰命中书参酌古今,定其条制。其以皇庆三年八月,郡县兴其贤者、能者,充贡有司,次年二月会试京师。中选者,朕将亲策焉。于戏!经明行修,庶得真儒之用;风移俗易,益臻至治之隆。"(《雪楼集》卷一)苏天爵《伊洛渊源录序》述科举内容之于天下学术意义为："其程试之法,表章六经。至于《论语》、《大学》、《中庸》、《孟子》,专以周、程、朱子之说为主,定为国是,而曲学异说悉罢黜之。"(《滋溪文稿》卷五)欧阳玄《赵忠简公祠堂记》"科举以经义试士,非程朱学不试于有司,于是天下学术,凛然一趋于正。"(《圭斋文集》卷五)虞集《跋济宁李璋所刻九经四书》"昔在世祖皇帝时,先正许文正公(许衡)得朱子《四书》之说于江汉先生赵氏(复),深潜玩味,而得其旨,以之致君泽民,以之私淑诸人。而朱氏诸书,定为国是,学者尊信,无敢疑二,其于天理民彝,诚非小补,所以继绝学开来世,文不在兹乎?"(《道园学古录》卷三九)虞集又在《考亭书院重建朱文公祠堂记》中讲述元代学校教学内容云曰:"国家提封之广,前代所无。而自京师通都大府至于海表穷乡下邑,莫不建学立师,授圣贤之书以教乎其人。群经、四书之说,自朱子折衷论定,学者传之,我国家尊信其学,而讲诵授受,必以是为则,而天下之学皆朱子之书。书之所行,教之所行也,教之所行,道之所行也。"(《道园学古录》卷三六)程朱理学由于延祐科考定为考试内容,遂于此上升为占统治地位的学术思想。

科举具体行事之宜:"科场,每三岁一次开试。举人从本贯官司于诸色户内推举,年及二十五以上,乡党称其孝悌,朋友服其信义,经明行修之士,结罪保举,以礼敦遣,资诸路府。其或徇私滥举,并应举而不举者,监察御史、肃政廉访司体察究治。考试程式:蒙古、色目人,第一场经问五缲,《大学》、《论语》、《孟子》、《中庸》内设问,用朱氏章句集注。其义理精明,文辞典雅者为中选。第二场策一道,以时务出题,限五百字以上。汉人、南人,第一场明经经疑二问,《大学》、《论语》、《孟子》、《中庸》内出题,并用朱氏章句集注,复以己意结之,限三百字以上;经义一道,各治一经,《诗》以朱氏为主,《尚书》以蔡氏为主,《周易》以程氏、朱氏为主,已上三经,兼用古注疏,《春秋》许用《三传》及胡氏《传》,《礼记》用古注疏,限五百字以上,不拘格律。第二场古赋诏诰章表内科一道,古赋诏诰用古体,章表四六,参用古体。第三场策一道,经史时务内出题,不矜浮藻,惟务直述,限一千字以上成。蒙古、色目人,愿试汉人、南人科目,中选者加一等注授。蒙古、色目人作一榜,汉人、南人作一榜。第一名赐进士及第,从六品,第二名以下及第二甲,皆正七品,第三甲以下,皆正八品,两榜并同。所在官司迟误开试日期,监察御史、肃政廉访司纠弹治罪。流官子孙荫叙,并依旧制,愿试中选者,优升一等。在官未入流品,愿试者听。若中选之人,已有九品以上资级,比附一高,加一等注授;若无品级,止依试例从优铨注。乡试处所,并其余缲目,命中书省议行。於戏!经明行修,庶得真儒之用;风移俗易,益臻至治之隆。咨尔多方,体予至意。"

中书省所定条目："乡试中选者,各给解据、录连取中科文,行省移咨都省,送礼部,腹里宣慰司及各路关申礼部,拘该监察御史、廉访司,依上录连科文申台,转呈都省,以凭照勘。

乡试,八月二十日,蒙古、色目人,试经问五绦;汉人、南人,明经经疑二问,经义一道。二十三日,蒙古、色目人,试策一道;汉人、南人,古赋诏诰章表内科一道。二十六日,汉人、南人,试策一道。

会试,省部依乡试例,于次年二月初一日试第一场,初三日第二场,初五日第三场。

御试,三月初七日,前期奏委考试官二员、监察御史二员、读卷官二员,入殿廷考试。每举子一名,怯薛歹一人看守。汉人、南人,试策一道,限一千字以上成。蒙古、色目人,时务策一道,限五百字以上成。

选考试官,行省与宣慰司及腹里各路,有行台及廉访司去处,与台宪官一同商议选差。上都、大都从省部选差在内监察御史、在外廉访司官一员监试。每处差考试官、同考试官各一员,并于见任并在闲有德望文学常选官内选差;封弥官一员、誊录官一员,选廉干文资正官充之。凡誊录试卷并行移文字,皆用硃书,仍须设法关防,毋致容私作弊。省部会试,都省选委知贡举、同知贡举官各一员,考试官四员,监察御史二员,弥封、誊录、对读官、监门等官各一员。

乡试,行省一十一:河南,陕西,辽阳,四川,甘肃,云南,岭北,征东,江浙,江西,湖广。宣慰司二:河东,山东。直隶省部路分四:真定,东平,大都,上都。

天下选合格者三百人赴会试,于内取中选者一百人,内蒙古、色目、汉人、南人分卷考试,各二十五人,蒙古人取合格者七十五人:大都十五人,上都六人,河东五人,真定等五人,东平等五人。山东四人,辽阳五人,河南五人,陕西五人,甘肃三人,岭北三人,江浙五人,江西三人,湖广三人,四川一人,云南一人,征东一人。色目人取合格者七十五人:大都十人,上都四人,河东四人,东平等四人,山东五人,真定等五人,河南五人,四川三人,甘肃二人,陕西三人,岭北二人,辽阳二人,云南二人,征东一人,湖广七人,江浙一十人,江西六人。汉人取合格者七十五人:大都一十人,上都四人,真定等十一人,东平等九人,山东七人,河东七人,河南九人,四川五人,云南二人,甘肃二人,岭北一人,陕西五人,辽阳二人,征东一人。南人取合格者七十五人:湖广一十八人,江浙二十八人,江西二十二人,河南七人。

乡试、会试,许将《礼部韵略》外,余并不许怀挟文字。差搜检怀挟官一员,每举人一名差军一名看守,无军人处,差巡军。

提点辦掠试院，差廉干官一员，度地安置席舍，务令隔远，仍自试官入院后，常川妨职，监押外门。

乡试、会试，弥封、誊录、对读官下吏人，于各衙门从便差设。"（《元史·选举志一》）

李孟多次请求归还秦国公印绶，仁宗终于同意。（黄溍《元故翰林学士承旨中书平章政事赠旧学同德翊戴辅治功臣太保仪同三司上柱国追封魏国公谥文忠李公行状》）

张珪二月纲领国子学，五月以中书平章政事罢。（《元史·仁宗本纪一》卷二四）

参知政事许师敬五月辛未纲领国子学。（《元史·仁宗本纪一》卷二四）

河东廉访使赵简请立侍读学士以广圣听。

按：五月已卯，"河东廉访使赵简言：'请选方正博洽之士，任翰林侍读、侍讲学士，讲明治道，以广圣听。'从之。"（《元史·仁宗本纪一》卷二四）

赵孟𫖯六月改翰林侍讲学士、知制诰、同修国史。十一月，转集贤侍读学士、正奉大夫。（杨载《大元故翰林学士承旨荣禄大夫知制诰兼修国史赵公行状》）

李衎超拜集贤大学士、荣禄大夫。

按：这年，李衎请求致仕，仁宗不允。不久，李衎再提辞职之事，仁宗说："仲宾旧人，宣力有年，不可令去禁近"，于是超拜集贤大学士、荣禄大夫。"当是时，朝之宿学硕儒名能文辞翰墨者，若洛水刘公赓、吴兴赵公孟𫖯、保定郭公贯、清河元公明善，皆被眷顾，士林欣慕以为荣。公居其间，年德俱尊。国有大政，则偕诸老议之，衣冠整肃，言论从容，廷臣莫不起敬。世戚大家欲铭勋伐德业者，必属公等论撰书篆，子孙始以为孝。"（苏天爵《故集贤大学士光禄大夫李文简公神道碑铭》）

程钜夫参议科举之法。

按：这年程钜夫颇多大事。先以元仁宗立中宫而于春三月受命撰《玉册文成》。六月，旱。廷臣集议，程钜夫独举成汤桑林六事自责为可行。时宰不悦。上特遣近侍赐上尊劳程钜夫。秋，诏偕平章李孟、参政许师敬议行贡举法。议定，仁宗命程钜夫草诏行之。（程世京《程钜夫年谱》）

赵世延拜浙江行省参知政事，寻召还拜侍御史。（《元史·赵世延传》卷一八〇）

郝天挺正月入见，首陈纪纲之要。三月，又上疏论时政。（《元史·郝天挺传》卷一七〇）

刘敏中官翰林学士承旨、荣禄大夫、知制诰、兼修国史。(程钜夫《彭城郡献穆侯刘府君神道碑》)

齐履谦借星象向仁宗进谏。

按：这年春，"彗出东井"，齐履谦当廷启奏说："古者荧惑犯心，宋景公反身修德，荧惑退舍。今当修省，以弭天变"，于是陈述时务八事，"曰除旧、布新、进贤、去邪、省刑、轻赋、节用、爱民"，仁宗"改容倾听"。(苏天爵《元故太史院使赠翰林学士齐文懿公神道碑铭》)

元明善迁翰林侍读学士、中奉大夫。

按：这个时期，朝廷已在紧锣密鼓地为科举之事筹划，元明善"预议科举服色"。(马祖常《翰林学士元文敏公神道碑》)

畅师文复召为翰林侍读学士、中奉大夫、知制诰同修国史。(《元史·畅师文传》卷一七〇)

贯云石上书议论国事。

按：据欧阳玄记载，贯云石上书议论国事是在讨论与程钜夫、元明善等人讨论科举事宜之后不久，而文中称元明善为"侍讲"，元明善升任侍讲在此年，所以推测贯云石在此年上书论国事："会国家议行科举，姚公已去国，与承旨程文宪公、侍讲元文敏公数人定条格，赞助居多，今著于令。未几，公上书条六事：一曰释边戍以修文德，二曰教太子以正国本，三曰立谏官以辅圣德，四曰表姓氏以旌勋胄，五曰定服色以变风俗，六曰举贤才以恢至道。凡万余言，往往切中时弊。上览嘉叹，未报。"贯云石在翰林院一班南北文臣中也以年龄最小却出身尊贵、才学出众而被人称作"小翰林"。但贯云石私下却认为："昔贤辞尊居卑。今翰苑侍从之职，高于所让军资，人将谓我沽美誉而贪美官也，是可去矣！"不久，遂又"移疾辞归江南"。(欧阳玄《元故翰林学士中奉大夫知制诰同修国史贯公神道碑》)

又按：辞归之后贯云石作《翰林寄友》，生动载记了当日翰苑李孟、刘敏中、程钜夫、陈俨、畅师文、赵孟頫、杨文郁、元明善、张养浩、薛公谅等人的形象："兴来何所倚，唯杖归而已。梦游白玉堂，神物撼青史。我师秋谷叟，秦楚可岂箠。中庵四海名，嬴老久无齿。珍重白雪楼，涕唾若行水。北山已东山，高卧呼不起。泊然万卷怀，廉苦悉之比。诸孙赵子昂，挥遍长安纸。文郁老经学，阅义出明旨。复初执高、节，须髯备清美。希孟文气涩，道义沦于髓。垂雪公谅翁，字学贵穷理。诸公衮盛时，忝会总知己。浓头一杯外，相思各万里。"(杨镰《元代文学编年史》，第 255 页)

权秉忠升承德郎，授翰林待制，兼国史院编修官。(程钜夫《故翰林待制权君墓志铭》)

虞集任国子博士。

按:《元史》卷一八一"虞集传"载虞集此年任太常博士,而袁桷《将仕佐郎信州路儒学教授陈君墓志铭》中云"皇庆癸丑,余复入史馆,志仲则以太常举将为博士,冬十有一月,讣至,凡所与游者皆入吊。越三日,凶服踵门,泣不能言,以国子博士虞集之状授桷,俾为铭"(《清容居士集》卷二八),本条从袁桷所记。

吴澄诲人不倦事为集贤院知,请以国子祭酒召公还朝,李孟劝止。(危素《吴澄年谱》)

申敬以太常卿致仕。

按:申敬出入供奉,颇得世祖欣赏,程钜夫载其事迹云"每候上问,进苦口之言,未尝不嘉纳,至有'身不满七尺而辩雄万夫'之称。被玉带、白金之锡,服勤四朝,眷赉如一。历御药院使、秘书丞、秘书监、太常卿致仕。"(程钜夫《魏郡伯申公神道碑》)

西僧搠思吉斡节儿被赐钞万锭。(《元史·仁宗本纪一》卷二四)

相儿加思巴九月为帝师。(《元史·仁宗本纪一》卷二四)

明照慧觉大师慈昱请将《大藏经》于大慈化禅寺颁赐天下。

按:仁宗之母仪天兴圣慈仁昭懿寿元皇太后命刻《大藏经》板于武昌,既成,辇至京师。皇庆二年夏四月,袁州南泉山大慈化禅寺住持普莲宗主明照慧觉大师慈昱请将印本于其道场颁赐,流传天下名山巨刹,"乃命有司,具舟车,函载驿置,即其寺而赐焉"。之后,慈昱令其徒至京师请程钜夫作文"志其事以侈上"。(程钜夫《大慈化禅寺大藏经碑》)

程钜夫举汤祷桑林事开解仁宗。

按:京师大旱,帝问弭灾之道,翰林学士程钜夫举汤祷桑林事,帝奖谕之。(《元史·仁宗本纪一》卷二四)

虞集与杨载、张雨等于崇真宫赏菊。

按:据张雨《九日采菊有序》之序云:"庚午秋闰月菊华,九日盈把。因忆皇庆癸丑间,寓京师,崇真宫明复真人馆前盛种菊,太常博士虞翁生共饮,杨仲弘初为编修官,醉卧菊丛中,脱巾赋诗。"(《全元诗》第三十一册,第351页)

可里马丁十二月辛酉,上所编《万年历》。(《元史·仁宗本纪一》卷二四)

程钜夫作《大元国学先圣庙碑》。

按：国学先圣庙之建成乃元仁宗儒治建设的重要标志，程钜夫《大元国学先圣庙碑》一文在说及国学先圣庙碑建成事宜之际，更追述元朝国子学由草创到成立、建校的过程，非常有意义。元王朝作为一个草原本位的王朝，对于读书习经之事非常陌生。起初在许衡等汉人的一再建议下，令许衡作为国子祭酒教习蒙古皇室、功勋之子。与蒙古皇室热衷于为佛教建庙施舍相比，他们对国子学的建设却非常冷淡，从程钜夫这篇文章的时间罗列便可以略知。程钜夫文云："学在庙西，地孙于庙者十之二。中国子监，东西六馆，自堂徂门，环列鳞比，通教养之区，为间百六十有七，制如孔子大成之号，祠以太牢。莘、释奠、雅乐，江南复户四十，肆之春秋二祀，先期必命大臣摄事。皇帝御极，升先儒周敦颐、程颢、程颐、司马光、张载、邵雍、朱熹、张栻、吕祖谦、许衡从祀。广弟子员为三百，进庶民子弟之俊秀相观而善业精行成者，拔举从政。又诏天下三岁一大比，兴贤能。于是崇宇峻陛，陈器服冕，圣师巍然如在其上。教有业，息有居，亲师乐友，诸生各安其学。"（《雪楼集》卷六）

赵世延五月十三日作《孔庙加封碑跋》

按：文章写道："上天眷祐，皇元有区夏于马上。统、元间文轨混同，登贤图治，然犹屡颁纶诏，崇祀孔子，兴学育材，永底雍熙之盛。大德龙集丁未，统天继圣钦文英武大章皇帝纂集明命，入践丕图，法天聪明，述祖休烈，式敷理化，用怀有生。时维宇县清夷，光岳昭泰；推原所致，惟夫子道广莫并，垂范百王，匪衍徽称，曷尊圣教。立极裁两阅月，遣使阙里，祠以太牢，加封大成至圣文宣王。巍巍乎炳今冠古，诞告中外，伦品胥谨。又四年，命天下勒石学官，奉杨帝则。于戏！圣人之道弥满六合，逮至八纮之外，凡有民社，莫不具纲三常五之叙焉者。盖此心此理之同，有不期然而然者也。故举斯纲恒斯常则安，弛斯纲拂斯常则危。兹圣道之在天下，有家有国者之不能一日而已也。嗟夫！圣人笃生周季，既不得位，悼天秩之陵替，悯良心于晦蚀之余，修《春秋》系王于天，正大一统；盗名犯分者诛已死于前，惧生者于后；楙建大中，标揭万世；性道以之而修明，彝伦以之而不紊，自生民之未有，其贤过于尧舜者顾不在兹与。虽然，圣道之大，非国家无以表覆于无穷；国家之隆，非圣道无以康乂于有永。鱼川泳而鸟云飞，同休于亿万维年。阶太平于绵绵，固宜闳大崇报，穷天地之罔极也。钦惟世祖渊龙六盘，汤沐关辅，盖尝礼聘先正儒臣许衡淑艾秦之子弟矣。矧四圣济治，浑浩涵煦之泽，亦既深矣。服圣人之教者，仰体振作之微，远洽周南之化，近溯关洛之流，以达乎洙泗之源。异时人才林立，羽仪天朝者，兹非其效乎？皇庆二年五月十三日，中奉大夫陕西诸道行御史台侍御史臣赵世延稽首顿首再拜恭跋。"（《续

陕西通志》卷一六六)

国子博士刘泰作《诏加封孔子碑记》。

按:其文曰:"惟吾夫子,自汉始追赠,迄于宋,虽历代褒称族崇,圣绩犹有阙如。……逮我圣朝,既洪至道,缅怀高风,大阐民彝,莫先孔子。故至圣之上,复加大成,以示敬隆往昔,可谓尽其实矣。盖夫子之心,浑然天理,纯亦不已,以神通设教,体用一该而无所不周,显微一贯而无所不备。大以成其大,小以成小。犹金声玉振,始终条理,罔有阙遗。施诸行事,如立斯立,道斯行,绥斯来,动斯和。其生荣死衰,感应神化,上下与天地同流。兹其所以为大成也。宰我所谓'以予观于夫子,贤于尧舜远矣。'若以圣言,岂有优劣哉。若以事功言,自生民以来,未有夫子也。殊不知尧舜之治天下,无以加矣。……呜呼,其为圣也,与太极合德,则大成之号,愈无疑矣。夫太极为生生之本,妙万物而根动静。天地虽大,乃太极中一物耳,是天地不可与之为对也。惟天地为大,惟尧则之。夫子既贤于尧舜,则与太极合德而为对,实古今之确论也。矧太极既为万化之源,而万物之生,靡不资焉。夫子之道犹是也,则妙与太极同用,神与太极同运。是以前乎千万世之已往,夫子不能明为治之将然。夫子之道如是,加大成,不惟迈前代之盛礼,知夫子者,又非前代之所及矣。或曰:以夫子之元圣,封号至是,固为名实相称,然而爵犹称王,何哉? 不知夫子之王,非后世所谓诸侯王之王,乃三代王之王也。不然,何以冕十二旒,衣十二章,执镇圭为万世帝王之师乎。于是监县贴木儿不花,县尹刘遵理,率僚属耆德,求仆文其石。不兑茧缕其事,深愧能文,勉为之书。皇庆二年十月吉日立。"(《邹县地理志》卷二)

程钜夫奉旨作《林国武宣公神道碑》。

按:林国武宣公,指钦察人完者都拔都(1238—1297)。皇庆二年冬,仁宗令程钜夫"表其世系,诠其行事,揭诸墓道以著功臣之思"。完者都拔都为世祖平宋之际极为骁勇的战将,自蒙哥汗六年(1256)"以材武从军",跟随忽必烈,披坚持锐,"小大十七战,战辄胜",在忽必烈统一天下的进程中,战功卓著,而《元史》对其事迹的记载语焉不详。(《雪楼集》卷六)

程钜夫奉旨为右丞李明之鹤止事作碑文。

按:据程钜夫序言记载,右丞李明之性至孝,弱冠时,父有罪当刑,李明之请代。而忽必烈已密旨缓刑,令近侍候场,最终,李明之与父亲皆被赦免。又言李明之曾日舔母亲病目令其愈。诸事为世祖皇后知晓后,李明之被擢为大护国仁王寺总管。期间,李明之诸事亲为,寺成,为京师诸宝坊冠冕。"一日,群鹤翔舞所居檐间,人皆以为孝感所致。"其时,"翰林王鹿庵(王磐)、李韦轩、商左山(商挺)诸大老赋诗美之,继作者无虑百家,凡数大轴。"

皇庆二年夏,程钜夫奉旨撰碑文,与雪庵宗师李溥光"偕来徜徉",得见当日诸老诗集,慨而后作。

虞集作《送李扩序》。

按:李扩是吴澄身边跟随最久的学生。吴澄因国子监教学内容改革遭遇非议,愤而离职事件,虞集作为吴澄的嫡传弟子,自然是站在吴澄一派,这篇序言正是对吴澄事件的前因后果进行分析,并表明立场与态度。1311年,吴澄接受朝廷征聘,任职国子学。任职间,吴澄试图对国子监教学内容予以改革,而其改革内容主要是综合程颢、胡安国、朱熹等人的学校改革思路,然后加以发展,组成经学、行实、文艺、治事四块教改内容。然而方案甫一出台,便引发了积分法与教养法的论争,而这场论争又将朝廷中一直存在的南北学者争端情形再次推到前台。再加上吴澄在教学中认为"朱子于'道问学'之功居多,而陆子静以'尊德性'为主。问学不本于德性,则其弊必偏于言语训释之末,故学必以德性为本,庶几得之",表现出对陆九渊思想的肯定和"朱陆和会"的理念,于是大多数是许衡子弟的北方学者"以澄为陆氏之学,非许氏尊信朱子本意,然亦莫知朱、陆之为何如也",吴澄百口莫辩,只得"一夕谢去",吴澄的教学改革也宣告失败。作为熟悉南北争端情形的虞集来说,他的这篇文章也可以看作是宗衡(许衡)派与宗澄(吴澄)派争论的最重要文献,极有意义。(《道园学古录》卷五)

贯云石为杨朝英所编《阳春白雪》作序。

按:《阳春白雪》乃杨朝英选辑元人小令、套数编成,杨氏另又编《太平乐府》,人称《杨氏二选》,元人散曲多赖此二书保存和流传。《阳春白雪》前后集共十卷,前集五卷为小令,后集五卷为套数。共选七十余家散曲。贯云石颇评其时散曲诸家风范,值得注意。序言云:"北来徐子芳滑雅,杨西庵平熟,已有知者。近代疏斋媚妩,如仙女寻春,自然笑傲。冯海粟豪辣灏烂,不断古今,心事天与,疏翁不可同舌共谈。关汉卿、庾吉甫造语妖娇,却如小女临杯,使人不忍对歹带。仆幼学词,辄知深度如此。年来职史,稍稍退顿,不能追前数士,愧已。澹斋杨朝英选百家词,谓《阳春白雪》,征仆为一引。吁!'阳春白雪'久无音响,评中数士之词,岂非'阳春白雪'也耶? 客有审仆曰:'适先生所评,未尽选中,谓他士何?'仆曰:'西山朝来有爽气!'客笑,澹斋亦笑。酸斋贯云石序。"(《全元文》第三十六册,第191—192页)

程钜夫为贯云石诗文集作题跋。

按:贯云石早逝,不及参与元代中叶的文坛盛景,却出道早,与程钜夫等一班大德时期的著名文人相为同僚,程钜夫此篇题跋便述及贯云石当日风光。该题跋云:"右诗文一卷,故勋臣楚国武定公之孙酸斋所作。皇庆二年二月,拜翰林侍读学士,与余同僚,因出此稿。余读至《送弟之永州序》,恳款教告;五七言诗、长短句情景沦至,乃叹曰:'妙年所诣已如此,况他日所观哉?'君初袭万夫长,政教并行。居顷之,逊其弟,以学行见知于上,而有今命。余听其言,审其文,盖功名富贵有不足易其乐者,世德之流讵可涯哉?"(程钜夫《跋酸斋诗文》)

虞集为尹廷高《玉井樵唱序集》作序。

按:《玉井樵唱续集》在皇庆癸丑年已交与虞集作序。在这篇序言中,虞集强调"人生之时不同,居之土不同,气有所化,而诗始不可以一概言矣。"他批评宋末之诗风"谈义理者以讲说为诗,事科举者以程文为诗。或杂出于庄周、瞿聃之言以为高,或下取于市井俳优之说以为达。江湖之间,草茅之士,叫号以为豪;纨绔之子,珠履之客,靡丽以为雅,世不复有诗矣。"而他肯定的大元新诗风应该是"感慨而不悲,沉着而不怨,律度闲雅,有作者之遗风,而无宋季数者之弊"。这种诗歌创作理念在虞集乃至整个元朝主流诗论中都每有再现,代表了时代的整体创作审美倾向。(虞集《玉井樵唱续集序》)

马祖常父亲马润卒,袁桷为作神道碑铭。

按:袁桷于皇庆初年与马祖常相识,若干年后,遂以文字交为马润作神道碑铭。该篇中,能清晰看到马家发迹之史。马家早居天山,以昔里吉思曾任凤翔府兵马总判公,"因以兵马官为马氏","子孙益用儒自振"。马润(1254—1313),字仲泽父,以文墨入官。"初署荆湖道宣慰司令史,迁吉州路经历,升两淮转运司经历,改太平路当涂县长官,再调常州路武进县长官,进奉训大夫,知光州,改漳州路同知",卒于漳州,有诗集《樵隐集》若干卷。马润于子侄教育极负责任,"韦布踵门,降席倒屣,倾家治具,辍所得俸,高下贤否以奉。而其教子,晷刻不肯置。以门功让其弟礼。"以此,马祖常兄弟以儒业振兴家声"长子祖常,皇庆初,桷得交于京师,其为文词,深湛有师法,尝默器而期之。科举行,祖常试汴梁、南省皆第一,于廷对,以尊国氏族为第二。祖义,乡贡进士。祖烈,江浙行省宣慰使。祖孝,与祖常同登进士第,将仕郎陈州判官。祖信,国子生,试中,承事郎同知冀宁路保德州事。"(袁桷《漳州路同知朝列大夫赠汴梁路同知骑都尉开封郡伯马公神道碑铭》)

姚燧卒。

按:姚燧(1238—1313),字端甫,号牧庵,原籍柳城,徙武昌,姚枢侄。从许衡学,卒谥文。元元贞年主修《世祖实录》,为两代名儒。曾居江州濂溪书院、武昌南阳书院,又改常德百坛精舍为沅阳书院。其为文宗韩愈,工散文,为当时大家。姚燧为元代著名大儒,当朝三十年间,名臣勋戚的碑传多出其手,以"慎许可"著称,时人目之为当朝最好的古文家,并比之韩愈、欧阳修。皇庆二年(1313),姚燧被朝廷以翰林承旨召,然已卧病郓城,九月十四日卒。其文集久已散佚,著有《国史离合志》。清人纂有《牧庵集》三十六卷(《元史》记为五十卷)、《牧庵词》二卷。事迹见《元史》卷一七四、《元儒考略》卷一、《宋元学案》卷九〇、《新元史》卷一五七、柳贯撰《姚燧谥文》(《待制集》卷八)、刘致编有《牧庵年谱》(《牧庵集》附录)。

　　又按:《元史》评价姚燧曰:"由穷理致知,反躬实践,为世名儒","文章以道轻重,道以文章轻重","为文闳肆该洽,豪而不宕,刚而不厉,从容盛大,有西汉风。宋末弊习为之一变。盖自延祐以前,文章大匠,莫能先之","然颇恃才,轻视赵孟頫,元明善辈,故君子以是少之"。其《牧庵文集》,《四库全书总目提要》评曰:"燧虽受学于许衡,而文章则过衡远甚。张养浩作是集序称其才驱气驾,纵横开阖,纪律惟意,如古劲将率市人战,鼓行六合,无敌不北。柳贯作燧谥议称其典册之雅奥,诏令之深醇,抉其浮靡,一返古辙,而铭志箴颂雄伟光洁,家传人诵,莫得而掩,虽不免同时推奖之词,然宋濂撰《元史》称其文闳肆该洽,豪而不宕,刚而不厉,春容盛大有西汉风,宋末弊习为之一变。……国初黄宗羲选《明文案》,其序亦云,唐之韩、柳,宋之欧、曾,金之元好问,元之虞集、姚燧,其文皆非有明一代作者所能及,则皆异代论定,其语如出一辙,燧之文品亦可概见矣。"其集久不传,明《文渊阁书目》有《牧庵集》二十册而诸家着录皆未之及,刘昌辑《中州文表》所选燧诗较《元文类》仅多数首,文则无出文类之外者,昌跋称《牧庵集》五十首,闻松江士人家有刻本,南北奔走,竟莫能致。今所得乃录本,多残缺,视刻本仅十之二。黄宗羲序《天一阁书目》云,尝闻胡震亨家有《牧庵集》,后求之不得,盖已久佚。惟《永乐大典》所收颇伙,校以刘致《牧庵年谱》中所载文目,虽少十之二三,而较之《文类》所选则多十之五六矣。诗词更多出诸家选本之外,谨排比编次,厘为三十六卷以存其概,刘致《牧庵年谱》一卷亦附于后集中,诸体皆工,而碑志诸篇叙述详赡,尤多足补《元史》之阙,又不仅以词采重焉。柳贯《姚燧谥文》曰:"天地真元之气一会,则圣神代作,扬熙秉耀,承华协瑞,以开太平。而必有不世出之臣,挺生其间,揽结粹精,敷为制述,于以增焕盛德大业,而耸之三五载籍之上,盖数百年而得一二人焉。其有关于气运者如是,岂徒文乎哉?乃若先正许魏文正公之在吾元,实当世祖皇帝恢拓基图之始,倡道明宗,振起来学。一时及门之士,独称集贤大学士姚公燧,为能式纂厥绪,以大其承。然观公之言,而考乎文正公之学,则其机钥之相须，殆不啻山鸣而谷应，云兴而龙翔也。故大德、至大、皇庆之间，三宗继照，天下乂宁。而公之文章，蔚为宗匠。典册之雅奥，诏令之深醇，固已抉去浮靡，一返古辙。而铭志箴颂之雄伟光洁，凡镂金刻石，昭德丽功者，又将等先秦两汉而上之，以闯夫作者之域。排沮诋訾不一二，而家传人诵已十百。虽欲掩之，孰得而掩之哉？他日良史执笔，以传儒林，则公在文正之门，岂直侪之游、夏而已也？《易》曰：'黄裳元吉，文在中也'。然则以之节惠，公奚歉焉？谨按谥法，博闻多见曰'文'，敬直慈惠曰'文'，请谥曰'文'。"（《柳待制文集》卷八）

孛罗卒。

按：孛罗（1246—1313），蒙古朵儿边部人。少时即起为忽必烈之怯薛成员，元廷重臣。1283年出使伊利汗国，1285年抵达波斯，后留居伊利汗。为伊利汗国所重用。乃元代中外关系史重要角色之一。曾参与该国丞相拉施德丁主持编写之《史集》工作。

郝天挺卒。

按：郝天挺（1247—1313），字继先，号新斋，安肃人。至元中，以勋臣子召见，执掌文字，累官至中书左丞，后又拜河南行省平章政事。卒谥文定。曾受业于元好问。《元史》称他，"英爽刚直，有志略"。尝注元好问所编《鼓吹集》（今本名《唐诗鼓吹》），还著有《云南实录》五卷。事迹《元史》卷一七四、《大明一统志》卷二、《元诗选·癸集》乙集小传。

李士瞻（1313—1367）生。

元仁宗延祐元年　甲寅　1314年

正月庚子，命各省平章为首者及汉人省臣一员，访求遗逸，如得其人，先以名闻，然后致仕。（《元史·仁宗本纪二》卷二五）

正月丁未：诏改元延祐。（《元史·仁宗本纪二》卷二五）

二月庚申，立印经提举司。（《元史·仁宗本纪二》卷二五）

三月癸卯，暹国王遣其臣爱耽入贡。（《元史·仁宗本纪二》卷二五）

戊申，车驾幸上都。（《元史·仁宗本纪二》卷二五）

闰三月，马八儿国主昔剌木丁遣其臣爱思丁贡方物。（《元史·仁宗本纪二》卷二五）

遣人视大都至上都驻跸之地，有侵民田者，计亩给直。（《元史·仁宗本

纪二》卷二五）

四月丁亥,请立北郊。

按:《元史·祭祀志一》"仁宗延祐元年夏四月丁亥,太常寺臣请立北郊。帝谦逊未遑,北郊之议遂辍。"(《元史》卷七二)

立回回国子监。

按:《元史·选举志》载:"仁宗延祐元年四月,复置回回国子监,设监官,以其文字便于关防取会数目,令依旧制,笃意领教。"(《元史》卷八一) 回回国子监即回回国子学,其时所谓回回语即波斯语。早在蒙古国时,波斯文即在中土流行。蒙哥汗时,所有官员由谙习波斯文、畏兀儿文、契丹文、土番文、唐兀文等等的各种书记随同,以至无论向什么地方宣写敕旨,都可以用该民族的语言和文字颁发。蒙古帝国盛行使用波斯语(被称为回回语),特别是在元朝的政治与文化方面,波斯语扮演着国际语的角色。(见马建春《蒙·元时期的波斯与中国》)

又按:元有回回国子学,为国家最高学府,隶属于国子监。至元二十六(1289)始置。是年(1314)另置国子监。《元史·百官志》载:"延祐元年,别置回回国子监学,以掌亦思替非官属归之。"(《元史》卷八七) 凡蒙古、色目、汉人官员子弟皆可入学。学习内容除"四书"、"五经"外,还有波斯语、阿拉伯语等外语课程。毕业生大多做中央各衙门的翻译官。回回国子监之设,遂形成元代中央官学蒙古国子监、国子监、回回国子监三监并立格局。

五月甲辰,"敕:'诸王、戚里入觐者,趁夏时刍牧至上都,毋辄入京师,有事则遣使奏禀。'"(《元史·仁宗本纪二》卷二五)

为许衡立鲁斋书院。

按:鲁斋书院,乃纪念元代儒宗许衡,许衡对于元王朝的儒治、国子学建设影响甚大,诚如程氏记载所云:"世祖皇帝践祚,先生又以其道入佐皇明,施于天下,卒能同文轨而致隆平,由是圣人之道复著",程钜夫认为"若昔儒先自伊洛关辅以来,相望百年,不绝而续。若朱子之立言,使圣人之道复明于简籍。许先生之立事,使圣人之道得见于设施"。而许衡儒学理念得以在元廷高层获得认可,又在于他的弟子都位列朝廷尊显之位,至大庚戌(三年,1310 年),集贤大学士姚燧作《祠堂记》,请求朝廷将许衡像配为孔夫子从祀,不果。仁宗即位之后,一心致力于儒治,皇庆二年(1313),西台侍御史赵世延再次请求以许衡像从祀祠堂,遂"暨宋九儒升从祀",且"建书院京兆",程钜夫作《谕立鲁斋书院》,于是由朝廷特旨批建,而鲁斋书院的建立不仅对于推动元代儒治文化的推广意义深远,更在政治上意味着,元仁宗对推行汉法改革的兴趣。程钜夫在朝廷降旨赐名鲁斋书院后再奉旨作《鲁斋书院记》。据程钜夫记载："乃有王氏欲斥居宅为之，得前太子家令薛处敬赞其决，士民承风劝趋，前御史张崇、推官李益、匠府同知韩祐相与董成之。前为夫子燕居之殿，以颜子、曾子、子思、孟子侑坐；后为讲堂，左右列格物、致知、诚意、正心四斋。以张子厚先生昔讲道于横渠，乃为室东偏，合张、许二先生而祠之。库寝庖厩毕备，屋凡若干楹。事闻，有诏赐名曰'鲁斋书院'，仍谕陕西省给田、命官、设禁如他学院故事。"程钜夫在《鲁斋书院记》中称赏赵世延的举动说："侯于先生有慕用之诚而不能忘，凡所以尊先生者，无不为也。然非私也，所以为道也，所以广圣天子之教也，所以使学者知所宗也，所以志先生之志而学先生之学者也。一举而众美具焉，可无述哉？"侯名世延，字子敬，今为资善大夫、御使中丞。至于那位"斥居宅者"，程钜夫也有提到乃"王庭瑞，尝为怯连副总管，诏旌其间以褒之"。(《雪楼集》卷一三)

程钜夫《谕立鲁斋书院》"谕陕西行省、行台大小诸衙门官吏人等："中书省奏：'御史台言："故中书左丞许衡首明理学，尊为儒师。世祖皇帝在潜邸，尝以礼征至六盘山，提举陕右学校，文风大行。西台侍御史赵世延请依他郡先贤过化之地，为立书院，前怯怜口总管王某献地宅以成之。延请前国子司业某同主领，教生徒。乞降旨拨田养士，将王某量加旌劝。"准奏。'可赐额曰鲁斋书院，仰所在官司量拨系官田土入学，奉朔望、春秋之祀。修缮祠宇，廪饩师生，务在作养人材。讲习道义，以备擢用。从本路正官主领敦劝，行省、行台常加勉励。其王某，令有司别加旌表，仍禁治过往使臣、官员人等毋得在内停止，亵渎饮宴，聚理词讼，造作工役。应赡学产业书院公事，毋得诸人侵扰。彼或恃此为过作非，宁不知惧。"(《雪楼集》卷一)

八月戊子，车驾至大都。(《元史·仁宗本纪二》卷二五)

癸卯，升太常寺为太常礼仪院，秩正二品。(《元史·仁宗本纪二》卷二五)

十一月壬子，升司天台为司天监，秩正三品，赐银印。(《元史·仁宗本纪二》卷二五)

放宽禁字范围。

按：经礼部与翰林院官讨论认为：称贺表章，元禁字样太繁，今拟除全用御名庙讳不考外，显然凶恶字样，理宜回避。至于休祥极化等字，不须回避。都省请依上施行。(《大元圣政国朝典章》)

十二月壬辰，诏定官员士庶衣服车舆制度。

按：帝以市人靡丽相尚，僭礼费财，故命中书省定其等第，惟蒙古人及怯薛诸色人不禁，然亦不许服龙凤文。(《续资治通鉴》卷一九八)

己亥,敕中书省定议孔子五十三代孙当袭封衍圣公者以名闻。(《元史·仁宗本纪二》卷二五)

高丽忠肃王即位,元皇太后赠宋秘阁藏书。

按:高丽忠肃王即位,元皇太后贺以原宋朝秘阁所藏书籍四千七百三十一册。同年,高丽官员洪淪于南京购得书籍一万零八百卷回国。印刷与出版文明,无论西传还是东渐,均以元季为最。其间,中朝文明结合尤密。(见《元代出版史》)

李孟复拜中书平章政事。

按:这年十二月,李孟又任中书平章政事,诚如仁宗当初所言,"朕在位,必卿在中书。朕与卿君臣当相为终始",而李孟前所担任的翰林学士承旨、知制诰、兼修国史职务继续兼任。(黄溍《元故翰林学士承旨中书平章政事赠旧学同德翊戴辅治功臣太保仪同三司上柱国追封魏国公谥文忠李公行状》)

铁木迭儿四月己酉以录军国重事监修国史。

按:右丞相合散言:"臣非世勋族姓,幸逢陛下为宰相,如丞相铁木迭儿练达政体,且尝监修国史,请授之印,俾领翰林、国史院,军国重事,悉令议之。"帝与之印。(《续资治通鉴》卷一九八)

集贤学士忽都鲁都儿迷失及李孟奉旨译《资治通鉴》。

按:《元史·仁宗本纪二》载:"帝以《资治通鉴》载前代兴亡治乱,命集贤学士忽都鲁都儿迷失及李孟择其切要者译写以进。"(《元史·仁宗本纪二》卷二五)

赵孟頫十二月升集贤侍读学士、资德大夫。(杨载《大元故翰林学士承旨荣禄大夫知制诰兼修国史赵公行状》)

畅师文征拜翰林学士、资德大夫。(《元史·畅师文传》卷一七○)

赵世延二月以侍御史拜中书参知政事,三月,纲领国子学。(《元史·赵世延传》卷一八○)

合散二月壬午为中书右丞相、监修国史。(《元史·仁宗本纪二》卷二五)

中书参政高昉二月癸未为集贤学士。(《元史·仁宗本纪二》卷二五)

翰林学士承旨答失蛮十一月辛未知枢密院事。(《元史·仁宗本纪二》卷二五)

宋超二月二日由昭文馆大学士授任翰林侍读学士、中奉大夫、知制诰、同修国史。

按:据程钜夫记载:皇庆二年夏,仁宗清暑上都,"群臣扈从,独昭文馆大学士宋超弗克从。于是,仪天皇太后命仿古制,为安车。驿赴行在所,且给装钱甚厚。"延祐改元年二月二日,制诏中书授任宋朝翰林侍读学士等职,秋八月,仁宗"至自上都,驻跸龙虎台,公卿百官奉迎。上顾翰林群臣曰:'宋超于朕,非他人比。朕深赖其力用,僚寀其善遇之。'"(程钜夫《太原宋氏先德之碑》)

刘赓四月复入翰林院为承旨。(虞集《刘公神道碑》)

齐履谦复为国子司业,期间创设升斋积分等法以考核国子生。

按:任职期间,齐履谦在省、台直接过问,诸多名儒努力下,创设升斋积分等第之法以考核国子生,它与科举制度衔接挂钩,在国子监内形成激励机制,促使国子监教学逐步正规化、制度化。起初,国子生每年选拔六名,"蒙古二,官从六品;色目二,官从七品;汉人二,官从七品;第以入学名籍为差次"。齐履谦任职之后,认为"不变其法,士何由进学,国何以得材",于是斟酌旧时考核办法,创立升斋、积分等法。(苏天爵《元故太史院使赠翰林学士齐文懿公神道碑铭》)

曹伯启升内台都事,迁刑部侍郎。(《元史》卷一七六"曹伯启传")

孛术鲁翀任国史院编修。(程钜夫《跋孛术鲁翀子翚编修叙疗医盍彦泽孝义后》)

周应极迁集贤司直。(程钜夫《致乐堂记》)

薛友谅为翰林直学士。(程钜夫《洛西书院碑》)

虞集八月以太常寺升为太常礼仪院,改从事郎、太常博士。(虞集《送朱德嘉序》)

王振鹏官秘书监典簿。(《秘书监志》卷九)

揭傒斯以布衣经程钜夫、卢挚荐于朝,特授翰林国史院编修官。

按:揭傒斯以程钜夫荐充编修官。李孟读其所撰《功臣列传》,叹曰:"是书方可名史笔。若他人所为,直誊吏牍耳。"(《元史·揭傒斯传》卷一八一)

延祐时候,张子仁为翰林经历,章德元为翰林编修。

按:据程钜夫《温州路达鲁花赤伯帖木儿德政序》记载,"予虽未之识,而翰林经历张子仁、编修章德元屡屡为予道之"。章德元,据程钜夫《章德元近稿序》交代:"东嘉章君德元,与予同史馆,年相近也,道相似也,又敦信而岂弟,古君子人也。""名嘉,尝著《东嘉郡志》二十卷,甚有法。""诗若文,质厚而气和,一以理为主,苍然正色,贯松柏而后凋。"(程钜夫《温州路达鲁花赤伯帖木儿德政序》)

梁曾奉诏代祀中岳等神。(《元史·梁曾传》卷一七八)

袁桷五月随仁宗至开平。(袁桷《开平第一集(甲寅)序》)

吴澄八月以江西贡院考乡试,以疾辞不获而被迫担任考官。(危素《吴澄年谱》)

马祖常八月赴河南乡试,举第一。(苏天爵《元故资德大夫御史中丞赠摅忠宣宪协正功臣魏郡马文贞公墓志铭》)

贡奎任延祐浙江乡试主考官。

按:黄溍《贡侍郎文集序》"延祐初元,故内翰贡文靖公校艺江浙乡闱,溍以非才误蒙荐送,忝缀末科。公既入居文学侍从之列,而溍随牒远方,浮沉州县。晚乃登籍,将以门生礼见,则公捐馆舍已久。"(《金华黄先生文集》卷一九)

黄溍至杭州参加乡试,以《太极赋》折服考官。

按:据《故翰林侍讲学士中奉大夫知制诰同修国史同知经筵事金华黄先生行状》云:"延祐元年,贡举之法行,县大夫又强起先生充贡乡闱。时古赋以《太极》命题,场中作者往往不脱陈言,独先生词致渊永,绰然有古风,特置前列。"(宋濂《黄先生行状》)

欧阳玄以设科举事,贡《尚书》。(《元史·欧阳玄传》卷一八二)

苏天爵以父荫入国子学。

按:是时,聚集于国子学之名彦有吴澄、虞集、齐履谦、袁桷、马祖常等,苏天爵皆以之为师。(《元史·苏天爵传》卷一八三)范梈十二月赴任海南海北道廉访司照磨。(《元史》卷一八一"虞集传"附传)

任居敬任监察御使。(虞集《滕州性善书院学田记》)

杨刚中被聘主江西乡试,迁江东廉访司照磨。(张铉《至大金陵新志》卷一三下之上)

胡助围于省台章格,不得参加是年乡试。(胡助《纯白先生自传》)

陈栎被有司强之科举。

按:陈栎试乡闱中选,不赴礼部,教授于家。陈栎赴浙江乡试,以书经登陈润祖榜第十六名。(《陈栎年表》)

袁桷观吴全节所藏制书。

按:至大三年,元武宗追封吴全节祖父为饶国公,特下制书,此年,袁桷以吴全节而观其制书,并以史官身份作题跋,意在将此事入于史册,从而见元廷崇尚道家纪祠祝符应之盛,此亦是史家纪实之征。(《吴饶公制书跋》)

察罕三月引年致政,程钜夫率众馆臣诗送以归。

按:察罕自号白云,据程钜夫载,察罕乃世祖忽必烈潜邸旧臣,至仁宗延祐时，已为四朝耆望，他在皇庆元年参预大政，皇庆二年迁平章政事，延祐三年三月，要求致仕，李孟言于仁宗，仁宗感慨曰："知足哉，是翁。"遂特加光禄大夫，赐归田里，程钜夫率众馆臣赋诗送归，"因率同志，作为歌诗以飏之"。（程钜夫《送白云平章序》）

翰林直学士薛友谅以己俸增建洛西书院，集贤大学士陈颢上奏，翰林学士承旨受旨书额。

按：洛西书院，据载，"洛邑之西，故又为洛西。韩岳、乌喙、明月、金门诸峰列其前，嶕峣、鹿迹、凤翼诸峰拥其后。"元初，贾损之、辛愿、元好问、杨奂、陈赓兄弟、姚枢等名儒皆讲学其间，而薛友谅父亲庸斋先生薛玄后至，于是"风教大行，弦诵之声交于州里，孝友之行被乎刍牧。"薛友谅"割岁入之奇，仿书院之制，爰建义塾，用迪教事"。（程钜夫《洛西书院碑》）

张雨与石民瞻、辛文房遇于京师。

按：张雨《元日雪霁早朝大明宫和辛良史省郎廿二韵并序》序云："延祐改元三月，民瞻石宰相遇京师，承需鄙作且辱先施之惠，林下朽生不能造馆阁绮语，幸于言句外求之，愧悚而已。"（《全元诗》第三十一册，第 328 页）

程钜夫跋姚枢赠周定甫诗卷。

按：延祐元年，周定甫之子周德贞持姚枢赠其父亲周定甫之诗卷请程钜夫题跋。据程钜夫记载，至元元年时候，周定甫曾以中书都事辅佐时任左丞的姚枢董选西京、平阳、太原，至元六年，周定甫佥河南按察司事，而姚枢赠诗作于此时。程钜夫又记，周定甫曾事世祖于潜邸，中统建元，召为中书详定官。明年，置行省平阳，授左右司郎中。又明年，建十路宣慰司，迁北京平滦广宁宣慰司参议。至元十年，迁辽东副使。十三年，改江东宣慰副使。十八年，进湖南按察司。居五年，改湖北，至元二十三年，以翰林侍读学士召，却引年谢归。（《跋姚雪斋赠周定甫诗后》）

程钜夫为孛术鲁翀文章作题跋。

按：据程钜夫题跋所记载，"右史馆编修孛术鲁翀子翚所叙疡医盍彦泽孝义详矣。逄原待制复欲老朽著语于后，是狐裘而羔袖之也。辞不获，乃详其本末赘之。"孛术鲁翀已详述盍彦泽孝义之事，而翰林待制逄原又请程钜夫作跋，可见馆阁文人间一再序跋的风气。（程钜夫《跋孛术鲁翀子翚编修叙疗医盍彦泽孝义后》）

李衎奉诏为嘉熙殿画壁，与南楚悦禅师同寓庆寿寺。

按：据虞集《同开先南楚悦禅师观息斋画竹卷于崇仁普安寺煜公之禅室，盖煜之师一初本公所藏也。因记延祐甲寅，息斋奉诏写嘉熙殿壁，南楚与之同寓庆寿寺。同予时为太常博士。俯仰之间，已为陈迹，乃题其后云》知道当日李衎画壁情景，南楚悦禅师以及虞集都有亲见，二十五年后（1339），当虞集再见李衎竹卷，不禁时空交错，思绪万千。虞集诗歌写道："嘉熙殿里春日长，集贤奉诏写苍筤。迩来二十有五载，飘零残墨到江乡。匡庐高人昔同住，身见挥毫凤鸾騫。木枯石澜是何年，修竹森森长春雨。"

黄溍进京参加会试，拜访程钜夫于其安贞里第。

按：据黄溍《程楚公小像赞并序》序言记载，"故楚国文宪程公，以宏材硕学，被遇世祖，历事四朝，为时名臣。延祐纪元之初，溍举进士，至京师，因拜公于安贞里第。后三十有三年，溍起自休致，入直词林，则公捐馆已久。幸从公之孙世京，获睹公遗像。抚时运之推迁，慨前修之莫作，赞以一辞，非敢曰美盛德之形容，聊志岁月云尔。"（《文献集》卷三）

张留孙建东岳庙。

按：此庙系本庙道祖张留孙捐资创建，嗣祖吴全节续建成，属私建之庙。东岳庙是道教正一派在华北地区最大庙宇，始建于元延六年（1319），主祀泰山神东岳大帝，庙内有赵孟頫书《张天师神道碑》，虞集隶书《仁圣宫碑》，赵世延书《昭德殿碑》并列阶下。

程钜夫奉旨作《海云简和尚塔碑》。

按：海云印简，在蒙元统治阶层具有极其崇高的地位，忽必烈曾向他请问过佛法，并从之受菩萨戒；太子真金出生时，乃印简为之摩顶取名；而印简一生主持佛法大会七次，超度弟子千余，其中"名王才侯受戒律者百数"，此外"士民奔走依向者以千万计"。延祐元年三月，集贤大学士臣景颢，昭文馆大学士明里董阿奉诏给海云加谥号曰"光天普照佛日圆明海云祐圣国师"，并修缮其塔，程钜夫以翰林学士承旨奉旨作文以为刻石。据程钜夫的塔碑记载，印简与公卿大臣交流，"必语以辅国安民。时相夏里之徒方事严刻，师劝以平政息役，以弭灾蝗。体仁本恕，以正刑赏。选俊乂，罢游猎，以养国体。孔孟之道，万世帝王法程，宜加表树，以兴学校"。当初元世祖在潜邸之际曾多次向海云询问佛法之要以及在家出家之要，海云回答："佛性被一切处，非染非静，非生非灭，何有同异？殿下亲为皇弟，重任藩寄，宜稽古，审得失，举贤错枉，以尊主庇民为务。佛法之要，孰大于此？"当时，朝廷将试天下僧，丞相以问。师曰："山僧元不看经，一字不识。"固问，师曰："国家先务，节用爱民，锄奸立善，以保天命。我辈乌足计哉？"印简总是在佛语中寓含济世之意，"高广洞达，慈济笃实，儒言而佛归"。（《雪楼集》卷六）

程钜夫作《元都水监罗府君神道碑铭》。

按：都水监罗府君指罗璧（1243—1309），字仲玉，镇江人。历任怀远大将军、管军万户，兼管海道运粮，昭勇大将军，昭毅大将军、同知淮西道宣慰司事，镇国上将军、海北海南道宣慰使、都元帅，镇国上将军、海北海南道宣慰使、都元帅，都水监、正奉大夫。对元代海上航运发展贡献颇大。据程钜夫记载，至元二十年，元廷议转江南之粟以实京师，而罗璧认为海道便利，乃率先部漕舟由海道，自扬村入，不数十日至京师，由此开启元代海运盛业。《元史》卷一六六有传。

蒲道源三月奉旨作《东海神庙碑》。

按：元蒙统治者信萨满教，对众宗教及百神祭祀都礼遇有加。四海一统之后，元廷对于海岳山川的祭祀也相当虔诚，在每年的春分时候都派遣使者遍祭各地神祠，诚如蒲道源在文中所说"伏惟皇元奄有四海，怀柔百神。列圣以来，于海岳之祀，惟寅惟畏。率以岁之春分，遣使者驰驱赍香，遍诣其祠而礼焉。"皇庆二年（1313）二月，翰林学士承旨僧家奉命行香于东海神庙，见庙宇久历风雨，衰坏痕迹甚重，四月回朝后"图所见海市楼观树林城郭出没灭变之状以献"，奏请修庙，旨批应允后，五月动工，十一月即落成，新的东海庙"完旧而赠新者，几四十楹。复殿迴廊，斋庐庖舍，靡不悉具。缭以周垣，邃以重门，扃启以时。规制整肃，神用妥灵，人愈生敬。"是年，蒲道源奉旨为增修的东海神庙落成撰文以刻诸碑石，"春三月二十有八日，皇帝御嘉禧殿传诏，以东海广德灵会王庙增修告成，其谕翰林文其事而刻诸石。臣道源猥以应奉文字为职，适当直笔，谨用撰次之。"（《闲居丛稿》卷一六）

众馆臣为程复心《四书章图》作序。

按：黄虞稷曰："复心字子见，取文公《四书集注》分章析义，各布为图。又取语录诸书，辨证同异，损益详略，名曰《纂释》。至大戊申，江浙儒学提举司言于行省，皇庆癸丑行省进于朝，特授徽州路儒学教授致仕，给半俸终其身。"据臧梦解至大三年（1311）所作序言交代，由于时在东宫的仁宗"喜听经书，尊儒重道，乐善好贤"，而程复心"生文公之乡，志文公之学，而自得乎孔、曾、思、孟之心，用力《四书》，阐微析幽，分章纂图，垂三十年而书始成，又间出己见以发明文公未尽之说，名曰《四书章图纂释》，后学之士苟能因图以求解，因解以求经，则《四书》义理了然于胸中矣，岂非后学之指南，读书之捷径也欤？"臧梦解认为《四书章图》"以文公之言，验林隐之图，见者易晓，卓然有补于世教矣。矧今天子嘉惠斯文，勉励学校，宣明教化，东宫予以是知林隐之图可以自见矣。进之于朝，非惟斯文之幸，抑斯世之幸也，故喜书而乐道之"，故欲将程复心的《四书章图》进献。而据虞集序言交代，皇庆二年（1313），程复心的《四书章图》被有司进献于朝，朝廷欲赐官，而程复心以亲老而欲归，次年（延祐元年，1314年），遂以徽州路儒学教授致仕而归。程钜夫、王约、元明善、邓文原、袁桷、虞集、杨载、周应极等一众馆臣叹惋之下，纷纷序以送之。《四书章图》内容，据虞集序言交代，乃"取朱子《论语孟子集注大学中庸章句》之说，有对待者，若体用知行之类；有相反者，若君子小人义利之类；有成列者，若学问辨思行之类，随义立例，章为之图，以究朱子为书之旨"。元明善也交代《四书章图》道："新安程君复心《四书章图》，取朱子《章句集注》一一为之图，观者了然即晓大义，深有补于初学。"赵孟頫在序中赞叹《四书章图》意义："新安程子见，白首穷理于朱子之学，若饥之于食，渴之于饮，寒暑之于裘葛，昼不舍而夜不辍，贯穿精熟，于是类而为书，列而为图，道德、性命、仁义各以类从，使学者一览而尽得之，其有补于理学甚大，岂古今类书所能望也。"（程钜夫在序中云："余少学于临川，见双峰饶氏大学中庸图，始识古人立图之意。去今，又五十余年，乃得吾宗子见《四书图章》为之图，图为之释，有本有末，有终有始，如天之文、地之理，莫不合于自然。非深得古人之意，不能也。"）邓文原评价《四书章图》认为："章分句析，巨细不遗"，"学者因图以求朱子之意，而有得于《四书》者，其效未有止也。"杨载评价认为："程先生生文公之乡里，授受此书，具有师法。惧学者务以谀词，破碎大道，或掇拾一二，妄肆诋毁，考凡辞见异同、义涉疑似者列而为图，使学者于文公之言，了然于心，欲疑无所。盖有为都邑之游者，念其乡人之不能至也，作都邑志以遗之。或者又因其志绘而为图，既绘而图，则览之者知益易矣。程先生行义甚备，盖所谓真知而实践之者，故其为言，综核深固，有所据依。学者观焉，如伐邓林而假利于斤斧，则其所获不多且逸哉。"而王约藉僚友周应极而观《四书章图》，对于程复心献书而归隐的做法深为叹赏，在序中写道："予观子见撰述如此之富，去就如此之明，质诸所学而不诡，庶几服膺吾夫子之训者欤？"

程钜夫作《自观先生王君墓碣》。

按：王自观即王幼孙（1222—1298），字季稚，庐陵人。大德二年正月十一日卒，欧阳先生守道认为王幼孙"其学从陆氏，文自苏氏"，程钜夫认为王幼孙"亦尚德博雅君子"。著有《中庸大学章句》二卷，《太极图说》，《拟答朱陆辨》，《深衣图辨》，《经籍论》，《易通贯三为一图》，《家传谱系》，《简便》、《经验》二方各一卷，杂著若干卷。（《雪楼集》卷二十）

齐履谦作《春秋诸国统纪》六卷，目录一卷成。

按：《四库全书总目提要》曰："……此书乃其延祐丁巳为国子司业时所作，前有自序，谓今之春秋盖圣人合二十国史记为之，自三传专言褒贬，于诸国分合与春秋所以为春秋，概未之及，故叙类此书以备诸家之阙，凡二十有二篇……以其排比经文，颇易寻觅所论，亦时有可采，故录存之。吴澄序称其缕数旁通,务合书法,间或求之太过,要之不苟为言。盖瑕瑜不掩,澄已有微辞矣。"

鲁明善著《农桑衣食撮要》三卷成。

按:又名《农桑撮要》、《养民月宜》,重刻于至顺元年(1330)。清《四库全书》本系从《永乐大典》辑出。该书体现作者农本、综合经营、计划经营诸多思想。《四库全书总目提要》评曰:"此书分十二月令,件系条别,简明易晓,使种艺敛藏之节,开卷了然。盖以阴补《农桑辑要》所未备,亦可谓留心民事,讲求实用者矣。"鲁明善,名铁柱,以其父字鲁为姓,维吾尔族人。还著有《铁柱琴谱》八卷。

杨铜著《增广钟鼎篆韵》七卷成。

按:是书收入阮元《苑委别藏》第二十一册。冯序前有阮元所撰提要,后有熊朋来序。杨铜,字信父(又作"信可"),临江人,与吴澄等友善。该书收三代青铜器铭文单字四千一百六十六个,每个字说明所见铜器名称,所收诸字见于三百零八件铜器。吴澄《增广钟鼎韵序》云:"今世字书惟许氏《说文》最先,然所纂皆秦小篆尔,古文、大篆仅存一二。宋薛氏集古钟鼎之文为五声韵,虽其所据有可信者,有不可信者,然使学者因是颇见三代以前之遗文,其功实多。清江杨钧信可重加订正,有所增益,其文盖愈赅矣,此世所不可无之书也。"(《吴文正集》卷一六)

吴全节编成《龙虎山志》三卷。

按:《龙虎山志》乃由吴全节表请朝廷,命翰林名臣编成。吴全节进表于延祐元年(1314),原题"翰林侍讲学士中奉大夫知制诰同修国史臣元明善奉敕编",朝中诸如元明善、程钜夫等重要著作之臣对龙虎山志撰写的参与和关注颇能表明道教在延祐时期的影响力。吴全节《进龙虎山志表》载:臣全节言:皇庆二年三月辛巳,臣全节诣集贤院,言信州路龙虎山前奉敕重作太上清正一万寿宫成,有旨以其图来上。臣全节谨以封上山图,请具录为志。太保臣曲出、集贤院大学士臣邦宁以闻,敕翰林院侍讲学士臣明善编述《龙虎山志》。志成,以授臣全节者。……其《龙虎山志》三卷,谨缮写成四册,随表上进。臣黩犯宸严,无任惶惧激切屏营之至。(《江西通志》卷一一四)程钜夫序曰:"翰林侍讲学士臣明善奉敕志龙虎山,玄教嗣师臣全节属臣某序之。臣伏读终篇,山川之奇,人物之盛,前后宫宇之废兴,累朝恩数之隆尚,聚此书矣。"(《雪楼集》卷九)

虞集作《敕赐玄教宗传之碑》。(《贵溪县志》卷二五)

邓文原约于是年为贯云石文集作序。

按:邓文原在大德、延祐文坛著名一时,但在这篇序文中却对贯云石的才气英迈,不仅由衷的赞叹,且有透辟的分析,是学者研究贯云石的重要资料。另外,由这篇序文的内容、文采也可以窥见邓文原称名文坛的缘由。

邓文原《翰林侍读学士贯公文集序》:"余往在词林,职司撰著,获事翰林,承旨姚先生于当世文学士少许可,然每称贯公妙龄,才气英迈,宜居代言之选。予私窃幸,愿倘得从公言语文字间。先生之取人也,必信。未几,公入拜翰林侍读学士,而余适外补,莫偿所愿。越二年,余以国子司业征,日聚群弟子从咕哔,每休沐,或牵以他事,又不得一接颜面,如昔人所谓倾盖而论交者。虽俗士之款吾门日千百,而其乐终不以此易彼也。亡何而公与余相继南还。别之一年,公来游钱塘,过余,相见若平生欢。示所著诗若文,予读之尽编,而知公之才气英迈,信如先生所言者,宜其词章驰骋上下,如天骥摆脱羁羁,一踔千里,而王良、造父犹为之愕眙郤顾。吁!亦奇矣。儒先有言:古之名将,必出于奇,然后能胜;然非审于为计者不能奇,奇在速,速在果,此天下伟男子所为,非拘牵常格之士所知也。公之先大父丞相长沙王统师南伐,功在旗常。公袭其休泽,尝为万夫长,韬略固其素谙,词章变化,岂亦有得于此乎?汉李广、程不识俱称善将,广行无部曲行阵,不击刁斗自卫,幕府省文书,其事甚疏略,然声名常在不识右。如予者,自少好为文章,谨守绳尺自程,终亦不能奇也,视公能不有愧哉?尝观古今能文之士,多出于羁愁草野,今公生长贵富,不为燕酣绮靡是尚,而与布衣韦布角其技,自以为乐,此诚世所不能者。夫名者,天下之公器也,公亦慎勿多取也夫!"(《巴西文集》卷上)

邓文原作《试院瑞梅诗序》。

按:序曰:"延祐改元,圣天子诏兴大比,江浙行中书省统领四道,治于杭,乃即宋故三省署为校士之所,悉因其材而经度缔构,以从斯规。中为堂,南向靓丽敞爽。高唐某公主廉访浙西道,职在监纠,以文原等忝司考择也。季秋九日,置酒堂上,以为燕乐。觞俎既陈,宾佐就列,鸣琴间作,笑语酢酬。酒半,有作而言者曰:'直堂北东,梅大枯枿,二干而七花。夫梅,冬葩也,而荣于秋,其斯文之祯乎?'公起视徘徊,索酒酌客,竟夕欢甚。明日,命工画者貌之,属客赋之。文原曰'物之异者,先圣所难言。然史传所志嘉禾、秀麦、灵芝等,率以为美瑞。考诸时事多有征。若梅之生,与岁寒松柏类,故君子以比德焉。先时而敷,有作兴之道,与菊同芳,若声应气求者,瘁久而复滋,其山泽之臞出而应时须者乎?然则士之战艺于此者,可以自期待而藩墙扃鐍以遂其生,则又今之长育人才者之事也。'公鞿然笑说曰:'子其书之,以为瑞梅诗序。'是为序。"(《巴西文集》)

卢挚约卒于此年。

按：卢挚（1235—约1314），字处道，又字莘老，号疏斋，又号嵩翁，涿郡人。累迁河南路总管。大德初，授集贤学士，持宪湖南，迁江东道廉访使。复入京为翰林学士，迁承旨，贰宪燕南河北道，晚年客寓宣城。文章与姚燧齐名，世称"姚卢"，诗与刘因齐名，世称"刘卢"，散曲则名在徐子方、鲜于枢之上。著有《疏斋集》，已佚。《全元散曲》存其小令一百二十首。事迹见《新元史》卷二三七、《元诗选·三集》小传。

又按：卢挚生前当编有诗文《江东稿》成卷，据程钜夫《卢疏斋江东稿引》云："疏翁意尚清拔，深造绝诣，荦荦不羁，故其匠旨辑辞往往隔千载，与古人相见。向者遗教余以其诗文一编曰《江东稿》，把其风味，如在疏斋时也。余携以自随，泛舟江汉，相与卧起。噫！孰使余欣然于风波之上者？非此稿也耶？诗不古久矣，自非情其情而味其味，则东篱南山，众家物色，森戟凝香，寻常富贵，于陶韦乎何取？疏翁于此殊不疏，今又弭节骚国，抑尚有起予者乎？稿还因以讯之。"（《雪楼集》卷一四）

吕端善卒。

按：吕端善（1236—1314），字伯克，家世洛阳，以战乱，父亲吕佑由河南、山东转入云、代，后又转至京兆定居。尝从许衡游，许衡任国子祭酒，驿请四方弟子十二人伴读国子监，吕端善为其所招关中弟子。蒙古军平宋过程中，吕端善极力与南宋士绅斡旋，避免了许多杀戮。官至翰林侍读学士、中奉大夫、知制诰、同修国史，卒后赠通奉大夫、陕西行省参知政事、上护军，追封东平郡公，谥文穆。端善在关中，与韩择、萧斞、同恕等讲论道义，将许衡训导士子"知自重而不苟进，尚经学而后文艺"的教育思想大力发扬，使关、陕学风趋于正道。事迹见于苏天爵《元故翰林侍读学士赠陕西行省参政知事吕文穆公神道碑铭》（《滋溪文稿》卷七）。

王道孟卒。

按：王道孟（1242—约1314），字牧斋，句容人。正一道教茅山宗四十四代宗师，号养素通真明教真人。刘大彬之师，至大四年（1311）大彬袭掌其教。事迹见《茅山志》卷一二。张雨《句曲外史贞居先生诗集》卷四有《茅山宗师牧斋王君升仙谣》。

冯子振约卒于此年。

按：冯子振（1257—1314），字海粟，号瀛州客，又号怪怪道人，湖南攸州人。与陈孚友善。所作散曲风格豪放潇洒，著有《梅花百咏（冯子振著）》一卷。诗有《海粟诗集》，尝作《居庸赋》，首尾几五千言。《全元散曲》存其小令四十四首，以《鹦鹉曲》为最著。事迹见《元史·儒学二》、《新元史》卷二三七、《元史类编》卷三五、《沅湘耆旧集》、《元诗选·三集》小传。

俞琰卒。

按：俞琰（1258—1314），字玉吾，号全阳子，又号林屋山人、石涧道人，吴都人。俞琰丹道继承南宗传统，主张清修，曾广集汉唐以来丹道歌决，编成《通玄广见录》一百卷。又著《易外别传》，阐述邵雍"先天易"之秘理。其著作尚有《周易集说》四十卷、《读易举要》四卷、《元学正宗》、《黄帝阴符经注》一卷、《炉或鉴戒录》、《周易参同契发挥》三卷《释疑》一卷、《易外别传》一卷、《弦歌毛诗谱》一卷、《经传考注》、《琴谱》四篇、《书斋夜话》、《席上腐谈》、《月下偶谈》、《林屋山人漫稿》一卷等。事迹见《钦定续文献通考》卷一四二、《经义考》卷四十。

僧沙啰巴卒。

按：沙啰巴（1259—1314），号雪岩，西番人，"姓积宁氏，名沙啰巴，华言为吉祥慧"。读儒书，喜与儒士游。善解诸国语。世祖命译中国未备显密诸经，辞旨明辩。特赐号大辩广智，授江浙等处释教都总统。去烦从宽，僧寺赖以安。改统闽粤，忤同列罢职。武宗复召拜光禄大夫、大司徒，馆于大都庆寿寺。译有《彰所知论》二卷。事迹见《秋涧集》卷二二、《古今图书集成》神异典卷一八六。

卢亘卒。

按：卢亘（1274—1314），字彦威，濮阳人。自幼颖悟，元贞年间，曾拟著《滕王阁记》受到姚燧赏识，举为国史院编修官，迁翰林应奉，后又任翰林修撰，升翰林待制。文集未见，少量文章存于《元文类》等书中。诗名大于文名，据传一时名流多效其诗风。《元诗选》二集选其诗二十三首。事迹见《（正统）大名府志》卷六、《元诗选·二集》小传、《元诗纪事》卷一〇。

脱脱（1314—1355）、陈基（1314—1370）、叶琛（1314—1362）、朱右（1314—1376）、贝琼（1314—1379）、朱善（1314—1385）、王礼（1314—1386）生。

元仁宗延祐二年　乙卯　1315 年

正月己巳，置大圣寿万安寺都总管府，秩正三品。（《元史·仁宗本纪二》卷二五）

二月己卯，会试进士。（《元史·仁宗本纪二》卷二五）

按：中书省平章政事李孟、礼部侍郎张养浩知贡举，吴澄、杨刚中、元明善皆与焉。(《资治通鉴后编》卷一六五)

三月己卯，廷试进士。赐护都沓儿、张起岩等五十六人及第、出身有差。(《元史》卷二五"仁宗本纪二")

按：廷试者乃李孟、赵世延、赵孟頫。进士分为两榜，蒙古人、色目人为右，汉人、南人为左，第一名从六品，第二名以下及第二甲皆七品，第三为正八品。

右榜(计七人，存疑一人)：护都答儿(右榜第一)、马祖常(会试右榜第一，廷试第二)、马祖孝、偰哲笃、哈八石(汉名丁文苑)、张翔、护都(存疑)。

左榜：1. 汉人(计十一人)：张起岩(左榜第一)、王沂、许有壬、梁宜、郭孝基、焦鼎、王士元、王弁、李武毅、文礼恺、邹惟新(一作邹维新)。

2. 南人(计二十八人，存疑一人)：赵箕翁、杨宗瑞、杨载、干文传、黄溍、曹敏中、欧阳玄、张士元、彭幼元、萧立夫、杨景行、罗曾、李路、许晋孙、刘彭寿、陈奎、李朝端、孙以忠、杨晋孙、李政茂、朱嵘、陈泰、张仲彬、尹安陆、马之骥(存疑)、李希贤、鲁伯昭、邹焕同。

存疑(计十六人)：韩涣、司庠、忻都、张泽、黄鸿荐、许云翰、易之序、蒋博、李芳斋、阎完、洪茂初、钟国光、廖应用、孙士敏、张仲铭、苑汝励。(以上所列参考余来明《元代科举与文学》)

四月辛巳，赐进士恩荣宴于翰林院。(《元史·仁宗本纪二》卷二五)

辛丑，赐会试下第举人为儒学教授。(《元史·仁宗本纪二》卷二五)

按：《元史·选举志一》"若夫会试下第者，自延祐创设之初，丞相帖木迭儿、阿散及平章李孟等奏：'下第举人，年七十以上者，与从七品流官致仕；六十以上者，与教授；元有出身者，于应得资品上稍优加之；无出身者，与山长、学正。受省劄，后举不为例。今有来迟而不及应试者，未曾区用。取旨。'帝曰：'依下第例恩之，勿著为格。'七十以上，从七流官致仕；六十以上，府、州教授；余并授山长、学正；后勿援例。"(《元史》卷八一)

命李孟等类集累朝条格，俟成书，闻奏颁行。(《元史·仁宗本纪二》卷二五)

乙巳，车驾幸上都。(《元史·仁宗本纪二》卷二五)

五月，缅国主遣其子脱剌合等来贡方物。(《元史·仁宗本纪二》卷二五)

八月壬寅，增国子生百员。

按：《元史·选举志一》载，"仁宗延祐二年秋八月，增置生员百人，陪堂生二十人，用集贤学士赵孟頫、礼部尚书元明善等所议国子学贡试之法更定之。"(《元史》卷八一)

诏江浙行省印《农桑辑要》万部,颁降有司遵守劝课。(《元史·仁宗本纪二》卷二五)

九月,秘书郎呈奉指挥,发下裕宗皇帝书砚,从实收管。

按:收管之书有:"《孝经》三册,不全;《论语》七册,不全;《小学》二册,不全;《周易》一册,不全;《唐鉴》六册,不全;《孝经》卷字一个,不全,……"等等,裕宗即真金太子,以其所读之书,乃见元府藏书之少。(《秘书监志》卷五)

十月乙未,授白云宗主沈明仁荣禄大夫、司空。(《元史·仁宗本纪二》卷二五)

癸卯,八百媳妇蛮遣使献驯象二,赐以币帛。(《元史·仁宗本纪二》卷二五)

是年,高丽遣学子参加元科举考试。(《元史·仁宗本纪二》卷二五)

置云需总管府。

按:《元史·百官志六》"云需总管府,秩正三品,掌守护察罕脑儿行宫,及行营供办之事。"(《元史》卷九〇)

始用铜活字印制《御试策》(又称《御制策》)。

李孟改封韩国公。

按:这年春,仁宗终于按照李孟的教育与人才选拔理念推行科举,并命李孟主管贡举之事,到仁宗"亲策多士于廷"之际,仍命李孟为监试官。这年七月,进阶金紫光禄大夫,加勋上柱国,改封韩国公,其他职任如故。(黄溍《元故翰林学士承旨中书平章政事赠旧学同德翊戴辅治功臣太保仪同三司上柱国追封魏国公谥文忠李公行状》)李孟对自己终于推动元代近百年不兴的科举考试事宜曾作诗《初科知贡举》感慨道:"百年场屋事初行,一夕文星聚帝京。豹管敢窥天下士,龙(一作'鼇')颜谁占日边名。宽容极口论时事,衣被终身荷圣情。愿得真儒佐明主,白头应不负平生。"(《全元诗》第十八册,第35页)顾嗣立对此诗作题跋说"是时韩公为平章,实主其议。许中丞有壬序《秋谷文集》曰:'贡举倡于草昧,条于至元,议于大德,沮尼百端,而始成于延祐,亦戛戛乎其难哉!'今读此诗,可以想见韩公为国求贤之苦心矣。"(《元诗选》二集上)

李孟等四月奉命类集本朝条格,俟成书,闻奏、颁行。(《元史·仁宗本纪二》卷二五)

张珪拜中书平章政事。

按:张珪上任之后,即请求"请减烦冗,还有司以清中书之务,得专修宰相之职焉",仁宗同意,并将张珪这种做法"著为令"。任职期间,张珪直言敢谏,深为贤士大夫感佩,却为以铁木迭儿为首的后党所嫉恶。虞集载"教坊使曹咬住拜礼部尚书,公曰:'伶人为大宗伯,何以示后世。'上曰:'姑听其至部而去之。'公又谏,乃止。皇太后以中书右丞相铁木迭儿为太师万户别薛、参知行省政事。公曰:'太师辅上道德,铁木迭儿非其人,万户无功不得为外执政。'上深许公言,而东朝之怒滋矣。失列门等谋所以去公中书者,间车驾时巡,既度居庸,皇太后宫幄在龙虎台,猝遣使召公宫门下,以中旨切责。赐杖,公创甚,舆归京师。明日,遂出国门,贤人士大夫祖饯感叹,以为公之身可辱,公之名不可辱,斯事也,所谓质诸鬼神而无愧者欤!公子景元,蒙上眷遇,掌符玺,不得一日去宿卫。至是,以父病革告,遽归。上惊曰:'向别时,卿父无病。'景元顿首泣血,不敢言。"(虞集《中书平章政事蔡国张公墓志铭》)

合散欲以灾辞职。

按:左丞相合散等言:"彗星之异,由臣等不才所致,愿避贤路。"帝曰:"此朕之愆,岂卿等所致?其复乃职,苟政有过差,勿惮于改。凡可以安百姓者,当悉言之,庶上下交修,天变可弭也。"(《元史·仁宗本纪二》卷二五)

塔海任翰林学士承旨。

按:塔海,蒙古人,世居关中。是年,追封塔海家三代,次年,又追封塔海父亲秦国公哈答孙。据程钜夫记载,塔海因父亲哈答孙与世祖关系亲厚,被命肄业国子学,"年十六,继父内职,从至于杭海。及事成宗,为枢密院断事官。天德之末,辅立武宗,转同佥枢密院事,升副使。寻为大司农,迁同知宣徽院事。仁宗尚在东宫之际,有建言立黑军卫帅府,力谏止之,由是得仁宗寄以心膂,知无不为。及仁宗践阼,塔海历集贤大学士、太医宣徽院使,遂为翰林学士承旨、知制诰、兼修国史,累阶自太中大夫五迁为荣禄大夫,益见亲幸。"塔海父亲哈答孙,在宪宗时曾扈从至和林,遂家焉。十五岁时,宿卫世祖藩邸,号称谨笃,眷遇有加。中统初,命掌玉食。至元二十年,以昭信校尉为生料库提点。至元二十四年,乃颜叛乱,哈答孙随世祖出征,有功,加武略将军。至元二十六,从至杭海。元贞元年,迁明威将军、宣德云州银场都提举。大德改元,升怀远大将军、淮东淮西屯田打捕总管。武宗即位,进镇国上将军、淮东淮西道宣慰使。至大四年,盗起四明,赐三珠虎符,拜资德大夫、中书右丞、浙东道宣慰使、都元帅,往捕之,驱以入海,而哈答孙因感瘴疠而卒。(程钜夫《秦国昭宣公神道碑》)

刘赓为翰林学士、承旨荣禄大夫、知制诰兼修国史。

按:刘赓《紫山大全集序》尾署"延祐二年重九日,翰林学士、承旨荣禄大夫、知制诰兼修国史门生刘赓"。

程钜夫奉诏撰加《上皇太后尊号册》文成。敕待诏画公像,儒臣制赞以赐。(程世京《程钜夫年谱》)

郭贯拜中书参知政事。(《元史》卷一七四"郭贯传")

赵孟頫任侍读学士。

按:黄溍《跋赵魏公书嵇中散绝交书》"予以延祐二年领荐上春官,拜公于京师,时犹为侍读学士。"(孙承泽《庚子销夏记》卷二)

袁桷二月,为殿试读卷官,与考官诗文唱和,集成《礼闱倡酬(乙卯)》。

张养浩以礼部侍郎知贡举。(《元史·张养浩传》卷一七五)

按:进士及第之后,皆去拜望座师张养浩,他闭门谢绝,作免谢帖。王礼在四十五年后得从杨显处见其免谢帖,题曰:"诸公但思至公血诚以报国,政自不必谢仆,仆亦不敢受诸公之谢也。养浩覆。"其时,"仁宗皇帝锐意文治,举百年之坠典,设科宾兴,思尽得天下儒者用之,尝曰:'使其中得一人如范仲淹,朕志愿足矣。'"王礼在题谢帖跋中认为,元代科考,"得人之盛无如延祐首榜。圣继神传,累朝参错。中外闻望之重,如张起岩、郭孝基;文章之懿,如马祖常、许有壬、欧阳玄、黄溍;政事之美,如汪泽民、杨景行、干文传辈,不可枚举。大者深厚忠贞,小者精白卓荦。所以黼藻皇猷,裨益治道者,初科之士为多。虽曰一时光岳之气钟为英杰,沛然莫之能御,然亦仁庙切于求贤之念上格天心,当时硕德元老足以风厉后进所致也。"(王礼《跋张文忠公帖》)

元明善以翰林侍读学士选充考官。

按:据马祖常记载,元明善"选选充考官,廷对又充读卷官。迅笔详定试卷数语,辞义咸委曲精尽,他人抒思者不及也"。(马祖常《翰林学士元文敏公神道碑》)

陈观为翰林修撰、同知制诰、兼国史院编修官。(程钜夫《故平阳路提举学校官陈先生墓碑》、《故河东两路宣慰司参议陈公墓碑》)

贡奎除承事郎、江西等处儒学提举。

按:李黼《故集贤直学士奉训大夫贡公行状》载"服阕,延祐初元,贡奎宣授承事郎、江西等处儒学提举。适科目肇行,江浙行省奉币封传,请公掌文衡。二年,始至江西。"(《贡文靖公云林稿·附录》)

又按:贡师泰随父提学江西,期间得以就教于吴澄。而《玩斋先生年谱》载"皇庆二年癸丑,侍父提学江西,会草庐吴先生,堂试中第一",应为误记。(《贡氏三家集》,第 459 页)

王约奉命巡行燕南山东道,拜枢密副使。(《元史·王约传》卷一七八)

　　翰林直学士普颜实立奉诏祭祀西岳。

　　按:据虞集记载,"陕右比岁以旱饥告,县官出粟与财,省赋已责以赈之,而不能救。力田者布种于土,而暵燥弗生。货币并竭,商贾弗至。"而朝廷"去岁,国家有大正于逋詩宿忾,守者迷去效之宜",于是"神怒人怨,天不悔祸。及计穷归服,而吾民之病日深矣。居者瘠瘵,行者道殣,存者十二三"。在这种情况下,"天子为选大吏治行省台,出大农之帑巨万者数,而雨终不降,人无生意。"最后,在大臣的建议下,"使专使持玉币以礼其山川"。翰林直学士普颜实立"以诚愨精敏,将命直指,乃四月己亥受旨幄殿"。学士乃召驿传、谨斋戒,不留宿于家。据虞集记载,凡普颜实立祭祀之后,当地即大雨,"竣事乃还,而陇、陕之间田苗勃兴,瓜蔓有实。稍有庐处,而守者下车询咨,则曰:宿种在土,得雨始萌,壅埴日滋,是以怒长,苗秀且实,而瓜胝可食矣。由是疾疫顿愈而流移未远者,渐克来归。"虞集时在国史院,普颜实立祈雨行迹、事迹,实见其叙录副本,遂感慨作文,备书其事,"与吾党之士咏歌焉"。(虞集《诏使祷雨诗序》)

　　马祖常在廷试中,居第二甲第一,授应奉翰林文字、承事郎同知制诰、兼国史院编修官。

　　按:马祖常在延祐元年(1314),"偕其弟祖孝俱荐于乡,公擢第一"。这年"会试礼部,又俱中选,公仍第一。廷试则以国人居其首,公居第二甲第一人,隐然名动京师。授应奉翰林文字、承事郎、同知制诰、兼国史院编修官,日与会稽袁公桷、东平王公士熙以文章相淬砺。"(苏天爵《元故资德大夫御史中丞赠摅忠宣宪协正功臣魏郡马文贞公墓志铭》)

　　张起岩三月科举登进士第一,除同知登州事。(《元史·张起岩传》卷一八二)

　　欧阳玄以治《尚书》中第,二月十七日作《延祐二年二月十七日侍宴北省》。

　　按:元代科举自世祖建朝至此,揆隔七十五年,延祐乙卯首科对于元代天下士子尤其是江南士子具有划时代的意义,可谓久旱逢甘霖,而欧阳玄此诗也正表达了江南士子终被选拔上的狂喜心情:臣本江南一布衣,恩荣今日及寒微。合疃列汉光相射,湛露迎阳昼未稀。仙醖饮来生羽翼,宫衣留得奉庭闱。酒阑车马如流水,回望红云绕阙飞。(《圭斋文集》卷二)

　　杨载登科,任浮梁州事。

　　按:黄溍记载,"仁宗在御,方以科目取天下士,仲弘首应诏,登延祐二年进士乙科。用有官恩例视第一人,授承务郎、饶州路同知浮梁州事。秩满,迁儒林郎、宁国路总管府推官,未上,以至治三年八月十五日卒。"(黄溍

《杨仲弘墓志铭》)

黄溍上春官,复在选中,读卷者以其言辞颇涉于激,缀之末第,赐同进士出身。授将仕郎、台州路宁海县丞。(宋濂《黄先生行状》)

许有壬举进士,授兖州同知。(《元史·许有壬传》卷一八二)

干文传举进士,授同知昌国州事。(《元史·干文传传》卷一八五)

张留孙被授开府仪同三司,辅成赞化保运大宗师。

按:据袁桷记载,"延祐二年,群臣侍嘉禧殿,上曰:'先朝备陟降,持保无瑕缺者孰在?'咸未有对,上语曰:'张上卿其人乎?'众唯唯。遂制授开府仪同三司,号加保运。延祐四年,张留孙年七十,仁宗特敕设于其宫,伎部毕列,宰辅以下咸奉寿。复命图像,镇崇真宫,赐玺文曰'皇帝之宝',命翰林学士承旨赵孟頫为赞,两宫传赐。翌日入谢,俛奏曰:'臣际遇累朝,惕惕顾念罔有替。今年且衰耄,不去,辱圣世,愿归老乡里,即死且不朽。'上不允。"(袁桷《有元开府仪同三司上卿辅成赞化保运玄教大宗师张公家传》)

公哥罗古罗思监藏班藏卜二月庚子为帝师,赐玉印,仍诏天下。(《元史·仁宗本纪二》卷二五)

雪庵溥光任昭文馆大学士。(程钜夫《故河东山西道宣慰副使吴君墓碑》)

白云宗主沈明仁十月二十日授荣禄大夫、司空。(《元史·仁宗本纪二》卷二五)

袁桷得米芾所临《坐位帖》,作题跋。

按:原文写道:"《坐位帖》真迹在京兆安氏家,尝刻以传世。吴中复守永兴,谓安氏石未尽笔法,因再模刻。此二本,余家咸有之。安氏子孙分析,《坐位帖》乃剖为二,此帖至'行香寺仆射指',后不复有。盖吴安石刻本'卓头高指'后别为一行,遂由是平分为两,是安氏兄弟不学之谬。东坡见安师文,时帖尚全,尝手拓数十本。余得坡公拓本于东平王氏,无纤毫失真,旁用'眉阳苏氏'及'赵郡苏轼'印记。米襄阳少年尝临之。邵伯温亦云:'安氏析后,不复见全本。'此卷笔法,绝类米老。往见《乞米帖》墨迹于子昂家,子昂以重资得之,余心有疑而不敢言。余得此帖,纸色行墨绝相类,遂定为米老所临无疑。延祐二年八月丁丑,袁桷氏记。"(《清容居士集》卷四六)

袁桷、虞集等为北宋元祐文人唱和墨迹题跋。

按:袁桷作《书刘贡父舍人种竹倡和诗后》,虞集作《跋刘贡父、苏子瞻兄弟、邓润甫、曾子开、孔文仲兄弟赓和竹诗墨迹》。尤其是观袁桷题跋,能感觉到他对宋史的熟稔与喟叹。刘贡父是宋代著名文臣刘攽,字贡父,号公非,临江新喻人。刘敞弟。庆历六年进士。仕州县二十年,始为国子监直讲。官至中书舍人。协助司马光编撰《资治通鉴》,负责汉代部分。这段题跋文字虽题曰《书刘贡父舍人种竹倡和诗后》,但实际却是对宋元祐丙寅年以及绍兴丙寅年所发生历史事实的一段非常有意思的感慨。宋元祐元年(丙寅,1086年),苏轼以中书舍人升为翰林学士,十一月,刘奉世(刘敞之子)、孔文仲升为左右史,而苏辙、曾肇(曾巩之弟)任中书舍人,而刘敞由秘书少监进入翰林的时间与苏轼相后先,孔常甫(孔文仲经甫之弟)则还在翰林院,所以袁桷称"兄弟父子,呜呼,盛矣哉!"的确是叹为盛景。而且这些人皆为苏门子弟和苏轼亲厚者。在袁桷文中云"邓右丞熙宁间以九制之誉,积十年为承旨,自负灏噩,讵浅浅耶?"不知所指邓右丞为谁,据《宋史》卷三一九载刘敞"为文尤赡敏,掌外制,时将下直会,追封王主九人,立马却坐,顷之,九制成。"疑"邓"字为"刘"字之误。袁桷又发表感慨云:"尝考元祐初元,实维丙寅,'姤'、'遯'之基已萌。"据《易经》所解,"姤"卦,上干下巽,一阴五阳。成阴长阳消之象,阴虽微而得时,阳虽盛而失势。"'姤'、'遯'之基"应是指由盛转衰之象。果然,这年之后,党论兴,诗祸作。袁桷又论道,绍兴丙寅年(1146),"秦相擅持,南北分裂遂定。至于开禧,则罪归于韩。咸淳罔上之罪,昭于贾氏,不十年而宋亡。"在题跋之尾,袁桷署"丙寅人袁桷识",查袁桷出生于咸淳二年(1266),正是丙寅年,作为史家,袁桷或许借历史的这样一种巧合来寄寓对自己的人生期待。

赵孟頫奉懿旨作《敕建大兴龙寺碑铭》。(《松雪斋集》卷九)

潘昂霄八月一日作《河源志》。(丛书集成初编本《南村缀耕录》卷二二)

按:有关黄河之源,在潘昂霄之前虽有记载,却语焉不详。至元十七年(1280)十月,忽必烈派遣都实等人求黄河源,既还,图其形势,履其发源之地,纪其分流伏脉甚详。潘昂霄的这篇《河源志》是他延祐时期任翰林侍读学士时根据时任翰林学士承旨的阔阔出的讲述写成。阔阔出是都实的弟弟,曾亲随兄长"抵西国,穷河源",所以文章详细叙述了都实等人考察河源的缘由、行走路线以及当地地理情况,不仅史料价值甚大,而且文笔可嘉。

又按:都实等人考察黄河源头的行动是我国历史上第一次大规模考察河源之举,而据潘昂霄《河源志》记载,此次河源的考察更是忽必烈经济发展宏图的一个重要步骤。忽必烈试图在河源之尽处建置城池,规置天下航运,让天下货物假水运之利毕集于京城,从而成就后世无穷利益。在看过都实等人图画的河源及城池传运位置之后,忽必烈曾在吐蕃等处设都元帅,让他们配金虎符,督工开修,可惜由于相哥征昆哥臧不回,力沮,此事搁浅。

程端礼完成《读书分年日程》,八月作序,赵世延作《程氏读书分年日程序》,邓文原作跋。

按:《读书分年日程》据朱熹"读书法六条"而著,它首次将我国读书理论与写作经验具体化、序列化、制度化,被当时国子监颁行郡邑学校,明清时诸多儒学、儒生视为读写教学圭臬。对于在书院肄业的生徒来说,这个《日程》可促使其自律。一是生徒以《日程》时时自我评判反省,读书当求日有所得。二是《日程》以一种约束的方式,督促生徒将人生中最好的时间用于立根柢,为日后的立功立德立言作准备。三是《日程》强调工夫——坚持与磨砺,实际上是在修身养性,培养恒心。此书一出,其时,像赵世延、邓文原、薛观等馆阁文臣都有序跋。(元至治元年刻本《程氏读书分年日程》)

刘赓作《紫山大全集序》。

按:紫山乃胡祇遹之号,胡祇遹是元初东平文人圈中的佼佼者,著述丰富,四库馆臣认为胡氏诗文"大抵学问出于宋儒,以笃实为宗,而务求明体达用,不屑为空虚之谈。诗文自抒胸臆,无所依仿,亦无所雕饰,惟以理明词达为主。元代词人往往以风华相尚,得兹布帛菽粟之文,亦未始非中流一柱矣。"(《四库全书总目》卷一六六) 刘赓是胡氏弟子,该序对胡氏生平履历、个性颇有述及,间及文章之论,是后人知悉胡祇遹生平事业、为人处事的重要资料,很有资料价值。据刘赓序云,"书法妙一世,脱去翰墨蹊径,自成一家,唯鹿庵、紫山两公而已。平生著述《易解》三卷,《老子解》一卷,诗文号《紫山集》者六十七卷。公薨二十年,赓以事道过彰德,其子太常博士持将镂梓,以寿其传,恳以序引为请。赓以不敏辞,迨四三年而请益坚。呜呼! 赓尝师事鹿庵先生,得告还东平,前诸生谓公曰:'敢以是数后进累吾绍开',且命之罗拜,公避之。鹿庵良久曰:'以师友之间待乎?'公遂诺焉。赓才力谫薄,获与缙绅之列,残膏剩馥,得公沾丐者多矣,此意岂可忘哉? 公之出处行己,大方有野斋、秋涧所撰神道碑祠堂记在,感念畴昔,非敢以为序也。姑述其梗概云尔。延祐二年重九日,翰林学士、承旨荣禄大夫、知制诰兼修国史门生刘赓序。"

程钜夫作《李雪庵诗序》。

按:李雪庵及元代大头陀教著名宗师雪庵溥光。溥光一作普光,字玄晖,号雪庵,大同人。早年出家为僧。至元、大德年间以楷书大字名世。以赵孟頫之荐,奉诏蓄发,元世祖特封他为昭文馆大学士、赐玄悟大师。溥光善书法,工真、行、草书,尤工于大字,书法家称雪庵"笔力破余地,腕有颜柳骨,突出松雪翁上",大都宫廷匾额,多出自其手。溥光为弟子惠临书写的《佛法八大人觉经》,高一丈二(约 3.69 米),长二丈五(约 4.6 米),每字大三寸(约 9.2 厘米),为罕世珍品。著有《雪庵永字八法》、《雪庵字要》,对书法界有较大影响。有《雪庵集帖》行世。喜读书,经传子史无不淹贯。又长于画,诗作也冲淡粹美。延祐初,平章政事张闾公、右丞曹公、参政李公由大头陀教十二代宗师焦空庵处得到雪庵诗集,欲为刊刻,请程钜夫作序。程钜夫在诗序中认为雪庵诗"以澹泊为宗,虚空为友。以坚苦之行为头陀之首,盖数十年矣。适然遇会,濡毫伸纸,发而为诗,有寒山云顶之高,无齐已无本之靡。不假徽钤,宫商自谐。得之目前,深入理趣。"(《李雪庵诗序》)

又按:大头陀教,糠禅,乃金元两代佛教一支"异端"教派。耶律楚材在《西游录序》中说金代中原传统佛教之外的教派时说:"西域九十六种,此方毗卢、糠、瓢、白莲、香会之徒,释氏之邪也"。糠禅为刘纸衣金天会年间创设,反对禅宗专尚禅语的行径,主修头陀苦行,清净寡欲,严守戒律。蒙古入主中原时,以燕京而论,"市井工商之徒信糠者,十居四五"(耶律楚材《糠蘖教民十无益论序》)。大头陀教在溥光时期,臻至极盛,扩展江南地区。(《元代文化史》,第 71—72 页)

僧法益卒。

按:法益(1242—1315),俗姓刘,郑州人。年十五六,衣祴北征,学于燕中宝集寺,又学华严、圆顿于真定净公,又学唯识于大梁孝严温公,于是退修面壁于明月山,后出居许州大洪济寺。法益笃于接引,得法者一百二十余人,亲授记度者二十余人。赐号佛性圆明普照大师。事迹见程钜夫《许州大洪济寺益和尚塔铭》(《雪楼集》卷二一)

杨奂卒。

按:杨奂(1245—1315),字焕然,乾州奉天人。著有《概言》十卷、《天兴近鉴》三卷、《正统书》六十卷、《正统八例序》、《东游阙里记》一卷、《汴故宫记》一卷、《紫阳东游记》一卷、《还山集》六十卷。事迹见《元史》卷一五三、《钦定续通志》卷四五九、《元儒考略》卷一。

陈高(1315—1367)、章溢(1315—1369)、陶安(1315—1371)生。

元仁宗延祐三年　丙辰　1316 年

正月壬戌,赐上都开元寺江浙田二百顷,华严寺百顷。(《元史·仁宗本纪二》卷二五)

二月丁丑,调海口屯储汉军千人,隶临清运粮万户府,以供转漕,给钞二千锭。(《元史·仁宗本纪二》卷二五)

戊寅,命湖广行省谕安南,归占城国主。(《元史·仁宗本纪二》卷二五)

三月辛亥,特授高丽王世子王焘开府仪同三司、沈王,加授将作院使吕天麟大司徒。(《元史·仁宗本纪二》卷二五)

辛酉,升太史院秩正二品。(《元史·仁宗本纪二》卷二五)

癸亥,车驾幸上都。(《元史·仁宗本纪二》卷二五)

敕卫辉、昌平守臣修殷比干、唐狄仁杰祠,岁时致祭。(《元史·仁宗本纪二》卷二五)

戊子,升印经提举司为广福监。(《元史·仁宗本纪二》卷二五)

四月庚子,命中书省与御史台、翰林、集贤院集议封赠通制,著为令。(《元史·仁宗本纪二》卷二五)

五月庚午,置甘肃儒学提举司,辽阳金银铁冶提举司,秩并从五品。(《元史·仁宗本纪二》卷二五)

六月乙亥,制封孟轲父为邾国公,母为邾国宣献夫人。(《元史·仁宗本纪二》卷二五)

七月,诏春秋释奠于先圣。

按:《元史·祭祀志五》"延祐三年秋七月,诏春秋释奠于先圣,以颜子、曾子、子思、孟子配享。封孟子父为邾国公,母为邾国宣献夫人。皇庆二年六月,以许衡从祀,又以先儒周惇颐、程灏、程颐、张载、邵雍、司马光、硃熹、张栻、吕祖谦从祀。"(《元史》卷七六)

八月己卯,车驾至自上都。(《元史·仁宗本纪二》卷二五)

议避讳字。

按:中书省劄付礼部呈翰林国史院议得:表章格式,除御名庙讳,必合回避,其余字样,似难定拟。都省仰钦施行。(《大元圣政国朝典章》卷二八)

十一月,大万宁寺住持僧米普云济以所佩国公印移文有司,紊乱官政,敕禁止之。(《元史·仁宗本纪二》卷二五)

诸侯王来朝,增围宿卫。

按:《元史·兵志二》"延祐三年十月以诸侯王来朝,命围宿军士六千人增至一万人;复命也了干、秃鲁分左右部领其事。十一月,诏围宿军士,除旧有者,更增色目军万人,以备禁卫。十二月,枢密院臣言:'围宿军士不及数,其已发各卫者,地远至不能如期,可迁刈苇草及青塔寺工役军先备守卫。其各卫还家军士,亦发二万五千人,令备车马器械,俱会京师。'制可。"(《元史》卷九九)

十二月丁亥,立皇子硕德八剌为皇太子,兼中书令、枢密使,授以金宝,告天地宗庙。(《元史·仁宗本纪二》卷二五)

是年,白云宗僧使权贵冒名爵,恣横不法,擅剃度游民四千八百余人,江浙行省处理此案。

赵孟𫖯七月进拜翰林学士承旨、荣禄大夫、知制诰、兼修国史,用一品例,推恩三代。

按:仁宗对赵孟𫖯眷宠甚隆,往往称呼赵孟𫖯"字而不名",对侍臣说:"文学之士,世所难得。如唐李太白、宋苏子瞻,姓名彰彰然常在人耳目。今朕有赵子昂,与士人何异?"对赵孟𫖯仁宗十分亲重,"有所撰述,辄传密旨,独属公为之。间与左右论公,人所不能及者数事:帝王苗裔,一也;状貌昳丽,二也;博学多闻知,三也;操履纯正,四也;文词高古,五也;书画绝伦,六也;旁通佛老之旨,造诣玄微,七也。"也有不喜欢赵孟𫖯的,常常在仁宗身边游辞离间。"言公乃赵太祖子孙。上初若不闻,其人游辞不已,上作色以视之曰:'汝言赵子昂乃赵太祖子孙,岂家世不汝若耶?'其人惶惧趋出。又有上书,称国史所载,多兵谋战策,不宜使公与闻。上大怒曰:'赵子昂,世祖皇帝所简拔,以为帷幄之臣。朕悯其年老,侍优以礼貌,置之于馆阁之间,使之讨论古义,传之后世,亦足以增重国家。此属呶呶者何也?非加罪一二,无以戒来者。'于是谤者始息。"(杨载《大元故翰林学士承旨荣禄大夫知制诰兼修国史赵公行状》)

大慈都任翰林学士承旨、光禄大夫、崇福院使。

按:大乘多次子,曾被世祖召入侍禁中,与脱因俱以文学备顾问。自州守升转运副使,入为詹事,集贤、平章军国,凡十四迁,而陟一品。(程钜夫《秦国先墓碑》)

赵简为侍御史。

按:贡奎《赵氏碑阴记》"赵公名简,字敬夫,号稼翁。延祐三年未侍御史。"(《贡奎集附录一》)

马祖常擢拜监察御史。

按:马祖常在任上以亢言敢谏,凛然不可犯而著称,并与其时权臣铁木迭儿展开针锋相对的斗争。其时,仁宗皇帝已即位很久,但仍然住在东宫,而群下每每借宴饮之际有所奏请。马祖常遂上疏曰:"大内正衙,古帝王视朝之所,今大明殿是也。陛下圣德谦恭,尚居东宫之旧,愿御大明正衙,镇服华夏。夫陛下承天地祖宗之重,奉养当极精美,调摄宜进玉食。至于酒醴,固谷麦所为,然近侍进御之际,可思一献百拜之义。且百官奏事,古有朝仪,今承平百年,文物宜备,或三日、二日一御朝听政,宰相群臣以次奏对,御史执简,史官执笔,缙绅佩玉俨立左右,虽有怀奸利己乞官赏者,亦不敢公出诸口矣。"其时,丞相铁木迭儿专权擅势,大作威福。马祖常遂率同列"论奏其恶,又摭其贪纵不法十余事劾之",仁宗震怒,"命罢其政事,将治以罪",最终,以太后救解,铁木迭儿得免。马祖常又谏言:"赞画省务,允宜得人。而参议孛罗、刘吉为丞相腹心,交通贿赂;左右司都事冯翌霄、刘允忠依凭权势,侥幸图进",于是这些人"皆黜退"。马祖常又曾向仁宗举荐适用人才认为:"前中书平章萧拜住、左丞王毅,曩在政府数与丞相抗论是非,当置机要,勿令外补,朝廷缓急有所赖焉。前监察御史彻里帖木儿、中书参议韩若愚皆被丞相诬罔排摈,早赐录用。翰林承旨刘敏中精力尚强,敛身高蹈,可赐半俸,以厉廉隅。国子司业吴澄通经博古,海内名儒,可进两院,以备访问。翰林修撰陈观、刑部主事史惟良其材方严,宜居谏职。"(苏天爵《元故资德大夫御史中丞赠摅忠宣宪协正功臣魏郡马文贞公墓志铭》)

江南行台侍御史高昉十月辛未为中书参知政事。(《元史·仁宗本纪二》卷二五)

蒲道源任应奉翰林文字。(程钜夫《故砲手军总管克烈君碑铭》)

薛友谅任翰林直学士。(程钜夫《故砲手军总管克烈君碑铭》)

赵穆任翰林待制。(程钜夫《题凉国敏慧公画像》)

袁桷任翰林待制。(袁桷《己未封赠祝文》)

程钜夫上章乞骸骨归田里。

按:仁宗不许,命尚医给药,近臣勉留。特授中子程大本承事郎、郊祀署令,俾侍公疾。夏,得请南还。特加光禄大夫。降制,追荣三代,赠官锡谥,赐上尊、俪锦,命廷臣祖饯。程大本乘驿侍行。谕行省有司问安否,勿令致仕。秋九月,公过吴城山,告祠祖父母,修葺垅墓。长子程大年任行省检校官,谒告侍养。冬十月,程钜夫至盱江。袁桷是月十三日作骚体《七观》赠之,赵孟頫为之书。(程世京《程钜夫年谱》)

赵世延解御史中丞职。

按：赵世延以弹劾中书右丞铁木迭儿被夺职，寻升翰林学士承旨兼御史中丞，世延固辞，乃解中丞职。（《元史·赵世延传》卷一八〇）

袁桷以翰林待制承务郎兼国史院编修为王构作请谥事状。

按：袁桷在《翰林承旨王公请谥事状》篇末书"延祐三年九月日，门生翰林待制承务郎兼国史院编修官袁桷上"。（《清容居士集》卷三二）

揭傒斯升应奉翰林文字，知制诰，仍兼编修。（《元史·揭傒斯传》卷一八一）

许有壬六月奉圣旨"作新风宪"一款，并作《风宪十事》具陈。

按：许有壬文章写道："照得延祐三年六月，钦奉圣旨'作新风宪'一款，监察御史、廉访司官，凡利害可以兴除，军民休戚、切于时政者，各宜尽心敷陈，以凭采择。又至治改元诏书：天下之大，机务惟繁，博采舆言，庶能周悉。自今内外七品以上官，有伟画长策可以济世安民者，实封呈省。伏念卑职，一介寒微，履叨甄录，凡伟画长策之可采，岂浅才末学之所知？既博采于舆言，且下询于百职，况叨言责，敢竭愚诚。尝谓天下之事，非一，设官分职，各有攸司。而官职之中，风宪尤重。所以纠百官之非违，示百官之轨范。故其用人也，必当极天下之选，而于行事也，必当尽天下之公。奉法持衡，毫发无间，然后可以责人，未有已所不能而责人之不至者。迩来风宪之事，或已有成法而不能奉行，或虽有旧规而事当损益，庭荒田治，盖所未闻，故不敢他，及而以'风宪十事'具陈如左。"（《至正集》卷七四）

嗣汉三十九代天师张嗣成十二月授太玄、辅化、体仁、应道大真人，主领三山符箓，掌江南道教事。（《元史·仁宗本纪二》卷二五）

西番必兰纳识里皇庆中翻译诸梵经典，至是特赐银印，授光禄大夫。（《元史·仁宗本纪二》卷二五）

梓潼神封为"辅元开化文昌司禄宏仁帝君"，简称文昌帝君或梓潼帝君。（《元史·仁宗本纪二》卷二五）

李孟以"我耕秋谷云"诗赠黄处士，时人广为传诵。

按：据虞集《岭南十景序》交代，新安黄处士清夫游京师，得李孟厚遇，赠诗云："君钓秋江月，我耕秋谷云。逃名君笑我，伴食我惭君。老我素多病，壮君高出群。何时各归去，云月总平分？"（《全元诗》第十八册，第36页）该诗在其时，"自大夫士下至闾里，无不传诵"。而虞集在序中又云，黄处士所居之处，乃在新安五岭之南，宣徽使王廷献，"奉使尝过其处而喜之，命名笔画为图"，故为十景赋者，题咏者甚多，而其时题图者除相国韩国公李孟外，还有翰林承旨赵孟𫖯、刘熙载，集贤大学士王彦博、陈仲明，御史中丞赵世延、中书参谋元明善，前进士姚南桤、张梦臣，翰林滕玉霄等，作品约有数十百篇，"赫然表著一时"，诚如虞集在序中所云"文章之盛，若清夫者，何其伟也！"此事也足见元代中叶馆阁文人之清雅闲适。虞集此序未交代写作时间，而据其序言题，"翰林承旨赵公子昂"、"御史中丞赵公子敬"，查知赵孟頫在延祐三年（1316）七月拜任翰林承旨，赵世延在延祐元年（1314）拜中书参知政事，居中书二十月，迁御史中丞，则可推知虞集此序当写在延祐三年。又据黄溍《秋江黄君墓志铭》交代：李孟赠诗黄处士事，"内翰赵文敏公既写以为图，且谓不宜使清时有遗才，力荐之当路，诸公以君深于易，通阴阳家言，欲用为杭州教授。君笑曰：'吾以布衣缔交相国，荣孰大焉？持此足以复吾亲矣。'竟辞归，筑山房，摘李公诗语为扁名以见志，公欣然遣以钱助之。宣徽王公奉使江东，过君山房，因图其隐居十景以去。"（《文献集》卷八下）

虞集奉常被旨修岁祀于江渎，乘间，虞集可能有以至故乡访问遗老以及先世之事，袁桷、马祖常、柳贯等赋诗饯行。（赵汸《邵庵先生虞公行状》）

按：据虞集《代祀西岳会袁伯长、王继学、马伯庸三学士》所题，当时送行的有袁桷、马祖常、王士熙等几个，由他们的唱和可以印证苏天爵所谓"以学问相淬砺，更唱迭和，金石相宣而文日益奇矣"的说法（苏天爵《石田文集序》）。而人们的送行诗，以袁桷为首，余者皆以袁诗为韵再和。此外，柳贯又据马祖常诗再和两首。袁桷作《送虞伯生降香还蜀省墓》、马祖常作《和袁伯长待制送虞伯生博士祠祭岳镇江河后土》二首、王士熙《送虞伯生祭（一作代）祠还蜀用袁待制韵》、柳贯《奉同伯庸应奉韵送伯生博士行祠西岳因入蜀望祭河源》二首，而虞集有《代祀西岳会袁伯长王继学马伯庸三学士》二首，此外这次行程中，虞集还有诗《代祀西岳，至成都作》等作。

马祖常三月扈从仁宗至上京，袁桷、柳贯、胡助等来为送行。（苏天爵《马文贞公墓志铭》）

按：上京成为元代诗文创作中的重要题材，在于馆臣们由于工作原因必须扈从上京，而同僚间的送行唱和诗作自然围绕上京主题进行。马祖常扈从之际上京之前，袁桷有《送王继学修撰马伯庸应奉分院上都》二首、胡助有《和袁伯长韵送继学伯庸赴上都》四首、柳贯《次伯长待制韵送王继学修撰马伯庸应奉扈从上京》二首。

袁桷于郑公许处见自己十五年前旧作《九华台赋》，应郑氏之请作题跋。

按：据袁桷题跋文字，十五年前（大德五年，1301），袁桷时任翰林国史院检阅官、同僚郑潜庵、翰林供奉汪汉卿、翰林编修曹愚等以郑氏建九华台而聚集题咏,袁桷作《九华台赋》,开篇云:"混元之峰,郁为仙间",郑潜庵遂手抄其时题咏诗文,汇为《混元山居题咏》一卷。延祐三年,郑潜庵之子郑公许以门功(按:祖先的功勋)入官,携《混元山居题咏》来请袁桷题跋。

淮东廉访司佥事苗好谦以善课民农桑,赐衣一袭。(《元史·仁宗本纪二》卷二五)

亦黑迷失施舍全国一百座佛寺为仁宗祈福。

按:亦黑迷失于延祐三年为仁宗祈福,特施舍全国佛寺,刻立《一百大寺看经记》碑。据碑文内容知道,所施舍之地涉及都城、西京、汴梁、真定、河南府、汝州、邢州、顺德府、明州补陀山、朝里宁夏路、西凉府、甘州、两淮、江浙、福建诸路共一百大寺,各寺各施中统钞一百锭。而亦黑迷失作为福建平章,又曾行权泉府太卿,施舍泉州17座大寺,施舍之多仅次于大都,位居第二。亦黑迷失,畏吾儿人,至元二年(1265),备宿卫,入侍忽必烈。亦黑迷失作为使臣,多次出海与东南亚诸国往来,乃元朝著名外交家、航海家。据《元史·亦黑迷失传》载:"九年,奉世祖命使海外八罗孛国。十一年,偕其国人以珍宝奉表来朝,帝嘉之,赐金虎符。十二年,再使其国,与其国师以名药来献,赏赐甚厚。十四年,授兵部侍郎。十八年,拜荆湖占城等处行中书参知政事,招谕占城。二十一年,召还。复命使海外僧迦剌国,观佛钵舍利,赐以玉带、衣服、鞍辔。二十一年,自海上还,以参知政事管领镇南王府事,复赐玉带……二十四年,使马八儿国,取佛钵舍利,浮海阻风,行一年乃至。得其良医善药,遂与其国人来贡方物,又以私钱购紫檀木殿材并献之。"亦黑迷失以"四逾海"而被忽必烈赐玉带,改资德大夫,遥授江淮行尚书省左丞,行泉府太卿。至元二十九年,亦黑迷失被召入朝,尽献其所有珍异之物。时方议征爪哇,立福建行省,亦黑迷失与史弼、高兴并为平章。后以荣禄大夫、平章政事为集贤院使,兼会同馆事,告老家居。(《元史·亦黑迷失传》卷一三一)

程钜夫以病请求致仕归老,赵孟頫书、袁桷笔《七赋》。

按:程钜夫以一品翰林承旨致仕,赵孟頫代其职,而程钜夫在江西南城麻源三谷作藏书山房,请袁桷作赋,袁桷遂作《七观》,极道原委,赵孟頫书之以作为刻石永传。泰定二年九月戊申,袁桷在《七观》赋刻成之后,再作《刻七观后记》,文章写道:"翰林承旨程公,建藏书山房于麻源,令桷赋其事,遂仿刘氏《七略》作《七观》。家世书楼,以先越公所藏嘉定旧赐'奇观'二字扁于其上,遂刻'七观'其下。泰定二年秋九月戊申,桷记。"

吴澄留宜黄县五峰寺,隐五峰僧舍著《易纂言》,门人生徒者数十余人。(危素《吴澄年谱》)

程钜夫奉旨撰《旃檀佛像记》。

按：这年，仁宗令集贤大学士李衍与昭文馆大学士、头陀大宗师溥光、大海云寺住持长老某、大庆寿寺住持长老智延、大原教寺住持讲主某、大崇恩福元寺住持讲主德谦、大圣寿万安寺住持都坛主德严、大普庆寺住持讲主某，翻究毗尼经典，讨论瑞像源流。讨论结果认为，周穆王八年，以释迦父优填王欲见无从，乃刻旃檀为像。据程钜夫记载讨论内容道："是像居西土一千二百八十五年，龟兹六十八年，凉州一十四年，长安一十七年，江南一百七十三年，淮南三百六十七年，复至江南二十一年，汴京一百七十六年，北至燕京居今圣安寺十二年，又北至上京大储庆寺二十年，南还燕宫内殿居五十四年。大元丁丑岁三月，燕宫火，尚书省石抹公迎还圣安，居五十九年。而当世祖皇帝至元十二年乙亥，遣大臣孛罗等备法仗、羽驾、音伎、四众奉迎，居于万寿山仁智殿。丁丑，建大圣寿万安寺。二十六年己丑，自仁智奉迎居于寺之后殿焉。元贞元年乙未，成宗皇帝亲临奉供，大作佛事，计自优填造像至今奉诏纂述之岁，是为延祐三年丙辰，二千三百有七年。"（《雪楼集》卷九）

程钜夫奉旨撰《梁国何文正公神道碑》。

按：梁国公何玮（1244—1310），字仲韫，涞水人。年十六，从张柔见世祖世祖感其父死，授易州太守，而何玮感于父、兄、子继死，遂解印从军，镇亳。伯颜南征之际，何玮署帐前都镇抚，迁管军总管。江南平，转太平路安抚司达鲁花赤，进户部尚书，行两淮都转运使。以阿哈马用事，谢病归。阿哈马败后，召参谋中书，出为江南浙西道提刑按察使、大名路总管、湖南道宣慰使。以参知政事召，不拜，除侍御史，又以母疾辞，改御史中丞，寻兼领侍仪司。大德十一年命为中书右丞，固辞。武宗即位，闻其名，拜太子副詹事，加遥授平章政事，议中书事，赐玉带。卫率府立，拜太子詹事，兼率更。复为中书左丞，进右丞，遄以何玮子何德严代为卫率使，而何玮拜河南江北等处行中书省平章政事、提调屯田事，赐锦衣貂裘。尚书省建，又以何玮为行尚书省平章政事，累官至荣禄大夫。何玮所至，"尤以兴学荐贤、崇孝弟、长恩信、恤孤寡为任。尝奏请割田千九百亩入大名校官，出御史台钱五十万建国学，以地三千亩立书院于南阳，祠忠武侯；三千亩入扬州三皇庙；又请置洪泽、芍陂屯田万户府儒学教授。自太平还，购书数万卷迎刘因先生为师。参议中书，荐刘宣等十余人。"事迹见程钜夫《梁国何文正公神道碑》（《雪楼集》卷七）

翰林直学士薛友谅奉旨作《敕赐伊川书院碑》。（《嵩县志》卷八）

按：书院位于河南伊川，原名伊皋书院。宋元丰五年（1082）文彦博赠程颐鸣皋庄园一处，作为其著书讲学之所。程颐于此讲学达二十余年。靖康元年(1126)金兵南下，书院被毁。元后嗣炮手总管勖实戴率兵镇守鸣皋，读二程《遗书》受其影响，遂改名克烈士希，于旧址建书院，并亲自为之记。其子慕颜铁木又增建稽古阁，藏书万余卷。延祐三年(1316)春三月，得仁宗嘉许，赐名"伊川书院"，并敕由翰林直学士薛友谅作碑文记其事，集贤殿学士赵孟頫书丹，参知政事郭贯篆额。碑高8尺，名"敕赐伊川书院碑"。元末书院毁于战火。

赵孟頫奉敕撰《天目山大觉正等禅寺记》。

按：据赵孟頫文章记载，延祐三年四月十有九日，三藏法师般剌那室利向朝廷谏议认为江南禅刹多矣，只有"天目山大觉正等寺为高峰妙禅师道场，地势清高，人力壮伟，实杭州一大伽蓝"，而"高峰之道，远续诸祖，座下僧常数十百人，皆清斋禅定，有古丛林之风"，现在高峰既已圆寂，而他所创领的临济教并未稍衰，他所修行的寺庙却"未有纪载之文"，应该请"文学之臣文之，以刻诸石，诚圣世一盛事也"。于是赵孟頫奉旨撰文记之。(《松雪斋集》外集)

袁桷为梁德珪作行状。

按：梁德珪(1250—1304)，字伯温，大兴良乡(今北京房山)人。幼时给事昭睿顺圣皇后宫，令习国语，通奏对。年十一，太府长官爱之，见世祖。以相者言曰后贵，世祖命从东平忠宪王安童习宪令仪注，年十四袭父职，至元十六年(1279)，升为中书左司员外郎。二十三年(1286)迁右司郎中，逾年，复左司。至元二十六年(1289)，进太中大夫总管大都等路打捕府，仍领左司。同年，复右司。二十八年(1291)，参议尚书省事，复迁中书。二十九年(1292)，世祖特旨拜参知政事。成宗即位后，升中书左丞，大德二年拜平章政事。仁宗即位，延祐改元时，"诏录勋旧，赠公推诚保德功臣开府仪同三司太傅上柱国，追封蓟国公，谥忠哲。而公祖父，亦复追命为国公。"据载，至元三十一年(1294)，执政入奏事，询其曲折，不能对。德珪从旁辨析，明白通畅，帝大悦，拜参知政事。袁桷记载，"漕运根本江南，浚治诸湖堤，不宜使富民侵塞以杀水势，议自公始。"作为近臣，梁德珪"侍帝左右，率侦候意响，奖拔士类。至于决事占奏，悃款不让，而悉简惬称上意。死虽十余年，朝廷至今犹称道之。"(袁桷《推诚保德功臣开府仪同三司太博上柱国追封蓟国公谥忠哲梁公行状》)

陈天祥卒。

按：陈天祥(1230—1316)，字吉甫，号缑山，河北赵守宁晋人，徙洛阳。

官至中书右丞。卒谥文忠。天祥为官为人，张养浩在其神道碑中说"刚焉不诎于欲，正焉不挠于邪，其立朝大节，巍然视古社稷臣无惭德，此天下之公论"。著有《四书集注辨疑》十五卷、《四书选注》二十六卷，诗文集《田居集》八卷。事迹见张养浩《资德大夫中书右丞议枢密院事陈公神道碑铭》(《归田类稿》卷一〇)、《元史》卷一六八等。

郭守敬卒。

按：郭守敬(1231—1316)，字若思，河北顺德邢台人。曾设计开凿通惠河以通漕运，并修治其他河渠多处。至元十三年(1276)，奉命参加创制了简仪、高表、候极仪、浑天象、玲珑仪、仰仪等十三件精巧仪器。提曾出"三次内插公式"及"球面直角三角形解法"。著有《授时历经》三卷、《授时历推步》七卷、《立成》二卷、《历议拟稿》三卷、《转神》一卷(又名《转神选择》二卷)、《上中下三历注式》十二卷、《时候笺注》二卷、《修改源流》一卷、《仪象法式》二卷、《二至晷影考》二十卷(钱大昕《元史艺文志》注曰：齐履谦传二卷)、《五星细行考》五卷、《古今交食考》一卷、《新测二十八舍杂座入宿法极》一卷、《新测无名诸星》一卷、《月离考》一卷、《授时历法提要一》。事迹见齐履谦《知太史院郭公行状》(《国朝文类》卷五〇)、苏天爵《太史郭公》(《国朝名臣事略》卷九)。

陶宗仪(1316—？)、袁华(1316—？)生。

元仁宗延祐四年　丁巳　1317 年

正月，发布《命有司勉励学校诏》。(《元典章》卷二)

二月乙丑，升蒙古国子监秩正三品，赐银印。(《元史·仁宗本纪三》卷二六)

按：此举依旧是统治者坚持蒙古国子监优先发展原则的表现。

三月辛卯，车驾幸上都。(《元史·仁宗本纪三》卷二六)

六月丁巳，安南国遣使来贡。(《元史·仁宗本纪三》卷二六)

八月丙申，车驾至自上都。(《元史·仁宗本纪三》卷二六)

是年，中书平章政事察罕译《贞观政要》以献，仁宗大悦，诏缮写编赐左右。

按：仁宗且诏译《帝范》为蒙文。又命译《脱必赤颜》(《圣武开天纪》)，名曰《圣武开天纪》，又译《纪年纂要》(《历代帝王纪年纂要》)、《太宗平金始末》等书,俱付史馆。(《元史》卷一三七)据程钜夫《历代帝王纪年纂要序》载,《纂要》在呈乙览后由程钜夫作序"是书既经乙览,复征予序"。程钜夫言明,《历代帝王纪年纂要》乃"平章白云翁以政事余暇,悉取诸家纪载而集正之,一以康节为准,名曰《历代帝王纪年纂要》,亦上及羲、农者,因备博览而已。"即以宋儒邵雍《黄极经世书》为准,集合诸家纪传之说,上至羲、农,下至近代而成。(《雪楼集》卷一五)

农桑之令渐流于虚文。

按:《元史·食货志一》"四年,又以社桑分给不便,令民各畦种之。法虽屡变,而有司不能悉遵上意,大率视为具文而已。五年,大司农司臣言:'廉访司所具栽植之数,书于册者,类多不实。'观此,则惰于劝课者,又不独有司为然也。致和之后,莫不申明农桑之令。天历二年,各道廉访司所察勤官内丘何主簿等凡六人,惰官濮阳裴县尹等凡四人。"(《元史》卷九三)

翰林学士承旨四月进蒙语节译本《大学衍义》。

按:据虞集《(浦城县)西山书院记》记载,起初,真德秀故乡建宁路浦城县,其族人"建安祠朱文公之比,筑室祠公,相率举私田给凡学于其宫者,而请官为之立师",江浙行中书省上其事于朝廷,"朝廷伟之",延祐四年四月,名之曰西山书院,列为学官。同年,仁宗命命大司农晏、翰林学士承旨忽都鲁都儿迷失译公所著《大学衍义》,用国字书之,每章题其端曰"真西山云"(《道园学古录》卷七)。《元史·仁宗本纪四》载,延祐四年四月,翰林学士承旨忽都鲁都儿迷失、刘赓等译《大学衍义》以进,"帝览之,谓群臣曰:'《大学衍义》议论甚嘉'",又命翰林学士阿怜帖木儿译以国语。延祐七年,忽都鲁都儿迷失将书译成进献刚即位的英宗皇帝,英宗评价认为:"修身治国,无逾此书。"(《元史》卷二六、二七)

完者不花二月戊申以近侍特授翰林侍读学士、知制诰、同修国史。(《元史·仁宗本纪三》卷二六)

翰林学士承旨赤因铁木儿为中书平章政事,中书平章兀伯都剌为集贤大学士。(《元史·仁宗本纪三》卷二六)

李孟秋七月乙亥罢,以江浙行省左丞王毅为中书平章政事。(《元史·仁宗本纪三》卷二六)

张养浩拜右司郎中,未几,又升礼部尚书。

按:张起岩《大元敕赐故西台御史中丞赠摅诚宣惠功臣荣禄大夫陕西等处行中书省平章政事柱国追封滨国公谥文忠张公神道碑铭》载,初,拟由另一官员任尚书,仁宗不怿,曰:"春官大宗伯须用读书人"。数日后,又奏拟张养浩任,仁宗曰:"斯其人矣",詹事院奏拟张养浩为太子谕德,仁宗不允,遂与元明善同知延祐五年的贡举。(《张养浩集》,第 255 页)

李铨任翰林侍讲学士。(袁桷《李司徒行述(代作)》)

李源道为集贤直学士。

按:马祖常记载:"祖常延祐四年,以御史监试国子员,伯修试《碣石赋》,文雅驯美丽,考究详实。当时考试礼部尚书潘景良、集贤直学士李仲渊置伯修为第二名,巩弘为第一名。"(马祖常《滋溪文稿序》)

虞集迁承事郎、集贤修撰,考大都路乡试。(赵汸《邵庵先生虞公行状》)

揭傒斯升国子助教。(《元史·揭傒斯传》卷一八一)

邓文原升翰林待制。(吴澄《邓文原神道碑》)

畅师文主持河南乡试。

按:这年秋,主持完河南乡试后,畅师文在归途中,旅驻襄县,西顾长安,"发丘垄之叹,因感疾。十月朔,薨于县之传舍。"(许有壬《大元故翰林学士资善大夫知制诰同修国史赐推忠守正亮节功臣资政大夫河南江北等处行中书省左丞上护军追封魏郡公谥文肃畅公神道碑铭》)

贡奎知江西乡举,以坚正著名。

按:李黼《故集贤直学士奉训大夫贡公行状》"延祐四年,知江西乡举,比放名,或诋有私某士者,及拆封卷,姓名适符人言。众欲黜之,公独曰:'吾以文校士,何恤浮议!'已而某人果以才忌于众者也,时皆服公之坚正有守焉。"(《贡文靖公云林稿·附录》)

柳贯授湖广儒学副提举。(宋濂《元故翰林待制承务郎兼国史院编修官柳先生行状》)

苏天爵国子学公试第一,释褐,授丛侍郎、大都路蓟州判官。(《元史·苏天爵传》卷一八三)

吴澄七月被请于江西省,考校乡试,不得已而行。

按:吴澄事迹、名声为元仁宗所知,中书意欲以吴澄代翰林直学士李源道,命翰林修撰虞集给驿聘召以致。(危素《吴澄年谱》)吴澄有《江西秋闱分韵并序》载其事云:"延祐四年,江西府中书省钦奉天诏第二举进士。典校文者七人,或居千里外,或居千里内,一时麇至,来集于兹。晨夕相亲,亦云乐矣。其将别也,能无情乎?乃九月九日,开尊畅饮。登楼远眺,秋意满目,悠然兴怀。酒阑以'日月依辰至,举俗爱其名'为韵,各赋古诗一首,爰记良辰会聚之乐,且抒异日离索之思焉。"(《全元诗》第十四册,第 306 页)

赵孟頫妻管道升加封魏国夫人。(赵孟頫《魏国夫人管氏墓志铭》)

按：管道升（1262—1319），字仲姬，又字瑶姬，吴兴人。元女画家，赵孟頫妻，亦称"管夫人"。擅长翰墨词章，能画墨竹、梅、兰，笔致娟秀。著有《观音大士传》，存世作品有《墨竹卷》等。事迹见赵孟頫《魏国夫人管氏墓志铭》（《松雪斋文集》外集）。

元仁宗敕命平章、韩国公李孟为程钜夫撰《程氏世德碑》。

按：仁宗且传文至盱江，程钜夫遂力疾拜命，戒诸子宜尽忠孝，以成报国之志。仍命程大本还京供职。（程世京《程钜夫年谱》）

袁桷八月作《大都乡试策问》考题。其间与众考官诗文唱和不断。

按：这年的大都乡试策问，是一则非常切于时务的考题。题目的宗旨虽然是基于养民，但实际需要考生讨论的是大都的粮食供给问题。在考题中，需要考生回答如何周知民数，以便国家能计划养民之数并备不时之虞？西汉的耿寿昌在京师设立常平仓来养民是否有必要？通过漕运的方法来给养京师，面对丰年与灾年的实际情形，怎样才能真正有力有效。考题要求考生能通识时务，陈说便利。乡试题目原文是："先王之政，莫先于养民。《洪范》以食为先，故昔之水旱，历年多而民不病者，有以也。周汉上计簿，以周知民数，三年则大比，以登于王府。制国用之法，日计岁会，使之裕如者，将以预其备也。大无麦禾，《春秋》非之，则周知民数，将悉民以备不虞欤？其止为国用乎？耿寿昌立常平，皆以为便。或以不便罢之，其去取可得闻欤？京师天下之本，实粟重内，理所当急。唐贞观转运之法，岁不过三十万石，后虽曾多，然止给军用。至于贞元，所入不过四十余万石，而京邑未尝有阙。抑内地无闲土、民不仰于官欤？抑有司定制无泛冗欤？圣天子惠养元元，实粟内畿，间遇不登，漕运或不能足。今天时雨泽，上协圣心，中外丰熟。九年之蓄，九谷之数，可讲而行也。将取诸民而备诸，意其有烦扰也。社仓之法，唐首用之，后复有科折之患焉。敛散之法，坏于后人，国服为息之辩，非本旨也。藏富于民，贫者得以济乎？谷贱伤农，因时而官收之，积岁朽腐，何以处之？上下给足，因其丰穰而讲行，实在今日。习进士业者，通识时务，宜陈说便利，以俟讲明焉。"（《清容居士集》卷四二、一四）

又按：袁桷在乡试考试期间与同僚形成的吟咏，后集成《秋闱倡和（丁巳）》。有：《次韵席士文御史》、《次韵士文感兴》、《八月二十有二日范京尹同会秋闱天使传召命温问试策贡士赐以法酒臣桷等望阙再拜以叙饮誊录官翰林应奉臣翼述其歌诗谨用次韵》、《次韵王正臣书史试院书事二首》、《次韵宋质夫应奉秋闱书事二首》、《次韵席士文御史》六首，共十三首。

赵孟頫为昭文馆学士张克明书写苏轼《寄吴德仁兼简陈季常》诗。

按：据宋濂《跋子昂真迹后》云："右苏子瞻寄吴德仁兼简陈季常诗一首，赵魏公子昂所书。公时年六十又四，其从集贤学士进拜翰林学士承旨，亦仅十有四月耳。公自是更不迁官，又五年，而公薨矣。公书之传世者，真赝相半，非有识未易辨。盖真者猝难入目，笔意流动而神藏不露，愈玩愈觉其妍；赝则其气索然，不待终览而厌之矣。此帖实公晚年妙笔，老气翩翩逼人。黄口小儿日百临摹，虽近终不近也。公自题'为月江学士书'。月江，乃昭文馆大学士张克明云。"（《文宪集》卷一四）

苏子宁出任和林幕府长，袁桷、马祖常、王士熙、虞集等馆臣赠诗送行。

按：据虞集序言所述，和林"控制要害"，乃"北边重藩"，而元廷亦"岁出金缯、布币、糇粮以实之。转输之事，月日相继，犹以为未足，又捐数倍之利，募民入粟，其中亦不可胜计，由是遂为殷富。"除在物质上殷实和林外，元廷亦派"大臣镇抚经理之，安庶比于都会，仕有不次之擢，贾有不赀之获"，以此，和林城"侥幸之民争趋之"。史载，和林，位于蒙古中部鄂尔浑河流域，自古以来即为北方各游牧民族驻牧之地，许多游牧民族曾在这里建立政权并修建都城。自1220年成吉思汗创建蒙古帝国首都哈剌和林之后，蒙古帝国前四汗，即窝阔台、贵由、蒙哥等蒙古前四汗均坐镇哈剌和林管理皇朝，和林一度为蒙古帝国政治、经济、文化中心。而中统之际，忽必烈与阿里不哥帝位之争，以阿里不哥失败告终之后，忽必烈将都城南移到大都，和林的中心地位开始衰落，仅置宣慰司都元帅府，但和林作为游牧民族聚居中心，仍为漠北重要都市，元朝每以大臣出镇，遣重兵防守，于其地开屯田，建仓廪，立学校。皇庆元年（1312），元政府将和林行中书省改名为岭北行中书省，并将和林路改名为和宁路。故苏子宁出任和林，馆臣又云岭北省。毕竟和林位于极北之地，中原人士前往多有不适，宋褧、柳贯、马祖常等的挽诗来看，苏子宁最终卒于和林。相关诗文有：虞集《送苏子宁北行诗序》、袁桷《送苏子宁和林郎中二首》、袁桷《苏子宁地行诗二首》、马祖常《送苏子宁赴岭北省幕》、王士熙《送和林苏郎中（送苏公赴岭北行省郎中）》、宋褧《挽岭北省郎中苏子宁（真定人）》、柳贯《苏郎中挽歌词》、马祖常《郎中苏公哀挽》

齐履谦六月初一作《春秋诸国统纪自序》。

按：序言曰："孔子曰：'属辞比事，春秋教也。'所谓春秋者，古者史记之通称也。何以明之？孟子曰'王者之迹熄而诗亡，诗亡然后春秋作'，庄子曰'春秋，先王经世之志'，墨子曰'吾见百国春秋'，皆非谓今之《春秋》也。又尝考之古文，有夏商春秋，又有晋春秋。《国语》，晋羊舌昔习于《春秋》，悼公使傅其太子，楚庄王使申叔时傅太子箴教之《春秋左传》，韩宣子适鲁，见

《鲁春秋》。至于后世,史学亦多以春秋名其书者,若《虞卿春秋》、《吕氏春秋》、《陆贾春秋》、《吴越春秋》、《汉魏春秋》、《唐春秋》之类,往往有之。故知春秋者,古者史记之通称。而今之《春秋》一经,圣人以同会异、以一统万之书也。始鲁终吴,合二十国史记而为之也。然自三传既分,世之学者类皆务以褒贬为工,至于诸国分合,与夫《春秋》之所以为《春秋》,未闻其有及之者。予窃疑之久矣。暇日辄以所见妄为叙类,私之巾箧,盖不惟有以备诸家之阙,庶几全经之纲领,而自此或可以寻究云。延祐四年丁巳夏六月乙未朔,沙鹿齐履谦谨书。"(《春秋诸国统纪》卷首)

袁桷为玉吕伯里伯行作神道碑。

按:玉吕伯里又名玉理伯里,据刘迎胜考察,玉理伯里部是古代钦察部联盟中的一个成员,得名于驻牧地的一座山脉。土土哈的祖先来到这里后,亦以玉理伯里人自居,称玉理伯里伯岳吾氏,以别于其他伯岳吾人。他们很可能与西方钦察部的主体维持着某种联盟或臣属关系。(刘迎胜《九——十二世纪民族迁移浪潮中的一些突厥、达旦部落》)玉里伯里纬度高,夏夜极短,日暂没即出。川原平衍,草木盛茂。土地宜马,富人有马至万匹者。土风刚悍,其人精于骑射,勇而善战。玉吕伯里伯行(1250—1311),家西北部,大父阿鲁,父忽都,皆精骑射。伯行在平宋之后,曾任职庆元,颇识大体,在处理江南人事上颇得人心。据袁桷神道碑载,伯行先从丞相阿术征襄樊,再从丞相阿答海镇扬州。至元二十九年(1292),授庆元路治中。"时翰林学士王公应麟,闭门不纳客,公首尊礼开说,俾学者师事之。里胥蹢跦士族,著片纸叱名立召庭下,公责吏数罪,俾书故官。""独于乡校,谆切训谕,谓为宣化所宜急,至今盖有赖焉。"袁桷叙伯行事迹云:"大德八年,成宗召对,赐侍宴袭衣。十一年,成宗崩,丞相受遗,镇遏严整。独命公掌诸库藏,键钥唯谨。诸王会朝,颁赉有等,目公品节,纤粟毋敢哗。丞相益器之,遂升尚书。至大元年(1308),今上皇帝时为皇太子,以本部官见问:'今何阶官?'再拜谢不敢,遂加正议大夫,俾称其职。值营缮,推佛寺恩赏,悉谢不受。从皇太子如五台山,顿递如法,而不病于民,赐白金名马以崇之。太夫人丧暮年,乞归里,特赐上尊,俾祭于墓,仍疾趣还朝以视事。省更尚书,授两浙都转运使,力丐辞。再授资善大夫、资国院使,复辞,不允。三年,奉旨过江南,具条所行事宜,即得疾,卧寓舍。四年三月己卯薨,年六十有一。公平居简默,绝声色,谦抑自閟。遇事有发,发即不可犯,崇善斥恶若饥渴。莪冠深衣,于于庭庑,曲尽恩意。所至率招师训诸子,御史之教,实有自来。晚自号德斋。延祐四年,特赠资政大夫江浙等处行中书省左丞上护军顺义郡公,谥贞惠。"(袁桷《资善大夫资国院使赠资善大夫江浙等处行中书省左丞上护军顺义郡公谥贞惠玉吕伯里公神道碑铭并序》。据袁桷此篇神道碑云"公薨将十年,其子和上以儒雅善正论擢监察御史"以及《元史》卷一三四"和尚传"所载"和尚,玉耳别里伯牙吾台氏",玉吕伯里伯行可能是和尚之父。

僧一宁卒。

按:一宁(约 1250—1317),本姓胡,号一山,浙江台州人。精通释典诸部、僧道百家、稗官小说,善于书法,相传为日本朱子学传播通释典诸部、僧道百家、稗官小说,善于书法,相传为日本朱子学传播者,又为日本"五山"文学创造者。日本后宇多天皇笃信佛教,最尊信他,卒赠国师。宇多曾亲题像赞曰:"宋地万人杰,本朝一国师"。著作今存《语录》二卷,其高徒雪村友梅于其圆寂后入中国,留住 22 年之久,后成为日本五山文学的创始人。事迹见虎关师炼《一山国师妙慈弘济大师行记》、《中国佛教百科全书》。

王沂(1317—1383)、戴良(1317—1383)生。

元仁宗延祐五年　戊午　1318 年

正月丙子,安南国遣其臣尹世才等以方物来贡。(《元史·仁宗本纪三》卷二六)

二月辛亥,敕杭州守臣春秋祭淮安忠武王伯颜祠。(《元史·仁宗本纪三》卷二六)

敕上都诸寺、权豪商贩货物,并输税课。(《元史·仁宗本纪三》卷二六)

戊午,给书西天字《维摩经》金三千两。(《元史·仁宗本纪三》卷二六)

按:初,宣徽院使岁会内廷佛事之费,以斤数者,麦四十万九千五百,油七万九千,酥蜜共五万余。盖自至元三十年间,醮祠佛事之目仅百有二,大德七年(1303),再立功德使司,增至五百余。至是僧徒冒利无厌,岁费滋甚,较之大德,又不知几倍矣。(《资治通鉴后编》卷一六五)

三月戊辰,御试进士,赐忽都达儿、霍希贤以下五十人及第、出身有差。(《元史·仁宗本纪三》卷二六)

按:本科取士五十人,元明善、张养浩知本年贡举,袁桷为殿试读卷官。

右榜:1. 蒙古(计二人):忽都达儿(右榜状元)、八儿思不花。

2. 色目(计二人):塔海(一作搭海,或作诺海)、偰玉立。

左榜:1. 汉人(计八人):霍希贤(左榜状元)、盖苗、李岳、韩准、韩镛、刘复亨、蒲机、安震。

2. 南人（计十八人）：谢端、岑良卿、周仔肩、汪泽民、祝尧、郑原善（一作郑元善）、雷机、林冈孙、李粲（一作李灿）、萧泖、虞槃、黄常、冯福可、程□、何元同、何克明、陈阳凤、欧阳南。

存疑（计二十八人）：刘汝翼、李彦博、祁君璧、祝彬、苑汝舟、赵庭式（一作赵廷式）、靳廷周、张文、陈继贤、薛汉卿、张安国、郑用和、邵贞、程万里、汪焕文、汪文瓒、李杲、鲁子明、黎颜叔、李元奎、陈彦伦、刘大观、周用章、刘光、胡志仁、高骧、丘堂、章彀。（参考余来明《元代科举与文学》，第336—347页）

癸未，给金九百两、银百五十两，书金字《藏经》。（《元史·仁宗本纪三》卷二六）

四月庚戌，升印经提举司为延福监，秩正三品。（《元史·仁宗本纪三》卷二六）

戊午，车驾幸上都。（《元史·仁宗本纪三》卷二六）

五月辛酉朔，顺元等处军民宣抚使阿昼以洞蛮酋黑冲子子昌奉方物来觐。（《元史·仁宗本纪三》卷二六）

壬申，禁名爵冒滥。

按：监察御史言："比年名爵冒滥，太尉、司徒、国公接迹于朝。昔奉诏裁罢，中外莫不欣悦。近闻礼部奉旨铸太尉、司徒、司空等印二十有六，此辈无功于国，载在史册，贻笑将来。请自今门阀贵重、勋业昭著者存留一二，余并革去。"制曰："可。"（《元史·仁宗本纪三》卷二六）

六月，西番土寇作乱，敕甘肃省调兵捕之。（《元史·仁宗本纪三》卷二六）

七月，加封楚三闾大夫屈原为忠节清烈公。（《元史·仁宗本纪三》卷二六）

八月戊子，车驾至自上都。（《元史·仁宗本纪三》卷二六）

九月己卯，以江浙行省所印《大学衍义》五十部赐朝臣。（《元史·仁宗本纪三》卷二六）

赐钞万锭，建帝师八思巴殿于大兴教寺。（《元史·仁宗本纪三》卷二六）

大司农买住等九月六日，进司农丞苗好谦所撰《栽桑图说》。

按：帝以甚佳，命刊印千函，散发民间。（《元史·仁宗本纪三》卷二六）

集贤大学士、太保曲出请刊《春秋纂例》、《辨疑》、《微旨》等书。

按：《元史·仁宗本纪三》载，十一月丙子，曲出言："唐陆淳著《春秋纂例》、《辨疑》、《微旨》三书，有益后学，请令江西行省锓梓，以广其传。"从之。

集贤大学士脱列十二月壬辰特授大司徒。(《元史·仁宗本纪三》卷二六)

孛术鲁翀擢中书右司都事。不久,改任翰林修撰。

按:其时,铁木迭儿用事,孛术鲁翀遂退居家中,后又改任翰林修撰。(苏天爵《元故中奉大夫江浙行中书省参知政事追封南阳郡公谥文靖孛术鲁翀神道碑铭》)

袁桷三月六日,作《试进士策问》进。(《元史·仁宗本纪三》卷二六)

按:这年的会试考题期望考生能结合时事,观通古今,由礼、乐、刑、政四方面,综合切实地讨论国家治道,以使国家纲纪清楚,赏罚分明,善恶判然。

附原文:"制曰:盖闻昔之圣人,垂衣裳以成无为之治。稽于书传,任贤设教,品节备具,谆谆然命之矣。是无为者,始于有为也。事久则弊。唐虞之世,历年滋多,不闻其有弊也。治莫重于定国体,尊国势。纲常之分严,风俗之化一,国体定矣。善恶之类明,赏罚之制宜,国势尊矣。廉远堂高,上下之辨也。量才授官,莫得逾越,国之大柄也。若是者,其道何以臻此。记曰:礼乐刑政,四达而不悖,王道备矣。夫礼以防民,乐以和志,刑以禁暴,政以善俗。四者何所先也?夙夜浚明,卿大夫之德也。知其邪慝,则知所以儆之;知其困穷,则知所以振之。为吏习常,恬不知省,其故何也?继体守文,善论治者,尤以为难。朕承累圣之丕绪,宵旰图治,罔敢暇豫。于变时雍,若有缺然者。子大夫观乎会通,酌古今之宜,毋迂言高论,以称详延之美,朕将有考焉。"(《清容居士集》卷三五)

赵简建言为太子博选明经者教之。

按:七月壬申,御史中丞赵简言:"皇太子春秋鼎盛,宜选耆儒敷陈道义。今李铨侍东宫说书,未谙经史,请别求硕学,分进讲读,实宗社无疆之福。"制曰:"可。"(《元史·仁宗本纪三》卷二六)

元明善知贡举,之后,复入翰林为侍读学士,通奉大夫。(马祖常《翰林学士元文敏公神道碑》)

曹伯启擢南台治书侍御史,上书进言。

按:曹伯启进言曰:"扬清激浊,属在台宪。诸被枉赴愬者,实则直之,妄则加论可也。今愬冤一切不问,岂风纪定制乎!"伯启俄去位。(《元史》卷一七六"曹伯启传")

马祖常改任宣政院经历。

按:马祖常担任宣政院经历月余即辞归,又起为社稷署令,被命罢杂事于泉南。(苏天爵《马文贞公墓志铭》)

袁桷夏五月,升集贤院直学士。(苏天爵《袁文清公墓志铭》)

虞集奉旨于吴澄家诏授其为集贤学士奉议大夫。

按:这年,吴澄应邀至永丰县武城书院讲学。而虞集至吴澄家诏授其为集贤学士奉议大夫,吴澄略无行意,虞集曰:"此除实出上意,宜勉为行。"五月戒行,时使者急欲复命,吴澄因疾辞谢,遂留淮南。(危素《吴澄年谱》)

虞集除翰林待制、儒林郎兼国史院编修官。(欧阳玄《虞雍公神道碑》)

李源道由翰林直学士除云南肃政廉访使。

按:虞集《送李仲渊赴云南廉使序》记载:"延祐五年六月,翰林直学士李公仲渊,除云南肃政廉访使。十二月二十有八日,乘驿骑五,出国门西去。明日还书京师,告诸执政台阁侍从之臣、文学之士、常所从游者,曰:'区区万里之行,每为诸公贵游,平昔爱厚,分当言别。盖难为别,亦不忍别也。请亮其悃悃之诚。幸甚!'"则李仲渊此行,曾要求同僚作为歌诗以壮行,故袁桷作有《送李仲困云南宪使》,虞集也有《送李仲渊云南廉使》,元明善有《赠学士李仲渊上云南宪使》等,而这也使得元代馆阁诗创作中,赠行诗成为大宗,为元诗独特意蕴增添一抹新色。

邓文原出佥江南浙西道肃政廉访司事。(吴澄《邓公神道碑》)

贡奎迁翰林待制,纂修《仁宗皇帝实录》。

按:李黼《故集贤直学士奉训大夫贡公行状》"五年,迁翰林待制、文林郎,纂修《仁宗皇帝实录》,书成,赐金币有差。"(《贡文靖公云林集·附录》)

又按:贡师泰以贡奎而得入国子学,得吴澄、虞集等亲炙。朱镳《玩斋先生年谱》载"(贡师泰)延祐五年戊午,入太学,自宣入京。"又载"延祐间,云林公待制翰林,以公从学国胄。时雪楼程公、草庐吴公、子翚鲁公、伯生虞公、元功欧阳公相继为监官,公游诸公间,涵濡渐渍,所得者深。"(《贡氏三家集》,第462页)

揭傒斯为应奉翰林文字、同知制诰,兼国史院编修官。

按:以揭傒斯故,是年,二月集贤大学士陈颢、翰林学士忽都鲁都儿迷失、集贤大学士王约、集贤学士柳贯进言,请谥揭傒斯父亲揭来成贞文先生。三月下诏令归养江西南城的翰林学士承旨程钜夫撰碑文,令翰林学士承旨赵孟𫖯书篆。(程钜夫《贞文先生揭君之碑》)

术者赵子玉等七人六月乙巳伏诛。

按:时卫王阿木哥以罪贬高丽,子玉言于王府司马曹脱不台等曰:"阿木哥名应图谶。"于是潜谋备兵器、衣甲、旗鼓,航海往高丽取阿木哥至大都,俟时而发,行次利津县,事觉,诛之。(《元史·仁宗本纪三》卷二六)

汪泽民登第归里,袁桷赠序。

按:袁桷作《赠宣城汪泽民登第归里序》。这年的会试题是由袁桷出的,以此袁桷在序言言认为士子文风的改变与有司科举选拔的标准有莫大关联。而袁桷等一批元代馆阁大臣对于南宋末期以来言道与言文分离的创作风气十分不满,力图改进,他们在努力创作、标明理论的同时,也每每借助科举的作用来推动文风之变。《元史》认为元代文艺观总体上经学与文学是合为一体,不可分而为二,所谓"前代史传,皆以儒学之士,分而为二,以经艺专门者为儒林,以文章名家者为文苑。然儒之为学一也,《六经》者斯道之所在,而文则所以载夫道者也。故经非文则无以发明其旨趣;而文不本於六艺,又乌足谓之文哉。由是而言,经艺文章,不可分而为二也明矣"。《元史》也认为"元兴百年,上自朝廷内外名宦之臣,下及山林布衣之士",真正以文通显于世的人是"通经能文"者,并非纯经学之士,也非纯文艺之人,这样看来,袁桷等人的文艺观不仅代表着元代的主流文艺观,且影响天下士子。

袁桷《赠宣城汪泽民登第归里序》写道:"今世论道理、词章为二途。师道德之说者,毫分缕析,派其近似而删黜之,其言博以约,据会统宗,谓一足以总万也。然惧其辞工而胜理,则必直致近譬,山林颓放谚俗之语,皆于是乎取。甚者金石著述,剿其说而师仿之,莫得有议焉者矣。昔者夫子言行见记于门弟子,简洁精粹,尝并于五经。初非有意于辞也,谓不若是不足以有传也。性与天道,不可得闻。私独怪近世学者,参错辈出,过子贡十百倍,将惟其所尚而然邪?抑群圣之道存于书,涵泳濡哜,不期然而能者欤!科举废已久,今天子崇阐文治,损益条制以兴,其贤能八表之士,连轸结袂,于然以来。然而沿袭之弊,相寻于无穷。爱憎之说,若不相似。宣城汪君叔志,首上于春官,报罢以归,则曰:'吾学未至焉耳!'探幽阐微,遂益治其业。戊午岁,复来京师,擢乙科,授同知平江州以归,则又曰:'仕优而益学,斯可矣!'将行,求余赠言以归。余固感夫二者之不相同也,缀言以绩文,将以明理也。理不自得,剽袭以求之,文益弊而理日益远,将焉以为准?兴之以化成天下,实自有司始。操绳墨,审程度,有司尽之矣。合八音以成律吕,师旷犹难之。噫!有司之任,其果能有同乎?维昔端明公诰命擅天下,制作具备,集众美之效也。庆流云仍,叔志之踵传科,于今十世矣!志专而气昌,异于凡近。其异也,必能以复古,家世趾燅,莫叔志若也。故余以昔之有疑者告之,而因以勉焉。夏四月,越袁桷序。"(《清容居士集》卷二三)

袁桷十一月与翰林集贤文臣为郝经帛书题识。

按:据宋濂记载,至元十一年(1274)九月一日,郝经被贾似道扣押仪真已十五年，作求救帛书封于蜡丸，系于雁足。而这年十二月，伯颜渡江平南宋，次年二月贾似道命总管段祐护送郝经归国，四月郝经一行至燕都，七月即卒，而郝经系求救诗之雁至元十二年（1275）三月大雁为虞人获于汴梁金明池。至元十三年，郝经帛书为安丰教授王时中所得。延祐五年春，集贤学士郭贯持节淮西，见帛书，奏报朝廷，十一月，太保曲出、集贤大学士李邦宁将帛书上于仁宗，遂装裱成卷，令翰林集贤文臣题识，其时，袁桷、王约、吴澄、蔡文渊、李源道、邓文原、虞集等皆有所作。（宋濂《题郝伯常帛书后》）

马祖常出使泉州，宋本作诗十首饯别。

按：由宋本的饯别诗题《舶上谣送伯庸以番货事奉使闽浙》可知马祖常出行任务，而这组诗也极富时事特色，非常有价值。

宋本《舶上谣送伯庸以番货事奉使闽浙》十首："江华江月要才情，多病堪怜马长卿。莫向都门折杨柳，帝乡春色不南行。流球真腊接阇婆，日本辰韩薉貊倭。番江去时遗矴石，年年到处海无波。朱张死去十年过，海寇凋零海贾多。南风六月到岸酒，花股篙丁奈乐何？涌金门外是西湖，堤上垂杨尽姓苏。作得吴越阿谁唱，小卿坟上露兰枯。旧时家近黑桥街，三十余年不往来。凭仗使君一问讯，杨梅银杏几回开？（予以至元廿六年出杭，故居东南隅四条巷旁，有桥名黑桥。居有杨梅、银杏二树，在巨井上。）闽中父老白髭颌，老子风流记得无？昔日郎君骑竹马，如今使者驾轺车。（伯庸之先尝仕闽中）素馨花畔十八娘，炎云瑞露酎天浆。一日供厨三百颗，使君馆券莫支羊。薰陆胡椒腽肭脐，明珠象齿骇鸡犀。世间莫作珍奇看，解使英雄价尽低。东海澄清南海凉，公厨海错照壶觞。郎君鲝好江珧脆，水母线明乌贼香。明年归路蹋阳和，缺骻轻衫剪越罗。春风通惠河头路，还与官家得宝歌。"（《元诗选》二集卷一一）

袁桷由藏家董有能处观李巽伯小楷《梦归赋》，作题跋。

按：袁桷在跋尾云："此卷旧藏南康黄可玉。可玉，嗜古刚洁人也。后授其徒董君有能，能宝之"，则应是由董有能处观李巽伯墨迹。这篇题跋融书史于赏鉴，是袁桷赏观李巽伯小楷之后写的书法批评文字，非常有意趣。李巽伯（？—1155）乃宋人李处权，处权字巽伯，洛阳人，祖籍徐州丰县。（连国义《南渡诗人李处权及其诗歌初探》，《新乡师范高等专科学校学报》2006年第3期）宣和间，与陈叔易、朱希真以诗名。南渡后，处权尝领三衢。官至朝请大夫。处权为诗清脱爽健，曾自编有《崧庵集》，刘子翚有《和李巽伯春怀》诗。据袁桷题跋云，李处权在建炎初与朱敦儒一道由洛阳避难南来，"名望文学，与希真相上下，而作字体制，亦复相似。"袁桷又云北宋著名书家黄长睿伯思（1102—1106）时候游洛阳，洛人皆师慕之，而朱敦儒、李处权乃其中学得最似者。袁桷认为宣和时候，"主上所好，乃薛稷《禁经》所谓'字则长而逾制'者也。则朱、李二公宁得为博士耶？"而朱敦儒认为李处权翰墨之妙胜于诗文，而南宋著名书画家赵孟坚（字子固）认为李处权之字"力宗元常（钟繇）"，袁桷认为"宋朝习锺书，惟黄（黄长睿）、朱（朱敦儒）、李（李处权）三人，暨姜尧章（姜夔）、子固（赵孟坚）耳。"袁桷认为，他曾见过的唐代徐浩摹写钟繇的《丙舍帖》、褚遂良摹写钟繇的《力命表》，皆"纤浓道润"，它们与宋代淳化阁帖以及潘师旦绛州帖中所摹拓的钟繇《宣示表》，"如出二手，则学锺书者，犹可置论。"袁桷又云，乙酉（至元二十二年，1285年）在杭州见到赵孟頫，其时赵孟頫对姜夔的书谱练习不止，现在，三十年过去，赵孟頫小楷"妙天下，是盖脱其形似而师其神俊"。

袁桷观蔡襄《汶岭帖》，作题跋。

按：蔡襄（1012—1067），学识渊博，书艺高深，其书法以浑厚端庄，淳淡婉美，自成一体。书法史上论及宋代书法，素有"苏、黄、米、蔡"四大书家的说法。蔡襄《汶岭帖》乃临摹王羲之《登汶岭帖》，袁桷在题跋中指出，蔡襄行书被苏轼推为第一，临摹王羲之字"形模骨肉，纤悉备具，莫敢逾轶"。袁跋写道："君谟行书，苏文忠定为第一。其所摹右军诸帖，形模骨肉，纤悉备具，莫敢逾轶。至米元章始变其法，超规越矩，虽有生气而笔法悉绝矣。昔人尝言，程、李御兵，各善其用。学程之道，犹鲁男子也。君谟盖深知此。唐人双钩多横榻，执笔尊谨，惧其妄出胸臆也。今观《汶岭帖》，较唐文皇枣木本益足取征。延祐五年六月，会稽袁桷书。"

嘉议大夫千奴致仕，退居濮上，建历山书院。（《雪楼集》卷一二）

按：《元史·和尚传》附《千奴传》载，千奴延祐五年（1318）乞致仕。帝悯其衰老，从其请，仍终半薪其身。退居濮上，筑先圣宴居祠堂于历山之下，聚书万卷，延名师教其乡里子弟，出私田百亩以给养之。有司以闻，赐额"历山书院"，程钜夫奉旨作《历山书院记》。

赵孟頫应袁桷之请，为之作画题字。

按：赵孟頫画中题诗曰："鸥波风日好，呪笔写幽闲。松顶堆苍鬟，峰头拥翠环。元言寻伴侣，静处倚潺湲。谁得个中趣，白云开远山。"赵孟頫又题记云："余年齿日长，精力日衰，笔役研劳，渐觉慵近矣。过为清容所请，乃复尔尔。若欲求向时情况，则非老人所能办也。延祐戊午九月赵孟頫识。"

吴澄十一月留建康著《书纂言》四卷成。（危素《吴澄年谱》）

赵孟頫五月奉敕为杨叔谦画、本人题诗的《农桑图》作序。

按:自忽必烈至元二十三年(1286)设立大司农司,元廷对于农业都给予原则上的重视,在忽必烈时代曾召集大臣编撰《农桑辑要》。仁宗即位后,颇为重视农桑,曾令人作《七月图》赐予东宫太子,并屡屡降旨设要求劝农官。《农桑图》乃回回杨叔谦根据大都风俗,以十二月为序,分农桑为二十幅图,赵孟𫖯在图边附诗,又由翰林承旨阿怜帖木儿用维吾尔字翻译于左边以便皇帝观览。

赵孟𫖯《农桑图叙》写道:延祐五年四月廿七日,上御嘉禧殿,集贤大学士臣邦宁、大司徒臣源进呈《农桑图》,上披览再三,问:"作诗者何人?"对曰:"翰林承旨臣赵孟𫖯。""作图者何人?"对曰:"诸色人匠提举臣杨叔谦。"上嘉赏久之,人赐文绮一段、绢一段,又命臣孟𫖯叙其端。臣谨奉明诏。臣闻《诗》、《书》所纪,皆自古帝王为治之法,历代传之以为大训,故《诗》有《七月》之陈,《书》有《无逸》之作。《七月》之诗曰:"三之日于耜,四之日举趾,同我妇子,馌彼南亩。"又曰"十月获稻",又曰"十月涤场",皆农之事也。其曰"女执懿筐","爰求柔桑","蚕月条桑","八月载绩,载玄载黄",皆妇工之事也。《无逸》之书曰:"君子所其无逸,先知稼穑之艰难,乃逸。"二者,周公所以告成王,盖欲成王知稼穑之艰难也。钦惟皇上以至仁之资,躬无为之治,异宝珠玉锦绣之物,不至于前,维以贤士丰年为上瑞,尝命作《七月图》以赐东宫,又屡降旨设劝农之官。其于王业之艰难,盖已深知所本矣,何待远引《诗》、《书》以禅圣明!此图实臣源建意,令臣叔谦因大都风俗,随十有二月,分农桑为廿有四图,因其图像作廿有四诗,正《豳风》因时纪事之义。又俾翰林承旨臣阿怜帖木儿用维吾尔文字译于左方,以便御览。顾臣学术荒陋,乃过蒙圣奖,且拜绮帛之赐。臣既叙其事,下情无任荣幸感恩之至。(《松雪斋集》外集)

王结约于此年为马祖常《松厅事稿略》作序。(《文忠集》卷四)

袁桷最迟在此年作《琴述赠黄依然》。

按:袁桷这篇序言即介绍宋元时期琴谱承继渊源,颇具文献意义,不为人所熟识。其最晚创作时间定为此年(1318),乃以袁桷在文中云"往六十年",而六十年前,宝祐时期(1241—1258)间,杨缵与其门客徐天民、毛敏仲编撰出《紫霞洞琴谱》,故推袁桷此文最迟撰于1318年。袁桷琴艺不凡,曾师从琴师徐天民学琴,在其《题徐天民草书》中有详记。徐天民名宇,号雪江、瓢翁,浙江严陵(今桐庐县)人,乃宋元之际著名琴家,浙派古琴流派重要传承人。徐天民初从刘志方学琴谱,著名琴家郭楚望(即郭沔)传谱。淳、宝年间(1241—1258)与毛敏仲同为司农卿杨缵门客。三人共同研讨琴艺,整理、增删琴曲,并据郭楚望所藏"阁谱"(即御用的琴谱)别撰《紫霞洞琴谱》(已佚)十三卷。录有四百六十八首曲操,为收录最丰富的大型谱集,于是"浙谱"逐渐取代了风靡一时的"江西谱",形成影响深远的浙派,袁桷《琴述赠黄依然》以及《题徐天民草书》、《示罗道士》几篇很好地补充了有关紫霞洞琴谱以及浙谱的形成与流传过程。

《琴述赠黄依然》原文:"往六十年,钱塘杨司农以雅琴名于时,有客三衢毛敏仲、严陵徐天民在门下,朝夕损益琴理,删润别为一谱,以其所居曰'紫霞'名焉。自渡江来,谱之可考者,曰《阁谱》,曰《江西谱》。《阁谱》由宋太宗时渐废,至皇祐间复入秘阁。今世所藏金石图画之精善,咸谓阁本,盖皆昔时秘阁所庋。而琴有《阁谱》亦此义也。方《阁谱》行时,别谱存于世良多。至大晟乐府证定,益以《阁谱》为贵,别谱复不得入,其学寝绝。绍兴时,非入阁本者不得待诏。私相传习,媚熟整雅,非有亡蒦愤遽之意。而兢兢然国小而弱,百余年间,盖可见矣。曰《江西》者,由阁而加详焉,其声繁以杀。其按抑也,皆别为义例。秋风巫峡之悲壮,兰皋洛浦之靓好,将和而愈怨,欲正而愈反。故凡骚人介士,皆喜而争慕之,谓不若是不足以名琴也。方杨氏谱行时,二谱渐废不用。或谓其声与国亡相先后,又谓杨氏无所祖,尤不当习。噫!杨司农匿前人以自彰,故所得谱,皆不著本始。其为今世所议,无可言。余尝习司农谱,又书与徐天民还往,知其声非司农所能意创。间以问天民,时天民夸诩犹司农也,谩对焉,终不以悉。余益深疑之,而莫以据。后悉得广陵张氏谱,而加校焉。则蔡氏五弄,司农号为精加紬绎,皆张氏所载,独杨氏隐抵不述耳。今世琴调,清商号为最多。郭茂倩记古乐府,琴辞亦莫盛于清商。杜佑氏叙论雅乐,谓楚汉旧声,犹传于琴家。蔡氏五弄,楚调四弄,至唐犹存。则今所谓五弄,非杨氏私制明甚。议者悉去之,不可也。按:广陵张氏名严,字肖翁。嘉泰间为参预。居雪时,尝谓《阁谱》非雅声。于韩忠献家得古谱,复从互市密购,与韩相合定为十五卷,将锓于梓。以预韩氏边议,罢去。其客永嘉郭楚望独得之,复别为调曲,然大抵皆依蔡氏声为之者。楚望死,复以授刘志芳。志芳之传愈尊,而失其祖愈远。天民尝言,杨司农与敏仲,少年时亦习《江西》。一日,敏仲由山中来,始弄楚望商调。司农惊且喜,复以金帛令天民受学志方。故今'紫霞'独言刘、郭,而不言广陵张氏传授,皆杨氏与其客自私之蔽。越有徐理氏,与杨同时,有《奥音玉谱》一卷,以进《律鉴琴统》入官。其五弄,与杨氏亦无异。晚与杨交,杨亟重之,益知楚汉旧声非杨氏所作。余来京师,见鼓琴者,与绍兴所尚微近,第重缓如宽厚长者。余不能以是说告之也。黄君依然,豫章太史之裔,以琴游公卿,余未识之。而余之嗜琴,当有同者。故书其源绪,以解夫今世之惑,而因以告之。"

《题徐天民草书》原文："甲申、乙酉间，余尝受琴于瓢翁，问谱所从来，乃出韩忠献家。盖通南北所传，皆《阁谱》。《宣和谱》北为《完颜谱》，南为《御前祇应谱》，今《紫霞前谱》是也。《韩谱》湮废已久，东嘉郭楚望始绍其传，毛、杨、徐皆祖之。不知者咸称《浙谱》，由毛、杨自秘其传故耳。蔡氏四弄，嵇中散补之，其声无有雷同，孰谓浙人能之乎？瓢翁酒酣，好作草书，尝写前人悲愤之词。一日言：'中散《广陵散》漫商，君臣道丧，深致意焉。至毛敏仲作《涂山》，专指征调，而双弦不复转调，与嵇意合，非深知音者不能。'又曰：'学琴当先本书传，俗韵自少。仲连得法于其子。'余以作吏荒落，向尝作《琴述》，言历代所谱派系。因览先生遗墨，俯仰畴昔，今三十六年矣。延祐六年仲夏丁丑，越袁桷书。"（《清容居士集》卷四九）

又按：袁桷《示罗道士》再言其时所习琴谱情形道："近世通南北，谓吴中所习琴为《浙谱》，其咎在杨司农缵讳其所自。谱首于嵇康四弄，韩忠献家有之。侂胄为平章，遂以传张参政。其客永嘉郭楚望，始绅绎之。今人不察，百喙莫以解，精于琴者始知之。北有《完颜夫人谱》，实宋太宗《阁谱》。余幼尝学之，其声数以繁。《完颜谱》独声缓差异，而里声良同。字本于右军，今而曰浙字；琴本于蔡、嵇，今而曰《浙谱》。吁！其孰能解之？玉笥罗道士大章，秀敏且文，其游于艺也，必求其极致。传余操调，尝以幽远冲寂之旨语之，尝于其心，盖愈淡则人愈厌。余将终老故山，异日大章能芒鞋以访，一唱三叹之遗，尚有以相告。声生于无形，而悲愉感愕之迹毕具。古人之事于斯者，岂徒然哉？因书以告之。"（《清容居士集》卷四四）

袁桷作《兴福头陀院碑》。

按：头陀教又名糠禅，乃佛教一个宗派，金代刘纸衣创立。其后世弟子寂照于1219年到燕京广济寺，开始在北京传法，之后又有雪庵溥光至大都，受到元世祖的赏识，赐"大禅师"之号。由此迎来了糠禅的兴盛。糠禅以清净寡欲、修头陀苦行、严守戒律为解脱之法门，一反以参禅、念经为修持法门的传统作法，曾获得许多信众，"市井工商信糠者十居四五"。但又以它与其他正统佛教宗派的严重分歧，记载较少。（何建明《地方文献中的北京佛道教文化》，《新京报》2013年8月31日）袁桷此篇专述头陀教教院的文献意义便颇显珍贵。

附原文："兴福院在都城保大坊北。院既成，其主僧尼捨尘，以其状来谒。曰：'捨尘王姓，膠州即墨人也，家世素奉佛。'今之言佛教有三：禅以喻空，教以显实，律则摄其威仪。禁妄绝非，鼎立以陈。融会莫究，惟头陀教。吾佛宣演，形色自然。汩其纷华，而悲恼集焉。外守或懈，内持益离。参而范之，将释诸尘，以成安乐。若是者，诚有端绪矣。教始于西竺，盛于齐梁，皇元建国,今其教凡十传。捨尘始与其徒刘普照誓志游京师,刻意问道。日唯一食,精严自牧,以劳役为调伏,菲薄为精进,草荐安寄,束身坚忍。至元中,今平章政事王公毅、枢密副使吴公珪、福建宣慰使李公果,见而异之,始置今院地。至大德某年,平章政事贾公某迩院居,审捨尘积行无退意,遂与其夫人林氏引见于皇后。下教出财帛,建其殿曰'慈尊',俾开府知院月鲁公暨贾公奏其事于皇帝、皇太后,咸曰:'可'。其悉以皇后私府输助之。延祐五年,院告成。复奉宸旨禁护。而掌其教者,锡名'清修妙行'以褒美之。是役也,斋庖庑室,皆捨尘所鸠建。尝谓释氏之说,福田利益,姑警诱盲駤。若曰:'离爱辞荣,非感物而动者也。真性虚湛,奚假于外?'则其说近矣。词曰:粤昔能仁,蝉蜕侈华。絪缊泰始,雪霜励磨。厥性眇微,五采眩诃。毁形坏衣,其仪不颇。空假广陈,荡泆斯病。佩规带衡,迄莫内省。兹惟艰哉,爰参以竟。恼由乐积,烦以欲骋。除彼垢纷,曰执中无竞。女德效坤,静于鸿蒙。维大雄是师,头陀是宗。人悯厥老,熙然以充。善士日来,格于群公。三宫清穆,昭事孔肃。鉴观宇县,作极锡福。夸荣逐魂,是究是度。秉持法权,俾民不黩。伊教之兴,泊然缵承。千甍固室,百础栱楹。式尊其初,匪维诞矜。戒尔后人,战兢永宁。"(《清容居士集》卷二五)

　　萧斞卒。
　　按:萧斞(1241—1318),字维斗,奉元咸宁人。儒学学者。读书终南山下,三十年屡征不应。卒谥贞敏。斞致行甚高,践履笃实,关辅之士,翕然从之。《元史》称他,"博极群书,天文、地理、律历、算术,靡不研究",著有《勤斋集》八卷及《三礼说》、《三礼记》四卷、《小学标题驳论》、《九州志》等。事迹见苏天爵《元故集贤学士国子祭酒太子右谕德萧贞敏公墓志铭》(《滋溪文稿》卷八)、《元史》卷一八九、《元诗选·癸集》乙集小传。
　　又按:讨论元代关辅文人群的学术风格不能绕开萧斞、同恕等人,而孛术鲁翀等又承其脉络,姚燧、吴澄等其他地域文人群的代表对萧斞等人都深表敬意。苏天爵在萧斞墓志铭中概述萧氏对于关辅士子的深刻影响道:"维关辅自许文正公、杨文康公鸣理学,以淑多士,公与同公接其步武,学者赖焉。公之学自六经、百氏、山经、地志,下至医经、本草,无不极通其说,尤邃《三礼》及《易》。尝作家庙以奉先世,祭则极其诚敬,子弟或少有怠,祭已必深责之。"(《滋溪文稿》卷八)
　　同恕《挽萧勤斋先生》"南山龙去忽云挐,荣润谁生草木花。阴鬼阳神君不见,风情雨绪乱如麻。"(《全元诗》第十六册,第327页)
　　刘敏中卒。

按：刘敏中（1243—1318），字端甫，号中庵，济南章丘人。至元十一年（1274），任监察御史，大德七年（1303），为宣抚使巡行诸道，大德九年（1305），召为集贤学士，曾针对混乱的朝政，向皇帝上十条疏，力图变法革新。卒赠光禄大夫、柱国，追封齐国公，谥"文简"。善文辞，"理备辞明"，著有《中庵集》二十卷、《平宋录》。事迹见曹元用《敕赐故翰林学士承旨赠光禄大夫柱国追封齐国公刘文简公神道碑铭并序》（元统间刻本《中庵集》卷首）、《元史》卷一七八、《大明一统志》卷二二、《元诗选·癸集》丙集小传。

又按：曹元用在神道碑中评价刘敏中说："公孝慈清介，气严而和善，奖诱后进，使人人恨造请之晚。平生身不怀币，口不论钱，族属贫不能自立者，割美田宅给之。亲故以急难告，周之益力，不以有无为计。自奉薄甚，给宾祭则极丰。恒以书史自娱，恬若无所营者。至其赞皇猷，决大议，援据今古，雍容不迫，言论出入意表。每以时事为忧，或郁而弗伸，则戚形于色，中夜叹息，至泪湿枕席。素无心于显达，义不苟进，进必有所匡救，然亦未尝久于其位。其文礼备辞明，不为奇涩语。其诗清婉。"（《刘敏中集》，第458页）

程钜夫卒。

按：程钜夫（1249—1318），名文海，避武宗讳，以字行，号雪楼，又号远斋，建昌南城人。受业于族叔程若庸，与吴澄同学。同门友人称为雪楼先生，因其所居为"雪楼"。乃元朝开国以来最先得到重用的南人之一，以其通晓典章制度，熟悉江南、颇能与宋遗民沟通故也。卒赠大司徒，追封楚国公，谥文宪。著《雪楼集》三十卷。事迹见揭傒斯《元故翰林学士承旨程公行状》、危素《大元敕赐故翰林学士承旨光禄大夫知制诰兼修国史赠光禄大夫大司徒上柱国追封楚国公谥文宪程公神道碑铭》（二篇皆见于《雪楼集》附录）、《（至正）金陵新志》、《元史》卷一七二、《新元史》卷一八九、《宋元学案》卷八三。

按：揭傒斯在行状评述程钜夫道："公生有异质，仪状魁伟，神采峻毅，语音如钟，望而知其为大人君子也。即而亲之则温然如春，渊乎其有容，莫能际其涯也。天性孝友，父母爱之，宗族亲之，朋友信之，遐迩慕之，靡有间言。意度豁达，喜周人之急，捐帑发廪无吝色。尝曰：'士生天地间，当以济人利物为事，奈何琐琐以自厚一身为哉？'每接后学之士，必谆谆教诲。或才艺有所自见，叹赏奖进，以底于成。由公所荐引而为当世名臣者，往往有之。所为文章雄浑典雅，混一以来，文归于厚者，实自公发。类朝实录、诏制、典册纪之金石、垂之竹帛者，多公所定撰。至于名山胜地、遐荒远裔，穹碑钜笔，亦必属之公焉。四方之士请文乞言，日踵于门。公随与之，无拒无难。"

又按：危素在神道碑中评价程钜夫说："公在朝，以平易正大之学振文风，作士气，词章议论为海内所宗尚者四十年。累朝实录、诏制典册、纪功铭德之碑多出公定撰。"虞集评价程钜夫的文坛贡献认为，程钜夫有改变南宋旧时文风，开创大元文章新风的重要意义，并谦逊地说，自己在古文上的努力是承续程氏而来，"故宋之将亡，士习卑陋，以时文相尚，病其陈腐，则以奇险相高。江西尤甚，识者病之。初内附时，公之在朝，以平易正大振文风、作士气，变险怪为青天白日之舒徐，易腐烂为名山大川之浩荡，今代古文之盛，实自公倡之。公既去世，而使吾党小子得以浅学末技，滥奏于空乏之余，殆不胜其愧也。"（《跋程文宪公遗墨诗集》）

谢肃《长林先生文集序》在综合评价元代数十家文风时，犹以馆阁文人为主，谢肃认为"赵江汉（赵复）如星斗著天，行列森罗而光气焕发。刘静修（刘因）如御车广路，轮辕坚壮而驰骋自得。姚牧庵（姚燧）如豫章拔地，深根而巨干，故枝叶挺茂。程雪楼（程钜夫）如王侯第宅，门庑堂室，内外莫不完壮。元清河（元明善）如项籍将兵，人人足用。冯海粟（冯子振）如符坚总师，以多而败。虞邵庵（虞集）如长江大河，清畅浑浩，会归于海而后止。黄金华（黄溍）如洪波巨泽，风浪不惊，湛然一碧。揭豫章（揭傒斯）如明珠在渊，光辉不露而自然，人知其为至宝。马石田（马祖常）如彝器陈于宗庙，无甚华饰而质雅可观。柳待制（柳贯）如礼家之备节，文秾缛重复。李五峰（李孝光）如秦汉间人语言，崭绝而顿挫。至如袁清容（袁桷）博奥敏捷，长于应制。如欧阳圭斋（欧阳玄）庞硕铺舒，未离赋体。俊迈如陈莆田（陈旅），雅驯如程黟南（程文）。平顺而气益盛，如贡宣城（贡师泰）。洁净而力稍弱，如危太朴（危素）。是十数公虽时有后先，皆以文而知名者也夫。我则措辞欲似班、马，字字经思欲似柳州，序述不苟欲似临川、豫章，第恨才弗逮志耳。嗟乎！先生之文行既如彼，而论议又如此，此其所以涵古茹今，荟萃精粹，内实外华。发之于辞，简而备，严而温，奇劲而顺适，含蓄而明润，工于纪事，而持论不浮，在十数公间自成一家，不可以弗传。"

程钜夫画像，曾得元代中晚叶馆臣李孟、赵孟頫、欧阳玄、许有壬、黄溍、李好文、李士瞻、徐骥、李献等题跋。

席郁卒。

按：席郁（1259—1318），字士文，大名元城人。从学于胡祗遹，大德十一年（1307）迁秘书监校书郎，至大四年（1311）进秘书郎，延祐三年除监察御史，五年卒，年六十一岁。事迹见柳贯《故奉议大夫监察御史席公墓志铭有序》（《柳待制文集》卷一〇）。

元仁宗延祐六年　己未　1319 年

正月丁巳朔,暹国遣使奉表来贡方物。(《元史·仁宗本纪三》卷二六)

三月乙未,给钞赈济上都、西番诸驿。(《元史·仁宗本纪三》卷二六)

四月丙午,命宣政院赈给西番诸驿。(《元史·仁宗本纪三》卷二六)

五月丁卯,加安南国王陈益稷仪同三司。(《元史·仁宗本纪三》卷二六)

壬子,赐大乾元寺钞万锭,俾营子钱,供缮修之费,仍升其提点所为总管府,给银印,秩正三品。(《元史·仁宗本纪三》卷二六)

丙子,升广惠司秩正三品,掌回回医药。(《元史·仁宗本纪三》卷二六)

秋七月丙辰,缅国赵钦撒以方物来觐。(《元史·仁宗本纪三》卷二六)

八月甲午,以授皇太子玉册,告祭于南郊。(《元史·仁宗本纪三》卷二六)

庚子,车驾至自上都。(《元史·仁宗本纪三》卷二六)

九月戊戌,增海漕十万石。(《元史·仁宗本纪三》卷二六)

十月乙卯,对白云教加以限制。(《元史·仁宗本纪三》卷二六)

按:中书省臣言:'白云宗总摄沈明仁,强夺民田二万顷,诳诱愚俗十万人,私赂近侍,妄受名爵,已奉旨追夺,请汰其徒,还所夺民田。其诸不法事,宜令核问。'有旨:'朕知沈明仁奸恶,其严鞫之。'

十二月壬戌,命皇太子参决国政。(《元史·仁宗本纪三》卷二六)

追封周敦颐为道国公。(《元史·仁宗本纪三》卷二六)

免大都、上都、兴和延祐七年差税。(《元史·仁宗本纪三》卷二六)

癸酉,敕上都、大都冬夏设食于路,以食饥者。

按:《元史·仁宗本纪三》载:"癸酉,是夜风雪甚寒,帝谓侍臣曰:'朕与卿等居暖室,宗戚、昆弟远戍边陲,曷胜其苦! 岁赐钱帛,可不遍及耶?'敕上都、大都冬夏设食于路,以食饥者。"(《元史》卷二六)

翰林学士承旨八儿思不花特授开府仪同三司、大司徒。(《元史·仁宗本纪三》卷二六)

李孟解除权柄,担任翰林学士承旨等闲职。

按:据黄溍行状记载,李孟由于"频年扈从上京,数以衰病不任事,乞归田里"。这年,仁宗终于从其所乞,解其政柄,复授翰林学士承旨、知制诰、兼修国史,散阶勋爵如故。"而李孟"既退居散地,日以文史自娱。每入侍燕间,礼遇尤至"。(黄溍《元故翰林学士承旨中书平章政事赠旧学同德翊戴辅治功臣太保仪同三司上柱国追封魏国公谥文忠李公行状》)

监察御史孛术鲁翀等正月甲戌请择年德老成者教谕太子。

按:《元史·仁宗本纪三》载:"监察御史孛术鲁翀等言:'皇太子位正东宫,既立詹事院以总家政,宜择年德老成、道义崇重者为师保宾赞,俾尽心辅导,以广缉熙之学。'制曰:'可。'"(《元史》卷二六)

虞集除翰林待制、儒林郎,兼国史院编修官。

按:同年,虞集丁外艰,代服除之后,仍以旧官召。(赵汸《邵庵先生虞公行状》)仁宗曾对谓左右近侍说:"儒者皆用矣,唯虞伯生未显擢耳。"遂以集为翰林待制兼国史院编修,而虞集不久又以丁忧归。(《续资治通鉴》卷二〇〇)

元明善由中书参议改任翰林侍读,又由翰林侍读出参湖广省政事。(吴澄《元赠中奉大夫吏部尚书护军清河郡元孝靖公神道碑》、马祖常《翰林学士元文敏公神道碑》)

刘赓以朝廷立东宫,拜太子宾客。(虞集《刘公神道碑》)

柳贯改国子助教。(宋濂《柳先生行状》)

贡奎以词臣祭海神直沽。

按:李黼《故集贤直学士奉训大夫贡公行状》"六年夏五月,中书选词臣祭海神直沽,以公忠慎,特命之行。既祭,漕府循故常,致礼馈。公曰:'吾以祀事来,宁货取乎?'拒之而还。"(《贡文靖公云林稿·附录》)

邓文原移江东道肃政访司事。(吴澄《邓公神道碑》)

曹伯启迁司农丞,奉旨至江浙议盐法。(《元史》卷一七六"曹伯启传")

同恕以奉议大夫、太子左赞善召,入见东宫,赐酒慰问。后以疾归。(《元史》卷一八九"同恕传")

欧阳玄调太平路芜湖县尹。(危素《大元故翰林学士承旨光禄大夫知制诰兼修国史圭斋先生欧阳公行状》)

赵孟𫖫五月谒告欲归,仁宗起初不允,后终许之。

按:据杨载记载:"(赵孟𫖫)谒告欲归,上初以为难,既又重违其意,从之。既归,遣使赐衣段。其冬,使者趣召还朝,公以疾不能行。"(杨载《大元故翰林学士承旨荣禄大夫知制诰兼修国史赵公行状》)

僧从吉祥特授荣禄大夫、大司空,加荣禄大夫、大司徒僧文吉祥开府仪同三司。(《元史·仁宗本纪三》卷二六)

吴全节五月扈驾上京,袁桷以集贤学士得以相伴偕行。

按：据袁桷记，崩驾途中，吴全节父亲吴克己于五月去世，吴全节昼夜哭不绝，并请袁桷作行述"以声其哀"，袁桷遂于延祐六年（1319）作《荣禄大夫大司徒特封饶国公吴公行述》。据袁桷记载，吴克己以吴全节，大德十一年（1301），特拜翰林学士中顺大夫，至大三年（1310），武宗恩赉中外臣子，吴克己超拜荣禄大夫司徒饶国公。（袁桷《荣禄大夫大司徒特封饶国公吴公行述》）

赵虚一祠祭恒、南海、会稽、缙云等地，馆臣赠行，虞集作序。

按：虞集《送赵虚一奉祠南海序》记载，"延祐六年，祠恒、南海、会稽、缙云者，赵君虚一也。"虞集也指出，"使者既祠即行，不敢留，盖重事且惧劳人也，庸讵知得以遂事，优游名山之最于天下者乎！"其时送行者，据诗题来考，有袁桷《送赵虚一道士降香南海诸名山》、马祖常《送道士赵虚一祠海岳》、柳贯《送赵虚一法师行祀南海南镇因还括提点仙都观》、薛汉《送赵虚一降香至南海庐山会稽》等。

吴澄十月留江州，寓濂溪书院，南北学者百余人十一月庚寅祭周敦颐墓。（危素《吴澄年谱》）

按：吴澄作《祭周元公濂溪先生墓文》表达深切的敬意，文章写道："呜呼，悟道有初，适道有途。先生之图，先生之书。昭示厥初，维精匪粗；坦辟厥途，维约匪纡。人生而静，所性天性；物感而动，所用天用。未量布帛，分寸在度；未程重轻，铢两在衡。风虽过河，水弗兴波；形虽对镜，镜弗藏影。动而凝然，京而粲然。唯一故直，唯一故专。道响绝弦，千数百年。学要一言，洙泗真传。有性无欲，有一无二。猗嗟效嚣，久莫克至。先生之道，万世呆呆。展拜墓前，如亲见焉。庐山峙南，大江流北。仰之弥高，逝者不息。"（《吴文正集》卷八九）

袁桷作《书括苍周衡之诗编》。

按：袁桷这篇诗论再次"力叙诗学之源委"以阐述其复古诗论，他认为，《诗经》为古风之正源，"建安、黄初之作，婉而平，羁而不怨，拟《诗》之正"，韩愈虽然首创"以文为诗"，但其近体诗，"春容激昂……犹规规然守绳墨，《诗》之法犹在也"。宋诗不然，"宋世诸儒，一切直致，谓理即诗也。取乎平近者为贵，禅人偈语似之矣。拟诸采诗之官，诚不若是浅。苏黄杰出，遂悉取历代言诗者之法而更变焉。音节凌厉，阐幽揭明，智析于秋毫，数弹于章亥，诗益尽矣止矣，莫能以加矣。"追究元代诸如袁桷等馆阁文人的复古言论，实质是以复古以反宋，力求创大元之新。

《书括苍周衡之诗编》原文："《诗》有经纬焉，诗之正也。有正变焉，后人阐益之说也。伤时之失、溢于讽刺者，果皆变乎？乐府基于汉，实本于

《诗》。考其言,皆非愉悦之语。若是,则均谓之变也欤? 建安、黄初之作,婉而平,羁而不怨,拟《诗》之正,可乎? 滥觞于唐,以文为诗者,韩吏部始然。而春容激昂,于其近体,犹规规然守绳墨,《诗》之法犹在也。宋世诸儒,一切直致,谓理即诗也。取乎平近者为贵,禅人偈语似之矣。拟诸采诗之官,诚不若是浅。苏黄杰出,遂悉取历代言诗者之法而更变焉。音节凌厉,阐幽揭明,智析于秋毫,数殚于章亥,诗益尽矣止矣,莫能以加矣。故今世学诗者,咸宗之。括苍周君衡之游京师,极其游目之所寓,悉归于诗,浩溢闳博,盖将因言以宣情。而于眉山公之学,深有慕而跋之者,其为志亦勤矣。夫水宗于海,百折而卒至者,非一日之功也。故余力叙诗学之源委,俾反而求之。周君气盛年富,进进不懈,异日晋会,必当以余言为然也。延祐六年闰八月庚申,前史官会稽袁桷书。(《清容居士集》卷四九)

　　王寿衍六月作《进文献通考表》进。(商务印书馆万有文库十通本《文献通考》卷首)

　　按:《文献通考》是马端临用时二十余年编成的一部大型类书,据李谨思《通考序》称全书著成于丁未之岁,即元成宗大德十一年(1307),仁宗延祐五年(1318),道士王寿衍访得,次年奏之于朝。至治二年(1322)官家为之刊行,至泰定元年刊成。马端临在《自序》中反复说明,一方面为续补杜佑《通典》天宝以后之事迹;另一方面要配补司马光的《资治通鉴》,略如纪传体史书中的纪和志,以便"有志于经邦稽古者,或有考焉"。《文献通考》全书分为二十四门,三四八卷。马端临(1254—1340),字贵与,江西乐平人。元初为乐平慈湖书院山长,约二十七年;又任衢州柯山书院山长三年。门下弟子甚众,教授生徒"有所论辨,吐言如涌泉,闻者必有得而返"。治学精于典章经制之考证,谓"考制度,审宪章博闻而强识之,因通儒事也"。不满于传统史学"详于理乱兴衰,而略于典章经制"之弊病,称其"无会通因仍之道"。积四十余年,纂成《文献通考》三四八卷。另著有《多识录》、《大学集传》一卷、《义根守墨》等,已失传,明胡震亨辑《文献通考纂》二四卷、清严处惇辑《文献通考详节》二四卷、清史以遇辑《文献通考钞》二四卷。事迹见《明一统志》卷五〇、《大清一统志》卷二四一、《乐平县志·马端临传》。

　　又按:王寿衍表文曰:"臣寿衍言,臣于延祐四年七月,恭奉圣旨,给赐驿传,令臣寿衍寻访道行之士者。臣窃谓:野有遗贤,非弓旌而莫致,朝能信道,必简册之是稽。爰竭愚衷,用干圣听。钦唯皇帝陛下,励精图治,虚几待人。一视同仁,若神尧之御下,九功惟叙,体大禹之协中,阴阳顺而风雨时,礼乐兴而刑罚中。是皆陛下本乎清净,臻兹太平,下至飞潜动植之微,均被鼓舞甄陶之化。使指所及，虽刍荛之言必询；人才之难，由杞梓之朽弗弃。是以采儒流之著述，庶几益圣主之谋猷。臣伏睹饶州路乐平州儒人马端临，乃故宋丞相廷鸾之子，尝著述《文献通考》三百四十八卷，总二十四类。其书与唐杜佑《通典》相为出入。杜书肇自隆古，以至唐之天宝，今马氏所著，天宝以前者视杜氏加详焉，天宝以后至宋宁宗者，又足以补杜氏之阙。其二十四类，类各有考：一曰田赋，二曰钱币，三曰户口，四曰职役，五曰征榷，六曰市籴，七曰土贡，八曰国用，九曰选举，十曰学校，十一曰职官，十二曰郊社，十三曰宗庙，十四曰王礼，十五曰乐，十六曰兵，十七曰刑，十八曰经籍，十九曰帝系，二十曰封建，二十一曰象纬，二十二曰物异，二十三曰舆地，二十四曰四裔。其议论则本诸经史而可据，其制度则会之典礼而可行。思唯所作之勤劳，恐致斯文之隐没，谨誊书于楮墨，远进达于蓬莱；幸垂乙夜之观，快睹五星之聚。臣寿衍冒犯天威，无任战兢惶惧屏营之至。臣寿衍诚惶诚恐，顿首顿首谨言。延祐六年四月，弘文辅道粹德真人臣王寿衍上表。"（《文献通考》卷首）

赵孟頫为妻子管道升作《魏国夫人管氏墓志铭》。（《松雪斋集》外集）

揭傒斯秋以程钜夫门人身份撰写《元故翰林学士承旨光禄大夫知制诰兼修国史雪楼先生程公行状》，文成，上于太史氏。（程世京《程钜夫年谱》）

吴澄作《崇文阁碑》。

按：崇文阁乃是国子监建成之后，规模进一步完善之举，乃元代国子监发展进程中崇儒兴学之重大事件，是元季儒学兴盛的一大标志。其时"中台集议，惧阙典之未兴，以为教胄子既有成均尊圣经，可无杰阁"，遂自延祐四年（1317）夏开始兴建，此年建成。文章写道："国朝以神武定天下，我世祖皇帝以武之不可偏尚也，广延四方耆硕之彦，与共谋议，遂能裨赞皇猷，修举百度，文治浸浸兴焉。中统间，命儒臣教胄子；至元间，备监学官。成宗皇帝光绍祖烈，相臣哈喇哈孙钦承上意，作孔子庙于京师。御史台言胄子之教寄寓官舍，隘陋非宜，奏请孔庙之西营建国子监学，以御史府所贮公帑充其费。逮至仁宗皇帝，文治日隆，佥谓监学椟藏经书，宜得重屋以庋。有旨复令台臣办集其事，乃于监学之北构架书阁。阁四阿，檐三重，度以工师之引，其崇四常有一尺，南北之深六寻有奇，东西之广倍差其深。延祐四年夏经始，六年冬积成。材木瓦甓诸物之直、工役饮食之费一皆出御史府。雄伟壮丽，烨然增监学之辉，名其阁曰崇文。英宗皇帝讲行典礼，贲饰太平，文治极盛矣。台臣请勒石崇文阁下，用纪告成之岁月，制命词臣撰文，臣澄次当执笔。今上皇帝丕纂圣绪，动遵世祖成宪，于崇儒重道惓惓也。泰定元年春，诞降俞音，国子监立碑如台臣所奏，臣澄谨录所撰之文以进。"（《吴文正公

集》卷二六）

贯云石是春作《今乐府序》。

按：《今乐府序》是贯云石为张可久的散曲集所作序言。张可久（约 1270—1348 以后）字小山（一说名伯远，字可久，号小山），庆元（治所在今浙江宁波鄞县）人。张可久擅长散曲，与乔吉并称"双璧"，与张养浩合为"二张"。张可久存世作品现存小令八五五首，套曲九首，数量为有元之冠，为元代传世散曲最多的作家，占现存全元散曲的五分之一。明朝朱权在其《太和正音谱》中称张可久为"词林之宗匠"，称"其词清而且丽，华而不艳"；明朝李开先则称"乐府之有乔、张，犹诗家之有李、杜"。贯云石在这篇序言中认为张可久的散曲"抽青配白，奴苏隶黄；文丽而醇，音和而平，治世之音也"，贯云石在序末还写道："小山肯来京师，必遇赏音，不至老于海东，重为天下后世惜。延祐己未春，北庭贯云石序。"（《全元文》第三十六册，第 192 页）

尚野卒。

按：尚野（1244—1319），字文蔚。祖籍保定，迁居满城。至元十八年（1281）以处士征为国史编修，至元二十年（1283）兼兴文署丞。大德六年（1302）迁国子助教，进博士，至大元年（1308）除国子肄业。任职博士期间，"（国子监）未备，野密请御史台，乞出帑藏所积，大建学舍以广教育"，对元代国子学的发展致为有功。至大四年（1311）迁翰林直学士，皇庆元年升翰林直学士，延祐元年改集贤侍讲学士。卒谥文懿，为文讲究章法，与姚燧齐名。事迹见《元史》卷一六四。

卫吾野先卒。

按：卫吾野先（1372—1319），年二十擢为蒙古国子学教授，后迁助教、博士、监丞、司业。性情谨厚，教人孜孜不息。于蒙古国子监任职二十八年，"未尝迁他官。一时台阁名卿硕辅，往往皆其弟子"，对蒙古国子监贡献甚大。延祐六年（1319）六月二十三日卒，苏天爵作有《卫吾公神道碑铭》（《滋溪文稿》卷一五）

察罕卒。

按：察罕（？—1319），西域板勒纥城人。初名益德，自号白云，人称白云老人。"博涉经史，才德过人"，初为忠宣公跃鲁赤所知，拔置幕下，后累迁为湖广行省理问，再改行枢密院经历。之后，弃官读书白云山，不久又起为武昌治中、河南行省郎中。入佥詹事院事，进昭文馆大学士、太子府正，拜参知政事。不久以平章政事议中书事。察罕"廉慎广厚，所至称贤"。《元史》称其"魁伟颖悟，博览强记，通诸国字书"。著有《历代帝王纪年纂要》等。

事迹见程钜夫《大元河东郡公伯德公神道碑铭》、《河东郡公伯德公夫人李氏墓碑》、(《雪楼集》卷一八、二〇)、《元史》卷一三七。

赵汸(1319—1369)、王逢(1319—1388)、释来复(1319—1391)生。

元仁宗延祐七年　庚申　1320 年

正月辛丑,仁宗崩于光天宫。

按:仁宗在位十年,寿三十有六。五月乙未,群臣上谥曰圣文钦孝皇帝,庙号仁宗,国语曰普颜笃皇帝。《元史》评价仁宗认为:"天性慈孝,聪明恭俭,通达儒术,妙悟释典,尝曰:'明心见性,佛教为深;修身治国,儒道为切。'又曰:'儒者可尚,以能维持三纲五常之道也。'平居服御质素,淡然无欲,不事游畋,不喜征伐,不崇货利。事皇太后,终身不违颜色;待宗戚勋旧,始终以礼。大臣亲老,时加恩赉;太官进膳,必分赐贵近。有司奏大辟,每惨恻移时。其孜孜为治,一遵世祖之成宪云。"(《元史·仁宗本纪三》)

二月戊午,祭社稷。(《元史·英宗本纪一》卷二七)

三月辛巳,以中书礼部领教坊司。(《元史·英宗本纪一》卷二七)

丙申,斡罗思等内附,赐钞万四千贯,遣还其部。(《元史·英宗本纪一》卷二七)

庚子,降诸院品级。

按:《元史·英宗本纪一》载:"庚子,降太常礼仪院、通政院、都护府、崇福司,并从二品;蒙古国子监、都水监、尚乘寺、光禄寺,并从三品;给事中、阑遗监、尚舍寺、司天监,并正四品;其官递降一等有差,七品以下不降。"(《元史》卷二七)

甲辰,敕罢医、卜、工匠任子,其艺精绝者择用之。(《元史·英宗本纪一》卷二七)

四月庚戌,罢少府监,复仪凤、教坊、广惠诸司品秩。(《元史·英宗本纪一》卷二七)

罢行中书省丞相。(《元史·英宗本纪一》卷二七)

按:河南行省丞相也先铁木儿、湖广行省丞相朵儿只的斤、辽阳行省丞相,并降为本省平章政事,惟征东行省丞相高丽王不降。

乙卯,复国子监、都水监,秩正三品。(《元史·英宗本纪一》卷二七)

罢回回国子监。(《元史·英宗本纪一》卷二七)

按：仁宗延祐元年立回回国子监，至是始罢。

四月戊辰，车驾幸上都。(《元史·英宗本纪一》卷二七)

罢市舶司，禁贾人下番。(《元史·英宗本纪一》卷二七)

五月己卯，禁僧驰驿，仍收原给玺书。(《元史·英宗本纪一》卷二七)

遣使榷广东番货，弛陕西酒禁。(《元史·英宗本纪一》卷二七)

六月乙丑，西番盗洛各目降。(《元史·英宗本纪一》卷二七)

甲戌，修宁夏钦察鲁佛事，给钞二百一十二万贯。(《元史·英宗本纪一》卷二七)

八月戊申，祭社稷。(《元史·英宗本纪一》卷二七)

九月甲申，建寿安山寺，给钞千万贯。(《元史·英宗本纪一》卷二七)

十月戊午，车驾至自上都。(《元史·英宗本纪一》卷二七)

安南国遣其臣邓恭俭来贡方物。(《元史·英宗本纪一》卷二七)

庚申，敕译佛书。(《元史·英宗本纪一》卷二七)

己巳，敕翰林院译诏，关白中书。(《元史·英宗本纪一》卷二七)

十一月，发布《各地官员举贤诏》。

按：《元史·选举志一》载，"仁宗延祐七年十一月，诏曰：'比岁设立科举，以取人材，尚虑高尚之士，晦迹丘园，无从可致。各处其有隐居行义、才德高迈、深明治道、不求闻达者，所在官司具姓名，牒报本道廉访司，覆奏察闻，以备录用。'又屡诏求言于下，使得进言于上，虽指斥时政，并无谴责，往往采择其言，任用其人，列诸庶位，以图治功。其他著书立言、裨益教化、启迪后人者，亦斟酌录用，著为常式云。"(《元史》卷八一)

禁京城诸寺邸舍匿商税。(《元史·英宗本纪一》卷二七)

辛巳，以亲祀太庙礼成，御大明殿受朝贺。(《元史·英宗本纪一》卷二七)

甲申，命翰林国史院纂修《仁宗实录》。(《元史·英宗本纪一》卷二七)

丁亥，作佛事于光天殿。(《元史·英宗本纪一》卷二七)

丁酉，诏各郡建帝师八思巴殿，其制视孔子庙有加。(《元史·英宗本纪一》卷二七)

甲辰，太常礼仪院拟进时享太庙仪式。(《元史·英宗本纪一》卷二七)

十二月丙寅，修秘密佛事于延春阁。(《元史·英宗本纪一》卷二七)

辛未，拜住进《卤簿图》。

按：《元史》"辛未，拜住(珠)进《卤簿图》，帝以唐制用万两千三百人耗财乃定大驾为三千二百人，法驾两千五百人。"(《元史·英宗本纪一》卷二七)据虞集记载："七年，英宗皇帝大驾自上都还，即亲祠太室，始服衮冕。

大驾之至庙也,有司仓卒,凡旗幢缴盖之属,就以立仗行,皆重大,率数人持一物,天子制通天冠、绛纱袍服之,而辂弗素具,遂易常服御马而往,弗称上意。丞相拜住、太常八昔吉思奏取秘书所藏巽初(曾巽初)图书,而卤簿太兴矣。于是,改作太庙,凡川蜀江南大木之美,悉致之。凡旗帜之绣绘者,作于闽浙人,马铠甲被采饰者,作于江西。庀事严速,务极华好。方是时,治平既久,生息繁阜,一时民力毕用于此,郁乎文物之盛。"(虞集《曾巽初墓志铭》)

是年,英宗亲祀太庙。

按:虞集《贺亲祀太庙表》写道:"延祐七年。九重御极,太平端拱于中天;万舞奏庭,盛礼告成于清庙。群方胥赞,百辟交孚。(中贺)刚健日新,聪明时宪。祖有功、宗有德,衍历服之无疆;车同轨、书同文,底烝民之作乂。衮冕华昭于日月,笙镛和协于神人。崇亿载之洪基,举累朝之旷典。臣等忝司政府,肃侍齐宫。笾豆骏奔,仰宣室受厘之庆;衣冠称贺,效华封祝圣之诚。"(《国朝文类》卷一七)

李孟任上都集贤院学士。

按:这年仁宗去世,英宗正在守丧,太师铁木迭儿再入相。而铁木迭儿与李孟之前共事时,与李孟政见不和,铁木迭儿认为李孟"不附己",遂"妄构诬言",于是李孟被降授集贤侍读学士、嘉议大夫,"尽收前后所颁封拜制命"。《元史·英宗本纪一》载:"二月丁丑,夺前中书平章政事李孟所受秦国公制命,仍仆其先墓碑。""三月壬寅,降前中书平章政事李孟为集贤侍讲学士,悉夺前所受制命。"(《元史》卷二七)而李孟这年夏五月,"分治院事于上都,至秋乃还,略不以利害得失介其意",总是对人说:"吾待罪中书,无补于国。圣恩曲宥,俾遂闲适。今既老矣,何以报之?"英宗得知李孟的言论,也稍稍明白李孟所遭之诬,于是"恩意稍加焉"。(黄溍《元故翰林学士承旨中书平章政事赠旧学同德翊戴辅治功臣太保仪同三司上柱国追封魏国公谥文忠李公行状》)

翰林学士忽都鲁都儿迷失译进宋真德秀所著《大学衍义》。

按:翰林学士忽都鲁都儿迷失十二月乙卯译进宋儒真德秀《大学衍义》,帝曰:"修身治国,无逾此书。"赐钞五万贯。十二月丙寅,以《大学衍义》印本颁赐群臣。(《元史·英宗本纪一》卷二七)

张养浩拜参议中书省事。

按:张养浩任是职时为英宗初年,其时,中书事皆决于左丞相东平忠宪王拜住,张养浩竭诚匡赞,言无隐情,临事处之泰然,猜疑不恤。曾在都堂会食时曰："与人交,食其食,至于再三。他日其人有托于我,犹必竭蹶应。况国家以高爵厚禄盛馔待吾辈,其所报效,当何如哉!"(张起岩《大元敕赐故西台御史中丞赠撝诚宣惠功臣荣禄大夫陕西等处行中书省平章政事柱国追封滨国公谥文忠张公神道碑铭》)

赵世延虽以铁木迭儿构陷而不死。

按:八月戊午,铁木迭儿以赵世延尝劾其奸,诬以不敬下狱,请杀之,并究省、台诸臣,不允。帝幸凉亭,从容谓近侍曰:"顷铁木迭儿必欲置赵世延于死地,朕素闻其忠良,故每奏不纳。"左右咸称万岁。(《元史·英宗本纪一》卷二七)

刘赓复入集贤为大学士。是年四月,复入翰林为承旨。(虞集《刘公神道碑》)

太常礼仪院使拜住为中书平章政事。(《元史·英宗本纪一》卷二七)

元明善是春被元英宗遣使召入集贤为学士。(马祖常《翰林学士元文敏公神道碑》)

按:元明善在英宗初即位之际,备受英宗瞩目,风光至极。据马祖常神道碑记载,"庚申,英宗践祚,征入为集贤侍读学士,召至上都,议广庙制,授翰林学士、资善大夫,修《仁庙实录》。百官迎仁庙圣容,云有卿云见。承诏为文以纪之,赐酒加赏。英宗亲祼太室,礼官进祝册,奏请署御名,上命代书者三。眷遇褒优,近世无有也。"(马祖常《翰林学士元文敏公神道碑》)

曹元用授翰林待制。(《元史·曹元用传》卷一七二)

按:初,太庙九室,合飨于一殿,及仁宗崩,无室可祔,乃权结彩殿于武宗室前,以奉神主。英宗召礼官集议,太常仪礼院经历曹元用言:"古者宗庙,有寝有室,宜以今室为寝,当更营大殿于前,为十五室"。英宗嘉其言,授翰林待制。(《续资治通鉴》卷二〇〇)

柳贯任国子学官。

按:黄溍《书王申伯诗卷后》"延祐庚申秋……道传方入为国子学官"(《文献集》卷四)

马祖常左迁为开平县尹。

按:苏天爵《元故资德大夫御史中丞赠撝忠宣宪协正功臣魏郡马文贞公墓志铭》载,这年正月,仁宗宾天,铁木迭儿复居相位,以当日马祖常曾弹劾他而睚眦必报。每每试图加害马祖常而不得,于是将马祖常贬谪至开平任县尹。"开平治行都,供亿浩繁,讼狱繁多",铁木迭儿试图"因事深中伤之",而马祖常"退居浮光之野,咏歌诗书,漠然不以介意"。(《滋溪文稿》卷九)

虞集以才高而不被大用于仁宗朝。

按:仁宗曾对近臣说"今儒者尽用,惟虞伯生为显擢耳",此后不久,仁宗晏驾。(欧阳玄《虞雍公神道碑》)

黄溍秋任江西乡试考官。

按:黄溍《书王申伯诗卷后》"延祐庚申秋,予忝预校文乡闱。"(《文献集》卷四)

泰不华江浙乡试第一。(《元史·泰不华传》卷一四三)

吴澄七月还家,北方学者皆从。(危素《吴澄年谱》)

李齐贤从忠宣王降香江南宝陁窟。

按:李齐贤有诗题《延祐己未予从于忠宣王降香江南之宝陁窟王召古杭吴寿山(一本作"陈鑑如",误也)令写陋容而北村汤先生为之赞北归为人借观因失其所在其后三十二年余奉国表如京师复得之惊老壮之异貌感难合之有时题四十字为识》(《全元诗》第三十三册,第363页)。

马扎蛮等使占城、占腊、龙牙门,索驯象。(《元史·英宗本纪一》卷二七)

西僧牙八的里为元永延教三藏法师,授金印。(《元史·英宗本纪一》卷二七)

西僧辇真哈剌思十二月壬戌,召赴京师,敕所过郡县肃迎。(《元史·英宗本纪一》卷二七)

释大訢辞大报国寺之请,以赵孟𫖯亲自作疏以请,方至,至后,大作新之。(虞集《大元广智全悟大禅师太中大夫住大龙翔集庆寺释教宗主兼领五山寺笑隐訢公行道碑》)

白云宗总摄沈明仁二月十七日,以不法坐罪,诏籍江南冒为白云僧者为民。

按:《元史》卷二六《仁宗本纪三》载:"(六年)十月甲寅,……中书省臣言:'白云宗总摄沈明仁,强夺民田两万顷,诳诱愚俗十万人,私赂近侍,妄受名爵,已奉旨追夺,请汰其徒,还所夺民田。其诸不法事,宜令核闻'。有旨:'朕知沈明仁奸恶,其严鞠之'。……(七年)辛卯,江浙行省丞相黑驴言:'白云宗僧沈明仁,擅度僧四千八百余人,获钞四万余锭,既已辞伏,今遣其徒沈崇胜潜赴京师行贿求援,请逮赴江浙并治其罪'。从之。"(《元史》卷二六)《佛祖统纪》卷五四曰:"白云莱者,徽宗大观间,西京宝应寺僧孔清觉居杭之白云庵,立四果十地造论数篇,教于流俗,亦曰十地莱。觉海愚禅师辨之,有司流恩州。嘉泰二年,白云庵沈智元自称道民,进状乞额,臣寮言:'道民者吃菜事魔,所谓奸民者也。既非僧道童行,自植党与千百为群。挟持袄教聋瞽愚俗,或以修桥砌路敛率民财,创立私庵为逋逃渊薮。乞将智元长流远地,拆除庵宇以为传习魔法之戒'。奏可。……白莲、白云,处处有习之者,大抵不事荤酒,故易于裕足,而不杀物命,故近于为善。愚民无知,皆乐趋之,故其党不劝而自盛。甚至第宅姬妾,为魔女所诱,入其众中,以修忏、念佛为名,而实通奸秽。有识之士,宜加禁止。"

僧辇真吃剌思等于二月被夺所受司徒、国公制,仍销其印。(《元史·英宗本纪一》卷二七)

玄教宗师张留孙奉旨修醮事于崇真宫。(《元史·英宗本纪一》卷二七)

赵孟頫寄书袁桷,倾诉失爱妻管道升之苦。

按:清人陆心源《穰黎馆过眼录》卷五专载赵孟頫与袁桷书信,曰《赵文敏与伯长札卷》,足见赵、袁之间外人不及的情谊。1319 年,管道升与赵孟頫在由大都归返吴兴的途中临清去世,赵孟頫痛失贤内助,生活极不适应,寄书向袁桷诉苦。

赵孟頫《与袁伯长书》"孟頫再拜伯长学士相公兄长坐前:孟頫出都至临清,不幸病妻道卒。触暑护柩,哀告荼毒,到家始腊,至今犹未复常。今春闻兄长来归,喜而不寐,欲作书,吴兴地僻,无便可附上。六月间到杭,值酷暑异常,归来便著疹疾。又遍体生疮,奇痒不可言,爬搔所不能快,终日茕然,独触一室,无复生意。信到,得所惠书,就审即日履候安和,深以慰怿。且蒙眷眷,远贻厚奠,感激!感激!自老妻之亡,家务尽废,最是两儿妇皆不曾成就,事事无人掌管,此兄长所深知,无由言者,故略及之耳。伏惟兄长才力强健,如此誓墓,得无太早。若孟頫衰老无堪,非扶杖不可行,退处乃其宜耳。文字必已成集,不鄙赐教,乃至愿也。人还,草草奉答,小儿附承动履。临纸驰情,不宣。孟頫再拜伯长学士相公兄长坐前,八月廿一日。"

宋本儿子满月之际作京华汤饼局。

按:宋本有诗题《京华汤饼局三首》,序言云:"予以延祐己未六月二十又三日达乡里。明年六月五日,举儿子。家弟为制名京华,志归也。七月四日满孺月赋此。"诗云:"红剪轻衫绿剪襦,翠髦覆额画难如。春膏小榜书名了,常记机云入洛初。几家纨绮几华腴,父老华颠计亦疏。三辅风流儿莫学,善和坊里有藏书。宇宙茫茫四十年,独行独立欲谁怜。啼声未要期英物,自胜前回玩纺甎。"(《全元诗》第三十一册,第 101 页)

袁桷观《秘阁续帖刘无言双钩开皇兰亭》,作题跋。

按:在这篇题跋中,涉及书帖史上非常著名的《秘阁续帖》和《开皇兰亭》两帖之来由、去向,颇为可观。袁桷记载颇详。关于《秘阁续帖》,袁桷记载,宋元祐七年(1092),诏以《淳化》、《秘阁》二帖未有之墨迹入石,命刘焘（字无言）主持刻石，建中靖国时刻成，命名为《秘阁续帖》，凡十卷。之后，蔡京又增临十卷，共二十卷，后附有唐代孙过庭的《书谱》，命名为《太清楼帖》。王羲之的《开皇兰亭》真本，先由榷场进入德寿御府，后又作为陪嫁礼物为驸马杨镇所有，南宋亡，再依次为济南参政张斯立、集贤学士李衍等所得。袁桷题跋记载：“元祐间，诏以秘阁旧迹淳化所未临摹者，命刘焘无言董其事为《续帖》十卷，至建中靖国毕工。后大观间，蔡京复增临十卷，去无言所题，命京改题，通为二十卷。后复有孙过庭《书谱》，今世号为《太清楼帖》是也。开皇真本，后由榷场复入德寿御府，号《神龙兰亭》。纸前后角有‘神龙’半玺，盖唐中宗时所用印也。理皇下嫁周汉长公主于驸马都尉杨镇，故事：莫雁，奏进礼物一百有二十奁，理皇从复古殿取《神龙兰亭》为第一奁以报。宋社亡，杨氏子不能守，归于济南张参政斯立。大德末年，复归集贤学士李某，余得见之。以百花蟠龙官作锦为褾首，前有‘希世藏’小玺，真奇物也。此卷正为无言在秘阁亲摹，事见无言手跋。向冰，文简公裔孙。当韩侂胄聚阅古图画，皆出冰鉴定。自淳熙后，图籍考订之富，惟雪溪向氏、锡山尤延之、诸暨王厚伯三人，然字画最恶拙。及今与仆，遂成四人。延祐七年二月六日，越袁桷记。时官集贤，获笃此卷，贾相旧物也。”（《清容居士集》卷四七）

许有壬作《送朱安甫游大都序》。

按：文章尾署“延祐庚申孟夏上澣”，故应作于此年。朱安甫乃许有壬同里之人，欲作大都游，请许有壬作文以励行，许有壬则借此篇揭示元代士子尤其东南士子携文艺之才旅食京师的境况。文章写道：“栝距京师半万里，水浮江淮，陆走徐兖，舟御舆夏，累数月然后至。至则米珠肉玉，旅食费良苦。然午门之外，东南人士游其间者，肩相摩，武相踵也。盖其游也，未始无所求；其求也，未始无所挟。儒者挟其学，才者挟其文，辨者挟其画，巧者挟其艺。……然挟而不一售，求而不一获，伥伥而往，贸贸而归者，亦其少也耶？”而由许有壬文章亦颇能想见元代文坛生态之一角。又据许有壬《左丞张武定公挽诗序》载，张武定公以战而死，朝廷令太史张起岩作碑铭，而其子认为“‘史若碑，固传信来世，而史严金匮，碑在兆域，何由周及！鄙诚欲速托之多诗，公其遂名天下乎？’于是凡识者又请歌之，闻者从而和之，积久充溢，则为别卷，俾有壬为题辞”，元诗之繁荣与大量士子的南北奔行，以及“凡识者又请歌之，闻者从而和之，积久充溢，则为别卷，俾有壬为题辞”的创作需求等因素的综合作用密切关联。（《至正集》卷三〇）

揭傒斯奉旨作《大元敕赐修堰碑》。（《揭文安公集》文集卷七）

袁桷著《延祐四明志》十七卷成。

按：十一月，袁桷与王应麟之孙王厚孙合修《延祐四明志》，共二十卷，现存十七卷，凡沿革、土金、职官、人物、山川、城邑、河渠、赋役、学校、祭祀、释道、集古十二考。其时，马泽为庆元路总管，命袁桷撰述。《四库全书总目提要》评曰："体例简明，最有体要。……志中考核精审，不支不滥，颇有良史之风。"《延祐四明志》编撰期间，袁桷女卒，中途退出编撰工作。《至正四明续志》卷十《寺院庵舍·昌国州》："袁文清公修郡志，时厚孙分领诸寺书，至昌国而公以丧女辍局既而入朝，故昌国惟载实陀一寺，余皆未备。"袁桷在序中认为，元代方志撰述之兴与《大一统志》的撰修颇有关联，"四方之志，犹惧其不能以悉知也，则必以外史掌之。……世祖皇帝，圣德神武，混平寰宇，首命秘书监儒臣辑《大一统志》，沉几远略，与昔圣人意旨吻合。然而郡志缺落，其遗秩未备焉者，不复以彻于上。马侯泽润之，固尝为中秘官，知之矣。暨守四明，乃曰：'明旧有志，今为帅大府，浙东七州，推明为首，阤塞户版，物产地利，是宜究察以待问'。"（《清容居士集》卷二一）

吴澄约于此年作《元复初文集序》。

按：据马祖常《敕翰林学士元文敏公神道碑》记载，元明善于延祐乙卯（二年，1315）"岁中，拜湖广行省参知政事"，庚申（1320），英宗即位时，"征入为集贤侍读学士"而吴澄在序言中称为元明善由"湖广参政赴集贤学士之召"，在江州相遇，元明善出示自己的三峡近稿，请吴澄作序，则序言应该作于 1320 年。序言中吴澄认为，古文创作"非学非识不足以厚其本也，非才非气不足以利其用也，四者有一之不备，文其能以纯备乎？或失则易，或失则艰，或失则浅，或失则晦，或失则狂，或失则萎，或失则俚，或失则靡，故曰不易能也。"元明善才气非凡，"自少负才气，盖其得于天者，异于人。"又读书过人，见识超群"浸淫乎群经，蒐猎乎百家，以资益其学，增广其识，类不与世人同。既而仕于内，外应天下之务，接天下之人，其所资益增广者，又岂但纸上之陈言而已，"所以其文能够"脱去时流畦径，而能追古作者之遗。正矣而非易，奇矣而非艰，明而非浅，深而非晦，不狂亦不萎，不俚亦不靡也"，实乃元代中期古文作家群中的优秀者，吴澄推誉其有以"登昌黎韩子之堂"，甚是赞赏。而借由吴澄之评判倾向，可见其时作文风范。（《吴文正集》卷一九）

柳贯作《席御史文集序》。

按：席御史即席郁，卒于延祐五年，朋友嗣御史将其诗文裒辑刊刻，请柳贯为序。柳贯在序中认为，席郁"公之学盖出于紫山胡氏（胡祗遹），涵濡义理之真，而含咀道德之华，初不为葩柎粉泽以饰艳逞巧，要自致于用而已。

居京师十余年,始得郎秘邱,而曹局乃无一事,虽食稍廪,艰薄益甚。然其气夷虑澹,终不肯希宠借势,一迹贵人门户。独其融悦晬盎之余,时时发之声歌,无所病于心,故无所失于言,大抵醳如也。又十余年,入御史署,遂有言责,于时啸咏之情亦少减矣,而忠诚恻怛,凡所论建于国体民命,尤恳恳焉。"(《柳待制文集》卷一六)

朱思本作《舆地图自序》。

按:"舆地图"对山川描画较为详细,对郡县则不能,故曰"山川悉,而郡县则非";在具体描画过程中,朱思本的舆地图已开始较为系统地使用几何符合来表示自然地理、人文地理等内容;另外,"舆地图"最早将星宿海及由西南方向流入该海的水道(即喀喇渠)绘作黄河的河源。在此之前,由于受《禹贡》"积石导河"思想的影响,几乎所有的地图都把积石山绘作黄河河源。朱思本从八里吉思家里得到帝师所藏图书中关于"(黄河源头)水从地涌出如井,其井百余,东北流百余里,汇为大泽,曰火敦淖尔"的记述,知道了从西南方向流入星宿海的水道才是黄河河源的最新资料。无疑,这个记载是都实河源考察的重要成果。朱思本果敢地引用了这个最新成果,在我国地图史上第一次将星宿海及从西南方向流来的水道,绘作黄河河源。于河源的表示上,取得了突破性的进展。(《朱思本与他的"舆地图"》)

又按序言写道:"予幼读书,知九州山川。及观史,司马氏周游天下,慨然慕焉。后登会稽、泛洞庭,纵游荆襄,流览淮泗,历韩、魏、齐、鲁之郊,结辙燕、赵,而京都实在焉。由是奉天子命,祠嵩高,南至于桐栢,又南至于祝融,至于海。往往讯遗黎,寻故迹;考郡邑之因革,核山河之名实,验诸滏阳、安陆石刻《禹迹图》,樵川《混一六合郡邑图》,乃知前人所作殊为乖谬,思构为图以正之。阅魏郦道元注《水经》,唐《通典》、《元和郡县志》,宋《元丰九域志》、《皇天一统志》,参考古今,量校远近,既得其说而未敢自是也。中朝夫士使于四方,冠盖相望,则每嘱以质诸藩府,博采群言,随地为图,乃合二为一。自至大辛亥,迄延祐庚申而功始成。其间河山绣错,城连径属,旁通正出,布置曲折,靡不精到。至若涨海之东南,沙漠之西北,诸番异域,虽朝贡时至,而辽绝罕稽。言之者既不能详,详者也未必可信,故于斯类姑用阙如。嗟夫!予自总角志于四方,及今二毛,讨论殆遍,兹其平生之志,而十年之力也。后之览者,庶知其非苟云。是岁南至,临川朱思本初父自叙。"(《全元文》第三十一册,第381—382页)

王恽之子、翰林待制王公孺正月为《秋涧先生大全文集》一百卷附录一卷作后序。

按:王恽一生"三入翰林,遇事论列,随时记载",死后留下遗稿一百卷,在他去世十五年后,其全集被朝廷令浙江行省以公帑刊行。王公孺作为王恽的长子,由他编撰乃父文集,评价和描述王恽生平作文风范及出仕、交游情形,非常具有参考价值。

序文写道:"先考文定公,人品高古,才气英迈,勤学好问,敏于制作,下笔便欲追配古人,腾芳百代,务去陈言,辞必己出,以自得有用为主,精粹醇正非他人所可拟。自其弱冠,已尝请教于紫阳、遗山、鹿庵、神川诸名公,爱其不凡,提诲指授,所得为多。及壮,周旋于徒单侍讲、曹南湖、高吏部、郝陵川、王西溪、胡紫山之间,天资既异,师问讲习者又至,继之以勤苦不辍,致博学能文之誉闻于远近。其后,五任风宪,三入翰林,遇事论列,随时记载,未尝一日停笔。平生底蕴虽略施设,然素抱经纶,心存致泽,桑榆景迫,有志未遂,一留意于文字间,义理词语愈通贯精熟矣,故学者以正传各家推尊之。既捐馆,公孺编类遗稿为一百卷,字几百万,咸谓学有余而不尽其用者,则其言必大传于后,奈家贫无力,不能刊播,言之尽伤,若茕茕在疚,恐一旦溘先朝露,目为不瞑矣。延祐己未岁冬,季孙苛方任刑曹郎官,走书于家,取其遗文,云朝廷公议先祖资善府君,平生著述,光明正大,关系政教,尝蒙乙览,致有弘益,堂移江浙行省给公帑刊行,以副中外愿见之心。……延祐七年庚申正月哉生明,男王公孺百拜叙书于后。"(元至治本《秋涧先生大全文集》卷末)

冯子振为宋无《翠寒集》作序。

按:冯子振才高人傲,对宋无诗及人品却评价颇高,颇值探讨。冯氏评价宋无才华认为:"吾读子虚所为诗,则求之吴中,殆无屈第二指,然则五茸三泖之地望,不但无能名子虚者,并与子虚之诗无之,此邦不可无斯人,可无其诗乎?……子虚有韵人之姿,而天壤间知子虚者无几。余知子虚最晚,恨余老,无能为矣,姑取其诗集而序之,好事者写而传之,有味乎其言而时讽诵之。……延祐庚申冬,孟一日海一粟冯子振序"。(《翠寒集》卷首)

苏天爵父亲苏志道卒于京师,虞集作墓碑铭。(虞集《岭北(等处)行省左右司郎中苏公墓碑(铭)》)。

按:揭傒斯有诗题《故中宪大夫岭北行省左右司郎中苏公志道哀诗》。

耶律有尚卒。

按:耶律有尚(1236—1320),字伯强,东平须城人。辽东丹王突欲十世孙,受学于许衡,衡为国子祭酒,奏以为斋长,衡辞归,有尚以助教嗣领学事。以昭文馆学士兼国子祭酒致仕。延祐七年冬十二月某甲子告薨于家,按照规定,赠资德大夫、河南江北等处行中书省右丞、上护军,追封漆水郡公,谥文正。《宋元学案》列其入"鲁斋门人"。耶律有尚遵许衡"规矩",曾屡次建言忽必烈"大起学舍,始立国子监",提倡"以义理为本"、"以恭敬为先"、"以经术为遵"、"以躬行为务",使得"儒风丕振",苏天爵评价耶律有尚认为"世祖皇帝既践天位,惇尚文化,爰命相臣许文正公衡典教成均,以育贤才,以兴治平,规模宏远矣。一时及门之士,嗣其师传,久而弥尊,海内共推之者,惟公一人而已",对元代儒学发展影响甚大。著有《许鲁斋考岁略》一卷。事迹见苏天爵撰《皇元故昭文馆大学士兼国子祭酒赠河南行省右丞相耶律文正公神道碑铭有序》(《滋溪文稿》卷七)、《元史》卷一七四。

李衎卒。

按:李衎(1245—1320),字仲宾,号息斋道人,宛平人。世为燕人,父亲以儒名,兼通天文律历之学。李衎少警敏,有俊才。以将仕佐郎、太常太祝兼奉礼郎起家,官至礼部尚书,拜集贤大学士,卒追谥文简。元代画竹名家。苏天爵评述李衎道"翰墨余暇,善图古竹木石,庶几王维、文同之高致,而达官显人争欲得之,求者日踵门,公弗厌也",著有《息斋老子解》二卷、《竹谱详录》七卷。存世作品有《四清图》、《墨竹图》、《双松图》等。事迹见苏天爵《故集贤大学士光禄大夫李文简公神道碑铭》(《滋溪文稿》卷一〇)、《图绘宝鉴》卷五、《万历顺天府志》卷五。

陈泰约卒于此年。

按:陈泰(1279？—1320？),字志同,号所安,长沙茶陵人。与欧阳玄同举于乡,以《天马赋》得荐。延祐二年(1315)进士,除龙泉主簿。不好活动,惟以吟咏自适,竟终于是官。著有《所安遗集》一卷。事迹见《四库全书·所按遗集提要》。

元英宗至治元年　辛酉　1321 年

正月丁丑,修佛事于文德殿。(《元史·英宗本纪一》卷二七)

甲申,召高丽王王章赴上都。(《元史·英宗本纪一》卷二七)

丙戌,帝服衮冕,飨太庙,制卤簿。

按:《元史·英宗本纪一》载:"以左丞相拜住亚献,知枢密院事阔彻伯终献。诏群臣曰:'一岁惟四祀,使人代之,不能致如在之诚,实所未安。岁必亲祀,以终朕身。'廷臣或言祀事毕宜赦天下,帝谕之曰:'恩可常施,赦不可屡下。使杀人获免,则死者何辜?'遂命中书陈便宜事,行之。"(《元史》

卷二七)

自世祖至元十四年建太庙以来,历时四十年,未行亲裸之礼,拜住乃言:"古云礼乐百年而后兴,郊庙祭裸,此其时矣。"帝悦曰:"朕能行之"。预敕有司以亲裸太室仪注,礼节一遵典故,毋擅增损。(《元史》卷一三六)《元史·舆服》载:"至治元年,英宗亲祀太庙,诏中书及太常礼仪院、礼部定拟制卤簿五辂。以平章政事张珪、留守王伯胜、将作院使明里董阿、侍仪使乙刺徒满董其事。是年,玉辂成。明年,亲祀御之。"(《元史》卷七八)

二月辛亥,调军三千五百人修上都华严寺。(《元史·英宗本纪一》卷二七)

三月丙子,建帝师八思巴寺于京师。(《元史·英宗本纪一》卷二七)

丁丑,御大明殿,受缅国使者朝贡。(《元史·英宗本纪一》卷二七)

三月庚辰,廷试进士,泰普化、宋本等六十四人,赐及第、出身有差。(《元史·英宗本纪一》卷二七)

按:本科取士六十四名,左榜四十三名,右榜二十一名。宋本、泰不华分赐进士第一。

右榜:1.蒙古(计一人):泰不华(右榜状元,初名泰普化、达普化、达溥化、塔斯布哈,文宗赐以此名)。

2.色目(计八人):伯笃鲁丁(或译作巴图尔丹、别多喇卜丹,汉名鲁至道)、三宝柱、铁间、偄朝吾、廉惠山海牙、爕里吉思、海直、尚克和。

左榜:1.汉人(计九人):宋本(左榜状元)、刘铸、李好文、孟泌、岳至、王思诚、司粲、赵琏、崔瀣。

2.南人(计二十一人):赵庭芝、吴师道、岑士贵、林定老、李士良、张纯仁、林兴祖、林以顺、周尚之、王相、高若凤、杨舟、易炎正、何贞立、刘震、方君玉、孙刚中、徐一清、程端学、吴成夫、李惟中。

3.存疑(计八人):董珪、韩复、李廷珪、夏镇、王楫、元光祖、汤源、黄雷孙。(参考余来明《元代科举与文学》,第348—360页)

辛巳,车驾幸上都。(《元史·英宗本纪一》卷二七)

三月甲申,敕纂修《仁宗实录》、《后妃传》、《功臣传》。(《元史·英宗本纪一》卷二七)

三月乙酉,宝集寺金书西番《般若经》成,置大内香殿。(《元史·英宗本纪一》卷二七)

四月己未,造象驾金脊殿。(《元史·英宗本纪一》卷二七)

五月丙子,毁上都回回寺,以其地营帝师殿。(《元史·英宗本纪一》卷二七)

丁亥,修佛事于大安阁。(《元史·英宗本纪一》卷二七)

五月乙未,命世家子弟成童者入国学。(《元史·英宗本纪一》卷二七)

五月辛丑,太常礼仪院进太庙制图。(《元史·英宗本纪一》卷二七)

六月癸卯朔,作金浮屠于上都,藏佛舍利。(《元史·英宗本纪一》卷二七)

七月丙申,禁服色逾制。(《元史·英宗本纪一》卷二七)

九月丁酉,车驾还大都。(《元史·英宗本纪一》卷二七)

十月辛丑朔,修佛事于大内。(《元史·英宗本纪一》卷二七)

十月癸丑,敕:"翰林、集贤官年七十者毋致仕"。(《元史·英宗本纪一》卷二七)

敕蒙古子女鬻为回回、汉人奴者,官收养之。(《元史·英宗本纪一》卷二七)

十二月甲寅,车驾幸西僧灌顶寺。(《元史·英宗本纪一》卷二七)

是年,上都翰林国史院开始题名作记。

按:黄溍《上都翰林国史院题名记》"粤自世祖皇帝作别都于滦阳,一游一豫,无非事者。列圣相承,遵为典常,文武百司,扈从惟谨。翰林国史职在,代言以施命于四方,载事以传信于万世。天子出御经筵,则劝讲进读,启沃圣心,退则紬绎前闻,以待访问,任重而地亲,上所识擢,必勋阀近臣、儒林大老,与一时名人魁士,实侍从之高选,非他有司比也。由至治元年,逮今二十有七年,……经筵之职,曰领,曰知,曰兼,无专官。"(《文献集》卷七下)

置承徽寺。

按:《元史·百官志六》:"承徽寺,秩正三品,掌答儿麻失里皇后位下钱粮营缮等事。……至治三年置。"(《元史》卷九〇)

张养浩以奏罢宫廷张灯事而获赏赐,于是开中外谏诤言路。

按:这年正月,留守臣奏像武宗时候一样,元夜构灯山于大内,英宗欣然应允。而张养浩通过拜住上疏认为,"世祖临御三十余年,每值元夕,间阎之间,灯火亦禁。况庭阙之严,宫掖之邃,尤当戒慎。"如今的灯山之构,"所玩者小,所系者大;所乐者浅,所患者深",请求英宗能够"以崇俭虑远为法,以喜奢乐近为戒",英宗看过其奏疏,"趣罢灯山",且欲以少府钱五千贯赐张养浩,拜住谏止,认为:"彼位亚执政,职所当言,重赏恐未必受。"于是,旌表张养浩之忠直,而天下谏诤言路由此而开。(张起岩《大元敕赐故西台御史中丞赠摅诚宣惠功臣荣禄大夫陕西等处行中书省平章政事柱国追封滨国公谥文忠张公神道碑铭》)

齐履谦拜太史院使。(《元史·齐履谦传》卷一七二)

袁桷三月,作《会试策问》进。初八,为会试考官。

按:元代中叶,在馆阁文臣的倡导下,士子以读经、讲史为尚,文风以宗经复古为正,究其缘由,借助袁桷等人的科考题目也可知大略。袁桷的这则考题便是要求考生详细论述《尚书》、《春秋》创作的原委,《史记》、《资治通鉴》所以创作的原因。

题目是:夫《书》者,即古之史也。孔子删述,自唐虞二典,以讫于周之《文侯之命》,附以《费誓》、《秦誓》,而《三坟》、《八索》、《九丘》诸书,皆芟而不录。至其约史记,修《春秋》,托始于鲁隐公元年,实周平王之四十九年也。襃善贬恶,特书屡书,至获麟而绝笔。前乎唐虞之所著,岂不过于《文侯之命》等篇?而去彼取此,沂平王而上沿获麟而下,岂无可纪之事?而绝不为书,是皆有深意存焉。司马子长创为《史记》,首轩辕以逮汉武,或有孔子所芟者,子长乃从而录之。后人翕然以为有良史之才,爱其雄深雅健,凡操史笔者如班孟坚、范蔚宗诸儒,争相蹈袭,是祖是式,而未有取法于《春秋》者焉。岂圣言宏远,匪常人所可拟其仿佛邪?自荀悦仿《左氏传》为《汉纪》,体制稍为近古,于是袁宏、孙盛之徒,并为编年之书。而学者或忽而不习,终不若子长《史记》盛行于世。司马公编《资治通鉴》,造端于周威烈王二十三年,系年叙事,历汉唐以终五代,勒成一家之言。渊平博哉!此近代所未有也,其亦得圣人之意否乎?我国家隆平百年,功成治定,礼乐方兴,纂述万世之鸿规,敷阐无穷之丕绩,吾儒之事也。故乐与诸君子讨论之。诸君子游心载籍,闻见滋广,其于《书》、《春秋》之所始终,《史记》、《通鉴》之所以制作,必详究而明辨之矣,愿闻其说。(《清容居士集》卷四二)

范梈擢为江西湖东道照磨。(吴澄《故承务郎、湖南岭北道肃政廉访司经历范亨父墓志铭》,《吴文正集》卷八五)

郭贯起为集贤大学士,寻致仕。(《元史》卷一七四"郭贯传")

曹伯启召拜山北廉访使。(《元史》卷一七六"曹伯启传")

柳贯迁博士。(宋濂《柳先生行状》)

许有壬迁吏部主事。(《元史·许有壬传》卷一八二)

吴澄超迁翰林学士,进阶太中大夫。(危素《吴澄年谱》)

赵孟頫居家,英宗遣使至,俾书《孝经》。寻移文乞致仕,未报。(杨载《大元故翰林学士承旨荣禄大夫知制诰兼修国史赵公行状》)

王约以集贤大学士请加程钜夫封谥事下太常定议,博士柳贯撰谥议上闻。(《元史·王约传》卷一七八)

袁桷三月入集贤院供职。

按：四月，随驾入开平，与翰林待制王士熙同邸，作《大雨醉歌（寄王待制）》。八月十五日，回大都。开平期间的诗文结成《开平第三集（辛酉）》集，共计诗作六十二首。袁桷《开平第三集（辛酉）》序言交代："至治元年二月庚戌，至京城。壬子，入礼闱，考进士。三月甲戌朔，入集贤院供职。四月甲子，扈跸开平，与东平王继学待制、陈景仁都事同行。不任鞍马，八日始达。留开平一百有五日，继学同邸。八月甲寅，还大都，得诗凡六十二首。道途良劳，心思凋落，故录以记出处耳。是岁八月袁桷序。"又按：在这组诗中，袁桷的《装马曲》非常有代表性。"装马"作为最充满蒙古风情的娱乐活动，最具上都特色，前往上都的人们对此每有题咏。（《清容居士集》卷一五）

萨德弥实以肃政廉访使至袁州路万载县。（虞集《（袁州路）万载县重修宣圣庙学记》）

陈景仁以集贤都事调官云南。

按：袁桷《送陈景仁调官云南序》中了交代元代幅员辽阔背景下，官员管理调度的情形，也正是这种中央三品之下官员须频常地任职于地方的政治背景，元代诗文创作中的赠行之作，山川题咏之篇遍生："在昔世祖皇帝宁一海宇，幅员袤广。凡为仕者，力不能以自达于京师，故岁必遣朝廷望官即其地，如选部注授焉。省之远者，曰湖广，曰江西、福建，曰云南。其最远莫如云南，故自三品而下皆得除，拟奏而后出命，视他省为最重。其受任使者，非清慎明正，不足以当之。维世祖由壬子入吐蕃，破蒙、段二姓，宋、金所不能臣，至是逾三百年始定，神武伟著。……陈君清不近名，慎而有守，明足以养其厚，正无失于过。举若是，则足当其选矣，余将奚言焉！是宜率为歌诗，以迓其归。"（《清容居士集》卷二四）

吏部尚书教化、礼部郎中文矩使安南，颁登极诏。（《元史·英宗本纪一》卷二七）

按：文矩延祐三年由秘书监校书郎升从事郎，为著作郎。延祐六年改为翰林修撰、文林郎、同知制诰兼国史院编修官，这年，"国家议遣使持诏谕安南国，君被选，为奉议大夫，佩黄金符奉使安南。复命称天子意，进太常礼仪院判官。"（吴澄《故太常礼仪院判官文君墓志铭》）据袁桷《文子方安南行记序》载，安南国在《虞书》中记载为"乃南极交州"，不责其贡赋。在元朝，安南国畏于大元武力，从忽必烈朝开始，"终五世，削王爵以奉贡"，元朝每每派使者前往诏谕。所以袁桷在文中写"今天子即位，颁正朔，议遣使"。在袁桷序文中交代，文矩拜礼部郎中，为使副以行，不到十五天即完成使命回国："辞命专达，仪注品节，唯子方是毗。入其境，不旬日卒致命以还，稽诸往使，五十年所未有也。"而文矩此行，还写成《安南行记》一卷，归来后，把书稿交与袁桷请求写序。袁桷在序言中对文矩一举而多得的行为非常赞赏。按：文子方名文矩，是年七月使安南，袁桷曾作《送文子方使安南序》。以其"毗入其境，不旬日卒致命以还"，则文子方回大都此年返回，袁桷又作行记序。(《清容居士集》卷二二)

僧法洪二月丁卯为释源宗主，授荣禄大夫、司徒。(《元史·英宗本纪一》卷二七)

赐西番撒思加地僧。

按：赐西番撒思加地僧金二百五十两、银两千二百两、袈裟两万，币、帛、幡、茶各有差。咒师朵儿只三月壬午遣往牙济、班卜二国取佛经。(《元史·英宗本纪一》卷二七)

张嗣成六月壬戌自龙虎山来朝，授太玄辅化体仁应道大真人。(《元史·英宗本纪一》卷二七)

唆南藏卜十二月己未，封为白兰王，赐金印。(《元史·英宗本纪一》卷二七)

帝师公哥罗古罗思监藏班藏卜诣受命西番受具足戒。

按：《元史·英宗本纪一》载："赐金千三百五十两、银四千五十两、币帛万匹、钞五十万贯。"(《元史》卷二七)

英宗御书赐东平忠献王。

按：东平忠献王，即英宗最引为知己的、股肱之臣拜住。据许有壬《恭题至治御书》"英宗御极，练核图治，拔恶木深固之柢，取豫章大材以梁栋，一时世(世时)则有若东平忠献王，独运亭毒，君臣千载之遇，鱼水不足以喻之也。一日侍便殿，信手拈墨笔作古钱形，而以朱笔分脉理为肉好，执规矩为之有不及者。上览之大悦，取朱笔书皮日休诗'我爱房与杜，魁然真宰辅。黄阁三十年，清风一万古'于其侧，盖以王为房、杜也。"(《至正集》卷七三)英宗与拜住之君臣相遇，为元代馆臣所极赏，苏天爵因孛术鲁翀所作拜住传而作《题丞相东平忠献王传》云："至治二年冬，天子励精图治，独任丞相，期复中统至元之盛。丞相亦感激尽力，锐然勇(有)为，思称天子责任之意。君臣同心，亲信无间，真千载一时也。当是时，朝廷肃清，刑赏攸当，忠直获伸，奸邪敛避，天下之人莫不延颈企踵，想望太平，而小人怨恨，思害之矣。"(《滋溪文稿》卷二八)

袁桷等馆臣观览内侍史昭文所得玛瑙，并题诗。

按：据揭傒斯《玛瑙石序》记载，玛瑙石乃至治元年时候内侍史昭文扈从上都之际，在三不刺得到，甚为珍爱，其时，袁桷、李源道、曹元用、王结、马祖常、虞集、王士熙等馆阁名流都曾观览题诗。以史昭文作为从臣之列尚雅爱收藏，热衷赏鉴集咏，可见其时风气之盛。至元二年，揭傒斯从清江陈道之家再见史氏所藏玛瑙石，感慨万千，作《玛瑙石序》写道："至治元年辛酉，内侍史昭文扈从北巡，得玛瑙石于三不剌，双峰隐起，雪色澄莹，而间以玄文，成梧竹凤鸾之状，葆藏以为珍玩。袁侍讲桷、李参政原道、曹侍讲元用、王左丞结、马中丞祖常、虞侍书集、王侍御士熙皆为诗文，极夸道之意。史昭文既没，家人出售于人。至元二年丙子之冬，清江陈道之得之，因邀予赋。"（《揭傒斯全集》，第 235 页）

袁桷八月二十九日，送霍希贤，为所藏《子昂逸马图》作七言绝句诗并题跋。（《清容居士集》卷十三）

袁桷是年冬奉旨作《拜住元帅出使事实》。

按：元王朝疆域辽阔，四境之边皆有守臣，往往需要派使臣宣谕上旨，有时也难免传谕失实，导致疑争。皇庆二年（1313），仁宗皇帝以金印赐丞相孛罗，令拜住陪同前往哈儿班答王驻扎之地议事，而中途遇上也先不花。据载，在至大三年（1310）召集的忽里台大会上，也先不花被推举为可汗。由此，也先不花和元朝的关系开始和谐，后来因为边界问题，再与元朝和伊利汗国（伊儿王朝）发生冲突，受到仁宗朝和伊利汗国完者都的夹击。拜住以此被也先不花王怀疑为间谍，有以启边衅，遂被夺去虎符和丞相金印扣押。直至延祐七年（1320），也先不花去世，其弟怯别复位，缓和了也先不花时代和元朝、伊利汗国的紧张关系，怯别也遣使收兵四境，并将拜住等放回。拜住出使且被扣押的这段，《元史》载记不详，袁桷之文颇可补史之阙。袁桷在文中评述拜住事实曰："太祖皇帝经画区夏，以磐石宗犬牙于龙兴绝域之地，四履奠安，盛矣夫！疆域既广，诏旨上意，传谕失实，则时致疑争。拜住公间关险阻，百慑不挠，义正功倍，以数百语解百万之师，非精白一心，曷底于是？计勋上多，卒称其职，俾后之为人臣者，益有劝焉。"（《清容居士集》卷三四）又按：拜住为蒙古札剌儿氏，是成吉思汗开国功臣木华黎之后，名相安童之孙，元英宗十分倚重的心腹大臣。拜住为相期间"振立纪纲，修举废坠，裁不急之务，杜侥幸之门，加惠兵民，轻徭薄敛。英宗倚之，相与励精图治。时天下晏然，国富民足，远夷有古未通中国者皆朝贡请吏，而奸臣畏之"（《元史》卷一三六"拜住传"），由于拜住锐意改革，奸臣胆寒，最终导致了"南坡之变"，与英宗同日罹难。

赵孟頫奉旨为赵国公阿鲁浑萨理作神道碑。

按：据文章所记，"今上皇帝临御之七年，始行褒郉之典，于是赠公祖父官爵勋封。越明年,复赐碑墓道,命臣孟頫为之文。"(赵孟頫《大元敕赐故荣禄大夫中书平章政事守司徒集贤院使领太史院事赠推忠佐理翊亮功臣太师开府仪同三司上柱国追封赵国公谥文定全公神道碑铭》)

袁桷为张留孙作祭文。

按:张宗师即张留孙,袁桷在祭文对张留孙作为南士在元代政坛取得的影响与地位深表肯定。(袁桷《祭张宗师》)

朱思本七月为徐懋昭作《故保和通妙宗正真人徐公行状》。(《贞一斋文稿》)

张养浩十一月以陈天祥长子陈孟温所请,为陈天祥撰写神道碑。

按:据张养浩在文中记载说,"公卒之五年,当至治元年十一月,朝列君孟温自泰安遣其子允中奉币若事状来济南,请铭于余",由整篇神道碑来看,张养浩对陈天祥的所作所为非常敬佩,认为他"刚焉不诎于欲,正焉不挠于邪,其立朝大节,嶷然视古社稷臣无惭德",而考察张养浩一生的行事作为,他与陈天祥可谓同类,都堪称"一代伟人"。(张养浩《资德大夫中书右丞议枢密院事陈公神道碑铭》)

赡思著《河防通议》二卷成。

按:赡思所著《河防通议》又名《重订河防通议》。《河防通议》原著者沈立,在宋庆历八年(1048),搜集治河史迹,古今利弊,撰著《河防通议》。原书久失传。而赡思《河防通议》根据当时流传的所谓"汴本",其中包括沈立原著和宋建炎二年(1128)周俊所编《河事集》以及金代都水监所编另一《河防通议》即所谓"监本",加以整理删节改编而成,又被称作"重订河防通议"。共上、下两卷,除赡思自序外,分为河议、制度、料例、功程、输运、算法六门,分别记述河道形势、河防水汛、泥沙土脉、河工结构、材料和计算方法以及施工、管理等方面的规章制度。

赡思《河防通议序》写道:"水功有书尚矣,《禹贡》垂统于上,而《河渠书》、《沟洫志》缵绪于下。后世间亦有述,逮宋、金而河徙加数,为害尤剧。故设备益盛,而立法愈密,其疏导则践禹迹而未臻,其壅塞则拟宣房而过之矣。金时都水监有书详载其事,目曰《河防通议》,凡十五门,其体制类今簿领之书,不著作者名氏,殆胥吏之记录也,今都水监亦存而用之。愚少尝学算数于真定,壕寨官张祥瑞之授以是书,且曰:'此监本也,得之于太史若思。'后十五年复得汴本,其中全列宋丞司点检周后河事集,视监本为小异,虽无门类,而援引经史,措辞稍文,论事略备。其条目纤悉,则弗若之矣。署云'朝奉郎尚书、屯田员外郎、骑都尉沈立撰。'愚惠二本之得失互见,其丛杂纷纠,难于讨寻,因暇日摭而合之为一,削去冗长,考订舛讹,省其门,析其类,使粗有条贯,以便观览,而资实用云。至治初元岁在辛酉四月吉日,真定沙克什(赡思)序。"(丛书集成本《河防通议》卷首)《四库全书总目提要》评曰:"是编虽皆前代令格,其地形改易,人事迁移,未必一一可行于后世。而准今酌古,矩矱终存,固亦讲河务者所宜参考而变通矣。"

袁桷约于此年作《修辽金宋史搜访遗书条列事状》。

按:袁桷少年时期师事南宋大学问家王应麟,青年时期又亲炙于史家胡三省,又得戴表元、舒岳祥等浙东优秀文人的启发教诲,以此在同代文人中,袁桷以学问渊通,尤长于论史而著称,能"悉究前朝典故"《(至正)四明续志·袁桷传》),具有"博综宏肆之学","渔猎经史,上下古今"(翰林院王瓒《谥议》),学问"核实而精深,非尚事记览哗众取宠者所可拟也"(苏天爵《元故翰林侍讲学士知制诰同修国史赠江浙行中书省参知政事袁文清公墓志铭》)。袁桷早年以修宋史自任,而家中相关的藏书也积累丰厚,英宗时期的丞相拜住有心修三史,期望袁桷主持其事,袁桷遂作这篇《修辽金宋史搜访遗书条列事状》,文章主要是针对宋史修撰而提出意见和建议,并具列大量相关书籍,该文也是袁桷史识、史才、史学的集中体现。(《清容居士集》卷四一)

邓文原作《程氏读书分年日程跋》。

按:至治改元的十月,邓文原"巡历建平",于二十八日观看此书后,作题跋。认为程氏《读书分年日程》的意义在于"本朱、真二先生教法,详为工程,以教今之应举者,用意若迂,而得效甚捷"。邓文原认为,倘若学者能按照程端礼书中所提出的方法"信守不懈,则其进也孰御",另外,邓文原在跋中还认为此书所提出的方法意义更在于"下学上达之功,则有不外是者",勉励程端礼以及学校能坚持按分年日程的做法进行经学的研习,不为人言所左右,"使学者病其迂,则亦不足以言学矣。凡学道者不合乎今,然后能合乎古,惟程君勿以人言自画,则又余之望也。……是亦勉励学校之一云。"(元至治元年刻本《程氏读书分年日程》)

张留孙卒。

按:张留孙(1245—1321),字师汉,信州贵溪人。少时入龙虎山学道,宋亡,从张宗演入觐,至元十五(1278)年受玄教宗师,大德中加号大宗师,武宗立升大真人,知集贤院事。有道人相之曰:"神仙宰相也",至治元年(1321)十二月壬子卒于京师,虞集作《张宗师墓志铭》(《道园学古录》卷五○),袁桷作《有元开府仪同三司上卿辅成赞化保运玄教大宗师张公家传》(《清容居士集》卷三四),袁桷《祭张宗师》(《清容居士集》卷四三),《元史》

卷二〇二有传。

又按：张留孙的去世由于元英宗的震悼，哀荣盛大，据虞集记载"事闻，上震悼，遣使赗赠以礼。兴圣宫、中宫，使者继至，倾朝虚市来会哭，莫不悲恸。及出国门，送者填拥，接于郊畛。亭午霏务翳日，冷风肃然，林木野草，人为须眉，车盖衣帽，簌簌成冰花，缟素如一。自京师至其乡，水陆数千里，所过郡县，迎送设奠，不约而集。比葬，四方吊问之使交至，自王公以下，治丧致客，未有若此盛者。张留孙一生历仕世祖、成宗、武宗、仁宗四朝，每朝都礼遇非常，袁桷、虞集等对此感慨万分，袁桷赞叹张留孙善于斡旋，以江南人士却无任何瑕疵于五朝的才能道："世祖皇帝，阔一海宇，蒐遗逸，选艺能，靡然踵来，江南持政柄者不一二人，卒不能善终，何哉？在御三十四年，命相几二十余人。或解罢，或斥逐，独张公无少疵病。目睹成败，至于五朝，难矣哉！盖其行，无迹曲焉以全，得老氏之旨，五福斯备，前古鲜著。诗云：'昭明有融，高朗令终'，张公其近之。"（《清容居士集》卷三四）

张仲寿卒。

按：张仲寿（1252—1321），字希静，号畸斋，晚号自怡叟，钱塘人。官至翰林学士。工书，诗文亦有时名，今存延祐六年所录张仲寿自录《畸斋文稿》。另著有《墨谱》、《琴谱》，合称《畸斋二谱》。事迹见《元诗选癸集》丙集、《书史会要》卷七。

李孟卒。

按：李孟（1255—1321），字道复，滁州上党（今山西长治）人，徙居汉中。元成宗去世，爱育黎拔力八达迎其兄海山（元武宗）入都，李孟主其事。武宗即位，李孟隐居许昌陉山。仁宗即位，拜中书平章，赐爵秦国公，延祐二年改封韩国公，又任翰林承旨。卒谥文忠。博学，开门授徒，远近争从，一时名人如商挺、王博文，皆折行辈与交。为文长于说理。著有《秋谷集》。事迹见黄溍《元故翰林学士承旨中书平章政事赠旧学同德翊戴辅治功臣太保仪同三司上柱国追封魏国公谥文忠李公行状》（《文献集》卷三）、《元史》卷一七五、《元诗选·二集》小传。

又按：黄溍在行状中形容李孟为人道："宇量闳廓，材略过人。三入中书，事关休戚，知无不言，援古证今，务归于至当。苟有益于国家，虽违众而行无所惮。四方之士为时所推许者，甄拔无遗，汲引后进，未始有吝骄之色。品题所及，后多知名。公退，一室萧然，留连觞咏，言笑竟日，无异布衣时。"（《文献集》卷三）

元英宗至治二年　壬戌　1322 年

正月己巳朔，安南、占城各遣使来贡方物。(《元史·英宗本纪二》卷二八)

丁丑，亲祀太庙，始陈卤簿，赐导驾耆老币帛。(《元史·英宗本纪二》卷二八)

按：《元史·祭祀志三》载，至治元年，英宗即位后期望"岁惟四祀，使人代之，不能至如在之诚，实所未安。自今以始，岁必亲祀，以终朕身。"至治元年五月，中书省臣令集御史台、翰林院、太常院臣议庙制事。最终"请以今殿为寝，别作前庙十五间，中三间通为一室，以奉太祖神主，余以次为室，庶几情文得宜。""二年春正月丁丑，始陈卤簿，亲享太庙。"(《元史》卷七四) 时任秘书监著作郎的袁桷作为拜住信重的文臣，竭尽才力创作《卤簿诗》，共五十韵、六百言，曲尽当时仪仗铺张之妙，可令未曾亲览者"如身在辇毂之下，而睹熙朝之弥文"。(黄溍《跋袁翰林卤簿诗》)柳贯亦有《新制太常卤簿成正月九日天子始驾玉辂朝飨太庙共睹盛仪喜而有赋》描述其盛。

癸未，建行殿于柳林。(《元史·英宗本纪二》卷二八)

二月戊申，祭社稷。(《元史·英宗本纪二》卷二八)

三月丙戌，复置市舶提举司于泉州、庆元、广东三路，禁子女、金银、丝绵下番。(《元史·英宗本纪二》卷二八)

己丑，命有司建木华黎祠于东平，仍树碑。(《元史·英宗本纪二》卷二八)

按：木华黎乃英宗宠臣拜住先人，成吉思汗时期著名将领。

四月戊戌朔，车驾幸上都。(《元史·英宗本纪二》卷二八)

五月癸未，置营于永平，收养蒙古子女，遣使谕四方，匿者罪之。(《元史·英宗本纪二》卷二八)

戊子，禁民集众祈神。(《元史·英宗本纪二》卷二八)

闰月戊戌，封诸葛忠武侯为威烈忠武显灵仁济王。(《元史·英宗本纪二》卷二八)

癸卯，禁白莲佛事。(《元史·英宗本纪二》卷二八)

按：此禁令与武宗之"禁白莲社"略有不同。前者为限制活动，后者乃取缔组织。

六月癸酉,禁日者妄谈天象。(《元史·英宗本纪二》卷二八)

颁行"大元圣政国朝典章",即"元典章"。

按:全书分诏令、圣政、朝纲、台纲、吏部、户部、礼部、兵部、刑部、工部十大类,共六十卷,记事至延祐七年为止。又增附《新集至治条例》,分国典、朝纲以及吏户礼兵刑工六部共八大类,不分卷,记事至至治二年止。各大类之下又有门、目,目下列举条格事例,全书共有八十一门、四百六十七目、二千三百九十一条。《元典章》是研究元代历史不可缺少的重要文献之一,全部内容都由元代的原始文牍资料组成。

八月戊辰,祭社稷。(《元史·英宗本纪二》卷二八)

戊寅,诏画《蚕麦图》于鹿顶殿壁,以时观之,可知民事也。(《元史·英宗本纪二》卷二八)

庚辰,增寿安山寺役卒七千人。

按:戊申,给寿安山造寺役军匠死者钞,人百五十贯。辛亥,幸寿安山寺,赐监役官钞,人五千贯。(《元史·英宗本纪二》卷二八)

九月,有旨议南郊事。

按:《元史·祭祀志一》"英宗至治二年九月,有旨议南郊祀事。中书平章买闾,御史中丞曹立,礼部尚书张野,学士蔡文渊、袁桷、邓文原,太常礼仪院使王纬、田天泽,博士刘致等会都堂议。"(《元史》卷七二)

十月丙子,押济思国遣使来贡方物。(《元史·英宗本纪二》卷二八)

十一月,安南国遣使来贡方物,回赐金四百五十两、金币九,帛如之。(《元史·英宗本纪二》卷二八)

十二月癸未,以地震、日食,命中书省、枢密院、御史台、翰林、集贤院集议国家利害之事以闻。(《元史·英宗本纪二》卷二八)

置太庙收支诸物库。

按:《元史·百官志六》"太庙收支诸物库,秩从八品,大使、副使各一员,司库四人。至治二年,以营治太庙始置。"(《元史》卷九〇)

张珪又拜中书平章政事。

按:这年英宗在易水召见张珪,曰:"四世旧臣,朕将畀卿以政。"但张珪辞归,英宗遂"遣近臣设醴候诸馆"。拜住其时为任中书左丞相,问张珪:"宰相之体何先?"张珪回答说:"莫先于格君心,莫急于广言路。"这年冬,拜张珪为集贤大学士。而铁木迭儿复为右丞相,"遂杀平章萧拜住、中丞杨朵儿只、上都留守贺伯颜,皆籍没其家,大小之臣,不知死所"。恰值当时"地震风烈",英宗"敕廷臣集议弭灾之道",张珪"以大学士当议抗言于坐曰:

'弭灾,当究其所以得灾者,汉杀孝妇,三年不雨。萧、杨等冤死,非致沴之一端乎? 死者固不可复生,而清议犹可昭白,毋使朝廷终失之也。'"于是张珪"又拜中书平章政事"。(虞集《中书平章政事蔡国张公墓志铭》)《元史·英宗本纪二》载,十二月丁卯,中书平章政事买驴罢为大司农,廉恂罢为集贤大学士,以集贤大学士张珪为中书平章政事。(《元史》卷二七)

王结除吏部尚书,荐名士宋本、韩镛等十余人。

按:苏天爵《元故资政大夫中书左丞知经筵事王公行状》"至治二年,丞相拜住(拜珠)独秉国钧,征用旧人,作新庶政,召公参议中书省事。公言:'为相之道,当正已以正君,正君以正天下。除恶不可犹豫,犹豫恐生他变。服用不可奢僭,僭则害及于身。'丞相是其言,未几除吏部尚书。荐名士宋本、韩镛、吴炳等十余人,除吏平允,众论悉伏。侥幸请求,一切不与。远人当迁官者,宽其文法,吏皆不能为奸。"(《滋溪文稿》卷二三)

张养浩、字术鲁翀董国学。

按:《元史·英宗本纪二》载,三月己巳,"中书省臣言:'国学废弛,请令中书平章政事廉恂、参议中书事张养浩、都事字术鲁翀董之。外郡学校,仍命御史台、翰林院、国子监同议兴举。'从之。"(《元史》卷二八)

御史建言起居注事宜。

按:《元史》载,"御史李端言:'朝廷虽设起居注,所录皆臣下闻奏事目。上之言动,宜悉书之,以付史馆。世祖以来所定制度,宜著为令,使吏不得为奸,治狱者有所遵守。'并从之。"(《元史·英宗本纪二》卷二八)

袁桷四月二十八日赴上都。

按:袁桷《开平第四集(壬戌)》序言载:"至治二年三月甲戌,改除翰林直学士。四月乙丑,出健德门,买小车卧行。八日,至开平,舍于崇真宫。有旨道士免扈从,宫中阒无人声。车驾五月中旬始至。书诏简绝,仅为祝文十三道(已入内制)。悲愉感发一寓于诗,而同院亦寡倡和,率意为题得一百篇。闰五月,上幸五台山,以实录未毕,趣史院官属咸还京。是月丁巳发,癸亥还寓舍。五月,滦阳大寒。闰月,道中大暑。观是诗者,亦足知夫驰驱之为劳,隐逸之为可慕也。六月丁卯朔(初一),桷叙。"(《清容居士集》卷一六)袁桷此次在开平停留一百零五天,作诗一百首,《开平第四集》乃开平四集中诗作最多的一集。

邓文原召为集贤直学士。(吴澄《邓公神道碑》)

许有壬转江南行台监察御史,行部广东,以贪墨劾罢廉访副使哈尺蔡衍。入为监察御史。(《元史·许有壬传》卷一八二)

李泂以集贤都事祭祀山川。

按:袁桷《送李洞之致祠山川序》"至治二年,集贤都事李君洞之承诏首北岳,遵济源,转北海,终会稽焉,以登其于行也。"(《清容居士集》卷二四)

黄潜迁为两浙都转运盐铁使司石堰西场监运,以职事走鄞江上。(宋濂《黄先生行状》)

虞集省墓吴门,欲即遗老故家有所征。

按:虞集《送赵茂元序》云:"至治壬戌,集既免先君丧,省墓吴门",《送赵茂元归浙序》又云:"至治壬戌,予适吴,将即遗老故家而有征焉。未几,召还史馆,未及有所访问。"

王约致仕。(《元史·王约传》卷一七八)

吴澄如建康,定王氏义塾规制,有司上其事,赐额"江东书院",十月还家。(危素《吴澄年谱》)

西僧罗藏正月癸巳为司徒。(《元史·英宗本纪二》卷二八)

西僧亦思剌蛮展普疾,诏为释大辟囚一人、笞罪二十人。(《元史·英宗本纪二》卷二八)

凤翔道士王道明三月丁亥妖言伏诛。(《元史·英宗本纪二》卷二八)

吴全节五月丙申授为玄教大宗师,特进上卿。(《元史·英宗本纪二》卷二八)

西僧班吉疾九月丙寅,赐钞五万贯。(《元史·英宗本纪二》卷二八)

西僧高主瓦十一月乙卯受命迎帝师。(《元史·英宗本纪二》卷二八)

赵孟頫书《灵宝经》,后袁桷见而跋之。

按:据袁桷题跋云,"此经尾题,距下世才两月,痛当作恸",袁桷评价赵孟頫此幅字道:"承旨公作小楷,著纸如飞,每谓欧、褚而下不足论。"(《清容居士集》卷四六)

虞集八月赴上都,期间与袁桷有唱和往来。

按:虞集八月十五在上都,作《至治壬戌八月十五日榆林对月》,此诗寄与袁桷,袁桷有《次韵虞伯生榆林中秋》诗。

李洞以集贤都事奉旨祭祀山川。

按:李洞作为集贤都事代祀山川。李洞此行"首北岳,遵济源,转北海,终会稽焉以登"而祀,当然,元廷自忽必烈开始令馆阁儒臣代祀,也期望他们在祭祀之际观察当地民生以上报。袁桷作《送李洞之致祠山川序》期望李洞东南之行,能将当地凋瘵,"悉疏以白于执政"。

宋本与泰不华等馆于谢月海家度中秋。

按:宋本有诗题《至治二年中秋与达兼善觞于谢月海寓坐客林彦广者

吹洞箫酌玻璃杯以银叶蓺素馨香因赋五绝句馆在北澄清下闸桥下》）。

袁桷观李伯时马性图，作题跋。

按：李伯时即李公麟（1049—1106），字伯时，号龙眠居士。李公麟作画以"立意为先"，被时人推为"宋画第一"。李公麟《马性图》据明代李日华记载"李伯时在彭蠡滨，见野马千百为群，因作《马性图》。盖谓散逸水草，蹄齮起伏，得遂其性耳。知此则平日所为金羁玉勒，围官执策以临者，皆失马之性矣。是亦古人作曳尾龟之意。"（《六砚斋笔记》）袁桷题跋前有注文曰："仁庙赐郝参政，此图为龙眠李元中作"，北宋时候，人们因善画的李公麟与能文的李亮工、工书的李元中合称为"龙眠三李"，故袁桷在题跋中云"龙眠三李，元中厕伯时，岂浅浅哉？"袁桷题跋围绕仁宗皇帝赐李公麟画于郝参政乃仁义天性所致，与李公麟画马据依马之自然本性而作，故得其神这一创作特征相联系，是篇非常应景且有赏画识见的题跋文字。题跋写道："龙眠三李，元中厕伯时，岂浅浅哉？李公麟画马尝闻伯时欲工马形状，或有告者曰：'非入天厩不可。'今世所传好头赤等图，悉天厩摹写，呜立起偃，神气洞马腹矣。后复有告者曰：'子性非马性，入于自然，宁有悔悟。使真入之，曷有出理？'由是忏悔，作大士像。袁桷曰：'性以理成，物具理具，区别有殊，性之益彰。惟我仁宗皇帝，溥博济物，一视同仁。其所以际待大臣者，实有差等。其膺是赐，非臣彬不足以称。龙御上宾，先臣不接踵以逝，诚有是也夫！嗣子升，至治二年命小臣袁桷叙本末，谨稽首拜手为之书'。"（袁桷《题李龙眠十六罗汉像》，《清容居士集》卷四七）李公麟画颇得自然神韵，而袁桷在另一篇题跋中全对李公麟画法进行评价时，很有眼力，也颇能看出元代文人对于绘画的批评态度："龙眠白描，多用吴道子卧蚕笔。若一用界画法，则非真矣。此卷山林嵁岩，骨相巉崿，犹有离王舍城真态，非复有江右卑弱仪度。神闲意定，视天台、灵鹫直瞬息事。龙眠神气洞马腹，晚修莲社，得无冥会耶？"（《题李龙眠十六罗汉象》）元人汤垕在其《画鉴》中云，"李伯时，宋人人物第一。专师吴生照映前古者也。画马师韩干，不为著色，独用澄心堂纸为之。惟临摹古画用绢素著色，笔法如行云流水，有起倒。作天王像全法吴生。……伯时暮年作画苍古，字亦老成。余尝见《徐神翁像》，笔墨草草，神气炯然。上有两绝句，亦老笔所书，甚佳。又见伯时摹韩干《三马》神骏突出缣素，今在杭州人家，使韩干复生亦恐不能尽也。"（《画鉴》）明朝王世贞云："南渡以前独重李公麟伯时，伯时白描人物远明师顾吴，牛马斟酌韩戴，山水出入王李，似于董李所未及也。"（《艺苑卮言》）

袁桷作《题姚雪斋右丞草书》。

按：姚雪斋指姚枢，姚枢号敬斋，又号雪斋。袁桷在题跋中指出，金源诸贤在书法上基本师法怀素，此法由黄庭坚所开启，姚枢书法兼得怀素、徐季海之美，主师怀素，师法得苏轼之体，又学李白。袁桷以与姚枢子、侄为同僚而得观其手迹，知其创作渊源所自，故在题跋中述明，以供后来者知其原委。袁桷在题跋中写道："金源诸贤，皆师怀素，其法由黄太史始，盖一时崇尚。苏、黄溯本以求，则黄本怀素，苏本徐季海。二美兼备，则雪斋先生俱得之。诗仿于苏，骎骎乎太白矣；字源于黄，则与之俱为怀素之弟子矣。桷也获游玉堂，得与其犹子承旨公侍笔砚。继入集贤，复与公之子侍论议。今观遗墨，敢发明前贤之渊懿，使后者得有考焉。至治二年，会稽袁桷书于悦心堂。"（《清容居士集》卷四九）

杨载八月为赵孟頫作行状。

按：杨载《大元故翰林学士承旨、荣禄大夫、知制诰兼修国史赵公行状》写道："载受业于公之门，几廿载，尝次第公语，为《松雪斋谈录》二卷，复采其生平行事以为行状，谂当世立言君子，且移国史院请立传，移太常请谥。谨状。至治二年八月日，承务郎饶州路同知、浮梁州事杨载状。"（《全元文》第二十五册，第587页）

元明善二月七日卒，袁桷作《挽元复初学士》，马祖常作《敕翰林学士元文敏公神道碑》。（《石田文集》卷一一）

袁桷为杨汉英作神道碑铭。

按：至治二年，杨汉英之子杨嘉贞来朝，被赐名延礼不花，在嘉贞请求之下，朝廷命翰林、礼部、太常，共同讨论追赐杨汉英，乃赠推忠效顺功臣、银青荣禄大夫、平章政事、柱国，封播国公，谥忠宣。嘉贞登袁桷门请为其父作神道碑铭。袁桷这篇神道碑详述元朝与播州的和融过程以及杨汉英本人的历史意义，非常有史料价值。杨汉英（1280—1320），字熙载，元代播州（今贵州遵义市）杨氏第十七代土司，其辖地在今天贵州遵义一带。杨汉英足智多谋的军事才干和管理能力深受元廷器重，遂拨乘西隶播州宣抚司。至此，播州地界北至秦江、南平，南至六洞、柔远、小姑、单张，东至沿河佑溪，西越赤水河。杨汉英旋奏请朝廷改南诏驿道，裁减郡、县冗员，免除屯了粮赋三分之一，减轻民众负担；修建学校，培养人才，于入播巴蜀人士中招揽文人学士，量才录用，促进播州经济、文化的发展。杨氏占据播州以来，至杨汉英时，进入鼎盛时期。仁宗延祐五年（1318），杨汉英与思州宣慰使田茂忠联合征讨庐崩蛮部叛乱，延祐七年（1320）病死军中。因其在世时功业显著，朝廷追赠其为"推诚秉义功臣"、"银青光禄大夫平章政事柱国"等，并追封为"播国公"。杨汉英少读濂洛书，为诗文，以体要为主，著有《明哲要览》

九十卷,诗文《桃溪内外集》六十二卷等。(《资德大夫绍庆珍州南平沿边宣慰使播州安抚使侍卫亲军都指挥使上护军追赠推忠效顺公臣银青荣禄大夫平章政事柱国封播国公谥忠宣杨公神道碑铭》,《清容居士集》卷二六)

李齐贤约于此年撰《有元赠敦信明义保节贞亮济美翊顺功臣太师开府仪同三司尚书右丞相上柱国忠宪王世家》。(《益斋乱稿》卷九上)

刘敏中家乡章丘县为之立乡贤堂,将其像祠于堂中,县尹冀仁请张起岩作记。

按:据张起岩《刘文简公祠堂记》载,刘敏中在任职翰林学士承旨兼修国史期间,适有亢阳星芒之异,刘敏中上书陈弭灾致祥切于政者,凡七事,曰:"畏天敬祖,清心持本,更化察吏,治除民患",奏章既上,诏皆颁行。此七事曹元用的神道碑没有载记。(乾隆二十一年《章丘县志》卷一)

袁桷八月作《龚氏四书朱陆会同序》。

按:袁桷"从尚书王公应麟讲求典故制度之学,又从天台舒岳祥习词章,既又接见中原文献之渊懿,故其学问核实而精深",而作为浙东学术的正宗子弟,袁桷学术上尤以史学素养高著名,"以清修雅重之资,济之以博综宏肆之学,渔猎经史,上下古今"。这篇为龚霆松《四书朱陆会同注释》所作序言,便非常清晰体现出袁桷学术以史为本的特点。南宋时期,南宋时期,陆学传入浙东,经"甬上淳熙四先生"弘扬后,盛极一时,以致"朱文公之学行于天下,而不行之四明,陆象山之学行于四明,而不行于天下。"(方回《送家自昭晋孙自庵慈湖山长序》,《桐江续集》卷三一),袁桷为官的时代,程朱理学大行其道,但袁桷还是主张朱陆会同,这篇为龚霆松朱陆会同注释著作所作的序言,从朱陆历史际会角度来力证朱陆会同的思想,很能代表袁桷的思想倾向与表达风格。(《清容居士集》卷二一)

吴澄十月著《易纂言》十卷成。(危素《吴澄年谱》)

按:《四库全书总目提要》评《易纂言》曰:"是书用吕祖谦古易本经文,每卦先列卦变、主爻,每爻先列变、爻,次列象占、十翼,亦各分章数,其训解各附句下,音释、考证则经附每卦之末,传附每章之末,间有文义相因,即附辨于句下者,偶一二见,非通例也。澄于诸经好臆为点窜,惟此书所改则有根据者为多。如师卦'丈人吉',改'大人吉',据崔憬所引子夏传本。比卦'比之匪人',下增'凶'字,据王肃本。小畜卦'舆说辐'改'舆说輹',据许慎《说文》……澄所自为改正者,不过数条而已。惟以系辞传中说上下经十六卦十八爻之文定为错简,移置于文言传中则悍然臆断,不可以为训矣。然其解释经义,词简理明,融贯旧闻,亦颇赅洽。在元人说易诸家,固终为巨擘焉。"

袁桷约在此年作《曹伯明文集序》。

按：袁桷在文中交代，大德中，与曹伯明同为翰林属，伯明以编修补外，几二十年，再至京师。为文集请袁桷作序，袁桷于大德七年（1303）为翰林编修官，则作序时间可能在至治时候。在序中，袁桷批评南宋文章"断续钩棘"、"荒唐变幻"，认为文章正道当"笃实浑厚"、"春容雅驯，以循夫规矩"。（《清容居士集》卷二三）

虞集作《张清夫诗集序》。

按：虞集在序尾交代"至治壬戌十二月四日，蜀人虞集伯生甫序"。张清夫诗集据虞集序言知道，非常富有元代诗歌创作特色，即记述山川畅游之乐，表达人情物理接触之欢。虞集在序中写清夫为人"吴江张君清夫，以豪宕疏旷之才，游燕赵齐鲁之邦，尽交其大夫士，东极三韩，南际瓯粤，北望大荒之野，西观江水之源，其山川形势，固以皆为胸次所有，而王国戚馆富贵之家，无一人不与为莫逆交者。以其志气之所凌驾，心虑之所图为，奚托于吟咏之间。挥毫之际，固不自知词之富有而语之奇也。"虞集等馆臣与张清夫颇有交游，据虞集序言云"余在成均时，清夫初除东省提举，尝赋诗送之，尤未深知清夫也。及游吴，清夫泛舟吴江之上，时来相从，辄握手相欢，为余诵古贤今人之诗，终日继夜，多至数千百篇不止。"（《全元文》第二十六册，第261 页）

建阳书坊始刊六十卷本《大元圣政国朝典章》。

梁曾卒。

按：梁曾（1242—1322），字贡父，燕（今为河北省）人。少好学，日记书数千言。中统四年（1263）荐辟中书左三部令史，累官淮安路总管。两使安南，宣布威德，其君赆以金帛奇物，悉却不受。仁宗时，为集贤侍讲学士，国有大政，必命曾与诸老议之。晚年，寓居淮南，杜门不通宾客，日以书史自娱。事迹见《元史·梁曾传》卷一七八。

赵孟𫖯卒。

按：赵孟𫖯（1254—1322），字子昂，号松雪道人、水精宫道人，浙江湖州人。宋宗室。官至翰林学士承旨，卒追封魏国公，谥文敏。善书法，渊源晋、唐，一变宋代习尚，圆润流转，后世称"赵体"。精绘画，博通前人技法，学古能变。并以书法笔调写竹，用飞白法画石，皆去南宋"院体"之习，自成清腴华润风格。评者以为"有唐人之致去其纤，有北宋之雄去其犷"。亦工篆刻，以"圆朱文"著称；能诗，风格和婉。著有《书今古文集注》（有作《尚书注》，已佚）、《洪范图》一卷，已佚、《祭祀（礼）图》二十册、《琴原》一篇、《律略》一篇、《乐原》、《禽经》一卷、《印史》二卷、《吴兴赋》。存世画有《重江叠嶂》、《水村》、《红衣罗汉》、《秋郊饮马》、《中峰行状》、《胆巴碑》等；书迹有《洛神赋》、《玄妙观重修三门记》、《四体千字文》等；诗文有《松雪斋集》十卷，外集一卷。其工书善画，冠绝一时，颇掩其经济之才与文章之名。事迹见杨载《大元故翰林学士承旨荣禄大夫知制诰兼修国史赵公行状》（《松雪斋集附录》）、欧阳玄《元翰林学士承旨荣禄大夫知制诰兼修国史赠江浙等处行中书省平章政事魏国公赵文敏公神道碑》（《圭斋文集》卷九）、《元史》卷一七二、《新元史》卷一九〇、《两浙名贤录》卷四六。

又按：杨载在行状中评价赵孟頫才华道："公治《尚书》，尝为之注，多所发明。律吕之学尤精深，得古人不传之妙，著《琴原》、《乐原》各一篇。性善书，专以古人为法。篆则法石鼓、诅楚，隶则法梁鹄、钟由，行草则法逸少、献之，不杂以近体。他人画山水、竹石、人马、花鸟，优于此或劣于彼，公悉造其微，穷其天趣，至得意处，不减古人。事有难明，情有难见，能于手书数行之内，尽其曲折。尤善鉴定古器物、法书、名画，年祀之久近，谁某人之所作与其真伪，皆望而知之，不待谛玩也。诗赋文辞，清邃高古，殆非食烟火人语，读之使人飘飘然若出尘世外。或得其书，不翅拱璧，尺牍亦藏去为荣。手写释道书，散之名山甚众。天竺国在西徼数万里外，其高僧亦知公为中国贤者，且宝其书。然公之才名，颇为书画所掩。人知其书画而不知其文章，知其文章而不知其经济之学也。"（《全元文》第二十五册，第 587 页）

元明善卒。

按：元明善（1269—1322），字复初，大名清河人。以父亲为江南某路经历，遂弱冠游吴中，师从元廷芳、王景初、吴澄等人，精《春秋》学，有文名。曾任集贤侍读学士、翰林学士。工古文，与姚燧并称。尝参与修撰《成宗实录》，为仁宗译《尚书》节要，每讲一篇，仁宗必称善，又与修《武宗实录》，与修《仁宗实录》，颇受宠信。卒谥文敏。其文集失佚，据马祖常记载其著述"有赋五，诗凡一百六十三，铭、赞、传记五十九，序三十，杂著十五，碑志一百三十"。清缪荃孙辑其遗文，著有《大学中庸日录》、《清河集》、《龙虎山志》三卷、《续修龙虎山志》六卷。事迹见张养浩《故翰林学士资善大夫知制诰同修国史赠某官谥文敏元公神道碑铭》（《归田类稿》卷一〇）、马祖常《翰林学士元文敏公神道碑》（《石田文集》卷一一）、吴澄《元赠中奉大夫吏部尚书护军清河郡元孝靖公神道碑》（《吴文正集》卷六四）、《元史》卷一八一、《嘉靖清和县志》卷四。

又按：张养浩在元明善的神道碑中认为，他是元代真正接继姚燧古文创作理念唯一的一个，张养浩认为"夫古文自唐韩、柳后，继者无闻焉。至宋欧阳公出，始起其衰而振之，曾、苏诸公相与左右，然距韩、柳犹有间。金源氏以来，则荡然无复古意矣。天开皇元，由无科举，士多专心古文，而牧庵姚公倡之，骎骎乎与韩、柳抗衡矣。其踵牧庵而奋者，惟君一人。盖其天分既高，又济以经学，凡有所著，若不经人道，然字字皆有根据，阵列而戈矛森，乐悬而金石具，山拔而形势峭，斗揭而光芒寒。"而元明善也以才高而傲世，"视他人所作，断断不以许。用是谤议逢午，盖由才高不肯少自谦晦所致，初无甚恶于人也"。(《归田类稿》卷一〇) 马祖常评价元明善在元代古文创作方面的意义认为，元明善与姚燧同为一代之文宗，其文"出入秦汉之间，本之于六经，以涵泳以膏泽，参之于诸子百家，以骋其辨。刻而不见其迹，新而必自己出。蔚乎其华敷，镗乎其古声。"马祖常认为元明善与姚燧"倡古学于当世，为一代之文宗者，柳城姚燧暨公而已。信乎其必传也！"(《石田文集》卷一一)

张养浩《挽元复初》"韩孟云龙上下从，岂期神物去无踪。知君本自雄才刃，顾我安能直箭锋。一死一生空世隔，三薰三沐为谁容。平生碑版天留在，不朽何须藉景钟。"(《归田类稿》卷一九)

王祎(1322—1373) 生。

元英宗至治三年　癸亥　1323 年

正月癸巳朔，暹国及八番洞蛮酋长各遣使来贡。(《元史·英宗本纪二》卷二八)

壬寅，命太仆寺增给牝马百匹，供世祖、仁宗御容殿祭祀马湩。(《元史·英宗本纪二》卷二八)

二月癸亥朔，作上都华严寺、八思巴帝师寺及拜住第，役军六千二百人。(《元史·英宗本纪二》卷二八)

丙寅，翰林国史院进《仁宗实录》。(《元史·英宗本纪二》卷二八)

按：《仁宗实录》六十卷《事目》十七卷，《制诰录》十三卷，总计九十卷，曹之用、元明善、李之明等同修，并缮写。

遣教化等往西番抚初附之民，征畜牧，治邮传。(《元史·英宗本纪二》卷二八)

戊辰，祭社稷。(《元史·英宗本纪二》卷二八)

天寿节，宾丹、爪哇等国遣使来贡。(《元史·英宗本纪二》卷二八)

二月十九日，颁行《大元通制》。(《元史·英宗本纪二》卷二八)

按：拜住患法制不一，有司无所守，请详定旧典以为通制。正月，命枢密副使完颜纳丹、侍御史曹伯启、也可扎鲁忽赤不颜、集贤学士钦察、翰林直学士曹元用，听读仁宗时纂集累朝格例。凡两千五百三十九条，名曰《大元通制》。《元史·刑法志一》"至英宗时，复命宰执儒臣取前书而加损益焉，书成，号曰《大元通制》。其书之大纲有三：一曰诏制，二曰条格，三曰断例。凡诏制为条九十有四，条格为条一千一百五十有一，断例为条七百十有七，大概纂集世祖以来法制事例而已。

丁亥，敕写金字《藏经》两部，命拜住等总其事。(《元史·英宗本纪二》卷二八)

诸王月思别遣使来朝。(《元史·英宗本纪二》卷二八)

诸王怯伯遣使贡蒲萄酒。(《元史·英宗本纪二》卷二八)

海漕粮至直沽，遣使祀海神天妃。(《元史·英宗本纪二》卷二八)

三月辛亥，以圆明、王道明之乱，禁僧、道度牒、符录。(《元史·英宗本纪二》卷二八)

丙辰，敕"医、卜、匠官、居丧不得去职，七十不听致仕，子孙无荫叙，能绍其业者，量材录用"。(《元史·英宗本纪二》卷二八)

四月壬戌朔，敕天下诸司，命僧诵经十万部。(《元史·英宗本纪二》卷二八)

己卯，敕京师万安、庆寿、圣安、普庆四寺，扬子江金山寺、五台万圣佑国寺，作水陆佛事七昼夜。(《元史·英宗本纪二》卷二八)

丁亥，故罗罗斯宣慰使述古妻漂末权领司事，遣其子娑住邦来献方物。(《元史·英宗本纪二》卷二八)

六月癸酉，太常请纂修累朝仪礼，从之。(《元史·英宗本纪二》卷二八)

七月壬辰，占城国王遣其弟保佑八剌遮奉表来贡方物。(《元史·英宗本纪二》卷二八)

八月癸亥，御史铁失等弑帝于卧所，史称南坡之变。

按：初，铁木儿既夺爵籍产，御史大夫铁失等以奸党不安，遂图谋立晋王也孙铁木儿为帝。是月癸亥，英宗自上都南还，驻跸南坡，铁失直入禁幄，手弑帝于卧所。遂立显宗子晋王也孙铁木儿为帝，是为南坡之变。帝死，年二十一，从葬诸帝陵。迨泰定帝元年二月，尊谥曰睿圣、文孝皇帝。庙号英宗。四月，上国语庙号曰格坚。泰定元年(1324)二月，上尊谥曰睿圣文孝皇帝，庙号英宗。四月，上国语庙号曰格坚。《元史》引事例评价英宗写道："英宗性刚明，尝以地震减膳、彻乐、避正殿，有近臣称觞以贺，问：'何为贺？

朕方修德不暇,汝为大臣,不能匡辅,反为诌耶？'斥出之。拜住进曰：'地震
乃臣等失职,宜求贤以代。'曰：'毋多逊,此朕之过也。'尝戒群臣曰：'卿等
居高位,食厚禄,当勉力图报。苟或贫乏,朕不惜赐汝；若为不法,则必刑无
赦。'八思吉思下狱,谓左右曰：'法者,祖宗所制,非朕所得私。八思吉思虽
事朕日久,今其有罪,当论如法。'尝御鹿顶殿,谓拜住曰：'朕以幼冲,嗣承
大业,锦衣玉食,何求不得。惟我祖宗栉风沐雨,裁定万方,曾有此乐邪？卿
元勋之裔,当体朕至怀,毋忝尔祖。'拜住顿首对曰：'创业维艰,守成不易,
陛下睿思及此,亿兆之福也。'又谓大臣曰：'中书选人署事未旬日,御史台
即改除之。台除者,中书亦然。今山林之下,遗逸良多,卿等不能尽心求访,
惟以亲戚故旧更相引用邪？'其明断如此。然以果于刑戮,奸党畏诛,遂构
大变云。"(《元史·英宗本纪二》)

九月癸巳,泰定即皇帝位于龙居河,大赦天下。

按：八月二日,晋王猎于秃剌之地,铁失密遣斡罗思来告曰：'我与哈
散、也先铁木儿、失秃儿谋已定,事成,推立王为皇帝。'又命斡罗思以其事
告倒剌沙,且言：'汝与马速忽知之,勿令旭迈杰得闻也。'于是王命囚斡罗
思,遣别烈迷失等赴上都,以逆谋告,未至。癸亥,英宗南还,驻跸南坡。是
夕,铁失等矫杀拜住,英宗遂遇弑于幄殿。诸王按梯不花及也先铁木儿奉
皇帝玺绶,北迎帝于镇所。九月癸巳,即皇帝位于龙居河,大赦天下。(《元
史·泰定帝一》卷二九)

冬十月癸亥,修佛事于大明殿。(《元史·泰定帝一》卷二九)

甲子,遣使至大都,以即位告天地、宗庙、社稷。

按：诛逆贼也先铁木儿、完者、锁南、秃满等于行在所。(《元史·泰定帝
一》卷二九)

十一月己丑朔,车驾次于中都,修佛事于昆刚殿。(《元史·泰定帝一》
卷二九)

辛丑,车驾至大都。(《元史·泰定帝一》卷二九)

壬寅,诸王怯别遣使来朝。(《元史·泰定帝一》卷二九)

癸丑,遣使诣曲阜,以太牢祀孔子。(《元史·泰定帝一》卷二九)

昭雪杨朵儿只等人的冤案。

按：御史言：'曩者铁木迭儿专政,诬杀杨朵儿只、萧拜住、贺伯颜、观音
保、锁咬儿哈的迷失,黥窜李谦亨、成珪,罢免王毅、高昉、张志弼,天下咸知
其冤,请昭雪之。'诏存者召还录用,死者赠官有差。(《元史·泰定帝一》卷
二九)

庚午,遣使祀海神天妃。(《元史·泰定帝一》卷二九)

塑马哈吃剌佛像于延春阁之徽清亭。(《元史·泰定帝一》卷二九)

修订官员封赠制。(《元史·选举志四》卷八四)

置长宁寺。

按:《元史·百官志六》"长宁寺,秩正三品,掌英宗速哥八剌皇后位下户口钱粮营缮等事。……至治三年置。"(《元史》卷九〇)

边疆安定,贡献不绝。

按:《元史·外夷传二》"自延祐初元以及至治之末,疆埸宁谧,贡献不绝。"(《元史》卷二〇九)

集贤、翰林院文士多征用之。

按:《元史·英宗本纪二》载,"授前枢密院副使吴元珪、王约集贤大学士,翰林侍讲学士韩从益昭文馆大学士,并商议中书省事。拜住言:'前集贤侍讲学士赵居信,直学士吴澄,皆有德老儒,请征用之。'帝喜曰:'卿言适副朕心,更当搜访山林隐逸之士。'遂以居信为翰林学士承旨,澄为学士。"(《元史》卷二八)

张珪四月甲戌领国子监事,与右司员外郎王士熙共同勉励国子监学。(《元史·英宗本纪二》卷二八)

袁桷五月由丞相拜住荐为翰林侍讲学士。

按:八月初,袁桷受诏与虞集、马祖常、邓文原同趋上都。八月五日,御史大夫铁失发动"南坡之变"杀英宗、拜住。八月十五日,袁桷一行半途回返。袁桷在与虞集、马祖常同赴上都的路途中,曾一道联诗前行,留下著名的"枪杆岭联句"。之后,柳贯收到联句之作,再和一首《袁伯长侍讲伯生伯庸二待制同赴北都郊还夜宿联句归以示予次韵效体发三贤一笑》,可堪其时一段佳话。

邓文原兼国子祭酒。(吴澄《邓公神道碑》)

吴澄诏授翰林学士资善大夫知制诰同修国史。

按:吴澄庚寅戒行,三月甲辰次龙兴龙兴。五月至京师,六月上官。七月敕撰金书佛经序。八月发生南坡之变,吴澄欲南还。(危素《吴澄年谱》)

许有壬召拜监察御史。(《元史·许有壬传》卷一八二)

王约奉诏复拜集贤大学士,商议中书省事,以其禄居家,每日一至中书省议事,至治之政,多所参酌。(《元史·王约传》卷一七八)

王士熙以右司员外郎与张珪勉励国子监学。(《元史》卷二八"英宗本纪二")

贡奎典江浙贡举。(李黼《故集贤直学士奉训大夫贡公行状》)

泰不华以集贤修撰奉命祭祀山川。

按：袁桷《送达兼善祠祭山川序》有记，曰："至治三年，集贤修撰达君兼善，以使由恒山、济源，东南上于会稽。"（《清容居士集》卷二三）泰不华，字兼善，伯牙吾台氏，本名达普化，元文宗赐名泰不华。

鲁国大长公主于三月甲寅集中书议事执政官、翰林集贤、成均之在位者，悉会于南城天庆寺，赏鉴其书画藏品。

按：泰定元年，袁桷作《鲁国大长公主图画记》详细记载这场著名的文艺盛会："至治三年三月甲寅，鲁国大长公主集中书议事执政官、翰林、集贤、成均之在位者，悉会于南城之天庆寺。命秘书监丞李某为之主，其王府之寮寀悉以佐执事，笾豆静嘉，尊罍洁清，酒不强饮，簪佩杂错，水陆毕凑，各执礼尽欢以承饮赐，而莫敢自恣。酒阑，出图画若干卷，命随其所能俾识于后。礼成，复命能文词者叙其岁月，以昭示来世。"见《清容居士集》卷四五。杨基《眉庵集》卷二《题宋周曾秋塘图》载："右宋周曾秋塘图一卷，前元皇姊大长公主所藏也。前有皇姊图书印记，后有集贤翰林诸词臣，奉皇姊教旨所题，自大学士赵世延、王约而下，凡十六人，时邓文原、袁伯长俱为直学士，李泂以翰林待制，居京师，为监修国史。实至治三年也。"（《清容居士集》卷四七）在这场聚会上，作为其时翰苑主笔的袁桷，几乎对鲁国大长公主的四十余幅收藏都作题跋，即此，人们可以藉袁桷那些题跋得知至治时期鲁国大长公主的书画收藏情形。从袁桷的题跋来看，鲁国大长公主的这批书画藏品有：宋徽宗的荷花扇面、《鸂鶒图》、《桃核图》、《琼兰殿》、《梅雀图》，定武本王羲之兰亭序、吴元瑜《四时折枝图》、任仁发《九马图》、江贯道《烟雨图》、周增《水塘秋禽图》、王振鹏《狸奴》、《天王供佛图》、《墨幻角抵图》（亦称《王生鬼戏图》）。

袁桷与邓文原、李源道、虞集、马祖常等乘驿骑抵达上都榆林。

按：袁桷有诗题《至治三年八月十五日，乘驿骑抵榆林。于时，善之祭酒、仲困学士、伯生、伯庸二待制同在驿舍。触感增怅。今忽同校文于江浙，因述旧怀》。邓文原字善之，时任国子祭酒；李仲困（也作"渊"），时任侍读学士；虞集、马祖常二人时任翰林待制。

欧阳玄与贯云石在杭州湖山之间周旋半月。

按：据欧阳玄记载，这年秋，他作为浙江乡试主考官出京到杭州，事完之后，与贯云石相处半月有余："至治三年岁癸亥秋，玄校艺浙省，既竣事，出而徜徉湖山之间。故人内翰贯公与玄周旋者半月余"，欧阳玄即将离杭之前，贯云石薄暮携酒来别，对欧阳玄说："少年于朋友知契，每别辄缱绻数日。近年读释氏书,乃知释子暮有是心,谓之'记生根'焉,吾因以是为戒。今于君之别,独不能禁,且奈何哉!"之后"凄然而别",而此次一别,即为两人永别,次年贯云石卒于杭州寓舍。(欧阳玄《元故翰林学士中奉大夫知制诰同修国史贯公神道碑》)

袁桷阅滁州鲍庭桂诗编,作诗跋。

按:在题跋中,袁桷往述宋代诗法理路,认为欧阳修之诗既无"晚唐萎薾之失",又有"玉台文馆之盛",且不失《国风》之旨,"豪宕、悦愉、悲慨之语,各得其职。"但其门人却不曾似之,而南宋则更无宗欧阳修诗法者。袁桷所题跋的鲍庭桂仲华,来自欧阳修作《醉翁亭记》的滁州,诗风"语完气平,其于景也,不刻削以为能,顺其自然,以合于理之正",袁桷认为"考其从来,有似夫欧阳子之旨矣",且与自己的创作有些相似,很是欣赏。(袁桷《书鲍仲华诗后》,《清容居士集》卷四九)元代中叶馆臣,在诗风上多肯定欧阳修,袁桷如此、虞集也是,颇值得注意。

傅若金弱冠游湖南,被宣慰使阿荣招延于家。

按:其时,傅若金与阿荣宾主吟咏不辍。久之,阿荣荐之为岳麓书院直学,但傅若金不久即弃去。(苏天爵《元故广州路儒学教授傅君墓志铭》)

王振鹏奉旨作《金明池图》进献。

按:据王振鹏题记云:"崇宁间,三月三日开放金明池,出锦标与万民同乐,详见《梦华录》。至大庚戌,钦遇仁庙青宫千春节,尝作此图进呈,恭惟大长公主尝见此图。阅一纪余,今奉教再作,但目力减如曩昔,勉而为之,深惧不足呈献。时至治癸亥春莫,廪给令王振鹏百拜敬画谨书。三月三日金明池,龙骧万斛纷游嬉。欢声雷动喧鼓吹,喜色日射明旌旗。锦标濡沫能几许,吴儿颠倒不自知。因怜世上奔竞者,进寸退尺何其痴。但取万民同乐意,为作一片无声诗。储皇简澹无嗜欲,艺圃书林悦心目。适当今日称寿觞,敬当千秋金鉴录。"(《全元诗》第二十八册,第149页)针对王振鹏的这幅画,据张丑《清河书画舫》记载,除上面鲁国大长公主书画记中引有袁桷题跋之外,还有时任翰林侍讲学士的李源道、集贤直学士邓文原、国子博士柳赞、御史中丞王毅、玄教大宗师吴全节、中书平章政事张珪、集贤大学士王约、前集贤待制冯子振、集贤大学士陈灏、儒学提举陈庭实、翰林编修官杜禧、集贤大学士赵世延以及虞集后来所作题跋。另外,赵岩、李洞在题跋中没有书官职。

孛术鲁翀作《大元通制序》。

按:序言颇述通制撰修过程,平实有序,颇有价值。序云:"仁庙皇帝御极之初，中书奏允，则耆旧之贤、明练之士，时则若中书右丞相杭、平章政事商议中书刘正等，由开创以来，政制法程可著为令者，类集折中，以示所司。其宏纲有三：曰'制诏'，曰'条格'，曰'断例'。经纬乎格、例之间。非外远职守所急，亦汇辑之，名曰'别类'。延祐三年夏五月，书成。敕枢密、御史、翰林、国史、集贤之臣相与正是。凡经八年，事未克果。今年春正月辛酉，上御棕殿。丞相援据本末，奏宜如仁庙制，制可。于是枢密副使完颜纳丹、侍御史曹伯启、判宗正府普颜、集贤学士钦察、翰林直学士曹元用以二月朔奉旨，会集中书平章政事张珪暨议政元老，率其属众共审定。时上幸柳林之地。辛巳，丞相以其事奏，仍以延祐二年及今所未类者，请如故事。制若曰：'此善令也，其行之。'由是，堂议题其书曰《大元通制》，命删序之。"（《古今文钞》卷一六）

吴澄敕撰《国子监崇文阁》碑文。（危素《吴澄年谱》）

袁桷六月丁卯作《华严寺碑》。

按：上都华严寺与上都城的建设几乎同步。据袁桷碑文所载"岁在庚申，世祖承大历服，建国改元，削僭靖乱。宗王殊邦，奉贡效牵，咸会同于开平。由是定为上都，大兴为大都，两京之制，协于古昔矣。省方有常，庶职攸叙。商旅子来，置而勿征。首建庙学。乾、艮二隅，立二佛寺，曰乾元，曰龙光华严。"之后，仁宗、英宗、顺帝朝每有增建、修饰。"仁宗皇帝在东宫，如华严，惕然永思。粤维皇祖，置虑弘廓，建都功业，弗克崇阐绍开，是我子孙不大彰显。爰命守臣臣某撤而广之。逾十年，将成，仁宗陟方。继天体道敬文仁武大昭孝皇帝，北巡狩，回上都，首幸华严寺，若曰：'列圣在天，神化合一，朕罔敢有替。述修圣明，将于是有在。广植冥福，神御周流，宜得以届止。'其以先帝所构殿，镇于后。维五方佛像，在世祖时素有感异，复广大殿以居之。梵相东西，挟翼以从。凡尊事栖息，悉如其教以备。又别赐吴田百顷，安食其众。"（《清容居士集》卷二五）又据至正八年黄溍《上都大龙光华严寺碑铭》所载"龙光华殿，则以传菩提达摩之学者居之。""寺之开山初祖曰至温，与故太师、刘文正公秉忠友善，有志气而深于谋略，世祖甚器重之。"至正八年，以顺帝旨意，"赐以钞十万缗，给其营缮之费，仍令寺僧护视属役，毋以诿于有司。住持比丘惟足钦承睿旨亲率其徒，鸠材傰工，诹日庀事，经画指授，而程都相劳之，靡敢弗虔。输奂之美，丹碧交辉，宝幡华座，严奉如式，在其教所宜有者，纤悉完具。"借由袁桷、黄溍两位元初、元末著名馆臣的载记可知上都华严寺地位之重要，诚如黄溍文章所云，元帝王通过对华严寺的增建、修葺来祈望"我世祖皇帝所以维持亿万年太平之基者，规模宏远矣。列圣相承，以迄于今，扶植而振起之，将欲与之相为悠久。"（《金华黄先

生文集》卷八）

马祖常作《上都翰林分院记》。

按：元代实行两都巡幸制，天子每年至上都清暑，"丞相侍省中，率百官咸以事从。"在马祖常这篇《上都翰林分院记》中可以略见巡幸事务之繁、人员之忙碌："或分曹厘务，辨位考工，或陪扈出入起居，供张设具，或执囊鞬备宿卫，或视符玺、金帛、尚衣诸御物惟谨。其为小心寅畏，趋走奉命，罔敢少息，而必至给沐更上之日，乃得一休也。"但值得一提的是，词臣却在忙碌的氛围中，极为闲适，如马祖常文章所记"惟词臣独无它为，从容载笔，给轺传，道路续食，持书数囊。吏空腆旬日不一署文书。夙夜虽欲求细劳微勤以自效，而亦无有。"由马祖常这一记录细节可知，元代馆臣何以热衷于上都书写，除了上都风情独特之外，更重要的是馆臣在上都的生活极为闲适，实由吟咏时间与题材过于现成所致。（《石田文集》卷八）

柳贯作《上京纪行诗序》。

按：柳贯在延祐七年（1320）作为国子助教前往上都分学，对上都独特的风情颇有感触，作诗三十二首，于至治三年（1323）眷录成卷，并作自序。序言写道："延祐七年，贯以国子助教分教北都生，始出居庸，逾长城，临滦水之阳，而次止焉。自夏涉秋，更二时，乃复计其关途览历之雄，宫籥物仪之盛，凡接之于前者，皆足以使人心动神竦。而吾情之所触，或亦肆口成咏，第而录之，总三十二首。噫！置窭家之子于通都万货之区，珍怪溢目，收揽一二而遗其千百，虽欲多取悉致，力何可得哉？贯西越之鄙人，少长累遭家难，学殖荒落，志念迂疏。顾父师之箴言在耳，尝恐焉弗胜，乃兹幸以章句训故，间厕西廱之武，以窃陪从臣之末。龙光炳焕，照耀后先，山川闳奇，振发左右，则夫纪载而铺张之，有不得以其言语之芜拙而并废也。今朝夕俟汰，庶几退藏田里，以安迟暮，而诸诗在稿，惧久亡去。吾友薛君宗海雅善正书，探囊中得旧纸数板，因请宗海为作小楷，联为卷。岂直归夸田夫野老，以侈幸遇之万一，而顾瞻鼎湖薄天万里，遗弓之痛，有概于心，尚何时而可已耶！后三年，至治三年十一月五日柳贯自序。"（《柳待制文集》卷一六）

李齐贤正月以高丽国都金议使司名义作《在大都上书中书都堂书》。（《益斋乱稿》卷六）

袁桷作《祭赵子昂承旨》。

按：袁桷以赵孟頫从表弟身份于至治三年（1323）六月二十七日祭祀赵孟頫，作祭文写道："维至治三年，岁次癸亥，六月辛酉朔，越二十有七日丁亥，从表弟具官袁桷谨以清酌庶羞之奠，敢昭告于翰林承旨荣禄赵公之灵"（《清容居士集》卷四三）

熊朋来五月卒,虞集作《熊先生与可墓志铭》。(《道园类稿》卷四八)

杨载八月十五日卒,黄溍作《杨仲弘墓志铭》。(《金华黄先生文集》卷三二)

释明本卒。

按:明本(1263—1323),号中峰,杭州新城人,俗姓孙。从僧原妙学,继主天目山狮子院,后避名山师席之聘,出游四方,所至结庵,皆名幻住。朝廷闻其名,特赐金襕伽梨衣,进号佛慈圆照广慧禅师,欲召见阙廷,终不至。当时名声甚大,道俗归仰,学者辐辏,有"江南古佛"称号。卒年六十一,僧腊三十七,文宗谥号"智觉",命奎章阁学士虞集撰《中峰塔铭》。工诗,尝和冯子振梅花百咏。著有《天目中峰和尚广录》三十卷、《一花五叶集》四卷、《广事须知》一卷、《中峰禅师法语》一卷。事迹见虞集《智觉禅师塔铭》(《道园学古录》卷四八)、宋无撰道行碑(《侨吴集》卷一一)、《元诗选·二集》小传、《新续高僧传》卷一七、《宋元四明僧诗》卷二。

又按:明本死后七年,天历二年(1329)正月,文宗命翰林学士承旨阿璘帖木儿召集虞集到便殿,命其撰写明本塔铭,以便"俾其门人单檀密即礼,刻之山中",虞集感慨而论道:"国家崇尚佛乘至矣,而禅宗惟东南为盛,然专席称师者,岂无其人哉? 至于四十余年之间,浩然说法,其言语文字,汪洋广博,为远近信向,未有若师之盛者也。请制智觉禅师法云塔之铭。"(《道园学古录》卷四八)

杨载卒。

按:杨载(1270—1323),字仲弘,其先居福建之浦城,后迁往杭州,遂为杭州人。年四十犹未仕,因朝臣荐,以布衣召为翰林国史院编修官,与修《武宗实录》,调管领系官海船万户府照磨,兼提领案牍。延祐初,登进士第,授承务郎、饶州路同知浮梁州事,迁儒林郎、宁国路总管府推官,未上。与虞集、范木亨、揭傒斯齐名,时中州人称虞集诗如"汉廷老吏"、杨诗如"百战健儿"、范诗如"唐临晋帖"、揭诗如"三日新妇"。著有《杨仲弘诗集》八卷。事迹见黄溍撰《杨仲弘墓志铭》(《文献集》卷八上)、《元史》卷一九〇、《新元史》卷二三七、《元诗选》初集、《蒙兀儿史记》卷一二〇、《元诗纪事》卷一三。

又按:据黄溍墓志铭评价杨载生平行事作文风格认为:"仲弘平居,性和易,然于论议臧否,未尝有所假借。其游从皆当世伟人,吴兴赵公在翰林,尤爱重之,亟称其所为文,由是仲弘名益闻诸公间。盖仲弘于书无所不读,而其文,益以气为主,毫端亹亹,纵横钜细,无不如其意之所欲出。譬如长风怒帆,一瞬千里,至于畸岸之萦折,舩欹柂侧,亦未始有所留碍也。凡所撰著,未及诠次以行,而人多传诵之。渭尝评其文博而敏、直而不肆,仲弘亦谓渭曰:子之文,气有未充也,然已密矣。渭每叹服其言,今已矣,无与共论斯事矣。"(《文献集》卷八上)戴良《皇元风雅序》云:"我朝舆地之广,旷古所未有。学士大夫乘其雄浑之气以为诗者,固未易一二数。然自姚(姚燧)卢(卢挚)刘(刘因)赵(赵孟頫)诸先达以来,若范公德机(范梈),虞公伯生(虞集),揭公曼硕(揭傒斯),杨公仲弘(杨载),以及马公伯庸(马祖常),萨公天锡(萨都剌),余公廷心(余阙),皆其卓卓然者也。"(《九灵山房集》卷二九)《元史·儒学二》载:"吴兴赵孟頫在翰林,得载所为文,极推重之。由是载之文名,隐然动京师,凡所撰述,人多传诵之。其文章一以气为主,博而敏,直而不肆,自成一家言。而于诗尤有法,尝语学者曰:'诗当取材于汉、魏,而音节则以唐为宗'。自其诗出,一洗宋季之陋。"(《元史》卷一九〇)

文矩卒。

按:文矩(?—1323),字子方,湖南长沙人。大德十一年(1307)授荆湖北道宣慰司照磨,兼承发架阁。延祐六年改翰林修撰兼国史院编修官。至治元年(1321)以奉议大夫、礼部郎中身份出使安南,使还,进太常礼仪院判官。生前与赵孟頫、袁桷、虞集、程钜夫、马祖常等来往密切,著有《安南行记》一卷,事迹见吴澄《故太常礼仪院判官文君墓志铭》(《吴文正集》卷八〇)、《秘书监志》卷一〇、《元诗选·二集》小传。

揭傒斯《集贤文学士挽词(时披旨南祀海岳,至赣州卒。讣闻,上嗟悼久之)》:"大庚峰头候吏闻,郁孤台下遗车还。都城忽报惊相目,天子初闻怆在颜。终古雄文埋故土,明年元会换新班。乾坤不负忠臣后,何不长留在世间。"(《全元诗》第二十七册,第281页)

杜本《挽文学士》"吾乡尊旧族,王室贵名臣。自致飞腾疾,兼承宠渥新。退朝行紫绶,入直绾丝纶。古谓宁随俗,高才信绝伦。引车登道路,抗斾出风尘。始作殊方使,俄为异世人。浮湘临浩渺,拜岳仰嶙峋。靡弹驰驱久,应愁瘴疠频。贾生曾赋鹏,宣父独哀麟。紫塞无来日,青原有葬辰。剧谈徒合志,痛哭信伤神。未挂延陵剑,长江拟问津。"(《全元诗》第二十八册,第166页)

元泰定帝元年　甲子　1324 年

正月壬寅,命僧讽西番经于光天殿。(《元史·泰定帝本纪一》卷二九)

甲辰,敕译《列圣制诏》及《大元通制》,刊本赐百官。(《元史·泰定帝本纪一》卷二九)

甲寅,敕高丽王还国,仍归其印。(《元史·泰定帝本纪一》卷二九)

二月己未,修西番佛事于寿安山寺。

按:曰星吉思吃剌,曰阔儿鲁弗卜,曰水朵儿麻,曰飒间卜里喃家,经僧四十人,三年乃罢。(《元史·泰定帝本纪一》卷二九)

甲子,作佛事,命僧一百人及倡优百戏,导帝师游京城。(《元史·泰定本纪一》卷二九)

诸王怯别、孛罗各遣使来贡。(《元史·泰定帝本纪一》卷二九)

高昌王亦都护帖木儿补化遣使进蒲萄酒。(《元史·泰定帝本纪一》卷二九)

三月戊戌,廷试进士,赐八剌、张益等八十四人及第、出身有差。(《元史·泰定帝本纪一》卷二九)

按:本科取士八十六人,会试知贡举、同知贡举有邓文原、虞集、曹元用、孛术鲁翀,廷试读卷官有邓文原、王结。赐八剌、张益等八十六人及第、出身;会试下第者亦赐教官有差。王守诚试礼部第一,廷对试同进士出身,授秘书郎。

右榜:1. 蒙古(计四人):八剌(一作捌剌,右榜状元)、完迮不花(一作完迮溥化)、那木罕(字从善,逊都思氏,会试右榜第一,廷试二甲进士)、伯颜。

2. 色目(计十五人):师孛罗(或译作博啰)、天祐、完泽溥化(汉名沙德润)、揑古伯、偰直坚、默理契沙、安住、彦文、塔不台、谙都乐(一作谙笃乐)、雅琥(或作雅勒呼,本名雅古,色目人,文宗改名雅琥)、纳臣、粤鲁不华(一作粤鲁普化)、伯颜、曲出。

左榜:1. 汉人(十六人):张益(左榜状元)、宋褧、姜天麟、张彝、孔涛、王守诚、吕思诚、赵时敏、段天祐、王瓒、赵公谅、王理、费著、安轴、宋克笃、程谦。

2. 南人(计二十一人):史(马同)孙、吴暾、程端学、汪文璟、郑僖、项仲升、赵宜中、杨衢、彭士奇、林仲节、张复、冯翼翁、曾翰、程咏、成鼎、李运、彭宗复、张观、叶现(一作叶岘)、章谷、徐用宏。

存疑(计九人):叠卜华、布景范、林德芳、周子善、瞿文昌、曾昂、陈真孙、张敏修、黄文茂。(参考余来明《元代科举与文学》,第361—374页)

三月,下第举人与教授职。

按:《元史·选举志一》"泰定元年三月,中书省臣奏:'下第举人,仁宗延祐间,命中书省各授教官之职,以慰其归。今当改元之初,恩泽宜溥。蒙古、色目人,年三十以上并两举不第者,与教授;以下,与学正、山长。汉人、南人,年五十以上并两举不第者,与教授;以下,与学正、山长。先有资品出身者,更优加之;不愿仕者,令备国子员。后勿为格。'从之。自余下第之士,恩例不可常得,间有试补书吏以登仕籍者。惟已废复兴之后,其法始变,下第者悉授以路府学正及书院山长。又增取乡试备榜,亦授以郡学录及县教谕。于是科举取士,得人为盛焉。"(《元史》卷八一)

四月辛酉,亲王图帖睦尔至自潭州,及王禅,皆赐车帐、驼马。

按:十月丁丑,封亲王图帖睦尔为怀王,食邑瑞州六万五千户,增岁赐币帛千匹,并赐金印。壬午,以鲁国大长公主女适怀王。(《元史·泰定帝本纪一》卷二九)

甲子,车驾幸上都。(《元史·泰定帝本纪一》卷二九)

辛巳,太庙新殿成。(《元史·泰定帝本纪一》卷二九)

六月辛未,修黑牙蛮答哥佛事于水晶殿。(《元史·泰定帝本纪一》卷二九)

癸酉,帝受佛戒于帝师。(《元史·泰定帝本纪一》卷二九)

己卯,诸王怗别等遣其宗亲铁木儿不花等,奉驯豹、西马来朝贡。(《元史·泰定帝本纪一》卷二九)

七月庚寅,遣使代祀岳渎。(《元史·泰定帝本纪一》卷二九)

丙午,以畏吾字译西番经。(《元史·泰定帝本纪一》卷二九)

八月辛亥,赐亲王图帖睦尔钞三千锭。(《元史·泰定帝本纪一》卷二九)

庚午,作中宫金脊殿。(《元史·泰定帝本纪一》卷二九)

辛未,绘帝师八思巴像十一帧,颁各行省,俾塑祀之。(《元史·泰定帝本纪一》卷二九)

丁丑,车驾至大都。(《元史·泰定帝本纪一》卷二九)

九月乙巳,昭献元圣皇后忌日修佛事饭僧万万人,敕存恤武卫军一年。(《元史·泰定帝本纪一》卷二九)

十月壬申,安南国世子陈日爌遣其臣莫节夫等来朝贡。(《元史·泰定帝本纪一》卷二九)

丙子,命帝师作佛事于延春阁。(《元史·泰定帝本纪一》卷二九)

丁丑,缅国王子吾者那等争立,岁贡不入,命云南行省谕之。(《元史·泰定帝本纪一》卷二九)

十一月己丑,命道士修醮事。(《元史·泰定帝本纪一》卷二九)

十二月癸亥,遣使祀海神。(《元史·泰定帝本纪一》卷二九)

丙寅,命翰林国史院纂修英宗、显宗实录。(《元史·泰定帝本纪一》卷二九)

是年,诏犯赃官员不得封赠。

按:《元史·选举志四》"泰定元年,诏:'犯赃官员,不得封赠,沉郁既久,宜许自新,有能涤虑改过,再历两任无过者,许所管上司正官从公保明,监察御史、廉访司覆察是实,并听依例申请'。"(《元史》卷八四)

置长庆寺。

按:《元史·百官志六》"长庆寺,秩正三品,掌成宗斡耳朵及常岁管办禾失房子、行幸怯薛台人等衣粮之事。寺卿六员,少卿二员,寺丞二员,品秩同长宁寺;经历、知事各一员,令史六人,译史、知印各二人,怯里马赤一人,奏差四人。泰定元年置。"(《元史》卷八四,第八册,第 2291 页)

翰林学士承旨斡赤八月辛亥祀太祖、太宗、睿宗御容于普庆寺。(《元史·泰定帝本纪一》卷二九)

赵简二月甲戌请开经筵席。

按:《元史·泰定帝一》载:"甲戌,江浙行省左丞赵简,请开经筵及择师傅,令太子及诸王大臣子孙受学,遂命平章政事张珪、翰林学士承旨忽都鲁都儿迷失、学士吴澄、集贤直学士邓文原,以《帝范》、《资治通鉴》、《大学衍义》、《贞观政要》等书进讲,复敕右丞相也先铁木儿领之。"(《元史》卷二九)据虞集在张珪墓志铭中记载,这年泰定帝"肇开经筵,讲帝王之道,明古今治忽之故,命左丞相与公领之"。《元史》又载,泰定帝"遂命平章政事张珪,翰林学士承旨忽都鲁都儿迷失、学士吴澄、集贤直学士邓文原,以《帝范》、《资治通鉴》、《大学衍义》、《贞观政要》等书进讲"(《元史》卷二九)。元代经筵以泰定帝为界,分为两个阶段。之前的一段有内容、有形式,但未形成固定制度。至赵简之请而后,逐渐形成了一套可以遵循的制度。(见李淑华《蒙古国书与蒙元史学》)经筵进讲形式的制度,是元代文化建设中非常具有标志性的进步,据今人统计张珪、忽都鲁都儿迷失、吴澄、邓文原、倒刺沙、虞集、王结、张珪、许师敬、买驴、曹元用、赵简、赵世延、阿鲁威、吴秉道、段辅、马祖常、燕赤、李术鲁翀等都曾作为主讲。(见魏静《泰定初年扈从上都

经筵官虞集之官职考释》)

张珪此年辞其中书平章政事事甚力,终允,只任经筵事。

按:按据虞集《代中书平章政事张珪辞职表》记载,张珪年近八十,愿辞去中书平章之类的政务,作为经筵官以讲明道理于驾前。辞职表中,张珪还首先推荐吴澄作为经筵主讲,认为吴澄"心正而量远,气严而神和。其为学也,博考于训诂事物之赜,而推达乎圣贤之蕴。致察于思,惟践履之微,而充极乎神化之妙,正学真传,深造自得,比夫末俗妄相标表以盗名欺世者,霄壤黑白之不同。粤自累朝,从布衣一再召用,超擢翰林学士。有识君子不以为过,前当讲说,诚剀温润,深有古风。近以年老,告病南去,观其所养完厚,实尚康健聪明。经学之师,当代寡二,虽蒙恩赐存抚,为礼甚优,必合召还,与讲资其问学,实非小补。"此外,还推荐了王毅、王结、邓文原等人。在辞职表中,张珪再次期望能请吴澄作为国史馆员,且请任命自己为翰林承旨领修辽、宋、金三史,"吴澄学通天人,道为师表,其代言深如训诂之弥文,其书事严于笔削之成法。盖其修身成德,文学犹其绪余。自今英宗实录未经呈进,累朝嘉言善行多合纪录,采补得宜,全资学识。又有辽、宋、金史,累有圣旨修纂,旷日引年,莫肯当笔。使前代之得失无传,圣朝之著述不立,恐贻讥议,君子耻之。然非博洽明通,孰克为此?今者本官虽曰年近八十,其实耳聪目明,心力清远。及今不使身任其事,后当追念无及。近者朝廷差官优赐存问,礼意已厚,然须使当承旨之任,总裁方可成能。合行举以自代,实为允当。"(《道园学古录》卷一二)

袁桷三月六日,作《试进士策问》进。

按:泰定帝也孙铁木儿借助南坡之变,杀死英宗,篡夺帝位,心虚之余,一再强调自己作为真金长子甘麻剌的儿子,同是忽必烈的子孙,也有权利称制为帝,以此,泰定在制定治国方略时,一再强调将祖述圣明之迹,以世祖规模为范,期望天下人才能效谋输忠,袁桷这则廷试策问正是传达泰定帝的这层心理。

题目是:"制曰:朕闻自昔圣王之治天下,罔不在初政。故舜之嗣位也,明目达聪,命九官,咨十有二牧,礼乐刑政之道,粲然备具。禹成厥功,祇承于帝,精一执中,实圣传心之要。汤黜夏命,以克绥厥猷为本。武王胜殷,首访于箕子。天人之际明矣。《诗》之《访落》、《公刘》,《书》之《无逸》、《立政》,亦惟成王嗣服之始。君臣交修,以成继志述事之业,唐虞三代,其揆一也。维我世祖皇帝,圣神启运,时则有同心同德之彦,效谋输忠,故能混一区宇,治化旁洽。朕祇承丕绪,永惟帝王事功,见于经传,悉遵而行之。时有古今,制宜损益。若稽世祖之宏规远略,垂统万世,夙夜寅畏,以图治安。然人才之列于庶位者,犹若未及;治道之达于庶政者,犹若未备。子大夫其以前王之坦然明白、可行于今者何策,世祖政典之纲领、当今未尽举行者何事,宜悉心以对,以辅朕惟新之治。"(《清容居士集》卷三五)

马祖常拜典宝少监,阶奉直大夫。

按:泰定元年三月,诏建储官,不久又开设经筵,于是马祖常拜任现职。四月,泰定帝清暑上京,"以讲官多老臣",乃命马祖常与集贤侍读学士王结、秘书少监虞集"执经从行"。(苏天爵《元故资德大夫御史中丞赠摅忠宣宪协正功臣魏郡马文贞公墓志铭》)

字术鲁翀任会试官,后入金太常礼仪院事,再升奉训大夫,兼经筵官。

按:泰定初,字术鲁翀充会试考官。选国子司业。这期间,与虞集、邓文原、谢端等同官国子监。在国子监任职岁余,除河南行省左右司郎中,迁燕南道廉访副使。之后,入金太常礼仪院事,寻升奉训大夫,兼经筵官。(苏天爵《元故中奉大夫江浙行中书省参知政事追封南阳郡公谥文靖字术鲁翀神道碑铭》)

虞集为礼部考官,考礼部进士。除承德郎、国子司业。(赵汸《邵庵先生虞公行状》)

王约以集贤大学士职向朝廷进言,请求为程钜夫追加封谥,事下,由太常定议,博士柳贯撰谥议。(程世京《程钜夫年谱》)

张养浩奉召为太子詹事丞兼经筵说书,力辞不起;改淮东廉访使,进翰林学士,皆不赴。(《元史·张养浩传》卷一七五)

宋本春除监察御史,以敢言称;逾月,调国子监丞,冬,移兵部员外郎。(《元史·宋本传》卷一八二)

按:《元史·泰定帝本纪一》载"十一月癸巳,遣兵部员外郎宋本,吏部员外郎郑立、阿鲁灰,工部主事张成,太史院都事费著,分调闽海、两广、四川、云南选。"(《元史》卷二九)

王结迁集贤侍读学士,旋领经筵,扈从上都。

按:苏天爵《元故资政大夫中书左丞知经筵事王公行状》"泰定元年春,廷试进士,公充读卷官,考第多合士论。遂迁集贤侍读学士、中奉大夫。会有月蚀地震烈风之异,天子儆惧,为下手诏,命儒臣集议中书。公昌言曰:'今朝廷君子小人混淆,刑政不明,官赏太滥,以故阴阳错谬,咎征臻。宜修政事,以弥天变。'是夏,诏公领经筵,扈从上都。公援引古训,证以时政之失,反复详尽,觊上有所感悟。中官闻之,亦召公等进讲,以故事辞。"(《滋溪文稿》卷二三)虞集也文载:"泰定元年,天子始开经筵,王公在集贤侍读,以经从幸上都,集与在行间"。(《顺德路魏文贞公、宋文贞公祠堂记》)

王约奉召廷策天下士。(《元史·王约传》卷一七八)

范梈擢福建闽海道知事。

按:范梈到任后,据吴澄墓志铭载"闽俗本污,而文绣局取良家子为闽工,无别莫甚"。范梈"嫉之闵之,作歌诗一篇,具述其弊。宪长采之以闻于朝,缘是其弊遂革"。任现职"十阅月,会江浙行省礼请校进士文卷,行至建宁,移疾竟归。(吴澄《范亨父墓志铭》)又据揭傒斯记载,范梈"尝一拜应奉翰林文字,而有闽海之命,不果行",则范梈因为这一职务没有拜任翰林应奉文字。(《范先生诗序》)

苏天爵任翰林国史院典籍官,升应奉翰林文字。

按:《元史》"泰定元年,改翰林国史院典籍官,升应奉翰林文字。(《元史·苏天爵传》卷一八三)

柳贯迁太常博士,升征事郎。(宋濂《柳先生行状》)

欧阳玄改承直郎、为武岗县尹。(危素《欧阳公行状》)

邓文原兼经筵官,以疾乞致仕归。(吴澄《邓公神道碑》)

李洞除翰林待制,以亲丧未克葬,辞而归。(《元史》卷一八三"李洞传")

馆臣们奉旨作白鹤诗。

按:二月,有旨醮于崇真万寿宫,吴全节主祠事,四日后,有白鹤三只集云中,指殿前,五日后复至,士大夫各为歌诗"以侈其异"。据袁桷《白鹤诗序》载:"泰定元年春二月,有旨醮于崇真万寿宫,特进宗师吴公主祠事。越四日,有白鹤三集云中,指殿前。五日,复至,旭日晏温,执事有恪,皆承睫仰视,一口赞庆。士大夫各为歌诗,以侈其异。"(《清容居士集》卷二二)

虞集在上京,作诗次韵马祖常。

按:上京作为元代极具政治意味和独特地域文化特色的极北之地,在袁桷、虞集、马祖常等馆臣的书写带动下,成为元代文人勾连情感的独特题材,在元代诗文创作中占据非常引人注目的位置。虞集《泰定甲子上京有感次韵马伯庸待制》是到达上京之后应和马祖常的诗作,而至治癸亥(1323),虞集与马祖常、袁桷三人一道前往上京,中途得知南坡之变,遂折返回京,转眼新桃换旧符,泰定即位,虞集再次扈从上京,在上京作此诗写道:"翰音迎日毂,仪羽集云路。寂莫就书阁,老大长郎署。为山望成岑,织锦待盈度。我行起视夜,星汉非故处。"(《道园学古录》卷一)

袁桷三月癸卯于郝经之子处见其手迹,作题跋。

按:袁桷出身史家,以修国史自期,以此在日常写作中,时时不忘有补于史。郝经作为元廷使者被贾似道秘密扣押十六年,此事对元廷震动不小,而郝经回来之后的地位也陡然而升,袁桷的这篇题跋补充叙述了郝经作为儒生入世守礼性格的一个微小侧面,极其生动。袁桷题跋写道:"郝公以使事馆仪真日,襆被蓐食,引马于庭下请归。馆使谢以未有旨,如是者十有六年。在馆中观书不辍,其未见者,从制置司以假。所作《蜀汉书》,皆拘留时稿定。方是时,宋相以滔天之恶,蒙蔽朝论,士大夫咸以道学缘饰,殆如风痹,不知痛痒。公盖目睹其弊,今观此词,其意旨可知矣。公之子,为侍读学士。尝与桷言,公奉使时,侍读甫四岁,后回京师,年十九,以戎服见。拜且泣,公闭目不顾。进退不敢,其父友命易衣冠以进,始与语焉。前贤典刑,峻整若是,视近时父兄之御子弟,泚颡实多。因书旧闻,以补遗事。泰定元年三月癸卯,四明袁桷书。"(袁桷《书郝伯常经题黄鹤楼水龙吟后》,《清容居士集》卷四九)

袁桷作《书纥石烈通甫诗后》。

按:纥石烈,为女真贵族姓氏。袁桷所结交的是纥石烈尧臣,其父亲纥石烈通甫,有诗集《怡闲吟稿》一编,据袁桷题跋评价"玩其词旨,藻绘融液,一本于大历、贞元之盛,而幽深婉顺,则几于《国风》之正矣",并非粗通文墨者,"鄙浅直致,几如俗语之有韵者"。袁桷曾经到纥石烈府拜谒过纥石烈通甫,聆听其议论,觉得"明洁而简易",至于其诗歌创作,袁桷认为作为女真旧时贵族,纥石烈通甫"遗言雅闻,得于先朝之故老。壮岁辙迹半天下,富盛羁愁,感慨欢悦之事,目受而心会,冥搜远想,不极其摹写不止。用意若是,故成就实足以自见。"藉著袁桷一番评述,可以想见,纥石烈通甫诗作的温雅动人。(《清容居士集》卷四九)

袁桷约于此年作《书杜东洲诗集后》。

按:在袁桷文中提及"余五度居庸,留京师几二纪",考袁桷最后一次过居庸关在 1323 年,英宗遇难之年,之后每谋求南归,故安此文于是。该诗跋是一篇非常具有元人特色的诗论。元朝疆域广阔,风物繁茂,袁桷认为只有远游才能有益斯文,这非常符合元代诗文创作的新风尚,而他本人曾五度居庸,创作"开平集咏"四集。题跋写道:"苏文忠自渡岭海以后,诗律大变。盖其精神气概,逢海若而不慑,喷薄变化,迎受之而莫辞。昔之善赋咏者,必穷涉历之远。至于空岩隐士,其所讽拟,不过空林古涧,语近意短,又安能足以广耳目之奇,写胸臆之伟哉!杜君臣杰,乘漕艎,遵神山,阅南市,观光于上京。食冰吃雪,足迹之所历,不尽不止。壮矣哉!故其所为诗,视其篇题,诚足以夺山林之固陋。至于锻炼之工,搜抉之巧,发于心声自然,合笙镛之间歌,错锦绮之奇文,夫岂率意而为之者?信以知远游之有益于斯文也。余五度居庸，留京师几二纪，阅旧稿，无一奇语，始从君挂席南斗，则殆将有进矣。因书以归，清容居士叙。"

虞集为周德清《中原音韵》作序。

按：《中原音韵》的完成是元代戏曲发展成熟的标志，而周氏在自序中也论及元曲代表作家。该书所列《作词十法》中涉及北曲语言风格，以为造语须做到："造语必俊，用字必熟，太文则迂，不文则俗。文而不文，俗而不俗。要耸观，又耸听，格调高，音律好，衬字无，平仄稳"。周氏反对音韵问题"动引《广韵》为证"，反对"坚守"书面语言《广韵》(《正语作词起例》)，以中原地区当时活语言及优秀杂剧语言为依据，定出新音韵系统，为明、清以来曲韵发展之基础。其序提出：一，"欲作乐府，必正言语；欲正言语，必宗中原之音"；二，须掌握"平分阴阳"、"入派三声"规律。明清诸多词曲论著，皆有取于其理论。周氏深入探讨戏曲宫调曲牌、音律，此乃音韵学一重大历史变革。《中原音韵》亦为北音学奠基之作，唐作蕃以它为现代北京音之历史源头。语言史学家已确认为其划时代著作。周德清（1277—1365），字日湛，号挺斋，高安暇堂人。宋词人周邦彦之后。工曲，又深通音律，著《中原音韵》两卷，《作词十法疏证》一卷。其学生虞集、欧阳玄、友人罗宋信、李祁等都为之作序。所作散曲，《太和正音谱》评为："如玉笛横秋"。杨朝英《朝野新声太平乐府》及今人隋树森辑《金元散曲》中均有收录，《全元散曲》收录其小令三十首，套数三套。事迹见《录鬼簿续编》。虞集《中原音韵序》写道"乐府作而声律盛，自汉以来然矣。魏晋、隋唐体制不一，音调亦异，往往于文虽上，于律则弊，宋代作者如苏子瞻，变化不测之才，犹不免制词如诗之诮。若周邦彦、姜尧章辈，自制谱曲，稍称通律，而词气又不无卑弱之憾。辛幼安自北而南，元裕之在金末国初，虽词多慷慨，而音节则为中州之正，学者取之。我朝混一以来，朔南暨声教士大夫，歌咏必求正声，凡所制作皆足以鸣国家气化之盛，自是北乐府出，一洗东南习俗之陋。大抵雅乐之不作，声音之学不传也久矣，五方言语又复不类。吴楚伤于轻浮，燕冀失于重浊，秦陇去声为入，梁益平声似去，河北河东取韵尤远，吴人呼饶为尧，读武为姥，说如近鱼，切珍为丁心之类，正音岂不误哉？高安周德清工乐府、善音律，自制《中原音韵》一帙，分若干部，以为正语之本，变雅之端。其法以声之清浊定字为阴阳，如高声从阳，低声从阴，使用字者随声高下措字，为词各有攸当，则清浊得宜而无凌犯之患矣。以声之上下分韵为平仄，如入声直促难谐，音调成韵之入声，悉派三声志以黑白，使用韵者随字阴阳置韵成文，各有所协，则上下中律而无拘拗之病矣。是书既行于乐府之士，岂无补哉？又自制乐府若干，调随时体制不失法度，属律必严，比事必切，审律必当，择字必精，是以和于工商，合于节奏而无宿昔声律之弊矣。余昔在朝，以文字为职，乐律之事每与闻之，尝恨世之儒者薄其事而不究心，俗工执其艺而不知理，由是文律二者不能兼美。每朝会大合乐，乐署必以其谱来翰苑请乐章，唯吴兴赵公承旨时以属官所撰不协，自撰以进，并言其故，为延祐天子嘉赏焉。及余备员，亦稍为隳括，终为乐工所哂，不能如吴兴时也。当是时，苟得德清之为人，引之禁林，相与讨论斯事，岂无一日起予之助乎？惜哉，余还山中，眊且废矣，德清留滞江南又无有赏其音者，方今天下治平，朝廷将必有大制作兴乐府以协律如汉武宣之世然，则颂清庙歌郊祀摅和平正大之音，以揄扬今日之盛者，其不在于诸君子乎？德清勉之。前奎章阁侍书学士虞集书。”(《中原音韵》卷首，《四库全书》本）虞集序外，欧阳玄、李祁、琐非复初等人之序，皆评赏有加，

张养浩为《牧庵集》作序。

按：牧庵乃姚燧自号，姚燧感于元初文坛承金源旧习，宗宋尚苏而流于滑易骫骳，试图倡导古文以破除其弊，凭借自身的政治地位和文坛影响以及创作实力，姚燧的古文创作理念在元初文坛得到广泛响应。在张养浩的序言中，对姚燧古文文风及其文风形成背景和影响作了较为客观而切于当时的评论，颇有价值。

序言原文：皇元宅天下百许年，倡明古文，才姚公牧庵一人而已。盖常人之文多剽陈袭故，窘趣弗克振拔，惟公才驱气驾，纵横开阖，纪律惟意。其大略如古劲将率市人战，彼虽素不我习，一号令之，则鼓行六合，所向风从，无敌不北，虽路绝海岳，亦莫不迎锐而开，犹度平衍，视彼选兵而阵，择地而途，才一再敌、辄衰焉且老者，相万矣。走年二十四见公于京师，时公直学士院，每有所述于燕酣后，岸然暝坐，词致砰隐，书者或不能供，章成则雄刚古邃，读者或不能句。尤能约要于繁，出奇于腐，江海驶而蛟龙拏，风霆薄而元气溢，森乎其芒寒，熇乎其辉煜，一时名胜靡不鳃鳃焉，自闷所有，伏避其峰。而将相鼎族辇金篚币，托铭先世勋德者，路谒门趋，如水赴壑。厥问之崇，学者仰之山斗矣。每往来江湖间，赆饯宴劳，月无虚朝。两千石趋翼下风，吟啸自若，巷陌观者谓君神仙人。尝谓唐三百年，其文为世所珍者，李邕、韩愈二人，或所节若市，或酬金轫门，最其凡论之，公盖兼有。至其外荣达、喜施与、宏逸高朗，中表惟一，年愈艾而气节愈隆，顾有前人所未备者。然则公之奇侅瑰异者，独文乎哉？公没之十一年，当泰定改元，江西省臣求所述于文，凡如干篇，将板行世，郎中贾焕华甫走书济南以文序请。窃惟韩昌黎文，李汉氏序；欧阳公文，苏轼氏序，公与二子代虽不同，要皆间气所钟，斯文宗匠，振古之人豪也，走何人，敢于焉置喙？辞不获，因纪平昔所尝得诸心目者，姑

副所恳。公讳燧,字端甫,仕至翰林学士承旨、荣禄大夫、集贤大学士、太子宾客,牧庵其自号云。济南张养浩撰。(张养浩《牧庵姚文公文集序》)

马祖常奉旨作《敕赐弘济大行禅师创造福州南台石桥碑铭》。(《石田先生文集》,第 191 页)

赵世延作《茅山志序》。(元刻《茅山志》卷首)

赵世延作《净明忠孝全书序》。(正统《道藏》卷二一)

虞集四月十日作《正道净明忠孝全书序》。(正统《道藏》卷二一)

苗太素主编、王志道编辑《玄教大公案》成。

按:是书承李道纯三教合一说,祖述道教金丹派之性命双修,持朱熹“禅自道家起”之论称“三家一贯”,实为南北宗合流后道教禅代表作之一。

虞集奉旨撰《淮南宪武王(张弘范)庙堂碑铭》。(《道园类稿》卷三七)

虞集为牟应龙作墓碑铭。

按:牟应龙泰定元年(1324)三月卒,虞集次年(1325)冬为之作墓碑铭,题《牟伯成先生墓碑铭》(《道园学古录》卷一五)。牟应龙(1247—1324),字伯成,吴兴人。宋咸淳进士。贾似道欲见之,将处以高第。应龙拒而不见,对策痛言时弊。以文章大家称于东南,于诸经皆有成说。学者称隆山先生。入元为溧阳教授,官至上元县主簿致仕。著有《五经音考》、《隆山杂记》。事迹除虞集墓碑铭外,还见载于《元史》卷一九〇、《大明一统志》卷六。《元史·儒学二》评价牟应龙曰:“应龙为文,长于叙事,时人求其文者,车辙交于门,以文章大家称于东南,人拟之为眉山苏氏父子(编者按,指牟𪩘与牟应龙),而学者因应龙所自号,称之曰隆山先生。”

袁桷为周应合作神道碑铭,题曰《周瑞州神道碑铭》。

按:据袁桷在神道碑中所云,“桷投绂归里,强使校文,天凤(周天凤)以泉州推官同在院。未几,桷以丧子归,天凤请铭”,而袁桷在泰定元年(1324)以翰林侍讲学士致仕归里,故神道碑铭当作于此年。周应合(1212—1280),原名弥垢,字淳叟,自号溪园,人称“溪园先生”,晚年辞官后取名“洪崖处士”,考取进士廷见时,宋理宗赵昀赐名“应合”。袁桷在神道碑中引他人评价曰“眉山程尚书公许尝语曰:‘君理义则濂溪,章表侣平园,以溪园自号为宜’。”其所主编《建康志》被史家称为“志乘圭臬”。《建康志》之外,周应合还有《洪崖集》、《溪园集》等。事迹见袁桷《周瑞州神道碑铭》(《清容居士集》卷二七)。

袁桷应苏天爵之请为安熙作墓表。

按:宋金对立之际,程朱理学无由而传,金朝所辖区域的学术风气“废道德性命之说,以辩博长雄为词章,发扬称述,率皆诞漫丛杂,理偏而气豪”,

元朝统一江南之后,程朱理学进入北方,而真定一带的理学研讨氛围由刘因等人开启,安熙踵其后。安熙与刘因虽不曾谋面,却自拟为私淑弟子,对刘因之学颇敬慕焉。袁桷在安熙的墓表中对宋金对立之际两地的学术特征以及安熙在真定一带传播程朱理学的意义给予深切肯定,可惜天不假寿于安熙,令其早逝,但有弟子如苏天爵者,亦足证其生前不凡的影响力。文章写道:"其学汪洋静邃,谓文以载道,辞不胜不足以言理,故其言修以立,于诗章幽而不伤。慕贞洁之实,将以自任其道者也。道散于异端九流,证拾于坠简,传者益远,而书幸具在。不知而作者,则索于句读之末,旨意断绝,踵谬而莫悟。君设对问以辨,后作者悔而焚其书。《左氏》浮诞不合经者,悉去之。续《皇极经世书》,由元丰至至大三年。考《家礼》,为祠堂,以奉四世,邑人化之。教人也,持敬为本。解经必毫缕以析,果知之,必验其所行。弟子相从者常百余人,出入闾巷,佩矩带规,知其为君之弟子。"(《安先生墓表》,《畿辅通志》卷一一〇)

张仲寿卒。

按:张仲寿(1252—1324),字希静,号畤斋,钱塘人。初为内臣,官至翰林学士承旨。行、草宗羲、献,甚有典则,亦工大字。卒年七十三。著有《畤斋文稿》、《畤斋墨谱》、《畤斋琴谱》等。事迹见《书史会要》卷七。

贯云石卒。

按:贯云石(1286—1324),号酸斋,又号芦花道人,畏吾儿人。本名小云石海涯。元功臣阿里海涯之孙,因父名贯只哥,遂以贯为姓。初袭父官为两淮万户府达鲁花赤,后弃官从姚燧学。仁宗时任翰林侍读学士,知制诰,同修国史,后称疾辞官,归隐江南,卖药于钱塘市。于科举事多所建明。卒赠集贤学士,追封京兆郡公,谥文靖。著有《新刊全像成斋孝经直解》一卷、《酸斋集》,作品风格豪放,清逸兼具,与徐再思(号甜斋)齐名,后人合辑其作为《酸甜乐府》。《全元散曲》录村其小令七十九首,套数八套。事迹见欧阳玄《元故翰林学士中奉大夫知制诰同修国史贯公神道碑》(《圭斋文集》卷九)、《元史》卷一四三、《新元史》卷一六〇、《两浙名贤录》卷五四。

又按:欧阳玄在神道碑中赞叹贯云石道:"公武有戡定之策,文有经济之才,以武易文,职掌帝制,固为斯世难得。然承平之代,世禄之家,势宜有之。至如铢视轩冕,高蹈物表,居之弗疑,行之若素,泊然以终身,此山林之士所难能。斯其人品之高,岂可浅近量哉!"深切地表达出那个时代人们对于贯云石天才纵横、行事洒脱,迥出尘寰气质的钦慕与慨叹"。(《圭斋文集》卷九)

元泰定帝二年　乙丑　1325 年

正月戊戌,造象辇。(《元史·泰定帝本纪一》卷二九)

参卜郎来降,赐其酋班术儿银、钞、币、帛。

按:戊申,以乞剌失思八班藏卜为土蕃等路宣慰使都元帅,兼管长河西、奔不儿亦思刚、察沙加儿、朵甘思、朵思麻等管军达鲁花赤,与其属往镇抚参卜郎。(《元史·泰定帝本纪一》卷二九)

辛丑,怀王图帖睦尔出居于建康。(《元史·泰定帝本纪一》卷二九)

闰正月,回回国子监增加学生数额。

按:《元史·选举志》载:"以近岁公卿大夫子弟与夫凡民之子入学者众,其学官及生员五十余人,已给饮膳者二十七人外,助教一人、生员二十四人廪膳,并令给之。学之建置在于国都,凡百司庶府所设译史,皆从本学取以充焉。"(《元史》卷八一)

二月甲申,祭先农。(《元史·泰定帝本纪一》卷二九)

丙戌,颁《道经》于天下名山宫殿。(《元史·泰定帝本纪一》卷二九)

丁亥,平伐苗酋的娘率其户十万来降,土官三百六十人请朝。(《元史·泰定帝本纪一》卷二九)

乙丑,车驾幸上都。(《元史·泰定帝本纪一》卷二九)

乙亥,安南国世子陈日爌遣使贡方物。(《元史·泰定帝本纪一》卷二九)

五月癸丑,龙牙门蛮遣使奉表贡方物。(《元史·泰定帝本纪一》卷二九)

遣察乃使于周王和世㻋。

按:十一月戊申,周王和世㻋遣使以豹来献。(《元史·泰定帝本纪一》卷二九)

七月戊申朔,大、小车里蛮来献驯象。(《元史·泰定帝本纪一》卷二九)

庚戌,遣阿失伯祀宅神于北部行幄。(《元史·泰定帝本纪一》卷二九)

庚午,以国用不足,罢书金字《藏经》。(《元史·泰定帝本纪一》卷二九)

八月戊子,修上都香殿。(《元史·泰定帝本纪一》卷二九)

辛丑,遣使代祀岳渎名山大川。(《元史·泰定帝本纪一》卷二九)

九月戊申朔,分天下为十八道,遣使宣抚。

按:诏曰:"今遣奉使宣抚,分行诸道,按问官吏不法,询民疾苦,审理冤滞,凡可以兴利除害,从宜举行。有罪者,四品以上停职申请,五品以下就便处决。其有政绩尤异,暨晦迹丘园,才堪辅治者,具以名闻。"以湖广行省参知政事马合某、河东宣慰使李处恭之两浙江东道,江东道廉访使朵列秃、太史院使齐履谦之江西福建道、都功德使举林伯、荆湖宣慰使蒙弼之江南湖广道、礼部尚书李家奴、工部尚书朱黄之河南江北道,同知枢密院事阿吉剌、御史中丞曹立之燕南山东道,太子詹事别帖木儿、宣徽院判韩让之河东陕西道,吏部尚书纳哈出、董讷之山北辽东道,陕西盐运使众家奴、中书断事官韩庭茂之云南省,湖南宣慰使寒食、冀宁路总管刘文之甘肃省,山东宣慰使秃思帖木儿、陕西行省左丞廉惇之四川省,翰林侍讲学士帖木儿不花、秘书卿吴秉道之京畿道。(《元史·泰定帝本纪一》卷二九)己酉,海运江南粮百七十万石至京师。(《元史·泰定帝本纪一》卷二九)

癸丑,车驾至大都。(《元史·泰定帝本纪一》卷二九)

遣使祀海神天妃。(《元史·泰定帝本纪一》卷二九)

甲寅,禁饥民结扁檐社,伤人者杖一百,著为令。(《元史·泰定帝本纪一》卷二九)

十一月庚申,倭舶来互市。(《元史·泰定帝本纪一》卷二九)

十二月丁亥,申禁图谶,私藏不献者罪之。(《元史·泰定帝本纪一》卷二九)

壬寅,右丞赵简请行区田法于内地,以宋董煟所编《救荒活民书》颁行各州县。(《元史·泰定帝本纪一》卷二九)

以故翰林学士不花、中政使普颜笃、指挥使卜颜忽里为铁失等所系死,赠功臣号及阶勋爵谥。(《元史·泰定帝本纪一》卷二九)

塔失帖木儿监修国史。

按:《元史·泰定帝本纪一》载:"(十二月)癸未,加塔失帖木儿开府仪同三司、上柱国、录军国重事、监修国史,封蓟国公。"

阿璘帖木儿任翰林学士承旨、荣禄大夫、知经筵事。(虞集《皇图大训序,应制》)

斡赤任翰林学士承旨。

按:《元史·祭祀志四》"泰定二年八月,中书省臣言当祭如故,乃命承旨斡赤赍香酒至大都,同省臣祭于寺。"(《元史》卷七五,第六册,第 1877 页)

张珪为蔡国公,仍知经筵事。(《元史·泰定帝本纪一》卷二九)

忽都鲁都儿迷失人奎章阁大学士、光禄大夫、知经筵事。(虞集《皇图大训序,应制》)

按:虞集《奎章阁大学士、光禄大夫忽公画像赞》叙赞忽都鲁都儿迷失写道:"苍然松柏之坚贞,缜乎圭璋之粹美。慈焉在物之春风,澹若秋渊之止水。抱完器而晚售,逢圣明而特起。紬往哲之绪言,贯声文而同理。造膝乎帷幄之密,赞化于经纶之始。致清华于崇朝,长词林以逾纪。谦自牧以立诚,勇有为于信史。受深知于明主,曰嘉遁之君子。开延阁而首召,伫嘉言之来启。刚不吐而柔不茹,满知足而高知止。著龟宗社之先几,麟凤治朝之多祉。锡眉寿以为期,俨丹青之绥履。"

孛术鲁翀拜汴省郎中。

按:据虞集《送鲁远序》载:"泰定乙丑秋,南阳先生孛术鲁公拜汴省郎中,其子远自京师往省,来征言焉。"

虞集除奉训大夫、秘书少监。(赵汸《邵庵先生虞公行状》)

吴澄以翰林学士致仕,十二月还家。(危素《吴澄年谱》)

刘赓加光禄大夫。(虞集《刘公神道碑》)

齐履谦选充江西福建道奉使宣抚。

按:在江西任上,齐履谦力任实干,颇多建树,"凡黜罢贪吏四百百人,兴利除害数百事,民大称快"。据苏天爵载:"江西俗颇谲讦,狱讼滋章,奸人因缘为市。公讯之以情,皆随事决遣。泉、漳戍兵逞威肆暴,凌蔑郡县长吏,或白昼劫民财。公痛绳之以法。初,括江南地时,民或无地输税,或地少输多,日虚加粮,江西尤甚。诏谕宪司覆实蠲免,久弗施行。公曰:'上欲泽加于民,而宪司格之,何也?'既杖属吏,俾宪使亲行覆实,免粮若干万石。闽宪职田每亩岁输米三石,民率破产偿之。公命准令送官,其地左不能致者,以秋成米价输其直。福建盐漕分司古田,江口商旅过者被扰,公立罢之。福清富民千家安称煮盐避役,公皆民之。闽多先贤子孙,或同编户服役,公悉除之"。(苏天爵《元故太史院使赠翰林学士齐文懿公神道碑铭》)

马祖常拜太子左赞善,寻迁翰林直学士,仍兼赞善。

按:当时,泰定帝新立太子,"一时宾赞之选,责成辅导之意,盖甚重焉",而马祖常"述古昔调护辅翼之事上之",又根据"成均释奠,陈太子视学之礼",于是"内廷出礼币,命公助祭"。(苏天爵《元故资德大夫御史中丞赠摅忠宣宪协正功臣魏郡马文贞公墓志铭》)

袁桷受奉直大夫南台监察御史李嗣宗之请,为阎复作神道碑铭。

按:据袁桷文章内容可知,李嗣宗乃阎复女婿。文章记载:"桷繇泰定元年得告归里,越明年,公之婿奉直大夫、南台监察御史李嗣宗以书来海滨,告曰:'子职在太史,出处大致,子侍承知为详,隧碑未立,愿登其事于石,以贻永远。'桷踧踖莫辞。"(袁桷《翰林学士承旨荣禄大夫遥授平章政事赠光禄大夫大司徒上柱国永国公谥文康阎公神道碑铭》,《清容居士集》卷二七)

邓文原召拜翰林侍讲学士,以疾辞。(吴澄《邓公神道碑》)

曹元用于太子宾客为礼部尚书兼经筵官。(《元史·曹元用传》卷一七二)

欧阳玄由虞集荐举入中朝为国子博士。(《元史·欧阳玄传》卷一八二)

齐履谦以太史院使之江西、福建宣抚,黜罢官吏之贪污者四百余人,蠲免括地虚加粮数万石。(《元史·齐履谦传》卷一七二)

王结除浙西廉访使,中途以疾还。(《元史·王结传》卷一七八)

吴澄养病天宝宫别馆,与馆主张真人结谊,时人作吴张高风图,并集咏。

按:泰定二年春,翰林学士吴澄生病,假寓言南城天宝宫别馆养病。期间,宫中道士为吴澄讲述其掌教真人之德行,并请吴澄作文。吴澄病愈后返回史馆,后乘兴巾车带门生、儿子访真人,门童不报。而后真人再芒鞋木杖,布褐及膝至国史院门前上马石上踞坐候吴澄。门人不信其为真人,不报,至吴澄子出,真人以仗画"诚"字令吴澄子报知吴澄。好事者为吴、张二人高风雅致所感,做图以传观赋咏,并请虞集叙其事。虞集遂作《吴张高风图诗序》为记。又按:天宝宫始建于1240年,初名叫天宝观。至元六年(1269),元世祖下旨"易观为宫",吴澄接触之天宝宫掌教真人乃真大道教第九祖。在元代统治者的推崇下,真大道教流传日益广泛,而天宝宫作为元代真大道教第九祖、第十祖弘法布道的场所,被尊称为第九、第十祖祖庭。

郭郁曾任江西宪佥,是年离任之际,当地士绅作颂诗歌颂其德政。

按:据《编类运使复斋郭公敏行录》所收录,其时以《江西宪佥郭公德政诗》为题作诗的有苗子方、刘伯寿(二首)、郭余庆、许炎、戴熙(七首)、万士元、饶拯、虞尧臣、赵良倜、熊文渊、黎庶、樊炫、陈桦、陈宗文(三首)、晏咏通(二首)、连元寿、夏玘、陈景常、黄约、黄润、黄文海、刘开孙、汪允文、郑尧心、倪洪、宜起霖、邓茂生、岳天祐、吴某某、李守中、艾天瑞、王辰、方仁卿等;以《番阳饯章》为题的有蔡儒实(四首)、徐天麟、徐省翁、周伯颜、吴旭;以《东湖去思》为题的有欧阳有、黄极立、钱原道、洪耕、林基孙、何祯、李某某、李光国、李沂(二首)等。洪耕《东湖去思》的序言还交代,"泰定改元,宪佥相公复斋先生涖政江右,风采一新,纪纲大振。其居官美绩,固难具述,独芹宫子佩,尤笃意勉励,故未逾年岁,所部郡邑生徒课讲皆有成效,既而除命自天,则为郡于浙江之庆元。于其行也,攀恋无由,敬率诸生,各为歌诗以写去思之怀,伏祈笑览。儒学副提举番易洪耕顿拜。"(《全元诗》第三十三册,第292页)(编者按,以上所列,具名者皆一首,多首者皆单独列出。)

纽泽、许师敬七月甲寅,编类《帝训》成。

按:《元史·泰定帝本纪一》载:"纽泽、许师敬(七月甲寅)编类《帝训》成,请于经筵进讲,仍俾皇太子观览,有旨译其书以进。"(《元史·泰定帝本纪一》卷二九)《帝训》于次年(1326)二月译成,更名《皇图大训》,敕授皇太子。《皇图大训》在天历时候又被拿出刊刻,以供皇室教育,虞集《皇图大训序》记载此事,对它的编撰原因、内容及意义有所说明:"《皇图大训》者,前荣禄大夫中书右丞臣许师敬,因其先臣衡,以修德为治之事,尝进说于世祖黄帝者而申衍之,而翰林学士丞旨荣禄大夫知经筵事臣阿璘帖木儿,奎章大学士光禄大夫知经筵事臣忽都鲁迷失,润译以国语者也。天历二年(1329),天子始作奎章阁,延问道德,以熙圣学,又创艺文监,表彰儒术,取其书之关系于治教者,以次摹印而传之。清燕之暇,偶得此编,以为圣经贤传有功于世道者既各有成书,而纂言辑行,会类可观者又尽出于前代,独此编作于明时,文字尔雅,译说详明,便于国人,故首命刻之,乃敕臣集为之序。"

虞集为朱思本《贞一稿》作序。

按:《贞一稿》乃朱思本所作诗文集,据柳贯云朱思本"居京师,多从公卿大夫游。比年奉将使指代祀名山,车辄马迹半天下矣。每情与景会,辄形之篇什,有风人咏叹之思,而无山林愁悴之音。南归,专席玉隆,因即其斋居之名,而题其汇次之编曰《贞一稿》"(《全元文》第二十五册,第158—159页),则《贞一稿》乃朱思本代祀名山,观览胜景吟咏所得。朱思本乃正一教高层,与馆臣诸如虞集、柳贯、李洞等往来唱酬颇密切。该著还有刘有庆至治三年(1323)序、柳贯天历元年(1328)序。虞集与朱思本过从二十余年,友谊颇笃,作文理念颇近。作为文坛宗主、馆阁主文辞者,虞集这篇序言借对朱思本诗文的赞赏来表达明确的馆阁审美理念。虞集认为朱思本"从事道家之学,不屑于世用,乃折而托之文章,宜其过人远矣",正以立意高于常人,虞集认为朱思本之诗文"慎所当言,而不鼓夸浮以为精神也。言当于是,不为诡异以骇观听也。事达其情,不托塞滞以为奇古也。情归乎正,不肆流荡以失本原也。"而这正是虞集非常欣赏的雍雅正大诗风表现,虞集认为只有做到"欲静而不躁也,重而不轻也,要而不泛也,啬而不丰也,容而不奇也,畏而不肆也,纾而不蹙也。节而不荡,迫而后动,不先事而为必也。审而后言,不强所不知,妄穷而变也"之后,再尝试作为诗文,才能如以上所述风格。(《道园学古录》卷四六)

虞集由朱德润见《睢阳五老图》,作题跋。

按:"睢阳五老"是指北宋名臣杜衍、毕世长、朱贯、王涣、冯平,他们在致仕后皆归老睢阳(今河南省商丘市),晏集赋诗,时称"睢阳五老会"。当时名人欧阳修、范仲淹等十八人曾依韵和诗,时人绘成《睢阳五老图》,钱明逸为之作序。《睢阳五老图》自宋代创作以后,历经宋、元、明、清和民国至今,时间跨越近千年,却流传有序,仍被安全地保存于世,实属罕见。《睢阳五老图》研究已出现不小热潮,现存藏于美国国家博物馆。《睢阳五老图》在宋代淳熙之前,存藏于毕氏,宋绍兴之后,存藏于朱氏,元代,朱氏后裔朱德润"尝以才学选为提学官,时出此卷于缙绅间"(周伯琦),据明人赵琦美《赵氏铁网珊瑚》叙录,元代馆臣观览并书题者,虞集之外还有:赵孟頫、李道坦、程钜夫、姚燧、马煦、元明善、刘致、周仁荣、曹鉴、邓巨川、段天祐、王守诚、曹元用、马祖常、张翥、俞焯、韩镛、赵期颐、郭畀、钱璹、斡玉伦徒、泰不华、柳贯、杜本、李祁、周伯琦等,借助不同时空里馆臣的诸多题鉴,亦可想见一时缙绅雅韵。

　　袁桷十月为王应麟《困学纪闻》作序。
　　按:南宋亡后,王应麟回到家乡四明,而袁桷以世家子弟游学其门,得其亲炙。泰定元年,龙兴路儒学刊行王应麟《困学纪闻》二十卷,袁桷当仁不让作序之外,该书还有牟应龙至治二年(1322)序、陆晋之是年(1325)序。乾隆评价此书曰:"应麟博学多闻,著书颇富,而议论皆出于正。是编乃随笔考订,理融辞达,其说经具有渊源,深合内圣外王之旨。"(《御制读王应麟困学纪闻》)《四库全书总目》,云:"是编乃应麟札记考证之文,凡说经八卷,天道、地理、诸子二卷,考史六卷,评诗文三卷,杂识一卷。卷首有自叙,云幼承义方,晚遇囏屯,炳烛之明,用志不分云云,盖亦成于入元之后也。应麟博洽多闻,在宋代罕其伦比,虽渊源亦出朱子,然书中辨正朱子语误数条。"《困学纪闻》凭借其精湛的考据学功力,在传统古文献学史上具有的卓越地位,与《容斋随笔》、《梦溪笔谈》并称宋代考据笔记三大家。袁桷序写道:"礼部尚书王先生出,知濂洛之学淑于吾徒之功至溥,然简便日趋,偷薄固陋,瞠目拱手,面墙背芒,滔滔相承,恬不以为耻。于是为《困学纪闻》二十卷,具训以警,原其旨要,扬雄氏之志也。先生年未五十,诸经皆有说,晚岁悉焚弃而独成是书。其语渊奥精实,非紬绎玩味不能解。下世三十年,肃政司副使马速忽公、佥事孙公楫济川分治庆元,振起儒学,始命入梓。桷游公门最久,官翰苑时,欲悉以其所著书进于朝廷,因循不果。今也二公谓桷知先生事为详,俛首为序。庸书作书之本旨,亦以励夫后之学者。先生讳应麟,字伯厚,自号深宁居士。泰定二年冬十月门人具官袁桷序。"(《清容居士集》卷二一)
　　袁桷十月作《甬山集序》。

按：在此序中，袁桷再次针对南宋末文章之弊提出自己的改正之方，即本于经旨，符合六义的创作宗旨。文章写道："'文章与时为高下'诚哉是言也！宋祚将亡，国学考文，其悲哀促急，不能以一朝居。四方翕然取则，凌躐上第。至今残编断牍，读之令人叹恨不已。盖士生斯时，能自拔以表见者，不一二数。有一人焉，则又韬匿冲晦，与世若不相接。始予少时，见三江李君在明于史塾，其貌癯然，其语泊然，仅知其为长者也。下世十余年，子汲以所为诗文十卷号《甬山集》相示。贯穿笼络，悉本于五经之微旨，而优柔反覆，羁而不怨，曲而不倨，蔼然六义之懿。宫商相宣，各叶其体，情至理尽，守之以严，无直致之失。世之号能为诗文者，率不过是。较一时之辈流，实居其最。惜乎昔时之承接，不足以知其万一也。维昔秉义公以盛德焘裕，世科联踵，今五传矣。论其词章，则拟于先世为有光。汲能广而传之，惠于吾乡，俾其子孙得以遵守，岂不韪哉！泰定二年冬十月，袁桷序。"(《清容居士集》卷二二)

柳贯八月二十一日作《齐太史春秋诸国统纪序》。

按：《春秋诸国统纪》乃齐履谦延祐四年(1317)任职国子司业时期完成，写成之后，齐氏自己作有自序，又请同僚吴澄、柳贯等作序。柳贯序文介绍该书内容及意义写道："贯自受读，窃疑列国之事，岂皆史官承告所载？要之，举实立文，各有其本，而贵贱荣辱，夷考不巫。《春秋》在天地间，视周犹鲁，视鲁犹列国。以为为鲁而作，则始隐终哀，而原于典礼，命讨者果为天下乎？抑私一鲁乎？艰难离索，不幸学未成而庆矣。比来京师，常愿求之大方，以祛去惑见。而沙鹿齐先生之言则曰：'《春秋》以同会异，以一统万，盖始鲁终吴，合二十国之史记而为之者也。间尝叙类，成书曰《诸国统纪》。降周于鲁，尊为内屈也；先齐于晋，以霸易亲也，系荆及吴，惩僭以正也。其道名分之意，所以经纬乎书法义例之中者，则亦先儒引而未发之奥云耳，予何言焉！'贯既得而诵译之，复次其单陋质之先生以自厉。谓予尝知《春秋》，几何不为孔门游夏之罪人哉？泰定二年八月廿一日柳贯序"。(《柳待制文集》卷一六)

马煦延祐三年卒，虞集是年为其撰墓碑铭，题曰《户部尚书马公墓碑(铭)》。(《道园类稿》卷四四)

元泰定帝三年　丙寅　1326 年

正月丙午朔,征东行省左丞相、高丽国王王章,遣使奉方物,贺正旦。(《元史·泰定帝本纪二》卷三〇)

戊辰,缅国乱,其主答里也伯遣使来乞师,献驯象方物。(《元史·泰定帝本纪二》卷三〇)

安南国阮叩寇思明路,命湖广行省督兵备之。(《元史·泰定帝本纪二》卷三〇)

二月甲申,祭太祖、太宗、睿宗御容于翰林国史院。(《元史·泰定帝本纪二》卷三〇)

丙申,建显宗神御殿于卢师寺,赐额曰大天源延圣寺。(《元史·泰定帝本纪二》卷三〇)

敕以金书西番字《藏经》。(《元史·泰定帝本纪二》卷三〇)

甲戌,建殊祥寺于五台山,赐田三百顷。(《元史·泰定帝本纪二》卷三〇)

爪哇国遣使贡方物。(《元史·泰定帝本纪二》卷三〇)

甲辰,车驾幸上都。(《元史·泰定帝本纪二》卷三〇)

三月乙巳朔,帝以不雨自责,命审决重囚,遣使分祀五岳四渎、名山大川及京城寺观。(《元史·泰定帝本纪二》卷三〇)

安南国宫为龙州万户赵雄飞等所侵,乞谕还所掠,诏广西道遣官究之。(《元史·泰定帝本纪二》卷三〇)

癸丑,八番岩霞洞蛮来降,愿岁输布两千五百匹,设蛮夷官镇抚之。(《元史·泰定帝本纪二》卷三〇)

戊午,诏安抚缅国,赐其主金币。(《元史·泰定帝本纪二》卷三〇)

甲子,命功德使司简岁修佛事一百二十七。(《元史·泰定帝本纪二》卷三〇)

考试国子生。(《元史·泰定帝本纪二》卷三〇)

遣僧修佛事于临洮、凤翔、星吉儿宗山等处。(《元史·泰定帝本纪二》卷三〇)

五月甲辰朔,籓王怯别遣使来献豹。(《元史·泰定帝本纪二》卷三〇)

乙巳,修镇雷佛事三十一所。(《元史·泰定帝本纪二》卷三〇)

甲寅，八百媳妇蛮招南道遣其子招三听奉方物来朝。(《元史·泰定帝本纪二》卷三〇)

丁卯，遣指挥使兀都蛮镌西番咒语于居庸关崖石。(《元史·泰定帝本纪二》卷三〇)

河西加木笼赡部来降。

按：以答儿麻班藏卜领卜剌麻沙掷部，公哥班领古笼罗乌公远宗兰宗孛儿间沙加坚部，唆南监藏卜领兰宗古卜剌卜吉里昔吉林亦木石威石部，朵儿只本剌领笼答吃列八里阿卜鲁答思阿答藏部。(《元史·泰定帝本纪二》卷三〇)

六月，更国子学积分法为贡举法。

按：《元史·选举志一》载"泰定三年夏六月，更积分而为贡举，并依世祖旧制。其贡试之法，从监学所拟，大概与前法略同，而防闲稍加严密焉。"(《元史》卷八一)

七月甲辰，车驾发上都，禁车骑践民禾。(《元史·泰定帝本纪二》卷三〇)

增给太祖四大斡耳朵岁赐银二百锭、钞八千锭。(《元史·泰定帝本纪二》卷三〇)

遣使祀海神天妃。(《元史·泰定帝本纪二》卷三〇)

造豢豹氊车三十辆。(《元史·泰定帝本纪二》卷三〇)

甲寅，幸大乾元寺，敕铸五方佛铜像。(《元史·泰定帝本纪二》卷三〇)

乙卯，诏译《世祖圣训》以备经筵进讲。

按：《元史》卷三〇"泰定帝二"载，翰林侍讲学士阿鲁威、直学士燕赤受命译《世祖圣训》以备经筵进讲。阿鲁威，以鲁为汉姓，字叔重，号东泉，蒙古族人。曾任延平路总管，泰定间，诏为经筵讲官，改翰林侍读学士。致仕退居吴郡郡城之东。与虞集同朝为官，与虞集、张雨等为诗文之交，并以善制曲知名，《阳春白雪》选录其曲十九首、《太和正音谱》称其词"如鹤唳青霄"。生平见《阳春白雪》卷二题注、孙楷第《元曲家考略》甲稿。(《全元诗》第三十册，第348页)

戊午，诸王不赛因献驼马。

遣日本僧瑞兴等四十人还国。(《元史·泰定帝本纪二》卷三〇)

八百媳妇蛮招南通遣使来献驯象方物。(《元史·泰定帝本纪二》卷三〇)

八月，作天妃宫于海津镇。(《元史·泰定帝本纪二》卷三〇)

西番土官撒加布来献方物，海寇黎三来附。(《元史·泰定帝本纪二》卷

三〇)

盐官州大风,海溢,坏堤防三十余里,遣使祭海神,不止,徙居民千二百五十家。(《元史·泰定帝本纪二》卷三〇)

九月辛亥,命帝师还京,修洒净佛事于大明、兴圣、隆福三宫。(《元史·泰定帝本纪二》卷三〇)

庚申,车驾至大都。(《元史·泰定帝本纪二》卷三〇)

戊辰,命欢赤等使于诸王怯别、月思别、不赛因三部。(《元史·泰定帝本纪二》卷三〇)

十月辛巳,天寿节,遣道士祠卫辉太一万寿宫。(《元史·泰定帝本纪二》卷三〇)

壬午,帝师以疾还撒思加之地,赐金、银、钞、币万计,敕中书省遣官从行,备供亿。(《元史·泰定帝本纪二》卷三〇)

赐大天源延圣寺钞两万锭,吉安、临江二路田千顷。

按:中书省臣言:"养给军民,必藉地利。世祖建大宣文弘教等寺,赐永业,当时已号虚费,而成宗复构天寿万宁寺,较之世祖,用增倍半。若武宗之崇恩福元、仁宗之承华普庆,租榷所入,益又甚焉。英宗凿山开寺,损兵伤农,而卒无益。夫土地祖宗所有,子孙当共惜之。臣恐兹后藉为口实,妄兴工役,徼福利以逞私欲,惟陛下察之。"帝嘉纳焉。(《元史·泰定帝本纪二》卷三〇)

藩王不赛因遣使来献虎。(《元史·泰定帝本纪二》卷三〇)

十一月癸卯,请严政典,毋以西僧之请而随意改窜。

按:中书省臣言:"西僧每假元辰疏释重囚,有乖政典,请罢之。"有旨:"自今当释者,敕宗正府审覆。"(《元史·泰定帝本纪二》卷三〇)

辛亥,追复前平章政事李孟官。(《元史·泰定帝本纪二》卷三〇)

诸王不赛因遣使来献马。(《元史·泰定帝本纪二》卷三〇)

十二月丁丑,诸王月思别献文豹,赐金、银、钞、币有差。(《元史·泰定帝本纪二》卷三〇)

张珪三月拜翰林学士承旨。

按:泰定二年,在张珪一再请求之下,泰定帝准许他辞位,但三年春,"上遣使召公,期必见,公力疾而谒。上曰:'卿来时,民间何如?'公曰:'臣老,寡宾客,不足远知。真定、保定、河间,臣乡邑也,民饥甚。朝廷幸出金粟赈之,而惠未及者十五六,惟陛下念之。'上恻然,敕有司毕赡之如公意",此后张珪"又一再进讲",遂拜命翰林学士承旨、知制诰、兼修国史、国公、经筵

如故。(虞集《中书平章政事蔡国张公墓志铭》)

翰林承旨阿怜帖木儿、许师敬三月丙寅译《帝训》成,更名曰《皇图大训》,敕授皇太子。(《元史·泰定帝本纪一》卷三〇)

赵简领经筵事。

按:十二月庚寅,召江浙行省右丞赵简为集贤大学士,领经筵事。(《元史·泰定帝本纪二》卷三〇)

兀伯都剌、许师敬八月甲戌并以灾变饥歉乞解政柄,不允。(《元史·泰定帝本纪二》卷三〇)

贡奎为翰林待制,进秩承直郎。

按:李黼《故集贤直学士奉训大夫贡公行状》"三年,朝廷复以公为翰林待制,进秩承直郎。"(《贡文靖公云林稿·附录》)

吴澄授翰林学士资善大夫、知制诰、同修国史。(危素《吴澄年谱》)

虞集任奉训大夫、秘书少监。(虞集《安敬仲文集序》)

许有壬六月升右司郎中,俄移左司郎中,每遇公议,屡争事得失。(《元史·许有壬传》卷一八二)

曹元用奉诏议如何弥日食、地震、星变之灾。

按:曹元用主张"以实不以文,修德明政,撙浮费,节财用,选守令,恤贫民,严禋祀,汰佛事,止造作以纾民力,慎赏罚以示劝惩"。皆切中时弊。(《元史·曹元用传》卷一七二)

邓文原除湖南宪使,不赴。(吴澄《邓公神道碑》)

袁桷八月为江浙乡试考官,作《江浙乡试策问》。

按:袁桷的策问题要求考生本于当世时务讨论用贤之道。在题目中,袁桷从历史陈迹的描述中指出,选择贤且廉者一直很难,而官吏的贪腐与廉正对于政事的成败、民生的休戚又至关重要,请考生结合现实情况详细回答。

附题目:"用贤之道,治天下国家先务也。人才之贤否,本乎心术之邪正。邪正者,义利公私之辨,君子小人之所由以分。古之时,宜无有黩货而鬻狱者,然《伊训》曰"其刑墨",先儒谓贪以败官之刑也。《吕刑》论五过之疵,亦曰《惟货》,又曰"无或私家于狱之两辞"。当时谆切告诫已如此。汉去古未远,尝举孝廉矣,乃或万家之县无应令者,或阖郡不荐一人。岂自昔廉吏已难其选欤?贾长沙之言曰:"有坐不廉而废者,曰簠簋不饬。"或谓此粗可厉廉隅之士,而顽顿亡耻者不格也。贤良若董仲舒、公孙弘、儿宽皆称经术。而公孙弘卒以布被脱粟之诈,见讥当世。则廉者又未可深信欤?杨震辞暮夜之金,刘宠却父老之馈,世以为美谈。然震之刺荆州,宠之守会稽,皆治行卓著,民咸德之。岂廉特守己之一节,而惠泽之及民者不专在是欤?方今圣明在上,荐绅之士分布中外,封赠足以遂显扬,禄廪足以供事育,而十二章之典又严且密也,刑赏劝惩之道亦至矣。然廉者守法奉公,未必见知;贪者嗜利营私,不为少戢。岂刑赏之外,犹有当加意者欤? 官吏之贪廉,其于政事之臧否,民生之休戚,所系至重也。诸君有明当世之务者,其悉意以对。"(《清容居士集》卷四二)

黄溍升从事郎、绍兴路诸暨州判官。(宋濂《黄先生行状》)

柳贯出为江西儒学提举。(宋濂《柳先生行状》)

王结拜辽阳行省知参政事。旋召拜刑部尚书。(《元史·王结传》卷一七八)

赡思以遗逸征至上都,见帝于龙虎台,眷遇优渥,寻以养亲辞归。(《元史·儒学二》卷一九〇)

帝师兄锁南藏卜四月乙卯领西番三道宣慰司事。(《元史·泰定帝本纪二》卷三〇)

吴全节受遣六月丁西修醮事于龙虎、三茅、阁皂三山。(《元史·泰定帝本纪二》卷三〇)

长春宫道士蓝道元以罪被黜。(《元史·泰定帝本纪二》卷三〇)

马祖常与宋本、谢端等在大都乡试贡院作校文联句。

按:据马祖常交代,联句乃"翰林直学士马祖常、左司都事宋本、太常博士谢端,丙寅大都乡试贡院作"。此诗详细描写乡试选拔流程以及馆臣们闲雅的生活,颇有意义。(马祖常《南城校文联句》)

黄溍送胡一中、杨维桢北上赴考。

按:黄溍作有《送胡允文杨廉夫应荐北上》。

袁桷介衢州郡候赵敬之见金朝承旨党怀英篆刻,作题跋。

按:党怀英(1134—1211)字世杰,号竹溪,谥号文献,冯翊(今陕西冯翊县)人,后定居山东泰安。金大定十年(1170)成进士,官至翰林学士承旨,世称"党承旨"。擅长文章,工画篆籀,称当时第一,著有《竹溪》十卷。据袁桷《书党承旨篆"杏坛"二字后》题跋记载:"翰林承旨党公篆法妙一时。所书'杏坛'二字刻于曲阜。蔼然风雩之意,千载一日也。衍圣大宗南徙三衢,设祀有庙,传嫡有绪。今郡守赵侯敬之,仿其旧址,筑坛于旁。昭揭二字于其上,有新丰肖似之意。见尧于墙,著存不忘之义也。若曰思其居处,孔氏子孙,万世不怠。是则赵侯之用心良厚矣。泰定三年二月,具官袁桷拜手谨记。"(《清容居士集》卷五〇)

虞集为安熙文集作序。

按：虞集《安敬仲文集序》写道："《默庵集》者，诗文凡若干篇，稿城安君敬仲之所作，其门人赵郡苏天爵之所缉录者也。既缮写，乃来告曰：昔容城刘静修先生，得朱子之书于江南，因以之溯乎周、程、吕、张之传，以求达夫《论语》、《大学》、《中庸》、《孟子》之说，古所谓闻而知之者，此其人与？闻其风而慕焉者，敬仲也。与静修之居，间数百里耳，然而未尝见焉。……以予观于国朝混一之初，北方之学者，高明坚勇，孰有过于静修者哉？诚使天假之年，逊志以优入。不然，使得亲炙朱子，以极其变化充扩之妙，则所以发挥斯文者，当不止是哉。……然则敬仲得于朱子之端绪，平实切密，何可及也？诚使得见静修，廓之以高明，厉之以奋发，则刘氏之学，不既昌大于时矣乎？惜乎！静修既不见朱子，而敬仲又不获亲于静修，二君子者，皆未中寿而卒，岂非天乎？……泰定三年岁在丙寅五月九日，奉训大夫、秘书少监蜀郡虞集序。"（《道园类稿》卷一七）

邓文原为胡文柄《四书通》作序。

按：泰定三年（1326）到天历二年（1329）间，浙江儒学提举杨志行命建阳县书坊余志安刊行胡柄文所撰《四书通》（即《大学通》一卷、《中庸通》一卷、《论语通》十卷、《孟子通》十四卷），邓文原此年为该书作序。邓序云"今新安云峰胡先生之为《四书通》也，悉取《纂疏集成》之戾于朱夫子者删而去之，有所发挥者则附己说于后，如谱昭穆以正百世不迁之宗，不使小宗得后大宗者，惧其乱也。……泰定三年良月朔旦巴西邓文原叙。"（《巴西文集》）

马祖常作《大兴府学孔子庙碑》。

按：此文客观描述元代国子学初创之际乃"摄于老氏之徒"，至忽必烈之后，方"始正儒师，复学官，庙事孔子"，步入正轨的情况。此文还较清楚地指明国子学办学宗旨以及朝着儒学化迈步的进程。"故太宗皇帝首诏国子通华言，乃俾贵臣子弟十八人先入就学。时城新刳于兵，学官摄于老氏之徒。世祖皇帝教命下，始正儒师，复官学，庙事孔子，归墙垣四侵地，勒石具文，作新士子。至元二十四年，既成今都，立国子学位于国左，又因故庙为京学。京师杂五方俗，尹治日不给，庙之墙屋弊坏，将压以毁，讲席之堂粗完。泰定三年，今大尹曹侯，上视庙貌祠位，皆不如制，割稍入为寮寀倡，然后大家富室合赀以聚财者有焉，释子方士分食以庇徒者有焉，施施于于，咸乐相成。"（《石田文集》卷一〇）

邓文原为张伯淳《养蒙文集》作序。

按：张伯淳以文采见知于世，而《养蒙文集》是他最重要的文集，至元二十三年（1286），他与内弟赵孟頫同为程钜夫江南访贤行动中的入选者，邓文原与张伯淳、赵孟頫等都是南方文人集团中的中坚者，交情甚厚，而邓、虞皆在序中反复云伯淳才高而不及重用，仅以文传，甚为可惜。邓文原在序中云："公受知圣主，蒙被顾问，敷对剀直，皆经国之要务，惜不果大用，而世以文字知公者，特绪余耳。自古瑰杰之士，勋业不得表见，而仅以文字传者，皆可惜也，而况不尽传也！"虞集在序中云："公少年时与吴兴赵公子昂为中表，人物相望。至元中，子昂召拜兵部郎中，而公用荐者言除闽宪幕……至大、延祐之间，赵公受知圣明，大见显用，而公已不及。时论惜之。自公之亡至於今，二十有余年，中外大夫士多能诵公所为世祖言者，思见其议论，而想其风采。邈乎几就泯没，未尝不为之慨叹也。"（《养蒙文集》卷首）

袁桷为刘庄孙作墓志铭。

按：刘庄孙曾被袁桷家延为私塾，袁桷曾与之相与论经旨，"晚岁，先会稽郡公延入塾，教诸甥。桷相与论经旨，往复不避辈行，盖君笃信《周官》而不鄙，每置议君，亦不以为忤。"刘庄孙在宋太学五年，"不善为同辈文字，不获释褐"，"今其所为书，先师尚书王公（王应麟）总而叙之。"刘庄孙（1233—1302），字正仲，号樗园，浙江天台人。宋太学生，入元家居，与舒岳祥唱和。学于舒，能文，词深沉，善精思。事迹见袁桷《刘隐君墓志铭》（《清容居士集》卷三三）、方孝孺《刘樗园先生文集序》（《逊志斋集》卷一二）。

袁桷在墓志铭中叙论刘庄孙学术成就之际，对宋代学术也有一个基本梳理。袁桷写道："五经之学，由宋诸儒先缉续统绪。《诗》首苏辙，成郑樵。《易》首王洙，东莱吕祖谦氏后始定十二篇。胡宏氏辨《周官》，余廷椿乃渐次第。《书》有古文、今文，陈振孙掇拾援据，确然明白。言传心者，犹依违不敢置论。至天台刘君正仲，讳庄孙，始愤然曰：'吾不能接响相附和。'尊闻绍言，各为论著，不没其实，而先儒之传益显。所为书，曰《易志》一十卷、《诗传音旨补》二十卷、《书传上下篇》二十卷、《周官集传》二十卷、《春秋本义》二十卷。其论《春秋》为鲁史之旧，是则发扬先儒之遗旨。喜著书，能以词藻达幽隐。复为《论语章旨》、《老子发微》、《楚辞补注音释》、《深衣考》，而其所为诗文曰《芳润稿》，凡五十卷，《和陶诗》一卷。噫！多矣哉。学患不博，博矣，其必不能有以精也。士生于今，会众以合一，由谷而之川，川以达于海，盖其书具在，猎英聚珍，朝成夕上，敏而求之者，良不以为艰，是则于刘君见之。君少学古文，湛深隐伏，不见其涯涘，落笔数百语，诗工次和，愈作愈平顺，而幽愁感叹，思其平昔，状其羁窘，鉴烛清澈，物莫有逃遁者。性嗜酒，不解治生业。幼侍其父府君昇，自为师弟子。从闻风舒先生岳祥游，唱和不辍，空林绝嶂，目接耳受，一寓于讽咏。"（《清容居士集》卷三三）

畅师文卒。

按：畅师文（1247—1326），字纯甫，号泊然，南阳人，徙襄阳。从伯颜平宋，授东川行院都事。官至翰林学士，卒，追谥文肃。江南平定后，畅师文以较早在原南宋治下任职，又久在翰林，故南北文坛均知名。纂《农桑辑要》书、修《成宗实录》。时制作多出其手。著有《平宋事迹》一卷。事迹见许有壬《大元故翰林学士资善大夫知制诰同修国史赐推忠守正亮节功臣资政大夫河南江北等处行中书省左丞上护军追封魏郡公谥文肃畅公神道碑铭》（《圭塘小稿》卷九）、《元史》卷一七〇、《元诗选·癸集》小传。

又按：许有壬在神道碑中感慨畅师文平生风节气度写道："公制行孤洁，足以俯视一世，立志高远，足以上追古人，天下之人莫不惊叹以为异人，而不知者造讪腾议，公亦不恤也。若夫从南征而垂橐归，得地藏而用诸官，履赐上赐，尽挥禄入，虽公小节，而其胸次为何如哉！"（《圭塘小稿》卷九）

仇远约卒于此年。

按：仇远（？— ），字仁近、仁父，号山村民。宋末即以诗名，与白珽齐名，称仇白。入元，为溧阳儒学教授，旋罢归，优游湖山以终。工诗文，著有《稗史》一卷、《金渊集》六卷、《无弦琴谱》两卷、《山村遗集》。事迹见《元史》卷八九、《宋元学案补》卷九三、《至顺镇江志》卷一七、《仇教授远》（《元诗选》二集卷一）、《御选历代诗余》卷一〇九。

杨基（1326—1378）生。

元泰定帝四年　丁卯　1327 年

正月甲辰，诸王买奴来朝，赐金一锭、银十锭、钞两千锭、币帛各四十匹。（《元史·泰定帝本纪二》卷三〇）

乙巳，御史台建议泰定帝亲祭郊庙，未行。（《元史·泰定帝本纪二》卷三〇）

按：《元史·祭祀一》"泰定四年春正月，御史台臣言：'自世祖迄英宗，咸未亲郊，惟武宗、英宗亲享太庙，陛下宜躬祀郊庙。'制曰：'朕当遵世祖旧典，其命大臣摄行祀事'。"（《元史》卷七二）

请节费用，不报。

按：御史辛钧言："西商鬻宝，动以数十万锭，今水旱民贫，请节其费。"不报。（《元史·泰定帝本纪二》卷三〇）

二月甲戌,祭太祖、太宗、睿宗御容于大承华普庆寺,以翰林院官执事。(《元史·泰定帝本纪二》卷三〇)

帝师参马亦思吉思卜长出亦思宅卜卒,命塔失铁木儿、纽泽监修佛事。(《元史·泰定帝本纪二》卷三〇)

庚寅,八百媳妇蛮酋招南通来献方物。(《元史·泰定帝本纪二》卷三〇)

三月丙午,廷试进士阿察赤、李黼等八十五人,赐进士及第、出身有差。(《元史·泰定帝本纪二》卷三〇)

按:本科取士右榜第一人阿察赤,左榜第一人李黼,共八十六人进士及第、出身。(《喜门生中状元》,《圭斋文集》卷三)是年监试官为王士熙,读卷官为马祖常。三月十二日崇天门传胪赐进士。

右榜:1. 蒙古(计六人):阿察赤(或译作阿恰齐、阿登赤,右榜状元)、哈剌台、燮理溥化(或译作锡里布哈、燮理布哈)、笃列图(或译作图烈图)、答禄守礼。

2. 色目(十四人):萨都剌、善著(字世文,畏兀儿人)、教化、沙班、观音奴、安庆、孛颜忽都、纳麟不花(或译作纳琳布哈、纳麟普华)、蒲理翰(一作蒲哩翰)、马仲皋、索元岱、丑间(或译作绰罗)、彦智杰、米思泰。

左榜:汉人、南人(计三十五人):李黼(左榜状元)、郭嘉、刘沂、王士元、李稷、康若泰、贺据德、赵期颐、杨惠、罗学升、朱显文、张敏、董守中、刘思诚、逯鲁曾、杨维桢、张以宁、黄清老、汪英、李质、方回孙、俞焯(一作余焯)、卢端智、胡一中、赵宜浩、徐容、江存礼、余贞、谢升孙、龚善翁、何槐孙、周镗、刘文德、卜友曾、张异。

存疑(计十三人):戴迈、吴浩、樊执敬、何詹成、赵正伦、刘尚质、颜疏、张从道、邵德润、倪景辉、方积、余奕昌、王仕政。(参考余来明《元代科举与文学》第375—391页)

命西僧作止风佛事。(《元史·泰定帝本纪二》卷三〇)

辛亥,诸王槊思班、不赛亦等,以文豹、西马、佩刀、珠宝等物来献,赐金、钞万计。(《元史·泰定帝本纪二》卷三〇)

壬戌,车驾幸上都。(《元史·泰定帝本纪二》卷三〇)

丁卯,诸王不赛因遣使献文豹、狮子,赐钞八千锭。(《元史·泰定帝本纪二》卷三〇)

五月癸卯,以盐官州海溢,命天师张嗣成修醮禳之。(《元史·泰定帝本纪二》卷三〇)

乙巳,作成宗神御殿于天寿万宁寺。(《元史·泰定帝本纪二》卷三〇)

己未,占城国遣使贡方物。(《元史·泰定帝本纪二》卷三〇)

丁卯,修佛事于贺兰山及诸行宫。(《元史·泰定帝本纪二》卷三〇)

辛巳,造象舆六乘。(《元史·泰定帝本纪二》卷三〇)

七月戊戌,诸王燕只吉台袭位,遣使来朝。(《元史·泰定帝本纪二》卷三〇)

己亥,八儿忽部晃忽来献方物。(《元史·泰定帝本纪二》卷三〇)

占城国献驯象二。(《元史·泰定帝本纪二》卷三〇)

丁未,敕:"经筵讲读官,非有代不得去职。"(《元史·泰定帝本纪二》卷三〇)

壬子,赐诸王火儿灰、月鲁帖木儿、八剌失里及驸马买住罕钞一万五千锭,金、银、币、帛有差。(《元史·泰定帝本纪二》卷三〇)

乙丑,周王和世㻋及诸王燕只哥台等来贡,赐金、银、钞、币有差。(《元史·泰定帝本纪二》卷三〇)

遣使祀海神天妃。(《元史·泰定帝本纪二》卷三〇)

八月丁酉,藩王不赛因遣使献玉及独峰驼。(《元史·泰定帝本纪二》卷三〇)

九月丙辰,敕:"国子监仍旧制岁贡生员业成者六人。"(《元史·泰定帝本纪二》卷三〇)

己巳,车驾至大都。(《元史·泰定帝本纪二》卷三〇)

甲戌,命祀天地,享太庙,致祭五岳四渎、名山大川。(《元史·泰定帝本纪二》卷三〇)

十月戊戌,诸王脱别帖木儿、哈儿蛮等献玉及蒲萄酒,赐钞六千锭。(《元史·泰定帝本纪二》卷三〇)

癸卯,命帝师作佛事于大天源延圣寺。(《元史·泰定帝本纪二》卷三〇)

安南遣使来献方物。(《元史·泰定帝本纪二》卷三〇)

戊午,监察御史冯思忠请命太常纂修累朝礼仪。(《元史·泰定帝本纪二》卷三〇)

十一月辛卯,缅国主答里必牙请复立行省于迷郎崇城,不允。(《元史·泰定帝本纪二》卷三〇)

孛斯来附。(《元史·泰定帝本纪二》卷三〇)

十二月癸卯,安南遣使来贡方物。(《元史·泰定帝本纪二》卷三〇)

戊申,诸王孛罗遣使贡碙砂,赐钞两千锭。(《元史·泰定帝本纪二》卷三〇)

乙卯,爪哇遣使献金文豹、白猴、白鹦鹉各一。(《元史·泰定帝本纪二》卷三〇)

张珪仍领经筵事。

按:是年三月,召翰林学士承旨蔡国公张珪、集贤大学士廉恂、太子宾客王毅,悉复旧职,陕西行台中丞敬俨为集贤大学士,并商议中书省事,珪仍预经筵事。(《元史·泰定帝本纪二》卷三〇)

虞集再为礼部考官,考礼部进士,拜、拜翰林直学士、奉议大夫、知制诰同修国史,升奉政大夫、兼经筵官。(赵汸《邵庵先生虞公行状》)

按:这年虞集为礼部考生所出的会试策问题,有两则,一则问经,二则问术。关于治经,在虞集的策问题中,要求考生根据自己平日读书及耳目所见回答的经学问题有:关于研究《易》之"象数"者是否能考求到?《邵子》之学还有流传与否? 程、朱之学有异同吗?《尚书》何以有古文、今文之辨?《诗经》的解说,朱熹之说与以往毛、韩之说关系如何? 毛、郑对《诗经》的旧解是否还有意义?《春秋》左氏传、谷梁传与《春秋经》并行,而隋唐时期啖助、赵匡、陆质等认为左氏、谷梁所传《春秋》与《春秋》本身并不合,那么谈、赵、陆三者又是否获得了圣人的真意呢? 等等,而借助虞集此题所讨论的一系列问题,或可探求到元代经学研究的一丝脉络。关于治术,是要求考生谈谈对水利、水患的见解。在策问中,虞集期望考生回答解决各地水利及水患的策略。虞集在策问指出"五行之材,水居其一。善用之,则灌溉之利,瘠土为饶;不用之,则泛溢填淤,湛溃啮食。"期望考生分析各地水之利与病,再进一步回答"可使畿辅诸郡岁无垫溺之患,而乐耕桑之业,其疏通之术何? 先使关陕、河南、北高亢不干,而下田不浸,其潴防决引之法何? 在江淮之交,陂塘之迹,古有而今废者,何道可复?"从而最终"永相民业、以称旨意"。是一道相当务实的考题。

"《会试策问》一"原文:"《传》曰:春、秋教以《礼》、《乐》,冬、夏教以《诗》、《书》。若稽古昔,率是道也。吾夫子修《礼》正《乐》,删《诗》定《书》,赞《周易》作《春秋》,天下万世赖焉。汉立学官,经制博士名家之学,史具可考。历唐以来,定为注疏,立教者用之。国家设科,取经术之士,今十余年矣。廓而明之,不在学者乎? 夫自汉、唐至于近代,说经者多矣。或传或否,悉论焉,则累日不能既其目,请以耳目所共及者而问焉。《易》自王辅嗣之说行,而言象数者隐。其有存者,犹当考夫?《邵子》,先天之学,可得而传乎? 程子之传,朱子之本义,旨意所指,文义所当,有异同乎?《书》有今文、古文之辨,传者终不敢析而为二,以昔人成书有未可轻意者乎?《诗》自毛传盛行,韩传仅见,迨朱氏传出,一洒其故,其有所授乎? 毛、郑旧说,犹有可论者乎?《春秋》左氏公、谷之传与经并行久矣,至于啖、赵、陆氏,始辨其不合而求诸经,君子韪之。三子之说,果尽得圣人之旨乎? 刘氏权衡三传,益密于陆，而刘传果无余蕴乎？胡氏之说，其立义得无有当论者乎？《礼》有《仪礼》及《大小戴记》，又有《周官》。《小戴记》今用之，《仪礼》其经也，可弗讲乎？《大戴》之记犹有可取者乎？《周官》之制可互考乎？郑氏之注，其归一乎？此固诸君子积习而素知者，其详言之。"（《全元文》第二十六册，第26页）

"《会试策问》二"原文："昔者神禹尽力沟洫，制其畜泄导止之方，以备水旱之虞者，其功尚矣。然其因其利而利之者，代各有人。故郑渠凿而秦人富，蜀堋成而陆海兴。汉、唐循良之吏，所以衣食其民者，莫不以行水为务。今畿辅东南河间诸郡地势下，春夏雨霖，辄成沮洳；关陕之交，土多燥刚，不宜于暵；河南、北平衍广袤，旱则千里赤地，水溢则无所归。往往上贻宵旰之忧，至发明诏修庶政，出粟与币，分行赈贷，恩德甚厚。然思所以永相民业、以称旨意者，岂无其策乎？五行之材，水居其一。善用之，则灌溉之利，瘠土为饶；不用之，则泛溢填淤，湛溃啮食。兹欲讲究利病：可使畿辅诸郡岁无垫溺之患，而乐耕桑之业，其疏通之术何？先使关陕、河南、北高亢不干，而下田不浸，其潴防决引之法何？在江淮之交，陂塘之迹，古有而今废者，何道可复？愿详陈之，以观诸君子之学。"

王士熙以治书侍御史任廷试监试官、马祖常以翰林直学士任读卷官，苏天爵掌廷试试卷。

按：据苏天爵的《书泰定廷试策题稿后》记载："右策题草稿四首，泰定丁卯三月廷试进士监试官治书侍御史王士熙、读卷官翰林直学士马祖常所拟撰也。既缮写进呈，御笔点用其二，盖自延祐设科以来规制如此。"则泰定丁卯科的廷试题目由王士熙、马祖常共拟，最终用其二。而考索现存马祖常作品，并无廷试策问题，王士熙所仅存的诗文作品中有《廷试策问》一则，未知是否即为泰定乙卯年廷试策问题。在王士熙的策问题中，希望考生能考察三代以来历史，指出古代风俗之弊，并结合当下现实之合宜、政事之根本，推明讨论当今社会移风易俗的正途，且附王士熙《廷试策问》题于后。

附原文：朕问：帝王之相承，质文之迭兴，尚矣！夫治在正俗，致俗之丕变，必在上之人有以作而兴起之，则四海之内，其应如响也。史氏之言曰："夏之政忠，忠之弊，小人以野，故殷人承之以敬。敬之弊，小人以鬼，故周人承之以文。文之弊，小人以僿。于乎！三代善政，所以绍五帝之烈，垂百世之范，其为之纲纪枢机者，岂不在兹乎？继是而后，不遑论也。"洪惟我太祖皇帝，龙兴朔土，世祖皇帝，奄宅方夏。制度文为，著之令甲。深仁厚泽，涵煦黎庶。其一民俗而定民志者，具举矣。淳庞正直之风，笃实博大之教，兹非忠乎！上下等威，截然而不可犯，郊庙朝廷，粲然而有仪，兹非敬与文乎！

然必审所从也。夫三代不可及已,其所谓弊者? 果何在乎? 今欲气感而声随,风移而俗易,必从一以为定乎? 必择三者之盛而弃其弊乎? 此朕所以切于正俗者也。子大夫积学明经,其于古今之宜、政事之要,方将推以待用,其悉心以对,毋忽。(《全元文》第二十二册,第 153—154 页)

治书侍御史王士熙十月己酉为参知政事。(《元史·泰定帝本纪二》卷三〇)

御史中丞赵世延十月丁巳为中书右丞。

按:《元史·泰定本纪二》载,"丁巳,以御史中丞赵世延为中书右丞,以中书参议傅岩起为吏部尚书。御史韩镛言:'尚书三品秩,岩起由吏累官四品,于法不得升。'制可。"(《元史·泰定帝本纪二》卷三〇)

赵世延及中书参议韩让、左司郎中姚庸十二月癸丑提调国子监。(《元史·泰定帝本纪二》卷三〇)

马祖常同知礼部贡举,右赞善,不久又命兼任经筵官。

按:泰定三年(1326),马祖常考试大都乡贡进士,这年,马祖常又同知礼部贡举,取士八十五人。又充廷试读卷官,而这年,泰定丁卯科进士所取录者,其优秀程度堪比延祐首科,诸如张以宁、李黼、杨维桢、萨都剌、黄清老、赵期颐、燮理溥化、观音奴、索元岱、蒲理翰、郭嘉、李稷、贺据德等皆是元中晚期的文坛中坚分子。是秋,马祖常拜礼部尚书。(苏天爵《元故资德大夫御史中丞赠摅忠宣宪协正功臣魏郡马文贞公墓志铭》)

翰林侍讲学士阿鲁威、直学士燕赤等六月辛未进讲,仍命译《资治通鉴》以进。(《元史·泰定帝本纪二》卷三〇)

翰林侍读学士阿鲁威受遣还大都七月戊戌,译《世祖圣训》。(《元史·泰定帝本纪二》卷三〇)

孔思晦二月戊子,袭封衍圣公,阶嘉议大夫。(《元史·泰定帝本纪二》卷三〇)

贡奎任廷试读卷官,是秋,拜集贤直学士。

按:贡奎在泰定三年(1326)任翰林待制,是年春"上策士于廷,以公为读卷官,第所试士高下以闻。天子允之,大鸿胪传次,后谦崇天门外。既而中州士大夫皆集其乡秀饮之,而南士寂寂。公乃会东南之官于朝者,置酒相乐,举人皆悦其义。秋七月,拜集贤直学士、奉训大夫。公率僚佐迎大驾北口外,上赐酒馔,顾劳甚厚。公在院,凡议大政,必正言无所挠,缙绅多敬让之。"(李黼《故集贤直学士奉训大夫贡公行状》)

欧阳玄考试进士于礼部,升国子监丞。(危素《欧阳公行状》)

宋本春迁礼部郎中。(《元史·宋本传》卷一八二)

李好文除太常博士。(《元史·李好文传》卷一八三)

黄清老举进士,授翰林典籍,升检阅,迁应奉。(顾嗣立《元诗选》二集卷一五"黄清老小传")

西僧公哥列思巴冲纳思监藏班藏卜四月甲午为帝师,赐玉印,仍诏谕天下僧。

虞集应赵简所请,为其"请开经筵"奏章作题跋。

按:虞集这篇题跋详述泰定四年间,经筵讲习制度及参讲大臣,非常有文献意义。据虞集题跋所述,泰定元年春,泰定帝始开经筵,"皆以国语译所说书,两进读,左丞相独领之",即以蒙古语解说汉典,由左丞相主领该事。四年间,以丞相主持经筵者有中书平章张珪、中书右丞相许师敬(许衡之子)、中书平章赵世延;御史台有御史中丞撒忒迷失;翰林参与润译者有:承旨也先帖木儿、忽都鲁都儿迷失,学士吴澄、阿鲁威、曹元用撒撒干、燕赤、马祖常、虞集,待制彭寅亮、吴律,应奉许维则;集贤参与人员有:赵简、王结、邓文原;礼部尚书李家奴、买闾;中书参议吴忽都不花、中书右司郎中张起岩等。据虞集所载,他与燕赤四年皆参讲。虽然,开经筵讲习为泰定帝粉饰现实的表面文章,诚如虞集文中记赵简所感慨"于是四年矣,未闻一政事之行,一议论之出,显有取于经筵者,将无虚文乎?"但对高层馆阁文人来说却是极为重要的人生盛事。

虞集《书赵学士简经筵奏议后》原文:"泰定元年春,皇帝始御经筵,皆以国语译所说书,两进读,左丞相独领之,凡再进讲,而驾幸上都,次北口,以讲臣多高年,召王结及集执经从行。至察罕行宫,又以讲事亟召中书平章张公珪,遂皆给传,与李嘉努、燕赤等俱行。是秋,将还,皆拜金纹对衣之赐,独遣人就赐赵公简于浙省,加白金焉,赏言功也。四年之间,以宰执与者,张公珪之后,则中书右丞许公师敬与今赵公世延也;御史台则中丞撒忒迷失;而任润译讲读之事者,翰林则承旨野仙帖木儿、忽都鲁都儿迷失;学士吴澄幼清、阿鲁威叔重、曹元用子贞、撒撒干伯瞻、燕赤信臣、马祖常伯庸及集,待制彭寅亮允道、吴律伯仪,应奉许维则孝思也;集贤则大学士赵简敬甫,学士王结仪伯,邓文原善之也;李家努德源、买闾仲璋皆礼部尚书;吴忽都不花彦弘中书参议,张起岩梦臣中书右司郎中也。或先或后,或去或留,或从或否,或久或暂,而集与燕赤则四岁皆在行者也。今大丞相自援立后,每讲必与左丞相同侍,而张公既归老,犹带知经筵事,皆盛事也。今年春,赵集贤始以建议召入侍讲。一日,既进书,待命殿庐,赵集贤慨然叹曰:于是四年矣,未闻一政事之行,一议论之出,显有取于经筵者,将无虚文乎?集乃言曰:乡者公奏荧惑退舍事,玉音若曰:讲官去岁尝及此.又欲方册便观览。命西域工人搋楮为帙,刻皮镂金以护之,凡二十枚,专属燕赤,缮录前后所进书。以此观之,简在上心明矣。诚使少留渊衷,则见于德业者,何可得而名哉? 且先儒有言:政不足适,人不与间,其要格心而已。然则所虑者,言不足以达圣贤之旨,诚不足以感神明之通,吾积吾诚云耳,他不敢知也。然而集贤恳恳切至,于孟子之所谓恭敬者,盖可见焉。故并书于奏议稿后而归之。(召而不至者,不及一一书。入筵前后除擢,亦不备载) 四年十二月朔旦书。

欧阳玄为左右榜状元为自己门生,欣然作诗。

按:欧阳玄《喜门生中状元》"泰定丁卯八月十二日,崇天门传胪赐进士,右榜第一人阿察赤(阿恰齐)、左榜第一人李黼,皆肄业国学日新斋,余西厅授业生也。是日,京尹备鼓乐、旗帜、麾盖甚都,导二状元入学谢师,拜余明伦堂。榜眼镏思诚、探花郎徐容,尝因同年黄晋卿、彭幼元从予游,亦拜其侧。其余进士以门生礼来拜谢,杂还不记姓名。圜桥门而观者万计,都人以为斯文盛事,昔未有也。同寅举酒相属,偶成四绝,以纪其事。昔被仁皇雨露恩,三朝五度策临轩。小臣报国无他伎,馆下新添两状元。禁院层层桃李开,天街绣毂转晴雷。银袍飞盖人争看,两两龙头入学来。淡墨题名二十年,一官独自拥寒毡。居然国子先生馆,三五魁躔拜座前。都人举手贺升平,不羡黄金遗子籯。进士从今成典故,唱名才罢拜先生。"(《全元诗》第三十一册,第232页)

萨都剌诗题进士恩荣宴。

按:萨都剌《敕赐恩荣宴》"内侍传宣下玉京,四方多士预恩荣。宫花压帽金牌重,舞妓当筵翠袖轻。银瓮春分官寺酒,玉杯香赐御厨羹。小臣涓滴皆君泽,惟有丹心答圣明。"萨都剌《殿试谢恩次韵》"御柳青青白玉桥,无端春色暖宫袍。蓬莱云气红楼近,阊阖天风紫殿飘。士子拜恩文物盛,舍人赞礼旺声高。小臣虽出江湖元,马上听莺梦早朝。"(《全元诗》第三十册,第130—131、196页)

胡助是年前后作《京华杂兴诗二十首有引》。

按:胡助《京华杂兴诗二十首有引》云:"余待选吏部,贫不能归,尘衣垢面,憧憧往来,盖亦莫自知也。于是以日所闻所见,感触于中者,辄形为诗。五言五韵凡二十章,题之曰《京华杂兴诗》。"(《全元诗》第二十九册,第2—4页) 诗后有王士熙、马祖常、虞集、欧阳玄、贡奎、曹元用、谢端、段辅、李端、赵由辰、周仁荣、汤弥昌、王肖翁、龚璛、刘汶、杨刚忠、黄清老、苏天爵、吴师道等人题跋。

杨维桢与越地同中进士第者胡一中(允文)、赵彦夫时谒乡贤胡助于京城。

　　按：胡助于临别时曾赠以长诗，题曰《送胡允文杨廉夫赵彦直登第归越》。

　　黄清老与同年杨维桢、俞焯、张以宁居京师数日，论闽浙新诗。

　　按：时黄清老讥浙无诗，杨维桢耿耿难释，归越后，穷访以诗名者。十余年后纂《两浙作者集》成。

　　又按：杨维桢《两浙作者序》记有："曩余在京师，时与同年黄子肃、俞原明、张志道论闽浙新诗。子肃数闽诗人凡若干辈，而深诋余两浙无诗。余愤曰：'言何诞也！诗出情性，岂闽有情性，浙皆木石肝肺乎？'余后归浙，思雪子肃之言之冤，闻一名能诗者，未尝不躬候其门。采其精工，往往未能深起人意。阅十有余年，仅仅得七家。其一永嘉李孝光季和，其二天台丁复仲容、项炯可立，其一东阳陈樵君采，其一元镇，其二老释氏，曰句曲张伯雨、云门恩断江也。……盖仲容、季和放乎六朝而归准老杜，可立有李骑鲸之气，而君采得元和鬼仙之变，元镇轩轾二陈而造乎晋汉，断江衣钵乎老谷，句曲风格夙宗大历，而痛厘去纤艳不逞之习。七人之作备见诸体，凡若干什，目曰《两浙作者集》，非徒务厌子肃之言，实以见大雅在浙方作而未已也。若其作者继起而未已也，又岂限以七人而止哉？"（《东维子文集》卷七）杨维桢于《郯韶诗序》又曰："我元之诗，虞为宗，赵、范、杨、马、陈、揭副之。继者叠出而未止，吾求之东南，永嘉李孝光、钱唐张天雨、天台丁复、项炯，毗陵吴克恭、倪瓒，盖亦有本者也。"（《东维子文集》卷七）

　　虞集以贺胜之子陕西廉访副使贺唯一之请为贺胜作墓志铭，题曰《贺忠贞公墓志铭》。（《道园类稿》卷四六）

　　张珪十二月甲寅薨于保定满城县冈头里第，虞集作《中书平章张公墓志铭》。（《道园类稿》卷四六）

　　虞集之弟虞盘六月七日卒，虞集作《亡弟嘉鱼大夫仲常墓志铭》。（《道园类稿》卷四七）

　　虞集奉旨作《（御史中丞）杨襄愍公（朵儿只）神道碑（铭）》。（《道园类稿》卷四〇）

　　曹元用于八月九日，奉旨为故翰林学士承旨刘敏中作神道碑铭。

　　按：翰林大学士刘赓书丹，集贤学士王约篆额。（曹元用《敕赐故翰林学士承旨赠光禄大夫柱国追封齐国公刘文简公神道碑铭并序》）。

　　袁桷六月作《阿育王寺主持东生明禅师塔铭》。

　　按：阿育王寺主持，大德庚子（1300），由朝廷任命为东南玉几山主持，赐号"佛日普光"。据袁桷记载阿育王寺住持东生"名德明,号东生,古甬南刘氏。淳祐癸卯(1243),年十六,白父母,愿入竺乾道"。袁桷与东生关系甚近,据袁桷载,"桷待罪太史,几三十年。每一得告归里,必入城访余。相与语丛林旧事,俯仰变故,至抚髀感慨"。袁桷认为东生"其为学,统会要领,探索奥旨,取空口湛寂为归趣,视为未始有终。"泰定三年(1326)十二月去世,寿八十有四,僧腊六十七,度弟子百余人。

袁桷八月三日卒于家,讣闻,朝廷赠官,赐谥号。

按:袁桷于泰定四年八月三日,"以疾终于家,享年六十有二。是岁十有一月某日,葬鄞县上水庆远墺之原。讣闻,制赠中奉大夫、江浙等处行中书省参知政事、护军,追封陈留郡公,谥文清"。(苏天爵《元故翰林侍讲学士知制诰同修国史赠江浙行中书省参知政事袁文清公墓志铭》)

虞集作《祭袁学士文》。

按:在虞集高华归整的祭文中备陈哀悯,于中可见元代中叶两位前后相继的文坛宗主间的同僚之谊、朋友之情:"我从草茅,或援起之。公以赏延,后先京师。于时同朝,多士济济。公独我友,尚论其世。制作讨论,必我与闻。或辩或同,有定无谊。公泰而舒,我寒蹇跋。三十余年,亦多契阔。公在禁林,益跻华阶。人曰孔宜,公曰足哉。归而寄书,勖我慰我。亦喜优游。"(《道园学古录》卷二〇)

董士良六月二十六日卒于滕之官舍,苏天爵作神道碑。(苏天爵《元故朝列大夫开州尹董公神道碑铭并序》)。(《滋溪文稿》卷一二)

李齐贤三月庚子奉命作《有元高丽国清平山文殊寺施藏经碑》文。(《益斋乱稿》卷七)

程端学四月十六日作《春秋木义序》。(《积斋集》卷四)

任仁发卒。

按:任仁发(1254—1327),一作元发、霆发,字子明,号月山,上海松江清龙镇人。元画家。入元后为都水监,善治水利,曾疏通黄河。又善绘事,画与赵孟頫齐名。工画马和人物。著有《浙西水利议答录》十卷。画作有《出围图》卷(1280)、《二马图》卷、《张果见明皇图》卷,此三幅现藏故宫博物院;《秋水凫鹥图》轴,现藏上海博物馆;《饮中八仙图》、《贡马图》、《横琴高士图》、《秋林诗友图》,现藏台北故宫博物院;《神骏图》、《三骏图》、《九马图》,现在美国;《饲马图》,现在英国;《文会图》、《牵马图》等现在日本。事迹见《大明一统志》卷九、《弘治上海志》卷八、《正德松江府志》卷二八、《万姓统谱》卷六五。

袁桷卒。

按：袁桷(1266—1327)，字伯长，浙江庆元人。袁桷师事王应麟，熟习掌故，长于考据。所作文以制诰碑铭为多。诗格清隽，著有《易说》、《郊祀十议》一卷(佚)、《春秋说》、《澄怀录》(袁桷著)一卷、《清容居士集》五十卷及《延祐四明志》等。事迹见苏天爵《元故翰林侍讲学士知制诰同修国史赠江浙行中书省参知政事袁文清公墓志铭》(《滋溪文稿》卷九)、虞集《祭袁学士文》(《道园学古录》卷二〇)、《祭袁侍讲文》(《柳待制文集》卷二〇)、《元史》卷一七二、《新元史》卷一八九、《宋元学案》卷八五、《甬上先贤传》卷一三、《两浙名贤录》。

又按：苏天爵在墓志铭中评价袁桷的馆阁作为及文采学养道："公生富贵，为学清苦，读书每至达旦。长从尚书王公应麟，讲求典故制度之学，又从天台舒岳祥习词章，既又接见中原文献之渊懿，故其学问核实而精深，非专事记览哗众取宠者所可拟也。""仁宗皇帝自居潜宫，深厌吏弊。及其即位，乃出独断，设进士科以取士。贡举旧法时人无能知者，有司率咨于公而后行。及廷试，公为读卷官二，会试考官一，乡试考官二，取文务求实学，士论咸服。公在词林几三十年，扈从于上京凡五，朝廷制册、勋臣碑版多出其手。""公喜荐士，士有所长，极口称道。公之南归，会史馆将修《英皇实录》，今中书左丞吕思诚、翰林直学士宋褧、河南行省参政王守诚，皆新擢第，公荐其才堪论撰，天爵与焉。公于近代礼乐之因革，官阀之迁次，朝士大夫之族系，九流诸子之略录，悉能推本原委而言其归趣。袁氏自越公喜藏书，至公收览益富，尝曰：'余少读书有五失：泛观而无择，其失博而寡要；好古人言行，意常退缩不敢望，其失懦而无立；篆录故实，一未终而屡更端，其失劳而无成；闻人之长，将疾趋从之，辄出其后，其失欲速而好高；喜学为文，未能蓄其本，其失又甚者也。'公之斯言，深中学者贪多苟且之弊。公为文辞，奥雅奇严，日与虞公集、马公祖常、王公士熙作为古文论议，迭相师友，间为歌诗倡酬，遂以文章名海内，士咸以为师法，文体为之一变。"(《滋溪文稿》卷九)

胡助《挽袁伯长学士二首》"鲸吸朱提盏，龙吟绿绮琴。著书稽古学，掌制擅词林。气宇青天杳，渊源碧海深。斯人宁复见，凄断越山阴。孤舟归镜水，无复梦金銮。古器云雷富，高怀星斗寒。东南丧文献，朝野哭衣冠。十载座中客，惊呼涕泪酸。"(《全元诗》第二十九册，第49页)

周权《挽袁伯长学士(诗稿曾蒙题跋)》："宾客如云蔼缙绅，紫霄高处掌丝纶。曾留东阁观奇士，几为北门思老臣。自愧俚谣无律吕，岂期长物入陶钧。十年不下梁松拜，回首俄惊宰树春。文采风流白玉堂，华星云汉丽寒芒。春袍昼日明宫锦，晓佩天风冷水苍。玉笋班中人邈远，金花牋上墨犹

香。登龙旧日侯门客,来奠梅花欲断肠。"(《全元诗》第三十册,第 70 页)

何失(约 1247—1327)、任仁发(1254—1327)、许熙载(1261—1327)、虞盘(1274—1327)卒。

元泰定帝五年　致和元年
元文宗天历元年　戊辰　1328 年

正月正月乙丑朔,高丽王遣使来朝贺,献方物。(《元史·泰定帝本纪二》卷三〇)

甲戌,飨太庙。

按:御史邹惟亨言:'时享太庙,三献官旧皆勋戚大臣,而近以户部尚书为亚献,人既疏远,礼难严肃。请仍旧制,以省、台、枢密、宿卫重臣为之。'(《元史·泰定帝本纪二》卷三〇)

命绘《蚕麦图》。(《元史·泰定帝本纪二》卷三〇)

丁丑,颁《农桑旧制》十四条于天下,仍诏有司以察勤惰。(《元史·泰定帝本纪二》卷三〇)

己卯,禁僧道匿商税。(《元史·泰定帝本纪二》卷三〇)

甲申,遣使祀海神天妃。(《元史·泰定帝本纪二》卷三〇)

戊子,诏优护爪哇国主札牙纳哥,仍赐衣物弓矢。(《元史·泰定帝本纪二》卷三〇)

命帝师修佛事于禁中。(《元史·泰定帝本纪二》卷三〇)

加封幸渊龙神福应昭惠公。(《元史·泰定帝本纪二》卷三〇)

二月乙卯,牙即遣使藏古来贡方物。(《元史·泰定帝本纪二》卷三〇)

庚申,诏天下改元致和。(《元史·泰定帝本纪二》卷三〇)

三月辛未,大天源延寿(圣)显宗神御殿成,置总官府以司财用。(《元史·泰定帝本纪二》卷三〇)

甲戌,雅济国遣使献方物。戊子,车驾幸上都。(《元史·泰定帝本纪二》卷三〇)

乙卯,帝御圣教(兴圣)殿受无量佛戒于帝师。(《元史·泰定帝本纪二》卷三〇)

庚辰,命僧千人修佛事于镇国寺。(《元史·泰定帝本纪二》卷三〇)

甲申,遣户部尚书李家奴往盐官祀海神,仍集议修海岸。(《元史·泰定

帝本纪二》卷三〇)

按：丙戌，诏帝师命僧修佛事于盐官州，仍造浮屠二百一十六，以厌海溢。

五月己巳，八百媳妇蛮遣子哀招献驯象。(《元史·泰定帝本纪二》卷三〇)

甲申，安南国及八洞蛮酋遣使献方物。(《元史·泰定帝本纪二》卷三〇)

六月，高丽世子完者秃诉取其印，遣平章政事买闾往谕高丽王，俾还之。(《元史·泰定帝本纪二》卷三〇)

七月庚午，泰定帝也孙铁木儿卒，葬起辇谷。

按：泰定在位五年，寿三十六。这一年纪年颇为纷繁。泰定五年二月，改年号为致和。致和元年七月，泰定帝死，八月，武宗次子怀王(即元文宗)图帖睦尔在燕铁木儿等人拥立下即位大都，改元天历。九月，泰定时期权臣倒剌沙拥立皇太子阿速吉八，改元天顺。十月，倒剌沙又为燕铁木儿势力击败，国家年号仍用天历。《元史》评价泰定之世曰："灾异数见，君臣之间，亦未见其引咎责躬之实，然能知守祖宗之法以行，天下无事，号称治平，兹其所以为足称也。"(《元史·泰定本纪二》卷三〇)

九月壬申，怀王即位，是为文宗，改元天历。

按：这年七月泰定去世于上都，文宗在燕铁木儿等一班武将历经杀戮，剿灭倒剌沙、乌伯都剌等泰定身边大臣之后，匆匆即位。《元史·文宗本纪一》载："岁戊辰七月庚午，泰定皇帝崩于上都，倒剌沙专权自用，逾月不立君，朝野疑惧。时金枢密院事燕铁木儿留守京师，遂谋举义。八月甲午黎明，召百官集兴圣宫，兵皆露刃，号于众曰：'武皇有圣子二人，孝友仁文，天下归心，大统所在，当迎立之，不从者死！'乃缚平章乌伯都剌、伯颜察儿，以中书左丞朵朵、参知政事王士熙等下于狱。燕铁木儿与西安王阿剌忒纳失里固守内廷。于是帝方远在沙漠，猝未能至，虑生他变，乃迎帝弟怀王于江陵，且宣言已遣使北迎帝，以安众心。复矫称帝所遣使者自北方来，云周王从诸王兵整驾南辕，旦夕即至矣。丁巳，怀王入京师，群臣请正大统，固让曰：'大兄在北，以长以德，当有天下。必不得已，当明以朕志播告中外。'九月壬申，怀王即位，是为文宗，改元天历，诏天下曰：'谨俟大兄之至，以遂朕固让之心'。"据虞集《即位改元诏》云，文宗即位否认了泰定帝的合法性，认为泰定属于宗亲旁支，没有继承皇位的权利，是泰定与帖失、也先帖木儿等人沟通而导致了英宗的罹难："洪惟我太祖皇帝肇造区夏，世祖皇帝混一海宇，爰立定制，以一统绪。宗亲各授分地，勿敢妄生觊觎。此不易之成规，万世所共守者也。世祖皇帝之后，成宗皇帝、武宗皇帝、仁宗皇帝、英宗皇帝，以公天下之心,以次相传,宗王贵戚,咸遵祖训。至于晋邸,具有盟书,愿守藩服,而与贼臣帖失、也先帖木儿等潜通阴谋,冒干宝位,使英皇不幸罹于大故。"在即位诏书中,文宗一方面表明自己历尽艰辛,乃宗王大臣拥戴、再三推让不得已而即位;另一方面也表示,自己将据位以待兄长至:"朕以叔父之故,顺承惟谨,于今六年,灾异迭见。权臣倒剌沙、乌伯都剌等专擅自用,疏远勋旧,废弃忠良,变乱祖宗法度,空府库以私其党类。大行上宾,利于立幼,显握国柄,用成其奸。宗王大臣,以宗社之重,统绪之正,协谋推戴,属于眇躬。朕以菲德,宜俟大兄,固让再三。宗戚将相,百僚耆老,以为神器不可以久虚,天下不可以无主。周王辽隔朔漠,民庶惶惶,已及三月,诚恳迫切。朕姑从其请,谨俟大兄之至,以遂朕固让之心。"(《元史·文宗本纪一》卷三一)

十二月三十日,诏:"蒙古、色目人愿丁父母忧者,听如旧制。"(《元史》卷三二)

天历初建奎章阁于西宫兴圣殿西廊。

按:杨瑀《山居新话》详载奎章阁建置及所设阁员:"择高明者三间为之,南间以为藏物之所,中间学士诸官候直之地,北间南向中设御座,两侧陈设秘玩之物,命群玉内司掌之。阁官署衔初名奎章阁学士,阶正三品隶东宫属官,后文宗复位,乃升为奎章阁学士院,阶正二品。置大学士五员,并知经筵事,侍书学士二员,承制学士二员,供奉学士二员,并兼经筵官幕职,置参书二员,典签二员,并兼经筵参赞官,照磨一员,内掾二名,内二名兼检讨宣使,四名知印,二名译史,二名典书,四名属官。则有群玉内司阶正三品,置监群玉内司一员,司尉一员,亚尉二员,佥司二员,典簿一员,令史二名,典吏二名,司钥二名,司缮四名,给使八名,专掌秘玩古物。艺文监阶正三品,置太监兼捡校书籍事二员,少监同检校书籍事二员,监丞参捡校书籍事二员,或有兼经筵官者,典簿一员,照磨一员,令史四名,典吏二名,专掌书籍。鉴书博士司阶正五品,置博士兼经筵参赞官二员,书吏一名,专一鉴辨书画。授经郎阶正七品,置授经郎兼经筵译文官二员,专一训教集赛官大臣子孙。艺林库阶从六品,置提点一员,大使一员,副使一员,司吏二名,库子一名,专一收储书籍。广成局阶从七品,置大使一员,副使一员,直长二员,司吏二名,专一印书籍、已□书籍,乃《皇朝祖宗圣训》及《番译御史箴》、《大元通制》等书。特恩创制牙牌五十,于上金书'奎章阁'三字,一面篆字,一面蒙古字,畏吾儿字,令各官悬佩,出入无禁。学士院几与诸司往复,惟札送参书厅行移,又命侍书学士虞集撰《奎章阁记》。"(《山居新话》卷二)

是年,罢河南行枢密院。

按:《元史·百官志二》"河南行枢密院,致和元年分置,专管调遣之事。天历元年罢。"(《元史》卷八六)

置太禧宗禋院。

按:《元史·百官志三》"太禧宗禋院秩从一品,掌神御殿朔望岁时讳忌日辰禋享礼典。天历元年,罢会福、殊祥二院,改置太禧院以总制之。"(《元史》卷八七)

置会福院总管府。

按:会福院总管府即大护国仁王寺财用规运所。《元史·百官志三》"至元十一年,建大护国仁王寺及昭应宫,始置财用规运所,秩正四品。……天历元年,改为会福总管府,正三品。"(《元史》卷八七)

立崇祥总管府。

按:《元史·百官志三》"崇祥总管府,秩正三品。至大元年,立大承华普庆寺都总管府。二年,改延禧监,寻改崇祥监。四年,升为崇祥院,秩正二品。泰定四年,复改为大承华普庆寺总管府。天历元年,改为崇祥总管府。"(《元史》卷八七)

雕印三百十二万三千一百八十五册历书。

按:有大小不同三种版本,其中有专供色目人使用者。(《元代出版史》)

马祖常复入礼部,任朝散大夫,不久辞归。

按:泰定三年(1326),马祖常拜礼部尚书,正值祖母去世,遂护丧南归,守丧。马祖常与祖母感情生深厚,对祖母"克尽孝养",初阶官五品时,曾请于朝曰:"祖常幼亡母氏,赖祖母鞠育有成。愿以封妻恩让封祖母。"于是其祖母被封"庆都县太君,著于令"。至此,马祖常作劝谕训诫公文道:"礼有为祖后者,祖卒,为祖母齐衰三年。我朝典制虽不登载,然某误擢礼官,理宜从厚。"不久,使者再次请马祖常出来任官,遂迁转右赞善,不久又命兼经筵官。泰定五年(1328),马祖常"始至京,复入礼部,阶朝散大夫。旋又辞归"。(苏天爵《元故资德大夫御史中丞赠摅忠宣宪协正功臣魏郡马文贞公墓志铭》)

虞集兼国子祭酒。(赵汸《邵庵先生虞公行状》)

赵世延三月己丑知经筵事。

按:赵简预经筵事,阿鲁威同知经筵事,曹元用、吴秉道、虞集、段辅、马祖常、燕赤、孛术鲁翀并兼经筵官。(《元史·泰定帝本纪二》卷三〇)

孛术鲁翀摄礼仪使。

按:其时,孛术鲁翀与文宗"咫尺天颜",接触颇多,且深为文宗所推重。

据苏天爵神道碑载："上有所问，执礼以对，上悦。上建太禧宗禋院，崇奉祖宗神御，若家人礼。又建奎章阁学士院，陈列图书，日览观焉。两院官属学士，皆上所自择勋旧文学，亲书其姓名付中书，以行文书，铨曹不敢进拟。公既选金太禧，而奎章偶阙大学士员，近臣乘间以某官为言。上怒曰：'汝何不荐用子翚、马伯庸，而以斯人为言乎？'公之见知类如此。"（苏天爵《阳郡公谥文靖字术鲁公神碑铭并序》）

欧阳玄任翰林待制、奉议大夫、兼国史院编修官。（危素《大元故翰林学士承旨光禄大夫知制诰兼修国史圭斋先生欧阳公行状》）

王约十月入贺文宗践阼，文宗赐班宴大明殿，帝劳问甚欢。（《元史·王约传》卷一七八）

李泂特授奎章阁承旨学士。

按：李泂以待制召，时文宗方开奎章阁，延天下知名学士充学士员，泂数进见，奏对称旨，超迁翰林直学士，不久特授此职。（《元史》卷一八三"李泂传"）

宋本是冬升吏部侍郎。（《元史·宋本传》卷一八二）

贡奎为天子祀太室大礼使，又代祠北岳等地。

按：李黼《故集贤直学士奉训大夫贡公行状》"次年春（按，为泰定五年，1328），天子祀太室，以公摄大礼使，被冠服，立南门，仪度竣整，群司肃然，竣事无违礼。"文宗即位，"冬十月，上御棕殿，出香币，以公名下中书，命代祠北岳、淮、济、南镇。公恪恭将命，秩祀以礼。所至之处，饬主郡吏曰：'毋以天子使故，烦有司送迎费也'。"（《贡文靖公云林稿·附录》，《贡氏三家集》，第 134 页）

王士熙以参知政事下狱。（《元史》卷三一"明宗本纪"）

杨瑀擢中瑞司典簿。（杨维桢《元故中奉大夫浙东尉杨公神道碑》，《东维子集》卷二四）

马祖常又召入礼部，两知贡举。（《钦定续通志》卷四九九）

胡助改授国史院编修官。（胡助《纯白先生自传》）

贡师泰中国子选，授职未赴，自京归宣。

按：朱镳《玩斋先生年谱》"（天历元年）公改治《诗经》，中国子选，授太和州判官，未赴。自京归宣。……至顺二年辛未，除歙县丞，未赴。至顺三年壬申，辟江浙省掾。"朱镳《玩斋先生纪年录》"天历间，释褐除太和州判官，未上。丁外艰，制终，授歙县丞，未上。辟江浙省掾。"（《贡氏三家集》第 460、462 页）

同恕拜集贤侍读学士，以老疾辞。（《元史》卷一八九"儒学传一"）

胡景先封以翰林直学士卒。

按：许有壬《胡氏茔门记》"泰定戊辰春，封翰林直学士、亚中大夫、轻车都尉、安定郡侯安阳胡公卒。"（《至正集》卷三八）虞集《胡彦明墓志铭》"公讳景先，字彦明，姓胡氏，彰德安阳人也。"（《道园学古录》卷一九）

僧大䜣诏特选主金陵潜邸为大龙翔集庆寺。

按：其时，元文宗以金陵潜邸作大龙翔集庆寺，大䜣被命为太中大夫，号曰广智全悟大禅师，为大龙翔集庆寺开山第一代师。（虞集《大元广智全悟大禅师太中大夫住大龙翔集庆寺释教宗主兼领五山寺笑隐䜣公行道碑》）

虞集九月奉诏作《（集庆路）大崇禧寺碑铭》。（《道园类稿》卷三六）

虞集九月奉诏作《琼州路大兴龙普明禅寺碑铭》。（《道园学古录》卷四七）

虞集十一月奉旨作《御史台记》。（《道园类稿》卷二二）

虞集奉旨作《大都路东岳仁圣宫碑铭》。（《道园类稿》卷三七）

虞集奉旨作《句容郡王（土土哈）世绩碑（铭）》。（《道园类稿》卷三八）

虞集奉旨撰《（大宗正府也可札鲁花赤）高昌王（月鲁哥）神道碑铭》。（《道园类稿》卷四一）

白珽九月十五日卒，宋濂作《元故湛渊先生白公墓铭》。

按：白珽（1248—1328），字廷玉，钱塘人。晚年，归老钱塘之栖霞，自号栖霞山人。工诗文，善书法，方回、刘辰翁称他"诗通陶、韦，书、画通颜、柳"。宋咸淳间，与仇远同以诗名。着有《经史类训》二十卷、《湛渊静语》两卷、《湛渊遗稿》三卷。事迹见《新元史》卷二三七、《两浙名贤录》卷四六、《（万历）杭州府志》卷七五、《（乾隆）浙江通志》卷一一六及一七八、《元诗选·二集》小传、《湛渊静语》自序、宋濂撰《元故湛渊先生白公墓铭》（《湛渊集》附录）。据宋濂载，伯颜平宋后，程钜夫、刘伯宣曾先后交荐白珽，不出。与鲜于枢、李衎、邓文原等人相友善，宋濂因黄溍而熟知其事，他在文中写道："濂也晚出，虽不能识先生，幸从乡先生黄文献公游，听谈杭都旧事，有如淮阴龚公开、严陵何公梦桂、眉山家公之巽、莆田刘公澒、西秦张公楪、虎林仇公远、齐东周公密，凡十余人，相与倡明雅道，而先生齿为最少，乃与群公相颉颃。南北两山间，其遗迹班班故在。仅逾五十春秋，而先辈风流遗韵，弗可复见，不亦悲夫！呜呼！死者固不可作，若并其言行而不彰，将何以为耸善扶俗之劝，于是徇范之请，巨细毕书之。"（《宋文宪公集》卷一九）

李齐贤五月作《金书密教大藏序》。（《益斋乱稿》卷五）

范梈作《杨仲宏集原序》。

按:《杨仲宏集》,杨载著。《四库全书总目提要》评价杨载诗文认为:"史称其文章一以气为主,而于诗尤有法度。自其诗出,一洗宋季之陋云云。盖宋代诗派凡数变。西昆伤于雕琢,一变而为元祐之朴雅。元祐伤于平易,一变而为江西之生新。南渡以后,江西宗派盛极而衰。江湖诸人欲变之而力不胜。于是仄径旁行,相率而为琐屑寒陋,宋诗于是扫地矣。载生于诗道弊坏之后,穷极而变,乃复其始。风规雅赡,雍雍有元祐之遗。史之所称,固非溢美。故清思不及范梈,秀韵不及揭傒斯,权奇飞动尤不及虞集,而四家并称,终无怍色,盖以此也。"范梈在序言中对杨载的风度非常赞佩,评价其为"天禀旷达,气象宏朗,开口论议,直视千古",而杨载也自矜其才"每大众广席,占纸命辞,敖睨横放,尽意所止",范梈也认为杨载诗,能得风骚之旨,在当时个性超逸"众方拘拘,己独坦坦。众方纤余,己独驰骏马之长坂而无留行。故当时好之者虽多,而知之者绝少,要一代之杰作也。"(《续修浦城县志》卷三四)

程端礼作《元兴天僖慈恩教寺记》。

按:此文叙述官方敦促慈恩教在江南的推行发展及佛光法师的努力甚确。文曰:"世祖皇帝以神武一区宇,治功底定,期与休息。因民俗向善求福,咸归佛氏,以慈恩教法未行南方,选僧任教师者三十人,布江南诸路,择名山开讲。至元二十五年,召见赐衣,敦遣佛光大师德公来至天僖。三十一年,成宗皇帝宠赐师号,有司复虑恒产之不赡,爰益以旌忠废寺之田入之。皇上即位之元年,赐寺今额。初吴主感舍利金像之异,迎僧会立塔建寺,历代崇奉有加。迨佛光师钦承明诏,发挥素蕴,开筵集徒,大阐教法。慈恩宗旨,口传心悟,各有所就。几四十年,自朝至夕,寒暑不辍。清修苦行,弥久益虔,饮食起居,咸中礼节。始至,颓垣坏宇,穿漏将仆,又能铢积余财,撤而新之,千楹百堵,宏敞倍昔,金碧翚飞,内外如一,百尔所资,悉皆完美。较其功德,为江南诸师冠。即世四年,宗支嗣教,一道遗矩,可传永永。其嗣某迹其事来请记。余以为佛氏日兴以盛,虽其为法善诱,其亦任事者得其人也。吾儒学校之教,有司勉励敦劝亦云至矣,近世职教者或望月与诸生一再会,演说解语,则为尽职。诸生经行皆所不问,师生至未相识已代去,能奋然以师道自任盖寡。岂世之曰师云者为彼得而此失之欤?抑此之择师之道未至以致然欤?余为记其事,因书其所感者云。"(《畏斋集》卷五)

傅与砺九月作《绿窗遗稿序》。

按:《绿窗遗稿》乃傅与砺妻子孙惠兰遗作。孙蕙兰,名淑,字蕙兰,年二十三,归宁傅氏,五月而卒,时为泰定五年八月廿有一日,后三日,寓殡湘中。(傅若金《故妻孙硕人殡志》,《傅若金集》,第222页)《绿窗遗稿序》序言云："故妻孙氏惠兰,早失母,父周卿先生以《孝经》、《论语》及凡《女诫》之书教之。诗固未之学也,因其弟受唐诗家法于庭,取而读之,得其音格,辄能为近体五、七言,语皆闲雅可诵,非苟学所能至者。然不多为,又恒毁其稿,家人或窃收之,令勿毁,则曰:'偶适情耳,女子当治织纫组紃以致其孝敬,辞翰非所事也。'既卒,家人哭而称之,因出其稿,得五言七首,七言十一首,五、七言未成章者廿六句,特为编集成帙,题曰《绿窗遗稿》,序而藏之。泰定五年九月既望,新喻傅若金汝砺序"。(《绿窗遗稿》卷首)

刘赓卒。

按:刘赓(1248—1328),字熙载,号唯斋,洛水人。幼有文名,师事王磐,又为胡祗遹门生。曾任国史院编修官、国子祭酒、集贤大学士,以久典文翰,其时制作多出其手。"公持文衡,先质行而后文,时人化之。其在成均也,晨入坐堂上,以身率先,神色端重,若不可犯,而辞气循循然,足以厌服学者之心志",事迹见虞集《翰林学士承旨刘公神道碑》(《雍虞先生道园类稿》卷四一)。

邓文原卒。

按:邓文原(1258—1328),字善之,号匪石,四川绵州人,徙钱塘,人称素履先生,宋末应浙西转运司试中魁,选至元间辟,为杭州路儒学正,累迁翰林待制出,仓江南浙西廉访司事,谳狱明允至治中,官至集贤,直学士兼园子祭酒,卒谥文肃。博学善书,著有《读易类编》、《巴西文集》一卷,及《内制稿》、《素履斋稿》。事迹见吴澄《元故中奉大夫岭北湖南道肃政廉访使邓公神道碑》(《吴文正集》卷六四)、《元史》卷一七二、《宋元学案》卷八二、《元诗选·二集》小传。

吴澄《送邓善之提举江浙儒学诗序》"往年初识吴兴赵子昂,亹亹说蜀人邓善之为畏友。子昂标致自高,平视一世,其所称许,必有以大惬其心而然。越十有六年,善之与余俱被当路,荐为翰林国史之属。始克会于京师,益信子昂之与为不苟。予不及试而去,善之善于其职再转为修撰,其辞章炳炳琅琅,追典诰命制之作,得颂雅风骚之遗,见推于同辈,传诵于人人,知与不知,莫不脍炙其文,金石其行为。儒者一洗见轻之耻,善之有力焉。虽善之所可重,岂直无用之用而已,而未尝以有用之用用也。掌文翰垂十年,出领江浙等处儒学事,留于朝者咸惜其去,而善之怡然无不可于意矣。苟未至于达可行之天下,而守一官效一职,顾何往而不可?……诗若干首,临川吴澄为之序而系之以诗。诗曰:所谓温如玉,如今见此人。形神两素淡,文行一清淳。禁着声华重,东南教事新。朋知相继出,吾亦欲垂纶。"(《吴文正

集》卷二五)

李士行卒。

按：李士行(1282—1328)，字遵道，蓟丘人，画家李衎子。士行承其家学并师法赵孟頫，善画竹木和山水，作品多以描写枯木寒水为主。以向元仁宗献《大明宫图》得官，官至黄岩知州。事迹见苏天爵《李遵道墓志铭》(《滋溪文稿》卷一九)、《元史类编》卷三六。

王寿衍《次韵就挽遵道》"仙李如何竟小年，松林满壁惨风烟。青山扪虱谁同话，赤脚骑鲸自上天。名世岂惟书画学，起家犹望孝廉船。无因得寄松花酒，一洒清明笔冢前。(王溪月)(《全元诗》第二十七册，第 85 页)

刘汶《次韵就挽遵道》"苏峰登览赋思玄，归路冥冥向夕烟。生不临深元有道，死当涉险岂非天。辋川风月留诗卷，罨画溪山待酒船。回首清游成短梦，不堪肠断白鸥前。(刘师鲁)(《全元诗》第二十八册，第 7 页)

刘致《次韵就挽遵道》"昔年玉麈共谈玄，岂意翩然凌远烟。应跨紫鲸归碧海，或乘赤鲤上青天。洛城空有卢仝屋，采石元无李白船。墨竹世推贤父子，不堪见画忆生前。"(刘时中)(《全元诗》第二十九册，第 275 页)

杜本《次韵就挽遵道》"真人曾与洗重玄，遥指蓬莱隔翠烟。贾傅雅期云外鹄，湘累竟觅水中天。江山不见王维笔，湖海空怀米芾船。独有孝廉能继世，时时哀些酹坟前。(杜清碧)(《全元诗》第二十八册，第 181 页)

李穑(1328—1396)生。

元文宗天历二年　己巳　1329 年

正月丙戌，和世㻋即位于和宁之北。

按：《元史·明宗本纪》载"天历二年正月乙丑，文宗复遣中书左丞跃里帖木儿来迎。乙酉，撒迪等至，入见帝于行幄，以文宗命劝进。丙戌，帝即位于和宁之北，扈行诸王、大臣咸入贺，乃命撒迪遣人还报京师。"(《元史》卷三一)

庚申，高丽国遣使来朝贺。(《元史·文宗本纪二》卷三三)

二月，文宗立奎章阁学士院于京师，遣人以除目来奏，帝(和世㻋)并从之。《元史·明宗本纪》卷三一)

颁行《农桑辑要》及《栽桑图》。(《元史·文宗本纪二》卷三三)

八百媳妇、金齿、九十九洞、银沙罗甸，咸来贡方物。(《元史·文宗本纪

二》卷三三)

甲寅,置奎章阁学士院,秩正三品。(《元史·文宗本纪二》卷三三)

按:奎章阁学士院乃元文宗与元明宗争夺帝位的产物。天历元年九月元文宗作为弟弟先即位于大都,但即位之初表示,将据位以代兄长,并派人送皇帝玺给明宗。天历二年正月,明宗即位于和林,并在即位之初给出元文宗去位之后的出路——即至奎章阁学士院与翰林文士讨论经史。《元史》载:"是月(天历二年正月),前翰林学士承旨不答失里以太府太监沙剌班辇金银币帛至。遣撒迪等还京师,帝命之曰:'朕弟曩尝览观书史,迩者得无废乎?听政之暇,宜亲贤士大夫,讲论史籍,以知古今治乱得失。卿等至京师,当以朕意谕之。'"(《元史》卷三一)《元史·文宗本纪二》载:"甲寅,立奎章阁学士院,秩正三品,以翰林学士承旨忽都鲁都儿迷失、集贤大学士赵世延并为大学士,侍御史撒迪、翰林直学士虞集并为侍书学士,又置承制、供奉各一员。"(《元史》卷三三)

《元史·百官志四》载奎章阁学士院人事曰:"奎章阁学士院秩正二品。天历二年,立于兴圣殿西,命儒臣进经史之书,考帝王之治。大学士二员,正三品。寻升为学士院。大学士,正二品;侍书学士,从二品;承制学士,正三品;供奉学士,正四品;参书,从五品。多以它官兼领其职。至顺元年,增大学士二员,共四员。侍书学士二员,承制学士二员,供奉学士二员。首领官:参书二员,典签二员,照磨一员,内掾四人,译文内掾二人,知印二人,怯里马赤一人,宣使四人,典书五人。属官:授经郎二员。"

奎章阁学士院又辖群玉内司、艺文监、广成局、艺林库等文化机构,另又专设鉴书博士。《元史》载:"群玉内司,秩正三品,天历二年始置,掌奎章图书宝玩及凡常御之物。监司一员,正三品;司尉一员,从三品;亚尉一员,正四品;佥司二员,从四品;司丞二员,正五品;典簿一员,正七品;令史二人,知印一人,怯里马赤一人,奏差、典吏各二人,给使八人,司膳四人。艺文监,秩从三品。天历二年置,专以国语敷译儒书,及儒书之合校雠者俾兼治之。大监检校书籍事二员,从三品;少监同检校书籍事二员,从四品;监丞参检校书籍事二员,从五品;典簿一员,照磨一员,令史四人,译史一人,怯里马赤一人,奏差二人,典吏三人。监书博士,秩正五品。天历二年始置。品定书画,择朝臣之博识者为之。博士二员,正五品;书吏一人。艺林库,秩从六品。提点一员,从六品;大使一员,副使一员,正七品;库子二人,本把二人。掌藏贮书籍。天历二年始置。广成局,秩七品,掌传刻经籍及印造之事。天历二年始置。大使一员,从七品;副使一员,正八品;直长二人,正九品;司吏二人。"(《元史》卷八)

三月辛酉,遣燕铁木儿奉皇帝宝于明宗行在所。

按:《元史·文宗本纪二》载:"仍命知枢密院事秃儿哈帖木儿、御史中丞八即剌,翰林直学士马哈某、典瑞使教化的、宣徽副使章吉、金中政院事脱因、通政使那海、太医使吕廷玉、给事中咬驴、中书断事官忽儿忽答、右司郎中字别出、左司员外郎王德明、礼部尚书八剌哈赤等从行。"(《元史》卷三三)

己巳,命改集庆潜邸,建大龙翔集庆寺,以来岁兴工。(《元史·文宗本纪二》卷三三)

壬申,设奎章阁授经郎二员,职正七品,以勋旧、贵戚子孙及近侍年幼者肄业。(《元史·文宗本纪二》卷三三)

命明里董阿为蒙古巫觋立祠。(《元史·文宗本纪二》卷三三)

按:立祠之后,至顺二年(1331)正月,文宗又封蒙古巫者所奉神为"灵感昭应护国忠顺王",号其庙曰"灵祐"。这些举措是蒙古萨满活动烙上农耕文化印记的表现。作为原始宗教形态的萨满教,本没有祠堂庙宇,而文宗不仅为其立庙,而且还按汉族传统礼仪,为萨满所奉神灵追加封号、庙额。(《元代文化史》,第92页)这颇能看出中原农耕文化对元文宗的浸润,也能见出游牧宗教信仰与农耕祭祀文化的融合。

僧、道、也里可温、术忽、合失蛮为商者,仍旧制纳税。(《元史·文宗本纪二》卷三三)

四月戊戌,以陕西久旱,遣使祷西岳、西镇诸祠。(《元史·文宗本纪二》卷三三)

占腊国来贡罗香木及象、豹、白猿。(《元史·文宗本纪二》卷三三)

戒翰林、典瑞两院官,不许互相奏请玺书以护其家。(《元史·文宗本纪二》卷三三)

五月乙丑,以储庆司所储金三十锭、银百锭,建大承天护圣寺。(《元史·文宗本纪二》卷三三)

乙亥,幸大圣寿万安寺,作佛事于世祖神御殿,又于玉德殿及大天源延圣寺作佛事。(《元史·文宗本纪二》卷三三)

六月壬子,海运粮至京师,凡百四十万九千一百三十石。(《元史·文宗本纪二》卷三三)

以周公岐阳庙为岐阳书院。(《元史·文宗本纪二》卷三三)

按:《元史·祭祀志五》"周公庙在凤翔府岐山之阳。天历二年六月,以岐阳庙为岐阳书院,设学官,春秋释奠周文宪王如孔子庙仪。凡有司致祭先代圣君名臣,皆有牲无乐。"(《元史》卷七六)

七月己未,征京师僧道商税。

丙子，文宗受皇太子宝。（《元史·明宗本纪》卷三一）

八月丙戌，明宗和世㻋卒。

按：《元史·明宗本纪》载："戊寅，次小只之地。壬午，遣使诣京师，敕中书平章政事哈八儿秃同翰林国史院官祭太祖、太宗、睿宗三朝御容。发诸卫军六千完京城。八月乙酉朔，次王忽察都之地。丙戌，皇太子入见。是日，宴皇太子及诸王、大臣于行殿。庚寅，帝暴崩，年三十，葬起辇谷，从诸陵。十二月乙巳，知枢密院事臣也不伦等议请上尊谥曰翼献景孝皇帝，庙号明宗。（《元史·明宗本纪》卷三一）

八月己亥，皇太子复即皇帝位于上都大安阁。

按：天历元年文宗即位之际，曾一再表明自己将据位以待兄长，明宗于天历二年正月在和林即位，仍用天历年号，封文宗为皇太子，虞集《即位诏》中云："朕兴念大兄播迁朔漠，以贤以长，历数宜归，力拒群言，至于再四，乃曰：艰难之际，天位久虚，则众志弗固，恐隳大业。朕虽从请而临御，秉初志之不移。是以固让之诏始颁，奉迎之使已遣。寻命阿剌忒纳失里、燕铁木儿奉皇帝宝玺，远迓于途。受宝即位之初，即遣使授朕皇太子宝。"但天历二年八月一日，文宗、燕铁木儿等人迎接明宗于王忽都察，并害死明宗，十五日再次即位于上都大安："八月一日，大驾次王忽都察，朕欣瞻对之有期，独兼程而先进。相见之顷，悲喜交集，何数日之间，而宫车弗驾？国家多难，遽至于斯。念之痛心，以夜继旦。诸王、大臣以为祖宗基业之隆，先帝付托之重，天命所在，诚不可违，请即正位，以安九有。"（《元史·文宗本纪二》卷三二）

庚子，命阿荣、赵世安督造建康龙翔集庆寺。（《元史·文宗本纪二》卷三三）

壬寅，升奎章阁学士院秩正二品，更司籍郎为群玉署，秩正六品。（《元史·文宗本纪二》卷三三）

乙巳，立艺文监，秩从三品，隶奎章阁学士院；又立艺林库、广成局，皆隶艺文监。（《元史·文宗本纪二》卷三三）

己酉，车驾发上都。（《元史·文宗本纪二》卷三三）

加封大都城隍神为护国保宁王，夫人为护国保宁王妃。（《元史·文宗本纪二》卷三三）

九月乙卯朔，作佛事于大明殿、兴圣、隆福诸宫。市故宋太后全氏田为大承天护圣寺永业。（《元史·文宗本纪二》卷三三）

丁卯，大驾至大都。（《元史·文宗本纪二》卷三三）

九月戊辰，命翰林国史院同奎章阁学士采辑本朝典故，依据唐、宋会要

体例,著为《经世大典》。(《元史·文宗本纪二》卷三三)

甲戌,命江浙行省明年漕运粮二百八十万石赴京师。(《元史·文宗本纪二》卷三三)

广西思明州土官黄宗永遣其子来贡虎、豹、方物。(《元史·文宗本纪二》卷三三)

癸未,建颜子庙于曲阜所居陋巷。(《元史·文宗本纪二》卷三三)

十月甲申朔,帝服衮冕,享于太庙。(《元史·文宗本纪二》卷三三)

申饬海道转漕之禁。(《元史·文宗本纪二》卷三三)

甲午,以登极恭谢,遣官代祀于南郊、社稷。(《元史·文宗本纪二》卷三三)

己亥,加封天妃为护国庇民广济福惠明著天妃,赐庙额曰灵慈,遣使致祭。(《元史·文宗本纪二》卷三三)

戊申,征朵朵、王士熙等十二人于贬所,放还乡里。(《元史·文宗本纪二》卷三三)

庚戌,以亲祀太庙礼成,诏天下。(《元史·文宗本纪二》卷三三)

遣使代祀岳渎山川。(《元史·文宗本纪二》卷三三)

十一月乙卯,受佛戒于帝师,作佛事六十日。(《元史·文宗本纪二》卷三三)

明宗后八不沙请为明宗资冥福。

按:《元史·文宗本纪二》载,命帝师率群僧作佛事七日于大天源延圣寺,道士建醮于玉虚、天宝、太乙、万寿四宫及武当、龙虎二山。(《元史》卷三三)

戊午,遣使代祀天妃。(《元史·文宗本纪二》卷三三)

乙卯,翰林国史院言纂修《英宗实录》。

按:《元史·文宗本纪二》载,"乙卯,翰林国史院臣言:'纂修《英宗实录》,请具倒剌沙款伏付史馆。'从之。"(《元史》卷三三)

以平江官田百五十顷,赐大龙翔集庆寺及大崇禧万寿寺。(《元史·文宗本纪二》卷三三)

十二月戊戌,以淮、浙、山东、河间四转运司盐引六万,为鲁国大长公主汤沐之资。(《元史·文宗本纪二》卷三三)

己亥,遣使驿致故帝师舍利还其国。

按:给予金五百两、银两千五百两、钞千五百锭、币五千匹。(《元史·文宗本纪二》卷三三)

壬寅,命江浙行省印佛经二十七藏。(《元史·文宗本纪二》卷三三)

甲辰，以明年正月武宗忌辰，命高丽、汉僧三百四十人，预诵佛经二藏于大崇恩福元寺。(《元史·文宗本纪二》卷三三)

于艺文监下设广成局，"掌传刻经籍及印造之事"。(《元史·文宗本纪二》卷三三)

按：广成局实为蒙古文翻译出版机构。除翻印儒书外，还刊印"祖宗圣训"之类书籍。时"设大使一员，从七品，副使一员，正八品。直长二人，正九品。司史二人"。另，元官府刻书机构还有太史院之印书局、太医院之广惠局或医学提举司。钱大昕《补元史艺文志》载：广成局译成蒙古文之汉籍有《尚书节文》、《孝经》、《大学衍义节文》、《忠经》、《贞观政要》、《帝范》、《皇图大训》等。钱氏书中还辑录有一些解经之作，如：许衡《大学之解》、《中庸直解》、胡祇遹《易直解》、胡持《周易直解》、吕椿《尚书直解》、钱天祐《大学经传直解》、《孝经直解》、小云石海涯《直解孝经》等，以许衡两部书最富代表性。

置宁徽寺。

按：《元史·百官志六》"宁徽寺，秩正三品，隶八不沙皇后位下。寺卿六员，少卿四员，丞二员，品秩同长庆寺；经历、知事各一员。天历二年置。"(《元史》卷九〇)

置岭北行枢密院。

按：《元史·百官志二》"岭北行枢密院，天历二年置。……掌边庭军务，凡大小事宜，悉从裁决。"(《元史》卷八六)

阿邻帖木儿任翰林学士承旨。(《元史·明宗本纪》卷三一)

按：五月己未，遣翰林学士承旨阿邻帖木儿北迎大驾。(《元史·文宗本纪二》卷三三)

斡耳朵为翰林学士承旨。

按：五月癸亥，复遣翰林学士承旨斡耳朵迎大驾。(《元史·文宗本纪二》卷三三)

翰林学士承旨唐兀加为太尉。(《元史·明宗本纪》卷三一)

翰林学士承旨也儿吉尼、元帅梁国公都列捏并知行枢密院事。(《元史·文宗本纪二》卷三三)

翰林学士承旨阔彻伯十一月癸亥知枢密院事，位居众知院事上。(《元史·文宗本纪二》卷三三)

中书左丞赵世安提调国子监学。(《元史·文宗本纪二》卷三三)

赵世延封为平章政事。

按：据虞集《赵平章加官封制》云，赵世延"方严而精明，果毅而详缜。卓以囊鞬之胄，俨然韦布之风。始事世皇，即拜御史；多历年所，遍践台司。阅实简书，每先几而扶直；作新风纪，必正色以摧奸。常依日月之光，不改冰霜之操。洎在政府，蔚为名臣。"而考《元史》所载赵世延行迹"制"中所评价非为枉论，而赵世延在文宗两度即位的过程中，亲见亲历，出力甚勤，而赵世延由于燕铁木儿等人的猜忌下一再以年老欲退，故而文宗请赵世延"载念紫微之务，实资黄发之询。是用建尔上公，保兹东鲁。可优游于馆阁，以劢相于国家。"

阿荣以中书参政出任奎章阁学士。

按：期间，阿荣荐引吴元德为奎章阁僚属。据载，延祐七年，吴元德与也里可温人雅琥相聚于江夏，之后结识蒙古功臣之后阿荣。吴元德在京师期间与马祖常、虞集、揭傒斯等交游唱和，并有多首诗写与阿荣。

虞集任奎章阁侍书学士。

按：据欧阳玄云："夫奎章公辨色入直，日未入三刻始退就舍。"（欧阳玄《送虞德修序》）

哈剌拔都儿以礼部尚书充任奎章阁捧案官。

按：黄溍《恭跋命哈剌拔都儿充捧案官御笔》"天历二年夏五月日，皇帝坐奎章阁，特降御笔，以礼部尚书哈剌拔都儿充捧案官。臣溍窃惟国朝任官作命，皆出外廷，具有品式。捧案官，盖中朝侍从近臣，且不常设，非可律以定制。故天子亲御翰墨以命之，实盛典也。史臣宜谨志之，以备馆阁故事焉。"（《金华黄先生文集》卷二一）

宋本改礼部侍郎。（《元史·宋本传》卷一八二）

揭傒斯作《上再即位奎章阁贺表》。（《揭文安公集》文集卷一）

揭傒斯是秋被首选为授经郎。

按：天历二年，文宗想让"勋戚大臣之子孙"都受汉学教育，遂命"学士院择可为之师者"，选拔最终"得十余人"，人们公认"无以易公（揭傒斯），乃擢公授经郎"（欧阳玄《元翰林侍读学士、中奉大夫、知制诰、同修国史、同知经筵事、豫章揭公墓志铭》，《圭斋文集》卷一〇），授经郎阶正七品，职责是"专一训教集赛官大臣子孙"（《山居新语》卷二）。

欧阳玄奉诏纂修《经世大典》，升艺文大监、检校书籍事。（危素《欧阳公行状》）

李泂预修《经世大典》。（《元史·李泂传》卷一八三）

柯九思十一月奉旨整理秘书监书画。（《秘书监志》卷六）

王结拜中书参知政事，入谢光天殿，以亲老辞。（《元史·王结传》卷

一七八）

纳麟以中书平章监宪江右。（虞集《（龙兴路东湖书院）重建高文忠公祠记》）

张养浩改任陕西行台御史中丞,仍兼资善大夫。

按:泰定时候,张养浩辞官居家,朝廷以江北淮东道肃政廉访使召,不起,又两以翰林学士召,辞益坚。到文宗即位时,任以现职,命下,张养浩幡然曰:"吾退处丘园,七辞聘召,闻西士民饥殍流亡,忍不起而拯救哉!"于是"治装就道"。自到官日起,寝处台中,旦起理荒,矻矻无顷刻暇,夜则露香拜祷。泯不言笑,时复泣下。由是致疾,"天历二年己巳秋七月廿七日",薨于位。（张起岩《大元敕赐故西台御史中丞赠摅诚宣惠功臣荣禄大夫陕西等处行中书省平章政事柱国追封滨国公谥文忠张公神道碑铭》、危素《张文忠公年谱序》）虞集对于张养浩应征陕西行台御史中丞一事颇为感喟,曾写道:"十年七聘不还朝,起为饥民夜驾轺。嘉树百年谁忍伐,生刍一束不能招。西州华屋交游少,北海清尊意气消。欲写济南名士传,泉声山影晚萧萧。"（《题张希孟中丞送毕申达提点卷后》）

曹元用二月癸巳以翰林侍讲学士祀孔子于阙里。（《元史·文宗本纪二》卷三三）

欧阳玄主考大都乡试。（危素《欧阳公行状》）

雅琥以翰林学士承诏祷雨关中。

按:许有壬有诗题《天历己巳本雅实理子谦以翰林学士承诏祷雨关中有应虞伯生学士作诗序子谦监湖南宪求诗》。

吴澄被江西省请为乡试考试官,以病辞请。（危素《吴澄年谱》）

王士熙被流放,后赦归田里。（《元史·文宗本纪二》卷三三）

范椁授湖南岭北道肃政廉访司经历,以养亲辞不赴。

按:其秩,自湖广行省校文而还,逾月有母丧。明年十月,以疾终,年五十九。（吴澄《故承务郎湖南岭北道肃政廉访司经历范亨父墓志铭》）

赵世延捐俸建紫岩书院。（张养浩《敕赐成都紫岩书院记》）

释大䜣与蒋山昙芳忠俱召至京师,京师之为禅宗者,出迎河上。（虞集《大元广智全悟大禅师太中大夫住大龙翔集庆寺释教宗主兼领五山寺笑隐䜣公行道碑》）

张留孙九月庚申加封为上卿、大宗师、辅成赞化保运神德真君。（《元史·文宗本纪二》卷三三）

诸僧十二月分于大明殿、延春阁、兴圣宫、隆福宫、万岁山作佛事。

道士苗道一十月癸卯,建醮于长春宫。（《元史·文宗本纪二》卷三三）

畏兀僧百八人十月甲辰,作佛事于兴圣殿。(《元史·文宗本纪二》卷三三)

西夏僧总统封国公冲卜卒,其弟监藏班藏卜袭职,仍以玺书、印章与之。(《元史·文宗本纪二》卷三三)

西僧辇真吃剌思十二月甲申为帝师。(《元史·文宗本纪二》卷三三)

元文宗四月己酉,将《曹娥碑》赐予奎章阁参书柯九思,虞集奉敕题跋。

按:柯九思所藏《曹娥碑》乃王羲之书碑拓本,而以元文宗与柯九思以及众多馆臣往来同观《曹娥碑》为标志,正式拉开奎章阁时代馆阁文艺繁盛的序幕。据虞集题跋记载,泰定五年(1328)正月初九,时任吏部侍郎的宋本、翰林修撰谢端、太常博士王守诚、太常奉礼郎简正理、著作佐郎偰玉立、侍仪舍人林宇、太常太祝赵期颐等人都到时任典瑞院都事的柯九思家一道观赏王羲之的《曹娥碑》。康里巙也曾与逯鲁一同到柯九思家观帖并题字。天历二年(1329)二月,元文宗建奎章阁,柯九思将《曹娥碑》进献给元文宗,四月,元文宗再将《曹娥碑》赐还给柯九思,同时又命阁中官员同观集题,当时,奎章阁学士院大学士忽都鲁都儿迷失、奎章阁学士院承制李泂、奎章阁学士院供奉李讷、奎章阁学士院参书雅琥、奎章阁学士院授经郎揭傒斯、奎章阁学士院内掾林宇、甘立同观。天历三年(1330)正月廿五日,柯九思被封为奎章阁学士院鉴书博士,金源纥石烈希元、武夷詹天麟、长沙欧阳玄、燕山王遇又到柯九思家同观《曹娥碑》。天历三年(1330)正月廿七日,参书雅琥、经筵检讨白守忠、高存诚同观,虞集集之子虞同也陪同观览。

宋本十一月奉命祭祀海上天妃诸庙,虞集、许有壬等馆臣作诗践行。

按:天妃是指南海海神、现今所称妈祖。宋本等人此行祭祀之旅,乃元代规模空前的进香之旅,耗时半年,行程万里,途经淮安、苏州、杭州、绍兴、温州、福州、湄洲、泉州等重要港口的十五座妈祖庙,代表皇帝呈献祭文。元代海运自(1292)开拓到宋本祭祀天妃的这年,刚好五十年,同时也是整个元朝天妃祭祀活动背景最糟糕、最值得关注的一次,船一出海就遭遇飓风而船翻人没,最终到达京师的船只只有一小部分。刚刚毒死兄长而再次即位的元文宗对此非常不快,于是派自己较为信重的奎章阁臣翰林直学士本雅实理、艺文大监宋本作为代祀使者前往祭祀。宋本出发前,虞集、马祖常、许有壬、宋沂纷纷作诗践行,宋本也作诗酬谢,此事在当时影响颇大。这次馆臣活动不仅是元代中叶同题集咏的著名案例,还是元代海祭活动、海事书写、海洋叙述的重要体现,是元代有关海洋书写的重要篇章。虞集有《送宋诚甫大监祀天妃》、马祖常作《送宋诚夫大监祠海上诸神》、许有壬作《湖南监宪本雅实理子谦昔为翰林学士奉使祠天妃伯生有序送行征诗其后》、宋沂作《东海谣奉送宋大监降香海上天妃庙》、宋本自己作《奉旨降香天妃谢翰林诸公赠诗》答谢同僚赠诗。

另外，虞集作为其中文望最高者又作《送祠天妃两使序》，在序中，虞集除了叙述此次海祭的原因，并针对这次海难，综合考量了海运对于元代经济的意义，并对元代的社会危机思考更深一层。是元代关于海运思考非常重要的一篇文章。虞集祖述元代海运意义写道："世祖皇帝岁运江南粟，以实京师。漕渠孔艰，吴人有献策航海道便以疾，久之，人益得善道。于今五十年，运积至数百万石以为常。京师官府众多，吏民游食者至不可算数，而食有余贾常平者，海运之力也。"但是作为思想深邃、关注国计民生的贤者，虞集在序中沉重指出天历二年的海难与其说是天灾，更不如说是人祸："往年某尝适吴，见大吏发海运。问诸吴人，则有告者曰：富家大舟，受粟多得，佣直甚厚，半实以私货，取利尤夥，器壮而人敏，常善达。有不愿者，若中产之家，辄贿吏求免。婉转期迫，辄执畸贫而使之舟，恶吏人朘其佣直。工徒用器，食卒取具，授粟必在险远，又不得善粟。其舟出辄败，盖其罪有所在矣。"今日之事，此其一端乎？"虞集认为国家经济命脉不能过度依赖海运，否则将导致不可预测的大祸，他认为，"京师之东，崔苇之泽，滨海而南者，广袤相乘可千数百里，潮淤肥沃，实甚宜稻。用浙、闽堤圩之法，则皆良田也。宜使清强有智术之吏，稍宽假之，量给牛种、农具，召募耕者，而疏部分之期，成功而后税，因重其吏秩，以为之长。又可收游惰、弭盗贼，而强实畿甸之东鄙。"如果能依赖京师周边土地供给粮食，"则其便宜又不止如海运者。奈何独使东南之人竭力以耕，尽地而取，而使之岁蹈不测之渊于无穷乎？"可惜，虞集的这番思考被时宰认为迂腐没有采纳，而至正十九年（1359）夏秋之际的大都粮荒又可谓是应了虞集这年海难的忧虑。

元文宗十一月与奎章阁群臣赏鉴宋代赵幹的《江行初雪图》。

按：其时到场奎章阁馆臣有：典签臣张景先，奎章阁学士院参书、文林郎臣柯九思，奎章阁学士院参书、奉训大夫臣雅琥，奎章阁供奉学士、承德郎臣李讷，奎章阁供奉学士、中议大夫臣沙剌班，奎章阁承制学士、奉训大夫臣李泂，奎章阁承制学士、朝散大夫、中书左司郎中臣朵来，奎章阁侍书学士、翰林直学士、中奉大夫、知制诰、同修国史、兼经筵官臣虞集，奎章阁侍书学士、资善大夫、中书右丞臣撒迪，奎章阁大学士、光禄大夫、中章平章政事、知经筵事臣赵世延，奎章阁大学士、光禄大夫、知经筵事臣忽都鲁都儿迷失等题跋。（文渊阁四库本《石渠宝笈》卷四三）

虞集奉旨作《开奎章阁奏疏》。

按：奎章阁学士院专掌进奉经史、赏鉴文书、典籍、字画、器物，并备皇帝咨询、研考古帝王治术，为皇帝和贵族子弟讲说经史。奎章阁学士院由于元文宗的重视和提携，对元代中叶出现的、文坛影响巨大的奎章阁文人群体的形成意义重大，同时也对元代文坛产生深远影响。虞集疏曰："臣某等言，特奉圣恩，肇开书阁。将释万机而就佚，游六艺以无为，此独断于睿思，而昭代之盛典也。乃俾臣等，并备阁职。感兹荣幸，辄布愚忱。钦惟皇帝陛下，以聪明不世出之资，行古今所难能之事。以言乎涉历，则衡虑困心艰劳之日久；以言乎勘定，则拨乱反正文治之业隆。然而功成不居，位定不有。谦逊有光于尧、舜，优游方拟于羲、黄。集群玉于道山，植众芳于灵囿。委怀澹泊，造道精微。若稽在昔之传闻，孰比于今之善美。而臣等躬逢盛事，学愧前修。虽竭于论思，惧无堪与裨补。然敢不咏歌《雅》、《颂》，极襄赞之形容；探赜《图》、《书》，玩盈虚之来往。冀心神之融会，成德性之纯熙。揆微志而匪能，诚至愿其如此。仰祈天日，俯察刍荛，臣某等不胜惓惓之至。"（《雍虞先生道园类稿》卷一四）

马祖常奉旨为燕铁木儿作《太师太平王定策元勋之碑》。

按：燕铁木儿（？—1333），钦察氏，床兀儿之孙。少年时期随武宗镇守漠北。泰定五年（1328）七月初四，泰定帝在上都去世，帝位空虚，燕铁木儿作为大都留守，得到消息，力举武宗之子即位，直到十月廿二日，期间，燕铁木儿与泰定帝余党倒剌沙势力展开残酷战争，而燕铁木儿与其弟撒敦、其子唐其世在战争中亲冒失石，身先士卒。文宗在居庸关一战中，曾"大驾出宫，亲督将士"，燕铁木儿立即奏事曰："凡军事一以付臣，愿陛下班师抚安黎庶"，让文宗回宫。而文宗对于燕铁木儿的勇猛曾谕旨曰："丞相每与敌战，亲冒矢石，脱不虞，奈宗社何？以大将旗鼓督战可也。"而燕铁木儿则曰："凡战，臣先之。敢后者，臣论以军法。"而马祖常此篇详细载记燕铁木儿与倒剌沙余党在上都一带的战争。（《石田文集》卷一四）由于燕铁木儿的翊戴之功，文宗即位后，"凡号令、刑名、选法、钱粮、造作，一切中书政务"皆归燕铁木儿，封之为开府仪同三司、上柱国、太师、太平王、答剌罕、中书右丞相、禄军国重事、监修国史、提调燕王宫相府事、大都督、领龙翊亲军都指挥使司事。（《元史》卷一三八）

马祖常奉旨为赵世安家族作《敕赐御史中丞赵公先德碑铭》。

按：赵世安乃文宗心腹之臣，在元文宗流放以及两度即位过程中，忠心不二，并随文宗即位而拜为御史中丞，官列二品。据马祖常文章记载"中丞起家给事禁闼，侍武宗皇帝冕服即蹈规矩，言行有常；事今上皇帝于潜邸，勤劳凤夜,夷险一心。天历之元,皇帝入正大位,征拜参议中书省事,旋入中书参知政事。上让位,居东宫,改詹事丞,领典用监卿,复入中书参知政事,领经筵事,升拜中书左丞,入台为御史中丞,官资德大夫。立侍正府,以中丞兼侍正,光显荣遇,在廷鲜伦。而其折节下士,盖有人所不能跂及者。令典官第二品,得封二代,异恩特封三代焉。"(《石田文集》卷一三)文宗不仅对赵家推封三代,令马祖常为其家世作文以刻碑;天历三年(1330)文宗再令宫廷画师为赵世安画像,令侍书学士虞集为画像题赞。据虞集画像赞记载,"天历庚午孟夏初吉,圣天子以为:御史中丞赵公世安,元从功臣,爰置左右。践扬省辖,表正风宪,厥绩殊茂。乃命绘像,用肃具瞻,亲御翰墨,书敕其上,识以宝玺,而命臣集述赞焉。臣惟公之事上也,靖恭凤夜,夷险一致。入则告以谋猷之嘉,出则宣其德意之美,惓惓焉爱君体国之意,其见于仪形风采者,宜垂颂焉。"由虞集之赞可知文宗对于赵世安之推重。《元史》没有为赵世安作传,实为大漏。

虞集三月奉旨作《奎章阁铭》,四月奉旨作《奎章阁记》。

按:《奎章阁铭》赞述奎章阁开设之意义:天历二年三月吉日,天子作奎章阁。万机之暇,观书怡神,则恒御焉。臣奉敕而铭之。曰:维皇穆清,中正无为。翼翼其钦,圣性日熙。乃辟延阁,左图右史。匪资燕娱,稽古之理。经纬有文,如日行天。爰刻贞玉,垂美万年。虞集在《奎章阁记》中阐明创立奎章阁之目的,曰:"大统既正,海内定一,乃稽古右文,崇德乐道。以天历二年三月作奎章之阁,备燕闲之居,将以渊潜退思,辑熙典学。乃置学士员,俾颂乎祖宗之成训,毋忘乎创业之艰难,而守成之不易也。又俾陈夫内圣外王之道,兴亡得失之故而以自警焉。其为阁也,因便殿之西庑,择高明而有容,不加饰乎采断,不重劳于土木,不过启户牖以顺清燠,树庋阁以栖图书而已,至于器玩之陈,非古制作中法度者不得列。其为处也,跬步户庭之间,而清严邃密,非有朝会、祠享、时巡之事,几无一日而不御于斯。于是,宰辅有所奏请,宥密有所图回,诤臣有所绳纠,侍从有所献替,以次入对,从容密勿,盖终日焉。而声色狗马不轨不物者,无因而至前矣。……"(《道园学古录》卷二一)

虞集奉旨作《曹南王勋德碑(铭)应制》。(《道园类稿》卷三八)

按:曹南王即蒙古著名将军阿剌罕,札剌儿氏。袭父职,为诸翼蒙古军马都元帅。蒙哥汗九年(1259),随忽必烈围宋鄂州(今武昌)。中统二年(1261),从帝大败叛王阿里不哥于昔木土脑儿(今蒙古苏赫巴托省南部),卓有战功。次年,从讨李璮于济南,败之于老仓口,以功进都元帅。至元四年(1267),改上万户,从阿术攻宋。十年(1273),破樊城,降襄阳。次年,随丞相伯颜南下,统军攻郢州,破沙芜堡,取鄂州,收降沿江州郡。十二年(1275),加昭毅大将军、左翼蒙古汉军上万户。旋拜中奉大夫、参知政事。继分军三道取临安,掌右翼,所向皆破。次年,迫宋降。伯颜携宋君臣北还后,受委掌军,与左丞董文炳追击宋臣张世杰及益王,攻浙东温、台、处及闽中诸郡,平江南。以参知政典行宣慰使。十四年(1277),进行中书省左丞,迁右丞。十八年(1281),拜行中书省左丞相,统蒙古汉军十四万自江南浮海征日本,行至庆元,卒于军。追封曹国公,谥武定,继追封曹南王,改谥忠宣。至元六年,中书参知政事许有壬再奉旨为阿剌罕撰《敕赐推诚宣力定远佐运功臣、太师、开府仪同三司、上柱国、曹南忠宣王神道碑铭并序》,翰林学士承旨康里巎巎作书,翰林学士欧阳玄篆其额。(《至正集》卷四五)

虞集以阿璘帖木儿、忽都鲁都儿迷失、柯九思言,奉旨于四月为希陵禅师作塔铭。(虞集题曰《大辩禅师宝华塔铭》)。(《道园学古录》卷四八)

虞集奉旨作《(集庆路)大龙翔集庆寺碑铭》。(《道园类稿》卷三)

虞集是年前后奉敕撰《上都留守贺惠愍公(贺胜)庙碑铭,应制》。(《道园类稿》卷三七)

吴澄著《易纂言外翼》八卷成。(危素《吴澄年谱》)

苏天爵著《国朝名臣事略》十五卷成。

按:《国朝名臣事略》所收传记传主皆为元朝开国功臣、文臣、武将、学者,共四十七人,其中前四卷收蒙古、色目十二人,后十一卷收汉人三十五人。据许有壬序言说,"类例仿朱子《言行录》,条有征据,略而悉,丰而核",按年按事选辑有关人的行状、碑文、墓志、家传及其他记载,分段注明出处,取详去简,弃去重复和芜词,使文字首尾一贯。每传前有提要,概述传主的氏族、籍、贯、简历、年岁等。传主祖先功业卓著者,在正文下用小字摘注其事迹文中涉及的事件、人物有它书可补充的,也用小字注出,全书共引文一百三十余篇,其中选自元初著名文人王鹗、王磐、徐世隆、李谦、阎复、元明善等十余人的作品占一半以上。这些人的文集今已不存在,若干名篇赖该书得以保存,因此,《国朝名臣事略》具有很高的史料价值。许有壬、欧阳玄、王守诚、王理等馆阁纷纷作序。

许有壬《国朝名臣事略序》写道:"监察御史赵郡苏天爵伯修辑《国朝名臣事略》十五卷,湖北宪刻诸梓,征叙其端。有壬在京师,早知伯修之学,而未知其有是编也。惟其培学上庠,历史属久,故考之也详,择之也审,其类例仿朱子《言行录》,条有征据,略而悉,丰而核,其四方之争先快睹者乎!窃惟国朝,真才云集,是编才四十七人,有齐民知名而未录者,盖朱子例,嗣有所得,当续书之也。"(《至正集》卷三〇)

欧阳玄《国朝名臣事略序》曰:"应奉翰林文字赵郡苏伯修,年弱冠,即有志著书。初为胄子,时科目未行,馆下士暓言词章,讲诵既有余暇,且笔札又富,君独博取中朝钜公文集而日录之。凡有元臣世卿墓表家传,往往见诸编帙中。及夫闲居,纪录师友诵说,于国初以来,文献有足征者,汇而萃之。始疏其人若干,属以其事,中更校雠,柿去而导存,抉隐而蒐逸,久而成书,命曰《国朝名臣事略》。他日,余与伯修同预史属,从借读之,作而叹曰:壮哉!元之有国也,无竞由人乎! 若太师鲁国、淮安、河南、楚国诸王公之勋伐,中书令丞相耶律、杨、史之器业,宋、商、姚、张之谋猷,保定、稿城、东平、巩昌之方略,二王、杨、徐之词章,刘、李、贾、赵之政事,兴元、顺德之有古良相风,廉恒山、康军国之有士君子操,其他台府忠荩之臣,帷幄文武之士,内之枢机,外之藩翰,班班可纪也。太保、少师、三太史天人之学,陵川、容城名节之特,异代岂多见哉! 至于司徒文正公尊主庇民之术,所谓九京可作,'我则隋武子乎! '嗟乎! 乾坤如许大,人才当辈出。伯修是编,未渠央也,姑志余所见如是云。"(《圭斋文集》卷七)

王理《国朝名臣事略序》写道:"皇元起朔方,绍帝运,接天统,资始于天,不因于人,遂大作明命,训戒宇内。一启而金人既南,辽海和辑;再启而西域率服,遂拓坤隅;三启而靖河北,秦晋戡集,河南是同,分宗子以方社,胙功臣之土;四启而庸蜀是柔;五启而江汉奄从,赵氏为臣。……书成凡十五卷,号《名臣事略》。其事之所载,尽标作者姓氏,示不相掩也。其名位显者,功在帝室,求未得者,续为后录。……至顺辛未六月辛亥(七日),赐进士出身、文林郎、翰林国史院编修官南郑王理谨叙。"(《国朝名臣事略》卷首)王理,字伯循,兴元南郑人。登进士第,至顺二年(1331)官翰林国史院编修,明年迁江南行御史台监察御史,后至元初,为广东金宪,改江东廉访使。

王守诚《国朝名臣事略跋》写道:"右《国朝名臣事略》,赵郡苏君伯修所编也,为书凡十五卷,四十又七人。……概兹在录,其从太祖之肇基王迹,事世祖之受天明命,历成宗、武宗、仁宗之继体守义,其时有后先,故人人事功,或有益焉。然使昭代之典焕乎可述,得人之际于斯为盛,凡家传碑志之所载者,此得以撮其略,详则具于国史。苏君博学而材周,器弘而识远,今为应奉翰林文字、同知制诰、兼国史院编修官。天历二年二月朔旦,太常博士王守诚书。"(《全元文》第三十九册,第397—398页)

欧阳玄为刘友益《通鉴纲目书法》作序。

按:欧阳玄《庐陵刘氏通鉴纲目书法后序》写道:"昔司马文正公变纪传为编年,作《资治通鉴》。朱文公稍变其法,且寓所去取焉,是谓《纲目》。……庐陵刘先生覃于是三十馀载,比辞而核研,推事以求度,纲举目张,如指诸掌,曰《通鉴纲目书法》,亶其严乎! 余从友人鄂省宰属冯君子羽得而读之,三复叹之曰:《春秋》微《公》、《谷》、啖赵诸说犹可,《纲目》微刘氏书,诚不可也。何时归青原故乡,愿即先生一二而扬确之。姑志余说于帙末。"(《圭斋文集》卷七)

赵世延作《南唐书序》。

按:序言写道:"天历改元,余待罪中执法。监察御史王主敬谓余曰:公向在南台,盖尝命郡士戚光,纂辑《金陵志》,始访得《南唐书》。其于文献遗阙,大有所考证,裨助良多,且为之音释焉。因属博士程熟等,就加校订,锓板与诸史并行之。越明年,余得告还金陵,书适就,光来请序。……余前忝史馆,朝廷尝议修宋、辽、金三史而未暇。他日太史氏复申前议,必将有取于是书焉。"(《元文类》卷三三)

李好文为《太常集礼》作序。

按:泰定四年(1327)武宗金主及祭器被盗事,时任太常博士的李好文言:"祖宗建国以来七八十年,每遇大礼,皆临时取具,博士不过循故应答而已。往年有诏为《集礼》,而乃令各省及各郡县置局纂修,宜其久不成也。礼乐自朝廷出,郡县何有哉!"白长院者选辽属数人,仍请出架阁文牍以资采录。三年书成,凡五十卷,名曰《太常集礼》(《元史》卷一八三)。李好文序言写道:"《太常集礼稿》为编秩者,郊祀九,社稷三,宗庙二十有一,舆服二,乐七,诸神祀三,诸臣请谥及官制因革典籍录六,合五十一卷。事核文直,汇杂出而易见,盖太常之实录也。……泰定丁卯秋,好文备员博士,既而金太常礼仪院事孛术鲁翀公继至,从而倡率之,遂暨一二同志,搜罗比校,访残脱,究讹略,其不敢遽易者,亦皆论疏其下。事虽不能无遗,以耳目所及,顾已获其七八。越二岁书成,名之曰《大元太常集礼稿》。……曰稿者,固将有所待焉。他日鸿儒硕笔,承诏讨论,成一代之大典,则亦未必无取。天历二年秋七月丙辰朔,承务郎、太常博士李好文序。"(清宣统刊本《涵芬楼古今文钞》卷一六)

陈旅作《上都分学题名记》。

按:天历二年六月,陈旅作为国子助教分教上都,七月三日,留守司准备开学典礼,中书省、御史台以及相关贤达到场,于是陈旅训育诸生,八月二十日,考试,二十七日,结束分教上都工作,九月二日,陈旅由上都返回大都,这篇题名记对于馆臣分学上都的过程颇有记录,非常有意义。"天历二年六月,国子助教陈旅与学录辛传鼎、伴读王励、王退思、逯弼、王劼等分学上都。七月三日,留守司具礼请开学,中书省、御史台暨禁近诸贤来至,又各助以尊俎之实。礼成,旅语于诸生……是岁八月望日,皇帝御大安阁,正大位,大赦天下,与民休息,申命有司举行学校纠举之制。二十日,试上都贡士。廿七日,出院。九月二日,南还。"(《安雅堂集》卷七)

范梈四月一日作《傅与砺诗集序》。

按:范梈卒于是年十月,则该序作于范梈死前半年,可见傅与砺与范梈之间情谊之深。范梈虽不卒六十岁而卒,但生前有著名如吴澄、虞集的推崇与喜爱,有如杰出如杨载、揭傒斯的相知,有优秀如傅若金、危素等子弟接武,足见其为人。范梈作诗,虽然也是复古一派,但主乎性情,这篇序言颇能看出范梈的基本作诗理念,正因为复古,同时又主张发乎性情,更兼人生贫穷努力,故其诗清新自励。傅与砺与乃师风范极为相似,贫穷而勤勉于学,津津于吟咏,且一样早卒,竟不到四十岁而卒,真令寄斯文任务于他的虞集、揭傒斯辈大为伤感。范梈序曰:"新喻傅汝砺,妙年工诗,自古今体、五七言,皆厘厘焉,力追古人,有唯恐不及意。间示余以所著编曰《牛铎音》者,读之连日不厌。闻其音而乐焉,以为诚识所尚者,因揭孔子之言《诗》,征以师说,遂演绎以告之。天历二年四月一日,范梈书于百丈山房。"(《全元文》第二十五册,第592页)揭傒斯《傅与砺诗集序》"自至元建极,大德承化,天下文士乘兴运,迪往哲,稍知复古。至于诗,去故常,绝模拟,高风远韵,纯而不杂,朔南所共推而无异论者,盖得江西范德机焉。德机没后,又得其乡傅与砺焉。德机盛矣! 余每读与砺诗,风格不殊,神情俱诣,如复见德机也。然德机七言歌行胜,与砺五言古律胜,余亦在伯仲之间。……元统三年七月辛巳朔揭傒斯序。"(《傅与砺诗集》卷首)虞集《使还新稿序》"国初,中州袭赵礼部、元裕之之遗风,宗尚眉山之体。至涿郡卢公,稍变其法,始以诗名东南。宋季衰陋之气亦已销尽。大德中,文章辈出,赫然鸣其治平,集所与游者亦众,而贫寒相望,发明斯事者,则浦城杨仲弘、江右范德机其人也。杨之合作,吴兴赵公最先知之;而德机之高古神妙,诸君子未有不许之者也。其后马伯庸中丞用意深刻,思致高远,亦自成一家,观者无间言。而进士萨天锡者,最长于情,流丽清婉,作者皆爱之。而与前之诸公先后沦逝,识者然后知其不可复得也。德机之里人傅君与砺,始以布衣至京师,数日之间,词章传诵,名胜之士无不倒屣而迎之,以为上客。台省馆阁以文名者,称之无异辞。岂非以其风韵足以及于予所道诸君也哉!……至正辛巳六月朔虞集伯生序。"(《傅与砺诗集》卷首,《傅若金集》第2—3页)

齐履谦卒。

按:齐履谦(1263—1329),字伯恒,大名人。修新历,改制都域刻漏,增置更鼓,仁宗时,擢为国子监丞,改司业,立升斋积分等法,激励学士。追封汝南郡公,卒谥文懿。著有《周易本说》四卷、《系辞旨略》两卷、《蔡氏书传祥说》一卷、《中庸章句续解》一卷、《大学四传小注》一卷、《春秋诸国统纪》六卷"目录"》一卷、《论语言仁通旨》两卷、《皇极经世书入式》一卷、《外篇微旨》四卷、《授时历经串演撰八法》一卷、《二至晷景考》两卷等。事迹见苏天爵《元故太史院使赠翰林学士齐文懿公神道碑铭》(《滋溪文稿》卷九)、《元史》卷一七二。

又按:苏天爵是齐履谦的学生,对齐履谦个性风度及学养非常熟悉,写他"寡言笑,不妄交游,仪貌奇伟,望之俨然。为学坚苦,家贫借书读之。及在太史,会朝廷辇宋三馆图籍置院中,公昼夜诵读,精思深究,故其学博洽而精通,自《六经》、诸史、天文、地理、礼乐、律历,下至阴阳、五行、医药、卜筮,无所不能,而于经术为尤邃。立言垂训,简易明白,不蹈故常以徇人,不求新奇以惊世,其于圣贤旨意盖多有所发焉",苏天爵评价齐履谦学行认为他是许衡之后唯一一个卓有学识、通制作本原的人:"世祖皇帝既奠天位,定百官之仪,新一代之制,治历以授民时,建学以教胄子。其谋猷师表之重,乃以属诸中书左丞许文正公。文正既没,继者遵守其旧。若夫见而知之,卓有学识,通制作之本原,酌时宜之损益,则惟太史齐公其人哉。"(《滋溪文稿》卷九)

张珪卒。

按:张珪(1264—1329),字公瑞,尝自号澹庵,定兴人。淮阳献武王张弘范之子。受学于巽斋先生欧阳守道门人邓光荐。大德三年(1299)拜江南行台御史中丞,元武宗即位,召拜中丞,皇庆元年任枢密副使,延祐二年拜中书平章。泰定初封蔡国公。有诗才,《元诗选》二集有诗七首,附于张弘范《淮阳集》后。事迹见虞集《中书平章政事蔡国张公墓志铭》(《道园学古录》卷一八)、《元史》卷一七五、《元诗选·二集》小传。

又按:虞集在神道碑中写张珪之死,京中公卿大夫士的反应,"中外闻者莫不嗟叹,异口一辞,曰:'呜呼!正人亡矣'。"虞集给张珪盖棺定论认为:"公质本高明,又辅以学力,积世勋崇,期世其家,以经济自任。临事决议,侃侃正色。勇于敢言,千挫万折,人所不堪,公志不为少变,而气益昌。虽贵倖临之,奸黠侮之,公一以诚愨自处,久之而各失其所恃者多矣。究而论之,盖古所谓社稷之臣者乎!公少能挽强众中,尝从大帅出,林薄有虎在焉,人马辟易,公抽一矢,直当虎,虎人立,矢洞其喉,一军讙嚣。及学书,腕力尤健,端重严劲无惭笔谏之臣,读书不尚章句,务求内圣外王之道。既而稍进方外之士,以悦生佚老焉。"(《道园学古录》卷一八)

张士元卒。

按：张士元（1266—1329），字弘道，浙江山阴（今绍兴人）。延祐二年进士，历任将仕郎、庆元路鄞县丞，从仕郎、池州路贵池县尹，承事郎、太平路总管府经历。事迹见黄溍《张弘道墓志铭》（《金华黄先生文集》卷三三）。

贡奎卒。

按：贡奎（1269—1329），字仲章，安徽宣城人。初为齐山书院山长，太常奉礼郎、翰林应奉，延祐初除江西儒学提举，迁翰林待制，辞归养母。泰定中其为集贤直学士。著有《云林小稿》、《听雪斋记》、《青山漫吟》、《倦游录》、《豫章稿》、《上元新录》、《南州纪行》共一百二十卷。今仅存《云林集》六卷及附录一卷。事迹见李黼《故集贤直学士奉训大夫贡公行状》（《贡文靖公云林稿·附录》）、马祖常《皇元敕赐故集贤直学士赠翰林直学士太中大夫文靖贡公神道碑铭》（《中州名贤文表》卷一八，《贡氏三家集》第135—137页）、《元史》卷一八七、《新元史》卷二一一、《蒙兀儿史记》卷一二〇、《宋元学案》卷九二、《元诗选·初集》小传、《（万历）宁国府志》卷一七。

又按：李黼作为贡奎门生，评价曰："其在朝廷，以博洽古今，多预定典礼。以文章重一时，多铭名公卿。所为诗文，云《云林小稿》，曰《听雪斋纪》，曰《青山谩吟》，曰《倦游集》，曰《豫章稿》，曰《上元新录》，曰《南湖纪行》，凡百二十卷。好古书名画，至于阴阳医相之书，无不通究。晚年粹撷诸礼书，欲定为一家言，未竟而卒。"（李黼《故集贤直学士奉训大夫贡公行状》）马祖常与贡奎交厚，深惜其才，感叹写道："公年十岁，辄能属文，已有闻于人。及壮，读书并日夜忘寝食，于经、子、史传，无所不治。于其章义辞句，类数名制，委曲纤妙，无不究诣于文章，辨议闳放，儵傀不狃，卑近必以古为归，故出而名振江之南。……有智识度量，人不见其涯涘。凡与乡试文衡，一为廷对读卷官。所取士多知名于时；其所第甲乙，人咸服其平允。……公一时之与交者，若清河元明善、东平王士熙、四明袁桷、巴西邓文原、长沙文矩，悉当世豪杰声名之士。若臣者，亦公之所厚，故于公之碑得以尽臣之言焉，而非私也。"（《中州名贤文表》卷一八）吴澄《题贡仲章文稿后》"仲章，江南之英，与吾善之、伯长俱掌撰述于朝，各能以文自见，蔚乎其交荫，炳乎其争辉，予有望焉。予来京，仲章将有上京之役，示予新作数十，温然粹然，得典雅之体，视求工好奇而卒不工不奇者，相去万万也。读之竟，喜之深，书此而归其帙。"（《吴文正集》卷五六）

张养浩卒。

按：张养浩（1270—1329），字希孟，号云庄，济南历城人。至大初为监察御史，后累迁礼部尚书，又被派为参议中书省事。后以父老多病为由，弃官归养。又尝起为陕西行台御史中丞。卒谥文忠。为学务实用，一语一默之细,绝不苟且。元散曲家。工散曲及诗,多写闲适生活,间有反映现实之作。著有《归田类稿》二十二卷、《云庄休居自适小乐府》、《云庄类稿》、《三事忠告》四卷。《金元散曲》录存其小令一百六十二首,套数两套。事迹见张起岩《大元敕赐故西台御史中丞赠摅诚宣惠功臣荣禄大夫陕西等处行中书省平章政事柱国追封滨国公谥文忠张公神道碑铭》(《归田类稿》卷首)、黄溍《故陕西诸道行御史台御史中丞赠据诚宣惠功臣荣禄大夫陕西等处行中书省平章政事柱国追封滨国公谥文忠张公祠堂碑》(《金华黄先生文集》卷二九)、危素《张文忠公年谱》(《说学斋稿》卷二)、《元史》卷一七五"本传"、《新元史》卷二〇二。

又按:张起岩在其神道碑中描述张养浩平生为人处事风度道:"公正大刚方,磊落有大节。早有能诗声,每一诗出,人传诵之。好学不倦,自幼至老,未尝一日废书,祁寒暑雨不辍也。诗文浑厚雅正,气盛而辞达,善周折,能道人所欲言。其家居,四方求铭文序记者踵至,贽献一不受也。读书务施实用于时,恒以古人自期,深居简出,不屑细务,所与往还,皆名公钜卿。泊于世味,不汲汲于进,故掾礼曹者五年。掾东曹日,不挟艺炫能,若不事事者,而其中凛然不可以干以私。及为政,以力行所学自任,勇于为义,嫉恶如仇,不铲刮根蘖不止也。在官三十年,心未尝不林壑,其自号曰'齐东野人',别号'顺庵',晚号'云庄老人',可见其素志已。一日思亲,即弃官已归。与人语及闲适之乐,喜色津津见于颜间。好引接后学,称其善如己出。晚生后进,经公指授者,作文皆有法云。"(《张养浩集》,第 257 页)

曹元用卒。

按:曹元用(?—1329),字贡贞,世居阿城,后徙汶上。始为镇江路儒学正,后荐为翰林国史院编修官。累拜中奉大夫、翰林侍讲学士,兼经筵官。曾预修仁宗、英宗两朝实录。又奉旨纂集甲令为《通制》,译唐《贞观政要》为蒙古文。凡大制诰,率元用所草。在中书省,与元明善、张养浩号为"三俊"。卒追封东平郡公,谥文献。著有《超然集》、南戏《百花亭》,仅存残曲。事迹见《元史》卷一七二。

元文宗天历三年　至顺元年　庚午　1330 年

正月丙辰,命赵世延、赵世安领纂修《经世大典》事。(《元史·文宗本纪三》卷三四)

辛未,请依旧制科考。

按:中书省臣言:"科举会试日期,旧制以二月一日、三日、五日,近岁改为十一、十三、十五。请依旧制。"从之。(《元史·文宗本纪三》卷三四)

丁丑,遣使赍金千五百两、银五百两,诣杭州书佛经。(《元史·文宗本纪三》卷三四)

赐海南大兴龙普明寺钞万锭,市永业地。(《元史·文宗本纪三》卷三四)

戊寅,赐隆禧总管府田千顷。(《元史·文宗本纪三》卷三四)

己卯,封太医院使野理牙为秦国公。(《元史·文宗本纪三》卷三四)

庚辰,升群玉署为群玉内司。

按:秩正三品,置司尉、亚尉、佥司、司丞,仍隶奎章阁学士院。礼部尚书巎巎兼监群玉内司事。群玉内司职责是掌管奎章阁图书、宝玩及皇帝常用之物,设有监司、司尉、亚尉、佥司、司丞、典簿等官职。(陈旅《群玉内司华直题名记》)

加封秦蜀郡太守李冰为圣德广裕英惠王,其子二郎神为英烈昭惠灵显仁祐王。(《元史·文宗本纪三》卷三四)

二月九日,《经世大典》久无成功。(《元史·文宗本纪三》卷三四)

按:以修《经世大典》久无成功,专命奎章阁阿邻帖木儿、忽都鲁都儿迷失等译国言所纪典章为汉语,由赵世延、虞集等任纂修,燕铁木儿如国史例监修。(《元史·文宗本纪二》卷三三)虞集任《经世大典》总裁之际,为加快修撰速度,曾向文宗荐人:"礼部尚书马祖常,多闻旧章,司业杨宗瑞,素有历象地理记问度数之学,可供领典;翰林修撰谢端、应奉苏天爵、太常李好文、国子助教陈旅、前詹事院照磨宋褧、通事舍人王士点,俱有见闻,可助撰录。庶几是书早成。"(《元史》卷一八一)

甲午,置奎章阁监书博士二人,秩正五品。(《元史·文宗本纪三》卷三四)

丁酉,帝及皇后、燕王阿剌忒纳答剌并受佛戒。(《元史·文宗本纪三》卷三四)

己亥,命明宗皇子受佛戒。(《元史·文宗本纪三》卷三四)

戊申,命中书省及翰林国史院官祭太祖、太宗、睿宗三朝御容。(《元史·文宗本纪三》卷三四)

命市故瀛国公赵㬎田,为大龙翔集庆寺永业。(《元史·文宗本纪三》卷三四)

三月戊午,廷试进士。(《元史·文宗本纪三》卷三四)

按:本科取士九十七人。

右榜：1. 蒙古(计五人)：笃列图(或译作图烈图、朵列图,右榜状元)、答禄守恭、哲理野台(或作哲礼野台)、赫德尔、铁穆尔布哈(或译作特穆尔布哈)。

2. 色目(计八人)：金哈剌、偰列篪、义昌、获独步丁(或作获独步迪音、护都步丁,以丁为汉姓,字成之)、美里吉台、的理翰、月沧海、伯颜。

左榜：1. 汉人(计十四人)：王文烨(左榜状元)、杨俊民、归旸、赵承禧、贾彝、许有孚、李裕、王钧、支渭兴、张冈、刘桢、李敬仁(一作李近仁)、逯文贞(又作逯永贞)、刘天秩。

2. 南人(计二十一人)：刘性、杨撝、于凯、冯勉、夏日孜、罗朋、冯三奇、林泉生、方道睿、郭性存、项棣孙、李懋、杨观、黄昭、欧阳朝、刘闻、刘畊孙(一作刘耕孙)、曾策、刘简、黄常、吴巽。

存疑(计十三人)：罗如麠、封履孙、庞森、马景原、徐昺、滕克恭、张绍祖、刘让、何水、吴原凯、郑顺、王仁卿、高懋德。(参考余来明《元代科举与文学》第 391—404 页)

丁卯,木八剌沙来贡蒲萄酒,赐钞币有差。(《元史·文宗本纪三》卷三四)

己巳,议明宗升祔,序于英宗之上,视顺宗、成宗庙迁之例。(《元史·文宗本纪三》卷三四)

乙亥,西番哈剌火州来贡蒲萄酒。(《元史·文宗本纪三》卷三四)

丁丑,升太常礼仪院秩正二品。(《元史·文宗本纪三》卷三四)

辛巳,诸王哈儿蛮遣使来贡蒲萄酒。(《元史·文宗本纪三》卷三四)

四月壬辰,以所籍张珪诸子田四百顷,赐大承天护圣寺为永业。(《元史·文宗本纪三》卷三四)

按：(四月)壬寅,括益都、般阳、宁海闲田十六万两千九十顷,赐大承天护圣寺为永业。(八月)有言蔚州广灵县地产银者,诏中书、太禧院遣人莅其事,岁所得银归大承天护圣寺。

《经世大典》开局撰修。(《经世大典序录》,《道园类稿》卷一六)

五月戊午,改元至顺,诏天下。(《元史·文宗本纪三》卷三四)

丁卯,翰林国史院修《英宗实录》成。(《元史·文宗本纪三》卷三四)

戊辰,车驾发大都。(《元史·文宗本纪三》卷三四)

六月丙戌,大驾至上都。(《元史·文宗本纪三》卷三四)

丁巳,命中书省、翰林国史院官祀太祖、太宗、睿宗御容于大普庆寺。(《元史·文宗本纪三》卷三四)

西域诸王不赛因遣使来朝贺。(《元史·文宗本纪三》卷三四)

闰七月丙戌,籍锁住、野里牙等库藏、田宅、奴仆、牧畜,给大承天护圣寺为永业。(《元史·文宗本纪三》卷三四)

上都岁作佛事百六十五所,定为百四所,令有司永为岁例。(《元史·文宗本纪三》卷三四)

戊申,加封孔子父齐国公叔梁纥为启圣王,母鲁国夫人颜氏为启圣王夫人。

按:加封颜子兖国复圣公,曾子郕国宗圣公,子思沂国述圣公,孟子邹国亚圣公,河南伯程颢豫国公,伊阳伯程颐洛国公。(《元史·文宗本纪三》卷三四)

八月己未,大驾至京师,劳遣人士还营。(《元史·文宗本纪三》卷三四)

辛酉,以世祖是月生,命京师率僧百七十人作佛事七日。(《元史·文宗本纪三》卷三四)

八月壬申,诏兴举蒙古字学。(《元史·文宗本纪三》卷三四)

九月甲申,命艺文监将《燕铁木儿世家》刻板行之。(《元史·文宗本纪三》卷三四)

己亥,以奎章阁纂修《经世大典》,命省、院、台诸司以次宴其官属。(《元史·文宗本纪三》卷三四)

中书省改正白云宗之处分。

按:《元史·文宗本纪三》载,至治初以白云宗田给寿安山寺为永业,至是其僧沈明琦以为言,有旨令中书省改正之。(《元史》卷三四)此举可视为白云宗衰而复苏之征兆,中书省归还白云宗一部分被籍没的田地。白云宗是佛教华严宗的一个支派。元朝统一江南,为白云宗专立摄所,其徒众一度多达数十万人。成宗大德七年(1303),罢白云宗摄所,且令白云宗田产依例输租,徒众与民同等负担赋役。武宗至大元年(1308),复立白云宗摄所,秩从二品,设官三员;次年,再罢。仁宗延祐二年(1315),授白云宗主沈明仁荣禄大夫、司空。延祐六年(1319),沈明仁以擅度僧四千八百余人、强夺民田两万顷等事坐罪。英宗至治三年(1323),又括白云宗田。

十月辛酉,元文宗复百年旷典,亲祀南郊。(《元史·文宗本纪三》卷三四)

按:从世祖忽必烈开始至此元朝已历七世,而南郊亲祀之礼至此才真正完成。《元史·祭祀志一》:"十月辛酉,始服大裘衮冕,亲祀昊天上帝于南郊,以太祖配。自世祖混一六合,至文宗凡七世,而南郊亲祀之礼始克举焉,盖器物仪注至是益加详慎矣。"(《元史》卷七二)其时,马祖常充读祝册官,参定典仪。虞集作《亲祀南郊赦》,又作《郊祀庆成颂,并序》。中书省、国子监有祝亲祀礼成贺表。大礼完成之后,文宗"大赉四海,侍祠官赐金及币,致仕官一品月给全俸、二品半之、三品及九品赐币有差,民年八十以上者表号高年耆德,并免其家徭役。"(苏天爵《元故资德大夫御史中丞赠摅忠宣宪协正功臣魏郡马文贞公墓志铭》)

乙丑,枢密院臣言驾幸上都人数。(《元史·文宗本纪三》卷三四)

按:枢密院臣言:"每岁大驾幸上都,发各卫军十千五百人扈从,又发诸卫汉军万五千人驻山后,蒙古军三千人驻官山,以守关梁。乞如旧数调遣,以俟来年。"从之。

赐伯夷、叔齐庙额曰圣清,岁春秋祠以少牢。(《元史·文宗本纪三》卷三四)

十一月癸巳,以临江、吉安两路天源延圣寺田千顷所入租税,隶太禧宗禋院。(《元史·文宗本纪三》卷三四)

十二月己酉,以董仲舒从祀孔子庙,位列七十子之下。(《元史·文宗本纪三》卷三四)

国子生积分及等者,省、台、集贤院、奎章阁官同考试。中式者以等第试官,不中者复入学肄业。(《元史·文宗本纪三》卷三四)

甲寅,监察御史建言为太子选师傅。

按:监察御史言:"昔裕宗由燕邸而正储位,世祖择耆旧老臣如王颙、姚燧、萧㪽等为之师、保、宾客。今皇太子仁而聪睿,出自天成,诚宜慎选德望老成、学行纯正者,俾之辅导于左右,以宏养正之功,实宗社生民之福也。"帝嘉纳其言。(《元史·文宗本纪三》卷三四)

诏:"龙翔集庆寺工役、佛事,江南行台悉给之。"(《元史·文宗本纪三》卷三四)

戊午,以十月郊祀礼成,帝御大明殿受文武百官朝贺,大赦天下。(《元史·文宗本纪三》卷三四)

是年,颁行"十福经教正典",俗称"十善福经白史"。(《元史·文宗本纪三》卷三四)

按:文宗时,帝师必兰纳识里,自幼熟习畏兀儿和印度梵文,皇庆(1312—1313)年间受命翻译诸梵文经典。至顺元年(1330),必兰纳识里对《十善福经白史》进行了两次修改,以畏兀儿体蒙文定稿成册。《十善福经白史》从内容上看是宣传政教两道并行的一部蒙古史著作。书中提出用"教权之律"、"皇权之法"治天下,既为反映元朝佛教盛行之珍贵资料,也乃研究元朝法律之珍贵记录。《十福经教正典》是《元典章》之外另一部重要法律文献,是 14 世纪忽必烈时所制定的有关政教并行的规章、制度、法律的汇编,也是元世祖关于建立政教并行国家体制的根本大法。元亡,北元之际,土默特部阿勒坦汗晚年效法忽必烈，走政教并行的发展模式，而该法典对于其政教发展模式的推行意义颇大。(《蒙古族通史》第五章)

有诏集桑门千七百人阅《毗卢大藏经》。(宋濂《佛心了悟本觉妙明真净大禅师宁公碑铭有序》)

是年，户部钱粮臻于极盛。

按:《元史·地理志一》"自封建变为郡县，有天下者，汉、隋、唐、宋为盛，然幅员之广，咸不逮元。汉梗于北狄，隋不能服东夷，唐患在西戎，宋患常在西北。若元，则起朔漠，并西域，平西夏，灭女真，臣高丽，定南诏，遂下江南，而天下为一，故其地北逾阴山，西极流沙，东尽辽左，南越海表。盖汉东西九千三百二里，南北一万三千三百六十八里，唐东西九千五百一十一里，南北一万六千九百一十八里，元东南所至不下汉、唐，而西北则过之，有难以里数限者矣。……文宗至顺元年，户部钱粮户数一千三百四十万六百九十九，视前又增二十万有奇，汉、唐极盛之际，有不及焉。盖岭北、辽阳与甘肃、四川、云南、湖广之边，唐所谓羁縻之州，往往在是，今皆赋役之，比于内地;而高丽守东籓，执臣礼惟谨，亦古所未见。地大民众，后世狃于治安，而不知诘戎兵、慎封守，积习委靡，一旦有变，而天下遂至于不可为。呜呼! 盛极而衰，固其理也。"(《元史》卷五八)

奎章阁学士忽都鲁都儿迷失、撒迪、虞集辞职。(《元史·文宗本纪三》卷三四)

按:诏谕之曰:"昔我祖宗睿知聪明，其于致理之道，自然生知。朕以统绪所传，实在眇躬，夙夜忧惧，自惟早岁跋涉艰阻，视我祖宗，既乏生知之明，于国家治体，岂能周知? 故立奎章阁，置学士员，日以祖宗明训、古昔治乱得失陈说于前，使朕乐于听闻。卿等其推所学以称朕意，其勿复辞。"

阿邻帖木儿为大司徒。(《元史·文宗本纪三》卷三四)

赵世延加为翰林学士承旨、封鲁国公，颇受燕铁木儿等排挤。

按:《元史·文宗本纪三》载，"六月辛巳朔，燕铁木儿言:'向有旨，惟许臣及伯颜兼领三职。今赵世延以平章政事兼翰林学士承旨、奎章阁大学士，引疾以辞。'帝曰:'朕重老成人，其令世延仍视事中书，果病，无预铨选可也。'""闰七月，监察御史葛明诚言:'中书平章政事赵世延，年逾七十，智虑耗衰，固位苟容，无补于事，请斥归田里。'台臣以闻，诏令中书议之。"(闰七月辛卯)燕铁木儿言:'赵世延向自言年老，屡乞致仕，臣等以闻，尝有旨，世延旧人，宜与共政中书。御史之言，不知前有旨也。'帝曰:'如御史言，世延固难任中书矣，其仍任以翰林、奎章之职。'"(《元史》卷三四)

虞集特授中顺大夫，后进阶中奉大夫。

按：虞集特授中顺大夫后，不久，拜奎章阁侍书学士、亚中大夫，依前翰林直学士，知制诰同修国史兼经筵官、国子祭酒。不久以新命任官兼职不得过三，又辞去祭酒职，之后又两月，进阶中奉大夫，其他官职如故。(欧阳玄《元故奎章阁侍书学士翰林侍讲学士通奉大夫虞雍公神道碑》)

虞集三月进呈《廷试策问》。

按：策问中提到的"六七十年之间"可以推测，虞集这则策问是元文宗再次即位开科试举时的策问题。从新即位帝王的角度出发，策问题的出发点诚如题中所引《尚书》中的句子所云："鉴于先王成宪，其永无愆"，期望考生能从安邦、治国、化民、成俗等方面都给予君王积极的推助。

"洪惟太祖皇帝受天明命，肇兴景祚。列圣继作，四征不庭。锋旗攸指，靡不率服。迨我世祖皇帝，混一区宇，职方所载，振古未有。于是建国纪元，立官府，置郡县，制礼乐，定贡赋。帝德王功之盛，粲然如日星之行天、四时之成岁也。六七十年之间，讲之益明，治之益习，天下晏然守其盈成者，又何以加之哉！朕缵承正绪，夙夜祇惧。承我圣祖神考之心，比岁再裸太室。仰而思之，求尽其道而未能也。夫亲亲莫内于九族，今百世本支，繁衍盛大，则既尊位重禄矣，尚有以劝之之道乎？尊贤莫先于百揆，今世臣大家，勋业昭茂，则亦既富方谷矣，尚有以体之之道乎？多方内附之众，因其俗而导之者，亦既久矣，一而同之之道，尚有可充者乎？生聚教养之民，因其生而厚之者，亦既周矣，协而雍之之道，尚有可致者乎？《书》曰：'鉴于先王成宪，其永无愆。'朕之志也。子大夫咸以道艺来造于廷，其备陈之，朕将亲览焉。"(《全元文》第二十六册，第24—25页)

虞集为御试进士读卷官，奉旨修《皇朝经世大典》，后任总裁。(赵汸《邵庵先生虞公行状》)

马祖常知礼部贡举。

按：马祖常自泰定四年为祖母守丧后，虽朝廷屡屡遣使令其到官，但每每或不到任，或任职不久即辞官，天历二年(1329)，文宗凡两遣使召之，方起。这年，马祖常知礼部贡举，复取士九十七人。马祖常择士的标准"务求实学，空言浮词悉弃不取，中选者多知名于时。"(苏天爵《元故资德大夫御史中丞赠摅忠宣宪协正功臣魏郡马文贞公墓志铭》)

孛术鲁翀同知礼部贡举，后进阶中顺大夫、礼部尚书。

按：至顺元年，孛术鲁翀同知礼部贡举，拜汉中道廉访使。久之，佥太禧宗禋院事，兼祗承神御殿事。改集贤直学士，兼国子祭酒。应召赴上都议事，又兼经筵官，进中顺大夫、礼部尚书。孛术鲁翀任国子祭酒期间，才开始考试于崇文阁下,其时,中选者凡若干人。起初,"学官多僦民舍以居,监有隙地在居贤里,公曰:'古者教有业,退有居'。"于是"积弟子入学贽礼,得楮缗两万有奇,为宅数区,筑室完美,以居师生。"其时,藏传佛教帝师自西方来大都,文宗崇信佛教,敕百官郊迎,公卿拜进觞,而帝师亦坐受之。孛术鲁翀"立以觞进曰:'师释迦徒,天下僧之师也。余孔子徒,天下士之师也。'师笑而起,举觞卒饮,观者凛然。"(苏天爵《元故中奉大夫江浙行中书省参知政事追封南阳郡公谥文靖孛术鲁翀神道碑铭》)

马祖常改燕王内尉,又拜礼部,阶大中大夫。

按:在任上,曾有建德之民远游被杀,没有谁知道他被谁因何事而杀。此事一年多以后,其妻以贫改嫁。后夫对她说:"知汝夫之死乎? 我以汝故杀之。"不久,此事被查明,"法司以不首坐之",马祖常建言:"纲常所系,当以重论,以责天下之为人妇者",最终"制可其请"。(苏天爵《元故资德大夫御史中丞赠摅忠宣宪协正功臣魏郡马文贞公墓志铭》)又按:马祖常任上建德人妻子的遭遇似成为元代话本《简帖和尚》的故事雏形。

宋本进奎章阁学士院供奉学士。(《元史·宋本传》卷一八二)

集贤侍读学士珠遇十二月乙丑诣真定,以明年正月二十日祀睿宗及后于玉华宫之神御殿。(《元史·文宗本纪三》卷三四)

赡思三月奉召入为应奉翰林文字,赐对奎章阁。

按:赡思向文宗进呈所著《帝王心法》,文宗称善。之后下诏令赡思预修《经世大典》,而赡思以议论不合求去,文宗命时任奎章阁侍书学士的虞集谕留之,赡思坚以母老辞,遂赐币遣之。之后,文宗又命令虞集传旨说:"卿且暂还,行召卿矣"。(《元史·儒学二》卷一九〇)

苏天爵预修《武宗实录》。(《元史·苏天爵传》卷一八三)

薛元德任太常奉礼郎。

按:《元史·祭祀志五》"至顺元年三月,从太常奉礼郎薛元德言,彰德路汤阴县北故羑里城周文王祠,命有司奉祀如故事。"(《元史》卷七六)

黄溍以马祖常之荐入为翰林应奉。

按:危素《黄溍神道碑》载"至顺二年,用马文贞公之荐,召为应奉翰林文字、同知制诰,兼国史院编修官,进阶儒林郎,扈从至开平,作纪行诗十有二篇,世盛传之。(危素《大元故翰林侍讲学士中奉大夫知制诰同修国史同知经筵事赠中奉大夫江西等处行中书省参知政事护军追封江夏郡公谥文献黄公神道碑》)。

胡助任国史编修官。

按:五月,胡助即扈从上京,同行者为吕思诚。在上京,颇得虞集指教。

这年八月,胡助将其上京感触而作成的五十首诗编辑成《上京纪行诗》一卷,请同僚题跋,而参与题跋者有吕思诚、王士点,虞集、王守诚、王士熙、苏天爵、王理、黄溍、孛术鲁翀、吕思诚、陈旅、曹鉴、吴师道、王沂、揭傒斯等馆阁名流,由胡助《上京纪行诗》而推动的馆臣集咏、同跋,既可谓元代中叶馆臣题咏盛事,也可谓元代诗文创作中上京题材书写中值得关注的大事。揭傒斯《跋上京纪行诗》对元代上京纪行诗进行概括总结,认为是天历至顺时期一大主流创作诗潮:"自天历、至顺,当天下文明之运,春秋扈从之臣,涵陶德化,苟能文词者,莫不抽情抒思,形之歌咏。"(《全元文》第二十八册,第404 页)

　　许有壬擢两淮都转运盐司使。(《元史·许有壬传》卷一八二)

　　许有孚以国学上舍生登进士第。

　　按:授承事郎、湖广等处儒学副提举。(欧阳玄《有元赠中奉大夫湖广等处行中书省参知政事护军追封鲁郡公许公神道碑铭有序》)。

　　帝师十一月甲申率西僧作佛事,内外凡八所,以是日始,岁终罢。(《元史·文宗本纪三》卷三四)

　　西僧十二月丁卯,于兴圣、光天宫命十六所作佛事。(《元史·文宗本纪三》卷三四)

　　西僧加瓦藏卜、蘸八儿监藏二月乙酉并为乌思藏土蕃等处宣慰使都元帅。(《元史·文宗本纪三》卷三四)

　　西僧自四月壬午朔至十二月终,作佛事于仁智殿。(《元史·文宗本纪三》卷三四)

　　诸王桑哥班、撒忒迷失、买哥三月癸亥分使西北诸王燕只吉台、不赛因、月即别等所。(《元史·文宗本纪三》卷三四)

　　全真教道士苗道一被赐铸黄金神仙符命印。(《元史·文宗本纪三》卷三四)

　　元文宗正月与奎章阁学士院虞集、柯九思、李洄、雅琥等赏鉴董源的《夏景山口待渡图》。

　　按:《夏景山口待渡图》,被认为是董源江南风格的典型作品之一,现藏于辽宁省博物馆。画品为绢本,设色,尺寸为 49.8cm×329.4cm,曾收入南宋内府,钤有"绍"、"兴"朱文连珠印记,后又转入元廷内府,钤有"天历之宝"朱文印记。虞集应制作《题董元夏景山口待渡图》道:"董元夏山何可得,嘉木千章铁作画。层峦岛含雨气润,百谷正受川光溢。犬牙洲渚善洑洄,沧江散落碛石开。山田何处无耕凿,寻源不得还徘徊。柳下行人将有

适,临流不度心为恻。我楫孔坚舟孔安,奉子以济谅非难。"(刘体仁《七颂堂识小录》)

虞集与吴全节公共看宝剑,言及元明善,感慨作文。

按:大德之际,虞集初到京师,与元明善因作文理念不同而略有不睦,赖吴全节、董士选等人斡旋得以和好如初。这年八月,虞集与吴全节看剑道旧。所观之剑有大德初元,时任翰林学士、湖广行中书省参知政事元明善所题《古剑铭》,而明善卒于至治中(1322),题辞亦亡,全节追记其辞,虞集书之,并题跋。(虞集《书古剑铭后》)

虞集与奎章阁学士阿荣殿试后,候见直庐之际论议科举得人之事。

按:据虞集《送乡贡进士孔元用序》记载,庚午年(1330)殿试后,他与奎章阁阁学士阿荣候见于直庐。其时阿荣曰:"更一科后,科当辍辍两科而复,复则人才彬彬大出矣。"又叹曰:"荣不复得见,公犹见之。"虞集不解,曰:"得士之多,诚愿如存初言。方今文治兴隆,未必有辍贡理。存初国家世臣,妙于文学,在上左右,华年方殷,斯文属望,集老且衰,见亦何补耶?"而阿荣则叹曰:"数当然耳。"虞集问:"何以知之?"阿荣未答。此后三年,1333年虞集致仕归江西田,而阿荣去世。乙亥(1335),元廷停止科考,直至1340年恢复科举,虞集在文中感慨"一一如存初言"。(《道园学古录》卷三四页)

新晋进士来拜访虞集。

按:虞集《送进士刘桢序》载:"进士来见者,首张冈于高,次者桢,次者支谓兴文举,次则李珍彦博、令狐子仁彦安也。"该文尾署"至顺庚午闰七月二十八日书"。(《道园学古录》卷六)

虞集作《题故国子司业李公挽诗后》。

按:虞集文中提到的已故人物中,最迟去世的贡奎,卒于1329年,而提到现任馆臣中,赵世延任中书平章,此职授于天历二年年末,另外吴澄1333年去世,故此文最早大约作于此年,最迟不能迟于1333年。据虞集文章记载,作挽诗的馆阁文臣有曾任翰林承旨的阎复、姚燧、程钜夫、赵孟頫,集贤大学士的刘赓、李孟、张珪,集贤、翰林两院兼任学士的陈公望、李之绍、薛公谅、王纬、元明善、邓文原、曹元用、贡奎以及现任枢密副使的王彦博、翰林承旨郭安道、中书平章赵世延、翰林学士吴澄、侍御史张伯高、江西提举柳贯、玄教大宗师吴全节,再加上作挽诗序的翰林承旨张幼度,凡二十五人,还有作跋的虞集本人,确如虞集文章所云元代中叶"三四十年之间,朝廷文献略备见于此"。(《道园学古录》卷一〇)

贡奎《司业李公哀挽》"山立庭绅耸众观,名高真不愧儒冠。文章清庙

藏琛玉，勋业乌台振羽翰。誉重朝端知有子，贫怜身后似无官。百年耆旧凋零尽，展卷哀辞忍泪看。"(《元诗选》初集卷二二)

虞集奉旨为赵世延画像题赞。

按：据虞集《赵平章画像赞序》云，凡有国工为画像，翰林为像赞者，乃依古礼，所谓"所以加礼于辅相老臣者，以为爵位之崇，锡予之厚，有不足以尽其心，则必象其体貌，而致美于形容焉。"而赵世延之所以被画像，且得虞集作像赞，据虞集在序中云乃"今上皇帝念翊戴之功，俾绘其像，而命臣集为之赞。"赵世延历仕世祖、成宗、武宗、仁宗、英宗、泰定、文宗诸朝，每以风节著称。在仁宗朝曾劾奏权臣太师、中书右丞相铁木迭儿，英宗朝被铁木迭儿爪牙构陷下狱。之后，铁木迭儿余党发动"南坡之变"，谋杀英宗，而即位的泰定帝又捕杀参与"南坡之变"人员，赵世延以铁木迭儿对头得以起作用。而文宗得以即位，据《元史》记载，致和元年(1328)七月，泰定帝在上都去世，其时，赵世延任"任中书右丞、翰林学士承旨、光禄大夫、同知枢密院事等职"，作为大都内应，"赞画之功为多。"(《元史·赵世延传》卷一八〇)因此，作为元廷几代宫廷斗争中的重要人物，赵世延画像得以被赞，实属当然。(《道园学古录》卷二一)

虞集任廷试读卷官，之后，作诗赠别刘性、支渭兴二进士。

按：虞集有诗题《大廷策士问经世之道仆忝在读卷之列，观诸进士所对有感赋此录以赠别镏性粹中支渭兴文举二贤良》。(《道园学古录》卷三)

虞集为吴全节画像赞集作序。

按：虞集除了天历庚午(1330)为序外，又在至元三年、至元六年再为二序。据虞集天历庚午之序，则为吴全节画像题赞者有李孟、赵孟頫、邓文原、元明善、李源道、袁桷等，还有虞集本人亦有题赞。此后又八年，至元三年(1337)，题赞者又增加了赵世延、吴澄、马祖常、张起岩、欧阳玄、揭傒斯等人，虞集再次作序。其时，第一批题赞者基本去世，第二批题赞者，"临川公又以去世，其在者四五人耳"。到至元四年(1338)，吴全节七十岁，顺帝画像以赐，并命参知政事许有壬奉敕述赞，集贤直学士揭傒斯书写，其时画像者陈齐芝田又依仿为小像，别为一轴，至元六年(1340)，吴全节请虞集依前两次序样式再为序，而虞集已目盲，不能作书已久。前后数年，"缙绅之雄者"罗列其中，既可观见有元一代"人物文章之盛"，也可见人事沧桑变化。(赵琦美《赵氏珊瑚网》卷一五)

虞集五月作《送道士赵虚一归并序》。

按：虞集与元文宗的亲密关系成就了元文宗时期的奎章阁文人时代，而他们之间惺惺相惜的细节，有赖虞集等人的一些零星诗文提及，这篇《送道士赵虚一归并序》即是。据虞集《飞龙亭记》记载,文宗流放金陵之际,常至飞龙亭(文宗未即位前名"冶亭")。虞集在此之前曾应主持之请为亭题名。文宗至亭见虞集字,颇为欣赏。文宗即位后,天历三年(1330)文宗又与虞集聊及冶亭,虞集深为感慨,遂赋诗文告知赵虚一(当日冶亭所在观中道士)文宗不忘冶亭之意。诗文写道:"金陵三月二十五日,集侍立延阁。上顾问集:'尝至金陵否?'集谨对曰:'尝到。'又曰:'冶亭是汝所题?往年八九至其处,新松当长茂矣。'集谨对曰:'臣犹是未种松时到也。'近臣奏曰:'玄妙住持道士赵虚一所种也。'上曰:'然。'又顾集曰:'已升观为宫,汝知之乎?'集谨对曰:'臣奉敕题榜赐之矣。'是日归,虚一来别归江南,即告以圣上不忘冶亭之意。又三日,吴大宗师赋诗赠行,董先生为持卷来索赋,因录所得圣语如上云:春明昼侍奎章阁,圣上从容问冶亭。为报仙都赵真士,新松好护万年青。"(《道园学古录》卷三七)

虞集为元文宗墨宝"梅边"作赞。

按:据虞集记载,文宗泰定初流放海南琼州之际,武略将军、琼州安抚副使林应瑞之子林天麒曾侍候文宗翰墨,遂求得文宗墨宝"梅边"二字,"贲饰其祠堂"。至顺元年七月林天麒朝于京师,请虞集为文宗御书题赞。(《御书梅边赞并序》)

宋褧与同僚在蔡文渊崇基万寿宫寓所集会。

按:这年二月八日,宋褧作《同年小集诗序》点明其中在坐的有前太常博士、艺林史王守诚、右榜则前许州判官粤鲁不华、前沂州同知曲出、前大司农照磨谙笃乐、奎章阁学士院参书雅琥,左榜则前翰林编修王瓒、前翰林修撰张益、前富州判官章谷、翰林应奉张彝、编修程谦。有疾不赴者:前陈州同知纳臣、深州同知王理、太常太祝成鼎,等等。(《燕石集》卷一二)

周子嘉中秋、重阳日邀约馆阁同僚于家中赏月分题联诗。

按:"如舟亭"是周子嘉在京师宅邸的一处建筑景致,至顺元年(1330)中秋、重阳时候,他邀请同僚一道燕饮,并分题限韵,作成一卷共十四首诗,之后请许有壬写序,借助许序,人们又颇可见当日馆阁文臣生活的闲雅。根据许有壬《如舟亭燕饮诗后序》云:"湖广省掾汝南周子嘉,出诗一轴十四首,盖其在京师至顺庚午岁中秋重九,会诸公如舟亭所赋也。分韵者九人,学士宋诚夫,尝与余同在左司;少监欧阳原功,实同年;修撰谢敬德同岁得解,亦皆同时官京师",又据宋褧《中秋陪谢敬德修撰达兼善典签诚夫兄学士会饮周子嘉如舟亭交命险韵十二依次诗得赏字》诗题知道,当日参与燕饮者除主人周子嘉外,有宋本、宋褧、谢端、欧阳玄、泰不华等九人,共作诗十四首。

虞集五月以元文宗之命、姚天福女婿柯九思之请,为姚天福作神道碑。

按:姚天福(1229—1302),字君祥,南阳村人,至元五年(1268),元设御史台,被授任架阁管勾兼狱丞,至元十一年(1274),升任监察御史,任监察御史期间,不畏强悍,多次奏揭权臣,深为忽必烈赏识。卒后归葬于稷山南阳村祖莹,赠正奉大夫,追封平郡公,谥号忠肃。元统元年(1333)三月,天福死后三十年,即惠宗又为天福树神道碑一通,高四米、重十吨,刻虞集所撰神道碑文于其上(此碑现存于稷山博物馆)。

又按:神道碑虞集中详细叙述了姚天福任山北辽东按察使时曾处理过一桩离奇的杀人案。此案发生于至元二十年(1283),与元著名杂剧《包待制勘钉案》中离奇杀人细节颇为相似、陶宗仪《辍耕录》中也有叙述。而虞集以案情离奇一度拒绝姚天福家人的请求为其撰写传记,直至至顺元年(1330)以文宗之旨而撰写。为表明叙述的真实性,虞集特意在序言中严肃交代此文撰写的背景:"奎章阁侍书学士、翰林直学士、中奉大夫、知制诰同修国史,兼经筵官臣虞集奉敕撰并书篆额。至顺元年五月丁卯,有诏命国史臣集撰姚忠肃公神道碑,又诏臣集曰:鉴书博士柯九思,其婿也,可征其家世、行事、岁月。臣集奉诏,再拜稽首而言曰:臣前未奉诏书,忠肃公子侃尝以其父事求臣为文。臣以为天下国家之方治也,天必为之生刚毅正直之材,奋其百折不回之气,发奸邪之机而夺其魄,摧强暴之锋而坏其势,婴犯危难,若嗜欲然,然后不仁者远而君子之道行矣。譬诸农夫之无利器,则龙蛇保菹泽,豺虎横路,民物何以为生? 若夫掩阿巽懦之徒,日为苟容之计,不顺从则委去,朝廷缓急,何所望乎? 世之论治者,徒知雍容廊庙之为美,曾不及先事毁除之助者,殆非通论者也。昔我世祖皇帝既一海内,临御三十五年,隆平之效,近古所无也。然方其图治之切,而共、鲧之流因其检憸壬之材以自售,其贻毒于当时,盖亦几矣。而去凶除暴,从谏如流,卒不涌其弊者,固出于聪明睿知,而任耳目之寄,当弹劾者,亦厥有人哉! 尝考记载,搔乎见闻而得之,忠肃姚公其人也。""国家称治狱二事殊神怪,不敢书,察问故吏,考其事实,今奉明诏,得而并书之"。(虞集《故通奉大夫参知政事大兴府尹赠正奉大夫河南江北等处行中书省参知政事护军追封平阳郡公谥忠肃姚公神道碑,并序》)

张文谦卒于至元二十三年(1286),是年四月奉枢迁葬,虞集作《(沙河)张氏先茔碑》。(《道园类稿》卷四五)

张九思大德六年(1302)卒,是年,其子大都留守张金界奴请赐撰神道碑,虞集奉旨作《(徽政院使)张忠献公神道碑铭》。(《道园类稿》卷四〇)

赵淇大德十一年(1307)卒于长沙里第,是年有司追赠官封,赐谥,虞集

作《赵文惠公神道碑（铭）》。（《道园类稿》卷四一）

马祖常为曾祖父月合乃作碑铭。

按：月合乃是马祖常家族获得最大政治资本的缔造者，也是推动马家子弟从事诗书的先人。《元史》卷一三四有"月合乃"传。根据马祖常记载，乃好学负气之士，不仅慨然以治道自任，还极有政治眼光与经济头脑。马祖常在碑铭中赞赏其曾祖父道："我曾祖尚书，德足以利人，而位不称德；才足以经邦，而寿不享年。世非出于中国，而学问文献过于邹鲁之士；时方遇于草昧，而赞襄制度则几于承平。俾其子孙百年之间革其旧俗，而衣冠之传，实肇于我曾祖也。"（马祖常《故礼部尚书马公神道碑铭》）

虞集十二月一日奉旨作《（集庆路重建）太平兴国禅寺碑铭》。（《道园类稿》卷三六）

忽思慧《饮膳正要》三卷刊刻，虞集作序。

按：忽思慧大约在赵国公常普兰奚元仁宗延祐二年（1315），任徽政院使，掌管侍奉皇太后诸事时候被选任饮膳太医，之后入侍元仁宗之母兴圣太后答己。其间，他与常普兰奚在食疗研究方面密切合作，后来他供职中宫，以膳医身份侍奉文宗皇后卜答失里，以此忽思慧在元廷中主要是以饮膳太医之职侍奉皇太后与皇后。《饮膳正要》一书虽是为皇室健康、调理而作，但记述了食物烹调技术，进膳养生法等，实为我国最早从健康人的立场出发，讲究饮食营养，滋补身体，以达到强身养生的营养学专书。全书三卷，卷一讲养生避忌、妊娠食忌、乳母食忌、饮酒避忌和聚珍异馔等；卷二讲原料，饮料和食疗，即包括诸般汤煎、神仙服饵、四时所宜、五味偏走、食疗诸病、食物利害、食物相反、食物中毒等内容；卷三讲粮食、蔬菜、各种肉类和水果等。虞集此序是奉旨而写，可见宫廷对它的重视。"今上皇帝，天纵圣明，文思深远，御延阁，阅图书，旦暮有恒，则尊养德性，以酬酢万几，得内圣外王之道焉。于是赵国公孛兰奚，以所领膳医臣忽思慧所撰《饮膳正要》以进。……于是中宫命留守臣金界奴，庀工刻梓，摹印以遍赐臣下。……天历三年某月某日谨序。"（《道园类稿》卷一六）

欧阳玄为宋褧《燕石集》作序。

按：欧阳玄该序，《四库》本作"至正元年三月丙子，奉政大夫、艺文少监长沙欧阳玄序"，而以《四部丛刊》为底本点校的《欧阳玄全集》作"至顺元年三月丙子，奉政大夫、艺文少监长沙欧阳玄序"，而考察欧阳玄的仕履情况，该序当是至顺元年间，欧阳玄任艺文少监所作。而宋褧诗文集在其死后由宋本之子宋镠编辑完成，欧阳玄在序也称见诗若干首，则欧阳玄作序的《燕石集》并非宋褧诗文全集。欧阳玄序言写道："翰林蓟门宋君显夫眂予诗若干首,余读尽卷,求一言之陈,无有也。虽《大堤》之谣,《出塞》之曲,时或驰骋乎江文通、刘越石诸贤之间,而燕人凌云不羁之气,慷慨赴节之音,一转而为清新秀伟之作,吾知齐鲁老生之不能及是也。……至正元年三月丙子,奉政大夫、艺文少监长沙欧阳玄序。"(欧阳玄《燕石集序》)

欧阳玄九月初一为王士点《禁扁》作序。

按:《禁扁》是时任通事舍人的王士点考察历代宫殿、门规、池馆、苑囿的名字编撰而成。王士点乃元初著名东平文臣王构之子,王士熙之弟,与虞集、欧阳玄、袁桷等馆阁名臣俱为同僚,交情颇厚。士点无心举业,热衷于撰述,"见书辄记,无复再览。领政事省,朝省吏牍,过目无所遗"(虞集《送墨庄刘叔熙远游序》),士点在礼部任职时,尝撰《侍仪仪注》,在秘书监时,曾与商企翁合编《秘书监志》。欧阳玄序言写道:"《禁扁》一书,通事舍人须句王君继志之所作也。继志早弃举业,慨然有志著述,而职在九宾,尝撰《侍仪仪注》若干卷送上官。其馀力又蒐考历代宫殿、门规、池馆、苑藁等名辑为是编,岂特示该洽而已哉。为人君得是书,因名号之文质,思制度之奢俭,又有以观后世机祥、避忌之积习,务择令美,滋不如古人之仍事实、存鉴戒之意矣。为人臣者得是书,其在朝庭设顾问,则可以无召对寡陋之虞;退而闲居,偶有题榜,则可以无重复嫌疑之犯。其所以资见闻、明等威,亦岂小补哉! ……。至顺元年九月初,庐陵欧阳玄序。"(《圭斋文集补编》卷八)

又按:虞集也曾在至顺癸酉三月二十九日为王士点《禁扁》作序,对王士点其人其书倍为赞赏。序曰:"继志,故翰林学士承旨、中书参议、鲁国王文康公之次子也。……文康公扬历台省,宾客门人,一时文学之选皆在,是以继志兄弟见闻异于常人,又以强记博学称于时。……《禁扁》之书,在史馆暇日所编,号为详赡。"(《全元文》第二十六册,第92页)

马祖常九月五日作《滋溪文稿志》。

按:据马祖常这段文字,可知其时馆阁文体以"读经稽古",作文须"有法度",而苏天爵在延祐四年借其《碣石赋》赢得马祖常的赞赏,并从此循入馆阁,成为虞集、马祖常之后当之无愧的接班人。其文曰:"右苏君伯修杂著。祖常延祐四年,以御史监试国子员,伯修试《碣石赋》,文雅驯美丽,考究翔实。当时考试礼部尚书潘景良、集贤直学士李仲渊置伯修为第二名,巩弘为第一名。弘文气疏宕,才俊可喜,祖常独不然此,其人后必流于不学,升伯修为第一,今果然。而吾伯修方读经稽古,文皆有法度,当负斯文之任于十年后也。至顺元年九月五日,侍上幸中心阁还,休半日,书此以记予与伯修之旧也。马祖常志。"(《滋溪文稿》,第263页)

吴善作《牧庵集序》。

按：牧庵乃姚燧自号。《牧庵集》是姚燧的门人刘致收集，下属吴善董工，由江浙儒学主持刊印。吴善在序言中不仅高度评价姚燧的古文创作成就，将其奉为"一代之宗工"，还详细交代了《牧庵集》刊刻的始末及具体文体的卷数，是后人研究姚燧及《牧庵集》的重要文献资料。序言写道："我朝国初，最号多贤，而文章众称一代之宗工者，惟牧庵姚公一人耳。公，营州柳城人。营州之族，好驰马、试剑，游畋为乐，公独嗜学缉文，早负奇气，非所谓秉山川之灵、关天地之运者乎？至大戊申，公为翰林承旨，予忝末属，始拜公于翰林。是年冬，诏修成宗皇帝实录，日侍公笔砚间，遂得手钞公文数十篇，玩诵日夜不置。其后实录成，进，方将求公全帙编次，而公谒告南来矣。襄得宁国所刊本校之，读之既非全校帙，讹舛尤多，每为怅然也。至顺壬申，公之门人翰林侍卫刘公时中，始以公全集自中书移命江浙，以郡县赡学余钱命工锓木，大惠后学。予时承乏提学江浙儒学，因获董领其事，私窃欣幸。乃与钱塘学者叶景修重加校雠，分门别类，得古赋三篇、诗二百二十二篇、序三十八篇、记五十三篇、碑铭墓志一百四十篇、制诰五十八篇、传二篇、赞十五篇、说十一篇、祝册十篇、杂著十三篇、乐府百二十四篇，总六百八十九篇，凡五十卷。窃惟公之文，雄深雅赡，世罕有知焉，譬如太羹玄酒，食而无味，然足以享天。呜呼草玄者之有望于后世之子云也，宜哉。至顺昭阳作噩之岁，季春之闰，儒林郎、江浙等处儒学提举鄱阳吴善序。"（《牧庵集》卷首）

钟嗣成著《录鬼簿》两卷成，并撰自序。（栋亭十二种本《录鬼簿》卷首）

按：该书为我国第一部戏曲论著。全书上卷记前辈才士，有杂剧者略记姓字爵里及剧目，下卷记并世才士，各作一小传，记其剧目，又作《凌波曲》吊之。全书涉及作家一百五十二人（其中贾仲明续七十一人），作品名目四百余种。《录鬼簿》序言无畏于"高尚之士，性理之学"怪他"得罪于圣门"，颂扬"高才博艺"、地位低下之作家且高度评价戏曲艺术，颇异于传统美学思想。钟嗣成（1279？—1360？），字继先，号丑斋，大梁人，寄居杭州。曾寄学邓文原、曹鉴。以貌丑，科场屡试不第，遂专力从事戏曲。元著名戏曲作家，纂有《录鬼簿》两卷，载元代杂剧作家小传和作品目录，为研究杂剧重要资料。所作杂剧今知有《章台柳》、《钱神论》、等七种，均不传。事迹见《录鬼簿》、《录鬼簿续编》、《太和正音谱》、《全元散曲》。

钟嗣成序言原文写道："贤愚寿夭，死生祸福之理，固兼乎气数而言，圣贤未尝不论也。盖阴阳之诎伸，即人鬼之生死。人而知夫生死之道，顺受其正，又岂有岩墙桎梏之厄哉？虽然，人之生斯世也，但以已死者为鬼，而不知未死者亦鬼也。酒瓮饭囊，或醉或梦，块然泥土者，则其人与已死之鬼何异？此固未暇论也。其或稍知义理，口发善言，而于学问之道，甘于暴弃，临终之后，漠然无闻，则又不若块然之鬼为愈也。予尝见未死之鬼吊已死之鬼，未之思也，特一间耳。独不知天地开辟，亘古及今，自有不死之鬼在，何则？圣贤之君臣，忠孝之士子，小善大功，著在方册者，日月炳焕，山川流峙，及乎千万劫无穷已，是则虽鬼而不鬼者也。余因暇日，缅怀故人，门第卑微，职位不振，高才博识，俱有可录。岁月弥久，湮没无闻，遂传其本末，吊以乐章。复以前乎此者，叙其姓名，述其所作，冀乎初学之士，刻意词章，使冰寒于水，青胜于蓝，则亦幸矣。名之曰《录鬼簿》。嗟乎！余亦鬼也。使已死未死之鬼作不死之鬼，得以传远，余又何幸焉！若夫高尚之士，性理之学，以为得罪于圣门者，吾党且噉蛤蜊，别与知味者道。至顺元年龙集庚午月建甲申二十二日辛未，古汴钟嗣成序。"（《全元文》第三十一册，第110页）

又按：朱凯是年作《录鬼簿后序》曰："文以纪传，曲以吊古，使往者复生，来者力学，鬼簿之作非无用之事也。大梁钟君名嗣成，字继先，号丑斋，善之邓祭酒、克明曹尚书之高弟，累试于有司，命不克遇，从吏则有司不能辟，亦不屑就，故其胸中耿耿者借此为喻，实为己而发也。乐府小曲、大篇长什传之于人，每不遗稿，故未能就编焉，如《冯谖收券》、《诈游云梦》、《钱神论》、《斩陈馀》、《章台柳》、《郑庄公》、《蟠桃会》等，皆在他处按行，故近者不知，人皆易之。君之德业辉光，文行泡润，后辈之士奚能及焉？噫！后之视今亦犹今之视昔也，日居月诸，可不勉旃。至顺元年（1330）九月吉日朱士凯序。"（《全元文》第五十一册，第39页）朱凯，字士凯。至正时为浙江省掾。著有杂剧《吴天塔》、《黄鹤楼》及散曲作品，编有《升平乐府》，又辑世传隐语《包罗天地》（朱凯著）、《揆叙万类》、《迷韵》等集。

范梈卒。

按：范梈（1272—1330），字亨父，一字德机，清江人，人称文白先生。家贫，早孤，母熊氏抚而教之。大德十一年（1307）以朝臣荐，为翰林院编修官。出为海南海北道廉访司照磨。迁江西湖东照磨。选充翰林应举，改福建闽海道知事。擅长诗文，诗文有《燕然稿》、《东坊稿》、《海康稿》、《豫章稿》、《候官稿》、《江夏稿》、《百文稿》总十二卷，有诗话《木天禁语》，论诗讲究篇法、句法、字法、气象、家数、音节，谓之六关，但《四库提要》谓系伪托。事迹见吴澄《故承务郎湖南岭北道肃政廉访司经历范亨父墓志铭》（《吴文正集》卷八五）、揭傒斯《范先生诗序》（《揭文安公全集》卷八）、刘岳申《祭范德机文》（《申斋集》卷一二）、《元史》卷一八一、《新元史》卷二三七、《蒙兀儿史记》卷一二〇。

又按：吴澄在其墓志铭中叙其学行道："持身廉正，涖官不可干以私。

疏食水饮,泊如也。为文雄健,追慕先汉。古近体诗尤工,蔼然忠臣孝子之情,如杜子美。又善大小篆、汉晋隶书。金溪士危素慕其风,数从游处。未终前两月,往哭其母。时疾已剧,尪羸骨立,谓素曰:'世道之卑、士气之陋甚矣,子其勉诸! 吾殆将死。'已而果然。"(《吴文正集》卷八五)

曾巽申卒。

按:曾巽申(1282—1330),字巽初,永丰人。少敏于学,事亲孝,好读书,著书满家,尤好内典,体甚清羸,终岁之间斋居之日十九。爱古器物,名书画,购之不计其资。尝作武城书院于乡,聚族党子弟而教之。至大间授大乐署丞,延祐元年除翰林编修,进应奉,泰定初辞归。天历二年(1329)召为集贤照磨,天历三年卒。著有《卤簿图》五卷、《卤簿书》五卷,《郊祀礼乐图》五卷、《郊祀礼乐书》三十卷,《致美集成》三卷,《心性论》、《理气辨》、《经解正讹》合若干卷,《崇文卤簿志》十卷,《明时类稿》若干卷,《超然集》若干卷,《韵编杜诗》十卷、《补注元遗山诗》十卷,《过闻录》二卷《周易治鉴》等。事迹见虞集《曾巽初墓志铭》(《道园学古录》卷一九)

丁文苑(哈八石)卒。

按:丁文苑(1284—1330),本名哈八石,字文苑,出生回回世家,于阗(新疆和田)人,入中原后定居大都宛平(北京市),延祐首科进士,历仕左司掾、礼部主事,至治二年任秘书监著作郎,拜监察御史,改扈部员外郎、浙西佥宪,能适用汉语写诗文,与马祖常、宋褧、王沂等唱和往还。歌行豪宕如其人,古诗清淬,皆可传世。事迹见王沂《挽丁文苑》(《伊滨集》卷九)、许有壬《哈八石哀辞并序》(《至正集》卷六六)。

王沂《挽丁文苑》"北阙收科日,东州半刺翔。吴钩利锋锷,西玉美琳琅。攻苦甘餐藜,摧枯快击强。诗书名已著,霄汉路应长。兰省初腾价,仪曹转耀铓。欲兴周礼乐,要补舜衣裳。羽卫惊传警,欀枪怒益张。从来身满胆,那惜皂为囊。力挽千钧弩,精闻百炼钢。忠言昭日月,真气摄豺狼。岂特销氛祲,居然振纪纲。周官严掌计,汉署贵含香。持节分吴会,鸣珂出帝乡。锄奸到根节,遗爱治耕桑。三翼江流白,千峰木叶黄。弄兵封剑阁,燃燧照清湘。韬略知无敌,威怀各有方。浮云开斥堠,飞鸟避风霜。宇宙归辽鹤,波涛怒楚艎。一时悲耿耿,千古阒堂堂。故箧遗文在,新阡宿草荒。素风知不坠,能世有诸郎。"(《全元诗》第三十三册,第103页)

罗贯中(? —约1400年)生。

元至顺二年　辛未　1331 年

正月丁亥,以寿安山英宗所建寺未成,诏中书省给钞十万锭供其费,仍命燕铁木儿、撒迪等总督其工役。(《元史·文宗本纪四》卷三五)

庚寅,诸王哈儿蛮遣使来贡蒲萄酒。(《元史·文宗本纪四》卷三五)

甲辰,建孔子庙于后卫。(《元史·文宗本纪四》卷三五)

二月戊申,立广教总管府,以掌僧尼之政。(《元史·文宗本纪四》卷三五)

按:《元史·文宗本纪四》载,"戊申,立广教总管府,以掌僧尼之政,凡十六所:曰京畿山后道,曰河东山右道,曰辽东山北道,曰河南荆北道,曰两淮江北道,曰湖北湖南道,曰浙西江东道,曰浙东福建道,曰江西广东道,曰广西两海道,曰燕南诸路,曰山东诸路,曰陕西诸路,曰甘肃诸路,曰四川诸路,曰云南诸路。秩正三品,府设达鲁花赤、总管、同知府事、判官各一员,宣政院选流内官拟注以闻,总管则僧为之。"(《元史》卷三五)

乙卯,祀太祖、太宗、睿宗御容。(《元史·文宗本纪四》卷三五)

庚午,占城国遣其臣高暗都剌来朝贡。(《元史·文宗本纪四》卷三五)

创建五福太一宫于京城乾隅,修上都洪禧、崇寿等殿。(《元史·文宗本纪四》卷三五)

三月戊子,以籍入速速、班丹、彻理帖木儿赀产赐大承天护圣寺为永业。(《元史·文宗本纪四》卷三五)

癸巳,诏累朝神御殿之在诸寺者,各制名以冠之。

按:《元史·文宗本纪四》载:世祖曰元寿,昭睿顺圣皇后曰睿寿,南必皇后曰懿寿,裕宗曰明寿,成宗曰广寿,顺宗曰衍寿,武宗曰仁寿,文献昭圣皇后曰昭寿,仁宗曰文寿,英宗曰宣寿,明宗曰景寿。(《元史》卷三五)

庚子,以将幸上都,命西僧作佛事于乘舆次舍之所。(《元史·文宗本纪四》卷三五)

四月戊申,皇姑鲁国大长公主薨。(《元史·文宗本纪四》卷三五)

按:鲁国大长公主孛儿只斤·祥哥剌吉(1284—1332),又称桑哥剌吉,忽必烈太子真金孙女,答剌麻八剌之女。兄元武宗,弟元仁宗,元文宗岳母。大德十一年(1307)嫁弘吉剌部首领阿不歹,封为"皇妹鲁国大长公主",赐永平路为分地。至大三年(1310)其夫去世,祥哥剌吉没有随蒙古习俗,再嫁丈夫的弟弟,一直守节。至大四年(1311),元仁宗即位,封"皇姊鲁国大长公主"。元文宗继位后,又封其为"皇姑鲁国大长公主",其女卜答失里为皇后,又被加封徽文懿福贞寿大长公主。多次受到丰厚赏赐,资财雄厚,超过元朝历代公主。她对汉族文化有浓厚兴趣,收藏历代字画。与赵孟頫、袁桷、冯子振虞集、柳贯、朱德润等著名文人皆有往来。

发卫卒三千助大承天护圣寺工役。(《元史·文宗本纪四》卷三五)

戊午,以集庆路玄妙观为大元兴崇寿宫。(《元史·文宗本纪四》卷三五)

以儒学教授在选数多,凡仕,由内郡、江淮者,注江西、江浙、湖广;由陕西、两广者注福建;由甘肃、四川、云南、福建者,注两广。(《元史·文宗本纪四》卷三五)

四月,命以泥金畏兀字书《无量寿佛经》一千部。(《元史·文宗本纪四》卷三五)

五月己卯,安南世子遣臣来朝贡。(《元史·文宗本纪四》卷三五)

乙未,奎章阁学士院赵世延、虞集等撰修《皇朝经世大典》成,虞集作《经世大典序录应制》。(《道园类稿》卷一六)

按:简称《经世大典》,为政书,共八八〇卷,另有目录十二卷,公牍一卷,纂修通议一卷。分帝号、帝训、帝制、帝系、治典、赋典、礼典、政典、宪典、工典等十门,其中六典各系子目,仿《唐六典》和《唐会要》体例。欧阳玄赞主修者虞集曰:"考公制作之志,使究所长为圣治裨益,能使一代之风轨蔼然先王之遗烈焉。"(《圭斋文集·虞集神道碑》)作为《经世大典》的总裁,虞集强调了从历史兴废存亡处,思考变通之理的重要性,所谓"夫古今治乱之迹不考,则无以极事理之变通,又史学之不可不讲也。"(《送饶则明序》,《道园学古录》卷三一)从"考史以极事理"的思想出发,虞集总裁《经世大典》修撰时,不仅议立篇目,网罗文献,还在全书各门各类之前设立序录,交代立目旨意,勾勒元初以后各项典章制度的演变原委,总结历史经验。现存于《元文类》的《经世大典》一四六篇大小序录,反映了虞集等史臣对元代中期以前历史进程及典制沿革深层"事理"的探讨。(见周少川《元代关于历史盛衰之"理"的思考——论理学思潮对元代历史观的影响》)

又按:虞集《经世大典序》写道:"慨念祖宗之基业,旁观载籍之传闻,思辑典章之大成,以示治平之永则。乃天历二年冬,有旨命奎章阁学士院、翰林国史院,参酌唐宋会要之体,荟萃国朝故实之文,作为成书,赐名《皇朝经世大典》。明年二月,以国史自有著述,命阁学士,专率其属而为之。太师丞相答剌罕,太平臣臣燕帖木儿,总监其事。翰林学士承旨大司徒臣阿邻帖木儿,奎章大学士臣忽都鲁笃尔弥实,奎章阁大学士中书右丞臣撒迪,奎章阁大学士太禧宗禋使臣阿荣,奎章阁承制学士佥枢密院事臣朵来,并以耆旧近臣习于国典任提调焉。中书左丞臣张友谅,御史中丞臣赵世安等,以省台之重,表率百官,简牍具来,供给无匮。至于执笔纂修,则命奎章阁大学士中书平章政事臣赵世延,而贰以臣虞集,与学士院艺文监官属,分局修撰。又命吏部尚书臣巙巙,择文学儒士三十人,给予笔札而缮写之。出内府之钞以充用。是年四月十六日开局,仿六典之制,分天、地、春、夏、秋、冬之别,用国史之例,别置蒙古局于其上,尊国事也。其书悉取诸有司之掌故,而修饰润色也。通国语于尔雅,去吏牍之繁辞。上送者无不备书,遗亡者不敢擅补。于是定其篇目,凡十篇。曰:君事四,臣事六。君临天下,名号最重,作《帝号》第一。祖宗勋业,具在史策,心之精微,用言以宣,询诸故老,求诸纪载,得其一二于千万,作《帝训》第二。风动天下,莫大于制诰,作《帝制》第三。大宗其本也,藩服其支也,作《帝系》第四。皆君事也,蒙古局治之,设官用人,共理天下,治其事者,宣录其成,故作《治典》第五。疆理广袤,古昔未有,人民贡赋,国用系焉,作《赋典》第六。安上治民,莫重于礼,朝廷郊庙,损益可知,作《礼典》第七。肇基建业,至于混一,告成有绩,垂远有规,作《政典》第八。行政之设,以辅礼乐,仁厚为本,明慎为要,作《宪典》第九。六官之职,工居一焉,国财民力,不可不慎,作《工典》第十。皆臣事也。以至顺二年五月一日,草具成书,缮写呈上。臣集等皆以空疏之学,谬叨委属之隆,才识既凡,见闻非广,或疏远不知于避忌,或草茅不识于忧虞,谅其具稿之诚,实欲更求是正,疏略之罪所不敢逃。窃观《唐会要》,始于苏冕,续于崔铉,至宋王溥而后成书。《宋会要》始于王洙,续于王珪,至汪大猷、虞允文,二百年间,三修三进。窃惟祖宗之事业,岂唐、宋所可比方。而国家万万年之基,方源源而未已。今之所述,粗立其纲。乃若国初之旧文,以至四方之续报,更加搜访,以待增修。重推纂述之初猷,实出圣明之独断。假之以岁月,丰之以廪饷。给之以官府之书,劳之以诸司之宴。礼意优渥,圣谟孔彰。而纂修臣寮,贪冒恩私,不称旨意,不胜兢惧之至,惟陛下矜而恕之。谨序。"(《涵芬楼古今文钞》卷二〇)

　　萨都剌《奎章阁观进皇朝经世大典》"文章天子大一统,馆阁词臣日纂修。万(四库作"方")丈奎光悬秘阁,九重春色满龙楼。门开玉钥芸香动,帘卷金钩砚影浮。圣览日长万几暇,墨花流出凤池头。"(《全元诗》第三十册,第203页)

　　诏以泥金书佛经一藏。(《元史·文宗本纪四》卷三五)

　　丙申,大驾幸上都。(《元史·文宗本纪四》卷三五)

　　监察御史请增国子员额、侍养仕者亲老,皆不报。

按：监察御史韩元善言：'历代国学皆盛，独本朝国学生仅四百员，又复分辨蒙古、色目、汉人之额。请凡蒙古、色目、汉人，不限员额，皆得入学。'又监察御史陈守中言：'请凡仕者亲老，别无侍丁奉养，不限地方名次，宜从优附近迁调，庶广忠孝之道。'皆不报。"（《元史·文宗本纪四》卷三五）

七月壬午，祀太祖、太宗、睿宗御容于翰林国史院。（《元史·文宗本纪四》卷三五）

八月甲辰，西域诸王卜赛因遣使忽都不丁来朝。（《元史·文宗本纪四》卷三五）

赐上都孔子庙碑。（《元史·文宗本纪四》卷三五）

辛亥，大驾南还大都。（《元史·文宗本纪四》卷三五）

壬子，西域诸王答儿麻失里袭朵列帖木儿之位，遣诸王孛儿只吉台等来朝贡。（《元史·文宗本纪四》卷三五）

十二月戊午，西域诸王秃列帖木儿遣使献西马及蒲萄酒。（《元史·文宗本纪四》卷三五）

阿荣以太禧宗禋使拜奎章阁大学士。

按：黄溍《恭跋御书奎章阁记石刻》"天历二年春三月，上肇开奎章阁，延登儒流，入侍燕闲。冬十月，臣铎尔直作颂以献。至顺二年春正月，御制阁记成。秋某月某甲子，大学士、太禧宗禋使臣阿荣传旨，以刻本赐焉。"（《金华黄先生文集》卷二一）

虞集拜翰林侍讲学士、通奉大夫，其他官职如故。（赵汸《邵庵先生虞公行状》）

马祖常拜治书侍御史，迁侍御史，进中奉大夫。

按：苏天爵《元故资德大夫御史中丞赠摅忠宣宪协正功臣魏郡马文贞公墓志铭》"二年，拜治书侍御史，迁侍御史，进中奉大夫，特赐犀带及御书《奎章阁记》，内宴服七袭，金玉腰带各一。"（《滋溪文稿》卷九）又按：《奎章阁记》乃元文宗亲手所写，刻石之后，再模拓赐与爱近之臣。马祖常为此作《恭赞御书奎章阁记》。

翰林承旨押不花拒绝奎章阁取阅《脱卜赤颜》。

按：《元史·文宗本纪四》载，（四月）戊辰，奎章阁以纂修《经世大典》，请从翰林国史院取《脱卜赤颜》一书以纪太祖以来事迹，诏以命翰林学士承旨押不花、塔失海牙。押不花言：'《脱卜赤颜》事关秘禁，非可令外人传写，臣等不敢奉诏。'从之。（《元史》卷三五）

苏天爵升修撰，擢江南行台监察御史。

按:黄溍《苏御史治狱记》"至顺二年冬十有一月,赵郡苏公天爵由翰林为御史南台。"(《文献集》卷七上)《元史》"至顺元年,预修《武宗实录》。二年,升修撰,擢江南行台监察御史。"(《元史·苏天爵传》卷一八三)

宋本出为河东廉访副使,将行,擢礼部尚书。(《元史·宋本传》卷一八二)

黄溍以马祖常荐举,擢应奉翰林文字。

按:宋濂《黄先生行状》"至顺二年,用故御史中丞马公祖常之荐,入为应奉翰林文字、同知制诰兼国史院编修,进阶儒林郎。"(《故翰林试讲学士中奉大夫知制诰同修国史同知经筵事金华黄先生行状》)

赵子昌为翰林直学士。

按:黄溍《乡学记》"经始于至顺二年春二月,而落成于秋八月。翰林直学士赵公子昌与君琪居相望,实有以相之。其来请记,则冬十有二月也。"(《金华黄先生文集》卷一〇)

秘书太监王珪等十月甲辰代祀岳镇、海渎、后土。(《元史·文宗本纪四》卷三五)

集贤直学士答失蛮十二月庚申诣真定玉华宫,祀睿宗及显懿庄圣皇后神御殿。

兵部尚书也速不花、同金通政院事忽纳不花十二月辛酉迎帝师。(《元史·文宗本纪四》卷三五)

许有壬二月奉召参议中书省事,未几,以丁母忧去。(《元史·许有壬传》卷一八二)

雅琥罢职。

按:御史台臣言:'奎章阁参书雅琥,阿媚奸臣,所为不法,宜罢其职。'从之。(《元史·文宗本纪四》卷三五)

柯九思九月被御史台臣弹劾。

按:御史台臣劾太禧宗禋使童童淫侈不洁,不可以奉明禋;又,奎章阁监书博士柯九思,性非纯良,行极矫谲,挟其末技,趋附权门,请罢黜之。(《元史·文宗本纪四》卷三五)在此之前柯九思已经为朝臣对他的忌妒而深感不安,曾多次请求元文宗皇帝让他补外,元文宗不肯,这一次,元文宗终于挡不住燕铁木儿等人的压力,至顺三年(1332)初,元文宗让柯九思回到江南。而元文宗卒于当年八月,柯九思馆阁生涯即此结束。

吏部尚书撒里瓦等正月己亥出使安南。

按:《元史·文宗本纪四》载,遣吏部尚书撒里瓦,佩虎符,礼部郎中赵期

颐,佩金符,赍即位诏告安南国,且赐以《授时历》。(《元史·文宗本纪四》卷三五)

西僧二月己未为皇子古纳答刺作佛事一周岁。(《元史·文宗本纪四》卷三五)

西僧旭你迭八答刺班的三月戊子为三藏国师,赐金印。(《元史·文宗本纪四》卷三五)

必兰纳识里又被赐玉印,加号普觉圆明广照弘辩三藏国师。(《元史·文宗本纪四》卷三五)

西僧四月于五台及雾灵山作佛事各一月,为皇太子祈福。(《元史·文宗本纪四》卷三五)

西僧十月辛酉作佛事于兴圣宫,十有五日乃罢。(《元史·文宗本纪四》卷三五)

亳州太清宫道士马道逸、汴梁朝天宫道士李若讷、河南嵩山道士赵亦然,三月癸巳各率其徒赴阙,修普天大醮。(《元史·文宗本纪四》卷三五)

元文宗正月己卯御制奎章阁记,亲书,刻于石。(《元史·文宗本纪四》卷三五)

按:文宗亲书"奎章阁记"刻石后又以墨本加盖玺印而赐予近臣,其时至荣至耀之事。虞集曾作《题御书奎章阁记后》记载"御书'奎章阁记'初刻石,蒙赐摹本者甚少。应赐者,阁学士画旨具成案,然后持诣榻前,申禀而后予之,盖慎重之至。此一卷,今侍书学士臣朵来以金书枢密院事充承制学士时所被受者也。"(《雍虞先生道园类稿》卷三二)

元文宗巡幸上京之际,选出御马五云骥,令画工图形,虞集作赞。

按:据虞集《御马五云骥图赞》序言记载,"至顺二年夏,天子时巡上京,行幸之次日,阅其良。于是,五云之骥出焉。"文宗非常喜欢五云骥,"命善工图形,藏诸内阁,而俾臣赞之。"文宗对马的喜好固然是游牧民族出生天性,而他令画工图形,词臣作赞的风雅行径对其所开启的奎章阁时代的咏物风气颇有推动。

虞集约在此年奉旨赋奎章玄玉,并序。

按:元文宗这年正月御书"奎章阁记",文宗至顺三年即去世,考其对奎章阁学士院一系列的动作,主要集中于至顺二年,奎章阁有灵璧奇石,故文宗书写"奎章玄玉"可能也在至顺二年。虞集奉旨撰《赋奎章玄玉并序》写道:"奎章阁有灵璧石,奇绝名世。御书其上曰:奎章玄玉。有敕命臣集赋诗,臣再拜稽首而献诗曰:禹贡收浮磬,尧阶望乔云。自天承雨露,拔地起氤氲。击柎磬音合,衡从玉兆分。巨鳌三岛力,威凤九苞文。辨位资干坎,为山填幅员。固知兴宝藏,不假运神斤。书帙侵春润,香炉借宿薰。烟光晴冉冉,波影昼沄沄。融结由元化,登崇荷圣君。瑞于龟出洛,重若鼎来汾。柱立尊皇极,磐安广帝勋。讵云陈秘玩,因愿献前闻。"(《元诗选》初集卷二五)

翰林国史院扈从天子清暑上京。

按:苏天爵《翰林分院名记》写道:"至顺二年夏五月,翰林国史院扈从天子清暑上京,自承旨以下,题名于壁,遵故事也。"(《滋溪文稿》卷二)

黄溍是年夏与苏天爵、索元岱等一同扈从上京,赋咏《上京纪行诗》多首。

按:黄溍《送索御史诗序》"至顺纪元之冬,今监察御史索公以史馆掌故久次进职编摩,而某忝隶常调供奉词林,籍属史氏,与公为同僚,命同日下。明年夏,又同扈跸上京。"(《文献集》卷六)苏天爵《题黄应奉上京纪行诗后》载:"至顺二年夏,予与晋卿偕为太史属,扈行上京。览山河之形势,宫阙之壮丽,云烟草木之变化,晋卿辄低徊顾恋若有深沈之思者,予固知其能赋矣。既而果得《纪行诗》若干首。"(《滋溪文稿》卷二八)黄溍归来作上京纪行诗十二首,苏天爵、虞集、吴师道等有题跋,之后黄溍上京纪行诗卷为迺贤所得,贡师泰据以题跋。

司徒香山进言被翰林学士所驳。

按:《元史·文宗本纪四》载:"司徒香山言:陶弘景《胡笳曲》,有'负扆飞天历,终是甲辰君'之语,今陛下生年、纪号,实与之合,此实受命之符,乞录付史馆,颁告中外。诏令翰林、集贤、奎章、礼部杂议之。翰林诸臣议以谓:唐开元间,太子宾客薛让进武后鼎铭云'上玄降鉴,方建隆基',为玄宗受命之符。姚崇表贺,请宣示史官,颁告中外。而宋儒司马光斥其采偶合之文以为符瑞,乃小臣之谄,而宰相实之,是侮其君也。今弘景之曲,杂于生年、纪号若偶合者,然陛下应天顺人,绍隆正统,于今四年,薄海内外,罔不归心,固无待于旁引曲说以为符命。从其所言,恐启谶纬之端,非所以定民志。事遂寝。"(《元史》卷三五)

虞集四月奉旨作《孙都思氏世勋碑(铭)》。(《道园类稿》卷三九)

虞集夏在上都奉敕为至温禅师作塔铭。(虞集《佛国普安大禅师塔铭》,《道园学古录》卷四八)

虞集奉旨作《大都路城隍庙碑铭》。(《道园类稿》卷三七)

虞集奉旨作《高庄僖公神道碑铭》。(《道园类稿》卷四〇)

虞集奉旨作《高昌王(纽林的斤)世勋碑(铭)》。(《道园类稿》卷三九)

虞集应国子博士赵篔翁之请,为其六世祖祠堂作诗并序。

按：据虞集序称："皇元至顺二年春，解州闻喜县学用礼部符，祠其乡先生、故宋丞相赵忠简公。公六世孙、国子博士篔翁，求虞集作迎送神诗。"欧阳玄亦作《赵忠简公祠堂记》。而据欧阳玄祠堂记知道，方可明白虞集作诗并序并非平易之事。赵篔翁六世祖乃北宋著名丞相赵鼎，而赵忠坚祠堂建设原委乃关涉到王安石新学与程朱理学之争端，以及元廷意识形态的取向。赵鼎任丞相之际，"首罢王安石孔庙配享，尊尚二程子书，凡其门人之仅存者，悉见召用"，而程朱理学在元初许衡等人的努力下最终成为科考必读之物。据欧阳玄记载"至顺二年春，赵忠简公六世孙篔翁，请即解之闻喜县学为忠简祠，其辞曰：公当宋南渡，排王氏邪说，崇程子正学，以至于今，有功于斯世甚大，宜祠其乡。胄监、集贤是其议，中书礼部告晋宁路以符。属其同年欧阳玄记之。"即此可知，元廷准予赵鼎故乡建其祠堂，正是彰显对于程朱理学的推崇态度。欧阳玄文章记载这段学术源流颇详。而藉著欧阳玄祠堂记，再返读虞集之诗及附记，更觉其旨意深远："山河邈悠，宗国为虚。骑箕来归，怀此故都。鸣枭在树，饥鳄在渚。閟宫不存，公食无所。董泽之陂，有蒲与荷。子孙具来，式燕以歌。瞻彼洛矣，其水决决。斯文在兹，俾也可忘。秦桧既贬赵公于海南，随使人逼杀之。公临终，从所寓寺僧索素帛一方，书其上云：'身骑箕尾归天上，气作山河壮本朝'，以付寺僧而绝。闻喜之董泽，公乡也。"另外，虞集《(闻喜县)董泽书院记》也记载云，赵鼎终以贬死，而其"子孙以此多留江南，而其族人之在董泽者无恙也"。元朝混一之后，赵氏子孙，"始得以音问相通"，赵篔翁"得请于朝，祠公闻喜县学"，终于得建董泽书院于赵鼎故乡闻喜县，而以赵鼎六世孙国子博士赵篔翁的原因，时任奎章阁侍书学士、翰林侍讲学士、通奉大夫、知制诰同修国史的虞集撰文，集贤侍讲学士、正奉大夫张昇书写，太中大夫、金太常礼仪院事李侃篆额。

宋本十二月廿六日为苏天爵滋溪书堂作记。

按：苏天爵独任文献之寄于元末，但有关他的平生事迹，时人记载较完整的，倒不出宋本此篇。"滋溪书堂"乃苏天爵祖上修建于真定的藏书楼，苏天爵父子两代因之而积书，却并不对屋子加以增损，宋本感慨苏家四世单传，却教学不断，遂作《滋溪书堂记》，文章非常有文献意义。文章写道："延祐六年，予初来京师，闻国学贵游称诸生苏伯修以《碣石赋》中公试，释褐授蓟州判官，往往诵其警句，名籍甚。欲一识，则已赴上。及还，始与交，因得知伯修多藏书，习知辽与金故实，暨国朝上公硕人家阀阅谱系事业碑刻文章。既久，又见其嗜学不厌。尝疑胄子有挑达城阙者，已仕即弃故习者，伯修独尔，其渊源必有出师友外者。询之，则果自其先世曾大父少长兵间，郡邑无知为学者,已能教子,为人先。其大父威如先生,教其考郎中府君尤严。或曰:'君才一子,盍少宽。'辄正色曰:'可以一子故废教耶?'先生学广博,尝因金《大明历》积算为书数十篇,历家善之。府君既为时循吏,又好读书,教伯修如父教己,有余俸,辄买书遗之。于是予疑益信。又久之,则其所著书曰《辽金纪年》、曰《国朝名臣事略》者,皆脱稿,而今之诸人文章方类粹未巳,士大夫莫不叹其勤。伯修汲汲然,至不知饥渴之切已也。日谓予:'昔吾高王父玉城翁当国初自汴还真定,买别墅悬之新市,作屋三楹,置书数十卷。再传而吾王父威如先生,又手自抄校得数百贮之,因名屋曰滋溪书堂,盖滋水道其南也。岁久堂坏,先人葺之而不敢增损,且渐市书益之。又尝因公事至江之南,获万余卷以还。吾惧族中来者不知堂若书之始,幸文之,将刻石嵌壁以示。'……伯修名天爵,今以翰林修撰拜南行台监察御史云。至顺二年十二月廿六日,大都宋本记。"(《元文类》卷三一)此外,谢端、傅若金也对滋溪书堂撰文记述。

　　虞集是年夏,以张雨请托,为倪瓒之兄倪文光作墓碑铭。(虞集《倪文光(昭奎)墓碑铭》)
　　韩中九月甲午薨于汴梁寓舍,苏天爵作神道碑。(苏天爵《元故陕西诸道行御史台治书侍御史赠集贤直学士韩公神道碑铭并序》)
　　盛熙明著《法书考》八卷成。
　　按:盛熙明《法书考》以皇帝重视而未成则已备受关注,故成书后即献于朝廷,虞集、揭傒斯、欧阳玄等当朝著名馆臣皆有序。虞集在序中交代"曲鲜盛熙明,得备宿卫,有以知皇上之天纵多能,留心书学,手辑书史之旧闻,参以国朝之成法,作《法书考》八卷上之,燕门之暇多有取焉",并赞美道:"昔唐柳公权尝进言于其君曰:'心正则笔正',天下后世谓之笔谏。最哉,熙明无俾公权专美前世!"揭傒斯序作于元统二年,并交代其书进贡过程云:"至顺二年,盛君熙明作《法书考》,稿未竟,已有言之文皇帝者,有旨趣上进。以修《皇朝经世大典》事严,未及录上,四年四月五日,今上在延春阁,遂因奎章承制学士沙刺班以书进。上方留神书法,览之彻卷,亲问八法旨要,命藏之禁中,以备亲览。当是时,上新入自岭南,圣心所向,已传播中外。及即位,开经筵,下崇儒之诏,天下颙颙然翘首跂足,思见圣人之治。法书之复其在兹乎?"揭傒斯还在文中交代,其序作于虞集之后,故补充虞集序未交代内容,写道:"熙明清修谨饬,笃学多材,有文章,工书,能通诸国书,而未尝自贤,或为一时名公卿所知。是书之作,虞奎章既为之序,余特著其进书始末如此。"(《全元文》第二十八册,第396页)欧阳玄序言则点明《法书考》受到顺帝关注后,给事中兼起居注亦思剌瓦性吉时中出资锓梓以广其传:"熙明刻意工书,而能研究宗源,作为是书,至于运笔之妙,评书之精,则甘苦疾徐之度,非老于斫轮者,畴克如是耶? 书成,近臣荐达以彻,上览清问再三,又能悉所学以对,因获叹赏。给事中兼起居注亦思剌瓦性吉时中出资锓梓以广其传,庶俾世之学者有所模楷,其用心可谓公且仁矣。"(《圭斋文集补编》卷八)

同恕卒。

按:同恕(1254—1331),字宽夫(甫),其先太原人,后徙奉先(元)。年十三,以《书经》魁乡校。家有藏书万卷。《元史》称他"由程、朱上溯孔、孟,务贯浃事理,以利于行"。卒谥文贞。著有《榘庵集》十五卷。事迹见字术鲁翀《元故太子左赞善赠翰林直学士亚中大夫同文贞公神道碑铭并序》、贾仁《元故奉议大夫太子左赞善榘庵先生同公行状》(此二篇皆见于《榘庵集》卷一五·附录)、《元史》卷一八九。

元至顺三年　壬申　1332 年

正月辛未朔,高丽国王桢遣其臣元忠奉表称贺,贡方物。

按:癸酉,命高丽国王王焘仍为高丽国王,赐金印。初,焘有疾,命其子桢袭王爵,至是焘疾愈,故复位。(《元史·文宗本纪五》卷三六)

二月辛丑朔,八番苗蛮骆度来贡方物。(《元史·文宗本纪五》卷三六)

甲辰,诸王答儿马失里、哈儿蛮各遣使来贡蒲萄酒、西马、金鸦鹘。(《元史·文宗本纪五》卷三六)

己巳,诏修曲阜宣圣庙。(《元史·文宗本纪五》卷三六)

三月,爪哇国遣其臣僧伽剌等八十三人,奉金书表及方物来朝贡。(《元史·文宗本纪五》卷三六)

戊子,占城国遣其臣阿南那那里沙等四人,奉金书表及方物来朝贡。(《元史·文宗本纪五》卷三六)

丁酉,缅国遣使者阿落等十人,奉方物来朝贡。(《元史·文宗本纪五》卷三六)

欧阳玄呈《进经世大典表》。

按:其表曰:"爰命文臣,体《会要》之遗意;遍敕宫寺,发掌故之旧章。

仿《周礼》之六官,作皇朝之大典。臣某叨承旨喻,俾综纂修。物有象而事有源,质为本而文为辅。百数十年之治迹,固大略之仅存;千万亿世之宏规,在鸿儒之继作。谨缮写《皇朝经世大典》八百八十卷,《目录》十二卷,《公牍》一卷,《纂修通议》一卷,装潢成帙,随表以闻,伏取裁旨。"(《圭斋文集》卷一三)

四月壬寅,四川师壁、散毛、盘速出三洞蛮野王等二十三人来贡方物。(《元史·文宗本纪五》卷三六)

丙辰,诸王不别居法郎遣使者要忽难等及西域诸王不赛因使者也先帖木儿等,皆来贡方物。(《元史·文宗本纪五》卷三六)

戊午,命奎章阁学士院以国字(蒙古字)译《贞观政要》,锓板模印,以赐百官。(《元史·文宗本纪五》卷三六)

按:虞集《贞观政要集论序》曰:"集侍讲筵,诸公以唐太宗《政要》为切近事情,讲经以后,辄以此次进。集于是时,每于心术之微、情伪之辩、治乱淳杂之故,必致意焉。天历天子尝命译以国语,俾近戚国人皆得学焉,久未成书,又以属集。盖租庸调、府兵等法,今人多不尽晓,而李百药赞道赋等又引用迂晦,遽不可了了。集为口授出处,令笔吏检寻,穷日乃得一赋。所引几成一编,而译者始克讫事以进。今阁下有刻本也。及见戈直所注,恨不得早见之,然未晚也。昔范氏著《唐鉴》,程子阅之,曰:'不意淳夫相信如此'。直所论多得吴学士公讲明意,故为不徒作云。"(《雍虞先生道园类稿》卷一七)

乙丑,安南国世子遣其臣邓世延等二十四人来贡方物。(《元史·文宗本纪五》卷三六)

五月庚寅,大驾发大都,时巡于上都。(《元史·文宗本纪五》卷三六)

辛卯,复以司徒印给万安寺僧严吉祥。(《元史·文宗本纪五》卷三六)

诏给钞五万锭,修帝师巴思八影殿。(《元史·文宗本纪五》卷三六)

六月己亥,隶用朵朵、王士熙、脱欢等。(《元史·文宗本纪五》卷三六)

癸丑,遣使分祀岳镇海渎。(《元史·文宗本纪五》卷三六)

秋七月戊辰朔,诸王答里麻失里等遣使来贡虎豹。(《元史·文宗本纪五》卷三六)

乙亥,命僧于铁幡竿修佛事,施金百两、银千两、币帛各五百匹、布两千匹、钞万锭。(《元史·文宗本纪五》卷三六)

壬辰,西域诸王不赛因遣哈只怯马丁以七宝水晶等物来贡。(《元史·文宗本纪五》卷三六)

甲午,北边诸王月即别遣南忽里等来朝贡。(《元史·文宗本纪五》卷

三六)

八月丁未,海道漕运粮六十九万余石至京师。(《元史·文宗本纪五》卷三六)

己酉,元文宗图帖睦尔去世。(《元史·文宗本纪五》卷三六)

按:图帖睦尔死后,明宗之子妥欢帖木儿即位,起初上其庙号为文宗,之后,顺帝帝位巩固之后,又认为文宗致明宗于不测,将文宗之牌位除出祖庙。《元史》载,元统二年(1336)正月己酉,"太师右丞相伯颜率文武百官等议,上尊谥曰圣明元孝皇帝,庙号文宗,国言谥号曰札牙笃皇帝,请谥于南郊。三月己酉,祔于太庙。后至元六年(1340)六月,以帝谋为不轨,使明宗饮恨而崩,诏除其庙主。"(《元史·文宗本纪五》)

萨都剌《宣政同知燕京间报国哀时文皇晏驾》"雨倾盆,风掷瓦,白髯使者能骑马。相逢官长马不下,马上云云泪盈把。《又》:天柱倾,天不晴,白髯使者东南行。东南山水失颜色,一夕秋风来上京。"(《雁门集》卷一)

萨都剌《鼎湖哀》"荆门一日雷电飞,平地竖起天王旗。翠华遥遥照江汉,八表响应风云随。千乘万骑到关下,京师复睹龙凤姿。三军卵破古北口,一箭血洗潼关尸。五年晏然草不动,百谷穬稑风雨时。修文偃武法古道,天阁万丈奎光垂。年年北狩循典礼,所在雨露天恩施。宫官留守扫禁阙,日望照夜回金羁。西风忽涌鼎湖浪,天下草木生号悲。吾皇骑龙上天去,地下赤子将焉依?吾皇想亦有遗诏,国有社稷燕太师。太师既有生死托,始终肝胆天地知。汉家一线系九鼎,安肯半路生狐疑。孤儿寡妇前日事,况复先生亲见之。"(《雁门集》卷一)

十月初四,明宗第二子懿璘质班即位于大明殿,颁诏大赦天下,是为宁宗。

按:元文宗出于对害兄长死明宗的深刻内疚与恐惧,在临终前交代皇后及大臣务必将皇帝位让于明宗之后。而燕铁木儿等人出于私利的考虑,决定让明宗次子懿璘质班即位以便控制,是为宁宗。

燕铁木儿二月辛酉兼奎章阁大学士,领奎章阁学士院事。

康里巎巎以礼部尚书任奎章阁学士院大学士。

按:虞集《(邹县)尼山书院记》载:"至顺三年岁壬申,五十四代、袭封衍圣公思晦,用林庙管勾简实理言,请复尼山祠庙,置官师奉祠,因荐璠可用。事闻中书,送礼部议,奎章阁大学士康里公巎巎时为尚书,力言其事当行。"

虞集四月还任奎章阁侍书学士、翰林侍书学士、通奉大夫、知制诰同修国史。

按：虞集《张师道文稿序》尾署："至顺三年四月望日，奎章阁侍书学士、翰林侍书学士、通奉大夫、知制诰同修国史蜀郡虞集序"。

马祖常转徽政院副使。（苏天爵《马文贞公墓志铭》）

揭傒斯以《经世大典》修成，超授艺文监丞、参检校书籍事。（欧阳玄《揭公墓志铭》，《圭斋文集》卷一〇）

太常博士王瓒五月壬辰建言其非祀典之神，今后不许加封。

按："太常博士王瓒言：'各处请加封神庙，滥及淫祠。按《礼经》，以劳定国，以死勤事，能御大灾，能捍大患，则祀之。其非祀典之神，今后不许加封。'制可。"（《元史·文宗本纪五》卷三六）

翰林学士承旨典哈罢职。

按：监察御史劾奏：'翰林学士承旨典哈，其兄野里牙坐诛，当罢。'从之。（《元史·文宗本纪五》卷三六）

苏天爵入为江南行台监察御史，八月除奎章阁授经郎。（《元史·苏天爵传》卷一八三）

按：虞集有诗《送苏伯修御史》当是作于苏天爵新除南台御史之际。集诗云："新除御史南台去，顿觉文星阙下稀。病起可堪江雾湿，信还莫待苑花飞。千年凤鸟来阿阁，万里鲈鱼出钓几。总道扬雄文最古，君知头白久思归。"

张纯仁任繁昌县尹。（虞集《（弋阳县）蓝山书院记》）

胡助为河南乡试考官。（《纯白先生自传》）

吴澄就养抚州郡中，促成当地王安石祠堂之建。

按：虞集《（抚州路）王文公祠堂记》载："至顺二年冬，中顺大夫、抚州路总管府达鲁花赤塔不台始至郡……明年，故翰林学士吴公澄就养郡中，过故宋丞相荆国王文公之旧祠，见其颓圮而叹焉。侯闻之曰：'是吾责也。'乃出俸钱，命郡吏董彦诚、谭继安、儒学直学饶约、揭车使经营焉。乐安县达鲁花赤、前进士燮理溥化，兴国路经历、前临川县尉张雰与郡士之有余力者，各以私钱来助。经始于元统二年三月壬子，以十二月甲子告成……郡人危素将重刻公文集，吴公为之序。"（《道园学古录》卷三五）

虞集八月在文宗崩时，欲谋南还，弗果。（《元史》卷一八一"虞集传"）

帝师三月庚午朔至京师。（《元史·文宗本纪五》卷三六）

遣使往帝师所居撒思吉牙之地。

按：以珠织制书宣谕其属，仍给钞四千锭、币帛各五千匹，分赐之。（《元

史·文宗本纪五》卷三六）

　　燕铁木儿二月己巳集翰林、集贤、太禧宗禋院人员，议立太祖神御殿。
（《元史·文宗本纪五》卷三六）

　　撒迪请备录文宗皇上登极以来言行为成《蒙古脱不赤颜》。

　　按：《元史·文宗本纪五》载："撒迪请备录文宗皇上登极以来固让大
凡、往复奏答，其余训敕、辞命及燕铁木儿等宣力效忠之迹，命朵来续为《蒙
古脱不赤颜》一书，置之奎章阁，从之。"（《元史》卷三六）

　　萨都剌过元文宗江陵驻跸地，感慨赋诗。

　　按：萨都剌有诗题《夜宿池阳石墨驿纳凉溪桥文皇南幸江陵驻跸所也
徘徊久之赋诗未就忽雷电晦冥风雨大作急趋驿舍秉烛写东壁时至顺壬申五
月》。诗云："圣明天子南巡日，尚想溪桥洗马时。雷电神光犹警跸，草茅贱
士敢言诗。山河夜黑鬼神护，雨露春深草木知。松柏如龙入霄汉，行人谓是
万年枝。"（《全元诗》第三十册，第166页）

　　傅若金挟其所作歌诗来游京师，不数月，公卿大夫皆交口荐誉之。

　　按：其时，虞集、宋本等人"方以斯文为任，以异材荐之"。次年，元顺帝
即位，诏遣使者颁正朔于安南，以傅若金颇有才学而授为参佐，受命即行。
（苏天爵《元故广州路儒学教授傅君墓志铭》）

　　吴澄应董文用之子请求为董文用做墓表。（吴澄《有元翰林学士承旨资
德大夫知制诰兼修国史加赠宣猷佐理功臣银青荣禄大夫少保赵国董忠穆公
墓表》）（《吴文正公集》卷三五）

　　虞集奉旨作《瑞鹤赞》。

　　按：据虞集序言记载，这年三月，"赵国公臣常不兰奚、中书平章政事臣
亦列赤、御史中丞臣脱盈纳等钦奉皇帝圣旨、皇后懿旨，命特进神仙大宗师
臣苗道一修罗天大醮于大长春宫。"所谓罗天大醮乃道教中格局、含义、祭
期最隆重的醮典科仪，用于治病、宥罪。而常不兰奚、亦列赤、脱盈纳等皆跟
随文宗由微而显的重臣，文宗卒于此年八月。文宗一直对害死兄长明宗深
感恐惧与愧怍，死前命传位于明宗之子。"宁宗本纪"载："至顺三年八月己
酉，文宗崩于上都，皇后导扬末命，申固让之志"（《元史》卷三七）此番命道
士进行罗天大醮，恐怕是病灶深重，祈望道士作法事来消病。而道士为迎合
文宗及皇后，特放青鸾白鹤于法场，令百官与万众瞻睹。而"不兰奚等不敢
隐其事，绘图以闻，传旨国史臣集，书以识之。"故虞集奉旨作《瑞鹤赞》乃
作为史实载记。

虞集奉旨作《(大都路) 大承天护圣寺碑铭》。

按：大承天护圣寺是文宗朝修建的著名皇家寺庙,今已不见。清代《渊鉴类函》卷三五三"佛寺"一卷有载。据虞集文章记载,大承天护圣寺在天历二年 (1329) 春开始规划,四月选址于大都近郊玉泉之阳,建筑用于严奉祀事,五月开始兴建,凡役军士四千三百人,直至至顺三年建成,凡役军四千三百人。以文宗甚为重视缘故,马祖常、虞集等都奉旨作文,而虞集碑铭详记寺庙修建过程。(《道园类稿》卷三六)

虞集七月奉旨为上都留守贺胜作神道碑。

按：贺氏家族以忽必烈之宠信,世代任职上都,承办皇帝每年清暑之事,功劳甚多。贺胜 (? —1321),字贞卿,亦字举安,小字伯颜,以小字行。陕西鄠 (今户县) 人,贺仁杰之子。十六岁以贺仁杰为忽必烈近臣而被选为忽必烈随从侍卫。至元二十四年 (1287),乃颜叛乱,忽必烈率军北征,贺胜随行,在上都,以贺胜侍奉周到,深得忽必烈信宠,被拜为集贤学士,诏赐一品官服,主管太史院。元成宗大德九年 (1305),贺胜之父贺仁杰辞上都留守职,贺胜接任。元武宗至大三年 (1310),贺胜官阶晋为光禄大夫、中书左丞相,仍行上都留守职,兼上都路总管府达鲁花赤达。随后,又被加授开府仪同三司、上柱国。仁宗时期,与太后宠臣铁木迭儿形成罅隙,铁木迭儿被仁宗罢宰相职。英宗时期,铁木迭儿担任丞相,诬陷贺胜乘坐仁宗皇帝赐小车迎英宗诏书是对英宗不敬,加罪将其杀害。泰定元年,贺胜被平反,追赠为"推忠宣力保德功臣"、太傅、开府仪同三司、上柱国,封"秦国公"。元顺帝至正三年 (1343),加赠"推忠亮节同德翊戴功臣"、太师,改封"泾阳王"。至顺三年 (1332),元文宗清暑上都,命虞集为贺胜作神道碑。(虞集《贺忠愍公神道碑 (铭)》)

欧阳玄十月为刘过撰墓碑铭。(欧阳玄《元故隐士更斋先生刘公墓碑铭有序》)(《圭斋文集》卷一〇)

苏天爵为金朝礼部郎中蔡珪著作《补正水经》题跋。

按：苏天爵热衷搜罗前代文献遗集,于金代文献尤为注意。蔡松年、蔡珪父子才学之富乃金朝文官之首,著述极丰,但蒙金之战使得金代文献大量散佚,苏天爵搜得蔡珪《补正水经》三卷,甚为珍重,遂于至顺三年 (1332) 刊刻。"至顺三年春,予为江南行台御史,橐《水经》,将板行之,适奉诏录囚湖北。七月归,至岳阳,与郡教授于钦止览观山川。钦止言洞庭西北为华容,而县尹杨舟方校《水经》,念其文多讹阙,予因以补正示之,今所刻者是也。夫以蔡公问学之博,考索之精,著述文字之富,兵难以来,散失无几。予酷好访求前代古文遗字,而仅得此则,知世之君子善言懿行泯没而无闻者多矣,可胜惜哉!"(苏天爵《题补正水经后》)蔡珪(?—1174),字正甫,真定人。蔡松年子。金代著名学者,精通历代史志,朝廷制度损益、礼乐制作,多取其议。天德三年进士,历官翰林修撰、同知制诰、礼部郎中等。著有《晋阳志》十二卷、《古器类编》、《补正水经》、《南北史志》三十卷、《续金石遗文跋尾》十卷及文集五五卷等。事迹见《宋史》卷一二五《蔡松年传》附传。

欧阳玄二月作《渔家傲南词并序》。

按:其时,欧阳玄刚参修完《经世大典》,遂模仿先祖欧阳修所作,也以鼓子词为体,以一年十二个月为表述对象,写成十二阕《渔家傲南词》,此词生动且诗意地再现了十四世纪大都城里的繁华风情及多民族文化气质。欧阳玄序言也交代写道:"余读欧公李太尉席上作《十二月渔家傲》鼓子词,王荆公亟称赏之,心服其盛丽,生平思仿佛一言不可得。近年窃官于朝,久客辇下,每欲仿此作十二阕,以道京师两城人物之富,四时节令之华,他日归农,或可资闲暇也。至顺壬申二月,玄修《大典》既毕,经营南归。属春雪连日,无事出门,晚寒附火,私念及此,夜漏数刻,腹稿具成,枕上不寐,稍谐叶之,明日笔之于简。虽乏工致,然数岁之中,耳目之所闻见,情性之所感发者,无不隐括概见于斯。至于国家之典故,乘舆之兴居,与夫盛代之服食、器用,神京之风俗、方言,以及四方宾客宦游之况味,山林之士未尝至京师者,欲有所考焉,此亦可见其大略矣。"(《圭斋文集》卷四)

李泂卒。

按:李泂(1274—1332),字溉之,滕州人。生而颖悟,文思俊逸,作文精妙如宿习,为姚燧所叹赏力荐于朝,授翰林国史院编修官,后又授中书省掾,曾特授奎章阁承制学士。文章纵横奇变,若纷错而有条理,每以李白自拟。长于书法,作品为世人所珍爱。朱权《太和正音谱》将其列于"词林英杰"一百五十人之中。著有《辅治篇》、文集四十卷。《全元散曲》及《北宫词纪》中存其《送友归吴》一套。事迹见《书史会要》卷七、《元史》卷一八三、《元诗选·二集》小传。

元至顺四年　元统元年　癸酉　1333 年

六月辛未,命伯颜为太师、中书右丞相,监修国史。

按：命伯颜为太师、中书右丞相、上柱国、监修国史，兼奎章阁大学士，领学士院、太史院、回回、汉人司天监事；撒敦为太傅、左丞相。(《元史·顺帝本纪一》卷三八)

九月，诏免儒人役。(《元史·顺帝本纪一》卷三八)

是年，廷试进士，人数"及百人之数"。

按：本科取士一百人，蒙古、色目、汉人、南人各二十五人。会试之际，宋本以礼部尚书知贡举，九月廷试充读卷官，王沂为礼部考试官。《元史·选举志》载："稍异其制，左右榜各三人，皆赐进士及第，余赐出身有差。科举取士，莫盛于斯"。(《元史》卷八一)

右榜(计四十七人)：同同(右榜状元)、余阙、寿同海涯、虎理翰、慕高、大吉慈、亦速歹(一作亦速台，或译作伊苏达实)、蛮仙普化、买住、敏安达尔、乌马儿、伯颜、阿虎歹、穆古必立(或译作穆格必哩)、完迮□先、丑闾(字时中)、别罗沙(一作别里沙)、□合谟沙、朵列图、普达世理(字原理或作元礼)、丑闾(字益谦)、扎剌里丁、明安达尔、安笃剌、阿都剌、托本、也先溥化、刺马丹、脱颖(字用宾)、买闾、察伋、塔不歹(一作塔不台，或译作塔布台)、百嘉纳、道同、彻台、铎护伦、博颜达、博颜歹、护都不花、月鲁不花(或译作伊噜布哈)、脱颖(字尚宾)、野仙脱因、廉方、和里互达、燕质杰、寿同、明理溥□。

左榜(计五十人)：李齐(左榜状元)、李祁、罗谦、聂炳、李之英、宋梦鼎、王明嗣、王充耘、杜彦礼、李炳、李毅、庄文昭、朱文霆、张颐、张兑、韩玙、李毅.宇文公谅、张宗元、任登、雷杭、张周翰、陈植、李翰、徐祖德、赵毅、余观、张桢、鞠志元、成遵、陈毓、周璿、江文彬、程益、邓梓、郭文焕、刘基、刘文□、徐邦宪、许寅、朱彬、于及、艾云中、邓世纶、熊燿、李哲、许广大、张本、张文渊、钱璧。(参考余来明《元代科举与文学》，第 405—419 页)

十二月乙亥，为皇太后置徽政院，设官属三百六十有六员。(《元史·顺帝本纪一》卷三八)

按：《元史·百官志八》"徽政院。元统元年十二月，依太皇太后故事，为皇太后置徽政院，设立官属三百六十有六员。"(《元史》卷九二)

马祖常拜江南行台御史中丞，是年冬，任御史中丞，阶资政大夫。

按：六月，顺帝即位，马祖常与翰林承旨许师敬等赴上都，共议新政，顺帝赐与马祖常"白金二百两，中统楮币二百定，金织文绮四端"。顺帝效仿前面皇帝也命儒臣进讲，而马祖常"知经筵事。公每进说，必以祖宗故实、经史大谊切于时政者为上陈之，冀有所感悟焉。"这年冬，马祖常进拜御史

中丞,阶资政大夫。(苏天爵《元故资德大夫御史中丞赠摅忠宣宪协正功臣魏郡马文贞公墓志铭》)

许有壬复奉召参议中书省事。(《元史·许有壬传》卷一八二)

虞集任奎章阁侍书学士、翰林侍讲学士、通奉大夫、知制诰同修国史。

按:据书院记曰:"奎章阁侍书学士、翰林侍讲学士、通奉大夫、知制诰同修国史虞集撰。"(虞集《(闻喜县)董泽书院记》)

张昇任集贤侍讲学士、正奉大夫。(虞集《(闻喜县)董泽书院记》)

李侃任太中大夫、佥太常礼仪院事。(虞集《(闻喜县)董泽书院记》)

孛术鲁翀建言获赐。

按:其时,政局颇为纷纭复杂。至顺三年八月,元文宗去世,临终交代立兄长明宗之子。而权臣燕铁木儿为继续控制权柄,在文宗皇后卜答失里的坚持下,立明宗次子、七岁的懿璘质班为宁宗,宁宗十月庚子即位,十一月壬辰即去世,卜答失里欲立明宗长子妥欢帖木儿,燕铁木儿反对,直至次年(1333)六月,妥欢帖木儿即元顺帝才即位。元顺帝即位之际,议者认为往年恩泽太频,不宜肆赦。孛术鲁翀认为:"皇上以圣子神孙入继大统,当令臣民视听一新,不可敛怨于国。"于是遂赦天下,并赐孛术鲁翀白金百两,金绮一端,楮币万缗。此事颇能见出孛术鲁翀的迂直守礼。(苏天爵《元故中奉大夫江浙行中书省参知政事追封南阳郡公谥文靖孛术鲁翀神道碑铭》)

苏天爵复拜监察御史,在官四阅月,章疏凡四十五上。(《元史·苏天爵传》卷一八三)

揭傒斯迁翰林待制,升集贤学士,阶中顺大夫。(《元史·揭傒斯传》卷一八一)

欧阳玄改佥太常礼院事,拜翰林直学士,编修四朝实录。(《元史·欧阳玄传》卷一八二)

宋本兼经筵官。冬,拜陕西行台治书、侍御史,不拜,复留为奎章阁学士院承制学士,仍兼经筵官。(《元史·宋本传》卷一八二)

王结拜中书左丞。

按:王结复除浙西廉访使,未行,召拜翰林学士,资善大夫,知制诰同修国史,与张起岩、欧阳玄修泰定、天历两朝实录。拜中书左丞。(《元史·王结传》卷一七八)

燮理溥化任乐安县达鲁花赤。(虞集《(抚州路)乐安献重修宣圣庙学记》)

高丽人李穀登乙科,为翰林检阅官。

按:据宋褧诗《高丽人李穀字中甫元统元年登乙科为翰林检阅官明年

被命使本国宣谕勉厉学校制书其行也赠之以诗》),知道李穀是年登进士乙科,任翰林检阅官,次年又被命为高丽宣谕,勉励学校。而由李穀之行可知高丽士子可以参加科考,而科考之后,又多回本国担任文教职务。

胡助任礼部春试考官。二月间,因秩满离京。(胡助《纯白先生自传》)

赡思除国子博士,丁忧艰不赴。(《元史·儒学二》卷一九〇)

普颜任江西肃政廉访使。(虞集《江西宪司新门记》)

虞集十月谢病归临川。

按:虞集在《渔樵问对序》中交代:"元统癸酉十月,集自禁林告老而归。"(《渔樵问对序》,《道园类稿》卷一八)

元顺帝八月廿一日赐宴经筵官,欧阳玄、苏天爵等有诗。

按:元顺帝即位后大宴经筵的场景,只从欧阳玄的集中找到此诗,苏天爵罕于制作诗词歌赋,但这时必有才情表露之作,可惜不易找寻,且附出欧阳玄诗,以见当日馆阁辞翰之富。欧阳玄《赐经筵官酒次苏伯修韵》"鼇极天初补,娥池月已修。鲜飙生广厦,清旭映垂旒。三漏聪无壅,黄瞳视不流。凝神思燕翼,虚已纳鸿猷。章撤金炉爇,筵收玉斝浮。甘泉归步远,太液便程优。鹦鹉栖宫树,鸡鹍避客舟。商耆戈汉币,瀛俊膳唐羞。名辈应相语,明时岂易酬。徘徊西掖晚,雁影度延秋。(《圭斋文集》卷二)

虞集三月由朵来学士处见元文宗手诏,作题跋。

按:文宗死后第二年闰三月,虞集由朵来的收藏再见文宗手迹,深为感慨,作《书朵来学士所藏御书织锦文后》写道:"天历二年,九月十二日,手诏一百五字,申严夜启门禁之事。先皇帝至自上都,次清河幄殿,御书。今侍书学士朵来,时以中书左司郎中充承制学士,受诏命将作院织锦成文,以宣谕两都禁卫者也。钦惟先皇帝,天纵睿圣,人文宣昭。制诏所颁,临定详审,亲御翰墨,端重方严,所谓历代宝之以为大训者也。先皇帝上宾之明年,闰三月,臣朵来出此诏本,俾臣集识之。臣等追怀恩遇,不胜感泣之至。钞录御书皇帝圣旨:大都、上都守把城门围宿军官、军人每、八剌哈赤每根底,自今已始,夜遇紧急事情,开门出入,差官将带夜行象牙圆牌织字圣旨,门围官员详验端实,方许开门出。虽有夜行象牙圆牌,如无织字圣旨,不以是何官员人等,并不许辄开城门,纵令出入。违之处死。"(《道园学古录》卷一〇)

宋本闰三月二十九日为燕铁木儿卒事赋诗。

按:宋本《绝句》序言云:"至顺四年,闰三月二十九日赋。是日,太平王燕铁木儿卒。"诗云:"楼头红粉哭千场,楼下仓头醉百觞。却怪满城春相杵,歌声更比夜来长。颜回盗跖自彭殇,举世无人问彼苍。为国横身终遇贼，千年同时靖恭坊。十年甲第合汙潴，又作元勋上相居。玉碗金杯同一死，吞舟刚漏网中鱼。弯弓射日是心期，捶碎天东若木枝。空尽朝堂亡国老，五龙行可濯咸池。不畏中天九庙神，倒悬谁解万方民。陈平未是安刘者，冯道真成妄语人。熏风避暑借明光，丝络传餐出上方。列第房帷半妃主，门阑部曲亦丞郎。刑部鞭笞困凤鸾，宣徽鸡肋厌尊拳。庙堂木偶韩忠献，正笏垂绅只俨然。南城北城千官谒，十日九日大燕开。六诏干戈非我事，四方水旱是天灾。积金至斗不然脐，一旦星辰动紫微。日午酒垆瓶尽倒，家家扶得醉人归。道途相目两眉攒，带剑垂绅汉百官。从此长宵背贴席，夜来鬼录载曹瞒。明年多稼满王畿，壮士耕耘妇子嬉。更有余波霑动植，驾鹅春淀饱凫茨。半岁无君四海忙，尚谈功业叙旂常。玺书未下恒温死，辜负中朝一字王。五年相业自多多，擢发其如未了何。欲使文章少遗憾，南山增竹海增波。云台勋业绝郡伦，就第封侯老此身。政事枢机付台阁，向来光武爱功臣。"（《全元诗》第三十一册，第92—93页）

干文传与柳贯、胡助等游天平山，有诗歌往来。

按：干文传有诗题《至顺四年四月九日同王叔能柳道传钱翼之胡古愚游天平山次古愚韵》、《自天平游灵岩次胡古愚韵》、《自灵岩登天平山次柳道传韵》。

马祖常奉旨为伯颜作《敕赐太师秦王佐命元勋之碑》。

按：伯颜（约1284—1340），蔑儿吉觯氏。祖父称海，曾追随宪宗蒙哥攻宋，死于重庆合州钓鱼山战役。伯颜十五岁时，随武宗镇守漠北，"饬躬尽瘁，不自暇逸，劳任伬使，必先诸御人"，遂深得武宗喜爱。在随武宗北征，与海都的战役中，伯颜"斩虏最诸将"，以此武宗即位后被授封为"拔都儿"。文宗的即位，伯颜立下卓著功勋，为表彰其功勋，至顺元年，文宗特命："王有大勋劳于天下，凡饮宴赐以月脱之礼，国语喝盏（按，据陶宗仪《辍耕录·喝盏》解释：天子凡宴飨，众乐皆作，然后进酒诣上前。上饮毕，授觞，众乐皆止；别奏曲以饮陪位之官，谓之喝盏），以示尊宠也"，文宗天历改元之际，伯颜"加王银青荣禄大夫、河南行省左丞相，寻拜太尉，赐黄金二百五十两、白金一千两、楮币两万五千缗，加开封仪同三司、录军国重事、御史大夫、中政使"。顺帝的即位，伯颜更是以"以翼戴定策之勋"，"拜太师、中书右丞相、上柱国、监修国史兼奎章阁大学士，领学士院、太史院，总回纥、汉人司天监事。八月，加领经筵事。十一月，改封秦王。二年（1334）正月，加威武卫亲军都指挥使、太师、总余职，佩符领军如故"，顺帝甚至命之为"佐命元勋"。（《石田文集》卷一四）伯颜在顺帝时候，跋扈异常，最终被顺帝与其侄

脱脱联合而罢黜，被流放南恩州阳春县，至元六年（1340）三月病死龙兴路驿舍。（《元史》卷一三八）

吴澄卒，虞集作祭文。

按：虞集在祭文中，认为吴澄作为程朱理学的发扬光大者，以其终生努力令皇元斯文未丧。"维元统元年岁在癸酉十二月辛卯朔三日癸巳，奎章阁侍书学士、翰林侍讲学士、通奉大夫、知制诰、同修国史契家学生虞集，谨以清酌庶羞祭于近故学士先生吴公之灵：惟皇上帝，未丧斯文。笃生先生，在我圣元。"作为吴澄的契家学生，虞集对于吴澄的私人感情自然深厚"向哭交怛"、"木坏山颓，后死之悲，一觞寓哀，匪哭其私"。

董守中六月朔薨于家，揭傒斯撰写神道碑。（《大元敕赐正奉大夫、江南湖北道肃政廉访使董公神道碑》）

按：这年十一月，奎章阁承制学士沙剌班传旨、新南台治书侍御史康里巎巎书文、翰林学士承旨尚师敬篆额，揭傒斯撰写神道碑。诚如揭傒斯神道碑所云，河北稿城董氏"自太祖皇帝应天启运，其将相大臣父子孙曾传百数十年，称名臣者数十人，或拥旄杖节，出谋发虑，佐定海宇；或安危靖乱，行政施化，藩屏国家于外；或献可替否，拾遗补过，匡救政理于内；功不绝于信史，名不染于罪籍，天下庸人妇女皆能称说者，惟董氏而已"。董守中中寿而卒，诚如揭傒斯所云"平生于朝廷无干进之胅，于权门绝私谒之迹，又不幸年止中寿，故上不能尽公之用，下不自竭其志"，但董守中并没有愧对其祖先名节，揭傒斯说"臣尝待罪国史，伏读太祖以来实录，及观董氏家传，朝野所记载，询诸典刑故老，董氏之先，南征北伐，未尝妄杀一人，妄施一政，天下初定，诸将并解兵柄，唯董氏不许，以金枢公寄天子腹心，居中者四十年，才四迁其官。观公进退，可谓无忝乃祖矣。"（《全元文》第二十八册，第 497、498 页）正因为董氏在元代的卓著功勋和名望，朝廷有对稿城董氏的特加封赠，董家世代碑铭皆为其时辞翰重臣所撰写，实为一代罕事。除此篇董守中神道碑由揭傒斯撰写外，据《重印稿城县嘉靖志》记载：元代赵国忠烈公董俊墓，学士李冶撰碑；赵国忠献公董文炳墓，学士王磐撰碑；赵国忠穆公董文用墓，学士阎复撰碑；赵国正献公董文忠墓，学士姚燧撰碑；陇西郡候昭懿公董文直墓，学士虞集撰碑；赵郡忠愍公董士元墓，学士阎复撰碑；赵国清献公董士珍墓，学士欧阳玄撰碑；冀国忠肃公董守简墓，学士黄溍撰碑；平章忠宣公董士选墓，学士吴澄撰碑；参政肃诚公董守仁墓，学士虞集撰碑。

吴澄著《礼记纂言》三十六卷成。

按：这年，吴尚志等人即着手刊刻《礼记纂言》，并于次年完成，在序言中交代《礼记纂言》乃吴澄"研精覃思"所成，在写作过程"证之以经，载之以礼。于经无据，于礼不合者，则阙之"。书稿一俟完成，即请刊刻，吴尚志与吴澄外甥周濂，"集同门之士，相与成之。先生手自点校，未及毕而先生捐馆矣。先生之孙当对门考订，始于至顺癸酉之春，毕于元统甲戌之夏"。（吴尚志《礼记纂言后序》）吴澄《礼记纂言原序》云："由汉以来，此书千有余岁矣，而其颠倒纠纷，至朱子欲为之是正而未及竟，岂无所望于后之人与？用敢窃取其意修而成之，篇章文句秩然有伦，先后始终颇为精审，将来学礼之君子，于此考信或者其有取乎，非但戴氏之忠臣而已也"。（《礼记纂言》卷首）

又按：吴澄以毕生精力成就《礼记纂言》，与元代礼乐之学颇为发达的背景有关联。元修《宋史》中，《礼乐志》一节占二十四史所有《礼志》的半数，为历代史志所未见。明儒评价元代礼乐曰："元之礼乐，揆之于古，固有可议。然自朝仪既起，规模严广，而人知九重大君之尊，至其乐声雄伟而宏大，又足以见一代兴王之象，其在当时，亦云盛矣。"（《元史》卷六七）四库馆臣评述元代礼学曰："延祐科举之制，《易》、《书》、《诗》、《春秋》皆以宋儒新说与古注疏相参，惟《礼记》则专用古注疏。盖其时老师宿儒犹有存者，知礼不可以空言解也。"（《四库全书总目》卷二一"云庄礼记集说十卷"条）

斡克庄是年后刻成项安世《周易玩辞》，请虞集作序。

按：《周易玩辞》乃宋人项安世所著。虞集在序言中自称他在壮年时，"至好此书，每取其说，以与朋友讲习"，虞集在序言介绍、评价《周易玩辞》写道："项公实与朱子同时，当时则又有江西陆先生者，各以其学为教。又有聪明文学过人之士兴于永嘉，项公尝从而问辨咨决焉，其遗文犹有可征者。朱、项往来之书，至六七而不止，其要旨直以程子涵养须用敬，进学则在致知之说以告之。于是，项公之学，上不过于高虚，下不陷于功利，而所趋所达，端有定向。然后研精覃思，作为此书，外有以采择诸家之博闻，内有以及乎象数之通变，奇而不凿，深而不迂，详而无余，约而无阙，庶几精微之道焉。其书既成，而朱子殁矣。自序其学皆出于程子，而其言则不必皆同也，是可以见其讲明之指归矣。近时学易君子，多有取于其说，岂徒然哉？然而为是学者，自非深求于程、朱之说，而有所愤悱于缺塞，则亦不足以知项氏之功也。"据虞集《周易玩辞序》交代，斡克庄任淮西廉访佥事后，将《周易玩辞》交付齐安郡学刊以扩大其影响，且："不鄙谓集退老林下，庶乎困学之不敢忘，俾叙其说焉。"虞集在这年致仕归老林下，所以序言至早写在这年年底写。斡克庄乃西夏贵族。在《周易玩辞序》中，虞集也交代斡克庄"好古博雅，学道爱人。尝以礼学贡于有司而不及奏，有旨俾居成均，勤苦数载，有人所不能堪者。及文宗皇帝临御，开延阁以代天下之士。乃特召见，得与

论思之次,一时谓之得人。"(《道园学古录》卷三一)

程端学五月十六日作《春秋本义序》。

按:《春秋本义》乃程端学在国子学任教时所作,所采自《左氏》、《公羊》、《谷梁》以下共一百七十六家,卷首具列其目。程端学此书根据科考要求,将《春秋》三传之下一百七十六种其时能见到的《春秋》解释版本进行删减、归纳、解析,凡合乎科考所主的程、朱、蔡三家之说者,则"一字不可违,必演而伸之",其他不合者则"直求之经意而辨之",无论程氏在篇中持何种态度,程氏在科考中的成绩以及其任教国子学的履历都能说明他对《春秋》的看法基本代表其时主流观点。而其书所采一百七十六家书,至今大多遗失,故可从程书中略见梗概。(《积斋集》卷四)

柯九思作《河源志序》。

按:柯九思以书画著称于世,人见其文艺才能,而少知其学术的功力,这篇《河源志序》是作者潘昂霄的儿子潘诩至顺时候同知嘉定时,准备刊行父亲遗著而请柯九思作序的,围绕河源的叙述、探究,柯九思一一辩明,文字简核,又非常有元代盛世文人的开阔大气,很有意义。"我太祖皇帝二十有一年春正月,征西夏。夏,取甘肃等城。秋,取西凉府。遂过沙陀,至黄河九渡。按昆仑当九渡下流,则昆仑固已归我职方氏矣。宪宗皇帝二年,命皇太弟实喇帅诸部军征西域,凡六年,辟封疆四万里。于是,河源及所注枝出者尽在封域之内。当时在行,有能记其说,皆得于目击,非妄也。逮世祖皇帝功成治定,天下殷富,遂命臣都实置郡河源,故翰林侍读学士潘公得究其详实,搜源析派,而作斯志。乃知更昆仑行一月,始穷河源。于戏! 当四海混一之盛,闻广见核,致数千载莫能究者,俾后世有考而传信焉,岂斯文之光,实邦家无疆之休也。公之子诩能不坠其先业,增光而润色之。至顺间,以同知嘉定州事来吴,将刊是书行于世,属九思叙其说于篇端。元统元年冬十有一月日南至,奎章阁学士院鉴书博士、文林郎柯九思序。"(陶宗仪《南村辍耕录》卷二二)

于钦七月编《齐乘》六卷成。(《滋溪文稿》卷五)

按:《齐乘》是齐地地方志,它始撰于延祐元年或元年以后,大致成于延祐三年,或三年以后于钦任山东廉访司照磨期间,最终编定于是年七月。至正十一年(1351),于钦之子于潜为两浙盐运副使,遂梓其父所纂《齐乘》以行。《齐乘》所叙内容以山东东西道宣慰司所辖益都、般阳、济南三路为主,并附述古代曾为齐邑的高唐、禹城、长清、聊城、东阿、临邑等县,全书内容按照沿革、分野、山川、郡邑、古迹、亭馆、风土、人物八门进行叙述,于钦乃益都(今山东青州)人,又曾官于齐地,故《齐乘》于齐地见闻叙述较确实。于潜于 1341 年在《齐乘》卷末的题跋交代出版原委道："昔我先人为国子助教，每谓潜曰：'吾日与诸生讲习所业，暇则又与翰苑诸名公唱和诗章。诗乃陶冶性情而已，若夫有关于当世、有益于后人者，宜著述以彰显焉。吾生长于齐，齐之山川、分野、城邑，地土之宜，人物之秀，此疆彼界，不可不纂而纪之也'。迨任中书兵部侍郎，奉命山东，于是周览原隰，询诸乡老，考之水经地记，历代沿革，门分类别，为书凡六卷，名之曰《齐乘》，藏于家，属潜曰：'吾或身先朝露，汝其刻之！'先人既卒，常切切在念，第以选调南台，又入西广，匆匆未遑遂志。兹幸居官两浙，始克撙节奉禀，命工镂板，以广其传，以光先德。参政伯修先生已详序于前矣，有仕于齐者，愿一览焉。至正十一年辛卯秋七月，奉训大夫、两浙都转盐使司副使男潜泣血谨识。"（《全元文》第五十八册，第 614—615 页）《四库全书总目提要》评曰："钦本齐人，援据经史，考证见闻，较他地志之但据舆图，凭空言以论断者，所得究多。故向来推为善本。……苏天爵序亦推挹甚至，盖非溢美矣。"卷首有苏天爵 1339 年所作序，序言写道："《齐乘》七卷，故兵部侍郎于公志齐之山川、风土、郡邑、城郭、亭馆、丘垄、人物而作也。古者郡各有志，中土多兵难，书弗克存。我国家大德初，始从集贤待制赵忭之请作《大一统志》，盖欲尽述天下都邑之盛。书成，藏之秘府，世莫得而见焉。于公生于齐，官于齐，考订古今，质以见闻，岁久始克成编，辞约而事核。公在中朝为御史宪台都事、左司员外郎，终都田赋总管，以文雅擅名当时。……至元五年己卯冬十月丙戌朔，赵郡苏天爵序。"（《滋溪文稿》，第 64 页）

集庆路儒学刊行王构《修词鉴衡》两卷。

按：该书乃王构任构为济南总管时，为授学门生而编著，上卷论诗，下卷论文，皆采宋人诗话、文集及杂记而成。王构深谙文学，该书所辑，选材精审，不乏见地。论诗部分，主要选录论述立意生境、写情状物的言论；论文部分，主要选录强调以意为上、力求创新的言论。书中辑录的《诗文发源》、《诗宪》、《浦氏漫斋录》等，原书都已亡佚，仅赖此而存其一二，颇足珍贵。

吴澄卒。

按：吴澄（1249—1333），字幼清，号草庐，崇仁人。尝举进士不第。曾主修《英宗实录》并以此诏加资善大夫。卒赠江西行省左丞，追封临川郡公，谥文正。著有《易纂言》十卷、《易纂言外翼》八卷、《易叙录》十二篇、《书纂言》四卷、《诗》、《周官叙录》六篇（佚）、《周礼经传》十卷（佚）、《批点考工记》两卷、《仪礼逸经》一卷《传》一卷、《仪礼考证》十七卷、《仪礼逸篇》

八篇《传》十篇、《礼记纂言》三十六卷、《序次小戴记》八卷、《月令七十二候集解》一卷、《三礼考注》六十四卷《序录》一卷《纲领》一卷、《春秋纂言》十二卷《总例》七卷,校定《皇极经世书》两卷、《诗经》(佚)、《春秋》,又校正《孝经定本》一卷、《草庐校定古今文孝经》一卷、《孝经章句》、《校定乐律》、《琴言》十则、《通鉴纪事本末》十卷、《道德真经注》四卷、《庄子》、《南华内篇订正》两卷、《太玄经》,及《八阵图》、《郭璞葬书》、《草庐精语》等,合为《吴文正集》一百卷。事迹见虞集《故翰林学士资善大夫知制诰同修国史临川先生吴公行状》(《道园学古录》卷四四)、揭傒斯《大元敕赐故翰林学士资善大夫知制诰同修国史赠江西等处行中书省左丞上护军追封临川郡公谥文正吴公神道碑》(《吴文正集》附录)、危素所撰年谱、刘岳申《祭草庐先生吴公文》(《申斋文集》卷一二)、《元史》卷一七一、《新元史》卷一七○、《元儒考略》卷三、《宋元学案》卷九二、《(嘉靖)抚州府志》卷一○、《历代名儒传》。

又按:揭傒斯奉诏撰澄碑文曰:"'皇元受命,天降真儒,北有许衡,南有吴澄。所以恢弘至道,润色鸿业,有以知斯文未丧,景运方兴'云云。当时盖以二人为南北学者之宗。然衡之学主于笃实以化人。澄之学主于著作以立教。"《元史》曰:"(澄)于《易》、《春秋》、《礼记》,各有纂言,尽破传注穿凿,以发其蕴,条归纪叙,精明简洁,卓然成一家言。"《宋元学案·草庐学案》曰:"考朱子门人多习成说,深通经术者甚少,草庐五经纂言,有功经术,接武建阳,非北溪诸人可及也。"《宋元学案》卷八三《双峰学案》曰:"黄勉斋得朱子之正统,其门人一传于金华何北山基,以递传于王鲁斋柏,金仁山履祥,许白谦;又于江右传饶双峰鲁,其后遂有吴草庐澄,上接朱子之学,可谓盛矣。"

王约卒。

按:王约(1251—1333),字彦博,真定人。性颖悟,风格不凡。尝从魏初游,博览经史,工文辞。至元十三年(1276)翰林学士王磐荐为从事,累拜监察御史。成宗即位奏二十二事,迁翰林直学士,知制诰同修国史,请发米续赈,前后活数十万人。尝奉诏与中书省官及他旧臣,条定元初以来律令,名《大元通制》,著有《史论》(王约著)三十卷、《高丽志》四卷、《潜丘稿》三十卷等。事迹见《元史》卷一七八。

曹伯启卒。

按:曹伯启(1255—1333),字士开,济宁砀山人。早年从李谦游,后经御史潘昂霄等举荐,擢西台御史,元英宗时,召拜山北廉访使,泰定初,告老北归。天历中,起为淮东廉访使、陕西诸道行御史台中丞,以老辞。卒谥文贞。著有《曹文贞公诗集》十卷。事迹见苏天爵《元故御史中丞曹文正公祠堂碑铭》(《滋溪文稿》卷一四)、曹鉴撰神道碑铭(《曹文贞公诗集》后录)、赵楷《文贞公哀辞》(《曹文贞公诗集》后录)、《元史》卷一七六、《新元史》卷二〇二、《(至正)金陵新志》卷六。

张鑑《曹文贞公挽章》"若有人兮砀山之幽,听钧天兮赋远游。沧浪兮濯缨冠,解豸兮扬休睿。将憺兮菟裘,匪疏韦兮谁俦。彼苍兮不慭遗,羌一梦兮何之。汉泉兮悠悠,芳与泽兮同流。魂兮归来,延陵兮不可以久留。"(《全元诗》第三十二册,第 353 页)

朱思本卒。

按:朱思本(1273—1333),字本初,号贞一,临州人。龙虎山道士,从玄教大宗师吴全节至大都,奉召代祀名山大川,考察地理,积十年之功,绘成《舆地图》两卷,已佚。明罗洪先《广舆图》据此图填补而成,但学者仍称之"朱思本图"。著有诗文《北行稿》、《贞一斋诗文稿》两卷(《文稿》一卷、诗稿一卷)、《九域志》八十卷。

于钦卒。

按:于钦(1283—1333),字思容,号壁水见士,益都人,家吴中。早年受郭贯、高昉等赏识,由淮西宪司书吏,入为国子监助教,擢山东宪司照磨。历官翰林国史院编修、监察御史、兵部侍郎。出为益都般阳田赋总管,出任未逾月而卒。著有《齐乘》六卷,叙述简核而淹贯,在元代地方志中最有古法。事迹见柳贯《于思容墓志铭》(《待制集》卷一一)、《大明一统志》卷二四。

王翰(1333—1378)、张羽(1333—1385)、徐达左(1333—1395)生。

元元统二年　甲戌　1334 年

正月丁酉,飨于太庙。(《元史·顺帝本纪一》卷三八)

置行宣政院于杭州。(《元史·顺帝本纪一》卷三八)

按:《元史·百官志八》"元统二年正月,革罢广教总管府一十六处,置行宣政院于杭州。"(《元史》卷九二)

敕僧道与民一体充役。(《元史·顺帝本纪一》卷三八)

二月己未朔,诏内外兴举学校。(《元史·顺帝本纪一》卷三八)

三月己丑朔,诏"科举取士,国子监积分、膳学钱粮,儒人免役,悉依累朝旧制。学校官选有德行学问之人以充"。(《元史·顺帝本纪一》卷三八)

四月己卯,奉文宗神主于太庙,躬行告祭之礼,乐用宫悬,礼三献。

按:先是,御史台言:"郊庙,国之大典,王者必行亲祀之礼,所以尽尊尊、亲亲之诚,宜因升祔有事于太庙。"(《元史·顺帝本纪一》卷三八)

六月辛巳,诏蒙古、色目人行父母丧。(《元史·顺帝本纪一》卷三八)

十月,置黎兵万户府。(《元史·顺帝本纪一》卷三八)

按:《元史·百官志八》"黎兵万户府。元统二年十月,湖广行省咨:'海南僻在极边,南接占城,西邻交趾,环海四千余里,中盘百洞,黎、獠杂居,宜立万户府以镇之。'中书省奏准,依广西屯田万户府例,置黎兵万户府。万户三员,正三品。千户所一十三处,正五品。每所领百户所八处,正七品。"(《元史》卷九二)

十二月甲戌,诏整治学校。(《元史·顺帝本纪一》卷三八)

是年,禁私创寺观庵院。僧道人钱五十贯,给度牒,方听出家。(《元史·顺帝本纪一》卷三八)

孛术鲁翀出为江浙参政,寻以葬亲北归。

按:元统二年,孛术鲁翀进阶中奉大夫,拜江浙行省参知政事,以葬亲北归。到至元元年(1335),孛术鲁翀已守孝三年,朝廷遂召拜翰林侍讲学士、知制诰、同修国史,而他以亲未葬而辞。至元二年(1336),再命翰林院编修官成遵前往召请孛术鲁翀,而他已病得不能前行了。(苏天爵《元故中奉大夫江浙行中书省参知政事追封南阳郡公谥文靖孛术鲁翀神道碑铭》)

欧阳玄拜翰林直学士、中宪大夫、知制诰,同修国史。奉敕编四朝实录。(危素《欧阳公行状》)

苏天爵预修《文宗实录》,迁翰林待制,寻除中书右司都事,兼经筵参赞官。(《元史·苏天爵传》卷一八三)

许有壬转奎章阁学士院侍书学士。九月,拜中书参知政事,知经筵事。

按:这年五月,许有壬扈从上都,一路与玄教大宗师吴全节歌诗相和。(《元史·许有壬传》卷一八二)

宋本夏转集贤直学士,兼国子祭酒,兼经筵如故。(《元史·宋本传》卷一八二)

黄溍任翰林学士、中顺大夫、知制诰、同修国史,兼经筵官。(黄溍《楚国程文宪公小像赞》)

陈旅出为江浙儒学副提举。(《元史·儒学二》卷一九〇)

刘性夫为宁国路旌德县县宰。

按:虞集《(宁国路)旌德县重建宣圣庙学记》记载:"元统甲戌,庐陵刘粹衷来为之宰,顾瞻而叹曰:'百年之间,荐经兵火,而礼殿弗坏,殆非偶然也。岁时之久,物有圮毁,吾安得无以作新之,以承天相斯文之意乎?于是,率邑士胡绍武、程廷鸾、朱克承、汪惟勤、汪德镇而经营之'。"虞集最后又交代:"粹衷名性夫,天历丁卯进士南士第一人。"(《道园学古录》卷三五)

虞集奉召还禁林,以疾作不能行而归。(欧阳玄《元故奎章阁侍书学士翰林侍讲学士通奉大夫虞雍公神道碑》)

贡奎天历二年(1329)十月朔旦殁于家,是年其子贡师谦请于朝,朝廷赐封号。

按:据马祖常为贡奎所作神道碑记载,"天历二年十月朔旦,集贤直学士贡公殁于家。越五年,为元统甲戌,其子师谦来官京师,以公之行治泣请于朝,天子赠公翰林直学士、太中大夫、轻车都尉,追封广陵郡侯,谥曰文靖。集贤臣颢又奉诏令臣考公族世里居官次迹业之实,赐师谦以刻于石,以宠赉贡氏之家,以劝朝著"。而贡师谦知道马祖常与贡奎平素交好,乃录写翰林修撰李齮所编辑的贡奎行状交与马祖常,请求撰写神道碑,马祖常应命作。(马祖常《集贤直学士贡文靖公神道碑铭》)

吏部尚书帖住、礼部郎中智熙善使交趾,以《授时历》赐之。(《元史·顺帝本纪一》卷三八)

顺帝御书"闲闲看云"四大字赐予玄教大宗师吴全节。(虞集《敕赐龙章宝阁记,应制》)

按:虞集《敕赐龙章宝阁记,应制》记载,"今上皇帝改元元统之二年,御书闲闲看云四大字,以赐特进、上卿、玄教大宗师吴全节,受言藏之,摹勒金石。"虞集又云:"仍改至元之六年,重锓贞木,做大阁于饶州路安仁县云锦山之崇文宫以庋之,九月一日,上自上都清暑还,次怀来,集贤大学士不刺失利等以其事闻,请名之曰龙章宝阁,而诏臣集执笔以书。"据虞集《玉象阁记,应制》又记载道,"至正元年五月,臣集得集贤院文书,云去年九月一日大学士不刺失利等奏特进、上卿、玄教大宗师吴全节,尝蒙先朝赐白玉之璞,命工琢之,拟为太上老君说经之像,刻沉水之香以为山而居之,奉以归诸龙虎山上清正一宫达观堂之阁,请名之曰玉像。而皇上宠赐'闲闲看云'四大字,模以文梓,饰以云龙,奉而置诸其阁矣。有敕:'汝集其作文以记之'。"由虞集奉诏书写文章之事可知,他虽于1333年退归临川,但朝中每有著作之事请其执笔,影响依旧。

萨都剌春自建康赴上京,迎新任南台中丞马祖常,唱和而别。

按:马祖常此年以御史中丞任南台中丞,但旋即改同知徽政院使事,并未南下莅任。萨都剌由南京前往上京迎接马祖常，而马祖常受诏会大都任徽政院使，两人惟唱和而别。而这次唱和也是萨都剌与马祖常这两位元代异族大诗人见于现存文献的唯一一次。马祖常作《送萨天锡南归》、萨都剌诗题《和中丞伯庸（祖常字）马先生赠别中丞除南台仆驰驿远迓至上京中丞改除徽政以诗赠别》，而张雨就马祖常与萨都剌的唱和也酬唱一诗，题名《御史中丞马公伯庸有赠萨天锡还金陵长句因次韵寄上》。

　　萨都剌与朱舜咨、王伯循在瓜洲金山妙高台登临赋诗。

　　按：据萨都剌《寄朱舜咨王伯循了即休》序言云："元统二年秋八月，仆与淮东宪副朱舜咨、广东宪金王伯循，会于瓜州江风山月亭上。过金山，登妙高台，饮酒赋诗。京口鹤林寺僧了即休，风雨渡江，赠别少年游词，即休既城去，舜咨、伯循留广陵，仆独涉淮过河北。"（《全元诗》第三十册，第134页）

　　傅与砺清明与友游大承天护圣寺，约赋古诗以道游览之趣。

　　按：傅若金《清明日游城西诗并叙》载"客京师三年，闻西山之胜，未至焉。乃元统二年二月二十五日，为清明节，风和景舒，卉木妍丽。金华王叔善父、四明俞绍芳、同里范诚之与予从一小苍头，载酒肴共出游城西，遂至先皇帝所创大承天护圣寺，……相与登高丘，藉草而坐，酒数行，约赋古诗五言六韵五章，道所得之趣，书二十字乱器中，人探五字以为韵。时诚之止酒，予又性不饮，叔善、绍芳脱冠纵酌，旁若无人。予亦吟啸自若，都人士游者，车服声技相阗咽，金壶玉盘，罗列照烂，意若甚薄余数人者，而又有若甚慕者焉。既夕罢归。所赋诗各缮写为一卷。"（《傅与砺诗集》卷二）

　　虞集在临川冲云寺为元顺帝祝寿。

　　按：虞集有诗题曰《甲戌四月十七日至临川冲云寺祝圣寿斋罢，为赋此诗》。诗云："郭西寺门双石头，水槛相对林塘幽。白花过雨落松暝，黄鸟隔溪鸣麦秋。衰朽虚蒙宣室问，淹迟实爱小山留。为贪佛日同僧话，满袖天香念旧游。"借由诗作内容可知，虞集归老临川后，顺帝对他态度依旧尊敬，此是虞集致仕后影响依旧不可忽略的原因。

　　柳贯于浦阳私第见宋濂。

　　按：时柳文肃公贯自江西儒台解印家居，故宋濂得以从之。（宋濂《跋柳先生上京纪行诗后》）

　　虞集自刘叔熙处见其先人遗墨。

　　按：虞集从刘叔熙处见其先人刘清之、刘敞、刘攽等人的文集，在虞集的鼓励下，刘叔熙集合宗族力量刊刻三人文集，虞集感慨良多，备述宋文献整理之必要。（虞集《送墨庄刘叔熙远游序》）"就宋史修撰而言，刘氏兄弟父子是绝不容忽略缺漏的。像刘敞，他除了与欧、苏、王、曾等大家交游密切外,其《春秋》研究具有开新宋代学风的意义,虞集文中一再提到的他的《七经小传》,据宋人晁公武《郡斋读书志》卷一评论说,"元祐史官谓:'庆历前学者尚文辞,多守章句注疏之学,至敞始异诸儒之说,后王安石修《经义》,盖本于敞'。"宋人王应麟在《困学纪闻》中也认为:"自汉儒至于庆历间,谈经者守训故而不凿。《七经小传》出而稍尚新奇矣。"四库馆臣认为刘敞"以己意改经",不但变先儒淳实之风,与王安石相同,而且"开南宋臆断之弊"。而无论宋人还是清人如何评价,刘敞在两宋学术史上的地位都是不容忽略的。元王朝自元世祖平定江南之初就试图修撰辽、金、宋三史,虽因种种因素迁延至虞集离开朝廷都尚未着手,但虞集一直密切关注此事,并以宋代世家后裔身份而注意于两宋故家文献的存留。《经世大典》的修撰,使虞集本来就相当强烈的修史意识和史料文献叙录意识得到集中强化和理念提升,所以他在这篇送刘叔熙序言中不惧繁复、源源本本地叙录刘叔熙刊刻刘清之、刘敞、刘攽等人文集的情形。虞集写作《送墨庄刘叔熙远游序》的这年,至元四年(1338),辽、金、宋三史的修撰事宜再次被大臣们提到议事日程,甚至有人提议再由虞集担任总裁官。而虞集对于参与修撰人才的识鉴以及撰述的理念的确有非常系统的看法,这篇文章也有所呈现。"(邱江宁《元代奎章阁学士院与元代文坛》,第229—230页)

许有壬为同年赵笠翁《覆瓯集》作序。

按:许有壬《题赵继清覆瓿集后》"同年赵君继清,昔与计偕,人已翕然称之,盖学之固有者也。……丙寅岁,在右司见其《覆瓿集》,读未竟,取以南去。甲戌岁又见之,始得尽读。文若诗凡六十余首,然后见其春容寂寥之各适其当,而益知其学之固有而有能进也。"(《至正集》卷七一)

欧阳玄奉敕为颜回撰《大元敕赐先师衮国复圣公新庙碑铭》。(《圭斋文集补编》卷一二)

欧阳玄撰《大元敕赐曲阜孔庙田宅之记》。(《圭斋文集补编》卷五)

马祖常以杜瑛曾孙杜秉彝之请,奉旨作《皇元敕赠翰林学士杜文献公神道碑》,苏天爵作行状。(《石田文集》卷十一)

揭傒斯正月奉旨作《天目中峰和尚广录序》。(台湾《国立中央图书馆善本序跋集录》子部三)

鲁云禅师十二月二十二日卒,黄溍奉诏撰塔铭,题曰《佛真妙辨广福圆音大禅师、大都大庆寿寺住持长老鲁云兴公舍利塔铭》。(《金华黄先生文集》卷四一)

揭傒斯为刘友益作《刘先生墓志铭》。(《揭文安公集》文集卷八)

苏天爵纂《国朝文类》七十卷，目录三卷成。

按：《国朝文类》在元朝之后皆被称作《元文类》。《国朝文类》乃苏天爵从延祐时间开始编撰，此年完成，至元二年（1336）由西湖书院初次印行。至元四年（1338）西湖书院推出初刊之后，被发现在刻板时出现了严重失误，第四十一卷中少刻了下半卷，脱去十八板九千三百九十多字，遂命儒士叶森负责重新校勘，在至正二年（1342）由西湖书院推出新版。《国朝文类》附有刊行公文，王理元统二年（1334）序、陈旅元统二年（1334）序、王守诚元统三年（1335）跋。借着《国朝文类》，不仅可以得知元代文章之盛，还可以得知由苏天爵这样的翰苑文臣所编选，且所选录的作者多为元代馆阁名臣，而文章也正代表着元代馆阁审美的典型，诚如陈旅所言"所取者必其有系于政治，有补于世教，或取其雅制之足以范俗，或取其论述之足以辅翼史氏，凡非此者，虽好弗取也"。另外，王理、陈旅、王守诚都馆臣为《国朝文类》所作序跋，除了介绍、推誉该书外，更较为系统地表达了彼时人们的文章观点，非常有意义。《四库全书总目提要》评介该书云："是编刊于元统二年，监察御史王理、国子助教陈旅各为之序。所录诸作，自元初迄于延祐，正元文极盛之时，凡分四十有三类。而理《序》仿《史记·自序》、《汉书·叙传》之例，区为十有五类，盖目录标其详，《序》则撮其网也。天爵三居史职，预修《武宗、文宗实录》，所著自《名臣事略》外，尚有《松厅章奏》、《春风亭笔记》诸书，于当代掌故，最为娴习。而所作《滋溪文集》，词章典雅，亦足追迹前修。故是编去取精严，具有体要，自元兴以逮中叶，英华采撷，略备于斯。论者谓与姚铉《唐文粹》、吕祖谦《宋文鉴》鼎立而三。然铉选唐文，因宋白《文苑英华》；祖谦选北宋文，因江钿《文海》，稍稍以诸集附益之耳。天爵是编，无所凭借，而蔚然媲美，其用力可云勤挚。旅《序》篇末，称天爵此书所以纂辑之意，庶几同志之士，相与博采而嗣录之，而终元之世，未有人续其书者，可以见其难能矣。叶盛《水东日记》曰：苏天爵《元文类》，元统中监察御史南郑王理《序》之，有元名人文集，如王百一、阎高唐、姚牧庵、元清河、马祖常、元好问之卓卓者，今皆无传（案：祖常《石田集》，好问《遗山集》，今皆有传本，盖明代不甚行于世，盛偶未见，故其说云然）。则所以考胜国文章之盛，独赖是编而已。尝见至正初，浙省元刻大字本，有陈旅《序》，此本则有书坊自增《考亭书院记》，建阳县江源《复一堂记》，并高昌《偰氏家传》云云。今此本无此三篇，而有陈旅《序》，盖犹从至正元刻翻雕也。"

刘敏中《中庵集》刊行，吴善、韩性有序。

按：吴善序言写道："至顺天子在位，遴选风纪旧臣，出掌东南财府，时河东宪使魏公由中书户部尚书出为江淮财赋都总管，以中庵先生刘公遗文自随，属府事清暇，择属吏之有文者刘灏、郑镇孙共编次之，钱塘叶森景修为之校正，碑铭、墓志、序、赞、记、传、辞赋、古诗凡若干篇，离为几卷。府之僚佐争欲捐金锓梓，公曰：'吾终不可以私事渎公议也。'已而左辖耿公文叔、参政王公叔能、宪副吾实吉泰公闻而嘉其事，下其书江浙儒司，以赡学羡钱成之。……元统二年春，儒林郎、江浙等处儒学提举番吴善书于虎林堂。"（《刘敏中集》第468—469页）韩性序言写道："翰林承旨刘公以文学受简知，致身通显，朝廷典册，钜公铭诔，所著为多，而集藏于家，学者愿见而弗得。总管魏公，公子婿也，莅官于杭，将刊梓以传于代。性观公之文辞，不藻绘而华，不琢镂而工，不屈折条干而扶疏茂好，门枢户钥，庭旅陛列，进乎古人之作矣。其所纪载，足以裨太史之阙，传之后学，披诵玩绎，得以审中和之声，而窥圣人政化之盛，教思无穷，非其他别集所可拟也。魏公俾性为之叙，辞不获，谨诵所闻，附于篇端。元统二年甲戌春，安阳韩性序。"（《刘敏中集》第469—470页）

许有壬为宋本文集作序。

按：宋本诗文作品，今已大量散佚，宋本文集在元朝曾由其弟宋褧整理并官刻刊出，原名《千树粟》，后更为《至治集》。许有壬《宋诚夫文集序》云"于诚夫之文，吾知其必传焉。罪中书，馆阁论材，未尝不为诚夫嘘唏，使天昌以年，则其长翰林、集贤，亦犹昔之意其魁天下也。不幸用之未尝尽其材，而幸得显夫为之弟，使其文著于世，传于后。又类所删文若乐府为别集，片言只字，无所遗逸，显夫可谓能弟，诚夫可谓不死矣。诚夫自选其文，更《千树粟》曰《至治集》，其传不待予叙也。"（《至正集》卷三〇）

虞集约在此年或之后为杨益《随斋诗集》作序。

按：杨益，字友直，河南人，官至嘉议大夫、南雄路总管兼劝农事。据虞集序言云："予与公相知四十年，其后同朝颇久。公为郎中书，予待罪翰苑。扈从上都，日有倡和之乐，而未尝见其诗集之全。予老于临川之野，始得其选古体乐府、五六七言古诗、歌行、律诗凡九类若干卷"，虞集是在退居临川后见到《随斋诗集》，而虞集退居时间起于元统元年（1333）年十月，故将序言按于此年。在虞集诗文中，屡见其次韵倡和杨友直之作。杨友直仕宦多年，虞集外，与吴澄、杨载、陈旅、胡助、程端礼、刘岳申、李存、丁复等当世文章之士往来甚多。

虞集为高万里《朔南风雅》作序。

按：据虞集序言记载，至治壬戌之际，他以次对召，还过临川，高万里将所录《朔南风雅》，请为之序。虞集不及为，至此年夏，虞集归临川，高万里再以《朔南风雅》集请为序，而所辑录者"近代至今日，诸君子之诗也"，所以名"朔南"者,虞集解曰:"今天下一家,四方之诗皆在,而表以'朔南'者,其殆鲁史具四时,而特举《春秋》以名书之例乎?"(《全元文》第二十六册,第243 页)

曹敏中卒。

按:曹敏中(1254—1334),字子讷,衢州龙游人。延祐二年进士,授承事郎、庆元路同知奉化州事,秩满,调本路定海县尹,后又为承直郎、宁国路总管府推官,以承德郎、中兴路石首县尹卒。事迹见黄溍《承德郎中兴路石首县尹曹公墓志铭》(《金华黄先生文集》卷三三)

无见先睹卒。

按:无见先睹(1265—1334),居天台华顶。"其地高寒幽僻,人莫能久处,惟禅师一作四十年,足未尝辄阅户限"。(《中国历代禅师传记资料汇编》)倡导"看话禅",以无见与石屋清珙之力,看话禅遂拥有众多禅徒,成为南方禅学主流。他们为看话禅注入新内容,以致影响整个元代禅宗基调。事迹见《中国历代禅师传记资料汇编》。

程端学卒。

按:程端学(1278—1334),字时叔,号积斋,鄞县人,程端礼之弟。通春秋。泰定元年(1324)进士,授仙居县丞,改国子助教,后迁翰林编修,出为瑞州路经历,授太常博士,未受命而卒。著有《春秋本义》三十卷、《春秋或问》十卷、《春秋三传辨疑》二十卷、《积斋集》五卷。事迹见欧阳玄《积斋程君端学墓志铭》(《新安文献志》卷七一)、《两浙名贤录》卷四、《甬上先贤传》卷四六、《至正四明续志》卷二。

又按:欧阳玄墓志铭叙述程氏兄弟学术渊源及程端学学术成就写道:"宋乾、淳间,朱、陆之学并出,四明学者多宗陆氏,唯黄氏震、史氏蒙卿独宗朱氏。君与伯氏端礼敬叔师史先生,尽得朱子明体达用之指。于是二难自为师友,平居一举动必合礼法。时人以其方严刚正,以二程目之。敬叔发明朱子之法,有《读书工程》若干卷,国子监取其书颁示四方,郡县教官以式学者,后中书以闻,复申饬之。君先与里中同志孙君友仁孙友仁慨念《春秋》在诸经中独未有归一之说,遍索前代说《春秋》者,凡百三十家,折中异同,续作《春秋记》。由是沈潜紬绎二十余年,乃作《春秋本义》三十卷,《三传辨疑》二十卷,《或问》十卷,以经筵官申请有司,取其书锓梓传世。君早岁不屑为举子业,朋友力劝就试,及再战再捷,素习者不能过之。会试经义,策冠场,试官为惊叹,白于宰相曰:'此卷非三十年学问不能成。使举子得挟书入场屋,寸晷之下未必能作,请置通榜第一'。后格于旧制,以冠南士,置第二名。……君在翰林论撰，每为学士雍郡虞公伯生所推服，中书选考随处乡试，号称得人。国子生贺据德、李哲尝亲受经于君，后皆为南宫第一人。"（《新安文献志》卷七一）

刘致卒。

按：刘致（1280—1334），字时中，号逋斋，石州宁乡人，后流寓长沙。曾就学于姚燧，官至江浙行省都事。著有《复古纠缪编》、《遂昌山樵杂录》、《牧庵年谱》一卷。《全元散曲》存其小令七十四首，套数四篇。事迹见《山西通志》卷一六一、《书史会要》卷七。

宋本卒。

按：宋本（1281—1334），字诚夫，大都人。早年师事理学家王奎文，明性命义理之学，至治元年（1321）廷试录取为左榜状元，授翰林修撰，元统二年（1334）转集贤学士兼国子祭酒，卒，追封范阳郡侯，谥正献。为文辞必己出，峻洁刻厉，务以高古。与其弟宋褧先后登入馆阁，时称"大小宋"。著有《至治集》四十卷。事迹见宋褧《故集贤直学士大中大夫经筵官兼国子祭酒宋公行状》（《燕石集》卷一五），《元史》卷一八二、《新元史》卷二〇八、《元书》卷七五、《元诗选·二集》小传。

胡助《挽宋献公诚甫二首》"至治龙头选，端为天下奇。东曹持正议，西掖擅雄词。吾道诚无间，同年匪独私。新阡封马鬣，挥泪读铭碑。苦学修清节，逢时道亦行。朝端仪典礼，海内仰声名。宗伯方推毂，成均遽奠楹。易名虞祭毕，稽古极哀荣。"（《全元诗》第二十九册，第50页）

元元统三年（改至元元年） 乙亥 1335年

四月，罢科举。（《元史·顺帝本纪一》卷三八）

按：伯颜力主此罢科举事，许有壬力为之争，伯颜不听。许有壬曰："科举若罢，天下才人绝望"。伯颜曰："举子多以赃败"。有壬曰："科举未行，台中赃无算，岂尽出于举子？"伯颜曰："举子中可任用者惟参政耳"。有壬曰："若张起岩、马祖常辈，皆可任大事；即欧阳原功之文章，亦岂可易及！"伯颜曰："科举能罢，士之欲求美衣食者，自能向学，岂有不至大官者耶？"有壬曰："为士者初不事衣食，其事在治国平天下耳"。伯颜曰："科举取人，实妨选法"。有壬曰："今通事、知印等，天下凡三千三百余名。今岁自四月至九月，白身补官受宣者亦且七十三人，而科举一岁仅三十余人，选法果相妨乎?"伯颜心然其言,而其议已定,不可中辍,乃温言慰解之。翌日,宣诏,特令有壬为班首以折辱之,有壬惧祸不敢辞。治书侍御史溥化谝有壬曰:"参政可谓过河拆桥者矣!"有壬以为大耻,移疾不出。(见《续资治通鉴》卷二一七)

四月己卯,命翰林国史院纂修累朝实录及后妃、功臣列传。(《元史·顺帝本纪一》卷三八)

五月,遣使者诣曲阜孔子庙致祭。(《元史·顺帝本纪一》卷三八)

七月,中书省不置左丞相。

按:《元史·百官志八》"元统三年七月,中书省奏请自今不置左丞相。十月,命伯颜独长台司,诏天下。"《元史·百官志八》评论云:"元之官制,其大要具见于前,自元统、至元以来,颇有沿革增损之异。至正兵兴,四郊多垒,中书、枢密,俱有分省、分院;而行中书省、行枢密院增置之外,亦有分省、分院。自省院以及郡县,又各有添设之员。而各处总兵官以便宜行事者,承制拟授,具姓名以军功奏闻,则宣命敕牒随所索而给之,无有考核其实者。于是名爵日滥,纪纲日紊,疆宇日蹙,而遂至于亡矣。"(《元史》卷九二)

十一月,以中书平章彻里帖木儿之议,下诏罢科举。(《元史·顺帝本纪一》卷三八)

十二月戊寅,蒙古国子监成。(《元史·顺帝本纪一》卷三八)

赵世延仍除奎章阁大学士、翰林学士承旨、中书平章政事。(《元史·赵世延传》卷一八〇)

欧阳玄起为翰林学士。(《元史·欧阳玄传》卷一八二)

揭傒斯擢为翰林待制。(欧阳玄《揭公墓志铭》)

黄溍丁外忧,去官,服阕,除服,转承直郎,国子博士。

按:黄溍《纪梦诗序》"重纪至元之元年春,予忝以非材备员国子学官,其年秋,校文上京。"(《文献集》卷六)

王沂在国子学为博士。(四库全书"伊滨集提要")

陈旅迁国子监丞。(《元史·儒学二》卷一九〇)

王结奉诏复入翰林,结以养疾不能应诏。(《元史·王结传》卷一七八)

许有壬归彰德,已而南游湘、汉间。(《元史·许有壬传》卷一八二)

萨都刺至沧州录囚。

按:萨都刺有诗题《元统乙亥余录囚至沧州坐清风楼》。诗云:"晋代繁华地,如今有此楼。暮云连海漵,明月满沧州。归鸟如云过,飞星拂瓦流。城南秋水尽,寂寞采莲舟。"(《全元诗》第三十册,第 126—127 页)

集贤学士只儿合舟代祀真定路玉华宫睿宗皇帝影堂,萨都剌任监礼。

按:萨都剌有诗题《元统乙亥岁集贤学士济尔噶台奉旨代祀真定路玉华宫睿宗仁圣景襄皇帝影堂仆备监礼》。

萨都剌除闽宪知事。

按:萨都剌有诗题《元统乙亥岁余除闽宪知事未行立春十日参政许可用惠茶寄诗以谢》。

陈基随黄溍至京师。(尤义《陈基传》)

傅若金随群玉内司丞、吏部尚书铁柱等出使安南。

按:傅若金《南征稿序》"元统三年,诏遣吏部尚书铿柱,礼部郎中智熙善使安南,而以若金为辅行。其年秋七月,辞京师,明年夏,还至阙下,往返万六千余里,道途所经,山川、城郭、宫室、墟墓、草木、禽虫、百物之状,风雨、寒暑、昼夜、明晦之气,古今之变,上下之宜,风土人物之异,凡所以感于心、郁于情、宣于声,而成诗歌者,积百余篇。内弟孙宗玉见而录之,其意若将惧其零落,而欲久其存者。嗟夫!"(《傅与砺文集》卷四)据苏天爵墓志铭记载,一行人到达真定驿站开启给安南的赐书看,见上有安南的王号,傅若金认为:"安南自陈日烜已绝王封,累朝赐书,皆称世子,今无故自王之,何也?"而"使者疑未决",于是傅若金独请行至尚书省总办公处,讲明此事,"宰相大喜,立奏改之"。以往"安南之人往往以中国使者不习其国风土,多设谲诈以绐使者",而傅若金"一一用言折之",安南人"遂詟伏,不敢相侮。或郊迎张宴犒众,或盛饰侍姬侑酒",傅若金对于安南的巴结行为"皆却之",认为:"圣天子遣使者来,所以宣布德意,不当重扰远民。"到达安南国都后,"世子出郭迎诏,帅国中之人共拜听焉"。(苏天爵《元故广州路儒学教授傅君墓志铭》)

傅若金出使安南,欧阳玄、揭傒斯等纷纷作诗文送行。

按:欧阳玄作《送傅与砺佐使安南》、揭傒斯诗题曰《送傅与砺从事安南》、黎崱《送文史傅与砺佐天使安南》、《赠傅与砺使安南还》、黄溍《送傅汝砺之安南》、宋沂《送傅与砺佐使安南》。(《安南志略》卷一八)

欧阳玄奉旨为许衡作神道碑。

按:许衡作为元朝开国国子祭酒,元代勋臣子弟及元中叶以前的大量官吏都是其门生,以此,许衡受到了元朝各朝皇帝的尊崇,据欧阳玄文章神道碑载"先生既没之三十三年,为皇庆二年,仁宗皇帝诏暨宋九儒从祀宣圣庙庭,明斯道之所自传矣。又二十三年,为元统三年,今上皇帝敕赐臣玄文其神道之碑,以赐其子师敬,使刻之"。(欧阳玄《元中书左丞集贤大学士国

子祭酒赠正学垂宪佐运功臣太傅开府仪同三司上柱国追封魏国公谥文正许先生神道碑》）

吴澄卒后，虞集是年为吴澄作行状，揭傒斯奉旨撰神道碑。（文渊阁四库本《吴文正集》附录）

张起岩奉旨为张养浩作神道碑铭。

按：张起岩在文中交代奎章阁康里巙巙书其文，尚师简篆碑额。（《大元敕赐故西台御史中丞赠摅诚宣惠功臣荣禄大夫陕西等处行中书省平章政事柱国追封滨国公谥文忠张公神道碑铭》）

揭傒斯为陈栎作墓志铭。

按：陈栎（1252—1335），字寿翁，安徽休宁人。自号定宇，晚号东阜老人，学者称定宇先生。延祐元年乡试中选，不赴礼部试，著书授徒于家。著有《中庸□义》一卷、《论语训蒙口义》、《论孟训蒙口义书解》、《四书发明》二十八卷、《四书考异》十卷、《深衣说》一卷、《东埠老人百一易略》一卷、《读易编》、《尚书蔡氏集传纂疏》六卷、《书解折衷》、《礼记集义详解》十卷、《诗经句解》、《诗大旨》、《读诗记》、《六典撮要》、《尔雅翼节本》、《字训注释》、《增广历代通略》四卷、《尔雅节本》、《小学训注》（与程蒙斋合著）、《三传节注》、《历代蒙求》一卷、《姓氏源流》一卷、《希姓略》一卷、《感应经》一卷、《勤有堂随录》一卷、《定宇集》十六卷，包括文十五卷，诗词一卷，另有《别集》一卷，纂有《新安大族志》两卷。事迹见揭傒斯《定宇陈先生栎墓志铭》（《定宇集》卷一七）、汪炎昶《定宇先生行状》（《定宇集》卷一七）、《元史》一八九、《新元史》卷二三五、《明史》卷九六、《宋元学案》卷七〇、《云萍小录》，清陈嘉基编有《定宇先生年表》等。

又按：揭傒斯在陈栎墓志铭中高度评价他对于元代经学的意义，将他提升到与吴澄并重的高度，文章写道"圣人之学至于新安朱子，广大悉备。朱子既没，天下学士群起著书，一得一失，各立门户，争奇取异，附会缴绕，使朱子之说翳然以昏。然朱子没五十有三年，而陈先生栎生于新安。生三岁，祖母吴夫人口授《孝经》、《论语》，辄成诵。五岁入小学，即涉猎经史。七岁通进士业，十五岁为人师，二十三而宋与科举俱废。（按，此处按《定宇集》附录，而《新安文献志》本作"宋亡，科举废"）慨然发愤圣人之学，涵濡玩索，废寝忘食，贯穿古今，罗络上下。以有功于圣人，莫盛于朱子，惧诸家之说乱朱子本真，乃著《四书发明》、《书传纂疏》、《礼记集义》等书余数十万言，其畔朱子者刊而去之，其微辞隐义引而伸之，其所未备补而益之，于是朱子之学焕然以明。方是时，惟江西吴先生澄以经学自任，善著书，独称陈先生有功朱子。凡江东人来受学者，尽送而归之陈先生。然吴先生多居通都大邑，又数登用于朝,天下学者四面而归之,故其学远而彰、尊而明。陈先生居万山间,与木石为伍,不出门户,动数十年,故其学必待其书之行天下乃能知之。及其行也,亦莫之御。先生可谓豪杰之士矣!"(揭傒斯《定宇陈先生栎墓志铭》)

揭傒斯九月辛巳朔作《傅与砺诗集序》。

按:揭傒斯在序中表示,范梈与傅与砺是他所见到的最知诗歌创作真意者,而范梈已逝,或许傅与砺可以逐渐成长为他日学诗者之依归:"而德机已矣,余无能为矣,庶几犹有若与砺者,他日足为学诗者之依归也。"((嘉业堂丛书本《傅与砺诗文集》卷首,《傅与砺诗文集诗集》原序)

孛术鲁翀二月作《张文忠公归田类稿序》。(刘昌《中州名贤文表》卷三〇)

按:张文忠公是指张养浩。孛术鲁翀、张养浩文风都是姚燧一脉,为人也同样刚直正大。张养浩在天历二年(1329)以救关陕大旱而卒于任上,之后,孛术鲁翀使宪陕西,由当地士民处多闻张养浩事迹,这年,又以张养浩之子携张养浩的二十八卷《归田类稿》请作序,遂慨然叙写张养浩其人、其事、其文。

序言写道:"圣朝牧庵姚文公以古文雄天下,天下英才振奋而宗之,卓然有成,如云庄张公,其魁杰也。公自弱龄,以才行名缙绅间。仕于朝,尽说言,行直道。自礼部尚书参议中书,请谒亲济南,俄以吏部尚书召。亲疾,终丧,省台奏召至再、至三、至五六,不起。文皇即位,关陕以西兵侵旱厉,民莩政荒,拜行台中丞,乃起。西驰及秦,民四流亡,毫稚子遗若鼎鱼筮蚁。天毒方炽,汤沸泉溢,吏士猖蹶,目瞠神骇,莫克拯拔。公恳悃率倡,务用仁术。官帑不继,倾己囊橐,日不胜给,每每大恸。民仅苏复。公疾,薨。天子闻之,恻然悯悼,赠摅诚宣惠功臣、陕西等处行中书省平章政事、柱国,追封滨国公,谥文忠。中外嗟惜,无何,翀使宪陕西,士民谈道琅琅耿耿,未始不凄怆以听之。秦人悲思树石,刊颂不忘。公质厚刚毅,正大明白。仁于家,忠于上,确信不渝。己善,不伐人之善,推奖若不及。其文渊奥昭朗,豪宕妥帖。其动荡也,云雾晦冥,霆砰电激;其静止也,风熙日舒,川岳融峙。卓有姿容,辟翕顿挫,辞必己出,读之令人想象其平生。千载而下,凛有生气,不可摩灭,斯足尚已。公素知翀。其子引偕其妇翁吴肃彦清,持公所辑《归田类稿》二十八卷征序,因书其概如此。公讳养浩,字希孟,云庄其自号也。行业履历,家乘、国史有载,兹不容赘。元统三年龙集乙亥二月甲寅朔(二月一日),中奉大夫、江浙等处行中书省参知政事孛术鲁翀序。"(《全元文》

第三十二册，第 292 页）

孛术鲁翀作《序韵会举要书考》。（明刻本《古今韵会举要》卷首）

按：据孛术鲁翀在序文中交代，元文宗在奎章阁中得到黄公绍编撰的
《韵会举要》写本，遂于至顺二年（1331）命应奉翰林文字余谦校正，至顺
三年（1332）余谦完成校正，获得嘉奖。元统乙亥，孛术鲁翀在江浙行省
任参知政事，余谦作为江浙提学，遂以校对稿请孛术鲁翀作序。孛术鲁翀
文章写道："文宗皇帝御奎章阁，得昭武黄氏《韵会举要》写本。至顺二年
春，敕应奉翰林文字臣余谦校正。明年夏上进，赐旌其功。余氏今提学江
浙，以书见质，始知其刊正补削，根据不苟。……余氏以文臣奉诏正误，令
绩也；来提举谋锓其书，义举也；学者得此明其心目，仁泽也。噫！此其编
号'举要'耳，其传可尽传乎？因是一均，可通其馀均乎？刻本快睹，盖有
待焉。元统乙亥冬翰林侍讲学士、前中奉大夫、江浙等处行中书省参知政
事孛术鲁翀序。"（《全元文》第三十二册，第 296—297 页）又按：余谦《古
今韵会举要序》写道："时至顺二年二月，臣钦承帝命，点校葛元鼎所书《韵
会》以进。越明年四月丁卯，乃遂讫工献纳，上彻圣览，宠赉下班，竭胜感
作。念惟韵版文字乖误颇繁，兹既考征就易，辑具成编。尚获与学书者咸
被于天下同文之休，斯愿。翰林国史臣余谦拜手稽首谨书。"（《全元文》第
201—202 页）

德辉《敕修百丈清规》八卷成。

按：清规是禅宗寺院（丛林）组织的规程和寺众（清众）日常行事的章
则，亦可谓中世纪以来禅林创行的僧制。在唐玄宗到宪宗的时候，百丈怀海
（720—814）住于律寺之中，深感禅宗"说法住持，未合轨度，故常尔介怀"，
遂创制《禅门规式》（通常称为《百丈清规》），从而别创禅林，制立清规。百
丈清规制定之后的几百年间，出现了十几种清规。德辉奉敕重修的清规，由
于怀海《百丈清规》原本早佚，故德辉本《敕修百丈清规》实际根据其时丛
林中流传较广者：北宋宗赜《禅苑清规》（又名《崇宁清规》）十卷、南宋惟勉
《丛林校定清规总要》（又名《咸淳清规》）两卷、元代一咸《禅林备用清规》
（又名《至大清规》）十卷，折衷得失，删繁、补缺、正讹，重新诠次而成，是自
中唐百丈山怀海禅师创制《禅门规式》以来，直至元顺帝时为止，各种丛林
清规的集大成者，也是研究禅宗丛林制度之重要史料。《敕修百丈清规》既
是元代天下丛林统一依遵之规制，亦为元代之后，明清至今历代寺院遵依之
的基本法规。清代仪润有《百丈清规义记》九卷，乃研究《敕修百丈清规》
的著作。德辉，浙江东阳人，禅宗临济杨歧派僧人。

张雨纂《玄品录》五卷成。

　　按：全书集历代与道家相关人物，起自周，迄于宋，分十品，即道德、道权、道化、道儒、道术、道隐、道默、道言、道质、道华，每品数人，每人单独列传，略述其生平。总为一编，共一百三十余人，《四库全书总目提要》评曰："搜罗虽富，难免芜杂"，但对研究道家与道教人物仍有参考价值，收入《正统道藏》洞神部谱录类。

　　张雨《玄品录序》曰："太史公曰：'道家使人精神专一，动合无形，澹足万物。其为术也；因阴阳之大顺，采儒墨之善，撮名法之要，与时迁徙，应物变化，立俗施事，无所不宜，指约而易操，事少而功多。'予尝感激，以为岂无其人，隐约而不可见，使太史之论不得信于后世，乃发愤求之于古人。由老子而下，若老子徒者，采其道德文艺而类次之，盖仿佛得其人矣。昔《南华》之叙天下道术，尊孔子而不与。今仿其意，于是集老子不与，尊之至也。杨子云曰：'孔子，文足者也；老子，玄足者也'。因命题曰《玄史》。实道家之权舆，博大真人之轨辙，兴世立教之法则也。太史公之论定，雨愿学焉。乙亥岁秋九月十四日，句曲外史张天雨序。"（《全元文》第三十四册，第350页）

　　丁鹤年（1335—1424）生。

元至元二年　丙子　1336年

　　正月，置都水庸田使司于平江。（《元史·顺帝本纪二》卷三九）
　　按：《元史·百官志八》"至元二年正月，置都水庸田使司于平江，既而罢之。至五年，复立。至正十二年，因海运不通，京师阙食，诏河南洼下水泊之地，置屯田八处，于汴梁添都水庸田使司，正三品，掌种植稻田之事。庸田使二员，副使二员，佥事二员。首领官：经历、知事、照磨各一员，司吏十二人，译史二人。"（《元史》卷九二）
　　五月，西番寇起，置行宣政院。（《元史·顺帝本纪二》卷三九）
　　按：《元史·百官志八》"至元五月，西番寇起，置行宣政院。以也先帖木儿为院使往讨之。"（《元史》卷九二）
　　京畿都漕运司添设官员。（《元史·顺帝本纪二》卷三九）
　　按：《元史·百官志八》"至元二年五月，京畿都漕运司添设提调官、运副、运判各一员。至正九年，添设海道巡防官，给降正七品印信，掌统领军人

水手,防护粮船。巡防官二员,相副官二员。"(《元史》卷九二)

七月庚午,敕赐《上都孔子庙碑》,载累朝尊崇之意。(《元史·顺帝本纪二》卷三九)

按:许有壬文章写道:"至元二年丙子岁七月庚午,皇帝御洪禧殿,太师、秦王中书右丞相达尔罕臣伯颜率中书臣僚奏,上都,世祖皇帝所城,至元间作孔子庙,仁宗皇帝修其敝,增两庑,庖馆。故事,当刻石纪列圣崇文重道之实,以诏后世。石已具,拟中书参知政事臣有壬为文,奎章阁侍书学士臣巎巎为书,奎章阁承制学士臣师简篆其额,留守臣董其树立。制'可'。"(《至正集》卷四四)许有壬在文中详记元代官方兴儒之举,而借此,后世之人也可略知每朝元蒙统治者都努力对儒教作出友好姿态。

八月,定律令。(《元史·顺帝本纪二》卷三九)

十一月壬子,武宗、英宗、明宗三朝皇后升祔入庙,命官致祭。(《元史·顺帝本纪二》卷三九)

十二月,命省、院台、翰林、集贤、奎章阁、太常礼仪院、礼部官定议宁宗皇帝尊谥、庙号。(《元史·顺帝本纪二》卷三九)

是年,丞相伯颜当国,禁戏文、杂剧、评话等。(《元史·顺帝本纪二》卷三九)

苏天爵由刑部郎中改御史台都事。(《元史·苏天爵传》卷一八三)

赡思拜陕西行台监察御史,即上封事十条。(《元史·儒学传二》卷一九〇)

礼部侍郎忽里台六月,请复科举取士之制,不听。(《元史·顺帝本纪二》卷三九)

帖木儿不花为陕西行台御史。(虞集《奉元路重修宣圣庙学记》)

按:虞集《奉元路重修宣圣庙学记》记载,"仍改至元之二年,岁在丙子,赡思、帖木儿不花为行台御史。"

奉训大夫也先海牙监澧州路慈利州事。(虞集《(澧州路)慈利州重修宣圣庙学记》)

释大訢以老病求退,御史大夫撒迪以闻,不许,加号释教宗主,兼领五山寺,余职如故,且赐予尤厚。(虞集《大元广智全悟大禅师太中大夫住大龙翔集庆寺释教宗主兼领五山寺笑隐訢公行道碑》)

安德鲁·威廉等十六人作为惠宗使节前往教皇驻地通书问候,且带去中国基督教徒请求教皇派新主教来华主持传教工作上书。(《元史·顺帝本纪二》卷三九)

揭傒斯为许有壬藏画题跋。

按:揭傒斯有诗题《题许参政所藏刘伯熙青山白云图(至元二年)》。据揭傒斯题诗所云,高克恭画在元季已深为时人好尚,其所画"青山白云"类作品尤为贵重无比,而刘伯熙善模仿画高氏青山白云画法者,亦深为人们追捧。

诗云:"国朝画癖高尚书,青山白云天下无。当时贵重已无匹,尚与米老争锱铢。只今画者纷如丝,京城再数刘伯熙。扣关阗许阗李郭,画得群山自疑薄。近来颇亦师高公,青山长著白云封。近而抱之不可得,远而望之转深重。中书许公好独甚,退食便欲巢其中。世上浮云千万变,昆仑蓬莱那得见。不如画取常对之,目玩心游日千遍。祝融紫盖手可掬,香炉五老常半束。乍如横拖一匹练,忽似飞绵满川谷。许公曾到宜识真,刘郎仿象犹能神。此中岂无高世士,安得致之奉天子。"(《全元诗》第二十七册,第327页)

虞集以赵世延卒,作哀词两首。

按:赵世延爵至鲁国公,故虞集哀词题曰《鲁国赵公世延哀词》。世延家族崛起西北,为元代最早汉化西域家族之一。世延本人忠于国事、有济世之才,又以护佑文宗而得以成为一代名臣。虞集作为其同僚,与之翰墨神交亦颇多。由虞集哀词可见虞集对赵世延为人、为官、为学的综合评价:"西北声名世节旄,簪绅特起擅时髦。百年忧患神明相,世务频烦志虑劳。春雨归舟江水定,秋天遗剑雪山高。东瞻松柏分茅重,盛德终闻有显褒。早岁江东接令仪,中朝晚得近论思。永怀王母传经训,直保孤忠结主知。经济尚多遗策在,勤劳空复大名垂。每翻翰墨神交远,惆怅西川鼓角悲。"

许有壬应畅师文长子所请,为畅师文作神道碑。

按:据许有壬所作神道碑记载:"泰定丙寅,翰林学士、资善大夫、知制诰、同修国史畅公薨十年矣,制赠资政大夫、河南江北等处行中书省左丞、上护军,追封魏郡公,谥文肃。又十年,加赐推忠守正亮节功臣,官勋如故。伯子江东道廉访副使笃,将侈君之赐,灼公之善,范后之承也,谂其友许有壬叙而铭之碑。"(《大元故翰林学士资善大夫、知制诰、同修国史赠推忠守正亮节功臣资政大夫河南江北等处行中书省左丞上护军追封魏郡公谥文肃畅公神道碑》)

许有壬以中书参知政事作《上都孔子庙碑》,奎章阁侍书学士康里巎巎为书,奎章阁承制学士师简篆其额。(许有壬《至正集》卷四四)

王结正月廿九日薨于中山私第,苏天爵作《元故资政大夫、中书左丞、知经筵事王公行状》。(《滋溪文稿》卷二三)

马祖常之弟马祖谦十月十八日卒,苏天爵作《元故奉训大夫、昭功万户

府知事马军墓碣铭》。(《滋溪文稿》卷一九)

虞集为《皇元风雅》前集六卷作序。

按:《皇元风雅》有前集六卷,后集六卷。原题:"盱江梅谷傅习说卿采集,儒学学正孙存吾如山编类,奎章学士虞集伯生校选",后集题:"儒学学正孙存吾如山编类,奎章学士虞集伯生校选。"又有谢升孙至元二年(1336)序。所谓"风雅",由《诗经》"风"、"雅"之意来,编撰意旨在于传达诗教之意,选诗以之为宗旨,无论朝廷抑或山林,皆不避。虞集在序中云"诗之为教,存乎性情,苟无得于斯,则其道谓之几绝可也。皇元近时作者迭起,庶几风雅之道无愧《骚》、《选》。然而朝廷之制作,或不尽传于民间;山林之高风,或不俯谐于流俗。以咏歌为乐者,固尝病其不备见也。"虞集在序中还交代,选诗以刘因为首:"余观其编,以静修先生刘梦吉为之首。自我朝观之,若刘公之高识远志,人品英迈,卓然不可企及,冠冕斯文,固为得之",这一编撰思想影响深远,从《皇元风雅》开始,人们编撰元诗,基本以刘因为首。(《元风雅》卷首)

危素作《欧阳氏文集目录后记》。

按:欧阳修文集,《居士集》五十卷是他本人亲手整理,在北宋时期,有苏轼的序言,在开封有官刻本,杭州、苏州、衢州、吉州、建阳、四川都有刻本,而欧阳修的儿子欧阳棐的手抄家集,由欧阳修的孙子欧阳恕在宣和五年刊刻,版本卷帙多寡各异。欧阳修的家集写本后来归于曾天麟家,曾氏遂以写本为据,篇次卷第以吉州本为定,永丰县知县蔡玘刻诸学宫,危素记述此事本末。

又按:危素文章记载:"宋欧阳文忠公之文,门人苏内翰轼既为之序,汴京官局、杭、苏、衢、吉、建、蜀俱有刻本。子棐又手写家集,而孙恕宣和五年校于景陵者,卷帙多寡各异。唯《居士集》五十卷公所亲定,故诸本相同,讹阙亦鲜。至《外集》则篇次详略不同,讹阙尤甚,一篇之中少或一二字,多至数十百字,读者病之。吉旧本虽有《刊误》一编,往往患其疏略。周丞相必大用诸本校定重刻,比它本为最胜,然于凡诸谬误脱漏不可读者亦莫从是正,仅疏注疑误其下而已。迨病亟,始得写本于李参政光家,周公子纶属旧客订定编入。今每卷所谓恕本是已,然亦徒摭其时有笔误处,指以为疵,不复加意精校,甚可惜也。写本后归军器监曾天麟家,纸墨精好,字画端楷,有唐人风致,皆识以公印章,藏诸曾氏且四世,兵后独存。曾氏孙鲁避乱新淦山中,始能取它本详加校勘,而以写本为据,篇次卷第则壹以吉本为定,其同异详略颇仿朱氏《韩文考异》义例。若吉本所缺者而见于它本者,别为《拾遗》一卷。是可谓有志于公书者矣。近世唯吉学有是书可摹印,兵毁尽废。龙舒蔡玘来知永丰县,以公乡邑,首出廪禄,倡率好义者,取曾氏所校,刻诸学官。邑士夏巽属素识其成。呜呼!公当国家全盛之时、世运昌明之际,卓然为一代文宗,上配韩子,若丽天之星,光于下土,何其伟哉!学者不为文则已,苟欲为之,要必取法于斯,犹梓人之规矩准绳也。蔡君之志,忧斯文之湮坠,补典型之阙遗,而为此举,乃若纷纷焉以苛刻为政,以苟逭一时之责者,固不可同日而语。永丰之士民能知尊崇其乡先达于数百年之下,此其好善懿德,何以不书?素之藐焉末学,非敢评公之文,以犯僭逾之咎。"(《全元文》第四十八册,第368页)

公哥儿监藏班藏卜作《重编百丈清规法旨》,欧阳玄三月作《敕修百丈清规序》。(《圭斋文集补编》卷八)

按:公哥儿监藏班藏卜,元乌思藏萨斯迦(今西藏萨迦)人,族款氏。文宗至顺三年(1332)迎至大都立为国师,历文宗、宁宗、顺宗三朝。《百丈清规》曾由德辉于元统三年(1335)奉旨重修编定,公哥儿监藏班藏卜作为国师作法旨要求执行。其文曰:"皇帝圣旨里,帝师公哥儿监藏班藏卜法旨。行中书省、行御史台、行宣政院官人每根底,军官每根底,军人每根底,城子里达鲁花赤官人每根底,往来使臣每根底,本地面官人每根底,百姓每根底,众和尚每根底省谕的法旨:扎牙笃皇帝盖大龙翔集庆寺的时分,教依著《百丈清规》体例行了,圣旨有来。这清规是百丈大智觉照禅师五百年前立来的。如今上位加与弘宗妙行师号,更为各寺里近年来将那清规增减不一,教百丈山得辉长老重新编了。教龙翔寺笑隐长老校正归一定体行的,执把圣旨与了也。皇帝为教门的上头,教依著这校正归一的清规体例定体行者,么道。是要天下众和尚每得济的一般。您众和尚每体著皇帝圣心,兴隆三宝,好生遵守清规,修行办道,专与上位祈福祝寿,报答圣恩,弘扬佛法者。不拣是谁,休别了者了。法旨别了的人每,不怕那甚么。法旨。鼠儿年四月十一日,大都大寺里有时分写来。"(见《元代白话碑集录》)

又按:这年三月,欧阳玄以翰林学士再作序言以郑重其事,序言写道:"天历、至顺间,文宗皇帝建大龙翔集庆寺于金陵。寺成,以十方僧居之,有旨行《百丈清规》。元统三年乙亥秋七月,今上皇帝申前朝之命,若曰:'近年丛林清规,往往增损不一。于是特敕百丈山大智寿圣禅寺住持德辉重辑,其为书,仍敕大龙翔集庆寺住持大訢,选有学业沙门共校正之,期于归一,使遵行为常法。'德辉等奉命唯谨,书将成,属玄为叙。……至元二年丙子春三月上澣,翰林直学士、中大夫、知制诰、同修国史、国子祭酒庐陵欧阳玄叙。"(《大藏经》卷四八)

蒲道源卒。

按：蒲道源（1260—1336），字得之，号顺斋，兴元人。初为郡学正，后罢归闲居。皇庆中，应征为国史院编修官，进国子博士。居岁余，复自引去。后十年，有诏起复为陕西儒学提举，讫不就。其学问文章务自博以入约，由体以达用，真知实践，不事矫饰。其于名物度数，下至阴阳医药，无不究其精微。其教人具有师法，大抵以行检为先而穷经则，使之存心静定而参透于言语文字之外。其平生以闲居为多，故其子蒲机编辑遗文，题名为《闲居丛稿》（见黄溍《顺斋蒲先生文集序》）。其《闲居丛稿》二十六卷，祖本为蒲机刻本，今存本前十三卷已残缺，后十三卷亦有损字，足本有明清时影元钞本及文渊阁《四库全书》本，其中傅增湘校本较精。事迹见蒲机《顺斋先生墓志文》、蒲道诠《顺斋先生蒲公诔》（此两篇见《闲居丛稿》附录）、《新元史》卷二三八、《元史类编》卷三六、《元诗选·初集》小传。

赵世延卒。

按：赵世延（1261—1336），字子敬。其先雍古歹人，居云中北边。祖按竺迩，幼孤育于外氏，因姓舅姓，转而为赵。为蒙古汗军征行大元帅，镇蜀，因家成都。世延天资秀发，喜读书，究心儒者体用之学。弱冠，世祖召见，俾入枢密院御史台肄习官政，历事凡九朝，扬历省台五十余年，官至中书平章政事，秩至光禄大夫，爵至鲁国公，卒谥文忠。世延文章波澜浩瀚，一根于理。至顺元年（1330）奉诏与虞集等纂修《皇朝经世大典》，又尝较定律令，汇次《风宪宏纲》。为华化程度颇高的元史名臣，也是为数极少收入《宋元学案》的西域人。事迹见《元史》卷一八〇、《宋元学案》卷九五、《元诗选·癸集》丙集小传。

王结卒。

按：王结（1275—1336），字仪伯，定兴人。至治二年参议中书省事，天历元年拜陕西行省参知政事，天历二年（1329）拜中书参政，元统间拜中书左丞，后至元元年（1335）诏复入翰林，以病未能赴职。卒，追封太原郡公，谥文忠。人称其"非圣贤之书不读，非仁义之言不谈"。著有《王文忠集》六卷，《王文忠诗余》一卷。亦邃于《易》，著《易说》十卷。事迹见苏天爵《元故资政大夫中书左丞知经筵事王公行状》（《滋溪文稿》卷二三）、《元史》卷一八七。

高启（1336—1374）、朱同（1336—1385）生。

元至元三年　丁丑　1337 年

四月己卯,大驾时巡上都。(《元史·顺帝本纪二》卷三九)

诏:"省、院、台、部、宣慰司、廉访司及部府幕官之长,并用蒙古、色目人。禁汉人、南人不得习学蒙古、色目文字"。(《元史·顺帝本纪二》卷三九)

六月戊子,加封尹子、庚桑子、徐甲、列子、庄子各为真君。

按:加封文始尹真人为无上太初博文文始真君,徐甲为垂玄感圣慈化应御真君,庚桑子洞灵感化超蹈混然真君,文子通玄光畅升元敏秀真君,列子冲虚至德遁世游乐真君,庄子南华至极雄文弘道真君。(《元史·顺帝本纪二》卷三九)

是年,于四川、江西、江浙处置行枢密院。

按:《元史·百官志八》"至元三年,伯颜右丞相奏准,于四川及湖广、江西之境及江浙,凡三处,各置行枢密院,以镇遏好乱之民。每处设知院一员,同知、佥院、院判各一员。湖广、江西二省所辖地里险远,添设同佥一员。各院经历一员,都事两员,照磨一员,客省副使一员,断事官两员,蒙古必阇赤两人,掾史六人,宣使六人,知印、怯里马赤各一人,断事官译史一人,令史二人,怯里马赤、知印各一人,奏差二人。至正四年罢之。"(《元史》卷九二)

八月,车驾至自上都。(《元史·顺帝本纪二》卷三九)

伯颜请杀张、王、刘、李、赵五姓汉人,帝不从。(《元史·顺帝本纪二》卷三九)

苏天爵迁礼部侍郎。(《元史·苏天爵传》卷一八三)

欧阳玄升侍讲学士,中奉大夫、知制诰、同修国史。(危素《欧阳公行状》)

集贤大学士羊归等十二月壬午言:"太上皇、唐妃影堂在真定玉华宫,每年宜于正月二十日致祭。"从之。(《元史·顺帝本纪二》卷三九)

黄溍至京,任国子博士。(《元史·黄溍传》卷一八一)

贡师泰除翰林应奉文字、同知制诰、兼国史院编修官。

按:朱穟《玩斋先生年谱》"至元三年丁丑,除翰林应奉文字、同知制诰、兼国史院编修官。以兄来官翰林,辞避南还养母。"《玩斋先生纪年录》

"至元中,应奉翰林文字、同知制诰、兼国史院编修官。"(《贡氏三家集》第460、462 页)

赡思除佥浙西肃政廉访司事。(《元史·儒学传二》卷一九〇)

西域僧伽剌麻至京师,封号灌顶国师,赐玉印。(《元史·顺帝本纪二》卷三九)

薛廷凤赐号洞玄冲靖崇教广道真人,令杭州四圣延祥观。(王祎《马迹山紫府观碑并序》)

贡师泰任翰林应奉期间与余阙、程文交游甚密。

按:余阙为贡师泰《友迁集》所作序云"时泰甫为应奉翰林文字,固多暇者,即与聚,盍有蔬一品,鱼一盘,饮酒三行或五行,即相与赋诗论文,凡经、史、词章,古今上下,治乱贤否,图书彝器,无不言者,意少适,即联镳过市,据鞍谈谑,信其所如而止,及暮无所止,则与问曰:'将何之?'皆曰:'无所之也',乃各策马还。"(余阙《青阳先生文集》卷一) 贡师泰《送许存衷赴漳浦县尹序》"往予在史馆,与应奉程以文最善。"(《玩斋集》卷六)

萨都剌是年八月望与家人,舟过平津,为母称寿,作《溪行中秋玩月并序》。

按:据萨都剌序言及诗意所载,萨都剌家世清寒,自举进士后,南北为官,皆奉母而行:"余乃萨氏子,家无田,囊无储。始以进士入官,为京口录事长,南行台辟为掾,继而御史台奏为燕南架阁官。岁余,迁闽海廉访知事。又岁余,诏进河北廉访经历。皆奉其母而行,以禄养也。"这年中秋,舟过延平津,而其母正八十寿诞,其时,萨都剌妻、妹及妹婿皆在船,遂举觞为母祝寿:"子为母寿妇寿姑。阿妹次进偕婿夫,酌献亦及婢与奴。"(《全元诗》第三十册,第 245—246 页)

危素将有观于江海,虞集作序送行。

按:危素乃虞集最信重的师友吴澄、范梈的弟子,故虞集与危素之间也关系亲厚,非比寻常。在虞集《送危太朴序》中,他以师长身份勉励危素努力亲近乡之善士、国之善士、天下之善士,以使自己成为乡之善士、国之善士、天下之善士,期望不可不谓之高矣。

许有壬十月以中书参知政事作《大都三皇庙碑》。

按:奎章阁大学士康里巎巎为书,奎章阁侍书学士师简篆其额。(《至正集》卷四四)

许有壬编辑上京诗作,题集名《文过集》。

按:《文过集》是许有壬至元丁丑年扈从上京时所作,共一百二十首。许有壬《文过集序》"丁丑分省,予以五月二日发京师,八日达上京。大臣日侍帷幄时,陪论奏退,则入省治常事,军国机务,一决于中,而京师留省,百事所萃,必疑不决暨须上闻者始容报,故分省簿书常简。参议左右曹,非有疑禀,不至都堂。日长闲退,恒兀兀独坐。间得朋游歌诗,率尔赓和,心有感触,亦形咏歌。乘兴有至一二十首,而无心营度,一字亦复动涉旬日。"所以名为《文过集》,许有壬在序中自云"悲夫,予盖穷者也。穷者诗宜工而复不工,何哉?彼之穷,敛其心力,一寓于诗;予之穷,虽疲精竭神于所当为,而识浅力劣,卒不能为。至于词章小技,亦遂俱废。彼之穷犹有诗,予之穷并诗而无,有而不工犹无也。予其穷之尤者也。而不工之语,时托箴讽,媵口譊譊者,又小人之文过也,因题曰《文过集》,以识予过,因以见小人之志,又有不在于诗者焉。"(《至正集》卷三四)

又按:欧阳玄又作《中书参知政事许公文过集序》写道:"本朝儒者参预大政而以诗鸣者,吾得三人焉。其一金进士,其仕当南北混一之交,其风犹有金源之风;其一齐鲁世家子,所与居游又多京国华腴,其诗自有富贵之气,及南渡江汉,诗乃清厉;其一家本梁赵,流寓荆楚,筮仕并营,其诗盖负豪爽之资,每北渡居庸,诗益奇傃,盖安阳公也。三参预皆有治才,诗其余事而以鸣者,人多其有余力也。至元三年之夏,安阳公扈从上京,赋诗百廿余首,名曰《文过集》,向余所谓奇傃者,殆山川之助欤!公才刃纵横,无少凝滞,气机出入,杂以讥评,用之于政于文皆然。独是集题曰《文过》,余未然之。明良赓歌,昉于皋陶;声律依永,教于后夔。世称相业,莫先皋、夔,曾是以过乎?公属余识之,题而归其集。"(刘昌《中州名贤文表》卷二二)

许有壬正月奉旨为苏天爵父亲苏志道撰写神道碑。

按:至元二年,苏天爵父亲苏志道去世十七年,这年丙子,被赠官集贤直学士、亚中大夫、轻车都尉,追封真定郡侯。至元三年正月丁未,命许有壬为其碑石作铭记,陕西诸道行御史台中丞马祖常书写,江南诸道行御史台侍御史张起岩篆其额。据许有壬记载"盖志道子天爵为御史台都事,台臣熟其贤,核其父之实,而臣有壬待罪中书,天爵右司都事,是亦熟其子而知其父者。皇帝孝治天下,台臣职风教励臣子,是有系焉。"(许有壬《敕赐故中宪大夫、岭北等处行中书省左右司郎中、赠集贤直学士、亚中大夫、轻车都尉、追封真定郡侯苏公神道碑铭》)(《至正集》卷四七)

苏天爵七月壬子为《奎章阁记》碑本题跋。

按:元文宗天历间建奎章阁,令虞集作《奎章阁记》,并与文臣观览图书于奎章阁,而苏天爵任职史馆,不曾有机会一登文陛,参与期间。至顺三年,苏天爵除授经郎时,文宗却又去世,徒得职名。元顺帝登基之后,苏天爵被兼任经筵译文官,多次给元顺帝讲授经典,曾几次建言皆被认可。有学士建议模写《奎章阁记》,盖以奎章、天历的印章,然后颁赐讲官,苏天爵也得到了这一赏赐,遂作题跋。又按,奎章阁二玺,一曰天历之宝,一曰奎章阁宝,由虞集篆文。(苏天爵《恭跋御书奎章阁记碑本》)

苏天爵题跋写道:"文宗皇帝以天纵之圣,历试诸难。既践帝位,海内思治,乃稽典礼,述文章,躬祠郊庙,增建官仪,黼黻治化,咏歌太平。万机多暇,命作奎章之阁,陈列图书,怡心养神。敕文儒置《阁记》,亲洒宸翰,镂诸乐石。臣于时执事史馆,不获一登文陛,钦睹云章之昭回。及待罪南台御史,召入中堂,未至,除授经郎,而鼎湖上仙,第有攀号而已。今上皇帝入正大统,学士臣言:'延阁之建,本以缉熙帝学,辅养圣德。宜开经筵,日陈圣贤谟训、祖宗典则。'制可。于是讲官仪制,进说经义,凡所讨论,臣窃与焉,即命兼经筵译文官。尝为宰臣言:'今所进说,当指事据经,因以规谏。不可悠悠岁月,徒为观美。'无何,再擢六察,建言:'讲官宜赐坐设几,雍容延纳。'迨忝右曹,复有经筵参赞之命。屡尝执经劝诵,瞻望天威,穆然渊默,而臣才能谫薄,不能内积诚敬,敷宣典训,仰答圣明之万一。比者学士臣请模《阁记》,识以奎章、天历之宝,颁赐讲官,臣亦获赐焉。谨述列圣右文典学之盛德,书诸左方以示后世。至元二年丁丑秋七月壬子,太中大夫、礼部侍郎臣苏天爵拜手稽首记。"(《滋溪文稿》卷二八)

张起岩为曹伯启诗文集作序。

按:曹伯启诗文集由其子曹复亨、曹履亨整理编辑完成,共十卷,还有后录一卷。张起岩作序外,欧阳玄、吕思勉、吴全节都有序跋。张序写道:"汉泉早岁游郓痒,从野斋李先生学,清苦勤励,见称时辈。擢邑文学掾,授徒习业,益自力文。……君既没,子台掾复亨,汇集平昔所著《汉泉漫稿》若干卷,求余叙其端。余向在胄监史馆,君折行辈与余游,时复亨暨其季履亨在监学诸生列,余盖素知君者。君端雅缜栗,谟画有方,为世推重。宜乎发为词章敷腴条达,其于意之蕴而言之宣者,周旋曲折,一能道之,又可见有德者之有言也。……汉泉讳伯启,字士开,赠资政大夫、河南行中书省左丞、上护军,追封鲁郡公,谥文贞。汉泉,其自号云。至元三年后丙子中元日癸丑,通奉大夫、江南诸道行御史台侍御史张起岩序。"(张起岩《汉泉漫稿序》)

虞集作《书法说与刘元》。

按:虞集在文中云:"予病目七年",考虞集患目病约在《经世大典》修成之际,即至顺元年(1330)时候,故这篇书法批评当于作此年。在这篇书法说中,虞集认为书法创作应当"精思造妙,遂以名世,方圆平直,无所假借。

而从容中度自可观,则譬如冠冕、佩玉、执璧、奉盈,事君事神,恭敬在中,威仪在外,揖拜升降,自然成文,则其善也。乃若颇衰反侧,怒张容媚,小人女子之态,学者戒之。"(《御订佩文斋书画谱》卷七)

元至元四年　戊寅　1338 年

正月丙申,诏:"内外廉能官,父母年七十无侍丁者,附近铨注,以便就养"。(《元史·顺帝本纪二》卷三九)

诏修曲阜孔子庙。(《元史·顺帝本纪二》卷三九)

三月辛酉,命中书平章政事阿吉剌监修《至正条格》。(《元史·顺帝本纪二》卷三九)

四月己卯,车驾时巡上都。(《元史·顺帝本纪二》卷三九)

十二月,置邦牙等处宣慰使司都元帅府。

按:《元史·百官志八》"邦牙等处宣慰使司都元帅府,至元四年十二月置。先是,以缅地处云南极边,就立其酋长为帅,三年一贡方物。至是来贡,故改立官府以奖异之。"(《元史》卷九二)

是年,置绍熙军民宣抚司。

按:《元史·百官志八》"绍熙军民宣抚司。至元四年,因监察御史言:'四川在宋时,有绍熙一府,统六州、二十县、一百五十二镇。近年雍、梁、淮甸人民,见彼中田畴广阔,开垦成业者,凡二十余万户。'省部议定,遂奏准置绍熙等处军民宣抚司。"(《元史》卷九二)

阿吉剌四月乙亥为奎章大学士兼知经筵事。(《元史·顺帝本纪二》卷三九)

揭傒斯为集贤直学士。(欧阳玄《揭公墓志铭》)

欧阳玄任翰林侍讲学士、中奉大夫、知制诰、同修国史兼国子祭酒。(欧阳玄《汉泉漫稿序》)

陈旅入为应奉翰林文字。(《元史·儒学传二》卷一九〇)

李汉杰以朝列大夫知临江路新喻州事。

按:虞集《(临江路)新喻州重修宣圣庙学记》记载:"仍改至元之四年戊寅,朝列大夫、知州事彭城李侯汉杰始下车,谒夫子庙,慨夫五十四年之久,而日敝弗葺也,乃出俸金修职事,以更饬庙学为己任。"

周镗以名进士治兴国路大冶县。

按:周镗,《元史·忠义传》有记载,曰:"周镗,字以声,浏阳州人。笃学,通《春秋》,登泰定四年进士第,授衡阳县丞,再转大冶县尹。……抑豪强、惠穷民,治行遂为诸县最。累迁国子助教。会修《功臣列传》,擢翰林国史院编修官。乃出为四川行省儒学提举,便道还家。无何,盗起,湖南、北郡县皆陷。浏阳无城守,盗至,民皆惊窜。镗告其兄弟使远引,自谓'我受国恩,脱不幸,必死,毋为相累也'。贼至,得镗,欲推以为主,镗唯瞋目厉声大骂,贼知其不可屈。乃杀之。"(《元史》卷一九五)虞集《(兴国路)大冶县儒学记》记载:"今令长沙周君镗以名进士来治之,庶克有所尽心乎! 至正元年十有二月,使人适临川之野,而相告曰:镗之在斯邑三年矣。"虞集在文章末尾又交代:"至于其政之可纪者,则有同年进士夏君日孜之记云。"

傅若金任广州儒学教授。

按:傅若金随铁柱等人出使安南,不辱使命,颇为胜任,此年,安南"陪臣执礼物来贡阙下",于是傅若金"以功授广州路儒学教授",而其时,"湖南及广西帅闻争欲辟君为掾,皆辞不就",于是,"缮完广之儒宫,复学若干亩。"

又按:傅若金出使安南时,揭傒斯不及送行,于此年傅若金回来之后,出任广州路儒学教授之际作《送傅与砺辅使安南序》,全篇不言傅若金就任广州儒学教授之事,只详细言说傅若金出使安南之事,该文可以补充苏天爵傅若金墓志铭中的相关记载:"元统三年秋七月,诏假群玉内司丞铁柱、吏部尚书丞相掾智熙善、礼部郎中使安南,以临江傅若金为辅行。若金字与砺,为学有本末,为文章有规矩,至于歌诗,盖无入而不自得焉,其高出魏晋下,犹不失于唐;又能知为国体,要自秦汉而下逮于我朝,凡使安南贤否姓名若出使岁月,皆历数不遗,故凡使事悉以咨之。动静相维,举措必戒,先事而虑,物至而应,举小包大,万变不穷,国中赂遗,毫发无所取,而皆本之至诚,得尊中域抚四夷之道。虽傔从趋走,皆畏惮过于使,往返万数千里,所至大府交荐其贤。及安南入贡,使及国门,首问傅先生安在。初,安南数侵占城,占城遣使入告,是行也,有别旨切责安南,而所降制书上有安南王字,行至真定,默省曰:'安南自陈日烜绝王封,朝廷有诏安南,上表皆止称世子,今制书有安南王字,是无故自王之也,安南遂自称王,奈何?'请二使还白朝廷,二使议未决,乃自请行,即赁马驰至都堂,都堂大喜,立收还制书,且以得傅君辅使事为甚幸,而君命以不辱。及使还,首循旧制,授以广州儒学教授。呜呼! 向非朝廷知人,不能使傅君;非傅君之学,不足以称朝廷任使;使朝廷皆若用傅君,安有败事哉? 然傅君之名由是而立,傅君之荣由是而基,他日任朝廷之事必有大于此者,又当何如也? 故余于送傅君之行不及广州之说,而本于使事云。至元四年岁戊寅四月十有一日揭傒斯序。"另外,翰林侍讲学士、中奉大夫、知制诰、同修国史兼国子祭酒欧阳玄对于傅若金之任广州一事,于四月初一作《送傅与砺之广州儒学序》、谢端有《送傅与砺赴广州教授》诗。

赡思改佥浙东肃政廉访司事,以病免归。(《元史·儒学传二》卷一九〇)

吴全节四月被元顺帝赐诏艺文监广成局画像。

按:这年吴全节被封为特进、上卿玄教大宗师,元顺帝令艺文监广成局长绍先为之画像,中书参知政事知经筵事许有壬作赞,集贤直学士揭傒斯作书。(许有壬《特进上卿玄教大宗师吴公画像赞》,朱存理《珊瑚木难》卷三)

陈旅与陈基一同北上,途中应陈基之请,为之改名。

按:陈旅《赠敬初并改字》云:"敬初幼名无逸,朋友字之曰敬初。比与予同舟北游,谓予言曰:'吾名与字,皆有所未安,盖无逸者,因吴兴陈先生之字也。而敬初云者,揆之《尚书》本义,则近于僭矣,久欲易之,以吾父早世,无所请命,子宗盟之耆长也,幸为我易之。'予遂易其名为基,而易其字为敬初云。"(钱毂《吴都文粹续集》卷四五)

南士朱斗瑞归乡,京师名馆臣皆赋题送行。

按:至元四年(1338)年,南士朱斗瑞归乡,京师揭傒斯、康里夔夔、吴全节、王沂、潘迪、陈旅、胡助、刘闻、冯三奇等九人皆赋题送行,朱斗瑞将之合成一卷,题《京师送行诗》,二十年后,贡师泰得见,序而赋诗感叹。贡师泰《题朱教授送行诗卷序》云:"至正十八年冬,余自省府退归西湖之上。郡博士朱君斗瑞来谒,出示《京师送行诗》一卷,读之,则揭学士、夔丞旨、吴大宗师、王尚书沂、潘司业迪、陈监丞旅、胡应奉助、刘博士闻、冯助教三奇,凡九人,去今才二十年,皆已凋谢无存者,为之抚卷叹息。因系之诗曰:中朝诸老凋零尽,一读遗诗感慨多。万里还家犹俎豆,十年为客尚干戈。秋风东海云帆举,春水西湖画舫过。此去太平应有象,杏花深处听弦歌。"(《玩斋集》卷四)

方从义应危素之请,作《云林图》,虞集等赋诗以记其事。

按:危素家居临川,相近有云林山,素尝读书其上。方从义为作《云林图》,虞集、张雨、柯九思、吴师道、丁复、王沂、成廷珪等赋诗记其事,而危素后亦以"云林"名其文集。

马祖常卒,有司赠官,赐谥号。

按:苏天爵墓志铭记载:"至元四年戊寅三月丙午,资德大夫、御史中丞、知经筵事马公薨于光州居第正寝。有司以闻,制赠摅忠宣宪协正功臣、河南江北等处行中书省右丞、上护军,追封魏郡公,谥文贞。其年四月壬申,

葬郡城之北平原乡西樊里"。(苏天爵《元故资德大夫御史中丞赠摅忠宣宪协正功臣魏郡马文贞公墓志铭》)

许有壬父亲许熙载获朝廷赠官,朝中主文学者作行状、神道碑等。

按:许熙载至顺二年(1331)五月卒,这年被赠官中奉大夫、湖广等处行中书省参知政事、护军,追封鲁郡公。据欧阳玄记载,南台侍御史张起岩作行状、御史中丞马祖常作圹志、翰林侍读学士欧阳玄为作神道碑,三人都与许有壬同年中延祐首科。(欧阳玄(《有元赠中奉大夫湖广等处行中书省参知政事护军追封鲁郡公许公神道碑铭有序》))

许有壬谒告南归,欧阳玄作文送行。(欧阳玄《送参政安阳公谒告南归诗序》,(《圭斋文集补编》卷九)

虞集为释大訢《蒲室集》作序。

按:大訢《蒲室集》是在大訢死后,由其弟子编撰,并由弟子高上人交由虞集作序。而其时虞集双目已失明,只能借助善于诵读者知道大訢创作内容,并作此序。虞集与释大訢相交二十年,并在天历、至顺时期,屡见于京师。其时,虞集得尽职于文宗之近,为奎章阁学士院侍从学士,任《经世大典》总裁,而大訢,虞集在序中交代"我文皇建大刹于潜邸之旧处,特起訢公居之,天纵神明,度越前代,取一士而表异之,冠于东南之丛林。其遇合之故、尊礼之意,岂凡庸所得窥其万一?"而大訢也利用自己政治上的特权,广交文坛新旧,并在创作上取得显著成绩。虞集在序中写道:"訢公于是吸江海于砚席,肆风云于笔端,一坐十年,应四方来者之求,则一代人物之交见于篇章简什者,殆无虚日,岂寻常根器之所能哉?"虞集认为大訢的创作"如洞庭之野,众乐并作,铿宏轩昂,蛟龙起跃,物怪屏走,沉冥发兴,至于名教节义,则感厉奋激,老于文学者不能过也,何其快哉!"四库馆臣在《蒲室集》提要中评价大訢的创作认为,虞集的评价固然稍有些溢美,"然其五言古诗实足揖让于士大夫间,余体亦不含蔬笋之气,在僧诗中犹属雅音",而且大訢在文宗朝颇得重用,"故虽隶缁流,颇谙朝廷掌故",且与馆臣诸如赵孟𫖯、柯九思、萨都剌、高克恭、虞集、马臻、张翥、李孝光等多往来之作,并非俗僧。

欧阳玄三月乙卯为曹伯启诗文集作序。

按:至治癸亥(1323)欧阳玄曾任浙江省乡试主考官,曹伯启为浙宪监试,一起相处五十余日,常在公事之余论文酬唱。欧阳玄在序言中写道:"故赠河南行省左丞鲁郡文贞公汉泉曹先生诗、乐府若干首,其子德昭既汇成编,会辟掾中台,𥳑以来京师,台臣因表章之,为请于朝,将寿诸梓,属余叙其帙端。昔至治癸亥,余叨预浙省文衡,文贞公以浙宪监试,同处试闱者五十余日,校程之暇,与公论文,或至夜半。尝诵所为诗,令人倾听忘倦。余窃评之:公初受学东原李文正公,李公文擅当世,其气象温醇,格律严妥,意不求工,辞理自畅。故自其外者观之,不见其雕镂之劳、篆组之巧。试刺其中,汪洋澹泊,盖有未易窥其涯者。文贞之为诗,诚得文正为文之妙者也。世谓文章之妙,出乎自得,以二公论之,岂无源委乎?夫文惠君会养生之妙于庖丁,齐桓公悟读书之妙于轮扁,政可与知者道耳。文贞遭遇承平,扬历清望,晚岁肥遁丘园,寿考终吉,其于文正有甚相似者焉。斯则斯文之足箓人之生平也,尚矣!虽然,公自壮至老,宦游之广,跋履之多,计其寓情陶写,感事讽赋,与夫投赠简记,赓倡咏叹,为篇什宜不止是。然闻其思致敏赡,襟韵朗夷,临文抒志,造次天成,漫不存稿。今其所哀,殆十之二三欤?继自今,宾从僚寀,故吏门生,嗣有得而附益之,非独足以成吾德昭之志也。至元四年后戊寅三月乙卯,翰林侍讲学士、中奉大夫、知制诰、同修国史兼国子祭酒欧阳玄叙。"(欧阳玄《汉泉漫稿序》)

　　苏天爵五月己酉作《礼部题名记》。(《滋溪文稿》卷二)

　　胡助四月作《玉海序》。

　　按:《玉海》二百卷,类书。元统元年(1334),牟应复作为浙东帅府都事提出将浙东县学及书院"等其岁入之多寡,收其羡余"而筹集的费用来刊刻该书,没有成功。元统二年(1335),在宣慰元帅也乞里不花(胡助序中作"伊奇哩布哈公实来")的组织下,由总管塔海帖木儿征财庀工,终于得以开雕,并于至元六年(1340)四月在庆元路儒学刊成。(《纯白斋类稿》卷二〇)《四库提要》卷一三五说:"是书分天文、律宪、地理、帝学、圣文、艺文、诏令、礼仪、车服、器用、郊祀、音乐、学校、选举、官制、兵制、朝贡、宫室、食货、兵捷、祥瑞二十一门,每门各分子目,凡二百四十余类。宋自绍圣置宏辞科,大观改辞学兼茂科,至绍兴而定为博学宏辞之名,重立试格,于是南宋一代通儒硕学多由是出,最号得人,而应麟尤为博洽。其作此书,即为词科应用而设。故胪列条目,率钜典鸿章。其采录故实,亦皆吉祥善事,与他类书体例迥殊。然所引自经史子集,百家传记,无不赅具。而宋一代之掌故,率本诸实录、国史、日历,尤多后来史志所未详。其贯穿奥博,唐宋诸大类书未有能过之者。"胡助此序是针对元季所刊《玉海》而作的序,据四库全书提要说,该本在清代已久佚,而胡助在序中对《玉海》内容、意义、刊刻情况言之颇详,对人们了解元时所刊《玉海》版本颇有意义。

　　又按:胡助序言写道:"《玉海》天下奇书也,经史子集、百家传记、稗官小说,咸采摭焉。其为书也,至显而至微,至精而至密,至高而至深,至博而至约。凡天地山川、古今事物、道德性命、律历、制度、文章、礼乐、刑政、兵农、食货,靡不毕备。实故宋礼部尚书厚斋先生王公专精力,积三十年而后成者也。先生在宋季以词学显庸,其天才绝识有大过人者,且尽读秘府所藏天下未见之书,故能博洽贯穿,网罗包括,著为此书。第篇次浩繁,日修月削,间以所见疏列下方,传写抄录,不无先后参错之遗,非若他类书比也。虽然粹焉如玉,浩乎似海,其最钜者。门人高弟往往得其余绪,而擅名当世者有之。夫不见异人,必见异书。一物不知,君子耻之。是书也,其殆集文学之大成者与。东南之士莫不知此书之奇,愿见其全不可得,顾非一家之力所能刊行。浙东帅府都事牟君应复首建议,缮写校雠,将锓诸梓,未就而牟君去。今宣慰都元帅伊奇哩布哈公实来,开闿承宣,嘉惠学者,于是力行前议,召工庀事,徵费于浙东郡县学及书院岁入之羡有差。郡守张公荣祖(张荣祖)临莅提督,命教授王君弘、学正薛君元德董其役,凡两年而后成。呜呼!继自今是书之行也,世之君子皆得以览观考索焉。譬如涉沧溟而求至宝,无不满意。随其所入之浅深,取之无穷,而用之不竭,讵庸有限量涯涘哉。若其门类卷帙之目,则李君叙之详矣,兹不复书。至元四年龙集戊寅四月初吉,书于翰林国史院。”(《全元文》第三十一册,第 497—498 页)

又按:至元六年,李桓也作《玉海序》,对《玉海》刊刻情况及具体内容有详细交代,可与胡助一篇相辅助:至元六年,岁在庚辰夏四月朔旦,庆元路儒学新刊《玉海》成。《玉海》者,故宋礼部尚书厚斋先生王公之所著也。先生之著是书,网罗天下之见闻,包括古今之故实,将使学者览之得以施诸用。盖自书契以来,典籍日滋,以事物之无涯,而纪载之至繁,毕年岁于披寻,穷心目而研究,不可得而周知,况于得其要领者哉!太史公论儒家者流,其学博而寡要。然则博既难矣,博而要者为尤难,此《玉海》之书不可以不作,而作非先生不能也。先生敏悟绝人,少于书无不读,多识广闻,淹贯该洽,时已莫能出其右。及仕于朝,又尽阅馆阁之所藏,宗工钜儒咸共折然。自经史、传注、诸子群集,以至于稗官小说、方技谶纬之书,诵之如流,言之如指掌,既皆涉其波澜而采其精英,故其为书精密渊深,区分胪列,靡所不载。惟无益于用,不足以备讨论者,不以登于简策。岂非所谓博而得其要者与?伟乎述作!非若他书类事者之可拟伦也夫。其篇次之多,不免于淆舛;传录之久,或至于脱遗。士以不获睹其完书为恨。癸酉岁,浙东帅府都事牟君应复,盖尝建议,请命缮辑雠校而刻之。凡郡县学与书院之在浙东者,等其岁入之多寡,收其羡余以为助,而事未克集。今宣慰元帅资德公也乞里不花,以勋德之胄膺方岳之寄,敦尚文雅以为政先,下车之始,载询载咨,爰戒有司,俾速其图。时则总管张侯塔海帖木儿征财庀工,承命唯谨。明年夏,教授王君玹来莅厥职,暨学正薛君元德,躬自程督,上下协心,有作斯应,夙夜弗怠,遂底于成。用力于一时，垂利于无穷。后之人稽典礼者求焉，考制度者取焉，立政建事者资焉，不特广问学给文辞而已。昔尝有以《玉海》名其集者，玉可宝而有用，海之藏无不具，唯是书足以当之。书凡二百四卷，总之以二十二门，曰：律历、天道、地理、帝学、圣文、艺文、诏令、礼仪、车服、器用、郊祀、音乐、学校、选举、官制、兵制、朝贡、宫室、食货、兵捷、祥瑞、辞学指南。析之为二百六十一类，于斯备矣。婺郡文学中山李桓序。(《全元文》第四十六册，第91—92页)

燮理溥化、李肃此年修纂《乐安县志》。

按：元代是地方志大发展的时期，数量多，且卷帙浩繁，这与大德时候政府大修《大一统志》的背景密切相关，也与地方官们热衷于主持此事相关。燮理溥化是泰定丁卯(四年，1327)科的进士，于元统元年(1333)任抚州路乐安县达鲁花赤。到乐安之后，即搜寻当地方宋淳熙、咸淳时候所编辑的方志，着当地鳌溪书院直学(宋、元时期，路、府、州、县等书院掌管钱谷职者)李肃校点，邑士陈良佐主持刊刻。

又按：燮理溥化《乐安县志序》云："古之郡国皆有志，所以定区域，辨土壤，而察风俗也。……余以元统癸酉至乐安，爰其山高水清，意必有古人之遗迹，而莫之考。或告余曰：'斯邑旧有《鳌溪志》。'因求得数册，乃淳熙及咸淳所缉，编帙散乱，无从披阅，遂以论鳌溪书院直学李肃精加点校，遂卷增而续之。既成，观其所封畛之广狭，山川之远近，名宦之游历，文人之咏，与夫一民一物、一言一行之有关于世教者，靡不载考。是邑之事迹，一寓目而尽得焉，益信郡县不可无志也。邑士陈良佐率为锓梓，余因是而得风物山川之美，又因是而知斯文之盛、好义乐善者之多也，为题其端云。"(《乐安县志》卷八)

马祖常卒。

按：马祖常(1279—1338)，字伯庸，号石田山人，回回人。世为雍古部，居靖州天山。其高祖金末为凤翔兵马判官，子孙以马为姓。延祐初乡试、会试皆第一，廷试第二。卒谥文贞。文颇精赡，诗圆密清丽。参与纂修《英宗实录》，译润《皇图大训》《承华事略》，编集《列后金鉴》《千秋记略》若干卷，著有《马祖常章疏》一卷(又作《马石田章疏》)、《石田文集》十五卷。事迹见苏天爵《元故资德大夫御史中丞赠摅忠宣宪协正功臣魏郡马文贞公墓志铭》(《滋溪文稿》卷九)、《元史》卷一三四、《新元史》卷一四九。

又按：马氏乃元代早期华化的家族，马祖常在元代无论政治声望还是文坛地位都堪称首领，而马祖常慨然以儒家子弟自期，苏天爵在墓志铭中慨论马祖常学问出处及行事风范道:"公自先世皆事华学,号称衣冠闻族,至公位益光显,文学政术为时名臣。尤笃友义,昆季子孙及宗族孤寒者,悉收而教养之,举进士释褐上庠者凡数十人。公上言:'本朝及诸国人,既肄业国学,讲诵孔、孟遗书,当革易故俗,敬事诸母,以厚彝伦。'天下高其议。公自少至老好学弥笃,虽在扈从,手亦未尝释卷,喜为歌诗。每叹魏、晋以降,文气卑弱,故修辞立言,追古作者。其为训诰,富丽典雅。既出词林迁他官,而勋阀贵胄褒赠父祖犹请公为之辞。文宗最喜公文,尝拟稿进,上曰:'孰谓中原无硕儒乎!'文宗北幸,还驻龙虎台,公奏事幄殿敕近侍给笔札,命公榻前赋诗。卒章言两京巡幸非以游豫,盖为民尔,因诗以寓规谏,上览之甚悦。适太官进食,乃辍尚食以赐。今上闻公痼疾,特免朝会行礼,命光禄日给尚醖二尊,服药辽治。近世儒臣恩遇,无以逾公矣。始梁公监光州,有惠政,公亦爱其风土,因买田筑室家焉。尝赞郡守修孔子庙,倡秀民兴于学。接光人谦逊以和,光人益敬爱公。或有讼者,闻公一言即解去,不复诣府。"(《滋溪文稿》卷九)

贡师泰《挽马伯庸中丞》"世祖投戈日,先公出守初。邦人怀礼乐,家学赡诗书。一举登金榜,频年步玉除。星移供奉烛,风动使臣车。忠谏陈《无逸》,雄文赋《子虚》。群公推雅量,多士服清誉。太史仍兼制,春官总傅储。槐云衣纚纚,华日佩舒舒。长乐方调膳,中台旋赐舆。尊严深翠柏,清润照红蕖。德业真无比,恩光孰可如?休官唐殿李,知止汉廷疏。野旷秋呼雁,江清晚钓鱼。石田霜后稻,沙圃雨中蔬。正尔安民望,胡为梦帝居?大星离次舍,白璧瘗邱墟。惟有新诗在,千年起叹嘘。"(《玩斋集》卷六)

胡助《挽马伯庸中丞二首》"稽古陈三策,穷源贯六经。文章宗馆阁,礼乐着朝廷。执法头先白,抡才眼更青。堂堂宁复见,老泪滴秋冥。魁然成杰出,霄汉久翱翔。独秉代言笔,频修荐士章。苦心诗草在,雅志石田荒。梦冷淮南月,令人益惨伤。"(《全元诗》第二十九册,第51页)

孛术鲁翀卒。

按:孛术鲁翀(1279—1338),字子翚,女真人,家于邓州顺阳人。善古文,深为姚燧赏识。参修《太常集礼》,兼经筵官。卒后,按规定赠通奉大夫、陕西行省参知政事、护军,追封南阳郡公,谥文靖。孛术鲁翀以师道自任,为许衡后继者。为文简奥典雅,深合古法。著有《菊潭集》六十卷,集久佚,清缪荃孙辑为四卷,与同僚合作为《太常集礼》七十五卷。事迹见苏天爵《元故中奉大夫江浙行中书省参知政事追封南阳郡公谥文靖孛术鲁公神道碑铭》(《滋溪文稿》卷八)、《元史》卷一八三、《元诗选·二集》小传。

又按:苏天爵在其神道碑中感慨其为学、作文及立行之节道:"公之为学务博而约,自六经、诸史传注,下至天文、地理、声音、历律、水利、算数,皆考其说。听其言论,衮衮不穷,故声闻大振。自官汴学,士之从者日众。及师成均,与邓公文原、虞公集、谢公端为同时,教人不倦,发明经旨,援引训说,累数百言,极于至当而后已,学者恐不卒得闻,故经公指授者多知名。""公为文章严重质实,不为浮靡,其词悉本诸经,如米粟布帛,皆有补于世教。""士之于世也,愿谨者人多以为迂,偶偶傥人则以为狂,砥砺名号者反以为矜,通达时变者或以为谲。甚矣,为士之难也。公学识卓异,不随流俗俯仰,论议设施多有可述,而浅见狭闻者或未能尽识也。然士之特立独行,岂以求合时好为贤乎! 临川吴文正公尝曰:'孛术鲁公学博而正,独立无朋。'闻者以为知言。"(《滋溪文稿》卷八)

元至元五年　　己卯　　1339 年

正月癸亥,禁滥予僧人名爵。(《元史·顺帝本纪四》卷四〇)

三月,敕赐曲阜宣圣庙碑。

按:欧阳玄作碑文,康里巙巙书写,张起岩篆额。由欧阳玄的碑文可以清晰地看到,元蒙统治者对孔子越来越隆重的礼遇和对儒家的亲密示好行为。文章以"天欲兴一代之治,则吾夫子之道必大昭明于时"为立论基础,对元代各任君王崇儒兴学举措作整体考察,既是其时重要官方文治态度的体现,也是现今极有文史价值的碑文。

欧阳玄碑文写道:"今上皇帝临御之七年,岁在己卯春三月戊辰,御史大夫臣别里怯不花、臣脱脱、御史中丞臣达识特穆尔、臣约、治书侍御史臣铺等,奏监察御史,言天历二年十月,文宗皇帝在御,奎章阁学士院臣奏:曲阜宣圣庙自汉、唐、宋、金,凡有隳废,必奉敕缮修,功成则勒之石。衍圣公以旧庙将坏,饰书奉图属学士院以闻。时文宗览图,谕旨省臣:趣修之,事竣则立碑以诏方来。今新庙既落而成绩未纪,惧无以称塞先诏。御史章上,臣等佥议,请敕翰林侍讲学士臣玄为文,奎章阁学士院臣巙巙为书,侍御史臣起岩为篆,以台储中统楮币两万五千缗为立石之赀。制皆允,传敕臣玄俾序其事……皇元龙兴朔方,太祖皇帝圣知天授,经营四方。太宗皇帝平金初年,岁在丁酉,首诏孔元措袭封衍圣公,复孔、颜、孟三世子孙,世世无所与,增给庙户,皆复其家。是岁历日银诸路以其半,东平以其全,给修宣圣庙。寻诏括金之礼乐官师及前代典册、辞章、钟磬等器,遣官分道程试儒业。世祖皇帝初在藩邸,多士景从。比其即位,大召名儒,辟广庠序,命御史台勉励校官,大司农兴举社学,建国子监学以训诲胄子,兴文署以板行海内书籍,立提学教授以主领外路儒生,宿卫子弟咸遣入学,弼辅大臣居多俊乂,内廷献纳能明夫子之道者,言必称旨。在位三十五年之间,取士之法、兴学之条、讨论之规,裨益远矣。裕宗皇帝时在东宫,赞成崇儒之美。成宗皇帝克绳祖武,锐意文治,诏曰:'夫子之道,垂宪万世,有国家者,所当崇奉。'既而作新国学,增广学宫数百区,胄监教养之法始备。武宗皇帝熠兴制作,加号孔子为'大成至圣文宣王',遣使祠以太牢。仁宗皇帝述世祖之事,弘列圣之规,尊《五经》,黜百家以造天下士。我朝用儒,于斯为盛。英宗皇帝铺张巨丽,廓开弥文。明宗皇帝凝情经史,爱礼儒士。文宗皇帝缉熙圣学,加号宣圣皇考为启圣王,皇妣为启圣王夫人,改衍圣公三品印章,归山东盐运司岁课及江西、江浙两省学田,岁入中统楮币三十一万四千缗,俾济宁路以修曲阜庙庭。文宗宾天,太皇太后有旨,董其成功。今上皇帝入篹丕图,儒学之诏方颁,阙里之役鼎盛。山东宪司泊济南总管莅事共恪,以元统二年四月十一日鸠工,至元二年十月初吉落成。宫室之壮,以宁神栖,楼阁之崇,以庋宝训。周垣缭庑,重门层观,丹碧黝垩,制侔王居。申命词臣,扬厉丕绩。于是,内圣外王之道,君治师教之谊,大备于今时,猗欤盛哉! 皇元有国百余年以来,缮修宣圣庙再,丁酉之初,以开同文之运;天历之际,以彰承平之风。东冒扶桑,西逾昆仑,南尽火维,北际冰天,圣道王化,广大悠久,相为无穷,治本实在兹矣。有诏御史臣思立,奉祝币牲齐驰驿往祭。臣玄既叙颠末,请系以诗。(诗略)"(欧阳玄《曲阜重修宣圣庙碑》)

四月乙未,加封孝女曹娥为慧感灵孝昭顺纯懿夫人。(《元史·顺帝本纪四》卷四〇)

车驾幸上都。(《元史·顺帝本纪四》卷四〇)

八月丁亥,车驾至自上都。(《元史·顺帝本纪四》卷四〇)

十月壬辰,禁倡优盛服,许男子裹青巾,妇女服紫衣,不许戴笠、乘马。(《元史·顺帝本纪四》卷四〇)

杜本任翰林待制。

按:黄溍《聚星楼记》"至元己卯,杜待制原父来自武夷"(《嘉庆兰溪县志》卷一七上),杜本,字原父。

柳贯任翰林待制。

按:黄溍《聚星楼记》"至元己卯,杜待制原父来自武夷,与正传同等斯

楼,同郡柳待制道传、张长史子长实来会焉。"(《嘉庆兰溪县志》卷一七上)

揭傒斯奉旨代祀北岳、北海、济渎、南镇等地。

按:揭傒斯祭祀完毕后,顺道还家。一月作《代祀北岳记》,二月作《代祀济渎北海记》。(明嘉靖二十八年刊《真定府志》卷一四、清乾隆二十六年刊《济源县志》卷一五)

苏天爵出为淮东道肃政廉访使。入为枢密院判官。(《元史·苏天爵传》卷一八三)

欧阳玄足患病,乞南归以便医药,不允,拜翰林学士。(《元史·欧阳玄传》卷一八二)

吴全节七十寿辰,顺帝令近臣百官前往祝贺。

按:虞集《河图仙坛碑应制》载:"今上皇帝以特进上卿吴公全节年七十,用其师故开府仪同三司、神德张真君故事,命肖其像,使宰执赞之,识以明仁殿宝而宠之,赐宴于所居崇真万寿宫。近臣百官咸与,大合乐以觞,尽日乃已。"

许有壬由宋褧得见延祐首科帖黄,感慨作记。

按:许有壬《跋首科帖黄》"臣有壬题此卷之明年,朝廷更化,科举取士",元廷复科时间在至正元年(1340),故此跋作于至元五年(1339)。此跋颇述延祐首科许有壬亲历廷试细节,非常有史料补阙价值。"乙卯首科,得五十六人,而臣有壬忝其一。殿策复玷前列,中实骇怍。赐宴玉堂,知贡举乃读卷平章政事臣李孟,读卷参知政事臣赵世延,集贤学士臣赵孟頫皆坐,礼方洽,呼臣有壬前,平章指参政而语有壬曰:'始子策第,高下未定,参政言"观此策必能官,请置第二甲",吾不许,置上复掇下者至于再三。'又指集贤曰:'学士见吾辈辨不已,乃立请曰:"宋东南一隅,每取尚数百人,国家疆宇如是,首科正七品取多一人,不多也。"'乃从之。吾谓此卷何人,而使吾数老人争论终日,拆名后当观其面目。吾非市恩掠美也,使子知其难耳。子其勉之。'臣有壬谢而复坐,然亦莫究其详焉。得请南归,监察御史臣宋褧行部过鄂,出廷对卷,读卷官拟进贴黄凡廿九帖,而臣有壬在焉。始知以策切于救荒也,视货校直,益重悚惧。窃(切)惟愚缘阶是十五转,遂待罪政府,曾不能报其万一。"(《至正集》卷七二)由许有壬所记可知,当年延祐首科定级,赵世延一眼相中许有壬,李孟与之论争不已。多年后,许有壬跻身朝廷,为赵世延辩护,得赵世延欣赏,进而将爱女赵鸾嫁与许有壬,又乃一段佳话。

苏天爵见赵孟頫、鲜于枢手迹,作题跋。

按:题跋乃苏天爵任淮东肃政廉访使时在朱道定家观览其所藏赵孟頫、鲜于枢手迹所作。苏天爵为元中晚叶栋梁之臣,每任地方官职,皆以

"肃清风化为任",以此,每到一地都努力结交当地士绅,以求得援手,因此,苏天爵于故家观览书画彝器往往并非雅兴所致。"至元五年己卯,予被命使宪淮东,访问故家遗俗,郡人皆言总管朱侯族世之懿。侯本泰安著姓,当江淮内附之初,以材能擢守维扬,有惠爱于民。民不忍其去,因留家焉。历典六郡,其治犹维扬也。侯既违世,子孙皆读书修行,为士大夫家。所与婚姻,亦皆一时名流硕辅。夫淮南之俗,喜负贩以牟市利,虽公卿大族犹或然也,而朱氏独以清白文雅,表仪一方,不亦甚可重欤。余忝官于此,以肃清风化为任,夙夜惕焉,惟恐得罪于巨室。朱侯之孙道定,方为宪史,以赵公、鲜于公手书示予,且曰:'先公在时,图史甚富。向因回禄之灾,仅存此帖,庶见先世交游之盛。'予嘉其意,书其后而归之,俾观者不徒玩其翰墨而已。"(苏天爵《跋赵子昂鲜于伯机与朱总管手书》)

吴师道与杜杜本、柳贯、张枢等游兰溪聚星楼。

按:黄溍《聚星楼记》"赵君敬德,居兰溪阛阓中,面溪为楼,下瞰市区。敬德处之,如在山林间也。敬德,故宋宗室子,尝师其乡先生吴礼部正传,所交皆海内知名士,而敬德以佳子弟,悉与之相周旋。至元己卯,杜待制原父来自武夷,与正传同登斯楼,同郡柳待制道传、张长史子长实来会焉。虽无车马仆役之盛,而有琴书觞咏之适。威仪进退,不越乎俎豆,而议论雍容,乃上下于天人。一时风致,殆犹汉陈太丘之诣荀朗陵,原父因用小篆扁其楼曰聚星。后八年,是为至正丙戌,余来寓其处,于是,敬德求予文,追记其盛集。"(《嘉庆兰溪县志》卷一七上)

虞集舟过清江,忆及范梈感慨作诗两首。

按:元诗四家中,范梈与虞集、揭傒斯、杨载都关系融洽,范梈死后,揭傒斯有诗序高度赞扬其诗,而虞集每有怀思之作。在这两首诗中,虞集除表达对范梈的忆念之外,更高度评价范梈才华认为"千载清风东汉士,百年高兴盛唐诗",对于范梈当日在翰苑勤勉挥毫的情景,以及范梈才华横溢却不得大进用于时,身后凄凉的情景深有感慨。其诗写道"归来江上鬓如丝,所谓伊人独系思。千载清风东汉士,百年高兴盛唐诗。离离宿草秋云断,采采黄花夕露滋。山水含晖无尽意,他生何处共襟期? 玉堂风日擅挥毫,海上驰驱叹二毛。太傅竟无宣室召,拾遗空署华州曹。孤儿衣食交游古,百世文章墓石高。车过不留应腹痛,寒泉秋菊赋离骚。"(《道园学古录》卷二九)虞集也诗评范梈诗作,对范梈在翰林院的人缘与才华颇为欣赏,但对范梈任职海南时、清丽高华的诗作更为喜欢,其《赋范德机诗后》写道:"玉堂妙笔交游尽,投老江南隔死生。最忆崖州相忆处,华星孤月海波清。"(《道园学古录》卷三〇)

危素《武伯威詩集序(己卯)》。

按:危素之诗论承元中叶虞集等馆臣审美倾向而来,主张由学而致,发乎情,止乎礼,有以教化。《武伯威诗集序(己卯)》文中,危素开篇即言"诗之作,夫焉有格律之可言?发乎情,止乎礼义而已。"而武伯威之诗,危素甚为欣赏,认为"其词肫肫笃实,朗朗高明,志学于邵子者也。呜呼!斯道之将坠于地也久矣,诸子之言,千蹊百辙,总之不离词章、训诂、异端三者。波流茅靡,出彼入此,所谓思诚慎独,集义为仁之训,能真知实践于此者,盖鲜矣。伯威甫有志于其远者大者,岂不杰然拔去流俗哉!则其为诗,固非雕琢章句、流连光景者之比,余故喜而序之。"(《危太朴文集》卷六)

欧阳玄奉旨作《大元重建河南嵩山少林禅寺萧梁达磨大师碑叙》。

按:其时,少林寺长老息庵派遣徒弟了辩通过内侍烈思八班的关系,令皇太后下旨,进而翰林侍讲学士欧阳玄为叙其事,奎章阁学士院大学士康里巙巙为书其文,同知徽政院事赵世安为篆碑首。(《圭斋文集补编》卷九)碑石由少林寺住持淳拙等人刻立,龙首龟趺,通高5.7米、碑身高3.33米、宽1.5米、厚0.43米,现存位于河南登封市少林寺藏经阁前月台下甬道西侧。

虞集七月三日作《国朝风雅序》。

按:梅溪书院(古邢书院)于至元二年(1336)刊行蒋易编撰的《国朝风雅》三十卷杂编三卷,蒋易作《皇元风雅集引》、《题皇元风雅集后》,戴良作《皇元风雅序》。虞集作为馆阁代表诗人,对于蒋易风雅诗选以馆阁风气为正的选诗标准颇为认可,遂欣然命序。在序言中,虞集认为诗教与性情结合的关键处在于思无邪,只有不以杂思邪念作诗,才能诗意盎然。君子有渊深的道德学问为背景,能深切体验到万事万物中所自存的诗意,然后发言作诗,其诗自然也就能做到"光着深远";而小人被外事外物所迷惑,"风行草偃,变化融液",不能真正以内心之澄明见万物之诗意,自然就无诗了。而蒋易选诗的审美取向以及戴良在序中对于元季诗歌风气的综论都非常有意义,在此也全文附出。

又按:虞集序言写道:"夫欲观于国家声文之盛,莫善于诗矣,类而求焉,是为得之。昔者延陵季子,见诗与乐于中国,心会意识,如身在其时而亲见其人,盖以此耳。梁昭明著文选,其诗不必出于一时之作、一人之手,徒以文辞之善,惟意所取而已。然数百年间,篇籍散轶,幸有此可观焉,而衰陋之习或取此以为学,则已微矣。河汾君子有意于续经汉魏之诗,殆必有取,然而其书不传,盖非偶然也。盖尝闻之:诗三百,一言以蔽之,曰思无邪。又曰:王者之迹熄而诗亡,诗亡然后春秋作。邵子亦曰:自从删后更无诗。盖知圣人之意尔。昔者盛时,学道之君子德业盛大,发为言诗,光着深远。其小人蒙被德泽，风行草偃，变化融液，莫或间焉。此所以一言可蔽之曰思无邪也，此所以王者之迹熄而后诗亡也，此所以删后之无诗也。国朝之初，故金进士太原元好问著《中州集》于野史之亭，盖伤夫百十年间，中州板荡，人物凋谢，文章不概见于世，姑因录诗，传其人之梗概，君子固有深闵其心矣。我国家奄有万方，三光五岳之气全，淳古醇厚之风立，异人间出，文物粲然，虽古昔何以加焉。是以好事君子，多所采拾于文章，以为一代之伟观者矣。然而山林之士，或不足以尽见之。百年以来，诗文之辑录，盖多有之。然虽多，不足以尽其文，或约而不足以尽其意，亦其势然也。监察御史、前进士、燕人宋褧显夫，在史馆多暇，其所荟萃开国以来辞章之善，多至数十大编，自草野之所传诵，亦皆载焉。庶几可以为博，而传写之难，四方又有不得尽见之病矣。建阳蒋易师文著《国朝风雅》三十卷，而以保定刘静修先生为之首，许文正公继之，终之以《杂编》三卷，庶乎其有意焉。嗟夫！若刘先生之高识卓行，诚为中州诸君子之冠。而许公佐世祖成治道，儒者之功其可诬哉？若师文者，其可以与言诗也。夫十卷以上，诸贤皆已去世，而全集尚有可考载。如临川吴先生之经学，具有成书，其见于诗者，太山一毫芒也。穷乡晚进尚由是而推求之乎。十一卷以下诸君子，布在中外。夫君子之为学，苟不肯自止，则进德何可量哉？切以为未可遽止于斯也。至于仆也，蚤持不足之资，以应世用，老而归休，退而求其在己者，尚慊然其未能也。片言只辞，何足以厕于诸贤之间哉？亟除而去之，则区区之幸也。至元己卯七月三日雍虞集书。"(《道园类稿》卷一七)

又按：蒋易至元三年正月作序阐明其编选取舍标准曰："易尝辑录当代之诗，见者往往传写，盖亦疲矣，咸愿锓梓，与同志共之。因稍加铨次，择其温柔敦厚，雄深典丽，足以歌咏太平之盛，或意思闲适，辞旨冲淡，足以消融贪鄙之心，或风刺怨诽而不过于谲，或清新俊逸而不流于靡，可以兴、可以戒者，然后存之。盖一约之于义礼之中而不失性情之正，庶乎观风俗、考政治者或有取焉。是集上自公卿大夫，下逮山林间巷布韦之士，言之善者靡所不录，故题之曰《皇元风雅》。第恨穷乡寡闻，采辑未广，乌能备朝廷之雅，而悉四方之风哉！姑即其所得者，刻而传之云尔。至元三年正月初吉，建阳蒋易书于思勉斋。"又作《题皇元风雅集后》曰："易始于怀友轩得观当代作者之诗，昌平何得之、浦城杨仲弘、临江范德机、永康胡汲仲、蜀郡虞伯生、东阳柳道传、临川何太虚、金华黄晋卿诸稿，典丽有则，诚可继盛唐之绝响矣。自是始有意收辑，十数年间，耳目所得者已若此，况夫馆阁之所储拔，声教之所渐被，此盖未能十一耳。信平一代之兴，必有一代之人才。呜呼盛哉！建阳蒋易识。"(见元张氏梅溪书院刻本《皇元风雅》卷末) 蒋易，字师文，自号橘山真逸，建阳人。早岁励志笃学，师从杜本，以思勉扁其读书斋（吴师道《思勉斋铭》、陈旅《思勉说》）。及长，慕司马迁之为人，遍游长、淮以南，结交当世名士。博萃未见书藏于家，称万书楼（黄镇成《鹤田蒋君师文文集序》）。工诗，善属文。元末，福建左丞阮德柔分省建州，易入其幕（《潭阳文献》）。

戴良作《皇元风雅序》曰："昔者孔子删诗，盖以周之盛世，其言出于民俗之歌谣，施之邦国乡人，而有以为教于天下者谓之风；作于公卿大夫，陈之朝廷，而有以知其政之废兴者谓之雅。及其衰也，先王之政教虽不行，而流风遗俗，犹未尽泯，此陈古刺今之作，又所以为风、雅之变也。然而气运有升降，人物有盛衰，是诗之变化，亦每与之相为于无穷。汉兴，李陵、苏武五言之作，与凡乐府诗词之见于汉武之采录者，一皆去古未远，《风》、《雅》遗音，犹有所征也。魏晋而降，三光五岳之气分，而浮靡卑弱之辞遂不能以复古。唐一函夏，文运重兴，而李、杜出焉。议者谓李之诗似《风》，杜之诗似《雅》。聚奎启宋，欧、苏、王、黄之徒，亦皆视唐为无愧。然唐诗主性情，故于《风》、《雅》为犹近，宋诗主议论，则其去《风》、《雅》远矣。然能得夫《风》、《雅》之正声，以一扫宋人之积弊，其惟我朝乎？我朝舆地之广，旷古所未有，学士大夫乘其雄浑之气以为诗者，固未易一二数。然自姚、卢、刘、赵诸先达以来，若范公德机、虞公伯生、揭公曼硕、杨公仲宏，以及马公伯庸、萨公天锡、余公廷心皆其卓卓然者也。至于岩穴之隐人，江湖之羁客，殆又不可以数计。盖方是时，祖宗以深仁厚德涵养天下垂五六十年之久，而戴白之老、垂髫之童，相与欢呼鼓舞于闾巷间，熙熙然有非汉、唐、宋之所可及，故一时作者，悉皆餐淳茹和，以鸣太平之盛治。其格调固拟诸汉唐，理趣固资诸宋氏，至于陈政之大、施教之远，则能优入乎周德之未衰，盖至是而本朝之盛极矣。继此而后，以诗名世者犹累累焉。语其为体，固有山林、馆阁之不同，然皆本之性情之正，基之德泽之深，流风遗俗，班班而在。刘禹锡谓八音与政通，文章与时高下，岂不信然欤？顾其为言，或散见于诸集，或为世之徽名售利者所采择，传之于世，往往获细而遗大，得此而失彼。学者于此或不能尽大观而无憾，此《皇元风雅》之书所为辑也。良尝受而伏读，有以见其取之博而择之精。于凡学士大夫之咏歌帝载、黼黻王度者，固已炜耀众目，如五纬之丽天；而隐人羁客，珠捐璧弃于当年者，亦皆兼收并蓄，如武库之无物不有。我朝为政为教之大凡，与夫流风遗风俗之可概见者，庶展卷而尽得，其有关于世教，有功于新学，何其盛也！明往圣之心法，播昭代之治音，舍是书何以哉？书凡若干卷，东海隐君子鹤年所辑。鹤年之曾从祖左丞公，以丰功伟绩受知世皇，出入禁近者甚久。鹤年既获濡染家庭之异闻，而且日从鸿生硕士游，粲然之文，固餍饫于平生。一旦退处海隅，穷深极密，与世不相关者几廿载，于是当代能言之士,凋落殆尽,而鹤年亦老矣。乃取向所积篇章之富,句抉字摘,编集类次之,而题以今名。良窃遡其有合于圣人删诗之大端者为之序,庶几同志之士,共谨其传焉。"(《全元文》第五十三册,第 292—293 页)

虞集十一月作《飞龙亭记应制》。

按:泰定时候,元文宗被流放江南地域南京、江陵一带。关于元文宗在南京、江陵的事迹,以及元文宗的性格,史料文献留下的记载不多,虞集的《飞龙亭记》根据其时与元文宗非常亲近的道士宝琳的描述,以及本人的亲历亲闻,记录了元文宗的许多风雅细节,《元史》中不曾涉及,颇有助于理解文宗之为人以及他与虞集关系亲近的原因,非常有意义。据虞集记载,文宗在潜邸之际,"东南海岳湖江之上,车辙马足有所至焉",而飞龙亭(本名冶亭,虞集所命名,文宗即位后改为飞龙亭)所在的玄妙观(在集庆,原名大元兴永寿宫,文宗即位后改名玄妙观)是文宗常去的地方。据虞集由玄妙观道士陈宝琳处所知文宗轶事云:"一日,传命且至,宝琳出官门迎候。逾时,从官已奉御供具,及门,则知上已至冶亭久矣。引钟山之形胜,俯城郭之佳丽,顾瞻徘徊,悠然有化育之洽焉。从臣以宝琳见,上笑曰:'道人何避客之久也?'宝琳顿首俯伏请罪。上曰:'山径幽雅,取便而至,宜尔之不知。题冶亭者虞集,今何在也?'皆对曰:'今在翰林充学士',命王僧家奴模而观之,因藏诸箧。问宝琳:'何以字玉林也?'则对曰:'道士烧金石为丹汞,抽鼎中状如琼林玉树,故取以为名。'上曰:'当雪时,吾登此亭,目力所及,树木皆玉也,岂不易知乎? 更谓之雪林。'后临御,别书'雪林'字赐近臣赵伯宁,而宝琳仍字玉林矣。谓宝琳曰:'吾出游数劳人,不如山行之便,可作柴门,严扃鐍以待余之往来。'自是数至,宝琳野人见上之乐,而忘其微贱,或持酒引裾留上,上欣然为留,亦不责也。"文宗即位后,虞集成为其奎章阁学士院侍书学士,文宗与虞集再言及飞龙亭事,"上顾谓曰:'汝犹忆冶亭乎? 亭傍松当加长茂。'臣集对曰:'集到冶亭时,未种松也。'上曰:'朕游冶亭,见卿书,以为系千载之思,实慨朕怀'。"(《道园类稿》卷二二)

虞集作《饶敬仲诗序》。

按:饶敬仲即饶宗鲁,临川人,吴澄弟子。虞集自京师致仕归隐江西后,四方之士子每以文集及门请教或求序,将京师之文坛宗主影响及于地方"予归老山中,习俗嗜好不留于胸次,独与幽人雅士咏诗读书尚未能忘情焉。四方之君子念其衰老不鄙,而枉教以饫予之欲,何其幸也!"对于深受吴澄理学滋养的饶敬仲之文,虞集叹赏有加,而这篇序言也典型地反映了虞集的作文理念。他在序中写道:"前年饶君敬仲遗予五言长诗凡百韵,陈义之大,论事之远,引援于往昔圣贤之业,铺张乎一代文章之体,纵横开合,动荡变化,可喜,可骇,可感,可叹。及观其他作,往往不异于此。而此千言者,尤足肆其驰骋云尔。问其学所从出,则尝从乎临川吴先生游,宜其所闻过于人也远矣。"在虞集看来,理学修养的深厚能使人作文纵横自如,开合有度,做到陈义大,论事远,铺张一代文章之体;但除此之外,还须得山水之润色,文中,虞集写道:"夫山之行,重峰峻岭,奔腾起伏,势若龙马,抑或以广衍平大为胜。水之流,惊湍怒涛,吞天浴日,莫穷涯涘,而亦或以平川漫泽、纡余清泠以为美。不可执一而论也。盖其脉络贯通者,首尾相映,精神所在,随遇而见,是以能极其变焉。"山水的变化可以使得其精神者,作文之际或广大开阔,或平川漫泽、纡余清泠,姿态万千,而饶敬仲之诗"得此(山水情性)于其心,以托于吟咏之事,故能若此,何其快哉!"由虞集理论看来,他的作文理念固然要求以经为本,但却也要求不能失去自然情性,这是元代作文理念力图对宋文过于偏理的一种拨正。(《道园学古录》卷三四)

危素作《张文忠公年谱序(己卯)》。

按:张文忠公,即张养浩,其年谱由危素撰写。《张文忠公年谱序》写道:"故赠摅诚宣惠功臣、荣禄大夫、陕西等处行中书省平章政事、柱国,追封滨国公,谥文忠张公年谱一卷,素所撰次。"(《危太朴文集》卷六)而许有壬《张文忠公年谱序》又云"赠平章政事、滨国文忠张公薨,南台中丞张起岩铭其碑,翰林学士欧阳玄序其文,江浙儒学提举黄缙纪其祠。三君洎有壬皆延祐乙卯公主文所取进士也。有壬辱知尤深,公之薨乃不获致一奠之哀,独欲效片言只字以答知遇,而奔走睽阻,又不获陪三君之列,窃有憾焉。公之子秘书郎引年以公年谱俾序其端。呜呼!此有壬之志也。公文行履历具诸碑而概诸谱矣,请以躬承一二言之。"(《至正集》卷三四)

赵雍作《题先君重缉尚书集注序》。

按:赵雍为赵孟𫖯次子。该序言写在赵孟𫖯书稿本书,是小行书,颇能代表赵雍的字体风格。序曰:"先君于六经、子史,靡不讨究,而在《书经》尤为留意。自蚤年创草为古今文辨后,三入京师而三易稿,皆谨楷细书,毫发不苟。及仁宗朝,议改隆福宫为光天二字,以书质之,中留一本,复缉是册,已精而益精者也。古人以半部《论语》佐太平,吾先君有焉。至元后己卯,不肖男雍谨识。"(《书画汇考》卷一六)

柳贯作《海堤录后序》。

按:《海堤录》,叶恒之子叶晋所录。至元元年(1335),叶恒以国子生释褐授余姚州判官。至元五年(1339),重修海堤,以御海潮,至正元年(1341)二月,海堤修成。至正末,录记筑堤功报朝廷,诏追封仁功侯,立庙余姚祀之。后任盐城尹,卒于官。叶恒善文辞,善治《春秋》,著有《余姚海堤集》四卷(由其孙叶翼汇辑刊行),其子叶晋将赋咏叶恒修海堤事迹作品编录成为集一卷,题曰《海堤录》。叶恒,字敬常,庆元鄞县人。

据欧阳玄《余姚海堤诗有序》云:"余姚为州,北薄大海。前代筑堤以御海潮,绵亘百四十里,详见临川王介甫、四明楼大防旧记。大德辛丑,海水坏堤,自开元至兰风乡三十余里。有司每岁冬调民,砻石代木以为堤,功既卤莽,于事无补,而吏并缘敛民财,岁至十万缗,民甚病之。鄞叶君敬常,以胄监公试,初筮为州判官,下车询民疾苦,首以祛民是害为己事。一日,集父老而谋之。于是躬相地形,口授经画,务适简便,使民乐从;计税摽分,均其丈尺,识以揭橥,课功维疆;召匠箅工,听其扑认,约以质剂,趣期取赏。民各程力,匠自献能,吏奉行文移之外,秋毫无与。兹役三年之间,以石甃堤二千四百四十有四丈,人和力齐,工善材壮,海患永息,民瘼顿蹇。斥卤之壤,皆为良田,谷米狼戾。受代之日,黎庶怀德,作歌绘图,达于京师。余为大司成,敬常实馆下生。又公试主文,又余所得士。余闻其为政简直,能以学为政者。"(《圭斋文集补编》卷一)故柳贯《海堤录后序》写道:"……至元四年戊寅之夏,州判官叶君恒方再兴堤役,而施君之石堤沦没已久,方定议垒石代土以为经远之谋。度其长至两万四千尺有奇,工有绪矣。明年己卯,君始购得旧录于里民王氏,喟然叹曰:'此吾事之鉴也,泯泯无闻得乎?'将重刻之梓,传示无穷。予嘉君究心堤事,纤悉不遗如此,而其不没人之善又如此,因其有作,故表而出之,宣献记文旧录不载,而郡乘有之,亦并系焉。"(《待制集》卷一七)此外,黄溍《跋余姚海堤记》、张翥《咏余姚海堤》、释昙噩《咏余姚海堤》、戴良《海堤行》(为叶敬常州判赋)、戴良《叶孔昭为尊公刊海堤集喜而有赋》、戴良《余姚海堤集序》皆与此事相关。

苏天爵编辑王结文集,陈旅作序。

按:王结卒于至元二年(1336),这年礼部侍郎苏天爵编辑他的遗文,成集后,让陈旅作序。王结乃元代中期著名馆臣,受学于北方著名理学家董朴,"文辞典实丰畅,兴致本乎风雅,言论迪乎德义,和平之音,正大之气,蔼然见于编帙之间,读之可以使人息浮靡浇凉之风",文章风格代表了元代中叶馆阁的审美倾向,陈旅这篇序言原委清晰,是了解王结生平出处、文风审美的优质文献。

陈旅《王文忠公文集序》写道:"王文忠公既薨三年,礼部侍郎苏公伯修粹其遗文,而使旅序之。……公天资高朗,文质直温厚,弱冠上书庙堂,论列时政,皆经国之要言也。及事仁宗皇帝,入则尽论思献纳之诚,出则效承流宣化之职。扬历累朝,再陟近辅,皆以直道赞大化。虽若未究所志,而天下之受其惠者亦侈矣,此其道之著于事业者也。文辞典实丰畅,兴致本乎风雅,言论迪乎德义,和平之音,正大之气,蔼然见于编帙之间,读之可以使人息浮靡浇凉之风,然此其道之著于文辞者也。夫道之在人也,为事业则著于事业,为文辞则著于文辞,道岂有二哉?后之知言君子,观公之文,可以知其施于当时者矣。公自早岁即刻志为学,从董太史朴讲求理性之蕴,自是日取群籍而悉讨之,又求海内之硕儒而质正之,盖欲会众理而融诸心,而履诸其躬,宜其道之无往而不著也。昔我世祖皇帝知文事之可以善世也,敦尚儒雅,以恢张皇猷,故至元之治度越前古。迨乎皇庆、延祐之世,文治盖弥盛矣。公于此时宾宾然与诸贤行其所学,实我世皇作兴培养之效矣。数十年来,昔之儒臣凋落殆尽,斯文之未泯者,犹有望于延祐之遗老,而公遽即世矣,可胜叹哉!旅辱公雅知,又重以伯修之言,故为序不辞,因并识吾党之所感者于其终也。公讳结,字仪伯,中山人。其家世、官簿、行事,详具伯修所述行状云。"(《安雅堂集》卷六)

扬州路儒学刊行《马石田文集》十五卷,苏天爵、王守诚、陈旅有序。

按:马祖常仕至御史中丞,苏天爵序题其文集曰《御史中丞马公文集序》,陈旅序其文集曰《马中丞文集序》,而马祖常又曾在河南光州筑室读书,题名石田山房,故王守诚题曰《石田文集序》。马祖常为延祐首刻进士,又是回回,仕途基本通显,又喜擢进后学,故而在元代中叶影响巨大,陈垣在《元西域人华化考》中认为"论西域文家,仍推马祖常"。而由苏天爵、王守诚、陈旅几位马祖常那辈馆阁提拔出来的杰出者所写的序言,不仅可以想见马祖常与袁桷、虞集、王士熙等人"以学问相淬砺,更唱迭和,金石相宣而文日益奇矣"的风雅酬唱情景,还能见到马祖常在创作上"文词简而有法,丽而有章,卓然成家",是元代中叶文坛宗主,借助其文坛影响和政治地位,马祖常等人的创作审美倾向促使天下"后生争慕效之",导致其时文章"为之一变"。(苏天爵《御史中丞马公文集序》)

苏天爵序题曰《御史中丞马公文集序》,文章写道:"昔者仁宗皇帝临御天下,慨然悯习俗之于文法,思得儒臣以图治功,诏兴贡举,网罗英彦,故御史中丞马公首应是选,入翰林为应奉文字,与会稽袁公、蜀郡虞公、东平王公以学问相淬砺,更唱迭和,金石相宣而文日益奇矣。……公少嗜学,非三代两汉之书不读,文则富丽而有法,新奇而不凿;诗则接武隋唐,上追汉魏。后生争慕效之,文章为之一变。公之先出永古特部,世居天山,迨入中国,数世宦学不绝,至公位益光显。呜呼!我国家龙奋朔上,四方豪杰咸起而为之用,百战始一,函夏干戈既辑,治化斯兴,而勋臣世族之裔皆知学乎!诗书六艺之文以求尽夫修身事亲致君泽民之术,是以列圣立极,屡降德音,兴崇庠序,敦延师儒,非徒为美观也。至于仁皇,始欲丕变其俗以文化成天下,猗歟盛哉！观公治行卓伟若此,则祖宗取材作人之效,岂第文辞之工而已！虽然非此无以表公之蕴。公既没,其从弟察院掾易朔出公诗文若干篇,合天爵所藏共若干卷请于中台刊诸维扬郡学。呜呼,览者尚能考公之行也夫！至元五年己卯冬十一月朔,嘉议大夫江北淮东道肃政廉访使赵郡苏天爵谨序。"（《滋溪文稿》卷五）

王守诚《石田文集序》写道:"故御史中丞马公,讳祖常,字伯庸,系出西裔。延祐初设科举,以两榜取士。公应河南乡贡及会试,俱冠右榜,时已称公有文学。初非以高科致儒名,公志气修洁,而笔力尤精诣,务刮除近代南北文士习气,追慕古作者。与姚文公燧、元文敏公明善实相继后先,故其文词简而有法,丽而有章,卓然成家。……公之家世勋阀,具国史及墓碑,太原王守诚与赵郡苏天爵在游从中,感知尤多,故为序其文集。至元五年己卯九月丁巳,中议大夫御史台都事王守诚序。"（《石田先生文集》,第1页）

陈旅《马中丞文集序》写道:"我国家龙起朔漠,运符羲轩,淳庞雅大之风于变四海,士大夫争自奋厉,洗濯旧习。至仁宗时,遂以科目取天下之士而用之,浚仪马公伯庸褎然以古文擢上第,声光煜如。清河元文敏公谓其所作可以被管弦,荐郊庙,《天马》《宝鼎》诸作殆未之能优也。公早岁吐辞即不类近世人语,言古诗似汉魏,律句入盛唐,散语得西汉之体,……伯修在成均时,公以监察御史试国子生,得其所试《碣石赋》,嗟赏不置。伯修以学行政事致位通显,非徒以文知名,独不能忘昔之尝知己者,风谊之笃可以愧浇俗矣。旅,光州人,而生于瓯粤,延祐中,公以事入闽,归而告诸朝之公卿大夫士曰:'闽中有陈旅者,可与言文事也',则公亦旅之知己者矣。追念曩日,与公晤言,至夜分不休,约他日还浮光为我结屋并石田山房,暮年数往来相欢。今则不然,乃执笔序公遗文于空江落木之间,俯仰人世,不知涕泗之横流也。应奉翰林文字、从仕郎同知制诰兼国史院编修官陈旅序。"（《石田先生文集》第4—5页）

赵孟頫《松雪斋集》在花溪沈氏家塾刊行。

按:花溪沈璜刊本含《松雪斋集》十卷,《松雪斋集外集》一卷,附录一卷。除沈刊本外,赵孟頫作品在元代的刊本还有至正元年（1341）建安余氏务本堂刊本和至正年间（1341—1368）刊本。

元至元六年　庚辰　1340 年

二月,置延徽寺。(《元史·顺帝本纪三》卷四〇)

按:《元史·百官志八》"至元六年二月,中书省奉旨,依累朝故事,起盖懿璘质班皇帝斡耳朵,置延徽寺以掌之。"(《元史》卷九二)

五月丙子,车驾时巡上都。(《元史·顺帝本纪三》卷四〇)

七月甲寅,诏封徽子为仁靖公,箕子为仁献公,比干加封为仁显忠烈公。(《元史·顺帝本纪三》卷四〇)

戊寅,命翰林学士承旨睥哈、奎章阁学士嵊嵊等删修《大元通制》。(《元史·顺帝本纪三》卷四〇)

禁色目人妻其叔母。(《元史·顺帝本纪三》卷四〇)

八月,车驾至自上都。(《元史·顺帝本纪三》卷四〇)

九月癸丑,加封汉张飞武义忠显英烈灵惠助顺王。(《元史·顺帝本纪三》卷四〇)

十月四日,帝亲祀太庙。

按:《元史·祭祀志六》"至元六年六月,监察御史呈:'尝闻《五行传》曰,简宗庙,废祭祀,则水不润下。近年雨泽愆期,四方多旱,而岁减祀事,变更成宪,原其所致,恐有感召。钦惟国家四海乂安,百有余年,列圣相承,典礼具备,莫不以孝治天下。古者宗庙四时之祭,皆天子亲享,莫敢使有司摄也。盖天子之职,莫大于礼,礼莫大于孝,孝莫大于祭。世祖皇帝自新都城,首建太庙,可谓知所本矣。《春秋》之法,国君即位,逾年改元,必行告庙之礼。伏自陛下即位以来,于今七年,未尝躬诣太庙,似为阙典。方今政化更新,并遵旧制,告庙之典,理宜新享。'时帝在上都,台臣以闻,奉旨若曰:'俟到大都,亲自祭也。'九月二十七日,中书省奏以十月初四日皇帝亲祀太庙,制曰:'可'。"(《元史》卷七七)

十月,复置中书左丞相。(《元史·顺帝本纪三》卷四〇)

按:《元史·百官志八》"至元五年十月,加右丞相伯颜为大丞相。六年十月,命脱脱为右丞相,复置左丞相。"(《元史》卷九二)

十一月甲寅,禁答失蛮、回回、畏吾人等叔伯为婚姻。(《元史·顺帝本纪三》卷四〇)

戊子,罢天历以后增设太禧宗禋等院及奎章阁。(《元史·顺帝本纪三》

卷四〇)

　　按:《元史·百官志八》"至元六年十一月,罢太禧宗禋院隆祥使司。十二月,中书奏以宗禋院所辖会福、崇祥、隆禧、寿福四总管府,并隆祥使司,俱改为规运提点所,正五品,仍添置万宁提点所一处,并隶宣政院。"(《元史》卷九二) 又据《元史·巙巙传》载:"大臣议罢先朝所置奎章阁学士院及艺文监诸属官。巙巙进曰:'民有千金之产,犹设家塾延馆客,岂有堂堂天朝富有四海,一学房乃不能容耶?'帝闻而深然之,即日改奎章阁为宣文阁,艺文监为崇文监,存设如初,就命巙巙董治。"(《元史》卷一四三)

　　十二月,复科举取士制,国子监积分生员,三年一次,依科举例入会试,中者取一十八名。(《元史·顺帝本纪三》卷四〇)

　　置资政院。(《元史·顺帝本纪三》卷四〇)

　　按:《元史·百官志八》"资正院。至元六年十二月,中书省奉旨为完者忽都皇后置资正院,正二品。院使六员,同知、佥院、同佥、院判各两员。首领官:经历、都事各两员,管勾、照磨各一员。将昭功万户府司属,除已罢缮工司外,集庆路钱粮并入,有司每年验数,拨付资正院。其余司属,并付资正院领之。自后正宫皇后崩,册立完者忽都为皇后,改置崇政院。"(《元史》卷九二)

　　改艺文监为崇文监。(《元史·顺帝本纪三》卷四〇)

　　按:《元史·百官志八》"崇文监。至元六年十二月,改艺文监为崇文监。至正元年三月,奉旨,令翰林国史院领之。"(《元史》卷九二)

　　治书侍御史达识帖睦迩为奎章阁大学士,翰林直学士揭傒斯为奎章阁供奉学士。(《元史·顺帝本纪三》卷四〇)

　　不剌失利任集贤大学士。(虞集《敕赐龙章宝阁记应制》)

　　欧阳玄拜翰林学士、资善大夫、知制诰、同修国史。(危素《欧阳公行状》)

　　揭傒斯以奎章阁供奉学士被召,未至,改授翰林直学士、知制诰、同修国史。(欧阳玄《揭公墓志铭》)

　　苏天爵改吏部尚书,拜陕西行台治书御史,复为吏部尚书、升参议中书省事。(《元史·苏天爵传》卷一八三)

　　许有壬奉召入中书,仍为参知政事。(《元史·许有壬传》卷一八二)

　　沙剌班以山北廉访副使除江浙行省郎中。(陈旅《江浙省郎中沙剌班伯温之官序》)

　　燮理溥化任陕西行台御史。(虞集《奉元路重修宣圣庙学记》)

王沂为翰林待制,并待诏宣文阁。(王沂《御书九霄二字》)

刘中守累官宣文阁博士、工部员外郎。

按:贡师泰《送刘中守佥事还京师序》"西夏刘君中守,以善书与修《经世大典》,由郡文学辟东曹掾,累官宣文阁博士、工部员外郎。"(《玩斋集》卷六)

张翥奉迎明宗册宝至石佛寺。

按:张翥有诗题《庚辰十月朔奉迎明宗册宝至石佛寺明日壬辰迎至太庙清祀礼成赋以纪事》

吴师道因王思诚、孔思立荐擢国子助教,阶承务郎。(张枢《元故礼部郎中吴君墓表》)

许有壬、欧阳玄、王沂等馆臣因胡震宦所藏顺帝字迹而题跋。

按:据馆臣题记。胡震宦在顺帝潜邸广西之际,得顺帝所书"九霄"墨书,至顺帝即位后,请馆臣许有壬、欧阳玄、王沂等题记。许有壬《恭题胡震宦所藏今上御书》"布衣臣豫章胡震宦,奉'九霄'二字示臣有壬曰:'震宦游桂林,实得侍今上皇帝笔砚,及见始作字时,落笔如宿习,每精意审订,然后奋臂一扫,不复润饰。此则书以赐震宦者也。'臣有壬斋沐伏观,而窃有感于扬雄氏之言也。雄之言曰:'圣人矢口而成言,肆笔而成书',盖天纵之圣,不求成文,放口而自成文;不求成训,恣笔而自成训。"(《至正集》卷七一)王沂《御书九霄二字》"臣沂忝待诏宣文阁,窃观皇上运笔之妙,鸾翔凤翥,势若飞动,而从容法度之中。及观赐布衣臣胡震宦'九霄'二大字,则知天纵之圣,肆笔而成。"(《伊滨集》卷二一)欧阳玄则有《御书九霄赞》。

许有壬为刘嗛所藏自己的青山诗作记。

按:许有壬《题刘先生所藏予青山诗》"元统癸酉七月,予避暑江夏青山高武肃祠,有十诗,书以遗友人刘君光远。同年欧阳原功既为跋,予京师归,光远又请予自题其后。癸酉距今七年,年非甚远,而予中间待罪政府最久,上负圣天子,下不能推毫发利泽于人,又不能自安其身于伴食之地。当其斗横议而孤立也,若乘小舟而涉大海,若抱漏瓦而沃焦釜,蹂拂百至,气奄奄靳属者屡矣。原功学士,议事常在列,盖亲见者也。当是时也,思青山之游,其可得哉!赖天子明圣,大臣包荒,不加以罪,释之使归,得见旧迹,为幸多矣。既以自幸,又因以自励焉。诗非佳也,光远不投之江,为我藏丑,乃什袭之,则凡后有所作,其敢苟哉!非欲持是又以求售也,觊其颇工以歌颂太平于山间林下,不徒为山水之役而已也。昔约原功游衡、湘,原功归而予在政府,今予归而原功在翰林。光远其里人,见当为我申之,约苟践,诗当百倍青山矣。

姑书此以俟。"(《至正集》卷七二)

范梈《范德机诗集》七卷刊刻,揭傒斯一月五日作序。

按:《范德机诗集》是书为益友书堂刊刻。以后元至正二十一年
(1361),日本即"命工刊行",所录作品与编排次序悉依元本,写刻版式也仿
照汉籍方式,可知元末诗集东传日本并产生影响。有关虞集、范梈、杨载、揭
傒斯合称"元诗四大家",其说当源于揭傒斯《范先生诗序》,而虞集论四家
诗,杨载诗如百战健儿,范德机诗如唐临晋帖,揭傒斯如三日新妇,他自己如
汉廷老吏的说法也与揭傒斯当源出此篇诗序。

又按:揭傒斯序言写道:"范先生者,讳梈,字德机,临江清江人也。少
家贫,力学,有文章,工诗,尤好为歌行。年三十余,辞家北游,卖卜燕市,见
者皆惊异之,相语曰:'此必非卖卜者。'已而为董中丞所知,召置馆下,命
诸子弟皆受学焉。由是名东京师,遂荐为左卫教授,迁翰林国史院编修官。
与浦城杨载仲宏、蜀郡虞集伯生齐名,而余亦与之游。伯生尝评之曰:杨仲
宏诗如百战健儿,范德机诗如唐临晋帖,以余为三日新妇,而自比汉廷老吏
也。闻者皆大笑。余独谓范德机诗以为唐临晋帖终未迫真,今故改评之曰:
范德机诗如秋空行云,暗雨卷雷,纵横变化,出入无朕。又如空山道者,辟谷
学仙,疲骨峻嶒,神气自若。又如豪鹰掠野,独鹤叫群,四顾无人,一碧万里。
差有可仿佛耳。晚尤工篆、隶,吴兴赵文敏公曰:'范德机汉隶,我固当避
之。'若其楷法,人亦罕及。其居官廉直,门不受私谒。历佐海北、江西、闽
海三宪府,三弃官养母,天下称之。尝一拜应奉翰林文字,而有闽海之命,不
果行。至顺元年,年五十九卒。其诗道之传,庐陵杨中得其骨,郡人傅若金
得其神,皆有盛名。其生平交友之善、终始不变者,郡人熊鞲也。杨中将刻
其诗,命其子继文请序,为书其始末如此。呜呼,若德机者,可谓千载士矣!
杨中,字伯允。傅若金,字与砺。熊鞲,字敬舆。诗凡若干卷。"(揭傒斯《范
先生诗序》)

黄溍为周伯琦《致用斋诗集》作序。

按:周伯琦《致用斋诗集》,见载于文献者颇少。据黄溍序言云,"始予
举进士至京师,辱游伯温父子间。时尊公以次对居集贤,伯温日侍左右,予
不久亦调补而去,未暇以文字相叩击也。后二十又五年,伯温在翰苑,予适
备员学官,休沐相过,因出所为诗曰致用斋稿者若干卷。"黄溍延祐首科为
进士,进京时间乃在延祐二年(1315),二十五年后,与周伯琦相与过从于馆
阁,并出示《致用斋诗集》请黄溍为序,则诗集成稿至晚当在此年(1340)。
黄溍赞赏周伯琦之作"其摹写之工,人情物理难状之景,历历如指诸掌,言

皆有实,而非徒作也。"黄溍认为周伯琦早从父亲周应极次对于馆阁文臣之间,又遍历四境,"入则与闻国家之命令,出则睹夫山溪之固,士马之雄,志愈充而气愈夷。凡形于言者,无非身之所履,境与神会,而托于咏歌,以发其胸中之趣。是故不待巧为刻饰,而文采自然可观。彼屑屑焉掇拾于零编碎简之中,而张为虚辞者,未易以语此也。"(《金华黄先生文集》卷一八)

谢端卒。

按:谢端(1279—1340),字敬德,号桤斋,江陵人,徙江夏。延祐五年(1318)登进士第,授湘阴州同知,擢国子博士,改太常博士,历翰林修撰、待制,除国子司业,迁翰林直学士。卒谥文安。为文简而有法,叙事核实,言无溢美,累朝信史、典册、制诰,当代公卿祠墓碑板多出其手。著有《正统论辨》一卷。事迹见苏天爵《元故翰林直学士赠国子祭酒谥文安谢公神道碑》(《滋溪文稿》卷二〇)、《元史》卷一八一。

又按:借助苏天爵在其神道碑中的评价,既可知谢端为师、为人操守,也可知道谢端所代表的馆阁阵营,其为文风格的高古、平实,进而认为,"公教胄子,严毅方正,诸生凛凛畏服。讲说经义,能明圣贤之旨,诸生质疑请问无倦。夜则引烛课试程文,亦使渐趋平实,不为浮华浅薄之说。凡士子乡举、会试、廷对及国子积分,公数与考第之列,所取者多博洽有闻,而初学小生往往被黜,士论咸服其公。公为文辞简而有法,序事核实,言无溢美。累朝信史、典册、制诏,当代公卿祠墓碑版,多出公手。尝愤近世士习卑陋,故修辞专务高古,以不同俗为主,有遗文若干卷。其于前代君臣得失,古今文章美恶,历历能道其详。辽、宋、金国兴废,人物贤否,亦皆精熟,尝以不克纂述三史为憾。"(《滋溪文稿》卷二〇)《元史》一八一载:"……荐之姚燧,燧方以文章大名自负,少所许可,以所为文示端,端一读,即能指摘其用意所在,燧叹赏不已,语人:'后二十年,若谢端者,岂易得哉!'"又载:"居翰林久,至顺、元统以来,国家崇号,慈极升祔先朝,加封宣圣考妣,制册多出其手。预修文宗、明宗、宁宗三朝实录,及累朝功臣列传,时称其有史才。""端又与赵郡苏天爵同著《正统论》,辨金、宋正统甚悉,世多传之。……元世蜀士以文名者,曰虞集,而谢端其次云。"

改至元七年为至正元年　辛巳　1341 年

正月,永明寺奉旨写金字经一藏。(《元史·顺帝本纪三》卷四〇)

四月,车驾时巡上都。(《元史·顺帝本纪三》卷四〇)

五月戊申,以崇文监属翰林国史院。(《元史·顺帝本纪三》卷四〇)

五月闰月壬寅,诏刻宣文、至正二宝。(《元史·顺帝本纪三》卷四〇)

六月戊辰,改旧奎章阁为宣文阁。

按:《元史·百官志八》"宣文阁。至元六年十一月,罢奎章阁学士院。至正元年九月,立宣文阁,不置学士,唯授经郎及监书博士以宣文阁系衔云。"(《元史》卷九二)

戊午,禁高丽及诸处民以亲子为宦者,因避赋役。(《元史·顺帝本纪三》卷四〇)

八月,车驾至自上都。(《元史·顺帝本纪三》卷四〇)

九月壬午,赐文臣燕于拱辰堂。(《元史·顺帝本纪三》卷四〇)

改奎章阁为宣文阁。(《元史·顺帝本纪三》卷四〇)

按:《元史·百官志八》"宣文阁。至元六年十一月,罢奎章阁学士院。至正元年九月,立宣文阁,不置学士,唯授经郎及监书博士以宣文阁系衔云。"(《元史》卷九二)

复立司禋监。

按:《元史·百官志八》"至正元年十二月,奉旨,依世祖故事,复立司禋监,给四品印,掌师翁祭祀祈禳之事。置内监、少监、监丞各两员,知事一员,译史、令史、奏差各两名。自后复升为三品。"(《元史》卷九二)

脱脱是年正月领经筵事。(《元史·顺帝本纪三》卷四〇)

中书右丞铁木兒塔识为平章政事,阿鲁为右丞,许有壬为左丞。(《元史·顺帝本纪三》卷四〇)

翰林学士承旨张起岩十二月己巳知经筵事。(《元史·顺帝本纪三》卷四〇)

马祖常任御史中丞。(虞集《敕赐龙章宝阁记应制》)

揭傒斯以翰林直学士兼经筵官。(欧阳玄《揭公墓志铭》)

柳贯擢为翰林待制,兼国史院编修官。(宋濂《柳先生行状》)

　　许有壬九月进讲明仁殿,帝悦,赐酒宣文阁中,仍赐豹裘、金织文币。是年又转中书左丞。(《元史·顺帝本纪三》卷四〇)

　　周伯琦为宣文阁授经郎,教戚里大臣子弟。

　　按:元顺帝由于周伯琦工书法,命篆"文阁宝"仍题匾宣文阁。(《元史·周伯琦传》卷一八七)

　　陈旅迁国子监丞。(《元史·儒学二》)

　　按:期间,陈旅出至正元年大都乡试策题。至元六年(1340),元顺帝联手脱脱等人去除伯颜势力,这年,至正元年(1341)顺帝起用脱脱当政,改元"至正",宣布"更化",历史上称为"脱脱更化"。而"脱脱更化"的第一条便是恢复伯颜当政期间中断的科考,以此,在国家一新之际,万象皆新,陈旅这年出的大都乡试策题便是在更化背景中,考问考生如何治理京师大都这一非常切实切身的问题。题目要求考生联系汉唐以来古人治理的经验,回答如何才能在切实治理中"任法而无拘牵之弊,任人无纵恣之虞,人得尽其才,法得达其用",从而"使首善之地治效彰著,以表仪于天下"。

　　《至正元年大都乡试策题》:"京师,天下风俗之枢机也。列圣德泽之所先被,宜其一之乎中庸之效。然而五方聚居,习尚不纯,而豪侈逾僭、奸诈窃发者往往有之。吏有能以柱后惠文弹治者乎? 有能宣扬教化以表率之者乎? 昔之为京兆者,称赵、张、三王,夷考其迹,有善为钩距,以得事情;有越法纵舍,辅以经术;有文武自将,刚直守节;有功无可纪,而人称之。五人者,其迹不同而皆以能名,今之尹大兴者,宜于何取法耶? 隽不疑、黄霸、孙宝之流,皆知名当世,不得列于五人之间,何邪? 其所为亦有可师者邪? 然汉于京兆委寄之专,使人人得其条教,以自致其力。今可使为大兴者,如汉之为京兆者耶? 然专任人而不任法,则民有受其虐者矣;专任法而不任人,则中材以下救过不给,又何暇谋绳墨之外哉? 若之何任法而无拘牵之弊,任人无纵恣之虞,人得尽其才,法得达其用,使首善之地治效彰著,以表仪于天下? 班固所谓在彼不在此者,亦可得而言之乎? 愿闻其说。"(《安雅堂集》卷一三)

　　张翥至正初国子助教,分教上都。(《元诗选》初集卷三八"张翥小传")

　　吴师道升博士,阶儒林郎。(张枢《元故礼部郎中吴君墓表》)

　　黄溍任奉政大夫、江浙等处儒学提举。

　　按:黄溍《先大夫封赠祝文》"维至正二年,岁次壬午五月辛未朔二十七日丁酉,孝子奉政大夫、江浙等处儒学提举溍",至正元年十月封赠其父制书云"赠奉政大夫、秘书监丞骁骑尉,追封义乌县子",则黄溍任职时间当在元年或之前。(《文献集》卷三)

陈基随黄溍至京师，授经筵检讨。

按：尤义《陈基传》载："至正仍纪元之元年，从文献游京师，授经筵检讨。其徒有为御史者，以言责咨于基，基谓并后为致乱之本，因草谏章，力陈其失，冀君觉悟以正始也。而上方溺爱，诘知其由，欲置于罪，怒且不可测，遂引避南归。"又按，御史可能是监察御史李泌，陈基所言之事，可能与顺帝立高丽奇氏为后事有关。（李军《陈基集前言》）

黄溍为江浙儒学。

按：黄溍为江浙儒学期间，任乡试考官，作考题《江浙乡试蒙古色目人策问》、《江浙乡试南人策问》。通过黄溍的这两则针对蒙古、色目和南人的乡试题，可以切实感知元代包括黄溍在内的馆臣作文务实的风格。在策试蒙古色目人的题目中，黄溍要求考生针对吴淞江来讨论东南的水利问题，这的确是道非常联系实际的考题，元代海运号称"一代之良法"，吴淞江是东南物质运抵京师的最重要航道，所以说"东南之水利，莫大于吴松江"，黄溍曾在中进士后任台州路宁海县丞，对海事较为熟悉，出这样的题目考试，的确是相当切于实际。而在考试南人的题目中，黄溍要求考生能综合谈论古今赋税、吏治以及交钞、引盐等国计民生问题，题目比蒙古色目考生的要难，但同样非常切实，非有取于辞赋。

《江浙乡试蒙古色目人策问》问："先儒以经义治道，分斋教诸生，而水利居其一。然则水利亦儒者之所当知也。古所谓水利曰河渠，曰沟洫。沟洫施于田间，故其效易见；河渠限于地势，故其功难成。方今言东南之水利，莫大于吴松江，视古之河渠与沟洫，其为力孰难而孰易？其为利孰少而孰多？诸君子习为先儒之学，必夙讲而深知之矣。幸试陈之，以裨有司之余议。"（《全元文》第二十九册，第234—235页）

《江浙乡试南人策问》问："事有不本于古，而可施于今者，君子所不废也，然亦安可徒守故常，而不究其始终乎？汉之取民者，有更由，有算赋，而除天下田租之令时出焉。唐之两税与之孰轻孰重？而迄今以为定制乎？汉之任人者，有察廉，有课最，而举可为将相之诏间见焉。唐之循资与之孰得孰失？而迄今以为定格乎？其果皆无弊乎？推本而言，则取民莫善于井田，任人莫重于封建。自秦开阡陌，置郡县，千载之下，迄今遵为成宪者，大抵皆秦之旧也，何以能使其法施于人，久而不变乎？汉之限民名田，唐之袭封刺史，非尽泥于古也，亦莫有坚持其说而卒行之者。岂时殊事异，通于古者或戾于今，而上下之所便安者，无古今之间乎？民苦于兼并，而无以乐其生；吏病于数易而不得善其治。又非可谓便安之也。其弛张损益，犹有当议者乎？它如交钞、引盐，近仿于宋以立法者，又未可遽数也。请姑以其大者，考历代之沿革,原其始,要其终,而折中之,庸俟上之人采择焉。毋苟谓此儒者之常言而雷同剿说以对。"(《全元文》第二十九册,第235—236页)

斡玉伦徒任建宁路佥宪贰宪。(虞集《(崇安县)屏山书院记》)

泰不华为绍兴路总管。(《元史·泰不华传》卷一四三)

李好文除国子祭酒,改陕西行台治书侍御史,迁河东道廉访使。(《元史·李好文传》卷一八三)

司执中以掾史随治书侍御史张弁出行甘、肃、宁夏诸州。

按:至正元年,顺帝命中执法大宗正,将有所诘治诸侯王于甘、肃、宁夏,令治书侍御史张弁前往,而东平司执中以"文学明辩"而得为掾史辅行,司执中将自己"自京师至于西还八阅月,所过赋诗凡百余篇,命之曰《西游漫稿》。古昔兴废之感慨,山川风物,郡县田野,悉见于吟咏之间",并请虞集为序。虞集认为古之君王遣使臣"驰骋原隰,则必有所询度而归报者也。明目达聪,无间远迩,居九重之上,而周知万里之外者,用此道也。"而元朝中统、至元期间,元王朝正征略四方,每每"大小使者之出,比还奏毕,必从容问所过丰凶险易,民情习俗,有无人材治迹。或久之,因事召见,犹问之也,是以人人得尽其言。尝以此观人,而得之由是,凡以使行者,莫敢不究心省察,以待顾问。故外事错综参伍,无所隐伏。此圣神睿知,周悉物理,可以窥见之万一者也。"借由虞集对司执中《西游漫稿》所述,再综观元朝作者,凡出使必详述或尽咏出行所见风物民俗,此既是元朝政治特征所致,却也促成元代诗文创作热衷于纪实,且于纪行犹繁的创作特征。

监察御史魏履道请为刊刻魏初集。

按:魏履道乃元初名臣魏初之孙。许有壬《青崖魏忠肃公文集序》"公殁五十年,监察御史上之,请刻诸梓,属有壬为之序","孙履道拜监察御史,有风采,可谓无忝矣"(《至正集》卷三四)魏初卒后五十年,以监察御史、魏初之孙魏履道所请、官刻其集,许有壬、苏天爵等馆臣皆有序。魏初乃金末翰林修撰魏璠的从孙,魏璠曾被元世祖征聘到和林问策,向元世祖推荐名士六十多人。逝世后,谥号靖肃。魏璠无子,乃着力培养魏初,苏天爵《御史中丞魏忠肃公文集序》指出,元初的翰苑文坛,实由魏初与雷膺、胡祗通、王博文、王恽、张孔孙、徐琰等人所主持,"一时中外居言责者,大抵都文学老臣之士,若浑源雷公膺、武安胡公祗通、汲郡王公博文、王公恽、东平张公孔孙、徐公琰及公等是也。传曰:'不有君子,其能国乎。'呜呼,前辈风烈其日远,后学因其语言文字,犹能想见一二。然公之学本诸《春秋》,《春秋》之书褒善贬恶,公天下之心也。"(《滋溪文稿》卷五)

高丽僧人式上人与黄溍、张雨等会于开元宫,酬以诗文,时人作文会图叙其事,众馆臣咏和之。

按:据吴师道诗《至大庚戌黄君晋卿客杭与邓善之翰林黄松瀑尊师儒鲁山上人会集赋诗今至正辛巳晋卿提举儒学与张伯雨尊师高丽式上人会再和前诗上人至京以卷相示因写往年所和重赋一章》,则在至大庚戌(1310)时候,黄溍曾与邓文原、黄松瀑、儒鲁山上人聚会赋咏,之后黄溍曾将诗寄与吴师道,三十年后,黄溍任浙江儒学提举,高丽僧人式上人游两浙,与茅山道士钱塘张雨,再次赋咏,好事者遂绘文会图叙录此事,而吴师道外,馆臣宋褧有《高丽僧式上人游两浙江会提学黄晋卿句曲外史茅山张伯雨好事者绘为文会图》、陈旅有《次韵黄晋卿与张伯雨道士高丽式上人会于杭州开元宫》,皆为图画赋和吟咏。式上人与黄溍等人的文会,可见他与其时著名文人的交游,后来式上人回高丽,馆臣又纷纷作诗送行,更见出其交情之厚。其时,宋褧有《送高句骊僧式上人(号无外)东归二首》、傅与砺有《送无外式上人还高丽》、王沂有《送式上人还高丽》。文会图的出现,在显见元代上层文人风雅好尚之际,更昭示出元代社会多民族、多宗教、国际化的特征。

虞集五月丙寅奉旨为吴全节龙章宝阁作记,题曰《龙章宝阁记应制》;闰五月己卯又奉旨再为吴全节作《玉象阁记应制》。(《道园类稿》卷二二)

许有壬作《敕赐经筵题名碑》。(《至正集》卷四四)

按:是年,奎章阁改为宣文阁,顺帝明确继续经筵开讲之例,令许有壬等儒臣极为振奋,以为行汉法有望。故该文赞述元世祖以来历任皇帝重视文治之道,开经筵之治,并详述宣文阁人员、部门设置、规定以及讲论方式、程序等,颇具文史意义。文云:“世皇经营六合,崎岖金革间,首索金余黎献及一时经术之士,诹咨善道。及正九五,益崇文治。至元三年十二月,遣中都海涯谕旨儒臣:朕宜听何书,其议选来进。于是商挺、姚枢、杨果、窦默、王鹗言帝王之道,为后世大法,皆具《尚书》,乃以进讲。八年,许衡、安藏进‘知人用人’、‘德业盛,天下归’之说,深用嘉纳。仁宗御极,台臣请开经筵,乃命平章政事李孟时入讲诵。泰定间,始以省台、翰林通儒之臣知经筵事,而设其属焉。今上皇帝法圣祖之宏规,考近制而损益之,开宣文阁,选中书、枢密、御史台、翰林国史之臣,以见职知兼经筵,丞相独署以领,重其事也。其下有兼经筵官、参赞官、译文官,率以中书翰林僚幕若阁属为之,而不常其员。又其下,译史三人、检讨四人、书写五人、宣使四人。有公移,翰林、国史知经筵者署之,仍用国史院印章,奏为著令。至正七年正月二十日,知经筵事、翰林学士承旨笃怜帖木儿暨领经筵事,中书右丞相别儿怯不花奏,经筵启沃圣心,裨益治道,甚盛事也。领知若兼之臣,宜立石以记其姓名。拟翰林学士承旨臣有壬为记。御史中丞臣朵尔直班为书,知枢密院事臣太平篆其额。制可。……臣有壬承乏经筵,前后且十有五年,每番直进说,天颜怡悦,首肯再四。经旨渊奥,有契宸衷,圣德日新,宗社亿万年无疆之休,此权舆也。讲文附经为辞,若古疏义而敷绎之,继以国语译本,覆诵于后,终讲,合二本上之,万几之暇,以资披阅焉。夫官署题名,昉自近代,百司且有之,况国家崇儒重道,讲求太平之大者乎?凡与是选,莫不以为荣遇。而列其姓名者,不特荣遇而已,抑将励其倾竭忠诚,以格天心,勿使后之观者指而议曰:'某但荣遇耳。'则斯石也,不为观美文具矣。"(《至正集》卷四四)

苏天爵作《乞增广国学生员》。

按:元代国子学创建于至元七年(1270),由许衡及其弟子领建并起主导作用,曾设国子学、蒙古国子学、回回国子学,对于元代儒学教育的深入以及培养元朝政坛尤其是政坛的儒家文治官员意义重大且深远。但作为教授儒家经典的机构,元代国子学一直不能被蒙古统治阶层所真正重视,经费不足、招生数量少是它自创办以来尤其是元中晚期较为明显的问题。至元六年(1340),元顺帝终于将把持朝政、极端鄙视文治、废除科考的伯颜废黜,国家政治有以革新,苏天爵作为早期国子学培养出来的优秀学员,在国家作兴之际,提出增广国子学生员,也可谓是耿耿献忠的提议。

文曰:"国家典章,兴隆庠序,敦崇劝勉,责在宪台。夫成均实风化之原,而人材乃邦家之本。是宜增广员额,乐育贤能。昔者世祖皇帝既定中原,肇新百度,知为治必资于贤者,而养贤必本于学官。至元七年,初命中书左丞许衡为国子祭酒,以教公卿大夫之子孙。是时学徒未有定额,其后政教既修,学者寝广,迨至仁宗皇帝增多至四百员。然而近岁以来,员额已满,至使胄子无从进学,殊非祖宗开设学校广育群材之美意也。盖自昔国家未有不由作兴英贤而能为治者也。故汉室中兴,圜桥门者亿万计;李唐受命,游成均者三千员。人材之多,近古未有。洪惟国家海宇之广,庠序之盛,又岂汉唐所可比拟,独于学徒员额犹少。方今朝廷治化更新,嘉惠儒术,至于学校长育人材,尤为先务,宜从都省闻奏,量拟增添生员一百名,内蒙古、色目五十员,汉人五十员,应入学者,并如旧制。钱谷所费,岁支几何,人材所关,实为至重。如此则贤能益盛,俗化益隆,其于治道,实为有补。"(《滋溪文稿》卷二六)

虞集为程钜夫诗文集题跋。

按:这篇题跋写在虞集回到江西之后,其时,公孙世臣到崇仁作县尉,得到程钜夫在武昌做宪使五十日所作诗八十九首,持与虞集,恳请题跋。在题跋中，虞集认为元代古文之盛，乃由程钜夫倡导而兴，他本人得以借由诗文复古而盛名一时实际是踵其后路而已。而这段话也是评价程钜夫文坛地位与意义非常重要的一段话，是四库馆臣评价程钜夫的依据，也显现出元代诗文复古运动的馆阁特征与前后衔承的情形。虞集《跋程文宪公遗墨诗集》写道："楚国程文宪公早年以功臣子入见，即受世祖皇帝知遇，历践文学、风宪清要之职，时游庙堂，裨赞国论，起家东南者未能或先之也。故宋之将亡，士习卑陋，以时文相尚。病其陈腐，则以奇险相高。江西尤甚，识者病之。初，内附时，公之在朝，以平易正大振文风，作士气，变险怪为青天白日之舒徐，易腐烂为名山大川之浩荡。今代古文之盛，实自公倡之。既去世，而使吾党小子得以浅学末技滥奏于空乏之余，殆不胜其愧也。归来山中，犹未得尽见其家集。公孙世臣来尉崇仁也，乃得公持节武昌时行部近县，亲书五十日所为诗八十九首。伏而读之，至于再三，不忍去手。见其冲澹悠远，平易近民，古人作者之风，其可及哉。而公之为政不大声色以为厉，而严重崇高，隐然泰山岩之势，又岂硁硁悻悻者之所为哉？相望才三四十年，而风声气习邈乎辽绝，敦厚之风犹可继耶？敬书其后而归之。时至正改元龙集辛巳日南至，前奎章阁侍书学士、翰林侍读学士、通奉大夫、知制诰、同修国史后学虞集谨书。"（《道园学古录》卷四〇）

虞集为曹伯启文集《汉泉漫稿》作序。

按：曹伯启《汉泉漫稿》据虞集所序有正稿和续稿，《汉泉漫稿》由"中台所命刻"，借由曹伯启之子南行台管勾曹复亨"贻以见示"，之后，曹复亨将曹伯启《汉泉漫稿》及续稿"刻诸家塾，以遗子孙而传诸同志"，并再请虞集作序。曹伯启乃金源文人，由虞集为曹伯启文稿所作序言可知，在元初至元、大德之际，馆阁文人多出自金源文人，且以东鲁子弟为多。"世祖皇帝建元启祚，政事文学之科，彬彬然为朝廷出者，东鲁之人居多焉。典诰之施于朝廷，文檄之行乎军旅，故实之讲乎郊庙，赫然有耀于邦家，至元、大德之间，布在台阁，发言盈朝，所谓如圭如璋，令闻令望，而顯顯印印者焉。"而曹伯启"起于汉泉，受业于野斋李公（李谦），受知于信斋马公。起自儒学（官），宦游东南，扬历台省，声誉籍甚"，是东鲁著名文人。对于金源创作风气，虞集深深感慨"其意气之宏达、议论之慷慨，而文物之雍容也。"（《曹文贞公文集序》，《道园学古录》卷三一）虞集还进一步认为东鲁风气，"气象舒徐而俨雅，文章丰博而蔓衍，从而咏之，不足以知其深广，极其所至，不足以究其津涯，此岂非龟、蒙、徂、徕之间，元气之充硕，以发挥一代斯文之盛者乎？"至元、大德之际的元代馆阁文人创作风气由一众金源文人推波助澜而形成，藉由虞集对于曹伯启文稿的评价可知，可侧知其风气所重内容。而虞集又借其弟子李本之口认为曹伯启这种创作风格的形成在于"夫子独取(三百篇中)秉彝好德之章,以为知道,盖非学问,则不足以得其性情之正,未可以言诗也。其次则如唐杜子美之诗,或谓之诗史者,盖可以观时政而论治道也。"(《曹上开汉泉漫稿序》,《道园学古录》卷三三)

虞集为陈思济《秋冈诗集》作序。

按:陈思济乃金源文人,早年出入世祖潜邸,一统之后,又出任江东、江西地方郡守,故虞集在序言中称其作吟诵所及,遍于南北"自潜邸之旧,持书省户,画诺翰屏,阅历之久,已专城千里于河山之间矣。东南新归版图,名都巨邦,佳山胜水,遗宫坏苑、江花庭草,皆在所视履也。"虞集《陈文肃公秋冈诗集序》中,一如既往地强调作文有为之论,他认为,"骚人胜客和墨濡翰,以自悦于花竹之间,欣叹怨适,留连光景,非不流传于一时。然于治政无所关系,于名教无所裨补,久而去之,亦遂湮没而已"而"若受命天子,临莅斯民,禁奸慝、消祸暴,抚善良、纾困厄,防微杜渐于不言之先,救弊塞遗于将尽之际,而怀恩服义者众,卓然有闻,宜无不传者矣。"陈思济《秋冈诗集》乃其孙,至正时任广东廉访使的陈允文遍访江东、江西、金陵、钱塘、维扬等陈思济足迹所历,藉由"门生故吏之所诵习,学士大夫之所传写,官寺民舍之所题识,当时名公巨卿家倡酬寄赠之所往来",然后"随所得而辑录之,得古、律、五、七言及古乐府等若干篇,增益家藏之所未备,亲自校雠",最终"刻梓而藏之",再请虞集作序,而据虞集序言所记,他曾为陈思济作神道碑,对其为人行事风格颇熟稔,故欣然命笔。(《道园学古录》卷三三)

虞集为傅与砺诗集作序。

按:傅与砺是范梈的同乡,诗歌创作风格相近,并得到了范梈、揭傒斯、虞集等一批馆臣的欣赏。范梈、揭傒斯等人也曾为其诗集作序,虞集这篇序言在范、揭之后,相比前二者较为私人性质的序言,虞集的这篇序言更具有总结与诗论的意味。在序中,虞集总结诗歌创作脉络认为,诗歌创作盛于汉魏,其时有三曹七子以及诸谢一辈擅场;唐时诸诗体之作,以李白、杜甫为正宗,并有王维、孟浩然、岑参、高适辈相为羽翼。之后,人们多是学杜甫,"自致自得者"便难求了。元初,中州诗风皆学赵秉文、元好问,宗尚眉山之体。直至卢挚,稍变诗法,遂以诗名东南,这时"宋季衰陋之气,亦已销尽。"到大德时期,"文章辈出,赫然鸣其治平",浦城杨载、江西范梈为其时虽贫寒相望,却能赫然鸣时代治平之音者。之后,马祖常以"用意深刻,思致高远"自成一家,而萨都剌"最长于情,流丽清婉,作者皆爱之",极为难得。再是傅与砺,"始以布衣至京师,数日之间,词章传诵,名胜之士无不倒屣而迎之,以为上客",虞集认为他在创作上堪比以上所列诸君,所以虞集很欣慰地期待傅与砺之创作"沉郁顿挫,从容温厚,有可起予者"。

　　附原文虞集《傅与砺诗集序》"诗之为学,盛于汉、魏者,三曹、七子,至于诸谢,侪矣。唐人诸体之作,与代终始,而李、杜为正宗。子美论太白,比之阴常侍、庾开府、鲍参军,极其风流之所至,赞咏之意远矣,浅浅者未足以知子美之所以为言也。崔颢人品非雅驯,太白见其黄鹤之篇,自以为不可及,至金陵而后仿佛焉,其高怀慕尚如此,谁谓其恃才傲物者乎?求诸子美之所自谓,盛称文选而远师苏、李,咏歌之不足者王右丞、孟浩然,而所与者岑参、高适,实相羽翼。后之学杜者多矣,有能旁求其所以自致自得者乎?是以前宋之盛,亦有所不逮矣。国初,中州袭赵礼部、元裕之之遗风,宗尚眉山之体,至涿郡卢公,稍变其法,始以诗名东南,宋季衰陋之气,亦已销尽。大德中,文章辈出,赫然鸣其治平,集所与游者亦众,而贫寒相望,发明斯事者,则浦城杨仲弘、江右范德机其人也。杨之合作,吴兴赵公最先知之,而德机之高古神妙,诸君子未有不许之者也。其后,马伯庸中丞用意深刻,思致高远,亦自成一家,观者无间言。而进士萨天锡者,最长于情,流丽清婉,作者皆爱之,而与前之诸公先后沦逝识者,然后知其不可复得也。德机之里人傅君与砺始以布衣至京师,数日之间,词章传诵,名胜之士无不倒屣而迎之,以为上客。台省馆阁以文名者,称之无异辞,岂非以其风韵足以及于予所道诸君也哉?予去国十年,与砺自交趾使还,以家贫亲老,授南海文学以归。嗟夫!上林千树,岂无一枝以栖朝阳之羽哉?而一官岭海之不厌,何也?前数年,诸公相知者,多散出于外,今明良一廷,无所忌讳,清涧之蒲,海湾之水,不足以久烦吟咏也,必矣。书其别后稿如此,迟其北还,则沉郁顿挫,从容温厚,有可起予者。何幸于余生亲见之哉?作《傅君与砺使还新稿序》。至正辛巳六月朔,虞集伯生序。"

　　虞集为僧念常所编《佛祖历代通载》廿二卷作序。

　　按:《佛祖历代通载》是一部有关中国及印度之佛教传播的编年体佛教史。自七佛偈、宇宙初始、盘古、三皇等事叙述起,迄元顺帝元统元年(1333)为止。依各朝代帝王纪元之年月记事。所含史事甚多,因此卷帙亦大。书中,实属念常所纂者仅卷十八至卷二十二卷宋元部分。是书补充许多散见于碑铭、文集、传状、诏制以及正史诸方面宋际史料,至于元代史料,以时代较近,取材较新,故学术价值尤为重大。《四库全书总目提要》评曰:"所载释氏故实,上起七佛,下至顺帝元统元年。编年纪载,于佛教之废兴、禅宗之授受,一一分明。"《佛祖历代通载》有至正元年虞集序和至正四年僧觉岸序,两序相互补充了该书内容、主旨以及成书过程,对于了解该书以及念常的生平非常有意义。念常(1282—?),号梅屋,华亭人,俗姓黄。晦机元熙弟子,临济宗杨歧派大惠宗杲系僧人。

又按:虞集序曰:"近世有为《佛祖统纪》者,拟诸《史记》,书事无法,识者病焉。时则有若嘉兴祥符禅寺住持华亭念常得临济之旨于晦机之室,禅悦之外,博及群书。乃取佛祖住世之本末,说法之因骤,译经弘教之师,衣法嫡传之裔,正流旁出,散圣异僧,时君世主之所尊尚,王臣将相之所护持,论驳异同,参考讹正。二十余年,始克成编,谓之《佛祖历代通载》,凡廿二卷。其首卷则言彰所知、论器、世界情、世界道果、无为五论。则我世祖皇帝时,发思八帝师,对御之所陈说,是以冠诸篇首。其下则以天元甲子,纪世主之年,因时君之年,纪教门之事。去其繁杂谬妄,存其证信不诬。而佛道世道汙隆盛衰,可并见于此矣。嗟夫!十世古今,不离当念。尘影起灭,何足记哉?尝见沩山有问于仰山,仰山每有年代深远之对,则亦悯先觉之无闻者乎?而《法华》一经,前劫后劫,十号无二。又曰:'观彼久远,犹若今日'。则此书宜在所取乎。至正元年六月十一日,微笑庵道人虞集序。"(《道园学古录》卷四六)

又按:觉岸序曰:"《佛祖历代通载》,梅屋禅师之所作也。其文博,其理明,叙事且实,出入经典,考正宗传,殊有补于名教。至正辛巳,翰林道园虞公序冠其首,益尊题之。禅师世居华亭,黄姓。父文祐,母杨氏。初祈嗣于观世音,忽一夕,梦僧庞眉雪发,称大长老,托宿焉,因而娠。至元壬午三月十有二日诞于夜,神光烛室,异香袭人,逾日不散。既长,喜焚香孤坐,风骨秀异,气宇英爽。年十二,恳父母求出家。母钟爱之,诱以世务,终莫夺其志。遂舍之。依平江圆明院体志,习经书,尚倜傥,疏财慕义,栖心律典。元贞乙未,江淮总统所授以文凭,剃发受具。弱冠游江浙大丛林,博究群经。宿师硕德以礼为罗延之,皆撝谦弗就。至大戊申,佛智晦机和尚。自江西百丈迁杭之净慈,禅师往参,承值上堂。佛智举太原孚上座,闻角声因缘,颂云:'琴生入沧海,太史游名山。从此扬州城外路,令严不许早开关。'有省于言下,投丈室呈所解。佛智颔之,遂俾掌记室。嘱之曰:'真吾教伟器,外护文苑之奇材也。'服勤七年,延祐乙卯,佛智迁径山,禅师职后版表率。明年,朝廷差官理治教门,承遴选瑞世嘉兴祥符。至治癸亥夏五,乘驿赴京,缮写黄金佛经。暇日,得以观光三都,游览胜概,礼五台曼殊室利,披燕金遗墟之迹。由以动司马撰书之志,出入翰相之门,讨论坟典,升诸名师堂奥,讲解经章。如司徒云麓洪公、别峰印公,皆尊爱之。帝师命坐授食,闻大喜乐密乘之要。自京而回姑苏,万寿主席分半座以延说法,众服其有德。自非宿有灵姿,禀慧多生,曷以臻其明敏,著述祖称,彰显正教,致公卿大人笃敬也耶?至大间,愚执侍佛智,获奉教于禅师,知梗概而序之。禅师讳念常,梅

屋其号焉。至正四年三月,松江佘山昭庆住持比丘觉岸谨序。(《全元文》第
三十六册,第 384—385 页)

虞集为元叟语录作序。

按:虞集序言交代"时至正元年二月十三日序"。元叟乃著名僧人行端
之字,元叟世为儒,幼饱读诗书,出家不废歌诗。尝拟寒山子诗百余篇,为四
方衲子传诵,元叟诗派曾称盛禅林。虞集在序中盛称元叟云:"径山老人端
公元叟,以盛德令闻,一坐二十余年,四众安隐。年垂九十,耳聪目明,举扬
宗风,曾不少懈,饱参宿学,无不归之。岿然灵光,环视四海,一时未或有能
出其右者。"其弟子正印,本蒙古人,将元叟语录编撰成集为《四会语录》,特
拜访退隐山中的虞集,请为序。虞集在文中交代,"山之第一座正印,本蒙
古人,久亲棒喝,契证特深。过予山中,出师四会语录以相示。"虞集评价道:
"今师之言,波澜汪洋,门庭恢拓,广说略说,莫不弘伟。如春雷发声,昆虫振
作;长风被阪,草木欣荣。至于关要,隐而不发,以待其人。大慧之流风余
韵,犹有如此者矣。"(虞集《径山元叟端禅师语录序》)

虞集作《郑氏毛诗序》。

按:《郑氏毛诗》乃郑樵所著,虞集得以为序,因斡克庄刊刻请序所致。
郑樵(1104—1162),其所著《通志》初稿完成于宋绍兴二十七年(1157),其
中"二十略"涉及诸多知识领域,堪称世界上最早的一部百科全书。梁启
超曾评价郑樵的史学贡献道:"宋郑樵生,左(左丘明)、司(司马迁)千岁之
后,奋高掌,迈远跖,以作《通志》,可谓豪杰之士也……史界之有樵,若光芒
竞天一彗星焉。"但郑樵身处危难之际的南宋,著述不得承认与重视,其所
著述大多散佚。据虞集序言叙录,他在幼时曾"尝从诗师得郑氏经说","欲
求其全书不可得"。直到任职馆阁,方从同僚阿鲁罕处见其录本:"中岁备
员劝诵,有阿鲁罕叔仲,自守泉南入朝为同官,始得其录本而读之。"虞集
又云,馆臣斡克庄在任职淮西佥宪时,曾刊刻宋人项安世的《周易玩辞》,请
虞集序。之后,斡克庄又以南行台任闽宪,虞集期望他能将郑樵的《郑氏
毛诗》录出。虞集在序中交代,斡克庄从郑氏子孙那里知道,郑樵手笔还有
五十余种。早先马祖常、齐履谦在任职福建之际,都每每从郑氏子孙搜罗十
余种著作带回京师,期望刻以传广,却终未成功。"斡克庄自南行台而贰闽
宪也,以为闽在山海之间,岂无名家旧学,咨询之暇,思有以表章之? 予因及
郑氏之诗即使录以示,且曰:果可传也,略为我叙之。故著其说如此。又
曰:求诸郑氏之子孙,夹漈之手笔,犹有书五十余种。故御史中丞马公伯庸,
延祐末,奉旨阅海货于泉南,观于郑氏,得十数种以去,将刻而传之。马公扬
历清要,出入台、省,席不暇暖,未及如其志而殁。泰定中,故太史齐公履谦,

奉使宣抚治闽,亦取十余种,将刻而传之太史,还朝不一二年而殁,亦不克如其志。"虞集感慨道,马祖常、齐履谦的后人是否会继续其先人的遗志将郑樵的著作刊刻出来呢?"二家皆有子弟,安知无能承其先志者乎?"虞集最后认为,福建乃出版集散地,期望朝廷能组织这些民间力量去做些诸如刊刻整理郑樵著作之事"吾闻闽人刻书摹印,成市成邑,散布中外,极乎四海。其间亦有谬妄,未经论定,在所当禁者,观风使者得以正之,而移其工力于博洽有用之说,则在于今日矣。"(《道园学古录》卷三一)

李本十二月作《道园学古录跋》。

按:跋云:"至正元年十有一月,闽县斡公使文公之五世孙炘来求记屏山书院,并徵先生(虞集)文稿以刻诸梓。本与先生之幼子翁归及同门之友编辑之,得《在朝稿》二十卷,《应制录》六卷,《归田稿》一十八卷,《方外稿》六卷。盖先生在朝时,为文多不存稿,固已十遗六七;归田之稿,间亦放轶。今特就其所有者而录之,所谓泰山一毫芒也。先生前代世家,以道德文学,由成均颂台史馆经筵,洊历清要,皆承平之日。其所著述,则国家之典故,功臣贤士之遗迹在焉。归侨临川,尘虑消歇,日与四方之宾客门人子弟,讲明道义,敷畅详恳,以其绪余发而为言,深欲阐明儒先之微,以救末流之失。先生之学,庶或于此而可见与?是年十有二月门人李本谨识。"(《四部丛刊》初编影印明刊本《道园学古录》卷末)李本,字伯宗。临川人。曾从学于吴澄,澄殁,就学者皆归依李氏。由李本此跋来看,他也是虞集的门人,与虞集的关系非常密切,《道园学古录》是李本与虞集之子虞翁归及其他门人在虞集另一位学生斡玉伦徒的要求整理编辑的,是人们了解虞集全集的基本卷帙数目非常有意义的材料。

赡思五月作《宝庆四明志重刻序》。

按:序云"唐世柳芳之史,烬于禄山之火,刘煦执笔以继之,遂成一代之典。逮欧宋□作,则记录森严,文章烜赫,于时大行,而煦之书废弛几绝。然笔削既加,损益交变,而详略互见,旁求广索者亦或有取焉,故赖以不泯。于是《唐书》有新、旧之称。四明有志久矣,而著述非一,可稽者惟宋乾道间郡守张津重缉大观初所编为七卷,及宝庆间庐陵罗浚复演为二十有一,而各以图冠其首。国朝袁翰林桷命十有二考以成书,盖变体也。文富事明,气格标异,诚为奇特,乃大掩前作。然濬之书,讵可全废哉?俾与《旧唐》为徒以备参考,亦自有补,乃命梓刻于郡学。至正改元仲夏末旬月,真定赡思序。"(清光绪三年刻本《鄞县志》卷七五)

僧行端卒。

按：行端（1253—1341），字元叟，临海人，俗姓何。至正辛卯八月四日终于径山禅室，世寿八十八，僧腊七十六。至大间，特旨赐号曰"慧文正辩"，行宣政院举荐其主持中天竺。延祐间，有旨设水陆大会于金山，命升坐说法，之后入觐加赐"佛日普照"之号。至治壬戌，径山虚席，人们纷荐行端。泰定甲子，朝廷降玺书作大护持。历主湖州资福、杭州中天竺、灵隐等寺，凡三被金襕袈裟之赐。元叟世为儒，幼饱读诗书，出家不废歌诗。尝拟寒山子诗百余篇，为四方衲子传诵，元叟诗派曾称盛禅林。事迹见黄溍《径山元叟端禅师塔铭》（《金华黄先生文集》卷四）、《元诗选》初集卷六八、《武林梵志》卷一〇。

王都中卒。

按：王都中（1278—1341），字元俞，一字邦翰，号本斋，福宁州人。历仕四十余年，政绩卓著，当时南人以政事之名闻天下，而位登省宪者，惟王都中而已。幼尝执弟子礼于许衡门下，后致力为学，著有《本斋集》三卷。事迹见《元史》卷一八四、《元史类编》卷二七、《元史新编》卷三九、《宋元学案》卷九〇、《宋元学案补遗》卷九〇、《元诗选·三集》小传等。

元惠宗至正二年　壬午　1342 年

二月壬寅，颁《农桑辑要》。（《元史·顺帝本纪三》卷四〇）

三月七日，皇帝亲试进士七十八人。

按：《元史·百官志八》"至正二年三月戊寅，廷试举人，赐拜住、陈祖仁等进士及第、进士出身、同进士出身有差，凡七十有八人。国子生员十有八人：蒙古人六名，从六品出身；色目人六名，正七品出身；汉人、南人共六名，从七品出身。"（《元史》卷九二）

右榜：1. 蒙古（计四人）：拜住（右榜状元）、答禄与权、揭毅夫、达礼壁。

2. 色目（计五人）：马彦翚、合珊沙（一作哈珊沙）、马世德、定住、山之英。

左榜：1. 汉人（计七人）：陈祖仁（左榜状元）、傅亨、孙揭、张士明、罗涓、宋绍昌、李仁复。

2. 南人（计二十一人）：虞执中、孔旸、傅贵全、程养全、毛元庆、彭所存、李廉、朱倬、徐业、胡行简、汤荧、谭圭、卢琦、刘杰、邵公任、何城、靳遂火、陈善、丁宜孙、曾贯、王铨。

存疑（计九人）：李庚、买术丁、帖谟补化、王廓、刘祥、谢绍芳、姚儒文、

夏侯士章、黄师郯(参考余来明《元代科举与文学》,第419—428页)

四月,车驾时巡上都。(《元史·顺帝本纪三》卷四〇)

九月辛未,车驾至自上都。(《元史·顺帝本纪三》卷四〇)

十月壬戌,诏遣官致祭孔子于曲阜。(《元史·顺帝本纪三》卷四〇)

十一月,于杭州、嘉兴、绍兴、温台四处,各置盐运检校批验所。(《元史·顺帝本纪三》卷四〇)

按:《元史·百官志八》"盐运司。至正二年十一月,中书省奉旨讲究盐法,奏准于杭州、嘉兴、绍兴、温台四处,各置检校批验所,直隶运司,专掌批验盐商引目,均平袋法称盘等事。每所置检校批验官一员,从六品;相副官一员,正七品。"(《元史》卷九二)

江浙行宣政院设崇教所。

按:《元史·百官志八》"至正二年,江浙行宣政院设崇教所,拟行中书省理问官,秩四品,以理僧民之事。"(《元史》卷九二)

十二月壬寅,申服色之禁。(《元史·顺帝本纪三》卷四〇)

按:《元史·百官志八》"至正二年,江浙行宣政院设崇教所,拟行中书省理问官,秩四品,以理僧民之事。"(《元史》卷九二)

翰林学士三保等正月癸巳奉旨代祀五岳四渎。(《元史·顺帝本纪三》卷四〇)

朵尔直班为翰林学士。

按:黄溍《跋御书庆寿二大字》"今上皇帝改元至正之明年,翰林学士臣朵尔直班(多尔济巴勒)尝一日侍燕间于宣文阁,上亲御翰墨作庆寿两大字以赐焉。"(《文献集》卷四)

许有壬三月知贡举。

按:元统三年(1335),伯颜罢科举,许有壬曾力争,事寝。至此,伯颜已死,重开科考,从延祐乙卯(1315)首科至此是元代第八次科考。许有任主持贡举,喜不自禁,反复题诸吟咏。作《早起观诸公考卷》、《三场试罢小雨》等诗。《早起观诸公考卷》"闭门如井底,春事近如何。柳色寒犹浅,禽声晓渐多。三场严献纳,千卷困研磨。有幸逢今日,天开第八科"。《三场试罢小雨》"京国春难雨,沾濡忽有今。声连蓬岛近,寒入棘闱深。圣治无遗策,诸君待作霖。东君办花事,行欲宴琼林。"(《至正集》卷一三)

太平、姚庸、张起岩等知经筵事。

按:《元史·顺帝本纪三》载:"(十二月)丙午,命中书右丞太平、枢密副使姚庸、御史中丞张起岩知经筵事。"(《元史》卷四〇)

欧阳玄任翰林学士承旨、荣禄大夫、知制诰、兼修国史。(欧阳玄《雪楼集元至正本序》)

揭傒斯升翰林侍读学士,且命同知经筵事。(欧阳玄《揭公墓志铭》)

黄溍任翰林直学士、中顺大夫、知制诰同修国史兼经筵官。

按:黄溍《午溪集序》尾署"至正二年春二月庚申,翰林直学士、中顺大夫、知制诰同修国史兼经筵官黄溍序。"(《午溪集》卷首)

危素入经筵为检讨。

按:宋濂《故翰林侍讲学士中顺大夫知制诰同修国史危公新墓碑铭》载:"公自至正二年用大臣交荐,入经筵为检讨,公年已四十矣。"(《芝园后集》卷九)

苏天爵是年夏,拜湖广行省参知政事。

按:许有壬《送苏伯修赴湖广参政序》"至元庚辰冬,赵郡苏君伯修由吏部尚书擢西台治书侍御史,大夫士分题赋诗以饯,俄参议中书,乃汇其诗属余(予)序而未暇。至正壬午夏,拜湖广行省参知政事,大夫士又分题赋诗以饯,以昔序不果,而责偿于余也。"许有壬借序言指出元中叶诗歌创作之盛,饯别赠行诗实有以助焉:"我元诗气,近岁号盛,是体大行,每见于赠别。凡历涉封部、山川楼阁,略著闻见者,靡不搜举。兴有未尽,又从而旁罗泛及,以致其极焉。"(《至正集》卷三四)

高纳璘以浙省平章兼领行宣政院。(宋濂《故文明海慧法师塔铭》)

杨益任江西临川路郡守。(虞集《抚州路总管题名记》)

欧阳玄是年以疾谒告南归。

按:欧阳玄有诗题《至正壬午十一月余以疾谒告南归求医至安成郡北之族中节判继先刘君相公不远一舍携尊俎见劳谈边得知为西皋赵学士之婿别次为余征诗即席走笔作长句并呈似王守筠溪相公及郭倅明则相公一粲》。

意大利人圣方济各会会士马黎诺里一行七月抵达上都。

按:后至元二年(1336),元顺帝妥欢贴睦尔遣拂朗人(Frank,元人对欧洲人的称呼)安德烈及其他十五人出使欧洲,致书罗马教皇;元朝阿速族显贵、知枢密院事福定和左阿速卫都指挥使香山等人也代表教徒上书教皇,报告大主教孟特戈维诺已去世八年,请求速派才高德隆的继任者前来主持教务。至元四年(1338),使团抵教皇驻地阿维尼翁(在法国南部,罗马教皇于1308年迁驻于此地)。教皇本笃十二世优厚款待元朝使者,使游历欧洲各地,并决定派遣马黎诺里等率领数十人的庞大使团出使元朝和蒙古诸汗国。至元四年年底,马黎诺里一行从阿维尼翁启程,会齐元朝来使,先至钦察汗国都城萨莱(今俄罗斯伏尔加格勒附近)谒见月即别汗;继续沿商路东行,经察合台汗国都城阿力麻里,于至正二年(1342)七月抵达上都,谒见元顺帝,进呈教皇复信并献骏马一匹。马长一丈一尺三寸,高六尺四寸,昂高八尺三寸,色漆黑,仅两后蹄纯白,曲项昂首,神俊超逸,被誉为"天马"。元至正六年(1346)使团由泉州启程从海道回到欧洲,使团应顺帝要求,进献欧洲良马一,时人称之为"天马",轰动元廷。使团成员中意大利佛罗伦萨人、圣方济各会士、约翰·马黎诺里回国后亦曾撰游记《波希米亚史》,为元际至中国且留有记录之最后欧洲传教士。

元顺帝得佛朗国所送天马,大喜,令周朗作画,文臣作赞序,揭傒斯、欧阳玄、许有壬、周伯琦、吴师道等都有制作。

按:据揭傒斯《天马赞》云:"皇帝御极之十年七月十八日,拂郎国献天马,身长丈一尺三寸有奇,高六尺四寸有奇,昂高八尺有两寸。二十一日,敕臣周朗貌以为图,二十三日诏臣揭傒斯为之赞。"周伯琦《天马行应制作有序》又补充叙述道:"修如其数而加,半色漆黑,后二蹄白,曲项昂首,神俊超越,视他西域马可称者,皆在髃下。金辔重勒,驭者其国人,黄须碧眼,服二色窄衣,言语不可通,以意谕之,凡七渡海洋,始达中国。是日,天朗气清,相臣奏进,上御慈仁殿,临观称叹,遂命育于天闲,饲以肉粟酒湩。仍敕翰林学士承旨臣巙巙,命工画者图之,而直学士臣揭傒斯赞之。盖自有国以来,未尝见也。殆古所谓天马者邪? 承诏赋诗,题所画图。"此外,欧阳玄作成《天马颂》、许有壬《应制天马歌》、吴师道《天马赞并序》、李齐贤有《道见月支使者献马归国》、《赵三藏李稼亭神马歌次韵(马,西极拂郎国所献)》、陈基《跋张彦辅画拂朗马图》等以记其事。"拂朗国进天马"成为哄动一时的大事,民间文人亦纷纷参与赋咏其事,诸如丁鹤年、陆仁、张昱、郭翼也有诗文表述此事。

黄溍再参加杭州南山同乡会。

按:黄溍《南山题名记》"婺之宦学于杭者,每岁暮春,必相率之南山,展谒乡先达故宋兵部侍郎胡公墓,仍即其庙食之所致祭焉。竣事,遂饮于西湖舟中,以叙州里之好。大德八年春三月癸亥,会者四十有四人……逮今三十有九年,乃以非才补公故处。暇日,从乡僧游龙井,睹公旧题,而与道其故事,咸谓不可久废而莫之举。亟以白于宣政副使王公,令同郡大夫士暨方外交四十有一人,以至正二年春二月癸亥,复会于南山,追数向之四十有四人,存者殆无几。"(《金华黄先生文集》一○)

张起岩七月作《跋欧书化度寺邕禅师塔铭拓本》。

按:《化度寺邕禅师舍利塔铭》,唐李百药撰,欧阳询正书,故又称《欧书化度寺邕禅师舍利塔铭》，刻于唐贞观五年（631）。《化度寺邕禅师舍利塔铭》作为艺苑之宝，元代历任馆阁除张起岩外，还有卢挚、赵孟頫、赵世延、周景远、刘致、欧阳玄、谢端、康里巎巎、揭傒斯、许有壬、王理、王沂等十二人有题跋，诚如宋濂题跋所感慨，此塔铭诚可宝玩也，"而元诸大老置品评于其间者凡十有三人，濂尚何言？"（郁逢庆《书画题跋记》卷二）而于此也正可侧见元代馆臣雅集的内容和频繁程度，也可于中见出时移人变的沧桑。

危素作《借书录序（壬午）》。

按：危素乃继虞、揭、范、杨、黄、柳之后，元晚叶馆阁名臣，领袖京师文坛，而其读书方向、途径，于此篇《借书录》中颇可概见"独赖藏书之家多素之亲友，雅知其嗜好之专，肯以书假借，或久留而不怨，或数请而弗拒。故于天也，日月星辰、风雨霜雹之象；于人也，圣贤仙佛、文武忠烈、战伐攻取、贼乱奸诡之迹；于地也，山川郡国、城郭冢墓、草木昆虫之物，靡所不载，反之于身，则性命道德昭焉。施之于事，则礼乐刑政具焉。至于法书碑刻、稗官小说，方技之微、术数之末，亦莫有所遗。顾素之朴愚固陋，而窥万一于其间者，皆诸君子借之以书、素得而读之之力也。"（《危太朴文集》卷六）

虞集作《篆刻说赠张纯》。

按：据虞集文章记载，"今京师国子监有石鼓十枚，余为学官时，自南城移置，今仅三十许年"，考京师国子监移动石鼓时间在皇庆元年（1312），则虞集作此文时间当在此年。虞集篆刻为当时第一，其对于当时篆刻的熟稔程度自然不容忽视。虞集文章写道："今世石刻之古者，莫如石鼓之文、秦峄山碑；汉、魏存者尚多，莫妙于蔡中郎石经。石经石久不存，墨本流传得数叶，既为珍玩。今京师国子监有石鼓十枚，余为学官时，自南城移置，今仅三十许年，比当时已缺落一二十字。独秦刻在高山无人之境，得者甚少，所得共览者，多徐鼎臣摹本也。汉、魏诸刻，如赵氏金石录、欧阳氏集古录、洪氏隶释所载，篇目可考。天下混一以来，宜可尽得，然好事者力求之，曾不及十二三。如保定张蔡公孙居亳州者，不仕宦、好古书，遍以金，使知书者裹粮摹榻，拜购古帖数十年矣，石刻唯此家最多，其他可知也。亦有新出土中者，古书不载，当是宋人未之见，然则固又有后出者邪？夫文章制作，赖有金石刻人间，得传考之，所系亦不少矣。自非石理坚致，刻法精妙，则何所得久哉？近年在京师，有浙人称精善，从吴兴公最久，然偏长吴兴之体。吴兴殁后，颇示寂寥，刻他人书辄曰：非吾整顿，几不可观。人亦殊讶其云耳。予书不工，又苦目疾，既闲居山中，书亦绝少。上清张纯希善以此艺来访，喜其精而惜予无以资之也，聊书刻字之有取于世者以勉之。"

陈旅七月卒,吴师道八月尊苏天爵嘱咐编次陈旅遗稿。

按:陈旅与吴师道两人曾官国子监,因作文理念与创作风格相近而私交较密。陈旅死后,吴师道奉苏天爵之命着手整理陈旅的作品,得诗文十卷,并将其命名为《安雅堂集》。至今有关陈旅的最一手文献,吴师道这篇序言必算其一。由吴序可知陈旅最终安葬于杭州,并非其家乡福建莆田,其文集由苏天爵组织刊刻,等等。

吴师道《陈监丞安雅堂集序》:"至正二年七月某日,国子监丞陈君旅众仲卒于京师,中书左丞许公亲率省部以下吊且赙。司业王君谠于众曰:前是,监官不幸者有之矣,顾赙有厚薄,陈君贫,加厚可也。于是辍餐二日,诸生复相率出钱,凡得五十缗,合其家所得赙倍而赢若干。以其赢给丧费,谋归葬莆中,则道险远。君尝爱钱塘山水,将老焉,嘱曰:葬钱塘可。适参政冯公赴官浙省,司业君以告,公忻然许为卜地西湖上。乃以其钱四之一俾其家蹴车船,其三则委之冯公,葬毕,而归余赀焉。后月冯公书来,报悉如约。呜呼! 是举也,何其多义也! 湖广行省参政苏公时亦戒行,嘱某曰:陈君所以致令名者,文也;文之传,则朋友之力也;异时吾能使之传,子盍哀集之。呜呼! 苏公之举亦义也。予即访于其家,则其子多以借人,留者必欲传录而后出,久之,始自南寄来,大抵非完稿矣。因而为之序次,诗文等总若干篇,厘为十卷。君以布衣起退陬,徒步入京师,首为平章赵公所知,游中丞马公、学士虞公间,而于虞公尤密,其所称道见于文字者,他人不可得也。诸公相继沦散,士大夫之望隐然属之君,不料其止此也。予在南方时,尝读君之文而爱之,来京师君始相识,幸为僚成均,得朝夕接。知君之于文,用心甚苦,功甚深,藻缋组织,不极其工不止,而予不能也。尝见予所作,曰:'吾观子之为人孤峭迫急,谓文亦当然,而纡徐委折,含蓄思致,何其与吾意合也?'于是遂索观所有。予性耻表暴,察君之诚,不敢隐也。君之学得于外舅赵大蓬名必晔者为多,必晔庸斋汝腾之孙,有学行,君早经指授,故前辈渊源尤所习闻。且言从事于文夺其志,自今愿以大者远者共讲焉,予谢不敢当,而二人之莫逆深矣。官舍相近,归即相过,或踏月就谈,尽二鼓乃去。自始病至甚愈,未尝间数日不见,见辄谈文义之外,不及他也。君之于予,岂若众人哉? 纂次遗文,固其责也,况重以苏公之命乎? 因念诸公尚义之举不可以无述,并以予之与君相得者录其梗概,以识予悲,若乃评其格制,表其精华,序而发扬之,使章章不泯,非苏公而谁? 敬虚其右端以俟。君之世系、官位,墓未有石,诸公又岂能忘情乎? 敢并以请。君尝名堂'安雅',令予记之,不果作。今题曰《安雅堂集》,庶几其志云。至正四年三月九日,友生东阳吴某序。"(《礼部集》卷一五)

李好文为《长安志图》作序。

按:《长安志图》,一名《长安图说》,三卷,是李好文至正时候任陕西诸道行御史台治书侍御史时,与同僚核对《三辅皇图》、宋敏求的《长安志》、吕大防的《长安图记》,再考察长安的宫室、池苑、城郭、市井,曲折方向,重加描画所得,共22幅图。该志图乃现存宋元方志中,保存陕西地区农田水利建设最详细、最丰富原始资料的方志之一。李《序》写道:"关中天府之邑,土居上游,古称天地奥区神皋。周及汉、唐都之,子孙皆数百岁。虽其积累深厚,亦曰神器之大措之善也。观其创业垂统,规模宏廓,分郊画几,制作详密,城郭宫室之巨丽,市井风俗之阜繁,山川灵迹之雄伟奇诵,史册所书,稗官所记,文人硕士之揄扬颂叹,习而诵之,如谈蓬壶阆苑、钧天帝居,使人耳可得闻,目不可得而睹也。(此处阙十三字),图见示当时,弗能尽晓,茫然(此处阙五字)之及来陕右,由潼关而西至长安,所过山川城邑,或遇古迹,必加询访。尝因暇日,出至近甸,望南山,观曲江,北至故汉城,临渭水而归。数十里中,举目萧然,瓦砾蔽野。荒基坏堞,莫可得究。稽诸地志,徒见其名,终亦不敢。质其所处,因求昔所见之图,久乃得之,于是取《志》所载宫室、池苑、城郭、市井,曲折方向,皆可指识,了然千百世,全盛之迹如身履而目接之。图旧有碑刻,亦尝镂附《长安志》后,今皆亡之。有宋元丰三年龙图待制吕公大防为之跋,且谓之'长安故图',则是前志固有之。其时距唐世未远,宜其可据而足征也。然其中或有后人附益者,往往不与志合,因与同志较其讹驳,更为补订,厘为七图,又以汉之三辅,及今奉元所治,古今沿革废置不同,名胜古迹不止乎是,泾渠之利泽被千世,是皆不可遗者,悉附入之。总为图二十有二,名之曰《长安志图》,明所以图为志设也。呜呼! 废兴无常,盛衰有数,天理人事之所关焉。城郭封域,代因代革,先王之疆理寓焉。沟洫之利,疏溉之饶,生民之衣食系焉。观是图也,则夫有志之士游意当世,将适古今之宜,流生民之泽,不无有助,岂特山林逃虚、悠然遐想、升高而赋者,以资见闻而已哉? 至正二年秋九月朔,中顺大夫、陕西诸道行御史台治书侍御史东明李好文序。"(《长安图志》卷首) 李好文,字惟中,大名人。元至治进士。官历监察御史、国子祭酒、礼部尚书、太常院使。著有《成均志》二十卷、《名臣经世辑要》四卷。

又按:吴师道作《长安志图后题》,可以丰富人们对李好文《长安图志》的理解,文章写曰:"长安,古都邑之冠也,周、秦、汉、唐,前后相望,其山川城郭、宫室之制,于法宜书。《三辅黄图》最古,宋敏求之《志》、吕大防之《图记》皆后出,凡前人所述,悉具于此矣。同年东明李公惟中治书西台,暇日望南山,观曲江,北至汉故城,临渭水,慨然兴怀,取志多书以考其迹,更以旧图教诎舛而补订之,厘为七图,又以自汉及今治所废置、名胜之迹、泾渠之利悉附入之,总为图二十有二,视昔人益详且精矣。书成以寄,予览之而有感焉。……今李公作《序》,首言周于汉唐之上,且及夫积累深厚、子孙延长之故,指周为多,独能推究其本始者,故愚得以并发所欲言者焉。"(《礼部集》卷一八)

虞集为韩性文集作序。

按:韩性虽生不出其乡,但"四方贵其文学行义,视之为师表"。韩性读书博综群籍,自经史至诸子百家,靡不极其津涯,究其根柢,而于儒先性理之说,尤深造其阃域。秉心制行,表里如一,不徒驰骋于空言而已。与永康胡之纲、胡之纯、胡长孺为内兄弟,曾与王应麟、俞浙、戴表元等结为忘年交。曾荐为慈湖书院山长,谢不起。善诗文,自成一家。为文一主于理,博达儁伟,变化不测,自成一家言。四方学者,受业其门,"户外之履,至无所容"。卒后,南台御史中丞月鲁不花为韩性请谥,朝廷赐谥庄节先生。虞集在韩性死后方得其遗文,作序,以叙年不详,故按在是年。虞集在序言中认为韩性之文:由于他"养其德之久,从容应物而为之言,油然君子之思",故作文"优游不迫,而陈义甚高,汪洋不穷,而立论甚要。"虞集认为韩性"所言者,不出于乡里、州闾之近,推其所能施之朝廷有余也。所教者,不出于父兄、子弟之亲,推之于国人,亦无所不足也。"(虞集《韩明善文集序》)《元史·儒学二》载韩性一段议论云:"延祐初,诏以科举取士,学者多以文法为请,性语之曰:'今之贡举,悉本朱熹私议,为贡举之文,不知朱氏之学,可乎?《四书》、《六经》,千载不传之学,自程氏至朱氏,发明无馀蕴矣,顾行何如耳。有德者必有言,施之场屋,直其末事,岂有他法哉'!"(《元史》卷一九〇)则虞集之言不虚矣。

韩性(1266—1341),字明善,绍兴人。九岁通《小戴礼》,作义操笔力就,文意苍古,老生宿学,皆叹异焉。读书博综群籍,自经史至诸子百家,靡不极其津涯,究其根柢,而于儒先性理之说,尤深造其阃域。秉心制行,表里如一,不徒驰骋于空言而已。与永康胡之纲、胡之纯、胡长孺为内兄弟,曾与王应麟、俞浙、戴表元等结为忘年交。曾荐为慈湖书院山长,谢不起。善诗文,自成一家。为文一主于理,博达儁伟,变化不测,自成一家言。四方学者,受业其门,"户外之履,至无所容"。卒后,南台御史中丞月鲁不花为韩性请谥,朝廷赐谥庄节先生。著有《尚书辨疑》一卷、《诗音释》一卷、《礼记说》四卷、《郡志》八卷、《五云漫稿》十二卷等。事迹见《元史》卷一九〇、《新元史》卷二三五、《宋元学案》卷六四、《元诗选·二集》小传、黄溍撰《安阳韩先生墓志铭》(《黄文献集》卷九上)。

王士点、商企翁等纂《秘书监志》十一卷成。

按：该书记元至元迄至正初秘书监建置沿革、典章故实。分职制、禄秩、印章、廨宇、公移、分监、什物、纸礼、食本、公使、守兵、工匠、杂录、纂修、秘书库、司天监、兴文署、进贺题名十九门。书中录有回回书籍一九五部。

又按：该志"秘书库"载：凡在库书，经部百二十一部，史部七十九部、集部五十七部，道书三百零三部，医书一十四部，方书八部。先次送库书一十二部；后次发下书一千一百五十四部；续发下书六百四十二部，书画二千零八轴，名画一千五百五十六轴，看册七秩。钱大昕《补元史艺文志》著录，元代刻印、流通图书，经部八百零四种，史部四百七十七种，子部七百六十三种，集部一千零九十八种，凡三千一百四十二种，仅次于清修四库之数。（《元代出版史》）

苏天爵《国朝文类》在西湖书院开雕刊行。

按：编修官拟刊行此书，"先呈文给翰林国史院，由该院详准呈中书省和礼部共同议准，然后由中书省发文给江浙行中书省，通知杭州路西湖书院开雕"。（见田建平《元代出版史》，第4页）西湖书院刊刻《国朝文类》文书是："皇帝圣旨：里江浙等处儒学提举司，至元二年十二月初六，承奉江浙等处行中书省掾史崔适承行札付准中书省咨礼部呈，奉省判翰林国史院呈，据待制谢端、修撰王文煜，应奉黄清老、编修吕思诚、王沂、杨俊民等呈：窃惟一代之兴，斯有一代之制作。然文字虽出于众手，而纂述当备于一家，故秦汉魏晋之文，则有《文选》拔其萃，而李唐赵宋之作，则有《文粹》、《文鉴》掇其英。矧在国朝，文章尤盛，宜有纂述以传于时，于以敷宣政治之宏休，辅翼史官之放失，其于典册不为无补。伏睹奎章阁授经郎苏天爵，自为国子诸生，历官翰林僚属，前后搜辑，殆二十年，今已成书为七十卷，凡歌、诗、赋、颂、铭、赞、序、记、奏议、杂著、书、说、议、论、铭、志、碑、传，其文各以类分，号曰《国朝文类》。虽文字固富于网罗，而去取多关于政治，若于江南学校钱粮内刊板印行，岂惟四方之士广其见闻，实使一代之文焕然可述矣。具呈照详。得此。本院看详，授经郎苏天爵所纂《文类》，去取精详，有裨治道，如准所言移咨江南行省，于赡学钱粮内锓梓印行，相应具呈照详，奉此。本部议得，翰林待制谢端等官建言：一代之兴，斯有一代之制作。参详上项《国朝文类》七十卷，以一人之力，搜访固甚久，而天下之广，著述方无穷，虽非大成，可为张本。若准所言锓梓刊行以广其传，不唯黼黻太平有裨于昭代，抑亦铅椠相继可望于后人。如蒙准呈，宜从都省移咨江浙行省，于钱粮众多学校内委官提调，刊勒流布，相应具呈照详。得此。都省今将《文类》检草令收官费咨，顺带前去，咨请依上施行。准此。省府今将上项《文类》随此发去,合下仰照验依准都省咨文内事理施行。奉此。及申奉江南浙西道肃政廉访司书吏冯谅承行旨挥看详,上项《文类》记录著述实关治体,既已委自西湖书院山长计料工物价钱,所需赡学钱,遵依省准明文,已行分派各处,除已移牒福建、江东两道廉访司催促疾早支拨起发外,其于刊雕誊写之时,若有差讹,恐误文献之考,宪司合下仰照验,委自本司副提举陈登仕,不妨本职,校勘缮写施行。奉此。又奉省府札付,仰委自本司副提举陈登仕,不妨本职,校勘缮写,监督刊雕,疾早印造完备,更为催取各各工物价钞,就便从实销用,具实用过数目开申。奉此。至元四年八月十八日承奉江浙等处行中书省札付,准中书省咨礼部及太常礼仪院,书籍损缺,差太祝陈承事赍咨到来,于江南行省所辖学校、书院有版籍去处印造装褙起解,以备检寻,无复缺文之意,数内坐到《国朝文类》两部,仰依上施行。奉此。照得近据西湖书院申交札到《国朝文类》书板,于本院安顿,点视得内有补嵌板,而虑恐日后板木干燥脱落,卒难修理,有妨印造。况中间文字刊写差讹,如蒙规划刊修,可以传久,不误观览,申乞施行。续奉省府札付照勘到,西湖书院典故书籍数内《国朝文类》见行修补,拟合委令师儒之官校勘明白,事为便益。奉此。除已委令本院山长方员同儒士叶森将刊写差讹字样比对校勘明白、修理完备、印造起解外,至元元年十一月二十二日准本司提举黄奉政关,伏见今中书省苏参议,昨任奎章阁授经郎,编集《国朝文类》,一部,已蒙中书省移咨江浙等处行中书省,札付本司刊板印行。当职近在大都,于苏参议家获睹元编集,检草校正,得所刊板本第四十一卷内缺少下半卷,计一十八板九千三百九十余字不曾刊雕,又于目录及各卷内辑正,得中间九十三板脱漏差误,计一百三十余字,盖是当时校正之际,失于鲁莽,以致如此。宜从本司刊补改正,庶成完书。今将缺少板数、漏误字样录连在前,关请施行。准此。儒司今将上项《文类》板本刊补改正,一切完备,随此发去,合下仰照验收管施行。须至指挥右下杭州路西湖书院。准此。至正二年二月施行。"(《元西湖书院重整书目》,吴昌绶"松邻斋"丛书甲编 1917 年刊本)

　　李士瞻《经济文集》六卷约成于此年。

　　按:《四库全书总目提要》曰:"《经济文集》六卷,元李士瞻撰。士瞻字彦闻,先世新野人,徙居荆门。幼英敏好学,至正初中大都路进士,中书辟充右司掾,除刑部主事,累官户部尚书,出督福建海漕,就拜行省左丞,召入为参知政事,改枢密副使,拜翰林学士承旨,封楚国公,以至正二十七年卒,《元史》不为立传,惟《顺帝本纪》载至正二十二年枢密副使李士瞻上疏极言时政凡二十事,具列其目,大抵当时急务,盖亦谠直之士也。是集为其曾孙伸所编次,皆自为右司掾以迄奉使闽中时所著,故《元史》所载时政疏不在其中，检核卷目，其与人简札至七十余通，几居全集之半，虽多属一时酬答之作，而当时朝政之姑息、兵事之乖方、藩臣之跋扈，俱可藉以考见梗概。至士瞻之弥缝匡救、委曲周旋，其拳拳忧国之忱，不惮再三，苦口尤有为人所难能者。《元史》于顺帝时事最称疏略，此集洵足资参订之助矣"。

杨桓《六书统》二十卷刊行。

按：是书卷末有"至正二年八月江浙等处儒学提举余谦补修"一行。国子博士刘泰作序曰："……隶字既失其本真，则此意何以明哉。斯辛泉先生所以为忧，《六书统》所以作也。先生识见高明，洞彻物理，六书奥妙，究极精微。至于一文一字，用心推求，注释简要，莫不得其至当之理。于古人寓教之妙，发其所未发，以新天下后世之耳目，可谓方今之盛典也。苟存心于游执者，得一观之，于世教岂为小补哉。先生幼子守义，得父之传，而精其业，多士嘉之。朝廷特命驼驿往江浙行省，刊板印书，以广其传，可见崇重至美之意云。将仕佐郎、国子博士、门生刘泰序。"（《江宁府志》卷五二）《四库全书总目提要》评曰："其书本不足取，惟是变乱古文始于戴侗，而成于桓。侗则小有出入，桓乃至于横决而不顾。后来魏校诸人，随心造字，其弊实滥觞于此。置之不录，则桓穿凿之失不彰。"

柳贯卒。

按：柳贯（1270—1342），字道传，号乌蜀山人，浦江人。尝受学于金履祥，与黄溍、虞集、揭傒斯齐名，称"儒林四杰"。学文于方凤，门人私谥文肃。大德间曾为江山县教谕，至大初迁昌国州学正，延祐时除国子助教，升博士，泰定间迁太常博士，任江西儒学提举。至正元年（1341）为翰林待制，寻卒。著有《柳待制文集》二十卷、《字系》二卷、《近思录广辑》三卷、《金石竹帛遗文》十卷等。事迹见黄溍《翰林待制柳公墓表》（《金华黄先生文集》卷三〇）、宋濂《柳先生行状》（《文宪集》卷二五）、戴良《祭先师柳待制文》（《九灵山房集》卷七）、《元史》卷一八一、《新元史》卷二三七、《蒙兀儿史记》卷一二〇、《宋元学案》卷八二、《元儒考略》卷四、《两浙名贤录》卷四六、《吴中人物志》卷一〇、《金华先民传》卷二、《金华贤达传》卷一〇、《姑苏志》卷五七。

又按：《宋元学案》卷八二《北山四先生学案》曰："（柳贯受学于金履祥）究其旨趣，又遍交故宋之遗老，故学问皆有本末。"清人顾嗣立曰："（柳贯）门人宋濂与戴良类辑诗文四十卷，谓如老将统百万之兵，旗帜鲜明，戈甲焜煌，而不见有喑呜叱咤之声。临川危素谓其文雄浑严整，长于议论，而无一语袭陈道故。"《元史》亦曰："沉郁从容，涵肆演迤，人多传诵之。与同郡黄溍、吴莱声名一时相埒。"(《元诗选·丁集·待制集》)胡应麟曰："元婺中若黄文献、柳文肃，皆以文名，而诗亦华整。"(《诗薮·外编》卷六)宋濂《先师内韩柳公真赞》"伟貌长身，端严若神。即而就之，煦然春温。海阔天高，莫窥觇其宏度；霆奔飚竖，莫驱驾乎雄文。来趋跄之衿佩，作仪表于荐绅。出入容台，振百年之礼乐；昭宣帝制，焕大号于乾坤。惟其具该博崇深之学，所以继光明俊伟之伦。仰瞻遗像，有涕沾巾。傥使泉台之可作，庶几士俗之还淳。门人具官宋濂拜赞。"

陈旅卒。

按：陈旅（1288—1342），字众仲，兴化莆田人。以荐为闽海儒学官，中丞马祖常奇之，与游京师，又为虞集所知，延至馆中。赵世延引为国子助教，又召入为应奉翰林文字，迁国子监丞。为文典雅峻洁，必期合于古作者。著有《安雅堂集》十三卷。事迹见吴师道《监学祭陈众仲监丞文》(《吴正传文集》卷二〇)、《元史》卷一九〇、《新元史》卷二三七、《元儒考略》卷三、《宋元学案》卷九二、《闽中理学渊源考》卷三六、《元诗选·初集》小传。

傅若金卒。

按：傅若金卒（1303—1342），字与砺，一字汝砺，新喻人。工诗文，精通《毛诗》，喜读汉魏盛唐之作。学诗法于虞集等，揭傒斯、虞集以异才荐。至顺三年游京师，公卿大人交口称誉之。顺帝即位，遣使安南，若金为参佐，还授广州路教授。著有《傅与砺诗文集》二十卷。事迹见苏天爵《元故广州路儒学教授傅君墓志铭》(《滋溪文稿》卷一三)、《新元史》卷二三八、《元诗选·初集》小传、《(嘉靖)临江府志》卷七。

元惠宗至正三年　癸未　1343 年

诏修《辽》、《金》、《宋》三史。

按：诏修辽、金、宋三史，以中书右丞相脱脱为都总裁官，中书平章政事铁木儿塔识、中书右丞太平、御史中丞张起岩、翰林学士欧阳玄、侍御史吕思诚、翰林侍讲学士揭傒斯为总裁官。(《元史·顺帝本纪四》卷四一)三月，《辽史》开始纂修。四月，《宋史》奉诏设局开修，《金史》开修。

四月，车驾时巡上都。(《元史·顺帝本纪四》卷四一)

六月壬子，命经筵官月进讲者三。(《元史·顺帝本纪四》卷四一)

八月，车驾还自上都。(《元史·顺帝本纪四》卷四一)

七月，置永昌等处宣慰使司都元帅府。

按：《元史·百官志八》"永昌等处宣慰使司都元帅府。至正三年七月，中书省奏：'阔端阿哈所分地方，接连西番，自脱脱木儿既没之后，无人承嗣。达达人口头匹，时被西番劫夺杀伤，深为未便。'遂定置永昌等处宣慰使司都元帅府以治之，置宣慰使三员、同知二员、副使二员。首领官：经历、知事、照磨各一员，令史十人，蒙古译史四人，知印二人，怯里马赤一人，奏差八人，典吏二人。"（《元史》卷九二）

十月戊戌，帝将祀南郊，告祭太庙。

按：《元史·顺帝本纪四》载："至宁宗室，问曰：'朕，宁宗兄也，当拜否？'太常博士刘闻对曰：'宁宗虽弟，其为帝时，陛下为之臣。春秋时，鲁闵公弟也，僖公兄也，闵公先为君，宗庙之祭，未闻僖公不拜。陛下当拜。'帝乃拜。"（《元史》卷四一）

己未，顺帝亲祀昊天上帝于圆丘。

按：《元史·顺帝本纪四》载："己未，以郊祀礼成，诏大赦天下，文官普减一资，武官升散官一等，蠲民间田租五分，赐高年帛。"（《元史》卷四一）《元史·祭祀志六》"至正三年十月十七日，亲祀昊天上帝于圜丘，以太祖皇帝配享，如旧行仪制。右丞相脱脱为亚献官，太尉、枢密知院阿鲁秃为终献官，御史大夫伯撒里为摄司徒，枢密知院汪家奴为大礼使，中书平章也先帖木儿、铁木儿达识二人为侍中，御史大夫也先帖木儿、中书右丞太平二人为门下侍郎，宣徽使达世帖睦尔、太常同知李好文二人为礼仪使，宣徽院使也先帖木儿执劈正斧，其余侍祀官依等第定拟。"（《元史》卷七七）

十二月丙申，诏写金字《藏经》。（《元史·顺帝本纪四》卷四一）

征遗逸脱因、伯颜、张瑾、杜本，本辞不至。（《元史·顺帝本纪四》卷四一）

许有壬正月辞左丞职。

按："三年春正月丙子，中书左丞许有壬辞职。"（《元史·顺帝本纪四》卷四一）

中书平章政事纳麟正月乙酉辞职。（《元史·顺帝本纪四》卷四一）

刺刺为翰林学士承旨。

按：《元史·顺帝本纪四》载：十月，"以湖广行省平章政事巩卜班为宣徽院使，行枢密院知院刺刺为翰林学士承旨。"（《元史》卷四一）

王思诚任监察御史。

按：《元史·食货五·盐法》"至正三年，监察御史王思诚、侯思礼等建

言"。(《元史》卷九七)

沙剌班奉诏为《金史》修撰官。

李好文同知太常礼仪院事。(《元史·李好文传》卷一八三)

按:太常礼仪院,据虞集介绍:"国家置太常礼仪院,以奉天地祖宗之祭,外则山川鬼神之祀典,咸秩焉。其长贰、参佐十数人通领之。典故议论,属诸博士;而郊社宗庙,执礼治乐,器服牲币,各有攸司。而审时日、庀物数、治文书,以达上下中外,分隶职事者,则存乎府史矣。是故干羽舞蹈之容,律吕始终之奏,玉帛品物之节,醪醴牲杀之仪,笾豆鼎俎之实,升降进退之宜,鬼神享格之义,凡从事于斯者,莫不通习而具知焉。故其出为外,有司以其见闻施诸行事,则有非他官所能及者。"(虞集《袁州路分宜县新建三皇庙记》,《道园学古录》卷三六)由虞集所述可知任太常礼仪院事者,须知识浩博,才能非凡,而虞集在领修《经世大典》时,曾以李好文具有见闻,推荐他参与修撰,在虞集、揭傒斯、苏天爵等人著述之臣纷纷凋零之后,李好文身任太子之师,而由李好文著述浩繁的情形也辅证了他的能力。

干文传预修三史而擢擢集贤待制。(《元史·干文传传》卷一八五)

按:黄溍《干氏赠封碑阴记》"公淹外服已久,今天子用言者建白,肆命宰臣,总裁三史,旁招群彦,俾预纂修。公既首膺召节,下至溍之疏贱黯浅,亦所不遗。溍适有内艰,不果行,乃拜公集贤待制,任以史事。"(《金华黄先生文集》卷一四)

危素因为修《宋》、《辽》、《金》史,奉诏求遗书。

按:危素此行在藏书家庄肃后人处购书五百卷。(《兰桥毛氏族谱序》,《说学斋稿》卷三)

汪泽民召为国子司业,与修《辽》、《宋》、《金》三史,书成,迁集贤直学士。(《元史·汪泽民传》卷一八五)

许有壬以中书左丞罢归。(《元史·许有壬传》卷一八二)

虞集致仕在家,朝中修辽、金、宋三史,欲用虞集任总裁,以有人陈其病状,毋苦其远行,奏牍将上而止。(欧阳玄《虞雍公神道碑》)

虞集见范梈书法手卷,感慨作跋。

按:虞集《题范德机为黄士一书一窗手卷》文中云"今年七十一,清江黄士一以所得一窗字相示",故题跋作于此年。虞集与范梈交情甚洽,备为欣赏,在这篇跋文中,虞集在备述唐代以来篆书流变的基础上,叙录了范梈馆于董士选家,潜心临摹书帖,在篆书上取得令赵孟頫等刮目的成绩之事,就中可见虞集品鉴识度,更可见他对范梈的欣赏。"书法盛于晋、唐,宋以后殆不可及也。然篆法惟阳冰称神妙,遂为绝艺。宋初,江南徐氏兄弟为有闻,分裂后,中州有党怀英。国初,东鲁杨武子书最盛,著书论字,学奇博无与抗衡,翰墨沛然,不待施诸印章,碑额题匾而已。今太史浑仪诸铭,动千百言,非寡邑陋邦所有也。继之者,保定郭公安道,自中朝至远方,莫不尚焉。其在东南,则有吴兴张有著于宣和、绍兴间,年八九十,笔力犹奇伟,考论亦精诣,缙绅先生称之。后百年,有临邛魏公华甫最通古学,用笔雄健,非苟作也。内附后,赵公子昂以书学妙当世,而篆法与郭公相望,时人不敢轻为优劣。此唐以来,篆书源流之大概如此。清江范德机氏,与予同生前壬申,三十后同游京师,先后客稿城董忠宣公之馆。公勋臣世家,高节伟行,独好古学,故家多名法书,其诸父兄弟、亲戚家人多好藏书者。而故宋遗书,亦多至京师,好事者所得又富。德机清慎,为人所敬爱,盖无不得见焉,既有以极,采其精蕴。董公子长房,移居京城东南,园池在宅南,甚高洁。德机讲授吟讽多暇时,官史馆亦无大著述。德机于是时临池之工,无有及之者。遨游郭、赵二公门,皆相推许,而赵公尤讶其进之不易。后知其作篆、隶、行草诸体殆遍,木叶、砖石、墙壁、桁柰无不挥染,风雨所及,重叠再三。乃叹曰:是不及也。”

　　危素观张彦辅为方从义所作《圣井山图》而为序。

　　按:据危素序言载,方从义曾至京师,未旬日而思南还,回到向来修行处圣井山。“与之交游之素者争挽留之。张君彦辅知其志之所在,乃取高句骊生纸作《圣井山图》以慰之。彦辅,君国人,隐老子法中而善写山水。向者侍臣有进其画于延阁,上览而说之。余数从讲官入直,尝与古画并观,几莫可辨矣。然其书人所罕得,虽游从之久者亦不能强求也。初,鲁国大长公主好名画以自娱玩,欲得其画,而张公终不肯与,他人可知已。今独嘉方壶子之高趣,而为是图。”(《危太朴文集》卷六) 于此篇尤可概见元人多向度的交游情形。

　　苏天爵以中奉大夫、湖广等处行中书省参知政事于士绅家见宋度宗咸淳四年进士题名簿,作题跋《题咸淳四年进士题名》。(《滋溪文稿》卷二九)

　　苏天爵十二月丙午作《题司马温公人物记》。

　　按:文云:“宋元祐初,司马温公当国,一时人物咸聚于朝。是编所记二百余人,或一人屡见,若王同老、谢卿材、韩宗道是也;或止记其父兄师友;或盛称其问学才能曰某人云。……至正癸未冬十有二月丙午赵郡苏天爵敛袵书。”(《滋溪文稿》卷二九)

　　苏天爵作《三史质疑》。(《滋溪文稿》卷二五)

苏天爵十月作《伊洛渊源录序》。

按：朱熹《伊洛渊源录》十四卷至正时期又刻，除苏天爵作序外，另有黄清老、李世安至正九年（1349）序。苏天爵序云："《伊洛渊源录》者，新安子朱子之所辑也。朱子既录八朝名臣言行，复辑周、程、邵、张遗事，以为是书，则汴宋一代人才备矣。天爵家藏是书有年，及来鄂省，谋于宪府诸公，刊置郡学，与多士共传焉。……尝即是书而考之：谓人君当防未萌之欲，辅养君德，要使跬步不离正人；谓一命之士，苟存心于爱物，于人必有所济，则正主、庇民之道，岂有外此者乎？谓杀人以媚人，吾不为也；谓荐士当以才之所堪，不当问所欲，则慎刑、官人之法，岂有不本于此者乎？其他一言行之嘉，一政令之善，莫不皆可以为法焉。读者能即是而求之，本乎圣贤修己之学，自不溺于词章记诵之习；明乎圣贤治人之方，必不詤于权谋功利之说，庶几先儒次辑是书，有望于后学者哉！盖学问之传授，不以时世而存亡；师友之渊源，不以风俗而间断。然而巽懦无志者，不足以有望，必得豪杰特立之士，观感兴起，知求圣贤之学而学焉，则真儒善治之效可得而致矣。至正癸末十月既望，赵郡苏天爵序。"（《滋溪文稿》卷五）

胡助谒见杨维桢于其铁冶所，为其《丽则遗音》作跋，称其赋意格皆佳，复古有则。

按：其序曰："皇朝设科取赋，以古为名。故求今科文于古者，盖无出于赋矣。然赋之古者，岂易言哉？扬子云曰：'诗人之赋丽以则，词人之赋丽以淫。'子云知古赋矣，至其所自为赋，又蹈词人之淫而乖风雅之则，何也？岂非赋之古者，自景差、唐勒、宋玉、枚乘、司马相如以来，违则为已远，矧其下者乎？余蚤年学赋，尝私拟数十百题，不过应场屋一日之敌尔，敢望古诗人之则哉？既而误为有司为采，则筐箧所有，悉为好事者持去。近至钱塘，又有以旧所制梓于书坊，卒然见之，盖不异房桐庐之见故物于破瓮中也。且过以则名，而吾同年黄子肃君又赘以评语，益表刻画之过，读之使人惶焉不自胜也。因述赋之比义古诗而不易于则者，引于编者，且用谢不敏云。至正二年壬午春正月会稽杨维桢撰"。（《丽则遗音》卷首）《丽则遗音》四卷，收赋三十二首，集中还附杨维桢同年进士黄子肃之评语。今存元刻本和明末汲古阁本等。

王士熙约卒于此年。

按：王士熙（约1265—约1343），字继学，东平人，王构之子。尝师事邓文原。至治初为翰林待制，至治三年为右司员外郎，泰定间为治书侍御史，泰定四年任中书参政。至正二年升南台中丞，卒于任，追封赵国公。博学工文,长于乐府歌行。与虞集、袁桷、马祖常、揭傒斯等时相唱和,被认为"如杜、王、岑、贾之在唐,杨、刘、钱、李之在宋,论者以为有元盛世之音也"(《元诗选》小传)。著有《江亭集》、《王陌庵诗集》二卷。事迹见《元史》卷一六四、《新元史》卷一九一、《元诗纪事》卷一一、《元诗选·二集》小传等。

胡助《挽王继学中丞》"玉堂挥翰泻珠玑,家学光华世所稀。但觉高才无滞事,安知平地有危机。妙年台阁祥麟出,晚节江淮退鹡飞。惆怅百年曾莫赎,生刍一束泪沾衣。平生忠耿岂消磨,报国当年荐士多。乌府风清中执法,凤池日永载赓歌。人间富贵如春梦,海外文章似老坡。惭愧白头门下客,伤心无复听鸣珂。"(《全元诗》第二十九册,第75页)

柯九思卒。

按:柯九思(1290—1343),字敬仲,号丹丘生、五云阁吏,仙居人。精于金石之学,与虞集、赵孟頫为友,书法学欧阳询,画墨竹学文同一派,置奎章阁,特授学士院鉴书博士。存世作品有《清閟阁墨竹图》,著有《丹丘生集》、《墨竹谱》等;亦工诗,有《任斋诗集》,虞集、陈旅为之序。《元诗选》三集有《丹丘生稿》一卷。事迹见《元史》卷三五、《新元史》卷二二九、徐显《稗史集传》、《南村辍耕录》卷一四、《书史会要》卷七、《(正德)姑苏志》卷五七、《吴中人物志》卷一〇、《元诗选·三集》小传。

王沂约卒于此年。

按:王沂(约1287—约1343),字师鲁(一作思鲁),祖籍云中,后迁真定。延祐二年(1315)中进士,后历国子博士、翰林待制,曾主持元统元年(1333)科举,以"总裁官"身份编定《辽》、《金》、《宋》三史,有诗文集《伊滨集》二十四卷。事迹见《元书》八九、《(嘉靖)真定府志》、《四库全书总目提要》卷一六七《伊滨集》提要。

按:王沂卒年不详,而据刘基《王师鲁尚书文集序》云"尚书王公师鲁文集二十有八卷,公卒之四年,浙西廉访司佥事王君宗礼、经历王公威可访而辑之,版行于世,浙江行省参政赵郡苏公命刘基为之序。"据考苏天爵任浙江行省参政,并与刘基有工作关系的时间在至正七年(1347)至至正九年(1349),则刘基所云王沂去世时间当在1343—1345年间。

刘基《王师鲁尚书文集序》"尚书王公师鲁文集二十有八卷,公卒之四年,浙西廉访司佥事王君宗礼、经历王公威可访而辑之,版行于世,浙江行省参政赵郡苏公命刘基为之序。……宋之文,盛于元丰、元祐,时天下犹未分也。南渡以来,朱、胡数公以理学倡群士,其气之所锺,乃在草野,而不能不见排于朝廷,其他萎弱纤靡,与晋、宋、齐、梁无大相远,观其文,可以知其气之衰矣。有元世祖皇帝至元之初,天下犹未一也,时则有许、刘诸公以黄钟大吕之音振而起之。天将昌其运，其气必先至焉，理固然矣。混一以来，七十余年，际天所覆，罔不同风，中和之气，流动无间，得之而发为言，安得而不雄且伟哉？公生至元间，自幼好学为文。仁宗皇帝首开科举，公即以其年登第。其涵濡渐渍，非一日矣，故其为文有中和正大之音，无纤巧萎靡之习。春容而纡余，衍迤而宏肆，不极于理不止，粹乎其为言也！后之览者，得以考其时焉。公之历官行事，自见国史，故不著。"（《诚意伯文集》卷六）

元惠宗至正四年　甲申　1344年

二月辛丑，四川行省立惠民药局。

按：八月，陕西行省立惠民药局。（《元史·顺帝本纪四》卷四一）

三月壬寅，特授八秃麻朵儿只征东行省左丞相，嗣高丽国王。（《元史·顺帝本纪四》卷四一）

三月，《辽史》一百一十六卷修成，欧阳玄代右丞相脱脱撰《进辽史表》。

按：关于《辽史》的修撰，早在辽寿隆六年（1100），为回报北宋史所作"贬訾"，曾由耶律俨撰成"以赵氏初起事迹祥附国史"之《辽史》。现存版本有明嘉靖八年（1529）南监本、万历三十四年（1576）北监本、清武英殿刻本、道光四年（1824）改校刻本、1935年百衲本、1974年中华书局标点本等。而元代《辽史》的修撰开始于至正三年（1343）四月，至正四年（1344）二月即告修完，修撰时间不及一年。欧阳玄代右丞相脱脱作《进辽史表》写道："开府仪同三司、上柱国、录军国重事、中书右丞相监修国史、领经筵事臣脱脱言：窃惟天文莫验于机衡，人文莫证于简策。人主鉴天象之休咎，则必察乎机衡之精；鉴人事之得失，则必考乎简策之信。是以二者所掌，俱有太史之称。然而天道幽而难知，人情显而易见。动静者吉凶之兆，敬怠者兴亡之机。史臣虽述前代之设施，大意有助人君之鉴戒。辽自唐季，基于朔方。造物本席于干戈，致治能资于黼黻。敬天尊祖而出入必祭，亲仁善邻而和战以宜。南府治民，北府治兵。春狩省耕，秋狩省敛。吏课每严于刍牧，岁饥屡赐乎田租。至若观市赦罪，则吻合六典之规；临轩策士，则恪遵三岁之制。享国二百一十九载，政刑日举，品式备具，盖有足尚者焉。迨夫子孙失御，上下离心。骄盈盛而衅隙生，逸贼兴而根本蹙。变强为弱，易于反掌。吁可畏哉！天祚自绝，大祐苟延，国既邱墟，史亦芜茀。耶律俨语多避忌，陈大任辞乏精详。《五代史》系之终篇，宋旧史埒诸载记。予夺各徇其主，传闻况失其真。我世祖皇帝一视同仁,深加悯恻;尝敕词臣撰次三史,首及于辽。六十余年,岁月因循,造物有待。臣脱脱诚欢诚思,顿首顿首。钦惟皇帝陛下,如尧稽古,而简宽容众;若舜好问,而濬哲冠伦。讲经兼诵乎众谟,访治旁求于往牒。兹循史事,断自宸衷。睿旨下而征聘行,朝士贺而遗逸起。于是命臣以右揆领都总裁,中书平章政事臣铁睦尔达实、臣贺惟一、翰林学士承旨臣张起岩、翰林学士承旨臣欧阳玄、翰林侍讲学士臣揭傒斯、侍御史今集贤侍讲学士臣吕思诚为总裁官,中书遴选儒臣崇文大监今兵部尚书臣廉惠山凯雅、翰林直学士臣王沂、秘书著作佐郎臣徐昺、翰林监修臣陈绎曾为修史官,分选《辽史》。起至正三年四月,迄四年二月。发故府之椟藏,辑遐方之匦献,搜罗剔抉,删润研磨。纪、志、表、传,备成一代之书;臧否是非,不迷千载之实。臣脱脱等叨承隆奇,幸睹成功。载宜日月之光华,愿效涓埃之补报。我朝之论议归正,气之直则词之昌;辽国之君臣有知,善者喜而恶者懼。所撰《本纪》三十卷,《志》三十一卷,《表》若干卷,《列传》四十五卷。各著论赞,具存体式,随表以闻,上尘天览。无任激切屏营之至,谨言。"(《圭斋文集》卷一三)

四月,车驾时巡上都。(《元史·顺帝本纪四》卷四一)

五月乙未,右丞相脱脱辞职,不许;甲辰,许之,以阿鲁图为中书右丞相。

按:《元史》又载,是月乙巳,封脱脱为郑王,食邑安丰,赐金印及海青、文豹等物,俱辞不受。六月己巳,赐脱脱松江田,为立松江等处稻田提领所。八月,丙戌,赐脱脱金十锭、银五十锭、钞万锭、币帛二百匹,辞不受。(《元史·顺帝本纪四》卷四一)

八月,车驾还自上都。(《元史·顺帝本纪四》卷四一)

九月辛亥,以南台治书侍御史秦从德为江浙行省参知政事,提调海运。(《元史·顺帝本纪四》卷四一)

十一月,《金史》一百三十五卷修成,欧阳玄代丞相阿鲁图撰《进金史表》。

按:元中统元年(1260)即已议论编纂《金史》。以"义例"问题而一再搁置。未久,金正大元年状元、元翰林学士承旨王鹗利用任职之便,撰成《金史》,未及付梓。同时,元好问采摭金代君臣遗言往事,撰成《野史》百余万言。而基于金代实录及王鹗、元好问及其他人之著述,《金史》历来被认为是元代所修三史中最佳者。《四库全书总目提要》评曰:"元人之于此书,经营已久,与《宋史》、《辽史》取辨仓促者不同,故其首尾完密,条例整齐,约而不疏,赡而不芜,在三史之中,独为最善。"赵翼称是书叙事详核,文笔老洁，迥出《宋史》、《辽史》之上。现存版本，有元至正五年(1345)刻本、明嘉靖八年(1529)南监本、万历三十四年(1576)北监本、清武英殿刻本、道光四年(1824)改校刻本等。欧阳玄《进金史表》写道："惟之金源，起于海裔。以满万之众，横行天下；不十年之久，专制域中。其用兵也，如纵燎而乘风；其立国也，若置邮而传命。及熠兴于礼乐，乃焕有乎名声。尝循初而迄终，因考功而论德。非武元之英略，不足以开九帝之业；非大定之仁政，不足以固百年之基。天会有吞四海之志，而未有一四海之规；明昌能成一代之制，而亦能坏一代之法。海陵无道，自取覆败；宣宗轻动，曷济中兴。迨夫浚郊多垒之秋，汝水飞烟之日。天人属望，久有在矣；君臣守义，盖足取焉。我太祖法天启运圣武皇帝，以有名之师，而释奕世之忾；以无敌之仁，而收兆民之心。劲兵捣居庸关，北拊其背；大军出紫荆口，南扼其吭。指顾可成于隽功，操纵莫窥于庙算。惩彼取辽之暴，容其涉河以迁。太宗英文皇帝，席卷河朔，而徇地并营；囊括赵代，而传檄齐鲁。灭夏国而蹴秦巩，通宋人以逼河淮。睿宗仁圣景襄皇帝，冒万死出饶风，长驱平陆；战三峰乘大雪，遂定中原。大阳出而爝火熸，正音作而众乐废。及我世祖圣德神功文武皇帝，恢宏至化，劳徕遗黎。燕地定都，彻武灵之旧趾；辽阳建省，抚肃慎之故墟。于时张柔归《金史》于其先，王鹗集金事于其后。是以纂修之事，见诸敷遗之谋。延祐申举而未遑，天历推行而弗竟。恭惟皇帝陛下，缉熙圣学，绍述先猷。当邦家闲暇之时。治经史讨论之务。念彼泰和以来之事迹，接我圣代初兴之岁年。太祖受帝号于丙寅，先五载而朱凤应；世祖毓圣质于乙亥，才一岁而黄河清。若此真符，昭然成命。第以变故多旧史阙，耆艾没而新说伪。弗折衷于大朝，恐失真于他日。于是圣心独断，盛事力行。申命臣等，集体众技以责成书，伫奏篇以览近鉴。臣等仰承隆委，俯竭微劳。紬石室之书，诚乏司马迁之作；献金镜之录，愿摅张相国之忠。谨撰述《本纪》十九卷，《志》三十九卷，《表》四卷，《列传》七十三卷，《目录》二卷，装潢成一百三十七帙，随表以闻。"(《圭斋文集》卷一三)

是年，江西行中书省贡院取录右榜九人，左榜廿二人。

按：据虞集《江宪贡院题名记》记载："至正四年，岁在甲申，江西行中书省事钦奉明诏，兴贤能于郡县，聚之会府，拔其尤以充贡。先期驿至中外文学大夫士以校艺，乃八月之吉，受聘而至者先后入院，遵奉累举之制而试之。九月十五日，得右榜九人，左榜廿二人，又以新制取次榜右生六人，左榜十有二人，留省以备学官之任。"

纳麟为中书平章政事。

按：三月癸丑，以河南行省平章政事纳麟为中书平章政事，集贤大学士姚庸为中书左丞。(《元史·顺帝本纪四》卷四一)

也先帖木儿等知经筵事。

按：癸丑，命御史大夫也先帖木儿、平章政事铁木儿塔识知经筵事，右丞达识帖睦迩提调宣文阁、知经筵事。(《元史·顺帝本纪四》卷四一)

苏天爵召为集贤侍讲学士，兼国子祭酒。(《元史·苏天爵传》卷一八三)

泰不华以三史修成授秘书卿，升礼部尚书兼会同馆事。(《元史·泰不华传》卷一四三)

脱脱以中顺大夫、行中书省郎中任江西肃政廉访司副宪事。(虞集《江西宪司新门记》)

许有壬改江浙行省左丞，辞。(《元史·许有壬传》卷一八二)

危素奉旨南下浙江购求袁桷藏书。

按：危素《鄞江送别图序(丙戌)》"至正四年，素奉使购求故翰林侍讲学士袁文清公所藏书于鄞，属其孙曦同知诸暨州事，方以事往海中，待之久而后还。"(《危太朴文集》卷八)

贡师泰除绍兴推官，考文江浙。

按：王祎《绍兴谳狱记》"至正四年夏，宣城贡公由应奉翰林文字出为绍兴总管府推官。郡之有推官职，专详谳刑狱。而绍兴为郡，所辖州二、县六，地大民众，狱讼号称繁剧，故居职者每难其人。及公为之，则固有异于人人者矣。"(《王忠文集》卷十一)朱樵《玩斋先生纪年谱》"至正四年甲申，除绍兴推官，既任，考文江浙。"《玩斋先生纪年录》"至正四年任绍兴路推官，凡所详谳，多致平反，豪猾敛手，朝廷大臣有荐公治理为江浙第一。"(《贡氏三家集》第460、462页)

释大䜣五月一日，退居广智庵。(虞集《大元广智全悟大禅师太中大夫住大龙翔集庆寺释教宗主兼领五山寺笑隐䜣公行道碑》)

苏天爵与僚属游慈恩寺。

按：苏天爵《慈恩寺题名记》"至正甲申之仲春润月戊辰，余偕侍御史买买(玛摩)，经历纳纳实理(鼐尔实理)，都事宋秉亮，御史观音宝、尹忠、杨惟一、卓思诚、潘惟梓，照磨王颐，管勾房温、护都不华(呼图克布哈)游于樊川、览阳春之和畅，欣品汇之敷荣，觞咏倡酬，抵暮始还。是秋九月己酉，值簿领之清简，乐岁时之丰登，又偕都事杨惟一、御史脱火赤(托和齐)、脱伯(托卜)，管勾房温、护都不华(呼图克布哈)游于慈恩寺。徘徊临眺，迤逦至曲江而归。一岁之中，凡再游焉。前时同行者则已别迁他官，存者独予与幕

府杨君、两架阁而已。念夫游观行乐之有时，（而）出处聚散之不常，何必追寻陈迹，始兴感叹耶！"（《滋溪文稿》卷三）

危素以访书至鄞县，与当地士子谈文论史，盛况空前。

按：危素《鄞江送别图序（丙戌）》"至正四年，素奉使购求故翰林侍讲学士袁文清公所藏书于鄞，属其孙曤同知诸暨州事，方以事往海中，待之久而后还。鄞之士君子闻素至，甚喜，无贵贱长少，日候素于寓馆，所以慰藉奖予，无所不至。其退处山谷间者亦褒衣博带，相携来见。馆名'涵虚'，唐秘监贺公之故宅，下瞰月湖，后枕碧沚，方盛暑，清风时来，坐有嘉客。鄞，故文献之邦，距宋行都不远，往往能言前代故实。又各出其文章，如游琼林瑶圃，灿然可观。驿吏愕眙相语：'向使者之来，未尝有宾客如此之盛也'。"据危素序言云，鄞县士子又请画士陈元昭将此事绘成《鄞江送别图》，并纷纷题诗其上，藉由逦贤带给危素，危素甚为感动，在序中云"明年，史越王裔孙文可因葛逻禄（果囕罗）易之至京师，寄《鄞江送别图》以相遗，其士君子又为诗若文题其上。素何以得此哉！素，山林之鄙人，学未卒业，以贫干禄，无寸长以自见，且非有穹官峻爵以耸动当世，遡其先世，未尝宦游此邦而有遗爱在其人，何鄞之士君子待遇之隆一至于此，岂（其）殆有宿缘耶？此图陈元昭所作，笔意高雅，其纸犹是越王所蓄（畜），皆可宝（葆）也。史馆暮归，因志其后，使儿子谨藏之。"（《危太朴文集》卷八）

苏天爵作《陕西乡贡进士题名记》。

按：按苏天爵文章尾署"至正四年秋七月壬寅，中奉大夫、陕西诸道行御史台侍御史苏天爵记"，故按条于此年。据苏天爵记载，至正四年，"承事郎、儒学副提举张君敏哀集八举计偕之士，勒名于石，以记文为请"，而张敏统计陕西由延祐首科至至正四年八科"三十余年，而陕西乡荐登第者共十九人"。（《滋溪文稿》卷三）

盛熙明以所编《法书考》八卷进，顺帝览之彻卷，命藏禁中。（揭傒斯《法书考序》，《法书考》卷首）

苏天爵以中奉大夫、陕西诸道行御史台侍御史作《太子赞善同公文集序》。

按：同公即同恕，乃元代关陕作家之重要代表，在序文还有一点非常值得注意，苏天爵对萧贞敏出关入京后选择辞疾归老的行为区别于"遗世绝人、索隐行怪者之流"，这是自元代馆阁上层传达而下的一种普遍倾向，以此，元代文学风气中观国之风、周游天下的特征颇为明显。苏天爵序写道："天爵早岁居于京师，凡四方之士文学节行著于州间者，未始不闻其名焉。若故集贤学士萧贞敏公、太子赞善同文贞公，则尤士君子所喜称道者也。夫二公生逢国家之治平，亲承文献之绪余，深居而简出，惇行而慎言，处于家庭则肃然以庄，接于乡党则薰然以和。远近学者之及门也，则授之以经；台省名公之造其家也，则交之以礼，故小大敬服，而声闻日以彰矣。自昔关辅风土厚完，人材朴茂。洪惟世祖皇帝始以潜藩分地，请命故相廉文正王为宣抚使，乃辟覃怀许公为之提学，以兴庠序，以育贤才，以美风化，其规模宏远也。当时儒宿，磊落相望。至大德、延祐之际，则有若贞敏、文贞二公者出焉，风采凛然，倾动海内。于是朝廷方兴文治，登用老成，屡以尊官显爵即其家征起之。间尝一至京师，深欲推明其学，未久，移书庙堂，辞疾而归。雍容乎道义之盛，审度乎出处之宜，是岂遗世绝人、索隐行怪者之流欤？至正四年春，天爵来官于秦，方将考求诸老言行而表章之，俾多士以为矜式。会御史观音宝、潘惟梓以文贞遗文来上，请刊布于江、淮郡学。天爵再三诵读，爱其词淳而义正，信乎有德者之有言也。呜呼，迩年以来，中原耆旧相继沦逝，流风余韵日远日亡，独赖其语言文字尚能稽其一二。善哉，御史之有是请也，岂惟使关辅之士企其风节学行而有所兴起已夫。至于贞敏之文，散佚无稽，将与文贞之孙再思等采而辑之，共广其传焉。中奉大夫、陕西诸道行御史台侍御史赵郡苏天爵序。(《滋溪文稿》卷五)

虞集为沙剌班《学斋吟稿》作序。

按：沙剌班汉名刘伯温，虞集序言题曰《刘公伯温学斋吟稿序》。据虞集序言称，沙剌班修《金史》于著庭，据载《金史》是年修完。虞集序又云，"伯温之持宪江右"，而虞集《兴学颂》中交代，沙剌班持宪江右乃"至正四年十有二月，太中大夫、肃政廉访使张掖刘公沙剌班上任之三日"，故将虞集为沙剌班作序时间定于此年。虞集在序言中认为，"诗之所系者大矣"，而"大夫君子学问之纯粹，思虑之深造，才识之超迈，经济之精微，尽见于行事。则托诸登览吟咏之际者，可以见其所存矣。"陈垣在《元西域人华化考》中说："元初不重儒术……然其后能知尊孔子，用儒生，卒以文致太平，西域诸儒，实与有力"，又说："当是时，百汉人之言，不如一西域人之言……吴澄之徒之所以能见用于时者，纯恃有二三西域人后先奔走之，而孔子之道之所以能见重于元者，亦纯赖有多数异教西域人诵其诗，读其书，倾心而辅翼之也"(陈垣《元西域人华化考》，第 29 页)虞集之于沙剌班即如陈垣所论，沙剌班亦不负虞集之寄，"以高志清行，博通今古，成能于天子之学，达才于耳目之寄。其居乡也，本诸彝伦，正其道义，以化其乡人。乡人从之，至以为仪表，盖得闻其所未闻者也。"沙剌班《学斋吟稿》存诗三十余首，虞集认为"发感慨于情性之正，存忧患于敦厚之言，是为不可及者。若其体制音韵，无愧盛唐。"陈基《跋学斋侍御张掖刘公洛阳怀古诗》述沙剌班诗歌风格写道："右

《洛阳怀古》诗一首,西台侍御张掖刘公之所赋也。公以学问政事,方用于时,而其为诗清新,雅丽有则。至以周公、邵子对言,则先儒之微意,而公之学有所本也。刻而传之,岂惟洛阳之盛事而已哉。"(《夷白斋稿外集》)

又按,黄溍在《学圃诗序》中通过对沙剌班书房的叙录表现其儒雅气质写道"翰林主人伯温甫,世居张掖,而其别业,在长安城东,有堂曰养正之堂。堂之左有斋曰仁斋,右有斋曰学斋,学斋之外有圃,直其西北曰学圃。杂植蔬果花木其中,而引九龙池之水环屋东西,分注于莲池,以溉其圃。九龙,即兴庆池也。又于其旁作怀古之台、濯缨之亭,四方宾客来过,必款而休焉。大篇短章,更唱迭和,因会粹成卷,而俾予序之。或曰:'昔樊迟请学为圃,孔子既婉其辞以拒之,复峻其辞以斥之,伯温甫何慕乎?'予曰:'不然。樊迟所谓学圃,志在圃也;伯温甫所谓学圃,志在学也。古者自国而乡,自乡而家,莫不有学。出入起居,目触心接,亦无一事一物,而非学园圃者,所以毓草木也。观天地生物之心,周流而不穷,则可以验吾心之仁,无一息之间断。因雨露之霑濡,则思有以培本而达支;因风霜之摇落,则思有以敛华而就实。至于芜秽之不可不去,则克治之功,自有不容于卤莽灭裂矣。又以其荣耀消陨,而推求夫盛衰之故,则有以处屈伸,进退之际,而不惑矣。而况水花庭草,皆先贤格言,精义之所存,又岂徒可以供宴娱而已乎?伯温甫即其斋以藏焉、修焉,所以养其内,性理之学也;即其圃以息焉、游焉,所以养其外,物理之学也;是固有不可偏废者矣。传所谓人情为田,礼耕义耨,而学以耰之者,盖以农喻学,此则以圃喻学也。庸因或者之疑而释之,以为学圃诗序。"(《金华黄先生文集》卷一八)

又按:元代异族子弟受中原文化浸染,弃弓马而事诗书,甚或文武兼能者不在少数,如贯云石、萨都剌、泰不华、马祖常等,又有如蒙古人僧嘉讷者,自祖父随成吉思汗征服天下,其后留镇晋地,本人成为广东元帅,公事之暇,作为歌诗,竟有诗集《嶂山诗集》,虞集为之作序。而虞集也在序中感慨天运在元朝,于是乎"元气磅礴于龙朔,人物有宏大雄浑之禀,万方莫及焉。是以武功经营,无敌于天下;简策所传,有不可胜赞者矣。"虞集认为由于自忽必烈一统南北之后,即注意文治天下,于是大元王朝"人文宣朗,延礼钜儒,进讲帷幄,宗亲大臣多受经义。而经天纬地之文,戡定祸乱之武,于是兼举而大备焉。"广东元帅僧嘉讷即其中卓越者。僧嘉讷曾携母定居河北嶂山,多有吟咏。而作为广东元帅之后,又与宾客唱酬颇多,其府掾董澜"记而录之,合前后所传以成若干卷",抚州路经历黄天觉曾得僧嘉讷"更生之造",无以报之,随将其诗集刻诸梓。藉由僧嘉讷之诗集,虞集在序中感慨认为"我朝文化之行,声诗之播,用之邦国,用之民庶,沛然将有取焉"。至于僧嘉讷之诗,虞集赞叹认为"(僧嘉讷,字元卿)受朔易之严正,兼形胜之奇伟,才识超诣,肆力文史",其歌诗吟咏"无幽忧长叹之声",虞集认为比之于屈、宋之辞,建安诸子,犹有胜处:"夫屈、宋之辞,远接风雅,盖出于亡国陋邦。建安诸人,亦号奇壮,而所居之朝非世正绪。固不可与今之君子,度长比大于当时矣",则多族融合,不仅是少数民族得中原文化之浸润,中原文化亦得少数民族气质之丰富。

欧阳玄奉敕撰《大元敕赐故顺天路达鲁花赤河西老索神道碑铭》。(《圭斋文集补编》卷一一)

欧阳玄奉敕为董守简之父董士珍作神道碑。(欧阳玄《大元敕赐故资政大夫御史中丞赠纯诚肃政功臣开府仪同三司太傅上柱国赵国公谥清献董公神道之碑》)

欧阳玄撰《翰林国史院祭揭侍讲文》。

按:文章写道:"呜呼! 公之道德忠厚笃实,洞彻内外;公之文章纯深尔雅,警发愦愦。方馆阁之践扬,实昌期之际会。密勿论思,从容进退。当誉望之日隆,惟恪恭之弗戒。掌斯文于玉堂,赞皇猷之光大。侍讲读之经幄,知启沃之切闿。待引年而挂冠,戒舟楫而南迈。帝锡命而来还,冀黄发之未艾。通闻诏之方殷,思竟考夫前代。诏总裁于三史,庶缉熙于帝载。天不慭遗,慨其殄夕卒;惟我同僚,思其莫再。望望丧车,悠悠丹斾;尚期英爽,歆此薄酹。"(《圭斋文集》卷一五)

欧阳玄至正年间,作《高昌偰氏家传》。(《圭斋文集》卷一一)

按:高昌偰氏在元代政治、文化等各方面影响都极令人注目,尤其是其子弟曾在元代连续六届科举中高中进士,累计八次科举九人及第,欧阳玄在《高昌偰氏家传》写道:"偰氏,畏兀人也。其先世曰暾欲谷(多伊克),本中国人。隋乱,突厥入中国,人多归之。突厥部以女婆匐(普尔普)妻默棘连可汗(穆克尔苏汗)为可敦(哈屯),乃与谋其国政,《唐史·突厥传》载其事甚详。默棘连(穆克尔苏)卒,国乱,婆匐(普尔普)可敦(哈屯)率众归唐,唐封为宾国夫人。而默棘连故地尽为回纥所有,暾欲谷子孙遂相回纥。回纥即今畏兀也。回纥尝自以其鸷捷如鹘,请于唐,更以回鹘为号。畏兀者,回鹘之转声也。其地本在哈剌和林,即今之和宁路也。有三水焉,一并城南山东北流,曰斡耳汗(鄂勒欢);一经城西北流,曰和林河;一发西北,东流,曰忽尔斑达弥尔(古尔班塔密尔)。三水距城北三十里合流,曰偰輦杰河。回纥有普鞠可汗(布济克汗)者,实始居之,后徙居北庭。北庭者,今之别失八里(巴实伯里)城也。会高昌国微,乃并取高昌而有之。高昌者,今哈剌和绰也。和绰本汉言高昌,高之音近和,昌之音近绰,遂为和绰也。哈剌,黑也,其地有黑山也。今畏兀称高昌,地则高昌,人则回鹘也。高昌王有印,曰'诸天敬护护国第四王印',即唐所赐回鹘印也。言'诸天敬护'者,其国俗素重佛氏,因为梵言以祝之也。暾欲谷(多伊克)子孙既世为畏兀贵臣,因为畏兀人。又尝从其主居偰辇河上,子孙宗暾欲谷(多伊克)为始祖,因以偰为氏焉,以河名也。……子五人:曰偰玉立,登延祐戊午第,今翰林待制、朝请大夫、兼国史院编修官;曰偰直坚,登泰定甲子第,今承务郎、宿松县达鲁花赤;曰偰哲笃,登延祐乙卯第,今中顺大夫、佥广东道肃政廉访司事;曰偰朝吾,登至治辛酉第,今承务郎、同知济州事;曰偰列篪,登至顺庚午第,今从仕郎、河南府路经历。越伦质早岁警敏笃学,无子弟之过,未仕而殁,赠从仕郎、山东东西道宣慰使司都事。一子,曰善著,登泰定丁卯第,今承务郎、天临路同知湘潭州事。文质尝谓玄曰:'吾宗肇基偰辇,今因以偰为氏,盖木本水源之意也。且高曾以来,勤瘁王家,诩兴大业。而俛仰陈迹,非托之文字,大惧湮没,无以示来者。谨具世次履历以请'。"(《圭斋文集》卷一一)又按,到欧阳玄此年所记述,公列偰氏六位中第者,另外还有登至正五年(1345)乙酉科的偰伯辽逊(或作偰百辽逊、偰伯辽孙,汉名偰焘,偰哲笃子,历官应奉翰林文字兼国史院编修官、宣政院断事官经历、端本堂正字。至正十八年,避兵高丽,改名偰逊,封高昌伯,改富原侯,至正二十年卒,年四十二岁)、正宗(善著子,历官将仕郎、江浙等处行中省照磨)以及阿儿思兰(善著子)至正八年(1348)进士。

杨维桢撰《三史正统辩》两千余言。

按:《辽史》成书,正统迄无定论,杨维桢撰《三史正统辩》两千余言,谓有元承宋之统而非继辽、金,旨在为南人张目。

揭傒斯卒。

按:揭傒斯(1274—1344)字曼硕,龙兴富州人。至正间,为纪念其父,建贞文书院于丰城。又创建龙泽书院。与黄溍、虞集、柳贯齐名,号"儒林四杰"。卒谥文安。与虞集、范梈、杨载同誉为"元诗四大家"。其文正大简洁,体制严整,诗歌有盛唐风,书法亦精。著有《奎章政要》、《重修揭氏族谱》、《文安集》十四卷,其中诗五卷,文九卷。事迹见黄溍《翰林侍讲学士中奉大夫知制诰同修国史同知经筵事追封豫章郡公谥文安揭公神道碑》(《文献集》卷一〇上)、欧阳玄撰《元翰林侍讲学士中奉大夫知制诰同修国史同知经筵事豫章揭公墓志铭》(《圭斋文集》卷一〇)、《元史》卷一八一、《蒙兀儿史记》卷一二〇、《新元史》卷二〇六。

又按:程钜夫曾在《跋揭曼硕文稿》中表达对揭傒斯诗文的欣赏写道:

"余识揭曼硕不四三年。初识，出其诗文，知于兹事必收汗马之功。自时厥后，屡见屡期，若王良、造父之御，骎骎然益远而益未止。何曼硕之敏且巧若此乎！柳子有言：'吾之俯也，滋甚'。"

黄溍在揭傒斯神道碑中评价道："公生而颖悟，年十二三，读书已能窥见古人为学大意。家贫，不能负笈远游，父子自为师友，刻苦奋厉，穷昼夜不少懈。涵濡既久，经史百氏，无不贯通。发为文辞，咸中矩度。同里年相埒者，多敬畏而师事焉。年二十余，稍出游湘汉间。湖南帅赵文惠公淇，素号知人，一见辄惊异曰：'他日翰苑名流也'。程楚公钜夫、涿郡卢公挚，前后持湖北使者节。程公奇其才，妻以从妹。……卢公尤爱其文，亟表荐之。方是时，东南文章钜工，若邓文肃公文原、袁文清公桷、蜀郡虞公集，咸萃于辇下。公与临江范梈、浦城杨载继至，以文墨议论与相颉颃，而公名最为暴著。受知中书李韩公孟、集贤王文定公约、翰林赵文敏公孟頫、元文敏公明善，而全平章岳柱礼遇尤至，相为推輓。不遗余力。延祐元年，由布衣入翰林，为国史院编修官。……公喜汲引后进，而不能俯徇时流。……公为文，叙事严整而精核，持论一主于理，语简而洁。诗长于古乐府，选体清婉丽密，而不失乎情性之正，律诗伟然有盛唐风。善楷书，而尤工于行草。国家大典册及元勋茂德当得铭者，必以命公；人子欲显其亲者，莫不假公文以为重。……公薨于至正四年秋七月戊戌，享年七十有一。以六年秋九月甲子，葬富州富城乡富陂之原。制赠护军，追封豫章郡公，谥文安。……其以文事与时而奋，恒在乎重熙累洽之余。惟养之厚，而用之不亟，故其望实弥久而益著，非侥幸于一旦坐致显融者可同日而语也。公以庶士起远方，而徊翔于清途三十年，晚乃蔚为儒宗文师，荐膺眷遇，勤事以死。大明在上，照临所及，故旧不遗。播之声诗，垂于无极，不亦生荣死哀矣乎？"

戴良在《皇元风雅序》评价揭傒斯道："若范公德机、虞公伯生、揭公曼硕、杨公仲弘，以及马公伯庸、萨公天锡、余公廷心，皆其卓然者也。"（《九灵山房集》卷二九）

胡助《挽揭曼硕学士二首》"白首陪经幄，丹心侍玉除。两楹俄梦奠，三史未成书。诚一宗君实，浮夸厌子虚。东南遗老尽，吾道竟何如。清苦平生节，声名夙有闻。朝廷方用老，翰苑久摛文。眷遇身难退，裁成志独勤。坐隅惊鹏入，万里哭秋云。"（《全元诗》第二十九册，第47页）

钱良右卒。

按：钱良右（1277—1344），字翼之，自号江村民，江苏平江人。曾任吴县儒学教谕。与宋遗民周密、龚开、戴表元、牟应龙等交游，接其余绪；与当代俊彦鲜于枢、赵孟頫、邓文原等交从亦密，故其闻见最为详博。工书法，各体都能,篆隶真行小草俱精。著有《江村先生集》。事迹见黄溍《钱翼之墓志铭》(《文献集》卷九上)、郑元祐《挽钱翼之》(《侨吴集》卷四)、《书史会要》卷七、《吴中人物志》卷九、《元诗选·三集》小传。

吴师道卒。

按:吴师道(1283—1344),字正传,浙江兰溪人。至正四年(1344)秋朝廷授奉议大夫、礼部郎中,命下已卒,年六十二。世因以吴礼部呼之。与许谦同师金履祥,与黄溍、柳贯、吴莱等往来唱和。著有《兰阴山房类稿》(即今所传《吴礼部集》)二十卷、《春秋胡传附辨》、《春秋胡传补说》、《三经杂说》(《易诗书杂说》、《书经杂说》、《诗杂说》)八卷、《战国策校注》十卷,宋鲍彪校注吴师道补正、《敬乡录》十四卷、《吴礼部诗话》一卷,附录一卷、《绛守居园池记校注》一卷、《吴正传文集》二十卷。事迹见张枢《元故礼部郎中吴君墓表》(《礼部集》附录)、杜本《吴君墓志铭》(《礼部集》)附录)、宋濂《吴先生碑》(《文宪集》卷一六)、《元史》卷一九〇、《新元史》卷二三五、《宋元学案》卷八二、《金华贤达传》卷一〇、《金华先民传》卷二。

黄溍《吴正传文集序》"正传自羁早知学,即善记览,工辞章,才思涌溢,亹亹不已。时出为歌诗,尤清俊丽逸,人多诵称之。弱冠因阅西山真氏遗书,乃幡然有志于为己之学,刮摩淬砺,日长月益,讫为醇儒。初紫阳朱子之门人高第曰勉斋黄氏,自黄氏四传曰北山何氏、鲁斋、王氏、仁山金氏、白云许氏,皆婺人。正传,金氏里中子,不及受业其门,而耳濡目染其微词奥义于遗编之中,间以质于许氏,而悉究其旨趣。是以近世言理学者,婺为最盛。然自何氏以来,并高蹈远引,遗荣弗居,正传生今圣时,值文运之丕兴,始以才自奋,浮沉常调,几二十年。所至能使政平讼理、民安其业,取知上官,用荐者通朝籍,同志之士方相与庆幸,国人有所矜式。俄以忧去,寻移疾,上休致之请,遂不起。惜夫!所试者小不得尽展其志之所欲为,可以信今而贻后者,独其文而已。正传既以道自任,晚益邃于文,剖悉之精,援据之博,议论之公,视古人可无愧。其所推明者,无非紫阳朱子之学,其好己之道胜,则昌黎韩子之志也。"(《文献集》卷六)

释大䜣卒。

按:大䜣(1284—1344),字笑隐,南昌人,俗姓陈。从释元熙学,初主湖州乌回寺,迁杭州报国寺,移中天竺。天历元年(1328),诏以元文宗金陵潜邸为大龙翔集庆寺,特选大䜣住持,为元代诗僧中著名的"三隐"(笑隐、觉隐、天隐)之一,与柯九思、萨都剌、虞集、马臻、张翥、薛昂夫、李孝光等往还唱和。《四库全书总目提要》评其诗曰:"五言古诗实足揖让于士大夫间,余体亦不含蔬笋之气,在僧诗中犹属雅音。"著有《蒲室集》十五卷。事迹见虞集虞集《大元广智全悟大禅师太中大夫住大龙翔集庆寺释教宗主兼领五山寺笑隐訢公行道碑》、黄溍《龙翔集庆寺笑隐禅师塔铭》(《金华黄先生文集》卷二五)《元诗选·初集》小传、《历代画史汇传》卷六四等。

丁复《挽訢笑隐》"对亲先皇讲法筵,人间独住十三年。将同鸣凤瑞下世,恰道飞龙招上天。长立宝阶瞻宝树,亦知金像捧金莲。梵王此日生欢喜,黑雨翻空浴九泉。"(《全元诗》第二十七册,第 414 页)

元惠宗至正五年　乙酉　1345 年

二月,会试进士,欧阳玄等任考官。

按:据苏天爵《国子生试贡题名记》"至正五年春二月,大比进士。知贡举翰林学士欧阳玄,同知贡举、礼部尚书王沂,考试官、崇文太监杨宗端,国子司业王思诚,翰林修撰余阙,太常博士李齐,监试御史宝哥(宝格)、赵时敏。于是国子积分生试者百二十人,中选者十有八人,将登名于石。"(《滋溪文稿》卷三)

三月辛卯,帝亲试进士。(《元史·顺帝本纪四》卷四一)

按:《元史·百官志八》"五年三月辛卯,廷试举人,赐普颜不花、张士坚等进士及第、进士出身、同进士出身有差,如前科之数(七十八名)。国子生员亦如之(十八名)。"(《元史》卷九二)

右榜:1. 蒙古(计三人):普颜不花(或译作布延布哈,右榜状元)、笃列图、帖哥(或译作特格尔)。

2. 色目(计六人):偰伯辽逊(或作偰百辽逊、偰伯辽孙)、正宗、雅理、矩出举台、山同、桓燮帖木尔。

左榜:1. 汉人(计三人):张士坚(左榜状元)、石普、安辅。

2. 南人(计十人):刘环翁(初名环,后以字为名)、李思齐、高明、彭庭坚、彬彬祖林、邹成、吴从彦、徐观、周暾、舒泰。

存疑(计五人):王贤、李克允、周友常、练鲁、黎应物(参考余来明《元代科举与文学》第 419—434 页)

四月,车驾时巡上都。(《元史·顺帝本纪四》卷四一)

八月,车驾还自上都。(《元史·顺帝本纪四》卷四一)

十月辛酉,命奉使宣抚巡行天下。

按:诏曰:"朕自践祚以来,至今十有余年,托身亿兆之上,端居九重之中，耳目所及，岂能周知？故虽夙夜忧勤，觊安黎庶，而和气未臻，灾眚时作，声教未洽，风俗未淳，吏弊未祛，民瘼滋甚。岂承宣之寄，纠劾之司，奉行有所未至欤？若稽先朝成宪，遣官分道奉使宣抚，布朕德意，询民疾苦，疏涤冤滞，蠲除烦苛。体察官吏贤否，明加黜陟，有罪者，四品以上停职申请，五品以下就便处决。民间一切兴利除害之事，悉听举行。”(《元史·顺帝本纪四》卷四一)

十月辛未，《宋史》修成，欧阳玄代丞相阿鲁图撰《进宋史表》。

按：《元史·顺帝本纪四》载：“辛未，辽、金、宋三史成，右丞相阿鲁图进之，帝曰：‘史既成书，前人善者，朕当取以为法，恶者取以为戒，然岂止激劝为君者，为臣者亦当知之。卿等其体朕心，以前代善恶为勉’。”(《元史》卷四一)

《宋史》为二十四史中卷帙最多的一部书，共四百九十六卷，始撰于顺帝至正三年(1343)，由中书右丞相脱脱、阿鲁图等先后领衔编写，历时两年半完成，为纪传体宋代史。依据宋代史馆已有之国史旧稿，上起于后唐天成二年(927)宋太祖出生，下迄南宋祥兴二年(1279)，历时三百一十九年。全书具有体例完备、材料真实、志书详细、列传丰富、分类合理的特点。首创《道学传》，以道学为判断是非的标准。但由于多人分纂，草率成篇，对史料不及统一考订，以致全书结构混乱，前后矛盾，讹误疏漏比比皆是，且北宋详，南宋略，理宗、度宗以来尤多缺漏。明、清以来对其进行改作、补充者颇多。不过元代《宋史》虽以编修时间仓促，谬误较多，但因借鉴前朝过多，又疏于剪裁，反而保存许多原始资料，故史料价值颇高。钱大昕认为，《宋史》纪传，南渡后不如东都之有法，宁宗以后又不如前三朝之粗备。欧阳玄《进宋史表》写道：“开府仪同三司、上柱国、录军国重事、中书右丞相、监修国史、领经筵事、提调太医院、袭封广平王阿鲁图言：‘窃惟周公念先业之艰难，《七月》之诗是作；孔子论前王之文献，二代之礼可言。故观赵氏隆替之由，足见皇元混一之绩。钦惟世祖圣德神功文武皇帝，初由宗邸，亲总大军。龙旗出指于离方，羽葆归登于干驭。栉风沐雨，讵辞跋履之劳；略地攻城，咸遵禀授之筭。扬舲而平江汉，卷甲而克襄樊。恭行吊伐之师，昭受宠绥之寄。及夫收图书于胜国，辑甫哻于神京。拔宋臣而列政涂，载宋史而归秘府。然后告成郊庙，锡庆臣民。推大赉以惟均，视一统之无外。枢庭偃武，既编戡定之勋；翰苑摛文，寻奉纂修之旨。事几有待，岁月易迁。累朝每切于继承，多务未遑于制作。臣阿噜图等诚惶诚恐，稽首顿首。钦惟皇帝陛下，恢弘至道，绍述丕谟。往行前言，乐讨论于古训；祖宗功德，思扬厉于耿光。惟我朝大启基图，彼吴会后归版籍。视金源其未远，紬石室以具存。及兹累洽之时,成此弥文之典。命臣阿鲁图、左丞相臣别尔怯不华领史事,前右丞相臣脱脱为都总裁,平章政事臣特穆尔达实、御史大夫臣惟一、翰林学士承旨臣起岩、臣玄、治书御史臣好文、礼部尚书臣沂、崇文太监臣宗瑞为总裁官,平章政事臣纳麟、臣伯颜、翰林学士承旨臣达实特穆尔、左丞臣守简、参议臣岳柱、臣拜住、臣陈思谦、郎中臣斡栾、臣孔思立等协恭董治,史官工部侍郎臣斡玉伦徒、秘书卿臣泰不华、太常签院臣杜秉彝、翰林直学士臣宋褧、国子司业臣王思诚、臣汪泽民、集贤待制臣干文传、翰林待制臣张瑾、臣贡师道、宣文阁鉴书博士臣麦文贵、监察御史臣余阙、太常博士臣李齐、翰林修撰臣镏文、太医院都事臣贾鲁、国子助教臣冯福可、太庙署令臣陈祖仁、西台御史臣赵中、翰林应奉臣王仪、臣余贞、秘书著作佐郎臣谭惕、翰林编修臣张翥、国子助教臣吴当、经筵检讨臣危素编劅分局,汇萃为书。起自东都,迄于南渡。纪载余三百载,始终才一再期。考夫建隆、淳化之经营,景定、咸淳之润色。庆历、皇佑,以忠厚美风化;元丰、熙宁以聪明綦宪章。驯致绍圣纷纭,崇宁荒乱。治忽昭陈于方册,操存实本于官庭。若乃建炎、绍兴之图回,干道、淳熙之保乂。正直用,则人存政举;邪佞进,则臣辱主忧。光、宁之朝,仅守宗社;理、度之世,日蹙封疆。顾乃拘信使以渝盟,纳畔主而侵境。由权奸之擅命,启事雠以召兵。厥后瀛国归朝,吉王航海。齐亡而谤,王蠋乃存秉节之臣;楚灭而谕,鲁公堪矜守礼之国。载惟贞元之会合,属当泰道之熙明。众言淆乱于当时,大义昭宣于今日。矧先儒性命之说,资圣代表章之功,先理致而后文辞,崇道德而黜功利,书法以之而矜式,彝伦赖是而匡扶。虽微董狐直笔之可称,庶逃司马寡识而轻信。至若论其有弊,亦惟断以至公,大概声容盛而武备衰,论建多而成效少。且辞之烦简以事,而文之今古以时,旧史之传述既多,杂记之搜罗又广,于是参是非而去取,权丰约以损增。谨撰述本纪四十七卷,志一百六十二卷,表三十二卷,列传、世家二百五十五卷,装潢四百九十二帙,随表尘献以闻。下情无任惭惧战汗屏营之至。臣阿鲁图等诚惶诚惧,顿首顿首。谨言。至正五年十月二十一日,开府仪同三司、上柱国、录军国重事、中书右丞相、监修国史、领经筵事、提调宣政院太医院广惠司事臣阿鲁图等上表。"(《圭斋文集》卷一三)《四库全书总目提要》卷四六"史部正史类"曰:"其书仅一代之史,而卷帙几盈五百,检校既已难周,又大旨以表章道学为宗,余事皆不甚措意,故舛谬不能殚数。……讥《宋史》者,谓诸传载祖父之名而无事实,似志铭之体;详官阶之迁除而无所删节,似申状之文。然好之者或以为世系官资转可籍以有考,及证以他书,则《宋史》诸传多不足凭。……其所攻驳,皆一一切中其失,然其前后复沓抵牾,尚不止此也。……盖其书以宋人国史为稿本,宋人好述东都之事,故史文较详,建炎以后稍略。理、度两朝,宋人罕所记载,故史传亦不具首尾。文苑传止详北宋,而南宋止载周邦彦等数人。循史传则南宋更无一人,是其明证。……是于久列学官之书,其在史局之稿,尚不及互相勘证,则其他抑可知矣。……然年代绵邈,旧籍散亡。……故考两宋之事,终以原书为据,迄今竟不可废焉。"(《圭斋文集》卷一三)

十一月甲午,《至正条格》成,诏于明年四月颁行天下,欧阳玄作《至正条格序》。

按:《至正条格》之所以必须修撰,是以其时所使用的《大元通制》乃延祐乙卯(1315)所修,至治癸亥(1323)颁行,通行二十余年,与现实生活、形势有所不符。于是根据新旧条格,重新制定,并命名为《至正条格》,共有制诏一百五十条,条格一千七百条,断例一千五百一十九条。欧阳玄序言写道:"至元四年戊寅三月二十六日,中书省臣言:'《大元通制》为书,缵集于延祐之乙卯,颁行于至治之癸亥,距今二十余年。朝廷续降诏条,法司续议格例,岁月既久,简牍滋繁。因革靡常,前后衡决,有司无所质正,往复稽留,奸吏舞文,台臣屡以为言。请择老成耆旧、文学法理之臣,重新删定为宜。'上乃敕中书专官典治其事,遴选枢府、宪台、大宗正、翰林、集贤等官,明章程、习典故者,遍阅故府所藏新旧条格,杂议而圌听之,参酌比校,增损去存,务当其可。书成,为制诏百有五十,条格千有七百,断例千五十有九。至正五年冬十一月十有四日,右丞相阿鲁图,左丞相别里怯不花,平章政事铁木儿塔实、鞏不卜班、纳麟、伯颜,右丞相搠思监,参知政事朵尔直班等入奏,请赐其名曰《至正条格》。上曰:'可'。既而群臣复议曰:'制诏,国之典常,尊而阁之,礼也。昔者,周官正月之吉始和,太宰而下,各以政教治刑之法,悬之象魏,挟日而敛之,示不敢亵也。条格、断例,有司奉行之事也。《甫刑》云'明启刑书胥占',其所从来远矣。我元以忠质治天下,宽厚得民心,简易定国政,临事制宜,晋叔向所谓'古人议事以制'之意,斯谓得之。请以制诏三本,一置宣文阁,以备圣览;一留中书;一藏国史院。条格、断例,申命锓梓,示万方。'上是其议。于是属玄叙其首篇。玄乃拜手稽首扬言曰:人君制法,奉天而行。臣知事君,即知事天。敬君敬天,敢不敬法?《书》曰:'天命有德,五服五章哉! 天讨有罪,五刑五用哉!'《易》曰:'雷电,噬嗑。先王以明罚敕法。'又曰:'雷电皆至,丰。君子以折狱致刑。'二卦之象,为电为雷,所以明天威也。继自今,司平之官,执法之士,当官莅政,有征是书,毋渎国宪,毋干天常。刑期无刑,实自此始,亦曰懋敬之哉!"(《圭斋文集》卷七)

十二月,宣文阁译成《君臣政要》。

按:危素《君臣政要序》"至正元年九月,皇帝御东宣文阁,出《君臣政要》三卷,召翰林学士承旨臣巙巙、学士臣朵尔质班、崇文少监老老,传敕翰林侍读学士臣锁南、直学士臣拔实、崇文太监臣别里不花、少监臣老老、宣文阁鉴书画博士臣王沂、授经郎臣不答实理、臣周伯琦等,译而成书。又敕宣徽供其禀。稍越三月,书成,又敕留守司都事臣宝哥以突厥字书之。"(《危太朴文集》卷八)此举亦为顺帝欲作新庶政的举措。

达识帖睦迩九月辛丑为翰林学士承旨。

按:《元史·顺帝本纪四》载:"辛丑,以中书右丞达识帖睦迩为翰林学士承旨,中书参知政事搠思监为右丞,资政院使朵儿直班为中书参知政事。"(《元史》卷四一)苏天爵《江浙行省浚治杭州河渠记》"岁在乙酉,天子念东南贡赋之烦劳,闵民生之彫弊,诏命国王丞相江浙省事。王威仪有度,中外具瞻。又命翰林学士承旨达识帖睦迩(达实特穆尔)为平章政事。公读书守法,不矜不扬,曾未数月,百度修举。"(《滋溪文稿》卷三)

欧阳玄知贡举,进翰林学士承旨。

按:危素《欧阳公行状》"五年,知贡举,进翰林学士承旨、荣禄大夫、知制诰、兼修国史。初,御史大夫也先帖木儿在宿卫,上问在廷儒臣,乃以公姓名对。上曰:'斯人历事累朝,制作甚多,朕素知之。今修三史,尤任劳勋。汝其谕旨丞相,超授爵秩,用劝贤能。'明日,大夫出,遭丞相于延春阁下,传旨既毕,立具奏牍。上大悦,称快者再三,命左丞董守简赐宴史馆。明日入谢,平章纳麟谓曰:'吾久在省台,未见昨日天颜如是之喜也。'张公起岩先为承旨,位第六,公所代第四。公曰:'张公吾榜首,又先拜命,今位次反居末,虽曰君命,谊有未安。'乃固让之。及《宋史》后进,上喜书成,赐白金百两,金币、表里段四。"(《大元故翰林学士承旨光禄大夫知制诰兼修国史圭斋先生欧阳公行状》,《危太仆文续集》卷七)

吴当除翰林修撰。

按:吴当以父荫授万亿四库照磨,未上,用荐改国子助教。适逢朝廷诏修《宋》、《金》、《辽》三史,吴当遂参与编纂。三史修成后,吴当除翰林修撰。(《元史·吴当传》卷一八七)

周伯琦迁崇文太监,兼经筵官,代祀天妃。(《元史·周伯琦》卷一八七)

危素改承事郎,国子助教。

按:宋濂《故翰林侍讲学士中顺大夫知制诰同修国史危公新墓碑铭》载:"其助教成均也,六馆生择所疑,群揖难公。公片言折之,悦而去。分监上京,辍餐钱,建监门,葺斋舍,勒开国以来分教师之名于石。"(《芝园后集》卷九)

苏天爵任是年春闱考试官之一，后出为山东道肃政廉访使，寻召还集贤，充京畿奉使宣抚。

按：苏天爵任京畿奉使宣抚之际究民所疾苦，察吏之奸贪，京畿之人以包拯、韩琦相比，而苏天爵终以忤时相意，坐"不称职"罢归。(《元史·苏天爵传》卷一八三) 刘基有《书苏伯修御史断狱记后》为苏天爵之平冤狱事感慨："夫以一湖北之地，公一巡历，而所平反者八事，所摘豪右之持吏而尼法者又数事，岂他道之无冤民耶？无苏公而已矣！"(《诚意伯文集》卷七)

高明是年中举，故与苏天爵有师生之谊。

按：苏天爵《滋溪文稿》三十卷乃其任职江浙行省参政期间编定，编者即高明和葛元哲。

王守诚除河南行省参知政事，宣抚四川省。

按：至正五年分道宣抚事，王守诚任宣抚使。《元史·百官志八》"四川省，以大都留守答尔麻失里、河南参政王守诚为之，宣政院都事武祺为首领官。"(《元史》卷九二)

吴密任两浙江东道宣抚首领官。

按：《元史·百官志八》"两浙江东道，以江西行省左丞忽都不丁、吏部尚书何执礼为之，宣政院都事吴密为首领官。"(《元史》卷九二)

孟昉任江西福建道宣抚首领官。

按：《元史·百官志八》"江西福建道，以云南行省右丞散散、将作院使王士弘为之，国子典簿孟昉为首领官。"(《元史》卷九二)

月忽难任江南湖广道宣抚首领官。

按：《元史·百官志八》"江南湖广道，以大都路达鲁花赤拔实、江浙参政秦从德为之，留守司都事月忽难为首领官。"(《元史》卷九二)

杨文在任海北广东道宣抚首领官。

按：《元史·百官志八》"海北广东道，以平江路达鲁花赤左答纳失理、都水使贾惟贞为之，都水照磨杨文在为首领官。"(《元史》卷九二)

贾鲁任燕南山东道宣抚首领官。

按：《元史·百官志八》"燕南山东道，以资正院使蛮子、兵部尚书李献为之，太医院都事贾鲁为首领官。"(《元史》卷九二)

王继善任河东陕西道宣抚首领官。

按：《元史·百官志八》"河东陕西道，以兵部尚书不花、枢密院判官靳义为之，翰林应奉王继善为首领官。"(《元史》卷九二)

明理不花任山北辽东道宣抚首领官。

按：《元史·百官志八》"山北辽东道，以宣政院同知伯家奴、宣徽佥院王

也速迭儿为之,工部主事明理不花为首领官。"(《元史》卷九二)

杨矩任云南省宣抚首领官。

按:《元史·百官志八》"云南省,以荆湖宣慰阿乞剌、两浙盐运使杜德远为之,通政院都事杨矩为首领官。"(《元史》卷九二)

乔逊任甘肃永昌道宣抚首领官。

按:《元史·百官志八》"甘肃永昌道,以上都留守阿牙赤、陕西行省左丞王绅为之,沁源县尹乔逊为首领官。"(《元史》卷九二)

武祺任四川省宣抚首领官。

按:《元史·百官志八》"四川省,以大都留守答尔麻失里、河南参政王守诚为之,宣政院都事武祺为首领官。"(《元史》卷九二)

留思诚任京畿道宣抚首领官。

按:《元史·百官志八》"京畿道,以西台中丞定定、集贤侍讲学士苏天爵为之,太史院都事留思诚为首领官。"(《元史》卷九二)

哈尔丹任河南江北道宣抚首领官。

按:《元史·百官志八》"河南江北道,以吏部尚书定僧、宣政院佥院魏景道为之,中书检校哈尔丹为首领官。"(《元史》卷九二)

沙剌班二月以太中大夫任江西肃政廉访使。

按:虞集《江西宪司新门记》载:"次年(至正五年)二月,太中大夫张掖刘公沙剌班以监宪至。"

干文传以礼部尚书致仕。

按:黄溍《干氏赠封碑阴记》"……拜公集贤待制,任以史事。书成,引年乞谢,制授礼部尚书致仕。(《金华黄先生文集》卷一四)

胡助授承事郎、太常博士,致仕归。(胡助《纯白先生自传》)

高明登进士第,授处州录事。(《明史·高明传》卷二八五)

顺帝有旨赐宴史局,馆臣有诗。

按:张翥有诗题《乙酉□月二十七日大雪寒甚有旨赐宴史局》,四库作《十二月二十七日雪寒奉旨赐宴史局》。诗云:"圣主恩隆(四库作'荣')六赐筵,玉音躬听相臣宣。史裁东观何殊汉,人在瀛洲总是仙。御酒如春浮浩荡,宫花与雪斗婵娟,微生此日沾休泽,祗望丹宸祝万年。"(《全元诗》第三十四册,第58页)

国王朵儿只就国辽东,迺贤作《行路难》。

按:迺贤《行路难》序言题:"至正己丑夏,右相朵儿只公拜国王,就国辽东,是日左相贺公亦左迁,因感而作。"(《全元诗》第四十八册,第36页)

　　偰玉立任职河东山西道廉访司时,组织发起"绛守居园池"诗会。(《绛守居园池并序》)

　　按:据偰玉立诗歌"祓禊引流觞,宾筵闻鼓竽"的意思,以及序言内容,可以猜测偰玉立是和一群朋友在"七月既望"时间举行了诗会。绛守园位于山西新绛县城西部高垣,现新绛中学校后面(原州署的后面)。偰玉立,祖先为高昌回鹘,居偰辇河上,因以偰为氏。据顾嗣立"偰廉访玉立"小传记载,玉立祖父合刺普华在至元间历官广东转运盐使,兼领诸番市舶,在护饷途中遭遇欧钟的部队,战死,遂被封为高昌郡公,谥忠愍,并改葬溧阳。从此家于溧阳。父亲文质,官正议大夫、吉安路达鲁花赤。玉立以儒业起家,登延祐戊午(五年,1318)进士第,授翰林院待制兼国史院编修官。至正中为泉州路达鲁花赤,任职期间,玉立考求图志,搜访旧闻,聘寓公三山吴鉴编成《清源续志》二十卷。之后,玉立迁湖广佥事、海北海南道肃政廉访使。顾嗣立将偰玉立诗集编为《玉立集》。玉立兄弟五人,弟偰直坚,登泰定甲子(元年,1324)进士第,偰哲笃登延祐乙卯(二年,1315)进士第,偰朝吾登至治辛酉(元年,1321)进士第,偰列簏登至顺庚午(元年,1330)进士第。另外,偰哲笃的孙子偰逊登至正五年(1345)进士第,偰文质的弟弟越伦质之子善著登泰定四年(1327)进士第,善著之子正宗和阿儿思兰分别登至正五(1345)年和至正八(1348)年进士第,溧阳偰氏"一门九进士","时论荣之"。(顾嗣立《元诗选》三集卷一〇、顾世宝《元代江南文学家族研究》,中国社科院文学所2011年博士论文)

　　又按:偰玉立《绛守居园池并序》写道:"乙酉之秋,七月既望,余自河中讞狱还司。过绛,登守居园池,昔日亭墅,悉已埋没,独洄涟亭、花萼堂复构,以还旧观。流泉莲沼,犹仍故焉。堤柳阴翳,迳花鲜妍,庭竹数竿,清风泠然,有尘外之思,即事赋诗曰:绛邑旧名藩,牧守优鸿儒。逶迤山水中,旷达园池居。雄并历晋魏,揖让隆唐虞。世远民俗漓,讼剧古道疏。环列多馆墅,莽苍变丘墟。惨恻岁年深,牢落兵烬余。洄涟复亭构,花萼悬堂虚。祓禊引流觞,宾筵闻鼓竽。锦香缀迳溪,琅玕绕庭除。公暇宴接交,游观足清娱。缅怀前哲人,冠盖秉钧枢。遗爱勒琬琰,清风生坐隅。卉木均雨露,薮泽乐禽鱼。端来濯尘缨,咏歌登舞雩。夕阳明翠巘,秋色淡红渠。相关动离思,云烟隔荒芜。绣斧倦行羁,霜日烈修途。故园有松菊,盍用还畜畲。"(《元诗选》三集,第375—376页)

　　又按:据吴鉴《清源续志序》载,至正九年(1349),偰玉立任职泉州,命儒生考求图志、旧闻,至正十一年(1351)编成《清源续志》二十卷。吴鉴序言写道:"古有《九丘》之书,志九州之土地,所有风气之宜,与《三坟》、《五典》并传。周列国皆有史，晋有《乘舆》，楚有《梼杌》，鲁之《春秋》是也。孔子定《书》，以黜《三坟》，衍述《职方》，以代《九丘》，笔削《春秋》，以寓一王法，而《乘舆》《梼杌》，遂废不传。及秦罢侯置守，废列国史。汉马迁作《史记》，阙牧守年月不表，郡国记载浸无可考，学者病之。厥后江表华阳有志，汝颖之名士，襄阳之耆旧有传。隋大业，首命学士十八人，著《十郡志》，凡以补史氏之阙遗也。闽文学始唐，至宋大盛。故家文献彬彬可考，时号海滨洙泗，盖不诬矣。国朝混一区域，至元丙子，郡既内附。继遭兵寇，郡域之外，莽为战区，虽值承平，未能尽复旧观。观《清源前志》，放夫《后志》，上于淳祐庚戌，逮今百有余年。前政牧守多文吏武夫，急簿书期会，而不遑于典章文物。比年修宋、辽、金三史，诏郡各国上所录，而泉独不能具，无以称德意，有识愧焉。至正九年，朝以闽海宪使高昌偰侯来守泉。临政之暇，考求图志，领是邦古今政治沿革，风土习尚变迁不同。太平百年，谱牒犹有遗逸矣。今不纪，后将无征。遂分命儒生搜访旧闻，随邑编辑成书。鉴时寓泉，辱命与学士君子裁定删削，为《清源续志》二十卷，以补清源故事。然故老澌没，新学浅于闻见，前朝遗事，盖十具一二以传言。至正十一年暮春修禊日，三山吴鉴序。"(《岛夷志略》卷首)

迺贤自郏城将上京师，道出阳翟，馆于郭彦通家，作《三峰山歌》。

按：据迺贤《三峰山歌序》云："钧州阳翟县南有山曰三峰。昔我睿宗在邸，尝统兵伐金，与其三将完颜哈达、移剌蒲兀[伊喇布呼]、完颜斜烈（锡里）等鏖战山下，败其军三十万，而金亡矣。今百余年，樵牧往往于沙砾中得断稍、遗镞、印章之类。至正五年嘉平第二日，予自郏城将上京师，道出阳翟，夜宿中书郎郭君彦通私馆，感父老之言，而作歌"，又按，金亡于太宗六年（1234），迺贤此处云今百余年，比较确凿。此后，张翥为此诗题跋云："余比修国史，睹三峰之役。金师三十五万来拒战，我师不敌，军于山之金沟，其军数重围三峰，而中夜大雪，金人戈戟弓矢冻缰莫能施，我师一鼓歼之。由（自）是，金人胆落，不复战矣。易之作歌辞，豪健激昂而奕奕有思致，殆与三峰长雄，置诸乐府铙歌间，扬厉无前之盛绩。良无愧也。"观迺贤之诗，"金源昔在贞祐间，边尘四起民凋残。燕京既失汴京破，区区恃此为河山。大元太子神且武，万里长驱若风雨。鏖兵大雪三将死，流血成河骨成堵。"张翥评价还是中肯的。(《全元诗》第四十八册，第3页)

虞集为江西参政董子道作祭文。

按：据祭文可知，董子道乃董士选之子。元贞元年（1295），董士选出为江西行省左丞，与虞集父亲虞汲一见如故。其时，董子道随父在侧，之后虞集以父命,随董士选至京作为董家西宾。故虞家与董家、虞集与董子道关系渊深密切。在祭文中,虞集颇有痛失老友的伤痛与哀婉:"维至正五年岁在乙酉正月丙戌朔二十三日戊申,馆下士通奉大夫虞集,谨以柔毛清酌之奠,祭于近故江西参政相公董公子道之灵。曰:呜呼!昔忠宣公,来镇江西。时我先君,一见如旧。公方侍侧,尊宾敬师。忠宣行台,睠焉遐思。集以父命,束书从迈。自是至今,凡五十载。饮食教载,延誉于时。始终公门,罔有愧辞。我既归田,隔越南北。喜闻公来,荣戟有赫。寓书山中,契阔是怀。岁晚江空,扁舟乃来。不一二见,遽以疾病。还舟视之,不及其瞑。世勋之家,正直而公。王事靡盬,竟瘁厥躬。生死永绝,归柩万里。举觞一哀,老泪如水。尚享。"据虞集另一首诗《谢董子道参政》,也能副证两人五十年的友情之深。

许有壬作《鲁斋书院记》。

按:江西湖东道肃政廉访使李守仁重修鲁斋书院,请许有壬作记。在这篇文章中,许有壬再次颂扬许衡在元代羽翼道统的巨大意义,认为许衡从祀圣人祠堂能让天下士子获得更多的感触,文章写道:"中统至元之盛,有隆古之所未及,而有志之士窃有感焉者,何哉?孟子距杨、墨,韩子谓功不在禹下。程子兴起斯文,其要在辨异端,辟邪说。先生之立朝也。当更始万物之际,正始以理万事,端本以畅百支,则其时也,乃有申、韩邪说杂鹜于中,其言甘而易入,其功卑而易著,举世恍恍以为开物成务如斯而已。当时辞而辟之者,其有所自也。卒之正言以验,正道以明,使踵之者知其不容于正途,惩塞其将来,盖攘斥之功出于平居讲明圣学,辨别邪正之有素也,其有功于世大矣。世徒知道统之有在,而不知所以羽翼。夫道统者,又有在焉!至大庚戌,集贤大学士姚公燧作《祠堂记》,犹以未升从祀,天靳筑室为言。皇庆癸丑,始从西台侍御史赵世延请,暨宋九儒升从祀,建书院京兆,记则翰林学士承旨程公钜夫笔也。元统乙亥,皇上敕翰林学士欧阳玄为神道碑,与夫制诰赞诔记铭,推明道统之所在者至矣。有壬晚学谫闻,无所容喙矣。窃惟先生之道在人心,夫何远迩之有间,天下从祀,感触之机大矣!"(《至正集》卷四三)

虞集以江西宪使阿里沙之请,为其祖设义田于闽之事作记。(虞集《双溪义庄记》)

按:据虞集《(龙兴路东湖书院)重建高文忠公祠记》载,阿里沙至正五年之际任江西宪使,而虞集《双溪义庄记》又云:"其孙阿里沙为江西宪史,请为笔而记之",故按于此年。所以称义庄,乃阿里沙祖父阿刺温于福建顺昌买田四顷,以其租赡养族人之在闽者,并手书命其子孙世世毋敢夺焉之事,虞集文章记之甚详,也可想见其时回鹘据"擅水陆利,天下名城巨邑,必居其津要,专其膏腴"的情形(许有壬《西域使者哈只哈心碑》)。

欧阳玄奉旨为赵孟頫作神道碑。

按:赵孟頫自至元二十三(1286)江南访贤被征入京之后,备受历朝元帝的推崇,欧阳玄在神道碑开始交代此事写道:"至元二十三年,世祖皇帝遣使求贤江南,得赵宋昌陵十一世孙孟頫入见,奏对称旨,起家为郎,由是被遇累朝,扬历中外。仁宗皇帝圣眷优渥,擢掌词垣,致位一品。文宗之世,有司举行赠典,进秩辨章,驰爵上公,仍议节惠。至正五年春三月,今上皇帝以集贤大学士塔尔哈等特赐墓道之碑,敕翰林学士欧阳玄为文,集贤侍讲学士苏天爵书丹,翰林学士承旨张起岩篆额,臣玄奉命谨考行状次第而铭之。"(欧阳玄《元翰林学士承旨、荣禄大夫、知制诰、兼修国史、赠江浙等处行中书省平章政事、魏国赵文敏公神道碑》)

宣文阁授经郎危素为程端礼作行状,黄溍撰墓志铭。

按:程端礼六月卒(1270—1345),字敬叔,号畏斋,鄞县人。受业史蒙卿,学宗朱熹。至治、泰定间历稼轩、江东两书院山长。其说以闭门穷经为手段,以读书做官为号召,影响颇大。在江东书院,著有《集庆路江东书院讲义》、《晦庵读书法》四卷、《读书分年日程》三卷、抄校《昌黎文式》二卷、《畏斋集》六卷。其《程氏家塾读书分年日程》,为后世书院效法。事迹见黄溍《将仕佐郎台州路儒学教授致仕程先生墓志铭》(《黄文献集》卷九下)《两浙名贤录》卷四、《甬上先贤传》卷一一。黄溍对程端礼的学问非常尊敬,在墓志铭高度评价,写道:"先生归后,郡守王候元恭踵门礼请先生为学者师。帅阃及旁郡广行乡饮酒礼,皆候先生讨论而后定""盖宋季之士,率务以记诵辞章为资身取宠之具,而言道学者,亦莫盛于此时。四明之学,祖陆氏而宗杨袁,其言朱子之学者,自黄氏震、史氏蒙卿始。朱子之传,则倪氏渊、大阳先生枋、小阳先生岊,以至于史氏,而先生承之。黄氏主于躬行,而史氏务明礼以达用。先生素有志于当世,惜其仕不大显,故平生蕴蓄未克究于设施,而私淑诸人者,不为无功于名教也。故礼部郎中韩公居仁尝学于小阳先生,其仕于先生之乡,与先生论议无不吻合。行省屡聘先生较文乡闱,先生以为,国朝设科初意,专取朱子《贡举私议》,今多违之。吾往宜不合,力辞不往。其源流本末,可概见也。先生色庄而气夷,善诱学者,使之日改月化。而仲氏太史公端学,克谨师法,学者尤严惮之,人以此河南程氏两夫子云。先生所著,有进学规程若干卷,国子监以颁于郡县学,使以为学法,有畏斋文集若干卷,藏于家。先生葬后二年,门人徐仁等若干人相与谋,俾乐良奉宣文阁授经郎危素之状来谒铭。某幸尝辱交于先生,征于状无不合,乃并以平昔所知者,论次而铭之。"(《黄文献集》卷九下)

　　苏天爵五月戊戌以集贤侍讲学士、中奉大夫兼国子祭酒作《国子生试贡题名记》。

　　按：文曰："至正五年春二月，大比进士。知贡举翰林学士欧阳玄，同知贡举礼部尚书王沂，考试官崇文太监杨宗端，国子司业王思诚，翰林修撰余阙，太常博士李齐，监试御史宝哥、赵时敏。于是国子积分生试者百二十人，中选者十有八人，将登名于石。天爵适长成均，进诸生而告曰：'自昔国家崇庠序以育士，严选举以取材，岂直观美而已？盖非学校不足致天下之才，非贤能不克成天下之治，故舜命契为司徒以敷五教，夔典乐以教胄子，殆及成周始有乡举、里选之法，是则公卿贵胄之教养，凡民俊秀之宾兴，岂不秩然而有叙欤？我世祖皇帝定一函夏，兴造功业，而礼乐之文，贤良之选，盖彬彬焉。乃以中统二年命相臣许文正公为国子师，而成均之教益隆。列圣承统，有光前烈，既增弟子之员，又进出身之阶，而成均之制益备。天爵弱冠忝为胄子，伏睹祖宗建学育才之美，先贤设教作士之方，潜心有年，始获充贡。今列官于斯，而又深叹其规模之宏远，典型之尊严。夫明经所以修身也，修身所以致用也。士负才能，遭时见用，岂但庠序之光，朝廷实有赖焉。然则诸生学古入官，佩服国恩，尚思所以报称之哉'。是岁夏五月戊戌，集贤侍讲学士、中奉大夫兼国子祭酒苏天爵记。"（《滋溪文稿》卷三）

　　杭州路儒学奉旨刊行《辽史》一百六十卷，《金史》一百三十五卷。

　　抚州路儒学刊行虞集《道园类稿》五十卷。

　　康里巎巎卒。

　　按：康里巎巎（1295—1345），字子山，号正斋，号恕叟，西域康里人。博学工书，制行峻洁。官至翰林学士承旨，知制诰，兼修国史。以书名世，其书颇有虞世南风韵，以骏快著称。《元史》本传称他："善真行草书，识者谓得晋人笔意，单牍片纸人争宝之，不啻金玉。"明代解缙说："子山书如雄剑倚天，长虹驾海"（马宗霍《书林藻鉴》，第 155 页）卒谥文忠。存世书法有《谪龙说》、著作《述笔法》等。事迹见《元史》卷一四三、《元西域人华化考》卷二、五。

　　陈绎曾卒。

　　按：陈绎曾（约 1286—1345），字伯敷，处州人。善书法，尤善真、草、篆三体。至顺中官至国子监助教，尝从学于戴表元，与陈旅友善。著有《文说》一卷、《翰林要决》一卷、《文筌》八卷附《诗小谱》二卷、《书法本象》、《诸儒奥论策学》八卷。事迹见《元史》卷一九〇、《书史会要》卷七、《元诗选·癸集》小传。

薛玄曦卒。

按：薛玄曦(1289—1345)，字玄卿，号上清外史，贵溪人。年十二辞家入道，师事张留孙、吴全节。延祐四年提举大都万寿宫，升提点上都万寿宫。泰定三辞归龙虎山。至正三年任佑圣观住持兼领杭州诸宫观。在元代文坛相当活跃，与虞集为代表的元代中叶馆臣文人群往来唱酬密切。著有《上清集》若干卷、《樵者问》一卷、《琼林集》若干卷。事迹见黄溍《张文裕德崇仁真人薛公碑》(《金华黄先生文集集》卷二九)、张雨《悼薛玄卿》(《句曲外史集》补遗卷上)、《元史》卷二〇二、《书史会要》卷七、《元诗选·二集》小传。

元惠宗至正六年　丙戌　1346 年

四月立东宫官属。(《元史·顺帝本纪四》卷四一)

按：《元史·百官志八》"至正六年四月，立皇太子官傅府，以长吉等为官傅官，时太子犹未受册宝。至九年冬，立端本堂为皇太子学宫。置谕德一员，正二品；赞善二员，正三品；文学二员，正五品；正字二员，正七品；司经二员，正七品。十三年六月，册立皇太子，定置皇太子宾客二员，正二品；左、右谕德各一员，从二品；左、右赞善各一员，从三品；文学二员，从五品；中庶子、中允各一员，从六品。"(《元史》卷九二)

丁卯，车驾时巡上都。(《元史·顺帝本纪四》卷四一)

命左右二司、六部吏属于午后讲习经史。(《元史·顺帝本纪四》卷四一)

五月，置都水监。(《元史·顺帝本纪四》卷四一)

按：《元史·百官志八》"河南山东都水监。至正六年五月，以连年河决为患，置都水监，以专疏塞之任。"(《元史》卷九二)

八月，车驾还自上都。(《元史·顺帝本纪四》卷四一)

十二月，下诏，科举"稍变程式"。对汉人、南人"增第二场古赋外，于诏诰、章表内又科一道"。(《元史·选举志一》卷八一)

改立山东东西道宣慰使司都元帅府。

按：《元史·百官志八》"山东东西道宣慰使司都元帅府，至正六年十二月改立，掌开设屯田、屯驻军马之事。"(《元史》卷九二)

吕思诚四月以中书左丞知经筵事。(《元史·顺帝本纪四》卷四一)

朵儿直班七月丙申为中书右丞，答儿麻为参知政事。(《元史·顺帝本

纪四》卷四一）

　　御史大夫亦怜真班等七月壬寅知经筵事。（《元史·顺帝本纪四》卷四一）

　　欧阳玄任翰林学士承旨、荣禄大夫、知制诰、兼修国史。（《楚国程文宪公小像赞》）

　　许有壬任翰林学士承旨、知制诰、兼修国史、知经筵事。（《元史·许有壬传》卷一八二）

　　按：起初，许有壬被召为翰林学士，既上，又辞。俄拜浙西廉访使，未上，复以翰林学士承旨召，仍知经筵事。以疾归。

　　李好文除翰林侍讲。（《元史·李好文传》卷一八三）

　　黄溍除翰林学士、知制诰、同修国史、同知经筵事，进阶中奉大夫。（宋濂《黄先生行状》）

　　按：黄溍又于此年致仕，其《先大夫封赠祝文》云"维至正六年，岁次丙戌正月庚辰朔三日壬午，孝子中顺大夫、秘书少监致仕溍"（《文献集》卷三）

　　欧阳玄以翰林学士出持七闽宪使。

　　按：危素《欧阳公行状》"六年，御史台奏除福建闽海道肃政廉访使。行次浙西，疾复作，因请致仕。"（《大元故翰林学士承旨光禄大夫知制诰兼修国史圭斋先生欧阳公行状》，《危太仆文续集》卷七）

　　许有壬以吴全节卒，中朝大夫士歌咏相吊，形成诗文集，为集作序。

　　按：许有壬《特进大宗师闲闲吴公挽诗序》交代："至正六年十月七日，特进上卿玄教大宗师闲闲吴公薨于大都崇真万寿宫承庆堂，中朝士大夫骈杳走吊，莫不哀伤，哀伤之不足，又形诸歌辞，诸弟子哀为卷轴，征序其首，以倡嗣音，以广其哀焉"。（《至正集》卷三五）

　　虞集与杨益、范汇、夏溥等于吴志淳家观《复古编》。

　　按：《复古编》乃宋代张有所撰。张有，字谦中，湖州人，张先之孙，出家为道士。《复古编》根据《说文解字》，以辨俗体之讹。以四声分隶诸字，于正体用篆书，而别体、俗体则附载注中，犹颜元孙《干禄字书》分正、俗、通三体之例。虞集在题跋中交代，大德癸卯（1303）在京师见到《复古编》，四十四年后，又在豫章和朋友杨益、范汇、夏溥一起在吴志淳的主一斋居中再见《复古编》旧刻。

　　黄溍作《陈泽云周易爻变易蕴序》。

　　按：黄溍序言尾署"至正丙戌正月"，故按于此处。陈泽云即陈应润。

黄溍序云"延祐间，余丞宁海，泽云由黄岩文学起家郡曹掾，议论雄伟，剖决如流，凛凛然有骨鲠风。尝曰：余家贫亲老，不能远游，窃升斗之禄以养亲，资尺寸之楮以著述。他无所觊也。挑灯夜话，出示野趣之什，清新俊逸，翰林承旨子昂赵公尝序之矣。又数年，余为越上监运，泽云调明幕，把酒论文，出示咏史之什，美善刺恶一出至论，翰林学士伯长袁公为之序矣。"(《周易爻变易蕴》卷首)

危素作《汉艺文志考证序》(丙戌)。

按：《汉艺文志考证》，宋著名学者王应麟所著，以应麟之孙王厚孙而刊刻，危素序之。应麟之学，号称宏博，危素于《汉艺文志考证序》篇中极称之，云"儒家之学，至宋而极盛大备矣。嘉定而后，其散滋起，大抵持卤莽之学以争雄，述芜秽之文以相尚，假高虚之论以自诡，此其人才衰微，国之所以驯至于灭亡。士生其间而不变于其俗，而卒能出入百氏，罗络羣言，地负海涵，莫之纪极，若是则免乎固陋之讥矣。《易》曰：'多识前言往行，以畜其德。'顾安得高谈性命以自涂塞其耳目哉？此公所以能自拔于纷纷之中而力追古学者欤？"王应麟《汉艺文志考证》，危素认为"艺文之见收于前史者，其耳目千载之下，欲考其原本，证其谬误，亦诚难哉。非曲畅旁通，枝分派别(列)，亦不得与于斯。即是可以窥公之学矣。"(《危太朴文集》卷九)

危素作《本政书序》(丙戌)。

按：《本政书》乃宋人林勋所著，共十卷。林勋，桂岭人。宋政和五年(1115)进士。建炎初，献《本政书》十三篇、《比较书》两篇，倡言以农为本，富国强兵的思想。乃宋代广西唯一政论家。林勋之政论曾得陈亮重视并予以刊刻，危素、程端礼等以其务实之策而百计搜访，危素《本政书序》详述其搜访《本政书》过程，并高度评价该书，认为"任土作贡之法尚矣，而儒者之论王政，必曰井田。井田岂不善哉？然治天下之道，或损或益，或沿或革，因时御变，与民宜之。以阡陌既开而欲复井田之制，是犹书契已作而思反结绳之时，三尺童子知其不可也。勋于是书，处之至精，而虑之至密，足以见其经世之大略矣。"危素在《宋史》中为林勋立传，并在书中略述该著之要，"皇上诏修《宋史》，素为勋立传，而撮其书大要存焉。顾家贫不能刻其书以传，姑序而藏之，以俟后之知者。"(《危太朴文集》卷七)亦见其意义之大。

危素作《承宣集序》。

按：据危素序载，《承宣集》乃宋政和间朝请郎权发遣南雄州军州事周锷所著。危素在序中评价周锷及《承宣集》"公以弘深之学，刚正之气，通练之才，所历皆可考见其成绩。晚起废斥守此州，著为是书，而有日成、月要、岁会之遗法焉。故山阳徐先生积亦屡称公之为政,观其书,可以见其志焉。"
危素在文中也指出,周公"去南雄百八十年而宋亡,此邦遂归皇元职方"。
"然公之书久将泯没,不忍使之无传。会东平岳公齐高(岳齐高)以名进士
守南雄,而庐陵刘君楚奇(刘楚奇)自中秘出为郡幕长,皆好事者,乃录其
书,请刻诸学宫。余尝为史官传公事,请并刻之。惧余之言不足以重其书,
又请顺庆守麦公敬存(麦敬存)为序,以冠篇端。麦公,南雄人也,序公书为
宜。嗟乎! 余之卷卷于此书,爱其庶几有《周官》之意,故反复道之。"(《危
太朴文集》卷七)

许有壬为宋褧《燕石集》作序。

按:宋褧这年三月去世,其文集由宋本之子宋矿编辑完成,由宋褧之子
宋籲在刊刻前送呈许有壬,期望作序,以宋褧之兄宋本的《至治集》乃许有
壬作序之故。许有壬《宋显夫文集序》写道"予卧病田庐,有禁近之擢。迫
命就道,惶汗无措,而复窃自喜,幸故人宋君显夫实直学士,协恭侍从,自公
论文,亦一乐也。比予入京前十五日,而显夫卒矣。予病亟归,不得省其孤。
承诏复来,显夫已赠国子祭酒,谥文清。思而不可见,惜哉! 孤籲奉《燕石
集》拜且泣曰:'此先子所遗,兄矿编次者也。世父《至治集》公既序之,敢
援例以请。'予序诚夫文不一纪,又序其弟,人之生世其可悲也夫!"许有壬
认为作文"惟其有所本也,有所参也,该洽沉潜,心有所得,济以定力而熟
之,则于辞也,决渊渟而灌沟浍,策坚良而走康庄,庶乎其达矣",而宋褧则
"其积储造诣之有素也,不竭不枙而又有进焉"(《至正集》卷三五),故以文
名家。

又按:苏天爵曾应宋褧之请为宋本文集作序,又为宋褧作墓志铭,其子
请为作序,自不推辞。而苏天爵、许有壬、欧阳玄等纷纷为宋褧诗文集作序,
这种馆阁同僚间相互推捧、互相序言的现象在元代尤其是延祐以后非常普
遍,既是人们藉由明白元代馆阁影响巨大的原因,也是人们了解元代馆阁审
美倾向的基础文献。序言写道:"延祐中,朝廷大兴文治。予友宋显夫从其
兄诚夫自江南来,出其囊中诗文若干篇。一时学者共传观之,公卿大夫争识
其面,而大宋、小宋之名隐然传播于京都矣。未几,诚夫果魁多士。久之,显
夫亦赐同进士出身。初,显夫兄弟从亲宦游于江、汉之间,日益贫窭,衣食时
或不充,故其为学精深坚苦,下至稗官传记,亦无不览。诗尤清新飘逸,间出
奇古,若卢仝、李贺之流,盖喜其词以摸拟之。及闻贡举诏下,始习经义、策
问。既擢第,遂入馆阁为校书、编修、修撰、待制,又尝为太禧掌故、中台御
史、山南金宪,最后由国子司业入翰林为直学士。至正丙戌之春,年五十三
以卒,谥曰文清。诚夫累官至礼部尚书、国子祭酒,谥曰正献。始者诚夫之

卒,显夫属予序其文后。今显夫之亡,其子国子生籲复汇其稿征序于余。夫宋氏文学之伟,固不待予言而传也,第念伯仲方以才能进用于时,用不极其至,相继沦逝,此中外有识之士重悼惜也。昔者仁皇开设贡举,本以敷求贤才,作兴治化。今观累举得人之盛,或才识所长裨益国政,或文章之工黼黻皇猷,议者不当尽以迂滞巽懦诋訾之也。呜呼,去古虽远,士之卓然能有所见,毅然能有所守,又岂无其人哉。彼或诔之利害,视之以祸福,事弗合义,言不中度,诡随而妄作者,亦有之矣。显夫学识持守迥与流俗不同,斯其兄弟平昔讲于家庭,而世人或不能尽识也。予以交游之久,故深知之,知之深则哀之也切。是则国家承平百年德泽涵濡,而庠序乐育多士之功,岂第求其文章言语之工而已。显夫家本京师,故题其集曰《燕石》云。至正六年冬十月朔,集贤侍讲学士、通奉大夫、兼国子祭酒赵郡苏天爵序。"(《宋翰林文集序》,《滋溪文稿》卷六)

又按:危素于次年(1347)七月《燕石集》作后序,至正八年(1348)江浙省本路儒学刊行宋褧《燕石集》十五卷。

危素作《国子监分学题名记》。

按:危素此篇所记,主要为大德以来上都国子监分学助教、学正、学录、伴读名字刻石而记,藉其文,可以知道上都国子监分学教员的情况。文章写道:"国子助教岁从幸,分学上都,佩国子学印,给驿骑公车。学正或学录一人,伴读四人:其一人兼掌仪,一人兼典籍,一人兼典书,一人兼管勾。弟子员或宿卫,或从父兄,无定数。初,留守司供稍食,至正□年罢,独国子监自大都计钱粟以来,及入学,留守司前期治具,宣徽院颁尚醖,中书省、御史台、集贤院官必至,所以奉明诏、致勉励。枢密、翰林国史、宣徽三院,至不至视其人。今年,素与学录赵性端实来,暇日溯而求之。助教之可考者,自大德八年始,明年至皇庆二年阙;学正、录、伴读之可考者,自延祐元年始。于是诸生请汇次书于石。素曰:题名故有记。今若等刻石传永久,不亦善夫。《传》有之:'太上立德,其次立功,其次立言',金可坏,此不可坏,诸生勉旃。"(《危太朴文集》卷二)

危素作《殿中司题名记》。

按:文章写道:"皇帝清暑上都,臣僚分涎扈从,而殿中司题名有记,从故事也。至正六年,殿中侍御史哈蓝朵儿只公使来,请记之。惟自昔帝王之御天下,深居九重,而令行四海,故出必有警跸之节,入必有禁卫之严,所以示等威,昭上下,况殿廷之间、朝会之际,尤不可以不肃。其奏对或病于政,仪文或于礼,皆得以言之。岁至上都,官曹之从幸者,不出三日,皆以关白;出三日,非有故不至,得纠其罪。此殿中侍御史之职,号为清要者欤?夫以国家委任之重盖如此。居是官者，其可不竭其忠贞，思以称塞哉？至若知班之始置，所以举不如仪者，其后兼主文书，又设通事、译史，皆国朝制也。是岁，知班斡玉伦徒、孙和，通事关宝，译史哈剌章实从。"（《危太朴文集》卷二）

欧阳玄二月作《雍虞公文集序》。

按：是序对虞集文风及文坛影响作出较官方同时也较中肯的评价，认为虞集文风代表了其时文风审美总体倾向："斯文与造化功用相弥纶，国家气象相表里，故文人生于世有数，文章用于世有时，斯言若夸，理实然也。皇元混一之初，金、宋旧儒，布列馆阁，然其文气，高者崛强，下者委靡，时见旧习。承平日久，四方俊彦萃于京师，笙镛相宣，风雅迭倡，治世之音，日益以盛矣。于时雍虞公方回翔胄监、容台间，吾鄙有识之士见其著作，法度谨严，辞指精核，即以他日斯文之任归之。至治、天历，公仕显融，文亦优裕，一时宗庙朝廷之典册，公卿大夫之碑版，咸出公手，粹然自成一家之言。山林之人，逢掖之士，得其赠言，如获拱璧。公之临文，随事酬酢，造次天成，初无一毫尚人之心，亦无拘拘然步趋古人之意，机用自熟，境趣自生，左右逢源，各识其职。故自其外观之，如深山穷林，葱蒨蓊郁，莫测根柢；钜野大泽，汪洋淡泊，不为波涛。试入其中，则日月之精，凝结岁久，皆成金珠；龙虎之气，变化时至，即为风云，孰能穷其妙也哉？太史夏台刘君伯温早岁鼓箧从公成均。及为江右肃政使者，近公寓邑，乃哀公之文，将传诸梓，书来京师，属玄为序。言惟李汉于昌黎、子瞻于庐陵，皆能知而能言者，是岂为前人役乎？第于公有世契，生平敬慕公之文，以附著姓名为幸，又高刘君政事之暇，敦笃风谊如是，遂不敢辞而为之序。至正六年二月翰林学士承旨、荣禄大夫、知制诰兼修国史欧阳玄序。"（《珊瑚木难》卷二）

欧阳玄四月为程钜夫《楚国文宪雪楼程先生文集》三十卷附录一卷作序。（《圭斋文集补编》卷九）

按：是集卷内题："奉直大夫秘书监著作郎男大本辑录，翰林侍讲学士中奉大夫知制诰同修国史同知经筵事门生揭傒斯校正。"欧阳玄欧阳玄为程钜夫《雪楼集》刊本作序。序言对程钜夫文章政绩、文辞合二为一，深具元初文章大家风范的特点赞叹不已，由此亦可见程钜夫对于元代文治及文章写作之影响。文章写道："自古帝王之兴必有弘毅任重之士应时而出，以纲维正论，扶植善类为己事。由是人才以多，国是以定，而治具张矣。我世祖皇帝混一天下，于时，大司徒程文宪公初至京师，以重臣荐，召见便殿。敷对称旨，上给笔札，使之条陈。公一挥数千言，言皆切当。上大悦，即擢置词垣，寻俾以风纪之任。公感知遇，知无不言，排擎大奸，靡悼后患。立朝三十余年，立胄监教条，征南中遗逸，颁贡举程式，凡国家斯文之事，奚自公倡议焉。非弘毅任重之士岂能及于是哉？公之为文以气为主,至于代播告之言,伟然国初气象见于辞令之间,故读公之文者可以知公之事业也。夫气寓于无形;其有迹可见,政事、文章二者而已。其间涵蓄之深,培养之厚,以之为政而刚明,以之为文而浑灏,惟程公有焉。公之子著作郎大本编辑公文,将□而卒。孙少府世京继乃父之志,始克成之,属予为叙。余诵公文,知公之行有过人而不可及者,诚非腐儒俗士之所能也。为卷四十五,其制诰、诏谕、册文,终诗、乐府云。至正丙戌夏四月下澣日,翰林学士承旨、荣禄大夫、知制诰、兼修国史后学庐陵欧阳玄序。"

危素作《侍读学士尚师简神道碑》。(清康熙《满城县志》)

张采为张伯淳《养蒙先生文集》十卷作跋。

按:张采乃张伯淳之子,《养蒙先生文集》刊刻于至正间,有虞集至顺三年(1332)序、邓文原泰定三年(1326)序。

左克明《新编古乐府》撰成,虞集作序。

按:左克明自序尾署"至正丙戌",故虞集序言当在此年前后。据四库馆臣"古乐府"提要交代,左克明所编元刊本已佚,所见本子乃明刊本。据左克明序言云,"其为卷也凡十,而其为类也八。冠以古歌谣辞者,贵其发乎自然也;终以杂曲者,著其渐流于新声也。"而之所以要编撰古乐府,左克明解释说,当代"风化日移,繁音日滋,愚惧乎此声之不作也,故不自量度,辄为叙次。推本三代而上,下止陈、隋截然独以为宗,虽获罪世之君子,无所逃焉。"(《全元文》第五十五册,第168—169页)而四库馆臣就此发挥认为"当元之季,杨维桢以工为乐府,倾动一时,其体务造恢奇,无复旧格,克明此论,其为维桢而发乎?"而虞集在序中认为左克明收集汉魏以后古乐府的工作,本是国子学之事,而"左君得而用之,其亦知本也。"虞集在序中写道:"观其去取之说,约其繁而略其冗,不可谓之无见。盖是时离乱分裂,历年非久,流丽清远,哀思悲怨,则有之存之,观其变可也,是亦见变风而已矣。"虞集还在序尾说:"往年,东平王拜住典奉常,予忝博士,尝为言:制礼作乐,将在此时。乃东平相至治,予退在荒野。后召对京师,时方大作宗庙,欲以前说与大夫君子议之,而事有不及者矣。何幸乎学者有志乎此!讲明以求其至焉。国家承平安乐,明良一时,必有大制作,将征于诸生,则左氏之书显矣,故为题其端云。"则虞集对左克明之编著应是相当肯定。

杭州路儒学刊行《宋史》四百九十六卷,目录三卷。

江北淮东道本路儒学刊行萧𣂪《勤斋集》八卷。(文渊阁四库全书本《勤斋集》卷首)

董守简卒。

按：董守简（1291—1346），字子敬，藁城人。董士珍子。仁宗延祐间金
典瑞院事，文宗天历元年出为淮安路总管，移汴梁，历大都路总管、枢密院
判、湖广左丞。至正间官至御史中丞。与修《辽史》、《金史》、《宋史》，删订
《至正条格》。卒谥忠肃。董守简曾蓄书数万卷，家居教子必延名师，里中孤
寒之子亦使就学。事迹见苏天爵《元故荣禄大夫御史中丞赠推诚佐治济美
功臣河南行省平章政事冀国董忠肃公墓志铭并序》（《滋溪文稿》卷一二）。

又按：苏天爵在墓志铭中评价真定董氏家族地位及董守简人品道："公
世真定藁城人，曾祖俊，龙虎卫上将军、行元帅府事，赠推忠翊运效节功臣、
太傅、开府仪同三司、上柱国、赵国忠烈公。祖文忠，资德大夫、佥书枢密院
事，赠体仁保德佐运功臣、太师、开府仪同三司、上柱国、赵国正献公。父士
珍，资政大夫、御史中丞，赠诚纯肃政功臣、太傅、开府仪同三司、上柱国、赵
国清献公。曾祖妣李氏，祖妣顾氏，妣柴氏，俱封赵国夫人。公平生廉慎自
持，虽同官馈遗，一无所取。敝衣蔬食，不择甘美。俸禄所入，遇祭祀则致其
丰，宗族贫者昏丧皆有所给。公退，杜门读书而无私谒，所至敦劝多士，兴起
于学，淮安、汴梁皆新学宫及三皇祠宇。家居教子，必延硕师。里中寒家亦
使子弟执经就学，师之所需，皆公资之。藏书万余卷，以遗其子，子亦向学有
闻。"（《滋溪文稿》卷一二）

宋褧卒。

按：宋褧（1292—1346），字显夫，大都人。宋本之弟。泰定进士，累官
监察御史，迁国子司业，进翰林直学士，兼经筵讲官。文章与兄齐名，人称
"大宋、小宋"。修辽金宋史时，宋褧纂《宋高宗纪》及《选举志》。著有《燕
石集》十五卷，《全元散曲》录存其小令二首。事迹见苏天爵《元故翰林直
学士赠国子祭酒范阳郡侯谥文清宋公墓志铭并序》（《滋溪文稿》卷一三）、
《元史》卷一八二、《新元史》卷二〇八、《元诗选·二集》小传、邹树荣《宋文
清公年谱》（《一粟园丛书》本）。

张翥《挽宋显夫》"永念贤昆弟，巍科接武初。联飞阿阁凤，继化北溟
鱼。挺特俱人杰，沦亡逐鬼墟。官同三品贵，年亦五旬余。二老深知我，平
生每过誉。叨陪国子教，复簉史臣除。公既当词笔，时兼纂宋书。文章古南
董，献纳汉严徐。鹄立亲经幄，龙光映直庐。勋名宜远大，身世竟空虚。鳌
禁春华断，鸰原宿草疏。故人今已矣，诸子喜森如。墓有碑堪述，家无业可
居。招魂空怅望，回首重唏嘘。往事嗟何及，孤怀黯莫攄。几番梁月梦，惊
起泪沾裾。"（《全元诗》第三十四册，第 160 页）

元惠宗至正七年　丁亥　1347 年

三月甲辰,中书省臣言:"世祖之朝,省台、院奏事,给事中专掌之,以授国史纂修。近年废弛,恐万世之后,一代成功无从稽考,请复旧制。"从之。(《元史·顺帝本纪四》卷四一)

庚戌,试国子监,会试弟子员,选补路府及各卫学正。(《元史·顺帝本纪四》卷四一)

戊午,诏编《六条政类》。(《元史·顺帝本纪四》卷四一)

按:《元史·食货志五》云:"食货前志,据《经世大典》为之目,凡十有九,自天历以前,载之详矣。若夫元统以后,海运之多寡,钞法之更变,盐茶之利害,其见于《六条政类》之中,及有司采访事迹,凡有足征者,具录于篇,以备参考;而丧乱之际,其亡逸不存者,则阙之。"(《元史》卷九七)

九月戊申,车驾还自上都。(《元史·顺帝本纪四》卷四一)

甲寅,诏举才能学业之人,以备侍卫。(《元史·顺帝本纪四》卷四一)

十一月,拨山东十六万两千余顷地属大承天护圣寺。(《元史·顺帝本纪四》卷四一)

复置枢密院议事平章。

按:《元史·百官志八》"至正七年,知枢密院阿吉剌奏:'枢密院故事,亦设议事平章二人。'有旨令复置。"(《元史》卷九二)

翰林学士承旨定住四月为中书右丞。(《元史·顺帝本纪四》卷四一)

危素除应奉翰林文字。

按:宋濂《故翰林侍讲学士中顺大夫知制诰同修国史危公新墓碑铭》载,"七年,除应奉翰林文字,同知制诰,兼国史院编修官,转宣文阁授经郎,兼经筵译文官,阶文林郎。"(《芝园后集》卷九)

苏天爵复起为湖北道宣慰使,浙东道廉访使,俱未行。拜江浙行省参知政事。(《元史·苏天爵传》卷一八三)

监察御史王士点三月庚申,劾集贤大学士吴直方躐进官阶,夺其宣命。(《元史·顺帝本纪四》卷四一)

黄溍至上京,中书传旨兼经筵官,召见于慈仁殿。

按:危素《大元故翰林侍讲学士中奉大夫知制诰同修国史同知经筵事

赠中奉大夫江西等处行中书省参知政事护军追封江夏郡公谥文献黄公神道碑》"居四年,中书右丞朵尔直班(多尔济巴勒)公、今中书左丞相太平公力荐之,命落致仕,仍旧阶,拜翰林直学士、知制诰同修国史。至正七年六月,至上京,中书传旨兼经筵官,召见慈仁殿。上语朵尔直班(多尔济巴勒)曰:'文臣年老,正宜在朕左右'。"(《文献集》卷七下)黄溍有《至正丁亥春二月起自休致入直翰林夏四月抵京师六月赴上京述怀》诗六首抒怀。

泰不华被顺帝以礼部尚书召回大都。(郑元祐《题瑞竹堂记》)

赵琏为礼部尚书。

按:据黄溍《杭州路儒学兴造记》"始作于(至正)六年冬十一月,讫役于七年夏四月。谢君状其实,驰书京师,属溍记之。……赵公(赵琏),至治辛酉龙飞进士,今为礼部尚书。"(《文献集》卷七下)

贡师泰召为翰林应奉,奉旨纂修《辽》、《金》、《宋》三史。

按:朱毂《玩斋先生年谱》"至正七年丁亥,召为翰林应奉。奉旨编纂《辽》、《金》、《宋》史。"(《贡氏三家集》,第461页)

李孝光进呈《孝经图说》一卷,七月为著作郎。(《元史·儒学二》卷一九〇)

苏天爵作《跋延祐二年廷对拟进贴黄后》。(《滋溪文稿》卷三〇)

许有壬作《敕赐经筵题名碑》。

按:据许有壬《敕赐经筵题名碑》记载,"至正七年正月二十日,知经筵事、翰林学士承旨笃怜帖木儿暨领经筵事,中书右丞相别儿怯不花奏,经筵启沃圣心,裨益治道,甚盛事也。领知若兼之臣,宜立石以记其姓名。拟翰林学士承旨臣有壬为记,御史中丞臣朵尔直班为书,知枢密院事臣太平篆其额。制可。"据许有壬碑文记载"至元三年十二月,遣中都海涯谕旨儒臣:朕宜听何书,其议选来进。于是商挺、姚枢、杨果、窦默、王鹗言帝王之道,为后世大法,皆具《尚书》,乃以进讲。八年,许衡、安藏进'知人用人','德业盛,天下归'之说,深用嘉纳。仁宗御极,台臣请开经筵,乃命平章政事李孟时入讲诵。泰定间,始以省台、翰林通儒之臣知经筵事,而设其属焉。今上皇帝法圣祖之宏规,考近制而损益之。开宣文阁,选中书、枢密、御史台、翰林国史之臣,以见职知兼经筵,丞相独署以领,重其事也。其下有兼经筵官,参赞官,译文官,率以中书翰林僚幕若阁属为之,而不常其员。又其下,译史三人,检讨四人,书写五人,宣使四人。有公移,翰林、国史知经筵者署之,仍用国史院印章,奏为著令。"(《至正集》卷四四)由碑文所记,可略知元朝经筵讲习制度的始末,及参讲馆臣,进而察知元统治者儒典教化授受所自,意义非小。

　　许有壬奉旨作马祖常神道碑。

　　按：许有壬神道碑记载，"至正六年七月丁丑，集贤侍讲学士、通奉大夫兼国子祭酒臣天爵言，故资德大夫、御史中丞赠撼忠宣宪协正功臣、河南行省右丞上护军，追封魏郡公谥文贞马祖常，早擢高第，历践要途，始终五朝，有文有政，宜锡碑纪德，庸示报功。集贤院臣以闻，制可，命臣有壬为文，臣玄为书，臣起岩篆其额，三人皆文贞公同年进士，而有壬托知尤厚，始以学士被命，继冒承旨，皆在纪述，其敢辞。"（许有壬《敕赐故资德大夫御史中丞赠撼忠宣宪协正功臣河南行省右丞上护军魏郡马文贞公神道碑铭并序》）

　　许有壬以翰林学士承旨奉旨作《敕赐大司农碑》，刻文于石。（《至正集》卷四四）

　　许有壬奉敕撰《敕赐重修陕西诸道行御史台碑》。（《至正集》卷四五）

　　欧阳玄七月作《刘桂隐先生文集序》。（《圭斋文集》卷八）

　　按：庐陵刘桂隐即刘诜，他虽未入馆阁，却与京师馆臣虞集、欧阳玄等往来密切，文章观念相近，创作风格温柔敦厚，且章法自如，故深得京师馆臣们的欣赏，而由刘诜与欧阳玄、虞集等人的关系，可以看到元代馆阁与山林创作风气趋于一致的倾向。《四书全书总目》评刘诜《桂隐文集》曰："盖其文章宗旨主于自出机轴，而不以模拟字句为古。故欧阳元序亦称其文温柔敦厚似欧，明辨雄隽似苏。至论其妙，非相师，非不相师。盖深得诜之用意。元又称其尤长于诗，诗又长于五言古体短篇。所论亦允。顾嗣立《元诗选》则称其律诗多佳句。案集中近体，格力颇遒，实不仅以佳句见。"由四库馆臣的评价来看，没有提及虞集对刘诜文章的评价，似是未见，其实虞集有为刘诜文集作的长序，其文综述刘诜散文创作审美取向之际，对宋际文坛回顾反思，元代文坛情形概括，且涉及元季"雅正"文风的内涵渊源，乃元季非常值得注意的文艺理论名篇。

　　欧阳玄《刘桂隐先生文集序》："庐陵刘桂隐先生以文集寄余京师，余为之言曰：士生数千载后，言性命道德，如面质古人；言成败是非，如目击古事。其间命意措辞，则欲求古人之所未道，而又欲不背驰古人，其事可谓难矣！或曰：难，可但已乎？曰：不然。有一定之法，而莫一定之用者，圣人之于规矩也；有无穷之言而怀无穷之巧者，造物之于文章也。是故，巧能为文章，不能为规矩，徇故常而为规矩者，狂之于巧者也；法能为规矩而不能为文章，守故常而为文章者，猖之于法者也。今余读刘先生之文，温柔敦厚，欧也；明辩闳隽，苏也。至论其妙，初岂相师也哉？又岂不相师也哉？或曰：妙可闻乎？曰：妙可意悟耳。试从刘先生求之，盖有不可得以言传者矣，而况余乎？虽然，余所谓规矩茂一定之用，文章怀无穷之巧者，庶乎近之。刘先生文传世可必，尤长于诗，诗五言、古体、短章尤佳，因书以为之序。至正七年七月日。"

　　按：虞集之文"昔者，庐陵欧阳公，秉粹美之质，生熙洽之朝，涵淳茹和，作为文章，上接孟、韩，发挥一代之盛，英华浓郁，前後千百年，人与世相期，未有如此者也。苏子瞻以不世之才，起于西蜀，英迈雄伟，亦前世之所未有。南丰曾子固，博考经传，知道修己，伊洛之学未显于世，而道说古今，反覆世变，已不失其正，亦孰能及之哉？然苏氏之于欧公也，则曰：'我老归休，付子斯文。虽无以报，不辱其门。'子固之言曰：'今未知公之难遇也。後千百世，思欲见公而不可得，然後知公之难遇也。'然则二君子之所以心悦诚服于公者，返而观其所存，至于欧公，则闇然而无迹，渊然而有容，挹之而无尽者乎！三公之迹熄，而宋亦南渡矣。乾淳之间，东南之文相望而起者，何啻十数。若益公之温雅，近出于庐陵、永嘉诸贤。若季宣之奇博，而有得于经，正则之明丽，而不失其正。彼功利之说，驰骋纵横其间者，其锋亦未易婴也。文运随时而中兴，概可见焉。然予窃观之，朱子继先圣之绝学，成诸儒之遗言，固不以一艺而成名。而义精理明，德盛仁熟，出诸其口者，无所择而无不当，本治而末修，领挈而裔委，所谓立德立言者，其此之谓乎？学者出乎其後，知所从事而有得焉，则苏、曾二子，望欧公而不可见者，岂不安然有拱足之地，超然有造极之时乎！而宋之末年，说理者鄙薄文辞之丧志，而经学文艺判为专门，士风颓弊于科举之业，岂无豪杰之出，其能不浸淫汩没于其间，而驰骋凌厉以自表者，已为难得，而宋遂亡矣。中州隔绝，困于戎马，风声气习，多有得于苏氏之遗，其为文亦曼衍而浩博矣。国朝广大，旷古未有。起而乘其雄浑之气以为文者，则有姚文公其人。其为言不尽同于古人，而优健雄伟何可及也。继而作者岂不瞠然其後矣乎？当是时，南方新附，江乡之间，逢掖缙绅之士，以其抱负之非常，幽远而未见知，则折其奇杰之气，以为高深危险之语，视彼靡靡混混则有间矣。然不平之鸣能不感愤于学者乎？而一二十年，向之闻风而仿效亦渐休息。延祐科举之兴，表表应时而出者，岂乏其人？然亦循习成弊。至于骤废骤复者，则亦有以致之者然与？于是执笔者肤浅则无所明于理，蹇涩则无所昌其辞；徇流俗者不知去其陈腐，强自高者惟旁窃于异端。斯文斯道，所以可为长太息者，尝在于此也。往年集承乏禁林，陪诸公奉诏读进士之旨，于南士首得刘性《粹中》而奏之，尝与论及此事。後十年遇于集云峰下，又尝及之而思见乎有以相发者。又後二年，以书来告曰：'我乡先生刘桂翁氏有学有行，文章追古作者，而年亦七十有四矣。屹然山林，其书满家，而远方无尽知之者，因以得先生之书焉。'集执书而叹曰:'予知之旧矣,而未获尽与之游也。'先生之言曰:'弱冠时,犹及接故宋之遗老。既内附,犹用力于已废不用之赋论,视侪辈无己及者。及国家以进士取人,未能忘情于斯世。乃益究乎名物度数之故,注笺训释之辞,以从当时之所为,而志大言高,不为有司识察。又十年,乃为古学,而用意于欧阳子焉。四方之求文者随而应之,不知其沛然而无穷也。'此虽先生之谦辞,要其大者,不我欺也。嗟夫! 以文应时者,虽有古今,所取以为文者,古今无有异也。以高才博识,专业而肆志,求诸昔之人者五六十年,其应于今者合否,不足论也。吾故曰:'山林之日长,得以极其力之所至,学问之志专,则有以达其智之所及。知其背于涂辙之正者,即有所不为;知其可以传之方来者,则言之而无隐。论古今成败,无所蹈袭,而出人意表,观乎泷冈之麓,青原之波,不亦善于达本而溯源者乎?'集故极道夫欧阳子之所未易知,而善乎先生之有以知之,而辄及于予之所欲求知于欧阳子者,而著之篇也。先生之文,凡若干卷,诗若干卷,已刻。杂著、记、序、铭、说等若干卷,方将刻焉。而先生耳聪目明,心识精敏,出其所新得以为言者,犹未有止也。仆小于先生四岁,相望不远,安敢以齿发之不足,而自弃于先生乎? 姑书此,附诸篇末,使观先生之文者,或有取于区区之言,而有所感发也夫?"(《雍虞先生道园类稿》卷一八)

危素作《史馆购书目录序》。

按:序言曰:"至正三年,诏修辽、金、宋史,遣使旁午,购求遗书,而书之送官者甚少。素以庸陋,备数史官,中书复命往河南、江浙、江西。素承命恪共,不遑宁处,论以皇上仁明,锐志删述。于是藏书之家稍以其书来献。驿送史馆,既采择其要者书诸策矣。暇日因发故椟,录其目藏焉。其间宋东都盛时所写之书,世无他本者,今亦有之。朝廷之购求、民间之上送,皆至公之心也。素之跋涉山海,心殚力劳,有不足言。后之司笔钥者诚慎守之,不至于散亡可也。有志于稽古者,岂不有所增广其学问云尔。至于人情之险阻、事物之轇轕,别为之录,以示儿子,俾知生乎今之世,虽事之小者,奉公尽职之为难。"(《危太朴文续集》卷一)

岑安卿《危太朴以经筵检讨奉诏求故宋遗书作诗赠之》"宣文阁上危夫子,日侍经筵眷遇优。只阅秘书供御览,旁求遗籍赞皇猷。琅琊南渡终承晋,昭烈西征亦继刘。公论自存千载下,圣人直笔在春秋。使星东下斗牛墟,潜德幽光待发舒。昭代进修三国史,词臣来购四方书。是非往事询黄发,咫尺清光动玉除。若问江淮今日政,愿陈比法话樵渔。"(《全元诗》第三十三册,第239页)

危素作《舒文靖公文集序》。

按：据危素文章纪年，此文为丁亥年所作。舒文靖公，乃宋人舒璘，学者称广平先生。与杨简、沈焕、袁燮合称甬上四先生，均为陆九龄、陆九渊弟子。宋乾道八年进士，谥文靖。全祖望《广平先生类稿序》曰："四先生之中，莫若文靖之渊源为最博，其行亦最尊。其生平所著《诗说》、《礼说》，皆为经学之种。"（《宋元学案》卷七六）危素所撰《宋史》，评价舒璘"乐于教人，尝曰：'师道尊严，璘不如叔晦，若启迪后进，则璘不敢多逊。'袁燮谓璘笃实不欺，无豪发矫伪。杨简谓璘孝友忠实，道心融明。楼钥谓璘之于人，如熙然之阳春。"（《宋史》卷四一〇）在《舒文靖公文集序》中，危素写道"《舒文靖公文集》十有六卷，第录如上。公讳璘，字符质，一字符宾，四明之奉化人。其学行历官，杨文元公铭其墓，袁正肃公提点江东刑狱时作祠徽州而为之记。礼部尚书王公应麟尝作小传，载《四明志》。今天子诏修三史，史官危素以公与沈端宪公同传《宋史》，概可得而考矣。素于公相后百年，相距且千里，数梦寐拜公而承教焉。大瀛海逸人吕虚夷，公里人，素尝属之求公文集。既数年，乃以书介公之六世孙庄、七世族孙祥金奉遗稿至京师，以授素，谨取而次第之。素之不敏，盖粗考公之学，一本诸心，故发而为言，无往而非此心之妙，斯岂执笔摹拟区区于文字之末者所能窥其仿佛哉？"（《危太朴文集》卷八）

虞集为杨翮文集作序。

按：杨翮，杨刚中之子，字文举。曾任休宁县主簿，累迁江浙儒学提举。著有《佩玉斋类稿》十卷。杨刚中乃中州文人，虞集在序中写道"昔者中州文学之盛，乘国家兴运，雄浑奇古，度越旧习，海内闻其风而作焉"。大德戊戌（1298），虞集与杨刚中、元明等以文学的切磋而颇有交谊，至正戊子（1348）春，虞集得杨翮文章，认为"因事以明理，不以艰险自窒，尽言以伸义，不以旷达自高，职劳而事繁，有进学之益，得所当言而止，无出位之思"，颇有当日他与杨刚中、元明善等人的文学风范，遂赞而序之。

明里帖木儿卒。

按：明里帖木儿（1280—1347），别名继祖，字伯善。其先出于梁萧氏。至辽为述律氏，仕辽多至显官。金灭辽，改命为石抹氏，曰库烈而者，于公为六世祖。初以沿海军分镇台州，皇庆元年（1312），又移镇婺、处两州。师从史蒙卿，为学一本于朱子，务明体以达用，自经传子史，下至名法纵横，天文地理、数衍方技、异教外书，靡所不通。而韬钤之秘，则家庭所夙讲。商榷古今，亹亹忘倦；治法征谋，如指诸掌。所著《抱膝轩吟》若干卷，清新高古，有作者风。事迹见黄溍《沿海上副万户石抹公神道碑》（《金华黄先生文集》卷二七)。

　　陈基《崇勋堂记》云:"辽之右族历金入国朝,惟石抹氏之后为最盛。支分蔓衍,散处南北。若河南都府所属千夫长元善君者,其一也。君上世佐太祖皇帝起朔方,儁功伟功,不克殚记。逮世祖皇帝平一海内,爰命武臣,分镇天下要害处。顾惟河南地大以远,且据四方之中,昔人所恃以为金城汤池者,虽皆鞠为草莽,然表里山河,自若也。故既立万夫长,俾元勋总蒙古军世守之,又以虎符金章职长千夫授君上世,其责任不亦隆且重乎? ……至正七年五月甲子记之。"(《夷白斋稿外集》)

　　陈基《书石抹氏家谱后》"昔金源氏代辽有国,尝易其贵族之姓述律为石抹氏。其子孙策勋天朝,散处四方,率以武功显,若今云南元帅存道公,及平江万户伯玑公是已。然存道公尝将文衡于四川行省,及其请于朝而复姓也,故国子监丞莆田陈公众仲序之甚详。今伯玑之姓虽未及复,然其谱而存之,岂亦有所待也夫? 凡其世次之隆,勋伐之盛,诸公论之备矣。予独推本而言之者,盖亦表其姓之所自云尔。"(《夷白斋稿外集》)

元惠宗至正八年　戊子　　1348 年

　　正月,纂修后妃、功臣列传。

　　按:《元史·顺帝本纪四》载,正月,"诏翰林国史院纂修后妃、功臣列传,学士承旨张起岩、学士杨宗瑞、侍讲学士黄潜为总裁官,左丞相太平、左丞吕思诚领其事。"(《元史》卷四一)

　　二月丙子,命太子爱猷识理达腊习读畏吾儿文字。(《元史·顺帝本纪四》卷四一)

　　三月癸卯,帝亲试进士。(《元史·顺帝本纪四》卷四一)

　　按:《元史·百官志八》"八年三月癸卯,廷试举人,赐阿鲁辉帖木儿、王宗哲等进士及第、进士出身、同进士出身有差,如前科之数(七十八人)。国子生员亦如之(十八人)。是年四月,中书省奏准,监学生员每岁取及分生员四十人,三年应贡会试者,凡一百二十人。除例取十八人外,今后再取副榜二十人,于内蒙古、色目各四名,前二名充司钥,下二名充侍仪舍人。汉人取一十二人,前三名充学正、司乐,次四名充学录、典籍管勾,以下五名充舍人。不愿者,听其还斋。"(《元史》卷九二)

　　右榜:1. 蒙古:阿鲁辉帖木儿(右榜状元)。

2.色目（计六人）：昂吉（汉姓高，字起文一作启文）、阿儿思兰、马速忽、吉雅谟丁（或译作吉雅摩迪音，汉姓马，字元德一作原德）、阿鲁温沙、撒台文德。

左榜（计十四人）：王宗哲（左榜状元）、邹奕、董朝宗、傅箕、黄绍、吴彤、葛元哲（一作葛元喆）、辜中、龙元同、王克敏、周普德、黎奎、王德辉、傅常。

存疑（计六人）：李炳奎、孙景益、李郁、董彝、何继高、曹道振（参考余来明《元代科举与文学》第434—441页）

三月壬戌，《六条政类》书成。

按：《元史·顺帝本纪四》"壬戌，《六条政类》书成。"（《元史》卷四一）

四月乙亥，帝幸国子学，赐衍圣公银印，升秩从二品。（《元史·顺帝本纪四》卷四一）

定弟子员出身及奔丧、省亲等法。（《元史·顺帝本纪四》卷四一）

诏：守令选立社长，专一劝课农桑。

按：又诏：京官三品以上，岁举守令一人，守令到任三月，亦举一人自代。其玉典赤、拱卫百户，不得授县达鲁花赤，止授佐贰，久著廉能则用之。（《元史·顺帝本纪四》卷四一）

是年国史院上《省部政典举要》一册、《成宪纲要》五册、《谕民政要》一册、《六条政要》（不著卷册），皆不著撰者，有陈旅序。

黄溍任职翰苑。

按：危素《黄公神道碑》载，黄溍是年春，任礼部春试考试官，录为廷试读卷官。夏，升侍讲学士，与危素等奉诏修《本朝后妃功臣传》。十二月，黄溍祖父赠嘉议大夫、礼部尚书、上轻车都尉，追封江夏郡侯。祖妣赠江夏郡夫人。（危素《黄公神道碑》）

贡师泰迁授经郎，兼经筵译文官。

按：朱毅《玩斋先生年谱》"至正八年戊子，迁授经郎，兼经筵译文官。"（《贡氏三家集》，第462页）

周伯琦召入为翰林待制，预修《后妃列传》、《功臣列传》，累升直学士。（《元史·周伯琦传》卷一八七）

李孝光升任文林郎秘书监丞。（冯从吾《元儒考略》卷三）

王祎为书七八千言上时宰。

按：时宰嫌其切直，格不以闻。危素、段天祐等十二人列荐于朝。张起岩率僚臣又荐之，亦不报。（《明史·王祎传》卷二八九）

夏成善为国子生。（虞集《夏氏全史提要编序》）

按：虞集《夏氏全史提要编序》中交代，夏成善祖父夏希贤《全史提要编》成书于元贞元年（1295），五十三后，成善作为国子生遵父命至虞集家中为《全史提要编》请序，而虞集有《送夏成善北学胄监序》也交代夏成善前往北都国子学求学。

张雨秋造访杨维桢新居月波亭，题诗以赠，和者甚众。

按：僧妙声、郑元祐、李廷臣、卜思义、瞿智、郯韶、马麐诸人均有诗赠。

杨维桢发起唱和"西湖竹枝词"。

按：杨镰认为，此乃元后期一次规模空前的"同题集咏"，参与者数百人，仅编入《西湖竹枝集》者即一百二十人。属和者大多南北名士，而杨维桢的《西湖竹枝歌》被上百人一和再和，成为经典之作。（《元代文学编年史》）序曰："余闲居西湖者七八年与茅山外史张贞居、苕溪郯九成辈为唱和交。水光山色，浸沈胸次，洗一时尊俎粉黛之习，于是乎有《竹枝》之声。好事者流布南北，名人韵士属和者，无虑百家。道扬讽喻，古人之教广矣。是风一变，贤妃贞妇，兴国显家，而《列女传》作矣。采风谣者，其可忽诸？至正八年秋七月会稽杨维桢书于玉山草堂。"（《西湖竹枝集》卷首）

黄溍奉诏撰《荣禄大夫大司空大都大庆寿禅寺住持长老佛心普慧大禅师北溪延公塔铭》。（《金华黄先生文集》卷四一）

欧阳玄以贯云石之子阿思兰海涯之请为贯云石作神道碑。（欧阳玄《元故翰林侍读学士中奉大夫知制诰同修国史贯公神道碑》，《圭斋文集》卷九）

黄清老八月庚寅卒于官舍，苏天爵作有墓碑铭。（苏天爵《元故奉训大夫湖广等处儒学提举黄公墓碑铭并序》，《滋溪文稿》卷一三）

苏天爵作《江浙行省浚治杭州河渠记》。（《滋溪文稿》卷三）

按：据文章记载"至正六年十月，江浙行中书省始命浚治杭州郡城河渠。明年二月卒事。宰臣慎于出令，僚吏勤于督工，庶民乐于趋役，于是河流环合，舟航经行，商旅由远而至，食货之价不翔，稚髫莫不皆喜，公私咸以为利矣。又明年冬，天爵承命参预省政，幕府奥林请纪其事于石。"故文章成于至正八年。据苏天爵所记，"杭州为东南一大都会，山川之盛，跨吴越闽浙之远，土贡之富，兼荆广川蜀之饶。郡西为湖，昔人酾渠引水入城，联络巷陌，凡民之居前通闤闠，后达河渠，舟航之往来，有无之贸易，皆以河为利。或时填淤，居者行者胥以为病。"乙酉之年，"天子念东南贡赋之烦劳，闵民生之凋瘵，诏命国王丞相江浙省事，王威仪有度，中外具瞻。又命翰林学士承旨达实特穆尔为平章政事"，二人到任后，谋治杭城浚河之事，最终"南起龙山，北至猪圈坝，延袤三十余里，寻以冬寒止役，春复役之，郡中郭外，支流二十余里，共深三尺。广仍其旧，悉导湖水注之，为役四万两千五百工，用钞八万五千贯。复虑上出涂泥，值雨入河，命诸寺载而积之，江浒又新木闸者四、石梁者一，其经营谋画，皆出平章公心计指授，钞则盐漕备风涛所储，工则僦诸庸保。”杭州浚河渠工程乃其时一大实事，苏天爵记之，确有意义。

许有壬为李孟文集《秋谷文集》作序。

按：许有壬《秋谷文集序》乃应以李孟之子侍御史李献之所请而作：“相国李韩公秋谷先生薨之廿七年，献由参议中书省事拜治书侍御史，进侍御史。有壬实中丞。一日，出先生文集俾序其端。”序言仅用概要的篇幅言及李孟的诗文，主要篇幅则用以论议李孟之于元代吏治改革、科举推行的功勋，言辞慨然，乃时人与后世综合评价李孟的重要依据。许有壬在序言中写道“然世知歌诗而不知其文，知其文而墓碑未出，不知其功勋之大之详也。国初因仍，吏治日就媮窳，士气奄奄仅属。先生在潜邸，日夕启沃，谓儒者可与守成，一旦当国，即行贡举。盖倡于草昧，条于至元，议于大德，沮尼百端，而始成于延祐，亦戛戛乎其艰哉！三十年来，得人之列于庶位者，可枚指也。士风之隆替，治化之枢纽在焉。大德之末，丁国势危疑，神器杌陧之会，犹操舟灩滪三峡，遇排山倒海之风，而能力赞秘策，卒底平济，非社稷之臣乎！若夫名爵扫地，而削其尤锡，予空帑而复其旧。太官恃不钩检而核其滥，宿卫依凭城社而汰其冗，贵近世臣，莫敢议及，乃挺身任之，灼知将来之危而不恤也。国家用儒者为政，至元而后炳炳有立者，先生一人而已。”(《至正集》卷三五)

黄溍为李孟作行状。

按：黄溍也是应李孟之子李献之所请，作为李孟门生为李孟撰述行状。黄溍在文中交代，奉常已为李孟定谥号，只是国史尚未为之立传，而许昌有李孟的祠堂，翰林学士欧阳玄有记，李孟的诗文集，御史中丞许有壬有记，而他“幸辱从两人之后，滥厕公门生之列。公嗣子献命溍为之状，以俟太史氏之采择”。黄溍在李孟的行状认为李孟的文章“跌宕有奇气，要其归，一主于理”，诗“尤清壮丽逸”。李孟的诗文跌宕有奇气，这是那个时代人们的共识。(黄溍《元故翰林学士承旨中书平章政事赠旧学同德翊戴辅治功臣太保仪同三司上柱国追封魏国公谥文忠李公行状》)

危素作《史馆购书目录序》。

按：危素戊子(至正八年)所作《史馆购书目录序》载“至正三年，诏修《辽》、《金》、《宋》史，遣使旁午购求遗书，而书之送官者甚少，素以庸陋备，数史官中书，复命往河南、江浙、江西。素承命恪共，不遑宁处。谕以皇上仁明,锐志删述,于是藏书之家,稍以其书来献,驿送史馆,既采择其要者,书诸策矣。暇日,因发故椟,录其目藏焉。"据危素序言所称,"宋东都盛时所写之书,世无他本者,今亦有之",(《危太朴文集》卷八) 即此可知元代三史之撰修亦颇尽力焉。

虞集卒。

按:虞集(1272—1348),字伯生,号道园,又号邵庵,人称邵庵先生,谥文靖。崇仁人,祖籍四川仁寿,生于湖南衡州,侨居江西临川崇仁。宋丞相虞允文五世孙,前代世家以道德文学知名。元代诗坛宿老,以虞集为大宗,与杨载、范梈,揭傒斯并称元诗四大家,又与揭傒斯、柳贯、黄溍号为儒林四杰。清代黄宗羲尊姚燧和虞集为元文两家。早年曾从吴澄游,至治、天历间,宗庙朝廷之典册、公卿大夫之碑板多出其手。与赵世延等修《经世大典》,凡八百帙。虞集遵奉程朱,但无门户之见。建言皆有益于时政,虽多未采行,识者称之。著有《古字便览》一卷、《道园学古录》五十卷、《道园遗稿》六卷、《新编翰林珠玉》六卷等。事迹见赵汸《邵庵先生虞公行状》(《东山存稿》卷六)、欧阳玄《元故奎章阁侍书学士翰林侍讲学士通奉大夫虞雍公神道碑》(《圭斋文集》卷九)、《元史》卷一八一、《元诗选·初集》小传、翁方刚《虞文靖公年谱》一卷。

又按:虞集《道园天藻诗稿序》叙录其"道园"来历:"予幼为贫求禄养,以文史承乏馆阁,随事酬应,非有所著述也。譬诸山川之出雨云,动植之生化,过者随尽,来者日新,何足执而玩之哉? 六十得谢,庶追补其不足。俄婴故疾,目失其明,旧业遗忘。每有诵览,托诸朋友至子弟,坐而听之,得一遗十,前后不能周浃。玩心虚明,聊以卒岁。大抵应物答问,或时有之。咏歌以还,无复留贮。友人临川李本伯宗沂、赵宗德伯高,讲习余暇,稍辑旧诗,谓之《芝亭永言》。近日,襄城杨士弘伯谦,雅好吟咏,有得于魏晋至唐词人体制音律之善,取盛唐合作,录为《唐音》。猥以鄙作偶或似之者,得百十篇,谓之《居山稿》。此外枯槁寂寞,辞不迫意,无所取裁。瓦砾坚确,了无余润。采茶新樗,不以苦恶弃之云耳,则清江黄思谦志高之所掇拾也,谓之《道园天藻小稿》者。昔从吴兴赵文敏公于集贤,赵公临池之际,顾谓仆曰:'人皆求予书,子独不求吾书,何也?'对曰:'不敢请耳! 固亦欲之。'因曰:'养亲东南,无躬耕之土。及来京师,僦陋宇以自容。'尝读《黄庭经》,有曰:寸田尺宅可治生,是则我固有之,其可为也。又曰:'恬淡无欲道之园,遂可居有哉'。赵公为书'道园'两古篆,自是有'道园'之名。后常治斯田园以居安宅,神明粹精,生息流动,无物我彼此之间,不能喻之于言。予题其字曰

'天藻'。志高求诸圣贤之言，以观乎造化之迹，有志于斯文者也。录鄙言而冠之斯名，得不重衰朽之过乎？血气日衰，志竟虚漠，其将何以为言、何以为名乎？聊书此以答志高，不足为他人道也。"（《雍虞先生道园类稿》卷一八）

赵汸《邵庵先生虞公行状》曰："公以绝人之资，承家世之远，自其亲庭传习已极渊微，又得一世大儒以端其轨辙，其于前哲之所发明者，汇别胪分，凿如金石，因言见志，慨然有千载之思焉。遭遇盛时，以经筵胄监，翰苑延阁，历事圣君，名声振于当世。乃逊志于退休之余，玩心义理之微，以终其身，而卒无间于死生之变，吾党小子盖有不足以知之者矣！公于诸经之悦，不专主一家，必博考精思以求致用之道。谓《易》因卦立言，畅于周公，究于孔子，首尾完具。生乎千载之下，而仰观千载之上，以凡人之资，而欲窥见天兴圣人之道，不可下此而他求也。尝得江东谢仲直氏传受之说，以先天八卦圆图为河图，九数而九位者为洛书，十数而五位者为五位相得之图，心雅善之。或请著论以伸其说，则曰：'《易》道广大，何所不该，诚得其自然之数，则无往不合也。然先儒有成言焉，当存之以俟知者。'其不苟异如此。谓学而修之则可以行之者，唯《礼》为然，治经者当以为先务。其经传虽多残阙，惟二戴氏书，杂以文士记变礼之得于传闻者，不可尽据以为信。其余则尧舜三王之遗说，天子诸侯大夫士之成制，大略具在，不可以浅近窥也。然欲因特制宜，使不失帝王之意，则非明智之士，不足以及此。尝欲上溯下沿，通古今为一书，使后之观会通者有考焉，以见用于朝，弗克就。近代先儒君子之众，自濂、洛、新安诸贤外，参立并出，其人皆未易知，其学皆未易言也。公以高情达识尚友古人，皆就其所存以极其所至，而慨夫吾党之士知之者微矣。尝欲取太原元公《中州集》遗意，别为《南州集》以表章之，惜篇目虽具而书未及成。临川吴公当弱冠时，即以斯道自任，据经析理，穷深极微，莫之能尚也。及乎壮岁，犹幡然以为非是，于是知类入德之方，上达日新之妙，盖有同游之士所不及知，而公独得闻知者矣。吴公没，其书大行，读者各以所见求之，往往失其本真。公每为推本吴公成己之要以告人，而后愿学者得以致其意焉。尝言先儒于致知之目，其考乎二氏者，皆将有所辨正，非博文之谓也。盖尝推其徒，扣其所以为说，然后叹夫圣人之教不明，学者无所据依以为下学上达之地，而欲窥究性命之原、死生之故，其不折而归之者寡矣。其于为文，主之以理，成之以学，即规矩准绳之则，以尽方圆平直之体，不因险以见奇；因丝麻谷粟之用，以达经纬弥纶之妙，不临深以为高也。陶镕粹精，充极渊奥，时至而化，虽若无意于作为，而体制自成，音节自合，有莫知其所以然者。比登禁林，遂擅天下，学者风动从之，由是，国朝一代之文，蔼然先王之遗烈矣。尝题文稿曰《道园学古录》，门人类而辑之，得应制稿十二卷，在朝稿二十四卷,归田稿三十六卷,方外稿八卷,余散逸者尚多存,其可得而编次者为拾遗若干卷。尝言:'古之君子有所不为,其所尝为者,未尝苟也。'故于字书、音律、星历、医药之说,皆留意不倦。篆隶得汉人笔意,行楷直疑晋唐,虽以书名家者,咸推让焉。"(《东山存稿》卷六)

又按:欧阳玄《元故奎章阁侍书学士翰林侍讲学士通奉大夫虞雍公神道碑》评价虞集写道:"公坦易质直,扬榷人品,质正文字臧否,惟是之从,无所顾忌,故朝论屡以御史才荐之。然亦以是贾怨,动以危事中之,赖人主察其无他以免。惟笃孝友,少与嘉鱼令共学于家,父子兄弟自为知己,人以拟眉山三苏。嘉鱼殁,抚其孤遗如已子。孟兄秉以莞库解送官物至京,道途折阅直数千缗,公悉代偿无难色。遇庶弟辈及其孤妹,皆尽恩礼。常以禄养不及其亲,遇珍膳不敢尽器。盛暑不命童子挥扇,曰:'劳人以佚已,君子不为也。'生平知已大臣稿城董宣公、保定张蔡公、陇西赵鲁公,皆国元老。赵之复相,尝面请召。柳城姚公、涿郡卢公、广平程公、吴兴赵公,每与公论文,辄以方来文柄属之。当世文士,尝经论荐,后皆知名。诸公受业,为所推许,今多公辅之器,不可悉数。公之为学,非托空言,每言先王建事立功,必本于天理民情之实。故教学者,务欲贯事理于一致,同雅俗于至情,以是为图治之本。其于经则曰:'《易》之为书,首尾完具于三圣人之手。生乎千载之下,仰观千载之上,以凡下之资而欲窥见天与圣人之道,不可下此而他求也。'得江东谢君直之说,以先天八卦图为《河图》,九数而九位者为《洛书》,十数而五位者为《五位相得之图》,心雅善之。或请着说,则辞曰:'《易》道广大,苟得其自然之数,何往不合? 先儒有成言焉,存以俟知者。'于《礼》则曰:'学知先务,莫切是经。惟二戴杂以后人所记,变礼不可尽信,其余则二帝三王之遗文,天子诸侯大夫士之成制,粲然可考,不可以浅近言也。'屡欲通古今为一书,以为后来考《礼》之助,以宦业不克就。濂洛新安诸君子之书,就其所存以极其至,而慨夫吾党之士知之者微矣,于吴氏书亦然。二氏之学,往往穷其指归,即其徒叩其负挟,有所见则为之太息,曰:'学者不能潜心圣人之微言,以明下学上达之要,而欲切究性命之源、死生之说,其能不引而归之者,难矣。'其为文,自其外而观之,汪洋澹泊,不见涯涘;刺乎其中,深靓简洁,廉刿俱泯,造乎混成。与四明袁公伯长、清河元公复初友厚,二人有著作必即公论之。元初谓:'公文无雷霆之震惊,鬼神之灵异,将何以称于世?'公谢曰:'诚不能也!'晚乃大服其言。至大、延佑以来,诏告册文、四方碑板,多出乎手。其撰次论建,与其陶冶性情、黼藻庶品之作,杂之古名贤之编,卓然自成一家言。客未尝见其学书,篆隶、行楷、题榜,下笔便觉超诣,以书名于世者惮之。少读邵子书,领悟其妙,题其室曰'邵庵',学者因号之曰'邵庵先生'。然廷陛都俞,朝野称谓,率多以字行。其存稿自题曰《道园学古录》,门人汇而锓之,得'应制'十二卷,'在朝'二十四卷,'归田'三十六卷,'方外'八卷,其散逸尚多。闲居虽久,归美报上之心,仁民泽物之志,未尝一日忘之。邑有平粜仓田,沦于方外,力言于当道复之。邑大夫陈有容率同志作邵庵书院,迎公讲道其中,以惠学子,公欣然诺之。落成而公薨,在法,公当进爵赐谥,既葬而命未下。玄于公有奕世之契,最先受知参政公,博士之召,公实荐之朝,同朝十年,奖借非一。故于是铭,虽重于作而不敢辞。"(《圭斋文集》卷九)

又按:《元史·虞集传》评曰:"文仲世以《春秋》名家,而族弟参知政事栋,明于性理之学,杨氏在室,即尽通其说,故集与弟盘,皆受业家庭,出则以契家子从吴澄游,授受具有源委。……集学虽博洽,而究极本原,研精探微,心解神契,其经纬弥纶之妙,一寓诸文,蔼然庆历乾淳风烈。尝以江左先贤甚众,其人皆未易知,其学皆未易言,后生晚进知者鲜矣,欲取太原元好问《中州集》遗意,别为《南州集》以表章之,以病目而止。平生为文万篇,稿存者十二三。早岁与弟盘同辟书舍为二室,左室书陶渊明诗于壁,题曰陶庵,右室书邵尧夫诗,题曰邵庵,故世称邵庵先生。……国学诸生若苏天爵、王守诚辈,终身不名他师,皆当世称名卿者。"《宋元学案》卷九二《草庐学案》评之曰:"文章为一代所宗而其学术源委则自父汲。与草庐为友,先生以契家子从之游,故得其传云。"明人胡应麟评其诗曰:"虞奎章在元中叶,一代斗山","七言律,虞伯生为冠","元人绝句,莫过虞、范诸家"(均见《诗薮·外编》卷六);清人方东树比较欧阳修与虞集曰:"两公各具风韵,使人爱不欲去。六一多深湛之思,道园具闲逸之致",又以为"伯生情韵,足与遗山(元好问)相垺。"(《昭昧詹言》卷一二)

黄清老卒。

按:黄清老(1290—1348),字子肃,邵武人。少治《春秋》,泰定三年(1326)江浙乡试第一,明年登进士,由曹元用、马祖常等荐,授翰林典籍,后升任翰林应奉文字,兼国史院编修。至正元年(1341)出任湖广省儒学提举。著有《樵水集》、《春秋经旨》、《四书一贯》十卷。事迹见苏天爵《元故奉训大夫湖广等处儒学提举黄公墓志铭》(《滋溪文稿》卷一三)、《元诗选·二集》小传。

元惠宗至正九年　己丑　1349 年

四月,车驾时巡上都。(《元史·顺帝本纪五》卷四二)

五月庚戌,命翰林国史院等官荐举守令。(《元史·顺帝本纪五》卷四二)

六月丙子,刻小玉印,以"至正珍秘"为文,凡秘书监所掌书画,皆识之。(《元史·顺帝本纪五》卷四二)

八月,车驾还自上都。(《元史·顺帝本纪五》卷四二)

十月丁酉,命皇太子爱猷识理达腊自是日为始入端本堂肄业。

按:《元史》载:"命脱脱领端本堂事,司徒雅普化知端本堂事。端本堂虚中座,以俟至尊临幸,太子与师傅分东西向坐授书,其下僚属以次列坐。"(《元史·顺帝本纪五》卷)诏以李好文所进《经训要义》付端本堂,令太子习焉。好文又集历代帝王故事,总百有六十篇,以为太子问安余暇之助。又取古史自三皇迄金、宋,历代授受,国祚久速,治乱兴废为书,名曰《大宝录》,又取前代帝王是非善恶之所当法戒者为书,名曰《大宝龟鉴》,皆录以进。复上书曰:"殿下以臣所进诸书,参之《贞观政要》、《大学衍义》等篇,果能一一推而行之,则太平之治,不难致矣。"

太傅脱脱五月戊戌提调斡耳朵内史府。

按:脱脱闰七月诏为中书右丞相,仍太傅。(《元史·顺帝本纪五》卷四二)

太平任翰林学士承旨。

按:七月乙卯,罢右丞相朵儿只,依前为国王,左丞相太平为翰林学士承旨。(《元史·顺帝本纪五》卷四二)

札剌尔以中政院使、荣禄大夫为资政院使。

按:黄溍《资正备览序》"至正九年冬,诏以中政院使、荣禄大夫札剌尔公为资政院。"据黄溍序云:"盖设官之始,在东宫则曰詹事院,在东朝则曰徽政院,互为废置。间尝改建储庆使司及储政院,而詹事、徽政之所掌悉隶焉。今天子始锡名资正院,以奉中宫。"(《金华黄先生文集》卷一六)

翰林学士李好文为谕德。

按:《元史·顺帝本纪五》载:"(七月)壬辰,诏命太子爱猷识理达腊习学汉人文书,以李好文为谕德,归旸为赞善,张仲为文学。李好文等上书辞,不许。"(《元史》卷四二)李好文曰:"欲求二帝、三王之道,必由于孔子,其书则《孝经》、《大学》、《论语》、《孟子》、《中庸》。"乃摘其要略,又取史传及先儒论说有关治体而协经旨者,加以己见,仿真德秀《大学衍义》之例,为书十一卷,名曰:《端本堂经训要义》,奉表以进。端本堂系教皇太子之处。帝师闻之,言于奇皇后曰:"向者太子学佛法,顿觉开悟,今乃使习孔子之教,恐坏太子真性。"后曰:"吾虽居深宫,不明道德,尝闻自古及今治天下者,须用孔子之道,舍之他求,即为异端。佛法虽好,乃余事耳,不可以治天下。安得使太子不读书耶?"(《续资治通鉴》卷二一九)

柏颜任集贤大学士。

按:《元史·顺帝本纪五》八月甲辰,以集贤大学士柏颜为中书平章政事,河南行省平章政事月鲁不花为宣政院使。(《元史》卷四二)

司徒雅普化八月庚戌提调太史院、知经筵事。(《元史·顺帝本纪五》卷四二)

御史中丞李献九月奉旨代祀河渎。(《元史·顺帝本纪五》卷四二)

黄溍四月二十日,进讲明仁殿,又于此年以翰林致仕。

按:黄溍《存复斋文集序》"今年秋,予以久直词林,窃禄无补,乞身而退。恩召还,假馆姑苏驿。……顾予方迫于使命,匆匆就道,未暇三复……至正九年秋闰七月十五日,金华黄溍书。"(《存复斋文集》卷首)黄溍是年进讲之后,贸然告老南归,使者追回。道遇杨维桢,非常欣赏杨维桢的《三史正统辩》,欲予以荐举。

贡师泰迁翰林待制,奉旨兼参赞经筵官,进讲经筵。

按:朱樵《玩斋先生年谱》"至正九年己丑,迁翰林待制,奉旨兼参赞经筵官,进讲经筵,明君子小人之辨,上喜,锡赉甚厚。"(《贡氏三家集》,第461页)

文殊讷任江西湖东道肃政廉访使。

按:《元史·祭祀志六》"至正九年,御史台以江西湖东道肃政廉访使文殊讷所言具呈中书。其言曰:'三皇开天立极,功被万世。京师每岁春秋祀事,命太医官主祭,揆礼未称。请如国子学、宣圣庙春秋释奠,上遣中书省臣代祀,一切仪礼仿其制。'中书付礼部集礼官议之。是年十月二十四日,平章政事太不花、定住等以闻,制曰'可'。于是命太常定仪式,工部范祭器,江浙行省制雅乐器。复命太常博士定乐曲名,翰林国史院撰乐章十有六曲。明年,祭器、乐器俱备,以医籍百四十有八户充庙户礼乐生。御药院大使卢亨素习音律,受命教乐工四十有二人,各执其技,乃季秋九月九日藏事。宣徽供礼馔,光禄勋供内醢,太府供金帛,广源库供芗炬,大兴府尹供牺牲、制币、粢盛、肴核。中书奏拟三献官以次定,诸执事并以清望充。前一日,内降御香,三献官以下公服备大乐仪仗迎香,至开天殿庋置。退习明日祭仪,习毕就庙斋宿。京朝文武百司与祭官如之,各以礼助祭。翰林词臣具祝文,曰'皇帝敬遣某官某致祭'。"(《元史》卷七七)

张翥以是年海道运粮顺利,授命载文遍礼天妃祠所。

按:张翥《寄题顾仲瑛玉山诗一百韵》序言云:"至正九年秋,海道粮舶毕达京师。皇上嘉天妃之灵,封香命祀。中书以翥载直省舍人彰实,遍礼祠所,卒事于漳。还次泉南,卧疾度岁。乃仲春至杭,遂以驿符驰上官,而往卜山于武康,克襄先藏。秋过吴门,顾君仲瑛留宴草堂之墅,宴宾十有二人,分题玉山诸景,诗皆十韵,尽欢而别。舟中笔砚少暇,因叙事述怀,累成百韵,语繁则易疵,聊以记行役耳,录寄仲瑛泊席上诸君子。他日或游崐墅,当为一亭一馆赋之也。"张翥此诗叙录元廷对于海运的倚重情形以及天妃拜祀仪式的隆重盛大,颇为写实,非常能代表元代诗歌写实、猎奇的独特面貌。

苏天爵奉召为大都路总管,以疾归。俄复起为两浙都转运使。

按:刘基《送苏参政除大都路总管序并诗》"至正九年冬,江浙行省参知政事苏公奉旨入为大都路总管,浙士民咸叹息,愿留而不可得。夫浙于江南为大藩,租赋所入,半四海内。京师辇毂之下,为治莫难焉,其尹亦必极天下之选,朝廷之意,固不必有所偏重矣。京城之内,密迩清光,明试考绩,不待询于岳牧京尹,冠冕守令,远近之所观式,得其人则由中达外,四方将以之而化,不亦伟哉?以公之宏才大德,与其施之于一方,孰若达之于四海也?然则惜公之去者,其私情;而乐公之行者,天下之公心也。故相率为诗以饯公,且以'霖雨思贤佐,丹青忆老臣'为韵,所以思公之德而不忘,愿公之泽及于天下也。诗曰:凤凰集梧桐,和声协虞琴。神蛟跃天池,四海仰为霖。圣人握金镜,哲士仪朝簪。辉光照中野,声价重南金。昔佩使者符,献纳申官箴。再参藩垣务,清风净氛祲。煌煌京城内,连袵成春林。剸剧第长才,天眷赫照临。王畿一以正,万国罔不钦。克符皋夔业,垂名耀来今。"(《诚意伯文集》卷六)

高明二月随元军讨伐方国珍。

按:期间,高明主张招抚,未被统帅采纳,遂"避不治文书"。刘基有《从军诗五首送高则诚南征》"少小慕曾闵,穷阎兀幽栖。丘园贲嘉命,通籍厕金闺。握笔事空言,块焉愧梁鹅。不如属橐鞬,结束习鼓鼙。庙算出帷幄,白日收虹蜺。剑光帖沧溟,旗尾县鲸鲵。振旅还大藩,歌舞安旄倪。拂衣不受赏,长揖归蒿藜。江乡积阴气,二月春风寒。壮士缦胡缨,伐鼓开洪澜。长风翼万轴,撇若横海翰。马衔伏辕门,翊卫森水官。仗钺指天狼,怒发冲危冠。按节肃徒旅,神剑宵有声。挥挥大旗动,烈烈刁斗鸣。仰看太白高,俯视沧波平。王师古无战,蟛獭安足烹。人言从军恶,我言从军好。用兵非圣意,伐罪乃天讨。运筹中坚内,决胜千里道。雷霆馘蛟鼍,雨露泽枯稿。怀柔首悍独,延访及黎老。牧羊必除狼,种谷当去草。凯歌奏大廷,天子长寿考。清晨绝长江,日夕次海濒。北风吹旆旌,军动速若神。令严戎马闲,九陌无惊尘。伐鼓震溟峤,扬帆役鲛人。鲸鳞京观筑,鳄醢华筵陈。喈喈布谷鸣,祁祁农鸼春。去子还故乡,悲喜集里邻。荷锸启瓦砾,再荷天地仁。抚绥属有望,世世为尧民。"(《诚意伯文集》卷三)

余阙六月接见宋濂。

按:时余阙持使节莅临,宋濂与戴叔能进见,余阙书轩扁赠之。余阙命宋濂、戴良编辑柳贯文集。

宋濂入龙门山。

按:是时史馆诸公荐之为国史院编修,宋濂固辞,入龙门山著书《龙门子凝道记》,又著《孝经新说》、《周礼集注》等。作《皇太子入学颂》。时戴叔能有《送景濂入仙华山为道士序》,刘基有《送龙门子入仙华山序》。

欧阳玄应贯云石之子阿思兰海涯所清为贯云石作神道碑。

按:欧阳玄在文中交代,"公薨廿又五年,子阿思兰海涯展省于燕,顾公神道未铭,愿属笔焉",贯云石卒于泰定元年(1324)五月八日,故欧阳玄为作神道碑时间在这年。(欧阳玄《元故翰林学士中奉大夫知制诰同修国史贯公神道碑》)

欧阳玄作《贞文书院记》。

按:贞文书院乃为揭傒斯父亲而建,由欧阳玄序言可知此事甚为荣耀。文曰:"昔在仁宗皇帝之世,集贤大学士陈颢、翰林学士承旨忽都鲁都儿迷失等言:'翰林揭傒斯之父来成,学行师表一方,宜特赐谥,以示圣朝尚德之意'。于是有旨,赐其谥曰'贞文先生'。至正三年夏四月,中书平章政事帖木儿达式、右丞太平贺等又请于今上皇帝,建立书院,遂以'贞文'之号赐为额。其址在富州之长宁乡旧山之阳,前把遥岫,后倚崇冈,平畴曲溪,映带林麓,盖揭氏先世故居之地也。……皇元超轶百王,务以崇雅黜浮为教,以去华就实为学,复古之机其在于是。贞文先生以道德教一乡之人,死而祠于其乡,稽诸乐祖瞽宗之祭,真无愧乎古人者也!玄故著其所始,愿以求正于好古博雅之君子焉。至于揭氏父子以稽古之功,修身之效,被遇两朝,垂耀百世,可谓儒者之至荣,犹有待乎论述也。夫贞文先生,讳来成,字哲夫,以子贵,累赠通奉大夫、江西等处行中书省参知政事、护军,先谥贞文。国朝处士易名之典自公始。文安公讳俣斯,字曼硕,卒官翰林侍讲学士、中奉大夫、知制诰、同修国史,赠护军,谥文安。父子并爵豫章郡公。二公懿行伟节,各有列诸别碑云。"(《圭斋文集》卷五)

周伯琦纂注《说文字原》一卷成。

按:《说文字原》作为订注《说文解字》部首以明造字本原之著作,现在往往被认作文字学研究著作,而究核周伯琦作为顺帝时期最著名的宫廷书法家,他撰述此书的缘由,实际是本于元代书学复古思潮的理念,力图由文字起源来探寻书法创作的著作。该书于至正十五年(1355)刻成,曾名重一时。周伯琦序曰:"先君汝南公研精书学余四十年,尝谓许氏之书虽经李阳冰、徐铉、锴辈训释,犹恨牵于师传,不能正其错简,强为凿说,紊然无叙,遂使学者,昧于本原,六书大义,郁而不彰。苟非更定,何以垂世。伯琦服承有年,忘失是惧。缅惟画卦造书之义,参以历代诸家之说,质以家庭所闻,未敢釐其全书,且以文字五百四十定其次叙,撰述赞语,以著其说。复者删之,阙者补之,点画音训之言为者正之。字系于文,犹子之随母也。分为十又二章,以应十又二月之象,疏六书于下。于是许氏之学,渐有可考,不待繙其全书,而思过半矣。名之曰《说文字原》,留之家塾,以授蒙士,或小学之一助云。至正九年岁在己丑仲春,鄱阳周伯琦伯温父叙。"(《全元文》第四十四册,第526—527页)

又按:宇文公谅又为此书作序,详述其意义及刊刻情况:"翰林直学士鄱阳周公温甫,绩学有年,考核贯穿,立论证据经史,下笔追踪姬嬴,流俗所昧,一归之正。至正初,皇上建宣文阁,开经筵,公时为授经郎,奉诏大书阁榜,知遇既隆,名重天下。公尝以暇日,著《说文字原》、《六书正伪》两编,叙列篇章,发明音义,萃丛众美,折以己见,深得古人造书之意,可谓集书学之大成而会其至者也。都水庸田使喀喇公溥修,博究群书,一见推服,因属平江监郡禄、实公子约、郡守高公德基,遂相与命工刻梓于校官,以永其传,其有功于後学,不亦大乎? 噫! 字书之伪,非周公莫能正,而二书之传,非三君子亦莫能广也。公谅由吴兴赴召,道经平江,适刻梓讫工,获尽阅成书,而祛素惑。谨题于端,以谂来者。至正十五年,龙集乙未三月既望,奉直大夫、国子监丞、京兆宇文公谅叙,都水庸田使通议公明里不阿字。"(《说文字原》卷首,《四库全书》本)

又按:《说文字原》在至正十五年间,本拟平江刊刻,但以兵乱,并未刊成,直至明嘉靖时期才得以刊成,黄芳有序载述此事:《说文字原》,此二书,元至正间学士鄱阳周伯琦撰也。《字原》叙制作之因,《正伪》刊传写之谬,其自序详矣。刻版旧在平江，值兵乱散逸。迨今百数十年，鲜知者。滁阳于公器之，得诸京师，宝而录之。及迁浙副宪，复购善本，募工翻刻，属芳为之序。予阅其书，盖与杨桓《六书统》皆宗许氏《说文》而校之。桓书尤似精约，字数不多而要领具在，尝因是以究文字之变，自龙穗而鸟篆、而科斗、而大小篆、而隶，以至八分、行、草，大率皆去难即易，厌详就省。而世道升降，淳漓之象见矣，盖古书谨重如人，端冕佩玉，危坐拱立，而庄敬之心，望之而生焉。今书如岸帻袒裼，利其便安，人狎而悦之。若行草，则褰裳缚袴，趋步而趋矣。夫书之详略，因乎政者也。政简，故书得而详，详而制之难，故其为文也约而精；政庞，则书变而略，书略则文易于烦，文烦而俗之弊也滋甚。迨五年以降，摹印既便，鄙亵并纪，文益俚而伪滋矣。善治者能艾剃浮沉，虽未必知道，吾与其得孔子删书之旨。方今圣治熙洽，士知响风，若有复古之渐而同文一事。我国家令典尤严，矧夫古文点画，形象先王，制之皆有精义，讵云小子之学忽之也。夫悦古道者，闻影响而跃，如商敦、周彝，不谐俗用。是书刊播，若曰存古意云尔，而馆阁大册或是资焉，因文以思道将有跃然兴者。嘉靖元年七月吉，赐进士出身、中顺大夫、奉敕提督学政浙江按察司副使琼海黄芳序。"

又按：《四库全书总目提要》评曰："不及张有《复古编》之精密，而亦不至如杨桓《六书统》之杂糅。"清代蒋和撰集《说文字原集注》，对该书曾多加采摘和辨正。《四库全书总目提要》云："……明郎瑛《七修类稿》载其降于张士诚，士诚破后，为明太祖所诛，谓《元史》称其后归鄱阳，病卒，为误。考徐祯卿《翦胜野闻》先有此说，然宋濂修史在太祖时，使伯琦果与士诚之党同诛，濂等不容不知，至《翦胜野闻》本出，依托不足为据，瑛所言殆传闻，失实也。昔许慎《说文》凡分五百四十部，其先后之序，或有义或无义，不尽可考。徐锴作《说文系传》仿《周易》序卦之例，一一明其次第，连属之故未免失之牵合。伯琦是书又以慎之部分，增改各十七部，移其原第，使以类相从以明辗转孳生之义，与慎亦颇有异同。至于以侧山为丘，倒之为币之类，训为转注，则仍与会意无分，未免自我作古耳。其《六书正讹》以礼部韵略部分分隶诸字，列小篆为主，先注制字之义，而以隶作某某，俗作某某，辨别于下，略如张有《复古编》之意。大抵伯琦此二书推衍《说文》者半参以己见者，亦半瑕瑜互见、通蔽相妨，不及张有《复古编》之精密，而亦不至如杨桓《六书统》之糅杂采莳采菲无以下体，姑存以备一解，亦兼收并蓄之义云尔。"

黄溍约是年后作《资正备览序》。

按：其序曰："至正九年冬，诏以中政院使、荣禄大夫扎剌尔公为资政院使。涖事伊始，首询官府之沿革，及所总政务之本末次第。前徽政院纪源之书部帙汗漫，而序述弗详。披阅再四，莫得其要领。盖设官之始，在东宫则曰詹事院，在东朝则曰徽政院，互为废置。间尝改建储庆使司及储政院，而詹事、徽政之所掌悉隶焉。今天子始锡名资正院，以奉中宫。由其更易靡常，新旧交承，文案填委，舛错隐漏，猝难穷竟，故于户口之登耗，财计之盈亏，人材之升黜。工役之作辍，皆无从周知。公以为古之君子，居其官则思其职。苟非有旧典之可稽，则虽欲举其职，不可得也。乃谋于院官，令架阁库出所藏故牍，俾经历司官与提控掾史等，精加考核，会萃成书。院官后至者，咸乐赞其成。凡本院暨所统诸司官属之员数品级、系籍人户、拨赐土田、方物贡输、岁赋征纳、铨选格法、营造规程，彪分胪列，细大弗遗，厘为三卷，号曰《资正备览》。挈其大纲，而万目毕随。举而措之，斯易易耳。以潛承乏隶太史氏，俾执笔题辞于篇端。昔汉文帝问周勃陈平：天下一岁，决狱几何？钱谷出入几何？勃皆谢不知，平对曰：有主者问决狱，责廷尉；问钱谷，责治粟内史。帝曰：君所主何事？平举宰相之职以对，帝称善。夫周勃、陈平均有所不知，而平知责之主者，故勃自以为不如。矧今资政领以专使，皇上为官择人，非执政侍从近臣，莫克当其选。倚注之重，岂群有司比乎？公乃不敢委于主者，而一以身亲之。他日入侍燕闲，上承清问，必然枚举以对。虽使陈平复生，必自以为不如也。抑是书之作，不特蒐罗故实，以备阙文，且将贻于方来，为不刊之典。其用意深且远矣，来者尚无忽诸。"（《金华黄先生文集》卷一六）

张翥为陈旅《陈众仲文集》十三卷题序。

按：是书卷首有二序，其一题《陈众仲文集序》，署"至正九年龙集己丑季冬望日翰林修撰河东张翥序"；其二无题，署"至正辛卯夏晋安林泉生序"。正文各卷头题"陈众仲文集卷第几"或"安雅堂集卷第几"，或"陈众仲安雅文集卷第几"，今存九卷，缺卷六至九。日本静嘉堂文库藏。张翥《安雅堂集原序》曰："陈君众仲为国子丞，而予助教于学，且居官舍相迩也，其日从论议者殆逾年，求君文者履常接户外，君虽卧疾，犹操笔呻吟不少置。其卒也，予哭之悲焉。风雅寥阔，追念故人，欲一如畴昔，坐谈千古，以发诸识趣之表，既不可得，又窃虑其遗编散失无以暴白于后也。今年冬出使闽南，询其子籲，得家藏全稿曰《安雅堂集》凡十三卷。呜呼！文章至季世，其敝甚矣。元兴以来，光岳之气既浑，变雕琢碎裂之习而反诸淳古，故其制作完然一代之雄盛，文人学士直视史汉魏晋以下盖不论也。方天历、至顺间，学士蜀郡虞公以其文擅四方，学者仰之，其许予君特厚，君亦得与相薰濡，而法度加密焉。故其所铺张，若揖让坛坫，色庄气肃而辞不泛也；其所援据，若检校书府,理详事核而序不紊也。其思绵丽藻拔而杼机内综也,其势飞骞盼睐而精神外溢也。此君之所自得,而予常以是观之。今其已矣,讵意夫履君之乡,叙君之文,而寓其不已之心乎?炳焉其若存,旳焉其遂传,中山之序柳州、白傅之序江夏,友义之重,古今所同。因籲之请,乃书而冠诸集首。至正九年龙集己丑季冬望日,翰林修撰河东张翥序。"(《安雅堂集》卷首)

危素作《杨梓人待制文集序》。

按:杨梓人,名杨舟,字梓人,至治元年宋本榜进士,危素之序据其所标时间乃己丑年(至正九年,1349)。危素序云"澧阳杨侯梓人,早读书天门山中。既擢高科,仕于州县者廿有余年。天子闻其文章可掌诰命,乃召为翰林待制。然侯素贵重其文,宋正献公其榜首也,欲观之,不可得。赂逆旅主人,窃取之。侯在禁林,四方之求文者未尝漫与。素承乏末僚,从容奉命承教于史馆,数以为言,乃得二巨编。读之终岁而不厌,盖其辞根极理要,精深冲远,如沧海无波,一碧万顷,信乎能言者也。《诗》云:'衣锦尚絅',《中庸》曰'恶其文之著',惟侯有焉。此岂世俗沾沾自足、外加表襮者所能知哉!"(《危太朴文续集》卷一)

吴鉴作《清源续志序》。

按:序言曰:"古有《九丘》之书,志九州之土地,所有风气之宜,与《三坟》、《五典》并传。周列国皆有史,晋有《乘舆》,楚有《梼杌》,鲁之《春秋》是也。孔子定《书》,以黜《三坟》,衍述《职方》,以代《九丘》,笔削《春秋》,以寓一王法,而《乘舆》、《梼杌》,遂废不传。及秦罢侯置守,废列国史。汉马迁作《史记》,阙牧守年月不表,郡国记载浸无可考,学者病之。厥后江表华阳有志,汝颖之名士,襄阳之耆旧有传。隋大业,首命学士十八人,著《十郡志》,凡以补史氏之阙遗也。闽文学始唐,至宋大盛。故家文献彬彬可考,时号海滨洙泗,盖不诬矣。国朝混一区域,至元丙子,郡既内附。继遭兵寇,郡域之外,莽为战区,虽值承平,未能尽复旧观。观《清源前志》,放夫《后志》,上于淳祐庚戌,逮今百有余年。前政牧守多文吏武夫,急簿书期会,而不遑于典章文物。比年修宋、辽、金三史,诏郡各国上所录,而泉独不能具,无以称德意,有识愧焉。至正九年,朝以闽海宪使高昌偰侯来守泉。临政之暇,考求图志,领是邦古今政治沿革,风土习尚变迁不同。太平百年,谱牒犹有遗逸矣。今不纪,后将无征。遂分命儒生搜访旧闻,随邑编辑成书。鉴时寓泉,辱命与学士君子裁定删削,为《清源续志》二十卷,以补清源故事。然故老渐没,新学浅于闻见,前朝遗事,盖十具一二以传言。至正十一年暮春修禊日,三山吴鉴序。"(《岛夷志略》卷首)吴鉴,字明之,闽人。

夏文泳卒。

按：夏文泳（1276—1349），字明适，别号紫清，贵溪人。年十六学道于龙虎山崇真院。性介洁，不妄取与，三教九流之书，无所不读，见闻广博，而深明理学之旨，一时贤士大夫、馆阁名流，皆与之为方外交。事迹见《龙虎山志》、《黄金华集》卷二七。

王守诚卒。

按：王守诚（1296—1349），字君实，阳曲人。迁太常博士，续编《太常集礼》以进。转艺林库使，与修《经世大典》。屡迁礼部尚书，与修《辽》、《金》、《宋》三史。出为河南行省参知政事，风采耸动天下。论功居诸道最，进资政大夫，河南行省左丞。未上，奔母丧，遘疾卒。谥文昭。气宇和粹。性好学，从邓文原、虞集游，文稿辞日进。著有《续编太常集礼》三十一册、《王守诚文集》。事迹见《元史》卷一八三、《大明一统志》卷一九、《元诗选·癸集》小传。

卓敬（1349—1402）、王璲（1349—1415）生。

元惠宗至正十年　庚寅　1350 年

四月，以脱脱为中书右丞相，统正百官。

按：丁酉，大赦天下。其略曰："朕纂承洪业，抚临万邦，夙夜厉精，靡遑暇逸。比缘倚注失当，治理乖方，是用图任一相，俾赞万机。爰命脱脱为中书右丞相，统正百官，允厘庶绩，曾未期月，百度具举，中外协望，朕甚嘉焉。尚虑军国之重，民物之繁，政令有未孚，生意有未遂，可赦天下。"（《元史·顺帝本纪五》卷四二）

车驾时巡上都。（《元史·顺帝本纪五》卷四二）

八月，车驾还自上都。（《元史·顺帝本纪五》卷四二）

九月辛酉，祭三皇如祭孔子礼。

按：先是，岁祀以医官行事，江西廉访使文殊讷建言，礼有未备，乃敕工部具祭器，江浙行省造雅乐，太常定仪式，翰林撰乐章，至是用之。（《元史·顺帝本纪五》卷四二）

九月壬午，再修吏部选格。

按：右丞相脱脱以吏部选格条目繁多，莫适据依，铨选者得以高下之，请编类为成书，从之。此次修律之事为继世祖朝、成宗朝之后又一次完整法

典的大规模撰修,进行至至正十八年(1358),终未完成。欧阳玄奉敕撰定国律,撰选格序。(《元史·顺帝本纪五》卷四二)

欲更钞法。

按:《元史·食货志五》"至正十年,右丞相脱脱欲更钞法,乃会中书省、枢密院、御史台及集贤、翰林两院官共议之。""十一年,置宝泉提举司,掌鼓铸至正通宝钱、印造交钞,令民间通用。行之未久,物价腾踊,价逾十倍。又值海内大乱,军储供给,赏赐犒劳,每日印造,不可数计。舟车装运,轴舻相接,交料之散满人间者,无处无之。昏软者不复行用。京师料钞十锭,易斗粟不可得。既而所在郡县,皆以物货相贸易,公私所积之钞,遂俱不行,人视之若弊楮,而国用由是遂乏矣。"(《元史》卷九七)

吕思诚任集贤大学士兼国子祭酒。

按:《元史·食货志五》"至正十年,右丞相脱脱欲更钞法,乃会中书省、枢密院、御史台及集贤、翰林两院官共议之。……吏部尚书偰哲笃及武祺,俱欲迎合丞相之意。偰哲笃言更钞法,以楮币一贯文省权铜钱一千文为母,而钱为子。众人皆唯唯,不敢出一语,惟集贤大学士兼国子祭酒吕思诚独奋然曰:'中统、至元自有母子,上料为母,下料为子。比之达达人乞养汉人为子,是终为汉人之子而已,岂有故纸为父,而以铜为过房儿子者乎!'一坐皆笑。"(《元史》卷九七)

贡师泰改国子司业。

按:朱樵《玩斋先生年谱》"至正十年庚寅,改国子司业。割司业俸,并节行供浮费,积赀,广学舍六十间以及诸生宿处。"(《贡氏三家集》,第461页)贡师泰在京城,因程文之建议,名居室曰玩斋,从此以"玩斋生"自号。(程文《玩斋记》)

卢亨任御药院大使。

按:《元史·祭祀志六》"明年,祭器、乐器俱备,以医籍百四十有八户充庙户礼乐生。御药院大使卢亨素习音律,受命教乐工四十有二人,各执其技,乃季秋九月九日蒇事。宣徽供礼馔,光禄勋供内醢,太府供金帛,广源库供芗炬,大兴府尹供牺牲、制币、粢盛、肴核。中书奏拟三献官以次定,诸执事并以清望充。前一日,内降御香,三献官以下公服备大乐仪仗迎香,至开天殿庋置。退习明日祭仪,习毕就庙斋宿。京朝文武百司与祭官如之,各以礼助祭。翰林词臣具祝文,曰'皇帝敬遣某官某致祭'。"(《元史》卷七七)

吴当升国子司业。(《元史·吴当传》卷一八七)

余阙佥浙东廉访,行部至浦江。

按:余阙在浦江之际,戴良上谒,与余阙谈诗,阙曰:"士不知诗久矣,非子吾不敢相语"(《九灵山房集》卷三〇),乃尽授以平日所得于师友者。

李士瞻仕至翰林学士承旨。(陈祖仁《翰林学士承旨荣禄大夫知制诰兼修国史王时题盖翰林承旨楚国李公行状》)

吴和叔任廉州推官。

按:吴和叔,安徽休宁人。任廉州推官时,临郡兵起,以保障廉州得功,升钦州总管海南海北道元帅,守钦州。著有《野航集》。(《新安文献志·先贤事略(上)》)吴和叔诗雍雅平和,虞集认为"其音节平和而不暴于气,其理致详而不汩于时。喜而乐也,不至于放;哀而怒也,不至于伤。从容于日用酬酢之间,萧散于尘土盍游埃之外。生乎承平之时,无前代子美之穷愁;安乎所遇之常,有近时放翁之优逸",颇为称赏。应该说,虞集所以赞吴和叔诗在于其诗符合了他雍熙平易的创作理念。虞集在《吴和叔诗集序》中,以水态来比附作诗之理,认为:"喜怒哀乐之于情也,感于物而见焉。出而用世,见诸行事,居面应物,发为辞章,其所从出也。应事如流水,过则无可见。词章之所存,可以兴观焉。得失治忽之事,可劝惩者矣",虞集认为吴和叔诗得其正理,为"真能言者"。(《全元文》第二十六册,第 134 页)虞集很爱通过观水来观诗,他在《李景山诗集序》中也以水态为喻打比方说:"盍亦观于水,安流无波,演迤万里,其深长岂易穷也!若夫风涛惊奔,龙石险壮,是特其遇物之极于变者。而曰水之奇观必在于是,岂观水之术也哉!"虞集认为人不能处于顺境则留连光景而不知返,处于逆境则随意嗟痛号呼,而应该"深省顺处",这样之后的创作才能优雅平和,为君子所贵。

张翥代祀海上,归至吴门,顾瑛设宴于草堂行窝。

按:张翥诗《题钓月轩》序言载:"至正十年八月十九日,予以代祀海上,还抵吴门。仲瑛宴于草堂行窝。时坐客能诗者九人,以玉山佳处之亭馆分题赋诗。予得钓月轩,乃为记小引,并赋长句以别。后夜毗陵倚舟,望姑苏有玉气如虹,熊然上腾者,必吾草堂诸诗之光焰也。复赋五言十韵以寄。他日过玉山,当为一亭一馆赋之。"(《全元诗》第三十四册,第 158 页)

余阙是年为戴良所居轩匾曰"天机流动"。

按:据王祎《天机流动轩记》载,戴良所居之轩为天机流动轩,曾请东阳陈樵、金华胡翰、浦江郑涛为之记,之后又请王祎作记。据王祎云:"叔能之所与游而密者,宋先生濂,亦祎之所师友焉者也。倘过叔能幸为相与订定之。"则余阙在元末与戴良、王祎、宋濂等婺州文人往来较多。

黄溍与杨维桢偶遇杭州。

按：时黄溍致仕南还，维桢愤黄溍避朋党之嫌，不为引荐，撰文《金华先生避朋党辩》记之。

苏天爵作《浙西察院题名记》。

按：据苏天爵文章记，"至正八年，监察御史、承直郎、前进士高昌普公原理，朝列大夫海岱刘公廷幹，以是秋九月由建业巡行，历浙入闽，周数千里。明年二月，复归至杭。凡所经过郡邑，留必旬余，民之诉讼者听之，事之废弛者举之，官吏材能者荐之，贪暴者黜之。孳孳奉公，无不尽心。耆老为之惊叹；官僚为之震悚。先是杭有回禄之厄，察院既一新之，厅事犹未有名。二公于是表曰霜清，又将题名于石，征愚为记。"（《滋溪文稿》卷三）

张弘范《淮阳集》刻成，许从宣作序。

按："曩者天兵克季宋于崖山，时则淮阳献武王实以元帅统师，爰振其武，用燖赵烬。勋劳之大，载在史册，藏之金匮，天下後世知其功高，乃若词章之盛，人或不能尽知也。王之里人金台王氏，尝以王之诗歌乐府，刻于其家敬义堂。虽特其仅存之稿，然于是足以知王之词章为优为耳。盖王以事业之余适其性情，而聊以见之吟咏，往往托物感兴为多，而在于射猎击毬之事者无几。况夫雅韵清辞，雍容谐协，固非服介胄者之所能及。至其读韩信、李广传诸作，英气伟论，卓荦发扬，又岂拘拘律度之士所能道哉？惟王世在名门，天资超迈。幼尝学於郝公伯常而友邓公光荐，恒与钜儒学士大夫交，故属意文字为甚。王之子恒阳忠献王，历事累朝，弼成文治，为世文臣。平生立朝大节，若汉之丙、魏，唐之房、杜，皆王所素教焉。今其曾孙旭，为江南诸道行御史台监察御史，访求先世遗文，得敬义堂所刻。顾其集，犹王之旧谥'武烈'题其首。欲重梓之，从宣因僭为之叙，以著王之好儒尚文，辞章只其余事。且使天下后世之人，知王之世家，不独高于武功也。至正十年庚寅九月吉日，中宪大夫、江南诸道行御史台治书侍御史许从宣谨叙。"（许从宣《淮阳集原序》）

许有壬及其弟许有孚、子许桢等著《圭塘欸乃集》成。

按：《四库全书总目提要》曰："《圭塘欸乃集》二卷，元许有壬及其弟有孚、子桢倡和之诗也。有壬《至正集》及《圭塘小稿》已别著录。至正八年，有壬既致仕归，乃以赐金得康氏废园于相城之西凿池其中，形如桓圭，因以圭塘为名，日携宾客子弟觞咏其间，积成巨帙名之曰《圭塘欸乃集》共诗二百一十九首，乐府六十六首。中惟乐府十解为其客马熙所作，余皆有壬有孚及桢之作。既而桢如京师，以其本示马熙，熙复取而尽和之，凡诗七十八首，词八首，别题曰《圭塘补和》附之于后。其诗虽多一时适兴之什，不必尽刻意求工，而一门之中父子兄弟自相师友，其风流文雅之盛，犹有可以想见者焉。集前有周伯琦序、后有段天祐等八跋，及赵恒、陆焕然题诗各一首，皆署至正庚寅辛卯甲辰丙午诸年，惟末有洹滨一跋不著名字，称‘此集江湖友人躬录装潢者，二十八年南归展读，外皆破碎，兵后所存惟此本，乃力疾补葺，遗我子孙’，云云，后题‘上章涒滩四月’，案上章涒滩为庚申，岁实明洪武之十三年，而丁文升跋内亦有从洹滨御史领归抄录语，盖洹滨乃有孚别号，而所谓江湖友人者即文升（丁文升）也。”

是书有周伯琦至正十年（1350）序、段天祐序、周溥至正十年（1350）跋、哈剌台至正十一年（1351）跋、黄寀跋、赵恒至正二十四年（1364）跋。

宋濂纂《柳待制文集》成，危素、苏天爵作序。

按：是集有苏天爵序、余阙序、危素序、宋濂至正十一年（1351）跋。

又按：苏天爵序曰：“翰林待制柳公既卒，子卣藏其文若干篇。至正庚寅，浙东佥宪余公按行所部，以浦江监县廉君清慎有为，爱民重士，乃命刻其文传焉。昔宋南渡，树都钱唐，浙东为股肱郡，衣冠大家接武于廷，名公硕士相继而起，汪洋博洽之学，辩论宏杰之文，人自为书，家有其说，呜呼，盛矣哉！至元中，海内为一，故国遗老尚有存者，师友讲授，渊源不绝，大抵皆以殚见洽问为主。天爵窃禄于朝三十余年，其于浙东巨儒，犹或及识故翰林侍讲学士袁文清公及公而已。间尝接其论议，诵其文章，奇词奥语，层见迭出，信知非因陋就寡之士所能及哉！尝考南渡之初，一二大贤既以其学作新其徒，吕成公在婺，学者亦盛，同时有声者，有若薛郑之深淳，陈蔡之富赡，叶正则之好奇，陈同父之尚气，亦各能自名家，皆有文以表见于世。其为文也，本诸圣贤之经，考求汉唐之史，凡天文、地理、井田、兵制，郊庙之礼乐，朝廷之官仪，下至族姓、方技，莫不稽其沿袭，究其异同，参谬误以质诸文，观会通以措诸用，读公之文者，庶犹见其兆欤！故公施教训于成均，则胄子服其学，司议论于奉常，则礼官推其博。天子方召入禁林，而公年已老矣，惜乎文之不大显于世也，其制作规模之盛，则于乡之先正有足征焉。……文集二十卷，别集又二十卷，皆公门生宋濂、戴良所汇次云。通奉大夫、前江浙等处行中书省参知政事苏天爵叙。”余阙是年八月作《待制集序》。《序》云：“天地之化，物类人事之理，久则敝，敝则革，革则章，非敝无革，非革无章。吾何以知其然也？在《易》之‘革’。‘革’之卦，贞离而兑悔。离，文也，时至于革，则其敝也久矣。夫兑，离所胜者也，物敝当革，虽所胜者，熄之，故兑革离。夫惟革其故而后新可取，故革其文者，乃所以成其文也。……汉之盛也，则有董子、贾傅、太史公之文。东都而下，则敝而不足观也。唐之盛也，则有文中子、韩子之文，中叶而下，则敝而不足观也。宋之盛也，则有周子、二程子、张子、欧、曾之文，南迁而下，则敝而不足观也。夫何以异于虎豹之文，彪然炳也，及久而敝，则昧昧庞杂，曾不如犆狸之革而章者哉？文之敝，至宋亡而极矣，故我朝以质承之，涂彩以为素，琢雕以为朴。当是时，士大夫之习尚，论学则尊道德而卑文艺，论文则崇本实而去浮华。盖久而至于至大、延祐之间，文运方启，士大夫始稍稍切磨为辞章，此革之四而趋功之时也。浦江柳先生挟其所业北游京师，石田马公时为御史，一见称之，已而果以文显。由国子助教，四转而为翰林待制兼国史院编修官。盖先生蚤从仁山金先生学，其讲之有原，而淬砺之有素，故其为文缜而不繁、工而不镂，粹然粉米之章，而无少山林不则之态，惜其未显而已。老欲用之，而已没也。余在秋官时，始识先生，尝一再与之论文甚欢。比以公事过其家，问其子孙，得其遗文凡若干篇。因使先生弟子宋濂、戴良汇次之，将畀监县廉君刻之浦江学官。世有欲征我朝方新之文者，此其一家之言也，必有取焉，因题其卷首以俟。至正十年八月丁祀日，武威余阙序。"（《柳待制文集》卷首）

又按：危素序写道："方仁宗皇帝在位，崇尚儒术，盖朝廷极盛之时，于是浙水之东有柳先生道传出。执政知其才，用之于成均，又用之于颂台，焯有誉闻。及出提举江西儒学，秩满而还家食者余一纪。今皇帝召还为翰林院待制，将进用之，俄卒于官。先生为国子助教，监察御史马雍古公荐先生可任风纪，御史大夫帖实不从。江西之还，在朝之人有忌嫉之者，阨而不用。及公论开明，擢置馆阁，而公老矣。故其所学，百不一见于功业，所以传示来学者，独赖文章之存而已。先生少历游前代遗老之门，该综百氏，根极壸奥，故其文雄浑严整，长于议论，而无一语蹈陈袭故，盖杰然于当时者也。先生既没，门人戴良、宋濂类辑为若干卷，而属素序之。先生官豫章，素以诸生见焉，凡训诱奖励者，久而弥笃。知其得于天者不可谓薄，而阨于人者往往若是，是故读其文而深惜其才之不尽用也。"（《危太朴文续集》卷一）《四库全书总目提要》曰："……贯虽受经于金履祥，其文章轨度则出于方凤、谢翱、吴思齐、方回、龚开、仇远、戴表元、胡长孺；其史学及掌故、旧闻则出于牟应龙，具见宋濂所作行状中，学问渊源悉有所授，故其文章原本经术，精湛闳肆与金华黄溍相上下。早年不自存稿，年四十余北游燕，始集为游稿，其后有《西雍稿》、《容台稿》、《钟陵稿》、《静俭斋稿》、《西游稿》、《蜀山稿》。至正十年，余阙得稿于贯子卣，以濂及戴良皆贯门人，属其编次，凡得诗五百六十七首，文二百九十四首，勒为二十卷，阙及危素、苏天爵各为之序，濂为之后记。天爵序又称，有别集二十卷，今未见其传本。考濂记，称'尚余诗九百七首，文二百四十八首，腾为二十卷，授先生子卣藏之'，盖删汰之余本，未刻也。以数计之诗仅存十之四，文仅存十之六，宜其简择之精矣。附录一卷，杂载诰敕、祭文像赞、行状墓表之属,不知何人所编,卷首亦题曰'柳贯著',其谬陋可想,又墓表今在黄溍集中,而题曰'戴良记',舛驳尤甚,以所记较史为详,尚可考贯之始末,姑仍其旧本存之云尔。"

集庆学宫南台御史张惟远合刊丁复《桧亭稿》九卷。

按:是书卷首有四序,前三序皆题《桧亭集序》,其一署"至元五年岁次己卯季冬廿有八日中山李桓谨书";其二署"至元六年岁在庚辰十月辛丑永嘉李孝光季和甫在建业城东青溪观题";其三署"至正四年四月戊寅临川危素序于钱塘驿舍";其四题《桧亭续集序》,署"至正十年岁在庚寅秋八月朔旦上元杨翮序"。下有"桧亭目录稿",分为九卷。正文各卷头题"桧亭集"。署"天台丁复仲容父"。上黑鱼尾下刻"桧亭稿卷几",下黑鱼尾下刻叶次,下书口偶记刻工名,如"施克明"、"朱彦明"、"史正之"等。书末有跋,尾书"至正十年冬友生江夏谕立敬志"。

蒲道源所撰《顺斋先生闲居丛稿》二十六卷附录一卷成。

按:是书现藏于日本静嘉堂文库。卷首有《顺斋蒲先生文集序》,署"至正十年冬十月二十四日前史官金华黄溍序",次为"顺斋先生闲居丛稿总目",又次为"顺斋先生闲居丛稿目录",乃分卷细目。各卷头题"顺斋先生闲居丛稿卷第几",署"男蒲机类编,门生薛懿校正",书末附录一卷,收录《顺斋先生行实》、《顺斋先生墓志文》等。《四库全书总目提要》曰:"《闲居丛稿》二十六卷,元蒲道源撰。道源字得之,号顺斋,世居眉州之青神,徙居兴元。初为郡学正,罢归。皇庆中,征为国史院编修官,进国子博士,年六十矣,越岁,复引疾去。后十年,召为陕西儒学提举,不就。迹其生平,恬于仕宦,大抵闲居之日为多,故其子机裒辑遗文题曰《闲居丛稿》,凡诗赋八卷,杂文、乐府十八卷。诗文俱平实显易,不尚华藻。黄溍为之序,称:'国家统一海宇,士俗醇美,一时鸿生硕儒,所为文皆雄深浑厚而无靡丽之习。承平滋久,风流未坠。皇庆、延佑间,公以性理之学施于台阁之文,譬如良金美玉,不假锻炼雕琢而光耀自不掩',云云,亦言其文之真朴也。盖元大德以后,亦如明宣德、正统以后,其文大抵雍容不迫、浅显不支,虽流弊所滋,庸沓在所不免,而不谓之盛时则不可。顾嗣立《元诗选》引溍此文,谓当时风尚如此,可以观世运焉,斯言允矣。"

张翥至正十年二月作《岛夷志略原序》。

按:《岛夷志略》又名《岛夷志》,全书所载,有九十九个国家和地方,提及地名达二百二十个,远胜此前周去非《岭外代答》、赵汝适《诸藩志》及此后马欢《瀛涯胜览》、黄信《星槎胜览》诸书。故而,《岛夷略志》为我国中古时期关于太平洋西岸、印度洋北岸区域地理著作之最杰出者。《岛夷略志》

现存版本有四库全书本、知服斋丛书本、彭氏知圣道斋藏本、丁氏竹书堂藏本等。汪大渊(1311—?),字焕章,龙兴路南昌人。生平不详,惟知他曾在元至顺元年(1330)、后至元三年(1337)前后两次浮海游历东、西洋诸国。稍晚,归返,寓居泉州路晋江县。

又按:张翥序言写道:"九海环大瀛海,而中国曰'赤县神州',其外为州者复九,有裨海环之人民禽兽莫能相通如一区中者,乃为一州。此驺氏之言也,人多疑其荒唐诞夸,况当时外徼未通于中国,将何以征验其言哉?汉唐而后,于诸岛夷,力所可到,利所可到,班班史传,固有其名矣。然考于见闻,多袭旧书,未有身游目识而能详记其实者,犹未尽征之也。西江汪君焕章当冠年尝两附舶东西洋,所遇辄采录其山川风土物产之诡异,居室饮食衣服之好尚,与夫贸易费用之所宜,非其亲见不书,则信乎其可征也与?又言海中自多巨鱼,若蛟龙鲸鲵之属,群出游,鼓涛距风,莫可名数,舟人燔鸡毛以触之,则远游而没。一岛屿间,或广袤数千里,岛人浩穰,其君长所居,多明珠丽玉、犀角象牙,香木为饰桥梁,或瓷以金银,若珊瑚琅玕玳瑁,人不以为奇也。所言由有可观,则驺衍皆不诞。焉知是志之外,焕章之所未历,不有瑰怪广大又逾此为国者钦。大抵一元之气,充溢乎天地,其所能融结,为人为物,惟中国文明,则得其正气,环于外海,气遍于物,而寒燠殊侯,材质异赋,固其理也。今乃以耳目弗迫,而尽疑之,可乎?庄周有言,六合之外,圣人存而不论,然博古君子,求之异书,亦所不废也。泉修郡乘,既以是志刊入之,焕章将归,复刊诸西江,以广其传,故予序之。至正十年龙集庚寅二月朔日,翰林修撰河东张翥叙。"(《岛夷志略》卷首)

汪大渊作后序曰:"皇元混一,声教无远弗届,区宇之广,旷古所未闻。海外岛夷无虑数千国,莫不执玉贡琛,以修民职;梯山航海,以通互市。中国之往复商贩于殊庭异域之中者,如东西州焉。大渊少年尝附舶以浮于海,所过之地,窃尝赋诗以记其山川、土俗、风景、物产之诡异,与夫可怪可愕可鄙可笑之事,皆身所游览,耳目所亲见,传说之事,则不载焉。至正己丑冬,大渊过泉南,适监郡偰侯命三山吴鉴明之续《清源郡志》,顾以清源舶司所在,诸番辐辏之所,宜记录不鄙,谓余方知外事,属《岛夷志》附于郡志之后,非徒以广士大夫之异闻,盖以表国朝威德如是之大且远也。"(《岛夷志》卷末)

吴鉴至正九年十二月作《岛夷志略原序》写道:"中国之外四州,维海之外夷国以万计,唯北海以风恶不可入。东西南数千万里,皆得梯航以达其道路,象胥以译其语言。惟有圣人在乎位,则相率而效朝贡,通互市,虽天际穷发不毛之地,无不可通之理焉。世祖皇帝既平宋氏,始命正奉大夫、工部尚书、海外诸蕃宣慰使蒲师文,与其副孙胜夫、尤永贤等,通道外国,抚宣诸夷。

独爪哇负固不服,遂命平章高兴、史弼等,帅舟师讨定之。自时厥后,唐人之商贩者,外蕃率待以命使臣之礼,故其国俗、土产、人物、奇怪之事,中土皆得而知。奇珍异宝,流布中外为不少矣。然欲考求其故实,则熟事者多秘其说,凿空者又不得其详。唯豫章汪君焕章,少负其气,为司马子长之游,足迹几半天下矣。顾以海外之风土,国史未尽其蕴,因附船以浮于海者数年然后归。其目所及,皆为书以记之。较之五年旧志,大有径庭矣。以君传者,其言必可信,故附录《清源续志》之后,不惟使后之图王会者有足征,亦以见国家之怀柔百蛮,盖此道也。"(《岛夷志略》卷首)

黄溍作《阿育王山广利禅寺承恩阁碑铭》。

按:阿育王山广利禅寺承恩阁乃寺住持雪窗光住持营建而成。据黄溍《阿育王山广利禅寺承恩阁碑铭》记载,雪窗光于至正二年七月由平江调任阿育王山广利禅寺。于至正九年谋建承恩阁,十年春建成。诚如黄溍文章所感慨,元代佛教之盛,前所未有:"盖自双林唱灭,像教东流,有国家者,咸知信响,而无能若我朝之致其隆极者。凡九州四海,名山福聚,至于退陬绝域,万里之外,灵踪异迹,靡不搜访而加礼焉。矧惟兹山,乃释迦如来真身舍利宝塔之所止,宜其蒙被帝力,尊崇侈大,非他山所得而比伦也。"承恩阁乃雪窗光"出上所赐白金为两二百,市材僦工造杰阁,以严使命。列楹若干,架甍若干,屋之以间计者七。其崇若干尺,广加其崇若干尺,修去其广若干尺,飞榱、步檐、方楗、曲槛,悉称其度,名之曰承恩之阁。上设像座,而即其下为传宗之堂,后为方丈之室。费有不给,则继以经用之余资,民不知而官不与焉。庀役于九年之东,讫功于十年之春。"建成之后,雪窗光"使以状来,请书其岁月,刊之兹碑,以示永久",黄溍遂作。(《金华黄先生文集》卷八)

刘诜卒。

按:刘诜(1268—1350),字桂翁,号桂隐,谥文敏,庐陵人。早年致力于名物、训诂、笺注之学,十年科举不第,家居讲授,不应荐举,刻意于诗及古文。所传《桂隐文集》四卷、《桂隐诗集》四卷为其门人罗如篪所编、《桂隐诗余》一卷。事迹见《元史·儒学二》、欧阳玄《元故隐士庐陵刘桂隐先生墓碑铭》(《圭斋文集》卷一〇)、危素《桂隐刘先生传》(《桂隐文集》附录)。

又按:《元史·儒学二》评曰:"诜为文,根柢六经,蹒跚诸子百家,融液古今,而不露其踔厉风发之状。"欧阳玄《元故隐士庐陵刘桂隐先生墓碑铭》曰:"……至其为文,根柢六经,属厌子史,蹒躃百家,淳澔演迤,资深取宏,榘矱哲匠,达于宗工,液古融今,自执其辔,应虑不获,靡施弗宜。虽未尝露其儁杰廉悍踔厉风发之状,韫玉在椟,气如白虹,不可掩抑。四方求文,缠属于门。有古文若干卷,诸体诗若干卷,骈丽书札若干卷,总题曰《桂隐集》。蜀郡虞先生、豫章揭先生及玄皆尝叙之,各以所见极其形容咏叹之盛。……先生生以宋度宗咸淳戊辰八月二十六日,卒以大元至正十年九月十三日,年八十又三。……"(《圭斋文集》卷十)危素《桂隐刘先生传》曰:"……与同郡辽阳提举刘岳申,文声相颉颃,与进士彭士琦为亲友,而幼长相切磋。自中朝贵人大官及四方游宦者,至吉,必以得三人之文为幸。先生犹善于古赋,绰有鲍、谢风致。文集若干卷,诸体诗若干卷,门人罗如箎等为之梓行,而虞、杨、揭、柳四公暨邓礼部皆尝为之序引,极形容其盛。"(《桂隐文集》附录) 刘岳申字高仲,号申斋,吉水人。工古文。荐授辽阳儒学提举,不就,以太和州判致仕。著有《文丞相传》一卷、《申斋文集》十五卷。

吴全节卒。

按:吴全节(1269—1350),字成季,号闲闲,又号看云道人,饶州岸仁人。十三学道于龙虎山。尝从大宗师张留孙至大都见世祖。成宗大德末授玄教大宗师。英宗至治间,留孙卒,授玄教大宗师、崇文弘道玄德真人,总摄江淮、荆襄等处道教,知集贤院道教事。事迹见《元史》卷二〇二(列传第八九,释老)、《书史会要》卷七、《元诗选·二集》小传。《元史》评价吴全节曰:"当时以为朝廷得敬大臣体,而不以口语伤贤者,全节盖有力焉。"

杜本卒。

按:杜本(1276—1350),字伯原,号清碧,清江人。武宗时召至京,已而归隐。文宗即位,再征不起。惠宗时召为翰林学士,复称疾固辞。学者称清碧先生。著有《诗经表义》、《四经表义》、《六书通编》十卷、《华夏同音》、《十原》、《清江碧嶂集》一卷,并曾选宋、金遗民三十八人所作诗一百零一首为《谷音》二卷。事迹见《元史》卷一九九、《新元史》卷二四一、《宋元学案》卷九二、《元儒考略》卷三、《宋氏忠义录》卷一〇、《遂昌杂录》、危素《元故征君杜公伯原父墓碑》(《危太朴文续集》卷二)。

张雨卒。

按:张雨(1283—1350),名天雨,入道后名嗣真,字伯雨,别号贞居,自号句曲外吏,钱塘人。年二十,弃家遍游天台、括苍诸名山,师从许宗师弟子周大静,悉受其说。后入茅山开元宫为道士。从开元宫真人王寿衍入京师,与赵孟頫、范梈、杨载、袁桷、虞集、黄溍、揭傒斯等有交往,晚年与倪瓒、顾瑛、杨维桢等人深相投契,互有唱和。善诗书,诗宗杜,书以大草、小楷,为人称道。今存诗文集有:《句曲外史贞居先生诗集》五卷、《句曲外史诗集》六卷、《句曲外史集》三卷(内词、文一卷)附录一卷、补遗三卷、《句曲外史

贞居先生诗集》七卷(末卷有词、文)、另有《玄品录》五卷。事迹见《元史》
卷九一、《新元史》卷二三八、《两浙名贤录》卷四四、《元诗选·初集》小传、
刘基《句曲外史张伯雨墓志铭》(《句曲外史集》附录)、姚绶《句曲外史小传》
(《句曲外史集》附录)。

　　又按:其《句曲外史集》三卷《补遗》三卷、《集外诗》一卷,《四库全书
总目提要》曰:"……年二十弃家为道士,居黄篾楼,一时名公卿争与之友。
雨手录平生诗文甚富。明成化间,姚绶购求得之,嘉靖甲午陈应符雠校付
刊,凡三卷,而以刘基所作墓志,姚绶所作小传附之。崇祯间,常熟毛晋复取
乌程闵元衢所录遗佚若干首为《补遗》三卷,附以明初诸人酬赠之作,晋又
与甥冯武搜得雨《集外诗》若干首合刻之,仍以徐世达原序冠于卷首。雨诗
文豪迈洒落,体格遒上,早年及识赵孟頫,晚年犹及见倪瓒、顾瑛、杨维桢,中
间如虞集、范梈、袁桷、黄溍诸人皆深相投契,耳濡目染,渊源有自,固非方外
枯槁者流气含蔬笋者比矣。"另附徐世达《句曲外史集原序》如右:"陶弘景
在齐梁时挂冠居句曲山,自号华阳隐居,性雅淡爱山水,每经涧谷必吟咏盘
桓,尤喜著书赋诗,旁通阴阳医药之术,朝廷屡征不起,世以高尚称之。后
七百余年,当元盛时,贞居以儒者抽簪入道,自钱塘来句曲,负逸才英气,以
诗著名。格调清丽,句语新奇,可谓诗家之杰出者。当是时,以诗文鸣世者,
若赵松雪、虞道园、范德机、杨仲弘诸君子,以英伟之才凌跨一代,谐鸣于馆
阁之上,而流风余韵播诸邱壑之间。贞居以豪迈之气,超然自得,独鸣于邱
壑之间,而清声雅调闻诸馆阁之上,诸君子亦尝与其唱酬往还。虽出处不同
而同为词章之宗匠,辟如轩轾,讵知其孰先而孰后耶? 矧贞居博学多闻,襟
怀洒落,故大夫士多景慕而乐道之也。夫隐居负时,世先后好尚问学,似未
可以同日语,然隐居之清风高节,贞居之雅度逸才,亦可谓前春而后应,岂非
句曲山清爽之气钟秀于二子欤? 以吾夫子中庸之道,修已治人,金声玉振之
文昭著于天地间,使于学道而望洙泗之科,犹未易量也。至若奔竞功名、蹀
蹑声利、醉生梦死不自觉者,则二子之罪人也,抑其风度其将追严子陵、陆修
静之武欤?《易》曰:'不事王侯,高尚其事',二子其庶几乎? 贞居,张姓,雨
名,伯雨字,贞居其自号,句曲外史世人称之,吴郡徐达良夫序。"

　　张雨尝集酬唱集为《师友集》,黄溍为序。《师友集》的性质乃是受赠者
将"他人投赠"作品结为一集,在至正年间较常见,可提升受赠者社会影响。
其编订与《草堂雅集》基本同时,涉及面颇广,对后来僧人所编《滮游集》、
《金玉编》皆有启示。黄溍《师友集序》:"《师友集》者,张君伯雨所得名公
赠言及倡酬之作也。伯雨之生,去宋季未久。其大父漳州通守公,雅不欲诸
孙豢于贵骄,而纵为异时华靡遨放事,延儒先以为师,教之甚笃。而伯雨特

聪悟爽朗，颖出不群。草岁即务记览，弄翰为词章。方是时，前朝遗老、宿儒魁士犹有存者，数百年之文献赖以不坠。然皆尊其所闻，人自为学，未尝凌高厉空，并为一谈，以事苟同。伯雨觌其光仪，而聆其绪论，如企嵩岱而得其高，临河海而得其大，且深佩服之，素固非一日。年运而往，诸老相继沦谢，伯雨乃以壮盛时，去为黄冠师，间出而观国之光。属当文明之代，一时鸿生硕望、文学侍从之臣，方相与镕金铸辞，著为训典，播为颂歌，以铺张太平雍熙之盛。伯雨周旋其间，又皆与之相接以粲然之文，如埙鸣而篪应也。逮伯雨倦游而归，入山益深，入林益密。并游之英俊多已零落，而伯雨亦老矣。后生晚出，如春华夕秀，奇采递发。欲一经伯雨之品题者，无不挟所长以为贽。而伯雨皆莫之拒，虽细弗遗。宜其所积之富如此。嗟夫！伯雨负其超迈卓绝之材，不徒有闻于家庭，而脱落绮纨之习，遂能遗世独立，周览六合，必欲尽大观而无憾。其高风雅致，固可概见也。虽然，四十年间，气运有升降，人物有盛衰，而文章之变化，与之相为无穷。述作之家，尚有考焉。诗文总若干篇，其次第不系乎齿爵位望，而一以岁月为后先。方外一二士既编辑而校雠之，复俾某为之序，而刻置伯雨所居灵石山之登善庵。某之鄙陋，言不足以尽意。序续集者，宁不为之毕其说乎？"（《金华黄先生文集》卷一六）

张翥《挽张伯雨宗契》一夕星坛蜕羽衣，山灵何许散灵辉。书留真诰陶弘景，名在丹台马子微。海上青蠃应远去，垆中白兔想潜飞。风篁后夜还成韵，犹似箫声月下归。

鹿巾曾入紫宸朝，归向名山驻绿轺。龟脱生筒无俗累，鹤存瘦骨有仙标。三元饥饭杯犹在，五色香烟火已消应。复神游易仙馆，人间楚些若为招。童稚情亲到白纷，真香几向鹊炉焚。丹成自浣天坛火，剑解空埋月洞云。山友分将石刻帖，门人唱得锦飞裙。他时会续君前传，刊作青琼板上文。（《全元诗》第三十四册，第81页）

李孝光卒。

按：李孝光（1297—1350），字季和，号五峰狂客，浙江温州乐清人。隐居于雁荡山五峰下，远来从学者众多，学者泰不华拜他为师。以文章负名当世，为文主张取法古人，不趋时尚。至正前期"铁崖体"风行时，李孝光受到异乎寻常的推重。著有《孝经图说》、《孝经义疏》、《五峰集》十卷、《雁山十记》一卷。事迹见《元史·儒林传二》、《新元史》卷二三七、《两浙名贤录》卷四六、《元史类编》卷三五、《元儒考略》卷三、《宋元学案补遗》卷八二、《元诗选·二集》卷一二、陈德永《李五峰行状》（《乐清县志·人物》）。

又按：《四库全书总目提要》论其诗曰："元诗绮靡者多，孝光独风骨遒上,力欲排突古人。乐府古体皆刻意奋厉,不作庸音;近体五言,疏秀有唐调,七言颇出入江西派中,而俊伟之气自不可遏。……杨维桢作《陈樵集序》举元代作者四人,以孝光与姚燧、吴澄、虞集并称,亦不虚矣。"

元惠宗至正十一年　辛卯　1351年

正月,清宁殿火,焚宝玩万计,由宦官熏鼠故也。(《元史·顺帝本纪五》卷四二)

三月丙辰,帝亲策进士。

按:《元史·百官志八》"十一年三月丙辰,廷试举人,赐朵列图、文允中等进士及第、进士出身、同进士出身有差,凡八十有三人。国子生员如旧制。"(《元史》卷九二)

本科取士八十三人,其中右榜三十八人,左榜四十五人,本年乡贡进士参加会试有三百人,国子生一百二十人集体参加会试。赐朵烈图、文允中进士及第,其余赐出身有差。

右榜(计三十四人):朵列图(或作笃列图、朵烈图,右榜状元)、善才(一作善材)、扎刺歹、买闾、诂穆玉里问立、达兰帖木儿、普延台、忽都、伯颜溥化、脱因普化、哈质、安檀不花、普颜帖穆耳、相翰识理、荣僖、拜住、野仙、沙宝、舜马、安覃溥、元哲都、万讷、完者不花、伯颜□、溥颜、普颜濬、伯颜帖木儿、宝宝、沙的、达实贴谟儿、宋也、善庆、萨达道、完者帖穆。

左榜(计四十三人):文允中(左榜状元)、吴裕、张守正、萧飞凤、马翼、聂洪衷、宋贞、盛景年、李国凤、梁举、王猷、李梦符、许汝霖、陈颐孙、朱徽簿、严瑄、朱克正、方德至、萧受益、张泰、张恒、何淑、秦惟贤、刘承直、苏有、寻适、孙克敬、吕诚、蒙大鲁、翁复吉、贾元坤、鲁渊、程国儒、潘从善、陶资、白弥坚、郭德润、裴梦霆、曹绍祖、吴颢、朱梦炎、鞠思诚、赵麟。

存疑:刘应纲、陈大年。(参考余来明《元代科举与文学》,第441—452页)

四月,车驾时巡上都。(《元代·顺帝本纪五》卷四二)

五月,颍州刘福通起红巾军,陷颍州。

按:八月,蕲州罗田县徐寿辉,以红巾为号。十月,徐寿辉据蕲水为都,国号天完,僭称皇帝,改元治平。(《元代·顺帝本纪五》卷四二)

八月,车驾还自上都。(《元代·顺帝本纪五》卷四二)

十一月,贾鲁治理黄河功成。

按：《元史·顺帝本纪五》载："是月，遣使以治河功成告祭河伯，召贾鲁还朝。超授荣禄大夫、集贤大学士，赐金系腰一、银十锭、钞千锭、币帛各二十四。都水监并有司官有功者三十七员，皆升迁其职。诏赐脱脱答剌罕之号，俾世袭之，以淮安路为其食邑。命立《河平碑》。"（《元史》卷四二）

《元史·河渠志三》"至正四年至正四年夏五月，大雨二十余日，黄河暴溢，水平地深两丈许，北决白茅堤。六月，又北决金堤，并河郡邑济宁、单州、虞城、砀山、金乡、鱼台、丰、沛、定陶、楚丘、武城，以至曹州、东明、钜野、郓城、嘉祥、汶上、任城等处皆罹水患，民老弱昏垫，壮者流离四方。水势北侵安山，沿入会通、运河，延袤济南、河间，将坏两漕司盐场，妨国计甚重。省臣以闻，朝廷患之，遣使体量，仍督大臣访求治河方略。九年冬，脱脱既复为丞相，慨然有志于事功，论及河决，即言于帝，请躬任其事，帝嘉纳之。乃命集群臣议廷中，而言人人殊，唯都漕运使贾鲁，昌言必当治。先是，鲁尝为山东道奉使宣抚首领官，循行被水郡邑，具得修捍成策；后又为都水使者，奉旨诣河上相视，验状为图，以二策进献：一议修筑北堤以制横溃，其用功省；二议疏塞并举，挽河使东行以复故道，其功费甚大。至是复以二策封，脱脱韪其后策。议定，乃荐鲁于帝，大称旨。十一年四月初四日，下诏中外，命鲁以工部尚书为总治河防使，进秩二品，授以银印。发汴梁、大名十有三路民十五万人，庐州等戍十有八翼军两万人供役，一切从事大小军民，咸禀节度，便宜兴缮。是月二十二日鸠工，七月疏凿成，八月决水故河，九月舟楫通行，十一月水土工毕，诸埽诸堤成。河乃复故道，南汇于淮，又东入于海。帝遣贵臣报祭河伯，召鲁还京师，论功超拜荣禄大夫、集贤大学士，其宣力诸臣迁赏有差，赐丞相脱脱世袭答剌罕之号，特命翰林学士承旨欧阳玄制河平碑文，以旌劳绩。玄既为河平之碑，又自以为司马迁、班固记河渠沟洫，仅载治水之道，不言其方，使后世任斯事者无所考则，乃从鲁访问方略，及询过客，质吏牍，作《至正河防记》，欲使来世罹河患者按而求之。"（《元史》卷六六）

中书平章政事朵儿直班九月戊申提调宣文阁、知经筵事，平章政事定住提调会同馆事。（《元史·顺帝本纪五》卷四二）

贡师泰擢吏部郎中。

按：朱毂《玩斋先生年谱》"至正十一年辛卯四月，奉制不拘南士擢吏部郎中，三日后拜监察御史分巡东道。"《玩斋先生纪年录》"南士入风宪，自公始末。"（《贡氏三家集》第461、462页）

吴当迁翰林待制。（《元史·吴当传》卷一八七）

陈思谦召为集贤侍讲学士，修定《国律》。（《元史·陈思谦传》卷一八四）

黄潜任翰林侍讲学士。

按:黄潜《(上海县)修学释氏舍田记》尾署"至正十一年,翰林侍讲学士、中奉大夫、同修国史、知经筵事黄潜撰。"(《正德松江府志》卷一三)

泰不华为浙东道宣慰使都元帅,迁台州路达鲁花赤,屡攻方国珍起义军。(《元史·泰不华传》卷一四三)

三宝柱任江浙等处行中书省左侍郎中。

按:黄潜《(上海县)修学释氏舍田记》有记"至正十一年,翰林侍讲学士、中奉大夫、同修国史、知经筵事黄潜撰。中顺大夫、江浙等处行中书省左侍郎中三宝柱书、中奉大夫、浙东道宣慰使司都之师完者秃篆,上海县丞忽都帖木儿……"(《正德松江府志》卷一三)三宝柱,至治辛酉(1321)进士。

廼贤与宇文公谅、危素等馆臣联镳游京师南城,作诗并序。

按:廼贤《南城咏古十六首有序》云:"至正十一年秋,八月既望,太史宇文公、太常危公,偕燕人梁处士九思、临川黄君殿士、四明道士王虚斋、新进士朱梦炎,与余凡七人联辔出游燕城。览故宫之遗迹,凡其城中塔庙、楼观、台榭、园亭,莫不裴徊、瞻眺,拭其残碑、断柱,为之一读,指其废兴而论之。予七人者以为人生出处、聚散不可常也,解后一日之乐有足惜者,岂独感慨陈迹而已哉?各赋诗十有六首,以纪其事,庶来者有所征焉。河朔外史廼贤(纳新)序。"

江浙进士中举之际相庆于京师。

按:程端礼《江浙进士乡会小录序》"至正十一年春,天下乡贡进士云会于京师,羣试于礼部。于时,江浙行省与计偕者四十有三人,前举两人,由胄监者六人。既试,江浙之仕于朝及客于京师者,相率持金钱具牢醴张国西门内咸宜里之荣春堂,以燕劳之喜、国家之得贤、乐郡县之多士,敦契好、昭斯文也。乃二月九日,春和景明,道无流尘,襜衣裘冠,车马阗咽,主宾升堂,揖让有礼,斑白在上,俊彦就列,杯行乐作,气酣情孚。服轩冕者,不以崇尚自矜;被韦布者,能以德义相尚,雍雍愉愉,恳款深厚,有古乡饮酒之遗风焉。及暮而退,皆曰:我国家设科以来,声教洽海宇,江浙一省应诏而起者,岁不下三四千人,得贡于礼部者四十三人而已。出于三四千人之中,而立乎四十三人之列,虽其知能,得失有不偶然,盖亦难矣。唯其难也,故喜之喜之故乐之接之,以情辞合之,以缘礼期之,以爵禄望之,以勋庸是岂闾里之荣,抑亦邦家之光也哉?斯会也,不可以无纪,廼悉叙时人姓名、字邑于编,以为《江浙进士乡会小录》。"(《畏斋集》卷三)

欧阳玄以黄河疏浚工程毕,奉命作《河平碑》。

按:这年四月四日,以工部尚书贾鲁为总治河防使,征发民工十五万军人二万,开黄河故道,凡二百八十里。十一月,黄河水土工程完毕,河水复流入故道,南汇入淮,东入于海。欧阳玄既撰《河平碑》,又自以为司马迁、班固记河渠、沟洫,仅载治水之道,不言其力,使后世任事者无所考则,乃从贾鲁访问方略,及询过客,质吏牍,作《至正河防记》记贾鲁治河方略。此文后成为《元史·河渠志》主干。

黄溍作《重修月泉书院记》。

按:月泉书院前身为月泉书室。宋政和三年(1113),浦江知县吴潮疏月泉为曲池,筑月泉亭。宋成淳三年(1267)建月泉书室。元初改名月泉书院。为月泉书院带来更大名声者乃月泉吟社。邑人义乌令吴渭入元不仕,退隐月泉,创月泉吟社,延请乡里遗老方凤、谢翱、吴思齐等主持社事。月泉吟社为元初规模最大之诗歌创作大赛,浙、苏、闽、桂、赣等省吟士从之者以千数,也可能是有史以来首次诗歌大奖赛(诗集后对获奖的人数和奖品及资助的团体和个人,都有详细记载)。而《月泉吟社诗》亦可能为有史以来全国第一部以田园诗为专题并且由众多诗人撰写之诗集。作为故宋遗民诗歌的大聚会,清人全祖望云:"月泉吟社诸公,以东篱北窗之风,抗节季宋,一时相与抚荣木而观流泉者,大率皆义熙人相尔汝,可谓壮矣。"(《鲒埼亭集—跋月泉吟社后》)

周伯琦著《六书正伪》五卷成。

按:是书原题"鄱阳周伯琦编注",卷末有:"男宗义同门人谢以信校正",有至正十一年(1351)自序,宇文公谅至正十五年(1355)序、吴当至正十二年(1352)跋。

宋濂与戴良是年编辑《柳待制文集》付梓。

按:宋濂又辑《柳待制别集》二十卷,授柳贯子柳卣藏之。

于潜是年辛卯秋壬月作《齐乘跋》。(可参见于钦元统元年编成《齐乘》条、苏天爵至元五年年十月作《齐乘序》)

按:其文曰:"昔我先人为国子助教,每谓潜曰:'吾日与诸生讲习所业,暇则又与翰苑诸名公唱和诗章。诗乃陶冶性情而已,若夫有关于当世、有益于后人者,宜著述以彰显焉。吾生长于齐,齐之山川、分野、城邑,地土之宜,人物之秀,此疆彼界,不可不纂而纪之也'。迨任中书兵部侍郎,奉命山东,于是周览原隰,询诸乡老,考之水经地记,历代沿革,门分类别,为书凡六卷,名之曰《齐乘》,藏于家,属潜曰:'吾或身先朝露,汝其刻之!'先人既卒,常切切在念,第以选调南台,又入西广,匆匆未遑遂志。兹幸居官两浙,始克搏节奉稟，命工镂板，以广其传，以光先德。参政伯修先生已详序于前矣，有仕于齐者，愿一览焉。至正十一年辛卯秋七月，奉训大夫、两浙都转运盐使司副使男潜泣血谨识。"(《齐乘》卷末)于潜：益都人。家吴中，于钦子。至正十一年(1351)为两浙盐运副使，梓其父所纂《齐乘》以行。

危素作《迺易之金台后稿序》。

按：迺贤《金台集》据危素序言，有前稿、后稿，前稿为危素所编，得到欧阳玄、李好文、贡师泰、黄溍、揭傒斯、程文、泰不华等一众馆臣名流题跋。危素此篇序言是为迺贤金台集后稿而作。

又按：危素序言写道："易之《金台前稿》，余既序之矣。及再至京师，又得《后稿》一卷，为之论曰：昔在成周之世，采诗以观民风。其大小之国，千有八百，西方之国，豳得七篇，秦得十篇而止。夫以雍州之域，实在王畿，自豳、秦而西，未见有诗，岂其风气未开，习俗不能以相通也欤？易之，葛逻禄氏也，彼其国在北庭西北，金山之西，去中国甚远。太祖皇帝取天下，其名王与回纥最先来附，至今已百余年。其人之散居四方者往往业诗书而工文章。易之伯氏既登进士第，易之乃泊然无意于仕进，退藏句章山水之间。其所为诗清丽而粹密，学士大夫多传诵之。然则葛逻禄氏之能诗者自易之始，此足以见我朝文化之洽，无远弗至，虽成周之盛，未之有也。昔余客鄞，为文送易之北来，以为祖宗取天下，丰功大业，宜制乐歌荐诸郊庙，易之之才足以为之。圣君贤相制礼作乐，岂终舍吾易之者哉？"(《危太朴文续集》卷一)

危素作《先天观诗序》。

按：由危素序以及相关作品可知，先天观曾得到程钜夫、赵孟頫、范梈、元明善、杨载、揭傒斯等著名馆臣题跋，令人感慨。危素序言曰："《先天观诗》一卷，自翰林学士承旨楚国程文宪公而下，总若干人。方曾尊师贯翁为此观，择山水之胜，而亭台高下位置各适其宜，游山之君子不及至者以为恨。学道之士尤乐其喧嚣之远，可以离世而独立也。素之叔父功远甫少从尊师学，在京师，以观之图及四明戴先生所为记求题咏于朝之名卿大夫。清河元文敏公与先叔父为莫逆交，得记文，手书一通，南望再拜曰："江左之文章犹有斯人乎！"太史临江范公德机之诗曰：'玉堂学士危与吴'，谓先叔父及玄教宗师鄱阳吴公也。元公亲题其后，深加赞赏。元公学问杰出中州，然挟其才，不多让人，即此可以观其扬人之善，尚有古人之风焉。当此之时，国家承平，以文物相尚，名人巨公毕集辇下，虽一诗之出，必各极其所长，期于必传而后已。故范公与太史浦城杨公仲弘、豫章揭文安公之诗皆作于布衣之时，其后虽为显人，今读其诗，亦非率尔而为者。先天观闻于四方万里，岂不以其诗而传欤？自薛真人玄卿以来诗若干首，则尊师十数世孙毛遂良叔达所求。初,叔达至京师,俾素赋之。素辞不敏,安敢继诸公之作,求免于瓦砾之讥。后十年,叔达将请于其师遁教宗师刘真人耕隐,刻梓以传,又属素序之。惟尊师行义甚高,与开府玄教宗师张公居同邑,定交贫贱时。张功既遭逢国朝,宠遇甚盛,数招之不至,其没也,仅藏宋高宗书《阴符经》及此卷尔。张公祭之以文曰:'伟哉斯人! 秉是正直'。则尊师之为人可知已。他日仙者金蓬头结草庵观旁,独居廿有六年。素屡宿庵中,闻松风涧水之音,清清泠泠,有高举远引之志。顾窃录于朝,侵寻华发,读诸公之诗,恍若梦游尘湖之上,其能无感于其中乎?"(《危太朴文续集》卷一)

赡思卒。

按:赡思(1278—1351),字得之,其先为大食人,生于真定。弱冠以诗文就正于王思廉。为应奉翰林文字,追谥文孝。淡于名利,留心著述,才学卓异,对经学颇有研究,尤精于《易》学,它如天文、地理、音乐、算数、水利及外国史地、佛学,也无不研习精到。著有《五经思问》、《四书阙疑》、《老庄精诣》、《奇偶阴阳消息图》、《续东阳志》六卷、《重订河防通识》、《金哀宗记》、《西域异人传》、《正大诸臣列传》、《审听要决》、《帝王心法》、《西国图经》、《镇阳风土记》、《河防通议》二卷及文集三十卷等。事迹见《元史》卷一九〇。

又按:《元史》评价赡思曰:"邃于经,而易学尤深,至于天文、地理、钟律、算数、水利,旁及外国之书,皆究极之",其《西国图经》运用回回地理学知识撰写,为关于当时西域,且含若干欧洲国家之地理学著作,其中应附有地图,惜该书不传。

元惠宗至正十二年　壬辰　1352 年

正月,江西、江浙行省皆除添设平章,陕西行省除添设右丞。

按:《元史·百官志八》"至正十二年正月,江西、江浙行省皆除添设平章,陕西行省除添设右丞。"是年,"江浙行省添设右丞、参政。四川行省添设参政。"(《元史》卷九二)二月丁丑,以集贤大学士贾鲁为中书添设左丞。(《元史·顺帝本纪五》卷四二)

行都水监添设判官两员。

按:《元史·百官志八》"十二年正月,行都水监添设判官两员。十六年正月,又添设少监、监丞、知事各一员。"(《元史》卷九二)

浙东宣慰司添设官员。

按:《元史·百官志八》"浙东宣慰司。至正十二年正月,添设宣慰使一员、同知一员、都事两员。"(《元史》卷九二)

二月,开中书分省于彰德。

按:《元史·百官志八》"十二年二月,中书右丞玉枢虎儿吐华、左丞韩大雅开分省于彰德。"(《元史》卷九二)

闰三月,置江淮江北等处行中书省。

按:《元史·百官志八》"闰三月,置淮南江北等处行中书省于扬州,以淮西宣慰司、两淮盐运司、扬州、淮安、徐州、唐州、安丰、蕲、黄皆隶焉。除平章二员,右丞、左丞各一员,参政二员,及首领官、属官共二十五员。为头平章,兼提调镇南王傅府事。至十一月,始铸淮南江北等处行中书省印给之。"(《元史》卷九二)

三月戊辰,诏:"南人有才学者,依世祖旧制,中书省、枢密院、御史台皆用之"。(《元史·顺帝本纪五》卷四二)

按:《元史·百官志八》"十二年三月,有旨:'省院台不用南人,似有偏负。天下四海之内,莫非吾民,宜依世祖时用人之法,南人有才学者,皆令用之。'自是累科南方之进士,始有为御史,为宪司官,为尚书者矣。"(《元史》卷九二)于此,吏部郎中宣城贡师泰,翰林直学士饶州周伯琦,同擢监察御史,南士复居省台自此始。(《续资治通鉴》卷二一〇)

庚午,诏选干才为守令。

按:其时徐寿辉军连陷数地,故有此诏。诏曰:"随朝一品职事及省、台、院、六部、翰林、集贤、司农、太常、宣政、宣徽、中政、资正、国子、秘书、崇文、都水诸正官,各举循良材干、智勇兼全、堪充守令者二人。知人多者,不限员数。各处试用守令,并授兼管义兵防御诸军奥鲁劝农事,所在上司不许擅差。守令既已优升,其佐贰官员,比依入广例,量升二等。任满,验守令全治者,与真授;不治者,全削二等,依本等叙;半治者,减一等叙。杂职人员,其有知勇之士,并依上例。凡除常选官于残破郡县及迫近贼境之处,升四等;稍近贼境,升二等。"(《元史·顺帝本纪五》卷四二)

四月,车驾时巡上都。(《元史·顺帝本纪五》卷四二)

五月,海道万户李世安建言权停夏运,从之。(《元史·顺帝本纪五》卷四二)

庚辰,监察御史彻彻帖木儿等言:徙瀛国公子赵完普于沙洲。

按:监察御史彻彻帖木儿等言:"河南诸处群盗,辄引亡宋故号以为口实,宜以瀛国公子和尚赵完普及亲属徙沙州安置,禁勿与人交通。"从之。

（《元史·顺帝本纪五》卷四二）

八月，大驾还大都。（《元史·顺帝本纪五》卷四二）

九月辛卯，脱脱复徐州，屠其城。

按：十月丙子，中书省臣请为脱脱立《徐州平寇碑》及加封王爵。（《元史·顺帝本纪五》卷四二）

是岁，海运不通。

按：十二月癸未，脱脱言："京畿近地水利，召募江南人耕种，岁可得粟麦百万余石，不烦海运而京师足食。"帝曰："此事有利于国家，其议行之。"是岁，海运不通。（《元史·顺帝本纪五》卷四二）

翰林学士承旨八剌二月与诸王孛兰奚领军守大名。（《元史·顺帝本纪五》卷四二）

中书平章政事月鲁不花二月癸卯知经筵事。

按：左丞贾鲁、参知政事帖理帖木儿、乌古孙良桢并同知经筵事。（《元史·顺帝本纪五》卷四二）

平章定住、右丞哈麻十月同知经筵事。（《元史·顺帝本纪五》卷四二）

朵尔直班四月由西台御史大夫左迁为湖广行省平章政事。（《元史·顺帝本纪五》卷四二）

翰林学士承旨浑都海牙四月辛酉乞致仕，不允，以为中书平章政事。（《元史·顺帝本纪五》卷四二）

翰林学士承旨欧阳玄四月甲子以湖广行省右丞致仕，赐玉带及钞一百锭，给全俸终其身。（《元史·顺帝本纪五》卷四二）

治书侍御史杜秉彝、中书参议李稷五月戊申并兼经筵官。（《元史·顺帝本纪五》卷四二）

杜秉彝等任中书添设参政。

按：《元史·百官志八》"十二年二月，以贾鲁为添设左丞。三月，以悟良哈台为添设参知政事。七月，又以杜秉彝为添设参政。八月，以哈麻为添设右丞。"（《元史》卷九二）

翰林学士承旨晃火儿不花三月为平章政事。

按：《元史·顺帝本纪五》载"戊戌，诏淮南行省设官二十五员，翰林学士承旨晃火儿不花、湖广平章政事失列门并为平章政事，淮东元帅蛮子为右丞，燕南廉访使秦从德为左丞，陕西行台侍御史答失秃、山北廉访使赵琏并为参知政事。"（《元史》卷四二）

翰林学士承旨阔怯镇遏五投下百姓，赐金系腰一。（《元史·顺帝本纪

五》卷四二)

贡师泰除吏部侍郎。

按：朱稯《玩斋先生年谱》"至正十二年壬辰，奉制再除吏部侍郎。"(《贡氏三家集》，第461页)

吴当改礼部员外郎。(《元史·吴当传》卷一八七)

林希元以翰林应奉为上虞县尹。

按：贡师泰《上虞县复湖记》"至正十二年，翰林应奉林希元来为尹，遂定其垦数，余悉为湖。"(《玩斋集》卷七)

伯笃鲁丁任潭州路总管。

按：伯笃鲁丁，诗人。以其诗歌创作成就，被称为元代西域十二诗人之一。戴良于《鹤年吟稿序》中曰："我元受命，亦由西北而兴。西北诸国若回回、吐蕃、康里、畏吾儿、也里可温、唐兀之属，往往率先臣顺，奉职称蕃。积之既久，文轨日同，而子若孙，皆舍弓马而事诗书。至其以诗名世，……论者以马公祖常之诗似商隐，贯公、萨公之诗似长吉，而余公阙之诗则与阴铿、何逊齐驱而并驾。他如高公彦敬、夒公子山、达公兼善、雅公正卿、聂公古柏、斡公克庄、鲁公至道、三公圭辈，亦皆清新俊拔，成一家言"。(《九灵山房集》卷二一)其中"鲁公"者，即伯笃鲁丁。

苏天爵奉诏仍任江浙行省参知政事，总兵于饶、信，然以忧深病积，遂卒于军中。(《元史·苏天爵传》卷一八三)

龙虎山张嗣德五月六日为三十九代天师，给印章。(《元史·顺帝本纪五》卷四二)

杨维桢有诗悼战死数友，曰：泰不华、李黼、樊执敬等。

按：《元史·顺帝本纪五》载："(三月)方国珍复劫其党下海，入黄岩港，台州路达鲁花赤泰不花率官军与战，死之。"(《元史》卷四二)

周伯琦作《扈从集前序》。

按："扈从前集"是周伯琦扈从元顺帝前往上都经历的诗文集，由大都前往上都的路线有三条，而周伯琦作为顺帝信从的南人官员，第一次跟随顺帝由黑谷辇路到达上都，经历尤其令人稀罕。在周伯琦的序言中，详细交代了扈从时间、历程、行走路线、行止驿站以及道途所见风景、风俗、气候等，是后代研究上都路线及上都风土人情的重要文献。四库馆臣说：《扈从诗》是周伯琦"至正十二年壬辰由翰林直学士、兵部侍郎拜监察御史扈从上京之作也"。而"读其诗者，想见一时遇合之盛，而朝廷掌故、边塞风土纪载详明，尤足以资考证焉。"

又按：周伯琦《扈从集前序》曰："至正十二年，岁次壬辰，四月，予由翰林直学士、兵部侍郎拜监察御史。视事之第三日，实四月二十六日，大驾北巡上京，例当扈从。是日启行，至大口，留信宿。历皇后店、皂角，至龙虎台，皆巴纳也。国语曰巴纳者，犹汉言宿顿所也。龙虎台在昌平县境又名新店，距京师仅百里。五月一日，过居庸关而北，遂自东路至瓮山。明日至鸡坊，在缙山县之东。缙山，轩辕缙云氏山，山下地沃衍宜粟，粒甚大，岁供内膳。今名龙庆州者，仁庙降诞其地故也。州前有涧，名芎水，风物可爱。又明日入黑谷，过色珍岭，其山高峻，曲折而上凡十八盘而即平地。遂历龙门及黑石头，过黄土岭，至程子头。又过穆尔岭，至颉家营，历拜达勒，至沙岭。自车坊、黑谷至此，凡三百一十里，皆山路崎岖，两岸悬崖峭壁，深林复谷，中则乱石荦确，涧水合流，潺潺终日。关有桥，浅处马涉颇艰。人烟并村坞僻处，二三十家，各成聚落，种菽自养。山路将尽，两山尤奇，耸高出云表，如洞门然。林木茂郁，多巨材。近沙岭则土山连亘，堆阜连络，惟青草而已。地皆白沙，深没马足，故岭以是名。过此则朔漠，平川如掌，天气陡凉，风物大不同矣。遂历哈扎尔至什巴尔台，其地多泥淖，以国语名，又名牛群头。其地有驿，有邮亭，有巡检司，阛阓甚盛，居者三千余家。驿路至此相合而北，皆刍牧之地，无树木，遍生地椒、野茴香、葱、韭，芳气袭人。草多异花五色，有名金莲者，绝似荷花，而黄尤异。至察罕诺尔，云然者，犹汉言白海也。其地有水泺，汪洋而深不可测，下有灵物，气皆白雾。其地有行在官，曰亨嘉殿，阙廷如上京而杀焉。置云需总管府，秩三品，以掌之。沙井水甚甘洁，酿酒以供上用。居人可二百余家。又作土屋养鹰，名鹰房，云需府官多鹰人也。驻跸于是，秋必猎校焉。此去巴纳曰郑谷店，曰明安驿泥河儿，曰李陵台驿双庙儿，遂至桓州，曰六十里店，桓州即乌丸地也。前至南坡店，去上京止一舍耳。以是月十九日抵上京，历巴纳凡十有八，为里七百五十有奇，为日二十四。大抵两都相望，不满千里，往来者有四道焉：曰驿路，曰中路二，曰西路。东路二者，一由黑谷，一由古北口古北口路东道御史按行处也。予往年职馆阁，虽屡分署上京，但由驿路而已，黑谷荤路未之前行也。因忝法曹，肃清毂下，遂得乘驿，行所未行，见所未见，每岁扈从，皆国族、大臣、及环卫有执事者。若文臣，仕至白首，或终身不能至其地也，实为旷遇。所至赋诗，以纪风物，得二十四首。惜笔力拙弱，不能尽述也。虽然，观此亦大略可知矣。鄱阳周伯琦自叙。"（《近光集·扈从集》卷首）

《扈从集后序》曰："车驾既幸上都，以是年六月十四日大宴宗亲、世臣、环卫官于西内楼殿，凡三日。七月九日，望祭园陵。竣事，属车辕皆南向，彝典也。遂以二十二日发上都而南。是日,宿六十里店巴纳。明日,过桓州,至李陵台驿双庙儿。又明日,至明安驿泥河儿。翼旦,至察汗诺尔,由此转西,至辉图诺尔,犹汉言后海也。曰平陀儿,曰石顶河儿,土人名为鸳鸯泺。其地南北皆水泺,势如湖海,水禽集育其中。以其两水,故名曰鸳鸯。或云水禽惟鸳鸯最多。国语名其地曰哲呼哈喇巴纳,犹汉言远望则黑也。两水之间,壤土隆阜,广袤百余里。居者三百余家,区脱相比,诸部与汉人杂处,颇类市井,因商而致富者甚多,有市酒家赀至巨万而连姻贵戚者,地气厚完可见也。俗亦饲牛力穑,粟麦不外求而赡。凡一饲五牛,名曰一日,耕地五六顷,收粟可二百斛。问其农事多少,则曰牛几具。察汗诺尔至此百余里,皆云需府境也。界是而西,则属兴和路矣。巴纳曰苦水河儿,曰回回柴,国语名和尔图,汉言有水泺也,隶属州保昌。曰呼察图,犹汉言有山羊处也。地饶水草,野兔最多,鹰人善捕,岁资为食。又西二十里,则兴和路者,世皇所创置也。岁北巡,东出西还,故置有司为供亿之所。城郭周完,阛阓丛伙,可三千家。市中佛阁颇雄伟,盖河东宪司所按部也。西抵太原千余里,郡多太原人。郊圻地陂陀窊隩,便种萩。路置二监一守,余同他上郡。东界则宣德府境,上都属郡也。府之西南名新城,武宗筑行宫其地,故又名曰中都。栋宇今多颓圮,盖大驾久不临矣。由兴和行三十里,过野狐岭,岭上为巴纳,地甚高,风寒凛栗不可留。山石荦确,中央深涧,夏秋多水。东南盘折而下平地,则天气即暄,至此无不减衣者。前至得胜口,宣德宣平县境也。地宜树木,园林连属,宛然燕南。有御花园,杂植诸果,中置行宫。果有名平坡者,似来禽而大,红如朱砂,甘酸。又有名呼喇巴者,比平坡又大,味甘松。相传种自西域来,故又名之曰回回果,皆殊品也。得胜口南至宣平县十四里,小邑也。去邑三十里,有山出玛瑙石,可器。至沙岭,沙深,车马涉者甚艰。又五十里至顺宁府,本宣德府也,往年因地震改今名。原地沃衍,多农民,植宜蓝淀草,颇有业染者,亦善地也。南过鄂勒岭,路多乱石,下临深涧,险阻可畏。涧黄流浩汗,东南数百里,穿居庸关,流至京城南卢沟,合众水,势甚大,名为浑河。每岁都水监专其事,否则为患不小。岭路参互四十里,至鸡鸣山,迭嶂排空,绵亘二十余里。有小寺在山巅,旁有榷木,泉所经也,望之如在半天边,山隘迫尤甚。又南二十里乃平地,曰雷家驿。之西北十里,巴纳曰丰乐。丰乐二十里,阻车巴纳。又二十里,至统幕,则与中路驿程相合,而南历狼居西山,至怀来县。县,唐所置也,山水环抱流注,市有长桥,水名妫川,郡有碑可考。县南二里,巴纳也,凡官署留京师者,皆盛具牲酒果核,于此候迎大驾,仍张大宴,庆北还也。南则榆林驿,即汉史《卫青传》所谓榆溪旧塞者。自怀来行五十五里,至妫头。又十里,至居庸关。关南至昌平龙虎台，又南则皇后店、皂角、大口焉。遂以八月十三日至京师。凡历巴纳二十有四，为里一千九十又五，此辇路西还之所经也。北自上都至白海，南自居庸至大口，已见前序，故得而略，独详其所未经者耳。国制，凡官署之幕职掾曹当扈从者，东西出还，甲乙番次，多不能兼，惟监察御史扈从，与国人、世臣、环卫者同，东西之行，得兼历而悉览焉。昔司马迁游齐、鲁、吴、越、梁、楚之间，周遍山川，遂奋发于文章，焜耀后世。今予所历，又在上谷、渔阳、重关大漠之北千余里，皆古时骑置之所不至，辙迹之罕及者。非我元统一之大，治平之久，则吾党逢掖章甫之流，安得传轺建节，拥侍乘舆，优游上下于其间哉！既赋五言古诗十，以纪其实，复为后序以着其概，不惟使观者得以扩闻见，抑以志吾生之多幸也欤！鄱阳周伯琦述。"（《扈从集》卷首）

又按：欧阳玄作《扈从集序》写道："夫惟天子时巡，治古今之令典；儒臣扈从，弥文之盛观。是故卤有簿以纪侍卫之名，路有史以载见闻之实，其来盖已远矣。惟兹玄黓执徐之岁，朱明仲吕之月，当宁面南南服，辟四方之路，以尽多士之才；执法侍上上京，持数寸之笺，以申三尺之令。于时鄱阳周君伯温，褒然炎虚之秀，膺是崇台之除。乘鸾羽之洁清，从翠华之密勿。身历乎山川之美固，目睹乎星月之推迁。进而载驰载驱，退而爰咨爰度。抒思轭形诸清咏，回辕遂积乎多篇。汇以示余，属之叙引。观其憧憧行李之役，汲汲倾葵之诚。螭坳旧传载笔，载笔其有述乎；解廌必用识丁，识丁况能赋者！率尔卷端之弁，诒诸柱后之冠云。翰林学士承旨、光禄大夫、知制诰兼修国史冀郡欧阳玄书于视草堂。"（《圭斋文集补编》卷九）

苏天爵《治世龟鉴》一卷成。

按：《四库全书总目提要》评曰："所采皆宋以前善政嘉言，而大旨归于培养元气。"赵汸序曰："参政赵郡苏公早岁居馆阁，尝即经史百氏书，采其切于治道政要者，通为一编，名曰《治世龟鉴》。至简而不遗，甚深而非激，疏通练达而公平之规著，亲切确苦而正大之体存，信为谋王断国者之元龟宝鉴也。公为御史，知无不言，持宪节以洗冤泽物为己任，参议政府，屹然弗阿，两典大藩，皆勤于庶事。尝奉诏宣抚畿甸，旁求民瘼，秋毫无隐，而又酌理道之中正，不迎合于前，无顾虑于后。虽一时若不见察于用事者，而退居之日，凡可以尊主庇民者，未尝少废其讨论之功也。盖公学本先生而志存当世，其于行事者如此，则是编之作，岂欲托诸空言者哉！"（《东山赵先生文集》卷五）

欧阳玄七月初一作《金台集叙》。

按：迺贤《金台集》乃危素所编，前有欧阳玄、李好文、贡师泰三序，作于至正壬辰；又有黄溍题词，作于至正庚寅；末有至正乙酉揭傒斯跋、至正辛卯程文跋、至正乙未杨彝跋、至正己丑泰不华题字、至正戊子张起岩题诗;复有虞集诗一首及危素一跋,均不著年月。

危素作《玉堂集序》。

按:序言曰:"昔我太子太师章简公以世家子登宋天圣五年进士甲科,历仕州县,号为清强。神宗既更庶政,欲慎选词臣,宰相王公安石对曰:'有真翰林学士,但恐陛下不能用耳,元某是也'。时虽做龙图阁学士,难下迁知制诰,遂自外迁翰林学士。其制书诏令纯深温润,抒思深长,长于应制,神宗深加赏激。至于碑表、诗歌之文,无所不精。丞相苏公颂论公持论前言往行,讲寻原流,或推究天人善恶之应,叩其所属,往往更相推许。由是知公之学,岂可以浅近窥哉?素之先世藏公《玉堂集》、《谳狱集》等书,兵毁之余,无复存者。及客京师,得《玉堂集》二十卷于翰林国史院公库,因假传钞,盖为学士时代言之作也。又从鬻古书者得《玉堂诗集》十卷,余所得者《鹿苑寺记》等数篇而已,谨序而藏之。凡所以颂公者皆非一家之私言也。自公之没二百六十余年,吾宗诗书之泽犹未至于斩绝者,抑公有以振起于其前欤?后之人读公之书,尚无怠于世业可也。"(《说学斋稿》卷四)

黄溍与弟子王祎、朱濂、傅藻等编纂《义乌志》成并付梓。

按:由黄溍的《义乌志序》可知,义乌自秦朝建县,由汉、唐至五季,见于记载者"往往或总序一州一郡,或略举一事一物,其详靡得而周知。"而在黄溍等人纂修《义乌志》之前,虽有元丰、咸淳之志,但自宋南渡以及元一统天下,义乌在"官府之建置,人物之登用,风俗之趋向,户口之盈缩,贡赋之多寡"已大有变化,故而黄溍等人所修《义乌志》参以元丰、咸淳之志,又围绕"山川形势、地之所生、语言土俗、博古久远之事"等方面进行纂修,成书七卷,且在篇首附图。(《金华黄先生文集》卷一九)

苏天爵卒。

按:苏天爵(1294—1352),字伯修,号滋溪,河北真定人。国子学出身。少从安熙学,由国子学生公试第一,授蓟州判官,泰定元年(1324)改翰林国史院典籍官,升翰林应奉,至正四年(1344)为集贤侍讲学士,兼国子祭酒。博而知要,长于记载,为文严谨舒畅,叙事清楚,独以一身任一代文献之寄,老而不倦。著有《辽金纪年》、《国朝名臣事略》十五卷,《元文类》七十卷、《读诗疑问》一卷(佚)、《松厅章疏》五卷、《滋溪文稿》三十卷、《治世龟鉴》一卷、《刘文靖公遗事》一卷及《春风亭笔记》、《宋辽金三史目录》等。事迹见《元史》卷一八三、《新元史》卷二一一、《宋元学案》卷九一。

又按:《元史》曰:"天爵为学,博而知要,长于纪载,尝著《国朝名臣事略》十五卷、《文类》七十卷。其为文，长于序事，平易温厚，成一家言，而诗尤得古法，有《诗稿》七卷、《文稿》三十卷。于是中原前辈，凋谢殆尽，天爵独身任一代文献之寄，讨论讲辩，虽老不倦。晚岁，复以释经为己任。学者因其所居，称之为滋溪先生。其所著文，有《松厅章疏》五卷、《春风亭笔记》二卷；《辽金纪年》、《黄河原委》未及脱稿云。"其《滋溪文稿》，赵汸序曰："《滋溪文稿》三十卷，江浙行中书省参知政事赵郡苏公之文，前进士永嘉高明、临川葛元哲为属掾时所类次也。初，国家既收中原，许文正公首得宋大儒子朱子之书而尊信之。及事世祖皇帝，遂以其说教胄子，而君王降德之道复明。容城刘公又得以上求周、邵、程、张所尝论著，始超然有见于义理之当然发于人心而不容已者，故其辨异端，辟邪说，皆直有所据，而非掇拾于前闻。出处进退之间，高风振于天下，而未尝决意于长往，则得之朱子者深矣！当是时，海内儒者各以其所学授教乡里，而临川吴公、雍郡虞公、大名齐公相继入教成均，然后六经圣贤下学上达之旨，缕析毫分之义，礼仪乐节名物之数，修辞游艺之方，本末精粗，粲然大备。盖一代文献，莫盛于斯，而俊选并兴，殆无以异于先王之世矣。若夫得之有宗，操之有要，行乎家乡邦国而无间言，发于政事文章而无异本者，抑亦存诸其人乎！公世儒家，自其早岁，即从同郡安敬仲先生受刘公之学。既入胄监，又得吴公、虞公、齐公先后为之师，故其清修笃志，足以潜心大业而不惑于他岐；深识博文，足以折衷于百氏而非同于玩物。至于德已建而闲之愈严，行已尊而节之愈密，出入中外三十余年，嘉谟愈积，著于天下，而一诚对越，中立无朋，屹然颓波之砥柱矣。其文明洁而粹温，谨严而敷畅，若珠璧之为辉，菽粟之为味。自国朝治乱之原，名公卿大夫士德言功烈，与夫先儒述作闾奥，莫不在焉，而浩然删修之志未有止也。初官朝著郎，为四明袁公伯长、浚都马公伯庸、中山王公仪伯所深知。袁公归老，犹手疏荐公馆阁，马公谓'公当擅文章之柄于十年后'，而王公遂相与为忘年友，夫岂一日之积哉！昔者汉唐七百余年，惟董仲舒、韩退之辨学正谊，庶几先王遗烈；而尚论政理，则莫如贾太傅、陆宣公。宋文学特盛，而士大夫之间不曰明道、希文，则曰君实、景仁，未知三公之视程夫子何如？是故公平居教人，必以程朱为模范，而力求在己，不务空言，则从事于圣贤之道，而审夫得失之几也，明矣！故汸以谓读公之文，则当求公所学，而善论学者，又必自其师友渊源而推之可也。至正十一年冬十有一月辛未日南至，诸生新安赵汸谨书。"（《东山赵先生文集》卷五）《四库全书总目提要》曰："《滋溪文稿》三十卷，元苏天爵撰。天爵有《名臣事略》已著录，《外诗稿》七卷，《文稿》三十卷。其诗稿，《元百家诗》尚录之，今未见其本。此为其文稿三十卷，乃天爵官江浙行省参政时，属掾高明、葛元哲所编。元哲字廷哲,临川人,以乡贡第一人举进士,赵汸《东山存稿》中有《别元哲序》一篇载其行履甚详。高明字则诚,永嘉人,登进士第,调官括苍郡录事,赵汸又有《送高则诚归永嘉序》即其人也。天爵少从学于安熙,然熙诗文粗野不入格,天爵乃词华淹雅,根柢深厚,蔚然称元代作者。其波澜意度往往出入于欧、苏,突过其师远甚。至其序事之作,详明典核,尤有法度,集中碑版几至百有余篇,于元代制度、人物史传阙略者多可藉以考见。《元史》本传称其'身任一代文献之寄'亦非溢美。虞集《赋苏伯修滋溪书堂诗》有曰:'积学抱沉默,时至有攸行。抽简鲁史存,采诗商颂并',盖其文章原本由沉潜典籍、研究掌故而来,不尽受之熙也。"

又按,苏天爵《宋辽金三史目录》,有关记载颇少,幸赵汸有《题三史目录纪年后》,故附其文大略于右:"宋有天下三百年,人材学术上媲成周,论政议礼,明道正学,皆未易一言蔽其得失。中间二三大贤,欲以修于身者措诸当世,稽古考文之士星罗林立,抱遗经以求致用之方,而故家世德衣冠文物,与其国祚相终始,表世系,志艺文,传儒林者,亦或未之见也。况理、度世相近,而典籍散亡;辽、金传代久,而纪载残阙;欲措诸辞而不失者,亦难矣哉。参政赵郡苏公早岁入胄监,登禁林,接诸老儒先生绪言,最为有意斯事。尝取三国志史文集,总其编目于前,而合其编年于后,事之关于治乱存亡者则疏而间之,题曰《宋辽金三史目录》,所以寓公正之准的,肇纂修之权舆也。后虽入出中外,不克他有撰录,而所至访求遗文,考论逸事,未尝少忘。近岁朝廷遣使行天下,罗网放失,大兴删述之事,则宋、辽、金史皆成矣。若夫合三书于一致,以求治乱之原而不相矛盾;极其贤人君子之心志,以徵文献之盛而无所逸遗;则由目录纪年而广之,岂无当论著者? 公其尚有意乎?"(《东山赵先生文集·文补》)

李黼卒。

按:李黼(1298—1352),字子威,颍州(今安徽阜阳)人。工部尚书李守中之子,初补国子生,元泰定四年(1327)为左榜状元,授翰林国史院修撰。泰定五年(1328),代祠西岳。后改任河南行省检校官。迁礼部主事,充监察御史。出任江西行省郎中。充国子监丞,升宣文阁鉴书博士兼经筵官。李黼受命巡视河渠,根据河底淤泥高出地面,提出按故迹修浚。后历任秘书太监,礼部侍郎,外调授江州路总管。以守江州而败于红巾军,与从子李秉昭俱战死。卒赠摅忠秉义效节功臣、资德大夫、淮南江北等处行中书省左丞、上护军,追封陇西郡公,谥"忠文",诏立庙江州,赐"崇烈"匾额。事迹见《元史》卷一九四"忠义传"。

泰不华卒。

　　按：泰不华（1304—1352），初名达普化，字兼善，伯牙吾氏，世居白野山，徙居台州。幼年家贫，临海儒者周仁荣教而养之，又师事李孝光。至治元年（1321）赐右榜进士第一，时年十八岁，授集贤修撰。受元文宗赏识，亲自将其名"达普化"改为"泰不华"。与修《宋》、《辽》、《金》三史，擢礼部尚书。战死后，追赠江浙行省平章政事，封魏国公，谥忠介。以文章知名，与色目人余阙相提并论。诗有《顾北集》。并曾考证经史伪字，成《复古编》十卷。事迹见《元史》卷一四三、《蒙兀儿史记》卷一三一、《新元史》卷二一七、《宋元学案》卷八二。

　　又按：陶宗仪载其书法："篆书师徐玄、张有，稍变其法，自成一家……常以汉刻题额字法题今代碑刻，极高古可尚。正书宗欧阳率更，亦有体格。"（《书史会要》卷七）

　　樊执敬卒。

　　按：樊执敬（? —1352），字时中，济宁郓城人。性警敏好学，由国子生擢授经郎。尝见帝师不拜，或谂之曰：'帝师，天子素崇重，王公大臣见必俯伏作礼，公独不拜，何也？'执敬曰：'吾孔氏之徒，知尊孔氏而已，何拜异教为？'历官至侍御史。至正七年（1347），擢山南道廉访使，俄移湖北道。十年（1350），授江浙行省参知政事。至正十二年督海运于平江，于余杭为张士诚军所杀，卒赠翰林学士承旨、荣禄大夫、柱国，追封鲁国公，谥忠烈。事迹见《元史·忠义传三》卷一九五。

　　聂炳卒。

　　按：聂炳（? —1352），字韫夫，江夏人。元统元年进士，授承事郎、同知平昌州事。转宝庆路推官。至正十二年（1352），迁知荆门州，荆门不守，炳募土兵，复荆门。又与四川行省平章政事咬住复江陵，其功居多。既而俞君正攻荆门，炳率孤军血战，援绝城陷，为贼所执，不屈死。事迹见《元史·忠义传三》卷一九五。

　　明安达尔卒。

　　按：明安达尔（? —1352），字士元，唐兀氏，元统元年进士。由宿州判官再转为潜江达鲁花赤。潜江县陷落，达鲁花赤明安达尔率勇敢出击，擒其伪将刘万户。进营芦伏，贼众奄至，出斗死，其家歼焉。一子桂山海牙怀印绶去，得免。事迹见《元史·忠义传三》卷一九五。

　　俞述祖卒。

　　按：俞述祖（? —1352），字绍芳，庆元象山人。由翰林书写考满，调广东元帅府都事，入为国史院编修官，已而出为沔阳府推官。至正十二年（1352），沔阳城陷，述祖为徐寿辉支解。有子方五岁，亦死。事闻，赠奉训大夫、礼部郎中、象山县男。事迹见《元史·忠义传三》卷一九五。

丑闾卒。

按：丑闾（？—1352），字时中，蒙古氏。登元统元年进士第。累官京畿漕运副使，出知安陆府。至正十二年（1352），蕲地曾法兴犯安陆，丑闾募兵迎拒拒贼。城陷，丑闾被刀斫左胁，断而死。其妻侯氏自经死。事闻，赠丑闾河南行省参知政事，赠侯氏宁夏郡夫人。立表其门日双节。事迹见《元史·忠义传》卷一九五。

潮海卒。

按：潮海（？—1352），扎刺台氏，由国子生入官，为靖安县达鲁花赤。至正十二年，蕲黄乱起，潮海与县尹黄绍同集义兵抵抗。终败，潮海遂被围，寻为贼所执，杀于富州。事迹见于《元史·忠义传三》卷一九五。

元惠宗至正十三年　癸巳　1353 年

正月，置分司农司。

按：《元史·百官志八》"分司农司。至正十三年正月，命中书右丞悟良哈台、左丞乌古孙良桢兼大司农卿，给分司农司印。西自西山，南至保定、河间，北至檀、顺州，东至迁民镇，凡系官地，及元管各处屯田，悉从分司农司立法募民佃种之。"（《元史》卷九二）

三月甲申，诏修大承天护圣寺，赐钞两万锭。（《元史·顺帝本纪六》卷四三）

四月，大驾时巡上都。（《元史·顺帝本纪六》卷四三）

五月，张士诚兄弟陷泰州。

按：乙未，泰州白驹场亭民张士诚及其弟士德、士信为乱，陷泰州及兴化县，遂陷高邮，据之，僭国号大周，自称诚王，建元天祐。（《元史·顺帝本纪六》卷四三）

六月，立詹事院。

按：《元史·百官志八》"至正十三年六月，立詹事院，罢官傅府。"（《元史》卷九二）

八月，车驾还在上都。（《元史·顺帝本纪六》卷四三）

十月癸卯，以江浙行省参知政事买住丁升本省右丞，提调明年海运。（《元史·顺帝本纪六》卷四三）

宣政院使笃怜帖木儿二月壬戌知经筵事。

按：中书右丞悟良哈台、左丞乌古孙良桢、参知政事杜秉彝并同知经筵事。(《元史·顺帝本纪六》卷四三)

脱脱三月己卯领大司农司，丁亥又以太师开府提调太史院、回回、汉儿司天监。(《元史·顺帝本纪六》卷四三)

许有壬起拜河南行省左丞。(《元史·许有壬传》卷一八二)

贡师泰调兵部侍郎。

按：朱樵《玩斋先生年谱》"至正十三年癸巳，冬，调兵部侍郎。·以兵部侍郎差次口北十三站，豪贵慑服，贫民甦息，拥拜遮道，作《榆林有感》诗。"《玩斋纪年录》"十三年，改兵部侍郎，差次北口十三站。其地多豪贵，往往挟势抑贫民。公至之日，务平马政，权要谤议腾沸，执政欲左迁其官，公处之泰然。作《榆林有感》诗以道其志，而驿户送拜遮道。"(《贡氏三家集》第461、462—463页)

吴当擢监察御史，寻迁为国子司业。(《元史·许有壬传》卷一八二)

周伯琦迁崇文太监，兼经筵官，代祀天妃。(《元史·周伯琦传》卷一八七)

李庚孙为翰林应奉。

按：贡师泰《李夫人茅氏墓志铭》载，茅氏女归今之翰林应奉李庚孙，而茅氏女卒于癸巳年，贡师泰由李庚孙之子请而得为墓志铭，则推测李庚孙是年应是翰林应奉。"浙以东着姓，在慈溪曰茅省元家，在余姚曰李提刑家。省元诸孙僖，生女净贞，笄，闻提刑九世孙，今翰林应奉庚孙冠而贤，遂以归焉。……夫人生之年，戊戌五月十日，卒之年，癸巳十月廿四日也。"(《玩斋集》卷一〇)

刘基为浙东行省都事。(谷应泰《明史纪事本末》卷五)

朱德润至正间，起用，守杭湖二郡，摄守长兴。(顾嗣立《元诗选·初集》卷四六)

危素尝为汪克宽《诗集传音义会通序》作序。

按：是书有危素、宋濂及自序。危素序言曰："新安朱子《诗传》，或文义，或引证，读者时有所未通。穷乡下邑，岂能家贮群书，人熟通训，故学者之患此久矣。祁门汪君仲裕甫早贡于乡，教授宣、歙间，《易》、《礼》、《春秋》，各有著述。至于《诗传》，为凡例十有二条，幽探遍索，具见成书，分为三十卷，名曰《诗集传音义会通》。其自序则以兴诗成乐之效望于来学。盛哉，君之用心！盖其从大父东山受学于饶先生伯舆(饶伯舆)，君之学得于吴先

生可翁(吴可翁)。两先生俱鄱人,距祁门甚迩。君年高德邵,为士林之著龟云。危素序。"(《危太朴文续集》卷一)

危素作《上都分学书目序》。

按:序言曰:"开平距大兴且千里,大驾岁一行幸,恒以仲夏之月至,及秋则南迁,故百司之扈从者骤往倏来,无复久居之志。在上者固简其约束,而弗遑有所程督。国子监岁以助教一员佩印分学,学正、学录或一员,伴读四人实从。诸生之在宿卫,或从父兄,多至数十人,以禀给庖隶自随。学馆即孔子庙西北为之,远绝尘嚣,人事稀简。助教颛于教事,非休假不出门户,可以稽经诹史,探索精微之蕴。百司扈从者求如分学之安适,亦云鲜亦。至正十三年,助教庐陵毛君文在实在行中,乃节缩餐钱之羡,购书一千二百六十三卷,为三百五十册,置于分学。盖上都书最难致,昔贺泾阳王为留守,尝遣教授董君买书吴中,藏于学官,刻书目于石。文臣之嗜学者往往假读之,比还,必归诸典守者。先是,分学亦假其书,或他司已假,则不可得,有志于竞辰者甚为之惜。顾分学买书自毛君始,继至者将岁岁而增益之,当至于不可胜算。诸生学古以入官,治心修身,一征诸方册,毛君之功,夫岂少哉!祭酒鲁郡王公移牒开平府,俾以其书与儒学旧书并藏。置书目,一藏崇文阁,一藏开平儒学,一随分学,而余序其端。是年分学者,学录李文,伴读刘寿、张俨、苑致、陈信也。"(《危太朴文续集》卷一)

周伯琦《近光集》约成于此年。

按:《近光集》是周伯琦从后至元六年(1340)到至正五年(1345),凡五年之诗。据周伯琦在自序中交代著述之意云,二十年前,其父周应极曾"为仁、英两朝说书,历官清华,尝有撰著",自己能在二十年后再任顺帝侍讲,所谓"世守其职",而自己"叨禄于朝者一纪,而在馆阁者十年,侍内廷班讲席者五阅寒暑",不能不有所感怀。"故自入侍至今,凡拜恩崇陪典礼,奉制敕承顾问侍游,从则有纪述歌咏,所以揄扬上德,抒达下情。庶几诗人天保之意,辞体俚近,取以适时,固不敢拟于前代作者。然当兹礼乐大兴之日,躬侍九重,挹清光,其可以芜鄙自少,而使朝廷之盛美有阙,先臣之遗业无传乎?于是,次其岁月,汇为一编,题之曰《近光集》,置诸箧中,时而观之。"(《全元文》第四十四册,第525页)由于虞集曾与周伯琦父亲同事,其《近光集序》云"集在延祐间,与故集贤学士鄱阳周公有同朝之好,道义相激昂,忠厚相敦,尚非一日之契也",所以周伯琦请虞集为序。虞集在序中评价《近光集》,"备述至元至正所以蒙被恩遇之盛,司宪南海录以为书,万里之外一食不敢忘君。於戏,盛哉!"

高明约于此年后作《琵琶记》。

郑涛著《经筵录》一卷成。

按：郑涛，字仲舒，"世居浦江之白麟溪"，郑仲舒曾为经筵检讨，据戴良言，"举六艺载籍之文，而紬绎其说，至于讲文之作，则检讨职也。"郑涛曾裒其所进劝讲之文若干篇为一卷，题之曰《经筵录》，在致仕归浦江后，请同乡戴良为序。（戴良《经筵录后序》）

又按：郑涛作《经筵录后记》写道："右经筵讲文四篇，臣涛为检讨时所进也。经筵，乃帝王之学攸系，所以皆丞相领之，而诸执政侍从暨内府之臣，亦必才德优深者始兼知其事。若讲文之作，则检讨草授，译掾译之，遍白诸讲臣定其可否，而后敢正书以进。每进毕，又别誊一通，备书上临幸之所及劝讲诸臣之名，藏之官椟，三年而总进焉。臣涛滥以末学与闻讲事，前后所进凡若干篇。今先录其四，入梓以传，岂为臣涛区区之文哉？实以天子聪明睿知，缉熙圣学，凡在廷儒绅，莫不登用。虽臣涛迂疏之极，亦幸从群工之后，获瞻龙颜，得以尧舜之道上尘天听。则夫四海之内有志之士，孰不鼓舞圣化，以思效用于明时哉？此臣涛所以录之之意也。"（《全元文》第五十七册，第852页）

王寿衍卒。

按：王寿衍（1273—1353），字眉叟，号玄览，又号溪月，杭州人。道士陈义高弟子，至元二十五年提举杭州开元宫事，元贞元年（1295）提点主持杭之祐圣观，大德五年嗣义高职提点主持玉隆万寿宫。至大二年还居开元宫，延祐元年授弘文辅道粹德真人，领杭州路道教事，至正十三年卒。事迹见《元史》卷二○二、《两浙名贤录》卷五六。

干文传卒。

按：干文传（1276—1353），字寿道，号仁里、止斋，平江人。官至集贤待制、礼部尚书。预修《宋史》。江浙、江西乡闱，文传主其文衡三次，所取士后多有名。为文务雅正、不事浮藻。《元史》言其"气貌充伟，识度凝远，喜接引后进"，著有《仁里漫稿》若干卷。事迹见黄溍《嘉议大夫礼部尚书致仕干公神道碑》（《金华黄先生文集》卷二七）、《元史》卷一八五、《元书》卷九○、《元史类编》卷二七、《元诗选·三集》小传等。

又按：黄氏"神道碑"云，"至正十三年九月己巳（二十一日），嘉议大夫、礼部尚书致仕干公终于平江里第，享年七十有八。以其年十月丁酉，葬吴县至德乡洞泾雁荡之原。……干之得姓，始于春秋时宋大夫辇。……公气貌充伟，识度凝远，遇事皆不苟。平居衣服无华饰，食无珍味，而于亲庭之养，家庙之祭，必致其丰腴。无他玩好，而独耽于书。手自校雠，至老不倦。喜接引后进,来者必与均礼,而谆谆诱掖之。江浙、江西乡闱,聘公同考试者三,主其文衡者四,所取士后多知名。为文务雅正,不事浮藻。有来谒者,亦不厌于应酬。公以仁里自号,暮年又自号止斋。有《仁里漫稿》若干卷藏于家。"(《金华黄先生文集》卷二七)

张起岩卒。

按:张起岩(1285—1353),字梦臣,禹城人。延祐二年(1315)廷试为左榜状元,授登州同知。以翰林承旨参修《辽》《金》《宋》三史,为总裁官之一,卒谥文穆。博学多才,善篆、隶书法,著有《金陵集》《华峰漫稿》《华峰类稿》等。事迹见《元史》卷一八二、《书史会要》卷七、《宋元学案补遗》卷四、《宋元学案补遗别附》卷三、《元诗选·三集》小传。

又按:《元史·张起岩传》曰:"起岩熟于金源典故,宋儒道学源委,尤多究心,史官有露才自是者,每立言未当,起岩据理窜定,深厚醇雅,理致自足。"(《元史》卷一八二)

贾鲁卒。

按:贾鲁(1297—1353),字友恒,河东高平人。元水利家。两中乡试,泰定初授东平路学教授,累迁潞城县尹。至治初与修《宋史》,历中书检校、监察御史、工部郎中,调都漕运使。至正八年,主管行都水监,拟定治河方案,一为修筑北堤,以制横溃;一为疏、塞并举,使黄河恢复故道。事迹见《元史》卷一八七。

李齐卒。

按:李齐(1301—1353),字公平,祁州蒲阴(今河北安国)人。元统元年(1333)左榜状元。至正十三年(1353),受命前往招抚张士诚,为张士诚军所执,不屈而卒。《元史》云"论者谓大科三魁,若泰不华没海上,李黼陨九江,洎斯之死,皆不负所学云。"事迹见《元史》卷一九四"忠义传"。

赵琏卒。

按:赵琏(?—1353),字伯器,赵宏伟之孙。登至治元年(1321)进士第,授嵩州判官。再调汴梁路祥符县尹。入为国子助教。累迁湖广行省左右司郎中。除杭州路总管。历中书左司郎中,除礼部尚书。寻迁户部,拜参议中书省事。出为山北辽东道廉访使。朝廷立淮南江北行省于扬州,以琏参知政事。至正十三年(1353),张士诚军陷泰州、兴化,张士诚执高邮知府李齐且复反,又讨赵琏军,赵琏于淮安真州水战中战死。事迹见《元史》卷一九四"忠义传"。

石普卒。

按:石普(?—1353),字元周,徐州人。至正五年(1345)进士,授国史院编修官,改经正监经历。淮东、西盗起,朝廷方用兵,普以将略称,同佥枢密院事董钥尝荐其材,会丞相脱脱讨徐州,以普从行。徐平录功,迁兵部主事,寻升枢密院都事,从枢密院官守淮安。张士诚据高邮,与从者力战范水寨而卒。事迹见《元史·忠义传》卷一九四。

又按:张士诚据高邮时间在至正十三年,石普此年按行,次于范水寨,终死之。

元惠宗至正十四年　甲午　1354年

正月,作朵思哥儿好事。

按:丁丑,帝谓脱脱曰:"朕尝作朵思哥儿好事,迎白伞盖游皇城,实为天下生灵之故。今命剌麻选僧一百八人,仍作朵思哥儿好事,凡所用物,官自给之,毋扰于民。"(《元史·顺帝本纪六》卷四三)

三月己巳,廷试进士六十二人。

按:本科取士六十二人,张翥为会试考官。《元史·百官志八》"十四年三月己巳,廷试举人,赐薛朝晤、牛继志等进士及第、进士出身、同进士出身有差,凡六十有二人。国子生员如旧制。"(《元史》卷九二)

按:右榜:1. 蒙古:薛朝晤(右榜状元)、迈里古思(一作买里古思,或译作穆尔古苏)、张吉(原名长吉彦忠一作彦中)、太禧奴、关宝、锁铸(或译作索珠)、顺童。

左榜:1. 汉人:牛继志(左榜状元)、赵时泰、李吉、贾俞、李稽。

2. 南人:魏俊民、陈高、陈麟、唐元嘉、李贯道、钱用壬、曾坚、林温、王景初。(参考余来明《元代科举与文学》第452—456页)

四月,御史台臣纠言江浙行省左丞帖里帖木儿等罪。

按:"先是,帖里帖木儿与江南行台侍御史左答纳失里奉旨招谕方国珍,报国珍已降,乞立巡防千户所,朝廷授以五品流官,令纳其船,散遣徒众,国珍不从,拥船一千三百余艘,仍据海道,阻绝粮运,以故归罪二人。"(《元史·顺帝本纪六》卷四三)

十月甲辰,诏加号海神为辅国护圣庇民广济福惠明著天妃。(《元史·顺帝本纪六》卷四三)

脱脱军队驻扎济宁,遣官诣阙里祀孔子;过邹县,祀孟子。(《元史·顺帝本纪六》卷四三)

十一月,皇太子修佛事,释京师以下囚。(《元史·顺帝本纪六》卷四三)

吕思诚任中书添设左丞。

按:《元史·百官志八》"十四年九月,以吕思诚为添设左丞。"(《元史》卷九二)

定住十二月戊戌领经筵事,中政院使桑哥失里为中书添设右丞。(《元史·顺帝本纪六》卷四三)

桑哥失里十二月庚子同知经筵事。(《元史·顺帝本纪六》卷四三)

按:十二月甲辰,桑哥失里提调宣文阁;哈麻兼大司农,吕思诚兼司农卿,提调农务。

哈麻十二月癸卯提调经正监、都水监、会同馆,知经筵事,就带元降虎符。(《元史·顺帝本纪六》卷四三)

吴当迁礼部郎中。(《元史·吴当传》卷一八七)

周伯琦复为江东肃政廉访使。(《元史·吴当传》卷一八七)

李好文任翰林学士、资善大夫、知制诰、同修国史兼太子谕德、端本堂事。(李好文《雪楼程先生文集序》)

郑玉因朝廷广征隐逸故,以翰林待制再聘。

按:《元史·忠义四》载,朝廷除郑玉翰林待制、奉议大夫,遣使者赐以御酒名币,浮海征之。"玉辞疾不起,而为表以进曰:'名爵者,祖宗之所以遗陛下,使与天下贤者共之者,陛下不得私予人。待制之职,臣非其才,不敢受。酒与币,天下所以奉陛下,陛下得以私与人,酒与币,臣不敢辞也'。"郑玉滨行,所与游者皆贺,惟杨维桢独唱危词,言红巾之乱已极,为官者不善理政,唯招祸也。

赵雍累迁集贤待制。

按:赵雍字仲穆,湖州人。赵孟𫖯次子。著有《赵仲穆遗稿》一卷。

高丽学者李穑获第二甲第二名,被元廷任为翰林文学承仕郎。

按:李穑回高丽后,传播程朱理学。李穑有诗《纪事》曰:"衣钵谁知海外传,主斋一语尚琅然。迩来物价皆翔贵,独我文章不值钱。"即李穑传至高丽之理学,以欧阳玄(号圭斋)为宗师。

曾坚擢进士第,后官至翰林直学士。

按:曾坚,字子白,宋濂记其著有《望周山》、《金石斋》、《青华》、《闽海》、《昭回》、《从政》、《丙午》、《居贤》前后编,凡九稿,及《逾海》、《逾辽》二志,通类为若干卷。危素曾为之撰墓志铭。据宋濂《曾学士文集序》载:曾坚乃曾巩弟弟曾布后裔,曾从游于程钜夫,又问道于吴澄,与危素为姻亲。至正辛巳"尝举于乡。明年,试礼部,报罢,当路惜之。连荐为校官,皆不赴。后十四年甲午,始擢进士第,助教国子,修撰翰林,出任江西行省郎官。入成均为丞,遂升司业,进详定副使,拜监察御史。已而复为副使,改今官而殁。"宋濂认为曾坚之文"刻意以文定公(曾巩)为师,故其骏发渊奥,黼藻休烈,起伏敛纵,风神自远。王良执御,节以和銮而驱驰蚁封也;朱弦疏越,太音希声而一唱三叹也。涛起阜涌,飚行云流,力有余而气不竭也。擅一代之英名,作四方之楷则,先生其有之矣。"(《文宪集》卷七)

贡师泰除庸田使。

按:朱毂《玩斋先生年谱》"至正十四年甲午,八月除庸田使,和籴二百万以供军。"(《贡氏三家集》,第461页)《玩斋先生纪年录》"……执政察知之,擢都庸使者,持节江浙。和糴二百万石,事集而民不扰。"(《贡氏三家集》第461、463页)

贡师泰《友迁轩集》编成,余阙、陈基有序。

按:友迁轩乃贡师泰自题,该集由贡师泰门生豫章涂贞所编,有诗文若干卷。余阙序称"吾年少于泰甫,须发皆白,而泰甫锐然面红白如童,出其别后所为诗文甚富,且大进益,知泰甫真豪士也。夫以士之贤,无所遇而淹于下僚,宜其悲愤无聊而不能尽也。顾乃自树卓卓以其余力而致勤于文学,且其貌充然,非其中有所负,盖不能尔。然则吾泰甫之迁,又过我远矣!夫古之贤士多不兼于文艺,文艺虽卑而世亦贵而传之者,爱其人故也;不贤者之于文艺,虽极其精,人犹将贱之,亦何以为也?泰甫,忠孝人也,其功名事业当不待文与诗而传,而况于兼有之耶?"(《青阳集》卷二)陈基序称:"公以文章政事骎骎向用,致位通显。其言婉者宜颂,穆如清风之中人也;直者宜静,凛乎箴贬之切体也。叙理乱则明白而朗畅,陈道义则委折而冲融。大者可以著词令,述褒贬;小者可以广导扬,形讽谕。盖将益使声光焜燿,位势隆重。而文靖有后之言,不徒信于今,传之后世,自足以取征矣。公之为都水使者至吴也,基获睹豫章涂贞叔良所编《友迁轩集》若干卷。因论次所知为序,以质之于当世知言君子。公名师泰,字泰甫,友迁轩,其自题也。至正十四年十月庚子。"(《夷白斋稿》卷一八)

觉岸著《释氏稽古略》四卷成。

按:编年体佛教史。原题"乌程职里宝相比丘释觉岸宝洲编集再治",再治,盖以是是书初名《稽古手鉴》,后又增广,始易今名故也。有李桓至正十四年(1354)序。该书辑存自东汉迄宋末,大量佛教史事、人物和文述,为研究中国佛教发展史重要史料之一。《四库全书总目提要》曰:"……觉岸字宝洲,乌程人,其书皆叙述释氏事实,用编年之体,以历代统系为纲,而以有佛以来释家世次行业为纬,始于太昊庖牺氏,终于南宋瀛国公德祐二年。初名《稽古手鉴》,既以所载尚未赅备,复因旧辑而广之,始改今名,书成于至正初,中山李桓为之序。此本乃明句容天王寺僧昌复所重刻也。觉岸记诵详博,故所录上自内典,下及杂家、传记、文集、志乘、碑碣之类,无所不采,源流派别详赡可观。唯其意欲自附于浍通史学,故于列朝兴废盛衰之迹亦复分条摘列,掺杂成文,未免喧宾夺主,且据释流所记,如来之生当周昭王九年,是书既欲甄叙宗门,但当权舆于摩耶之诞佛,顾乃侈谈邃古,远引洪荒于体例,亦为泛滥。又如唐代纪年于昭宣帝后,别有少帝濮王缊一代,谓为朱全忠所立年号天寿,旋复被鸩求之正史,全无事实,尤不知其何所依据。然其援摭既富,亦颇有出自僻书,足资考证者,其于名师大德记莂流传亦多考核详明备征典故,与捃撞语录空谈禅理者不同,固未始非缁林道古之一助也。"

虞集《道园遗稿》六卷刊行。

按:虞集一生诗文创作极丰,曾编撰作品集为《道园学古录》,之后,建安刘氏家塾、临川郡学又刻《道园类稿》,两者增损各异。而虞集从孙虞堪又访求两本之外的作品,得《道园遗稿》六卷,有诗章七百余首。虞堪序云:"先叔祖学士虞公诗文有《道园学古录》、《翰林珠玉》等编,已行于世。然窃读之,每虑其有所遗落。凡南北士夫间,辄为搜猎求之,累年始得诗章七百余首,皆章章在人耳目,及得之亲笔者,盖惧其以伪乱真,故不敢不为之审择也。惟先叔祖鸿文巨笔,著在天下,家传人诵,其大篇大什诸编,盖已得其八九,此盖拾遗补缺,庶免有湮没之叹。方类聚成编以便观览,而吾友金伯祥乃必用寿诸梓以广其传,命其子镠书以入刻,伯祥之施不其永耶! 外有杂文诸赋,尚有俟于他日云。至正十四年五月甲子,从孙堪百拜谨识。"

又按:黄溍作《道园遗稿序》(按,又作《虞先生诗序》)写道:"国朝一代文章家,莫盛于阁学蜀郡虞公。公之诗文曰《道园学古录》者,其类目皆公手所编定,天下学者既已家传而人诵之矣。然其散逸遗落者,犹不可胜计也。其从孙堪乃为博加讨访,积累之久,得古律诗七百四十一篇,而吴郡金君伯祥为锓诸梓。是编之传,其殆所谓拾遗者乎? 予尝获执笔,从公之后,而窃诵公之诗,以为国朝之宗工硕生,后先林立,其于诗尤长者,如公及临江范公,盖不可一二数也。学者读乎是编,则知其残膏剩馥,所以沾丐后人者多矣。今公已不可复作,予是以三复是编,而为之永慨也。抑公平生所为文,无虑万余篇,今《道园录》中所载不啻十之三四而已,然则并加讨访而使之尽传焉,岂非堪之志而予之所深望者乎! ……堪字克用(一字胜伯),好学有文,能世其家,而公之行能官伐,已具于欧阳内翰所为碑铭,兹不著。至正二十年正月十日金华黄溍序。"黄溍卒于至正十七年(1357),此处时间作至正二十年,恐是黄溍序早作,而书之刻出在此年?

又按:危素作《道园遗稿序》云:"太史蜀郡虞公之文曰《道园学古录》。建安刘氏刻于家塾,曰《道园类稿》,临川郡学复刻焉。公自编集皆五十卷,而增损各异。从孙堪复访求其未传者又若干卷,俾素叙之。公唐、宋文献之家,幼从亲徙居临川,天性精敏,而家训甚严。方壮而出游,所交多当世之俊杰,丽泽之益,月旦不同。及扬历馆阁,遂擅大名于海内。其文章之出,莫不争先而快睹,得之盖足以为终身之荣。暮年归休江南,又十有六年,求为著述者填咽于门,往往曲随所愿而泛应之。然豪家厚赍金币,临之以势,竟不可得也。公贯通经史,而博涉于百氏,故犖然各尽其蕴而无中所偏滞。深知公之所造者,殊未数数然耳,固未始以文人自居。或问作文,公语甲曰:'言其所当言,不可言者不言'。语乙则曰:'观《近思录》'。语丙则曰:'读《论语》'。又曰:'天之风雨雷霆,斯至文也'。其卒能默识心通于公意言之表者,果谁乎?素早事翰林学士吴先生于华盖山中,至于论文,则必以公为称首。公之南归,始获从容奉教。观其文,神奇变化,诚不可窥测以蠡管也。真定苏参政伯修与素约曰:'吾二人辱虞公之知,盍各求其遗文,他日合为全书,庶几不至散轶,可以谊吾党之责。'伯修既物故,素亦未遑有所铨次,堪之为是,甚喜其承家继后之异乎他人也。公讳集,字伯生,仕至奎章院侍书学士、翰林侍讲学士、监察御史。请加衮谥,赠江西行省参知政事,追封仁寿郡公,谥文靖。"(《全元文》第四十八册,第243—244页)

翰林学士李好文为程钜夫《雪楼集》作序。

按:《雪楼集》乃程钜夫次子程大本所辑录,共四十五卷,程钜夫所著杂文、诗歌乐府等都辑录其中。李好文这篇序言与前面至正元年虞集对程钜夫的评价有同声呼应之效,但比起虞集那篇简要的题跋来,李好文的这篇序言不仅对程钜夫提倡古文的行动及背景给予详细描述,并且是一篇相当不错的文论,对人们了解元代馆阁文臣的文章创作理念极有裨益。

序云:"声音与政通,文章与时高下,原其始,则理与气合,道与时合;要其归则亦泯然而无间。三代而上醇乎醇者也,汉犹近古,其文则雄伟浑厚,由其气质未漓,故其发为声音者似之。魏晋以降,剥剖分裂,作者庞乎不醇,岂风气乖而习弗善与?至唐韩、柳氏出,起弊扶弱,划垢易新,遂为后世作者之宗匠。宋盛于前而靡于后,金则无以议为也。我国家以泰初混庞之气,开辟宇宙,世祖皇帝合南北为一家,于斯之时,人物之生辟犹春阳始达,生意奋发，甲者毕坼，勾者毕出，挺英扬黻，骈荣竞秀，条达畅茂，滋息雨露而收其实者也。公生于宋淳祐巳酉，当我宪宗嗣服前之二岁，至至元丙子，江南始平，遂以侍子入见。寻命入翰林，年方壮也，自始识学，至于有立。其所以储精畜思，藏器待时，郁而未施者，固天所以遗圣明之世，膺作兴之运，以恢宏大业黼黻太平者也。公之文悉本于仁义，辅之以六经，陈之为轨范，措之为事业，滔滔汩汩，如有源之水，流而不穷，曲折变化，合自然之度，愈出愈伟，诚可谓一代之作者矣。初世皇之在潜邸也，已喜儒士，凡天下之鸿才硕德，靡不延访招致左右。爰暨即位，乃考文章、明制度、兴礼制乐，为天下法，一时名士汇征并进，文采炳蔚度越前代。如王文康公鹗、王文忠公磐、李文正公冶、太常徐公世隆、内翰图克坦公履之俦，多前金遗逸，皆为我用。惟公南来，际遇隆渥，逮事四朝四十余年，虽出入显要，而居侍从之列者，有半仕履之久，一人而已，故其谟谋献纳，输忠尽职，一寓之文，古所谓立德立言而不朽者，公其有焉。今其存者，内外制词及诸杂文若干篇，诗若干首，乐府若干首，总四十五卷，仲子大本之所录也。呜呼，盛哉！公讳文海，字钜夫，后避武宗御名以字行，雪楼其号云。至正十有四年，岁在甲午四月生明前一日，翰林学士、资善大夫、知制诰、同修国史兼太子谕德、端本堂事后学李好文谨序。"

又按：据四库馆臣说，程钜夫所撰诸如《玉堂类稿》、奏议存稿以及诗文集、杂著等本来都有单部刊行，而程大本所辑《雪楼集》则又将各著合辑为四十五卷，揭傒斯参与校正。至正癸卯（二十三年，1363），程钜夫曾孙程潏又将四十五卷本重编刊校合并为三十卷本。书未刻完，朝代更迭。洪武甲戌（二十七年，1394）此本被下诏征入秘阁，次年（1395）刊成。而彭从吉《雪楼集明洪武刻本序》记载《雪楼集》刊刻始末云："洪武辛未（二十四年，1391）秋，盱江程潏致其仲兄淳之言来南风（疑为"丰"）邑庠，告从吉曰：'先曾祖文宪公有文集四十五卷，实先大夫秘书公之所编辑，而揭文安公之所校正者。先君子集贤公尝请教授许先生叔异缮写以藏。至正甲申（四年，1344），持入燕京，承旨欧阳文公、平章谕德李公咸为之序。戊戌冬，复囊以浮海至闽，暇日与文安公子佥宪公法重定为三十卷。癸卯岁刻于建阳市，仅成前十卷。值戊申革命，刘氏之肆，兵燹失矣。幸巳刊行。其后二十卷未刻。庚戌秋，先君子携以归盱江，未暇再刻也。世运隆平，捐赀遣人诣书市，托朱自达氏刊为全集，列肆以传，冀其永久。惟是集也，非先君子往返南北，携以自随，若止藏于家，壬辰变故靡常，湮沦久矣。兹以绣梓将完，愿子叙其后。"又据熊钊《雪楼集明洪武刻本序》云："今其全集行于世者，揭文安公之所校正。起制诰，止乐府，凡三十卷。公之曾孙潏重刻。梓成，清朝适征其集,欲被乙览,亦既送官矣。潨复属钊序之"综合彭氏及熊氏的序言,则程潨请朱自达刻完三十卷本《雪楼集》,之后,恰值朝廷征集,遂送官。

危素作《续释氏通鉴序》。

按:序言曰:"京师大宝集寺住持则堂仪公修《续释氏通鉴》既成,属予序之。盖宋咸淳间,括苍沙门本觉仿司马文正公《资治通鉴》例为书,曰《释氏通鉴》。师之书所以继本觉师而为之。本觉师之书起周昭王,讫周恭帝。今续书由宋太祖建隆元年至于今,其关于释氏者纤悉必录,至于国之大事亦附见焉。初,师之有志于是,辍衣资以购书;藏书之家,卑辞以求假;残碑断碣足以考征者,无不采撷,虽隆寒盛暑,删述不倦,亦可谓敏矣! 不独此也,师少壮励精其业,周游四方,遇经纶禅学之师,皆深叩其闻奥,故通而无滞,公而不偏。顾骤读其书者,乌睹其用心之苦哉? 当本觉师之为是书,有疆场彼此之限,纪载有所阙遗者,势也。师据法席于国中大刹,适四海混一之日,得以博观而详取,宜此书之传世而行后,不其韪欤! 然而始终未四百年,而尘世之事变迁靡常,梦幻泡影曾不足以论之。而释氏之说历四朝而愈盛,宜乎提要备言,羽翼信史,师之道于是而益宏矣。书凡十有五卷。"(《危太朴文续集》卷一)

黄公望卒。

按:黄公望(1269—1354),本姓陆,名坚,常熟人,一作富阳人,又作衢州人。出继永嘉黄氏为义子,改姓名,字子久,号一峰、大痴道人等。曾充任浙西宪史、掾中台察院等,延祐时曾入狱,出狱后信全真道。博学多能,通音律,善散曲,尤精山水画,得赵孟頫指授,师法董源、巨然,晚年自成一家。并以草籀奇字之法入画,笔简神完,发展了董源画派而自成风格。其画设色者以"浅绛"居多,有"峰峦浑厚,草木华滋"之评。与吴镇、倪瓒、王蒙合称"元四家",黄公望为四者中对明清山水画影响最大者,其《写山水决》提倡"士人家风",主张"立意",颇受文人画家好评。著有《写山水诀》(又名《大痴画决》)一卷,存世画作有《富春山居图》、《九峰雪霁图》、《天池石壁图》等,诗集有《大痴山人集》。事迹见《元书》卷九一、《新元史》卷二三八、《吴中人物志》卷九。温肇桐编有《黄公望史料》。

僧觉岸约卒于此年。

按:觉岸(1286—1354),字宝洲,吴兴人。俗姓吴。从孤明禅师,与僧念觉同为晦机元熙的弟子、临济宗杨歧派大慧宗杲系僧人。明幻轮《释氏稽古略续集》卷一、明河《补续高僧传》卷十八有传、《松江府志》卷六三也有记载。

彭庭坚卒。

按：彭庭坚（1311—1354），字允诚，温州瑞安人。登至正五年进士第，授承事郎、同知沂州事。以平反狱囚忤上官意，遂弃去。至正十年（1350），起为建宁路崇安县尹。十一年（1351），升同知建宁路总管府事。十二年（1352），摄金都元帅府事，与邵武路总管吴按摊不花夹攻邵武，升同知福建道宣慰使司副都元帅，镇邵武。至正十四年（1354），为镇抚万户岳焕所害，死年四十三。卒赠中奉大夫、福建道宣慰使都元帅，封忠愍侯。事迹见《元史·忠义传三》卷一九五。

元惠宗至正十五年　乙未　1355 年

二月，刘福通建都亳州，国号宋。（《元史·顺帝本纪七》卷四四）

三月甲午，授皇太子玉册，赐以冕服九旒，祗谒太庙。（《元史·顺帝本纪七》卷四四）

三月，置枢密院分院于卫辉。

按：《元史·百官志八》"至正十五年三月，置枢密分院于卫辉。四月，彰德分院添设同知、副枢各一员，都事一员。直沽分院添设副枢一员、都事一员。十六年，又置分枢密院于沂州，以指挥使司隶焉。"（《元史》卷九二）

四月，大驾时巡上都。（《元史·顺帝本纪七》卷四四）

六月，江浙省臣请减海运以苏民力。

按：江浙省臣："至正十五年税课等钞，内除诏书已免税粮等钞，较之年例，海运粮并所支钞不敷，乞减海运，以苏民力。"户部定拟本年税粮，除免之外，其寺观并拨赐田粮，十月开仓，尽行拘收；其不敷粮，拨至元折中统钞一百五十万锭，于产米处籴一百五十万石，贮濒河之仓，以听拨运，从之。（《元史·顺帝本纪七》卷四四）

癸未，中书参知政事实理门言从严训诲蒙古国子监弟子。

按：实理门言："旧立蒙古国子监，专教四怯薛并各爱马官员子弟，今宜谕之，依先例入学，俾严为训诲。"从之。（《元史·顺帝本纪七》卷四四）

中书分省置右丞、左丞各一员。

按：《元史·百官志八》"十五年四月，彰德分省除右丞、左丞各一员。"（《元史》卷九二）

七月，升台州海道巡防千户所为防御海道运粮万户府。

按:《元史·百官志八》"防御海道运粮万户府。至正十五年七月,升台州海道巡防千户所为防御海道运粮万户府。九月,置分府于平江。"(《元史》卷九二)

八月,车驾还自上都。(《元史·顺帝本纪七》卷四四)

置平缅宣抚司。

按:《元史·百官志八》"平缅宣抚司。至正十五年八月,以云南死可伐等降,令其子莽三入贡方物,乃置平缅宣抚司以羁縻之。"(《元史》卷九二)

十月,置淮南江北等处行枢密院于扬州。

按:《元史·百官志八》"十五年十月,置淮南江北等处行枢密院于扬州。"十二月,河南行枢密院添设院判一员。"(《元史》卷九二)

庚午,以袭封衍圣公孔克坚同知太常礼仪院事,以克坚子希学为袭封衍圣公。(《元史·顺帝本纪七》卷四四)

十一月壬辰,帝亲祀上帝于南郊。

按:《元史·顺帝本纪七》载:(十月)"帝谓右丞相定住等曰:'敬天地,尊祖宗,重事也。近年以来,阙于举行,当选吉日,朕将亲祀郊庙,务尽诚敬,不必繁文,卿等其议典礼,从其简者行之。'遂命右丞斡栾、左丞吕思诚领其事。哈麻奏言:'郊祀之礼,以太祖配。皇帝出宫,至郊祀所,便服乘马,不设内外仪仗、教坊队子,斋戒七日,内散斋四日于别殿,致斋三日,二日于大明殿西幄殿,一日在南郊祀所。'丙子,以郊祀,命皇太子爱猷识理达腊祭告太庙。(十一月)壬辰,亲祀上帝于南郊,以皇太子爱猷识理达腊为亚献,摄太尉、右丞相定住为终献。"(《元史》卷四四)

济宁中书分省置兵、刑、工、户四部。

按:《元史·百官志八》"至元三年十二月,伯颜太师等奏准,吏部考功郎中、员外郎、主事各设一员。至正元年四月,吏部置司绩一员,正七品,掌百官行止,以凭叙用荫袭。六月,中书奏准,户部事繁,见设司计四员,宜依前至元二十八年例,添设二员。十一月,吏、礼、兵、刑分为二库,户、工二部分二库,各设管勾一员。十二年正月,刑部添设尚书、侍郎、郎中、员外郎各一员。十五年十月,济宁分省置兵、刑、工、户四部。"(《元史》卷九二)

置大兵农使司。

按:《元史·百官志八》"大兵农司。至正十五年,诏有水田去处,置大兵农司,招诱夫丁,有事则乘机招讨,无事则栽植播种。所置司之处,曰保定等处大兵农使司、河间等处大兵农使司、武清等处大兵农使司、景蓟等处大兵农使司。其属,有兵农千户所,共二十四处;百户所,共四十八处;镇抚司各一。"(《元史》卷九二)

许有壬正月迁集贤大学士,寻改枢密副使,复拜中书左丞。(《元史·顺帝本纪七》卷四四)

中书平章政事黑厮、左丞许有壬二月丙寅并知经筵事。(《元史·顺帝本纪七》卷四四)

宣政院副使忻都正月壬戌为太子詹事。(《元史·顺帝本纪七》卷四四)

知枢密院事众家奴三月己酉,知经筵事。(《元史·顺帝本纪七》卷四四)

知枢密院事捏兀失该三月提调内史府。(《元史·顺帝本纪七》卷四四)

中书平章政事达识帖睦迩四月癸亥知经筵事。

按:以御史中丞扎撒兀孙同知经筵事。辛未,命御史中丞伯家奴同知经筵事,中书参议成遵兼经筵官。癸酉,以左丞相定住为右丞相,平章政事哈麻为左丞相,太子詹事桑哥失里为中书平章政事,雪雪为御史大夫。丁丑,加知枢密院事众家奴太傅。(《元史·顺帝本纪七》卷四四)

翰林学士承旨庆童十月己卯淮南行省平章政事。(《元史·顺帝本纪七》卷四四)

平章政事帖里帖木兒、右丞斡栾十二月壬申,并知经筵事,参议丁好礼兼经筵官。(《元史·顺帝本纪七》卷四四)

翰林待制乌马儿、集贤待制孙㧑奉旨招安高邮张士诚。

按:《元史·顺帝本纪七》载,招安之际,仍赍宣命、印信、牌面,与镇南王孛罗不花及淮南行省、廉访司等官商议给付之。(《元史》卷四四)

将作院判官乌马儿、利用监丞八十奴招谕濠、泗,淮南行省左丞相太平助之。(《元史·顺帝本纪七》卷四四)

章佩监丞普颜帖木儿、翰林修撰烈瞻招谕沔阳,四川行省平章政事玉枢虎儿吐华等助之。(《元史·顺帝本纪七》卷四四)

吴当除翰林直学士。(《元史·吴当传》卷一八七)

大斡耳朵儒学教授郑咺建言国俗,不报。

按:《元史·顺帝本纪七》载:“大斡耳朵儒学教授郑咺建言:‘蒙古乃国家本族,宜教之以礼,而犹循本俗,不行三年之丧,又收继庶母、叔婶、兄嫂,恐贻笑后世,必宜改革,绳以礼法。’不报。”(《元史》卷四四)

贡师泰除礼部尚书,后除平江路总管。

按:朱穆《玩斋先生年谱》“十五年春,除江西廉副,未任。升福建廉使,六月任。十月,除礼部尚书,道出建宁。十一月,除平江路总管,十二月二十八日上任。”(《贡氏三家集》,第461页)

脱脱三月辛丑诏流放于云南大理宣慰司镇西路。十二月,贬谪云南,被毒死。(《元史·脱脱传》卷一三八)

杨瑀改建德路总管。(杨维桢《元故中奉大夫浙东尉杨公神道碑》)

黄溍《金华黄先生文集》四十三卷刊刻,贡师泰有序。

按:卷首有《黄学士文集序》,署"至正十五年十月既望朝散大夫福建闽海道肃政联防使宣城贡师泰序",次为"金华黄先生文集目录",卷一至卷三:初稿,卷四至四十三:续稿。正文各卷头题"金华黄先生文集卷第几",署"临川危素编次、番易刘耳校正"。卷三尾题之后有赵孟頫和危素所撰二跋,分别署"皇庆元年(1312)十月廿九日赵孟頫书"、"临川危素记"。据贡师泰序和危素跋,初稿三卷为其未第时作,续稿四十卷则为其举进士后所作。

又按:黄溍作品的整理,据贡师泰序言交代,总共四十三卷,初稿三卷,乃黄溍中举前所作,由危素编次,后四十卷是黄溍中举后所作,由黄溍门人王祎、宋濂整理。而贡师泰作为黄溍的翰林同僚,交谊甚深。黄溍延祐甲寅的乡试即贡师泰父亲贡奎任主考官。贡师泰至正十五年五月到兰溪,于王祎处得危素所编《金华黄先生文集》,作《黄学士文集序》。文章写道:"翰林侍讲学士金华黄先生文集,总四十三卷。其《初稿》三卷,则未第时作,监察御史临川危素所编次。《续稿》四十卷,则皆登第后作,门人王祎、宋濂所编次也。先生之文章,刮劘澡雪,如明珠白璧藉之缫绮,读者但见其光莹而含蓄,华缛而粹温,令人爱玩叹息之不已,而不知其致力用心之苦也。故其见诸朝廷简册之纪载,山林泉石之咏歌,无不各得其体而极其趣,以自成一家言。余尝论之,文章与世运同为盛衰,或百年、或数十年辄一见。先生当科目久废之余,文治复兴之日,得大肆力于学,以擅名于海内,虽其超见卓识有以异于人,其亦值世运之盛也。譬诸山川之风气,草木之花实,息者必复,悴者必荣,盖亦理势之必然,夫岂偶然而已哉!先生领延祐甲寅乡荐,先文靖公实为考官,于师泰有契家之好。其后同居史馆,又同侍经筵,交谊尤笃。比廉问闽南,过金华,得先生之集于王祎,故叙而授之三山学官,俾刻梓以惠来学。先生登进士第,授将仕郎、台州宁海县丞,历石堰场监运、诸暨州判官,浮沈州县几二十年,始入翰林应奉文字。寻丁外艰。服除,改国子博士。居六年,以太夫人春秋高,乞外补,遂提举江浙儒学。年六十有四,竟辞禄归养,以中顺大夫、秘书少监致仕。及复召入翰林,侍经筵,数告老,不许,久乃得谢去。今年七十有九,犹康强善饮啖,援笔驰骋如壮岁云。"(《贡礼部玩斋集》卷六)

欧阳玄为宋濂《潜溪集》作序。

按:宋濂《潜溪集》十卷,附录二卷,郑涛编辑,由郑氏义门刊行,正月刊行陈旅、欧阳玄、王祎作序。欧阳玄序曰:"经筵检讨郑君涛,以金华宋濂先生所著文集征予序。予为之言曰：三代而下，文章唯西京为盛。逮及东都，其气寖衰。至李唐复盛，盛极又衰。宋有天下百年，始渐复于古。南渡以还，为士者以从焉无根之学，而荒思于科试间，有稍自振拔者，亦多诞幻卑冗，不足以名家，其衰又益甚矣。我元龙兴，以浑厚之气变之，而至文生焉。中统、至元之文庞以蔚，元贞、大德之文畅而腴，至大、延祐之文丽而贞，泰定、天历之文赡以雄。涵育既久，日富月繁，上而日星之昭晰，下而山川之流峙，皆归诸粲然之文，意将超宋、唐而至西京矣。宋君虽近出，其天分至高，极天下之书无不尽读，大江以南，最号博学者也。以其所蕴，大肆厥辞，其气韵沉雄，如淮阴出师，百战百胜，志不少慑；其神思飘逸，如列子御风，翩然褰举，不沾尘土；其辞调尔雅，如殷鼎周彝，龙纹漫灭，古意独存；其态度多变，如晴跻终南，众皱前阵，应接不暇。非才具众长，识迈千古，安能与于斯？杂于古人篇章中，盖甚难辨。唯真知文者，始信予言之弗谬。予在翰林也久，海内之文无不得寓目焉，求如宋君，何其鲜也！苟置之承明、奉常之署，使掌制作，岂不能黼黻一代乎？先民有言曰：知言，圣贤之能事；立言，学问之极功。不学知言，不能明理；不学立言，不能成文。有若宋君，其殆理明而文成者欤！因书以为序。宋君字景濂，濂其名也。尝著《人物记》两卷，余为序之，郑君谓其可拟《五代史记》，亦云论云。"（《圭斋文集》卷八）

又按：郑涣至正十六年（1356）十月又增刻《潜溪集》，郑涣在书的卷末题识交代曰："《潜溪集》一编，总六万有字，皆金华宋先生所著之文也。先生自以为文章乃无用空言。凡所酬应，鲜存其稿，出于涣兄仲舒编者，仅若是。仲父都事公取以锓梓，涣谨以先生近作益之，复用故国子监丞陈公昔所为序，冠于篇端。其文多系杂著，弗复分类。诗赋别见《萝山稿》，不在集中。群公所述纪传赞辞及尺牍之属，有系于先生者，摘为二卷，附于其末。惟先生奥学雄文，有非区区小子所敢知，姑用识其刊刻本末于此。嗣是而有所作者，当为后集以传。至正十六年，岁次丙申，冬十月十三日，浦阳郑涣谨识。"

贡师泰、林泉生为张养浩《三事忠告》作序。

按：贡师泰作《牧民忠告序》。据贡师泰序交代，张养浩"以道德政事名于天下，其为学，则卓乎有所见，而不杂于权术；其操行，则确乎有所守，而不夺于势利。凡见诸论议，施诸动静，盖无一不本于仁义之心也。故自为县令，为御史，为参议中书，为中丞西台，皆即其所行，著之简策，有曰《风宪忠告》，曰《庙堂忠告》，而《牧民忠告》，则为令时著也。"贡师泰认为《牧民忠告》"之有补于世教也深矣！使天下之为守令者，家藏一书，遵而行之，虽单父、武城之化，不外是矣，奚汉循吏之足论哉！"（《玩斋集》卷六）

黄溍八月甲子为贡师泰诗文集作序。

按：黄溍在此篇中也论及山林草野之文和朝廷台阁之文，认为学识、见识有以助文之力。而贡师泰以世家子，"早从文靖公（贡奎）至京师，而与英俊并游于成均。逮释褐授官，而践扬中外，在朝廷台阁之日常多。故其蕴蓄之素，施于诏令，则务深醇谨重，以导宣德意，而孚众听；施于史传，则务详赡精核，以推叙功伐，而尊国执，施于论奏，则务坦易质直，以别白是非邪正、利病得失，而不过为矫激。他歌诗、杂著、赞颂、碑铭、记序之属，非有其实，不苟饰空言，以曲狥时人之求。至于宦辙所经名区胜地、大山长溪、穹林邃壑、风岚泉石、幽遐奇绝之概，有以动其逸兴，而形于赋咏，与畸人静者互为倡答，率皆清虚简远可喜，亦非穷乡下士、草野寒生危苦之词可同日而语也。盖其为文，初不胶于一定之体，安知其孰为台阁，孰为山林也耶？"黄溍此序还值得一提的是，他本人即贡师泰父亲贡奎延祐初主考浙江乡试时选拔出来的："延祐初，元故内翰贡文靖公较艺江浙乡闱。溍以非才，误蒙荐送，忝缀末科。公既入居文学侍从之列，而溍随牒远方，浮湛州县，晚乃登籍。将以门生礼见，则公捐馆舍已久。犹幸与公仲子侍郎公托契家之好，而缔文字交。……至正十又五年秋八月甲子，黄溍序。"（《金华黄先生文集》卷一九）

脱脱卒。

按：脱脱（1314—1355），字大用。后至元四年累官御史大夫，六年定策逐权臣伯颜，拜知枢密院事，明年除中书右丞相，有贤声。任丞相期间，恢复科举，用贾鲁治黄河，主修《宋》、《辽》、《金》三史。著有《宋史岳飞传》一卷、《岳武庙名贤诗》一卷（僧可观辑）、《宋史道学传》四卷、纂《宋史艺文志》（与人合纂）。事迹见《元史》卷一三八《脱脱传》。

按：《元史》对脱脱综合评价道："脱脱仪状雄伟，顾然出于千百人中，而器宏识远，莫测其蕴。功施社稷而不伐，位极人臣而不骄，轻货财，远声色，好贤礼士，皆出于天性。至于事君之际，始终不失臣节，虽古之有道大臣，何以过之。惟其惑于群小，急复私仇，君子讥焉。"脱脱死后，至正二十二年（1362），"监察御史张冲等上章雪其冤，于是诏复脱脱官爵，并给复其家产。……二十六年（1366），监察御史圣奴、也先、撒都失里等复言：'奸邪构害大臣，以致临敌易将，我国家兵机不振从此始，钱粮之耗从此始，盗贼纵横从此始，生民之涂炭从此始。设使脱脱不死，安得天下有今日之乱哉！乞封一字王爵，定谥及加功臣之号。'朝廷皆是其言。然以国家多故，未及报而国亡。"（《元史》卷一三八）

刘耕孙卒。

按:刘耕孙(? —1352),字存吾,茶陵州人。至顺元年进士,授承事郎、桂阳路临武县尹。乃为建学校,求民间俊秀教之,设俎豆,习礼让,三年文化大兴。至正十二年(1352)春,蕲黄贼攻破湖南。耕孙倾家赀募义丁,以援茶陵,贼至辄却,故茶陵久不失守。十五年,转儒林郎、宁国路推官。耕孙分守宁国城西南,城陷,耕孙力战遇害。事迹见《元史·忠义传三》卷一九五。

元惠宗至正十六年　丙申　1356年

二月丙寅,命翰林国史院、太常礼仪院定拟皇后奇氏三代功臣谥号、王爵。(《元史·顺帝本纪七》卷四四)

三月,置江浙行枢密院于杭州。

按:《元史·百官志八》"十六年三月,置江浙行枢密院于杭州,知院二员,同知二员,副枢二员,佥院二员,同佥二员,院判二员。首领官:经历、知事各一员,断事官二员,经历一员。"(《元史》卷九二)

诏复福建等处行中书省。

按:《元史·百官志八》"十六年五月,置福建等处行中书省于福州,铸印设官,一如各处行省之制。以江浙行中书省平章左答纳失里、南台中丞阿鲁温沙为福建行中书省平章政事,福建闽海道廉访使庄嘉为右丞,福建元帅吴铎为左丞,司农丞讷都赤、益都路总管卓思诚为参政。以九月至福州,罢帅府,开省署。"(《元史》卷九二)

命六部、大司农司、集贤翰林国史两院、太常礼仪院、秘书、崇文、国子、都水监、侍仪司等正官,各举才堪守令者一人,不拘蒙古、色目、汉人、南人,从中书省斟酌用之。

四月,车驾时巡上都。(《元史·顺帝本纪七》卷四四)

八月,车驾还自上都。(《元史·顺帝本纪七》卷四四)

九月,置江南诸道行御史台。

按:《元史·百官志八》"至正十六年九月二十八日,命太尉纳麟为江南诸道行御史台御史大夫,以次官员,各依等第选用。是日,御史台奉旨,移置行台于绍兴。十二月,合台官属,开台署事。"(《元史》卷九二)

十二月,陕西行台监察御史李尚絅上《关中形胜急论》,凡十有二事。(《元史·顺帝本纪七》卷四四)

中书平章政事帖里帖木儿正月戊子提调国子监。(《元史·顺帝本纪七》卷四四)

辽阳行省左丞相咬咬正月乙巳为太子詹事,翰林学士承旨朵列帖木儿同知詹事院事。(《元史·顺帝本纪七》卷四四)

左丞相搠思监四月丁巳领经筵事,中书平章政事悟良哈台、御史大夫普化并知经筵事。(《元史·顺帝本纪七》卷四四)

悟良哈台四月己卯兼太子谕德。(《元史·顺帝本纪七》卷四四)

翰林学士秃鲁帖木儿七月癸未为侍御史。(《元史·顺帝本纪七》卷四四)

集贤直学士杨俊民三月奉命命致祭曲阜孔子庙,仍葺其殿宇。(《元史·顺帝本纪七》卷四四)

贡师泰是春,率兵与张士诚战,不敌,怀印绶弃城遁,匿海滨者久之。

按:朱稶《玩斋先生年谱》"至正十六年丙申,正月三十日,城陷于张氏,公抱印求死不获,作《幽怀赋》以自见。隐居吴淞江上,主钓台山长吴景文,易姓名为端木氏,号戾契子、冏冏翁。《玩斋先生纪年录》(十五年十二月始任平江路总管)上任逾月,张士诚以高邮兵至,城陷,官属溃散。公独抱印隐居吴淞江,主钓台山长吴景文家,易姓名为端木氏,作《幽怀赋》以自见。"(《贡氏三家集》第461、463页)

吴当奉诏特授江西肃政廉访使,偕江西行省参政火你赤、兵部尚书黄昭,招捕江西诸郡,便宜行事。(《元史·吴当传》卷一八七)

赵雍以湖州路同知致仕。(《元史新编》卷四七)

刘基离绍兴往杭州,与石末宜孙诗文往来。

按:石末宜孙,字申之,契丹华族述律氏,台州人。至正十一年(1351)为浙东宣慰副使,分府处州,其间用刘基、胡深等居于幕府,与文人投壶赋诗,是诗坛东道主。事迹见《元诗选·癸集》庚集上、《御选元诗》卷首小传。

梅致和卒。

按:梅致和(1299—1356),字彦达,安徽宣城人。梅圣俞九世孙。从父荫补太庙斋郎,累迁尚书都官员外郎以终。科场不利,取《春秋》而精研之,著《春秋类编》十二卷,其时王士熙、吴铎等名流皆来咨询治道。《春秋类稿》外,还著有《耕稿》十卷。事迹见宋濂《梅府君墓志铭》(《翰苑别集》卷九)。

褚不华卒。

按:褚不华(?—1356),字君实,隰州石楼人,泰定初年(1324)甲子科蒙古色目人榜(右榜)捌剌榜进士第二人。沉默有器局。泰定初补中瑞司译史，授海道副千户，转嘉兴路治中，连拜南台、西台监察御史，迁河西道廉访佥事，移淮东。未几，升副使。汝、颍盗发，势张甚。不华行郡至淮安，极力为守御计。城陷，"中伤见执，为贼所脔"，"时至正十六年十月乙丑也"。卒赠"翰林学士承旨、荣禄大夫、柱国，追封卫国公，谥曰忠肃"，事迹见《元史》卷一九四"忠义传"。

　　孙㧑卒。

　　按：孙㧑(？—1356)，字自谦，曹州人。至正二年进士，授济宁路录事。张士诚据高邮叛，朝廷以乌马儿为使，招谕士诚，中书借㧑集贤待制，辅行。张士诚徙居平江，孙㧑试图谕其部下以反士诚，谋泄，被杀。事迹见《元史》卷一九四"忠义传"。

　　又按：张士诚徙平江时间在至正十六年，孙㧑卒于此年。

元惠宗至正十七年　丁酉　1357年

　　正月，置防御使。

　　按：《元史·百官志八》"防御使。至正十七年正月，准山东分省咨，团结义兵，每州添设州判一员，每县添设主簿一员，诏有司正官俱兼防御使事，听宣慰使司节制。"(《元史》卷九二)

　　三月，廷试进士。(《元史·顺帝本纪八》卷四五)

　　按：《元史·百官志八》"十七年三月，廷试举人，赐侊徽、王宗嗣等进士及第、进士出身、同进士出身有差，凡五十有一人。国子生员如旧制。"(《元史》卷九二)

　　右榜：1. 蒙古：侊徽(右榜状元)。

　　左榜：1. 汉人：王宗嗣(左榜状元)、李延兴、傅公让、李舒。

　　2. 南人：夏以忠、俞端。

　　存疑：龚友福。(参考余来明《元代科举与文学》，第457—458页)

　　三月庚午，诏各科举才干之士。(《元史·顺帝本纪八》卷四五)

　　按：《元史·顺帝本纪五》"庚午，诏：'随朝一品职事及省、台、院、六部、翰林、集贤、司农、太常、宣政、宣徽、中政、资正、国子、秘书、崇文、都水诸正官，各举循良材干、智勇兼全、堪充守令者二人。知人多者，不限员数。各处试用守令，并授兼管义兵防御诸军奥鲁劝农事，所在上司不许擅差。守令既已优升，其佐贰官员，比依入广例，量升二等。任满，验守令全治者，与真授；不治者，全削二等，依本等叙；半治者，减一等叙。杂职人员，其有知勇之士，并依上例。凡除常选官于残破郡县及迫近贼境之处，升四等；稍近贼境，升二等'。"(《元史》卷九二)

四月，车驾时巡上都。(《元史·顺帝本纪八》卷四五)

七月己卯，帖里帖木儿奏续辑《风宪宏纲》。(《元史·顺帝本纪八》卷四五)

置四方献言详定使司。

按：《元史·百官志八》"至正十七年七月，置四方献言详定使司，正三品，掌考其所陈之言，择其善者以闻于上，而举行之。详定使二员，正三品；副使二员，正四品；掌书记二员，正七品。中书官提调之。"(《元史》卷九二)

八月，大驾还自上都。(《元史·顺帝本纪八》卷四五)

九月，置山东行省。

按：《元史·百官志八》"十七年九月，置山东行省，以大司农哈剌章为平章政事，铸印与之。"(《元史》卷九二)

右丞相搠思监七月乙酉领宣政院事。

按：平章政事臧卜知经筵事，参知政事李稷同知经筵事，参知政事完者帖木儿兼太府卿。(《元史·顺帝本纪八》卷四五)

余阙为淮南行省右丞。(《元史·顺帝本纪八》卷四五)

周伯琦以参知政事，招谕平江张士诚。(《元史·顺帝本纪八》卷四五)

贡师泰为两浙转运使。

按：朱谦《玩斋先生年谱》"至正十七年丁酉，八月，扈印纳于浙省。十月，丞相达公九成以便宜除两浙转运使，隐居杭之西山。"《玩斋先生纪年录》"十六年八月，浙省丞相达公九成起之曰：'君之守平江也，在官未三十日，人心未孚。且握兵捍患，自有省臣在，非君之过也。'即以便宜版授公为两浙运使。既任，商贾庆于市，亭民贺于野，奸贪慑服，盐法通流，由是丞相益加敬焉。"(《贡氏三家集》第461、463页)

刘鹗迁广东廉访使副使，擢广东宣慰使，拜江西行省参政。(刘玉汝《元故中顺大夫海北广东道肃政廉访副使刘公墓志铭》)

许有壬以老病力乞致其事，久之始得请，给俸赐以终其身。(《元史·许有壬传》卷一八二)

欧阳玄春乞致仕，以中原道梗，欲由蜀还乡，惠宗复不允。(《元史·许有壬传》卷一八二)

黄溍七月以病力辞江浙左丞相所邀咨议省事。

按：黄溍闰九月卒，后赠中奉大夫、江西等处行中书省参知政事、护军，追封江夏郡公，谥文献。门人王袆、金涓、屠性、宋濂、朱濂、傅藻祭奠，王袆作《祭黄侍讲先生文》。杨维桢以其徒请，撰墓铭。宋濂为作《黄公行状》、又作《黄先生祠堂碑文》。

黄溍卒。

按：黄溍（1277—1357），字晋卿，婺州义乌人。延祐二年（1315）赐同进士出身，授将仕郎、台州路宁海县丞。寻升从事郎、绍兴路诸暨州判官。官至翰林直学士、知制诰、同修国史、同知经筵事，进阶中奉大夫。其学博及天下之书，工文，善真草书。卒谥文献。著有《日损斋稿》三十三卷、《尚书标说》六卷、《春秋世变图》二卷、《春秋授受谱》一卷、《古职方录》八卷、《孟子弟子列传》二卷、《义乌志》七卷、《义乌黄氏族谱图》、《日损斋笔记》二卷、《临池拾遗记》、《黄文献集》十卷等。事迹见杨维桢《故翰林侍讲学士金华黄先生墓志铭》（《东维子文集》卷二四）、危素撰《大元故翰林侍讲学士中奉大夫知制诰同修国史同知经筵事赠中奉大夫江西等处行中书省参知政事护军追封江夏郡公谥文献黄公神道碑》（《文献集》卷七下附录）、宋濂撰《故翰林侍讲学士中奉大夫知制诰同修国史同知经筵事金华黄先生行状》（《文宪集》卷二五）、元史》卷一八一、《新元史》卷二〇六、《宋元学案》卷七〇、《蒙兀儿史记》卷一二〇、《义乌人物记》下、《元儒考略》卷四、《两浙名贤录》卷二、光绪《奉化县志》卷三二。

欧阳玄卒。

按：欧阳玄（1283—1357），字原功，号圭斋，又号平心老人。本为庐陵人，至曾祖父始迁浏阳，故为浏阳人。弱冠下帷苦读，潜研经史百家，于伊洛诸儒源委尤为淹贯。延祐二年，赐进士及第，授承事郎、岳州路同知平江州事。后拜翰林学士、资善大夫、知制诰同修国史。曾参与修撰《皇朝经世大典》，为《辽》、《金》、《宋》三史总裁官。为文力主师法其先欧阳修，以廉静深醇、舒徐和易为法。一生著作颇丰。明洪武十三年（1380），族孙佑持（欧阳佑持）收录玄生前最后七年于燕京所作及碑志等文，辑成《欧阳公文集》二十四卷，宋濂为之作序。二书都毁于兵火。明成化六年（1470），五世孙俊质收集散佚，并由其子铭、镛增补，辑成《圭斋文集》十五卷、《圭斋文集附录》一卷，浙江督学宪副刘仗和（釪）校正，七年付梓（简称成化本），得以流传至今。清四库全书本及诸刊本、钞本均源于此。事迹见张起岩《元敕赐翰林直学士亚中大夫轻车都尉追封渤海郡侯欧阳公神道碑铭有序》（《圭斋文集》卷一六·附录)、危素撰《大元故翰林学士承旨光禄大夫知制诰兼修国史圭斋先生欧阳公行状》(《圭斋集》附录)、《元史》卷一八二、《新元史》卷二〇六、《宋元学案》卷八二、《蒙兀儿史记》卷一二〇。

又按:《元史·欧阳玄传》评曰:"经史百家,靡不研究,伊洛诸儒原委,尤为淹贯","文章道德,卓然名世。羽仪斯文,赞卫治具,与有功焉。""凡宗庙雄文大册、播告万方制诰,多出玄手。……海内名山大川,释老之宫,王宫贵人墓隧之碑,得玄文辞以为荣。片言只语,流传人间,咸知宝重。"《宋元学案·北山四先生学案》记载,欧阳玄、揭傒斯、朱公迁、方用同游于许白云之门,以羽翼斯文相砥砺,时称"许门四杰"。危素《大元故翰林学士承旨光禄大夫知制诰兼修国史圭斋先生欧阳公行状》曰:"……公生于至元二十年五月。……弱冠,下帷数年,人莫见其面。经史百家,靡不研究。伊洛诸儒源委,尤所淹贯。闲至郡城,宪使涿郡卢公挚见公仪表,及观所为文,大器重之,相与倡和,留连不遣去。……有《圭斋文集》若干卷。惟公学于未有科第之先,沉潜经传,所亲承多故宋耆硕,而性度雍容,含弘缜密。出宰二县,宽仁恭爱,处己俭约,为政廉平不苟,视民如子,举善以劝,未尝笞辱。故历官四十余年,在朝之日居四之三,三任成均,两为祭酒,六入翰林,而三拜承旨。修实录、大典、三史,皆大制作。屡主文衡,两知贡举及读卷官。……文章道德,卓然名世。引拔善类,赞化卫道,黼黻治具,与有功焉。于是中外莫不敬服。……素宦学京师,尝从公于史馆,晚辱与进尤至,谓可以承斯文之遗绪。然素之行不佞,无能为役。佑持请序述公之世家、出仕行实,上之太常史官,以俟采择,谨状。翰林学士承旨、荣禄大夫、知制诰兼修国史危素状。"(《圭斋集》附录)

又按:欧阳玄《圭斋集》,保留了欧阳玄自至正十一年至十七年(1351—1357)间作品及少量散见金石文字。其内容有奉敕撰写之名臣碑传与朝廷重大举措之记述;元代文化名人如虞集、赵孟頫、贯云石等所作碑传文字;为当代著名文集、史著所撰之序文;为家乡庐陵、浏阳一带乡绅儒士所撰碑传文字、家谱、文集之序跋,以及他们之间一些书信酬答,等等。宋濂1381年所作《欧阳公文集原序》云:"公幼岐嶷,十岁能属文,逮弱冠,下帷数年,人莫见其面。经史百家靡不研,伊洛诸儒源委尤为淹贯,遂擢延祐乙卯进士第,历官四十余年。在朝之日,殆四之三三任成均,而两为祭酒,六入翰林而三拜承旨,盖当四海混一之时,文物方盛,纂修实录大典三史皆大制作,两知贡举及读卷官,凡宗庙朝廷、雄文大册,颁示万方制诏,多出公手,金缯上尊之赐,几无虚岁。海内名山大川,释老之宫,王公墓隧之碑,得公文辞以为荣,片言只字,流传人间,咸知宝爱。文学德行卓然名世,羽仪斯文,黼黻治具,公之功为最多。君子评公之文,意雄而辞赡,如黑云四兴,雷电恍惚而雨雹飒然交下,可怖可愕,及其云散雨止,长空万里,一碧如洗,可谓奇伟不凡者矣,非见道笃而择理精,其能致然乎? 呜呼! 自宋迫元三四百年之间,文忠公以斯道倡之于其先,天下学士翕然而宗之,今我文公复倡之于其后,天下学士复翕然而宗之,双璧相望,照耀两间,何欧阳氏一宗之多贤也,不亦盛哉! 初虞文靖公集助教成均,其父井斋先生汲方教授于潭,见公文大惊,手封一帙寄文靖,谓公他日必与之并驾齐驱,由是文靖荐公升朝,声誉赫赫然相埒,卒符于井斋之言。文靖之文已盛行,公薨二十四年,其孙佑持持公集二十四卷来谓濂曰:'先文公之文自擢第以来,多至一百余册,藏于浏阳里第,皆毁于兵,此则在燕所录,自辛卯至丁酉,七年之间作尔,间有见于金石者,随附入之,子幸为文叙之以传。'濂也不敏,自总角时即知诵公之文,屡欲裹粮相从而不可得,公尝见濂所著《潜溪集》,不我鄙夷,辄冠以雄文,所以期待者,甚至第以志念,荒落学识迂疏不足副公之望,况敢冒昧而序其文哉? 虽然公文之在霄壤中,上则为德星、为庆云,下则为朱草、为醴泉,光景常新而精神无亏,亘万古犹一日,序之与否尚何暇论哉? 佑持字公辅,问学精该,论议英发,无愧于家学者也。金华宋濂撰。"(《文宪集》卷七)

僧海慧卒。

按:海慧(1285—1357),讳善继,字绝宗,族娄氏,诸暨人。大德乙巳(1305)为僧,次年受具戒,从西天竺大山恢公习天台教观。至正壬午(1342),为天竺荐福教寺住持,不久又升任天台能仁教寺主持。与赵孟頫、黄溍、周仁荣、李孝光、张雨等结为方外交,时相唱和。事迹见宋濂《故文明海慧法师塔铭》(《銮坡后集》卷一〇)。

王思诚卒。

按:王思诚(1291—1357),字致道,兖州人,早年从曹元用游。至治元年(1321)进士,曾与修《辽》、《宋》、《金》三史,历礼部尚书、国子监祭酒,升集贤侍讲学士,出为西御史台治书侍御史。至正十七年(1357)重召为国子祭酒,卒于途中,谥献肃。事迹见《元史》卷一八三、《元书》卷七九。

吕思诚卒。

按:(1293—1357),字仲实,平定人。累迁翰林编修,历国子司业。以治书侍御史总裁《辽》、《宋》、《金》三史。卒谥忠肃。著有《两汉通纪》、顾嗣立辑其遗诗为一卷曰《仲实集》。事迹见《元史》卷一八五、《元史类编》卷一六、《元书》卷七八、《南村辍耕录》卷一二、《宋元学案》卷九五、《宋元学案补遗》卷九五、《元儒考略》卷二。

方孝孺(1357—1402)生。

元惠宗至正十八年　戊戌　1358 年

正月丙午,陈友谅陷安庆路,守将余阙死之。(《元史·顺帝本纪八》卷四五)

三月,立大都分府。

按:《元史·百官志八》"至正十八年三月,东安、漷州、柳林日有警报,京师备御四隅,俱立大都分府。其官吏数,视都府减半。""又于大都在城四隅各立警巡分院,官吏视本院减半。"(《元史》卷九二)

四月,车驾时巡上都。(《元史·顺帝本纪八》卷四五)

九月初六,置经略使。

按:《元史·百官志八》"经略使。至正十八年九月初六,命经略使问民疾苦,招谕叛逆,果有怙终不悛,总督一应大小官吏,治兵裒粟,精练士卒,审用成算,申明纪律。先定江西、湖广、江浙、福建诸处,并力掎角,务收平复之效,不尚屠戮之威。江南各省民义,忠君亲上,姓名不能上达者,优加抚存,量才验功,授以官爵。旌表孝子顺孙、义夫节妇、高年耆德,常令有司存恤鳏寡孤独。选官二员为经略使参谋官,辟名士一人掌案牍。设行军司马一员,秩正五品,掌军律。"(《元史》卷九二)

十二月癸酉,上都陷落。

按:关先生、破头潘等陷上都,焚宫阙,留七日,转略往辽阳,遂至高丽。(《元史·顺帝本纪八》卷四五)

翰林学士承旨蛮子四月庚寅为岭北行省平章政事。(《元史·顺帝本纪八》卷四五)

中书参知政事普颜不花、治书侍御史李国凤九月壬寅经略江南。(《元史·顺帝本纪八》卷四五)

崔敬任山东等处行枢密院副使。

按:《元史·百官志八》"十八年,以参政崔敬为山东等处行枢密院副使,分院于漷州,兼领屯田事。"(《元史·百官志八》,卷九二,第八册,第2334页)

贡师泰升江浙参政。

按:朱樟《玩斋先生年谱》"至正十八年戊戌八月,升江浙参政,居杭州。"(《贡氏三家集》,第461页)

吴当诏拜中奉大夫、江西行省参知政事。(《元史·吴当传》卷一八七)

揭汯出为江西宪佥。却寇有功,入为秘书少监。

按:揭汯曾迁翰林编修,历太常博士、翰林修撰,改礼部员外郎。

朱震亨卒。

按:朱震亨(1281—1358),字彦修,号丹溪,婺州义乌人。初从许谦学理学,后从罗知悌学医,并受到刘完素、张从正、王好古、李杲等医家著述影响。与刘完素、张从正、李杲号称金元四大家(医学家)。著有《格致余论》一卷,《局方发挥》一卷,《金匮钩玄》三卷,《医学发明》一卷、、《丹溪朱氏脉因证治》二卷、《平治荟萃方》三卷、《丹溪治痘要法》一卷、《活法机要》一卷、《怪病单》一卷、《新刻校定脉诀指掌病式图说》一卷、《丹溪心法附余》二十四卷《首》一卷、《风水问答》一卷。还著有《宋论》一卷。朱氏主张人体因"阳常有余,阴常不足"而得病,须保存阴精,勿妄动阳火,为养阴派代表人物。还著有。事迹见《元史》卷一八九、《故丹溪先生朱公石表辞》(《宋文宪公全集》卷五〇)、《宋元学案》卷八二)。

又按:《元儒考略》卷四:"朱震亨,字彦修,婺州义乌人,别号丹溪,学者称丹溪先生。少治经,修博士业,长弃去,为任侠。壮闻金华许先生谦得朱子四传之统。尽弃其学,学焉,而笃深于躬行。时许先生病久不瘥,震亨母病脾,乃慨然专于医。久之,业成,许先生病竟以震亨愈。"

伯颜卒。

按:伯颜(1295—1358),一名师圣,字宗道,蒙古哈剌鲁氏,世居开州濮阳县。六岁从里受《孝经》、《论语》。弱冠即以斯文为己任。中原之士闻而从游者甚众。后以隐士之京师,授翰林待制,预修《金史》,既毕,辞归。已而复起为江西廉访佥事。全家死于战乱。伯颜修辑《六经》,多所著述,皆毁于兵。谥号忠烈。著有《子中集》。事迹见《元史》卷一九〇。

又按:陈垣称赞伯颜宗道云:"伯颜学无师承,崛起乡里,讲求实用,自成一家,譬之清儒,于颜元为近,而魄力过之,所谓平民学者也。"(陈垣《元西域人华化考》)

郑玉卒。

按:郑玉(1298—1358),字子美,号师山,徽州歙县人。尤精《春秋》,教授于乡,门人甚众,称师山先生,并于其地造师山书院。玉为文章,不事雕刻煅炼,流传京师,揭傒斯、欧阳玄咸加称赏。至正十四年,朝廷除玉翰林待制、奉议大夫,遣使者赐以御酒名币,浮海征之。玉辞疾不起,而为表以进曰:'名爵者,祖宗之所以遗陛下,使与天下贤者共之者,陛下不得私予人。待制之职,臣非其才,不敢受。酒与币,天下所以奉陛下,陛下得以私与人,酒与币,臣不敢辞也。'明兵至,自缢死。著有《周易大传附注》、《程朱易契》、《春秋经传阙疑》四十五卷、《郑氏石谱》、《师山文集》八卷遗文五卷。事迹见《元史》卷一九六、《新元史》卷二三一、《宋元学案》卷九四、汪克宽《师山先生郑公行状》(《环谷集》卷八)、朱升《祭郑师山先生文》(《新安文献志》卷四六)、汪仲鲁《师山郑先生哀辞》(《明文衡》卷九五)。

又按:全祖望曰:"继草庐而和会朱陆之学者,郑师山也。草庐多右陆,而师山则右朱,斯其所以不同。"郑玉尝曰:'陆子静高明不及明道,缜密不及晦庵,然其简易光明之说,亦未始为无见之言也,故其徒传之久远,施于政事,卓然可观,而无颓堕不振之习'。"(《宋元学案·师山学案》)

余阙卒。

按:余阙(1303—1358),字廷心,一字天心,安徽庐州人。先世为唐兀人(元时色目人中之一种)。从学张恒(按,恒乃吴澄门人)。元统元年(1333)进士,累官监察御史。至正间,任都元帅、淮南行省右丞,忠于元朝,与陈友谅军顽抗,城破身死。阙为政严明,治军与兵士同甘苦,有古良吏风。明初,追忠宣。阙留意经术,五经皆有传注,文章气魄深厚,篆隶亦古雅。著有《易说》五十卷、《五经纂注》、《青阳文集》九卷。事迹见《元史》卷一四三、宋濂《余左丞传》(《文宪集》卷一一)。

又按:李士瞻作《题安庆余阙廷心左丞死节说》,对余阙死节行为与唐代安史之乱中的砥柱之臣张巡、许远等同,给予高度评价:"唐经安史之乱,天下死事之臣,固不为无人焉。然求其能为国家忧深思远,不苟以死为快者,惟张巡、许远为然耳。当时二人同守睢阳,以死自誓,需四方援兵以图后举者,诚以睢阳为江淮保障,脱无睢阳,是无江淮也。此其忠君爱国之意,奚啻青天白日若哉!本朝自衍时,盗贼蜂起,兵连祸结,十有余年。而谋国驭兵之人,率皆昧于形胜,不能先事预图,是致窃据土崩之势,不数年而成。余公廷心以名卿硕儒,朝廷夺之哀,而俾镇安庆。公亦以国家多难,宁释亲之丧,毅然一起,以从君上之命。到镇之日,凡可以保城池、佑兆姓以捍贼寇者,无不殚智力而乐为之。日与军士庶民相亲睦,一如父子,而人亦甘为之用。故公死之日,帐中一时士大夫,无苟安以向贼者。盖公之用心,亦如巡、远之保睢阳,诚谓安庆实当九江之保障,若失兹郡,是失江右也。公之设心处虑,又岂尽出巡、远之下也哉?由是观之,忠臣志士,当兹纷乱之际,屹然如中流砥柱,真足以回颓波而障狂澜。不然,将滔滔不已,祇见其沦胥以亡耳。呜呼!巡、远死,责在进明;廷心死,将责何人乎?予以晚进,且适当治装之促,恨不得为公不一而书之。因观道夫说及泰父序,漫识于后,临楮感

激,不觉潸然。"(《全元文》第五十册,第207—208页)

又按:李祁作《青阳先生文集序》,其文曰:"……廷心文章学问,政事名节,虽古之人,有不得而兼者,而廷心悉兼之,世岂复有斯人哉。元统初元,余与廷心偕试艺京师,是科第一甲置三名,三名皆得进士及第。已而廷心得右榜第二,余忝左榜亦然,唱名谢恩,余二人同一班列,锡宴则接肘同席而坐,同赐绯服,同授七品官。当是时,余与廷心无甚相远者。其后,余以应奉翰林需次,丁父、祖父母三丧,乞奉母就养江南,沉役下僚,学殖日益荒秽。而廷心方由泗州入翰林,为应奉,为台为省,声光赫著,如干将发硎,莫敢触其锋。文章学问,与日俱进,如水涌山积,莫能窥其突。于是,余之去廷心始相远矣。又其后,遭遇时变,余以母忧,窜伏乡里,常恨不得乘一障以效死。而廷心以羸卒数千守孤城,屹然为江淮砥柱者五六年,援绝城陷,竟秉节仗义,与妻子偕死。生为名臣,殁有美谥,于是余之去廷心,又大相远矣。呜呼,廷心已矣!……廷心诗尚古雅,其文温厚有典则,出入经传疏义,援引百家,旨趣精深,而论议闳达,固可使家传而人诵之,凿凿乎其不可易也。惜其稿煨烬无遗,独赖门人郭奎掇拾于学者记录之余,得数十篇以传,而或者犹以不见全稿为恨。夫以一草一木之微,已足以观造化发育之妙,则凡世之欲知廷心者,又奚以多为尚哉?……廷心尝读书青阳山中,及仕而得禄,多聚书以惠来学,学者称为青阳先生,故是集亦以青阳为名云。"(《云阳集》卷三)

郭嘉卒。

按:郭嘉(? —1358),字元礼,濮阳(今河南濮阳县)人。祖父郭昂、父郭惠都立有战功。郭嘉为人慷慨有大志。始由国子生登泰定四年(1327)进士第,授彰德路林州判官,累迁翰林国史院编修官,除广东道宣慰使司都元帅府经历。未几,入为京畿漕运使司副使,寻拜监察御史。会朝廷以海寇起,欲于浙东温、台、庆元等路立水军万户镇之,众论纷纭莫定。擢嘉礼部员外郎。至正十八年(1358),敌寇进攻上京,辽阳陷落。郭嘉率领义兵坚守孤城,力战而死。卒赠崇化宣力效忠功臣、资善大夫、河南江北等处行省左丞、上护军,封太原郡公,谥曰忠烈。事迹见《元史》卷一九四"忠义传"。

又按:《元史》载郭嘉为泰定三年进士,而泰定三年元廷并未举行科考,又据其他文献知,郭嘉与李黼等人为同年,则郭嘉为泰定四年进士。

元惠宗至正十九年 己亥 1359年

二月,置大都督兵农司。

按:《元史·百官志八》"至正十九年二月,置大都督兵农司于西京,以孛罗帖木儿领之,从其所请也。仍置分司十道,专掌屯种之事。"(《元史》卷九二)

三月壬戌,惠宗下诏定科举流寓人名额,蒙古、色目、南人各十五名,汉人二十名。(《元史·顺帝本纪八》卷四五)

四月,罢天寿节朝贺。(《元史·顺帝本纪八》卷四五)

按:《元史·顺帝本纪八》载:"帝以天下多故,却天寿节朝贺,诏群臣曰:'朕方今宜敬天地,法祖宗,以自修省。朕初度之日,群臣毋贺。'庚午,左丞相太平暨文武百官奏曰:'天寿节朝贺,乃臣子报本,实合礼典。今谦让不受,固陛下盛德,然今军旅征进,君臣名分,正宜举行。'不允。壬申,皇太子复率群臣上奏曰:'朝贺祝寿,是祖宗以来旧行典故,今不行,有乖于礼。'帝曰:'今盗贼未息,万姓荼毒,正朕恐惧、修省、敬天之时,奈何受贺以自乐!'乙亥,御史大夫帖里帖木儿复奏曰:'天寿朝贺之礼,盖出臣子之诚,伏望陛下曲徇所请。若朝贺之后,内庭燕集,特赐除免,亦古者人君减膳之意,仍乞宣示中书,使内外知圣天子忧勤惕厉至于如此。'帝曰:'为朕缺于修省,以致万姓涂炭,今复朝贺燕集,是重朕之不德。当候天下安宁,行之未晚。卿等其毋复言。'卒不听。"(《元史》卷四五)

五月壬寅,察罕特穆尔又请河南举人及避兵儒士,不拘籍贯,依河南元额就陕州应试。(《元史·顺帝本纪八》卷四五)

是年,成遵建言设流寓乡试科。

按:《元史·百官志八》"十九年,中书左丞成遵建言:'宋自景祐以来,百五十年,虽无兵祸,常设寓试名额,以待四方游士。今淮南、河南、山东、四川、辽阳等处,及江南各省所属州县,避兵士民,会集京师。如依前代故事,别设流寓乡试之科,令避兵士民就试,许在京官员及请俸椽译史人等,系其乡里亲戚者,结罪保举,行移大都路印卷,验其人数,添差试官,别为考校,依各处元额,选合格者充之,则国有得人之效,野无遗贤之叹矣。'既而监察御史亦建言此事,中书送礼部定拟:'曾经残破处所,其乡试元额,蒙古、色目、汉人、南人总计一百三十有二人。如今流寓儒人,应试名数,难同全盛之时,其寓试解额,合照依元额减半量拟,取合格蒙古、色目各十五名,汉人二十名,南人十五名,通六十有五名。'中书省奏准,如所拟行之。而是岁福建行中书省初设乡试,定取七人为额,而江西流寓福建者亦与试焉,通取十有五人,充贡于京师。而陕西行省平章政事察罕帖木儿又请:'今岁八月乡试,河南举人及避兵儒士,不拘籍贯,依河南省元额数,就陕州置贡院应试。'诏亦从之。二十年三月,廷试举人,赐买住、魏元礼等进士及第、进士出身、同进士出身有差,凡三十有五人。国子生员如旧制。二十三年三月丁未,廷试举人,赐宝宝、杨輗等进士及第、进士出身、同进士出身有差,凡六十有二人。国子生员如旧制。是年六月,中书省奏:'江浙、福建举人,涉海道以赴京,有六人者,已后会试之期,宜授以教授之职;其下第三人,亦以教授之职授之。非徒慰其跋涉险阻之劳,亦及激劝远方忠义之士'。"(《元史》卷九二)

是岁以后,因上都宫阙尽废,大驾不复时巡。(《元史·顺帝本纪八》卷四五)

钱用壬为翰林编修官。

按:贡师泰《祭程以文》"维至正十九年,岁次己亥,秋八月辛酉朔,越二十四日甲申,中书户部尚书贡师泰、中书户部主事李希颜、翰林国史院编修官钱用壬……"(《玩斋集》卷八)

察罕帖木儿任河南行省平章政事。

按:《元史·百官志八》"十九年八月,以察罕帖木儿为河南行省平章政事,兼河南山东等处行枢密院知院。"(《元史》卷九二)

贡师泰除户部尚书,奉诏漕闽粟。

按:朱穟《玩斋先生年谱》"至正十九年己亥,正月,除户部尚书,奉诏漕闽粟。皇太子书'务本'二字赐之,赴闽。道梗,二月迁居海宁之北郭。"其时,贡师泰弟子朱鑲得列弟子员。后八月,贡师泰"自海宁航海达闽,而眷序侨寓如故。冬,值兵入境,朱鑲具舟迎夫人眷序过家,留居东野草堂。"《玩斋先生纪年录》"十九年,正月,朝廷除户部尚书,奉诏漕闽广粟。海上有警,留居海宁,与诸生谢肃、刘中、朱鑲等讲明道义,露晨月夕,时援琴赋诗以释忧愤。八月,自海宁航海达闽,转漕京师,而眷序仍留旧寓。冬,值兵入境,鑲具舟迎夫人眷序过家,卒底平安。"(《贡氏三家集》第 461、463 页)

吴当拒受陈友谅辟,拘留一年,终不为屈。(《元史·吴当传》卷一八七)

刘仁本为江浙行中书省左右司郎中。(贡师泰《赠天台郡君王氏墓志铭》)

贡师泰与门生故旧会盟于鄞州白沙,联句为别。

按:刘仁本《白沙联句序》"白沙联句,馈尚书贡公也。公以至正十九年冬董漕事于南海,道由钱塘,经越绝,浮鄞舶,入闽广。门生故旧散处外方者,凡若而人胥会,寻盟鄞海上,祖于白沙之浒。酒阑情洽,不能舍去,因宿留舟楫间,各出肺腑语,联句以馈别。"(刘仁本《羽庭集》卷五,《贡氏三家集》,第457页)贡师泰《跋白沙送别联句》"予奉诏总漕闽南,道过四明,承天台郑蒙泉、韩谏行、毛彝仲、燕山马元德,会稽王好问,括苍王叔雨,四明舒汝临、僧朽石,上虞徐季章,华阴杨志中诸君款饯,至白沙犹不忍别,遂留宿舟中,饮酒联诗,明日乃去。何真情之甚厚也!予时以醉卧,及觉则诗已成矣,故不及联。他日,复迟予东海之上,握手道旧,临风把酒,亦庶见吾党交义,非世俗所能知也。因识其后,时门生刘中亦侍坐焉。至正十九年冬十二月六日识。"(《玩斋集》卷八)

虞集《道园学古录》五十卷于此年前后编成。

按:《四库提要》云:"《道园学古录》五十卷,元虞集撰。集字伯生,蜀之仁寿人。宋丞相允文五世孙,居江西之崇仁,从临川吴澄游,以荐授大都路儒学教授,擢国子助教,迁集贤修撰翰林待制兼国子祭酒。文宗天历中拜奎章阁侍书学士,进侍讲学士,顺帝初谢病归临川,卒赠仁寿郡公,谥文靖。集著作为有元一代冠冕,平生为文万篇,存者十之一二,其在朝制、归田方外诸稿总五十卷者曰《道园学古录》,其中之诗稿亦曰《芝亭永言》。又有别集曰《翰林珠玉》。其从孙堪又访得其诗七百四十余篇曰《道园遗稿》,今之行于世者,又有《道园类稿》与《学古录》,互有出入,金华黄溍以《学古录》为集手自编定,然其《天藻诗序》云:'友人临川李伯宗辑旧诗谓之《芝亭永言》,又赋谢李伯宗题'云《至元庚辰冬临川李伯宗黄仲律来访山中拾残稿二百余篇录之》,考伯宗为李本字,则是编当为李本所定也。"《四库全书总目》卷一六七"《道园学古录》五十卷"曰:"浙江巡抚采进本。……此集凡分四编,曰《在朝稿》、曰《应制稿》、曰《归田稿》、曰《方外稿》,其中诗稿又别名《芝亭永言》。据金华黄溍序,以是集为集手自编定。然其《天藻诗序》云:'友人临川李本伯宗辑旧诗,谓之《芝亭永言》',又赋《谢李伯宗》,题云'至元庚辰冬,临川李伯宗、黄仲律来访山中,拾残稿二百余篇录之',而李序又云:'至正元年十有一月,闽宪韩公征先生文稿本,与先生幼子翁归及同门之友编辑之,得《在朝稿》二十卷、《应制稿》六卷、《归田稿》一十八卷、《方外稿》六卷',所言与今本正相合。又考《道园遗稿》,前有至正己亥眉山杨椿序,以为集季子翁归及其门人所编,与李本序合,盖集母杨氏为衡阳守杨文中之女，杨椿即其外家后人，其言自当无误，亦可证黄潛所云之不足据。是编为李所定无疑也。自元暨明，屡经刊雕，然皆从建本翻刻，亦间有参错不合，盖多出后人窜改，要当以元本为正矣。文章至南宋之末，道学一派，侈谈心性，江湖一派矫语山林，庸沓猥琐，古法荡然，理极数穷，无往不复。有元一代作者云兴，大德延祐以还，尤为极盛。而词坛宿老，要必以集为大宗，此录所收，虽不足尽集之著作，然菁华荟萃，已见大凡，迹其陶铸群材，不减庐陵之在北宋，明人夸诞，动云'元无文'者，其殆未之详检乎？"

贡师泰《玩斋集》编撰完成，杨维桢作序。

按：杨维桢作为贡师泰的通家弟兄为其集子作序。而这篇诗序也可以说是元代诗歌发展的小型总结。杨维桢认为元代古文成绩不能越过韩愈、柳宗元、欧阳修、曾巩、苏轼、王安石等唐宋大家，但在诗歌创作上却有所超越。从元初郝经、元好问略有变化，但不能越出宋调，到范梈、杨载再变，却不能几于唐风，再到延祐、泰定之际，虞集、揭傒斯、马祖常、宋本等出现而达到创作高潮，与唐之大历、宋之元祐等量齐观，"上逾六朝而薄风雅"。之后是陈樵、李孝光、张雨、张翥等著称于时，而贡师泰则与虞集、揭傒斯、马祖常、宋本等都为馆阁风格，不能分出轩轾。以虞、揭、马、宋、贡等馆阁诗人的创作成绩，杨维桢并不认同诗穷而后工的传统诗论。杨维桢序言写道："先辈论诗，谓'必穷者而后工'，盖本韩子语。以穷者有专攻之技、精治之力，其极诸思虑者，不工不止，如老杜所谓'癖躭佳句，语必惊人'者是也。然《三百篇》岂皆得于穷者哉？当时公卿大夫士，下及闾夫鄙隶，发言成诗，不待雕琢而大工出焉者，何也？情性之天至，世教之积习，风谣音裁之自然也。然则以穷论诗，道之去古也远矣。我朝古文殊未迈韩、柳、欧、曾、苏、王，而诗则过之。郝、元初变，未拔于宋；范、杨再变，未几于唐。至延祐、泰定之际，虞、揭、马、宋诸公者作，然后极其所挚，下顾大历与元祐，上逾六朝而薄风雅。吁，亦盛矣。继马、宋而起者，世惟称陈、李、二张。而宛陵贡公，则又驰骋虞、揭、马、宋诸公之间，未知孰轩而孰轾也。公以余为通家弟兄，每令评其所著，……盖自其先公文靖侯以古文鼓吹延祐间，公由胄学出入省台，其风仪色泽，雍容暇豫，不异古之公卿大夫游于盛明，故其诗也，得于自然，有不待雕琢而大工出焉者此也。……编是集者，为其高弟子谢肃、刘中及朱鐩也，别又为公《年谱》云。公字泰甫，号玩斋，学者称为玩斋先生。杨维桢序。"(《全元文》第四十二册，第 493—494 页)

贡师泰作《重修西湖书院记》。

按：西湖书院，又名孤山书院，其前身为南宋太学，元代改为西湖书院时，继承南宋国子监大量书板，其中包括经史子集四部之书一百二十二种，书板二十万片。贡师泰《重修西湖书院记》详细记载了西湖书院在元代的改建与重修过程。

《重修西湖书院记》写道："江南浙西道肃政廉访使丑的公重修杭州西湖书院成,郡监谔勒哲特穆尔旺温、守社从庸谢节、提学马合谟、洪钦以士人宋杞等状来请,文曰:'西湖书院在杭州西湖之上,故宋岳武穆王飞之第,后更为太学。至元丙子(1276),天兵临城,学废,礼殿独存。其地与宪治实皆为岳王第,故来长风纪者,莫不以作兴为先务。三十一年(1294),容斋徐公琰始即旧殿改建书院,且迁锁阑桥三贤堂附祠焉。三贤者,唐刺史白居易,宋处士林逋、知杭州苏轼也。置山长一员主之,遂易今名。延祐三年(1316),周公德元徙尊经阁,建彝训堂,创藏书库,益增治之。至元元年(1335),铁木奇公、胡公祖广重葺大成殿,开志仁、集义、达道、明德四斋以居来学,扁三贤祠曰'尚德',别室以祠徐公,曰'尚功',于是书院之盛,遂为浙东西之冠矣。越二十年(1355),城燹于兵,书院亦废,象设陊剥,庭庑汗秽,居人马迹,交集其中,书籍俎豆,狼藉弗禁。明年(1356),三贤堂毁。又明年(1357),尊经阁坏。学官廪稍久绝,彷徨莫知所措。公朔望拜谒,顾瞻叹息,曰:'兵革之余,虽疮痍未复,教化其可一日而废乎!况勉励风纪之任,而书院又密迩宪治也哉!'于是出私廪白粳二百石,谋作兴之。丞相康里公更益白金五十两。乃克衰坚萃良,撤朽易腐,轮换更新。始于至正十八年(1358)冬十月,迄功于十九年(1359)春正月。完者帖木儿等承命董役,幸底于成。今尊经阁岿然特起,三贤祠栋宇辉映,设以重门,缭以周垣,殿堂斋庑,庖湢库庾,无不悉治。此皆我公之力也,不有纪述,其何以劝!'"(《玩斋集》卷七)

薛昂夫卒。

按:薛昂夫(1267—1359),原名薛超吾儿,以第一字为姓。其氏族为回鹘人,先世内迁,居怀孟路(治所在今河南沁阳)。祖、父皆封覃国公。汉姓为马,又字九皋,故亦称马昂夫、马九皋。他曾执弟子礼于刘辰翁门下,历官江西省令史,金典瑞院事、太平路总管、衢州路总管等职。薛昂夫善篆书,有诗名,诗集已佚。诗作存于《皇元风雅后集》、《元诗选》等集中。《南曲九宫正始序》称其"词句潇洒,自命千古一人,深忧斯道不传,乃广求继已业者。至祷祀天地,遍历百郡,卒不可得。"

赵孟頫《薛昂夫诗集序》"嗟乎!吾观昂夫之诗,信学问之可以变化气质也。昂夫乃西戎贵种,服游裘,食湩酪,居逐水草,驰骋猎射,饱肉勇决,其风俗固然也;而昂夫乃事笔砚,读书属文,学为儒生,发而为诗、乐府,皆激越慷慨，流丽闲婉，或累世为儒者有所不及，斯亦奇矣！盖昂夫尝执弟子礼于须溪先生之门，其有得于须溪者，当不止于是，而余所见者词章耳。夫词章之于世，不为无所益。盖今之诗，犹古之诗也，苟为无补，则圣人何取焉？由是可以观民风、可以观世道、可以知人、可以多识草木鸟兽之名，其博如此！嗟乎，吾读昂夫之诗，知问学之变化气质，为不诬矣！他日，昂夫为学日深，德日进，道义之味渊乎见于词章之间，则余爱之、敬之，又岂止于是哉！"（《松雪斋集》卷六）

程文卒。

按：程文（1289—1359），字以文，号黟南生，婺源人。游京师，预修《经世大典》。元统二年借注休宁县黄竹岭巡检，调怀孟路学教授，累官监察御史，以礼部员外郎致仕。寓居绍兴，徙杭州。事迹见汪幼凤《程礼部文传》（《新安文献志》卷六六）、《元史》卷一九〇、《元诗选·癸集》庚集上小传。

贡师泰《祭程以文》"维至正十九年，岁次己亥，秋八月辛酉朔，越二十四日甲申，中书户部尚书贡师泰、中书户部主事李希颜、翰林国史院编修官钱用壬、诸路宝钞提举刘天锡、浙江等处行枢密院照磨崔永泰等，谨以清酒、少牢致祭于中书礼部员外郎程君以文之墓曰：'呜呼！公之行，可以追配古人；公之德，可以度越诸君。类范、黄之孤峻，得虞、揭之雅驯。教分六馆，制掌北门。衣绣峨铁，仪曹是抡。扬飙使海，益张令闻。饭止一盂，而心常自裕；囊无一钱，而口不言贫。生于升平，而客居半世；死于离乱，而克全其身。呜呼！方今作者，不满六七。公居二三，孰敢第一？公既死矣，孰与俦匹？海阔风高，怆焉自失'。"（《玩斋集》卷八）

高明卒。

按：高明（约1305—1359），字则诚，温州瑞安人。至正五年（1345）进士，朱元璋据金陵，广收俊彦，征高明，以疾辞。高明工诗善曲，词章斐然，学博而深，才高而瞻。著杂剧《琵琶记》。事迹见《南词叙录》、陆时化《吴越所见书画录》卷一、《元诗选·三集》小传、《全元散曲》。

王士点约卒于此年。

按：王士点（？—约1359），字继志，东平人。至顺元年（1330）为通事舍人，历翰林修撰。后升至四川廉访副使，至正十九年（1359）刘福通将李喜自秦入蜀，士点被擒，不食死。善大字亦能篆。著有《秘书监志》十一卷、《禁扁》五卷。事迹见《元史》卷一六四、《书史会要》卷七等。

元惠宗至正二十年　庚子　1360年

正月乙卯，会试举人。(《元史·顺帝本纪八》卷四五)

按：知贡举平章政事都麻失里、同知贡举翰林学士承旨李好文、礼部尚书许从宗、考试官国子祭酒张翥等言："旧例，各处乡试举人，三年一次，取三百名，会试取一百名。今岁乡试所取比前数少，止有八十八名，会试三分内取一分，合取三十名，而于三十名外添取五名为宜。"从之。(《元史》卷四五)

三月甲午，廷试进士三十五人。(《元史·顺帝本纪八》卷四五)

按：《元史·百官志八》"二十年三月，廷试举人，赐买住、魏元礼等进士及第、进士出身、同进士出身有差，凡三十有五人。国子生员如旧制。"(《元史》卷九二) 本科取士三十五名。

右榜：1.蒙古：买住(右榜状元)。

左榜：1.汉人：魏元礼(左榜状元)、张翱、童梓、危於、王彰。(参考余来明《元代科举与文学》第459—461页)

五月，张士诚海运粮十一万石至京师。(《元史·顺帝本纪八》卷四五)

危素正月壬子为参知政事。(《元史·顺帝本纪八》卷四五)

泰不华以镇南服功，加银青荣禄大夫，位第一。

按：贡师泰《普平章寿容赞》"至正二十年秋，福建行中书省平章政事普公兼善，以镇南服功诏赐御衣、上尊，加银青荣禄大夫，位第一，用便宜，如故事。宾客僚佐图公象以为寿，宣城贡某赞曰：'王封之胄，列仙之儒。器弘德充，神明内腴。莹如拱璧，粲若明珠。烨然出匣之干将，亭然照水之芙蕖。白玉横带，黄金刻符。停鸾峙鹄，拥笏垂鱼。出则膺申吕方虎之寄，入则陈皋夔稷契之谟。故能为邦家柱石，弼辅范模。吁！云台麟阁，尚征斯图'。"(《玩斋集》卷八)

贡师泰除秘书监卿。

按：朱毅《玩斋先生年谱》"二十年，九月，朝廷以秘书监卿召还，道梗，公寓居香严寺，与经略李公景仪倡酬歌咏以遣兴，作高风台以娱情。"(《贡氏三家集》，第461页)

张翥正月以国子祭酒为会试举人考试官。

按:张翥有诗题《会试院泰甫兵部既答和拙作且示以佳章仆以汩于校文遂稽貂续仍韵见趣所考既就格辄缀四首录奉一笑》。

刘仁本仿王羲之兰亭集故事组织续兰亭会。

按:这年春,刘仁本在余姚,作雩咏亭于龙泉左麓,集名士赵叔、谢理、王霖、朱右、天台僧白云等四十二人修禊赋诗,因曰续兰亭会,仁本自为之序。此时余姚已成元朝"飞地",而刘仁本此次主持的"同题集咏",乃元末战乱中影响最大的诗人聚会。为接续前贤,连参加者人数也与王羲之当年的兰亭会一致。(杨镰《元代文学编年史》,第536页)

又按:刘仁本《续兰亭诗序》写道:"东晋山阴兰亭之会,蔚然文物衣冠之盛,仪表后世,使人景慕不忘也。当时在会者,琅琊王友、谢安而下凡四十二人。临流觞咏,从容文字之娱,而王右军墨迹传誉无尽,岂有异哉!盖寓形宇内,即其平居有自然之乐者,天理流行,人与物共,而各得其所也。昔曾点游圣门,胸次直与天地万物上下同流,故其言志,以暮春春服既成,童冠浴沂,舞雩咏归,有圣人气象,仲尼与之。垂八百年,而有晋之风流,盖本诸此,自是而莫继焉。后唐宋虽为会于曲江,率皆矜丽,务为游观,曾不足以语此者。余有是志久矣,适以至正庚子春,治师会稽之余姚州。与山阴邻壤,望故迹之邱墟,而重为慨叹。于是相龙山之左麓,州署之后山,得神禹秘图之处,水出岩罅,潴为方沼,疏为流泉,卉木丛茂,行列紫薇,间以篁竹,仿佛乎兰亭景状,因作雩咏亭以表之。维时天气清淑,东风扇和,日景明丽,实三月初吉也。会瓯越来会之士,或以兵而戌,与夫避地而侨,暨游方之外者,若枢密都事谢理、元帅方永、邹阳朱右、天台僧白云以下得四十二人,同修禊事焉。著单袷之衣,浮羽觞于曲水,或饮或酢,或咏或歌,徜徉容与,咸适性情之正,而无舍己为人之意。仍按图取晋人所咏诗,率两篇。若阙一而不足者,若二篇皆不就者,第各占其次补之。总若干首,目曰《续兰亭会》,殊有得也。自永和至今,上下宇宙间千有八载,遗风绝响,而今得与士友俯仰盘桓,追陈迹,修坠典,讲俎豆于干戈之际,察鸢鱼于天渊之表,乐且衎衎,夫岂偶然也。是虽未能继志曾点,然视晋人,则亦庶几已矣。独未知后之人,又能有感于斯否乎? 会人请纪,以冠诗端,而诸姓名则各因诗以附见如左。(刘仁本《续兰亭诗序》)

贡师泰《跋王宪使朱县尹唱和诗卷》。

按:贡师泰借观览王士熙与朱子中唱和、留连的诗卷,追思元初姚燧、卢挚等人的风流遗韵,令人想见元季馆臣的儒雅风流,令人感喟。"我国家统一天下,首立台宪以纲纪百辟,大抵先教化而后刑政,敦儒雅而鄙吏术,尚宽厚而去文深。故当时御史、部使者,多老成文学之士。予家江东,方七八岁,时见牧庵姚公、疏斋卢公按治之暇,辄率郡士大夫,携酒肴歌妓,出游敬亭、华阳诸山。或乘小舟,直抵湖上,逾旬不返。二公固不以为嫌,而人亦不以此议二公也,其流风余韵,至今江东人能言之。自后纲纪日密,嫌疑顿起,甚至出入扃户,又甚则谢绝宾吏,久之遂习为常矣。今观继学王公与县尹朱子中在宣城时酬倡诗卷,乃知王之标致,犹不减于姚、卢也。吁!世复有斯人哉!至正二十年冬十一月乙亥,贡某题于三山香严寺之东轩。"(《玩斋集》卷八)

杨瑀著《山居新语》四卷成,杨维桢四月十六日作序。

按:《四库全书总目提要》介绍杨瑀写道,"《元史》无传,杨维桢集有瑀墓碑,曰:'瑀字元诚,杭州人,天历间擢中瑞司典簿。帝爱其廉慎,超授奉议大夫太史院判官。至正乙未,江东浙西盗群起,乃改建德路总管。瑀莅郡,视之如家,民亦视之如父母,其像而祠者凡十有四。所行省最其功,进阶中奉大夫'云云。是书卷末有'至正庚子三月,瑀自跋',结衔题'中奉大夫,浙东道宣慰使都元帅',当成于进阶以后。而卷首又有维桢序,作于是年四月,乃称为归田后作,殆是年即已致仕欤?其书皆记所见闻,多参以神怪之事,盖小说家言。然记处州砂糖竹箭、记至元六年增枲官米记高克恭弛火禁记、托克托开旧河,则有关于民事;记敕令格式四者之别、记八府宰相职掌、记奎章阁始末、记仪凤司、教坊司班次,则有资于典故;记米夫人陈才人之殉节、记高廉女之守义、记樊时中之死事,则有裨于风教,其他嘉言懿行可资劝戒者颇多。至于辨正萨都拉《元宫词》,谓宫车无夜出事,不得云'深夜宫车出';建章擎执宫人紫衣大朝贺于侍仪司,法物库关用平日则无有,不得云'紫衣小队两三行';北地无芙蓉,宫中无石栏,不得云'石栏杆畔银灯过,照见芙蓉叶上霜'。又辨其《京城春日诗》,谓元制御沟不得洗手、饮马,留守司差人巡视,犯者有罪,不得云'御沟饮马不回首,贪看柳花飞过墙',则亦颇有助于考证。虽亦《辍耕录》之流,而视陶宗仪所记之猥杂,则胜之远矣。"

又按:杨维桢序谓"吾宗老山居太史,归田后著书,名《山居新话》,凡若干言。其备古训,类《说苑》;摭国史之阙文,类《笔语》;其史断诗评,绳前人之愆;天畜人妖,垂世俗之警。视祅诡淫佚败世教者远矣,其得以《说铃》议之乎?好事者梓行其旧,微予首引,予故为之书。至正庚子夏四月十有六日,李黼榜第二甲进士今奉训大夫、江西等处儒学提举会稽杨维桢叙。"(《山居新语》卷首)

许有孚辑许有壬《圭塘小稿》成。

按：《圭塘小稿》正文十三卷，别集二卷，续集一卷，附录一卷成。张翥作《圭塘小稿序》，在其中特意讨论了馆阁气象的特征与审美倾向。他认为，馆阁气象，未必要作为馆阁文臣，"必挟藻于青琐石渠之上，挥翰于高文大册之间"才行，关键在于创作上能够做到"尔雅深厚，金浑玉润，俨若声色之不动，而薰然以和"，摒弃"滞涩怪僻、枯寒褊迫，至于刻画而细、放逸而豪，以为能事者"的特征，这样馆阁之气才能"油然以长"。张翥在序言中也秉持其时普遍的观点认为，创作之所以需要他所谓的馆阁之气，其实在于更除旧朝之弊，建本朝创作风气之新"本朝自至元、大德以迄于今，诸公辈出，文体一变，扫除俪偶，迂腐之语，不复置舌端，作者非简古不措笔，学者非简古不取法，读者非简古不属目，此其风声气习，岂特起前代之衰？而国纪世教维持悠久以化成天下者，实有系乎此也。"当然，许有壬作为延祐首科进士，一直身处馆阁，大元创作馆阁气象的形成，他与有力焉，张翥评价其创作云："其牢笼万象，漱涤芳润，总揽山川之胜，与夫推之经济当世者，何莫非学？其所取数多，其用物弘，故其所发笔力，有莫窥其倪，而逦迤曲折且不它蹈，则夫冠冕佩玉之气象信得而征之矣"，代表了那个时代的审美创作倾向。（《全元文》第四十八册，第586页）张翥之后，宋濂作为由山林之士升格为馆阁重臣，切实体验到馆臣见识广远之便，再次讨论馆阁、山林之作文特征，认为地位、居处的改变确实会造成馆阁、山林创作特征上的差异，他在《汪右丞诗集序》中写道："昔人之论文者，曰有山林之文，有台阁之文。山林之文，其气枯以槁；台阁之文，其气丽以雄。岂惟天之降才尔殊也？亦以所居之地不同，故其发于言辞之或异耳。濂尝以此而求诸家之诗，其见于山林者，无非风云月露之形，花木虫鱼之玩，山川原隰之胜而已。然其情也曲以畅，故其音也眇以幽。若夫处台阁则不然，览乎城观宫阙之壮，典章文物之懿，甲兵卒乘之雄，华夷会同之盛，所以恢廓其心胸，踔厉其志气者，无不厚也，无不硕也。故不发则已，发则其音淳庞而雍容，铿鍧而镗鞳。甚矣哉，所居之移人乎！"（《文宪集》卷六）

金哈刺撰《南游寓兴集》一卷成，刘仁本作序。

按：金哈刺，字元素，号葵阳，雍古（或谓为莆林、康里）人，乃祖有功于国，赐姓金氏，世居燕山。早岁登进士第，授钟离县达鲁花赤，历廉访佥事，累升江浙行省左丞，拜枢密院使，从顺帝北去。所著《南游寓兴集》，刊行于至正二十年（1360）；在国内早已失传，仅《元诗选癸集》录有其诗。金哈刺《南游寓兴诗集》卷首有二序，其一题《南游寓兴诗集序》，署"至正二十年庚子腊月朔日奉训大夫江浙等处行枢密院判官天台刘仁本序"。其二无题，署"庚子四月朔国子进士福建等处行中书省左□司孝事浚仪赵由正元直谨识"。

铁清溪刊成《武经总要》，贡师泰作序。

按：据贡师泰《武经总要序》云，《武经总要》成于宋皇祐间，"始大集群书，择其可用者，作《武经总要》前后二集，分门别类，更为图谱，以相订证。然后营陈攻守之法，水火器械之制，莫不具载。"而"国家承平百年，是书久废不用。比年四方多故，始下令征求。"铁清溪于"戊戌之冬，以经略行军司马宣诏括苍，方假录于石抹申之，会调兵，不果。明年秋，道龙泉，得之胡氏，钞未竟而去。又明年春，至延平，郡守周叔量出示其所藏，传写几半，值城陷，并周本失之。及夏，至三山，乃得宪使腾泰亨本，始为之正讹考谬，缮写成帙。凡诸图志，悉加彩绘，于是斯书遂为诸本之最。"(《玩斋集》卷六)

周闻孙卒。

按：周闻孙(1307—1360)，字以立，吉水人。至正辛巳以经义举于乡，明年赴春官中乙榜赐宴宏文馆拈题赋诗学士大夫皆赏叹交荐入史馆，值修宋辽金三史。历长鳌溪、贞文、白鹭洲诸书院，避兵居新干。著有《河图洛书书序说》、《尚书一览》(佚)、《学诗舟楫》(佚)、《五经纂要》、《鳌溪文集》二十卷。事迹见解缙撰《周以立传赞》(《文毅集》卷一一)。

萨都剌卒。

按：萨都剌(1307—1360)，字天锡，号直斋。其先世为西域人，出生于雁门(今山西代县)，泰定四年(1327)进士。授应奉翰林文字，擢南台御史，以弹劾权贵，左迁镇江录事司达鲁花赤，累迁江南行台侍御史，左迁淮西北道经历，晚年居杭州。萨都剌善绘画，精书法，尤善楷书。有虎卧龙跳之才，人称燕门才子。

又按，萨都剌生卒年问题极为复杂，至今依旧无确凿依据和文献证明其生卒的具体时间，本篇所据乃依杨光辉《萨都剌生平及著作实证研究》中所作年谱。

元惠宗至正二十一年　辛丑　1361 年

三月，张士诚海运粮一十一万石至京师。(《元史·顺帝本纪八》卷四五)

贡师泰被朝廷召以中宪大夫、秘书卿,由闽广返京。

按:刘仁本《虞江宴别诗序》"至正二十有一年秋九月,有旨以中宪大夫、秘书卿召前户部尚书贡师泰还。时尚书奉使出闽广,规治漕粟,旷日已久。盖上方宵旰,简文武僚,图理中外,思得儒臣掌秘府事,故有是命。值闽有难,稍阻,未克进。越明年七月始发。"(刘仁本《羽庭集》卷五)

兴同以集贤院都事奉诏宣谕闽海。

按:贡师泰《送兴同都事北还序》"至正二十一年秋,廷臣言闽海邈在南服,将吏或不能上体圣天子子惠元元之意,使山野愚民冒犯锋镝,无以自新,乃遣集贤院都事兴同奉诏航海,以明年春正月朔旦至闽。"(《玩斋集》卷六)

贡师泰与三山书院山长朱堂及书院诸生燕集,赋诗为乐。

按:贡师泰与三山书院山长及诸生共廿人会于沧浪亭,以韦应物《善福精舍示诸生》诗句"斋舍无余物,陶器与单衾。诸生时列坐,共爱风满林"分韵为题,贡师泰得"满",各赋五言诗为乐。贡师泰序言写道:"至正辛丑秋八月八日,三山书院山长朱堂来告曰:'明日丁亥,将舍奠于先圣庙,请以是日昧爽行礼'。诸生有进而前者,曰:'书院在城西门外,春秋祀日,有司率不共事,仪文简略,弗中令式。先生国子师,又以尚书使南方,当祇谒郡学,不宜拜书院'。予谓:'学、院皆所以崇报也,惟敬之存,即神所在,顾何择哉!且司校者方束带趋事上官,苟免诃詈,又何暇知文事重轻耶!'于是广信程伯来、濮阳吴维清、宜阳夏鼎、诸生刘中、郑桓、边定相率谒拜于燕居之庭,比至,则建安江晃、睢阳赵宗泽、上饶张裴、郡士周旭与执事者已儒服序立听位。及入就拜,升降进退,酌灌兴伏,莫不肃恭。竣事,乃退坐沧浪亭上,壶觞既陈,笾豆维旅,宾主献酬,小大秩然。凡山云吞吐,水波荡漾,渊鱼沙鸟之飞潜,樵唱渔歌之互答,皆若有以助予之乐者。诸生复欣然举酒,曰:'昔者守吏徒委事山长,山长分微,又无以任使令者,故仪文遂简略。今人人既得各共乃职矣。且郡学日出后大府方列庭下,拜即起坐庙门内,及有司行三献礼毕,则已辰巳,故往往弗中令式。今又得以时即事矣。先生所以惠教诸生者,抑何厚哉!况当干戈抢攘之际,辱有笾豆优游之乐,咏歌凉风,庶几舞雩,其可无一言以纪今日之会乎?'予曰:'甚幸!'遂合在坐之士凡廿人,以韦应物'斋舍无余物,陶器与单衾。诸生时列坐,共爱风满林'之句分韵,各赋五言古诗一首,而予得'满'字云。"(贡师泰《燕集沧浪亭诗序》)

贡师泰作《跋诸公所遗马编修书札》。

按:跋文中云"欧、黄、宇文已物故",考欧阳玄、黄溍卒于1357年,又云"伯温与某为同年,亦将七十矣",贡师泰卒于1362年,其年六十五岁,以此,故推此跋当著于是年前后。而题目所云马编修指迺贤,书札往来的主人欧阳玄、黄溍、宇文公谅、张翥、危素、周伯琦等皆为元晚期著名馆臣,他们或物故或老去,只有危素还在当朝,令人嗟叹。"师泰于欧阳先生有师生之分,于黄学士有兄弟之义,于申屠待制有交承之契,而张承旨、周太常、危参政、宇文佥事则又朋友之厚爱者也,是皆天下名贤硕师,易之悉与之游,书问往复缱绻,若不忍一日相忘者,斯固诸公谦撝下士盛德,然非易之才行超卓,足以感动乎人,能得此哉? 今欧、黄、宇文已物故;而子迪、仲举年逾八十,又皆休致;伯温与某为同年,亦将七十矣;独太朴方为朝廷柄用,览观斯卷,不胜感慨。"(《玩斋集》卷八)

刘仁本为《羽庭集》六卷作自序。

按:贡师泰《羽庭诗集序》交代刘仁本以"羽庭"名集之由曰:"赤城黄岩之境有山曰委羽,有士曰刘德玄,隐居自放,不求闻于人。独喜为歌诗,情有所感,辄形于言。尝读孙绰《天台山赋》,至'羽人丹丘,福庭不死'之句,欣然慕之,若将有所遇焉,遂名其稿曰《羽庭》。"(《玩斋集》卷六)

贡师泰作《春日玄沙寺小集序》。

按:据贡师泰序知道,"至正廿一年春正月廿六日,宣政院使廉公公亮廉公亮崇酒肴,同治书李公景仪(李景仪)、翰林经历答禄君道夫(答禄道夫)、行军司马海君清溪游玄沙,且邀予于城西之香严寺。""乃相率以杜工部'心清闻妙香'之句分韵,各赋五言诗一首,而予为之序。"(《贡礼部玩斋集》卷六)

盛熙明著《补陀洛伽山传》一卷成。

按:是书作者,据《补陀洛伽山传》序称为:"元丘兹人"。据此书《附录》题识,自称"寓四明之盘谷,玄一道人盛熙明"。陶宗仪《书史会要》称:"盛熙明,其先曲鲜人,后居豫章。清修谨饬,笃学多材,工翰墨,亦能通六国书。(卷七)。是书于研究中国四大佛教圣地普陀山之古迹沿革及其发展史,有重要参考价值。其通行本有:《大藏经》本、清代吴县蒋氏双唐碑馆本等。《补陀洛伽山传》为记叙舟山普陀山名胜古迹著作。盛熙明,生卒年不详。另著有《法书考》八卷、《图画考》七卷、《读法纂要》、《东坡题跋杂录》三卷。

杨瑀卒。

按:杨瑀(1285—1361),字元诚,号山居,钱塘人。曾任中瑞司典簿,奎章阁广成局副使,后超擢奉议大夫、太史院判官。后改建德路总管,进阶中奉大夫,浙东道宣慰使,都元帅。著有《山居新语》一卷。事迹见杨维桢

《元故中奉大夫浙东慰杨公神道碑》(《东维子集》卷二四)、《元诗选·癸集》小传。

吴当卒。

按：吴当(1297—1361)，字伯尚，崇仁人，吴澄孙。用荐为国子助教，预修《辽》、《金》、《宋》三史，书成，除翰林修撰，累迁国子司业，历礼部郎中、翰林直学士，出为江西廉访使。陈友谅陷江西，辟之，不出，送江州拘留一年，终不屈。著有《周礼纂言》、《学言诗稿》六卷。事迹见《元史》卷一八七、《宋元学案》卷九二、《元史新编》卷四六、《元书》卷八八、《元史类编》卷三二、《元诗选·初集》小传。

又按：《四库全书》集部五·别集类四·元"《学言诗稿》提要"云："……以荫授万亿四库照磨，荐为国子助教，预修《宋》、《辽》、《金》三史，除翰林修撰，累迁直学士。江南兵起，拜江西肃政廉访使，左迁抚州路总管，旋罢归。后复擢江西行省参知政事，未上官而陈友谅已陷江西，遂遁迹不出。友谅遣人召之，当以坚卧以死自誓，舁床载送江州，拘留一年，终不屈。友谅灭，乃免。洪武初，复迫致之见太祖，长揖不拜，竟得放归，隐居吉水之谷坪，完节以终。所著有《周礼纂言》，今已佚。惟此集存。原本九卷，明崇仁知县新安叶良贵所刊。此本六卷，则国朝临川李绂重刊所并也。澄子元代致位通元臣显，号曰太儒，然实宋咸淳乡贡士出处之间，犹不免责备于贤者。当不受僭窃之辟，则高于张宪诸人，乃天下已定，仍不降礼于万乘，尤在杨维桢诸人上，盖死生久付之度外，其不为谢枋得者，特天幸耳。有元遗老，当其最矫矫乎？其诗风格遒健，忠义之气凛然如生，亦元季之翘楚。顾嗣立《元百家诗》仅摭《甘浔阳舟中诗》三首，《送樊秀才诗》一首，附澄《草庐集》末，其殆未见此本欤？"

赵雍卒。

按：赵雍(1291—1361)，字仲穆，吴兴人，赵孟𫖯次子，书画家。泰定四年(1327)，以父荫授昌国州知州，后改知海宁州。至正十四年(1354)，累迁集贤待制，十六年，同知湖州路总管府事。晚年隐居家中。著有诗集《赵待制遗稿》一卷。事迹见《元史》卷一七二、《元书》卷五六、《元史新编》卷四七、《元史类编》卷三五、《元诗选·初集》小传。

林泉生卒。

按：林泉生(1299—1361)，字清源，永福人。卒谥文敏。著有《明经题断诗义矜式》十卷、《春秋论断》。事迹见《宋元学案补遗别附》卷三、《闽中理学渊源考》卷三五、《(万历)永福县志》卷三、《元诗选·三集》小传、《元故翰林直学士林公墓志铭》(《闻过斋》卷五)。

元惠宗至正二十二年　壬寅　1362年

五月,张士诚海运粮一十三万石至京师。(《元史·顺帝本纪九》卷四六)

八月,准宋季杨时、李侗、胡安国、蔡沈、真德秀五贤从祀。

按:《元代·祭祀志六》"至正十九年十一月,江浙行省据杭州路申备本路经历司呈,准提控案牍兼照磨承发架阁胡瑜牒,认为杨时、李侗、胡安国、蔡沈、真德秀五人,'学问接道统之传,著述发儒先之秘,其功甚大。况科举取士,已将胡安国《春秋》、蔡沈《尚书集传》表章而尊用之,真德秀《大学衍义》亦备经筵讲读,是皆有补于国家之治道者矣。''俱应追锡名爵,从祀先圣庙廷,可以敦厚儒风,激劝后学'。至正二十一年七月,中书判送礼部,行移翰林、集贤、太常三院会议,俱准所言,回呈中书省。二十二年八月,奏准送礼部定拟五先生封爵谥号。俱赠太师。杨时追封吴国公,李侗追封越国公,胡安国追封楚国公,蔡沈追封建国公,真德秀追封福国公。"(《元史》卷七七)

十二月,改封朱熹为齐国公。

按:《元史·祭祀志六》"其改封熹为齐国公,制词云:'圣贤之蕴载诸经,义理实明于先正;风节之厉垂诸世,褒崇岂间于异时。不有巨儒,孰膺宠数? 故宋华文阁待制、累赠宝谟阁直学士、太师、追封徽国公、谥文朱熹,挺生异质,蚤擢科名。试用于郡县,而善政孔多;回翔于馆阁,而直言无隐。权奸屡挫,志虑不回。著书立言,嘉乃简编之富;爱君忧国,负其经济之长。正学久达于中原,涣号申行于仁庙。询诸佥议,宜易故封。国启营丘,爰锡太公之境土;壤邻洙泗,尚观尼父之宫墙。缅想英风,载钦亲命。可追封齐国公,余并如故'。"(《元史》卷七七)

是年,皇太子颇崇佛学。(《元史·顺帝本纪九》卷四六)

按:皇太子尝坐清宁殿,分布长席,列坐西番、高丽诸僧。皇太子曰:'李好文先生教我儒书多年,尚不省其义。今听佛法,一夜即能晓焉。'于是颇崇尚佛学。

浙江乡试疑有作弊。

按:江浙行省乡试后,流传着一篇四六体"弹文",使考试的种种弊端公诸于众,凡牵涉者皆点出真名。按:文曰:"白头钱宰,感绨袍恋恋之情,碧眼倪中,发仓廪陈陈之粟。俞潜、徐鼎,三月初早买试官;丘民、韩明,五日前

预知题目。"(《辍耕录》卷二八)

枢密副使李士瞻上书言时政。(《元史·顺帝本纪九》卷四六)

按:《元史·顺帝本纪九》载:"是岁,枢密副使李士瞻上疏极言时政,凡二十条:一曰悔己过,以诏天下;二曰罢造作,以快人心;三曰御经筵,以讲圣学;四曰延老成,以询治道;五曰去姑息,以振乾刚;六曰开言路,以求得失;七曰明赏罚,以厉百司;八曰公选举,以息奔竞;九曰察近幸,以杜奸弊;十曰严宿卫,以备非常;十一曰省佛事,以节浮费;十二曰绝滥赏,以足国用;十三曰罢各宫屯种,俾有司经理;十四曰减常岁计置,为诸宫用度;十五曰招集散亡,以实八卫之兵;十六曰广给牛具,以备屯田之用;十七曰奖励守令,以劝农务本;十八曰开诚布公,以礼待藩镇;十九曰分遣大将,急保山东;二十曰依唐广宁故事,分道进取。先是蓟国公脱火赤上言乞罢三宫造作,帝为减军匠之半,还隶宿卫,而造作如故,故士瞻疏首及之。"(《元史》卷四六)

孟昉任翰林待制。

按:孟昉,字天暐,西人也。早年砥砺成均,后扬历台省,为拾遗,至是任翰林待制。

陈基《孟待制文集序》国朝之文凡三变。中统、至元以来,风气开辟,车书混同,缙绅作者,与时更始,其文如云行雨施,雾霈万物,充然其有余也。延祐初,继体之君虚己右文,学士大夫涵煦乎承平,歌舞乎雍熙,誓以所长与世驰骋,黼黻帝载,铺张人文,号极古今之盛。然厉金石以激和平之音,肆雕镌以篆忠厚之朴,而峭刻森严,殆未易以浅近窥也。天历之际,作者中兴,上探《诗》、《书》、《礼》、《乐》之源,下泳秦、汉、唐、宋之澜,摆落凡近,宪章往哲,缉熙皇坟,光并日月,登歌清庙,气凌骚雅。由是和平之音大振,忠厚之朴复还。其用力也,如蔺相如抗身秦庭,全璧归赵。呜呼!其难矣哉。今翰林待制孟君砥砺成均,激昂俊造,于斯时也,固已步趋延祐之辙而先后之矣。乃扬历省台,左章右程。问其职,则补缺而拾遗也;询其业,则稽古而立言也。人方汲汲,我独熙熙;众皆碌碌,我则舒舒。于是又奉其所谓忠厚和平者,绸缪于《诗》、《书》,周旋于《礼》、《乐》,浸淫于秦、汉,优游于宋、唐,身勤而词愈修,迹隆而业益专,发种种而志弥厉,虽劫以兵众不变也。其用心亦精矣。文章与时升降,故气胜则野,词胜则巧,要非人之所能为也,天也!今孟君之文,弃峭刻而就和平,却雕琢而趋忠厚,毅然于三变之后,抒不野之音,含不朽之璞,若固有之。充是道也,吾知其完璧而归,无憾矣!诗文总若干首,厘为若干卷,序而存之,以俟知者。君名昉,字天暐,西人也。至正十二年十二月己未书。"(《夷白斋稿》卷二二)

贡师泰召为秘书卿,行至杭之海宁,得疾,卒于门生朱燧家。

贡师泰门生故旧具舟饯别贡氏于钱塘,各赋诗以别。

按:刘仁本《虞江宴别诗序》"至正二十有一年秋九月,有旨以中宪大夫、秘书卿召前户部尚书贡师泰还。时尚书奉使出闽广,规治漕粟,旷日已久。盖上方宵旰,简文武僚,图理中外,思得儒臣掌秘府事,故有是命。值闽有难,稍阻,未克进。越明年七月始发。行次四明,将浮海以达,会丞相开府,更欲得公参决大政,遣吏候察邀迎之。公曰:'礼:君命召,不俟驾。吾行已迟,矧重违乎?然丞相以便宜从事,掌持方面,进退百官,义不得不往谒。'乃别具舟,取道余姚江上,往抵钱塘。凡在门生、故旧,合鄞越士,咸乐公至,叙间阔,接慇懃,语孚情洽,不能舍去。遂扳恋出百里外,泊虞公小港,憩永乐僧坊,酌醴为饯",宴欢之余,"取前人诗为韵,各出情思,分赋得二十篇,篇十二句,哀为宴别之什"。(刘仁本《羽庭集》卷五,《贡氏三家集》,第458页)

陈基七月请平章张士信出官钱补刊西湖书院旧有经史书版。

按:这年七月,时任浙江行省左右司员外郎的陈基建白平章张士信,说西湖书院旧有经史书版,兵后零落,请出官钱进行宋监本的大规模板片修补刊订工作。此项工作自至正二十一年十月始,至是年七月毕工。以书院在前几次修缮书库时,"书板散失埋没,所得瓦砾中者往往刜毁虫朽",故张士信在前次对"六经板籍重加修补"的基础上,命左右司员外郎陈基、钱用等再次进行全面整理、厘补。重刻经、史、子、集板片七千八百九十三块,三百四十三万六千三百五十二字,缮补各书损毁漫灭板片一千六百七十一块,二十一万一千一百六十二字。共化费粟一千三百石,木头九百三十根。参加的书手、刊工有九十二对,除了书院出长沈裕外,还聘请了余姚州判官宇文桂、广德路学正马盛、绍兴路兰亭书院出长凌云翰等人对读校正,并将书板依次类编,藏之经阁。在此同时,还将朽坏的库屋、书架修缮一新。(见金达胜、方建新:《元代杭州西湖书院藏书刻书述略》)

又按:陈基八月作《西湖书院书目序》。该序为现存书院书目序最早者之一。目之所纪为院中所刻经史书版,院藏典籍,反映元代书院藏书事业之正规化情况。序文写道:"杭西湖书院,宋季太学故址也。宋渡江时,典章文物悉袭汴京之旧,既已哀辑经史百氏为库,聚之于学,又设官掌之,今书库板帙是也。德祐内附,学废,今为肃政廉访司治所。至元二十八年,故翰林学士承旨东平徐公持浙西行部使者节,即治所西偏为书院,祀先圣宣师及唐白居易、宋苏轼、林逋三贤。后为讲堂,旁设东西序,为斋以处师弟子员。又后为尊经阁,阁之北为书库,实始收拾宋学旧板,设司书者掌之。宋御书石经、孔门七十二子画像石刻咸在焉。书院有义田,岁入其租以供二丁祭享及书刻之用,事达中书,扁以今额,且署山长司存,与他学官埒。于是西湖之有书院,书院之有书库,实昉自徐公,此其大较也。由至元迄今,嗣持部使者节于此者,春秋朔望,踵徐公故事行之,未之或改也。独书库屋圮板缺,或有所未备。杭之有志者间以私力补葺之,而事不克继。至正十七年九月间,尊经阁坏圮,书库亦倾。今江浙行中书平章政事兼同知行枢密院事吴陵张公曾力而新之,顾书板散失埋没,所得瓦砾中者,往往刓毁蠹朽。至正二十一年,公命厘补之,俾左右司员外郎陈基、钱用董其役。庀工于是年十月一日。所重刻经史子集欠缺,以板计者,七千八百九十有三,以字计者三百四十三万六千三百五十有二。所缮补各书损毁漫灭,以板计者一千六百七十有一,以字计者二十万一千一百六十有二,用粟以石计者一千三百有奇,木以株计者九百三十,书手刊工以人计者九十有二。对读校正,则余姚州判官宇文桂,山长沈裕,广德路学正马盛,绍兴路兰亭书院山长凌云翰,布衣张庸,斋长宋良、陈景贤也。明年七月二十三日,工竣。饬司书秋德桂、杭府史周羽以次类编藏之,经阁、书库秩如也。先是,库屋泊书架皆朽坏,至有取而为薪者,今悉修完。既工毕,俾为《书目》,且序其首,并刻入库中。夫经史所载,皆历古圣贤建中立极、修己治人之道,后之为天下国家者,必于是取法焉。传曰:'文武之道,布在方册',不可诬也。下至百家诸子之书,必有裨世教者,然后与圣经贤传并存不朽。秦汉而降,迄唐至于五季,上下千数百年,治道有得失,享国有久促,君子皆以为系乎书籍之存亡,岂欺也哉! 宋三百年来,大儒彬彬辈出,务因先王旧章,推而明之,其道大著,中更靖康之变,凡百王、《诗》、《书》、《礼》、《乐》相沿以为轨则者,随宋播越,流落东南。国初,收拾散佚,仅存十一于千百,斯文之绪,不绝如线,西湖书院板库乃其一也。承平日久,士大夫家诵而人习之非一日矣,海内兵兴,四方驿骚,天下简册所在,或存或亡,盖未可考也。杭以崎岖百战之余,而宋学旧板赖公以不亡,基等不敏,亦辱与执事者手订而目校之惟谨,可谓幸矣! 嗟乎,徐公整辑于北南宁谧之时,今公缮完于兵戈抢攘之际,天之未丧斯文也,或尚在兹乎! 序而传之,以告来者,不敢让也。至正二十二年八月丙子朔谨序。"(《夷白斋稿》卷二一)

陈基为程文《程礼部集》作序。

按:程文自盛年至京师,"介然自持,不苟务造请,居穷守约,人所不能堪,而未尝不一日钻研六艺,抽绎百家,漱涤刮磨,与古为徒",故为"虞公(虞集)之所雅敬,而揭公(揭傒斯)所畏厚者",所以戴良认为,程文乃虞集、揭傒斯、黄溍、柳贯等之后,与陈旅、危素、陈基共为后四家,实师生相继者。程文《程礼部集》乃其死后,"门人张吴同里且亲,收拾遗稿,会粹为三十八卷,与同门临安胡世显校正刻之"。陈基序中赞赏其文"如泰山之松,气凌青云,天风夜惊,万籁并作,侧耳而听,犹季札适鲁,而闻雅奏。莆田陈公众仲以文章名世,亦以吾言为然。使鸣太平以尽其所长,盖百鸟之于孤凤也。"(《夷白斋稿》卷二二)

宋濂撰《黄文献公集序》。

按:《黄文献公集》二十三卷刊本,卷首有《金华先生黄文宪公集序》,署"门人同郡宋濂谨序",次为"黄文献公集目录",卷一至三:初稿;卷四至十:续稿上;卷十一至十六:续稿中;卷十七至二十三:续稿下。各卷头题"黄文献公集卷第几","初稿"及"续稿上"各卷署"临川危素编","续稿中"各卷署王祎编,"续稿下"各卷署"傅藻编"。卷三尾题后一行刻"门人刘涓校正"。卷十四尾题之前行及卷十六尾题之二行前刻"门人宋濂校正"。书末有《黄文献公集文集后序》,署"岁在戊午重午日后学同郡杜桓书"。宋濂乃黄溍学生,文风深得其炙,而宋濂作为明代开国第一文臣,影响及于明初天下士子,而欲究明宋濂创作风格,他的这篇对黄溍文风的概述非常有参考意义,而黄溍作为元代中晚叶的文坛宗主,藉由宋濂的这篇文章探究元代中晚叶馆阁文风和天下文风同样意义不小。宋濂在序言解析黄溍文风成因写道:"先生之所学,雠其本根,则师群经,扬其波澜,则友迁、固,沈浸之久,超然有会于心。尝自诵曰:文辞各载夫学术者也,吾敢为苟同乎?无悖先圣人,斯可已。故其形诸撰述,委蛇曲折,必罄所欲言。出用于时,则由进士第教成均、典儒台、直禁林,侍讲经帏,以文字为职业者,殆三十年。精明俊朗,雄盖一世,可谓大雅弗群者矣。今之论者,徒知先生之文清圆切密,动中法度,如孙、吴用兵,神出鬼没,而部伍整然不乱,至先生之独得者,又焉能察其端倪哉?于戏!蹄涔之水,其流不能寻尺,通河巨海,则涵浴日月。一朝而万变,土鼓之声,其闻弗及百武,迅风惊霆,则振撼万物,衡纵下上,无幽而不被,此无它神与不神也。文辞之出,与天地之气相为无穷,奈何不河海风霆之若,而睨睨蹄涔土鼓间,果谁之过也?上而六艺,下而诸家,言所倡虽有大小之殊,其生色之融液,至今犹津津,然是诚何道哉?学者尚以是而求先生也。"(《黄溍全集》第784—785页)

胡助卒。

按:胡助(1278—1362),字履信,一字古愚,自号纯白道人,东阳人。举茂才为教官,除建康路学录,调美化书院山长,入为翰林编修,至顺初上京,久之调右都威卫儒学教授,再任翰林编修,迁太常博士。诗文皆平易近人,无深湛奇警之思。著有《纯白斋类稿》二十卷《纯白斋类稿附录》二卷。事迹见《纯白先生自传》(《纯白斋类稿》卷一八)。

贡师泰卒。

按:贡师泰(1298—1362),字泰甫,宣城人。贡奎之子,以国子生中江浙乡试,除泰和州判官,荐充应奉翰林文字,预修《后妃功臣列传》。累官礼部尚书,参知政事,户部尚书等职。曾从吴澄受业,复与虞集、揭傒斯等游。著有《诗补注》二十卷(佚)、《友于集》十卷,《玩斋集》三卷,《蟾窍集》二卷,《阁南集》三卷。入明,多散逸,天顺七年(1463),沈性补辑为《贡礼部玩斋集》十卷、《拾遗》一卷。凡出《玩斋集》者,以明嘉靖十四年(1535)徐万璧重修本为底本。事迹见揭汯《有元故礼部尚书秘书卿贡公神道碑铭》(《贡礼部玩斋集》卷首),朱鏸撰《玩斋先生年谱》、《玩斋先生纪年录》,《元史》卷一八七,《新元史》卷二一一,《宋元学案》卷九二,《蒙兀儿史记》卷一二〇,《两浙名贤录》卷五四。

又按:揭汯《贡公神道碑铭》曰:"延祐之际,仁皇隆尚儒术,而清河元文敏公、四明袁文靖公、蜀郡虞文靖公、巴西邓文肃公、宣城贡文靖公、先文安公相继登用,文明之盛焕然有光于前。能继先业而以文政事称者,独贡靖公之子,是为秘卿公。"(《贡礼部玩斋集》卷首)

卢琦约卒。

按:卢琦(? —约 1362),字希韩,号立斋,惠安人。至正二年登进士第,十一年历官永春县尹,一境晏然。十六年改尹宁德,擢福建盐课同提举,二十二年迁平阳知州。未上卒。所著诗文集今以《四库全书》本《圭峰集》二卷最易见。事迹见《元史》卷一九二、《史传三编》卷五六、《明一统志》卷七五、《州守卢希韩先生琦》(《闽中理学渊源考》卷三六)。

元惠宗至正二十三年　癸卯　1363 年

正月壬寅朔,四川明玉珍僭称皇帝,建国号曰大夏,纪元曰天统。(《元史·顺帝本纪九》卷四六)

三月丁未,亲试进士六十二人,赐宝宝、杨牴进士及第,余出身有差。(《元史·顺帝本纪九》卷四六)

按:《元史·百官志八》"二十三年三月丁未,廷试举人,赐宝宝、杨輗等进士及第、进士出身、同进士出身有差，凡六十有二人。国子生员如旧制。是年六月，中书省奏：'江浙、福建举人，涉海道以赴京，有六人者，已后会试之期，宜授以教授之职；其下第三人，亦以教授之职授之。非徒慰其跋涉险阻之劳，亦及激劝远方忠义之士'。"(《元史》卷九二)

　　右榜：1.蒙古：宝宝(右榜状元)。

　　左榜：1.汉人：杨翶(左榜状元)、宋讷、张敏行、沈廷珪、雷燧、曾仰。

　　存疑：刘谦、闻人枢、虎都帖木儿、马赫穆旺、燕只吉台、弥陁保、古里雅国士、钟黎献、乔世纲、李睿、殷旺、俞元膺、林海、林文寿、徐宏、陈信之、蒋允文、潘腾、薛弥充、陈介。(参考余来明《元代科举与文学》第461—465页)

　　关先生余党复自高丽还寇上都，孛罗帖木儿击降之。(《元史·顺帝本纪九》卷四六)

　　五月己巳朔，张士诚海运粮十三万石至京师。(《元史·顺帝本纪九》卷四六)

　　爪哇遣使淡蒙加加殿进金表，贡方物。(《元史·顺帝本纪九》卷四六)

　　六月甲寅，诏授江南下第及后期举人为路、府、州儒学教授。(《元史·顺帝本纪九》卷四六)

　　八月丁酉朔，倭人寇蓬州，守将刘暹击败之。(《元史·顺帝本纪九》卷四六)

　　按：自十八年以来，倭人连寇濒海郡县，至是海隅遂安。

　　九月丁卯朔，遣爪哇使淡蒙加加殿还国，诏赐其国主三珠金虎符及织金纹币。(《元史·顺帝本纪九》卷四六)

　　是月，张士诚自称吴王，来请命，不报。(《元史·顺帝本纪九》卷四六)

　　按：遣户部侍郎博罗帖木儿等征海运于张士诚，士诚不与。

　　终止东南之粟海运京畿。

　　按：《元史·食货志五》"元自世祖用伯颜之言，岁漕东南粟，由海道以给京师，始自至元二十年，至于天历、至顺，由四万石以上增而为三百万以上，其所以为国计者大矣。历岁既久，弊日以生，水旱相仍，公私俱困，疲三省之民力，以充岁运之恒数，而押运监临之官，与夫司出纳之吏，恣为贪黩，脚价不以时给，收支不得其平，船户贫乏，耗损益甚。兼以风涛不测，盗贼出没，剽劫覆亡之患，自仍改至元之后，有不可胜言者矣。由是岁运之数，渐不如旧。……及汝、颍倡乱，湖广、江右相继陷没，而方国珍、张士诚窃据浙东、西之地，虽縻以好爵，资为藩屏，而贡赋不供，剥民以自奉，于是海运之舟不至京师者积年矣。……二十三年五月，仍运粮十有三万石赴京。九月，又遣户部侍郎博罗帖木儿，监丞赛因不花往征海运。士诚托辞以拒命，由是东南之

粟给京师者,遂止于是岁云。"(《元史》卷九七)

陈基任浙江行中书省左右司郎中。

按:陈基《金佗粹编序》尾署:"至正二十三年三月甲子,左右司郎中临海陈基序。"(《夷白斋稿》卷二二)

江浙行枢密院管勾陶汉生请张翥、危素等馆臣为其父撰墓志铭并题跋。

按:据宋濂《〈陶府君墓志铭〉跋尾》记载,至正二十三年,陶汉生任江浙行枢密院管勾,请翰林学士承旨河东张翥撰写《陶府君墓志铭》,集贤大学士滕国公张公弃篆题,即将南辕之际,又请时为岭北行省左丞的危素书写。至正二十四年,"危素还中朝,承旨翰林,始为作,而乌界道缮谨写就。"其时,"南北道绝,附海舶至江南,以归汉生"。又一年,陶汉生由江浙行省检校官升行枢密院都事,赠其父"承事郎、福建江西等处行枢密院都事",陶汉生奉命书祭告于幕下,又欲请张翥将此事补入志中,而张翥已去世,宋濂谓"而九京不可作矣",颇见乱世之感慨。

揭汯为程钜夫诗文集《玉堂类稿》题跋。

按:《玉堂类稿》十卷,是程钜夫次子程大本所编辑,揭傒斯亲自校正,至正十八年(1358)在福建刊刻,其主要内容是程钜夫在大德、延祐期间为翰林主笔时为王公大臣们所作的碑铭、墓铭,颇有史料价值。

又按:题跋原文写道:"右楚国文宪公雪楼先生《玉堂类稿》十卷,公中子秘书著作大本之所编辑,而先君文安公之所校正也。公之学闳博而其气浑厚,故其文雅健严密。大德、延祐间,公居代言之任,而帝制多出于公。当时,王公大臣欲铭述其先世功德,咸请于上,亦往往以命公。所辑十卷,著作于时也。至正十八年,公之孙应奉翰林文字世京携之至闽,继而行省参政河间公刻之于梓,盖欲公其文于天下后世。亦盛哉其用心也。汯得伏读而因识其后云。廿三年癸卯莫春之初,朝散大夫、佥江西湖东道肃政廉访司事后学豫章揭汯书。

刘仁本为遒贤《河朔访古记》作序。(刘仁本《河朔访古记序》)

按:《河朔访古记》是中国元代记录和考订古代遗迹、碑刻的著作。元顺帝至正五年(1345),作者从浙江出发,渡过淮河,在黄河流域和北方各地寻访古迹。历尽齐、鲁、陈、蔡、晋、魏、燕、赵的古遗址。凭吊山川人物,搜集文献故事,考订金宋疆场,尤为注重对古代城廓、宫苑、寺观、陵墓等遗迹的考察,搜求古刻名碑,并结合实地调查,寻访故老旧家的流风遗俗,核验图籍地志等文献,加以考订,终于在至正二十三年(1363)编就《河朔访古记》一书。此书突破了自宋代以来金石学家专门局限于考订铭刻文字的学风,而是十分注重考古遗迹的实地调查,是中国考古学史上一部较重要的著作。据刘仁本序言知道,廼贤给他所看的书合考古及诗歌创作为《河朔访古记》,共十六卷,而其时另外作序的王祎则明确表示见到二卷本的《河朔访古记》。明初修《永乐大典》时,此书已佚而不传,只有零星记载。清乾隆年间修《四库全书》时,从《永乐大典》中辑出一百三十余条,厘定为三卷(《四库全书总目提要》著录为二卷),由武英殿聚珍版印行。现存本子中属常山郡的六十条辑为上卷,属魏郡的四十三条辑为中卷,属河南郡的二十九条辑为下卷。共一百三十二条(《四库全书总目提要》云共辑一百三十四条)。书中并无序中所言编者"感触兴怀、慷慨激烈"而写成的诗篇。除《四库全书》外,《守山阁丛书·史部》也收了《河朔访古记》,为金山钱熙祚(锡之)的校本。

又按:刘仁本《河朔访古记序》:"今翰林国史院编修官果曜罗氏纳新易之,自其先世徙居鄞越,则既为南方之学者矣。而其远游壮志常落落于怀,将以驰骋也。乃至正五年,挈行李出浙度淮,溯大河而济,历齐鲁、陈蔡、晋魏、燕赵之墟,吊古山川城郭、丘陵宫室、王霸人物、衣冠文献、陈迹故事,暨近代金宋战争疆场更变者,或得于图经地志,或闻诸故老旧家,流风遗俗,一皆考订,夜还旅邸,笔之于书。又以其感触兴怀,慷慨激烈,成诗歌者继之,总而名曰《河朔访古记》,凡一十六卷。其博雅哉!征序于缙绅先生,若许安阳、黄金华、危临川、余武威诸公者论说尽矣,复以示余。余南产也,于河朔古今巨迹曾未之见,间有所闻,而又未为之得,不敢妄有指摘。然独爱其书于京都国家之典礼,宫署城池,庙庭祭享,朝班卤簿,圣德臣功,文武士庶,一代威仪制作,尤加详备,非惟後日可应史氏采撷,将百世损益,殆有所据焉。于戏!吾谂其游览之时,及归之日,黄河南北已有贾鲁畚锸之扰,而民俗稍为骚动矣。然其所载,则皆追述盛时之事,不以少变而废也。昔太史公周游天下,历览名山大川,紬金匮石室之藏,故其文章雄深奇伟。今观易之之作,庶几有焉。其应馆阁之召而为史官也,不亦宜乎?至正二十有三禩,昭阳单阏之岁,黇宾节日,奉直大夫、温州路总管管内劝农防御事天台刘仁本序。"(《全元文》第六十册,第 293 页)

又按:王祎也作《河朔访古记序》,写道:"《河朔访古记》二卷,合鲁君易之所纂,予为之序曰:合鲁实葛逻禄,本西域名国,而易之之先由南阳迁浙东已三世。易之少力学,工为文辞。既壮,肆志远游,乃绝淮入颍,经陈、蔡以

抵南阳,由南阳浮临汝,而西至于雒阳。由雒阳过龙门,还许昌,而至于大
梁。历郑、卫、赵、魏、中山之郊,而北达于幽、燕。于是大河南北,古今帝王
之都邑,足迹几遍。凡河山城郭,宫室塔庙,陵墓残碣,断碑故基,遗迹所至,
必低徊访问,或按诸图牒,或讯诸父老,考其盛衰兴废之故,而见之于纪载。
至于抚时触物,悲喜感慨之意,则一皆形之于咏歌。既乃哀其所纪载,及咏
歌之什,以成此书。夫古之言地理者,有图必有志,图以著山川形势所在,而
志则以验言语土俗,博古久远之事。……惜乎今日小史、外史之职阙,而观
风之使不行,此书不得达于朝廷之上,以备纂录,广而传之,徒以资学士大夫
之泛览而已。……易之名迺贤,其北游岁月,具见篇中,兹不著。"(《王忠文
集》卷五)

《金佗粹编》重刻,陈基作序。

按:至正二十三年(1363),以陈基之建白,江浙行省平章政事兼同知行
枢密院事张士信令断事官、经历朱元佑重刻忠臣孝子事集《金佗粹编》,陈
基作序。

元惠宗至正二十四年　甲辰　1364年

八月壬寅,孛罗帖木儿为中书右丞相、监修国史,节制天下军马。(《元
史·顺帝本纪九》卷四六)

乙卯,张士诚自以其弟士信代达识帖睦迩为江浙行省左丞相。(《元
史·顺帝本纪九》卷四六)

危素作训子诗,宋濂有《题危云林训子诗后》。

按:据宋濂《〈陶府君墓志铭〉跋尾》记载,危素至正二十三年任岭北行
省左丞,次年回大都,后承旨翰林,而这篇题危素"时辞岭北行省左丞,独居
山房"则训子诗当作于此年,而藉此可见危素作为京师馆阁高层与宋濂等
地方名彦往来诗文之密切。宋濂在题跋中将危素训子诗比附为韩愈训子
诗,认为"先生之诗,固无愧于昌黎;而符(韩愈子)能读父书,策名南宫,今
于憓(危素子)以明经擢进士第,君子亦窃谓似之。或言古今人不相及者,
其果可信欤? 虽然,先生所作,于修己治人之道,反复备至,是有关名教甚
大,不特可施于训子而已。"(《文宪集》卷一二)

钱唐瞿士衡与杨维桢交好,维桢过杭必宿其家。士衡侄佑雅善诗,维

桢嘉赏。

按：瞿士衡即瞿佑叔。《列朝诗集小传》乙集《瞿长史佑》记："佑字宗吉，钱唐人。杨廉夫游杭，访其叔祖士衡于传桂堂。宗吉年十四，见廉夫《香奁八题》，即席倚和。"

刘仁本建文献书院于委羽山。

按：刘仁本其时为江浙枢密副使。危素作《文献书院记》曰："江浙行省左司郎中刘仁本言于行省，请建文献书院于丞相所居黄岩州之杜曲，以祀朱氏，而丞相配享。别为祠堂，台祭徐温节先生、郭正肃公泊两杜先生，割私田二顷以供其费。行省达于朝，礼部议从其请。刘君以书来，属临川危素为之记。"（见《黄岩县志》卷八）

张翥作《六艺纲目序》。

按：序言曰："古者教人之法，六艺而已。……四明舒君隐儒也，篆为纲目，子恭注之，条陈详解，不啻折旋于仪文之间，咏蹈于音乐之所，司容于宾卿之次，为范于驱驰之地，可谓明且备矣。至正癸巳，予以太学博士，考试大都，至秋闱发策，汉人问以六艺，众皆闿然，叩帘语之，尚弗达，所答遗五得一，举二舛四，终场无全策，第曰试官困我举人而已，盖以为儿童之学而易之，不知此成德达材之先务也。鄞令陈止善橐此，乞序刊行，以惠学者。学者既能致意此书，按古礼以参今礼，而知其数度损益之宜，按古乐以证今乐，而知律吕旋生之妙，按古书以校今书，而知声形训诂之文。射虽禁而弧矢有其方，御虽废而骖驾有其法，亦所当知也。数则古今一尔，果善乎此，岂非博物之通儒哉？舒君讳天民，号执风，子恭字自谦，号说斋。至正甲辰冬仲月望日，翰林学士承旨、荣禄大夫、知制诰兼修国史潞国张翥序。"（《六艺纲目》卷首）

许有壬卒。

按：许有壬（1287—1364），字可用，汤阴人。延祐二年（1315）进士及第，后任奎章阁侍书学士，累官集贤大学士，改枢密副使，拜中书左丞兼太子左谕德致仕。前后历官七朝，近五十年。于国家大事，侃侃不阿，多有可纪。卒谥文忠。著有《至正集》八十一卷。其弟别辑其诗为《圭塘小稿》十三卷《别集》二卷《续集》一卷。事迹见《元史》一八二、《新元史》卷二〇八、《（至正）金陵新志》卷六。

又按：《元史》评曰："有壬善笔札，工辞章，欧阳玄序其文，谓其雄浑闳隽，涌如层澜，迫而求之，则渊靓深实，盖深许之也。"其《至正集》，《四库全书总目提要》曰："……有壬立朝五十年，三入政府，于国家大事侃侃不阿，多有可纪。文章亦雄浑闳肆，曆切事理，不为空言，称元代馆阁巨手。所著《至正集》本一百卷，据其弟有孚《圭塘小稿》序云：'门生集录缮写方毕。先生捐馆，犹子太常博士桢忽遭起遣，仓皇之际，轻身南行，书籍弃掷，稿亦俱亡'，是其集自有壬既没，即以沦佚无传。明宏治间，其五世孙颙刊行《圭塘小稿》时亦未之见，故叶盛《水东日记》载：'颙尝言，先公《至正集》一百卷遗失久矣，闻杨少师尝收有副本，就叔简少卿求之。少卿云：书籍在太和，有无未可知也'。此本不知何时复出，而尚阙其十九卷。据黄虞稷《千顷堂书目》所载卷数正同，盖相传只有此本，其即杨士奇家所藏欤？中如笺、表、传、状、书简诸体并阙，又有录而失其辞者，诗十一篇，乐府八篇。有孚序有称：'其论天下事，嘉言谠论'，见《至正集》，而此本疏稿实无一篇，则其散佚者，亦复不少。然观《元史》"本传"载有壬于泰定初言帖木迭儿之子索南（原作销南，今改正）与闻大逆，乞正典刑平章政事赵世延受祸，尤惨，为辨冤复职，及上正始十事，诸大端皆见是集'公移类'中，亦足窥见崖略。而其论特克什（原作帖实，今改正）之妹，勿令污染宫闱，更人所难言，本传顾未之及，是尤可以补史阙矣。"其《圭塘小稿》，《四库全书总目提要》曰："……为有壬所自辑，至正庚子，其弟有孚录而序之，所谓'即《至正集》而不具录'者也。迫有壬既没，集本散亡，而有孚所携此本独存，因重加编次，得诗文二百四十三首，厘为十三卷；又辑尝记有孚诗文八十五篇，缑献可所收《文过集》及《林虑记游》诗文九十三篇，为别集二卷；其残编断简得于倚尖野人家者，为外集一卷。有孚复为之序题'屠维作噩二月'，乃洪武二年己酉在元亡之后矣。子孙世藏其书，宣德间复失。其外集，成化己丑其五世孙南康知府颙始校正刊行，而以家乘、载志文、祭文及有孚等唱和元之作编为《续集》一卷附之于末。叶盛《水东日记》曰：'相台许可用中丞文章表着，一时有盛名，今世所见者可数耳。耿好问言其裔孙颙尚藏文集若干卷，惜乎不得见之'，即此本也。其后《至正集》复出于世，而阙佚未全。今以两书校核，虽大略相同，亦互有出入，其他异同详略甚多，以其为有壬手订，原本又经有孚排定，视集本之晚出者较为精详，故并着于录以备参证焉。"

僧布顿卒。

按：僧布顿（1290—1364），全名布顿·宝成，元人译为"卜思端"。早年师从僧人仁钦僧格学习教法，对噶当、噶举、萨伽诸派学说均有研究。曾修建以《时轮》及《金刚界》为主、瑜伽部曼陀罗仪轨约七十种。任夏鲁寺堪布，曾参与蔡贡塘寺《甘珠尔》之审订编辑工作。其所辑《丹珠尔》（藏文大藏经，又称"祖部"、"续藏"与作为"佛部"、"正藏"之"甘珠尔"共为藏文大藏经之两大部分）为后世《丹珠尔》刻本或抄本之底本。有弟子多人，自成一派，世称"夏鲁派"。著有《善逝教法史》。事迹见《藏文大藏经》（德格版）。

刘鹗卒。

按：刘鹗（1290—1364），字楚奇，江西永丰人。累迁秘书郎，升翰林修撰，官至擢广东宣慰使，守韶州，至正二十四年（1364）贼陷城，被执不食而死。文章以文理缜密见长，著有《惟实集》四卷外集一卷。事迹见《秘书监志》卷一〇、《元诗纪事》卷一二、刘玉汝《元故中顺大夫海北广东道肃政廉访副使刘公墓志铭》、梁潜《元故江西参政刘公挽诗序》（后两篇皆见《惟实集》附录）。

又按：《四库全书总目》卷一六七"《惟实集》四卷《外集》一卷"条曰："江西巡抚采进本。刘鹗……皇庆间以荐授扬州学录，累官江州总管、江西行省参政。守韶州，以赣寇围城，力御不支，被执，抗节死，其事甚烈，明初修《元史》，失于采录，不为立传，并佚其名。近邵远平作《元史类编》，始为补入《忠义传》，然亦仅及其死节一事，其生平行履则已不可考矣。集为其子遂述。所编初名《鸑溪文献》，其称《惟实集》者，盖本其祖训，以诗道贵实之语也。鹗尝官翰林修撰，与虞集、欧阳玄、揭傒斯等游，所居浮云书院，诸人皆有题咏。玄为序其文集，称其诗六体皆善；傒斯序亦谓其高处在陶、阮之间，虽友朋推挹之词，例必稍过其量，然今观其集，大都落落不群，无米盐龌龊之气，可以想见其生平，二人所许亦不尽出标榜也。且鹗身捍封疆慷慨殉国，千秋万世，精贯三光，即其文稍不入格，亦当以其人重之，况体裁高秀，风骨清道，实有卓然可传者乎？《外集》二卷皆前人序记，挽诗乃其裔孙于廷等所重辑，今仍附之集末，以补史传之阙漏焉。"

郑元祐卒。

按：郑元祐（1292—1364），字明德，四川遂昌人，徙居钱塘。工书法，各体都能。因病右臂脱骱，改以左手写楷书，自号尚左生。诗清峻苍古，五、七言古诗沉郁雄浑，与顾瑛关系密切，为玉山草堂的座上客。著有《遂昌山樵杂录》一卷、《侨吴集》十二卷。《元诗选·初集》庚集存其诗。事迹见于《元书》卷八九、《新元史》二三八、《吴中人物志》卷一〇、苏大年《遂昌先生郑君墓志铭》（《侨吴集》附录）、《故遂昌先生郑提学挽辞》（《梧溪集》卷四）。

又按：其《遂昌山樵杂录》，亦称《遂昌杂录》，记宋末逸闻及元代高士名臣遗事四十余则。《四库全书总目提要》曰："元祐……至正丁酉除平江路儒学教授，移疾去。后七年，复擢江浙儒学提举，卒于官。本遂昌人，其父希远徙钱塘，元祐又流寓平江，其集以《侨吴》名，而是录仍题曰'遂昌'，不忘本也。元祐以至正二十四年卒，年七十一，则生于前至元二十九年，故书中所列人名，上犹及见宋诸遗老，下及见台哈布哈、倪瓒、杜本，并见杜本之卒。多记宋末轶闻及元代高士、名臣轶事。而遭逢世乱，亦间有忧世之言。其言皆笃厚质实，非《辍耕录》诸书摭拾冗杂者可比。其记葬高、孝二陵遗骨事作林景熙，与《辍耕录》异，盖各据所闻。其称南宋和议由于高宗不由于秦桧，宋既亡矣，可不必更为高宗讳，亦诛心之论也。"

僧崇照卒。

按：崇照（1299—1364），号莲峰，俗姓段，南晋宁人。俗称盘龙祖师，元末及明末被分别封为大觉禅师、大慧禅师。二十九岁，投大休禅师弟子云峰和尚祝发受具。至正辛巳（1341）后，云游江湖，参叩空庵。空庵与之临别时劝戒曰："汝将吾宗流播云南，随处结庵，引进学者"。回云南后，至正十年（1350），崇照与道友无文等于普宁东山开建盘龙庵。以其持戒精严，感人至深，故远近闻风皈敬顶礼，以之为僧之圣者，盘龙庵遂发展为佛教丛林。事迹见《佛学大词典》。

元惠宗至正二十五年　己巳　1365年

闰十月，于福建置行御史台。

按：《元史·百官志八》"二十五年闰十月，御史大夫完者帖木儿奏：'江南诸道行御史台衙门，尝奉旨于绍兴路开设，近因道梗，湖南、湖北、广东、广西、海北、江西、福建等处，凡有文书，北至南台，风信不便，径申内台，未委事情虚实。宜于福建置分台，给降印信，俾湖南、湖北、广东、广西、海北、江西、福建各道文书，由分台以达内台，于事体为便。'有旨从之。"（《元史》卷九二）

是年，倍增燕南、河南、山东、陕西、河东数道乡贡之额。

按：《元史·百官志八》"二十五年，皇太子抚军河东，适当大比之岁，扩廓帖木儿以江南、四川等处皆阻于兵，其乡试不废者，唯燕南、河南、山东、陕西、河东数道而已，乃启皇太子倍增乡贡之额。"（《元史》卷九二）

伯撒里七月壬午为太师、中书右丞相、监修国史。

按：扩廓帖木儿为太尉、中书左丞相、录军国重事、同监修国史、知枢密院事，兼太子詹事。（《元史·顺帝本纪九》卷四六）

危正素作《临川吴文公年谱序》。

按：此序对吴澄平生志向、学行评价历来为研究者所倾重，其于年谱编撰始末、体例亦叙述甚确，颇具文献价值。

又按：序言写道："《临川吴文正公年谱》一卷，门人危素所纂次。初，公既捐馆，其长孙当尝草定其次序，又以请谥来京师，以荫补官。朝廷知其能世家学，驯致清显，数诏素刊订公书，以传于世，素以及公之门者，在朝在野，犹有其人，故屡致辞让。当以江西肃政廉访使奉诏招捕盗贼，十年不返，而最后及公之门者亦皆相继物故，素于是不敢缓也。会由禁林调官岭北，暇日取其稿，颇加紬绎。凡公自制之文见于集中者可以互见，宜不必载；其与人论辨胜负一时之言亦复删去；祭文、挽诗、行状、谥议、神道碑并附见焉。呜呼！方宋周元公倡圣贤之绝学，关洛之大儒继出。迁国江南，斯道之传尤盛于闽境。已而当国者不明，重加禁绝。嘉定以来，国是既章，而东南之学者靡然从之。其设科取士亦必以是为宗。其流之弊往往驰骛于空言，而汩乱于实学，以致国随以亡而莫之悟。公生于淳祐，长于咸淳，而斯何时也？乃毅然有志，拔乎流俗，以径造高明之域。宋既内附，隐居山林者三十年，研经籍之微，玩天人之妙。朝廷历骋起，或不久而即退，或拜命而不行，要之无意于为世之用。著书立言，以示后学，盖粲然存乎简编。方成之英彦，亦可以潜心于此而负公之所属望，岂非善学者哉。素几弱冠以亲命执经座下，侵寻衰暮，无能发明师训，夙夜畏惧，莫知所云，年谱之成，君子有以悲其志矣。至正二十五年正月既望门人荣禄大夫岭北等处行中书省危素撰。"（《危太朴文续集》卷一）

周伯琦作《东皋先生诗序》。

按：序云"……以予观，海陵马侯其人也。始侯以幕僚佐予执政分省，因得相与周旋。每计事之暇，予有所作，侯必继而和之。后予致政家居，侯位益显，名益彰，职行藩为贤宰辅，领大郡为良牧守。予意其出入要途，酬应盖无虚日，尚何暇以文字相叩击哉？而侯遇休沐，必过予南亭之上。问其诗，未尝不扬眉舒气，历历为予诵之。语及时事，辄抚掌太息。其中有深忧者，则又托为歌咏，以自鸣其不平。辞不迫切，而意极恳至。而于文则未之见也。一日，侯汇粹其诗文若干卷，持以示予，征一言以弁其首。……其为诗，若乐府、歌行，若五七言、近体等作，皆婉丽畅达，组织工巧，有关乎名教，有切于讽谏。其为文，则以明理为主，故措辞严正，而论事削切，足追古之作者。可谓能言之士矣！……侯名玉麟，字伯祥。由三公掾起家为名执政，所至有能声。尝自号东皋道人，故名其稿曰《东皋漫稿》云。至正二十五年二月甲子，资政大夫、江南诸道行御史台侍御史鄱阳周伯琦序。"（《东皋先生诗

集》卷首)

揭汯十月初一为戴良诗文集作序。

按:揭汯(1304—1373),字伯防,江西丰城人,揭傒斯之子。初为太学生,至正十年(1350)荫补秘书郎,迁翰林国史院编修,历太常博士、翰林修撰。代祀北岳北镇,归来拜改礼部员外郎。至正十八年(1358),出佥江西湖东道肃政廉访司事,治建宁。又入为秘书少监。元亡,称疾不仕。曾六主文衡,为文敦深简质,务关伦教,不为浮艳语。文集毁于兵。事迹见于宋濂《元故秘书少监揭君墓碑》。

揭汯《九灵山房集原序》曰:"《九灵山房集》者,浦江戴九灵先生所作之诗文也。先生以聪敏之资,笃诚之志,而学文于柳待制先生、黄文献公,又学诗于余忠宣公阙。故其文叙事有法,议论有原,不为刻深之辞,而亦无浅露之态;不为纤秾之体,而亦无矫亢之气。盖其典实严整则得之于柳先生者也,缜密明洁则得之于黄文献公者也,而又加之以春荣丰润,故意无不达,味无不足。其诗则词深兴远,而有锵然之音,悠然之趣,清逸则类灵运、明远,沉蔚则类嗣宗、太冲,虽忠宣公发之,而自得者尤多。夫诗文之法具于六经,而得之者鲜,盖其说固在于方册,而口传心授之要实又在于师承也。不得其要,不惟自误,而又以误人,所以必就有道而正焉者此也。先生游于三先生之门,朝论夕讲,日探月索,故能得其得、有其有,而发之于外,纵横上下,无适而不合,可以黼黻,可以弦歌,安有如是而不传者乎? 先生名良,字叔能。浦江有九灵山,戴氏世居其下,故以名其集云。至正二十五年十月朔日,中顺大夫、秘书少监揭汯序。"(《全元文》第五十二册,第 76—77 页)

平江路儒学刊行宋鲍彪著、吴师道补正重校《战国策校注》十卷。

按:此事"先向平江路(苏州)守镇分司申报,由分司官佥事核准,再上报江南浙西道肃政廉访(设于杭州)审查批准,然后逐级行文下达到平江录学开雕"(田建平《元代出版史》P4),可见元代刻书审批颇严。

朱德润卒。

按:朱德润(1294—1365),字泽民,睢阳人,流寓吴中,自号睢阳散人。工画山水,学郭熙,笔墨苍润,善写溪山平远、林木清森之景。存世作品有《秀野轩》、《林下鸣琴》。著有《存复斋文集》十卷续集不分卷、《古玉图》二卷、《集古考图》一卷、《朱氏族谱传》。事迹见《新元史》卷二三七、《(洪武)苏州府志》卷三八、《昆山人物志》卷一〇、《姑苏志》卷五一、《元诗选·初集》小传。

黄溍《存复斋文集序》"泽民之八世祖兵部公,睢阳五老之一也。渡江后，子孙侨居吴中，清风素范，相仍不坠。而泽民兼善于画，尝出游京师，公卿贵人咸加礼遇，驸马都尉、瀋阳王尤爱重之，奏辟提举征东儒学，不就而归。益杜门读书，而大肆于诗文。今年秋，予以久直词林，窃禄无补，乞身而退。恩召还，假馆姑苏驿。泽民不鄙过予，遗以古文一帙，曰《存复斋集》者。凡为赋若干，骚二十，铭二十有七，记十有一，序九，计其他所撰著，宜不止此。富哉言乎！盖昔之善画者，不必工于诗，工于诗矣，又不必皆以文名于世。故虽郑虔以画、书、诗号称三绝，而文不与焉。荀卿子谓艺之至者，不两能。泽民之多能，匪直今人之所难，求之古人，固不易得也。顾予方迫于使命，匆匆就道，未暇三复，而为之品题。姑志其岁月于篇末，以寓赞美之私云尔。至正九年秋闰七月十五日，金华黄溍书。"（《存复斋文集》卷首）

苏大年卒。

按：苏大年（1296—1365），字昌龄，号西涧，别号林屋洞主。十五岁游广陵，即于此定居。素有才学，不受辟举，文辞翰皆名冠一时。至正间，官以编修。平生著述颇多，善画竹。能诗文，工书法，善写八分书。至正间为翰林编修。张士诚聘为参谋，称苏学士。事迹见僧来复《澹游集》卷上、《大明一统志》卷三。

元惠宗至正二十六年　丙午　1366 年

正月己酉，增燕南、河南、山东、陕西、河东等处举人会试名额。（《元史·顺帝本纪十》卷四七）

按：《元史·顺帝本纪十》"命燕南、河南、山东、陕西、河东等处举人会试者，增其额数，进士及第以下递升官一级。"（《元史》卷四七）《元史·百官志八》"二十五年，皇太子抚军河东，适当大比之岁，扩廓帖木儿以江南、四川等处皆阻于兵，其乡试不废者，唯燕南、河南、山东、陕西、河东数道而已，乃启皇太子倍增乡贡之额。"（《元史》卷九二）

三月乙未，惠宗廷试进士。（《元史·顺帝本纪十》卷四七）

按：《元史·百官志八》"二十六年三月，廷试举人，赐赫德溥化、张栋等进士及第、进士出身、同进士出身有差，凡七十有三人，优其品秩，第一甲，授承直郎，正六品，第二甲，授承务郎，从六品；第三甲，授从仕郎，从七品。国子生员：蒙古七名，正六品；色目六名，从六品；汉人七名，正七品；通二十人。兵兴已后，科目取士，莫盛于斯；而元之设科，亦止于是岁云。"（《元史》

卷九二）自延祐二年（1315）第一次开科至此年，共五十一年，其间尚有六年（1336—1342）中断，科举实际实施四十五年。元制：三年一科，四十五年中共开科十六次，最多一次（至正十二年，1351 年）取士一百零一人，最少一次（至正二十年，1360 年）五十三人，共取士一千二百人左右。

右榜：1. 蒙古：赫德溥化（右榜状元）。

左榜：1. 汉人：张栋（左榜状元）、王钝。

2. 南人：雷埏、冉庸。

存疑：郭镗、逯旴、靳柱、王幼学、方景章、汪元善、詹子微（参考余来明《元代科举与文学》第 465—467 页）

三月，监察御史玉伦普建言八事。（《元史·顺帝本纪十》卷四七）

按：一曰用贤，二曰申严宿卫，三曰保全臣子，四曰八卫屯田，五曰禁止奏请，六曰培养人才，七曰罪人不孥，八曰重惜名爵。帝嘉纳之。

支渭兴等馆臣观射柳，并赋诗。

按：支渭兴有诗题《至正二十六年重午梁王宫门外观射柳随侍文武赐宴渭兴赋诗》。

戴良观余阙手稿，挥泪作跋。

按：余阙学问该洽，是吴澄弟子张恒的学生，在诗、书方面也颇负盛名，尤其是诗，法度森严老练，戴良与郭奎等人在诗歌创作方面曾得到他的指点，戴良此跋即盛赞老师的才艺。文章写道："至正丙午秋，良与临安刘庸道同客四明。一日从庸道阅箧中旧书，得余齤公所遗贡尚书帖，三读之，盖不知涕泗之横流也。初公佥浙东廉访时，良获进拜双溪之上，而师焉、而问焉，于是知公学问该博，汪洋无涯。其证据今古，出入经史、百子，矗矗若珠比鳞，列为文章，操纸笔立书，未尝起草，然放恣横从，无不如意。至古诗词，尤不妄许可，其视近代诸名公蔑如也。他如篆、隶、真、行，诸字画亦往往深到，有汉晋作者之遗风，呜呼其盛矣！"（戴良《余齤公手帖后题》）

李至刚撰《耽罗志略》三卷成。

按：耽罗是朝鲜半岛南部海域之济州岛的古称，它隔济州海峡与朝鲜半岛相望，距朝鲜半岛最南端约八十五公里，东面与日本的对马岛及长崎县隔海相对，西面与中国的上海隔海相离，此岛"幅员四百余里"，是韩国最大的岛屿，"北枕巨海，南对崇岳"。山川秀美，号称形胜，且盛产柑橘和马匹，所谓"家家桔柚，处处骅骝"。是今天韩国济州特别自治道的所在地。至正二十五年（1365）李至刚作为枢密院掾曹跟随特穆尔布哈前往耽罗，次年回京后,将出使所见山川地势、民风土产记录成文,题为《耽罗志略》,共三卷。贝琼有序。李至刚(?—1428),本名李钢,号敬斋,以字行。松江华亭竹口人。李浦孙五世孙。自幼随父亲李垚居华亭,洪武二十一年(1388)举明经,荐侍懿文太子,初授祠部试郎。因事谪戍,后任虞部郎。再补河南参议,调湖广参议,"为人敏洽,能治繁剧,善傅会"。朱棣即位后,升右通政。永乐元年(1403)正月,官礼部尚书。永乐二年(1204)封为左春坊大学士,与修《明太祖高皇帝实录》。永乐九年(1411),与解缙同入狱。永乐二十二年(1423),仁宗即位,再任通政,改守兴化,卒于任上。

贝琼《耽罗志略后序》写道:"耽罗距中国万里,而不载于史,盖以荒远略之也。至正二十五年,枢密院掾曹永嘉李至刚从副使特穆尔布哈公往守其地,明年奉诏还京师。至刚以疾不得俱,乃留松江,因记所历山川形势、民风土产,编而成集,厘为三卷,题曰《耽罗志略》。将锓梓,铁崖杨公既为叙其端矣,复求余说。余伏而读之,因抚卷叹曰:'炎汉之兴,张骞以郎应募出陇西,留匈奴中十年,后亡至大宛,为发导驿,抵康居,传月氏,从月氏至大夏,竟不得其要领。岁余归汉,为天子言之,未能有如耽罗之为详也。司马相如之通西南夷,至用兵而克之,邛筰冉駹斯榆之君,虽请内属而长老且言其不为用者。由是观之,国朝受命百年,四方万国,咸在天光日华之下,虽遐陬僻壤,穷山绝岛,亦不得而外焉。故至刚得与大臣涉海万里而镇抚其民,未始顿一兵、遗一镞,为国家病,则视历代之盛,实有过之者。而是编尤足补记录之缺,使列之舆地,中国之士,不待身经目识,而已悉海内之境,若过鸭绿窥扶桑也。于是乎书'。"(《清江文集》卷七)

戴良作《鹤年吟稿序》。

按:丁鹤年生在元代中晚叶,成年之后便赶上了江南地方豪强的崛起和江南战乱,他所居处的浙江一带是方国珍的统辖地区,方国珍忌恨回回,丁鹤年遂转徙逃匿,旅食海乡,为童子师,或寄居僧舍,卖药以自给。在戴良这篇序言中,不仅对丁鹤年诗风成因作深入评析,还溯源了元王朝作为崛起西北的多民族一统王朝,在西北子弟踏足中原后,舍弓马而事诗书,涌现出诸如马祖常、贯云石、萨都剌、丁鹤年等一批优秀色目诗人的独特现象,是历来人们讨论元代西北作家群、独特诗风的重要参考文献。

戴良《鹤年吟稿序》写道:"昔者成周之兴,肇自西北,而西北之诗,见之于《国风》者,仅自豳、秦而止。豳、秦之外,王化之所不及,民俗之所不通,固不得系之列国。我元受命,亦由西北而兴。西北诸国若回回、吐蕃、康里、畏吾儿、也里可温、唐兀之属,往往率先臣顺,奉职称蕃。积之既久,文轨日同,而子若孙,皆舍弓马而事诗书。至其以诗名世,马公伯庸、萨公天锡、余公廷心其人也。论者以马公祖常之诗似商隐，贯公、萨公之诗似长吉，而余公阙之诗则与阴铿、何逊齐驱而并驾。他如高公彦敬、夔公子山、达公兼善、雅公正卿、聂公古柏、斡公克庄、鲁公至道、三公圭辈，亦皆清新俊拔，成一家言。此三公者，皆居西北之远国，其去齿、秦盖不知其几万里。而其为诗，乃有中国古作者之遗风，亦足以见我朝王化之大行，民俗之丕变，虽成周之盛莫及也。鹤年亦西北人，其视三公差后起。家世以勋业著，而鹤年兄弟俱业儒，伯氏之登进士第者三人。鹤年乃泊然无意于仕，进遭时兵乱，逃隐海上，邈不与世接，凡幽忧愤闷、悲哀愉悦之情，一于诗焉发之。观其古体歌行诸作，要皆雄浑清丽可喜，而注意之深，用工之至，尤在于七言律。但一篇之作，一语之出，皆所以寓夫忧国爱君之心，闵乱思治之意，读之使人感愤激烈，不知涕泗之横流也。盖其措辞命意，多出杜子美，而音节格调，则又兼得我朝诸阁老之所长。故其入人之深，感人之妙，有非他诗人之所可及。呜呼！若鹤年者，岂向所所谓公之流亚与？然数公之在当时，皆达而在上者也，世之士子，孰不脍炙其言辞。鹤年遭夫气运之适衰，方独退处暇陬，而为所谓穷者之诗以自慰。其能知夫注意之深、用工之至者，几何人哉？知与不知，在鹤年未足轻重，第以祖宗涵煦百年之久，致使遐方绝域之诗，亦得系之天子之国，而鹤年之所以著明王化民俗之盛，以与数公并传于斯世者，遂泯无间矣，不亦重可悲乎！故取其吟稿若干卷，序而传之，以俟世之知鹤年者，相与讽咏焉耳。鹤年之清节峻行，已别有传，兹不著。至正甲午秋，九灵山人金华戴良序。"（《九灵山房集》补编下）

月鲁不花卒。

按：月鲁不花（1308—1366），字彦明，号芝轩，蒙古逊都巡氏，居绍兴。江浙乡试居右榜第一，元统元年（1333）登进士第。至正二十年（1360）除浙西廉访使，后改山南道。浮海遇倭船，被害。谥忠肃。受业于韩性，善为文。事迹见《元史》卷一四五、《元史类编》卷三八、《元史新编》卷四九、《元书》卷三一、《元诗选·三集》小传。

元惠宗至正二十七年　丁未　1367 年

四月癸未，福建行宣政院以废寺钱粮由海道送京师。（《元史·顺帝本纪十》卷四七）

八月，以枢密院蛮子为添设平章。

按：《元史·百官志八》"二十七年八月，以枢密知院蛮子为添设第三平章，以太尉帖里帖木儿为添设左丞相。"（《元史》卷九二）

八月己巳，命皇太子总天下军马。

按：《元史·百官志八》"至正二十七年八月乙巳，命皇太子总天下军马。九月，皇太子置大抚军院，从一品。知院四员，同知二员，副使一员，同佥一员。首领官：经历、都事各二员，照磨兼管勾一员。二十八年闰七月，诏罢之。"（《元史》卷九二）

集贤大学士丁好礼十月乙丑为中书添设平章政事。（《元史·忠义传四》卷一九六）

陈高春谒扩廓帖木儿于怀庆，密谕江南虚实，居数月病卒。（揭汯《陈子上先生墓志铭》）

高启闻友人饶介（原张士诚属官）解送建康后被处死，作五言律诗《哭临川公》，表示悲悼。

丁好礼卒。

按：丁好礼（1282—1367），字敬可，真定蠡州人。精律算，初试吏于户部，辟中书掾，授户部主事，擢江南行台监察御史，复入户部为员外郎，拜监察御史，又入户部为郎中，升侍郎。除京畿漕运使，建议置司于通州，重讲究漕运利病，著为成法，人皆便之。除户部尚书。时国家多故，财用空乏，好礼能撙节浮费，国家用度，赖之以给。拜参议中书省事，迁治书侍御史，出为辽阳行省左丞，未行，留为枢密副使。二十七年（1367），复起为中书平章政事，寻以论议不合，谢政去，特封赵国公。明兵入京城，或勉其谒大将，好礼叱之曰：'我以小吏致位极品，爵上公，今老矣，恨无以报国，所欠惟一死耳。'后数日，大将召好礼，不肯行，舁至齐化门，抗辞不屈而死，年七十五。事迹见《元史·忠义传四》卷一九六。

李齐贤卒。

按：李齐贤（1287—1367），字仲思，号益斋，又号栎翁，高丽庆州人。高丽著名汉学家。因机缘识得姚燧、赵孟頫、张养浩等，由是学益进。后历官门下侍中，封鸡林府院君，又曾奉使至川蜀等地。卒谥文忠。著有《益斋乱稿》十卷、《栎翁稗说》四卷。事迹见《朝鲜史略》卷一一、《御选宋金元明四朝诗·御选元诗》"姓名爵里"二。

李士瞻卒。

按：李士瞻（1313—1367），字彦闻，汉上人，寓大都。至正初，以布衣之士受到公卿接待，聘为知印，至正十年（1350）领乡荐，后任至枢密副使、翰林学士承旨。封楚国公。有经济之才，襟度弘远，为元末政界有影响人物。著有《经济文集》六卷。事迹见陈祖仁《翰林学士承旨荣禄大夫知制诰兼修国史王时题盖翰林承旨楚国李公行状》（《经济文集》卷六）、李守成等《楚国李公圹志》、《新元史》卷二一六、《元诗选·初集》小传、《万姓族谱》卷七三。

按：荣禄大夫、太常礼仪院使陈祖仁在行状中评价李士瞻云："公平生襟度开夷，识趣弘远。忠义之节，炳如星日；謇谔之风，凛如冰霜；而经济之才，浩如江海。使当时能委任而责成之，其相业又曷可量耶？"（《经济文集》卷六）

陈高卒。

按：陈高（1315—1367），字子上，号不系舟渔者，温州平阳人。至正十四年（1354）进士，授庆元路录事。为举子时，在京师即受到欧阳玄、张翥、贡师泰、程文的器重。江南文人中，他与戴良都是颇有影响同时又矢志不渝地为元廷能保有江南而献身者。著有《不系舟渔集》十五卷附录一卷、《子上存稿》。事迹见揭汯《陈子上先生墓志铭》（《不系舟渔集》卷一六附录）、《元书》卷九二、《宋元学案补遗》卷九〇、《元诗选·初集》小传。

张庸卒。

按：张庸（？—1367），字存中，温州人。性情豪爽，精太乙数，以策干经略使李国凤，承制授张庸为福建行省员外郎，治兵杉关。因进《太乙数图》，顺帝喜之，擢秘书少监。皇太子立大抚军院，张庸迁同金将作院事，又除刑部尚书，守骆驼谷，后城破被杀。事迹见《元史·忠义传四》卷一九六。

郭庸卒。

按：郭庸（？—1367），字允中，蒙古氏，由国学生释褐出身，累迁为陕西行台监察御史，与同列劾知枢密院事也先帖木儿丧师，左迁中兴总管府判官。其后也先帖木儿以罪黜，召拜监察御史，累转参政中书。至正二十七年（1367），明兵入京城，与丁好礼同被舁至齐化门，众叱之拜，庸曰：'臣各为其主，死自吾分，何拜之有！'语不少屈而死。事迹见《元史·忠义传四》卷一九六。

元惠宗至正二十八年（明太祖洪武元年）
戊戌　1368年

七月丙寅,帝御清宁殿,集三宫后妃、皇太子、皇太子妃,同议避兵北行。

按:《元史·顺帝本纪十》载:"失列门及知枢密院事黑厮、宦者赵伯颜不花等谏,以为不可行,不听。伯颜不花恸哭谏曰:'天下者,世祖之天下,陛下当以死守,奈何弃之! 臣等愿率军民及诸怯薛歹出城拒战,愿陛下固守京城。'卒不听。至夜半,开健德门北奔。八月庚午,大明兵入京城,国亡。"

"后一年,帝驻于应昌府,又一年,四月丙戌,帝因痢疾殂于应昌,寿五十一,在位三十六年。太尉完者、院使观音奴奉梓宫北葬。五月癸卯,大明兵袭应昌府,皇孙买的里八剌及后妃并宝玉皆被获,皇太子爱猷识礼达腊从十数骑道。大明皇帝以帝知顺天命,退避而去,特加其号曰顺帝,而封买的里八剌为崇礼侯。"(《元史》卷四七)

危素以明兵入燕,欲于报恩寺投井,为僧大梓所救阻。

按:宋濂详记其时事云:"当时事势已不可为,及再任翰林仅一日,而大兵入燕,公曰:'国家遇我至矣,国亡,吾敢不死? '趋所居报恩寺,脱帽井傍,两手据井口,俯身将就沈。寺僧大梓与番阳徐彦礼大呼曰:'公毋死! 公毋死! 公不禄食四年矣,非居位比。且国史非公莫知。公死,是死国之史也。'力挽起之。已而兵入府藏,垂及史库,公言于镇抚吴勉辇而出之,由是累朝实录无遗阙者,公之力也。其入国朝也,皇上尝访以元兴亡之故,甚见礼重,俾之侍讲禁林。宋穆陵颅骨为杨琏真伽所发,后入宣政院,西番僧相传授为祭器。公言于上,索取瘗之聚宝山。时公春秋已高,雅志亦不复仕矣。"(《故翰林侍讲学士中顺大夫知制诰同修国史危公新墓碑铭》)

张翥卒。

按:张翥(1287—1368),字仲举,晋宁人。初授业于李存,累官翰林侍读兼祭酒,以翰林承旨致仕,封潞国公。存家安仁,江东大儒也,其学传于陆九渊氏,翥从之游,道德性命之说,多所研究。又从仇远学,远于诗最高,翥学之,尽得其音律之奥。学者称蜕庵先生。诗格调高古,婉丽风流。尝集兵兴以来死节死事之人为书，曰《忠义录》三卷，著有《蜕庵集》五卷、《蜕岩集》、《至正庚子国子监贡士题名记》一卷。事迹见《元史》卷一八六、《新元史》卷二一一、《两浙名贤录》卷四六、《宋元学案》卷九三。

又按：张翥为北方人，却在南方度过求学写作的前半生，后半生基本任职翰林院。在大都二十余年中，为诗坛核心，与危素、迺贤、僧大梓、李升、陈肃等维持一个无视世事的环境，与大都以外的文坛联系广泛。是贯穿元代前后期的诗人，也是打破南北地域分野的诗人。他身在江南，却不受"铁崖体"影响；任职朝中，却无馆阁气息。（杨镰《元代文学编年史》，第581页）《四库全书总目》卷一六七《蜕庵集》条说："其诗清圆稳贴，格调颇高，近体长短句极为当时所推。然其古体亦伉爽可诵，词多讽喻，往往得元、白、张王之遗，亦非苟作。王士禛《居易录》曰：'蜕庵，元末大家，古今诗皆有法度，无论子昂、伯庸辈，即范德机、揭曼硕，未知伯仲'，何如其论当矣。史称翥遗稿不传，传者有律诗、乐府仅三卷，王士禛则称《蜕庵集》四卷，明洪武三年锡山郎成抄本，此本乃朱彝尊所藏。明初释大梓手抄本前后有来复、宗泐二人序跋，盖大梓与翥为方外交，元末，翥没无嗣，大梓取其遗稿归江南，别为选次而录存之。考《元音》、《乾坤清气集》、《玉山雅集》诸书所录，翥诗尚有出此集之外者，则亦非全本也。"其《蜕岩词》，《四库全书总目提要》云："《蜕岩词》二卷，……附载诗集之后而自为卷帙。案《元史》翥本传称：翥长于诗，其近体长短句尤工。殁后无子，其遗稿不传。传者有乐府律诗仅三卷，则在当日即与诗合为一编。然云三卷与今本不合。考诗集前有僧来复序，称至正丙午僧大梓选刻其遗稿。又有僧宗泐跋，作于洪武丁巳，仍称将刊版以行世，是大梓之编次在至正二十六年，其刊版则在洪武十年，而宋濂等之修《元史》则在洪武二年，未及见此足本，故据其别传之本与诗共称三卷也。来复序题《蜕庵诗集》，宗泐跋亦称，右潞国张公诗集若干卷，均无一字及词。然宗泐称大梓取其遗稿归江南，选得九百首，今诗实六十七首，合以词一百三十三首乃足九百之数，则其词亦大梓之所编。特传录者或附诗集或析出别行耳。翥年八十二乃卒，上犹及见仇远，传其诗法，下犹及与倪瓒、张羽、顾阿瑛、郑九韶、范素诸人与之唱和，以一身历元之盛衰，故其诗多忧时伤乱之作。其词乃婉丽风流，有南宋旧格。其《沁园春》题下注曰：'读白太素《天籁词》戏用韵，效其体'，盖白朴所宗者，多东坡稼轩之变调，翥所宗者犹白石、梦窗之余音，门径不同，故其言如是也。又《春从天上来》题下注曰：'广陵冬夜与松云子论五音二变十二调，且品箫以定之，清浊高下还相为宫羽，然律吕之均雅俗之正'，则其于倚声之学讲之深矣。"

黄昮卒。

按:黄冔(1307—1368),字殷士,抚州金溪人。博学明经,善属文,尤长于诗。至正十七年(1357),用左丞相太平奏,授淮南行省照磨,未行,除国子助教,迁太常博士,转国子博士,升监丞,擢翰林待制,兼国史院编修官。至正二十八年(1368),京城既破,冔叹曰:"我以儒致身,累蒙国恩,为胄子师,代言禁林。今纵无我戮,何面目见天下士乎!"遂赴井而死,年六十一。有诗文传于世。事迹见《元史·忠义传四》卷一九六。

洒贤卒。

按:洒贤(1310—1368),字易之,葛逻禄(即哈剌鲁)人,居鄞县。幼从鄞县郑觉民、高岳游。半生布衣,后官翰林编修,为元末著名诗人。著有《金台集》二卷、《河朔访古记》。事迹见《澹游集》卷上、《元诗选·初集》小传、《元诗纪事》卷一八、《元西域人华化考》卷三、四。

又按:郑觉民,字以道,讲究陆氏心学,至正中任龙游县学教谕,著有《求我斋集》。高岳为诗人,所著《樵吟稿》诗集,即由洒贤所编辑,洒贤所以善诗得誉,乃是深得高岳真传。

陈肃卒。

按:陈肃(?—1368),字伯将,江苏无锡人。元进士,举博学鸿才,仕为兰溪州判官,累翰林学士、兵部尚书、河南行省左丞。至正十一年(1352)受任行军司马参将。卒于与明北伐军对垒的军旅中。他的死为大都陷落的先兆。仅知有杂剧《晋刘阮误入天台》,今不传。事迹见《录鬼簿续编》、《元诗选·三集》小传。

参 考 文 献

《四库全书》,纪昀等撰,文渊阁影印本,台湾商务印书馆 1986 年版。

《续修四库全书》,上海古籍出版社 2002 年版。

《元史》,宋濂等撰,中华书局 1976 版。

《新元史》,柯绍忞撰,上海古籍出版社 1989 年版。

《明史》,张廷玉等撰,中华书局 1974 年版。

《金史》,脱脱等撰,中华书局 1975 年版。

《元史纪事本末》,陈邦瞻撰,中华书局 1955 年版。

《国朝名臣事略》,苏天爵撰,姚景安点校,中华书局 1996 年版。

《稗史集传》,徐显编撰,《历代小史》本。

《全元文》,李修生等编,江苏凤凰传媒出版集团、凤凰出版社 2005 年版。

《草堂雅集》,顾瑛辑,杨镰、祁学明、张颐青整理,中华书局 2008 年版。

《元类明事钞》,姚之骃撰,《四库全书》本。

《元风雅》,孙存吾、虞集编,《四库全书》本。

《国朝文类》,苏天爵撰,四部丛刊本。

《永乐大典》,中华书局 1958 年影印本。

《宋诗纪事》,厉鹗撰,《四库全书》本。

《宋元诗会》,陈焯撰,《四库全书》本。

《石渠宝笈》,张照、梁师正等撰,《四库全书》本。

《赵氏铁网珊瑚》,赵琦美撰,《四库全书》本。

《宋金元明四朝诗·御选元诗》,张豫章等编撰,《四库全书》本。

《御选历代诗余》,沈辰垣等编撰,《四库全书》本。

《元史续编》,胡粹中编撰,《四库全书》本。

《式古堂书画汇考》,卞永誉撰,《四库全书》本。

《御定佩文斋书画谱》,孙岳颁撰,《四库全书》本。

《巴西文集》,邓文原撰,《四库全书》本。

《松乡集》,任士林撰,《四库全书》本。

《湛渊集》,白珽撰,《四库全书》本。

《王忠文集》,王祎撰,《四库全书》本。

《伊滨集》,王沂撰,《四库全书》本。

《吴文正集》,吴澄撰,《四库全书》本。

《说学斋稿》,危素撰,《四库全书》本。

《云林集》，贡奎撰，《四库全书》本。

《养蒙文集》，张伯淳撰，《四库全书》本。

《水云村稿》，刘壎撰，《四库全书》本。

《中州文贤文表》，刘昌编撰，《四库全书》本。

《养吾斋集》，刘将孙撰，《四库全书》本。

《万姓统谱》，凌迪知编撰，《四库全书》本。

《经济文集》，李士瞻撰，《四库全书》本。

《天下同文集》，周南瑞撰，《四库全书》本。

《云峰集》，胡炳文撰，《四库全书》本。

《云阳集》，李祁撰，《四库全书》本。

《野处集》，邵亨贞撰，《四库全书》本。

《铁崖古乐府》，杨维桢撰，《四库全书》本。

《图绘宝鉴》，夏文彦撰，《四库全书》本。

《松雪斋文集》，赵孟頫撰，《四库全书》本。

《资治通鉴前编》，金履祥撰，《四库全书》本。

《至大金陵新志》，张铉撰，《四库全书》本。

《秋涧先生大全集》，王恽撰，《四部丛刊》初编本。

《存复斋文集》，朱德润撰，四部丛刊续编本。

《东维子文集》，杨维桢撰，《四部丛刊》本。

《铁崖古乐府》，杨维桢撰，《四库全书》本。

《丽则遗音》，杨维桢撰，《四库全书》本。

《复古诗集》，杨维桢撰，《四库全书》本。

《玉笥集》，张宪撰，《四库全书》本。

《玩斋集》，贡师泰撰，《四库全书》本。

《文忠集》，王结撰，《四库全书》本。

《逊志斋集》，方孝孺撰，《四库全书》本

《元儒考略》，冯从吾撰，《四库全书》本。

《新安文献志》，程敏政撰，《四库全书》本。

《文章辨体汇选》，贺复征撰，《四库全书》本。

《汉泉曹文贞公诗集》，曹伯启撰，北京图书馆古籍珍本丛刊第九十四册，书目文献出版社1990年版。

《范德机诗集》，范梈撰，北京图书馆古籍珍本丛刊第九十四册。

《傅与砺文集》，傅与砺撰，北京图书馆古籍珍本丛刊第九十六册。

《巴西邓先生文集》，邓文原撰，北京图书馆古籍珍本丛刊第九十六册。

《云阳李先生文集》，李祁撰，北京图书馆古籍珍本丛刊第九十六册。

《清閟阁遗稿》，倪瓒撰，北京图书馆古籍珍本丛刊第九十五册。

《燕石集》，宋褧撰，北京图书馆古籍珍本丛刊第九十六册。

《梧溪集》，王逢撰，北京图书馆古籍珍本丛刊第九十五册。

《至正集》，许有壬撰，北京图书馆古籍珍本丛刊第九十五册。

《知非堂稿》，何中撰，北京图书馆古籍珍本丛刊第九十四册。

《至元辨伪录》，释祥迈撰，北京图书馆出版社 2003 年版。

《夷白集》，陈基撰，四部丛刊本。

《张光弼集》，张昱撰，四部丛刊续编影印明刻本。

《宋遗民录》，程敏政撰，《笔记小说大观》第十二册，上海进步书局石印本，江苏广陵古籍刊印社 1983 年 6 月影印本。

《历代名臣奏议》，黄淮、杨士奇编，明永乐十四年内府刻本，上海古籍出版社 1989 年版影印本。

《玉堂嘉话　山居新语》，杨瑀撰，《历代史料笔记丛刊》，中华书局 2006 年版。

《全元文》，李修生等编，凤凰传媒出版集团、凤凰出版社 2005 年版。

《全辽金文》，阎凤梧主编，山西古籍出版社 2002 年版。

《元史纪事本末》，陈邦瞻撰，中华书局 1955 年版。

《国朝名臣事略》，苏天爵撰，姚景安点校，中华书局 1996 年版。

《元诗选》初集，顾嗣立撰，中华书局 1979 年版，2002 年第 3 次印刷。

《元诗选》二集，顾嗣立撰，中华书局 1987 年版，2002 年第 3 次印刷。

《元诗选》补遗，钱熙彦撰，中华书局 2002 年版。

《草堂雅集》，顾瑛辑，杨镰、祁学明、张颐青整理，中华书局 2008 年版。

《赵孟頫文集》，任道斌辑集点校，上海书画出版社 2010 年 12 月第一版，2011 年 3 月 2 次印刷。

《刘敏中集》，邓瑞全、谢辉校点，《元朝别集珍本丛刊》，吉林文史出版社 2008 年版。

《程钜夫集》，张文澍校点，《元代别集丛刊》，吉林文史出版社 2009 年版。

《张养浩集》，李鸣、马振奎校点，《元朝别集珍本丛刊》，吉林文史出版社 2008 年版。

《袁桷集》，李军、施贤明、张欣校点，《元代别集丛刊》，吉林出版集团·吉林文史出版社 2012 年版。

《袁桷集校注》，杨亮校注，中华书局 2012 年版。

《姚燧集》，查洪德编辑点校，人民文学出版社 2011 年版。

《虞集全集》，王颋点校，天津古籍出版社 2007 年版。

《黄溍全集》，王颋点校，天津古籍出版社 2008 年版。

《柳贯诗文集》，柳遵杰点校，浙江古籍出版社 2004 年版。

《刘基集》，林家骊点校，浙江出版联合集团·浙江古籍出版社 2011 年版。

《贡氏三家集》，邱居里、赵文友校点，吉林出版集团、吉林文史出版社 2010 年版。

《贝琼集》，李鸣校点，吉林出版集团、吉林文史出版社 2010 年版。

《陶宗仪集》，徐永明、杨光辉整理，浙江人民出版社 2005 年版。

《揭傒斯全集》,李梦生标校,上海古籍出版社 2012 年版。

《石田先生文集》,李叔毅、傅瑛点校,中州古籍出版社 1991 年版。

《戴表元集》,李军、辛梦霞校点,《元朝别集珍本丛刊》,吉林文史出版社 2008 年版。

《吴师道集》,邱居里、邢新欣校点,《元朝别集珍本丛刊》,吉林文史出版社 2008 年版。

《胡祗遹集》,魏崇武、周思成校点,《元朝别集珍本丛刊》,吉林文史出版社 2008 年版。

《欧阳玄全集》,汤锐点校,四川大学出版社 2010 年版。

《滋溪文稿》,苏天爵撰,陈高华、孟繁清点校,中华书局 2007 年版。

《傅若金集》,史傑鹏、赵彧校点,吉林出版集团、吉林文史出版社 2010 年版。

《张之翰集》,邓瑞全、孟祥静校点,吉林出版集团、吉林文史出版社 2009 年版。

《郑元祐集》,徐永明校点,浙江大学出版社 2010 年版。

《马祖常集》,王媛校点,《元朝别集丛刊》,吉林出版集团、吉林文史出版社 2010 年版。

《李孝光集校注》,陈增杰校注,《温州文献丛书》,上海社会科学出版社 2005 年版。

《雁门集》,萨都剌撰,殷孟伦、朱广祁校点,上海古籍出版社 1982 年版。

《贯云石作品辑注》,胥惠民、张玉声等注,新疆人民出版社 1986 年版。

《宋濂全集》,浙江古籍出版社 1999 年版。

《宋元学案》,黄宗羲、全祖望撰,浙江古籍出版社 1992 年版。

《吕祖谦全集》,浙江古籍出版社 2007 年版。

《皕宋楼藏书志》,陆心源撰,中华书局 1990 年版

《宋史翼》,陆心源撰,中华书局 1991 年版。

《庙学典礼》,无名氏撰,浙江古籍出版社 1992 年版。

《站赤附译站》,无名氏撰,台湾广文书局 1972 年版。

《吴澄年谱》,《北京图书馆藏珍本年谱丛刊》1997 年版。

《许衡年谱》,《北京图书馆藏珍本年谱丛刊》1997 年版。

《虞集年谱》,《北京图书馆藏珍本年谱丛刊》1997 年版。

《辽金元名人年谱》,北京图书馆出版社 2005 年版。

《宋明理学家年谱》第八册,北京图书馆出版社 2005 年版。

张丑《清河书画舫》,徐德明校点,上海古籍出版社 2011 年版。

现当代著作

杨镰:《元代文学编年史》,山西教育出版社 2005 年版。

陈高华、张帆、刘晓:《元代文化史》,广东教育出版社 2009 年版。

白寿彝主编:《中国通史》第十三册,上海人民出版社 1997 年版。

蔡美彪主编:《中国历史大辞典·辽夏金元史卷》,上海辞书出版社 1986 年版。

陈高华、史卫民:《元上都》,吉林教育出版社 1988 年版。

陈高华、史卫民:《中国政治制度通史》第八卷·元代,人民出版社 1996 年版。

陈高华、史卫民:《元代大都上都研究》,中国人民大学出版社 2010 年版。

陈高华:《元代画家史料汇编》,杭州出版社 2004 年版。

伍蠡甫主编:《中国名画鉴赏辞典》,上海辞书出版社 1996 年版。

《中国书画鉴赏辞典》,中国青年出版社 1988 年版,1989 年第 2 次印刷。

刘正成:《中国书法鉴赏大辞典》,大地出版社 1989 年版。

《中国伊斯兰百科全书》,四川辞书出版社 1995 年版。

沈鹏主编:《中国美术全集·书法篆刻编·宋金元书法》,文物出版社 2006 年版。

傅熹年主编:《中国美术全集·绘画编·元代绘画》,文物出版社 2006 年版。

北京大学图书馆编:《北京大学图书馆藏古籍善本书目》,北京大学出版社 1999 年版。

邱树森主编:《元史辞典》,山东教育出版社 2002 年版。

查洪德、李军:《元代文学文献学》,中国社会科学出版社 2002 年版。

查洪德主编:《中国古代诗文名著提要·金元》,河北教育出版社 2009 年版。

陈传席:《中国山水画史》,江苏美术出版社 1996 年版。

陈光贻:《中国方志学史》,福建人民出版社 1998 年版。

陈瑛等主编:《中国伦理思想史》,贵州人民出版社 1985 年版。

陈垣:《元代西域人华化考》,上海古籍出版社 2000 年版。

邓绍基、杨镰主编:《中国文学家大辞典·辽金元卷》,中华书局 2006 年版。

邓绍基:《元代文学史》,人民文学出版社 1991 年版。

范金民、高荣盛:《江南社会经济研究·宋元卷》,农业出版社 2006 年版。

傅海波:《剑桥中国史》,中国社会科学出版社 1998 年版。

傅乐淑:《元宫词百章笺注》,清慎堂丛书·射集·初集,书目文献出版社 1995 年版。

傅璇琮、谢灼华主编《中国藏书通史》,宁波出版社 2001 年版。

顾建华:《中国元代文学史》,人民出版社 1994 年版。

桂栖鹏:《元代进士研究》,兰州大学出版社 2001 年版。

郭味蕖:《宋元明清书画家年表》,人民美术出版社 1958 年版。

韩儒林:《元朝史》,人民出版社 1986 年版。

韩儒林编:《中国通史参考资料》元代部分,中华书局 1981 年版。

黄仁生:《稀见元明文集考证与提要》,岳麓书社 2004 年版。

胡务:《元代庙学——无法割舍的儒学教育链》,四川出版集团·巴蜀书社 2005 年版。

姜一涵:《元代奎章阁及奎章人物》,台湾联经出版事业公司 1986 年版。

黄仁生:《杨维桢与元末明初文学思潮》,中国出版集团 2005 年版。

吕宗力主编:《中国历代官制大辞典》,北京出版社 1995 年版。

罗鹭:《虞集年谱》,江苏凤凰传媒出版集团、凤凰出版社 2010 年版。

罗斯宁选注、黄天骥审订:《辽金元诗三百首》,岳麓书社 1996 年版。

雒竹筠遗稿、李新干编补：《元史艺文志辑本》，北京燕山出版社 1999 年版。

舒大刚、李勇先：《中华大典·文学典·宋辽金元文学分典》，江苏古籍出版社 1999年版。

杨镰主编：《全元诗》，中华书局 2013 年版。

罗月霞主编：《宋濂全集》，浙江古籍出版社 1999 年版。

邱江宁：《元代奎章阁学士院与元代文坛》，中国社会科学出版社 2013 年版。

邱江宁：《奎章阁文人群体与元代中期文学研究》，人民出版社 2013 年版。

樊树志：《国史十六讲》，中华书局 2014 年版。

参考论文

王笑寒：《元朝回回国子学发展始末》，《前沿》2009 年第 1 期。

徐英：《从佛郎国献天马事看蒙古人的尚马情结》，《中央民族大学学报》2006 年第2 期。

王建军：《元代回回国子监研究》，《回族研究》2004 年第 1 期。

徐晓鸿：《元代诗歌与基督教——"佛朗国献天马"与"天马图诗"（二）》，《天风》2009 年 8 月刊。

王颋：《"天马"诗文与马黎诺里出使元廷》，《三条丝绸之路比较研究学术讨论会论文集》2001 年 10 月。

降大任：《〈外家别业上梁文〉释考——重评元遗山的气节问题（之一）》，《晋阳学刊》1985 年第 1 期。

李正民：《关于元好问金亡不死和崔立碑事件》，《陕西师范大学师范学院学报》1990年第 3、4 期。

魏静：《泰定初年扈从上都经筵官虞集之官职考释》，《西北民族研究》2010 年第3 期。

丁国范：《元代的白云宗》，《元史论丛》第四辑，中华书局 1992 年版。

丁放：《元代诗话的理论价值》，《安徽教育学院学报》1995 年第 2 期。

丁雪艳：《张雨年谱》，广西师范大学 2005 年硕士学位论文。

门岿：《从佛道之争看元代宗教的宽容政策》，《殷都学刊》2001 年第 1 期。

门岿：《元代"世侯文化"的特点及其元代文学的影响》，《东南大学学报》2004 年第2 期。

韦德强：《元代文人优伶意识论》，《广西右江民族师专学报》2005 年第 2 期。

门岿：《元代蒙古色目诗人考辨》，《文学遗产》1988 年第 5 期。

门岿：《论元代女真族和契丹族诗人及其创作》，《中央民族学院学报》1989 年第4 期。

门岿：《论元代文学与医学相交融的文化景观》，《殷都学刊》2002 年第 2 期。

马天博、马建福：《论元代东迁回回人文化心理的转变》，《西北民族研究》2006 年第

3 期。

　　马建春：《元代东传之回回地理学——兼论札马剌丁对中国地理学的历史贡献》，《西北史地》1998 年第 2 期。

　　马建春：《蒙·元时期的波斯与中国》，《回族研究》2006 年第 1 期。

　　云国霞：《元代诗学研究》，四川大学 2006 届文艺学博士学位论文。宁义辉《元明人论唐》，陕西师范大学 2006 届中国古代史硕士学位论文。

　　云峰：《元代蒙古族汉文诗歌漫谈》，《中央民族学院学报》1986 年第 3 期。

　　云峰：《论元代鲁国大长公主祥哥剌吉及其与汉文化之关系》，《中央民族大学学报》2006 年第 1 期。

　　文师华：《元代诗坛"宗唐"的理论倾向》，《南昌大学学报》2000 年第 3 期。

　　文师华：《元代诗学理论发展的轨迹》，《南昌大学学报》2001 年第 1 期。

　　方莉玫：《吴师道年谱》，广西师范大学 2006 级硕士论文。

　　火人：《元代理学与元代诗人的仕隐》，《华北电力大学学报》1999 年第 2 期。

　　牛继飞：《元代宫廷绘画机构研究》，首都师范大学 2006 届美术学硕士学位论文。

　　王凤杰：《张养浩仕隐情结及隐逸散曲研究》，河北大学 2005 届中国古代文学硕士学位论文。

　　叶潜：《朱德润研究》，重庆大学 2005 届美术学硕士学位论文。

　　王双：《陈基文学思想二重性研究》，首都师范大学 2009 届中国古代文学硕士学位论文。

　　王长林：《隐者的怅叹——元初江南诗坛创作风尚散议》，《平顶山师院学报》2008 年第 6 期。

　　史伟：《元初江南的游士与干谒》，《江西社会科学》2010 年第 5 期。

　　王建军：《元代回回国子监研究》，《回族研究》2004 年第 1 期。

　　王建军：《元代国子监研究》，暨南大学 2002 级博士论文。

　　王忠阁：《元末〈竹枝词〉的繁荣及其文化意蕴》，《中州学刊》1999 年第 4 期。

　　王忠阁：《元初北方诗坛的复古风气探析》，《河南社会科学》2006 年第 5 期。

　　王忠阁：《迺贤〈上京纪行〉诗的文学史价值》，《河南省社会科学》2008 年第 6 期。

　　王奎光：《元代诗法研究》，复旦大学 2007 届中国古代文学博士学位论文。

　　王春庭：《论元诗四大家》，《闽江学院学报》2003 年第 3 期。

　　王树林：《马祖常散文的文化成因及审美特质》，《民族文学研究》2005 年第 1 期。

　　王树林：《程钜夫江南求贤所荐文人考》，《信阳师范学院学报》1996 年第 2 期。

　　王莲：《出仕元朝的画家及其鞍马画——以赵孟頫、任仁发家族为例》，《美术学刊》2010 年第 9 期。

　　王梅堂：《元文人赵孟頫与朝中西域籍大臣关系略考》，《黄河科技大学学报》2010 年第 1 期。

　　王颋：《元代书院考略》，《中国史研究》1984 年第 1 期。

王慎荣:《〈元史〉诸志与〈经世大典〉》,《社会科学辑刊》1990 年第 2 期。

王新春:《吴澄理学视野下的易学天人之学》,《周易研究》2005 年第 6 期。

邓云:《郑元祐研究》,浙江大学 2008 届中国古代文学硕士学位论文。

邓绍基:《虞集与〈十花仙〉杂剧》,《文学遗产》2012 年第 3 期。

邓洪波:《元代书院的藏书事业》,《图书馆·书林清话》1996 年第 4 期。

邓锡斌:《虞集的题画诗》,《时代文学下半月)2010 年第 5 期。

北京师范大学古籍与传统文化研究院编:《元代文化研究》第二辑《中国传统文化
与元代文献国际学术研讨会会议论文集》,中华书局 2009 年版。

史礼心:《论元明善和他的〈清河集〉》,《民族文学研究》2006 年第 4 期。

史伟:《元诗"宗唐得古"论》,《求索》2006 年第 3 期。张红、马丽《元代诗学的"正
变"观》,《中国文化研究》2006 年冬之卷。

史伟:《宋末元初江西诗派的流传》,《南开学报》(哲学社会科学版)2002 年第 3 期。

史硕政:《戴良年谱》,广西师范大学 2005 级硕士论文。

叶志衡:《元代文学家的理学因缘》,《浙江大学学报》2007 年第 3 期。

叶志衡:《论吴师道的诗论》,《文学遗产》2006 年第 2 期。

叶爱欣:《马祖常的超逸诗风与河西情结》,《民族文学研究》2005 年第 3 期。

叶爱欣:《姚燧的散文理论和创作对元代文风的影响》,《殷都学刊》2003 年第 2 期。

田耘:《元代前期"宗唐得古"诗风之形成及其内涵的嬗变》,河南大学 2003 届中国
古代文学硕士学位论文。

余彦君:《元代诗文衰落与中国士文化关系浅探》,《高等函授学报》2004 年第 3 期。

申友良:《马可·波罗独享盛名之原因分析》,《湛江师范学院学报》2006 年第 4 期。

申右良、周玉茹:《基督教与元朝的社会生活》,《西北民族研究》2000 年第 1 期。

白乙拉:《元代少数民族诗人题画诗的思想内容》,《语文学刊》1989 年第 1 期。

白乙拉:《元代蒙古族诗人泰不华》,《内蒙古大学报》1988 年第 3 期。

皮朝纲:《实参实悟与元代禅宗美学思潮》,《四川师范大学学报》(社会科学版)2000
年第 2 期。

乔光辉:《元文人心态与文学实践》,《东岳论丛》1996 年第 3 期。

乔光辉:《玉山草堂与元末文学演进》,《盐城师范学院学报》(哲学社会科学版)1999
年第 4 期。

刘一闻:《从赵孟𫖯的托古改制看元代章草书法》,《紫禁城》2005 年第 81 期。

刘飞:《戴表元及其文学研究》,复旦大学 2004 届中国古代文学博士学位论文。

刘再华:《欧阳玄与元代湖南散文》,《船山学刊》1998 年第 1 期。

刘宏英、吴小婷:《元代上京纪行诗的研究状况及意义》,《河北北方学院学报》2008
年第 4 期。

刘洪权:《论元代私人藏书》,《图书馆》2001 年第 4 期。

刘梦初:《欧阳玄和他的诗文理论》,《求索》1994 年第 6 期。

孙吴娟：《论赵孟頫〈鹊色秋华图〉》，《文物鉴定与鉴赏》2010 年第 12 期。

孙桷：《袁桷的学术传承、政治生涯及社会网路——元中期南士境遇之管窥》，北京大学 2003 年硕士论文。

朱巧云：《关于〈述善集〉所收张以宁诗文的几个问题》，《宁夏大学学报》（人文社会科学版）2006 年第 5 期。

朱仲玉：《试论金华学派的形成学术特色及其历史贡献》，《浙江师范大学学报·哲学社会科学版》1989 年第 4 期。

朱传季：《元末明初杭郡文人集群研究》，浙江大学 2007 届中国古代文学硕士学位论文。

江湄：《欧阳玄与元代史学》，《北京师范大学学报》（社会科学版）1997 年第 3 期。

纪兰香：《论黄溍的题画诗》，《甘肃联合大学学报》2010 年第 5 期。

纪兰香：《试论黄溍的诗文创作及其文学观》，浙江师范大学 2006 届中国古代文学硕士学位论文。

许佳君：《元代蒙古族儒士的宦途》，《河海大学学报》2001 年第 1 期。

那木吉拉：《元明清时期蒙古人的摩诃葛剌神崇拜及相关文学作品研究》，《中国藏学》2001 年第 1 期。

那木吉拉：《元明清时期蒙古人的摩诃葛剌神崇拜及相关文学作品研究》（续完），《中国藏学》2001 年第 3 期。

那木吉拉：《论元代蒙古人摩诃葛剌神崇拜及其文学作品》，《中央民族大学学报》（哲学社会科学版）2000 年第 4 期。

何云丽：《虞集诗学研究》，江西师范大学 2009 届文艺学硕士学位论文。

何孝荣：《试论元朝的度僧》，《内蒙古大学学报》（社会科学版）2006 年第 5 期。

何春根：《元末明初吴中文人研究》，江西师范大学 2003 届文艺学硕士学位论文。

何高济、陆峻岭：《元代回教人物牙老瓦赤和赛典赤》，《元史论丛》第二辑，中华书局1983 年版。

何敦铧：《武夷山古达道教文化探略》，《福建师专学报》（社会科学版）2001 年第 1 期。

利煌：《范梈的生平与交游——元代中期士人文化之管窥》，暨南师范大学 2006 届中国古代史硕士学位论文。

吴大林：《东汉"校官之碑"和元代"释文碑"在溧水的流传经过》，《东南文化·国宝传奇》1994 年第 6 期。

吴国富：《元代田园诗的宗唐与情感变异》，《九江师专学报》2003 年第 2 期。

吴寒：《西域文士在元代社会中的角色与地位——以赡思为个案研究》，《石河子大学学报》2004 年第 2 期。

应岳林：《"江南"初析》，《江南论坛》1998 年第 8 期。

张大新：《元末雅俗文化的交融与戏剧形态的蜕变》，《文学评论》2004 年第 1 期。

张文澍：《风霜万里苦吟人——论元末回回诗人丁鹤年》，《民族文学研究》2005 年第 2 期。

张文澍：《自舒頔诗文看元末诗文风气之嬗变》，《殷都学刊》2005 年第 4 期。

张文澍：《论马祖常之诗文与虞集等人之唱答诗——兼论元代中期文风》，《民族文学研究》2007 年第 4 期。

张玉华：《玉山草堂与元明之际东南的文士雅集》，《广西社会科学》2004 年第 10 期。

张帆：《〈退斋记〉与许衡刘因的出处进退——元代儒士境遇心态之一斑》，《历史研究》2005 年第 3 期。

张帆：《元代经筵述论》，《元史论丛》第五辑，中国社会科学出版社 1993 年版。

张红：《〈唐才子传〉的唐诗观念及其美学思想》，《湖南大学学报》2004 年第 3 期。

张红：《元代唐诗学研究》，博士论文，上海师范大学 2004 届中国古代文学博士学位论文。

张红：《元诗法与唐诗批评》，《船山学刊》2004 年第 2 期。

张伯伟：《元代诗学伪书考》，《文学遗产》1997 年第 3 期。

张志勇：《元代儒学与契丹名士》，《中央民族大学学报》（社会科学版）1997 年第 2 期。

张花群：《范梈诗歌研究》，江西师范大学 2009 届中国古代文学硕士学位论文。

张迎胜：《中国元代之回族文学》，《西南民族学院学报》（哲学社会科学版）1998 年第 3 期。

张岱玉：《〈元史〉高丽驸马王封王史料考辨》，《内蒙古社会科学》2005 年第 5 期。

张建芳：《元代回族作家研究》，西北师范大学 2003 届中国古代文学硕士学位论文。

张晶：《"铁崖体"：元代后期诗风的深刻变异》，《社会科学辑刊》1994 年第 2 期。

张晶：《元代正统文学思想与理学的因缘》，《文学遗产》1999 年第 6 期。

张晶：《元代诗歌发展的历史进程》，《吉林大学社会科学学报》2005 年第 5 期。

张晶：《论少数民族诗人在元代中后期诗风丕变中的作用》，《民族文学研究》1997 年第 1 期。

乔光辉：《玉山草堂与元末文学演进》，《盐城师范学院学报》1999 年第 4 期。

张朝丽：《论宋末元初文人对李贺诗歌的接受》，《南开学报》2004 年第 3 期。

张淼：《论元曲家乔吉的心态依据》，《兰州学刊》2006 年第 9 期。

张琴：《元代竹枝词略论》，《山西大学学报》1998 年第 4 期。

张筱南：《简论元末明初士风转变对诗文创作的影响》，《湖北广播电视大学学报》2005 年第 2 期。

李军：《"诈马"考》，《历史研究》2005 年第 5 期。

郑泳：《诈马赋》，《全元文》第五十七册，第 869 页。

李军：《元代诗人宋无诗初论》，《殷都学刊》2004 年第 3 期。

李更：《"蒙翁"、"嘿斋"及〈群书通要〉》，《中国典籍与文化》2007 年第 3 期。

李言:《马祖常与〈石田集〉研究》,南京师范大学 2006 届中国古典文献学硕士学位论文。

宁晓燕:《许有壬词研究》,暨南大学 2006 届中国古代文学硕士学位论文。

李言:《马祖常家世考》,《民族文学研究》2006 年第 2 期。

李佩伦:《论元代诗人王义山——兼论元代前期南方诗坛》,《内蒙古大学学报》1993 年第 2 期。

李治安:《元代汉人受蒙古文化影响考述》,《历史研究》2009 年第 1 期。

李晓娟:《倪瓒生平、交游研究——元末明初社会个案考察》,暨南大学 2004 级硕士论文。

李淑华:《蒙古国书与蒙元史学》,《黑龙江民族丛刊》2005 年第 1 期。

李景旺:《论〈时务五事〉——兼论许衡的汉化思想》,《新乡师范高等专科学校学报》2006 年第 5 期。

李超:《元人吴澄的江西地域文学观》,《兰州教育学院学报》2010 年第 6 期。

李超:《元后期诗文名家傅若金》,《江西教育学院学报》2010 年第 2 期。

李新宇:《论袁桷文章的理论与艺术》,《山西师大学报》2009 年第 4 期。

杜江:《〈云林画谱〉研究——论倪瓒绘画思想的辩证性》,南京艺术学院美术学 2007 届硕士学位论文。

杜改俊:《论元初金莲川文人集团的文学创作》,《文学遗产》2008 年第 4 期。

杨讷:《元代的白莲教》,《元史论丛》第二辑,中华书局 1983 年版。

杨志玖:《回回人与元代政治(四)英宗、泰定帝、文宗、顺帝时期》,《回族研究》1994 年第 8 期。

杨远、董睿:《从〈玉清观碑〉看高克恭的书法艺术和绘画思想》,《文博》2006 年第 4 期。

杨亮:《元代诗坛宗唐理论的确立与定型——以袁桷的诗歌批评为中心》,《太原理工大学学报》2009 年第 2 期。

杨亮:《元代诗歌的创获与发展——袁桷诗歌创作论》,《西北民族大学学报》2010 年第 1 期。

杨亮:《袁桷与元代散文创作》,《南京师范大学文学院学报》2010 年第 1 期。

杨亮:《元代题跋创作的继承与发展——袁桷题跋创作论》,《延安大学学报》2009 年第 4 期。

刘宏英:《元代诗人廼贤上京纪行诗中的寻根情结》,《河北北方学院学报》2010 年第 1 期。

岳振国:《元代回族诗人萨都剌的题画诗研究》,《民族文学研究》2010 年第 2 期。

杨亮:《明清文人元代诗学观之考察——以胡应麟、顾嗣立为例》,《广西师范大学学报》2007 年第 1 期。

杨亮:《袁桷生平、学术渊源及心路》,《殷都学刊》2006 年第 2 期。

杨俊梅：《元代书法的演变特点和原因》，《河南大学学报》(社会科学版) 2007 年第 5 期。

杨富有：《元上都扈从诗人庙堂意识浅说》，《内蒙古民族大学学报》2009 年第 3 期。

杨富有：《元上都扈从诗审美价值简析》，《赤峰学院学报》2005 年第 6 期。

杨富有：《元上都扈从诗的民族精神要素发微》，《内蒙古大学学报》2010 年第 3 期。

杨镰：《元佚诗研究》，《文学遗产》1997 年第 3 期。

汪桂海：《元版元人别集》，《文献》2007 年第 2 期。

肖瑞玲：《元上都的历史地位》，《内蒙古师大学报》1998 年第 5 期。

谷春侠：《玉山雅集研究》，中国社科院 2008 届中国古典文献学博士学位论文。

辛一江：《论元末明初越派与吴派的文学思想》，《昆明师范高等专科学校学报》1999 年第 3 期。

邱江宁：《元代上京纪行诗论》，《文学评论》2011 年第 2 期。

邱江宁：《奎章阁文人与元代文坛》，《文学评论》2009 年第 1 期。

邱树森：《元代伊斯兰教与监督教之争》，《回族研究》2001 年第 3 期。

邱树森：《元代基督在江苏的传播》，《江海学刊》2001 年第 4 期。

邵长满：《杨载研究》，福建师范大学 2009 届中国古代文学硕士学位论文。

陆林：《理学家与曲学家的统一——元初胡祗遹曲学思想的重新审视》，《河北师范大学学报》(哲学社会科学版) 1998 年第 3 期。

陈广恩：《许衡与元初蒙古、色目生员之培养》，《湘潭大学学报》(哲学社会科学版) 2005 年第 2 期。

陈庆英：《西夏及元代藏传佛教经典的汉译本》，《西藏大学学报》2000 年第 2 期。

陈奎英：《元后期江浙词坛翘楚张雨及其〈贞居词〉研究》，暨南大学 2008 届中国当代文学硕士学位论文。

陈高华：《元代的地方官学》，《元史论丛》1993 年第 5 辑。

陈增杰：《李孝光的生平和文学创作成就》，《浙江社会科学》2005 年第 6 期。

周双利：《元代拓拔族作家元明善》，《蒙古史民族师院学报》1991 年第 2 期。

周双利：《元代雍古作家马祖常述论》，《内蒙古社会科学》1988 年第 6 期。

周少川：《元代史学的世界性意识》，《史学集刊》2000 年第 3 期。

周少川：《元代关于历史盛衰之"理"的思考——论理学思潮对元代历史观的影响》，《史学理论研究》1999 年第 3 期。

周良霄：《元代旅华的西方人》，《历史研究》2001 年第 3 期。

周建华：《元代理学与江西文学》，《赣南师范学院学报》2005 年第 4 期。

周明初、程若旦：《元末明初吴中文学研究综述》，江西师范大学学报 2005 年第 2 期。

周明初：《为什么是江南——从"杏花春雨江南"说起》，《社会科学》2011 年第 5 期。

周春健：《元代四书学研究》，华中师范大学 2007 级博士论文。

周雪根：《苏天爵年谱》，广西师范大学 2007 届硕士学位论文。

季国平：《论元大都杂剧作家群》，《北京社会科学》1992 年第 4 期。

尚衍斌：《元代内迁畏兀儿人的分布及其对汉文化的吸收》，《民族研究》1997 年第 1 期。

庞广雷：《元代梅兰竹菊题画诗研究》，兰州大学 2010 届中国古代文学硕士学位论文。

庞飞：《元代"以曲取士"新解——兼谈元代科举制度与元代审美风尚》，《艺术百家》2006 年第 5 期。

庞蔚：《〈大元大一统志〉存文研究》，暨南大学 2006 届历史学、历史地理学硕士学位论文。

林红：《元遗民诗人的群体文化特征》，《社会科学战线》2004 年第 4 期。

林邦钧：《元诗特点概述》，《北京师范大学学报》1990 年第 3 期。

武莉：《玉山草堂新解》，《晋中学院学报》2005 年第 2 期。

牧兰：《论元代蒙汉文化交流与元代蒙古族汉文诗歌创作》，中央民族大学 2005 届中国少数民族语言文学·蒙汉文学关系研究硕士学位论文。

罗小东：《论元代末年的士风与诗风》，《华中师范大学学报》（人文社会科学版）2003 年第 6 期。

罗永忠：《元初诗人戴表元的诗歌创作》，《西华师范大学学报》（哲学社会科学版）2007 年第 1 期。

罗海燕：《论元遗民戴良的散文创作》，《武陵学刊》2011 年第 2 期。

罗斯宁：《民族大融合中的萨都剌》，《中山大学学报》1993 年第 1 期。

金生杨：《宋代巴蜀对邵雍学术传播的贡献》，《周易研究》2007 年第 1 期。

金达胜、方建新：《元代杭州西湖书院藏书刻书述略》，《杭州大学学报》1995 年第 3 期。

侯冲：《元代云南汉地佛教重考——兼驳"禅密兴替"说》，《云南社会科学》1996 年第 2 期。

侯翠芸：《南宋遗民诗人研究——基于其身份及反传统思想的几点思考》，暨南大学 2003 届中国古代文学硕士学位论文。

姚景安：《苏天爵及其元朝名臣事略》，《文献》1989 年第 3 期。

施常州：《元代诗词大家张翥生平考证》，《西华师范大学学报》2004 年第 6 期。

查洪德：《元代作家队伍的雅俗分流》，《西南民族大学学报》2010 年第 1 期，《新华文摘》2010 年第 8 期。

查洪德：《元代诗学性情论》，《文学评论》2007 年第 2 期。

查洪德：《元诗四大家》，《文史知识》2008 年第 4 期。

查洪德：《文道离合与元代文学思潮》，《晋阳学刊》2000 年第 5 期。

查洪德：《综百家之说开一代风气——戴表元的理学与文学》，《殷都学刊》2002 年第 1 期。

喻学忠：《虞集——弘才博识的元代大儒》，《中南民族大学学报》2002 年第 3 期。

查洪德：《虞集的学术渊源与文学主张》，《殷都学刊》1999 年第 4 期。

查洪德：《虞集的诗文成就》，《殷都学刊》2000 年第 1 期。

祝尚书：《论宋元时期的文章学》，《四川大学学报》（哲学社会科学版）2006 年第 2 期。

胡青：《宋元之际江西理学界和会朱陆之思潮》，《江西教育学院学报》1995 年第 5 期。

赵心愚：《试论元代方志在中国方志史上的地位》，《西南民族学院学报·哲学社会科学版》2003 年第 2 期。

赵华富：《元代的新安理学家》，《学术界》1999 年第 3 期。

赵树廷：《〈元史·阎复传〉勘误一则》，《学术研究》2005 年第 3 期。

赵维江、宁晓燕：《〈文化冲突中的儒士使命感——许有壬《圭唐乐府》的文化心理解读〉》，《北方论丛》2006 年第 3 期。

赵谨：《马祖常题画诗研究》，河北大学 2011 级中国古代文学硕士学位论文。

邰林涛：《元代萨迦派在五台山的传播》，《文物世界》2001 年第 1 期。

唐兆梅：《〈金史〉研究》，《古籍整理研究学刊》1992 年第 5 期。

唐朝晖：《元末吴中的经济繁荣与频繁的文人集会》，《湖南商学院学报》2008 年第 1 期。

姬沈育：《宗朱融陆　相容百家——元代著名作家虞集学术思想初探》，《中国社会科学院研究生院学报》2005 年第 2 期。

姬沈育：《虞集与元代南方道教的相互影响》，《文学遗产》2006 年第 1 期。

姬沈育：《虞集与南方道教的密切关系及其原因》，《郑州大学学报》2007 年第 6 期。

徐子方：《元代文化转型与古典文学》，《文艺研究》2007 年第 2 期。

徐天河：《论元代两大文人集团》，《广西大学学报》（哲学社会科学版）1997 年第 3 期。

徐文平：《从理学角度看元代复古书风——以赵孟頫为例》，《中国美术学院学报》

徐远和：《元代礼乐思想探析》，《文史哲》1999 年第 3 期。

徐海涛：《"宗法晋唐"——元代书法回归倾向研究》，南京师范大学 2007 届美术学硕士学位论文。

徐黎丽：《略论元代科举考试制度的特点》，《西北师大学报》社会科学版 1998 年第 2 期。

晏选军：《元代文坛"延祐极盛"说辨析》，《西南民族大学学报》2009 年第 6 期。

柴俊丽：《揭傒斯的诗歌创作及在元诗发展史上的地位》，《郑州大学学报》2002 年第 3 期。

段莉萍：《论羌族作家余阙对元代文论的贡献》，《西南民族学院学报》2002 年第 6 期。

柴剑红:《〈元诗选〉癸集西域作者考略》,《文史》1989 年第 31 辑。

翁干麟:《试论元代回回诗人伯笃鲁丁及其诗文》,《回族研究》1998 年第 4 期。

衷尔钜:《理学"衣钵海外传"的欧阳玄——一位久被忽略的朱子学高丽传宗师》,《孔子研究》1998 年第 4 期。

袁冀:《元代两京间驿道考释》,《政治学术期刊》三卷一期。

贾波:《程文海与元初馆阁词风研究》,暨南大学 2006 届中国古代文学硕士学位论文。

通拉嘎、吴利群:《蒙元硬译体对〈蒙古秘史〉翻译的影响》,《内蒙古师范大学学报》(哲学社会科学版)2006 年第 4 期。

郭洁:《漫谈题画诗》,《山东商业职业技术学院学报》2004 年第 3 期。

郭旃:《金元之际的全真道》,《元史论丛》第三辑,中华书局 1986 年版。

郭德静:《元代官学研究》,云南师范大学 2004 级硕士论文。

高永久:《景教的产生及其在西域的传播》,《世界宗教研究》1996 年第 3 期。

高伟:《元代医家入仕现象初探》,《兰州大学学报》(社会科学版)1994 年第 4 期。

高名潞:《论赵孟頫的"古意"——宋元画风变因初探》,《新美术》1989 年第 3 期。

曹合社:《张以宁诗文研究》,苏州大学 2009 届中国古代文学硕士学位论文。

曹晓宏:《禅宗在滇中地区的流布》,《楚雄师专学报》(社会科学版) 1994 年第 4 期。

梁艳:《欧阳玄及其〈圭斋文集〉研究》,中南大学 2009 届古典文献学硕士学位论文。

章慧丽:《元代诗学初探——以〈全元文〉中诗学论文为中心》,安徽师范大学 2007 届中国古代文学硕士学位论文。

萧启庆:《元代多族士人网路中的师生关系》,《历史研究》2005 年第 1 期。

萧启庆:《元朝泰定元年与四年进士辑录》,《蒙古史研究》第六辑。

黄仁生:《元代科举文献三种发覆》,《文献》2003 年第 1 期。

黄仁生:《论元代科举与辞赋》,《文学评论》1995 年第 3 期。

黄仁生:《论铁雅师派的形成》,《文学遗产》1998 年第 6 期。

黄庆丰:《赵孟頫题画诗的艺术态度》,《文学自由谈》2008 年第 5 期。

黄时鉴:《真金与元初政治》,《元史论丛》第三辑,中华书局 1986 年版。

傅瑛:《许有壬年表》,《信阳师范学院学报》(哲学社会科学版)1998 年第 2 期。

喻学忠:《虞集——弘才博识的元代大儒》,《中南民族大学学报》(人文社会科学版)2002 年第 3 期。

彭洁莹:《论仇远〈无弦琴谱〉的遗民心态及其意象呈现》,华南师范大学 2003 届硕士论文。

彭茵:《"不负科名":元末文人余阙述略——兼论元代少数民族文人群体出现的土壤》,《南京社会科学》2007 年第 8 期。

彭茵:《元末文人雅集论略》,南京政治学院学报 2004 年第 6 期。

彭茵：《元末江南文人风尚与文学》，南京师范大学 2006 届中国古代文学硕士学位论文。

彭茵：《元末江南文人避世风尚论略》，《江海学刊》2006 年第 6 期。

曾枣庄：《"崇尚眉山之体"——苏轼对元代文学的影响》，《阴山学刊》2001 年第 2 期。

曾贻芬：《元代历史文献学的概貌与特点》，《史学史研究》1994 年第 4 期。

程杰：《"杏花春雨江南"的审美意蕴与历史渊源》，《南京师范大学文学院学报》2005 年第 3 期。

董刚：《元末明初浙东士大夫群体研究》，浙江大学 2004 届中国古代史博士学位论文。

谢皓烨：《元代江西诗学思想浅论》，《今日南国》2009 年第 6 期。

廖可斌：《地域文人集团的兴替与元末明初文学思潮的变迁》，《社会科学战线》1993 年第 4 期。

漆邦绪：《元文概论》，《北京社会科学》1993 年第 1 期。

蔡凤林：《古代蒙古族传统宗教文化心理对元朝政治的影响》，《中央民族大学学报》(哲学社会科学版) 2006 年第 5 期。

蔡梦霞：《元代篆、隶书法研究》，中央美术学院 2008 届美术学博士学位论文。

潘少平：《元朝俸禄制度研究》中国社科院研究生院 2003 级博士论文。

颜培建：《苏天爵的学术成就及其文献学上的贡献》，安徽大学 2007 届历史典籍与传统文化硕士学位论文。

黎林、陈建军：《元人扎马拉丁与〈大一统志〉的修订》，《黑龙江民族丛刊》2005 年第 1 期。

黎清：《宋末元初江西词人群体研究》，江西师范大学 2006 届中国古代文学硕士学位论文。

黄世民：《宋末元初江西庐陵遗民词人群体研究》，贵州大学 2006 届中国古代文学硕士学位论文。

穆德全、胡云生：《元代许有壬与穆斯林文化的探讨》，《宁夏大学学报》1991 年第 1 期。

魏训田：《元代政书〈经世大典〉的史料来源》，《史学史研究》2010 年第 1 期。

魏青：《论元末明初文坛的风云变幻与文人走向》，《厦门教育学院学报》2005 年第 3 期。

瞿林东：《元代〈通鉴〉学和〈通鉴〉胡注》，《史学月刊》1994 年第 3 期。

顾世宝：《元代江南家族研究》，中国社科院古代文学 2011 届博士论文。

樊保良：《耶律楚材及其〈西游录〉杂议》，《新疆社会科学》1985 年第 6 期。

张海云：《蒙元时期耶律楚材家族研究》，南京大学民族学 2012 届硕士论文。

邱江宁：《程钜夫与元代文坛的南北融合》，《文学遗产》2013 年第 6 期。

杨亮：《文化传统的继承与发展——以元代翰林国史院文士的生活方式为中心》，

《船山学刊》2010 年第 1 期。

巫大健：《海上丝绸之路时期泉州多宗教文化共存现象的原因及特征探析》，新疆师范大学 2013 届宗教学硕士学位论文。

李俊义：《元代大长公主祥哥剌吉及其书画收藏》，《北方文物》2000 年第 4 期。

汤开健：《增订〈元代西夏人物表〉》，《暨南史学》第二辑，2003 年 12 月。

后　记

　　2000 年至 2008 年，我曾参与由梅新林、俞樟华二先生主编的《中国学术编年》集体项目，并独立撰写元代部分的内容，这项工作极大地改变了我的学术道路。2009 年，我在《文学评论》上发表《奎章阁文人与元代文坛》，从此，我基本由明清小说研究转向元代诗文的研究。

　　元代与之前朝代最不同的地方在于，它是游牧民族统治的大一统王朝，在疆域极为辽阔的同时，军事外交、民族融合、宗教文化等内容都影响突出，它们对元代诗文独特性的形成意义非凡。而且，元代诗文创作的主体多为馆阁文臣，他们对整个元代诗文创作具有较大的导向作用。而这个群体的创作以及审美倾向与国家的统治特征、政治动向、意识形态以及各种文化行为等有较为密切的关系。基于这样的认识，我开始着手编撰《元代馆阁文人活动系年》，力图通过馆阁文人的活动来细分元代社会文化特征与馆阁文人创作活动的关系。

　　《元代馆阁文人活动系年》(以下称"系年")在编撰体系上与《中国学术编年·元代卷》(以下称"编年")一脉相承，是后者的深入与细化。尽管如此，二者在编撰理念上还是有较大区别。这首先体现在时间跨度的区别上，"编年"以 1279 年陆秀夫背着小皇帝跳海自杀事件作为南宋朝结束的标志，故从 1280 年开始编撰；"系年"以 1234 年蒙古灭金为标志，蒙古民族逐渐从西北向中原挺进，由以征伐为常态的游牧民族典型生活方式逐渐向定居、安邦的农耕生活方式靠拢，故以 1235 年这一具有转折点意义的时间开始编撰。前者将元代视为华夏民族从先秦到清代的一个阶段，基本立场是从汉文化中心视角看元代；后者立足元代基本特色，从元蒙民族融入中华民族的视角看元代，力图体现多民族融合的元代社会文化特色。

　　其次，在具体各块内容的编辑中，二者也大有区别。第一大块"文化背景"栏中，不同于"编年"强调文化政策的编撰，"系年"力图勾勒出元代馆阁文人活动的国家文化背景，增加了大量政权更迭、官制建设、外交活动、文化政策方面的内容。在第二大块"人物活动"栏中，不同于"编年"着重于所有文人教育背景、交游活动的编撰，"系年"细分为"仕履"与"交游"两栏。人物"仕履"活动的编撰，期望在重要馆阁文人仕履活动编撰中尽量体现南北馆阁文人的兴替；"交游"栏中，"系年"侧重于编辑馆阁文人的交游与唱和活动。在第三大块"著述"栏中，不同于"编年"立足于整个传统学术史、文化史角度进行元代学术著作编撰的思路，"系年"注重对馆阁文人的国家著述行为和个人著述行为的编辑。关于馆阁文人国家著述行为，力求在编撰过程中辑录大量馆臣奉旨撰写、较有时代意义的碑文、传记等内容，个人著述行为则较注重辑录那些体现馆阁文人创作审美倾向的序跋文章。在第四大块"生卒"栏中，相较于"编年"倾向辑录学术、文化意义较大的人物生卒情形，"系年"更注重馆阁文人生卒的介绍，因此在删去"编年"中大量非馆阁文人介绍内容的同时，也增补了大量馆阁文人的生卒材料。最后，二者的按语内容着眼点很不一样。与"编年"力图在按语中揭示学术拐点的理念颇有区别的是，"系年"期望在按语中更多地呈现元代多民族文化交流、碰撞背景中，元代馆臣的文学创作理念、审美倾向以及时代影响。

不管"编年"和"系年"二者有多少区别，它们都对我在元代诗文方面的研究影响巨大。而翻书、读书、抄书的日子里，时间飞快，似乎没有任何其他生活内容经过的痕迹。回头细想，或许有无数"闲窗听雨摊诗卷"的日子被我随意地打发了，也许有无数桃李春风、桂雨飘香的时刻让我闲闲地度过了，还可能那些风过鸟鸣的曼妙时光就伴着我的读书岁月悠悠流逝，但所有的读书岁月从未辜负过我。

感谢我的家人，是他们让我始终心无旁骛地读书；感谢章培恒、胡明、方宁、杨镰、刘跃进、张国星、廖可斌、杜桂萍、蒋寅、左东岭、肖瑞峰、朱万曙、查洪德、赵敏俐、黄霖、陈广宏、郑利华、黄仁生、徐艳、沈松勤、陆林、李静、李超、范智红、张剑、陈汉萍、李琳等师友，是他们让我在读书的道路上越走越远；也感谢国家社科基金办、感谢浙江师范大学、感谢浙江师范大学人文学院、感谢浙江师范大学江南文化研究中心等部门，是它们让我可以把读书当成事业来经营，从来风雨无虞，衣食无忧。

浙江师范大学江南文化研究中心　邱江宁

2015 年 5 月 10 日